dtv

Hannover 1950. Eine angehende Fremdsprachenkorrespondentin und ein Maschinenbaustudent verlieben sich ineinander und heiraten. Der Bräutigam, ein Flüchtlingssohn, war Kriegsgefangener in der Sowjetunion und bemüht sich nun darum, seiner entstehenden Familie ein Auskommen zu verschaffen, während sich die lebenslustige Braut allmählich in eine kinderreiche Hausfrau verwandelt. Aus Briefen, die weit bis in die Kindheit der späteren Eheleute zurückreichen und danach ihr gesamtes Glück und Unglück erzählen, erschließt sich ein halbes Jahrhundert deutscher Familiengeschichte. »Ein höchst ungewöhnliches Werk ... und ein wichtiges Zeitdokument dazu.« (Saarländischer Rundfunk)

Gerhard Henschel, geboren 1962, lebt als freier Schriftsteller in Hamburg. Er veröffentlichte Satiren, Sachbücher und Romane, darunter ›Jahrhundert der Obszönität‹ (mit Eckhard Henscheid, 2000), ›Die wirrsten Grafiken der Welt‹ (2003) und ›Kindheitsroman‹ (2004).

Gerhard Henschel

Die Liebenden

Roman

Deutscher Taschenbuch Verlag

Ungekürzte Ausgabe
Dezember 2004
Deutscher Taschenbuch Verlag GmbH & Co. KG,
München
www.dtv.de

Umschlagkonzept: Balk & Brumshagen
Umschlagfoto: © Corbis/Ed Eckstein
Satz: Dörlemann Satz, Lemförde
Druck und Bindung: Druckerei C. H. Beck, Nördlingen
Gedruckt auf säurefreiem, chlorfrei gebleichtem Papier
Printed in Germany · ISBN 3-423-13286-8

Für Berit

»Briefe verbrennen. Nie thät ichs. Alles untergehende Leben kommt wieder; diese Geschöpfe dieses Herzens und Kopfes nie. Durchstreicht die Namen, verwechselt die Handschrift; aber lasset die Seele leben, die gerade in Briefen am innigsten lebt.«

Jean Paul

»Nun aber bleibt Glaube, Hoffnung, Liebe, diese drei;
aber die Liebe ist die größte unter ihnen.«

1. Korinther 13,13

Ingeborg Lüttjes an ihren Vater Gepke Lüttjes

Moorwarfen, den 21. 2. 1940

Lieber Vati!
Wir haben heute wieder einen Brief von Dir bekommen. Mutti hat Montag morgens einen Brief abgeschickt, und aus Deinem wissen wir, daß Du ihn noch gar nicht hast.

Letztes Mal, als Post kam, schriebst Du ja, daß Du nun solch eine Uniform hast wie Herr Müller. Damit möchte ich Dich wohl mal sehen. Dann bist Du sicher sehr schick.

Mutti wundert sich immer, daß Du Dir nicht schon längst eine neue Zahnbürste gekauft hast, weil Du schreibst, wir möchten Dir Deine herschicken.

Gestern haben wir uns ordentlich im Schnee amüsiert. Therese und ich haben eine ganz tiefe Kuhle ausgebuddelt und wohl bald fünfzig Riesenschneeglocken draufgelegt, das heißt auf den Rand. Das wird sicher eine prachtvolle Wohnung, aber die ist nicht für die Tauzeit geeignet.

Heute morgen waren es noch weniger als null Grad, und jetzt sind es drei Grad Wärme.

Nun weiß ich so bei kleinem nichts mehr.

Viele Grüße von
Inge

Lübbo Lüttjes an seinen Sohn Gepke Lüttjes

Wilhelmshaven, 15. 1. 41.

Lieber Gepke.
Zuerst will ich Dir mitteilen, daß es unserer lieben Mutter eigentlich nicht so gut geht wie vordem, die Nächte sind am schlimmsten, sie kann zu wenig Ruhe finden. Wir werden wohl wieder einen Arzt zu Rate nehmen müssen, um hierfür ein Mittel zu bekommen, denn die angewandten homöopathischen Mittel wirken nicht.

Von Emma und Kindern hört man ja wenig, hoffentlich sind sie gut gestellt.

Friedrich schrieb uns, daß sie wieder Stellungswechsel gehabt hätten, dadurch verzögert sich sein Urlaub wieder einmal, eigentlich hat er in dieser Weise Pech, denklich wird er nun aber bald kommen.

Wenn Du in Kürze zu Deinen Lieben in Moorwarfen kommst, grüße bitte Alle.

Herzl. Grüße

Dein Vater.

Nachtrag 17. 1. 41.

Den umseitigen Brief schrieb ich vorgestern Abend, und gerade wie ich den letzten Strich gemacht hatte, kam Alarm. Wie sie in der Stadt gehaust haben, hast Du wohl schon erfahren, es ist mehr wie schrecklich.

Da auch das Postamt in der Königsstraße zusammengeschossen ist, hatten wir keine Bestellung. Ich bin den Brief nicht losgeworden, habe ihn wieder geöffnet und teile Dir den Verlauf der Nacht von gestern auf heute mit. Sie hatten es wohl auf Neuengroden abgesehen.

Mit einem fürchterlichen Kanonendonner ging es los und dauerte 3½–4 Std. Zuerst kamen die Brandbomben in großer Zahl rund um unser Haus herum, allein auf dem Schulplatz brannten wohl 8 Stück und an der Straße längs sehr viele in ganz kleinen Abständen, wir haben auch eine durchs Dach gekriegt, aber glücklicher Weise gleich gelöscht, dann kamen die Sprengbomben hinterher, und so ging es in kurzen Abständen.

Wir waren richtig mitten in einem Feuermeer.

Sprengbomben fielen in nächster Nähe 6 Stück, keine Häuser getroffen, aber durchweg alles beschädigt.

Bei unserm früheren Haus ist eine an der Grenze zu Fokken's Haus gekommen, schwere Brocken Erde sind auf Metze's Haus gekommen, auch die beiden großen Spiegelscheiben sind eingedrückt. Die kleineren Brocken liegen bei Keßler's Haus.

Wir wollten erst heute verschwinden, aber in Hooksiel ist das Haus für unsere Mutter zu kalt, so müssen wir eben aushalten, denn daß die Angriffe wiederholt werden, da muß man schon mit rechnen. Wir gehen heute Abend wohl nicht zu Bett, dann ist es die dritte Nacht. Schlafen kann man doch nicht, denn für unsere liebe Mutter ist es zu viel.

Ingeborg Lüttjes an ihren Vater Gepke Lüttjes

Moorwarfen, den 15. 2. 41 abends

Lieber Vati!

Nun möchte auch ich Dir einen Brief schreiben. Bist Du dort gut angelangt? Heute habe ich eine Karte (Drucksache) bekommen. Darauf steht, daß es am Mittwoch abends losgeht. Dann fahren wir die Nacht durch und kommen am Vormittag in Bad Wildungen an. Da komme ich in ein Lager. Ich sage Dir, das wird fabelhaft.

Lieber Vati, ich hätte so gerne noch ein Paar Gummistiefel (Größe 40) gehabt, aber auch wenn Du dort nachher welche bekommen kannst, wie erreichen mich die?

Dies ist wohl der letzte Brief vor meiner Abreise. Bald mehr!

Nun sei recht herzlich gegrüßt
von Deiner Inge

Gepke Lüttjes an seine Frau Emma Lüttjes

8. 3. 41. Sonnabend abend.

Meine liebe Emma!
Bevor wir uns nun auf eine, wie angedeutet wird, lange, lange Bahnfahrt begeben, ist heute abend für uns noch einmal Gelegenheit, Briefe zu schreiben. Morgen ist letzter Posttag.

Habt Ihr heute abend das »Engellandlied« gehört? Wieder fast 100000 t an einem Tage versenkt, unglaublich! Ich denke, daß man heute abend mal wieder die alte vertraute Weise hörte, ist mehr als ein Zufall: Es geht eben los!

Und hast Du heute nachmittag im Radio auch die herrlichen Lönslieder gehört? Wir genehmigten uns dabei im Eßraum eine Tasse Kaffee; mein neuer Nachfolger im Adj. Amt, Oblt. Liesen, ein Oberstudiendirektor aus Halberstadt, war genau so begeistert wie ich. Von 8–9 Uhr abends hören wir gerne den »Wauwau«. Oft sind es aber ja alte, abgedroschene Kamellen, ab und zu nur wirklich neue Sachen.

In weiser Voraussicht habe ich mir in den letzten Tagen einen Reisekoffer aus Holz machen lassen, der genau so viel birgt wie meine beiden Tragekoffer. Ich konnte hier Sperrholz bekommen, und nun hat mir unser Batls.=Tischler eine ganz tadellose Kiste gezimmert, gestrichen ist sie auch; Kostenpunkt kaum 5 RM.

Morgen früh habe ich auf einem Appell zum ersten Male Gelegenheit, meine neue Kompanie geschlossen zu begrüßen; anschließend ist »großes Platzkonzert« auf dem hiesigen Marktplatz. Die Komp. hat eine gute Streichkapelle mit Flöten, Klarinette, Saxophon, Akkordeon, Schlagzeug u. 2 Geigen; 5 sind Berufsmusiker; das gibt eine schneidige Musik; dazu singt ein Soldatenchor von mindestens 200 Sängern; die Sache wäre absolut rundfunkreif. Am Montag wird gepackt, und dann, m. l. E., beginnt unsere Reise. Nach allem, was angedeutet wird, werden wir ca. 8–10 Tg. unterwegs sein. Post ist unterwegs nicht loszuwerden, streng verboten! Ich werde also schätzungsweise erst wieder nach 12–14 Tagen von mir hören lassen können.

Vor unserer Abreise wechsle ich mein Quartier nicht mehr. Ich bin im Stabsquartier also nur noch geduldeter (aber gern geduldeter) Gast. Mein Nachfolger hat, wie mir mein Chef, der Major, heute verriet, bei der Übernahmemeldung heute besonders hervorgehoben, daß er zwar schon einmal einen Adj. vertreten habe, aber noch nicht einen solch geordneten und abgeschlossenen Aktenbetrieb gesehen habe. Da muß ich allerdings gestehen, daß dieses Lob zum guten Teil auf meinen Vorgänger, den jetzt ausgeschiedenen Hptm. Müller, entfällt, der in diesen Dingen akkurat war und mir seinerzeit im August ein fein geordnetes Material übergab.

Nun stehe ich also in einem ganz anderen Verantwortungskreis, ungleich wichtiger und schöner. Die Komp. gilt, im ganzen betrachtet, als die schneidigste des Batls. Das verpflichtet mich natürlich ganz besonders.

Und nun, m. l. E., »Ade zur guten Nacht«. Bleibe Du mit meinen lb. Deerns nur gesund und munter; dann findet sich alles weitere. Aus dem besetzten Gebiet noch einmal einen herzl. Gruß u. Kuß.

Dein Gepke

Emma Lüttjes an ihren Mann Gepke Lüttjes

Moorwarfen, 19. März 1941, abends.

Lieber Gepke!
Am Montag erhielten wir Deinen letzten Brief aus Frankreich und müssen uns nun ja bis zum Ende des Monats gedulden, ehe wir wieder von Dir hören. Uns geht es allen gut, nur bin ich von der Aufregung der letzten Woche noch ganz erledigt. Daß hier fast jede Nacht feindliche Einflüge sind, hast Du im Wehrmachtsbericht gehört. So war es auch gestern abend. Gegen 10 Uhr wurde Alarm gegeben, ich war noch auf. Na, ich ließ die Kinder schlafen, denn es schien mir nicht ganz bedrohlich zu sein. Die hatten es anscheinend auf W'haven abgesehen, es wurde auch nicht sehr oft geschossen, und ich hatte mich an den Ofen gesetzt. Plötzlich, kurz nach 11 Uhr, hörte ich diesen pfeifenden Ton, als wenn Bomben fielen, und zwar klang es unheimlich nahe. Es war aber keine Bombe, sondern ein Blindgänger unserer Flak, und nun denk Dir das Schreckliche:

der hat Krauses Haus zerstört und Frau Krause und Eva sind durch die stürzenden Steinmassen und Splitter schwer in den Betten verletzt worden. Nachbar Dribusch bat mich, sofort Dr. Wolter zu benachrichtigen. Die Nachbarn haben dann die beiden bewußtlosen Schwerverletzten in Bödekers Küche geschafft, wo Dr. Wolter sie angesehen hat und sofort nach dem großen Krankenauto verlangt hat. Um 2 Uhr ist Eva dann schon gestorben im Sophienstift und Frau Krause heute mittag. Nun denk Dir bloß das Elend aus. Der arme Oskar! Die beiden andern Brüder sind heute früh sofort benachrichtigt worden. Aber alle meinen, für Oskar wäre es richtiger, wenn er es alles gar nicht direkt zu sehen kriegt, denn hier bleiben kann er ja doch nicht. Vielleicht nimmt ihn später ein Bruder von Frau Krause, der in Esens als Kaufmann ansässig ist, zu sich. Der Bürgermeister war auch hier und fragte mich, ob die Möbel wohl bei uns untergestellt werden könnten, denn das Haus mußte sofort geräumt werden. Die ganze Giebelwand ist nach vorne herübergekippt auf die Erde, die Pfannen sind zum größten Teil heruntergeflogen, ein trauriger Anblick. Küche und Stall sind ziemlich unversehrt. Die Soldaten aus der Unterklasse haben nun alle Sachen in die Bodenkammer gebracht. Du kannst Dir denken, wie dieses traurige Ereignis mich aufs tiefste bewegt. Bei jedem kommenden Fliegeralarm stehe ich aber nun immer sofort auf und wecke auch die Kinder, dann hat man wenigstens getan, was man kann. Hoffentlich haben wir nun erst mal ein paar ruhige Nächte!

Vater wird Ende der Woche wieder hier verleben. Unsere Deerns sind alle fein gestellt, ich will sehen, ob ich sie nicht mal schön knipsen kann.

Für heute Schluß, lieber Vati. Noch einen Gute-Nacht-Kuß!

Herzlichste Grüße
von Deiner Emma

Gepke Lüttjes an seine Frau Emma Lüttjes

19. 3. 41. (Mittwoch)

Meine liebe Emma!
Seit mehreren Tagen ziehen wir nun bereits in der Gegend umher, und bei kleinem scheint es, als ob man weiß, wohin wir denn nun eigentlich bestimmt sind. Seit gestern mittag sitzen wir in einem großen Waldlager. Ungefähr in einer Woche wird es weiter nordwärts gehen. Gegen Ende des Monats werden wir dann wohl endlich zu einem Arbeitseinsatz kommen.

Die ganze Bilanz der letzten 10 Tage ist die, daß wir eine lange und im ganzen interessante Bahnfahrt von ca. 2000 km hinter uns haben, zum zweiten: ein Land kennengelernt, das einem jeden aus Beschreibungen und Bildern zwar nur als »Kulturstätte« dargestellt wurde, das aber nur wenige aus eigener Überzeugung und Anschauung kannten. Und wenn man dann bedenkt, daß dieses sog. »Kulturvolk« mit dazu ausersehen war, dem deutschen Volke Lehrmeister zu sein, dann stellt sich unser deutscher Schicksalskampf ganz einfach dar als der Kampf sehr germanischer Werte gegen einen ganzen Sumpf von niedersten Instinkten, gegen Lüge, Verrat und Dreck. Was wir an Einzelbildern in den letzten Tagen, nur auf offener Straße, sahen, das ist nur da möglich, wo der Jude geherrscht hat. Im ganzen Lande eine ganz kleine, reiche Oberschicht, darunter die große Masse des Volkes mit einem Lebensstandard, der einfach erschüttert. Ein Dorf armseliger als das andere, lauter elende Butzen, zumeist nur einräumig, aus Holz und Flechtwerk, ohne gepflasterte Straßen, größere Orte haben vielleicht einen Kern, der etwas an eine Stadt in Deutschland erinnern könnte, im übrigen aber dieselben armseligen Butzen. Da sitzen wir in unsern einfachen Holzbaracken doch besser. Wenn nur das ewige Hin und Her nicht wäre!

Von heute ab soll wieder Post bei der Kompanie abgegeben werden. Meine Feldg. Nr. ist dieselbe geblieben wie in Frankreich L 46044, nur dazu: LG Postamt Posen.

Wir müssen hier feste heizen; letzte Nacht schneite es wieder, heute ist Tauwetter. Der richtige Frühling soll hier erst im Mai beginnen.

Hoffentlich seid Ihr wohlauf. Morgen werde ich wohl wieder schreiben. Inzwischen herzl. Grüße u. Küsse.

Dein Gepke

Ingeborg Lüttjes an ihren Vater Gepke Lüttjes

Bad Wildungen, am 31. 3. 41

Mein lieber Vati!

Zu allererst nun einmal herzliche Geburtstagsgrüße von Deiner Tochter Inge. Dein kleines Geburtstagsgeschenk bekommst Du mit zum Osterfest. Ich möchte es jetzt noch nicht abschicken, weil ich Angst habe, daß es Dich nicht mehr dort erreicht, wo Du zuletzt warst. Vielleicht bist Du ja nun gar nicht mehr in Frankreich.

So, und nun nochmals einen recht lieben Geburtstagsgruß

von Deiner Inge

Gepke Lüttjes an seine Frau Emma Lüttjes

24. 4. 41.

Meine liebe Emma!
Kurz vor meiner Abfahrt nach Warschau gestern morgen erhielt ich Deinen Brief v. 15. 4. Während der langen Bahnfahrt hatte ich also Muße genug, Deinen lb. Brief eingehend zu studieren.

Gegen 2 Uhr war ich in Warschau, im ganzen hatte ich kaum 2½ Std. Zeit, ich mußte mich gewaltig beeilen, um erst einmal einen Fußpfleger zu finden, der sich dann auch in der Nähe des Hauptbahnhofs fand, vielmehr ein großes Friseurgeschäft mit vielen Angestellten; eine polnische Angestellte hat mir ganz gewissenhaft die Füße behobelt, wenn auch ohne Fräs=Apparat. Die Fahrt mit der Straßenbahn von meinem Ankunftsbahnhof bis dort führt durch das Juden=Ghetto. Wie es da aussieht und hergeht, davon macht man sich einfach keine Vorstellung. Da schieben und wälzen sich die Juden aller Kaliber durch die dreckigen Straßen, vorbei an den Trödlerläden; einer überschreit den andern; jeder hat etwas zum Feilschen in der Hand. Die Fahrt geht natürlich ohne Unterbrechung hindurch; es ist streng verboten (und auch wohl nicht ratsam), sich dort etwa aufzuhalten.

Und nun zu Deinem Brief, m.l.E. Daß Du nun gerade zu Ostern keine Post erhalten hast, ist ja schade; tröste Dich mit mir! Fein, daß Ihr einen solch netten Ostertag in J'deich verleben konntet. Inzwischen habe ich Uropa auch mal wieder geschrieben.

Mein Dagmarchen wird jetzt etwas diesig? Das ist ja interessant. Na, ich bin gespannt, wie sie sich demnächst (?!) mir gegenüber verhalten wird. Wenn ich doch nur das Päckchen erst hätte!

Am letzten Sonntag hat ein Mann meiner Komp. auf Damienty eine große Menge Aufnahmen gemacht. Das wird allein eine feine Serie. Was ich jetzt an Photos schon habe, füllt mehr als ein Album! Vielleicht können wir es bald kleben.

Für heute Schluß. Dir, m. l. E., und meinen lb. Deerns

herzl. Grüße u Küsse
von Deinem Gepke

Gepke Lüttjes an seine Frau Emma Lüttjes

11. 5. 41.

Meine liebe Emma!
Das Wetter scheint sich jetzt zu besinnen. Vorgestern kam noch eine dicke Schneejagd, gestern war es trocken, wenn auch noch recht frisch, und heute scheint es, als wolle es endlich einmal wärmer werden. Jedenfalls wagte ich heute morgen zum ersten Male, den Pullover auszulassen.

Für die Pfingstwoche hast Du Dir also Einquartierung aufgehalst. Hoffentlich triffst Du es damit gut. Hat Inge nun inzwischen geschrieben? Sehr gespannt bin ich auf das Ergebnis von Tante Doktors Untersuchung bei Dagmar.

Fast täglich bekomme ich von diesem und jenem Manne Photos; erst gestern zeigte mir jemand ganz entzückende Momentaufnahmen. Gestern abend besuchte mich Hptm. Vetter. Sein Fahrer Abraham, Dagmars »Onkel Auto«, ist inzwischen Unteroffizier geworden. Die neuesten Bilder von unseren Kindern haben ihm viel Spaß gemacht.

Gestern mittag war »hoher Besuch«. Unsere Arbeit ist ganz besonders anerkannt worden. Mehr kann ich darüber nicht sagen. Man weiß jedenfalls nun, wozu man hier ist.

Der schwere Angriff des Tommy neulich hat Euch ja wohl unberührt gelassen. Mein Hauptfeldwebel ist am Morgen nach der fraglichen Nacht aus Oldenburg gefahren, vom Urlaub wieder nach hier zurück, und erzählte allerlei. Hoffentlich bleibt Ihr mir weiterhin heil und gesund.

Dir, meine liebe Emma, und meinen lieben Deerns einen herzlichen Sonntagsgruß und Kuß von

Deinem Gepke

Ingeborg Lüttjes an ihre Familie

Bad Wildungen, am 21. 5. 1941

Ihr Lieben alle!
Habe soeben den lieben Brief von Euch erhalten und mich riesig gefreut. Vorgestern bekam ich schon ein Päckchen von Oma und Opa Lüttjes aus Wilhelmshaven. Dazu konnte ich fast nichts sagen vor Erstaunen. Als ich es öffnete, kam mir eine Pracht von Apfelsinen, Nüssen, einem Beutel Bonbons und zwei Tafeln Schokolade entgegen. Eine Vollmilchtafel und eine mit Krem gefüllte. Dafür muß ich mich noch bedanken.

Nun hast Du ja also das Muttertagspäckchen erhalten, liebe Mutti. Denke aber ja nicht, daß ich mir die Apfelsinen vom Munde abgespart hätte. Nein, hier gibt es jeden Tag zwei Apfelsinen. Da habe ich sie in Hülle und Fülle.

Seid nun alle nebst Opa recht herzlich gegrüßt von Eurer

Inge

Die Oberklasse der Volksschule Moorwarfen an Gepke Lüttjes

Moorwarfen, 1941 Juli 19.

Lieber Herr Lehrer Lüttjes!
Bei uns herrscht frohe Stimmung. Heute beginnen die großen Ferien. Das wird auch endlich Zeit. In Jever haben sie schon 3½ Wochen frei. Die Ferien dauern in diesem Jahr nur 4 Wochen. Dafür bekommen wir aber 3½ Wochen Herbstferien. Das gefällt uns sehr gut. Dann haben wir zweimal etwas davon.

Für Ihren Brief, den wir vor längerer Zeit erhielten, sagen wir Ihnen unsern besten Dank. Es hat uns sehr gefreut, daß Sie uns einmal etwas aus Polen berichteten. Was bekommen Sie alles zu sehen. Darum sind unsere Soldaten wirklich zu beneiden. Hoffentlich kommen Sie bald auf Urlaub und erzählen uns recht viel davon. Unsere Soldaten sind im Osten wohl bald fertig. Wir bewundern immer ihre gewaltigen Leistungen. Dem deutschen Soldaten ist nichts unmöglich. Wir sind immer gespannt auf Sondermeldungen. Nun kommt wohl bald die Meldung von der größten Einkreisungsschlacht der Geschichte. Wir leben in einer großen Zeit.

In diesem Sommer ist es sehr heiß gewesen. Das Thermometer kletterte oft schon vormittags auf 30° und mehr. Wir freuten uns, dann hatten wir hitzefrei. Geregnet hat es bei uns seit Ostern fast gar nicht. Darum ist manches nicht so gut gewachsen, wie es wohl sollte. Am 13. Juli haben wir das erste Gewitter gehabt und reichlich Regen. Nun ist der Staub fort. Der Roggen und die Gerste reifen schon sehr. Da können wir in den Ferien gut helfen. An manchen Obstbäumen sind viele Raupen.

Die neue Straße in Moorwarfen kommt gut weiter. Aller Sand ist angefahren. Bald kommt die Steinschicht drauf. Zum Winter ist die Straße wohl fertig. Dazu würden wir uns freuen. Dann können wir schneller nach Jever kommen.

Wir haben Heilpflanzen gesammelt: Huflattich, Gänsefingerkraut, Schafgarbe, Holunderblüten, Brombeerblätter, Himbeerblätter. An Altmaterial haben wir in den letzten drei Monaten 12 kg Knochen, 92 kg Lumpen, 131 kg Papier und 536 kg Eisen zusammengeholt.

Diesen Brief schrieben die Mädchen der Oberklasse. Es würde uns freuen, wenn wir gegen Ende der Ferien eine Antwort von Ihnen hätten mit recht viel Neuigkeiten. Oder noch besser: Sie kommen selbst.

Mit deutschem Gruß

Marianne Linde, Elfriede Harms, Magda Richter, Wilma Hinrichs, Erna Vogt, Mathilda Reents, Emma Kohlmann, Frieda Wulf, Lisa Schulte, Gerda Richter, Erna Pohl, Maria Meier, Gerhard Willms, Hans Wagner, Jürgen Jacobs, Hermann Kloth, Karl Altendeitering, Klaus Jansen, Erich Focken, Ommo Bakel, Fritz=Heinrich Tischler, Paul Badendiek.

Lieber Gepke!
Nun komme ich noch zum Schluß. Wir haben Dir schon lange antworten wollen, aber es ist nie etwas daraus geworden. So habe ich diesen letzten Schultag dazu benutzt. Da passiert sonst ja doch nicht mehr viel. Hoffentlich erfreut Dich der Brief. Die Kinder haben gerne geschrieben.

Nach den Ferien kommen die neuen Schützen dazu, dann habe ich 71 Schüler. Für mich allein ist das doch eine Schinderei. Ob es hilft, wenn wir mit allen Unterschriften um Deine Beurlaubung einkommen?

Dort im Osten ist der Iwan ja wohl bald erledigt. Also komm zurück. Oder gefällt es Dir dort bei den Polskis so gut?

Halte Dich munter!
Die besten Grüße
Anton Huisken

Ingeborg Lüttjes an ihre Familie

Bad Wildungen, am 1. 10. 1941

Ihr Lieben alle!
Nun will ich Euch mal erzählen, was wir in Marburg alles gesehen und erlebt haben. Morgens um 4 Uhr sind wir aufgestanden. Nach dem Frühstück sind wir bei Sternenbeleuchtung zum Bahnhof marschiert. Der Zug fuhr sofort ab. Die Fahrt war ganz erlebnisreich. In Wabern mußten wir umsteigen. Vom Marburger Bahnhof aus marschierten wir gleich zur Elisabethkirche. Sie ist im gotischen Baustil gebaut. Danach kamen wir am Deutschhaus vorbei mit dem treppenförmigen Giebel. In Marburg gibt es

unzählige Universitätskliniken. In den schmalen Gassen stehen die Häuser so eng, daß man sich durch die Fenster die Hand reichen kann. Wir kamen auch an ein paar Kunstgeschäften vorbei. Das schönste war eine Töpferei. Das Handwerk wird in Marburg sehr viel getrieben.

Als wir so die Straßen entlanggingen, sahen wir viele Frauen und Kinder in der Hessentracht. An der Turmuhr auf dem Marktplatz war ein großer Hahn, der um jede volle Stunde krähte.

Dann hatten wir nach dem weiten Weg auch Riesenhunger und mußten in eine Wirtschaft gehen. Dort gab es heißen Kaffee. Dazu aßen wir unser Brot.

Als nächstes sind wir wieder zur Elisabethkirche hinuntergegangen und haben sie besichtigt. Nun bekamen wir noch einen Augenblick Freizeit und durften uns Ansichtskarten und anderes kaufen.

Mittags sammelten wir uns und zogen gemeinsam zum Schloß hinauf. Dort besahen wir uns den Rittersaal, den zweitschönsten Deutschlands. Dann marschierten wir wieder zum Bahnhof und hauten ab.

Herzlichste Grüße und Küsse
Eure Inge

Ingeborg Lüttjes an ihre Mutter und Geschwister

Bad Wildungen, den 20. 12. 1941

Ji Söten all tosom!
Zu Weihnachten im Kriegsjahr 1941 wünsche ich Euch das Beste und sende Euch tausend Grüße und Küsse. Verlebt und feiert das Fest man recht schön. Ich glaube, daß sich die anderen Gören jetzt um die Weihnachtszeit ein bißchen mehr miteinander vertragen. Hat der Weihnachtsmann auch schon mal wieder tüchtig ans Fenster geklopft, daß die Lütten Angst bekommen haben? Ich glaube, geschlagen hat er keinen, denn sie haben doch wohl alle das Weihnachtsgedicht hersagen können, nicht wahr?

Hier wird es bestimmt schön werden. Jetzt herrscht schon recht weihnachtliche Stimmung. Überall wird gebastelt, dies getan, das getan, das geht man alles bloß so wie der Wind. Wenn Schnee liegt, klingelt alle Augenblicke ein Schlitten vorbei. Das Schlittenfahren geht hier fabelhaft, einfach die Hufelandstraße vom Parkhotel bis zur Villa Frieda hinunterfahren, aber mit Schwung! Ordentlich saftig den steilen Gang auf der Wiese hinunter, da ist alles dran!

Jetzt möchte ich Euch mal von unserem Kostümfest erzählen. Das war am 1. Adventssonntag und ist ganz außerordentlich prima verlaufen. Erst mußten die Diener die königliche Tafel für die Hochzeitsgäste und das Königspaar decken. Nun ließen sich König und Königin nieder und empfingen die einzeln hereinkommenden Feen, wobei jede auch das Neugeborene betrachten und ihm eine Rose schenken mußte. Ich war auch dabei! Jede hatte einen Hut in Form einer Tüte auf, mit Bemalung und zwei Meter langen blauen Bänden verziert. Außerdem trug jede über einem langen Kostümkleid noch einen Frisierumhang. Alle setzten sich, und das Mahl konnte beginnen. Als schließlich die Tafel aufgehoben worden war, stellten sich alle noch einmal dem König vor und sprachen ihre Wünsche. Ich war auch noch ausgerechnet die zwölfte Fee. Aber es hat gut geklappt, auch mit dem Eintritt der dreizehnten Fee. Nun folgte der Spindelstich. Man sah den ganzen Hofstaat schlafend, auch den Koch, der dem Küchenjungen grad eine knallen wollte. Phantastisch! Dann kam der Königssohn, der die Prinzessin erlöste. Als Letztes folgte das Hochzeitsmahl. Das war was!

Zum Schluß nochmals die herzlichsten Weihnachtsgrüße!

Eure Inge

Ingeborg Lüttjes an ihre Mutter und Geschwister

Bad Wildungen, den 21. 2. 1942

Ihr Söten!

Euer lieber Brief kam heute mittags an. Vielen herzlichen Dank dafür. Thereses Geburtstagspäckchen soll schon da sein? Ich kann mir denken, wie sie dran rumschnüffelt. Zwei bis drei Meter hoch Schnee in Rußland! Puh! Muß das da scheußlich kalt sein!

Also, ich soll nach to Hus. Ischa mui! Opa danke ich herzlich für die vielen Briefmarken.

Nun muß ich Euch mal von unserer einjährigen Jubiläumsfeier erzählen. Morgens um 7 Uhr war erstes Wecken. Das Zimmer, worin das Mädel vom Dienst ist, sang ein selbstausgedachtes Lied vom einjährigen Bestehen. Wir brauchten, ganz nach Wunsch, erst um 9 Uhr aufzustehen, beim zweiten Wecken, aber dann mußte alles raus aus den Federn. Beim Kaffeetrinken morgens war schon große Aufregung. Wir saßen am geschmückten Tisch. Wir hatten auch schulfrei. Alles Gute auf einmal. Nach dem Kaffee tauschten wir Erinnerungen aus. Wie war es vor einem Jahr? Anschließend machten wir Fortsetzung mit unserem Tagebuchschreiben. (Das Tagebuch als Weihnachtsgeschenk vom Führer!) Danach mußte der Tischdienst runter, und kurz darauf mußten auch wir uns an die Tafel zum Festessen setzen. Es gab Kartoffelbrei mit Sauerkraut und Soße und Koteletts. Als Nachspeise Quarkspeise. Vorzüglich! Als Nächstes kam dann das große Rodeln (mit Schußfahrt in das zweite K.L.V.-Jahr!) auf der Schweizer-Wiese dran. Nun, als wir wieder zu Hause waren, kam das zweite Festessen dran. Es wurde zum Runterkommen gepfiffen. Wir stellten uns vor der Eßsaaltür zu zweien auf. Als die Ersten hineingingen, hörte man ein allgemeines »Ah« und »Oh« und sonstige Freudenäußerungen. Auf jedem Teller lagen drei Stundenlutscher, drei Nüsse, zwei Bonbons und ein mit Butter beschmiertes Hörnchen und ein Brötchen. Es schmeckte herrlich! Und was meint Ihr, was es dazu gab? Echten chinesischen Tee, den Frau Schneider uns spendiert hatte. Ist das nicht nett?

Nach einer halben Stunde pfiff es. Wir setzten uns auf die im Halbkreis aufgestellten Stühle. Jedes Zimmer sollte was vorführen. Es herrschte größter Tumult. Alles lag voll von Kostümen, die angezogen werden sollten. Wie es weiterging, schreibe ich Euch das nächste Mal. Oder ich erzähle es Euch in Moorwarfen!

Herzlichste Grüße und Küsse
Eure Inge

Ingeborg Lüttjes an ihren Vater Gepke Lüttjes

Moorwarfen, den 28. 12. 1942

Lieber Vati!
Mutti sagt, daß ich Dir nötig mal schreiben müßte. Wie geht es Dir denn? Hast Du noch Schmerzen? Sind die Splitter aus dem Knie schon raus? Uns geht es ganz gut. Zu Weihnachten habe ich bekommen: 1 Pucki-Buch (»Puckis erster Schritt ins Leben«), 1 Buch über »Bahnwärters Mieze«, 1 B.D.M.-Bluse, 1 Schürze, 1 Heft für Ausschneidearbeiten, 1 Kopftuch, 1 vergoldete Kette, 1 Kuchenteller (gehäuft voll), 1 Flasche Parfüm (Lavendel), 1 Taschenspiegel und ein Paar seidene Strümpfe. Ist das nicht famos?

Heute morgen waren im Kinderschlafzimmer die Fenster mit Eisblumen bedeckt. Aber geschneit hat es noch nicht. Das war mal wieder ein Weihnachten ohne Schnee.

Zum Schluß sendet Dir die herzlichsten Grüße
Deine daughter Inge

Ingeborg Lüttjes an ihren Vater Gepke Lüttjes

Moorwarfen, den 25. 3. 1943

Lieber Vati!
Schade, daß Du in Aussig keinen Badeanzug für mich gekriegt hast! Wie ist es denn mit den Strümpfen?

Der letzte Angriff war Montag. Wilhelmshaven sieht wüst aus. Hauptsächlich haben die Bauwerft, ein Teil der Schiffsbauhalle und der Bismarckplatz was abgekriegt. Weil das Blatt zu Ende ist, mache ich Schluß. Mit vielen Grüßen!

Deine Inge

Richard Schlosser an seine Eltern

Königsberg, den 13. 9. 1943

Liebe Eltern!
Gestern trafen wir um 0^{35} hier ein. In Marienburg hatten wir über 3 Std. Aufenthalt. Kurz vor sieben ging es mit dem Postzug weiter. Um 12 wurden wir mit 3 LKWs von der Verladerampe abgeholt und kamen in die Flakkaserne. Wir fühlen uns hier sauwohl. Heute empfangen wir für 3 Tage Verpflegung. Verhungern werde ich hier nicht. Viele Jungens sind vom Land und machen die Reise mit einem halben Schwein. In Elbing bekamen wir warme Suppe. In Marienburg gingen alle in die Stadt. Ich blieb da und ließ mich mit unserm Wagen herumrangieren. Nachher blieb er stehen, und ich sah mir eine Kriegslok an. Ganz interessant, aber eine furchtbare Hitze war da. Morgens konnten wir so lange schlafen, wie wir wollten. Nachmittags bekamen wir Stadturlaub.

Nun viele Grüße.
Richard

Richard Schlosser an seine Eltern

14. 9. 43 auf der Fahrt

Liebe Eltern!
Heute fuhren wir um 13^{14} von Königsberg ab. Eine Flakkapelle war zum Abschied bestellt worden. Mit LKWs ging es zum Hauptbahnhof. Jetzt

sitzen wir im Zug und fressen. Wenn das der Churchill sehen könnte, würde er Frieden machen. 2 Tage werden wir noch fahren. Wir haben Unteroffiziere mit auf dem Transport.

Nun viele Grüße.
Richard

Richard Schlosser an seine Eltern

18. 9. 43

Liebe Eltern!
Gestern trafen wir hier ein. Wir wohnen in Baracken, die in 4 Teile geteilt sind. Jeder Teil hat eine Schlaf= und eine Wohnstube, einen Waschraum und ein W.C. Wir sind 8 Mann auf der Bude. Bett= und Waschzeug haben wir schon empfangen. Uniform noch nicht. Das Zeug, was wir anhaben, ist total verdreckt.

Wir können garnichts. Nicht marschieren, nicht singen, nicht stillsitzen, nicht fressen. Wir müssen erst zu Menschen gemacht werden. Die ersten 4 Wochen werden wir geschliffen.

Das Essen ist gut. Viele sind noch von den Sachen von zu Hause satt. Überschuß erbe ich. Hier bin ich bis jetzt noch immer satt geworden. Aber wenn wir Uniform haben und der Schliff anfängt, wird der Hunger größer werden.

Schickt mir bitte so schnell wie möglich Schuhputzzeug. Eine Bürste, 2 Lappen zum Einreiben und 2 alte Strümpfe zum Blankputzen. Nur so lang wie die Bürste. Ich streife sie dann auf die Bürste und putze damit blank.

Nun viele Grüße an alle von Euerm
Richard

Abs. Lwh. R. Schlosser
Luftwaffendienststelle 3011
Stadt des K.d.F.-Wagens

Richard Schlosser an seine Eltern

Stadt des K.d.F.-Wagens, 20. 9. 43

Liebe Eltern!

Hoffentlich habt Ihr meinen Brief inzwischen erhalten. Uniformen haben wir noch nicht. Jetzt haben die anderen ihre Heimatfressalien aufgegessen, und mit dem Brot und der Butter ist es anders geworden. Aber dafür gibt es reichlich Mittag. Heute abend gab es Milchnudeln. Dem Koch war da wohl aus Versehen der Zuckersack reingefallen. 14 Mann von unserm Tisch aßen 6 Terrinnen leer. Wir müssen von unserer Baracke immer ein Stück marschieren. Auf dem Rückweg mußten wir singen. »Mist war das! Seid ihr komischen Uhus noch nicht wach! Hinlegen! Auf, marsch, marsch! Nennt ihr das hinlegen?« So wurden wir ein Stündchen lang geschliffen. Aber das war noch nichts. Der richtige Druck fängt erst an, wenn wir Drillichzeug haben. Heute hatten wir die erste Unterrichtsstunde. Manche stellten sich aber kreuzdämlich an.

Sonst war es bis jetzt ganz gut.

Viele herzliche Grüße von Euerm

Richard

Richard Schlosser an seine Mutter Cäcilie Schlosser

den 25. 9. 1943

Liebes Muttchen!

Jetzt sind wir schon wieder woanders hingekommen. Damit hat sich auch meine Anschrift geändert: Lwh. Richard Schlosser L 10137 LGPA Hamburg 1 (LGPA = Luftgaupostamt).

Die Baracken, in denen wir liegen, sind ganz neu. Ohne Licht und ohne Wasser. Bis zum Freiluftlokus muß man 200 m rennen. Von oben regnet es durch, und von unten wird man angeblasen. Der Gestank ist unheimlich.

Die Betten sind sonst ganz gut, bloß manchmal brechen sie durch. Heute morgen lagen 2 Mann von uns auf der Erde. Ich liege im zweiten Stock. Gnade dem, der unter mir liegt, wenn ich mal nach unten durchbreche. Mit den Füßen reiche ich bis an die Decke, die schwarz besät ist mit Fliegen. Heute habe ich mindestens schon 300 Stück abgeschossen. Auf einen Schlag immer 15 bis 20. Zwölf Mann sind wir auf jeder Bude. Es ist etwas eng.

Was macht Walter? Hoffentlich wird er bald gesund. Und wie geht es dem kleinen Dietrich? Ich vermisse ihn schon. Wenn ich dann mal auf Urlaub komme, wird er mich sicher nicht mehr kennen. Aber wer weiß, wann wir zum ersten Mal Urlaub kriegen. Bis jetzt sind wir noch guter Laune. Das Essen ist hier sogar noch besser wie in der anderen Stellung.

Viele herzliche Grüße an alle.

Dein Richard

Richard Schlosser an seine Eltern

den 2. 10. 1943

Liebes Muttchen! Lieber Vater!

Jetzt haben wir endlich unsere Uniform. Bloß noch keine Schuhe. Ich habe von der Kammer dieser Batterie schon ein Paar leihweise erhalten. Meine braunen Halbschuhe müßt Ihr sofort zum Schuster bringen, wenn ich sie nach Hause schicke. Die Sohlen habe ich unterwegs verloren. Unterwäsche braucht Ihr nicht mehr zu schicken. Wir haben 3 Unterhosen und 2 Unterhemden bekommen, 2 Oberhemden, eine Ausgangsuniform, 2 Kragen, 1 Schlips, 1 Drillichhose, 1 Drillichjacke, 3 Paar Socken, 1 Paar Handschuhe, 1 Kopfschützer, einen Mantel, einen Brotbeutel mit Feldflasche, einen Tornister, 1 Kochgeschirr, eine Fettbüchse, 1 Koppel, 1 Pullover.

Über das Päckchen habe ich mich sehr gefreut. Besonders über die wunderschönen Birnen. Sind die Äpfel von dem einen Baum nicht bald reif? Schickt mir bitte welche, wenn sie auch sauer sind. Obst bekommt man hier überhaupt nicht. Das Wasser ist ungenießbar und ein Apfel erfrischt einen immer. Mittags ist es gewöhnlich sehr heiß. Morgens dagegen stehen wir immer um 6 Uhr auf und machen eine Stunde Infanteriedienst. Dann es ist noch saukalt. Darum bin ich froh, daß Ihr mir den dicken Pullover geschickt habt. Wir haben hier zwar auch einen bekommen, aber das ist schon Kriegsware. Handschuhe braucht Ihr nicht mehr schicken. Wir haben gefütterte Fingerhandschuhe bekommen.

Das Eßbesteck, das ich mitgenommen habe, werde ich hierbehalten. Denn das Besteck, das wir hier erhalten haben, fängt nach dem Essen gleich an zu rosten und hat einen ekligen Geschmack.

Wir haben Kuchenmarken empfangen, die ich hier mitschicke. Jeden Monat kriegen wir 300 Gramm, und wenn ich die immer nach Hause schicke, wird ja allmählich ein Kuchen daraus.

Jetzt ist bei uns endlich ein Ofen gesetzt worden. Im Schlafraum allerdings noch nicht.

Wenn ich mal Stadturlaub bekomme, werde ich mich photographieren lassen. Von unserer Stellung bis zur K.d.F-Wagen-Stadt muß man über eine Stunde laufen.

Wir haben jeden zweiten Tag Alarm. Als der Angriff auf Braunschweig war, haben wir auch geschossen. Wir persönlich noch nicht, aber wir haben uns das Feuerwerk angesehen. Es sah aber auch wahrhaftig wie ein Feuerwerk aus. Die Tommys warfen ganze Serien von bunten Lichtern ab. Wir standen hinter unserm Geschützwall und beobachteten, wie der halbe Horizont erleuchtet wurde. Die Flak bullerte in der Ferne, und nachher bullerten auch wir. Nicht viel, aber es hat doch ganz schön gekracht.

Ein Teil der alten Geschützbedienungen ist weggekommen, und jetzt sitzen wir an den Geschützen. Geschossen haben wir nach der Nacht noch nicht. Die Flugzeuge sind zu hören, aber wir dürfen nicht schießen. Das war wohl auch bloß mal ein Zufall, daß wir hier Feuererlaubnis bekommen hatten.

Sonst geht es mir gut bei der Verpflegung. Nach jedem Alarm gibt es noch einen kleinen Zusatz.

Wie geht es Walter und den anderen Geschwistern? Sie sollen mal etwas von sich hören lassen. Hier in der Einöde freue ich mich über jede Post. Ich kann nicht an alle einzeln schreiben, da ich nur über Mittag Zeit habe. Licht gibt es bei uns noch nicht, und daher geht es abends schlecht. Der Tisch ist auch zu klein, als daß alle daran schreiben könnten. Ich habe mir ein Brett auf die Knie gelegt und schreibe so.

Viele herzliche Grüße von Euerm
Richard

Richard Schlosser an seine Mutter Cäcilie Schlosser

den 29. 10. 43

Liebes Muttchen!
Vielen Dank für Deinen Brief vom 20. Oktober. Sind die Bilder angekommen?

Gestern waren wir im Volks-Wagen-Werk zum Baden. Das haben wir dann auch gründlich getan. Nach 7 Wochen wieder zu duschen, war eine Erquickung für uns. Danach habe ich mir das Werk etwas angesehen. Es hat enorme Ausmaße. Man braucht mindestens eine Woche, um da durchzukommen. Furchtbar interessant. Ich möchte mir das gerne einmal von vorn bis hinten und von oben bis unten ansehen. Schade, daß wir nur so wenig Zeit hatten.

Heute hatten wir Revierreinigen. Ein General soll noch im Laufe des Tages erscheinen. 6 Eimer Wasser gossen wir in die Bude. Jetzt ist der Boden aber auch sauber.

In unsere Stellung kommt allmählich Ordnung. Für den Winter wird wohl alles so stehen bleiben.

Montag hatten wir das letzte Mal Alarm. Das kommt wahrscheinlich von dem Mistwetter, das in letzter Zeit hier ist. Nebel, Nebel und noch einmal Nebel. Langsam wird es auch kalt.

Nun viele Grüße.

Richard

Richard Schlosser an seinen Vater Theodor Schlosser

den 2. 11. 43

Lieber Vater!

Vorgestern kam das Päckchen. Ich habe mich sehr gefreut. Die Äpfel schmeckten wunderschön.

Sonnabend zogen wir wieder um. Wir nehmen an, daß es das letzte Mal war. Jetzt haben wir aber eine gute Bude geschnappt. Wir haben auch ein Radio. Es ist ein kleiner Volksempfänger. Wir sind gar keine Musik mehr gewöhnt. Abends sitzen wir am Tisch, hören Musik, schreiben Briefe oder machen Schularbeiten.

Heute hatten wir wieder 2 Stunden Latein. Wir haben Unterricht mit Luftwaffenhelfern, die schon über acht Monate dabei sind. Die haben in der ganzen Zeit keine Schule gehabt. Mit ihnen muß natürlich viel wiederholt werden. Uns wird das auch nichts schaden. Mathematik haben wir bei einem Lehrer aus Hamburg. Ihm wurde auch alles zerschmissen. Der Unterricht ist ganz interessant bei ihm.

Wie das mit meinem Urlaub wird, weiß ich noch nicht. Ich glaube ja noch nicht daran, daß ich an meinem Geburtstag zu Hause bin. Wenn ich aber komme, so nur für 48 Stunden.

Sonntag war die H.J. bei uns. In Zukunft dürfen wir noch H.J.-Dienst machen. Vormittags Militär, nachmittags Schule und zwischendurch in der Freizeit H.J. Die könnten wahrhaftig da bleiben, von wo sie gekommen sind. Wenn sie wirklich mit Dienst anfangen, verscheißern wir sie so, daß sie sich nicht mehr sehen lassen.

Nun viele Grüße.

Dein Richard

Gepke Lüttjes an seine Frau Emma Lüttjes

10. 11. 43.

Meine liebe Emma!

Nach Deinem Brief vom 31. 10. kam inzwischen auch der noch ausstehende vom 25. 10. an, und heute kam nun merkwürdigerweise der vom 5. 11. gleichzeitig mit dem vom 2. 11. an. Du schreibst ja allerhand Neues und Interessantes. Karstadt hat es nun also auch erwischt. Ein Glück, daß alle unsere Lüttjes=Familien unversehrt geblieben sind.

Wenn dieser Brief ankommt, seid Ihr höchstwahrscheinlich schon beim Schweineschlachten: Da gibt's dann reichlich zusätzliche Arbeit. Hoffentlich geht alles glatt von statten.

Daß Dich »Kabale u. Liebe« begeistert hat, kann ich verstehen. Ich entsinne mich einer großartigen Aufführung vor 6 oder 7 Jahren in Jever, in der auch der Ferdinand ausgezeichnet dargestellt wurde.

Inges Zensuren im Deutschen sind ja wirklich sehr erfreulich. Hoffentlich klemmt sie sich nun auch in den anderen Fächern dahinter. Und Therese? Begreift sie das Rechnen? Na, zu Weihnachten muß ich mal wieder mit den beiden »repetieren«. Ich könnte an sich wohl auch mehr als 5 Tage bekommen als Vorschuß auf den nächsten Jahresurlaub, aber eben nicht zu Weihnachten. Da ist jede andere Beurlaubung verboten.

Mein Schießtag war nicht gerade vom Wetter begünstigt, morgens war es regnerisch und trübe, dann wurde es etwas besser. Ich habe eine ganze Reihe Leute, die kaum die Figur erkennen, da kann man eben nicht in jedem Falle gute Ergebnisse verlangen. Ich selbst habe natürlich vorgelegt, wie es sich geziemt für einen Kompaniechef!!

Habt Ihr die Führerrede gehört? Sie hat wohl allenthalben die Menschen wieder so recht aufgemöbelt. Ich hörte gestern mittag die Wiederholung. Man bekommt doch erst mal wieder einen guten Schwung, nicht wahr?

Für heute Dir, m.l.E., und all meinen Lieben herzlichste Grüße.

Dein Gepke

Richard Schlosser an seine Eltern

den 19. 11. 43

Liebe Eltern!
Endlich, gestern war es so weit. Wir haben geschossen. Um halb ½ 8 fing der Alarm an. Um 8 Uhr fingen wir an zu schießen. Nach 3 Schuß fiel unser Geschütz aus, da etwas gebrochen war. Dann wurden wir aufgeteilt an die anderen Kanonen. Dort machte ich einen Munikanonier. Dabei stand ich ungefähr 3 m vom Geschütz weg. Die Dinger machen einen furchtbaren Krach. Mir war es so, als wenn mein Trommelfell platzte. Das linke Ohr summt mir jetzt noch. Da nützt auch die Watte nichts. Beim Schuß schließt man am besten die Augen. Denn wenn man vom Mündungsfeuer geblendet wird, sieht man für 3 Minuten nichts. So ging es mir auch.

Mit einigen kurzen Unterbrechungen schossen wir dauernd. Das Rohr konnte man nicht anfassen. Bis ½ 11 dauerte der Alarm.

Das machte mal Spaß. Denn ohne Schießen wird das hier stur.

Meine Uhr ist dabei glücklich auch kaputt gegangen. Der Knopf zum Aufziehen ist herausgefallen.

Nach dem Alarm fanden wir in unserer Bude eine wüste Unordnung vor. Ein Schrank lag quer vor der Tür. Die Koffer lagen mit Inhalt auf der Erde. Der Kalk war von der Decke gefallen. Jedenfalls ein unheimliches Durcheinander. Nachdem wir dann etwas aufgeräumt hatten, legten wir uns in die Kojen und haben uns mindestens bis 12 noch erzählt.

Viele Grüße von Euerm
Richard

Richard Schlosser an seine Mutter Cäcilie Schlosser

den 26. 11. 43

Liebe Mutter!
Montag hatten wir wieder geschossen. Das war in der Nacht, als der Angriff auf Berlin war. Diesmal schossen wir 79 Schuß. Allmählich gewöhnt man sich an die Bullerei. Nach 4 Schuß wurde die Hülse nicht mehr ausgeworfen. Das Rohr mußte jedesmal heruntergedreht und die Hülse mit dem Rohrwischer herausgestoßen werden. Etwa 1000 Schuß haben wir hier in den beiden Batterien verschossen.

Hinterher mußten wir Muni auffüllen. Dabei hätte mir einer bald ein

Auge ausgeschlagen. Er stieß mir mit seiner Granate im Dunklen genau gegen die linke Augenbraue. Na, das ging noch einmal gut.

In der nächsten Nacht flogen die Tommys wieder über uns hinweg. Mindestens ½ Std. brummte es. Wir hatten Schießverbot bis zum ersten Bombenabwurf. Daher kamen wir leider nicht zum Schuß.

Müde bin ich immer. Fast jede Nacht 2 bis 3 Stunden Alarm. Morgen müssen wir um ½ 7 raus.

Am Mittwoch wurden wir geimpft. Mir tut jetzt noch das ganze Kreuz weh.

Heute waren wir wieder zum Baden. Es ist bloß immer so ein blödsinnig langer Weg. Als wir zurückkamen, gab es gerade Alarm. Das Werk wird dann immer eingenebelt. Dazu wird eine Säure verwendet. Auf dem Weg mußten wir an solch einer Anlage vorbei. Die Säure wird als feiner Regen versprüht und verwandelt sich dann zu Nebel. Als wir vorbeikamen, wehte der Wind uns den ganzen Mist ins Gesicht. Das brannte furchtbar. Ich nahm zum Glück gleich meinen nassen Waschlappen und wischte das Zeug ab. Daher ist nicht mehr viel zu sehen. Manche sehen aus wie die Aussätzigen.

Wir haben eine Mathe- und eine Deutscharbeit geschrieben. Die Mathearbeit werde ich ganz gut haben. Bis jetzt weiß ich noch keinen Fehler. Deutsch: Aus dem Leben in der Batterie. Ich beschrieb den Fliegeralarm am Montag.

Für die Karte und die Briefe vielen Dank. Anbei Stanniolpapier, das die Engländer am Montag abwarfen.

Nun viele herzliche Grüße an alle von Deinem
Richard

Richard Schlosser an seinen Vater Theodor Schlosser

den 27. 2. 44

Lieber Vater!
Gestern bin ich in Celle zur Nachmusterung gewesen. Kriegsverwendungsfähig.

Celle ist eine ganz hübsche Stadt. Am Nachmittag habe ich sie mir angesehen. Mit Marienwerder ist sie jedenfalls gar nicht zu vergleichen.

Und nun die größte Neuigkeit. Wir haben zwei Abschüsse. Die Spritzen sehen mit den Ringen gleich ganz anders aus. Diese Abschüsse sind vom 21. Januar. Am 30. Januar hatten wir auch 4 eingereicht. Hoffentlich werden uns davon auch ein paar zuerkannt.

Sonst ist es hier noch genauso stur wie vorher. An das Militärleben werde ich mich nie gewöhnen. Heute nacht beim Alarm war ich noch ganz verschlafen und dachte beim Aufstehen nicht an das dreistöckige Bett. Ich bin dann auch mit entsprechender Geschwindigkeit nach unten gerasselt.

Zum Glück habe ich mir nichts getan, außer ein paar grünen und blauen Flecken.

Was machen die Hühner und Kaninchen?

Viele Grüße.

Dein Richard

Urkunde

Nun aber bleibt Glaube, Hoffnung, Liebe, diese drei;
aber die Liebe ist die größte unter ihnen.
1. Kor. 13,13

Ingeborg Magdalena Elisabeth Lüttjes

geboren am 11. 8. 1929 in Jever, getauft am 1. 9. 1929 in Jever
ist am 19. März 1944 in der Evang. Stadtkirche zu Jever konfirmiert worden.

Dr. Schöler, P.

Richard Schlosser an seine Eltern

den 2. 5. 44

Liebe Eltern!

Jetzt sind wir endlich wieder feuerbereit. Schade, daß wir Sonnabend noch nicht schießen konnten, als der Angriff auf Berlin war. Die Verbände kamen wieder scharenweise hier herüber. In der Nähe kamen 3 Maschinen herunter. Ich habe einige Aufnahmen gemacht. Nun bin ich sehr neugierig, wie es das erste Mal mit unseren neuen Spritzen klappen wird.

Vorgestern bekam ich einen Brief von Hugo Bünting. Sein Bruder Karl ist am 1. 4. bei Pleskau gefallen. Siegfried Möller ist auch gefallen. So geht einer nach dem anderen dahin. Hugo ist jetzt Matrose und augenblicklich beim O.K.M.

Ich habe mir eine Kaulquappenzucht in zwei Marmeladengläsern angelegt. Die Viecher bekommen jeden Tag frisches Wasser und gedeihen vorzüglich. Meine Kaulquappen sind sogar schon größer und feister als die im Teich. Man kann sie sehr leicht fangen, denn an einer stillen Stelle im Teich wimmelt es geradezu davon. Wenn man einmal mit dem Glas da hindurch fährt, ist es ganz schwarz von diesen Dingern da drin. Sie haben auch noch einen Vorteil. Der U.v.D. beschäftigt sich beim Stubendurchgang nicht so sehr mit uns, sondern sieht sich interessiert die Kaulquappen an.

Sonntag waren wir in der K.d.F.-Scheune zu einer Wehrmachtsvorstellung. Ein Orchester spielte Opern- und Jazzmusik. Ein ziemlich blödes Weib sang und verstellte sich dabei sehr. Die erntete aber nicht den Erfolg, den sie sich wohl davon versprochen hatte. Heiser war sie außerdem. Das Orchester spielte sonst ganz gut. Die Künstler hatten natürlich furchtbare Mähnen.

Sonntag war auch ein SS-Führer da und veranstaltete eine Werbeaktion. Er meinte unter anderem: »Euch, die ihr doch die geistig Höherstehenden seid und jetzt in allen H.J.-Einheiten, in denen ich bisher geworben habe, fehlt, braucht die SS als Führer genau so wie alle anderen Wehrmachtsteile. Wir sind natürlich auch für den Volksoffizier, aber wir können unser Führerkorps nicht allein darauf aufbauen. Warum vergeßt gerade ihr immer die Waffen-SS bei eurer Wahl.« Er bat uns händeringend, zur Waffen-SS zu kommen. Zum Schluß der Erfolg: Von 80 Mann bekam er einen einzigen. Als er uns dann entließ, konnten wir uns vor Lachen nicht mehr halten. Schadenfreude herrschte überall über diesen Mißerfolg.

Nun seid herzlichst gegrüßt von
Euerm Richard

Richard Schlosser an seine Eltern

den 22. 6. 44

Liebe Eltern!
Vorgestern war hier wieder allerhand los. Morgens um ½ 9 kam Vollalarm. Nach einiger Zeit erschienen die ersten Verbände mit Kurs Berlin. Aber plötzlich machten sie alle kehrt, und schon flog von einem Flugzeug das Angriffszeichen herunter. Wir dachten schon, wir hätten einen abgeschossen. Das Zeichen zog eine lange Rauchfahne hinter sich her und brachte einen Ton hervor, der etwa dem Geräusch eines abstürzenden Flugzeugs glich. Dann ließ der erste Verband seinen Segen fallen. Etwas unheimlich wurde uns allen dabei, aber es wurde trotzdem weiter geschossen. Dieser Verband hatte seine Bomben vorzeitig gelöst, da es ihm durch das Flakfeuer zu brenzlich wurde. Die folgenden 5 Verbände haben dafür aber Präzisionsarbeit geleistet. Auf den Bahnhof ist eine ganze Masse raufgegangen. Na, und wo die anderen hingegangen sind, das könnt Ihr Euch ja denken. Ein paar Bomben hatten sie auch uns zugedacht, aber zum Glück vorbeispekuliert. Uns ist nicht das geringste passiert. Ich glaube, die kommen bald wieder, um ihr Werk zu vollenden. Das ist ein nervenkitzelndes Gefühl, wenn man die Maschinen über sich sieht und zusehen muß, wie sich eine Bombenwolke vom Verband löst. Und nachher hat das gepesert! Das war nur eine einzige, riesenhafte Qualmwolke in der Gegend des Bombenwurfes. Na, das haben wir glücklich überstanden.

Gestern kam wieder Vollalarm. Durch die Erfahrung belehrt, fing die Nebeltruppe an zu räuchern, da war alles dran. Man konnte nachher keine hundert Meter mehr sehen. Wir haben auch wieder geschossen.

Der erste von uns bekam vorgestern die Einberufung zum R.A.D. Dann werden wir ja sicherlich im August auch drankommen.

Nun seid alle herzlichst gegrüßt von
Euerm Richard

Charlotte Grote an ihre Freundin Edda Jäger

Lötzen, d. 23. 8. 44

Meine geliebte Edda!
Dein lieber Brief vom 5. 8. hat mich ebenso überrascht wie erfreut u. hätte daher wohl weit früher beantwortet werden sollen. Aber diese Zeit

ist so beschwerlich in der Wirtschaftsführung, daß man nicht zu allem kommt, was man gerne möchte.

Mein Gutes, Liebes, es heißt für Dich immer weiter Geduld haben in der ach schon so morschen Leibeshülle. Der Christ darf nicht fragen: Warum? Dein u. auch unser Leben hat sich ja längst erfüllt u. wir hängen nicht mehr am Dasein, kennen auch keine Todesfurcht. So hat uns die sehr bedrohliche Lage vor etwa 3 Wochen garnicht aufgeregt, nur wegen seiner Lieben u. des Vaterlandes hatte man seine Besorgnisse. Sie bestehen noch, denn der übermächtige Feind steht hart an unseren Grenzen, nach wie vor. Das kann wohl noch viele Wochen so bleiben, ehe die »Wunderwaffen« kommen, von denen allzuviel geredet wird. Möchte unser Volk in dieser Notzeit zu den ewigen Quellen zurückfinden u. Gott Barmherzigkeit üben. Die Großen sind mit dem Prahlen auch schon stiller geworden. Die Ereignisse des 20. Juli u. folgende haben uns innerlich ganz elend gemacht. Zu welchen furchtbaren Äußerungen des Hasses treibt diese Zeit die Menschen. Es ist dies alles nur in einer Gottesferne möglich, in einer Verantwortungslosigkeit ohne Gott.

Du fragst so lieb nach unseren Kindern. Cäcilchens Älteste, Gertrud, ist für 6 Wochen als Briefträgerin eingesetzt, sie ist in der obersten Oberschulklasse. Richard, 16 Jahre, ist z.Zt. Arbeitsmann in der Gegend von Bromberg, nachdem er ein Jahr lang Luftwaffenhelfer war. Ein großer starker Junge mit kindlichem treuem Gemüt u. viel Familiensinn. Er wird wie ein Mann herangenommen bei seiner Länge u. der schweren Arbeit. Dorothea ist die 14jährige praktische, im Haushalt fleißige Tochter, die für Arbeit auf dem Lande schwärmt und die Großmama sehr stürmisch liebt. Rudi, 13 Jahre, ist in der Schule sehr forsch u. tüchtig. Der 9jährige Walter ist gut begabt, etwas scheu u. verträumt. Der Kleinste von 2½ Jahren ist ein süßes Bengelchen u. aller Freude. Cäcilchen findet kaum durch bei all den Ernährungs= u. Bekleidungssorgen für die Vielen.

Henriette haust in Berlin in ihrer durch Bomben vielfach zerrütteten Wohnung wirklich mit Lebensmut, um den Kindern das letzte Stückchen Heimat zu erhalten. Die Töchter studierten bisher in Prag. Die Große wird im Oktober ihr erstes Kindchen bekommen, ihr Mann ist Oberarzt bei Plosken, auch arg gefährdet. Dann wird Henriette mit 44 Jahren Großmutter u. ich Urahne eines zahlreichen Geschlechts. Was alles aus einem Menschen werden kann! Aber man sagt jetzt wohl »Ahnfrau«.

Unsere Hanna ist unser Trost u. Sonnenschein. Sie hat ländliche Pensionäre (2 Kinder), um sich ernähren zu können, dauernd Einquartierung, die alle Augenblick wechselt, auch mal Künstler im grauen Rock, die begeistert bei ihr unsern schönen Flügel entdecken. Manchmal übt sie auch noch ihre Kunst im Malen und Modellieren.

Eduard wird recht müde u. kann wenig mehr leisten. Er hat auch gar keinen Lebenswillen mehr, seit ihm durch den Tod unseres lieben Godehard die letzte schwerste Wunde geschlagen wurde. Die Schwiegertochter hält uns auf dem Laufenden über das Ergehen der Kinderchen. Die beiden Ältesten sind gute begabte fleißige Schulkinder, besonders für Rechnen, das Special Interesse der Grotes. Mit Karls höherer Mathematik kam Eduard auch schon nicht mehr mit. Ich kann die Bilder unserer Söhne täglich mit frischen Rosen aus dem Garten schmücken, Rosen aus Prien, die hier prachtvoll gedeihen.

Gartenbau u. Hühner sind meine Ablenkung, Arbeit u. Ernährungsverbesserung. Auch kann man damit manchen eine kleine Freude bereiten, was das Schönste ist. Der alte wackelige Körper will nun auch nicht mehr recht mit. Und man muß viel mehr leisten als sonst.

Gott befohlen, geliebtes Herz. Meine Gedanken sind in sorgender Liebe bei Dir. Gott nehme uns alle in seinen Vaterschutz in dieser unheilvollen Zeit.

In alter Treue Deine Charlotte.

Richard Schlosser an seine Mutter Cäcilie Schlosser

Stettin, den 16. 12. 44

Liebe Mutter!
Mit 5 Std. Verspätung lief der Zug hier in Stettin gestern ein. Es fuhr keine Straßenbahn mehr, daher übernachtete ich in der Wehrmachtsunterkunft in der Nähe des Bahnhofs. Nachdem ich mir die Verspätung hatte bestätigen lassen, kam ich etwa um 8 Uhr in der Kaserne an. Ein paar Stunden mußten wir dann warten, ehe unsere Personalien aufgenommen wurden. Morgen sollen wir eingekleidet werden. Bis jetzt ist der Betrieb hier ziemlich ruhig. Ich werde mich wohl bald wieder daran gewöhnen. Soviel wie ich gehört habe, sollen wir 8 Wochen hier bleiben und anschließend auf einen Lehrgang.

Der Rudi soll die englische Lektüre »Mac Beth«, die oben bei mir liegen muß, dem Brandenburger zurückbringen.

Seid alle herzlichst gegrüßt von Euerm
Richard

Theodor Schlosser an seinen Sohn Richard Schlosser

Marienwerder, den 20. Dezember 1944

Lieber Richard!

Du und Gertrud, Ihr wedet nun fern von uns die Weihnachtstage verleben. Das ist auch einmal etwas Gutes. Man lernt dann erst richtig schätzen, was Weihnachten in einem christlichen Elternhause bedeutet. Ich denke da besonders an die Weihnachten 1917 in Flandern. Da saß ich in einem Kloster vor dem Kamin, auf den ich zwei Kerzen und Dürers Bild von der heiligen Nacht gestellt hatte. In der Ferne grollte die Materialschlacht, und ich dankte Gott für den Frieden fern davon. Und dann die verschiedenen Weihnachten als Hilfsprediger und 1925 allein in Schwarzenau. Und dann 1926 zusammen mit Mutter und Dir. Wie schön war das! Wir wollen zu Gott bitten, daß dies die letzten Kriegsweihnachten sind und daß Ihr beide bald wieder bei uns seid. Ich hoffe doch sehr, daß jetzt eine Wendung des Krieges eintritt. Ich kann mir nicht vorstellen, daß wir zum Angriff angetreten sind ohne begründete Aussichten auf Erfolg. Manchmal wünsche ich mir, noch einmal dabei zu sein. Ich hoffe, daß wir zum mindesten den Feind, der nördlich Aachen bis zum Niederrhein steht, zum Rückzug zwingen, wenn nicht sogar einkesseln und ihm damit eine vernichtende Teilniederlage beibringen. Es kann auch bei Glücken dieses Schlages erwartet werden, daß die Franzosen und Belgier, soweit sie vernünftig sind, unruhig werden und sich gegen die Alliierten wenden. Gott sei unserem lieben Volke wieder gnädig!

Morgen muß ich die Weihnachtsgottesdienste festlegen.

So, nun leb wohl, mein Kind! Gott segne Dich auch fernerhin! Er gebe Dir viel Kraft und mache Dich während dieser Zeit recht lebenstüchtig! Wir gehen ernsten Zeiten entgegen und können darin nicht träumen. Die Augen aufgemacht und tapfer sein!

Herzliche Grüße von Deinem Vater Theodor.

Richard Schlosser an seine Eltern

Stettin, 1. 1. 1945

Liebe Eltern!

Vaters Brief habe ich mit vieler Freude erhalten. Herzlichen Dank. Mir geht es noch immer gut. Es gibt täglich entweder 50 gr. Butter oder Margarine. Bei der Flak war die Verpflegung schlechter.

Nach dem Dienst ist man meist so hundemüde, daß man froh ist, wenn man in die Falle kommt. Der Dienst ist zwar interessant, aber ich freue mich doch immer auf den Abend und damit auf das Schlafen, wenn man ruhen und das Gelernte verdauen kann. So viel wird ja auch noch nicht verlangt. Ab und zu borge ich mir den Reibert von einem Obergefreiten. Das ist schon eine große Erleichterung.

Am 28. waren wir beim Photographen. Ich bin ja neugierig, was daraus wird. Gleichzeitig wurden die Zivilsachen abgeschickt. Hoffentlich kommen sie gut an.

Silvester habe ich verpennt.

Mantel und Handschuhe haben wir jetzt auch bekommen. In den letzten Tagen hat es hier zum ersten Mal geschneit. Der Schnee liegt 30 cm hoch.

Nun seid alle herzlichst gegrüßt von Euerm
Richard

Gepke Lüttjes an seine Frau Emma Lüttjes

4. 1. 45

Meine liebe Emma!
Heute kam nun nach dem 27. 12. endlich wieder ein Brief an, und zwar der von Inge vom 21. 12., zu dem ich mich natürlich sehr gefreut habe. Eigenartig, daß es augenblicklich wieder so lange dauert mit der Post. Allzu gern wüßte ich ja nun, wie Euch Weihnachten bekommen ist. Inges Brief beantworte ich anbei auf ihrem »Antwortbogen«.

Seit heute liegt der Stab nun bei uns. Mein Chef liegt im Zimmer nebenan bei mir. Der Winter zeigt sich jetzt von seiner rechten Seite; heute morgen −15°, allerdings stille Kälte.

Gestern sah ich nach längerer Zeit mal wieder einen ganz netten Film »Der Engel mit dem Saitenspiel« (Herta Feiler, Hans Söhnker in den Hauptrollen). Dazu Wochenschau (Bilder vom Führer) und ein Film von der nordfriesischen Küste. Vorgestern kam leider ein Alarm dazwischen.

Zu Inges Zeugnis kann man sich im Ganzen wohl freuen. Daß es mit einzelnen Fünfern mal hin und her geht, kann man ja verstehen.

Für heute Dir, meine lb. Emma, und allen Lieben herzl. Grüße.

Dein Gepke

Henriette Kamper an ihre Nichte Gertrud Schlosser

Berlin, d. 29. 1. 45.

Mein Trudchen, Deine Sorgen um zu Hause kann ich Dir sehr nachempfinden, bin ich doch in gleicher Unruhe. Bisher bin ich noch ganz ohne Nachricht. Deine Mutter wird ja mit den Geschwistern bald ankommen, da andere Züge aus Ost- u. Westpreußen über eine Woche unterwegs waren; aber die Großeltern u. Tante Hanna sind wohl mit in Königsberg eingeschlossen. Die Ärmsten, ich bin in großer Angst um sie. Die Mutter kann mit Deinen Geschwistern dann in Varel bei Jägers unterkommen. In Cottbus geht es doch nicht länger. Liebchen, schreib bald wieder. Hoffentlich kommt bald bessere Nachricht.

Herzlichst Deine Tante Henriette.

Hans Jensen an Gertrud Schlosser

Cottbus, den 3. Febr. 45.

Liebe kleine Gertrud!

Leider kann ich Dir noch gar keine Nachricht von Deinen Eltern und Geschwistern geben, wir haben noch nichts gehört. Tante Kamper rief schon dreimal von Berlin an und fragte, ob wir etwas wüßten. Nach Auskunft Deiner Tante sollte Deine Mutter mit den Kindern vor 2 oder 3 Wochen nach hier abfahren. Sie sind aber hier nicht angekommen, und gehört haben wir auch nichts. Auch von Deinem Vater kein Lebenszeichen. Vielleicht überstürzten sich dort die Sachen so, daß niemand mehr fortkam. Wir können nur hoffen, daß sie alle am Leben sind. Sobald wir irgend etwas erfahren, bekommst Du sofort Nachricht.

Zu uns kommt die Front auch immer näher und wissen wir nicht, was in nächster Zeit passiert.

Daß Du mit besonderen Gefühlen durch Cottbus gefahren bist, kann ich mir vorstellen. Wie gern hätten wir Dich hier mal wiedergesehen und bewirtet, wenn Du hättest aussteigen können. An Urlaub wird wohl jetzt nicht zu denken sein. Und dann wissen wir ja auch nicht, wie lange es hier noch gut geht. Onkel Albert kam vor kurzem auf einer Dienstreise einige Tage hier durch und fuhr wieder zurück nach seiner Dienststelle in Pommern. Onkel Heinrich hat jetzt auch seine ganze Familie hier. Er möchte sie gern forthaben, weiß aber nicht wohin.

Nun, liebe Gertrud, bleib gesund. Hoffentlich erfährst Du bald etwas von den Deinen.

Recht herzliche Grüße von Deinem Onkel Hans.

Henriette Kamper an ihre Nichte Gertrud Schlosser

Berlin, d. 4. 2. 45.

Mein liebes Trudchen, noch immer habe ich nichts von den Eltern gehört, so müssen wir noch weiter warten. Vielleicht ist die Mutter mit den Geschwistern inzwischen in einem Sammellager gelandet u. Post ist unterwegs u. dauert nur so lange, oder die Mutter ist krank geworden u. wartet mit der Weiterfahrt. Über die Weichsel ist sie doch hoffentlich noch herüber gekommen, daß sie nicht nach Königsberg hat fahren müssen u. von dort vielleicht über Pillau mit dem Dampfer abfuhr. Man überlegt hin u. her u. kommt doch nicht zum Ziel. Die arme Doro, wo mag sie an ihrem Geburtstag stecken. Von den Großeltern u. Tante Hanna hörte ich auch noch nichts. Mein Trudchen, es ist schwer, aber Gott wird uns helfen, durch all dies Dunkel zu finden. Ich möchte Dir gern Geld schicken, damit Du nicht knapp bist u. in Verlegenheit kommst. Ich warte nur noch Nachricht von Dir ab, daß Du dort in Artern wirklich gelandet bist. Von Richard bekomme ich keine Antwort, er ist wohl schon abgerückt.

Es grüßt Dich recht herzlich Deine Tante Henriette.

Cäcilie Schlosser an ihren Sohn Richard Schlosser

Stettin, Sonntag
4. Februar 1945

Mein lieber Richard! Seit Dienstag d. 30. 1. sind wir hier in Stettin und wohnen in Stift Salem bei Pfr. Thieme, den Vater von Westfalen her kennt. Es tut uns sehr leid, daß wir Dich hier nicht mehr antrafen. An Sonntag d. 21. 1. zogen wir ohne Vater los, mit der Kleinbahn bis Kurzebrack, dann Fähre und mit Rodelschlitten und wenig Gepäck nach Munsterwalde. In derselben Nacht mußten dann alle Marienwerder verlassen. So trafen wir mit Vater wieder in Stargard zusammen. Von dort ging's mit LKW bis Konitz. Von da 4 Tage und 4 Nächte Eisenbahn bis hier. Wie lange wir hier noch bleiben ist natürlich unbestimmt. An Tante Lena gebe ich immer Nachricht, wo wir uns aufhalten. Gib Du nur auch Nachricht. Wo Gertrud stecken mag, weiß man nicht, denn ihr Lager wird doch auch aufgelöst sein. Von den Großeltern und Tante Hanna weiß man auch nichts. Das tägliche Sorgen für die Familie hilft über vieles hinweg.

Vater und die Geschwister lassen grüßen.

In Liebe
Deine Mutter

Gepke Lüttjes an seine Frau Emma Lüttjes

7. 2. 45

Meine liebe Emma!
Mit der Postzustellung ist es manchmal ganz eigenartig. Nachdem ich vor einer Woche den letzten Brief erhielt, und zwar den überfälligen einen (Nr. 18. v. 7. 1.), kam nun gestern bereits die Karte vom 1. 2. an. Aber den Rekord geschlagen hat ein Brief von Uropa, den ich heute unter Feldpost erhielt und der am 3. 2. in Jade abgestempelt ist. Da ich nun als bestimmt annehme, daß Du zwischen dem 21. 1. und 1. 2. auch noch geschrieben hast, wohl zweimal, bin ich weiterhin auf jeden Abend, an dem Post über Frau D. eintreffen kann, gespannt. Bekommst Du eigentlich meine Briefe ziemlich regelmäßig? Du schreibst so wenig darüber.

Sehr lieb wäre mir, wenn Du mal über die letzten Gehaltszuweisungen berichtetest. Vielleicht hast Du den Brief von mir in diesem Sinne schon inzwischen beantwortet. Aus der Karte vom 1. 2. geht ja hervor, und darüber freue ich mich sehr, daß es Euch den Verhältnissen entsprechend gut geht. Ich kann ja wirklich auch nicht klagen. Wenn man an das schwere Los denkt, das so manche Familie aus dem Osten getroffen hat, wird einem ja bisweilen etwas bang ums Herz. Aber es hilft ja nicht, die schweren Schicksalsschläge müssen gemeistert werden. Hoffentlich dürft Ihr in Eurem Heim bleiben!

Eure Stube ist also inzwischen wieder hergerichtet worden. Da wird es also wieder wohnlicher drin sein als die letzten 4 Wochen. Und eine Schneiderin hast Du bekommen. Das klingt ja beinahe märchenhaft.

Das Tauwetter ist hier geblieben, und es ist jetzt sozusagen vollkommen »offenes« Wetter. Wenn es noch etwas anhält, habe ich zu meinem Schulgefechtsschießen am Dienstag günstige Voraussetzungen.

Am Montag abend erlebte ich mal wieder einen ganz besonderen Kunstgenuß. Die »Entführung aus dem Serail« von Mozart wurde hier als Konzert geboten. 2 Sängerinnen und 3 Sänger (Muskoten!) gaben einen Querschnitt durch die Oper. Besonders die Männerstimmen waren geradezu überragend. Die komischen Partien wurden herrlich herausgebracht. Nach Hause gekommen, hörte ich dann noch den Schluß der Montagabend=Sendung: »Für jeden etwas«.

Heute abend werde ich mir einen bisher unbekannten Film ansehen: »Das war mein Leben« (aus dem Leben eines Landarztes). Ab morgen gibt es den wundervollen Film: »Frau Sixta« (ich sah ihn früher schon mal). Und nun noch, meine liebe Emma, für heute

herzliche Grüße
von Deinem Gepke

Waltraud Schlosser an Gertrud Schlosser

Cottbus, 9. Febr. 45.

Meine liebe Gertrud!
Wir sind mit unseren Gedanken viel bei Dir und teilen mit Dir die Sorge um Deine Eltern und Geschwister. Auch wir sind leider ganz ohne Nachricht bisher, wollen aber hoffen, bald Gutes von ihnen zu hören. Außer dieser Sorge hast Du gewiß schlimme Tage hinter Dir, bis Ihr mit Euerm Lager im Innern Deutschlands in Sicherheit gebracht wurdet. Auch an Richard denken wir, der jetzt gewiß zum Einsatz kommt. Wer hätte gedacht, daß uns noch so Schweres bevorstand? Und nun hofft man immer auf ein Wunder, das uns wieder eine bessere Zeit bringt und uns mit all unseren Lieben vereint.

Von meiner Tante aus Bielitz fehlt auch jede Nachricht, und nehmen wir an, daß sie dortbleiben mußte. So vieles ist von Russen besetzt, und wo mögen die Verwandten sein?

Seit dem 19. bin ich mit den Kindern und meiner Mutter hier in Cottbus bei Onkel Heinrich. Wir sind nun wenigstens zusammen und warten ab, was weiter werden soll. Cottbus ist jetzt Frontstadt geworden. Ich hoffe ja, daß hier nicht geräumt zu werden braucht, aber wegen der Gefahr der Fliegerangriffe haben wir beschlossen, daß wir doch wieder nach Schreiberhau zurückkehren wollen. Nun ist die große Schwierigkeit, daß man mir keine Reisebescheinigung zurück in meinen Wohnort geben will. Sollten wir von Schreiberhau wegmüssen, habe ich Hoffnung, bei einer Freundin in Thüringen unterzukommen, sonst geht's zum Westen, obwohl mir dort graut vor den schrecklichen Angriffen. Wir können nur hoffen, daß bald eine Wendung zum Besseren eintritt. Das Flüchtlingselend ist doch furchtbar.

Liebe Gertrud, halt den Kopf hoch. Schreib uns, wir nehmen teil an Deinen Nöten und denken immer an Dich.

Nimm recht viele liebe Grüße von uns allen, besonders von

Deiner Tante Waltraud.

Liebe Gertrud! Alle meine Bemühungen, irgendwelche Nachrichten zu bekommen, sind bisher gescheitert. Inzwischen bin auch mit der Vermißtenzentrale in Verbindung getreten, doch es ist noch keine Antwort eingegangen. Hier aus Marienwerder angekommene Flüchtlinge kannten Theodor nicht. Sie sind wohl auch schon vor dem 21. abgefahren. Du darfst versichert sein, ich bemühe mich weiter, und Du darfst Dich auch darauf verlassen, daß ich Dir immer mit Rat und Tat zur Verfügung stehe und Du in allen Lebenslagen auf mich rechnen kannst. Verzage nicht, mein Mädel. Ich sorge mich genau wie Du um Deine Lieben.

Herzlichst Dein Onkel Heinrich.

Henriette Kamper an ihre Nichte Gertrud Schlosser

Berlin, d. 15. 2. 45.

Mein liebes Trudchen,
ob Du wohl inzwischen Nachricht hattest, daß die Eltern u. 4 Geschwister nach 9 Tagen Reise in Stettin eintrafen, dort aber schon am 6. 2. wieder ab= u. weiterfuhren. Mich erreichte eine Karte Deiner Mutter erst am 12. 2., so konnte ich ihr leider nicht mehr Deine Adresse mitteilen und daß sie in Varel unterkommen können. Nun werden sie wohl nach Schwarzenau weiterfahren. Ich hätte sie ja auch unterbringen können, aber hier ist die Lage zu kritisch. Richard ist bei den Kämpfen in Schneidemühl. Von Dir habe ich seit meiner Reise nach Küstrin nichts mehr gehört. Durch den schweren Angriff am 3. 2. ist hier alles ins Stocken geraten u. wir hatten lange keine Post. Von den Großeltern u. Tante Hanna weiß ich auch noch nichts, nur, daß der Transport von Bethanien in Hamburg ankam. Ich habe mich erkundigt, ob sie dabei sind. Laß bald von Dir hören.

Es grüßt Dich herzlich Deine Tante Henriette.

Henriette Kamper an ihre Nichte Gertrud Schlosser

Berlin, d. 19. 2. 45.

Mein liebes Trudchen,
ob Du Deine Eltern wohl schon erreicht hast? Ich weiß leider noch immer nicht, wohin sie von Stettin fuhren.

Denke Dir, Oma, unsere Beste, Liebste, ist tot. Sie starb auf dem Transport nach Pillau. Opa liegt krank in Swinemünde im Krankenhaus. Tante Hanna ist als Hilfe des Roten Kreuzes eingesetzt. Hoffentlich kommt sie noch an.

Schreib doch mal Deiner Tante Henriette.

Cäcilie Schlosser an ihre Tochter Gertrud Schlosser

(4) Altentreptow (Vorpommern)
Oberbaustr. 43 b/Ohlborn
20. 2. 45

Meine liebe Gertrud!
Endlich wissen wir, wo Du steckst! Ich habe vorhin mit Tante Henriette telefoniert. So hast Du durch sie auch von uns und unseren Zwischenstationen gehört. Hier sind wir nun acht Tage und wollen noch so lange bleiben, bis Dietrich wieder ganz gesund ist. Er war sehr erkältet, fiebert heute wieder von neuem und klagt über sein Ohr. Mir selbst geht es auch nicht ganz gut, Hüften u. Ischias. Da wir eine warme Stube haben, wird es wohl wieder werden. Der Großvater ist in Swinemünde im Krankenhaus. Wir wollen sehen, daß er hierher kommt. Dann wollen wir weiter nach Varel ins Pfarrhaus Jäger, das uns alle aufnehmen kann u. will, wie Tante Henriette mir sagte. Ich hatte ja auch selbst schon daran gedacht, scheute nur die vielen Alarme dort. Aber das ist nicht zu ändern. Man hätte doch ein Heim in einem Freundeshaus. Es ist uns eine Beruhigung, jetzt ein Ziel zu wissen. – Daß meine gute Mutter, Deine liebe Großmutter, nicht mehr lebt, wird Dich auch betrüben. Ich war darauf gefaßt, da sie schon nach dem letzten Gespräch mit Tante Hanna am 19. Januar sehr schwach war. Sie wird wohl in Pillau beerdigt sein, wo sie gestorben ist. Wer weiß, ob man jemals ihr Grab sehen wird. Sie war bereit, heimzugehen u. hat einen sanften Tod gehabt. Aus ihren letzten Briefen klang schon immer der Abschied. Eine Mutter hat man nur einmal, es ist schwer, sie nie mehr wiedersehen zu dürfen u. bitter, daß man so viele Er-

innerungen an sie hat lassen müssen, besonders ihre vielen Briefe. Tante Hanna hat nicht mal bei ihr bleiben können bis zuletzt. Sie hat sich in Rastenburg dem Roten Kreuz zur Verfügung gestellt u. an Tante Henriette noch keinerlei Nachricht gegeben. Ebensowenig wissen wir von Richard. Als wir am 30. Januar in Stettin ankamen, war er schon fort zum Einsatz bei Schneidemühl. Lebt er noch, ist er verwundet, gefangen? Gott allein weiß es. Wir machten in Stettin Halt, weil wir nach viertägiger Bahnfahrt von Conitz aus ziemlich gerädert waren u. der Kleine auch schon sehr erkältet war. Dort hatten wir sehr gute u. freundliche Aufnahme in einem Krüppelheim gefunden, dessen leitenden Pfarrer wir kannten. Aber bei Alarm war es in Stettin auch nicht gemütlich, u. gestern hörte man, es solle geräumt werden. Welch ein neuer Flüchtlingsstrom wird sich dann wieder ins Land ergießen. Am 9. Februar vormittags zogen wir dann erneut mit unserm Gepäck zum Bahnhof, wo wir bis zum Abend herumsaßen, bis ein Zug Richtung Pasewalk losging, mit dem alle Flüchtlinge fort sollten. Wir fanden Platz auf einer offenen Lore, wo Stroh geschüttet war. Dann schaukelten wir Stunden bis Neubrandenburg, wo wir ausstiegen, da wir das Frieren doch nicht länger für ratsam hielten. Diese Art Beförderung hatte auch ihre Reize. Man hatte stets frische Luft, auch etwas mehr Bewegungsfreiheit als in vollgepfropften Abteilen u. konnte sich dazu noch die schöne Landschaft ansehen. In Neubrandenburg blieben wir 2 Nächte in einem Pfarrhaus in 2 Betten u. auf Matratzen. Dann ging es ab weiter hierher. Den hiesigen Superintendenten kennt Vater aus seiner Studentenzeit. Außerdem hat das Konsistorium eine Ausweichstelle für Westpreußen geschaffen. Die Schulen sind hier aber jetzt auch geschlossen. Wir wohnen bei den Küstersleuten, sehr einfach, aber sauber u. freundlich, Vater u. Rudi bei der Gemeindeschwester. Ich darf hier die Küche mit Kohlenherd mitbenutzen. Clo ist auf dem Hof. Elektr. Licht gibt es von abends 10 bis früh um 6 Uhr. So schreibe ich jetzt in der Nacht, nachdem ich schon 2 Std. geschlafen hatte. Wasser muß man frühmorgens zapfen. Diese Schwierigkeiten werden jetzt wohl überall die gleichen sein. Du wirst nun auch wissen wollen, wie unsere Flucht anfing u. was wir an Gepäck alles bei uns haben. Es ist natürlich herzlich wenig. Wir mußten ja über die Weichsel u. bis Munsterwalde zu Fuß. Da hatten wir nur unsern kleinen Rodelschlitten, um die Koffer zu befördern. Jeder hatte einen Rucksack. An Betten habe ich nur 2 Plumeaus mit. Mit Deinen und Richards Sachen hatte ich noch einen großen Karton gepackt, der am andern Tag zur Post gehen sollte, da Vater doch erst noch blieb. Aber am selben Sonntag abend mußten ja schon alle heraus. Wären wir gleichzeitig losgezogen, hätte ich den Karton ja noch mitgenommen. Es war auch noch viel Sommerzeug für die Kinder dabei. Deine Schmucksachen habe ich bei mir, auch das Silber haben wir mit. Aber wie wenig ist das u. was hat man alles lassen müssen. Mir ist der Gedanke am schwersten, daß Ihr Kinder nun keine Heimat mehr habt. Wo werden wir wieder neu anfangen können? Doro meint ja, für Euch Kinder sei es doch nicht so schlimm wie für uns. Da hat sie wohl recht. Ihr werdet Euch leichter mit dem Verlust abfinden u. an neue Verhältnisse gewöhnen. Es hängt ja alles von Deutschlands Schicksal ab. – Das Herz ist einem oft recht schwer, aber die tägliche Arbeit hilft einem weiter u. läßt nicht viel Zeit zum Grübeln. Ich bin froh, daß ich Tante Henriette heute gesprochen habe u. nun doch von Dir weiß, mein Kind. Vielleicht erreicht uns hier noch eine Antwort von Dir. Über Lüneburg, Ülzenerstr. 12 wollen wir dann nach Varel weiter, aber vielleicht erst in 14 Tagen (Varel/Oldenburg b/Frau Pfarrer Jäger). Leb wohl für heute. Gott beschütze Dich.

In Liebe Deine Mutter.

Theodor und Cäcilie Schlosser an ihre Tochter Gertrud Schlosser

15. 3. 45. Liebe Gertrud! Wir fahren heute über Lübeck, Hamburg, Bremen, Oldenburg nach Varel. Von Richard keine Kunde. Der Großvater ist hoffentlich aus Swinemünde abtransportiert! Mir graut vor der Fahrt. Schreib bitte sofort an die neue Anschrift: (23) Varel/Oldbg., b. Pfr. Jäger. Herzliche Grüße von uns allen. Dein Vater. – Liebe Gertrud! Deinen Brief haben wir voll Freude erhalten. Nun haben wir uns gerüstet zur neuen Fahrt, diesmal nicht so ins Ungewisse. Auch vor 30 Jahren fuhren Tante Henriette und ich nach Oldenburg ins Haus Jäger. Ich hoffe, daß uns dort so wie damals eine Heimat bereit ist. Es grüßt Dich in Liebe Deine Mutter.

Eduard Grote an seine Tochter Henriette Kamper

Freitag

Liebe Henriette!
Ich weiß nicht, ob meine Kräfte endlich ausreichen, Dir die Katastrophe zu beschreiben, die zu unserer geliebten Mutter sanftem Einschlafen in Pillau Seebahnhof am 30. 1. 45 abends 18 Uhr führte.

Am 20. 1. nahmen Mutters Beschwerden zu, sie störte mich die ganzen Nächte durch dauerndes Stöhnen, so daß ich selbst ganz von Kräften kam und Wehowsky bat, sie noch am Sonnabend nach Bethanien zu schaffen. Letzteres war schon im Aufbruch, die Schwestern waren nach Sachsen abtransportiert und nur Aushilfskräfte vorhanden.

Am Samstagabend wurde das Bahnhofspersonal entlassen, die Bahn von der Wehrmacht übernommen. Hanna wollte mit dem Auto des Magistrats abends abfahren, das gelang aber nicht, und so machte sie sich im Schneesturm zu Fuß nach Rastenburg auf (31 km) an tausenden flüchtenden Trecks vorbei, die die ganze Chaussee drei Fuhrwerke nebeneinander einnahmen, und traf am Montag früh total erschöpft am Bahnhof Rastenburg ein, wo sie unter Widerstreben bei der O.T. Lager 2 als Rote Kreuz Helferin Aufnahme fand.

Noch am Samstagabend ging ich nach Bethanien, Mutter fand ich schwach, aber sie bedauerte mehr eine junge Frau, die mit Gipsverband, wenngleich anscheinend schmerzlos im Bett lag. Ich hatte mir vorgenommen, das Schicksal mit Mutter zu teilen und sie unter gar keinen Umständen allein zu lassen. Sie ließ sich leider bei ihrer Klage sehr gehen und setzte den notwendigen Maßnahmen (z.B. Schieber) Widerstand entgegen, so daß ich sie mahnen mußte, sich zusammenzunehmen und nach Möglichkeit mitzuhelfen, leider völlig vergeblich. Am 23. 1. war kein Wasser, Licht und Gas mehr vorhanden. Wehowsky vertröstete mich auf den Lazarett-Transport. Aber ein eigenes Auto für uns kam nicht an trotz Wehowskys bestimmter Zusage, der selbst um 2 Uhr endgültig mit dem Auto abbrauste.

Zwischen 3 und 4 erschütterte eine ungeheure Explosion Bethanien in seinen Grundmauern, die städtischen Werke waren von Pionieren gesprengt worden, Lötzen mithin aufgegeben worden. Um 5 Uhr kamen zwei Omnibusse, die allerletzte Gelegenheit, die Stadt zu verlassen. Mutter fand keinen Liegeplatz, ich war von ihr getrennt, Sitzplätze mit Gepäck der letzten Flüchtlinge angefüllt. So begann die Fahrt. Junge Chauffeure, wegeunkundig, lenkten die beiden großen Omnibusse, nahmen noch in Kasernen p.p. weitere Personen auf, die ihnen den Weg zeigten, vorbei an Trecks in drei Reihen, die die Wege völlig verstopften, und häufige Unterbrechungen, Schneesturm!

Um die Mitternachtsstunde trafen wir am Bahnhof Rastenburg ein, wo ein verbogenes Gestänge repariert wurde, und um 2½ Uhr langten wir am Rastenburger Krankenhaus an, freundlich begrüßt von der Oberin, die uns als ihre Gäste aufnahm und uns ein komfortables Privatzimmer anwies. Hier begann der erste große Schmerz für Mutter. Eine ältere Königsberger Stationsschwester suchte Mutter anzufassen und beim Ausziehen zu helfen. Mutter schimpfte wüst, sie sei doch nicht gelähmt und könne auf dem Bettrand sitzen. Trotz meiner Schwäche versuchte ich mitzuhelfen, ohne Erfolg. Endlich sanken wir in einen tiefen Schlaf, Mutter gequält vom Mitleid für die unglücklichen Treckinsassen. Am 25. 1. war abermals Hanna anwesend, als verkündet wurde, um 5 Uhr gehe ein Lazarettzug, in dem Mutter einen Liegeplatz, ich einen Sitzplatz erhielte, während Hanna nicht mitfahren durfte. Eine tiefe Erregung ergriff uns alle, Hanna schluchzte herzzerbrechend. Entscheidend war der Pessimismus bei ihr über die militärische Lage, die ihr von der Wehrmacht in düsteren Farben geschildert worden war, die Strecke Rastenburg-Königsberg als von Russen besetzt, der Seeweg völlig vermint. Ich konnte dem nicht widersprechen, da ich es auch nicht besser wußte. Das Resultat unserer Flucht gab mir aber recht, daß die Wege zwar erschwert, aber sonst frei waren.

Um 5 Uhr wurden wir mit Pferdefuhrwerken, harten Tragen, zum Lazarettzug auf den Bahnhof transportiert. Langsam füllte sich der Zug, der zunächst 24 Liegeplätze neben ca. 30 Sitzplätzen enthielt, die von der N.S.V. mit unzähligen schreienden Kindern gefüllt wurden. Es wurde allein für die Kinder gesorgt, während die Alten in Liegestellung, mit Mänteln fertig angezogen, keinerlei Hilfe erfuhren. Es war so rasend eng, daß man seine Bedürfnisse nicht erledigen konnte. Jede kleine Bewegung verursachte der armen Mutter heftige Schmerzen. Die Kleidung verschmutzte hoffnungslos, Mutter fürchtete, sie würde sich durchliegen. Zwei rohe Helferinnen, denen unnütze Jungen folgten, suchten ihren Weg über die Beine der Liegenden, verletzten Mutter durch Treten auf den Oberschenkel, mich auf die Unterschenkel. Mutters Bein zeigte eine größere Blutunterlaufung, schon leichte Berührung schmerzte heftig. Als ich mir diese Behandlung energisch verbat, entlud sich der Haß der N.S.V., welche die Jungen gegen uns aufhetzte, in gemeinen Bemerkungen: Wir lägen nicht in Ehebetten!

In Wirklichkeit erkannte die Wehrmacht nur vier Liegeplätze an, alle übrigen waren von älteren Megären durch Einquetschung entstanden. Wir erhielten weder Ente noch Schieber, die höhnisch verweigert wurden. Auch Essen und Trinken wurde uns nicht gewährt, wir wurden vielmehr als gehfertig und völlig gesund beschimpft. Mutter, die hoch fieberte, verlangte nur kaltes Trinkwasser, das die faulen Helferinnen aus der nächsten Pumpe zu holen unterließen. N.S.V.-Fürsorge in Reinkultur auf Kosten der Alten und Kranken. Tagelang nahmen wir beide keine Nahrung zu uns. Jetzt begann die Fahrt schneckenartig, erst um Mitternacht trafen wir in Korschen ein, in Bartenstein erst am nächsten Nachmittag. Mutter war schon ohne Besinnung, schwacher Puls, sie verlor ihre schwarzen Wollhandschuhe. Die rechte Hand konnte ich mit eigenem Handschuh wärmen, die linke blieb kalt und wurde von Mutter trotz aller meiner Mühen immer wieder unter der Wolldecke vorgezogen. Mutter merkte bis hinter Königsberg, wo heftiges Flakfeuer lärmte, nichts von der langen Fahrt, wurde dann aber wieder besinnlich, als ich ihr die Vorgänge erzählte. In Metgethen empfing uns morgens die erste und einzige große Labung mit Vollmilch, die die schreienden Kinder beim besten Willen nicht bewältigen konnten. So fiel auch für uns noch reichlich Vollmilch ab, von Mutter mit Begierde getrunken. In Pillau und schon vorher zweitägiger Aufenthalt. Mutters Schwäche nahm zu, ich war so elend, daß ich wegen Durchfall (Ruhr) und Bronchitis mich nicht rühren konnte und vor Erschöpfung ca. eine Viertelstunde einschlief. Zwei Megären, zwischen mich und Mutter geklemmt, meldeten mir Mutters Einschlafen, das am 30. 1. 45 um 18 Uhr erfolgt war. Eine Stunde später wurde sie von zwei Sanitätern roh auf einer Decke hinausgetragen in die Baracke am Landungsplatz. Ich sah die Teure, Unvergeßliche nicht wieder. Über ihr Grab versuche ich Ermittlungen anzustellen.

Sei gegrüßt von Deinem Vater.

Clara Dohm an Theodor Schlosser

Münster, 29. 6. 45

Lieber Herr Superintendent,
wie habe ich mich gefreut, endlich wieder von Ihnen zu hören! Wie oft hatte ich in den letzten Monaten mit Sorge an Sie gedacht. So sind Sie wirklich den Russen entkommen, wenn auch nur unter großen Verlusten. Und in Jever finden Sie nun eine neue Heimat. Es ist schön, daß Sie wieder im Westen sind. Vielleicht sieht man sich dann doch mal wieder.

Daß Ihnen Ihr lieber Richard fehlt, wird Ihnen beim Einzug in Jever besonders schmerzlich sein. Die Ungewißheit über sein Schicksal ist wohl noch schwerer zu tragen als alles andere, was wahrlich schwer genug ist. Uns geht es so mit meinem ältesten Bruder, der im vorigen Herbst mit 44 Jahren noch eingezogen wurde und nun wohl in russischer Gefangenschaft ist. Seine Frau war mit vier kleinen Kindern von Berlin nach Schlesien evakuiert, ist im Januar ins Eulengebirge geflohen und dort im Schnee steckengeblieben und nicht mehr rechtzeitig herausgekommen.

Von unseren zehn Schwestern, die im Johannesstift in Spandau arbeiten, wissen wir auch nichts. Mein Trost ist Joh. 10,28.

Im übrigen geht es uns hier gut. Unser Haus ist fast heil und voll in Betrieb. Mit allen Stationen haben wir wieder Verbindung, außer Spandau. Nur eine Schwester ist umgekommen, drei sind verletzt, z. T. schwer. Eine Fülle von Arbeit liegt vor uns.

Seien Sie mit Ihrer Frau und den Kindern herzlich gegrüßt.

Ihre Clara Dohm

J. Schlosser
Superintendent

Jever, den 6. August 1945
Am Kirchplatz 16

Betr. Ihr Schreiben v. 23. 7. 45 Nr. IV

–.–.–.–.–

In der Anlage überreiche ich den Fragebogen der Militärregierung in doppelter Ausfertigung, wobei es mir wünschenswert erscheint, daß in Zukunft auf die Beantwortung der Frage B 3 j verzichtet wird; denn sie muß für jeden ehrliebenden Deutschen unerträglich sein. Welche Charakterlosigkeit traut man deutschen Menschen zu!!! Könnte die Staatsregierung nicht dahin wirken, daß diese ehrabschneidende Frage beseitigt wird?

An den
Herrn Landrat
in Jever

Schlosser
Superintendent

Georg Tanner an Emma Lüttjes

Braunschweig, 20. 9. 45

Sehr verehrte Frau Lüttjes!
Mit Ihrem Gatten war ich bis vor ca. 14 Tagen im Gefangenenlager bei St. Avolt zusammen! Er fühlte sich den Verhältnissen entsprechend noch wohl und gesund und erwartete seine Entlassung. Ich wünsche Ihnen, daß auch für Sie bald der Tag des Wiedersehens komme! Ihr Gatte hat gern von Ihnen, seinen 5 Töchtern und seinem Lebenskreise erzählt. So galt all sein Denken und Erzählen der Heimkehr zu Ihnen. Sollten Sie noch weitere Einzelheiten zu erfahren wünschen, so bitte ich, anzufragen! Ich bin nun sehr auf der Suche nach einer Praxis, da ich im Osten alles verloren habe. Sollten Sie eine Stelle wissen, die eine Praxisbegründung ermöglicht, wäre ich Ihnen für Mitteilung dankbar.

Viele freundliche Grüße und beste Wünsche!

Dr. Tanner

079 Telegramm Deutsche Reichspost
aus 79) GUETERSLOH 20 25 1130 =

Aufgenommen	SUPERINTENDENT
Tag: Monat: Jahr: Zeit:	THEODOR SCHLOSSER
25/9 1430	KIRCHPLATZ 16
	JEVER OLDB =

RICHARD SCHLOSSER BEI HEINRICH SCHLOSSER IN COTTBUS SANDOWERSTR 54
KOMMEN DEMNAECHST = WALTRAUD SCHLOSSER

Theodor Schlosser an seinen Sohn Richard Schlosser

Jever, den 25. September 1945

Lieber Richard!

Du kannst Dir nicht vorstellen, wie wir alle uns gefreut haben, als wir heute die Nachricht bekamen, daß Du lebst. Gott sei ewiglich Dank! Wir hoffen, Dich recht bald hier zu sehen. Nun aber noch eins. Der Großvater ist durch die Kriegsereignisse im April mit einem Krankentransport nach Meerane in Sachsen verschlagen worden. Das liegt bei Glauchau. Dorthin haben Jensens unsere Sachen geschafft, von denen ich ja nicht erwarte, daß sie noch vorhanden sind. Der Mutter und auch uns anderen liegt natürlich sehr viel daran, zu erfahren, ob der Großvater noch lebt und ob die Möglichkeit besteht, ihn hierher zu schaffen. Es wird sehr schwer sein. Ich glaube aber, daß die Tatsache, daß Du lebst, ihn aufmuntern wird. Hoffentlich erreicht Dich noch diese Nachricht, ehe Ihr startet!

Von der Tante Lena wissen wir nur, daß sie Furchtbares bei der Eroberung Berlins erlebt hat, wo sie auf den Peter wartete, der dann auch glücklich mit Handverletzung aus dem Dreck herauskam. Jetzt irrt sie irgendwo im Mecklenburgischen herum. Tante Hanna ist noch verschollen. Sie soll irgendwo im Bayrischen sein. Hoffentlich! Der Onkel Paul war zuletzt in Karlsbad. Der Onkel Albert ist wieder in Bochum. Es wäre schön, wenn sich doch noch ein Stück unserer Sachen fände. Ich glaubs aber nicht.

Hoffentlich bald auf Wiedersehen! Herzliche Grüße von

Deinem Vater Theodor

Cäcilie Schlosser an ihren Sohn Richard Schlosser

Jever, 26. Sept. 45

Mein lieber Richard!

Daß wir nach 8 Monaten bangen Hoffens und Wartens gestern durch ein Telegramm von Tante Waltraud das erste Lebenszeichen von Dir erhielten, erfüllt uns alle mit großer Freude und Dankbarkeit. Gott hat unsere Gebete, die Dich immer begleiteten, gnädig erhört. Du bist uns neu geschenkt worden. Das ist für uns das größte Glück. Gott behüte Dich weiter und führe Dich bald gesund zu uns.

Durch den Suchdienst vom Roten Kreuz habe ich noch keine Nachricht darüber erhalten, wo der Großvater ist. Du kannst Dir denken, wie die Ungewißheit mich quält.

Wie hoffen wir alle auf den Tag des Wiedersehens. Leb wohl, mein geliebter großer Junge.

Deine Mutter

Georg Tanner an Emma Lüttjes

Knesebeck, den 9. 10. 45

Sehr geehrte Frau Lüttjes!

Gerade bei unserem Umzug erreichte mich Ihr Brief, und nachdem wir uns nun ein klein wenig in unserem bescheidenen Heim eingerichtet haben, will ich Ihnen auf Ihre Fragen antworten, soweit ich es kann.

Ihren Gatten lernte ich erst in der zweiten Augusthälfte kennen, und zwar in einem Offizierslager bei Simmingen zwischen Metz und St. Avolt. Wir hatten auch die vorherigen Läger gemeinsam erlebt, ohne uns dort jedoch begegnet zu sein. Im Lager bei Simmingen befanden sich für die Entlassung vorgesehene Offiziere aus den englischen und amerikanischen Gebieten. Bei der Vernehmung wurde die politische Vergangenheit geprüft. Ein Großteil von Beamten und Lehrern kam nicht zur Entlassung, selbst in mir bekannten Fällen ohne Parteizugehörigkeit. Die restlichen ins englische Gebiet zu entlassenden Gefangenen kamen am 2. 9. auf die Eisenbahn ins englische Entlassungslager. Am 8. 9. wurden wir dann in die so sehr ersehnte Freiheit gesetzt. Die übrigen Gefangenen sollten nach einiger Zeit, ich schätze nach 2–3 Monaten, in ein anderes Lager, nach Genfer Konvention ein festes Winterlager, dort noch etwas geschult und dann entlassen werden. Ich hoffe also, daß auch Sie Ihren Gatten bald bei sich haben werden! Doch der Amerikaner ist unberechenbar.

Die Verpflegung war bis zu meiner Entlassung recht mager. Es wurde aber angenommen, daß sie im Winterlager besser werde. Ihr Mann war recht guten Mutes und des festen Glaubens, bald zu seiner Familie und zu seiner Schule im Jeverland zurückzukommen. Die Unterkunft im Lager Simmingen war in Teerpappezelten für 40 Mann, so daß man vor den Unbilden der Witterung geschützt war. Also, liebe Frau Lüttjes, eine Freude ist es nicht, Gefangener zu sein, aber ich bin sicher, daß auch Ihr Mann diese schwere Zeit überstehen wird.

Nun zur Praxisfrage! Es ist sehr freundlich von Ihnen, daß Sie sich für mich eingesetzt haben, aber ich fürchte, daß auch Sie drüben keine Stelle finden, in der das Existenzminimum gesichert wäre. Ich habe bei meiner Suche wenig Erfreuliches erlebt und mich mit meiner Frau in einem kleinen Heidedörfchen niedergelassen. Nun suchen wir nach einer wirklichen Bleibe.

Ihnen und Ihren Kindern alles Gute und vor allem die baldige Heimkehr Ihres Gatten wünschend grüße ich Sie

Ihr Dr. Tanner

Theodor Schlosser an seinen Sohn Richard Schlosser

Jever, den 26. Oktober 1945

Lieber Richard!
Mit Schmerzen warten wir auf ein persönliches Lebenszeichen von Dir. Noch mehr hoffen wir auf Dein Kommen, damit Du hier möglichst bald zur Schule gehen kannst.

Wir sind alle gesund und haben uns sehr gefreut, zu hören, daß der Großvater und Tante Hanna bei Tante Lena sind. Gott ist über Bitten und Verstehen gnädig gewesen.

Vorerst bleiben wir noch in Jever, und zwar wahrscheinlich über den Winter. Dann soll ich eine Pfarrstelle in der Nähe übernehmen. Hoffentlich wird etwas daraus; denn es ist auf dem Lande, was heute besser ist als in der Stadt und wonach ich mich im stillen immer gesehnt habe.

Grüß den Onkel u. alle Jensens und sei selbst herzlich gegrüßt von

Deinem Vater Theodor Schlosser

Waltraud Schlosser an ihren Schwager Theodor Schlosser

Gütersloh, 31. 10. 45

Lieber Theodor!

Heute kam endlich wieder Post von Heinrich, und zwar vom 27. 10. Der Brief wurde von Halle aus gebracht und ist am 29. in Hann. Münden abgestempelt. Der 27. sollte eigentlich der Abreisetag von Heinrich und Richard sein. Heinrich schreibt: »Unser Richard hatte sich schon gut erholt. Nun ist er leider erkrankt und hat augenblicklich 40° Temperatur. Der Doktor war gerade bei ihm. Lungen und Rippenfell sind entzündet. Gib bitte sofort Nachricht an Theodor.«

Es tut mir leid, daß ich Euch nun wieder mit einer Sorge belasten muß. Ihr sollt aber doch Bescheid wissen. Man kann ja jetzt hinschreiben. Wenn man doch auch mal schnell hinfahren könnte! Wir wollen hoffen, daß es sich inzwischen gebessert hat und die beiden die Reise machen können, so lange es noch so mild ist, vorm Eintritt des Winters.

Heinrich ist viel unterwegs, um wieder aufzubauen, und hatte auch schon schöne Erfolge. Er ist viel in Halle und schläft dann bei einer alten Tante von uns.

Nun wollen wir wünschen, daß Richard bald wieder gesund ist und uns bald ein frohes Wiedersehen geschenkt wird.

Mit herzlichen Grüßen an Cäcilie und Dich

Eure Waltraud

Theodor Schlosser an seinen Sohn Richard Schlosser

Jever, den 7. Nov. 1945

Lieber Junge!

Mit großem Schmerz hörten wir heute durch Tante Waltraud, daß Du ernstlich erkrankt bist. Wir beten, daß Du bald gesund und uns wiedergeschenkt wirst. Sieh nur zu, daß Du die Packungen regelmäßig durchhältst. Ich hoffe, daß die Fürsorge von Onkel Heinrich u. Hans Dir bald wieder aufhelfen werden. Lieber Junge, Gott gebe Dir viel Kraft zum Durchhalten! Wenn Du reist, dann bitte nicht eher, als bis Du Erlaubnis vom Arzt bekommst. Und dann bitte nur in Etappen. Also Berlin und dann vielleicht Hamburg-Wohltorf, Bismarckstr. 1 (Rohdes), oder Lüneburg, Ülzener Str. 12 (Hedwig), oder Göttingen, Bürgerstr. 46 (Hanna). Sieh zu, daß Du nicht ohne Decke fährst. Bitte Vorsicht, damit kein Rückfall kommt!

Hier ist alles in Ordnung. Dietrich fragt oft nach Dir. Er hat sich zu einer kleinen Rübe entwickelt. Nach Walters Erzählung soll er einem Jungen ein Büschel Haare ausgerissen haben. Deine Geschwister gehen alle zur Schule. Es macht ihnen mehr Freude als in Marienwerder. Gertrud und Dorothea lernen fleißig Latein. Ich helfe ihnen viel. Sie meinen, ich könne es besser als die Lehrer. Mag sein.

Von den Berlinern hatten wir gute Nachrichten. Mittlerweile wird wohl Deine Patentante Hanna da gewesen sein u. Dich mit ihrer frischen Art getröstet u. aufgerichtet haben. Nun leb wohl, mein Junge! Gott beschütze Dich auch fernerhin! Grüß alle!

In Treue u. Liebe
Dein Vater Theodor Schlosser

Theodor Schlosser an seinen Sohn Richard Schlosser

Jever, den 8. November 1945

Lieber Richard!

Heute wieder ein Gruß aus dem Elternhaus. Wir denken Deiner mit viel Liebe und hoffen sehr, daß Du bald gesund werden möchtest. Ich schreibe Dir nun heute schon zu Deinem Geburtstag, der Dich hoffentlich auf dem Weg der Besserung sieht. Möchte Dir der treue Gott recht viel Kraft geben, damit Du uns bald wiedergeschenkt wirst! Mehr begehren wir nicht. Alles sonstige befehlen wir ihm.

Ich vermute, daß Deine Erkrankung eine verschleppte Sache ist. Doch was nutzt alles Reden? Es ist doch zwecklos.

Meine vorhergehenden Briefe wirst Du hoffentlich erhalten haben, die Dir zeigen, wie sehr ich Deiner gedenke, mein Junge, der Du in Deinen Jünglingsjahren schon so Schweres erleben mußtest. Dir geht es jetzt schwerer als mir 1918, da mein Vater zu mir sagte, daß er nun Deutschlands Wiederaufstieg nicht mehr erleben werde. Daß ich nur noch eine Schein- u. Giftblüte erleben mußte, war mir leider zu früh klar und hat mein ganzes Leben als Deutscher oft verbittert. Ihr habt Euch Eurer Jugend Gottseidank erfreuen dürfen und müßt nun an den Wiederaufbau mit allen Kräften heran. Hoffentlich bleibt es dabei! Du wirst Dich erst gründlich erholen müssen, ehe Du zur Schule gehen kannst. Ich bin dafür, daß Du das Abitur auf jeden Fall machst. In zwei Jahren kannst Du fertig sein. Dann werden schon allerlei Möglichkeiten sein. Peter will ja ins Hotelfach. Ganz befreunden kann ich mich mit dem Gedanken nicht. Der Beruf ist gesundheitlich sehr anstrengend und erfordert vor allem viel Charakterfertigkeit; denn er enthält viele sittliche Gefahren. Alles wird aber von der Gesundung seiner Hand abhängig sein. – Heute hat Mutter dem Großvater angeboten, hierher zu kommen, wenn er mit unseren primitiven Verhältnissen vorlieb nehmen kann. Bis jetzt wußten übrigens die Berliner noch nicht, daß wir hier in Jever sind, der Geburtsstadt des Großvaters. Übrigens ist hier ein ziemlich unkirchliches Volk. Die Kirchen werden von Ostflüchtlingen und Soldaten gefüllt. Das schrieb ich wohl schon, daß ich zum Frühjahr nach Waddewarden gehen soll. Es hat ein schönes Pfarrhaus und einen großen Garten. Darin sollst Du hoffentlich gesunden, mein Junge! Leb wohl! Gott schütze Dich!

In Treue und Liebe
Dein Vater
Theodor Schlosser

Cäcilie Schlosser an Ihren Sohn Richard Schlosser

Jever, 9. Nov. 45

Lieber Richard!
Nun wirst Du an Deinem Geburtstag doch noch nicht bei uns sein, wie wir alle gehofft hatten. Vielleicht bist Du zum 17. 11. wieder gesund, so daß Du den Tag mit Onkel Heinrich und Jensens fröhlich feiern kannst. Ich denke Deiner in Liebe. Für Dein neues Lebensjahr, schon das 19.,

wünsche ich Dir vor allem Erholung und volle Gesundheit. Wie schön wird es sein, wenn wir Dich endlich nach so langer Trennungszeit wieder zu Hause haben, d.h. bei uns im Kreis von Eltern und Geschwistern. Wenn wir von zu Hause reden, meinen wir ja immer die Heimat, die wir alle verloren haben. Aber ein eigenes Heim haben wir hier ja auch wieder. In Jever gefällt es uns gut, ist es doch die Heimat Deines Großvaters. Das Haus, wo er seine Kinderzeit verlebt hat, steht ganz in der Nähe.

Leb wohl für heute. Wir warten schon sehr auf einen Brief von Dir. Herzliche Grüße von uns allen und von Deiner Mutter.

Richard Schlosser an seine Familie

Cottbus, d. 12. 11. 1945

Liebe Eltern und Geschwister!
Zu meiner großen Freude erhielt ich von Vater eine Karte. Jetzt darf man ja endlich auch wieder schreiben. Onkel Heinrich und ich wollten ja schon längst rüber, aber er ist bis jetzt immer wieder durch das Geschäft daran gehindert worden. Am 30. Oktober wären wir aufgebrochen, wenn ich mich nicht mit einer Lungen- und Rippenfellentzündung ins Bett gelegt hätte. Jetzt ist schon bald wieder alles gut. Heute ist der 18. Tag meiner Krankheit. 3 bis 4 Tage wird es wohl noch dauern, bis ich wieder rauskann. Der Dockter ist mit dem Befund noch nicht ganz zufrieden.

Ich werde glänzend versorgt. Man hat sogar eigens eine Schwester aufgeboten, die über mein Wohlbefinden wacht. Ihr braucht Euch also keine Sorgen zu machen. Vielleicht ist es ganz gut so, daß ich mich jetzt niedergelegt habe. Eventuell hätte mich die Krankheit auf der Reise erwischt, und ich wäre mehr tot als lebendig bei Euch angekommen.

Vorher hatte ich mich ja auch schon wieder so weit gekräftigt, daß ich die Krankheit einigermaßen gerüstet überstehen konnte. Es ist natürlich schade, daß ich nun nicht an meinem Geburtstag bei Euch bin. Was ich sonst noch erlebt habe, erzähle ich Euch dann. Sonst müßte ich eine Woche lang an dem Brief schreiben.

Tante Hanna hat mich hier schon besucht. Die könnte ja auch Bücher schreiben über Ihre Erlebnisse.

Nun seid alle miteinander herzlich gegrüßt. Besonders Dietrich. Ob er mich noch wiedererkennt? Auf ein baldiges Wiedersehen.

Richard

Theodor Schlosser an seinen Sohn Richard Schlosser

Jever, den 16. November 1945

Lieber Richard!
Am Vortage zu Deinem Geburtstag einen herzlichen Gruß! Wie schön wäre es gewesen, wenn wir Dich hiergehabt hätten! Doch Gottes Wille ist eben anders gewesen. Wir müssen es jetzt in harter Schule lernen, uns demütig zu fügen. Dem Onkel Albert geht das wie Dir. Auch er liegt schwerkrank. Er ist dreimal operiert worden. Leider ist er sehr niedergedrückt, weil er fürchtet, als Mußnazi nicht wieder beschäftigt zu werden. Ich halte das aber für Unsinn.

Jedenfalls bitte ich Dich, nicht früher die Strapazen der Reise auf Dich zu nehmen, als es sein darf. Und nur am Tag reisen. Das Herumliegen auf kalten Bahnhöfen ist nichts. Sowie Du die Zone B verlassen hast, bitte Telegramm, damit wir uns vorbereiten können. Büchsenfleisch, Oel und echter Kaffee, auch Tabak warten dann Dein. Deine alte Pfeife ist auch hier. Tabak habe ich bisher noch immer bekommen.

Wir hausen jetzt in einem einzigen Zimmer, da es an Heizung fehlt. Es geht aber. Dietrich ist soeben zum Impfen gegen Diphterie und Scharlach abgebraust. Deinen anderen Geschwistern fällt Latein schwer. Ich muß viel nachhelfen.

Du hast auch eine Menge Zeit verloren. Aber das ist unwesentlich gegenüber der freudigen Gewißheit, daß Du lebst. Alles andere wird sich schon finden. Leb wohl, mein Junge! Grüß den Onkel Heinrich, dem ich sehr danke. Auch Jensens grüß bitte!

Herzlichst
Dein Vater Theodor Schlosser.

Richard Schlosser an seine Familie

Cottbus, d. 17. 11. 45

Liebe Eltern und Geschwister!
Heute zur Feier des Tages erhielt ich Eure beiden Briefe. Habt vielen Dank. Alle meine Erwartungen für diesen Tag sind übertroffen worden. Von Tante Mia und Onkel Hans bekam ich Stoff für einen Anzug und 2 Paar Socken. Alles hatte ich erwartet, nur nicht das. Stoff kennt man ja nur noch dem Namen nach. Vielleicht lasse ich mir hier noch eine Hose machen. Ich habe nämlich nur eine Drillichhose, die ich von Onkel

Heinrich bekam. Meine Uniformhose ist vollständig unbrauchbar. Ich kam ja hier auch wie ein Landstreicher an, so dreckig und zerrissen. Und mit zwei verschiedenen Schuhen. Der eine war zu groß und der andere zu klein. Onkel Heinrich gab mir dann auch noch ein Paar leichte Halbschuhe, eine Jacke und eine Weste. Er besitzt jetzt selber nur noch einen Anzug.

Als ich noch nicht krank war, habe ich fleißig im Betrieb geholfen bei der Käseherstellung und beim Butterformen. In 14 Tagen bis 3 Wochen darf ich mit Genehmigung des Arztes fahren.

Nun seid herzlich gegrüßt von Euerm
Richard

Theodor Schlosser an seinen Sohn Richard Schlosser

Jever, den 18. November 1945

Mein lieber Junge!
Den Geburtstagsbrief mit meinen herzlichsten Glück- und Segenswünschen wirst Du wohl erhalten haben. Falls nicht, seien sie hiermit wiederholt. Der treue Gott und Vater unseres Herrn Jesu Christi bewahre Dich auf allen Deinen Wegen und schenke uns bald ein gesundes Wiedersehen!

Die Welt ist nach wie vor in Unruhe und kommt nicht so bald zum Frieden. Das wird auch nicht anders werden, als bis eine grundlegende Rückbesinnung darauf erfolgt, daß sie nicht vom Brot allein, sondern vom Wort Gottes lebt, daß ihr nicht geholfen wird durch Zeichen und Wundermänner und daß schließlich nicht Lüge und Machtrausch die tragfähigen Elemente des Lebens eines Volkes oder der Welt sind, sondern allein Liebe und Wahrheit. Deutschland hat diese Irrtümer teuer genug bezahlt. Vielleicht erinnerst Du Dich dieser meiner Auslegung noch aus dem Konfirmandenunterricht. Auch der große russische Dichter Dostojewski hat das einmal in seinen Brüdern Karamasow in der Vision vom Großinquisitor gesagt und am Gedächtnistag für den Dichter Puschkin von seinem Volk erwartet, daß es der Welt das Wort der Liebe sage. Sollen wir nun ausrufen: Ein Narr wartet auf Antwort? Ich mag das nicht tun. Ich will mich lieber zu Tode hoffen als im Unglauben verzweifeln.

Beim Niederschreiben dieser Gedanken muß ich immer an Dich denken. Als kleiner Junge sagtest Du einmal, was es für eine schreckliche Sache sei, daß sich die Menschen im Krieg töteten. Es ist auch schrecklich, denn darin spürt man Gottes ganzen Zorn, der die Menschen in die Folgen ihrer Sünde dahingibt und darauf wohl vergeblich wartet, daß sie sich von Seiner Liebe zur Erkenntnis der Wahrheit in unserem Herrn Jesu Christo führen lassen.

Doch genug von diesen trüben Dingen. Ich gehe jetzt jeden Tag zeitig zur Post, weil ich immer hoffe, von Dir doch endlich einmal ein persönliches Lebenszeichen zu bekommen. Laß Dich nun durch diese Zeilen nicht verführen, zu zeitig aus der Behandlung zu gehen! Ein Rückfall ist bloß schlimmer.

Ich lege Dir ein Bildnis von mir bei. Hoffentlich erkennst Du mich darauf. Ich bin gut abgemagert, fühle mich dabei aber ganz wohl. Die Ernährung ist nicht üppig zu nennen, eher etwas zu einseitig, aber doch ausreichend. Dietrich hat dagegen schöne rote Backen. Er gedeiht sichtlich.

Leb wohl, lieber Richard! Gesunde gründlich!

Herzlichst

Dein Vater Theodor Schlosser.

Heinrich Schlosser an seinen Bruder Theodor Schlosser

Cottbus, den 19. XI. 1945

Lieber Theodor!

Heute feierten wir Richards Geburtstag nachträglich. Hierzu durfte der Junge eine Stunde aufstehen. Große Sorgen liegen hinter uns. Und ich danke unserem Herrgott, daß wir Deinen Jungen jetzt wieder so weit haben. Er selbst weiß nicht, wie krank er war, aber dafür haben wir uns gesorgt und geängstigt.

Bei dieser Gelegenheit will ich Dir nun mitteilen, wieviel Dank Du Hans und Frl. Bromme, die selbst sehr krank ist, schuldest. Bei Frl. Bromme vermutet man Krebs, und sie liegt schon Wochen. Als Richard eines Tages vor meiner Tür stand, war ich froh und glücklich, Deinen Jungen lebend zu sehen. Hans und Frl. Bromme, die gerade bei mir waren, nahmen Richard sofort mit. In welchem Zustand er war, kannst Du Dir vielleicht vorstellen – – – aber Frl. Bromme und Hans gaben ihm nicht nur körperliche Hilfe, sondern sie betreuten Richard seelisch so gut, wie sie nur konnten. Dann kam noch die schwere Krankheit. Frl. Bromme, obwohl bettlägerig, schleppte sich täglich einige Minuten zu Richard, um sich zu überzeugen, daß er richtig versorgt und gepflegt wurde.

Ich will in Zukunft meinen Weg allein gehen. Man versteht mich doch nicht. Lieber wäre es mir gewesen, ich wäre aus dem Felde nicht heimgekehrt. Es ist nur traurig, daß man noch Verpflichtungen hat, trotzdem ich glaube, daß Waltraud zu Hause ohne mich genau so gut aufgehoben ist. Sorge macht mir nur die finanzielle Sicherstellung. Wenn ich die geregelt hätte, dann wüßte ich, was ich zu tun hätte. In mir ist viel zerschlagen, wozu Ihr alle mit beigetragen habt.

Sonst gibt es nichts Neues zu berichten.

Mit herzlichen Grüßen
Dein Bruder Heinrich

Eduard Grote an seinen Schwiegersohn Theodor Schlosser

Berlin, 20. 11. 1945

Lieber Theodor!
Nun sollst Du über Richard das Notwendigste erfahren. Hanna war bei ihm in Cottbus, da wir nichts über ihn hörten und uns Sorge um ihn machten. Auch nach Hannas Rückkehr erhielten wir keine Nachricht von ihm, was wir auf die schlechte Postbeförderung zurückführen, die nirgends so schlecht ist wie in der Lausitz, wo die Städte restlos zerstört sind, wie z.B. Forst und Guben, sowie das Land, und wo die Polen das Regiment haben. 14 Tage war der gesamte Passagierverkehr von dort nach Berlin wegen der Überfüllung der Züge und Berlins gesperrt, und die versprochene Zufuhr von Lebensmitteln stockte oder kam der Bevölkerung nicht zu Gute.

Richard wurde, als die Front näher an Stettin heranrückte, sofort von der Infanterie vor Schneidemühl eingesetzt. Er hatte sich gemeldet, weil die Führer der Artillerie völlig versagten und die jungen Soldaten beschimpften. Aber bei der Infanterie versagte die Führung gleichfalls völlig, wie wir das schon in Lötzen zwei Jahre zuvor bemerkt hatten, wo die frischgebackenen Offiziere die Soldaten verleiteten, die Frontnachschubzüge aufzuhalten und nach der Heimat zurückzuschicken, wo sie unter Druck bestohlen und beraubt wurden. Das ging so weit, daß Bahn und Post erklärten, Pakete von Soldaten für die Heimat nur nach Genehmigung durch die Kommandantur anzunehmen. Die Post wurde derart von Soldaten belagert, daß der Verkehr völlig stockte und unterbrochen werden mußte, so daß das Publikum nichts mehr wegschicken konnte. Eine Menge Pakete an Euch blieb daher zu Hause bei uns liegen. Es war dieser Zustand auch bekannt, so daß Himmler von der verfluchten Etappe sprach, aber keine Abhilfe verschaffen konnte. Unsere Front ging aus freien Stücken vor dem Feind zurück, was seinen schnellen Vormarsch erklärt. Schmachvoll, das gestehen zu müssen, aber es war leider so.

Richard erhielt den Auftrag, eine wichtige Meldung dem Bataillonsstab zu überbringen. Er erklärte sich hierzu bereit, und das rettete ihm das Leben; denn in der Zwischenzeit griff der Feind an, drückte unsere Front zurück, nahm unsere Stellungen, so daß Richard, als er zurückkam, sich von allen Seiten umzingelt sah. Unsere Führer waren weggelaufen, hatten den jungen Soldaten befohlen, alles Gepäck, auch die Lebensmittel, fortzuwerfen und nur die Munition zu behalten, die durch die Luft ergänzt wurde, aber, ohne Verwendung von Fallschirmen, zerbrochen ankam. Die jungen Soldaten hielten mit ihrer Munition die Stellungen, machten erfolgreiche Gegenangriffe, mußten aber endlich kapitulieren, da ihnen Lebensmittel und Munition ausgegangen waren. Richard wurde dann einem russischen Offizier vorgeführt, der ihm befahl, seine gute Lederkombination, die er sich gegen die Kälte hatte besorgen können, auszuziehen. Als er sich weigerte, wurde er geschlagen und gezwungen, so daß er jetzt gegen die Kälte ungeschützt war und blieb. Zunächst wurde er mit seinen Kameraden in einen Keller gesperrt, nach einigen Tagen dann in Güterwagen bis nach Karelien geschleppt, wo er, gegen Kälte ungeschützt, bei schlechter Ernährung mit dünnen Wassersuppen, schwere Steine buddeln und schleppen mußte zum Einbau von Buhnen in den See. Jetzt kam er körperlich herunter und wurde derart schwach, daß er nicht weiterarbeiten konnte und nunmehr als untauglich entlassen wurde. Er schlug sich in die Heimat durch, von Frankfurt a. O. bis Cottbus zu Fuß, und landete bei Jensens, wo er zuerst nicht erkannt wurde wegen seines äußerst elenden Aussehens.

Hier nahm man sich sofort liebevoll seiner an, Onkel Hans schenkte ihm Kleider und Wäsche, an Nahrung bekam er regelmäßig 1 Pfund Quark. Die meisten Lebensmittel mußten dort an Besatzung abgegeben werden. Hier erkrankte Richard unter hohem Fieber an Lungen- und Rippenfellentzündung und wurde täglich vom Arzt behandelt. Er überstand die Krankheit bis auf starken Husten, wie Hanna erzählte. Er habe sich dort gut erholt, habe volle, dicke Backen gehabt.

Was soll mit Richard geschehen? Das Notwendigste scheint mir zu sein, daß er sich zunächst röntgen läßt, um festzustellen, ob er tuberkulös ist; denn die Rippenfellentzündung und der Husten legen diesen Verdacht nahe. Der arme Junge hat Schreckliches erlebt und bedarf der Erholung. Reisen kann und darf er nicht in dieser unruhigen Zeit. Ihr habt Grund, Gott zu danken, daß er Euch glücklich den Jungen erhalten hat.

Paul hat jetzt täglich mehr als zehn dieser jungen, kranken, entlassenen Leute in Massengräbern, ohne Sarg, weil mittellos, in Berlin-Buch, wo er 2000 an Ruhr, Typhus, Tuberkulose, Fleckfieber Erkrankte geistig betreut, zu beerdigen!! Berlin ist rasend überfüllt und wird von den Russen drangsaliert. Vor einigen Tagen hielten sie in Steglitz einen Straßenbahnwagen an, ließen die Reisenden aussteigen, die ihre Pelze und Wintermäntel ausziehen mußten; dann erst durften sie weiterfahren. Die Universität wurde in Köpenick Schloß eröffnet und mußte sofort wieder geschlossen werden, weil von den Studenten der Eintritt in die K.P.D. gefordert wurde, was sie verweigerten. Nahrung gibt es hier sehr wenig. Täglich 4 mittelgroße Kartoffeln; Fleisch, Fett seit Oktober rückständig. Dazu Weißbrot in mäßigen Mengen, Heizung für eine Person und den ganzen Winter nur ½ Festmeter Holz, keine Kohlen, keine Briketts. Verkehr langsam, alle zweiten Geleise der Fernzüge abmontiert, nur eingleisiger Verkehr; U-Bahn seit über ½ Jahr auf den meisten Strecken geschlossen, weil durch Spreewasser z.T. 9½ Meter hoch überschwemmt. Fahrt nach Buch dauert hin 2½ Stunden, zurück 2½ Stunden. In Restaurants werden zu viel Marken abgeschnitten, nur höchst spärlich und teuer Speisen dafür geboten. Verkehr mit der Bahn stockend, langsam, nur nach Passieren von russischen und englischen Lagern an der Sektorengrenze möglich, und zwar nach Göttingen und über Öbisfelde-Hannover. Für Richard wäre Gefahr vorhanden, von den Russen wieder inhaftiert zu werden, abgesehen davon, daß er diese anstrengende Reise nicht aushält, selbst wenn er hier sich einige Tage erholt. Ich rate dringend ab. Laßt ihn in Cottbus, bis seine Krankheit klargestellt bzw. die Erholung fortgeschritten ist. Preßt ihn nicht zum Besuch der Schule, die ihm zuwider ist und sein Leben bedroht.

Ich habe hier mit Paul alles durchgesprochen und gebe folgenden Rat: Bei Eröffnung der ½jährigen Kurse für junge Kriegsteilnehmer zur Erlangung des Abiturs im nächsten Frühjahr schickt ihn bei ruhigerem Bahnverkehr nach Göttingen, wo Hanna und Gabriele noch den Sommer studieren wollen und ihrem Vetter helfen können. Du müßtest das Studium finanzieren, da ich jetzt völlig bettelarm bin und auf Unterstützung der Kinder (Fürsorge kommt nicht in Frage) angewiesen bin. Hat er das Abitur überstanden, so schickt ihn nach Braunschweig, das Richard kennt. Es ist dies britisches Gebiet, was besonders wichtig ist. Hier ist eine T.H., wo das Studium (Maschinenbau oder Elektrotechnik) beginnen könnte, wozu der Junge Lust und Anlage hat. Besteht er das Abitur nicht, so schickt ihn auf eine höhere technische Lehranstalt: Berlin, Köthen, Mittenwalde, alle leider russisch, andere kenne ich nicht, die in Betracht kämen.

Ich möchte Euch im April/Mai besuchen, wenn Ihr mich gut ernähren könnt und Heizmaterial habt. Im Sommer würde ich während der Ferien gerne mit Euch an die See fahren (Spiekeroog oder Langeoog). Waddewarden ist nahe der Wohnstätte meines Großvaters Neu St. Joostergroden. Doch davon mehr nach Deinem Brief.

Herzlich grüßt Euch alle in Euerm Eldorado der britischen Zone

Euer Vater

Richard Schlosser an seine Eltern

Cottbus, d. 23. 11. 45

Liebe Eltern!
Jetzt geht es mir schon wieder sehr gut. In 2 bis 3 Tagen werde ich wohl an die frische Luft dürfen.

Ihr braucht Euch weniger bei Tante Mia über meine Pflege zu bedanken als bei Onkel Hans und Frl. Bromme. Ich will damit nichts gegen Tante Mia sagen, sie hat zweifellos ihre guten Seiten; aber ansonsten kommt nur Unfriede und Zank von ihr. Das sind hier Verhältnisse wie zwischen Hund und Katze. Das ist natürlich mit ein Grund, daß ich fort will. Ihr würdet Euch sicherlich auch nicht wohlfühlen, wenn Ihr anderen so lange auf dem Pelze säßet und Euch als Schmarotzer fühlen müßtet.

Viel erholen werde ich mich nicht mehr brauchen, wenn ich komme. Ich sehe jedenfalls 10 × besser aus als Vater auf dem Bild. Ich war entsetzt darüber.

In der Hoffnung auf ein baldiges Wiedersehen grüßt Euch Euer
Richard

Cäcilie Schlosser an ihren Sohn Richard Schlosser

Jever, am 1. Advent 45
2. Dez.

Lieber Richard!
Gestern erhielten wir zum zweiten Mal Nachricht von Dir persönlich. Gleichzeitig hatte Vater auch einen Brief von Onkel Heinrich, worin er uns einen Bericht über Deine Krankheit gibt. Wir sind allen, die so vorbildlich und selbstlos für Dich gesorgt und über Deiner Gesundung ge-

wacht haben, von Herzen dankbar. Es war gewiß schon besser, daß es Dich dort noch erwischte, denn so gute Verpflegung hätten wir hier schwer beschaffen können.

Aus Deinem Brief klingt recht die Freude und Hoffnung auf ein baldiges Wiedersehen. Wie sehr auch wir diesen Tag herbeisehnen, kannst Du Dir wohl vorstellen. Aber trotzdem geben wir Dir den Rat, es nicht zu übereilen! Warte so lange, bis Du Dich wieder ganz gesund fühlst und der Arzt es Dir erlaubt. Denn bei den Reiseschwierigkeiten jetzt wirst Du lange unterwegs sein. Erkundige Dich genau nach den Bedingungen für den Grenzübertritt. Man hört hier, daß es im Austauschverfahren gehen soll. Vielleicht kannst Du Dich einem Transport anschließen mit einer Bescheinigung Deines Arztes über Deine überstandene Krankheit. Das Geld für die Arztrechnung und alle sonstigen Auslagen, die Onkel Heinrich für Dich gehabt hat, will Vater an Tante Waltraud überweisen.

Zum Frühjahr werden wir wahrscheinlich aufs Land ziehen, die Stelle liegt 6 km von Jever. Die Verwaltung wird Vater jetzt schon übertragen, da der alte Pfarrer versetzt ist. Dort in Waddewarden ist ein schönes neues Haus mit Zentralheizung, niedrigen Räumen und sonstigen Vorzügen.

Die Tauschzentrale in Jever ist der reine Weihnachtsmarkt. Dietrich drückt sich sein Näschen platt an dem Schaufenster, hinter dem all die schönen Spielsachen aufgebaut sind. Strahlend berichtet er dann, wieviel Eisenbahnen er besitzen möchte. Ich überlege hin und her, wie ich zu einem Spielzeug für ihn komme, denn als Flüchtling besitzt man ja kaum noch etwas Entbehrliches. Für Dich habe ich schon ein Unterhemd und eine Unterhose gegen ein Paar Schuhe von Dietrich eingetauscht.

Er hat Dich nicht vergessen. Gestern fragte er mich: »Mutter, was ist das, ein kleines Liebchen?« Und danach sagte er: »Aber wenn ich in den Briefkasten falle, dann habt ihr kein kleines Liebchen mehr!« Er singt schon die Melodien von »Weißt du, wieviel Sternlein stehen« und »Es geht durch alle Lande«.

Einen langen Brief haben wir auch vom Großvater. Er erzählt uns allerlei von Deiner Gefangennahme und Gefangenschaft. Wenn wir im Sommer oft in Sorge an Dich dachten, fühlten wir wohl, wie schwer Du es hattest.

Zum Advent hatten wir den Frühstückstisch etwas festlich geschmückt mit Tannengrün. Jeder fand auf seinem Platz einen Vers oder Spruch. Dein Bild hatten wir auch geschmückt und einen Liedvers für Dich abgeschrieben. Daß dieser Vers, auf Dich übertragen, auch eine Hoffnung ausdrückt, bemerkte erst der Vater. Der Doppelsinn war mir gar nicht gleich aufgefallen: »Er wird nun bald erscheinen/ In seiner

Herrlichkeit,/ Der all Euer Klag und Weinen/ Verwandeln wird in Freud./ Er ist's, der helfen kann./ Halt't Eure Lampen fertig/ Und seid stets sein gewärtig,/ Er ist schon auf der Bahn!«

Nun fängt das Weihnachtssingen wieder an, Kirchenchor und Kindergottesdienst. Abends gibt es jetzt täglich Dämmerstunden, wenn das Licht abgeschaltet wird. Da ist dann Zeit zum Singen und Erzählen. Walter und Dietrich gehen dann oft schon zu Bett, um 6 Uhr.

Nun leb wohl, mein guter Junge.

Es grüßt Dich und alle Lieben dort Deine Mutter.

Der Oberbürgermeister
Abt. Industrie und Handwerk

Bescheinigung.

Herr Richard Schlosser,
geb. am 17. 11. 1927, wohnhaft
Cottbus, Sandower Str. 54,

reist im Auftrage der Firma Gebr. Jensen, Cottbus, zwecks Einkauf von Waren nach Oldenburg.

Wir bitten alle Dienststellen der Roten Armee, sowie die deutschen Dienststellen, Herrn Schlosser ungehindert reisen zu lassen und ihm notfalls Schutz und Hilfe zu gewähren.

Der Oberbürgermeister
Abt. Industrie u. Handwerk
Grachnitz
Stadtrat

Cottbus, den 19. Dez. 1945
Su.

Heinrich Schlosser an seinen Bruder Theodor Schlosser

Cottbus, den 10. 1. 1946

Lieber Theodor!
Nimm meine verspäteten Glückwünsche zu Deinem Geburtstag entgegen – alles Gute für Dein ferneres Leben, und vor allem wünsche ich Dir Gesundheit und Kraft, Dein Amt zu verwalten.

Eine Sorge bin ich nun los. Richard ist wieder bei Euch. Du hast Deine Kinder und kannst Ihnen Vater sein, kannst helfen und ihnen den Weg ebnen.

Ich bekam von zu Hause, was heißt »zu Hause«, die Nachricht, daß Werner tuberkuloseverdächtig ist. Gütersloh ist schuld. Die Luft, die Erziehung, die Verweichlichung. Aber ich schweige. Mein Leben ist doch verpfuscht. Man hat mich nie verstanden. Dazu sagst Du wieder verletzte Eitelkeit. Ich will aber nur Arbeit, besser Bewußtlosigkeit, um keinen anderen Gedanken aufkommen zu lassen, denn sonst ist das Leben für mich nicht mehr tragbar. Mir ist es tatsächlich ganz egal, wie sich das zukünftige Leben gestaltet, mag kommen was da will, wenn ich nur Kraft besitze, bis zum letzten Atemzuge zu arbeiten. Leben ist Betrug. Zu dieser Erkenntnis bin ich gekommen. Aber das muß jeder Mensch mit sich selber abmachen. Sei zufrieden, daß Du ausgeglichen bist und Deinen Glauben hast.

Nun nochmals zu Richard. Du mußt ihn sehr beobachten lassen. Seine Lunge ist geröntgt. Ich würde Dir aber empfehlen, ihn abermals röntgen zu lassen, da man hier feststellte, daß die Lunge rechts noch einen Erguß zeigte.

Was ich anfangen soll, weiß ich noch nicht. Schreibe an Waltraud, daß sie unter keinen Umständen nach hier kommt. Sie soll abwarten, bis ich Nachricht gebe. In Gütersloh hat man mich nicht nötig. Da sind 3 Frauen. Ich bin nur Belastung.

Abermals alles Gute. Es grüßt Dich

Dein Bruder Heinrich

Heinrich Schlosser an seinen Bruder Theodor Schlosser

Cottbus, den 7. 3. 1946

Lieber Theodor!
Lange haben wir nichts von einander gehört. Inzwischen war Waltraud 14 Tage bei mir und ist nun lt. heutigem Telegramm wieder zu Hause an-

gelangt. Sie hat ja nun die Absicht, nach hier überzusiedeln, da Hans sich ihr gegenüber dahingehend geäußert hat, daß er mich als Teilhaber aufnehmen will. Ich bin ja noch nicht ganz mit Waltrauds Übersiedlung einverstanden, da man ja hier noch nicht weiß, wie sich die privatwirtschaftliche Lage entwickelt. Ehrlich gesprochen stehe ich ja auf dem Standpunkt, jedes egoistische Denken, jeder private Vorteil hat momentan keine Berechtigung – unsere Aufgabe heißt jetzt, den Staat wieder aufzubauen, damit alle Menschen in Deutschland wieder ein menschenwürdiges Leben führen können. Durch eiserne Arbeit werden und müssen wir uns wieder einen Platz an der Sonne verschaffen.

Sonst kann ich wenig berichten. Bin Tag und Nacht unterwegs. Nach den neuen Steuergesetzen würde man sich ja besser auf die Bärenhaut legen, aber ich stehe auf dem Standpunkt, wir arbeiten nicht für uns persönlich, sondern für unser Volk, für unsere Kinder.

Sage Richard, daß ich verstehe, wenn es ihm nach seinem ganzen Erleben in der Schule nicht leicht wird. Aber mit eisernem Willen schafft er es doch. In späteren Jahren wird er einsehen, was es heißt, eine gute Schulbildung genossen zu haben. Leider kann man sich das Leben nicht so einrichten, wie man es sich wünscht.

Cäcilie, Dir und den Kindern herzliche Grüße von Deinem Bruder

Heinrich

Luise Ihmels an Gepke Lüttjes

Stettenhofen, den 26. März 1946

Lieber Herr Lüttjes!

Das war eine Freude, als ich Ihren lieben Brief vor einigen Tagen erhielt. Haben Sie herzlichen Dank für Ihre lb. Zeilen. Sie haben mir von Ihrem jetzigen Leben so anschaulich erzählt, daß ich mir ein richtiges Bild von Ihrem trauten Familienleben machen kann. Wie müssen Ihre Lieben sich gefreut haben, als Sie wohlbehalten zu Hause ankamen. Die Ungewißheit ist so schwer. Was hat sich nun in der Zwischenzeit alles ereignet! Hätte man sich je ein solches Ende vorgestellt? Wie froh und dankbar können Sie, lieber Herr Lüttjes, doch sein, daß Sie Ihre Lieben und Ihr Heim in Ordnung vorgefunden haben.

Schwere Wochen und Monate liegen hinter mir. Am 27. 4. 45 kam der Amerikaner hier an, den Tag werde ich nie vergessen, und am 5. 5. mußten wir schon aus unseren Wohnungen hinaus. Wir durften nur das Nötigste mitnehmen. Ich kann Ihnen sagen, es war furchtbar. Wir hatten nur 1½ Std. Zeit, und ich stand mit Hansel allein, da können Sie sich denken, daß ich ganz viel drinlassen mußte. 7 Federbetten sind mir gestohlen, nicht mehr aufzufinden. Was heute noch an Möbeln da ist, weiß ich nicht. Wir dürfen nicht hinein. Von meinem Mann ist viel gestohlen an Wäsche und anderen Dingen. Im Keller die Koffer waren schon in den ersten Nächten aufgebrochen und das Wertvollste herausgestohlen. Eine Uhr, 2 Paar goldene Manschettenknöpfe, ein goldener Ring von mir, silberne Löffel u.s.w. Ach, es ist gar nicht zu sagen. Womit hat man das nur verdient?

Hansel und ich sind nach Gersthofen zu einer Bekannten gezogen damals. Sieben Monate haben wir es dort ausgehalten. Wir lebten so ganz in der Familie, das war nicht schön. Erstens war es furchtbar unruhig, überhaupt kein geregeltes Leben, das ist nichts für mich. Außerdem möchte man selbständig bleiben! Durch den hiesigen Bürgermeister bekam ich Mitte Dezember eine kleine Küche und ein Schlafzimmer. Es ist sehr eng, und doch fühlen wir uns wie die Könige darin. Gerade an dem Tage, als ich hier einzog, bekam ich einen Brief von einem Herrn, der mir mitteilte, daß mein Mann noch lebt und mich vielmals grüßen läßt. Ich kann Ihnen sagen, Herr Lüttjes, mir war zumute, als täten sich alle Himmelspforten auf, so glückselig war ich. Es kamen dann noch zwei Briefe von anderen Männern, die mir weitere Grüße brachten von unserm Vati. Das war ein herrliches Weihnachtsgeschenk. Und Neujahrsmorgen bekam ich eine selbstgeschriebene Karte von meinem Mann, nach mehr als drei Jahren wieder ein Lebenszeichen. Mein Gefühl hatte mich doch nicht betrogen. Mein Innerstes hatte mir immer gesagt, daß mein Mann noch lebt.

Wenn er doch nun auch bald nach Hause dürfte. Es sieht so trostlos in der Welt aus. Traurig ist es, wie die Gefangenen aus Rußland nach Hause kommen, aber das wäre ja egal, die Hauptsache ist, daß mein Mann nur bald kommt. Mit Gottes Hilfe wird es vielleicht möglich sein.

Haben Hunecke in Moorwarfen inzwischen etwas von Ihren Söhnen gehört? Die Leutchen tun mir so leid. Ich lernte sie mal im Kirchenchor kennen. Ach, ich habe oft rechtes Heimweh nach unserm geliebten Jever und all den lieben Bekannten. Ich möchte nicht immer in Süddeutschland leben. Wo sollen jetzt die vielen Flüchtlinge nur alle hin? Sie haben ja auch Ihr Haus schön voll. Aber wie gut, daß Ihr Schwiegervater noch so rüstig ist. An der Gartenarbeit hat er ja schon immer viel Freude gehabt. Im Geiste steht mir das schmucke Gärtchen am Bahnhof vor Augen. Den Opa Thoben müssen Sie ganz besonders herzlich von mir grüßen. Ob er sich meiner noch erinnert? Es ist so lange her, daß wir Nachbarn waren. Und Therese wird nun schon konfirmiert. Von ganzem Herzen gratuliere ich ihr zu ihrem Ehrentage und wünsche ihr Glück für ihren ferneren Lebensweg. Ihnen, lieber Herr Lüttjes, wünsche ich alles Gute zu Ihrem 50. Geburtstag.

Ihnen, Ihrer lieben Frau und ihren Töchtern herzliche Grüße von Hansel

und Ihrer Luise Ihmels.

Theodor Schlosser an Günther Adam

(23) Waddewarden, den 19. Juli 1946
über Jever/Oldbg.

Lieber Herr Adam!
Nach Empfang der mich sehr interessierenden Nachrichten aus dem alten Schwarzenau durch Herrn Wenger im vorigen Jahr und viel Mühsal und Schwachheit des Leibes in diesem Jahr möchte ich gern die Verbindungen zu den alten Bekannten wieder aufnehmen. Ich wäre Ihnen sehr dankbar, wenn Sie die Freundlichkeit besäßen, mit ein paar Zeilen zu antworten.

Wenn es mir meine Gesundheit erlaubt, führt mich Ende August mein Weg nach Bochum und Iserlohn. Das könnte mich auch veranlassen, einmal wieder nach Schwarzenau zu reisen. Ob es dazu kommen wird, ist bei meinem Zustand sehr ungewiß. Ich bin infolge Unterernährung oder vielleicht sogar infolge eines inneren Leidens sehr, sehr abgemagert und kann kaum die vielen Arbeiten bewältigen, die bewältigt werden müssen, wenn man seine Familie unterhalten will.

Gottseidank geht es meinen Angehörigen ganz gut bis auf Richard, der an einem üblen Husten leidet, wohl Folge der Entbehrungen zur Zeit der Gefangenschaft in Karelien. Nun soll er Montag zur Torfarbeit. Hoffentlich schädigt er sich nicht dabei! Wie sehr wünscht man sich, noch einige Jahre zu leben, um den Kindern ein besseres Deutschland hinterlassen zu können, als es jetzt nach dieser furchtbaren Niederlage aussieht. Wenn man nicht den Glauben an den Vater unseres Herrn Jesu Christi hätte, müßte man schier verzweifeln. So darf man aber hoffen, daß hinter allem Strafgericht Gottes doch seine Liebesgedanken wirksam werden. Wenn sich unsere Besten nur nicht in Verbitterung selbst vereinsamen! Darauf kommt es jetzt an: Einsehen, was verkehrt oder auch Sünde war, und dann umkehren und heimkehren zu dem, der da mehr Freude hat über einen Sünder, der Buße tut, als über neunundneunzig Gerechte.

Es besteht jetzt bei vielen ein Fragen, wo ist das wahre Christentum?

Etwa bei unseren westlichen Feinden, die uns so sehr hungern lassen, oder wo überhaupt? Ich sage, es ist nicht bei uns gewesen, und bei unseren Feinden ist es jetzt auch nicht. Ich glaube aber, daß es bei einem Teil unseres Volkes wieder im Kommen ist, daß wir sogar unseren Feinden weit voraus sind, wenn wir die Ansätze jetzt nicht verschütten, die sich bei uns bemerkbar machen. Allerdings werden Christentum und Kirche immer mehr in Gegensatz zur Welt geraten, die nie die Liebe als Lebensgrundlage gelten lassen und stets der Versuchung der Macht unterliegen wird, wie es uns in der Versuchungsgeschichte gezeigt worden ist. Ich habe in dieser Hinsicht viel Aufklärungsarbeit bei enttäuschten jungen Leuten zu leisten, die stark verbittert sind und manchmal zu Torheiten neigen. Ich verstehe das sehr, kann es aber nicht für klug halten, weil wir entmachtet sind und zwar restlos. Doch darüber läßt sich, so Gott will, vielleicht einmal unter vier Augen reden.

Die Arbeit ist sehr schwer. Es ist hier gar keine kirchliche Substanz vorhanden. Es ist, als ob man zu Toten spräche. Heiden bringen doch gewisse religiöse Voraussetzungen mit, an die man anknüpfen kann. Hier könnte man aber bald sagen, daß Gott sich eher aus Steinen Kinder erwecken könnte als aus diesem Geschlecht. Dazu kommt das, was Luther mit Geiz übersetzt hat, was aber richtiger Habgier genannt wird. Es gibt hier sehr harte Herzen, obwohl die Wetter des Krieges fast spurlos an diesem reichen Landstrich vorübergezogen sind. Wilhelmshaven hat allerdings schwer gelitten. Es ist ein Jammer, wie diese Stadt preußischer und deutscher Seetradition nun vollkommen vernichtet wird. Sie soll ihr Gesicht dem Land zukehren. Dumme Redensarten natürlich.

Doch zum Ende. Der Brief soll noch fort. Ihren Lieben und Ihnen geht es hoffentlich gesundheitlich gut!

Mit freundlichen Grüßen und den besten Wünschen

Ihr Theodor Schlosser

Theodor Schlosser an die Gemeindeverwaltung in Minsen

Waddewarden, den 8. August 1946

Ich bitte um die Erlaubnis, mir für meine neunköpfige Familie die Anschaffung eines Schweines zu gestatten. Die Futtergrundlage ist im Pfarrgarten und auf Pfarrgrundstücken gesichert.

Schlosser
Superintendent

Theodor Schlosser an Jakob Meyer

Waddewarden, den 16. Oktober 1946

Lieber Bruder Meyer!

Haben Sie schönen Dank, daß Sie meiner gedacht haben. Es tut einem wohl, wenn alte Freunde sich an einen erinnern, zumal wenn man wie ich ohne Aussicht auf feste Anstellung in einer Zwergkirche ist, die sich durch traditionelle Unkirchlichkeit auszeichnet, und nun meint, durch Vielgeschäftigkeit die Sünden eines Jahrhunderts oder länger zu tilgen. Gemäß dem Urteil eines Schwätzers jugendlichen Alters soll ich für eine Dorfgemeinde ungeeignet sein, was einem recht eindrucksam ist nach 14 Jahren Dorfgemeindearbeit und 5 Jahren Hilfspredigertätigkeit als sogenannter Superintendent in der eigenen Diöcese während des Krieges.

Daß man inzwischen sein 25jähriges Ordinationsjubiläum unbeachtet von den Oberen der hiesigen Kirche hat begehen müssen – nicht daß man Lobsprüche erwartete, weil dazu kein Anlaß besteht, sondern daß einem das aufmunternde Wort fehlte –, das erfreut einen auch nicht gerade. Es ist mir aber die gnädige Zusicherung gemacht worden, daß man mich hier bis auf weiteres beschäftigen werde.

So sitze ich zwischen den Stühlen, denn eine Anfrage an Kraus-Herford, als er hier im Jeverland als Kriegspfarrer interniert war, wurde von ihm negativ beantwortet. Es müsse erst an die jungen heimkehrenden Brüder gedacht werden. Meißner-Lengerich, der mir als Nachbar aus dem Wittgensteinschen bekannt war, hat mir bisher nicht geantwortet. Er scheint es auch nicht tun zu wollen. Wie soll ich mir sein wochenlanges Schweigen sonst erklären? Danach haben wir wohl nicht zu fragen. Unser Herrgott hat wohl mit uns seine besonderen Absichten. Wahrscheinlich sind wir ihm nicht treu genug gewesen. Wenigstens von mir möchte ich das behaupten, obgleich andere Leute anderer Ansicht sind.

Nun sitzt man mit seinen Kindern da und bangt, ob der jüngste Bruder mit drei unversorgten Kindern am Leben bleibt, für die dann auch zu sorgen wäre, wenn er heimgeholt werden sollte. Ich tröste mich damit, daß der Generalsuperintendent Barnewitz aus Mitau seinerzeit 1919 in Schlesien als Hilfsprediger amtierte, bevor er als Bischof nach Braunschweig berufen wurde.

Heute ist nun der furchtbarste Tag deutscher Geschichte, da deutsche Männer, mögen sie auch schuldig geworden sein, weil sie einen Irren nicht abhalfterten, von unseren Feinden gerichtet worden sind. Das wäre unsere Sache gewesen, wenn ich mich auch nicht als Richter gemeldet hätte, da ich mich auch nicht schuldlos weiß. Ich gebe darin Niemöller recht. Allerdings müssen sich auch unsere Feinde ernstlich fragen, ob sie nicht durch Verkehr mit einem solchen Regime selbst an uns und ihren Völkern schuldig geworden sind. Angeblich sollen ja diese und ähnliche Erkenntnisse bei den Christen der Feindländer ahnungsvoll aufdämmern. Bei der Bedeutungslosigkeit der christlichen Kirchen in den sich immer mehr säkularisierenden Feindstaaten hat das aber wohl nicht viel zu sagen. Ich verspreche mir nur noch etwas von den heimkehrenden Gefangenen und unserer Jugend, die ja am meisten gestraft worden ist. Gott könnte ihnen noch eine Gnadenfrist bewilligen. Vielleicht entbindet Er aber den Teufel vollends, und dann wird das Ende kommen. Wie wird es dann sein? Heulen und Zähneklappern! Doch darüber wollen wir nicht nachdenken, denn diese Stunde ist ja den Engeln und selbst dem Sohn verborgen. Finden Sie nicht auch, daß die Bibel immer gefährlicher wird? Ich verstehe Rosenberg und Hitler mit ihrer Abneigung dagegen nur zu gut.

Lieber Bruder Meyer! Wenn Sie gelegentlich mehr als für eine Postkarte Zeit finden, wäre ich Ihnen in meiner Vereinsamung dankbar. Als Superintendent exsul, Pastor vagens maestus etc. bedarf ich der condolatio.

Von meinen Geschicken will ich heute nicht reden. Sie wissen, wir alten Soldaten sprechen nicht gern über unsere Fährnisse. Das möchte so weiter halten. Die heutigen kirchlichen Herren mögen von ihren Bedrängnissen reden oder auch schwätzen. Ich habe dabei immer einen bitteren Geschmack auf der Zunge.

Leben Sie wohl! Es grüßt Sie in alter Verbundenheit und Freundschaft

Ihr Bruder Theodor Schlosser

Staatl. Mariengymnasium, Jever (Oldb)
gegr. 1573

Klasse: 6	Schuljahr: 1946/47	2. Halbjahr
Zeugnis für	Ingeborg Lüttjes	

I. Allgemeine Beurteilung:

1. Betragen:	einwandfrei
2. Aufmerksamkeit:	gut
3. Fleiß:	gut
4. Ordnung:	einwandfrei

II. Versäumte Stunden: 3 davon unentschuldigt: – Stunden

III. Durch Konferenzbeschluß vom 24. April 1947 nach Kl. 7 versetzt.

Jever (Oldb), den 30. April 1947

Der Oberstudiendirektor:	Der Klassenleiter:
Heine	Becker

Staatl. Mariengymnasium, Jever (Oldb)
gegr. 1573

Klasse: 7 Schuljahr: 1946/47 2. Halbjahr
Zeugnis für Richard Schlosser

I. Allgemeine Beurteilung:
1. Betragen: ließ zu wünschen übrig
2. Aufmerksamkeit: gut
3. Fleiß: ungleich
4. Ordnung: gut

II. Versäumte Stunden: 6 davon unentschuldigt: – Stunden

III. Durch Konferenzbeschluß vom 24. April 1947 nicht versetzt.

Jever (Oldb), den 30. April 1947

Der Oberstudiendirektor:	Der Klassenleiter:
Heine	Kalb

Heinrich Schlosser an seinen Neffen Richard Schlosser

Berlin-Grunewald, d. 12. V. 1947

Lieber Richard!
Um Ecken herum hörte ich von Deiner Unzufriedenheit mit der Schule und mit der Bevölkerung dort bei Euch. Sie mag so piesepamplig sein, wie Du gesagt haben sollst. Aber Du mußt Dich durchringen. Du wirst Dich entsinnen, daß ich Dir sagte, wie ich es bedauere, daß ich früher nicht auf meinen Vater gehört und mich bis zum Abi gequält hatte. Wenn man etwas darstellen will, gehört es dazu, daß man entweder Dipl. Kaufmann ist oder seinen Dr. hat. Leider kam diese Einsicht zu spät.

Bei uns gibt es viel Arbeit, und wir haben unseren Betrieb sehr schön wieder aufbauen können. Persönliche Interessen treten in den Hintergrund. Selbst die Gesundheit und die eigene Familie haben durch diese rastlose Tätigkeit leiden müssen, und wenn ich das Resultat betrachte, so muß ich leider feststellen, daß für mich selber nichts dabei herausgekommen ist. Doch die Arbeit soll ja auch nicht immer nur persönliche Vorteile bringen.

Nimm mir meine Ratschläge nicht übel. Ich schreibe Dir dies auf Grund meiner Lebenserfahrungen. Erkannt hat man das Leben erst, wenn die Eltern nicht mehr sind.

Dir recht herzliche Grüße, auch an die Eltern und Geschwister

von Deinem Onkel Heinrich

Theodor Schlosser an seinen Sohn Richard Schlosser

Dortmund, am 13. November 1947

Lieber Richard!

Zum Geburtstag sind Dir meine besten Wünsche sicher, mein lieber Junge. Als Gott Dich uns vor 20 Jahren schenkte, da war große Freude, und mit tiefer Dankbarkeit haben wir Dich im Kirchlein zu Schwarzenau – es war wohl der zweite Weihnachtstag – Gott dargebracht. Ich sah die verrottende Zeit und wünschte mir einen Sohn, der sich mit mir diesem Verfall entgegenstemmt, weniger durch Worte als durch Haltung. Daß das eine harte Selbstzucht, ein ständiges Fallen und Aufstehen bedeutet, war mir, ist mir und wird Dir klar sein. Daß das aber ein Leben in Wort und Sakrament ist, darüber darf keine Täuschung sein. Es besteht darum im Hören, Kommunizieren und Beten. Unserer Veranlagung nach und auch nach dem Erbe Deiner mütterlichen Ahnen sind diese Dinge notwendig; denn wir neigen dazu, uns gehen zu lassen, und mütterlicherseits besteht die Neigung, allem Unbequemen aus dem Wege zu gehen. Du verstehst, wie ich das meine und daß ich mich selbst nicht schone. Ich schreibe das aber aus der Erfahrung heraus, die mich lehrte, daß ich schließlich nur vorwärts kam, wenn ich mich nicht schonte und gerade Schwierigkeiten und Unbequemes meisterte. Das hob mein Selbstgefühl und ließ mich dann auch anderes bewältigen. Ich habe das aber nur aus dem ständigen Verkehr mit der unerbittlichen Wahrheit der Heiligen Schrift gelernt, die da richtet und rettet. Darum schickte ich Dir damals das N.T., das mir mein seliger Vater gab mit dem Spruch: »Ich vermag alles durch den, der mich mächtig macht, Christus.« Und nun segne Dich Gott, mein Junge! Er schenke Dir Gesundheit und lasse Dich das Ziel der Reise erreichen!

Damit bin ich an dem Punkt, der mir Sorge macht. Du hast bisher drei Jahre verloren, die schwer einzuholen sind. Ich mache mir Vorwürfe, daß ich seinerzeit der Mutter nachgegeben und nicht ernsthaft genug auf die Lateinarbeit gedrungen habe. Aber schließlich wird man auch müde. Wie steht es mit der Nachhilfe? Übersetz auch nach dem englischen Lehrbuch. Es bildet nicht bloß sprachlich, sondern fördert die Allgemeinbildung noch mehr. Natürlich deutsche Literatur nicht vergessen!

Im Augenblick bin ich sehr in Anspruch genommen. Ich habe drei Pfarrstellen zu verwalten. Das bedeutet viel Lauferei und Zersplitterung der Arbeitskraft. Es mehren sich aber gewisse Anzeichen, daß meine Anstellung vielleicht doch früher erfolgt, wenn, ja wenn nicht irgendjemand mir noch Knüppel zwischen die Beine wirft. Außer Schwarzenau habe ich noch keine Stelle bekommen, wo nicht irgendwie bestimmte Leute mir ihr »Wohlwollen« bezeugten. Ich befehle es Gott!

Bei Schwarzenau fällt mir ein, daß ich nach Neujahr acht Tage hinfahre, um mich einmal sattzuessen und auszuschlafen. Außerdem muß ich Lebensmittel besorgen, um die hiesigen Handwerker zu füttern, denn ohne die Fütterung dieser Raubtiere geht keine Arbeit vorwärts. Bis April muß für sechs Personen Platz geschaffen werden. Ich hoffe, daß Dorothea und Du in Jever weiter zur Schule gehen könnt. Ein Schulwechsel wäre sicher nicht gut. Wäre ich ich doch früher nach Westfalen gegangen! Dann wären wir jetzt weiter.

Dorothea hat mich um meine Zustimmung für den Tanzkurs gebeten. Ich halte vom Tanzen nichts, wie sie richtig annimmt. Ich freue mich aber, daß sie sich wenigstens Gedanken darüber macht. Tanzen ist eine Gefahr. Ich schätze es in der heutigen Notzeit deswegen nicht, weil mir immer der Gedanke an die vielen Kriegsgefangenen durch den Kopf geht. Wenn ich an sie denke, kann ich gar nicht froh sein. Wenn sie aber nicht vergessen werden und keine böse Lust im Herzen des tanzenden Menschen aufwacht, d.h. wenn er sie bekämpft, dann kann er auch tanzen. Dorothea wird ja nicht von Gier überwältigt sein und deshalb tanzen wollen. So will ich es ihr gestatten.

Nun leb wohl, mein lieber Junge! Gott behüte Dich auf allen Deinen Wegen!

Herzlichst
Dein Vater Theodor.

Richard Schlosser an seinen Vater Theodor Schlosser

Waddewarden, am 6. Januar 48

Lieber Vater!
Heute ist der letzte Ferientag, und ich will die Gelegenheit nutzen, Dir zum Geburtstag zu schreiben. Ich wünsche Dir für das neue Lebensjahr viel Erfolg und Freude bei Deiner Arbeit und hoffe, daß wir bald alle wieder in geordneten Verhältnissen leben können.

Morgen geht nun die Schule wieder los. In Latein lesen wir augenblicklich Ciceros Reden. Runge kommt damit nur langsam weiter, so daß wir in der Nachhilfestunde bequem für die ganze Woche im voraus präparieren können. Außerdem bin ich jetzt in den Ferien öfters den ganzen Vormittag in Hohenkirchen gewesen, wo wir gemeinsam Livius gelesen haben.

Der edle Schippmann ist nun auch allmählich dahintergekommen, daß die Lateinkenntnisse in der 8. Klasse katastrophal sind. Seit die Arbeiten im Zeichensaal geschrieben werden, hat sich das Bild entschieden geändert. Nun versucht er krampfhaft zu retten, was zu retten ist, und paukt plötzlich Grammatik bis zum Erbrechen. Sie werden aber doch wohl alle durchschieben müssen, um sich nicht zu blamieren. Wenn dieses Abitur schiefginge, wäre es mir eine Freude. Nicht wegen der Schüler, sondern wegen der Lehrer.

Frl. Andersen beabsichtigt, einen Heimatabend zu veranstalten unter führender Beteiligung unserer Klasse. Die hätte auch lieber ans Theater gehen sollen. Alle Augenblicke denkt sie sich irgendeinen Quatsch aus, mit dem sie sich produzieren will. Dasselbe wie bei Freese, der mit seinen Aufführungen, trotz allen Gefasels von der »hohen« Kunst, genaugenommen nur seiner persönlichen Eitelkeit schmeicheln will.

Für die öffentlichen Heimatabende sollen wir nun Material liefern. Aufsätze, die das Wesen unserer Heimat charakterisieren. Sitten und Gebräuche, Heimatlieder und Gedichte. Mir ist schleierhaft, was ich da schreiben soll und was ich überhaupt als Heimat anzusehen habe. Schwarzenau als Geburtsort fällt aus, Schirwindt ebenfalls, da ich damals noch zu klein war, um heute großartige Geschichten darüber schreiben zu können. In Marienwerder habe ich nichts von Sitten und Gebräuchen bemerkt. Ich wäre Dir dankbar, wenn Du mir mal auf die Sprünge helfen könntest. Wenn Du Zeit hast! Nur damit es der Andersen nicht so geht wie in der alten Geschichte dem Rechtsanwalt, der Volkslieder sammeln wollte und dann von dem Bauern, dem er schon 3 Mark angezahlt hatte, ein betrunkenes Gestammel über die Wacht am Rhein u.s.w. geliefert bekam. Eine 4 wird die Andersen mir ja nun nicht wieder geben können. Der Aufsatz über »Die religiösen Charaktere in ›Nathan der Weise‹«

wurde 3+ und ein Aufsatz, in dem ich einen »Menschen, der mir Vorbild war« aus meiner Gefangenenzeit beschrieb, 2+ benotet. In Mathe bin ich auf einer sicheren 2, so daß sie mir, wenn ich in Latein keine 3 kriege, als Ausgleich dienen kann. In Englisch habe ich die 3 auch fest.

Mutter ist nun bald am Ende ihrer Kräfte. Es ist zuviel, was ihr aufgebürdet wird. Die beste Lösung wäre natürlich, wenn Tante Hanna hierherkäme. Aber die muß sich jetzt erst noch ein Gebiß machen lassen.

Das Geld, welches Du mir schicktest, war doch wohl für die Nachhilfestunde bestimmt? Ich habe es dazu verwendet und danke Dir dafür bestens.

Hiermit will ich schließen.

Herzlichst

Dein Sohn Richard

Theodor Schlosser an seinen Sohn Richard Schlosser

Dortmund, am 11. Februar 1948

Lieber Richard!

Für Deine guten Geburtstagswünsche sage ich Dir herzlich Dank. Ja, das wünsche ich mir auch, Erfolg in der Arbeit und bald Wiedervereinigung der Familie in geordneten Verhältnissen! Gott gebe es! Meine eigenen und die Bemühungen anderer sehen vorläufig nicht gerade günstig aus. Durch den dauernden Regen kommen die Arbeiten am Pfarrhaus gar nicht vorwärts. Nun hat der Sturm noch das Dach beschädigt, so daß es an allen Ecken bis ins unterste Stockwerk durchregnet. Außerdem stellt sich das Wohnungsamt recht langweilig an. Es ist zu befürchten, daß die Zwangsmieter nicht pünktlich hinauskommen.

In Dortmund gibt es eine T.H. Das wäre doch fein, wenn Du hier studieren könntest. Gute Zeugnisse würden dann sofort in die Industrie vermitteln. Ich habe heute leitende Herren vom Union=Brückenbau besucht, die in meinem Pfarrbezirk liegt. Sie haben jetzt 35 Baustellen, und das nennen sie kleinen Betrieb. In Magdeburg haben sie ein Großunternehmen: Elbbrücken. Wenn ich nur mehr Zeit hätte! Ich wollte mich dann schon umsehen. Es gibt wohl Aussichten für tüchtige junge Ingenieure und Kaufleute. Wie schon früher gesagt, gehört dazu aber eine gründliche Allgemeinbildung. Bei einem der Herren fiel mir doch eine gewisse Einseitigkeit auf, so daß Kurzschlüsse in der Beurteilung mancher Dinge eintraten. Es zeigte sich mangelnde Kenntnis von Geschichte und Christentum. Die Bedeutung des Gottesgedankens für den Menschen wird heute unterschätzt. Ethik setzt man mit Religion gleich. Das ist falsch. Es gibt keine Ethik, die Bestand hat ohne die Anerkennung des fordernden Gottes durch den Menschen. Ich lese gerade das kommunistische Manifest von Marx und Engels. Darin kommt als einziges religiöses Wort das Wort Pfaffen vor, wenn man das als religiöses Wort bezeichnen will. Die Kirche wird noch einen schönen Kampf haben, wenn die Massen in Deutschland erst mit diesem Werk bekannt werden.

Ja, Frl. Andersen! An und für sich finde ich ihre Gedanken nicht schlecht. Der Heimatgedanke muß gepflegt werden. Du hast aber wohl nicht unrecht, wenn Du schreibst, daß in Ostpreußen wenig an Sitte vorhanden ist. Das liegt wohl daran, daß es Mischbevölkerung hat, Kolonialgebiet ist und vor allem die Kirche selbst arm ist an Sitte und Brauchtum und es auch gar nicht gepflegt hat. Versuche der Nazis waren doch bloß Übertragungen fremden Gutes oder gar Künsteleien. Bemerkenswert war in Ostpreußen nur die Gastlichkeit und Geselligkeit von Haus zu Haus, bedingt durch Entfernungen, Einsamkeit der Höfe und die Isolierung vor dem Fremdling, dem Menschen anderen Volkstums und anderer Rasse. Meines Erachtens muß man vom ostpreußischen Menschen reden als einem arbeitsamen, treuen, zuverlässigen und soldatischen Menschen, letzterer geformt und bedingt durch sein auf sich selbst Gestelltsein. Immer vom Reich getrennt, immer bedroht. Er hat nicht mehr gehabt als Gott, Heimat und karges Auskommen. Und nun ist er verjagt und heimatlos, hungert und verelendet, wird über die Achsel angesehen, ja beschimpft. Versuch einmal von der Schönheit ostpreußischer Landschaft zu schreiben. Dazu gehört aber Geduld.

Anbei ein Gedicht von Harald Graf Brünneck. Es ergreift mich immer wieder.

Abschied von der Heimat.

In einem Rucksack trug ich meine ganze Habe,
Als man mich keck und grausam aus der Heimat stieß
Und ich – mit allem, was mir blieb – am Wanderstabe
Gebeugt und schweren Schritt's den teuren Ort verließ.

In einem Rucksack war die Heimat eingeschlossen!
Wie wenig ging hinein, er war so öd und leer!
Und doch so voll, von Tränen, die dareingeflossen,
So doppelt niederdrückend, schmerzend, zentnerschwer.

Leb wohl, mein Junge. Herzliche Grüße, besonders Dir!

Dein Vater Theodor.

(23) Oldenburg (Oldb), den 30. 4. 1948

Der Präsident
des Niedersächsischen Verwaltungsbezirks
Oldenburg
Abt. Kirchen und Schulen
Fernsprecher 6291

Nr. III 7010

Herrn
Gepke Lüttjes
Lehrer,
Moorwarfen über Jever.

Nachdem Sie eine zehnjährige Dienstzeit in der Planstelle eines »Ersten Lehrers an einer Volksschule mit zwei Schulstellen« zurückgelegt haben, weise ich Sie mit Wirkung vom 1. 5. 1948 in die freie Planstelle eines »Ersten Lehrers an einer Volksschule mit zwei Schulstellen« der Besoldungsgruppe A4c2 mit einer widerruflichen und nicht ruhegehaltsfähigen Stellenzulage von 300,– RM jährlich ein. Ihre Amtsbezeichnung »Lehrer« und das in der Besoldungsgruppe A4c2 festgesetzte Besoldungsdienstalter bleiben unverändert.

Ihre monatlichen Dienstbezüge betragen demnach

Grundgehalt	416,67	RM
Wohnungsgeldzuschuss	88,–	"
Stellenzulage	25,–	"
Zusammen:	529,67	RM
ab: Gehaltskürzung	31,78	"
Bleiben:	497,89	RM
hinzu: Kinderzuschlag	100,–	"
Insgesamt:	597,89	RM

I. A.
gez. Dr. Rieckhoff

Richard Schlosser an seinen Vater Theodor Schlosser

Waddewarden, den 13. 8. 48

Lieber Vater!
Wir haben nun schon wieder einige Wochen Schule. Der Unterricht steht vorläufig noch ganz im Zeichen der kommenden 375-Jahr-Feier des Mariengymnasiums. Die Feier soll drei Tage währen. Hoffentlich wird es kein Reinfall. Freese arbeitet mit Hochdruck an der Einpaukerei des Requiems. Jeden Tag sind die beiden letzten Schulstunden dafür vorgesehen. Daneben wird die Antigone von Sophokles eingeübt. Dabei fallen für die Schauspieler 2 ganze Tage in der Woche aus. Mir hat man die Rolle des blinden Sehers angedreht. Ob ich allerdings nachher als erste oder als zweite Besetzung fungiere, muß sich noch erweisen. Ich kann wohl behaupten: »Man macht uns zu Affen.« Die Schule hat ein Schauspielerehepaar verpflichtet, das sich nun alle Mühe gibt, unsere Talente zu erwekken. Wenn die Proben beendet sind, ist man fertig. Die Aufführung soll ja auf einem bestimmten Niveau stehen und keine simple Schüleraufführung werden. Ich werde jedenfalls froh sein, wenn der Hokuspokus ein Ende hat, weil ja die Schularbeiten nebenbei auch noch erledigt werden müssen und wir außerdem noch viele Stunden versäumen.

In den Ferien habe ich einen kleinen Volksempfänger bekommen. Für die Dauer meines Hierseins kann ich ihn behalten. Die Musik ist wenigstens ein kleiner Lichtblick in diesem freudlosen Dasein.

Bei guter Verpflegung habe ich mich in der Heuernte betätigt und nach Ansicht verschiedener Leute einigen Reservespeck angesetzt.

Für die Abhandlung über Schiller hab herzlichen Dank. Sie wird mir dieses Jahr noch von Nutzen sein.

Anbei schicke ich Dir meine Raucherkarte. Mir ist der Tabak zu teuer. Walter wird Eigenbau mitbringen.

Es grüßt Dich Dein Sohn
Richard

Theodor Schlosser an seinen Sohn Richard Schlosser

Dortmund, am 20. August 1948

Lieber Richard!
Schönen Dank für Deinen Brief! Ich freue mich, wenn ich gelegentlich von meinen Kindern höre. Dann kann ich doch ein wenig an ihren Gedanken-

gängen teilnehmen, nachdem ich als Pfarrer sowieso kaum etwas von meiner Familie habe. Mit rechtem Interesse las ich von der Jubelfeier. Antigone=Aufführung? Kein leichtes Unterfangen, den Geist der Antike zu vergegenwärtigen. Es würde sich lohnen, dazu Sartres »Fliegen« zu lesen. Es muß doch für Euch anregend sein, einmal die Arbeit des Schauspielers kennen zu lernen. Ich habe immer gefunden, sie ist sehr anstrengend und erfordert neben großer Allgemeinbildung und Menschenkenntnis den Besitz einer Weltanschauung. Der Schauspieler muß sich mit Gott auseinander gesetzt haben. Man kann jedenfalls von guten Schauspielern lernen. Ich habe die Absicht, sobald ich mehr Zeit gewinne, ins Theater zu gehen, um mir vor allem die klassischen Stücke wieder anzusehen. Nicht bloß »der Pfarrer könnt' einen Komödianten lehren«, sondern auch umgekehrt. Schiller und Goethe sind am tiefsten in das Wesen der Antike eingedrungen. Hölderlin und Kleist (Penthesilea) nicht zu vergessen, obwohl sich bei letztgenanntem schon der Übergang zum deutschen Drama deutlicher vollzieht.

Doch nun zu den praktischen Dingen. Für die Raucherkarte danke ich. Es ist gut, wenn man einmal anständigen Tabak rauchen kann. Auf die Dauer ist der Eigenheimer doch anstrengend.

Heute, spätestens morge schicke ich Wirtschaftsgeld. Ich bekomme mein Gehalt nur im Stotterverfahren.

Wie geht es mit Dir in Latein? Solltest Du Nachhilfe für erforderlich halten, schreib bitte.

Wenn Du Weihnachten kommst, könntest Du hier einmal in einer Grube einfahren und ein Hüttenwerk besichtigen. Ich will mich noch nach einer Lehrwerkstatt für Dich umsehen.

Grüß alle und sei selbst herzlich gegrüßt
von Deinem Vater.

Theodor Schlosser an seinen Sohn Richard Schlosser

Dortmund, am 12. September 1948

L. R.!

Herr Runge hat mir geschrieben, daß es schlimm aussieht mit Deinen Lateinkenntnissen. Du müßtest Nachhilfe haben, Deinen Stand in Mathematik und Physik mit »gut« zu halten suchen und mit Herrn Runge Rücksprache nehmen. Ich rate Dir dazu. Es ist besser, damit endlich das Abitur geschafft wird und Du von dem Dir lästigen Latein loskommst. So gewinnst Du Selbstbewußtsein. Laß darum alle Nebenbeschäftigungen und konzentrier Dich allein auf die Schule!

Wirtschaftsgeld hoffe ich nach dem 15. 9. schicken zu können. Ich hoffe, Dir auch einen Anzugsstoff nebst Futter besorgen zu können. Rudi fehlt eine Jacke. Ein Herd muß gekauft werden u.s.w., so daß ich auf Euer Verständnis für das langsame Anlaufen meiner Geldleistungen wohl rechnen darf. Ihr seid ja vernünftig, wie ich Gottseidank weiß.

Wenn es geht, lasse ich Euch Weihnachten herkommen. Lebt wohl!

Herzlichst Euch allen
Vater!

Richard Schlosser an seinen Vater Theodor Schlosser

Waddewarden, den 30. September 48

Lieber Vater!
Nach dem Mietzins habe ich mich jetzt bei Herrn Hüsar erkundigt. Er konnte mir allerdings auch nur sagen, daß wir 40 Pfennig für den qm zu zahlen hätten. Von Herrn Hüsar erfuhr ich auch, daß die neue Geschichte wegen der Wohnung von Schinkel angezettelt worden sei, dem es nur darum zu tun ist, mich hier rauszuschmeißen. Schinkel hat sich auf der Kirchenratssitzung darüber beschwert, daß ich abends um 10 Uhr noch Wasser pumpte, was meines Wissens nur ein einziges Mal vorgekommen ist. Ich bemühe mich schon immer, so leise wie möglich zu sein, um den Kerl nicht zu reizen. Wenn ich ihm begegne und ihn grüße, dreht er sich zur Seite und brummt sich etwas in den Bart. Wenn er sich nun aber einbildet, ich würde aus dem Hause gehen, dann hat er sich gewaltig geirrt. Herr Hüsar stimmte mir darin auch vollkommen zu und gab mir den guten Rat, mich gar nicht um das Gestänker zu kümmern. Es ist immer erfreulich zu hören, daß auch andere Leute meinen Standpunkt teilen. Das ganze Dorf hat jedenfalls schon genug von diesem Vertreter. Wie ich hörte, hat der Kirchenrat bereits nach Oldenburg berichtet, daß Waddewarden Schinkel nicht gebrauchen könnte.

Nun will ich damit aufhören und über die 375-Jahr-Feier berichten. Zuerst möchte ich feststellen, daß ich froh bin, diese Feier hinter mir zu haben.

Am Dienstagabend trafen sich die ehemaligen Schüler und Lehrer in der festlich geschmückten Turnhalle, um sich zu besaufen. Hierzu waren auch wir eingeladen. Ich fand mich also pflichtschuldigst ein und langweilte mich entsetzlich. Innerhalb von drei Stunden waren mehr oder minder alle betrunken. Die Lehrer hatten alle Würde abgelegt und redeten den blühendsten Blödsinn. Jedenfalls hat dieser Abend meine Meinung über das Lehrerkollegium nicht steigen lassen. Mich hat die ganze Geschichte furchtbar angeödet, und nachdem ich den Anblick all dieser lächerlichen Gestalten hinreichend genossen hatte, fuhr ich nach Hause.

Am 15. September um 11^{00} hatte die Generalprobe der Antigone vor den Schülern der oberen Klassen unserer Schule und der Oberschule Wilhelmshaven begonnen und endete mit Erfolg. Mehrere Vorhänge und einige Blumensträuße bestätigten das. Dorothea spielte die Eurydike. Mich hatte hatte man zum Leibwächter Kreons bestimmt.

Am nächsten Tag um 11^{00} fand dann der Festakt im Lichtspielhaus statt. Ich hatte es vorgezogen, mich auszuschlafen. Das war das Gescheiteste, was ich tun konnte, denn die Ansprachen der noch vom gestrigen Tage umnebelten Festredner fielen entsprechend aus. Die Reden hatten ein allgemeines, nichtssagendes Gefasel über Humanismus, Gegenwart, geistigen Ursprung des Mariengymnasiums, dessen Gültigkeit und sonstige abstrakte Gedankengänge zum Inhalt. Nachdem all diese Begriffe genügend zerredet und zerspalten waren, zogen sich die Ehrengäste und das Lehrerkollegium zu einem Gelage ins »Haus der Getreuen« zurück. Dort delektierten sie sich beinahe zwei Stunden lang an Kalbsbraten, mehreren Sorten Wein und sonstigen Delikatessen.

Um 15^{30} begann die Vorstellung vor Festpublikum, Fachleuten und Kunstsachverständigen. Unsere Trainer waren voll der schwersten Befürchtungen für das Gelingen, da sich ein Teil der Schauspieler am Abend zuvor betrunken hatte. Es klappte aber alles, und das Auditorium spendete nach einer längeren Eindruckspause reichen Beifall. Die Hauptdarsteller ernteten diverse Vorhänge und einen Berg von Blumen. Mit vor Stolz geschwollener Brust wurden sie von den Lehrern beglückwünscht.

Nach diesem ersten Erfolg begannen sich bei einigen Darstellern bereits Zeichen von Hochnäsigkeit und Wichtigtuerei bemerkbar zu machen. Mit leidenden Mienen schritten die Mimen durch die Menge und nahmen keine Notiz mehr von uns, sondern nahmen mit herablassendem Gebaren hie und da einen Glückwunsch entgegen.

Kreon, der allen Grund hatte, auf seine Leistung stolz zu sein, da er wirklich ausgezeichnet gespielt hatte, blieb allen Huldigungen gegenüber so natürlich wie ehedem, während Antigone, die sehr von ihren Fähigkeiten eingenommen ist, bei der zweiten Vorstellung am Abend vor der Elternschaft auf der Bühne schrie und tobte, fürchterlich übertrieb und sich alle erdenkliche Mühe gab, Kreon auszustechen. Bei den meisten

Zuschauern hatte sie damit auch Erfolg. Als dann noch einige Lehrer kamen und irgendetwas von schulischer Belastung und enormer Leistung für so junge Menschen zu phantasieren begannen, hatten sie das Maß der Eingebildetheit bei Antigone auf die Spitze getrieben. Das sind Pädagogen!

Nach der Lektüre der lachhaft überheblich gehaltenen Zeitungskritiken bildet man sich hier allen Ernstes ein, mit den besten Bühnen konkurrieren zu können. Am Montag dieser Woche wurde die Aufführung wiederholt und war wieder ausverkauft. Antigone tobte noch schlimmer, rollte mit den Augen, fletschte mit den Zähnen, und es hätte nicht viel gefehlt, so wäre sie Kreon an die Gurgel gefahren. Diese alberne Gans bildet sich nun wirklich ein, schauspielerisch begabt zu sein. Sie will zur Bühne gehen und landet dann bestimmt auf einer Schmiere, wo sie als Statist endet. Ein Schauspieler fällt auch nicht vom Himmel, und alle unsere Darsteller würden sicherlich nirgends als Schauspielschüler reüssieren.

Als Schülervorstellung ist die Aufführung gewiß gut gewesen, aber das ist auch alles. Ich habe schon mal den Versuch unternommen, bei den Lehrern, die sich am meisten darauf einbilden, gegen diese Überheblichkeit anzugehen und die Aufführung negativ zu beurteilen, dringe damit jedoch nirgends durch. Wenn wirkliche Schauspieler auch nicht besser spielen, will ich zeitlebens nicht ins Theater gehen.

Noch das Beste an der Feier ist das Requiem in der Stadtkirche gewesen. Nach dessen Beendigung traf ich Lothar Mommsen vor der Kirche. Er wohnt mit seinen Eltern bereits seit 45 in Leer und hat 46 sein Abi auf einem Sonderkursus gemacht. In Wirklichkeit hat Lothar aber keinen blassen Dunst in irgendeinem Fach und würde heute mit seinen Kenntnissen in keine Oberprima aufgenommen werden. Das beweist nur wieder, wie unterschiedlich das Abitur doch bestanden werden kann. Der eine muß es sich ersitzen, dem anderen wird es nachgeschmissen.

Gestern gab es Ferien. Die Zeugnisse liegen dem Brief bei und müssen unterschrieben werden. Wegen Latein spreche ich mit Runge nicht. Ich nehme auch keine Nachhilfestunden, weil es keinen Zweck hat. Jetzt nach der Feier werde ich mehr Zeit haben und mich bemühen, noch in einigen Nebenfächern auf eine 2 zu gelangen, womit ich ein besseres Abitur mache, als wenn ich die Zeit aufwendete, um in Latein auf eine 3 zu kommen. Wenn es mir noch eingeht, werde ich auch das zu erreichen suchen, aber keineswegs die meiste Zeit mit Latein zubringen. Ich werde noch mit Hilferding sprechen wegen meiner Noten in Physik und Chemie. Er peilt die Noten nämlich immer über den Daumen. Nachdem ich einmal eine 3 bekommen habe, bekomme ich sie immer wieder, obwohl meine Leistungen bestimmt so gut sind wie bei denen, die aus Prinzip eine 2 bekommen. Dieses Argument werde ich bei der Unterredung allerdings nicht zur Sprache bringen, sondern Hilferding nur mitteilen, daß ich auf eine 2 kommen will, und ihn fragen, was er an meinen bisherigen Leistungen zu bemängeln hat. Meine Note in Zeichnen hoffe ich auch noch verbessern zu können, da sie jetzt zwischen 1 und 2 steht. Das sind meine Vorsätze bis zum Abitur.

Mutter schreibt, daß Ihr Stoffe bekommen habt. Falls für mich etwas geschneidert werden soll, würde ich doch bitten, den Stoff lieber hierher zu schicken, damit er nach Maß gearbeitet wird und nicht geändert werden braucht.

Das wäre alles.

Es grüßt Euch alle herzlichst

Dein Sohn Richard

Theodor Schlosser an seinen Sohn Richard Schlosser

Winterberg, am 3. Oktober 1948

Lieber Richard!

Mit Dank und Freude habe ich Deinen langen, humorvollen und kritischen Brief erhalten. Ich habe mich wirklich sehr darüber gefreut. Ironie, vor allem Selbstironie, ist eine gute Gabe. Zur Aufführung der Antigone läßt sich vielleicht aber doch etwas Positives sagen. Es gibt m. E. zwei Auffassungen dieser Rolle. Die eine ist die nach »Blutrache« dürstende heidnische Antigone, die andere wohl mehr die schon von christlichem Ethos geformte. Je nach dem wird sich die Vorstellung gestalten. Man müßte Sartre und Anouilh lesen, um dann durch Vergleich mit Sophokles zu einer eigenen Auffassung und Darstellung zu kommen. Doch genug davon!

Deine Ansichten betr. Latein teile ich nicht. Du mußt unbedingt »genügend« erreichen. Ich hoffe, daß Du das einsiehst! Ein Ausgleich ist kaum zu schaffen, so anerkennenswert Dein Bemühen ist, noch eine weitere 2 zu erreichen. Mach es Dir also zunutze, daß Dorothea Nachhilfestunden nimmt.

Wie schön, daß Lothar mit dem Leben davongekommen ist! Mich freut es, daß Du ihn wiedergefunden hast. Freut Euch Eures Lebens! Wer weiß, was die Zeit noch bringt??

Mit Schinkel laß Dich nicht ein. Er ist ein herzloser Geselle und nur darauf aus, noch die Pensionsberechtigung in der Oldenburgischen Kirche zu ergattern. Haltet aus! Es wird nicht lang mehr währen, dann könnt Ihr zu uns kommen.

Mutter und ich erleben hier in Winterberg ein paar sonnige Tage. Die Berge mit ihren sich verfärbenden Wäldern sind bezaubernd schön. Wir merken aber, daß wir älter geworden sind. Die Beine wollen nicht mehr so wie ehedem. Leider reicht das Geld nicht so lange, wie es zu einer einigermaßen brauchbaren Erholung notwendig wäre. So müssen wir uns mit acht Tagen begnügen, obwohl wir vier Wochen nötig hätten.

Deine Geschwister sind heute zu Onkel Alberts Geburtstag nach Weitmar eingeladen. Sie werden sich an Kuchen sattessen.

Geld schicke ich nach meiner Rückkehr. Ich mußte mir ein paar Kröten zurückhalten; denn sonst hätten wir gar nicht fahren können. Leb wohl!

Herzliche Grüße Euch allen!
Dein Vater Theodor.

Richard Schlosser an seine Mutter Cäcilie Schlosser

Waddewarden, den 17. 10. 48

Liebe Mutter!
Zuerst möchte ich Dir wenn auch verspätet meine herzlichsten Glückwünsche übermitteln. Im nächsten Jahr werden wir Dein Jubiläum ja sicherlich alle zusammen feiern können. Ich wünsche Dir bis dahin recht viel Freude und hoffe, daß wir im nächsten Jahr zuversichtlicher in die Zukunft sehen können. Dann wird sich Dein Haushalt vervollständigt haben, und wenn wir bald auf eigenen Beinen stehen werden, wird hoffentlich etwas mehr Ruhe in Dein Leben einziehen, das bis jetzt doch nur aus einem einzigen Hetzen und Jagen bestand.

Ich hätte Dir gerne etwas Schönes geschenkt, stattdessen muß ich Dir danken für Deine Mühe, die Du aufgewandt hast, um mir zu einem neuen Nachthemd zu verhelfen.

Morgen will ich zu Rotekuhls umsiedeln. Hier ist es zu eng geworden. Opa haust in der Badestube und fühlt sich vorläufig recht wohl darin.

Du schriebst, Du könntest mir Stoff zu einem Oberhemd nähen. Das wäre mir sehr lieb. Ich mag gar nicht anfangen aufzuzählen, was mir alles fehlt. Stoff zu einer Hose habe ich sehr nötig. Vater schrieb schon einmal, daß er so etwas eventuell bekommen könnte. Wenn das möglich ist, bitte ich um einen einfarbigen Stoff.

Meine Stiefel müssen zum Schuster. Nur noch die Schäfte sind brauchbar. Die Reparatur würde sich nach einem Kostenvoranschlag des hiesigen Schusters auf DM 50,– belaufen. Ich bin ziemlich perplex. Doch wenn ich warte, bis die Lederpreise wieder sinken, sind meine hohen Schuhe, die ich Tag für Tag anhabe, gänzlich kaputt. Ich weiß selbst nicht, was ich machen soll. Vielleicht kann ich DM 20,– durch Kaninchenverkauf dazusteuern. DM 50,– kann ich aber unmöglich bezahlen. Ich weiß, daß es schwer halten wird, das Geld aufzubringen, da ja der Torf noch nicht finanziert ist und wir im übrigen ohne einen Pfennig Wirtschaftsgeld sind.

Ostern werde ich ja hoffentlich mit der Schule fertig sein und kann endlich anfangen, selber Geld zu verdienen. Studieren werde ich ja doch nicht können, da uns das Geld auf Jahre hinaus an allen Ecken fehlen wird. Der Lastenausgleich wird daran auch nichts ändern.

Nun wollte ich Dir einen erfreulichen Brief schreiben, und was ist daraus geworden? Mach Dir bitte nicht zuviel Kopfzerbrechen über den ewigen Mangel. Allmählich gewöhnt man sich daran, und wenn kein neuer Krieg kommt, wird es uns auch einmal besser gehen.

In diesem Sinne grüßt Dich und die anderen
Dein Sohn Richard

Theodor Schlosser an seinen Sohn Richard Schlosser

Dortmund, am 13. Nov. 1948

Lieber Richard!
Zur Vollendung Deines 21. Lebensjahres spreche ich Dir meine herzlichsten Glückwünsche aus. Mit dem 17. November bist Du nun dem Gesetz nach mündig und unterstehst damit nicht mehr der väterlichen Vormundschaft. Wenn ich an den 9. 1. 1914 zurückdenke, so vermag ich eigentlich nicht zu sagen, daß dieser Tag mir als bedeutungsvoll zum Bewußtsein gekommen wäre. Am 18. 1. 1914 war in Krolls Festsälen zu Berlin der Reichskommers meiner Verbindung. Die Potsdamer Leibhusaren mit dem Neger als Kesselpauker stellten die Musik. Generalität, Admiralität und die Professoren der Universität waren erschienen. Ich hatte den Auftrag, den Chef des Generalstabs, den später so unglücklichen Gra-

fen Moltke, an seinen Ehrenplatz zu geleiten. Professor Hoeltzsch, einer der besten Kenner Rußlands, hielt die Festrede. Warnend sprach er davon, wie leicht es sei, im festlichen Kreis zu singen »dulce et decorum est pro patria mori«, und wie anders es aussehe, wenn am Gefechtsmast das Signal »große Fahrt voraus« hochgehe und dann wirklich gestorben werden müsse. Damals ahnte ich nicht, daß ich mit 21 Jahren mich im Sterbenkönnen bewähren sollte. Du, mein lieber Junge, hast es schon früher lernen müssen, und ich weiß, Du hast schwer daran getragen. Ich wünsche Dir darum, daß Dein Geburtstag für Dich der Beginn einer unbeschwerteren Zeit sein möchte! Gott schenke Dir Frohheit, mehr als Deinem melancholischen Vater beschieden ist! Ich wünsche Dir auch, daß Du das Abitur bestehst, damit Du endlich frei wirst für einen Wirkungskreis, der Dir Freude bringt.

Über die Verhältnisse hier wird Mutter schreiben. Zu Weihnachten hoffen wir so weit zu sein, daß wir es einigermaßen behaglich haben. Rudi fährt morgen zu einer Faustaufführung nach Bochum. Ich weiß noch, wie ich vor rd. 25 Jahren im damals noch unzerstörten Theater in Bochum beide Teile in guter Aufführung sah. Das Goethejahr 1949 wird ja noch mehr solcher Aufführungen bringen. Lies fleißig das »Vermächtnis der Klassik« von Buchwald! Ihr werdet sicher im Abitur eine Aufgabe über Goethe bekommen. Meistens beschränkt man sich als Schüler auf die äußeren Daten, Leben, Werk, Freunde u.s.w. Dabei fehlt das geistige Band, das den Dichter im Zusammenhang mit seiner Umwelt zeigt oder aufweist, wie er gestaltend auf die geistige Umwelt gewirkt hat. Buchwald leistet hier gute Dienste. Lies die Dramen, vor allem aber Dichtung und Wahrheit, sowie den westöstlichen Diwan! Lern auch markante Stellen, vor allem aus dem Faust (Osterspaziergang!).

Das zum Ende. Die Predigt wartet!

Vorgestern war Kontrolle vom hiesigen Wohnungsamt. Herr Schinkel läßt nicht nach. Ich bin aber ruhig.

Leb wohl! Herzliche Grüße an Tante Hanna und Doro und besonders Dir von

Deinem Vater Theodor.

Hanna Grote an ihren Schwager Theodor Schlosser

Waddewarden, 17. 11. 48

Lieber Theodor!

Mit Dank bestätige ich den Eingang von 2 mal 50 Mark für November, 100 Mark für Sonderausgaben und 30 Mark an Richard. Kohlen haben wir inzwischen kaufen können, die Kartoffeln sind in den nächsten Tagen zu erwarten, so daß wir für den Winter den Grundstock unserer Existenz gesichert haben.

Inzwischen hat sich dank der Unermüdlichkeit der Ratte Schinkel wieder etwas getan. Er spekuliert jetzt auf die Möbel, die noch hier sind. Ich halte dafür, daß wir das Bettgestell, Frisiertisch u. Nachttisch nicht herausgeben, sondern dafür Miete zahlen nach Flüchtlingsgesetz. Hüsar werde ich stecken, was Schinkel für eine Sorte ist u. ihn warnen, dem die Möbel zu überlassen, da er sie bestimmt nicht wieder herausrückt, sondern sich aufs Flüchtlingsgesetz beruft, daß sie ihm überlassen bleiben müssen, solange er sie braucht.

Irgendwer ist nun – natürlich auf Anraten von Schinkel – zum Kreiswohnungsamt gegangen und hat erklärt, Richard wohne beim Bauern und dessen Sohn bei Euch in Dortmund, es sei demnach genügend Platz dort vorhanden, daß Richard bzw. die restliche Familie nach Dortmund ziehen könne. Da der Klatsch hier blüht, erfahre ich solchen prompt. Inzwischen hat das Wohnungsamt ja die Wohnverhältnisse bei Euch überprüft. Das nur zur Kenntnis.

Eine Frage: Kann ein »Prediger« wie Schinkel auch den Titel Pfarrer führen? Er hat doch nicht studiert?

Schickst Du mir gelegentlich »Christ und Welt« oder auch andere Literatur? Es ist hier geistig sonst zu steril, und Opas Meditationen sind auch nichts Rechtes. Es ist überhaupt ein ziemlich trauriges Volk und Land. Es gibt keine Kreis- oder Stadtbücherei, Leihbüchereien führen nur Quatsch, und bisher habe ich keinen Umgang gefunden, der über dem alltäglichen Kram steht und andere Interessen zeigt; allerdings habe ich auch noch nicht danach gesucht, denn die häusliche Arbeit nimmt ja auch meine Zeit in Anspruch. Aber ich mache es gerne, und es freut mich, wenn Deine Kinder sich unter meiner Regie wohlfühlen, jedenfalls sind die Äußerungen, die gelegentlich fallen, so zu werten.

Herzliche Grüße von Deiner Hanna.

Richard Schlosser an seine Eltern

St. Joostergroden, den 5. Dez. 1948

Liebe Eltern!
Ihr wartet sicherlich schon lange auf eine Nachricht von mir. Leider habe ich nie Zeit. Der Schulbetrieb reicht mir bald völlig. Manchmal kommt mir die Schule wie ein Autorennen vor. Jetzt befinden wir uns bald in der Zielgeraden und laufen auf vollen Touren. Links und rechts ist nichts mehr zu sehen. Man sitzt in seinem Wagen wie auf einem Pulverfaß, das durch alle möglichen Zufälle explodieren kann. Ohne eine Portion Glück kommt man nicht ans Ziel.

Die Lehrer werden immer verrückter und scheinen mehr Furcht vor dem Abitur zu haben als wir. Aber ich stelle da schon wieder die merkwürdigsten Betrachtungen an, anstatt etwas Gescheites zu schreiben.

Nun muß ich ja erst noch auf meinen Geburtstag zurückkommen und Euch für Eure Briefe und für all die nützlichen Geschenke danken. Allmählich kommt man ja wieder zu etwas. Großvater hat mir ein Paar Schuhe geschenkt, und für das Geld von Vater kann ich mir nächstens eine Hose kaufen. Bis jetzt habe ich noch nichts Vernünftiges erwischt. Es ist alles Schund, was angeboten wird. In den nächsten Tagen kommt eine Frau zu Rotekuhls, die ehemaliges Marinezeug verkauft. Ich hoffe, dann eine gute Hose erstehen zu können. Ich bin ja so froh, daß ich endlich wieder etwas besser ausgerüstet bin. Die Nachthemden kommen mir allerdings noch immer als Luxus vor.

Was meine hiesigen Verhältnisse angeht, habe ich nichts zu vermissen. Gegenüber Waddewarden ist es ein Grafenleben, das ich hier führe. Daß ich mein Bett selber mache, meine Schuhe putze und Hosen bügele, erschien hier gar nicht selbstverständlich.

Über die täglichen Mahlzeiten brauche ich wohl keine näheren Ausführungen zu machen. Ich bedaure bloß, daß Ihr es nicht auch so gut habt. Ihr braucht Euch also keine Sorgen um mein Wohlergehen zu machen, sondern müßt höchstens befürchten, daß ich eines Tages an Verfettung sterbe.

Freitag haben wir von der Schule aus die Gießerei in Sande besichtigt. Es hat mich alles sehr interessiert. Modelltischlerei, Formerei, Gießerei und was es da sonst noch alles zu sehen gab. Ich wäre am liebsten gleich dageblieben, hätte mir einen Arbeitskittel angezogen und mitgearbeitet. An die Führung der Lehrer und unkundigen Betriebsräte habe ich mich überhaupt nicht gehalten, sondern auf eigene Faust eine Expedition unternommen und mich bei den Arbeitern nach allem erkundigt. Sie gaben mir auch bereitwillig und freundlich Auskunft. Ich freue mich schon so darauf, bald selber dabeisein zu können. Nach dem Abitur werde ich mich wie Atlas fühlen, dem man die Welt von den Schultern genommen hat.

Es grüßt Euch und die Geschwister herzlichst

Euer Richard

1. Entwurf

An
die Geschäftsleitung
der Maschinenfabrik
Holstein und Kappert
in Dortmund-Wambel

Lebenslauf des Abiturienten Richard Schlosser

Waddewarden, am 28. Januar 1949

Ich wurde am 17. November 1927 in Schwarzenau an der Eder als Sohn des Pfarrers Theodor Schlosser und seiner Ehefrau Cäcilie, geborene Grote, geboren. Bis zu meinem fünften Lebensjahr wohnten wir dort.

Im April 1933 übernahm mein Vater die Pfarrstelle Schirwindt in Ostpreußen. Hier wurde ich eingeschult und besuchte drei Jahre lang die Volksschule. Ostern 1937 wurde ich in die höhere Privatschule am gleichen Orte aufgenommen und nahm dort am Unterricht bis zur Versetzung in die Untertertia teil. Nachdem wir im Jahre 1940 nach Marienwerder in Westpreußen umgezogen waren, besuchte ich die Oberschule für Jungen am gleichen Orte.

Kurz nach der Versetzung in die Untersekunda wurde ich im Sommer 1943 Luftwaffenhelfer. Meine Arbeitsdienstzeit leistete ich ein Jahr später ab und erhielt dann im September 1944 die Einberufung zum Militär. Nach sehr kurzer Ausbildungszeit kam ich im Januar 1945 zum Einsatz und geriet bald darauf in russische Gefangenschaft. Mit einem Gefangenentransport kam ich bis Petrosawodsk am Onega-See in das dortige Kriegsgefangenenlager. Durch die schwere körperliche Arbeit und schlechte Verpflegung war ich bald so geschwächt, daß ich nach einigen Monaten nicht mehr arbeiten konnte und im September 1945 zur Entlassung kam.

Bei Verwandten in der Ostzone brachte ich den Aufenthaltsort meiner Eltern in Erfahrung. Diese waren noch vor der Kapitulation nach dem Westen geflüchtet. Mein Vater hatte im Kreis Friesland in Oldenburg die Verwaltung einer Pfarrstelle übernommen. Er bewarb sich aber bald um eine andere Stelle, um wieder eine feste Anstellung zu erlangen. Seit dem Herbst 1947 ist er erster Pfarrer an der Pauluskirche in Dortmund.

Ende 1945 siedelte ich zu meinen Eltern über und nahm den Unterricht im Januar 1946 am Mariengymnasium in Jever wieder auf.

Ingeborg Lüttjes an ihre Freundin Margarete Folkers

Moorwarfen, am 14. 2. 49

Meine liebe Grete!
In Gedanken höre ich Dich schon wettern: »Na, das hat ja eine schöne Zeit gedauert, bis die sich mal bequemt hat zu schreiben!« Hat es auch, liebe Grete, ich bin ganz schuldbewußt. Erst, während der schriftlichen Prüfung, ging es tatsächlich nicht, da habe ich mich gefreut, wenn ich mittags mit dem Geschreibsel fertig war. Aber hinterher hätte ich schon eher schreiben können, das ist wohl wahr, denn ganz so schlimm ist es ja nun nicht mehr von wegen büffeln. Das heißt, vorher habe ich natürlich auch kaum was getan. In den letzten Wochen vorm Abi war mir alles so merkwürdig gleichgültig, ich war ganz kalt. Na, und dann ging's ja auch ganz sang- und klanglos vorbei. Wir hatten ja schon Routine im Schreiben von Prüfungsarbeiten. In Mathe und Deutsch hoffe ich auf 3, in Latein und Englisch auf 2.

Du bist zwar nicht mehr auf der Penne, aber ich nehme an, etwas neugierig bist Du dennoch auf die Aufsatzthemen, oder nicht? Jedenfalls hatten wir in Deutsch 4 Themen, eins über zeitgebundene Filme, das nur Hildegard genommen hat, eins über das Verhältnis der Jugend zur Politik, eins über die Pflicht, d.h. es drehte sich darum, ob man die »Mitläufer« des 3. Reiches verurteilen darf, wenn sie ihre Pflicht getan haben. Das letzte, was ich dann auch genommen habe, war ein literarisches Thema über die Wesenszüge der Heldengestalten der griechisch-antiken, altgermanischen und höfisch-deutschen Dichtung. Englisch war eine ziemlich leichte Nacherzählung einer kleinen Geschichte. Latein war auch nicht schwer, ein Gespräch zwischen Cicero und Cato. Mathe ging auch, nur die erste von 4 Aufgaben habe ich nicht, und bei der sphärischen Aufgabe habe ich mich zum Schluß noch versehen.

So, nun habe ich genug über die Penne geschwafelt. Das einzig Positive ist ja doch bloß noch der Abi-Ball. Wir wollen zwei veranstalten, einen Anstandsball mit Eltern und Paukern in Abendkleidern und einen Nachklatsch für die schwoflustige Jugend. Ich kriege sogar ein Abendkleid und ein Paar Tanzschuhe, wenn ich gut durchrutsche. Schick, nicht?

Und nun zu Dir! Du bist ja schon über ein Vierteljahr in Heiselhusen. Bist Du noch so begeistert wie zuerst? Was macht denn der gute Werner? Oder hast Du inzwischen neue Chancen? Man kann es ja nicht wissen. Denk Dir bloß mal, ich unendlich armes Wurm bin nun ganz verlassen. »Man« ist in Münster und will studieren, ist aber vorläufig noch zu Aufräumungsarbeiten verurteilt. Na, ich sterbe nicht dran.

Über Frieda Echternach und Richard Schlosser weißt Du ja wohl Bescheid? Sie hat ihn nun vollständig um den Finger gewickelt, und der ahnungslose Bengel kommt sich anscheinend vor wie im siebenten Himmel. Na, meinetwegen!

Wenn das Abi vorbei ist, soll ich noch 6 bis 8 Wochen zu Hause bleiben und Stenographie und Schreibmaschine und etwas Buchführung lernen, damit ich später nicht so ganz unbedarft bin.

So, meine liebe Grete, nun laß Dich herzlich grüßen von meinen vielen Anverwandten, am meisten aber von mir!

Deine Inge

HOLSTEIN & KAPPERT MASCHINENFABRIK »PHÖNIX« G.M.B.H.

Herrn
Richard Schlosser
(23) Waddewarden b./Jever

(21b) Dortmund
Juchostr. 20 / Postfach 308
16. 2. 1949

Betreff: Ihr Schreiben vom 30. 1. 49

Wir erhielten Ihre Bewerbung vom 30. Januar. Da Sie die Absicht haben, auf eine Ingenieurschule oder techn. Hochschule zu gehen, glauben wir, daß es wohl am zweckmäßigsten ist, wenn Sie eine zweijährige Lehre als Praktikant absolvieren. Während dieser Zeit würden Sie nach einem gewissen Plan in die verschiedenen Abteilungen unseres Werkes Einblick erhalten. Sollten Sie jedoch die Absicht haben, eine Facharbeiter-Prüfung abzulegen, so käme eine Einstellung als Lehrling bei einer Ausbildungszeit von 3 Jahren in Frage.

Eine Einstellung als techn. Zeichnerlehrling kommt nicht in Frage, da diese Stellen für Ostern bereits besetzt sind.

Holstein & Kappert
Maschinenfabrik »Phönix« G.m.b.H.
Betriebsleitung:
Steinert Drewitz

Mariengymnasium
(Staatl. Oberschule f. Jungen u. Mädchen)
Jever i. Oldbg.

Abiturienten-Entlassungsfeier
19. März 1949

1) Worte der Heiligen Schrift	
2) Jauchzet dem Herrn, alle Welt	H. Schütz
3) An das Vergängliche	J. Weinheber
4) Adagio	L. v. Beethoven
5) Entlassungsrede des Direktors	
6) Abschiedsworte eines Abiturienten	
7) Abschied	W. v. Gluck
8) Aushändigung der Reifezeugnisse	
9) Comitat des Mariengymnasiums für die Abiturienten	

Ingeborg Lüttjes an Margarete Folkers

Moorwarfen, am 3. 4. 49

Meine liebe Grete!
Wenn Du wüßtest, was hier alles los ist! Erstmal natürlich das Abi. Der ganze Kram hat doch einige Aufregung verursacht. Das »Mündliche« haben sie mir gnädigerweise erlassen. So habe ich mich um die ganze Sache noch ganz gut rumgedrückt. Durchgefallen ist niemand.

Der Abiball war ganz nett. Schade, daß Du nicht dasein konntest, aber es durfte leider niemand außer Eltern und Paukern eingeladen werden. Wir haben tatsächlich alle, mit Ausnahme von Rieke, ein eigenes Abendkleid gekriegt. Bei meinem ist die Farbe ein Mittelding zwischen rot, lila und rosa. Taftmoiré. Dazu habe ich mir ein dunkelrotes Bolero aus Velour-Chiffon machen lassen, damit es oben nicht so nackt aussieht; es ist nämlich über die Ärmel ausgeschnitten, allerdings mit Samtträgern. Vielleicht kannst Du's ja mal sehen.

Der Nachklapp war nicht so besonders. Wir mußten uns alle »wen« einladen. Ich bin in meiner Not schließlich auf Siggi Löffler verfallen. Er war aber prima, bloß mit dem Tanzen wollte es nicht so ganz. Na ja, in dieser Hinsicht bin ich mit meinen Tanzherren ja allerlei Kummer gewohnt.

Dann wäre noch zu sagen, daß ich bis zu meiner Englandreise hier bei Mutti als »Hausgehilfin« angestellt bin. Jawohl, richtig mit Gehalt, 25 Mark im Monat, immerhin das Zehnfache meines ehenmaligen kümmerlichen »Gehaltes«. Dafür muß ich natürlich den ganzen Tag rumsausen wie doll, denn die Familie wünscht es ausgiebigst auszunutzen, daß sie jetzt eine Hausgehilfin hat.

Aus England habe ich positive Nachricht. Durch eine Frau Block, die früher in England war, bekam ich die Adresse einer gewissen Mrs. Taylor aus Bournemouth in der Nähe der Isle of Wight. Herrliche Gegend! Mrs. Taylor möchte gerne eine junge Deutsche als Haustochter bei vollem Familienanschluß zu sich nehmen. Ihr Mann ist bedeutend älter als sie, etwa 60, schätze ich, pensionierter Bankdirektor. Sie haben ein Töchterchen, Olivia, 9 Jahre alt. Die Frau ist sehr liebenswürdig und hilfsbereit. Auf mein »Bewerbungsschreiben« bekam ich gleich einen Brief von 6 Seiten mit allerlei angenehmen Nachrichten, außerdem 3 Fotos. Ich soll ein Zimmer mit fließend heißem und kaltem Wasser haben und in allen Dingen des hochmodernen Haushalts helfen. (Außer mir haben sie schon eine Reinmachefrau und einen Gärtner für den Park). Dafür beziehe ich dann etwa 35 Shilling = 30 Mark in der Woche. Na, wenn das nichts ist!

Mrs. Taylor hat alle notwendigen Unterlagen an das englische Arbeitsministerium eingereicht. Nun muß ich erst von dort Bescheid erhalten, bevor ich das Visum und die Ausreisegenehmigung beantragen kann. Das wird sich bestenfalls bis Ende Mai hinziehen. Wir werden uns doch wohl vorher noch zu sehen kriegen?

Heute habe ich mir einen neuen dreiviertellangen Glockenrock genäht. Ich werde mich noch in weiteren Stücken versuchen. Außerdem stricke ich mir gerade einen Pullover. Ich muß ja meine Kledage bald in Ordnung haben.

Daß es Dir dort so gut gefällt, freut mich sehr. Wie oft warst Du denn schon mit dem Sohn von Deinem Nachbarn unterwegs? Bahnt sich da was an? Na, ich will nicht indiskret sein.

Von meinen Anverwandten soll ich Dir alles Gute wünschen. Sei besonders lieb gegrüßt von

Deiner Inge

Cäcilie Schlosser an ihre Tochter Dorothea Schlosser

Dortmund, 9. April 49

Meine liebe Doro!
Sehr gefreut habe ich mich über Deinen ersten Brief vom Praktikum. Bei mir ist jetzt erst Feierabend, es ist 9 Uhr. Aber das ist ja meist so. Heute hat mir eine bescheidene Flüchtlingsfrau beim Putzen geholfen. Vielleicht kann ich die als Dauerhilfe nehmen. Tante Hanna näht für Opa zwei Hemden und will Dienstag Richtung Hühnerfarm entschweben. Richard hat schon einige Erfolge zu verzeichnen. Er hat einen Lehrvertrag abgeschlossen, wo ihm von vornherein ein Lehrjahr geschenkt ist, den andern beiden Abiturienten nicht. Seine erste Arbeit, eine Eisenplatte von 76 cm im Quadrat und 2 mm Stärke zu schleifen, war gleich die beste. Alle andern hatten sich dabei die Finger blau gehauen. An Lohn soll er brutto 80,– Mk bekommen. Nun ist er doch zufrieden, und vor allem hat er den Eindruck, daß er systematisch ausgebildet wird und dort viel lernen kann. Du kannst Dir denken, daß wir darüber ebenso froh sind wie er, weil er doch ganz andere Pläne hatte. Er geht früh um ¾ 7 zur Arbeit, Gertrud um ½ 8. Ich muß also vor 6 aufstehen. Dann hast Du schon 1 Std. gearbeitet! Geh nur zeitig schlafen, dann schaffst Du es schon. Besorgungswünsche schreibe mir nur. Ich habe hier alles in der Nähe.

Leb wohl, mein Liebes! Du weißt, daß ich viel an Dich denke und mich freue, daß wenigstens eins meiner Kinder dem Landleben treu bleibt.

In Liebe und innerem Verbundensein
Deine Mutter

Ingeborg Lüttjes an ihre Familie

Parkstone, 7. 7. 49

Ihr Lieben zu Haus!
Inzwischen habt Ihr sicher das Telegramm bekommen, das Mrs. Taylor gleich nach meiner Ankunft losließ. Ja, es hat alles wunderbar geklappt. Für so etwas wie Heimweh habe ich kaum Zeit; ich muß meine Gedanken mächtig zusammenhalten, um jedes Wort mitzukriegen. Es geht aber schon viel besser als zuerst.

Nun will ich aber mal der Reihe nach erzählen. Wir sind doch nicht über Münster gefahren; es ging über Minden – Oeynhausen – Bielefeld – Rheda – Oelde – Hamm – Dortmund bei Platzregen – Bochum – Essen – Mülheim/Ruhr – Oberhausen – Wesel – Empel=Rees – Emmerich. Das war die letzte deutsche Station vor der Grenze. Die Kontrolle war höchst gelinde. Man wurde nur gefragt, ob man etwas Verbotenes bei sich habe.

Dann ging's off durch das schöne Holland. Ihr glaubt nicht, was für ein pieksauberes und freundliches Land das ist. Man muß es gesehen haben, sonst hält man es nicht für möglich: Ich habe kein einziges Dorf und keine Stadt gesehen, wo nicht an fast allen Fenstern und in allen Gärten Blumen waren. Keine schmutzige Straße, kein unsauberes Haus! Es war herrlich anzusehen. Holland ist ein hochmodernes Land, da kommt wohl nicht einmal die moderne schwedische Wohnkultur mit. Ich glaube, in bezug auf Sauberkeit und Gepflegtheit können wir uns an Holland ein Beispiel nehmen.

Wir fuhren über Arnhem, Utrecht usw. und waren um 19.20 Uhr holländischer Zeit in Hoek van Holland. Zunächst wurden wir in einen vom allgemeinen Wartesaal abgetrennten Raum bugsiert. Ein etwas merkwürdiger Empfang für uns Deutsche. Die mitgereisten Engländer saßen an wunderbaren Tischen mit Blumen. Wir dagegen hatten uns mit ungeschmückten billigen Tischen zu begnügen. Bei uns setzten sich auch die Bauarbeiter usw. hin. Aber daraus haben wir uns nicht viel gemacht.

Nach Erledigung der Formalitäten wegen der Kabinen-Bons und Landungskarten gingen wir an Bord. Der Dampfer war ziemlich groß und fast ganz weiß. Nachdem wir in unsere Buden verteilt worden waren – Ulla und ich kamen leider nicht zusammen –, ließen wir uns im Dining Room am Kamin nieder.

Kaum hatte sich der Kahn in Bewegung gesetzt, ging es drunter und drüber. Keine Angst, mir passierte nichts, aber den andern. Ach du liebe Güte. Die Reling hatte was auszuhalten. Wenn man ein paar Schritte ging, fühlte man sich wie nach dem Genuß von mindestens vierzig

Schnäpsen. Wir haben vielleicht gelacht! Nachher hatte ich aber doch ein etwas komisches Gefühl im Magen. Ich hatte in meinem Kabuff das obere Bett. Jungedi, das war ein Theater, so zu balancieren, daß ich nicht rausplumpste! Ich hatte nie gewußt, daß der Kanal ein derart bewegtes Wässerchen ist!

Um 5 Uhr mußten wir aufstehen, um 6 Uhr waren wir in Harwich. Es war doch eine etwas sonderbare Empfindung, plötzlich in England zu sein, aber auch ganz schön. Wir wurden gleich ins Büro des »Immigration Officer« geführt, wo die Pässe und Permits nachgesehen wurden. Einige Koffer wurden noch durchgegrabbelt, und dann mußten wir auf den Londoner Zug warten.

Ich hatte mir ja vorgenommen, das engl. Pfund nicht anzubrechen, aber erstens kommt es anders, zweitens als man denkt. Wir hatten seit dem Spätnachmittag vorher keinen Bissen intus, und dann die Schaukelei, na danke! Ich ließ mir im Speisewagen ein gutes Breakfast geben, sonst wäre ich bestimmt umgefallen. Herrlich: Spiegelei, Tomaten, Röstkartoffeln, dazu Kaffee oder Tee nach Wahl und vorher den berühmten »porridge«. Den serviert man merkwürdigerweise auf einem großen flachen Teller mit Sahne oder Soße. Der porridge ist eigentlich nur zum Nippen da. Wenn man 3 große Löffel voll genommen hat, ist er schon alle.

Um 10.15 Uhr trafen wir in London – Liverpool Street ein. Da kamen die Engländer in Massen angestürzt und schlossen ihre darlings in die Arme. Ich war so ziemlich die einzige, die vorläufig leer ausging! Da stand ich nun mit meinen Koffern und mit meiner Weisheit, d.h. ich stand nicht lange, denn gleich kam ein porter angelaufen, griff meine Koffer und haute damit ab. Erst als er schon zehn Schritt weg war, drehte er sich um und erkundigte sich, wohin ich wollte. Ich machte es mir dann im Ladies Waiting Room bequem. Dort mußte ich für eine andere Deutsche, die aus Bayern kam, eine Stunde lang Dolmetsch spielen, denn sie konnte kaum 3 Worte Englisch. Hat mir aber auch Spaß gemacht!

Der Bahnhof ist riesig, aber Waterloo Station ist viel schöner. Die Autos können direkt auf den Bahnsteig fahren. Ich kaufte mir einen Pfirsich für 4 d und wartete dann auf Mrs. Taylor, das Bildchen von ihr in der Hand. Auf einmal, als ich just in die falsche Richtung sah, ging es hinter mir: »Hello! There you are, dear!«, und da stand Mrs. Taylor. Sie kam gleich auf mich zu und schloß mich in die Arme. Zuerst habe ich ein bißchen gestottert, aber es ging bald besser. Mrs. Taylor ist ziemlich klein, sie geht mir nur bis zur Schulter. Daß sie geschminkt war, wußte ich ja schon vorher, aber außerdem pudert sie sich mächtig. Sie macht einen recht resoluten Eindruck, aber sie ist sehr, sehr nett. Als ich meinen Koffer aufheben wollte, machte sie ein entsetztes Gesicht und winkte schleunigst einem porter. Dann ging sie auf ein Taxi los: »Waterloo please!« Und ab ging's.

Da ich sagte, daß ich nicht sehr müde sei, erklärte sie: »Then you'll probably like to see some important places of our capital, don't you?« Brr, so etwas von Verkehr! Man macht sich keinen Begriff. Da merkt man doch, was für ein Provinzmäuschen man ist! Tausende von Autos und Fußgängern, und alles wimmelt von knallroten zweistöckigen Autobussen mit riesigen Plakaten.

In Waterloo Station mußte ich auf die Rolltreppe zur U-Bahn! Das war beim ersten Mal ein ziemliches Manöver, aber nachher war ich schon sicherer. Die U-Bahn brachte uns nach Charing Cross. Von da aus habe ich allerlei zu sehen bekommen: Trafalgar Square mit dem himmelhohen Nelson-Denkmal und den Springbrunnen, rundherum zahllose zahme Tauben, die aus der Hand fressen. Dann habe ich das Haus des Parlaments gesehen und Big Ben, den Buckingham Palace und die Westminster Abbey. Die haben wir eingehend besichtigt, besonders den wertvollen Altar, wo vor nicht langer Zeit die Trauung von Prinzessin Elisabeth stattfand, und die poets-corner mit den vielen Büsten der berühmten Dichter. Es war noch viel mehr zu sehen, aber alles kann ich nicht beschreiben.

Dann haben wir die wichtigen Government Buildings gesehen und noch gerade einen Wechsel der Wache miterlebt. Die Soldaten haben die traditionellen rotweißen Uniformen an und kommen hoch zu Roß daher. Äußerst prächtig, indeed! Ich habe auch die Wohnungen von Mr. Atlee und Mr. Bevin von außen gesehen und vieles mehr, dann noch Waterloo Bridge und die Themse. Als es Zeit wurde zurückzugehen, nahmen wir wieder ein Taxi und fuhren nach Waterloo Station.

Wir hatten Plätze 3. Klasse im Zug nach Bournemouth, aber es war alles gepolstert und höchst komfortabel. Mrs. Taylor schlug dann vor, eine Tasse Tee zu trinken, und wir erhielten im Speisewagen noch schönes Gebäck dazu. Der Zug fuhr noch viel schneller als der andere, und man konnte die vorbeifliegenden Stationen nicht erkennen. Oh, was für eine wunderschöne Landschaft ist Südengland! Bäume überall und Hügel, wohin man sieht! Die reinste Parklandschaft, wirklich, und alles ist grün. Nur die Rasenflächen sind braun und dürr von der großen Hitze.

Zwischendurch habe ich mich mit Mrs. Taylor unterhalten, so gut es ging. Wißt Ihr, was sie über meine Englischkenntnisse sagte? Ich fühlte mich schwer gebumfidelt: »My dear, your English is wonderful, I can say it's marvellous, o yes, it is! You have quite a good accent and you must have had a very good teacher!« Na, ich weiß ja, daß das leicht übertrieben ist.

Der Zug hielt nur in Winchester, Southampton und Bournemouth. Parkstone gehört polizeilich zu Poole, nicht zu Bournemouth, und es ist ein gutes Stück außerhalb. Der Bahnhof ist mindestens so groß wie der in Jever. Man fährt 2½ Std. von London.

Als wir aus dem Zug stiegen, kam Olivia angeschossen und flog mir gleich um den Hals. Sie ist allerliebst, etwa von Dagmars Größe und dunkel. Dann kam Daddy mit Hut und Stock und sagte simpel, aber freundlich: »I do hope you have had quite a good journey, and we'll try to make you happy!« Gemeinsam trugen wir die Koffer zum Taxi und fuhren hierher. Durrant Road führt steil einen Hügel hinauf, und ich war überrascht, was für ein hübsches Städtchen Parkstone ist. Jedes, aber auch jedes Haus ist eine Villa und hat ringsherum hohe schöne Bäume. Um das Haus herum ist eine Art Park, darin geht es wildromantisch hügelig auf und ab, mit und ohne Steinstufen. Bracken heißt auf deutsch Farn, und im Garten ist alles voll davon.

Das Haus ist eine geräumige Villa mit mehreren Giebeln. Am vordersten ist Fachwerk, und das Haus ist sehr schön, obwohl es nicht so neu und modern ist, wie ich annahm. Vorne ist die große Eingangstür, die auf einen Flur führt, genannt hall. Rechts ist der Drawing Room, links der Dining Room für die Familie. Dahinter ist noch einer für Besuch. Die Küche ist eine Wohnküche, auch wenn man kaum darin sitzt, d.h. der Abwaschraum, die Speisekammer und der Holzraum sind für sich abgetrennt.

Ich wurde gleich in mein Zimmer geführt, das im 1. Stock gelegen ist, an einem etwa quadratischen Flur, von dem ein langer Gang zum Badezimmer und zu sonstigen Örtlichkeiten führt, genannt lavatory. Hier haben auch Mr. und Mrs. Taylor und Olivia ihre Schlafzimmer. Im 2. Stock liegen das Zimmer des ehemaligen Gärtners und ein Spielzimmer sowie 2 Bodenräume. Man hat von da einen wundervollen Ausblick über den Hafen von Poole, der nach Sidney oder Melbourne in Australien der zweitgrößte der Welt sein soll. Waldige Hügellandschaft bis runter zum Wasser!

Nun mein Zimmer: Es ist ganz in cream, nur die Fußleisten, die Tür und die Wandleisten sind weiß. Vor dem Fenster steht eine Kommode mit einem dreiteiligen Frisierspiegel, daneben ist das Waschbecken, ein Bücherbord und rechts der unvermeidliche Kamin. Als ich beim Auspacken war, kam Olivia mehreremale hereingestürmt und beteuerte: »I love you, dear Inge, I love you! Do you love me too? I am so glad to have a young girl in the house!« Olivia spricht sehr schnell und undeutlich, und ich muß höllisch aufpassen. Mrs. Taylor verstehe ich am besten, Mr. Taylor murmelt immer in seinen nicht vorhandenen Bart und spricht viel von Staatsaffairen usw. Ach ja, es ist nicht ganz leicht.

Zum dinner gab es gekochtes Ei und toast mit Butter und Marmelade, dazu Tee und hinterher Kuchen und Keks. Man schneidet Kuchen und Keks mit dem Messer und legt oft noch Käse drauf.

Ich bin dann bald zu Bett gegangen. In den nächsten Tagen soll ich einen Wecker bekommen, bis dahin werde ich um 7 Uhr herausgeklopft. Um ¼ nach 8 gibt es breakfast, gewöhnlich für jeden ½ Scheibe gebratenes Brot mit gebratenem Schinken und gebratenem Ei. Das geht sehr schnell auf dem 4-flammigen Gasherd. Dazu gibt es wieder toast mit Butter und Marmelade sowie eine Riesentasse Kaffee. Nach dem Mittagessen gibt es ebenfalls Kaffee, aber bloß ein Mokkatäßchen voll. Dann habe ich Schuhe zu putzen und die – man staune – 4 Hennen zu füttern. Das Tischdecken ist ein Kunststück für sich, zu jeder Mahlzeit anders.

So, ich denke, das genügt fürs erste, meint Ihr nicht auch? Wie geht es Euch in dem Haus mit dem paradiesischen Frieden? Olivia läßt Dagmar grüßen und will ihr bald einmal schreiben.

Nun, Ihr Lieben, recht herzliche Grüße und alles Gute!

Eure Inge

Ingeborg Lüttjes an ihre Familie

Parkstone, am 16. 7. 49

Ihr Lieben!

Vielen Dank für den langen Brief! Er kam gestern hier an. Mr. und Mrs. Taylor danken für die Grüße, ebenfalls Olivia für die Grüße von Dagmar.

Du kannst beruhigt sein, liebe Mutti, ich bin für Mrs. Taylors Bedürfnisse furchtbar fleißig. Sie hat immer Angst, daß ich zuviel tue. Neulich wollte ich nachmittags die Speisekammer wischen, aber da kam ich schön an. Mrs. Taylor hält es an sich schon für shocking, wenn man einen Feudel anfaßt, und dann noch nachmittags. Da habe ich es am nächsten Vormittag gemacht.

Was mir hier nicht gefällt, ist die Arbeitseinteilung. Man braucht nie angestrengt zu arbeiten, sondern steht alle Augenblicke da und hat nichts zu tun. Das geht den ganzen Tag so. Ich beneide direkt Ulla Gerriets, die in Frinton-on-Sea ist und nach einem anstrengenden Vormittag stets Zeit zum Baden hat. Das Baden scheint man hier nicht sonderlich zu lieben, denn in Poole ist das Wasser ölig, und nach Bournemouth oder den Sandbanks muß man eine ganze Weile Autobus fahren. Wir waren alle zusammen einmal in Bournemouth und einmal an den Sandbanks. Da der Tee aber um 5 Uhr gemacht werden muß, konnten wir nur 15 Minuten baden. Ich würde ja gerne mal allein baden gehen, aber das versteht man hier nicht, es geht scheinbar nur im Familienverband, und das erfordert allerlei Umstände. Einen Nachmittag in der Woche habe ich nach dem Abwaschen ab 3 Uhr frei und muß gegen 7 Uhr wiederkommen.

Olivia kriegt jeden Abend die Haare eingerollt. Sie ist sehr verwöhnt. Wenn sie mal heult, spritzt gleich die ganze Familie herzu und tröstet sie. Der Hund, genannt Fluff oder Fluffy, ist ein fürchterliches Biest, so groß wie ein Dackel, fett und verzogen. Er nimmt nur leicht angewärmte Milch und extra für ihn gekochten Fisch zu sich.

Mit meiner Kleidung komme ich gut zurecht. Sie finden hier jedes Kleid »horribly nice« oder »awfully lovely«. Überhaupt drückt man sich hier reichlich überschwenglich aus. »Awfully« ist als Steigerung für alles zu gebrauchen, und mit »lovely« und »beautiful« geht man ebenfalls sehr verschwenderisch um. Ob ich das Abendkleid brauchen werde, weiß ich nicht, denn Taylors haben keine große Lust zum Tanzen usw. und gehen auch nicht aus, außer zu alten Ladies zum Teetrinken. Mrs. Taylor hat mindestens 5 Abendkleider, alle mit Perlen und kostbarer Stickerei. Da habe ich meins wenigstens zum Angeben hier. Taylors sind übrigens trotz allem sehr vermögend und haben schon manchmal überlegt, ob sie noch ein paar weitere Häuser hier kaufen sollten. Sie haben auch schon die ganze Welt besegelt, China, Indien, Persien, Afrika, Italien, Capri, Frankreich, Spanien, Deutschland und Amerika.

Geselligkeit herrscht hier durchaus nicht, es ist alles schrecklich ruhig. Aber Taylors lieben das, »er« besonders schätzt es nicht, sich viel zu bewegen, und dann stöhnt er den ganzen Tag, wie entsetzlich »busy« er sei. Mein Gott, wenn ich den mit unserm Opa vergleiche, da weiß man nicht, was man sagen soll.

Gestern bekam ich mein erstes Geld: 35 shillings. Mrs. Taylor zieht die Reisekosten nicht ab, dagegen gehen die Kosten für die staatl. Versicherung zum Teil ab. Mit der Versicherung ist das hier überhaupt eine Sache für sich, über die jeder Engländer schimpft: Es gibt keine Privat-Versicherungsanstalten mehr, sondern alles geht durch den Staat, und zwar ist jeder gezwungen, wöchentlich einen ziemlich hohen Betrag (für mich 7 shillings) dafür zu berappen, dann allerdings kann man umsonst zum Arzt oder zum Kusendoktor gehen. Beim Zahnarzt war ich gestern. Ich hatte ein ordentliches Loch im Backenzahn, und es tat ganz niedlich weh, aber nun ist es besser.

Gestern nachmittag hatte ich frei, und da bin ich nach Bournemouth gefahren und habe mir die shops angesehen. Ach du liebe Zeit, was es da alles gibt! Natürlich rasend teuer. Das einzig Verwunderliche war, daß man Pelzmäntel schon für 10 Pfd. bekommen kann. Ich habe mir nur etwas Wollgarn für einen Pullover gekauft, beige mit braun und grün.

Montag will ich nun endlich die Abwaschküche abseifen, ich halte es so nicht länger aus, denn die Spinnen fallen einem fast auf den Kopf. Aber jedesmal, wenn ich anfangen will sauberzumachen, muß ich erst durch die Angabezimmer rauschen und jedes feinste Stäubchen beseitigen. Dagegen die Küche: brr! Ich verstehe nicht, daß das die Leute überhaupt nicht berührt.

Nun erlaubt mir bitte, Schluß zu machen. Ich falle um vor Müdigkeit.

Viele liebe Grüße und alles Gute!

Eure Inge

Ingeborg Lüttjes an ihre Familie

Parkstone, am 13. August

Ihr lieben Lieben!

Für Euer schönes Geburtstagsgeschenk danke ich Euch ganz herzlich! Ich hatte ja gar nicht damit gerechnet, überhaupt etwas aus Deutschland zu bekommen, und dann noch so eine kostbare Halskette! Auch über den Brief habe ich mich tüchtig gefreut und danke vielmals für die Glückwünsche!

Ja, meinen Geburtstag habe ich in leichter Feststimmung begangen. Morgens fand ich vor der Tür einen Blumenstrauß – hier sehr selten, obwohl der Garten so riesig ist – und die wertvollen Geschenke der Familie Taylor, von den Eltern eine Halskette und von Olivia ein Taschentuch. Halskette ist eigentlich nicht richtig, denn das Dings – Verzeihung – sieht aus wie ein Kasperlekragen. Ich verstehe, daß das sehr gut gemeint war, und ich weiß das Geschenk auch zu würdigen, aber Geschmack haben die Taylors in dieser Hinsicht leider gar nicht. Die Kette ist mit Eurer überhaupt nicht zu vergleichen. Sie paßt weder zum Abenkleid noch zu sonst etwas, aber na, ich will nichts davon sagen.

Nachdem ich den Vormittag auf-Knien-rutschenderweise mit eifrigem Polieren der Fußböden verbracht hatte, durfte ich dann meine neue Freundin Kathrin zum Tee einladen und bekam zu diesem Zweck einen Geburtstagskuchen gebacken, mit viel Mühe und noch viel mehr Aroma.

Leider war er kaum zu genießen, soviel Duft hatte er in sich. Was mir, ehrlich gesagt, nicht gefiel, war, daß 20 kleine Lichter auf dem winzigen Kuchen befestigt wurden und wir das Kerzenwachs wohl oder übel mit runterschlucken mußten. Aber das hat uns nicht besonders gestört. Hinterher sind Kathrin und ich in der Gegend rumgestrolcht und haben auf diese Weise den Geburtstag zu Ende gebracht.

Am nächsten Tag, also gestern, hatten wir beide frei und gingen »shopping« in Bournemouth. Ich habe mir ein Paar weiße Sandaletten mit Kreppsohle und eine weiße Handtasche zugelegt, denn das gehört unbedingt zu einem vollständigen Straßenaufzug. Nächste Woche werde ich mir Kleiderstoff kaufen, um mir ein Straßenkleid zu nähen.

Wir sind dann noch ins Kino gegangen, um uns den berühmten Hamlet-Film anzusehen, mit Sir Laurence Olivier in der Hauptrolle. Er war wirklich überwältigend. Ich hatte kaum je vorher einen solchen Film gesehen. Es wurde allerdings eine Menge weggelassen. Mit den Kinos ist das hier überhaupt witzig: Immer werden 2 Filme hintereinander gezeigt, im selben Programm, ein Haupt- und ein Nebenfilm, meistens in unsinniger Zusammenstellung. Man kann rein- und rausgehen, wann es einem paßt, auch mittendrin, und man wird von einer »usherette« mit Taschenlampe in dem düsteren Raum auf einen Platz gebracht. Abends, nach der letzten Vorstellung, wird die Nationalhymne gespielt, und keiner darf sich solange bewegen. Dann hat man hier noch die Angewohnheit, während der Wochenschau bei jeder Gelegenheit zu klatschen oder zu pfeifen, je nach Laune. Die Kinos sind alle riesengroße Luxusgebäude.

In den beiden letzten Wochen war die Reinmachefrau auf Reisen. Da habe ich alles alleine geschrubbt, und ich fühlte mich viel wohler dabei als sonst. Schade, daß die Frau nächste Woche schon wiederkommt. Mrs. Taylor will sie nicht abschieben, weil die Frau das Geld braucht, es sei denn, es findet sich eine andere passende Stelle für sie.

Nun ist es schon wieder sehr spät, und ich muß aufhören. Taylors ziehen mich immer auf mit meiner Briefschreiberei. Sie meinten, ich solle meine gesammelten Ergüsse man in Buchform herausgeben.

Ich grüße Euch alle recht herzlich und danke Euch noch recht vielmals für das Geschenk!

Eure Inge

Richard Schlosser an seine Eltern

Waddewarden, 24. Aug. 49

Liebe Eltern!

Ich will eben noch ein paar Zeilen schreiben, um sie Walter mitzugeben. Mir geht es hier ausgezeichnet, und ich genieße meinen Urlaub in vollen Zügen. Über Langeweile kann ich nicht klagen. Jeden Tag ist etwas anderes los. Vorige Woche entstand hier in der Nähe ein großes Schadenfeuer. In einer Uniform, die mir reichlich klein war, habe ich mich als Feuerwehrmann betätigt und bin dabei wie alle anderen klatschnaß geworden. Dank des rechtzeitigen Erscheinens der Waddewardener Feuerwehr konnte das brennende Wohnhaus gerettet werden.

Augenblicklich bin ich damit beschäftigt, Rotekuhls Baracke mit der Spritzpistole zu färben. Nebenbei wühle ich in all dem Kraßel, um mir einiges für Dortmund herauszusuchen. Das ist eine Heidenarbeit und in der vollgepfropften Baracke fast lebensgefährlich. Um sich von einer Ecke in die andere zu bewegen, muß man an den Dachsparren Klimmzüge machen und sich wie ein Affe ein Stück weiterschwingen. Hoffentlich finde ich bis Sonntag alle Teile, um die Geräte in Gang bringen zu können. Gestern habe ich schon im Schweiße meines Angesichts eine Kiste zum Groden geschliffen, damit die Jungens sie mitnehmen. Die Kiste habe ich dabei auf den Gepäcktrager gepackt und mich obendrauf gesetzt, um überhaupt fahren zu können. Es war eine gräßliche Quälerei; aber ich bin froh, daß schon etwas auf den Weg gebracht worden ist. Nun muß ich nötig wieder zum Groden fahren, um meinen Gebrüdern ihr Gepäck verfrachten zu helfen. Bis Sonntag also auf Wiedersehen.

Viele Grüße an die übrige Belegschaft.

Euer Richard

Ingeborg Luttjes an ihre Mutter Emma Lüttjes

Parkstone, 5. 9. 49

Liebe Mutti!

Vielen Dank für den Brief, der so schnell ankam! Sonnabend hatte ich ihn schon, aber ich konnte nicht eher antworten, da ich gestern bei Familie Sir Geoffrey Symes eingeladen war zum Tee und gestern abend Kathrin einen Spaziergang zum Constitution Hill versprochen hatte.

Übrigens, wer Kathrin ist? Sie ist ungefähr so alt wie ich, hat Mittlere

Reife, ein Jahr höhere Handelsschule und ein Jahr an der Bank gearbeitet. Sie kommt von Essen. Was sie werden will, weiß sie nicht. Sie hat erstmal vor, länger als ein Jahr hierzubleiben, da Mrs. Morgan im Februar ein Baby erwartet. Kathrin findet es hier wundervoll, die Morgans sind jung und vergnügt, und sie singt mit Mrs. Morgan um die Wette.

Das ist hier ja nun ganz anders. Die gesamte Familie ist stock-unmusikalisch, und »er« ist der reinste Greis. Was ich von Olivia jetzt schreibe, wird Euch alle, besonders Dagmar, wohl etwas enttäuschen, aber es ist die pure Wahrheit: Sie ist mir direkt zuwider. Sie ist überhaupt kein bißchen niedlich oder kindlich, immer krächzt sie mit befehlerischer Stimme irgendwas daher, schmeißt ihre Sachen überall herum und hat keinerlei Manieren. Ich verstehe nicht, daß Mr. und Mrs. Taylor lächelnd zusehen können, wenn Olivia bei Tisch mit dem Messer im Mund rumfuchtelt oder mit den Fingern ißt. Wenn sie mal ausgeschimpft wird, dann heißt es: »Please, don't do that, sweetheart« oder so, und das macht nicht den allergeringsten Eindruck auf das Kind. Und dann heult sie mindestens zwanzigmal am Tag um gar nichts. Manchmal brüllt sie, daß das Haus wackelt, und wenn dann die ganze Familie angestürzt kommt, ist etwa die Aussicht auf den Hafen schlecht oder ähnliches. Von Zeit zu Zeit kommt sie in mein Zimmer gelaufen und ruft: »Give me a kiss!« Fünf Minuten später dagegen bildet sie sich ein, mich wie ihre Bedienstete behandeln zu müssen, wirft mir ein schmutziges Taschentuch zu und kommandiert: »Put it in the washing bag.« Ich kann Dir sagen, das ist oft eine harte Geduldsprobe für Deine Älteste! Ich werde Olivia bestimmt niemals hauen, obwohl sie es oft mehr als verdient hätte, aber wenn sie mich anbrüllt, dann gebe ich ihr ruhig einen Verweis, denn ich laß mich ja schließlich nicht behandeln wie ein Döfchen. Aber nun genug davon.

Eine Party ist etwa so: Man lädt zirka 8 bis 10 Personen für nachmittags zum Tee ein, der um Punkt 4 Uhr serviert wird. Dazu werden Kuchen gebacken oder gekauft, und man unterhält sich über das Wetter und bestaunt Haus und Garten. Spätestens um 6 Uhr erhebt man sich, sagt, es sei sehr schön gewesen, und verzieht sich. Dann habe ich die Freude, Unmengen Geschirrs abzuwaschen. Jedenfalls bei Taylors ist das so. Woanders geht es lustiger zu, da singt man und spielt Klavier oder picknickt im Garten.

Mein neues Kleid habe ich nach meinem anderen Sonntagskleid gearbeitet, d.h. den Rock, mit Köpfchenkräuselei. Das Oberteil habe ich nach der hellblauen Bluse zugeschnitten und nur vorne etwas anders gemacht. Vielleicht kann ich Euch mal ein Photo schicken.

Nun hätte ich doch bald vergessen, das zu schreiben, was für mich am wichtigsten ist: Vor einigen Tagen waren Kathrin und ich in Bournemouth zum Municipal College, wo man in Abendkursen sein Wissen vermehren kann. Am 12. September müssen wir uns für das nächste Halbjahr anmelden und sämtliche Fächer angeben. Ich habe mir »English for Foreigners« und »Typewriting« ausgesucht, und nun schwanke ich noch, ob ich Französisch oder Spanisch oder gar nichts dazunehmen soll. Es kostet nichts mehr. Wozu würdet Ihr mir raten?

Nun muß ich schleunigst Tee machen. Viele liebe Grüße an alle!

Eure Inge

Ingeborg Lüttjes an ihre Mutter Emma Lüttjes

Parkstone, am Mittwoch

Meine liebe Mutti!

Vielen Dank für Deinen Brief. Also Therese kommt tatsächlich wieder nach Hause, und so bald schon? Das muß ja wirklich schlimm für sie gewesen sein. Ich glaube zwar wohl, daß sie sich hier in England ganz gut behaupten könnte, aber Ihr müßt schließlich entscheiden.

Wegen meiner Steno- und Schreibmaschinen-Angelegenheit: Könntet Ihr Euch mal umhorchen, ob man irgendwo schnell was beigebogen kriegen kann, wenn man im nächsten Sommer nach Haus kommt? Ich habe mir auch schon überlegt, daß es vielleicht gut wäre, wenn Vati mal für mich an den Dolmetscherverband nach Hannover schreiben und sich nach den Vorbedingungen für das Dolmetscherexamen erkundigen könnte. Von hier aus kann ich ja kein deutsches Rückporto einlegen. Dann könnte ich mich gleich nach meiner Rückkehr auf die Vorbereitungen stürzen. Eine Stelle an einem Konsulat wäre ideal, aber erst mal haben! Ich möchte wohl noch mal eine Zeitlang ins Ausland wieder, bloß nicht für ganz. Es wäre ja auch nicht gesagt, daß ich wieder nach England käme. In Amerika könnte ich mein Englisch doch genau so gut anwenden. Aber vorläufig tue ich wohl besser daran, mir solche Wunschträume aus dem Kopf zu schlagen.

Stell Dir vor, Wolfgang Rauch hat mir während der ganzen Zeit, seit das Wochenblatt wieder erschienen ist, laufend Zeitungen geschickt! Ist das nicht nett? Auf diese Weise kriegt man doch ein paar Neuigkeiten aus der Heimat mit. In Jever scheint ja die Verlobungssucht ausgebrochen zu sein.

Und Dagmar kriegt Tanzstunde? Sieh mal an! Dann wird sie ja noch was an Grazie dazugewinnen, auch wenn die eigentlich kaum noch steigerbar ist. Übrigens, ich habe ganz vergessen zu erzählen, daß ich vor einiger Zeit sogar eine »Tanzerei« besuchte. Eine alte Lady hier hatte das organisiert für die Vereinigung zur Unterstützung der Kinder Europas. Wir wurden gut behandelt. Ich hatte gerade meinen Glückstag und gewann ein kristallartiges Schnapsglas, aber für die Männerwelt jüngerer Generation danke ich bestens. Was ich davon bis jetzt zu sehen bekam, hat mir nicht imponiert. Alles solche Lackaffen. Mag ja sein, daß sich im College vielleicht mal welche einfinden, die bessere Manieren haben. Bitte, denke aber nicht, ich ginge zuviel aus! Ich bin äußerst solide, und ich habe auch gelernt, meine Pennies ganz gut zusammenzuhalten.

Um Euer sonniges Wetter seid Ihr zu beneiden! Hier gießt es seit Wochen. Gestern abend ist zum ersten Mal das offene Kaminfeuer angezündet worden. Das sieht sehr gemütlich aus, bloß heizen tut es nicht besonders.

Mein Verhältnis zu Mrs. Taylor ist im Grunde nicht so wie zwischen Mutter und Tochter. Wir kommen zwar tadellos miteinander aus, aber gelegentlich läßt sie mich ganz deutlich fühlen, daß sie die Alleinherrscherin ist. Aber sei man ganz beruhigt; auch wenn ich mal einen Rüffel kriege, stecke ich doch immer einen Grien auf und tue, was sie will, wenn es auch ab und zu ein bißchen unsinnig ist. Wäsche wird nicht gekocht, iwo, das schadet, dafür gießt man irgendein konzentriertes Seifenzeug drauf und muß endlos rubbeln und reiben. Aber jeder soll nach seiner Fasson selig werden!

Die englische Kochweise finde ich nicht schlecht, aber die deutsche ist doch besser. Hier ist alles so laff und halbgar. Manche Sache mag ich natürlich gerne: Reispudding, bacon and eggs oder Yorkshire Pudding. Nur die »kippers« und das ewige Weißbrot mag ich nicht mehr sehen.

Sag mal, kannst Du mir nicht die Romanbeilagen aus der Zeitung ausschneiden und als Drucksachenbündelchen schicken? Ist ganz billig!

Zu guter Letzt der gesamten Familie und besonders Dir, liebe Mutti, einen herzlichen Gruß!

Deine Inge

Dorothea Schlosser an Ingeborg Lüttjes

Dortmund, den 21. 12. 49

Liebe Inge!

Nun bin ich schon wieder so schreibfaul gewesen und habe Dich Arme über zwei Monate auf eine Antwort lassen. Du wirst es mir wahrscheinlich mit gleicher Münze heimzahlen.

Wirst Du Weihnachten in England bleiben? Die Unkosten für eine Heimreise sind ja doch sicherlich viel zu hoch. Schreib mir mal, wie es dort Weihnachten zugeht. Dortmund erstrahlt allabendlich im Glanze von -zig Weihnachtsbäumen, die an den Fronten der Kaufhäuser befestigt sind. Es gibt jetzt ungefähr alles zu kaufen, was man haben will – sofern man Geld hat. Ich mag eigentlich gar nicht in die Stadt gehen, wenn ich mir doch nichts leisten kann von all den herrlichen Dingen.

In Dortmund bin ich nur vorübergehend. Meine Mutter hatte eine Nervenentzündung im rechten Arm und war arbeitsunfähig. Nach einem Aufenthalt in einem Müttererholungsheim verschlimmerte sich ihr Gesundheitszustand noch mehr, weil bei dem völligen Ausspannen die Kräfte erst richtig versagten. Ich habe deshalb meine Lehre unterbrochen und bin jetzt zu Mutters Unterstützung schon zwei Monate zu Hause. Nach Weihnachten gehe ich wieder nach Röllingsen.

Frieda Echternach hat es jetzt auch nach Dortmund verschlagen. Sie macht hier bei Bekannten ihrer Eltern eine Lehre als Buchhändlerin. Richard trifft sich manchmal mit ihr. Stell Dir vor, zu seinem Geburtstag hat sie ihm einen braunen Pullover geschenkt. Ich habe jegliche Verbindung mit ihr abgebrochen. Was Richard an der eingebildeten Gans überhaupt findet, ist mir schleierhaft.

Falls ich noch einmal zu Geld kommen sollte, was wohl kaum eintreten wird, so will ich landwirtschaftliche Lehrerin werden. Ich glaube, dazu muß man die Landfrauenschule besuchen, und die ist ja unverschämt teuer. Sag mal, was verdienst Du eigentlich in England? Kannst Du Dich dafür wenigstens vernünftig einkleiden oder sogar etwas auf die hohe Kante legen?

Laß Dir den englischen Weihnachtskuchen gut schmecken. Einen guten Rutsch ins neue Jahr wünscht Dir herzlich

Deine Doro

Ingeborg Lüttjes an ihre Familie

Parkstone, am 29. Dez.

Ihr Lieben alle!
Vielen, vielen Dank für das Riesenpaket! Es kam am ersten Weihnachtstag morgens an. Ich fand es vor der Haustür, als wir aus der Kirche wiederkamen. Wirklich, ich bin begeistert! Alle die selbstgemachten Sachen wurden tüchtig bestaunt, besonders Dagmars, denn Olivia ist für sowas viel zu stupide, die strickt einen Pullover, der vielleicht in zehn Jahren mal fertig wird, denn sie tut jeden Tag mit größter Anstrengug nur 20 Maschen dran. Das Buch habe ich gleich verschlungen. Herzlichen Dank!

Nun will ich mal meiner ziemlich mäßigen Begeisterung über das englische Weihnachtsfest Ausdruck geben. Es fing damit an, daß man es für zu teuer hielt, einen Tannenbaum zu kaufen. Stattdessen wurde das oberste Ende einer krummen Fichte benutzt. Auf einer Seite waren überhaupt keine Zweige und auf der anderen auch nicht viel mehr. Der Strunk wurde mit ix Schnüren an Fenstern und Türen befestigt, damit er nicht umfiel, und alsdann von Olivia höchst geschmackvoll dekoriert. Ich muß schon sagen, sie hat nicht das geringste Schönheitsempfinden. Kerzen fand Mrs. Taylor zu umständlich, und man nahm elektrische Birnen. Brrr!

Am Heiligen Abend kamen mehrere alte Damen und fragten die berühmten Fragen: What part of German do you come from? How long have you been over here? How do you like it? Your English is very good! Als das vorbei war, haben Kathrin und ich in meinem Zimmer ein bißchen Geschenke verteilt und gesungen und gefroren.

Die Arbeit ging am nächsten Morgen ganz wie immer, nur daß Mrs. Taylor sich um den Turkey und den Christmas Pudding kümmern mußte und sich in nicht gerade rosiger Stimmung befand. Um ½ 10 setzten wir uns in Marsch zur Peterskirche. Dort gefiel mir der Gottesdienst wohl, aber die Hauptsache daran war doch die Aufmachung. Taylors gehören der High Church an, und das bedeutet, sie nennen sich zwar protestantisch, aber sie sind nach unserer Auffassung doch ¾ katholisch.

Die Geschenke mußten bis nach der Kirche warten. Es war nicht sehr feierlich, daß man nacheinander, wie man eben Zeit hatte, in den Drawing Room ging und auf Olivia warten mußte, die dann die Geschenke herumreichte. Aber na, ich will nicht zu kritisch sein, ich bin in dieser Beziehung wohl zu sehr verwöhnt.

Von Mrs. Taylor erhielt ich eine handbemalte Puderdose aus einem glasähnlichen Material. Von Mr. Taylor bekam ich das schönste Geschenk, ein selbstgebundenes Tagebuch, mit Blumen verziert. Mrs. Taylor schenkte ich auf neue Art gehäkelte Bettschuhe. Ja, Ihr könnt gut lachen, aber Ihr habt auch Federbetten und braucht nicht unter Wolldecken zu klappern! Mr. Taylor bekam von mir eine Ladung Briefpapier und Olivia einen braun-grünen Wollschal und etwas Klöterkrams. Von Kathrin erhielt ich ein schönes modernes rosa Wollhemd.

Dann wurde der Turkey aus dem Ofen gezogen, und das Weihnachtsmahl fand statt. Es schmeckte wirklich gut, nur von dem Christmas Pudding konnte man nicht viel vertragen. An dem Turkey kauen wir immer noch täglich. Anschließend zog man ein paar Knallbonbons und trank ein Gläschen Wein. Zur Teezeit folgte der Christmas Cake, der weit höher war, als er Durchmesser hatte. Aber er schmeckte ebenfalls ganz gut.

Ja, das war alles, was ich Weihnachten erlebte. Boxing Day, der zweite Feiertag, gehört kaum noch zu Weihnachten. Es kühlte meine Begeisterung mächtig ab, daß ich wie gewöhnlich waschen und bügeln mußte.

Am Sonnabend werde ich Bescheid bekommen, ob es mit der Stelle klappt, die ich hier für Therese ausfindig gemacht habe, bei einer Lehrerfamilie mit mehreren Kindern. Wenn das man was wird! Die Leute sollen sehr nett sein, und Gehalt würde Therese mehr als ich bekommen.

Herzliche Grüße nun und nochmals vielen, vielen Dank an Euch alle!

Eure Inge

Ingeborg Lüttjes an ihre Mutter Emma Lüttjes

Parkstone, am 23. 1. 50

Liebe Mutti!

Endlich komme ich dazu, Dir auf Deinen Brief zu antworten. Ich habe so lange gewartet, bis Thereses Antwort hier eintraf, damit nicht die ganze Schreiberei in Konfusion kommt. Am Sonntagnachmittag wollte ich nach Bournemouth zu Mrs. Swift gehen und die restlichen Angelegenheiten regeln. Aber ich bin nicht hingekommen, weil ich am Sonntag etwas hatte, das man gewöhnlich als »Kater« bezeichnet. Die Nacht vorher hatten wir Abschiedsball für den einen Schweden gehabt und nicht schlecht gefeiert. Am nächsten Tag machte sich der French Brandy dann etwas bemerkbar. Nun komme ich erst Freitag wieder nach Bournemouth.

Ich bin ganz froh, daß Therese sich auf die Stelle freut. Soviel ich weiß, ist der Antrag ans Arbeitsministerium ja bereits unterwegs.

Wenn ich nun tippen und stenografieren könnte, wäre es mir möglich, schon im Juli meine Prüfung zu machen. Eine Schreibmaschine kann ich mir eventuell pumpen, aber nur eine englische. Steno lernen kann ich hier leider nicht, jedenfalls nicht deutsche. Ich bin nun schon auf die nächste Nachricht aus Hannover gespannt!

Nun zu der Sache mit Berta Schnipkoweit. Ich will gerne versuchen, für sie was zu finden. Wie alt ist sie denn, schon achtzehn? Die Stelle hier bei Taylors möchte ich kaum jemandem zumuten. Vielleicht habe ich mich noch nicht deutlich genug ausgedrückt, aber es ist manchmal schon ganz schön mies. Nach ihren Briefen hatte ich mir Mrs. Taylor etwas mütterlicher und freundlicher vorgestellt. Aber so war sie nur in der ersten Zeit. Die Taylors haben ja gar keine Ahnung davon, was mich wohl interessiert. Abends muß ich mich Stunden mit ihnen über Politik und Wirtschaft unterhalten. Wenn ich dachte, man würde mit mir über solche Sachen, besonders über den Krieg, nicht so viel sprechen, dann habe ich mich man leider gewaltig getäuscht. Jeden Tag bekomme ich zu hören, was wir Deutsche verbrochen haben, und ich muß mir immer Sendungen anhören, in denen berichtet wird, wie die Deutschen in Dänemark, Frankreich usw. gewirtschaftet haben. Das alles weiß ich ja, ich habe mehr als genug davon gehört. Aber immer wieder geht es los: Why did you do this and why did you do that?

Die andere Seite, die Hausarbeit, ist zwar nicht schwer, aber manchmal kann Mrs. Taylor mir die Stimmung auch da verderben. Neulich war unter dem Ofen eine Wasserlache. Ich erzählte Mrs. Taylor davon, weil ich dachte, daß da etwas repariert werden müsse. Da prasselten gleich die Vorwürfe los: Ich hätte sicher den Ofen zu heiß werden lassen – was übrigens der Zweck eines Wasserheizofens ist – und sicher zuviel Kohlen verbrannt. Dabei schickt sie mich alle Viertelstunde hin, noch Kohlen aufzuschütten. Ich war mir keiner Schuld bewußt und dem Heulen nahe. Dann kam der Handwerker und stellte fest, es liege am Alter der Gummiringe, die längst durch neue hätten ersetzt werden müssen. Sie hat sich aber nicht entschuldigt.

Also, rosig ist es hier nicht immer. Ich will nicht gelobt werden, aber Mrs. Taylor könnte es doch wenigstens bemerken, wenn ich in meinen freien Stunden die Küche auf Hochglanz bringe, was bei der altmodischen Einrichtung gar nicht so einfach ist. Iwo, davon hat Mrs. Taylor nichts gesehen, obwohl die Möbel alle blank waren und der Fußboden und alles. Stattdessen bekomme ich am nächsten Morgen zu hören, daß es höchste Zeit sei, die Küche mal etwas zu säubern. Mrs. Taylor erteilt immer solche komischen Anordnungen, sie weiß gar nicht, wann ein Zimmer zuletzt gründlich sauber gemacht wurde. Da könnte man schon manchmal den Kopf hängen lassen und die Lust verlieren, ihr eine Freude zu machen, wenn sie es doch nicht merkt.

Das schlimmste aller Übel ist Olivia. Solch ein böswilliges, unhöfliches Kind habe ich noch nie vorher gesehen. Über das Gör habe ich mich noch nicht ein einziges Mal richtig freuen können. Sie wird von ihrer Mutter immer nur mit darling, sweetheart, dearest usw. angeredet und kann machen, was sie will. Was Wunder, daß sie dann oft jähzornig ist, alles umschmeißt und brüllt wie ein Löwe. An der kann ich gut Geduld üben, denn hin und wieder kocht es innerlich in mir, wenn sie stampft und mich anschreit.

Ja, das ist die Alltagsseite, und dann bin ich ganz froh, wenn ich abends fortgehen kann. Meistens ist es natürlich nicht so schlimm, denn oft werde ich ja auch mit »dear« angeredet und wohlwollend gemustert. Von Zeit zu Zeit sind Mr. und Mrs. Taylor die Güte selber, nur leider nicht immer.

Anbei einen Schnappschuß, einen von 48 verschiedenen, die ich mir neulich machen ließ im Polyfoto. Man kann sich da bewegen und wird 48mal geknipst. Die Hälfte ist nicht viel geworden, und wirklich gut sind bloß etwa 8 von den »snaps«.

Meine Haare sind noch nicht kürzer geworden, weil ich das für mich nicht leiden mag. Ich habe mir jetzt einen zweiten Mantel gekauft, etwas dünner, kamelhaarfarbig, Hänger. Pelzstiefel habe ich mir noch nicht leisten können, aber bald kommen die dann auch mal dran.

Viele Grüße an alle, und wenn sich wegen der Stelle was ergibt, schreibe ich sofort!

Deine Inge

Ingeborg Lüttjes an ihre Mutter Emma Lüttjes

Parkstone, am 27. 3. 50

Meine liebe Mutti!
Nachdem ich verzweifelt versucht habe, noch ein Restchen Tinte aus meinem Füller zu kratzen, gebe ich jetzt nach und schreibe mit Bleistift.

Vielen Dank für den Brief. Ich habe mittlerweile auch ein frohes Ereignis zu verkünden: Hannover, d.h. das Institut Ebel, hat eingewilligt, mich zum 15. Mai noch in das laufende Sommersemester aufzunehmen. Prima, was? Nun muß ich dies Anmeldeformular ausfüllen, und da ich ja immer noch minderjährig bin, muß Vati bitte noch eben seinen Adam druntersetzen und es dann nach Ebel weiterschicken (Hannover, Fundstr. 18).

Wie machen wir es denn nun mit dem Zimmer in Hannover? Hat Opa vielleicht irgendwelche Bekannten dort, die was unternehmen könnten? Helft mir doch bitte, ich weiß nicht, was ich sonst tun soll.

Wahrscheinlich werde ich um den 10. Mai herum bei Euch wieder eintrudeln. Am 13. oder 14. muß ich wohl spätestens in Hannover sein.

Gerade habe ich mich mal wieder schön über Mrs. Taylor geärgert, denn eben hatte sie Besuch von zwei alten Schachteln und führte sie in die Zimmer, die ich gestrichen hatte. In Flüsterstimme erzählte Mrs. Taylor ihren Gästen, daß sie nun nach 14 Tagen painting allmählich genug von dem Schutz und der Unordnung habe. Geübte Maler ließen nicht soviel auf den Fußboden tropfen. Aber solchen Ärgernissen sei ja wohl nicht abzuhelfen, wenn ein Amateur die Arbeit mache. Dabei bin ich einen ganzen Tag auf den Knien rumgerutscht, um alle Flecken abzukratzen. Mrs. Taylor braucht sich nicht einzubilden, daß ich hier noch ein einziges Mal irgendwas anmale. Dankeschön.

Viele Grüße!
Deine Inge

Ingeborg Lüttjes an ihre Familie

Parkstone, am 1. Mai 1950

Liebe Mutti! Lieber Familienrest!
Zehnmal hurra! Jungedi, das war vielleicht eine Freude, als heute die beiden inhaltsreichen Briefe ankamen! Wenn wir nicht gerade feierlich beim Frühstück gesessen hätten, wäre ich gleich an die Decke gesprungen. Vielen, vielen Dank, es war eine große Hilfe! Jetzt habe ich alles zusammen und kann meine letzte Woche hier in Frieden verleben. Mrs. Taylor hat heute gesagt, daß sie mir im Notfall vielleicht noch ein Pfund für die Reise spendieren werde. Aber ein Notfall liegt ja nun nicht mehr vor, und so weiß ich nicht, was sie tun wird. Ist aber ja nun auch egal, trallala, ich fahr bald nach Hause!

Von England selber habe ich eigentlich noch lange nicht genug, es ist eine herrliche Gegend hier, aber Taylors gehen mir doch erheblich auf die Nerven mittlerweile.

Mein Fahrrad habe ich verkloppt, auf Mrs. Swifts Anraten, denn sie besitzt ein tadelloses Rad, das Kathrin jetzt benutzt und das Therese mit

Freuden so oft kriegen kann, wie sie will, sogar mit 3-Gang zum Bergrauffahren. Swifts fahren nur per Auto. Ich kau auch noch einmal alles durch mit denen.

Übrigens, wegen des Zimmers in Hannover: bloß nicht sowas Teures! Es wäre mir sehr lieb, wenn es ohne Verpflegung und Saubermachen wäre, denn Frühstück und Abendbrot kann ich mir doch leicht selber machen und mittags irgendwo »Stamm« essen. Als ausgebildete Hausgehilfin wird mir auch das Saubermachen leicht von der Hand gehen. Wieviel billiger würde die Geschichte werden! Auf jeden Fall muß ich zum 13. oder spätestens 14. irgendwo unterkriechen. Ich verlasse mich ganz auf Euch.

Kathrin wird mich nach London begleiten. Dann wollen wir uns mit Ulla Gerriets noch einen frohen Nachmittag machen, ehe ich am nächsten Morgen weiterfahre. Ich freue mich schon auf die Fahrt durch Belgien, und den Rhein und den Kölner Dom werde ich auch zu sehen kriegen, wie schön!

Wann ich genau ankommen werde, weiß ich noch nicht. Aber macht Euch man keine Umstände, ich bin ja nicht sehr verwöhnt, oder?

Also, dann bis auf ein frohes Wiedersehen und nochmals vielen vielen Dank und tausend liebe Grüße!

Eure Inge

Ingeborg Lüttjes an Dorothea Schlosser

Hannover, am 17. 5. 50

Liebe Doro!
Endlich, endlich hat es mit dem Zimmer hier geklappt! Es sah damit wirklich ganz unmöglich aus zuerst. Am Freitag kriegten wir Bescheid und telegrafierten dann gleich. Jetzt ist überhaupt so ziemlich der erste freie Augenblick, den ich zum Briefeschreiben verwenden kann. Du liebe Güte, dieses ewige Büffeln bin ich schon gar nicht mehr gewöhnt. Aber darüber ein anderes Mal mehr.

Ach, was war das eine Freude, als ich zu Hause ankam! Schon in Sande lief mir meine Mutter auf dem Bahnsteig entgegen. Der ganze Familienrest stand in Siebetshaus auf dem stockdusteren Bahnhof. Zu Hause mußte erstmal Opas guter teurer Nußschnaps herhalten, und meine Mutter und ich klönten noch bis fast um vier Uhr morgens! In Jever war ich auch einige Male, ich hatte gar nicht geahnt, wie sehr man sich da plötzlich um meine Gegenwart riß, wo ich doch vorher man bloß eine Nebenrolle gespielt hatte. Auch habe ich mir die Haare scheren lassen, denk mal an, ich hab jetzt »kurze Krause«. Aber nicht Neger!

Na, Doro, wie gefällt es Dir denn nun in Dortmund? Ich freu mich ja mit, daß Du die gräsige Zeit in Röllingsen endlich rum hast. Ist schon ein Antwortbrief aus England angekommen? Ich wünsche Dir eine schöne Zeit da drüben!

Willst Du bitte Deinen Eltern ausrichten, daß ich mich nochmals herzlich für die Aufnahme dort bedanke? Dir selber tausend herzliche Grüße, und vergiß nicht, bei Gelegenheit zu antworten; ich bekomm so schrecklich gerne Post!

Deine Inge

Ingeborg Lüttjes an ihre Familie

Hannover, am 17. Mai

Ihr Lieben!
Viele Grüße aus der schönen Leinestadt! Mein Zimmer ist richtig schmuck, allerdings ohne Waschgelegenheit und Spiegel, man klein und Ausblick auf Trümmer noch und noch, aber dafür sonnig. Sogar eine Couch steht drin.

Nun aber mal der Reihe nach! Noch während der Fahrt überlegte ich mir, daß es besser sei, gleich mit Sack und Pack zu Frau Wuttke zu gehen, um notfalls bei deren Bekannten die erste Nacht zu verbringen. Frau Wuttke war sehr freundlich, nach Tee und Kuchen ist sie mit mir losgezogen zur Jordanstraße, und siehe da, ich konnte schon bleiben. Ich soll auch grüßen!

Geld wollte meine Zimmertante hier noch nicht haben, erst am 1. Juni. Frau Heinz ist wirklich sehr nett, sie bringt mir morgens Kaffee rein. Das Institut Ebel ist man halb so schlimm und absolut nicht primitiv, auch wenn die Räume nicht gerade schön sind. Der Unterricht ist sehr gut, bloß in Steno und Tippen muß ich mich doll ranhalten. Die, die vorher in der Mittelstufe waren, sind viel weiter in allem, die Neulinge in der Oberstufe hinken gewaltig nach und ich erst recht. Da ist noch so'n Jüngling mit mir angefangen, aber der kann wenigstens schon Steno. In Englisch komme ich gut mit, nur die exakte Formulierung der grammatikalischen Regeln – brrr!

Bei den praktischen Dolmetscherübungen muß man wüst aufpassen, der Lehrer redet ununterbrochen geschlagene fünf Minuten, und nachher muß man den ganzen Kram aus dem Gedächtnis übersetzen! Morgen geht's in eine Gerichtsverhandlung. Bald mehr.

Viele herzliche Grüße!

Eure büffelnde Inge

Ingeborg Lüttjes an ihre Mutter Emma Lüttjes

Hannover, am 13. 6. 50

Liebe Mutti!
Heute bin ich nun soweit, daß ich Dir ohne Mogelei blind auf der Schreibmaschine einen Brief schreiben kann. Also wundere Dich nicht, wenn ich mit ein paar dicken Fehlern aufwarte.

Zunächst mal vielen Dank für das Paket und den dicken Brief und die Bilder! Vatis Box scheint die Angewohnheit zu haben, immer gerade den, der vorne in der linken Ecke steht, besonders dick erscheinen zu lassen. Sogar bei mir hat die Box das fertiggebracht! Ich sehe ja wie aufgeblasen aus. Gefreut habe ich mich natürlich trotzdem sehr!

Das hört sich ja ganz interessant an mit Luises neuer Errungenschaft. Wie heißt der Knabe denn? Vielleicht kennt man ihn ja schon. Schimpfe man nicht, Luise, weil Mutti mir davon geschrieben hat. Über kurz oder lang hätte ich es ja doch erfahren.

Übrigens, hab ich mal von dem Bubi erzählt, der hier bei Ebel mit mir anfing? Der gute Mann hat mich neulich zum Kino eingeladen. In einem Vorort wurde der Film »Nachtwache« gegeben, der in den Kinos von Hannover schon vor langer Zeit gelaufen war, und da bin ich natürlich hingegangen. Es war sehr schön, bloß traurig.

Mit Doros Freundin, die hier auf der Technischen Hochschule als Assistentin arbeitet, habe ich mich nun auch angefreundet. Einmal waren wir zusammen auf dem Maschsee rudern, ein Vergnügen, das sich wegen seiner Kostspieligkeit leider wohl nicht so bald wiederholen wird. Eine Stunde im Zweierboot kostet 1,50 DM!

Noch eine Bitte: Könntest Du nicht mal nachsehen, ob Du mein Philosophieheft auf dem Boden findest in meiner Kiste, und es mir zusammen mit der Wäsche schicken? Wir haben jetzt noch die ganze Philosophie von Anfang an durchzunehmen, und da käme mir das Heft gerade recht. Es steht all sowas von Sokrates, Plato usw. drin, und ich würde mich freuen, es hier zu haben.

Wäre es denn nicht zu teuer, so 'ne luxuriöse Schreibmaschine zu mieten? Haben müßte ich nun allerdings eine, die Marke spielt jedoch keine große Rolle. Im Institut habe ich eine Torpedo, aber eine kleine Erika oder Olympia tut es auch.

Wie es meinem Portemonnaie geht? Bestimmt nicht allzu gut, aber für eine Weile helfe ich mir schon noch. Marmelade hole ich mir alle paar Wochen lose, Aufschnitt ist mir zu teuer. Wenn ich mir nur das nötigste kaufe, komme ich schon hin. Nach den Ausgaben für die Wolle und das Musterheft muß ich natürlich knausern, aber mir geht's gut.

Die Schule hier vermittelt ziemlich schnell sehr gute Stellen. Gerade kam wieder eine Anfrage nach einer bei Ebel geprüften Dolmetscherin mit Steno und Schreibmaschine, Anfangsgehalt 315 DM, ständig steigend! Unser Pauker sagt, soviel bekämen geprüfte Dolmetscherinnen durchschnittlich, ansteigend bis 600 Mark bei völliger Perfektion. Na also! Was will man mehr?

Nun muß ich hier verschwinden, denn der Klassenraum soll gesäubert werden.

Viele Grüße und alles Gute!

Deine Inge

Dorothea Schlosser an Ingeborg Lüttjes

Dortmund, den 13. 6. 50

Liebe Inge!

Meine Englandpläne werden bald Wirklichkeit. Wenn alles klappt, dampfe ich in anderthalb Monaten ab. Hoffentlich wird das der erste erfolgreiche Schritt für meine weitere Laufbahn, das Sprungbrett für mein Leben. Aber ich bin Pessimist und verspreche mir noch nicht allzu viel davon. Bei der Familie, zu der ich komme, werde ich wahrscheinlich auch vor lauter Langeweile die Fußböden streichen.

Mit Frieda hat Richard jetzt Schluß gemacht. Sie hat wohl hinter seinem Rücken irgendwas Gemeines über ihn erzählt, und als er davon erfuhr, hat ihm das die Augen geöffnet, wie doof dieses Mädchen ist. Mit Richard hat das dumme Huhn nur Schabernack getrieben. Das eine muß ich aber doch zu Friedas Gunsten sagen: Wenn Richard nicht so schwerfällig im Kapieren wäre oder wenn er nicht ganz so unerfahren mit Weibsbildern wäre, hätte er längst merken müssen, daß sie gar nichts mehr von ihm wollte. Jetzt sagt er immer: Ich wünschte nur, daß es der einmal richtig dreckig geht, damit sie merkt, was los ist, und heruntersteigt von ihrem Thron. Ich für meinen Teil wünsche nur, daß sie nicht mehr meine Wege kreuzt.

Mein Vater meckert schon wieder über meine Schrift. So lange ich denken kann, doktert der an meiner Schrift herum. Ich habe eine stinkende Wut. Meine Schrift kann ihm doch ganz schnuppe sein. Durch sein ewiges Genörgel wird sie eher schlechter als besser. Am liebsten würde ich ihm mein Geschreibsel vor die Füße schmeißen. Gottseidank bin ich ja nicht mehr lange zu Hause. Ich halte es bald nicht mehr aus.

Verzeih diesen Wutausbruch. Aber sonst wäre ich geplatzt.

1000 Grüße!
Deine Doro

Ingeborg Lüttjes an Dorothea Schlosser

Hannover, am 19. 6. 50

Liebe Doro!
Vielen Dank für Deinen netten Brief! Die Reise nach England wird Dir gefallen. Wenn Du durch Belgien fährst, kannst Du vom Zug aus reihenweise Sehenswürdigkeiten mitkriegen, die Kathedralen in den größeren Städten, das berühmte Parkschloß Laeken des belgischen Königs und vieles mehr. Auf der Rückfahrt fand ich es jedoch am schönsten, um Mitternacht unter tausenden von Lichtern über den Rhein zu fahren! Na ja, ich wünsche Dir viel Freude an allem! Weshalb bist Du denn pessimistisch? Natürlich triffst Du es gut, warum denn nicht?

Wenn ich jetzt einen Partner hätte, könnte ich am Freitag zum Chemikerball gehen, aber ich bringe es einfach nicht fertig, einen Herrn darum zu bitten. In unserer Klasse kommen höchstens zwei in Frage, doch irgendwie scheue ich mich, die zu fragen, das sieht so nach Anbindenwollen aus, findest Du nicht? Vielleicht bin ich albern, aber ich kann mir nicht helfen. An dem siebentätigen Ferienlager des Seminars an der Porta Westfalica kann ich auch nicht teilnehmen, das kostet pro Tag drei Mark, und dann noch die Reise! Vielleicht verbringe ich stattdessen mit Grete oder so noch ein paar Tage auf Spiekeroog, zeltenderweise.

Mit Richards Gefühlen hat Frieda wohl wirklich nur Klavier gespielt. Aber na, nun ist er ja kuriert!

Bald gehen wir wieder ins englische Gericht, da ist es immer höchst interessant. Die unmöglichsten Dinge kommen da ans Tageslicht. Nun muß ich noch einen netten Artikel über Stalin und Lyssenko ins Englische übertragen, darum Schluß für heute. Laß es Dir gut gehen und sei nicht pessimistisch! Und wenn Dir tatsächlich irgendwas in die Quere kommt, just grin and bear it!

Viele Grüße und gute Wünsche!
Deine Inge

Dorothea Schlosser an Ingeborg Lüttjes

Dortmund, den 21. 6. 50

Liebe Inge!
Eigentlich muß ich ja plätten, aber Lust habe ich nicht für fünf Pfennig. Zuerst soll dieser Brief steigen. Den soll nämlich morgen Richard mitnehmen. Ob er es tut, ist sehr fraglich. Er schimpft schon wie ein Rohrspatz über meinen Vorschlag, Dich aufzusuchen. Na, wir werden ja sehen, ob er bei Dir aufkreuzt. Er hat von der T.H. in Hannover eine Vorladung für den 22. 6. um 14^{00} bekommen zur persönlichen Vorstellung. Drück beide Daumen, daß es klappt. Ich wünsche ihm so sehr, daß er endlich an einer Hochschule ankommt.

Meine Geschwister erfüllen die Luft mit ihrem Geschrei. Es ist zum Verrücktwerden. Mir fällt bei dem Krach überhaupt nichts Gescheites ein. Richard probiert, wie tief er singen kann, und Gertrud, wie hoch sie krähen kann. Es ist ein greuliches Gejaule. Aber so ist es bei uns immer. Wenn man seine Ruhe haben will, muß man in die äußerste Ecke des Hauses ziehen. Sollte ich mal wieder Ruhe finden, schreibe ich Dir etwas Vernünftigeres. Aus England habe ich noch keine neue Nachricht.

Schreibe mir bald.

Deine Doro

Ingeborg Lüttjes an Dorothea Schlosser

Moorwarfen, am 31. 7. 50

Liebe Doro!
Vielen Dank für Deinen Brief! Wenn ich Dir nun nicht bald schreibe, kannst Du mir ja kaum noch antworten, bevor Du nach England fährst.

Daß Richard an der T.H. zugelassen wurde, ist ja wirklich schön. Wegen der Zimmersuche will ich gerne versprechen, mir große Mühe zu geben, daß ich etwas finde. Ein bißchen auswärts bekommt man schon eher mal was. Richard sagte, er würde sein Fahrrad mitbringen, dann wäre es mit der Entfernung ja nur halb so wild. Also, sobald ich mich Hannover ferienglückbeladen wieder zuwende, will ich mich dahinterklemmen.

Welch ein Pech, daß Du nun zu meinem Geburtstag nicht mehr da bist! Ich hatte mir schon eingebildet, man müßte die Strecke doch teilweise mit dem Anhalten von Autos rumkriegen können. Erzählte ich Dir, daß Erna das immer tut? Ich hätte es ihr eigentlich kaum zugetraut, aber sie macht es oft so! Nun weiß ich kaum, wen ich einladen soll, außer Grete und Lotte sind alle weg. Erst wollte ich es mit Herren machen, um die Tafelrunde etwas zu beleben, und vielleicht klappt es ja auch noch, aber es ist gar nicht so einfach. Gisela muß auch ausgerechnet am Tag davor noch Geburtstag haben. Sie kam Sonnabend nach Haus, und nun ist im Austausch eine Engländerin hier. Wir würden ihr gerne etwas Deutsch beibiegen, weil es komisch wirkt, die ganze Familie englisch radebrechen zu hören. Aber da die junge Dame bloß vier Tage hier ist und kein Wort Deutsch kann, müssen wir immer englisch reden mit ihr. Für mich ist es man gut, und Therese kriegt auf diese Weise etwas Dunst von dem, was ihr bevorsteht. Dagmar kann schon allerlei, ich staune oft, wie flüssig sie manchmal spricht. Jedenfalls haben wir lots of fun together!

So, nun gehe ich zum Baden. Von der ganzen Familie die herzlichsten Grüße, und alles Gute weiterhin!

Deine Inge

Dorothea Schlosser an Ingeborg Lüttjes

Dortmund, den 10. August 1950

Meine liebe Inge!
Jetzt wird's aber Zeit für den Geburtstagsbrief, sonst kommt er garantiert zu spät. Ich wünsche Dir alles Gute und viel Erfolg im neuen Lebensjahr. Und mach mir keine dummen Streiche mit Deiner Großjährigkeit. Doch diese Ermahnung ist wohl überflüssig, wo Du doch so vernünftig bist!

Ich wäre schrecklich gerne zu Deinem Geburtstag gekommen, aber da liegt der Hase im Pfeffer: Ich muß im Augenblick unsern Haushalt führen. Es wird wahrscheinlich in den nächsten Jahren kaum möglich sein, daß Mutter sich mal vom Haushalt freimachen kann, deshalb ist sie auf Urlaub gefahren, solange ich noch zu Hause bin.

Du meinst wahrscheinlich, daß ich meine letzten Vorbereitungen für die Englandreise treffe. Doch der Amtsschimmel trottet langsam. Ich warte im Augenblick auf mein Einreisevisum von Düsseldorf und hoffe stark, daß ich spätestens am 1. September abdampfen kann.

Übrigens muß ich noch eine Sache richtigstellen. Wenn ich Dich bat, ein Zimmer für Richard zu suchen, so geschah das nicht auf seine Veranlassung. Im Gegenteil! Er sagt: Ich habe nie davon gesprochen, daß mir irgendwer behilflich sein soll, ich kann mir auch alleine ein Zimmer suchen usw. Ob er das aus reiner Opposition sagt oder ob er Dir in keiner Weise verpflichtet sein möchte, ich weiß es nicht. Zur Zeit arbeitet er wie ein Verrückter. Er macht dauernd Überstunden, 12 Stunden arbeitet er, und wenn er nach Hause kommt, ißt er kurz und geht schlafen, um erst wieder aufzustehen, wenn er Schicht hat. Man kann ihm diese blödsinnige Arbeitswut nicht ausreden, obwohl er manchmal aussieht wie der Tod auf Latschen! Doch ich erzähle hier ellenlang von Richard. Wahrscheinlich interessiert Dich das gar nicht.

Schreib mir bald. In dieser öden Großstadt ist es zum Auswachsen langweilig. Und grüße alle Gäste Deiner Geburtstagsgesellschaft und Deine lieben Eltern und Geschwister von mir.

Du selbst sei 1000mal recht lieb gegrüßt von Deiner

Doro

Lebenslauf von Ingeborg Lüttjes

20. 9. 50

My Life.

I, Ingeborg Lüttjes, was born on August 11th, 1929, in Jever in Oldenburg as the eldest daughter of Gepke Lüttjes, a schoolmaster, and his wife Emma Lüttjes, née Thoben.

From Easter 1936 to Easter 1940 I visited a primary school for girls in Jever, and after 1940 I visited the »Mariengymnasium« in Jever until March 1949. My frequenting this school was interrupted twice: firstly, when I went to the »Königin-Luise-Schule« in Wilhelmshaven from 1941 to 1942, while this secondary school was being evacuated to Bad Wildungen; secondly, when there were no lessons for almost half a year after the breakdown in 1945. In March 1949 I finished school with the final examination (Abitur) at the »Mariengymnasium« in Jever. Altogether I had then had eight and a half years of English and six years of Latin.

After this I started giving some private lessons in English and Latin. Because I was particularly fond of the English language, I intended to go to England for a year. So on July 4th, 1949, I went to stay with Mr. and Mrs. W. T. Taylor in Parkstone, Dorset, as a mother's help; in order to improve my knowledge of the English language, and to become acquainted with English manners and customs. I had good opportunities to do so, as besides learning many expressions in the house, I went to the Bournemouth Municipal College for evening classes twice a week. I had two hours each of English and French per week.

On May 6th, 1950, I returned to Germany, and on the 15th of May I joined the upper class of the Ebel Institute, which I am still visiting.

I intend to become an interpreter or perhaps a foreign correspondent.

Referring to any illnesses I have been suffering from, I must name diphteria, chicken pox, and measles.

As to any hobbies, I can say that I am very fond of music. My favourite composers are Bach, Mozart and Schubert. I also like reading and seeing plays; besides our great German poets I admire Shakespeare. Other hobbies are water-sports and needlework.

Ingeborg Lüttjes.

Richard Schlosser an seinen Vater Theodor Schlosser

Hannover, am 24. 10. 50

Lieber Vater!
Inliegend findest Du die beiden Bescheinigungen. Gestern habe ich mir ein Sparkassenbuch zugelegt bei der Sparkasse der Hauptstadt Hannover, Nr. XIV/8423. Ich schreibe Dir eben die Hinweise im Sparbuch betreffs der Einzahlungen ab.

Einzahlungen oder Überweisungen zu Gunsten dieses Kontos können in jeder Zweigstelle der Sparkasse oder über die folgenden Girokonten vorgenommen werden: Niedersächsische Landesbank, Girozentrale, Hannover Nr. 135; Landeszentralbank Hannover Nr. 27/5135; Postscheckamt Hannover Nr. 68.

Bei Überweisungen sind Zweigstelle und Sparkassenbuchnummer sowie Name des Kontoinhabers genau anzugeben, damit eine ordnungsgemäße Buchung möglich ist.

Als ich Freitag hier eintraf, brachte ich den Koffer zunächst in die Aufbewahrung, da das Ding so mordsmäßig schwer war, daß man es nur fünfzigmeterweise weiterschleppen konnte. Um 21^{00} hatte ich dann glücklich alles bis zu meiner Klause gewirtschaftet und war heilfroh, in die Federn kriechen zu können.

Am nächsten Morgen begab ich mich zur T.H. und wurde dort mit einem Wust von Fragebogen bombardiert, daß einem schlecht werden konnte. Alles mußte in Blockschrift ausgefüllt werden, so daß die 2 Stunden, während derer das Immatrikulations-Amt am Sonnabend geöffnet war, für den ganzen Papierkram nicht ausreichten. Mit gefüllter Aktentasche begab ich mich heimwärts, um die Malerei dort fortzusetzen. Der Inhalt der Aktentasche bestand nicht nur aus Fragebogen, sondern mindestens zu ¾ aus Prospekten, Druckschriften und Katalogen, mit denen mich der Asta bedacht hatte. Darunter befand sich auch so eine Art Ausweiskarte eines hiesigen Geschäfts, bei deren Vorlage man als Student der T.H. sämtliche Zeichenartikel mit 10% Rabatt erhalten soll. Das finde ich sehr beachtlich.

Am Sonntag habe ich dann endgültig alles erledigt. Nun kann ich mich wirklich Student nennen. Bei dieser Gelegenheit habe ich von einem der zahllosen Bretter einen Anschlag abgeschrieben, den ich Dir hier wörtlich wiedergebe:

Durch das Heimkehrergesetz vom 19. 6. 50 ist die Möglichkeit gegeben, daß Heimkehrer, die infolge der Einberufung in die Wehrmacht ihre Berufsausbildung nicht aufnehmen oder beenden konnten, Ausbildungsbeihilfe erlangen. Es sei besonders darauf hingewiesen, daß diese Möglichkeit nicht auf die sog. Spätheimkehrer beschränkt ist. Vielmehr gelten im Sinne dieses Gesetzes als »Deutsche« alle, die wegen ihrer Zugehörigkeit zu einem militärischen oder militärähnlichen Verband Kriegsgefangene waren und innerhalb von 2 Monaten nach der Entlassung aus fremdem Gewahrsam im Bundesgebiet Aufenthalt genommen haben oder nehmen.

In der Durchführungsverordnung ist die Gewährung von Ausbildungsbeihilfen ausdrücklich zur Aufnahme, Fortsetzung und Beendigung eines Studiums an Hochschulen zugelassen. Der Antrag auf Gewährung einer Ausbildungsbeihilfe ist vom Heimkehrer bei dem für seinen Wohnsitz zuständigen Arbeitsamt auf dem vorgeschriebenen Formularblatt einzureichen.

Für zahlreiche Studenten wird diese Ausbildungsbeihilfe eine sehr wesentliche Unterstützung während ihres Studiums bedeuten. Den Studenten, die Heimkehrer sind, wird dringend angeraten, möglichst sofort den Antrag auf Gewährung von Ausbildungsbeihilfe zu stellen.

Da ich ich nun in Hannover polizeilich gemeldet bin, werde ich mich dahinterklemmen und beim hiesigen Arbeitsamt einen solchen Antrag stellen. Über den Erfolg oder Mißerfolg dieser Aktion werde ich Dir ausführlich berichten.

Vorläufig läßt sich das Leben hier in Hannover ganz gut an. Ich glaube kaum, daß ich es hinsichtlich der Wohnung besser hätte treffen können, abgesehen von dem einen Fehler, daß sie ein bißchen weit außerhalb der Stadt liegt. Augenblicklich bin ich damit beschäftigt, den günstigsten Weg zur T.H. zu erkundschaften. Ich finde mich nun schon ganz gut zurecht in der Stadt und brauche die Karte nur noch selten. Aber es gibt immer noch allerlei zu tun, damit zum 1. Nov. wirklich alles in Schuß ist, und es ist ein Segen, daß ich schon frühzeitig hier war, um all die Kleinigkeiten in Ruhe erledigen zu können.

Mit meiner freundlichen Wirtin komme ich vorzüglich aus. Heute war ich mittags und abends ihr Gast, weil ich am Vormittag die ausgeleierten Wasserhähne im Badezimmer repariert hatte. Die geringe Mühe für die Reparatur ist sicherlich nicht die Mahlzeiten wert gewesen, aber meine Wirtin ließ sich das nicht nehmen. Im übrigen habe ich hier nichts zu entbehren. Morgens bekomme ich meinen Kaffee. Milch wird vom Bauern besorgt, wo sie billiger und vor allem besser ist. Geschirr brauche ich mir nicht zu kaufen, da es gestellt wird. Werkzeug, wenn auch arg verrostet, gibt es massenhaft. Wie gesagt, es ist alles wunderschön. Besonders das Bett, wie ich es in gleicher Qualität noch nie entfernt besaß. Hoffentlich bist Du nun und ist vor allem auch Mutter fürs erste beruhigt. Ihr müßt keinen Zweifel an meinem Wohlergehen nähren.

Nun sei herzlichst gegrüßt von Deinem
Richard

Ingeborg Lüttjes an ihre Mutter Emma Lüttjes

Hannover, am 30. 10. 50

Liebe Mutti!
Zunächst vielen Dank für Deinen Brief! Mit dem Heizofen komme ich gut zurecht, nur meint Frau Heinz, der Strom sei doch sehr teuer. Da kann ich den Ofen natürlich nur ab und zu ein paar Minuten brennen lassen, bei der Kälte! Über einen gehörigen Schnupfen bin ich mittlerweile schon wieder hinweg.

Die Stenotypistenprüfung habe ich im Durchschnitt mit »gut« bestanden. 10-Minuten-Diktat und Übertragung auf die Maschine innerhalb einer Stunde:»gut«; Schnellschreiben: »befriedigend«; Übertragung eines Briefdiktats in vorschriftsmäßiger Form: »gut«; Maschinenkunde: »gut«.

Die Prüfung am Sonnabend letzter Woche hat meiner Meinung nach auch nicht schlecht geklappt, allerdings bin ich nicht allzu optimistisch, da ich mancherlei Gefasel in den Aufsatz mit hineingeschrieben habe. Er hieß: »What is meant by ›Victorian‹ in Literature, Arts, and Morals?« Da hatte man sich auf Augustan Age und Romanticism vorbereitet und flog so rein!

Die Übersetzung ins Englische war furchtbar knifflig, und viele sind fast daran verzweifelt. Aber ich habe wenigstens alles, wenn auch nicht gerade gut. Die anderen Übersetzungen, Diktate und Handelsbriefe waren mäßig. Insgesamt dauerte die Prüfung von 8 Uhr morgens bis ½ 6 Uhr abends. Da waren wir alle fix und fertig.

Eben kreuzten Lotte und Manni hier auf, heute abend gehen wir aus zu viert, Richard Schlosser mit. Wir vertragen uns übrigens ausgezeichnet. Ich war auch zum Kino eingeladen und ein paarmal zu einem Bummel, was sehr nett war. Pst!

Schickt mir doch bitte das Geld für die Miete usw. zum 1. November, ja? Ich werde bestimmt sparsam sein, ich mag bloß die Miete nicht gern unpünktlich bezahlen. Wenn es tatsächlich trotz Sparens ernst wird, kommt SOS. Bin ich nun zu anspruchsvoll? Dann schickt mir außerdem noch ein briefliches Donnerwetter.

Viele Grüße an alle!
Deine Inge

Theodor Schlosser an seinen Sohn Richard Schlosser

Dortmund, am 4. November 1950

Lieber Richard!
Ich habe ein etwas schlechtes Gewissen, daß ich erst heute mehr an Dich schreibe. Mittlerweile wirst Du ja meine Karte aus Bochum erhalten haben, so daß Du Dich nicht ganz verlassen fühlst.

Wir haben uns sehr gefreut, daß Du es offenbar mit Deinem Quartier gut getroffen hast. Du schreibst gar nichts von Deinem Zimmergenossen. Was ist das für ein Mann? Hoffentlich verträgst Du Dich mit ihm!

Was nun Deine Beihilfe als Heimkehrer betrifft, so habe ich eine Sorge, und das ist die: Du hast nicht genau nach zwei Monaten nach Deiner Entlassung in der Bundesrepublik Aufenthalt genommen, da Du inzwischen erkrankt warst. Du mußt also vorsichtshalber den Onkel Hans in Cottbus bitten, Dir eine Bescheinigung des Arztes beizubringen, der Dich seinerzeit behandelt hat, als Du in Cottbus krank lagst.

Am 12. 11. wird der Pfarrer des 3. Bezirkes eingeführt. Hoffentlich geht alles gut. Ich bin sehr müde. Ich sehne mich nach Ruhe. Aber wer weiß, was für ein Radieschen ich zu verdauen habe?! Die Hauptsache ist mir, daß er gesund bleibt. Immerhin sind 4½ Jahre russischer Gefangenschaft kein Pappenstiel.

Mein Junge, ich freue mich, daß Du nun auf der Hochschule bist. Es war immer mein Wunsch, das an einem meiner Kinder zu erleben. Ich habe nur die eine Bitte, daß Du die T.H. wirklich als Hochschule ansiehst, daß Du sie nicht als Vermittlerin technischer Fähigkeiten, sondern von ihren Möglichkeiten der Weiterbildung im Sinn der universitas litterarum betrachtest, daß Du wenn irgendmöglich Dich philosophisch weiterbildest. Du hast von meinen Kindern das meiste Zeug dazu. Betrachte solche Empfehlung bitte nicht als etwas, das von einem Mann mit einem überholten Bildungsideal kommt, sondern gesprochen von einem, der mit ernster Sorge darauf sieht, daß die Gelehrten nicht mehr das Heft in der Hand behalten, daß ihre Erkenntnisse und Eroberungen zu teuflischen Zwecken der Machtgier verwendet werden. Ihr technischen Wissenschaftler habt es in der Hand, Wohl und Wehe der Welt der Menschen zu bestimmen. Das ist ein göttlicher Auftrag. Du kommst aus einem evangelischen Pfarrhaus. Aus einem solchen kam der größte Atheist des 19. Jahrhunderts. Trag Du Dein Teil dazu bei, daß die Zerstörungen, die durch Nietzsche geschehen sind, von einem Sohn aus einem evangelischen Pfarrhaus z.T. repariert werden. Werde kein Mensch, der bloß auf das Verdienen eingestellt ist. Verleugne das eventuell durchschlagenwollende friesische Erbe. Schade, daß Du Deine Großmutter Ploetz nicht mehr mit Bewußtsein kennen gelernt hast! Sie und ich, wir waren Preußen alten Stiles. Doch das will ich Dir bei Deinem ersten Urlaub einmal verklaren. Bis dahin leb wohl! Schreib, wann es Weihnachtsferien gibt. Erzähl von den ersten Kollegien!

Herzlichst Dein Vater Theodor

Richard Schlosser an seine Eltern

Hannover, den 6. Nov. 1950

Liebe Eltern!

Heute kam Vaters Brief. Daß ich mich verlassen fühlte, braucht Ihr nicht zu befürchten. Es stürmt so viel an neuen Eindrücken auf mich ein, daß ich bis jetzt noch keine Zeit hatte, darüber nachzudenken. Das soll nun nicht heißen, daß ich mich nicht gefreut hätte, von Euch zu hören. Im Gegenteil.

Das folgende ist vor allem für Vater bestimmt. Am Sonnabend habe ich mir das Formularblatt vom Arbeitsamt geholt. Nach der Durchsicht und der Rücksprache bei der betr. Stelle scheint es mir etwas zweifelhaft, ob die Sache klappen wird. Aber man muß es doch wenigstens versuchen. Neben dem ausgefüllten Formularblatt müssen vorgelegt werden: 1.) Personalausweis, 2.) Studentenausweis, 3.) Entlassungsschein, 4.) Mietpreisbescheinigung von der Wirtin, 5.) Studienbuch, 6.) Verdienstbescheinigung, a) vom Antragsteller, b) Ehefrau (fällt aus), c) Eltern (Mietbescheinigung der Eltern, falls vom Antragsteller getrennt lebend).

Ich lege das Formblatt dem Briefe bei, damit Du schon einiges unternehmen kannst. Mir ist die ganze Angelegenheit recht schleierhaft, und ich glaube, daß es am besten ist, wenn ich nächstes Wochenende nach Dortmund komme, um mit Dir darüber zu sprechen.

Zu alledem kommt hinzu, daß ich meinen russischen Entlassungsschein nicht mehr besitze, da er bei der allgemeinen Entlassung vom Tommy kassiert wurde und ich einen neuen Entlassungsschein bekam. Etwas verkorkst ist die Geschichte also von vornherein.

Wenn ich Ende der Woche käme, könnte ich mit Dir besprechen, welche Vorlesungen ich nebenbei belegen sollte. Alles in Frage kommende habe ich mir bereits notiert. Leider liegen viele dieser Vorlesungen so ungünstig, daß sie mit den Pflichtvorlesungen parallel laufen.

Nachdem ich nun bald eine Woche im Hochschulbetrieb stecke, beginne ich mit der Sache etwas vertrauter zu werden. In den ersten Tagen stand man da wie ein neugeborenes Kalb, zwar etwas getröstet dadurch, daß sich die anderen genau so vorkamen, doch immerhin habe ich mir bedenklich den Kopf gekratzt und mir gesagt: Na, Prost Mahlzeit, wenn das so weitergeht, kann das in den 4 Jahren noch heiter werden. Sämtliche Vorlesungen sind überbelegt, so daß man sich auf den Daumen setzen muß, wenn man nicht rechtzeitig da ist. Das Schreiben ist in dieser Stellung mit einigen Schwierigkeiten verbunden.

Es wird noch einige Zeit vergehen, bis ich mich auf die Vortragsweise der einzelnen Dozenten eingestellt habe. Der eine spricht zu leise, der nächste leiert seinen Salm ohne jede Betonung vom Konzept ab, und der dritte spricht langweilig. Bisher gefallen mir der Physiker Herr Prof. Dr. phil. Bartels und der Mathematiker Herr Prof. Dr. phil. v. Sanden am besten. Seinem Dialekte nach ist v. Sanden Ostpreuße reinsten Wassers. Bei den beiden haben die Vorlesungen an sich schon einen leicht philosophischen Anstrich, was der zugehörige Doktortitel ja auch beweist. Die entsprechenden Kollegs über »Experimentalphysik« und »Darstellende Geometrie« haben mir auch gleich in den ersten 5 Minuten gefallen. Bei den anderen Dozenten ist die Geschichte sehr trocken, und man versteht am Anfang meistens nur »Bahnhof«.

Ich habe jetzt leider keine Zeit mehr, Euch noch über alles mögliche andere zu berichten.

Herzlichst Euer
Richard

Ingeborg Lüttjes an ihre Mutter Emma Lüttjes

Hannover, am 9. 11. 50

Liebe Mutti!
Die Prüfung habe ich nun bestanden und nenne mich also bereits geprüfte Dolmetscherin. Die Korrespondentin wird erst Anfang nächster Woche auskriechen, dann ist nämlich die letzte mündliche Prüfung. Danach findet die Zeugnisausgabe feierlich statt und Ende der Woche der Abschlußbums. Ich komme dann am 20. oder 21. 11. nach Hause.

Mit der erhofften 1 war es nichts, das hat auch sonst niemand fertiggebracht. Aber ich habe den Dolmetscher »very good« = 2 gemacht und den Übersetzer ebenfalls mit »very good«. Brauckmüller wollte mich noch auf 1 prüfen lassen, aber ich hatte bei der Dolmetscher-Übung eine Zahl vergessen und einen halben Satz, und das war für »excellent« nicht gut genug. Aber warten wir ab, was für eine Korrespondentin aus mir wird. Die schwierige Übersetzung habe ich mit 2+ gemacht und den englischen Aufsatz mit 1. Da staunt der Laie.

Nun ist doch klar, weswegen ich noch so lange hierbleiben muß, oder nicht? Ich meinte immer, ich hätte vorher schon darüber geschrieben. Du tust ja so geheimnisvoll, und man hat sich über den Scharfsinn gewundert.

Nun noch wegen meiner Finanzen: Da sieht es nicht allzu rosig aus.

Ich mußte vielerlei Dinge bezahlen: 2,30 M für eine Wochenkarte, vorher (1.–4. Nov.) 5 × Straßenbahn à 0,20 M; 2,50 M Schulden abbezahlt (im vorigen Monat gepumpt); einmal meinen Teil beim Abendessen selbst bezahlt: 1,10 M; eine »Constanze« und eine »Freundin«: 1,10 M; einen Mantel reinigen lassen: 6 M; 2 × Margarine, je ½ Pfd. = 1,50 M; 7 Pfd. Brot, davon 5 Pfd. à 30 = 1,50 M, 2 Pfd. à 40 = 80 Pfg.; einmal Leberwurst für 50 Pfg. und einmal Teewurst für 80 Pfg.; nach der Prüfung vorgestern 1 Bratwurst als Erholung: 70 Pfg.; nach der schriftlichen Prüfung damals das bewußte erlaubte Mittagessen: 2,10 M (ich nahm nur 2 Würstchen und eine Tasse Kaffee); vorgestern zur Prüfung Haare waschen lassen und Wasserwelle: 2,80 M (und dabei hatte 2 M auf der Tabelle gestanden, sie gaben mir, ohne zu fragen, teures Shampoon und 2 Flipser, aber Streit wollte ich auch nicht anfangen).

Etwas muß ich vergessen haben, denn ich besitze noch genau 3 Mark. Damit komme ich vorläufig hin, bloß wenn ich mir eine neue Wochenkarte leiste, wird's brenzlich. Hinzu kommt noch irgendeine Kleinigkeit als Geburtstagsgeschenk für jemanden, obgleich ich nicht soll, und 2 Paar Schuhe, die Stiefel und die wildledernen, warten auf Besohlung, aber die müssen eben warten, desgleichen der Zahnarzt.

So, nun bist Du und seid Ihr über alle meine Freuden und Sorgen informiert. Augenblicklich ist hier sehr viel los, und alles kostet Geld: Marika-Rökk-Revue, große Eisrevue, das Sechstagerennen ab morgen im Messesportpalast, und im 60 P gastiert der Zauberkünstler Kalanag, der Autos von der Bühne verschwinden läßt. Ach, es gibt so vieles, bloß man kann nicht hin.

Den Messesportpalast habe ich neulich in der Wochenschau zum erstenmal gesehen, einfach fantastisch. Neulich war ich zum Kino eingeladen: Emil Jannings in »Traumulus«, großartig!

Hoffentlich geht es Opa wieder besser! Was hat denn die Untersuchung ergeben?

Also, könnte ich vielleicht noch 10 Mark haben? Wenn es ginge, würde ich noch gerne ein paar Mark auf Vorschuß haben von wegen Geschenk, denn hier kann ich doch so schlecht was selber machen, mir fehlt ja alles, was dazugehört. Wie gesagt, das ist nicht unbedingt notwendig, nur wenn es geht. Aber das Letzte bleibt unter uns, nicht wahr, liebe Mutti? Die Familie lacht ja sonst bloß.

Viele Grüße und alles Gute!
Deine und Eure »gepr. Dolmetscherin« Inge

Richard Schlosser an Ingeborg Lüttjes

Hannover, am 29. Nov. 1950

Meine liebe Inge!
Wenn ich mein Versprechen einhalten will, bis Sonntag etwas von mir hören zu lassen, muß ich heute damit anfangen und möglichst auch fertig werden, denn morgen wird garantiert nichts daraus, da Herr Prof. Hische wieder einmal bis in die späten Abendstunden auf dem Plan steht und ich auch sonst noch eine Masse zu tun habe. Sei bitte nicht enttäuscht, wenn dieser Brief etwas kurz ausfällt.

Die Stunden, die ich in der letzten Woche nicht mitbekam, muß ich nebenbei so rasch wie möglich aufholen, um nicht irgendwelche Lücken entstehen zu lassen. Ich hoffe jedoch, das in einigen Tagen erledigt zu haben. Es handelt sich dabei hauptsächlich um die versäumten Mathematikvorlesungen.

Bis jetzt habe ich nicht viel mehr als nichts zu Papier gebracht und fürchte, ich werde als Fazit unter die Epistel setzen müssen: Inhalt = 0.

Zum Verlauf meiner Reise wäre folgendes zu bemerken. Entgegen der Prophezeiung des Bahnmenschen hielt der Zug doch in Heidmühle. Bis Sande verlief die Fahrt ohne Zwischenfälle. Das dicke Ende kam, als der Kontrolleur, wie mir eine dunkle Ahnung schon vorhergesagt hatte, den zugehörigen Antrag zu meiner Schülerfahrkarte zu sehen verlangte. Deshalb traf mich die Frage nicht ganz unerwartet. Was ich ihm erzählt habe, weiß ich jetzt selbst nicht mehr genau. Jedenfalls ließ er mich schließlich, nachdem ich zunächst den vollen Fahrpreis für die Hin- und Rückfahrt hatte zahlen sollen, in Ruhe, und ich kam ungeschoren in Hannover an. Dies mag genügen.

Nächste Woche Mittwoch wird im Beethovensaal in der Stadthalle die feierliche Immatrikulation stattfinden, wie man mir heute in einem großartigen Schreiben mitteilte. Es wurde um mein Erscheinen gebeten. Leider besitze ich keinen Zylinder, aber vielleicht geht's auch so. Rudi würde sagen: Seine Magnifizenz beabsichtigt, nach der symbolischen Verpflichtung den Studenten den Vorderhuf zu schütteln.

Ich kann mich noch gar nicht recht daran gewöhnen, daß Du nicht mehr hier bist. Es ist mir auch schon passiert, daß ich einen Morgen krampfhaft überlegt habe, wo wir uns eigentlich heute verabredet hatten. Tagsüber erinnert mich die ganze Stadt an Dich und unsere gemeinsamen, meist leicht verregneten Ausflüge. Jetzt, nachdem ich nicht mehr in Deiner Nähe bin, wirst Du ja wenigstens Schuhsohlen sparen. Sieh mal zu, daß Du Weihnachten wieder dicke Sohlen drunter hast.

Um Neujahr herum pflegt es ja meistens zu frieren, und so wird unser Beisammensein in 4 Wochen wohl recht kühlen Charakters sein. Bis jetzt war es hier feucht.

Nichts als dummes Zeug, wirst Du sagen. Der Ansicht bin ich auch. Ich will mich bemühen, einen meinem biblischen Alter angemessenen Schluß zu finden. Zunächst richte Deiner zahlreichen Familie meine herzlichsten Grüße aus. Du selbst wirst nämlich noch gesondert abgefertigt.

In gut 3 Wochen ist Weihnachten. Ich freue mich jetzt schon, Dich dann wiederzusehen. Meine Güte, dabei haben wir doch erst vor 3 Tagen Abschied voneinander genommen. Wie soll das nur erst später werden. Das ist ja gar nicht auszudenken.

Schreib mir bitte, sobald Du Zeit hast. Einen von ganzem Herzen kommenden Gruß und einen Kuß, den Du mit x = n multiplizieren kannst, wobei Du die Größe des n nach Gutdünken wählen darfst.

Dein Richard

Ingeborg Lüttjes an Richard Schlosser

Moorwarfen, am 2. 12. 50

Mein lieber Richard!
Vielen herzlichen Dank für Deinen lieben Brief! Wegen der »Kürze« brauchst Du Dich doch nicht zu entschuldigen, Dein Brief ist doch nett. Über die vorderhufschüttelnde Magnifizenz habe ich schallend gelacht. Und ich freue mich, daß Du das Versäumte in Mathematik noch nebenbei aufholen kannst, da ich mich ja halbwegs mitschuldig fühle. Als bei Deiner Abreise der Ölpott auslief, tatest Du mir so leid! Hätte ich Dir doch nur helfen können!

Wie gefällt Dir denn das Leben als völlig freier Mensch? Dein Studium und Dein Geldbeutel profitieren sicher davon. Bitte, nicht schimpfen, wenn ich so'n Zeug schreibe. (»Aber ich schimpf ja gar nicht!«) Ach, Du!

Stell Dir vor, am Mittwoch kam hier ein Päckchen für mich an von – Wolfgang Rauch. Ich dachte erst, ich sähe nicht recht. Er schickte anläßlich meiner »glänzend« bestandenen Prüfung ein kleines Buch. Er vergaß aber nicht zu betonen, daß das weiter nichts zu bedeuten habe; es sei auch seinerseits aus. Na, dann ist es ja gut.

Heute kam auch mein Ebel-Zeugnis endlich an, es ist zur vollen Zufriedenheit ausgefallen, dreimal 1, sonst alles 2, Maschineschreiben 3.

Nun muß ich nur noch das Korrespondentenzeugnis haben, damit ich mich bewerben kann.

Das Stricken macht mir viel Freude, es ist ja auch für Dich! Ich habe fast Hoffnung, nach und nach bis Weihnachten fertig zu werden. Und meine Schuhe besohlen lassen will ich auch.

Eigentlich wollte ich bei Dir zu Mittwoch ein bißchen Nikolaus spielen, aber Stutenkerle sind ja nicht gerade Deine Leidenschaft. Ich werde aber an Dich denken, am Mittwoch ganz besonders, weil doch dann Deine feierliche Immatrikulation ist. Aber sonst auch, überhaupt sehr oft, denn ich brauche ja meinen »Geist« bei der Hausarbeit kaum, er ist deshalb meistens frei für Dich. Wenn das Gedanken-Klingelsystem funktionierte, könntest Du bei Deinen Vorlesungen gar nicht aufpassen.

Schade, daß ich heute keine Zeit mehr habe, weiterzuschreiben. Ich muß nämlich noch eben einen Adventskranz binden, sonst haben wir morgen keinen. Morgen schreibe ich noch was dazu. Für heute also Tschüß und viele liebe Grüße!

Dein Mäuseken

Nun ist aus »morgen« schon »übermorgen« geworden. Wir waren nämlich gestern bei einer Bauernfamilie hier in der Nähe eingeladen und haben bis spät geklönt. Und jetzt ist die Zeit schon wieder knapp. Ich muß gleich in Jever Besorgungen machen, und der Brief soll doch heute noch weg, weil ich ganz im Stillen hoffe, bald Antwort zu haben. Aber laß man; wenn Du nicht genug Zeit hast, will ich gern noch warten.

Kein Wunder, daß ich womöglich noch anfange zu spinnen, denn das Radio dudelt ununterbrochen. Gerade singt Bing Crosby »I'm dreaming of a white Christmas«. Hast Du denn auch schon vorweihnachtliche Gefühle? Du hättest dabeisein müssen, als wir um den Adventskranz saßen und sangen.

Nun recht viele herzliche Grüße und einen Kuß (so wie Deiner) und eine frohe Vorweihnachtszeit!

Deine Inge

Einschreib-Nummer
7762

TECHNISCHE HOCHSCHULE HANNOVER

Herr Richard Schlosser
aus Dortmund

ist in die Gemeinschaft der akademischen Bürger und zwar als Student der Fakultät für Maschinenwesen
aufgenommen worden.

Er hat sich durch Handschlag verpflichtet
zur Anerkennung der Freiheit und Würde des Menschen,
zum Dienst an der Wissenschaft im Geist der Wahrhaftigkeit und Pflichttreue,
zur Kameradschaft ohne Ansehen von Stand, Glaube und Rasse,
zur Achtung vor den Gesetzen, Regeln und Anweisungen, die das Leben der Hochschule ordnen.

Hannover, den 6. Dezember 1950

Der Rektor
Guthmann

Der Dekan
Schäfer

Richard Schlosser an Ingeborg Lüttjes

Hannover, den 6. 12. 1950

Liebste Inge!
Ich will Deine stille Hoffnung nicht langsam sterben lassen, sondern Dir gleich auf Deinen Brief antworten. Er kam mir gestern direkt in die Arme geflogen, als ich mich auf meinen täglichen Gang zur T.H. machen wollte. Hertha hatte den Briefkastenschlitz klappen gehört und kam eiligst angeschossen. »Ach, hatten Sie Post? Von zu Hause?« Ich war schon in der Tür und speiste Hertha mit einem Gemurmel imaginären Inhalts ab. Auf diese Weise war dem zu erwartenden Redefluß und den üblichen Sticheleien, wenn sie herausbekommen hätte, wer mir schrieb, von vornherein die Quelle verstopft. Neuerdings mokiert sich Hertha über mei-

nen soliden Lebenswandel. Meistens gelingt es mir, ihre Hiebe so zu parieren, daß sie erst einmal eine Weile lachen muß und darüber das Weiterreden vergißt. Es scheint Ihr jedenfalls eine höllische Freude zu machen, mich zu foppen. Na, meinetwegen soll sie, bis sie schwarz wird!!!

Auf dem Wege zur Vorlesung habe ich dann erst mal ein Stop eingelegt (ich fahre jetzt mit dem Fahrrad) und mich in die Lektüre Deines Briefes vertieft. Ich habe mich riesig gefreut. Vielen herzlichen Dank für Deinen langen Bericht.

Zum Transport des ölgetränkten Päckchens folgendes. Daß ich auf dem Bahnhof eine ziemlich bemitleidenswerte Figur mit den Trümmern der Buddel abgegeben haben muß, glaube ich Dir gerne, und ich hoffe, Du vergißt das bald, damit ich nicht bei jedem Deiner Gedanken an mich in dieser lächerlichen Situation vor Deinem inneren Auge Auferstehung feiere. Einen Rest der Flüssigkeit habe ich noch gerettet, da nur der obere Teil der Flasche abgesprungen war. In der wie üblich proppenvollen Straßenbahn mußte ich den Standort des Päckchens mehrmals wechseln, jedesmal unter Zurücklassung eines dicken Ölflecks, da die Saugfähigkeit der Handtücher und des Kartons natürlich zu gering war, um so etwas zu vermeiden. Dieser Umstand trug mir dann auch entsprechend mißtrauische Blicke des Schaffners und der Mitfahrenden ein, so daß ich froh war, in Kirchrode mit meinem triefenden Attribut in der Dunkelheit verschwinden zu können. Hertha war dann so nett, unter Anwendung immenser Wassermengen und Zuhilfenahme mehrerer Pfunde Imi den Schaden an den Handtüchern zu beseitigen. Mehr wäre darüber nicht zu sagen.

Heute fand nun das Drama der feierlichen Immatrikulation statt. Die Vorbereitungen, die ich dafür zu treffen hatte, waren entsprechend dramatisch. Hertha hatte ich dieserhalb beauftragt, mir mein bestes Hemd zu präparieren. Das hat sie dann auch in einer ganz merkwürdig genialen Weise besorgt. Ihr Verblichener hat sicherlich Gummikragen getragen, denn vom Kragenplätten hat sie keinen blassen Dunst. Nachdem ich mir die Krawatte umgewürgt hatte, kam das schwere Stück Arbeit, den Kragen darüber zu praktizieren. Der benahm sich aber wie eine verbeulte Blechdose und borstete sich nach allen möglichen Himmelsrichtungen. Wenn man das eine Ende glücklich heruntergeklappt hatte, beulte sich das andere wieder hoch. Unter Aufbietung all meiner Fingerfertigkeit gelang es mir aber schließlich doch, mit dem monströsen Apparat fertig zu werden. Leider war die Zeit bei diesem Unternehmen stark fortgeschritten, und ich konnte mir nur noch in aller Eile eine Wurstpille zur Festigung meines inneren Menschen einverleiben. Von außen wurde ich durch den Kragen zusammengehalten. Mit Ach und Krach kam ich zur Feier noch zurecht.

Zunächst marschierte der Hochschulsenat unter Anleitung Se. Magnifizenz des Herrn Rektors auf der Bühne auf. Angetan waren die Brüder mit schwarzen Talaren, die wiederum mit violetten Samtaufschlägen garniert waren. Zu ihren Häupten prangte ein gleichfarbiges Barett. Die Magnifizenz trug außerdem eine goldene Kette mit einigen Anhängseln als sichtbares Zeichen der Würde um den Hals. Gesichter machten alle wie zur Beerdigung. Nachdem die ganze Versammlung unter Erzeugung von erheblichem Stuhlgescharre wieder Platz genommen hatte, konnte das Programm seinen Fortgang nehmen.

Ein Streichquartett bearbeitete uns nach besten Kräften auf dem Weg über die Hörorgane und das zentrale Nervensystem von innen, um die notwendige, der Zeremonie angepaßte Stimmung in der Zuhörerschaft zu erzeugen. Nachdem sie das so eine Weile getrieben hatten, ohne dabei vergessen zu haben, ihre mimischen Künste nach Gebühr herauszustreichen, legten sie, wohl zwecks Abkühlung der Instrumente, eine kleine Pause ein.

Das war das Stichwort für den Herrn Rektor. Er begab sich in angemessener Haltung zum Rednerpult, was darauf schließen ließ, daß er eine Rede an das Volk zu halten beabsichtigte. Doch es trat eine kleine Verzögerung ein, da es ihm nicht sofort gelang, sein Konzept aus den Falten seines Gewandes zu bergen. Die Menge wurde unruhig, der Rektor warf verzweifelte Blicke um sich und bohrte mit einer Hand nach dem fraglichen Papier. Schließlich war seine Suche aber doch von Erfolg gekrönt, und er knallte das Papier mit triumphierendem Schwung auf das Pult.

Zuerst erfolgte die Begrüßung und herzliche Bewillkommnung der anwesenden Ehrengäste, Minister, Staatssekretäre, Professoren, Doktoren und etlicher anderer alter Haudegen, die sich um das Wohl der Hochschule irgendwelche mir unbekannten Verdienste erworben hatten. Dann wurden auch wir begrüßt, und es folgte die eigentliche Rede, und das war nicht gerade das, was ich erwartet hatte. Zahlen und eine Aneinanderreihung von Schlagworten, die sich in beliebiger Menge zu solcher Gelegenheit in jedem Lexikon finden lassen, machten fast den gesamten Inhalt aus. Im großen und ganzen war das man recht dürftig, was der gute Mann sich da geleistet hat. Wenn er wenigstens frei gesprochen hätte. Ich weiß nicht recht, was er ohne sein Konzept angefangen hätte, denn daraus holte er sich alle paar Sekunden Trost und Zuspruch.

Gegenüber dem, was dann folgte, konnte man aber noch ganz zufrieden sein. Se. Magnifizenz trat erschöpft ab, und der Vorsitzende des Asta erschien auf dem Schlachtfeld. Der Start klappte insofern ganz gut, als der

Redner in wohlabgewogenen Worten die Honoratioren im Namen der Studentenschaft der Reihe nach mit seinem Gruß beglückte. Das aber war ein Vorgang von begrenzter Dauer. Die Rede, die sich anschloß, war weiß Gott eine Klasse für sich. Rezept für die Materialzusammenstellung siehe oben. Freiheit, Recht und Menschenwürde, Kameradschaft, Pflichttreue, Achtung vor den Gesetzen, Ernst des Lebens, Fleiß und Mühe, Garanten der Zukunft u.s.w. All diese Begriffe tauchten nach und nach in einer wild durcheinander gebrachten Weise auf. Mitunter geriet der Bursche mit seinen Phrasen ins Handgemenge. Dann griff er mit kühnem Schwung in die Luft nach einem luftigen Etwas, um es uns gleich darauf in Worte gekleidet entgegenzuschleudern. Man sah ordentlich, wie er mit dem Inhalt seiner Rede rang. Wir sollten den inneren Schweinehund bekämpfen und uns unserer Umwelt stellen. In stetem Auf und Ab wogte das Wortgefecht hin und her, das er mit uns als wehrlosen Objekten führte. Mal zermalmte er uns mit scheußlichen Drohungen, dann wieder fand er mitfühlende und zarte Worte für uns arme Wesen, die wir uns nun entlassen aus der treuen Obhut des Elternhauses schutzlos dem Kampf des Lebens preisgegeben sähen.

Funktionsmäßig hätte man die Rede etwa als Sinuskurve darstellen können, jedoch nicht erklärt für negative Werte y. Das waren dann die Stellen, wo der Vortragende nicht mehr weiter wußte und sich ans Pult klammerte und man nur ahnen konnte, was in dem schweißgetränkten Menschen vorging. Er malmte dabei mit den Zähnen und mußte sich schneuzen. Die Studenten hatten die Köpfe eingezogen und freuten sich, wenn er ein Maximum überwunden hatte, die Ekstase nachließ und er wieder eine Pause machen mußte. Es währte eine geraume Zeit, bis er sich verausgabt hatte und von dannen zog.

Alsdann kam die eigentliche Immatrikulation, die symbolisch in der Weise vor sich ging, daß einige Studenten als Vertreter der einzelnen Fachrichtungen in die Hand des Rektors das Bekenntnis zur akademischen Gemeinschaft geloben mußten. Ein schnauzbärtiger Pressephotograph, der während der ganzen Feier auf Kreppsohlen durchs Gelände krebste, störte diesen Akt erheblich, indem er aus allen Lagen mit seinem Blitzlicht dazwischenfunkte.

Danach legte das Streichquartett wieder los, und wir konnten unsere Gefühle innerlich langsam abreagieren. Als die Virtuosen meinten, wir hätten das besorgt, hörten sie auf. Der Senat erhob sich und verschwand im Gänsemarsch durch eine Hintertür von der Bühne. Nachdem man dann mit viel Geschrei die Ausweise und Urkunden verteilt hatte, war die Geschichte ex, und wir konnten uns heimwärts trollen.

Es mag wohl ein Zeichen meiner sittlichen Unreife sein, wenn ich an der ganzen Prozedur nur die lächerlichen Seiten gesehen habe. Aber der tiefere Hintergrund ist mir nicht verborgen geblieben. Die Leutchen haben sich alle schreckliche Mühe gegeben, und das muß man ja anerkennen.

Ob ich schon vorweihnachtliche Gefühle hätte, fragst Du. Ja und Nein. Am 1. Advent haben wir geochst, was man mit Weihnachten in keinerlei Beziehung bringen kann. Abends verkonsumierten wir Speculatii, und Hertha befestigte auf einigen geklemmten Tannenzweigen ein paar Kerzen. Eine davon steckte sie eine Weile an und steuerte das Radio auf volle Betriebsstärke. Nachher mußte ich mir mit geheuchelter Anteilnahme ellenlange Geschichten über ihren Busenfreund Hartwig anhören, illustriert durch ein paar Gros der von ihm fabrizierten Bilder. Das erste wirklich vorweihnachtliche Zeichen war das lamettadurchwirkte Tannenzweiglein, das Du Deinem Briefe beigelegt hattest. Ich fand das ganz riesig nett von Dir.

Zu dem Leben als völlig freier Mensch, wie Du sagst, muß ich etwas eingehender Stellung nehmen. Du erwartest ja wohl nicht, daß ich jetzt denke: »Gott sei Dank, daß ich das Fräulein eine Weile los bin!« Wie in einer Zwangsjacke habe ich mich in den Wochen davor jedenfalls nicht gefühlt. Du Dich etwa? Hoffentlich nicht! Als der Betrieb hier erst so langsam auf Touren kam, hatte ich viel Zeit für Dich. Ich möchte, daß Du Dir darüber klar bist. Wärest Du noch länger hiergeblieben, hätte ich die Häufigkeit unserer gemeinsam verlebten und verliebten Stunden wohl oder übel auf ein geringeres Maß bringen müssen, denn mittlerweile ist der Schlitten eingelaufen. Auf allen Gebieten hat man so viel Stoff an uns herangetragen, daß die Übungen beginnen können. Zum Nichtstun bleibt da kaum Zeit. Daß ich Dir auf Deinen nächsten Brief prompt werde antworten können, mag ich Dir daher nicht versprechen. Gerade vor Weihnachten wird man uns als Vorfreude noch eine Menge Aufgaben servieren, mit denen wir uns, wenn wir sie nicht vorher erledigen können, in den Ferien herumschlagen dürfen. Die Gestaltung meines Ferienreiseplans hängt sehr davon ab, ob mir das gelingt. Für Dich habe ich aber immer noch Zeit, wenn auch leider begrenzt. Daß ich Dich am liebsten die ganzen Ferien über besuchte, das glaubst Du mir doch, nicht wahr. Schwirrten wir beide ohne jeglichen Anhang in der Welt herum, wäre das alles kein Problem.

Das Gedanken-Klingelsystem scheint entgegen Deiner Annahme hervorragend zu funktionieren. Bei mir klingelt es jedenfalls fast permanent. Wenn die Rückleitung nicht defekt ist, müßte das bei Dir ähnlich sein, besonders abends, wenn ich mit meinen Gedanken spazierengehe. Wohin? Antwort erübrigt sich. Vor Weihnachten will ich noch einmal unsere Initialen in Laatzen besuchen.

Mit Deiner Prognose über mein Verhalten gegenüber Stutenkerlen hast Du den Nagel auf den Kopf getroffen. Meine Leidenschaft richtet sich auf andere Objekte; aber ich will den Gedanken hier nicht weiterspinnen, um Dich nicht noch im Zusammenhang mit Stutenkerlen erwähnen zu müssen.

Nun ist es reichlich spät, und ich werde mich bis morgen früh mal von innen betrachten. Gute Nacht, mein Liebes. Einen schönen Gruß an Deine Eltern und Geschwister inclusive Großvater. Dir selbst einen Kuß. Darf ich nächste Woche mit einem ebensolchen netten Brief wie dem ersten rechnen? Er braucht auch nicht so lang zu sein. Meiner ist mehr breitgetreten als inhaltsvoll.

Ich hoffe mit Dir, daß Du recht bald eine gute Stelle bekommst. Bitte übernimm Dich nicht bei der Produktion des Pullovers!

Jetzt muß aber wirklich Schluß sein, Mäuseken. Leb wohl und bleib recht schön gesund.

Herzlichst
Dein Richard

Ingeborg Lüttjes an Richard Schlosser

Moorwarfen, am Sonnabend

Mein lieber Richard!
Über Deinen lieben, langen Brief habe ich mich sehr gefreut! Aber bitte laß Dir Zeit, bevor Du nun wieder antwortest, und erledige alles Wichtige zuerst. Ich freue mich auch schon über ein paar Worte oder einen kurzen Gruß.

Es war mir eine Freude, Deinen Brief zu lesen. Besonders die Immatrikulationsfeierlichkeiten konnte ich richtig nacherleben. Dann kann ich Dir wohl auch gleich gratulieren? Du bist doch jetzt regelrecht Akademiker. Aber was Du da über Deine »lächerliche Figur« schreibst, mit Beziehung auf den ausgelaufenen Ölpott, ist doch etwas merkwürdig. Mir kamst Du durchaus nicht lächerlich vor, Du tatest mir nur leid, weil es um das Öl und um die Handtücher so schade war.

Warum sollte ich wohl nicht mit Deinen Reiseplänen einverstanden sein? Natürlich bin ich glücklich, mein lieber Richard, wenn Du bald kommst, aber nun hast Du doch wenigstens ein Weihnachtsfest mit Deiner Familie, und was bedeutet die Entfernung schon für unsere Gedanken?

Die Rückleitung unserer geistigen Telefonverbindung ist durchaus nicht defekt, mein lieber Freund! Es klingelt oft bei mir, besonders abends, wenn wir alle ganz solide unter der Wohnzimmerlampe sitzen und handarbeiten. Jawohl, Du bist nicht allein so solide und wirst damit aufgezogen. Ich werde es auch, von meiner Mutter.

Nach Laatzen willst Du und unsere Initialen besuchen? Tu's nur, und wenn Du Dein Messer bei Dir hast, kannst Du ja noch ein Herz drumherum oder drunter schnitzen. Apropos Herz: Im Radio hat gerade Heinz Erhardt eine äußerst sinnige Einleitung zu einem bunten Abend vom Stapel gelassen, und nun geht es »Meine kleine Herz macht tick-tack pour l'amour«. Im Vertrauen, meine dito! Hast Du Dir das vielleicht auch angehört?

Wegen einer Stelle habe ich schon verschiedenes versucht, aber noch nichts erreicht. Heute habe ich in Wilhelmshaven eine Düsseldorfer Zeitung aufgetrieben, die ausgezeichnete Stellen anbietet. Leider war für mich nichts dabei, da einmal nur spanische, einmal nur französische und mehrmals zwei und mehr Sprachen verlangt wurden. Meine Mutter ist begeistert von Düsseldorf, und ich möchte auch gern dahin. Nachdem ich an diverse Arbeitsämter geschrieben habe, gehe ich morgen einen Bekannten besuchen, der Exportkaufmann in Bremen ist und vielleicht was weiß oder tun kann. Wenn Du mal zufällig irgendwas hörst oder liest, schreibst Du mir dann gleich?

Vor ein paar Tagen kam hier von Frieda eine Karte an, in der sie mich in äußerst humoristischer Weise auffordert, sie doch mal zu besuchen. Sie verstehe mich gut und sei mir durchaus nicht böse. Was sagste nun? Na, ich mache es dann kurz und deutlich.

Meine Mutter wurde neulich auf einem Fest von Frau Heukötter gefragt, wer denn mein neuer Freund sei. Ihre Tochter habe gesehen, wie wir auf dem Bahnhof herzlich Abschied voneinander genommen hätten. Mutti hat aber nichts erzählt. Ich denke mir bei der Sache nichts, denn Du bist mir viel wichtiger als alle Leute in Jever und all ihr Gerede.

Vor ein paar Tagen war ich übrigens beim Friseur, der meine Frisur etwas korrigierte. Dabei kam eine Menge Haar herunter, aber sei man nicht ängstlich, einen Pagenkopf habe ich doch noch nicht!

Morgen ist nun schon der zweite Advent, und in vierzehn Tagen ist Weihnachten. Junge, was freu ich mich! Wenn ich an letztes Jahr denke – brrr! Aber das war ja nur deswegen nicht so schön, weil Du, mein Herzkönig, noch nicht erschienen warst, jedenfalls nicht für mich. Wenn man weiß, daß jemand einen lieb hat, kann doch niemand und nichts einem was anhaben, oder?

Meine Familie läßt Dich vielmals wiedergrüßen. Heute abend geht es in der Küche hoch her: Baden sämtlicher Gören in einem Hause, das kein Badezimmer hat. Augenblicklich quietscht Dagmar wie am Spieß. Ich muß gleich mithelfen.

Also dann, für heute Gute Nacht. Ich denk an Dich, min Söten. Sei tausendmal gegrüßt, und einen Kuß bekommst Du auch

von Deiner Inge

Richard Schlosser an Ingeborg Lüttjes

Hannover, am 11. Dezember 50

Liebe gute Inge!
Das ging ja erstaunlich schnell mit der Antwort. Ich habe heute abend gerade noch so viel Zeit, Dir kurz darauf zu erwidern, denn ich fürchte, für den Rest der Woche würde nichts daraus. Ich bin Dir von Herzen dankbar, daß Du so nett an mich denkst und mich so gut versorgst. So ein Brief gibt mir immer einen ordentlichen Schwung, der dann bis zum nächsten Brief vorhält. Ach Mädchen! Wenn es Dir nicht zu viel wird, mach man weiter so. Ich kann nie genug Schwung haben.

Ein kleiner Dämpfer auf meine große Freude über Deinen Brief war allerdings diese Klatschgeschichte über unseren Abschied. Das hat mir einen ganz netten Schlag gegeben. Es ist ja einfach fürchterlich. Du tust mir aufrichtig leid. Daß ich Dir nun garnicht irgendwie zu helfen vermag. Was die Leute reden, kann einem ja in den meisten Fällen egal sein. Aber was sie jetzt über uns reden, ist mir nicht gleichgültig. Schon allein im Hinblick auf Dich. Ich sitze ja hier in sicherer Entfernung, und Du hast ganz alleine darunter zu leiden. Liebe Inge, es ist mir wirklich schrecklich. Das ist nun schon das zweite Mal, daß Dir durch meine Schuld so etwas passiert. Wenn auch an dem Tatbestand nun nichts mehr zu ändern ist, so darf das doch kein weiteres Mal geschehen. Ich verspreche Dir, mich in Zukunft besser vorzusehen.

Viel wichtiger als das, was sich die Leute erzählen, scheint mir nun doch zu sein, was Deine Mutter dazu gesagt hat, denn das hast Du mir vorenthalten. Daß sie nichts verriet, war ja verständlich. Was hatte sie schon für eine andere Wahl, als auf solch eine hintergründige Frage die Antwort schuldig zu bleiben. Aber ich kann mir nicht vorstellen, daß

Deine Mutter Dich nun lediglich damit foppt. Eine kleine Gewissensrede ist doch todsicher dabei abgefallen. Hoffentlich ist nun die Meinung Deiner Eltern über mich nicht endgültig verbrieft und versiegelt, sonst kann ich mich ja garnicht mehr mit gutem Gewissen zu Euch hintrauen. Bitte schreibe mir darüber, aber nicht so, daß Du aus Rücksicht auf mich die Tatsachen nivellierst. Ich glaube, Du verstehst mich, Inge.

Wenn ich Dich herzlich bitten darf, füge doch Deinem nächsten Brief einen möglichst ausführlichen Bericht über Deinen Besuch bei Frieda bei. Das ist keine Neugierde, nur wirst Du wohl einsehen, daß mich das interessiert.

Mit diesem Fragment eines Briefes werde ich wohl jegliche Klarheit beseitigt haben. Was sonst noch dazu zu sagen wäre, muß ich mir für die Ferien aufheben. Ich schreibe Dir dann von Dortmund noch einmal, wann ich komme. Laß Dir die Zeit bis dahin nicht lang werden.

Einen schönen Gruß Deiner Familie und besonders Dir.

Immer Dein Richard

Ingeborg Lüttjes an Richard Schlosser

Moorwarfen, am 15. 12. 50

Mein lieber Richard!

Es läßt mir keine Ruhe, und ich muß Dir doch gleich schreiben, damit Du Dir bitte mit der Klatschgeschichte nicht weiter das Herz beschwerst. Es ist nicht so wild, und ich bereue schon, daß ich Dir überhaupt damit gekommen bin. Bitte, lieber Richard, mach Dir keine Vorwürfe. Jetzt, wo es auf Weihnachten geht, soll man sich doch freuen!

Heute nachmittag war ich bei Frieda. Es war nicht schön. Es fielen Worte, die ich nicht für möglich gehalten hätte. Ich sei eine, die Dir nachgelaufen sei. Sich selber stellte sie als reinsten Unschuldsengel hin. Aber es ist nicht gut, darüber im Brief so viel zu schreiben. Bald kommst Du ja, und wir können uns mal richtig über alles unterhalten. Bestimmt, Richard, ich will keine Tatsachen verschleiern, aber ich kann es Dir persönlich besser sagen. Wenn ich nicht wüßte, daß Du zu mir hältst, könnte ich bald verzweifeln.

Laß Dir Deine Weihnachtsferien nicht verderben. Du Guter! Über Deine netten Worte im letzten Brief hatte ich mich so gefreut. Ich kann Dich auch beruhigen, meine Mutter denkt nicht daran, Dir irgendetwas nachzutragen. Ich habe sie geradeheraus gefragt, und sie sie sagte, daß sie

Deine Bedenken für ganz überflüssig halte. Ich bin also nicht die einzige, die sich freut, Dich hier zu begrüßen. Mein Wort darauf.

Gestern war in der jeverschen Kirche das Weihnachts-Oratorium von Bach. Da der größte Teil der Familie mitsang, mußte ich hin und aufpassen, daß wir keine Blamage erlebten. Wenn auch vielleicht nicht die Höhe der Matthäus-Passion erreicht wurde, so war es dennoch wunderschön.

Am letzten Sonntag haben wir Weihnachtseinkäufe gemacht. Für mich ist ein schöner Rockstoff dabei abgefallen.

Und was macht Dein Studium? Nun brauchst Du in der Mensa ja nicht mehr Essen für zwei abzuholen! Gönnst Du Dir wohl mal einen Kinobesuch? Wenn Hertha merkt, daß wir korrespondieren, grüße sie man von mir und wünsche ihr in meinem Namen ein frohes Fest.

Das wünsche ich auch Dir und allen Deinen Lieben! Meine besten Wünsche begleiten Dich immer. Vergiß alles, was Dir sonst vielleicht Kummer macht. Du verstehst es doch, wenn ich mein Geschenk für Dich hierbehalte, bis Du kommst? Sonst hättest Du nur ein Gepäckstück mehr auf Deiner Reise.

Für heute Schluß, lieber Junge. Recht viele herzliche Grüße und alles Liebe!

Deine Inge

Richard Schlosser an Ingeborg Lüttjes

Dortmund, am 22. 12. 50

Meine liebe Inge!
Nun habe ich Dich schon tagelang vergeblich auf eine Nachricht warten lassen. In Hannover bin ich leider nicht mehr zum Schreiben gekommen. Wie vorausgeahnt, hat man uns zuletzt noch mit einem Haufen Übungen bedacht, den wir unterm Weihnachtsbaum bebrüten sollen. Etwas anderes könnte ich während der Feiertage hier ja doch nicht anstellen.

Nun erst einmal zu Deinem Brief. Du Gute bist nur darauf bedacht gewesen, mir die Weihnachtsfreude nicht mit irgendwelchen unerfreulichen Geschichten zu verderben. Ich hoffe, daß Du selber nun schon einigermaßen Abstand von der Sache gewonnen hast und unbeschwert die bevorstehenden Tage genießen kannst. Wenn es mich auch drängt, zu erfahren, was bei Frieda eigentlich alles vorgefallen ist, muß ich Dir doch darin Recht geben, daß es besser ist, wir unterhalten uns darüber in aller Ruhe, wenn ich komme. Du kannst davon überzeugt sein, daß ich ganz fest zu Dir halte und daß alle Redereien nichts an meiner Stellung zu Dir ändern. Die Hauptsache ist, wir beide wissen, was wir voneinander zu halten haben. Ich glaube mit Dir, daß alles wieder ins Lot kommt, wenn wir uns erst darüber ausgesprochen haben. Nun denk solange nicht mehr daran und sei vergnügt wie immer.

Deiner guten Mutter bin ich sehr dankbar, daß sie so großzügig über diesen Fehler in meinem Verhalten hinwegsieht. Es soll auch gewiß nicht wieder vorkommen, daß ich durch meine Unvorsichtigkeit den Leuten erst den Stoff zum Reden liefere.

Starten werde ich am 29. Dezember. Wenn es mit den Anschlüssen überall klappt, bin ich um 12^{45} in Siebetshaus. Deine Schuhe bringe ich Dir mit. Würdest Du am Zug sein können, wenn es auch um die Mittagszeit ist? Ich freue mich schon so. Viel mehr als auf Weihnachten. Kannst Du das glauben? Das wird dann auch das Schönste an den ganzen Ferien.

Liebe Inge, ich habe noch so viel auf dem Herzen, aber es ist schon grauenhaft spät. Rudi soll den Brief heute noch mitnehmen. Was ich jetzt nicht mehr sagen kann, erzähle ich Dir später.

Zum Weihnachtsfest wünsche ich Dir und Deiner Familie alles Gute. Laß Dir recht viel schenken, aber verdirb Dir nicht den Magen! Ich denke immer an Dich. Mit jedem Herzschlag rückt ja der so sehnlich erwartete Augenblick näher.

Leb wohl und sei vielmals gegrüßt von Deinem
Richard

Ingeborg Lüttjes an Richard Schlosser

Moorwarfen, am 7. 1. 51

Mein lieber, guter Richard!
Ja, tatsächlich fange ich heute schon damit an, den versprochenen Brief an Dich zu schreiben, obwohl wir erst heute morgen Abschied voneinander genommen haben. Irgendwie bin ich noch so innerlich erfüllt von all dem Schönen, das ich gerade erlebt habe, daß ich gar nicht anders kann. Ich möchte Dir noch einmal herzlich danken, lieber Richard, für alles. Das Glück müßte eigentlich für Jahre ausreichen, und das würde es sicher auch, wenn wir uns so lange nicht sehen sollten, aber trotzdem fehlst Du mir so. Bis zur Abfahrt Deines Zuges heute morgen haben wir uns ja gegenseitig Mut gemacht, und ich halte mich auch jetzt daran, aber als es Ernst wurde und Dir mir noch aus dem fahrenden Zuge winktest, da kol-

lerten doch die Tränen. Aber ich brauche ja nur an all das denken, was Du mir gesagt hast, um wieder froh zu werden.

Hoffentlich hat Deine Reise gut geklappt. Dietrich hat doch sicher übers ganze Gesicht gestrahlt, als er seine Eisenbahn wieder in Gang setzen konnte, was? Du bist wirklich ungeheuer geschickt in allem. Ich denke nur daran, wie Du in der Nacht das Gerkensche Vehikel wieder mobil gemacht hast, obwohl die Sache ziemlich hoffnungslos aussah. Die Autofahrt vergeß ich nicht so leicht, glaub's man, und das »Winterfest« auch nicht, und vieles andere erst recht nicht!

So, aber nun ist es schon wieder Abend geworden, und ich will mich am besten gleich nach oben begeben, um mich bis morgen früh »mal von innen zu betrachten«, denn wenn ich morgen nachmittag so verkatert aussehe, bestehe ich das Monokel-Examen auf dem Fliegerhorst sicher nicht. Und davon hängt doch immerhin allerlei ab. Es wäre doch schön, wenn ich nun bald anfangen könnte, für später zu sparen und meinen Eltern auch Kostgeld zu geben, damit ich hier nicht länger ein »Klotz am Bein« bin und später endlich mal etwas mehr als ein armer Schlucker.

Nun für heute »Gute Nacht«, und ich denke immer an Dich.

Deine Inge

8. 1. 51

Nun komme ich eben von Upjever wieder, und ich kann sagen: das Ganze war ein netter Schuß in den Ofen. O nein, nicht wegen der Zeugnisse! Darüber sagte mit der Boß sogar dicke Schmeichelein ins Gesicht. Aber im Moment könnten sie mir leider keine Anstellung geben. Und das, nachdem sie mich ewig nebenan warten ließen, um mich dann in drei Minuten abzufertigen. »Wir bekommen sicher nicht so leicht eine solche Kraft wie Sie, aber Sie verstehen, im Moment ...« Natürlich, ich verstand. Ich sagte kurz – das ganze Gespräch ging auf englisch vor sich – »Goodbye« und verließ das Büro. Päng!

Zu Hause angekommen, hatte der Meyerowitz bereits antelefoniert, um zu bestellen, daß er leider in Gegenwart seines Vorgesetzten nichts hätte erklären können, aber in 14 Tagen hätte ich die Stelle. Wer weiß, was nun dahintersteckt! Ich werde mir noch sehr überlegen, ob ich mich dort überhaupt wieder sehen lasse. Mein friesischer Dickschädel meldet sich, und nach der einen freundlichen Abweisung ist er noch dicker geworden.

9. 1. 51

Du wirst staunen, aber jetzt, wo ich diesen Satz schreibe, ist es schon wieder einen Tag später. Gestern abend kam Johann Hayen, um uns einen

Besuch zu machen, und ich habe den Brief vorsichtshalber beiseitegelegt. Jetzt sitzt Du sicher gerade im Hörsaal, es ist gegen 11 Uhr morgens, und mußt Deine Gedanken auf schwierige Formeln konzentrieren, während ich ungestört an Dich denken kann. Viel Zeit läßt mir die Reinemacherei ja nicht gerade, aber ich habe das Essen schon vorbereitet, und alles ist ausgeflogen, ich bin schön ungestört.

Gestern ist unser Opa nach Sanderbusch ins Krankenhaus gekommen, damit er mal richtig Pflege hat. Er nimmt alles mit Humor.

Fährst Du eigentlich per Rad zur T.H.? Regnet es in Hannover auch so ununterbrochen? Kamst Du zur Tanzstunde noch gut zurecht am Montag? Ach, es gäbe noch viel zu fragen und zu schreiben, aber der Bogen ist beinahe voll. Du, bitte denke nun nicht, daß Du sofort antworten mußt! Ich erlaube es nicht, daß Du das vor Sonntag tust, und auch dann nur, wenn Du wirklich Zeit dazu findest. Ich halte den Daumen, daß Du mit Deinen schweren Mathematikaufgaben bald fertig wirst. Daß Du es bei genügend Zeit und Ruhe sicher schaffst, daran zweifle ich keinen Augenblick. Dafür bist Du doch Richard. Junge, was hab ich Dich gern! Dich und alles, was von Dir kommt und an Dich erinnert. Bleib immer so, wie Du bist, und laß Dir alles erdenklich Gute wünschen!

In herzlicher Liebe
Deine Inge

Ende dieser oder Anfang nächster Woche ist im »Echo des Tages« eine Reportage vom jeverschen Püttbierfest. Ganz groß!

Richard Schlosser an Ingeborg Lüttjes

Hannover, am 13. Januar 51

Liebste Inge!
Wie soll ich Dir nun dafür danken, daß Du so bald an mich gedacht, und kaum, daß ich fort war, mir einen so netten Brief geschrieben hast? Wenn die Ferien auch nicht lang waren, brauchte ich doch eine gewisse Zeit, um mich wieder an die räumliche Entfernung von Dir zu gewöhnen. Dein lieber Brief hat entschieden dazu beigetragen, mich hier nicht gar so verlassen zu fühlen. – Wie egoistisch ich bin! –

Bald eine Woche ist seit Sonntagmorgen vergangen, und ich habe noch nicht mit einer kümmerlichen Zeile an Dich gedacht. Wenn es hier auch, was die Arbeit angeht, augenblicklich rein schlimm ist, muß doch wenigstens so viel Zeit für einen kurzen Brief an Dich abfallen. Du bist ja auch nicht irgendwer, sondern meine ... (s. Anrede). Es tut mir so leid, daß ich Dich so stiefmütterlich behandeln muß und nach den Erfordernissen meiner Studiererei erst in zweiter Linie an Dich denken darf.

Heute nachmittag aber kann ich die Geschichte getrost einmal ins Gegenteil verkehren, da ich im Laufe der Woche schon allerlei Denksportaufgaben bewältigt habe und der Berg der Arbeit, der mir anfangs so greulich hoch schien, schon beträchtlich zusammengeschrumpft ist. Die Mathe-Übung kommt morgen an die Reihe. Das wird ein herrliches Vergnügen. Etwas klarer ist mir die Sache inzwischen geworden, und wenn selbst Du davon überzeugt bist, daß ich damit zu Rande komme, muß es doch auch klappen. Heute abend sollen noch zwei Übungen für Elektrotechnik bebrütet werden, darum sei man nicht bös, wenn ich das von dem Gegenteil nur bis zum Anbruch der Dunkelheit gelten lassen kann.

Hoffentlich sagst Du nun nicht: »Ach, nein, wie gnädig!« Es fällt mir wirklich schwer, Dich mit Gewalt aus meinem Denken zu vertreiben. Meiner Beschäftigung entsprechend schmeiße ich Dich ja ziemlich oft da hinaus, aber ich tue es wahrhaftig nur dann, wenn es gar nicht anders geht, das mußt Du mir glauben, und ich wünschte nur, Du fühltest Dich bei Deiner jeweiligen Rückkehr nicht immer unwohler da oben in der Nachbarschaft all der scheußlichen Formeln und abstrakten Begriffe. Aber ich habe ja noch einen anderen Platz, der Dir ganz allein zur Verfügung steht. (6 Handbreit tiefer, etwas links.) Da mache es Dir immer so bequem Du kannst und so lange Du willst, wenn es man auch eng ist. Wenn ich Dich da weiß, kann ich auch sicher sein, daß da alles hübsch intakt bleibt und meinem Geist immer die nötige Energie zufließt, nicht wahr.

Meine Reise nach Dortmund verlief planmäßig. Die meiste Zeit habe ich geschlafen. Nur ab und zu wurde ich wach, wobei es mir dann immer wieder erschreckend klar wurde: »Mein Gott, ich fahre ich ja immer noch weiter fort von Dir.« Auch jetzt empfinde ich die Entfernung oft so deutlich, daß nicht einmal ein abgrundtiefer Seufzer hilft. Das einzige Mittel dagegen ist eben, daß ich an etwas Schönes denke, das ich mit Dir zusammen erlebt habe, und es ist doch alles so wunderschön gewesen.

Ich danke Dir auch für alles, liebe Inge. Du hast immer so selbstverständlich für mich Zeit gehabt, ganz gleich, wann ich kommen mochte. Daß ich nun längere Zeit nicht mehr kommen kann, darüber haben wir genug geredet. Wenn es mich gar zu sehr zu Dir hinzieht, überlege ich mir öfter, daß es doch auch ganz anders sein könnte, nämlich daß ich nie nach Hannover und Dir damit näher gekommen wäre, und dann bin ich immer so froh, daß es nicht so gekommen ist. Es wäre immer alles ziemlich traurig, öd und leer, wenn Du nicht in mein Leben getreten wärest. Jetzt darf ich so oft und so viel ich nur mag an das liebenswerteste und reizendste Mädchen denken, bekomme sehr oft die herzlichsten Briefe von ihm und bin überhaupt riesig glücklich. Liebe, gute Inge, ich bin Dir so dankbar für alles, was Du mir schon an Glück gegeben hast, und wünschte nur, ich könnte es Dir auch nur annähernd vergelten.

Was Du mir da über Deinen Stellenkampf schreibst, ist ja nicht gerade erfreulich. Aber wie Du schriebst, bleibt ja noch eine gewisse Hoffnung, daß es dennoch wird. Daß Du nun über diesen vorläufigen Mißerfolg nicht im mindesten verzagst, beruhigt mich sehr. Daß es Dir bei Deinen Talenten früher oder später gelingen wird, etwas Geeignetes zu finden, davon bist Du sicher genau so überzeugt wie ich. Ich studiere schon immer jede Zeitung, die mir in die Hände fällt, daraufhin durch; aber in diesem hiesigen Blättchen stand bisher nichts dergleichen. Ich hülfe Dir so gerne. Hat denn das Institut Ebel noch garnichts wieder von sich hören lassen?

Die Tanzstunde fand nicht am Montag, sondern erst am Donnerstag statt. Ich habe geschwänzt, weil meine Zeichnungen für die Darstellende Geometrie fertig werden mußten. Das ließ sich leider nicht ändern. Aber zu Deiner Beruhigung werde ich mir das Versäumte von meinem Kommilitonen nebenan erklären lassen.

Über diesen monströsen Fleck mitten auf dem Blatte bitte ich gütigst hinwegzusehen. Er entstand offensichtlich dadurch, daß Hertha uns heute unser Palmin aus der Küche brachte und hier auf den Tisch feuerte, daß die Krümel zwischen alle Papiere rollten. Es ist dies nicht der einzige Bogen, der dadurch in Mitleidenschaft gezogen wurde. Leider hatte ich den Brief schon ziemlich fertig, als das Malheur passierte. Wenn ich genügend Zeit hätte, würde ich den Schluß noch einmal kopieren und es nicht wagen, Dir so eine Sauerei anzubieten, so aber hoffe ich, daß Dich die Tinte mehr interessieren wird als das verunzierte Papier.

Für heute Schluß. All meine guten Wünsche begleiten Dich auf Deinen Wegen. Grüße bitte Deine Eltern und Geschwister recht herzlich von mir. Deinem Großvater wünsche ich gute Besserung. Dir selbst aber einen Kuß oder so viel Du magst von

Deinem Richard

P.S. Was ist »Püttbierfest«???

Ingeborg Lüttjes an Richard Schlosser

Moorwarfen, am 17. Januar 51

Liebster Richard!

Herzlichen Dank für Deinen lieben langen Brief! Weil Du mir wieder so nett geschrieben hast, sollst Du auch der erste sein, der von mir einen Brief auf neuem Briefpapier und mit neuem Füller bekommt. Ich erzählte Dir doch Weihnachten schon, daß meinem Vater damals die Füller-Wünsche seiner sämtlichen Töchter durcheinanderliefen. Jetzt hat er mir einen mitgebracht. Er ist ja ein bißchen spitz, aber vielleicht gewöhne ich mich dann an eine weniger plumpe Schrift.

Mein lieber Richard, bitte laß mich nochmal sagen, daß Du Dich ganz sicher nicht entschuldigen brauchst dafür, daß Du nach Deiner Studiererei erst in zweiter Linie an mich denken kannst. Nicht wahr, Du weißt doch, daß ich das sehr gut verstehe, und glaube mir nur: Ich wäre unglücklich, wenn das Studium meinetwegen vernachlässigt würde. Also wirf mich ruhig, so oft ich zu Unrecht in Deinem Denken herumspuke, in hohem Bogen hinaus! Du weißt ja, daß ich über den anderen Platz, den Du noch für mich hast, sehr glücklich bin, ich wünsche mir darüber hinaus nichts; etwas Schöneres gibt es ja für mich gar nicht. Damit vergiltst Du mir gewiß alles, wenn man überhaupt von »vergelten« sprechen darf, und noch viel mehr. Du Guter!

Hab ich nicht gesagt, daß Du mit den schweren Aufgaben schon zurechtkämst? Wie Du das allerdings fertigbringst, bleibt mir ewig ein Rätsel. Ich staune wirklich nur. Wie leicht habe ich es dagegen! Das bißchen Hausarbeit strengt ja nicht so an. Wegen einer Stelle habe ich inzwischen noch nichts gehört, vom Fliegerhorst auch nicht. Aber ich fand zwei Inserate, auf die ich mich beworben habe, eins nach Düsseldorf, wo eine Luftverkehrsgesellschaft eine Korrespondentin sucht, und eins nach Hamburg. Mal sehen. Die Olympia-Werke Wilhelmshaven stellen auch Korrespondentinnen ein, aber nur für Spanisch und Französisch. Ich will mal beim Dolmetscherverband in Hannover nachfragen.

Nun habe ich doch tatsächlich wieder vergessen, Dir einen schönen Gruß an Hannover aufzutragen. Manchmal wünsche ich mir, ich könnte mal eben für ein paar Stunden da sein, es war doch sehr schön. Weißt Du noch, wie wir vor dem Geschäft in der Schillerstraße standen und das herrliche Boot bestaunten, oder wie ich Dich auf der Suche nach einem passenden Schal durch die ganze Stadt geschleppt habe? Manchmal so gegen 6 oder ½ 7 Uhr denke ich, daß Du nun wohl in der Mensa anstehst oder daß Du mittags irgendwo in der Ecke sitzt und Deinen »Schlag« auslöffelst. Hast Du Dir noch eine Monatskarte geleistet, oder fährst Du nun per Rad? Schreib' doch mal davon. Hier ist das Wetter nicht grade schön, es gießt schon seit gestern fast ununterbrochen.

Das »Püttbierfest« findet in Jever jedes Jahr am Montag nach den Heiligen Drei Königen statt. Man bezeichnet es als Fest der guten Nachbarschaft, es feiern aber nur die Männer. Sie vergießen unzählige Liter Bier (in sich hinein), und die alte Pütt (Pumpe) am Kattrepel spielt eine wichtige Rolle. Der N.W.D.R. war mit dem Aufnahmewagen da, und man soll in diesen Tagen im »Echo des Tages« davon hören.

Deine kleinen Bilder sind wirklich nett, ich habe sie mir just nochmal angesehen. Wenn ich die habe und mir auch noch tagsüber und besonders abends Deine Briefe immer wieder durchlesen kann, fühle ich mich nicht so allein. Obwohl ich immer schon mit Sehnsucht auf den nächsten Brief von Dir warte, möchte ich Dich nun doch bitten, ruhig mal eine ganze Woche mit der Antwort zu warten und wirklich erst dann zu schreiben, wenn Du Deine Arbeiten mit gutem Gewissen beiseiteschieben kannst. Ich werde sonst das Gefühl nicht los, irgendeinen hindernden Einfluß auf Dein Studium auszuüben. Nicht schimpfen, Richard, bitte. Laß mir nur den einen schönen Platz, da bin ich glücklich und immer bei Dir, genau wie Du bei mir, nicht?

Ich möchte so gerne zum Schluß etwas schreiben, das Dich freut. Freut es Dich, wenn ich Dir nur einen kleinen Satz schreibe, der meine ganzen Gefühle in sich birgt?

Ich hab Dich lieb. In herzlichem Gedenken

immer
Deine Inge

Richard Schlosser an Ingeborg Lüttjes

Hannover, am 23. Januar 51

Liebste Inge!
Wenn ich auch erst heute schreibe, soll doch der Dank für Deinen freundlichen, lieben Brief nicht weniger herzlich sein.

Mit dem Gedanken, daß mein Studium wegen Dir zu kurz käme, bist Du ganz sicher auf auf Abwege geraten, und ich bitte Dich, Dir so etwas entschieden aus dem Kopf zu schlagen. Ich habe bei Dir immer die verständnisvollste Rücksichtnahme gefunden, wenn ich einmal nicht so viel Zeit für Dich hatte.

Heute abend nun habe ich gar nichts anderes vor und so die herrlichste Gelegenheit, nur an Dich zu denken. Jeden Morgen gilt mein erster Gedanke Dir, und bevor ich am Abend oder besser in der Nacht Herthas Spezialfunzel ausdrehe, lese ich mir immer noch einmal einen Deiner Briefe durch, von denen ich nie weiß, welchem ich den Vorzug geben soll. Es steht in jedem so viel Schönes drin, daß ich jedesmal von neuem überzeugt bin, das in jeder Beziehung netteste Mädchen meine Liebste nennen zu können.

Der Stadt Hannover habe ich Deine Grüße übermittelt. Sie lässet vielmals danken und erlaubt sich, allerherzlichst wiederzugrüßen. Außerdem bedauert sie unendlich, Dich nicht mehr in ihren Mauern zu wissen. Es komme selten vor, daß jemand, wie wir beide, bei Dunkelheit und selbst Regen sogar die Vorzüge ihrer stillen, sonst wenig beachteten Winkel so recht zu schätzen gewußt habe.

Zur T.H. fahre ich in alter Frische immer noch per pedales. Es regnet zwar mitunter heftig, doch das schert mich wenig. Etwas frische Luft und Muskelarbeit tun bei der kontinuierlichen Stubenhockerei ganz gut.

Sonntag soll der Mittelball steigen. Es erscheint mir fraglich, ob ich bis zum Ende des Kursus wenigstens einigermaßen fit sein werde. Die Sache artet bei sämtlichen Teilnehmern mehr und mehr in eine grauenerregende Wurschtelei aus, die kaum noch etwas mit Tanzen gemein hat. Von allen Seiten werden einem Ellbogen ins Kreuz gerammt, und Fußtritte gibt es aus allen Himmelsrichtungen in jeder Menge gratis. Dabei soll man sich dann noch amüsieren. Die Lust dazu vergeht einem allein beim Anblick der durchweg zu kurz geratenen Damen, die einem nur die Wahl lassen, mit krummem Kreuz oder knickebeinig zu tanzen. Zum Glück ist es bald überstanden.

Die Reportage vom Püttbierfest habe ich versäumt. Du mußt schon entschuldigen, daß ich so wenig Opferbereitschaft für die Heimat Deiner und meiner Ahnen aufbringe. Ich hätte allabendlich bei Hertha in der Stube klucken und nebenbei Traktate über die Schlechtigkeit der Welt, aufgehängte Mädchen, Ehebrecher, in Stücke geschnitzelte alte Frauen, Himmelszeichen, sechste Gesichter und Handliniendeuterei über mich ergehen lassen müssen. Ich war so egoistisch, mich davor zu hüten.

Zum Schluß Deines Briefes wolltest Du gerne etwas schreiben, was mich freut. Ich habe mich doch über den ganzen so gefreut wie über alles, was von Dir kommt. Und über die Schlußworte ganz besonders. Darum laß mich am Ende etwas sagen, was Dich hoffentlich genau so freut: Ich habe Dich nicht nur lieb, ich liebe Dich mehr, als ich mit Worten erklären könnte.

Dein Richard

Richard Schlosser an Ingeborg Lüttjes

Ort: 233 lange Kilometer fort
von Dir, am 24. Januar 1951

Meine liebe Inge!
Am 29. Januar müßten wir beide ja eigentlich zusammen das erste kleine Jubiläum feiern. Weil das aber nicht sein kann, muß es eben jeder für sich alleine tun. Nur so ganz still in Gedanken. Tust Du es? Ich ganz gewiß!

Dieses Vierteljahr ist viel schöner gewesen, als ich es mir in unsern ersten Anfängen überhaupt hatte vorstellen können, und wenn ich mir jetzt für die nächsten Monate und die Jahre, die daraus werden können, wünsche, daß wir uns genau so gut verstehen wie bisher, hast Du dann den gleichen Wunsch?

In all der Zeit, die noch vor uns liegt, werde ich Dich ebenso lieb behalten wie bis jetzt, und ich darf hoffentlich noch recht, recht lange sagen: Ich bin

Dein Richard

Ingeborg Lüttjes an Richard Schlosser

Wo? In Kilometern gerechnet weit fort,
doch in Gedanken Dir ganz nah, am Freitagabend

Mein Richard!
Schon wieder schulde ich Dir vielen herzlichen Dank für Deine liebe Aufmerksamkeit! Und so einen wundervollen Brief hast Du mir geschrieben!

Natürlich feiere ich in Gedanken unser erstes kleines Jubiläum mit Dir. Ich muß zugeben, daß ich nicht genau weiß, um wieviel Uhr Du Dir nun Deine letzte Exmore anzünden sollst und wann ich mir eine Deiner leckeren Weinbrandbohnen in den Mund schieben muß, damit wir die Zeit auch richtig treffen. Aber was macht es, wenn wir beide uns nicht auf die Stunde besinnen können – das, was uns dieser wunderbare Tag vor drei Monaten an Schönem gebracht hat, vergessen wir sicher nicht.

Dein Wunsch ist auch meiner, und Du machst es mir leicht, ihn zu erfüllen, soweit das von mir abhängt.

Ach Richard, Junge, ich möchte am liebsten laut jodeln, so glücklich bin ich. Noch lieber aber nähme ich jetzt Deinen Kopf zwischen meine Hände und gäbe Dir einen Kuß, mein Liebster. Ich bin immer bei Dir.

Deine Inge

Richard Schlosser an Ingeborg Lüttjes

Hannover, am 2. Februar 1951

Liebste beste Inge!
Um endlich einen Anfang mit meinem Brief zu machen, nutze ich die Zeit zwischen zwei Vorlesungen, also mußt Du Dich nicht weiter wundern, daß der Bogen vorgelocht ist.

Deine wunderschönen Briefe waren pünktlich am 29. Januar hier und machten mein Glück vollständig, jedenfalls nach den gegebenen Umständen, denn Du fehltest mir mehr als alles andere. Meine kleine Süße, Du kannst immer so herrliche Briefe schreiben, daß ich sie gleich drei- oder viermal hintereinander weg lese. Ich hoffe, daß Du neben all Deiner Arbeit für die ewig hungrige Wolfsfamilie und sonstigen Erfordernissen Eures Betriebes meinetwegen nicht noch Überstunden machst. Mir imponiert die Selbstverständlichkeit, mit der Du Deine Aufgaben als Hausfrau anpackst. Du bist ein ganzer Kerl, wenn ich mich mal so ausdrücken darf.

Wenn ich Dir nun für Deine Stellensuche auch die Daumen drücke, glaube ich kaum, daß das etwas nützt, denn sonst hättest Du schon längst eine Stelle, und was für eine. Netto 400,– mindestens, 3 Std. Arbeit täglich, eingerichtete Kleinstwohnung nebst Garage und zugehörigem Sportkabriolett und 300 Tage Ferien im Jahr. Wäre das nichts? Aber entschuldige, ich spinne schon wieder und mache Deine Sorgen durch solche bodenlosen Luftschlösser nicht geringer.

Wie steht es in Jever eigentlich zur Zeit mit dem Gerede? Hast Du Ruhe davor? Oder habe ich mir während der Ferien unbewußt schon wieder einige Schnitzer geleistet? Es würde mich ja freuen zu hören, daß die Kaffeetanten genug andere Themen haben.

Neulich hatte ich vom Arbeitsamt Nachricht betreffs Heimkehrerbeihilfe: »Zur Bearbeitung Ihres Antrages vom 4. 11. 50 benötigen wir noch einen ausführlichen Lebenslauf und genaue Angaben darüber, wie Sie Ihr Studium bisher finanzierten.« Man hat also nach 3 Monaten wenigstens einmal in die Akten hineingesehen. Dieses Semester wird nichts mehr daraus. Zum nächsten muß ich einen neuen Antrag stellen und das Ergebnis zweier Fleißprüfungen beifügen. Das liegt mir ja schwer auf dem Magen. Bisher fühle ich mich auf keinem Gebiet sicher genug für eine Fleißprüfung. Mit dieser Aussicht wird mal wieder jeder Arbeitsplan hinfällig. Wenn ich jetzt im ersten Semester schon irgendwo eine Zwei rausholen will, dann kann ich pauken, daß mir die Schwarte kracht. Ich verzichtete herzlich gerne auf jegliche Unterstützung, wenn ich selber ausreichende Mittel hätte. Aber, aber! Diese 4 Jahre werden wohl eine einzige große Würgerei werden. Das ist die Burschenherrlichkeit!

Wie geht es Deiner Mutter und Deinem Großvater? Sie sind hoffentlich beide wieder mobil. Wenn nicht, wünsche ich gute Besserung. Grüß mir all die Wölfe und sei Du selbst vor allen Dingen recht herzlich gegrüßt. Ich bin glücklich, sooft ich an Dich denke.

In treuer Liebe
Dein Richard

Ingeborg Lüttjes an Richard Schlosser

Moorwarfen, am 6. 2. 51

Mein lieber, lieber Richard!
Über Deinen Brief habe ich mich unendlich gefreut! Solche wunderschönen Briefe bekommt sicherlich niemand außer mir auf der Welt, und ich bin Dir riesig dankbar.

Nun ist meine Mutter ja wieder gesund, und ich habe mehr Zeit als letztesmal. Wenn meine Schreiberei ein bißchen zusammenhanglos wirkt, so bitte ich Dich um Verzeihung, denn ich halte mir beim Schreiben quasi in Gedanken die Ohren zu, weil das Radio die ganze Familie mit Karnevalsgedudele versorgt.

Deine Anerkennung meiner hausfraulichen Qualitäten freut mich. Dir zuliebe bin ich gerne ein ganzer Kerl. Aber ich bin sicher nicht zu fleißig. Im Gegenteil, meine Mutter meint schon, ich täte nicht genug für meine Steno-Ausbildung nebenbei. Mütter sind doch manchmal eigenartig! Solange sie krank war, ließ sie mir volle Freiheit im Wirtschaften, und das machte mir so richtig Spaß. Nun bin ich wieder das Küken, das nur auf Anweisung in Aktion tritt. Es ist wohl immer so, daß sich die eigenen Eltern am schwersten von der Vorstellung, ihre Sprößlinge seien noch kindlich unbeholfen, trennen können. Aber dafür bekomme ich ja wohl bald eine Stelle, wo ich mit etwas mehr Verantwortung betraut werde.

Heute war ich in Wilhelmshaven beim Arbeitsamt. Man hatte gute Worte und Verhaltensmaßregeln jede Menge, nur keine Stelle. Sobald ich die Gelegenheit habe, mit einem Auto von Edeka oder Haake-Beck nach Bremen zu fahren, will ich mich da beim Arbeitsamt und bei der Baumwollbörse vorstellen, um etwas Dampf hinter die Sache zu bringen. An Herrn Ebel habe ich auch schon geschrieben wegen einer Stelle, aber das wäre ja wohl zuviel verlangt vom Schicksal, wenn ich in Hannover was finden wollte.

Sag mal, ist denn das überhaupt möglich, jetzt schon in einem Fach eine Zwei herauszuholen? Wenn ich Dir bloß ein bißchen Arbeit abnehmen könnte! Aber dazu bin ich ja zu dumm. Wie lange dauert denn dieses Semester noch? Und wenn Du endlich nach Hause fahren kannst, mußt Du gleich wieder malochen, was? Wenn Du in Deinem Kräfteportemonnaie nicht mehr genug Moneten drin hast, dann wandle soviel Du magst von meiner Liebe für Dich in die Münzen um, die Dir fehlen.

Wegen irgendwelcher Redereien brauchst Du Dir keine Sorgen zu machen. Ich habe lange kein Geklatsche mehr gehört.

So, mein lieber Richard, nun will ich mich in die oberen Gemächer verfügen. Wenn es nach mir ginge, wüßte ich schon, wovon ich heute nacht träume. Du Guter, behalte immer Deinen frohen Mut und bleib so, wie Du bist. Mir bist Du alles. Ich wünsche Dir viel Erfolg bei Deiner Arbeit und sende Dir viele, viele herzliche Grüße. Lieber Richard! Jemand ist glücklich.

Immer
Deine Inge

Richard Schlosser an Ingeborg Lüttjes

Hannover, am 13. Februar

Meine gute liebste Inge!
Heute habe ich nun endlich Zeit für Dich. Ich glaube, Du mußt Dich mal beim Rektorat beschweren, daß man mir nicht einmal ausreichend Zeit läßt, Dir in aller Ruhe so oft und so viel zu schreiben, wie ich es möchte.

Herzlichen Dank für Deinen Brief. Ich wünsche Dir so sehr, die Sorge um eine Stelle bald los zu sein und endlich an den Start zu kommen. Soll ich nicht mal in Dortmund auf dem Arbeitsamt nachfragen, wenn ich in 14 Tagen hinkomme? Schön ist es zwar nicht, in dieser scheußlichen Stadt zu leben, doch es wäre ein Anfang. Dortmund ist schließlich Industriestadt, und ich könnte mir denken, daß dort etwas zu machen ist.

Ich glaube ja beinahe auch, daß eine Stelle für Dich in Hannover etwas zuviel verlangt wäre vom Schicksal. Aber es wäre herrlich. Dann fehlten mir nur noch ein kleines Häuschen, ein Auto und ein dickes Bankkonto zum Glück. Wir würden sicherlich mindestens 1 × in der Woche Gelegenheit finden, das Leben ausgiebig zu genießen. Wir machten die schönsten Ausflüge, z.B. in den Deister, wir könnten in die Oper gehen und uns sehr oft ein gemütliches Teestündchen leisten, wie zu den Zeiten, als ich noch nicht das Mißfallen von Frau Heinz erregt hatte; ach, was könnten wir noch alles, selbst unter der einschränkenden Bedingung, daß ich 90% der Zeit für mein Studium brauche. Recht besehen läuft doch alles darauf hinaus, in diesen 4 Jahren zu einer soliden Lebensgrundlage zu kommen, und wenn dann der Mond nicht vom Himmel gefallen oder sonst etwas Schreckliches passiert ist, fängt das Leben erst an für uns beide, nicht wahr, meine Liebchen? (Das heißt natürlich, wenn Du mich bis dahin nicht längst über hast.)

Die letzten 10 Tage waren mal wieder toll. Wenn das so weiter geht, bin ich irgendwann nur noch ein Schatten meiner selbst. Ich habe bloß noch Lust zum Schlafen.

Am besten erzähle ich mal der Reihe nach.

Am 3. Februar fand der Mittelball statt. Ich hatte natürlich keinen Krümel Zeit dafür übrig. Eine vorsichtige Andeutung dieses Umstandes zeitigte beinahe einen Ohnmachtsanfall bei der Tanzlehrerin. Wie ich mir das denn dächte, sie wisse ohnehin schon nicht, wo sie genügend Herren herholen solle, und das gehe auf gar keinen Fall. Um nicht noch weitere glühende Kohlen auf meinem Haupte abladen zu lassen, mußte ich das Theater mitmachen. Das wurde dann jedenfalls auch daraus. Nach Elses Anweisungen ging alles sehr zeremoniell vor sich, und wir armen Leutchen saßen beim Tee da wie die Ölgötzen. Die Herren hatten natürlich die Verpflichtung, gepflegte Konversation zu treiben. Ich kam mir dabei vor wie Ramses auf der Pyramide und sehnte nur das Ende dieser Krampferei herbei. Zwischendurch wurde auch getanzt. Frag bloß nicht wie. Zum Schluß mußten die Herren mit den Müttern ihrer Damen eine Runde aufs Parkett legen. Kommentar überflüssig. Es war furchtbar. Gegen ein Uhr sollte Schluß sein, doch da fiel es einem Wahnsinnigen ein, mit dem ganzen Club noch zum Karneval in die Stadthalle zu gehen, was auch prompt durchgeführt wurde. Ich tigerte also mit meiner Dame und der dazugehörigen Mutter ebenfalls hin. Ohne Kostüm kam man sich in dem Betrieb allerdings wie unter die Hottentotten gefallen vor, was die Leute aber nicht zu bemerken schienen, wahrscheinlich weil keiner mehr nüchtern war. Obwohl ich nicht gerade aus eigenem Entschluß mitgegangen war, mußte ich am Morgen schließlich doch feststellen, für den albernen Mittelball entschädigt worden zu sein.

Den Sonntag verschlief ich beinahe ganz. Endresultat: Alle Arbeit, die ich mir vorgenommen hatte, war liegengeblieben. Die traurigen Folgen mußte ich in der vergangenen Woche annähernd wieder gut machen. Über einer Mathe-Übung habe ich bis heute früh ½ 4 Uhr gesessen. Aber was nützt das, es wartet schon wieder eine neue. Wie lange noch, und ich kann nicht mehr »papp« sagen? Mechanik, Werkstoffprüfung, Darstellende Geometrie, Maschinenzeichnen, überall sollen die Arbeiten fertig werden. Einzig in der E-Technik habe ich gestern die letzte Übung für dieses Semester abgegeben. Wie ich mich nebenbei noch auf die Fleißprüfungen vorbereiten soll, das ist mir so unerfindlich wie etwa eine Antwort auf die Frage nach der Existenzberechtigung der Mehlwürmer.

Als ich Donnerstag um Mitternacht von der Tanzstunde wiederkam, fand ich hier Willi ziemlich hilflos vor der Frage stehen, was mit Hertha anzufangen sei, die sich seit Stunden wimmernd im Bette wälzte und ihrem Gebaren nach in den letzten Zügen lag. Einen Arzt hatte Willi nicht holen sollen, aber das Geheule ging einem auf die Nerven. Anscheinend hatte sie eine Kolik. Am Ende trommelte ich doch einen Arzt aus dem Schlaf, weil uns die Sache unheimlich wurde. Der verpaßte Hertha eine Morphiumspritze. Anderntags wurde die Edle ins Krankenhaus verfrachtet. Von dort werde sie wohl nicht mehr wiederkehren, sagte sie. Diesen Pessimismus halte ich für nichts anderes als den Extrakt all der Mord- und Totschlaggeschichten, die sie in ununterbrochener Folge in sich hineinschwartet, um dann bei jeder Gelegenheit die entsprechenden Parallelen zu ziehen. Jetzt ist sie aber schon wieder munter und soll morgen entlassen werden. Ihre Abwesenheit läßt sich recht gut ertragen. Man braucht sich nicht geduldig irgendwelche Schauermärchen anzuhören, und es werden einem nicht dauernd die verbrauchten KWh aufgezählt.

In Sachen Wohnungswechsel habe ich heute einen ersten Versuch unternommen und mit gedämpfter Stimmung abgebrochen. Zwei Zimmer, 5 Minuten von der T.H. entfernt. Das erste beherrschte ein wahrer Weibsdrachen auf Krücken, mit ausgefallenen Zähnen, zotteligen Haaren und sonstigen unerfreulichen Attributen behaftet. Sie kiff mich gleich an, wo ich ihr doch gar nichts getan hatte, und überhäufte mich mit einer Flut von Maßregeln. Keinen Tag länger als bis 8^{00} schlafen, dann verschwinden, erst abends wiederkommen und möglichst gleich ins Bett. Wenn ich bei der wohnen müßte, wollte ich nur noch sterben. Die andere Bude war recht finster und 4 Treppen hoch. Morgen will ich weitere Erkundigungen einziehen.

Vorige Woche fand ein Treffen ostdeutscher Dozenten und Studenten in der Mensa statt. Der Verein ist völlig zwanglos und gefällt mir. Man tagt 2 × im Monat und diskutiert über alles und jedes. So lerne ich doch einige der Professoren und der älteren Studenten etwas näher kennen.

Am 28. ist Semesterschluß. Natürlich muß ich gleich arbeiten in Dortmund. Meiner Kasse täte eine kleine Auffrischung ganz gut. Nebenbei habe ich andere nützliche Dinge zu tun, nämlich einmal Ordnung in dem Begriffswirrwarr in meinem Kopfe zu schaffen. Da liegt noch alles so ziemlich wie Kraut und Rüben durcheinander, und ich habe kaum etwas sofort parat. Am 17. 4. fängt das zweite Semester schon an. Es bleibt also nicht viel Zeit, weder zum Verdienen noch zum Lernen.

Anfang des nächsten Semesters soll auch der Abschlußball stattfinden. Vielleicht kannst Du dann doch mal herkommen. Zum 24. habe ich eine Einladung zu einem Faschingsfest. Zeitmäßig schon ausgeschlossen, das mitzumachen. Ohne Dich habe ich außerdem keine Lust dazu.

So, bis morgen früh werde ich mich mal in eine horizontale Lage begeben und sage Gute Nacht, auch wenn Dich dieser Wunsch wohl nicht zur rechten Tageszeit erreichen wird.

Du bist mein ein und alles. In herzlicher Liebe
Dein Richard

Ingeborg Lüttjes an Richard Schlosser

Moorwarfen, am 16. 2. 51

Mein lieber Richard!
Hab herzlichen Dank für Deinen lieben langen Brief. Es hat mich sehr gefreut, daß Du mir so nett und soviel geschrieben hast trotz Deiner vielen Arbeit! Ach, wenn eine Beschwerde beim Rektorat was nützte, glaube mir, ich würde nicht eine Minute zögern. Ich wünsche Dir ja so sehnlich, daß Du bald einmal zu Dir selber kommst, denn wenn jemand Freizeit verdient hat, dann Du.

Bitte, schreibe nicht wieder, daß ich Dich womöglich irgendwann »über« haben könnte. Und der Mond wird wohl ein Einsehen haben und am Himmel ausharren.

Es ist ja schade, daß der Mittelball solch eine Enttäuschung für Dich war. Ein andermal wirst Du dafür entschädigt werden. Denke nur daran, was wir uns für das nächste Winterfest der Ehemaligen vorgenommen haben. Und bis zum Abschlußball hast Du bestimmt Gefallen gefunden an der Hopserei. Der Ball wird doch hoffentlich an einem Wochenende sein? Bis dahin stehe ich nämlich schon im Beruf. Fortsetzung gleich. Natürlich komme ich nach Hannover, und wie gerne! In Gedanken bin ich ohnehin schon da.

Also, am letzten Dienstag war ich in Bremen, per Lastwagen hingefahren, morgens um ½ 7 Uhr kam ich schon an! Auf der Baumwollbörse konnte man mir nichts Positives sagen, ich ließ aber meine Papiere da und marschierte zum Arbeitsamt. Nach mehrstündiger Wartezeit, während der ich glücklich meinen Rückanschluß per Auto nach Jever verpaßte, hat man mir eine Zuweisung für ein Bremer Handelshaus in die Hand gedrückt. Die wollten zwar keine Anfängerin, aber da ich im Englischen mehr Zeugnisse vorzeigen konnte, als sie erwartet hatten, werden sie es sich überlegen und mir Bescheid geben.

Nach Jever fuhr ich per Anhalter zurück, und hier warteten gleich zwei Stellen auf mich, die beide viel für und viel gegen sich haben. Die eine ist als Stenotypistin bei der Niedersächsischen Straßenbaudirektion, Abt. Jever, die andere als Lehrerin und Korrespondentin auf dem Fliegerhorst! Wieder die alte Sache. Ich habe vorläufig nur einer Teilbeschäftigung bis etwa Mitte März zugestimmt, da mir die ganze Geschichte ein bißchen merkwürdig vorkommt. Heute – es ist mittlerweile Sonnabend geworden – habe ich zum erstenmal Korrespondentin gespielt. Aber es war nicht schön; der Chef hat mir alles mögliche an Privatkorrespondenz diktiert. Wie kann ein Mann Briefe an seine Frau einer Sekretärin diktieren! Wenn es mir weiter so wenig gefällt, werde ich die feste Anstellung für drei Monate ab März wohl kaum annehmen. In Bremen hätte ich nur eben soviel Geld, daß ich meinen Lebensunterhalt bestreiten könnte, aber die Sache hat doch auch ihren Reiz, weil ich da bei Bewährung eine dauernde Anstellung mit Aufstiegsmöglichkeit haben könnte. Was meinst Du?

Lieber Richard, sag mal ehrlich: Würde die Ungelegenheit, die ich bereite, oder die Freude größer sein, wenn – ich mal kurz nach Hannover käme am nächsten Wochenende? Bis dahin habe ich schon plenty of money zusammen, und von mir aus bestehen keine Bedenken. Selbstverständlich will ich Dir damit nicht Deine Arbeitspläne durcheinanderwerfen. Ich bin ganz gespannt, was Du sagen wirst.

Ach, es wäre doch so schön. Um ganz ehrlich zu sein, es wäre auch deswegen schon sehr schön, weil ich dann, wenn auch nicht für lange, etwas von den Sorgen loskäme, die uns hier alle bedrücken. In der Hauptsache dreht es sich um unsern Opa, der in Sanderbusch operiert wurde. Er ist ja sehr tapfer und stöhnt kein bißchen, aber das Schlimme ist, daß mehr hinter der Sache steckt, als er und meine Schwestern ahnen. Das nächste Jahr wird nicht leicht werden für uns hier, aber wenn wir Mopsfidelen schon jammern wollten, wo kämen wir dann hin.

Stell Dir vor, aus Jux habe ich vor vierzehn Tagen ein kleines plattdeutsches Gedicht über die ewige Strohhalmlutscherei bei der Kakao-

Schulspeisung verfaßt. Mein Vater hat es hingebracht, und heute steht es in der Zeitung. Wir müssen sie noch dem Nachbarn bringen, aber später zeige ich es Dir mal. Man muß doch sehen, daß man als arbeitsloses Mädchen ein paar Moneten zusammenkriegt, nicht wahr? Besonders viel Spaß macht es, wenn man was Schönes vorhat mit dem Geld!

Mein guter lieber Richard, wenn es einmal gar zu schlimm wird mit der Paukerei, ist es Dir vielleicht ein kleiner Trost, daß ich an Dich glaube, wenn Du verstehst, wie ich es meine. Sei gewiß, daß ich Dich immer lieb behalten werde.

Herzlichste Grüße!
Deine Inge

Richard Schlosser an Ingeborg Lüttjes

Hannover, am 19. Februar 51

Liebe gute Inge!
Dein Brief und sonst noch einiges sind Grund genug, heute einmal Ausnahmezustand sein zu lassen. Ich bin zu sehr durcheinander, um mich noch ernstlich mit meiner Arbeit beschäftigen zu können. Hoffentlich reicht es für einen einigermaßenen Brief.

Ein ereignisreicher Tag, das kann man sagen. Du erlaubst, daß ich zunächst das »noch einige« erledige. Heute in der Mittagspause hatte ich mich wieder auf die Budensuche begeben und auch etwas gefunden. Ein kleines Zimmer zum 1. 4.; 28,– DM; ca. 15 Minuten Fußweg. Die Wirtin gefiel mir, soweit man das nach einem kurzen Gespräch sagen kann. Vorerst blieb noch die Schwierigkeit, Hertha schonend beizubringen, daß ich ausziehen will. Als ich hier abends eintrudelte, empfing mich Willi mit den neuesten, noch brühwarmen Nachrichten. Hertha hatte ihm eine Gardinenpredigt gehalten, in der es die unmöglichsten Unterstellungen nur so gehagelt hatte. Er, nicht faul, hatte es Hertha zurückgegeben und nichts auf sich sitzen lassen. Es ging um unser angeblich ungebührliches Benehmen während ihrer Abwesenheit. Die Nachbarn hätten sich über spätes Waschen und damit verbundenes Wasserlaufen beschwert u.s.w. Außerdem hätten wir den Koksvorrat in einer Woche derart dezimiert, daß sie buchstäblich vor einem Nichts stehe. Das war ja nun der Gipfel. 3 Tage hatten wir überhaupt nicht geheizt und sonst nie mehr als einen Schütter verbraucht am Tag. Es dauerte nicht lange, dann kam sie herein und unterbreitete mir den ganzen Quatsch persönlich. Mit Willis lautstarker Unterstützung habe ich mir solche aus der Luft gegriffenen Behauptungen energisch verbeten und dann gekündigt. Das paßte wie der Dekkel auf den Topf.

Zu Anfang hätte ich mir nie träumen lassen, daß das so ein Ende nimmt. Wenn Du kommst, kann ich Dir die Sache ja noch ausführlich unterbreiten, und dann magst Du selbst entscheiden, wer die Schuld daran trägt. Willi hat jetzt auch die Nase voll und will sich eine andere Bude suchen. Mittlerweile habe ich mich wieder so einigermaßen abreagiert und fange an, mich innerlich an diesem Auftritt zu ergötzen. Die letzten Tage im Semester können jedenfalls noch heiter werden bei der alten Mattscheibe.

Neben Deinem Brief fand sich heute noch ein anderer vor. Absender Landesarbeitsamt: Antrag abgelehnt. Sei's drum. Ich fitze mich auch alleine durch. Wenn es auch recht betrüblich ist, so bin ich dadurch doch einer bösen Sorge ledig, weil diese elenden Fleißprüfungen nun nicht mehr nötig sind.

Nun endlich zu Deinem Brief, liebe Inge. Das, was ich eben schrieb, ist nicht ganz ohne Einfluß auf die Antwort, darum habe ich es vorangestellt.

Eins steht fest, nämlich daß von Ungelegenheit gar keine Rede sein kann. Die Aussicht auf Deinen Besuch ist herrlich, und ich würde mich ganz riesig freuen, wenn Du kämest. Mir ist nur noch nicht ganz klar, ob Du über Nacht hierbleiben möchtest und wo ich Dich in diesem Falle unterbringen soll. Bei Hertha ist das nach dem heutigen Krach schlecht möglich. Weißt Du selbst jemanden, bei dem Du unterkriechen könntest? Das wäre aber auch Käse, weil Du viel zu früh dort sein müßtest. Am besten scheint mir, ich besorge Dir für die Nacht ein Hotelzimmer. Da liegt es dann ausschließlich bei Dir, um welche Zeit Du es mit Beschlag belegst. Willst Du die Reise von Deinem dicken Honorar für Dein Gedicht finanzieren? Mädchen, ich staune bloß über Deine Fähigkeiten. Wenn Du so weitermachst, wirst Du im Handumdrehen mehr verdienen als ich. Aber Du gefällst mir so, wie Du das Leben anpackst. Doch um wieder auf die Reise zurückzukommen, so ist das Geld, das dafür ausgeben willst, doch sicherlich seit Monaten das erste, das Du Dir verdient hast, und all Deine sonstigen Wünsche, und ich müßte mich irren, wenn Du sie nicht hättest, müssen unerfüllt zurücktreten. Bitte, liebe Inge, versteh mich recht. Du sollst Dir des Besuches wegen nicht etwas anderes versagen müssen. Doch komm nur erst her, vielleicht läßt sich dann noch mit Dir reden, daß ich wenigstens die Hälfte Deiner Auslagen trage. Wenn Du mir gleich schreiben könntest, wann und mit welchem Zug Du hier eintriffst, ob ich Dir ein Zimmer chartern soll, wie lange Du hierbleibst und dergleichen betriebstechnische Angelegenheiten mehr.

Kann ich nun wirklich damit rechnen, daß Du kommst? Meine Güte, Mädchen, was würde ich mich freuen! Ich kann den ganzen Sonnabend und Sonntag für Dich reservieren.

Was da bei Euch zu Hause los ist, mußt Du mir noch etwas genauer erzählen. Natürlich nur, wenn Du das willst. Aus Deinen Andeutungen ließ sich nicht allzuviel entnehmen. Ich wünsche mit Dir und den Deinen, daß es mit Eurem Großvater recht bald wieder bergauf gehen wird.

Wenn ich hier schon abbreche, so in Anbetracht Deines baldigen Erscheinens. Und wenn sich einer auf das Wochenende freut, dann ist das ganz bestimmt Dein dankbarer

Richard

Theodor Schlosser an Wilhelm Neuhaus

Dortmund, am 23. Februar 1951

Sehr geehrter, lieber Herr Neuhaus!

Sie glauben nicht, welche Freude es meiner Frau und mir war, von Ihnen dreien zu hören! Lassen Sie sich herzlich für das Lebenszeichen bedanken! Darf ich Ihnen noch einmal versichern, daß Ihrer aller Freundlichkeit und Güte in den Endtagen des schrecklichen Januar 1945 uns unvergeßlich geblieben sind und immer Grund zum Dank bleiben werden. Ihr Ergehen hat uns sehr bewegt, und wir wünschen Ihnen, daß der gnädige Gott Sie trotz Ihres bald biblischen Alters Ihrer Frau und Ihrem Jungen noch manche Jahre erhalten möchte. Sie wollen auch die Güte besitzen, Ihren Lieben als »Vermächtnis« zu sagen, daß sie jederzeit in mir, solange ich noch wandern werde, eine meinen Kräften entsprechende Hilfe finden werden. Nehmen Sie das bitte in dem ganz konkreten christlichen Sinn, wie er uns gebührt. Jederzeit im Sinne des Wortes: Siehe, ich bin bei euch alle Tage bis an der Welt Ende. Und das bedeutet im Heiligen Geist durch Christen für Christen. Nun will ich in Kürze noch einiges über meine Familie und mich berichten. Von Stargard fuhren wir nach Konitz. Dort erreichten wir nach Übernachtung in der leeren Superintendentur einen Militärzug, der die Kriegsschule Thorn beförderte. Über Stolp, Köslin und Pomm. Stargard gelangten wir nach Stettin, wo wir im Stift Salem meinen alten Seminarinspektor Boehlke antrafen, der uns Unterkunft bot, bis wir es für angebracht hielten, weiter zu gehen. Unseren Ältesten fand ich leider nicht mehr in Stettin vor. Er war nach Schneidemühl zum Einsatz gekommen und durch das Versagen der sogenannten Offiziere in Gefangenschaft geraten. Das haben wir aber erst später erfahren. Wir fuhren auf offener Lore bei 10 Grad Kälte nach Neubrandenburg, wo wir für drei Tage Bleibe bei einem Pfarrer fanden, der sich als alter Rauhhäusler entpuppte. Im Rauhen Haus war ich 1920/21 Oberhelfer gewesen. In Altentreptow bekamen wir dann für einen Monat Unterkunft durch meinen Bbr. Superintendent Schmidt. Auf Einladung alter Freunde meiner Frau gingen wir weiter nach Varel/Oldbg. über Hamburg/Wohltorf. In den Märztagen stand ich mit drei Kindern am Sarge Bismarcks in Friedrichsruh. Sie werden ermessen, welche Gefühle mich damals bewegten. In Varel erlebten wir den Zusammenbruch. Wir hatten aber das große Glück, unsere Älteste bei uns eintreffen zu sehen. Im September kam die Nachricht, daß der älteste Junge aus russischer Gefangenschaft nach Cottbus zu meinem Bruder und meinem Vetter gefunden hatte. Weihnachten hatten wir ihn wieder. Ein Ruf brachte mich nach Jever, der Stadt der Ahnen meiner Frau, wo ich aber nicht glücklich war, auch nicht, als ich 16 Monate lang drei weitere Pfarrstellen in Friesland verwaltete. Ich war darum froh, als mich meine alte westfälische Kirche nach Dortmund berief. So arbeite ich nun seit dem 1. 9. 47 in Dortmund. Ich will nicht von der Überarbeitung sprechen. Ich will nicht erzählen, welche Schwierigkeiten wir überwinden mußten, ehe wir einigermaßen zur Ruhe gekommen sind. Ich will bloß noch kurz berichten, wie es jetzt um uns steht. Die Älteste ist als Bürohilfe auf der Ärztekammer in Dortmund. Der Älteste studiert in Hannover Maschinenbau und verdient sich sein Studium sauer selbst. Dorothea ist in England, um die Welt kennen zu lernen. Rudi kommt nach Oberprima und hat sich seine Kleidung im Bergbau unter Tage neben der durchgeführten Schularbeit selbst erarbeitet. Walter, der dritte Sohn, ist noch sehr im Entwicklungsstadium und hat Schwierigkeiten in der Schule. Dietrich, der Jüngste, könnte mehr leisten. Er ist, kurz gesagt, faul. Meine Frau ist Hoteliere, d.h. sie verzehrt sich im Kleindienst des Haushalts. Wir sehen uns wenig, da ich nicht mehr bin als Schlafbursche und Kostgänger. Wir verzagen aber darum nicht. Sind wir nun seit dem 5. Januar 25 Jahre miteinander durch Freud und Leid gewandert, so wollen wir das auch durch die Jahre tun, die Gott uns noch gibt. Jedenfalls wollen wir hier ausharren, bis ich sagen muß: Es ist genug, o Herr, so nimm nun meine Seele! Um der Kinderausbildung willen muß das sowieso sein.

Leben Sie wohl! Es grüßt Sie alle drei herzlich und dankbar

Ihr sehr ergebener
Theodor Schlosser

Moorwarfen, am 5. 3. 51

Mein lieber Richard!
Als ich aus Hannover wieder abfuhr, war ich ganz traurig, daß die schönen Stunden so schnell vergangen waren. Aber noch bevor ich lange gefahren war, schalt ich mich ein undankbares Wesen und sagte mir, daß es vielen anderen so gehe, die dennoch den Kopf nicht hängen ließen. Folglich bin ich also mit dem Entschluß, kein Jammerlappen zu sein, in die neue Arbeit eingestiegen. Es ist zwar weiterhin so, daß ich Sehnsucht nach einem gewissen lieben großen Jungen habe, aber trotzdem oder vielleicht gerade deswegen bin ich glücklich.

Es geht ganz lustig zu auf der Bauleitung. Die erste Sekretärin geht weg, es kommt ein neuer Baudirektor, ein Verwaltungsfachmann wird eingestellt, und nun wird obendrein noch mitten in den Ausschreibungen umgezogen. Die Bauleitung bezieht 5 neue Räume in der Halle 4 auf dem Flugplatz am Rande des Rollfeldes. Ich bekomme ein schönes Bürozimmer mit Parkettfußboden und prachtvoller Aussicht, neuem Schreibtisch und neuer Klappermaschine.

Am Sonnabend lud ein auf dem Flugplatz beschäftigter Handwerksmeister unsern ganzen Verein zum Schwof ein verfrachtete uns im 6-Sitzer ins Vareler »Kurhaus Mühlenteich«. Wir amüsierten uns dann ganz gut bei herrlicher Erdbeerbowle und dröhnender Kapelle. Wenn jetzt das ganze Theater mit den Ausschreibungen vorbei ist, sollen wir alle nochmal mitkommen nach Bremen ins »Astoria«. Nicht wahr, ich kann nicht klagen? Dann ist es auch nicht so wild, wenn man jeden Tag Überstunden machen muß, um sich durch den Papierberg zu fressen.

Ab übernächster Woche lasse ich mir von Breunigs Fern-Lehrinstitut die Spanisch-Hefte schicken. Ich habe mir alle Prospekte mehrmals durchgelesen und glaube, daß man es mit einiger Mühe ganz gut schaffen kann. Vielleicht könnte ich in einem Jahr – nach dem zu urteilen, was in den Prospekten steht – schon eine Stelle als Korrespondentin mit guten Spanischkenntnissen annehmen. Finanziell wäre das sehr günstig. Na, mal sehen! Lust habe ich auf jeden Fall zu der Sache, und da macht sich am Ende auch noch das gute alte Latein bezahlt.

Nun muß ich langsam an den Schluß denken, damit ich morgen aus den Federn finde. Rein geht es leichter als raus, besonders bei der klirrenden Kälte momentan. Wenn ich es den sorgenvollen Familienhäuptern recht machen wollte, müßte ich mir für den Weg zur Arbeit eine vollständige Nordpolausrüstung anschaffen. Aber wenn man tüchtig in die Pedale tritt, macht einem die Kälte wenig aus.

Die Weidenkätzchen, die Du mir am Sonntag vor einer Woche gepflückt hast, sind jetzt erst richtig schön, und ich seh sie gerne an.

Mein lieber guter Richard, ich sende Dir viele, viele herzliche Grüße. Ich bin mit allen Gedanken bei Dir und bleibe immer

Deine Inge

Richard Schlosser an Ingeborg Lüttjes

Dortmund, am 8. März 51

Meine liebe Inge!

Du warst wieder einmal pünktlich wie der Sonnenaufgang, und ich danke Dir ganz herzlich für Deinen lieben langen Brief. Es spricht für Dich und Deinen Optimismus, daß Du mit so viel Schwung und Mut an Deine Arbeit gehst. Aber wenn Du nun nebenbei noch Deinen Spanisch-Kursus hast, muß es mit Freizeit doch gänzlich Essig sein. Versprich mir bitte, nicht bis in die späte Nacht aufzusitzen, nur um mir zu schreiben.

Mit Praktikum ist nichts geworden. Ich bin von einem Werk zum anderen gelaufen und habe mir eine Absage nach der anderen geholt. Wegen der Kohlenknappheit ist die Beschäftigungslage in der ganzen eisenverarbeitenden Industrie miserabel. In den Hüttenwerken ist man zur Kurzarbeit übergegangen, und so ist es nicht weiter verwunderlich, daß man keine Praktikanten geschweige denn Werkstudenten einstellen kann. Also habe ich mich kurzerhand entschlossen, diese 6 Wochen einfach im Pütt zu arbeiten. Dort anzukommen gelang auch auf Anhieb, und seit Beginn der Woche bin ich Kumpel mit Lederhelm und Glückauf. Rudi ist mit von der Partie, und wir wühlen gemeinsam in der Stoppkolonne jede Nacht von 22^{00}–6^{00} morgens. Vor der Kohle stecke ich also nicht; insofern kannst Du beruhigt sein. Wenn es gutgeht, kann ich bei dem Geschäft bald 500,– Mark verdienen.

Verglichen mit meiner Arbeit im vorigen Jahr ist die jetzige unter Tage ein ganz gepflegter Job. Um 10^{00} fahren wir an, und es wird beinahe 11, bis alle Mann mitsamt Gezäh in der Grubenbahn Platz gefunden haben und von einer E-Lok an die jeweilige Arbeitsstelle befördert werden. Das sind meist einige 1000 Meter Stollenfahrt. Bevor man mit der Arbeit beginnt, wird erst einmal gebuttert und sich ausgeruht. Danach kommt die Arbeit, die man möglichst rasch erledigt, indem man ordentlich einen dranhaut. Früh um 5 geht es zurück zum Schacht, und Punkt 6^{00} wird man ausgefahren, was dann im wahrsten Sinne des Wortes ein erhebendes Gefühl ist, weil man den ganzen Mist wieder einmal hinter sich hat und unter einer Dusche sein mitteleuropäisches Aussehen wiedererlangt. Der Dreck unten ist einmalig. Augenblicklich legen wir Schienen auf einer schwer vermatschten Strecke.

Drei Schichten habe ich nun herum. Wenn es mir auch manchmal ziemlich trübe zu Mute wird, sage ich mir: »Kerl, nun reiß dich mal zusammen, in 6 Wochen hast du es hinter dir, und es wäre doch gelacht, wenn du nicht ebensoviel fertig brächtest wie jeder Kumpel Tag für Tag.« Die Arbeit ist ja auch annehmbar, nur die Umgebung wirkt ziemlich deprimierend. Alles finster, feucht und glitschig. Die Funzel, die man mit sich führt, wirft groteske Schatten an die Stollenwände, und man kommt sich vor wie im Totenreich. Vielleicht ist das aber auch nur eine Gewohnheitssache. Ich arbeite eben nicht auf der modernsten Zeche des Ruhrgebiets, sondern nach Rudis Ansicht auf der verkommensten, so daß man keine zu hohen Ansprüche stellen darf. Jedenfalls lerne ich nun den Kohlenbergbau mit eigenen Augen kennen, was ich ohnehin schon lange wollte.

Bei meiner Arbeit denke ich immer sehr viel an Dich. Das lenkt mich von der finsteren Unterweltsatmosphäre ab, und ich merke nicht so sehr, daß mich der Fels von allen Seiten zu erdrücken scheint. Aber mach Dir bei meiner Schilderung bitte keine Kopfschmerzen, wenn manches vielleicht etwas schwarz gemalt ist. Es gibt nichts, an das sich der Mensch nicht gewöhnen könnte.

In 20 Minuten muß ich mich aufs Rad schwingen und die nächste Schicht abreißen. Ich behalte Dich immer lieb. Sei herzlich gegrüßt von
Deinem Richard

Ingeborg Lüttjes an Richard Schlosser

Moorwarfen, am 12. 3. 51

Mein lieber, lieber Richard!
Vielen Dank für Deinen Brief! Nun denke ich jeden Abend gegen zehn Uhr daran, daß Du wieder einfahren mußt. Einen Schrecken habe ich doch bekommen, als ich von Deiner Schienenlegerei unter Tage las. O Richard, Du hast Dir die härteste Arbeit ausgesucht, auf allen Seiten von Felsen eingekesselt, und dennoch freue ich mich, weil ich stolz auf

Dich sein kann, daß Du soviel Mut hast. Junge, was für Gegensätze! Ich muß mich ja bald schämen über die wenige Arbeit im Büro, wenn ich an Dich als Kumpel denke!

Wenn Du, so wie ich, Gelegenheit zum Ausgleich hättest, wäre es doch etwas leichter für Dich. Stell Dir bloß mal vor, ich bin schon wieder ausgewesen, ganz groß! Mit der Bauleitung sind wir am Donnerstag per Auto nach Bremen ins Hotel »Astoria« gefahren. Wenn Du liest, daß es das teuerste am Platze ist, kannst Du Dir vielleicht eine Vorstellung machen von der Pracht: alles dicke Teppiche, eine wundervolle Halle mit Balkon und Bühne und dazu ein ausgezeichnetes Varieté-Programm, zwischendurch Tanz. Es war wirklich schön. Aber wenn ich all das für einen Abend mit Dir hätte eintauschen können, mit Freuden hätte ich es getan!

Jetzt haben wir hier einen neuen Chef auf der Bauleitung, und nach Ansicht sämtlicher Angestellten einen solchen, der eine absolute Niete auf allen Gebieten ist und den ganzen Laden in Konfusion bringt. Er ist tatsächlich nur aus Geschwätz und Gesten zusammengesetzt und tut keinen Schritt, ohne die Techniker zu fragen. Oft muß ich eben angemeldete Ferngespräche wieder abbestellen, was nicht immer einfach ist, da in der englischen Vermittlungszentrale einer sitzt, der sich gerne reden hört und bei dem man ohne Konversation und lange Einleitung nichts erreicht. Neulich rief er an und wollte meinen Namen wissen, und als er ihn hörte, wollte er sich über diese »funny expression« halb totlachen. Menschen gibt es!

Dafür ist der dicke Major Parker, der immer wegen des englischen Kartenmaterials kommt, ein äußerst gemütlicher Patron, und es macht mir Spaß, wenn ich für ihn und den Chef dolmetschen muß. Du siehst also, daß meine Tätigkeit neben Listenführen und Verwaltungsangelegenheiten auch ihre interessanten Seiten hat.

Übrigens sind jetzt zehn Firmen zur Angebotsabgabe für den Ausbau der Start- und Rollbahnanlagen aufgefordert worden, u.a. auch eine bekannte Firma aus Hannover. Sollte sich da nachher nicht vielleicht mal eine Gelegenheit bieten, übers Wochenende nach Hannover zu fahren? Ich bin doch so lange nicht mehr dagewesen!

Heute ist unser Opa nach Hause gekommen. Er sieht gut aus, und man merkt ihm gar nicht an, daß er mit einer kaum geschlossenen Wunde rumläuft. Die Ärzte können keinen Trost geben, aber es fällt schwer, an das Schreckliche zu glauben, wenn unser Opa so munter ist.

Die übrige Bande ist quietschfidel, und der Krach ist meistens dementsprechend.

Sonnabend war Abi-Ball. Ich hatte auch eine Einladung, aber alleine dahinwalzen? Ich bin lieber hiergeblieben, als da womöglich fünftes Rad am Wagen zu spielen.

Sorge Dich nicht, Du Guter, daß ich in meiner Freizeit zu kurz komme. Es ist ja kein Opfer, an Dich zu schreiben, sondern eine Freude. In Gedanken gebe ich Dir einen Kuß und sage Dir, wie ich Dich liebe. Ich bin ganz Dein.

Glück auf!
Deine Inge

Richard Schlosser an Ingeborg Lüttjes

Dortmund, am 27. März 51

Liebe gute Inge!
Nun hatte ich Dir während der Ostertage einen langen Brief schreiben wollen und bin doch nicht dazu gekommen. Ostersonntag früh kam ich von der Schicht und schlief, bis am Nachmittag mein Großvater bei uns uns erschien, der an diesem Tage vor 60 Jahren seinen medizinischen Doktor gemacht hatte. Dieses Ereignis wurde im Familienkreise leicht befeiert. Mein Großvater war damals etwas älter, als ich jetzt bin. Man stelle sich das vor. Ich fange gerade mit dem Studium an, und er war in dem Alter fertig. Allein bei dieser Überlegung muß man sagen, daß die heutigen Verhältnisse alles andere als normal sind. In was für heiteren Zeiten leben wir doch.

Dieses diamantene Jubiläum wurde auch seitens der deutschen Ärzteschaft in mehreren Veröffentlichungen herausgestellt, wobei das Lebenswerk und die besonderen Leistungen meines Großvaters auf dem Gebiet der medizinwissenschaftlichen Forschung gewürdigt wurden. So erfuhr ich auch, daß er um die Jahrhundertwende sogar einmal an der Universität in Halle doziert hatte. Für ihn war es ein großer Tag, der ihm Ehrungen und Anerkennungen brachte, mit denen er gar nicht gerechnet hatte. Hoffentlich bringe ich es trotz der heute auf den Kopf gestellten Welt auch einmal annähernd so weit wie er; nur würde ich mir für meine alten Tage ein etwas beschaulicheres Dasein wünschen als das, das ihm jetzt infolge des verlorenen Krieges beschieden ist. Aber man muß sich freuen, daß er mit seinen 84 Jahren gesundheitlich und geistig noch so auf der Höhe ist.

Wie viel schwerer hat es doch dagegen Dein Großvater. Liebe gute Inge, ich würde Dir so gerne etwas Tröstliches dazu sagen können, weil ich recht gut weiß, wie sehr Du darunter leidest. Man muß wohl dankbar sein, daß die Krankheit erst jetzt, wo er das Leben hinter sich hat, ausgebrochen ist und er sich sagen kann, daß er das Pfund, das er fürs Leben mitbekam, recht genutzt und nicht verwirtschaftet hat. Der Mensch muß eben ganz still und bescheiden werden, wenn er sieht, daß seinem Wissen, Können und Vermögen zum Helfen Grenzen gesetzt sind, über die er nicht hinweg kann. Und daß Dein Großvater trotz allem so tapfer und voller Humor ist, darüber freust Du Dich doch auch.

Als mein Großvater sich wieder zurückgezogen hatte, setzte ich meinen unterbrochenen Schlaf fort, und da war der Sonntag hin. Am Montag besuchte ich meine Verwandten in Bochum. Abends wollte ich dann noch anfangen, den Brief an Dich zu schreiben, habe mir aber stattdessen das Vergnügen gemacht, alle Deine Briefe wieder einmal von A-Z zu lesen, und das hat ziemlich lange gedauert, weil es doch schon ein solcher dicker Packen ist. Da war auch der Montag hin, und heute ist schon Dienstag. Fertig werde ich aber auch heute nicht, denn fast der ganze Tag ging drauf mit Laufereien (Finanzamt, Postamt, Polizei, Bahn u.s.w.) und einem Besuch bei meinem Großvater. Solche Besuche sind immer nur am Wochenende möglich, weil ich sonst den Tag über schlafe.

Gleich geht's wieder zum Pütt. Gute Nacht. Ich gehe malochen.

28. März

Dieser Fortsetzung wird morgen eine weitere folgen. Sei mir bitte nicht böse, mein Liebchen. Ich habe zu lange geschlafen. 10 Stunden ohne Unterbrechung. So sieht mein Alltag aus: Abends um 9^{00} geht's zur Zeche. Eine halbe Stunde Radfahrt. 10^{00} Anfahrt, 6^{00} früh Ausfahrt, 7^{10} erst zu Hause wegen der jedesmaligen Generalreinigung. Frühstück esse ich kaum. Ich haue mich dann hin, doch vorher schnappe ich mir ein Buch und beschwere meinen Geist mit einigen Problemen, bis ich zu müde bin zum Lesen und so gegen 9^{00} eindusele. Gewöhnlich wache ich dann erst um 5^{00} wieder auf und brauche geraume Zeit, um mich hochzurappeln und mir danach meine Haupttagesmahlzeit einzuverleiben. Manchmal bin ich etwas verzweifelt, wenn ich wieder so lange geschlafen habe, denn ich müßte doch mit 7 Stunden auskommen. Wahrscheinlich hole ich jetzt nach, was ich in Hannover versäumt habe. Jedenfalls habe ich bis zum Beginn der nächsten Schicht nie genügend Zeit, um meine Studien so recht voranzubringen. Es bleibt immer eine Stückelei. Man kann nicht einfach abschalten und am nächsten Tag da weiterdenken, wo man am vorigen aufgehört hat. Um mich in den Krempel wieder richtig hineinzudenken, brauche ich täglich eine gewisse Anlaufzeit, die ich bei kontinuierlichem

Studium nicht immer neu aufwenden müßte. Daß ich nicht zich Aufgaben nebeneinander gerecht werden kann, habe ich mittlerweile eingesehen. Was ich bis jetzt getan habe, ist kaum mehr als Murks, und darum mache ich am 4. April letzte Schicht. Dann habe ich eben etwas weniger Geld.

Es wird auch so gehen. Überdies bekomme ich ja nächstens vom Finanzamt noch einen Haufen Geld zurück.

29. März

2. Fortsetzung und hoffentlich Schluß. Noch 6 Schichten muß ich verfahren, dann hat die liebe Seele Ruh, und es bleibt mir für den Rest meiner sogenannten Semesterferien die Arbeit, die mir Spaß macht. Mit der beruhigenden Gewißheit, wieder einige Hundertmarkscheine als Rückhalt zu besitzen, wird diese Arbeit dann hoffentlich auch ganz gut vonstatten gehen.

Sag mal, Du mußt es doch eigentlich bald leid sein, meinen Klagen über Zeitmangel zu lauschen, und es ist nicht schön von mir, Dir ständig damit in den Ohren zu liegen. Aber das ist wirklich eine Seuche, die die Menschheit des 20. Jahrhunderts befallen hat. Diese ewige Hetzerei und ständige Hast. Und sie greift um sich wie die Pest. Woher kommt das bloß. O edle Technik, das haben wir Dir zu verdanken! Und ausgerechnet ihr habe ich mich verschrieben. Nette Aussichten!

Das wäre ein dankbares Thema für eine Geschichte. Ein homo sapiens, der sich einbildet, die Technik könne seine Dienerin sein, fängt an, zu konstruieren und zu bauen, und kommt dabei vom Hundertsten ins Tausendste. Es würde mir nicht schwer fallen, mir die gröbsten Verrücktheiten auszudenken und ihn mit einem Wirrwarr von Maschinen und Apparaten zu umgeben, über die er schließlich die Herrschaft verliert. Am Ende würde er sich doch noch einen ruhmreichen Abgang verschaffen, indem er den ganzen Salat in die Luft sprengt und sich aufmacht nach Afrika, um fortan wie ein Affe zu leben, beglückt, endlich den Dreh gefunden zu haben, wie einfach man sich das Leben doch machen kann. Das wäre allerdings nur die Neuauflage eines Themas, das so alt ist wie die Technik selber. Aber was bieten sich dabei doch für Möglichkeiten, einen köstlichen Blödsinn an den anderen zu reihen und die groteskesten Zeichnungen dazu anzufertigen. Leider fehlt mir dafür die Zeit. Die erwähnte Seuche nimmt mir selbst die Gelegenheit, gegen die Seuche zu Felde zu ziehen. Abwarten. Zunächst habe ich übergenug andere Arbeit. Wenn ich mir nach und nach immer neue Einzelheiten dazu überlege, kann ich die Geschichte vielleicht später einmal in einem Rebbel runterschreiben. Oder besser, ich diktiere sie Dir in die Maschine, denn ich würde Dich doch als geistige Mitarbeiterin dazu brauchen.

»Mehr als 4 Seiten hat der Mensch nun zusammengeschwafelt und sich noch mit keinem Wort für meinen netten Brief bedankt«, wirst Du jetzt sagen. Typisch, nicht wahr. Liebe Inge, Dein Brief war wieder einmal genau so schön wie alle anderen. Ich muß Dir auch noch für Dein Päckchen danken, das inzwischen seines Inhaltes ledig ist, woraus Du schließen kannst, daß ich ihn mir gut habe bekommen lassen.

Ich würde Dir von Herzen gern jetzt einen Kuß geben wollen über alle Meilen hinweg, meine Liebste. Du würdest dann wissen, er käme von

Deinem Richard

Ingeborg Lüttjes an Richard Schlosser

Moorwarfen, am 2. 4. 51

Mein lieber Richard!
Hab herzlichen Dank für Deinen ellenlangen Brief. Nun schlaf Dich erst einmal ordentlich aus. Mit sieben Stunden Schlaf kann niemand auskommen auf die Dauer, da brauchst Du nun wirklich keine Skrupel zu haben!

Zu Deinem Großvater kann ich Dich nur gratulieren. Ja, wenn Du erst einmal Dein 60jähriges Doktorjubliläum hast, was, Richard? Ich will Dich damit nicht foppen, denn warum solltest Du es nicht auch einmal dahin bringen? 60 Jahre – meine Güte, was kann man in der Zeit alles erleben!

Daß Du augenblicklich kein gemütliches Dasein führst, ist mir vollkommen klar, weshalb sollten mich denn Deine Schilderungen und Klagen über Zeitmangel langweilen? Ich habe es hier ja nicht so drock wie Du, aber manchmal meine ich schon, daß man ein paar zusätzliche Stunden in den Tag einflicken müßte! Jetzt habe ich gerade Mittagspausee auf dem Fliegerhorst, gleich geht die Jagd weiter. Es ist keine schwere Arbeit, man sitzt den ganzen Tag im Büro, wo es schön warm ist, bloß die Arbeit türmt sich zu Bergen. Damit ich noch Telefonistin spielen kann, wird jetzt ein neuer Klappenschrank eingebaut. Irgendwer quasselt immer, und ich werde kaum jemals über zu wenige Unterbrechungen bei der Arbeit zu klagen haben. Meine Abende bringe ich damit hin, ein Buch über Startbahndecken abzuschreiben. Alles für die Firma!

Im übrigen, lieber Richard, langweilt mich ein Brief von Dir nie und in keiner Weise. Wenn Du mal Zeit finden solltest, das Buch über den Technik-Besessenen zu schreiben, dann wäre das eine Bombe. Junge, Du bist herrlich!

Gestern mußte ich wieder einmal erleben, wie schön ein Tag sein kann, der auf eine durchfeierte Nacht folgt. Dabei war ich ganz solide. Erst wollte ich gar nicht hin, aber mein Opa hatte seine Einladung zum Gesangvereins-Ball zu verschenken, und die angekündigten Vorführungen reizten mich genauso wie der Ball an sich. Natürlich war ich solo, und obwohl ich meistens auf der Tanzfläche war, fühlte ich mich am Jungferntisch doch ein bißchen komisch. Um halb eins wollte ich gehen, aber dann kreuzte die ganze Bauleitung auf, und man hat mich nicht fortgelassen. Wir haben dann noch eine Flasche Wein und eine Flasche Gin ausgesüffelt, und es war ganz nett. Aber nun sag mal, wann soll denn eigentlich Dein Abschlußball steigen? Oder weißt Du das noch nicht?

Nun hätte ich Dir so gerne auch ein würdiges Bild von mir geschickt, in Postkartenformat, aber was ich mir kürzlich in Wilhelmshaven machen ließ, ist meiner Meinung nach nicht wert, vergrößert zu werden. Du kannst aber als Aushilfe gerne eins davon bekommen. Meine schiefe Nase kommt darauf sehr nett zur Geltung. Vielleicht bringe ich es irgendwann einmal fertig, ein vernünftiges Fotografiergesicht zu machen.

Wenn dieser Brief Dich erreicht, hast Du sicher Deine letzte Schicht gerade hinter Dir. Du bist doch ein ganzer Kerl, daß Du so ohne weiteres für mehrere Wochen Kumpel gewesen bist. Ich hör noch Hilferding sagen: »Ja ja, Schlosser, Ihre Maschinen werden nachher laufen wie geschmiert!« Wenn Du auch jetzt noch nicht Deine Maschinen laufen läßt, so imponiert es mir doch, wie Du mit den Problemen des Lebens fertig wirst.

Sieh mal an, was mein Vater für ein Kavalier ist! Er kommt eben ins Wohnzimmer und bringt mir eine Tasse Tee. Gerade darauf habe ich just Appetit.

Nun sende ich Dir einen ganzen Brief voll herzlicher Grüße und wünsche Dir viel Freude bei Deiner Arbeit fürs Studium.

Alles Liebe, mein guter Richard!
Deine Inge

Richard Schlosser an Ingeborg Lüttjes

Dortmund, am 6. April 51

Meine liebe Inge!

Hab vielen herzlichen Dank für Deinen lieben Brief. Nach der letzten Püttschicht habe ich so ausgiebig geschlafen, daß ich Dir nun, erholt bis dorthinaus, Dein Recht geschehen lassen kann.

Das sind ja fürchterliche Zustände auf dem Fliegerhorst. Ich glaube, Du wirst weidlich ausgenutzt. Telefonistin, Korrespondentin, Sekretärin, Dolmetscherin, Laufmädchen und weiß der Kuckuck was sonst noch alles auf einmal. Und am Abend sollst Du ganze Bücher abschreiben. Wird Dir denn auch nur eine einzige Überstunde extra bezahlt? Vermutlich nicht, weil Du ja Gehaltsempfängerin bist. Die Amüsements, die man zwischen all die Arbeit einstreut wie spärliche Rosinen in einen Kuchen, dienen wohl auch nur dazu, Euch bei der Stange zu halten. Das kann doch in keiner Weise ein Entgelt für die zusätzlich geleistete Arbeit sein. Und wie ich Dich kenne, wirst Du mir die Zustände ja noch sehr untertrieben dargestellt haben. Unter diesen Umständen kann ich es nicht dulden, daß Du mir nebenbei noch so lange Briefe schreibst. Eine Antwort auf diesen Schrieb wirst Du hübsch bleiben lassen. Bitte tu mir den Gefallen und schreib mir nicht eher als am 16. April, wenn ich wieder in Hannover bin.

So viel ich weiß, soll der Abschlußball am 21. oder 22. stattfinden. Ich würde mich sehr freuen, wenn Du kommen könntest, aber wenn es nicht geht, müssen wir uns eben zufrieden geben. Es ist dann ja auch nicht mehr lange hin bis Pfingsten.

Ohne sie gesehen zu haben, weiß ich, daß Deine Bilder schön geworden sind, und Du bringst mir dann eins davon nach Hannover mit, nicht wahr. Je länger und je öfter ich mir dagegen mein eigenes jüngstes Foto ansehe, desto weniger begreife ich, wie ich es Dir überhaupt habe schicken können.

Nun einiges zum Thema Hausbau!!! In der letzten Zeit habe ich mich drüber hergemacht und wenigstens auf dem Zeichenblatt in dieser Hinsicht endlich etwas Positives geschaffen. Mit dem ersten Plan bin ich aber doch reichlich über das Ziel bzw. über meinen Geldbeutel hinausgeschossen. Das Häuschen sollte 6 × 4 m im Grundriß messen. Ohne von dem Produkt meiner Zeichnerei selbst eingenommen zu sein, hätte es mir nach dem Plan recht gut gefallen. Was sind schon 24 m^2? Nicht mehr als ein großes Zimmer. So bescheiden es auch war, so wäre es doch viel zu teuer geworden, um überhaupt in Betracht zu kommen.

Infolgedessen habe ich ein halb so großes Häuschen entworfen, das aber auch noch zu viel kosten würde. Ästhetische Gesichtspunkte mußten dabei schon weitgehend reinen Zweckfragen Platz machen. Eine weitere Reduktion dieses Planes auf die Hälfte ergab dann, wie man es auch auch drehen und wenden mochte, ein Etwas, das nur die Bezeichnung »Besserer Hühnerstall« verdient. Die Genehmigung für den Bau desselben würde man mir wohl kaum erteilen, weil die Hütte von der Öffentlichkeit nur als Kulturschande qualifiziert werden könnte. Die Raumaufteilung ist dabei betont U-Boot-mäßig. Die größeren Brüder dieses Planes tragen in der Ausstaffierung gleichfalls so etwas wie U-Boot zur Schau, jedoch in geringerem Maße.

Im nächsten Brief will ich Dir die drei Pläne einmal schicken, wenn ich sie noch etwas überarbeitet habe. Sie bis ins Detail auszufeilen, dazu mangelt es mir aber doch an der Zeit. Wenn Du daraus klug wirst, kannst Du Dir einmal ein paar Gedanken dazu machen und überlegen, was daran praktisch oder scheußlich oder überhaupt schlecht ist und wie es besser und vielleicht billiger ginge. Vor allem möchte ich mir einige Ratschläge von Dir in geschmacklicher Hinsicht erbitten. Du als Frau bist in dieser Beziehung doch weitaus mehr auf Draht als ich zu sehr am Praktischen klebender Mann. Vielleicht läßt sich mit Deiner Hilfe aus dem Hühnerstall ja doch noch etwas Brauchbares gestalten. Eine Bude in dieser Größe würde ich mir wohl in etwa leisten können. Ach, würde das doch wahr, so in seinen eigenen, wenn auch engen vier Wänden leben zu können. Ich halte mich bei allen Planungen schon möglichst in den Grenzen, die mir als einem ärmlichen, sich schlecht und recht durchs Dasein krümelnden Studenten gezogen sind, aber in Gedanken wage ich doch recht oft einen kühnen Sprung über den Bretterzaun, um zu sehen, was wäre, wenn. Der erste und der zweite Hausplan liegen leider auch dahinter.

Die Übergangsstunden vom Wachen zum Schlafen und umgekehrt bringe ich momentan damit hin, mich durch einen kleinen Berg von Büchern und Zeitschriften zu lesen, die mir mein Großvater überlassen hat. Er schafft sich laufend die schwierigsten wissenschaftlichen Werke an. Wie er das in seinem Alter noch alles verdaut, darüber kann ich mich nur immer wieder wundern. Kürzlich vererbte er mir ein Buch, das es in sich hat. Mehr als 3 Seiten täglich kann man davon nicht verarbeiten. Das ist mindestens so schlimm wie Kants Kritik der reinen Vernunft. Meist sind es physikalische Forschungsergebnisse, durchsetzt mit Planckschen und Einsteinschen Theorien, die einem in diesen Büchern meines Opas auf endlos langen und verschlungenen Pfaden nähergebracht werden. Aber es macht Spaß. Wenn ich doch nur immer Zeit zum Studieren hätte, statt mich alle Augenblick ums Geldmachen kümmern zu müssen. Dann käme etwas Rechtes heraus bei meinem Studium, das traue ich mir zu.

Wie mir kürzlich von berufener Seite versichert wurde, brauchten die Studenten auf den Universitäten bei weitem nicht so viel zu tun wie die Technischen Hochschüler. Von den Ingenieuren aber seien die Maschinenbauer am übelsten dran. Eigentlich muß es ja auch so sein, denn für uns kommt doch im Laufe der Zeit durch die Forschung weit mehr dazu als für andere Akademiker wie beispielsweise Theologen, Juristen, Altphilologen u.s.w. Was ein Ingenieur nach Ablauf der nächsten 1000 Jahre wohl alles wird lernen müssen, um auf technischem Gebiet über ein bestimmtes Allgemeinwissen zu verfügen, kann ich nur mit leisem Schaudern ahnen. 4 Jahre werden dann sicherlich nicht mehr ausreichen, um da durchzusteigen. Schon jetzt, wo ich anfange, fürchte ich manchmal, mich im Unendlichen zu verlieren, und meine Hauptaufgabe wird es sein, während des Studiums meinen Blick dafür zu schärfen, was Gerüst ist und was nebensächlich.

Aber ich traktiere Dich schon wieder mit lauter für Dich wenig interessanten Dingen. Warte bitte meinen nächsten Brief ab, bevor Du schreibst!

Für heute sei herzlich gegrüßt von Deinem Richard, der mit Dir das große Los gezogen hat.

Richard Schlosser an Ingeborg Lüttjes

Dortmund, am 11. April 51

Meine liebe Inge!
Heute der letzte Brief aus Dortmund. Der angenehmere Teil meiner Ferien geht mit beschleunigtem Tempo dem Ende zu. Seit ich nichts mehr mit dem Pütt zu schaffen habe, verbringe ich mein Leben völlig von der Umwelt isoliert in meinem Keller. Nur zu den Mahlzeiten fahre ich zu Tage. Vorher alarmiert mich meist Rudi oder sonst einer meiner liebevollen Brüder durch halbstundenlanges, irrsinniges Feldtelefongeklingel, und weil man sich den Krach nicht unbegrenzt lange anhören kann, muß ich dann schleunigst nach oben toben, um erstens den Spektakel abzustellen und zweitens rechtzeitig bei Tisch zu sein. So ist wenigstens erreicht, daß ich über meiner Arbeit nicht gänzlich das Essen vergesse. Andernfalls könnte es nämlich passieren, daß ich um Mitternacht oben auftauchte, um mich zu erkundigen, ob das Abendbrot nicht bald fertig sei. Es ist tatsächlich so, daß mir hier unten bald jegliches Zeitgefühl verloren geht. Daß der Tag herum ist, merke ich gewöhnlich daran, daß ich nicht mehr

richtig schalten kann, und dann ist es schon weit nach Mitternacht. Doch ich schaffe etwas dabei, und das ist sehr wesentlich.

Weil ich immer so spät ins Bett komme, fange ich meinen Tag dafür auch erst um 10^{00} oder 11^{00} an. Zunächst bringe ich dann meinen Ofen ordentlich in Fahrt, denn das ist bei der Art meiner Arbeit, die außer dem Kopf nichts rauchen läßt, trotz der fortgeschrittenen Jahreszeit nötig. Das Biest geht mir bloß immer wieder aus, weil ich zu oft das Nachlegen vergesse. Na ja, wenn Männer schon wirtschaften. Alsdann reinige ich meine verkleisterten Augen u.s.w. und frühstücke in aller Seelenruhe. Danach geht's wieder rund.

Nun noch einiges zu den Plänen, die ich Dir zu schicken versprach. Die Entwürfe sind schon recht verschmiert, deshalb habe ich alle drei Buden, vom Affenstall bis zur Luxusvilla, eben noch einmal auf einen Bogen gequetscht. Der eine Mensch macht auf der Landkarte und im Kursbuch die herrlichsten Reisen, und ich baue Häuser auf dem Papier. Jedem sein Vergnügen. Mit Nr. 1 wäre ich fürs erste sogar nachher im Beruf schon zufrieden. Sobald ich mir mehr leisten kann, wird dann ein größeres Haus gebaut, das wir beide miteinander entwerfen. Das wird ein prächtiges Häuschen. Ich kann's mir schon lebhaft vorstellen.

Montag fahre ich ab und werde fortan wohnen bei Frau Kluge, Wunstorferstraße 63^{II}.

Hier geht sonst alles im alten Trott, außer daß mein Vater sich zur Zeit im Sauerland auf Urlaub befindet, was Dir vermutlich gänzlich piepe ist.

Bleib gesund, und laß Dich bei Deinem Verein nicht noch mehr ausbeuten!

Immer
Dein Richard

Ingeborg Lüttjes an Richard Schlosser

Moorwarfen, am 14. 4. 51

Du mein lieber Richard!
Oh, wie habe ich mich über Deine beiden Briefe gefreut! Nicht wahr, Du wirst nicht schimpfen, wenn ich nicht länger mit dem Schreiben warten kann. Jetzt ist es auch nicht mehr so wild mit den Überstunden, ich kann immer schon um 6 oder ½ 7 Uhr nach Hause fahren, und in einigen Tagen kommt Aushilfe.

Was hast Du Dir für Mühe gemacht mit den Hausplänen! Sie sind alle drei kleine Kunstwerke, und man kann sehen, mit wieviel Sorgfalt und wie liebevoll Du alles aufgezeichnet hast. Welches von den Häuschen ich am liebsten leiden mag, kannst Du Dir denken. Der erste Plan zeigt ja eine richtige, äußerst komfortable Kleinwohnung. Es wäre wirklich schade, wenn sich das als unmöglich erwiese, solch eine kleine Villa zu errichten. Auch die anderen Häuschen würden schön werden, aber je größer, desto besser. Und wenn es zu Anfang noch nicht gleich eine ganze Wohnung sein kann, was macht das schon!

Wenn der Ball am nächsten Sonnabend steigt, dann kannst Du Dich darauf verlassen, daß ich komme. Vielleicht läßt mich der Chef statt später ausnahmsweise etwas eher laufen, dann bin ich schon am Nachmittag bei Dir. Vielleicht könntest Du es einrichten, daß ich für die Nacht eine »Kabine« im Bunkerhotel bekomme? Über so vieles möchte ich noch mit Dir sprechen, denn ich bin ja auf den Inhalt Deiner Briefe kaum eingegangen.

Gleich mache ich mich ans Schneidern, ich nähe mir ein Bolerojäckchen. Heute habe ich mir in W'haven schon wieder Schuhe gekauft und muß nun ans Sparen denken.

Grübele man nicht darüber, daß man mich zu sehr ausnutzt. Mir geht es glänzend. Für graue Gedanken ist gar kein Platz. Um so mehr für die Freude auf alles das, was noch vor uns liegt.

Ich habe Dich ganz schrecklich lieb!
Deine Inge

Richard Schlosser an Ingeborg Lüttjes

Hannover, am 19. April 51

Meine liebe gute Inge!
Für den Auftakt zum 2. Semester war mir Dein lieber Brief die erste und zugleich die netteste Überraschung, die ich mir hätte denken können. Ich danke Dir von Herzen für die Freude, die Du mir damit gemacht hast.

Nun muß ich Dich erst einmal vertrösten. Diese Woche findet der Ringelpiez noch nicht statt. Nichts Genaues weiß man nicht. Fest steht nur, daß heute die letzte Instruktionsstunde vor Abschluß der Tragödie statthat.

Mein Zimmer gefällt mir recht gut. Wäre es mit Möbeln wie im Hausplan Nr. 3 ausgerüstet, könnte man darin radfahren. Ich verfüge sogar über eine Chaiselongue, auf der ich meine faulen Glieder tagsüber ausstrecken kann, wenn es mich gelüstet. Von der übrigen Einrichtung verdient noch ein kaputtes Grammophon bejahrter Bauart besonderer Erwähnung. Außerdem ist beachtlich, daß sinnige Sprüche und Ehrenurkunden fehlen.

Im neuen Semester ist es mir von großem Nutzen, daß ich im vorigen Jahr als Kuli in der Dolomitbude meine Nase in jeden Dreck jenes Industriezweigs stecken mußte. Noch vor meiner Abreise aus Dortmund hatte ich Gelegenheit, mir auch all das einmal anzusehen, wo gewöhnlich außen dransteht: »Zutritt streng verboten!« Mit der Genehmigung des Leiters der Versuchsanstalt im Dortmund-Hörder Hüttenwerk konnte ich den Betrieb eingehend inspizieren und den Leuten immense Löcher in den Bauch fragen.

Heute waren die Maschinenelemente an der Reihe. Angenehm in den Ohren klangen mir die Worte des Professors über unsere Berufsaussichten. Nach dem Diplom würden wir reißenden Absatz finden. Das ist doch immerhin eine recht erhebliche moralische Aufmunterung, sich durchzubeißen.

Für heute will ich es genug sein lassen, damit die Epistel noch wegkommt. Ingechen, ich freue mich schon so, daß Du bald wieder bei mir sein wirst.

1000 herzliche Grüße.

Dein Richard

Richard Schlosser an Ingeborg Lüttjes

Hannover, am 20. April 51

Meine liebe gute Inge!

Nun folgt eine kalte Dusche: Der Abtanzball wird mitten in der Woche stattfinden, genauer gesagt am Mittwoch. Nette Pleite. Ich habe das nicht bestimmt und wasche meine Hände in Unschuld. Was wird nun? Ich habe abgesagt. Was nicht geht, das geht nicht. Aber sollen wir uns davon umwerfen lassen? Nun gerade nicht.

Bist Du sehr enttäuscht? In den Anfängen unserer Laufbahn müssen wir ja beide noch sehr rechnen, und wenn wir einmal mit Gewalt das Gefühl beiseite schieben und ganz schrecklich vernünftig sind, warten wir mit dem Wiedersehen bis Pfingsten. Das ist meine Meinung. Liebe Inge, ich habe Dich darum nicht weniger lieb, das weißt Du ja.

Nun sei, nach diesem Schlag in die Magengrube, dennoch vielmals gegrüßt von allein Deinem

Richard

Ingeborg Lüttjes an Richard Schlosser

Moorwarfen, am 21. 4. 51

Mein lieber Richard!
Für Deine beiden Briefe danke ich Dir herzlich. Ja, auch für den zweiten. Mir sind nämlich noch nicht alle Felle weggeschwommen. Wollen wir uns denn der Tanzlehrerin wegen unser Wiedersehen nehmen lassen? Mein Chef wird mich am nächsten Sonnabend sicherlich fahren lassen, oder möchtest Du das nicht? Die Reise könnte ich mir schon leisten. Ob mit oder ohne Ball, das ist ganz gleich. Obwohl ich schrecklich gern tanze, war der Ball doch nur ein Vorwand, nach Hannover zu fahren. Und das Geld – ach je! Der gesparte Geldschein möchte unbedingt für eine Fahrkarte nach Hannover ausgegeben werden. Und wenn ich mir Nylons leisten kann, werde ich doch wohl auch Geld für viel schönere Sachen ausgeben können. Möglicherweise fährt der hohe Chef übers Wochenende selber nach Hannover zum Rennen in Eilenriede. Dann könnte ich mitfahren.

Na, was sagst Du? Freust Du Dich ein bißchen? Und wie kommst Du mit Deiner Wirtin zurecht? Ist es noch schön in Hannover? Ob wir uns noch kennen werden?

Junge, ich freu mich! Einen Kuß und viele, viele herzliche Grüße!

Deine Inge

Richard Schlosser an Ingeborg Lüttjes

Hannover, am 17. Mai 51

Liebste gute Inge!
So, nun muß es wieder ohne Dich gehen. Es will zwar nicht recht, aber die Tretmühle läuft doch schon wieder wie ehedem.

Die Tage bei Dir waren herrlich, liebe Inge. Soll ich denn nun traurig sein, daß sie so schnell verflogen sind? Die Erinnerung bleibt mir ja. Und wenn wir nur wissen, daß wir trotz der räumlichen Entfernung fest zueinander halten, dann geht es schon, und wir können uns damit beschäftigen, den blauen Dunst vor uns zu kondensieren. Von Tag zu Tag lichtet er sich, und einmal wird unser Weg im Sonnenschein vor uns liegen.

Meine Reise verlief ohne Zwischenfall in gewohnt stumpfsinniger Weise. Gestern abend habe ich dann noch meine Lichtleitung installiert. Mit dem anheimelnden Licht der Tischlampe gefällt mir die Bude bedeutend besser. Nach getaner Tat erfrischte ich meine Lebensgeister mit dem ersten Täßchen Deines Kaffees. Diesen Luxus kann ich mir dank Deiner treuen Fürsorge ja nun öfters leisten.

Jetzt sitze ich in einem Hörsaal. Außer mir ist momentan unser staatl. gepr. Tafelwischer am Start. Personenbeschreibung: Segelohren, Einheitsfratze, ca. 1700 mm lang.

Grüße bitte Deine Angehörigen recht herzlich von mir. Und was mache ich mit Dir? Ich bin jeden Tag von neuem dankbar dafür, daß ich Dich habe. Meine Gedanken sind immer bei Dir und besonders dann, wenn Du Dich gar zu alleine fühlst.

In Liebe
Dein Richard

Ingeborg Lüttjes an Richard Schlosser

Moorwarfen, am 20. 5. 51

Liebster Richard!
Daß Du Dir die Zeit genommen hast, mir schon so bald zu schreiben, freut mich schrecklich. Ach, es war so schön mit Dir! Als Du fortgingst, hast Du sicher gedacht, ich sei traurig. Vielleicht laß ich mich von dem Abschiedsgefühl immer zu sehr unterkriegen. Aber nun bin ich längst drüber weg, und ich freu mich was ich kann, daß es Dich für mich gibt.

Manchmal bin ich direkt lächerlich veranlagt. Der Chef meinte gestern: »Na, Fräulein Lüttjes, sticht Sie der Hafer?« Aber man kann doch nicht den ganzen Tag eine menschliche Schreibmaschine sein. Es war ja auch schon lange über die Zeit, und der Baurat hat mir großzügig zwei freie Tage für meine extra getane Arbeit zugesichert. Diese Freizeit tu ich in den Sparstrumpf. Es ergibt sich bestimmt eine günstige Gelegenheit, sie wieder hervorzuholen.

Wahrscheinlich hast Du genau so einen Berg Übungen vor Dir wie ich Formulare und Briefe. Und kaum hat man sich annähernd durchgewühlt, liegt da schon ein anderer Hümpel.

Wenn der Kaffee Dich aufmuntert, dann laß ihn man nicht zu alt werden, es gibt ja bald neuen.

Heute habe ich mich nägeleinschlagenderweise im Hühnerstall betätigt. Der Draht war los, und unsere Leghörner fanden wir im Spinatbeet wieder.

Könntest Du mir vielleicht in einem der nächsten Briefe den Prospekt mitschicken von der Bausparkasse? Den würde ich mir zu gerne mal ansehen. Übrigens, gestern sagte Nitz, der Lichtpaus-Mensch von der Dienststelle, er behalte immer soviel Randstreifen übrig, daß er mir Papiere so im DIN-A-4-Format mit erledigen könne. Also wenn Du was hast, schicke es nur her.

Jetzt steht bei uns der Vorgarten so schön in Blüte, alles voller Flieder. Ich lege ein paar Blüten in den Umschlag als Zeichen dafür, daß Moorwarfen Dich nicht vergessen hat. Meine Familie läßt Dich herzlich wiedergrüßen.

Weißt Du noch, letzten Sonntagnachmittag in Ohrwege? Siehst Du, jetzt, wo Du das liest, bin ich wieder bei Dir.

Immer
Deine Inge

Richard Schlosser an Ingeborg Lüttjes

Hannover, am 25. Mai

Meine liebe treue Seele!
Für Deinen lieben Brief schulde ich Dir vielen herzlichen Dank. Heute abend habe ich mir alles andere vom Halse geschafft und kann mich einmal etwas länger mit Dir unterhalten.

Du vermutest ganz recht, daß ich bis über beide Ohren in unerledigten Übungen stecke. Da können wir uns die Hand reichen und uns gegenseitig unseres tief empfundenen Beileids versichern. Frau Kluge sagte neulich zu mir: »Sie müssen ja ganz dösig werden, wenn Sie jede Nacht so lange aufsitzen und kaum das Bett anwärmen.« Nun ja, bis jetzt hatte ich von mir selber noch nicht den Eindruck, dösig geworden zu sein. Wenn ich zu müde bin, ziehe ich allen Übungen immer das Bett vor.

Zum 14. Juni ist eine Mechanikübung fällig. Vor ein paar Tagen kam der Assistent schon mit einer weiteren an. Kaum hatte er den ersten Satz heraus, machte die Menge sich Luft und ließ einen Schrei der Entrüstung hören. Man konnte sein eigenes Wort nicht mehr verstehen. Der Assistent, unterstützt durch den ihm übergeordneten Dozenten, machte dazu ein Gesicht wie eine Kuh, die es donnern hört. Nachdem sich die ersten Erregungswellen gelegt hatten, kam es zu einer heftigen Aussprache, die schließlich im Sande verlief. Daran, daß in den 4 Jahren eine bestimmte Stoffmenge bewältigt werden muß, kann niemand etwas ändern. Es wird vom Hochschulingenieur erwartet, daß er bis zum Diplom in seiner

Fachrichtung bis an die Grenze des erreichten Standes an Erfahrungen und Methoden vordringt. Punktum. Vom gegenwärtigen Standpunkt aus betrachtet ist diese Aussicht nicht gerade erheiternd, aber ich gewinne mein inneres Gleichgewicht immer sehr schnell zurück, wenn ich mir vorstelle, ich hätte das Pech, das Licht dieses Erdenkloßes ein paar hundert Jahre später erblickt zu haben, um mir dann als Ingenieur den neuesten Stand der Technik zu eigen zu machen. (Vermutlich gilt dereinst als wichtigster Bestandteil einer Technischen Hochschule ein Sanatorium für Studenten, die infolge geistiger Umnachtung nicht mehr weiter können.)

Bei dieser leicht grotesken Vorstellung merke ich erst, wie gut ich es getroffen habe mit der Auswahl der Zeit, in der ich lebe, ganz abgesehen von dem einen großen Plus namens Inge. Wenn ich nicht ein solch abgründiger Pessimist wäre, wie man Dir ja schon erklärend zu meiner Person von anderer Seite aufgezeigt hat, hätte ich es wohl nicht nötig, mir beim Anblick der sauren Bestandteile dieses Lebens auszumalen, wie es doch noch viel saurer sein könnte. Vielleicht rührt diese Einstellung aber auch daher, daß ich nicht zwischen Perserteppichen groß geworden bin. Kurz und gut, dieser Standpunkt, auf den ich mich stelle, wenn ich nicht mehr recht weiter weiß, hat mir schon über manche Klippe geholfen und wird es auch zukünftig tun. Angefangen habe ich mit dieser Methode beim Iwan, wenn meine Sorgen damals auch gänzlich anderer Natur waren. Zugegeben, in mir steckt etwas von einem Pessimisten, aber das wird zum allergrößten Teil durch Deinen Einfluß unschädlich gemacht. Dank Dir habe ich viel mehr Freude am ganzen Dasein.

Aus dem, was ich bisher geschrieben habe, gewinnst Du womöglich den Eindruck, ich schliche wie ein beladener Packesel keuchend unter meiner Bürde einher. Ich stöhne aber nur darüber, daß die Tage so kurz sind. Wenn mir die Arbeit keinen Spaß machte, wäre es sinnlos, noch einen einzigen Handschlag darauf zu verwenden. Das ist nun zum Glück nicht der Fall. Für mich fangen die schönsten Stunden des Tages am Abend an, wenn das eigentliche Studieren losgeht. Meinen Tisch habe ich jetzt am Fenster stehen und auch gleich den Steckkontakt in dieser Gegend angebracht. Meine Tischlampe liebe ich sehr. Ihre Formen sind zwar etwas nüchtern, aber ich meine auch mehr das Licht, das von ihr ausgeht. Es ist nur ein kleiner Kreis, den ihr Kegel auf dem Tisch erhellt. Ringsherum ist nichts als wohltuendes Dunkel. Vor mir habe ich die Nacht. Ein richtiges sattes Schwarz. Bei dieser Anordnung kann ich mich am besten konzentrieren, und diese Stunden sind wirklich produktiv. Stören tut mich nichts. Wenn ich ab und zu einmal aufmerke, höre ich nur eine Unzahl Frösche, die zur Zeit bei der Brautwerbung sind und heftig konkurrieren. Je weiter die Nacht fortschreitet, desto mehr verebbt auch der Straßenlärm, und ich arbeite dann unter fast paradiesischen Bedingungen. Jetzt brühe ich mir abends immer noch ein Täßchen Kaffee auf, das alle Müdigkeit vertreibt. Mit diesem Geschenk hast Du Dir unbedingt das Rechte ausgedacht. Bis zum Semesterende werde ich gut damit auskommen.

Inliegend gewünschte Broschüre. Etwas mißtrauisch macht mich ja die überaus uneigennützige Einstellung des Vereins. Wo sind die Pferdefüße? Du kannst das Ding ja eingehend studieren und Für und Wider gegeneinander abwägen. Raten könnte ich Dir schon deshalb dazu, weil Du nicht gezwungen bist, das ersparte Geld in jedem Fall für den Bau eines Hauses zu verwenden. Ob Du nun ein Bausparkonto eröffnest oder bei einer Sparkasse sparst, das bleibt sich gleich bis auf die Zinsen, die hier 3% ausmachen und bei Sparkassen bei jährlicher Kündigung, so viel ich weiß, 4½ %.

Daß man Dir einen kleinen Sonderurlaub versprochen hat, freut mich für Dich. Den hast Du Dir aber auch redlich verdient. Wenn ich im Sommer irgendwie Zeit haben sollte, würde ich Dir schon helfen, den Urlaub kleinzukriegen. Das haben wir bis jetzt ja immer noch gut verstanden, uns die Zeit miteinander nicht lang werden zu lassen.

Letzten Sonntag hatte sich durch Vermittlung von Frau Kluge ein Fräulein Ewald bei mir eingefunden, dem ich auf die mathematischen Sprünge helfen sollte. Die erste Stunde genügte mir, um festzustellen, daß das ein ziemliches hoffnungsloses Unterfangen war. Morgen wollte Fräulein Ewald wieder hier aufkreuzen, aber wie mir Frau Kluge eben mitteilte, hat die Dame ihre Ausbildung zur medizinisch-technischen Assistentin inzwischen an den Nagel gehängt und eine neue Laufbahn als Köchin eingeschlagen. Vielleicht haben meine Erzählungen über die Logarithmen Fräulein Ewald den Rest gegeben. Kochen scheint mir für dieses Geschöpf auch eine gescheitere Beschäftigung zu sein als das Wälzen von Logarithmentafeln.

Willst Du Deiner Mutter bitte bestellen, daß ich für die herzliche Aufnahme während der Pfingsttage noch einmal danke. Es hätte sich ja gehört, ihr selber noch einmal deswegen zu schreiben, aber bei meiner sprichwörtlichen Einsilbigkeit hätte ich doch ziemlich ratlos vor dem Bogen gesessen und vergeblich versucht, über diese vier Zeilen hinaus noch zusätzlich etwas abzusondern. Die Selbstverständlichkeit, mit der ich unter Euerm Dach geduldet werde, könnte kaum größer sein, und ein gastlicheres Haus als Eures kann ich mir nicht denken.

Jetzt sind erst einmal wieder die Integrale und Determinanten an der

Reihe. Aber ich gehe alle Abende in Gedanken oft noch einmal alle Wege mit Dir, die wir gegangen sind, und denke über alles nach, was wir uns erzählt haben.

Ob ich mich noch an Ohrwege entsinne, fragst Du. Der Name ist gräßlich fade. »Wo kommt man hier hin?« – »Nach Ohrwege.« – »Und da hinunter?« – »Auch nach Ohrwege.« Ein bemerkenswerter Flecken Erde. Wohin man sich auch wandte, nie konnte man falsch gehen, wenn die Auskunft richtig war, die uns der Bengel gab. Da kommt nur der Nordpol mit, von dem aus man in allen Richtungen nach Süden laufen kann. Der Natur habe ich wenig Beachtung geschenkt und bloß Augen für Dich gehabt, meine Einzige. Mein Herz schlägt nur für Dich.

In Liebe
Dein Richard

Ingeborg Lüttjes an Richard Schlosser

Moorwarfen, am 30. 5. 51

Mein lieber guter Richard!
Wie ich mich über Deinen lieben langen Brief gefreut habe, davon machst Du Dir keine Vorstellung. Vielen herzlichen Dank, mein Lieber, nicht zuletzt für all den beigelegten Glücksklee! Ich muß Dir auch mal welchen suchen.

Ach, ich verstehe ja gut, wie Du manchmal ratlos bist und nicht weißt, woher Du die Zeit für Deine Übungen nehmen sollst. Es ist ein Jammer, daß ich Dir nicht helfen kann, ich finde nämlich, daß ich trotz aller Arbeit doch ein sehr freies Leben habe. Aber Du wirst schon durchkommen, und wo wir nun noch diese Fahrkarte ins Glück besitzen, kann einfach nichts schief gehen.

Inzwischen habe ich ein recht lebhaftes Wochenende verbracht. Wir hatten nämlich Betriebsausflug. Es hat mir besser gefallen, als ich für möglich gehalten hätte, denn es ist doch etwas unfair, wenn sage und schreibe zwanzig Mannsleute mit nur zwei Mädchen ausgehen. Nach gutem Mittagessen in Wittmund besichtigten wir in Wiesmoor die großen Gewächshäuser und fuhren gegen Abend ans Zwischenahner Meer, das sich von seiner freundlichsten Seite zeigte. Wir waren aber nicht darauf angewiesen, uns stundenlang am Anblick dieser Pfütze zu ergötzen, sondern kehrten in eine recht nett zurechtgemachte Gaststätte ein. Nach dem Abendbrot wurde getanzt. Wie mir nach den ersten paar Stunden zu Mute war, kannst Du Dir bei 20:2 vielleicht vorstellen. Fast ohne Pause, und immer feste drauflos. Am Ende war ich total fertig. Wenn der Bus nicht so gebumpert hätte, wäre die Rückfahrt eine kleine Erholung gewesen, aber ich konnte mich dann ja am Sonntag ausschlafen.

Gleich kommen die andern vom Singen zurück, und dann möchte ich fertig sein, weil ich bei dem Geschnatter doch nichts Vernünftiges zu Papier bringen kann.

Im Brief kann ich es nicht gut schreiben, aber später sprechen wir dann noch einmal darüber, wenn es überhaupt nötig ist: Am letzten Sonntag hat mich mein Chef zu einem Spaziergang eingeladen, um sich mal etwas von Jever und der Umgebung zeigen zu lassen. Dabei bekam ich dann ein längeres Geständnis zu hören. Zerbrich Dir nicht den Kopf darüber. Laß Dir nur das eine sagen: Es hat mich glücklich gemacht, beweisen zu können, daß ich zu Dir halte, Richard.

Ich bin immer
Deine Inge

Richard Schlosser an Ingeborg Lüttjes

Hannover, am 3. Juni 51

Meine liebe Inge!
Es drängt mich, Dir zu schreiben und Dir zu danken für Deinen Brief mit all dem Schönen, das er mir gebracht hat. Ich bin ja so froh, daß Du fest zu mir hältst, auch wenn wir noch nicht immer beieinander sein können.

Es war auch gewiß gut von Dir gut gemeint, mir zu raten, daß ich mir nicht den Kopf über diese Geschichte zerbrechen möchte, aber ich habe doch lange darüber nachdenken müssen. Wie geht das nun weiter? Du mußt doch jeden Tag in seiner Nähe arbeiten. Ich hoffe nur, daß er verständig genug ist, Deine Antwort zu respektieren.

Im ersten Moment hatte mir das alles doch einen gehörigen Schrekken eingejagt. Aber schließlich habe ich mich wieder beruhigt, weil ich ja weiß, daß ich mich auf niemanden fester verlassen kann als auf Dich, und das ist schön.

Die Frage, ob wir es wagen können, jetzt schon alle anderen wissen zu lassen, was mit uns beiden los ist, erscheint mir nun in einem ganz anderen Licht. In den nächsten Jahren werden sicherlich noch andere Verehrer an Dich herantreten. Sag mal ehrlich, ob Dir das dann nicht schrecklich sein wird, alle nacheinander wieder retour schicken zu müssen, weil sie ja nicht ahnen können, daß Du Dein Herz schon verschenkt hast. Wirst Du Dir nicht manchesmal ein bißchen so vorkommen, als ob ich Dich in die Luft gehängt hätte? Ich fühle mich nur Dir zugehörig, daran darfst Du nie zweifeln und nie auch nur mit einem Gedanken annehmen, ich könnte all Deine Treue und Anhänglichkeit einmal verraten. Solange es Dir recht ist, stehe ich zu Dir, heute und morgen und übermorgen und alle Tage.

Wenn Du noch andere Bewerber so abblitzen läßt wie Deinen Chef, wird schließlich doch alle Welt erfahren, daß wir zueinander halten, und ich sehe nicht ein, weshalb wir ihr das nicht auch offiziell bestätigen sollten. Das würde so eine Art Schutzwall um Dich sein, und Du brauchtest Dich nicht mehr auf ein unbekanntes Vakuum zu berufen, wenn selbst dann noch einer kommen sollte.

Ich will das ganz von Deiner Entscheidung abhängig machen. Du weißt genau, was Du von mir zu halten hast. Aber ich möchte auch nicht gern, daß irgendein Außenstehender annimmt, ich führte Dich an der Nase herum und machte nur große Worte. Es soll ruhig jeder wissen, daß es mir mit meiner Zuneigung zu Dir ganz ernst ist.

Meine Arbeit macht jetzt gute Fortschritte. Ich möchte doch auch so gerne bis zum Semesterende mit allem fertig werden. Dann hätte ich Rückenfreiheit und könnte in den Ferien wieder ein bißchen verdienen. Ach Inge, für Dich, da lohnt es sich wirklich zu arbeiten.

Sei gegrüßt von Deinem dankbaren
Richard

Ingeborg Lüttjes an Richard Schlosser

Moorwarfen, am 11. 6. 51

Mein lieber Richard!
Dein langer Brief hat mir so viel Freude gemacht, und doch bekommst Du die Antwort erst jetzt. Es kam immer was dazwischen, erst die ewigen Überstunden und anschließend die stundenlange Näherei. Und Dir nur einen flüchtigen Brief zu schreiben, konnte ich auch nicht übers Herz bringen.

Daß Du Dir über die ganze Sache Gedanken machen würdest, habe ich wohl gewußt, aber ich will auch nichts geheimhalten vor Dir, darum sollst Du alles wissen.

Anfang April, als der neue Chef die Bauleitung übernommen hatte, merkte ich schon, daß ich ihm nicht gleichgültig war. Daß daraus auf seiner Seite mehr geworden ist, habe ich nicht verhindern können. Ich hätte es gerne getan, um ihm die Enttäuschung zu ersparen, die er unweigerlich erfahren mußte.

Richard, Du weißt ja, daß ich zu Dir gehöre. Denke bitte daran bei allem, was ich schreibe, dann wirst Du auch nichts falsch verstehen.

Vogt ist ein wirklich guter und sympathischer Mensch. Ich fühle es, daß er mich aufrichtig gern hat. Nun ist er schon 37 und hat außer sieben Jahren Rußland noch vieles durchgemacht. Es ist nur natürlich, daß er sich nach alledem danach sehnt, ein wirkliches Zuhause zu haben. Die Umwelt hat ihn ziemlich enttäuscht seit seiner Rückkehr aus der Gefangenschaft. Er hat sich darum mit um so größerem Eifer in die Arbeit gestürzt und es auch sehr weit gebracht.

Du wirst, das weiß ich, mich wohl verstehen, wenn ich Mitgefühl mit ihm habe. Er brauchte eben mal jemanden, dem er so richtig sein Herz ausschütten konnte. Darum mochte ich ihn einfach nicht so hart zurückstoßen und habe nicht immer abgesagt, wenn er mich mal bat, ihm Jever zu zeigen, eine kleine Radtour zu machen oder ähnliches.

Mein Antwort traf ihn mehr, als ich erwartet hatte. Aber daß ich nicht anders handeln konnte, daran gibt es keinen Zweifel. In dem Augenblick habe ich mich nach Dir gesehnt wie nie zuvor. Nur bei Dir hätte ich sein mögen und alles andere vergessen. Wenn ich es einrichten kann, komme ich in den nächsten Wochen mal für ganz kurze Zeit zu Dir, ich brauche Dich einfach. Vorläufig bietet sich dazu wohl kaum Gelegenheit.

Eigentlich habe ich den Eindruck, daß Vogt meine Antwort durchaus respektiert. Er ist zu anständig, um jetzt noch irgendwie weiter in mich zu dringen. Ich merke aber, daß er im stillen darauf hofft, die Zeit oder das Leben selbst möchten mich umstimmen. Ich kann es nicht ändern.

Über alles, was Du mir sonst geschrieben hast, mußte ich viel nachdenken. Wenn es nach meinem Gefühl allein ginge, würde ich gleich sagen: Lassen wir es die Welt wissen, sie könnte sich ja nur mit uns freuen. Aber es hängt soviel damit zusammen. Du mußt auch an Dein Studium und an Deine Familie denken und Dich fragen, ob wir recht handelten, unser Geheimnis preiszugeben. Ich fühle mich auch nicht in die Luft gehängt. Richard, ich weiß doch, daß ich mich auf Dich verlassen kann. Was sollte ich bloß machen, wenn ich Dich nicht hätte?

In Liebe
Deine Inge

Richard Schlosser an Ingeborg Lüttjes

Hannover, am 14. Juni 51

Meine liebe Seele!
Nun bin ich wieder einen Brief lang nur für Dich da. Es gibt so viel, was ich Dir sagen und Dich fragen möchte.

Ich danke Dir, daß Du mir alles so ausführlich geschrieben hast. Du kannst versichert sein, daß ich nichts von alledem falsch verstanden habe. Mit Deiner Handlungsweise bin ich völlig einverstanden und hätte auch gar nichts anderes von Dir erwartet

Nach Deiner Schilderung kann ich mir Herrn Vogt recht gut vorstellen, und ich wünsche ihm, daß er bald eine Frau findet, die ihm ein Zuhause bereiten kann und die auch im Alter besser zu ihm paßt. Das ist der einzige Punkt, in dem ich sein Vorgehen nun ganz und gar nicht billige. Ich kann mir nicht helfen, aber da hat er wohl mehr an sich als an Dich gedacht und keineswegs daran, daß Du noch in den rüstigsten Jahren wärest, wenn er schon ein alter Mann ist und seine Pension bezieht. 16 Jahre Differenz, das wäre zu extrem, und das hast Du nicht nötig! Er könnte ja beinahe Dein Vater sein.

Du möchtest nun gerne einmal in den nächsten Wochen herkommen, weil Du mich brauchst. Mein Herzchen, es tut mir selbst so weh, daß ich Dich immer so alleine lassen muß, und ich würde am liebsten jede freie Minute mit Dir teilen. Ich mag Dir das nie so recht schreiben, wie sehr auch ich Dich oft brauche, weil ich doch vernünftig sein muß. Wenn es zu schlimm wird, hole ich mir Dein Bild hervor. Davon geht immer eine solche Ruhe auf mich aus, daß ich wieder zuversichtlich werde. Sonst trage ich Dein Bild immer bei mir mit einem der meinen zusammen. Da liegen wir dann Wange an Wange und Herz an Herz ganz nahe beieinander, so wie wir es uns beide wünschen.

Könnte ich denn nun nicht umgekehrt gleich nach Semesterschluß ein paar Tage zu Dir kommen? Zur technischen Durchführung wäre zu bemerken, daß ich bis dahin ziemlich abgewirtschaftet haben werde mit meinem Geld. Das ganze Semester habe ich mit 130,– DM weniger bestreiten müssen, als ich ursprünglich gerechnet hatte, weil mir das Finanzamt meine im vorigen Jahr gezahlten Steuern noch nicht zurückerstattet hat. Gänzlich pleite werde ich aber selbst in einem Monat noch nicht sein, und deshalb laß Dir keine grauen Haare wachsen, wenn ich vorhabe, die ganze Tour mit dem Fahrrad zu machen. Augenblicklich ist hier ein Wetter zum Eierlegen, und das wird Mitte Juli nicht anders sein. Die ganze Tour wird mir sehr gut tun. Und was meinst Du, wie schnell ich das schaffe, wenn ich von einem solchen Magneten wie Dir förmlich gezogen werde? Länger als zwölf Stunden brauche ich gewiß nicht. Voraussetzung ist natürlich, daß ich bis dahin alles hier geschafft habe. Ich würge schon, was das Zeug hält.

Wenn man Dir dann Deinen angedrohten Sonderurlaub gibt, könnten wir vielleicht übers Wochenende auf eine Insel fahren. Mit dem Geld, das ich durch die Radtour spare, kann ich den Aufenthalt ja schon beinahe bestreiten, wenn ich im Zelt schlafe. Für Dich fände sich sicherlich auch eine Schlafgelegenheit.

Laß mich hören, was Du denkst.

In Liebe bin ich immer
Dein Richard

Ingeborg Lüttjes an Richard Schlosser

Moorwarfen, am 14. 6. 51

Lieber Richard!
Viel Zeit bleibt mir nicht mehr, aber Du sollst doch noch schnell eine Karte haben, damit Du weißt, daß ich am Sonnabend nach Hannover komme. Wenn die Sonntagsrückfahrkarte schon ab ½ 11 Uhr gilt, bin ich nachmittags da, sonst abends. Bitte versuche doch, mir Quartier zu besorgen.

Viele Grüße!
Deine Inge

Richard Schlosser an Ingeborg Lüttjes

Hannover, am 19. 6.

Liebe gute Inge!
Ich habe mich nun entschlossen, sofort nach Dortmund zu fahren und mit meinen Eltern zu sprechen. So läßt mir das doch keine Ruhe. Ich komme mir hier vor wie eingesperrt.

Donnerstag bin ich zurück, dann wird ja vielleicht auch schon eine Nachricht von Dir vorliegen. Laß es Dir nicht zu schwer werden, Inge, und denke nur immer daran, daß ich für Dich da bin.

Einen schönen Gruß an Deine Eltern und besonders an Dich
von Deinem Richard

Moorwarfen, am 19. 6. 51

Mein lieber Richard!
Siehst Du, nun kann ich Dir doch heute schon schreiben, und ich weiß ja, wie Du darauf wartest.

Die Reise habe ich ganz gut überstanden. Für mein Zuspätkommen habe ich nur einen gelinden Rüffel bezogen, da am Vormittag für eine Konferenz mit dem englischen Major kein Dolmetscher aufzutreiben war.

Und sonst, na, ich kann Dich sehr beruhigen. Es ist alles viel besser gegangen, als ich annahm. Am Montag wurde ich mit freundlichem Händedruck begrüßt und sehr zuvorkommend behandelt. Heute nun, Dienstag, fragte mich Vogt scherzhaft, weshalb ich denn noch keinen Verlobungsring trüge, denn zwischen Dir und mir sei doch nun alles klar. Dann fragte er mich, ob wir uns denn wenigstens in der verbleibenden Zeit noch gut vertragen wollten. Wo er nun so vernünftig ist, mußt Du Dich nicht mehr sorgen. Ich komme schon mit allem zurecht. Es wäre ja auch traurig, wenn ich das nicht könnte, wo Du bei Deinem Studium mit viel schwereren Problemen fertig wirst. Versprich mir doch bitte, daß Du Dir nun keine Gedanken mehr darüber machst, ja?

Inzwischen bin ich schon wieder im alten Trott mit der Arbeit, es sind Übersetzungen zu machen, daß einem der Kopf raucht. Aber sonst fühle ich mich glänzend.

Die Vergißmeinnicht habe ich im Vorgarten eingepflanzt, und wenn Du kommst, kannst Du Dich davon überzeugen, daß ich Dich nicht vergessen habe!

Nun mußt Du auf Deinen Kaffee doch noch ein bißchen warten. In diesen Tagen sind die Kontrollen sehr scharf. Meine Kollegin ist am Sonnabend von der Zollbehörde mit einem Pfund Tee und einem Pfund Kaffee erwischt worden und soll nun pro Gramm eine Mark bezahlen: 1000 Mark! Sie ist schon ganz hibbelig. Aber vielleicht läßt sich die Sache noch etwas geradebiegen.

Ach, es war so schön bei Dir! Ich kam noch ganz erfüllt davon zu Hause an. Weißt Du, was meine Mutter sagte, als ich Ihr Deine Worte ausgerichtet hatte? Sie glaube, wir könnten sehr glücklich werden. Daß Du es zu etwas bringen wirst, dafür brauche sie keinen schriftlichen Beweis. Dir könne man volles Vertrauen schenken. Siehst Du, hatte ich es nicht in Hannover schon so vorhergesagt?

Lieber Richard, in Gedanken bin ich bei Dir geblieben und sitze neben Dir auf der Bank, auch wenn ich jetzt eine Etage höher steigen muß, weil es schon spät ist.

Viele herzliche Grüße!
Deine Inge

Richard Schlosser an Ingeborg Lüttjes

Hannover, am 24. Juni

Meine liebste Inge!
Hab vielen, vielen Dank für Deinen Brief, den ich so sehnlichst erwartet hatte. Wenn Du meine Nachricht vom Dienstag voriger Woche inzwischen bekommen hast, weißt Du, daß ich bereits in Dortmund war. Hier hatte ich das einfach nicht mehr ausgehalten, weil mich ständig der Gedanke verfolgte, wie es Dir nun dort ergehen mochte, und ich mir hier so allein und meinen Grübeleien überlassen vorkam. Ich mußte schließlich mit einer Menschenseele über die ganze Angelegenheit sprechen können.

Nun wird Dich ja sehr interessieren, was diese Unterredung ergeben hat. Meine Eltern stehen ganz und gar auf meinem Standpunkt. Das ist mir Beweis genug, daß es uns gelungen ist, alles nüchtern zu betrachten, und daß wir nicht gedankenlos handeln, wenn wir weiter zueinander halten.

Ich fragte meine Eltern auch, ob sie meinten, daß ich trotz meines Altersvorsprungs ein wenig zu jung für Dich sei, und ob ich Dir mit der Wartezeit etwas zu schwer Tragbares zumutete. Sie haben mir diese Zweifel genommen, und vielleicht gibt das auch Dir einige Sicherheit, die Argumente, die man gegen unser Zusammensein anführt, als nicht stichhaltig anzusehen. Mein Vater läßt Dir sagen, Du sollest Dich ganz auf das Urteil Deines 58jährigen zukünftigen Schwiegervaters verlassen. Überhaupt war ihm die Aussicht, uns vereint zu sehen, ungemein sympathisch. Meine Mutter war beinahe noch begeisterter. Sie meinte auch, daß es nicht gut für Dich sei, durch eine verfrühte Heirat jetzt schon einen Punkt hinter Deine Jugendzeit zu setzen. Also, liebe Inge, mit dem Einwand, daß die Wartezeit zu lang sei, soll man Dir nun nicht mehr kommen. Mein Vater war 34 Jahre alt, als er heiratete, und er gab mir den Rat, nicht verrückt zu spielen, sondern zu warten, bis ich mein Studium hinter mir hätte. Nach dem Vorexamen könnten wir unseren Entschluß ruhig bekanntgeben. Daß meine Eltern so ganz mit mir einer Meinung sind, freut mich sehr.

Herrn Vogt habe ich ihnen so objektiv wie möglich beschrieben. Er ist zu alt für Dich. Das sagen sie auch. Meine Mutter rät Dir, auch einmal an Deine zukünftigen Kinder zu denken. Mitte der Dreißig sei ein Mann zu alt für kleine Kinder. Das weiß ich ja nun auch aus eigener Erfahrung, daß mein Vater in unserer Kinderzeit zu alt für uns war. Jetzt gleicht sich das etwas aus, weil wir selbst erwachsen werden. Eine Frau ist nie zu alt für kleine Kinder.

Jedenfalls bestehen seitens meiner Eltern nicht die leisesten Bedenken gegen unsere Pläne.

Nun zu Deinem Brief. Ich bin wie erlöst, daß Du nun nicht unter furchtbar unerquicklichen Umständen zu arbeiten brauchst. So kann doch das gute Einvernehmen gewahrt bleiben.

Liebe Inge, ich will durchaus nicht so tun, als ob ich schon alle Kohlen im Keller hätte. Dafür will ich arbeiten, damit Du dann auch einmal mit mir zufrieden sein kannst. Daß ich es zu etwas bringen werde, muß ich noch beweisen. Wenn nun außer Dir, auf die es ja hauptsächlich ankommt, auch Deine Eltern und ebenso die meinen glauben, daß wir miteinander glücklich werden und auch schaffen können, was wir uns vorgenommen haben, fällt es mir es noch viel leichter, alle Arbeit zu bewältigen.

Auf die Tage bei Dir freue ich mich jetzt schon riesig. In meiner Stellung zu Dir fühle ich mich außerordentlich gestärkt. Daraus kann ich nun auch die Ruhe schöpfen, die ich zu meiner Arbeit unbedingt brauche. Ich mache mir keine Sorgen mehr, das verspreche ich Dir.

Herrn Vogt kannst Du einen schönen Gruß von mir übermitteln. Und sollte nun doch noch einmal etwas geschehen, so daß Du Deine Stelle aufgeben müßtest, dann kannst Du unbedenklich zu uns nach Dortmund kommen, bis sich etwas anderes gefunden hat. Das lassen Dir meine Eltern sagen.

Grüß Deine Sippe recht schön von mir! Auch meine Eltern lassen allerherzlichst grüßen. Der schönste Gruß von allen gilt Dir allein.

In Liebe
Dein Richard

Ingeborg Lüttjes an Richard Schlosser

Moorwarfen, am 27. 6. 51

Mein lieber Richard!
Es freut mich sehr, daß Du so voller Zuversicht von zu Hause wiedergekommen bist. Und ich danke Dir auch für das Versprechen, Dir nicht mit allen möglichen Sorgen das Herz schwer zu machen. Nun wird auch Deine Arbeit besser flutschen.

An Urlaub ist leider nicht zu denken. Ich sitze hinter einem solchen

Berg von Übersetzungen, daß ich selbst bei Überstunden unmöglich durchkommen kann. Ärgern will ich mich nicht, das habe ich mir vorgenommen, und so finde mich eben ab. Damit wir auf der Insel vielleicht oder sonstwo ein schönes Wochenende haben, nehme ich mir aber mindestens einen Tag frei.

In der Zwischenzeit habe ich etwas dazugelernt. Autofahren! Natürlich klappt noch nicht alles, und mit der Gangschaltung hapert es arg, aber wenn jemand neben mir sitzt und aufpaßt, geht es schon ganz manierlich. Meistens macht man mir nur den Vorwurf, ich würde zu schnell fahren. Auf freier Strecke waren es immer 60 Stundenkilometer, aber das macht ja gerade Spaß.

Heute wurde beratschlagt über einen Ausflug der Bauleitung zur Constructa in Hannover im Juli. Na, wenn das hinhaut! Es müßten allerdings schon zwei Tage sein, sonst lohnt sich die Sache nicht. Und ob man die kleinen Tippfräuleins wohl auch mitnehmen wird?

Von meiner Familie viele Grüße, die meisten aber von mir!

Herzlichst
Deine Inge

Richard Schlosser an Ingeborg Lüttjes

Hannover, am 2. Juli 1951

Liebes Herz!
Was ich da oben in die Ecke geschrieben, ist bloß Vortäuschung falscher Tatsachen. Richtig müßte es heißen: »Bei Dir, am 2. Juli 1951«. Hier sitzt doch nur meine äußere Hülle.

Für Deinen Brief laß Dir herzlich danken. Auch für die Freude, die Du mir mit Deinem Geschenk bereitet hast. Jetzt ist mir nicht mehr so schläfrig zu Mute wie in der kaffeelosen Zeit.

Das Leben, das ich hier führe, läßt aber auch jede Regelmäßigkeit vermissen. Gegessen wird dann, wenn ich Hunger habe, und sei es morgens um 4^{00}. Geschlafen wird nur dann, wenn gerade Zeit ist oder wenn ich auch mit Gewalt nicht mehr auf dem Stuhl sitzen kann. Aber 5 Stunden Schlaf und danach mit dem Kopf unter die Wasserleitung, das genügt mir zum Glück, um wieder mobil zu sein für einen Tag im Kampf mit den ewigen Übungen. Noch gut 14 Tage, dann ist es überstanden, und ich werde einmal 24 Stunden nur schlafen.

Ach Inge, ich freue mich ganz unbändig auf unser Wiedersehen. Schon ein Wochenende mit Dir wird mich selig machen.

Vielleicht hältst Du das, was jetzt kommt, für eine Schnapsidee, aber laß mich Dir mal einen Vorschlag unterbreiten. Wenn daraus nichts wird, dann halte mir zugute, daß ich aus völliger Unkenntnis der Sachlage heraus geurteilt habe. Wie wäre es, wenn ich auf dem Fliegerhorst mal ein bißchen helfen käme? Unter wohlwollender Berücksichtigung des Umstandes, daß ich kein Bauexperte bin, sondern nur werdender Maschinenbauer, wird sich möglicherweise doch etwas finden lassen, was ich erledigen könnte. Ganz doof bin ich ja nicht. Zahlenkolonnen zu addieren, Tabellen auszurechnen, Listen zu schreiben und ähnlichen primitiven Kram dürfte man mir eigentlich anvertrauen. Unter Umständen könnte ich auch Zeichnungen anfertigen. Nur von Deiner eigenen Arbeit könnte ich Dir wohl kaum etwas abnehmen, da ich von der Übersetzerei so viel verstehe wie der Igel vom Schnupftuch. Aber wenn ich die Arbeit Eures Vereins insgesamt etwas reduzieren könnte, um damit zu erreichen, daß man Dich ein paar Tage laufen läßt, wäre ich schon froh.

Schreib mir mal, was Du davon hältst. Vielleicht läßt sich das ja auch nicht mit den Dienstvorschriften vereinbaren. Am 12. Juli ist hier Feierabend. Wahrscheinlich bleibe ich das folgende Wochenende noch hier, um einige Maschinenzeichnungen zu vollenden. Außerdem erwarte ich noch Damenbesuch zum Semesterschluß. Du kannst beruhigt sein, die Dame ist meine Mutter. Wenn Du vorher noch herkämst, um die Constructa zu besichtigen, wäre das herrlich.

Die Finanzierung einiger Urlaubstage ist nun auch kein Problem mehr. Das Finanzamt war so gütig, meine Ansprüche zu würdigen. Jetzt bin ich beinahe reich.

Nun noch etwas anderes. Das Maß, das ich von Deinem Ringfinger genommen hatte, ist nichts mehr wert, weil der Knoten schlecht war. Es ist besser, wir ziehen beide mal zusammen los deswegen, sonst besorge ich Dir noch einen Faßreifen, der zu klein ist. Über den Karatgehalt bin ich mir auch noch unschlüssig. Da mußt Du dann mitberaten, denn Dich geht das ja genau so viel an wie mich.

Autofahren lernst Du also auch. Ich habe ja immer gesagt, daß das viel leichter sei als Tanzen. Mir würde es auch leichter fallen, ein kaputtes Auto zu reparieren als einen gepflegten Tango hinzulegen. Da können wir uns dann ja gegenseitig ergänzen. Du bringst mir das Tanzen besser bei, und ich lehre Dich, ein Auto in seine Bestandteile zu zerlegen und es kunstgerecht wieder zusammenzusetzen.

Jetzt mache ich Sense. Notgedrungen! Die Mühle läuft. Wir sehen uns ja bald wieder.

Ich bin immer
Dein dankbarer Richard

Ingeborg Lüttjes an Richard Schlosser

Moorwarfen, am 7. 7. 51

Mein lieber Richard!
Wegen Deines Vorschlags habe ich Vogt direkt gefragt. Er sagte mir, daß es wegen eines freien Tages für mich nicht erforderlich sei, daß Du dafür hier auf die Bauleitung kämst. Nun, Richard, ich glaube, wir lassen das auch besser, damit nicht unnötig noch Spannungen entstehen. Ich denke doch, daß es Dir so recht ist. Einen Tag bekomme ich mindestens frei, und Vogt sagt, es könnten auch ein paar mehr werden, wenn mich das so glücklich mache.

Es wird sich nun wohl leider doch nicht einrichten lassen, daß wir die Constructa gemeinsam besichtigen. Es soll hier ausgelost werden, wer hinfährt, und da werde ich ja kaum unter den Glücklichen sein.

Heute nachmittag war ich stundenlang im Wasser, habe mich richtig ausgetobt und viel gebadet. Jetzt bin ich entsprechend müde.

Lieber Richard, halte nun noch den Rest des Semesters durch und komm bald gesund und munter hier an.

Herzliche Grüße!
Deine Inge

Richard Schlosser an Ingeborg Lüttjes

Dortmund, am 8. August 51

Liebste Inge!
Wie gerne wäre ich der erste Gratulant am Sonnabendmorgen. Ich kann es nur in Gedanken sein. Nimm alle meine guten Wünsche und sei gewiß, daß ich immer für Dich da sein werde auf dem Weg durch das neue Lebensjahr. Und nun kippe wenigstens an Deinem Ehrentage alles, was Dich vielleicht noch bekümmert, über Bord und sei so lustig und ausgelassen, wie Du irgend kannst. Wenn der Trubel vorüber ist, möchte ich dann gerne die letzten Minuten des Tages in Gedanken ganz allein bei Dir zu Gast sein.

Allerherzlichst
Dein Richard

Richard Schlosser an Ingeborg Lüttjes

Dortmund, am 9. August 51

Meine liebe gute Inge!
Nach den wunderschönen Ferientagen fällt es mir noch immer etwas schwer, mich wieder ans Alleinsein zu gewöhnen. Aber alle, die mich sehen, sind der Meinung, daß ich mich prächtig erholt hätte bei Dir. Gesund und frisch sähe ich aus, und mein Friseur in Hannover würde sicherlich sagen: »Jung und knusprig.« Ein wenig braune Hautfarbe läßt einen unter der bleichen Industriebevölkerung wie einen Neger unter Eskimos erscheinen. Ach Mädchen, Du weißt gar nicht, wie viel Energie Du mir wieder gegeben hast. Ich kann jetzt aber auch ein Kräftereservoir ganz gut brauchen. Haushälterisch will ich schon damit umgehen, weil ich ja nicht weiß, wann der nächste reiche Zufluß kommt.

Über meine praktische Arbeit kann ich Dir heute noch keine erschöpfende Auskunft geben. Den ganzen Montag habe ich damit vertan, allen formellen Kram zu erledigen. Dienstag war der erste Arbeitstag. Die Geschichte läßt sich ganz günstig an. Bezahlt wird mir die Arbeit voll, und nebenbei kann ich mein Praktikum machen. Das heißt zwar, daß ich öfter länger werde bleiben müssen, aber ich arbeite doch für keinen Pappenstiel. Das nächste Semester habe ich damit also in der Tasche und wieder einen guten Schritt vorwärts getan.

An harte Arbeit bin ich zum Glück einigermaßen gewöhnt, und meinen freundlichen Mitarbeitern, unserer Sorte Mensch gegenüber meist sehr voreingenommenen Brüdern, gelingt es nicht so leicht, mich fertig zu machen, wie sie es wohl gern sähen. Man merkt ordentlich, wie sie das wurmt. Bevor diese Spannungen sich legen, vergehen meist 14 Tage. So wird es auch hier sein.

Überstunden hat es auch schon gegeben. Mir wird aber jede Minute bezahlt. Zustände wie bei Euch wären hier ohne Revolte undenkbar.

Es ist schon reichlich spät für mich. 5 Stunden Schlaf sind ein bißchen wenig bei der Maloche.

Wie verhält sich Herr Vogt?

Sei mir von Herzen gegrüßt und vergiß bitte nicht, auch Deinen Angehörigen meine Grüße auszurichten.

In Liebe bin ich allezeit
Dein Richard

Ingeborg Lüttjes an Richard Schlosser

Moorwarfen, am 12. 8. 51

Mein lieber Richard!
Wie soll ich Dir bloß danken? Ich habe mich sehr gefreut über alle die schönen Sachen, am meisten natürlich über den »Knirps«. Die Pralinen, die Bonbons und die Schokolade schmecken vorzüglich. Wie schön, daß ich jemanden habe, der so gut für mich sorgt!

Die Bauleitung hat sich ebenfalls mächtig angestrengt. Morgens prangte auf meinem Schreibtisch eine große Topfblume samt Geburtstagskarte mit allen Unterschriften. Außerdem stand da ein großer Rosenstrauß von Herrn Vogt. Alle haben sie mir gratuliert und Glück gewünscht. Wenn es danach ginge, könnte mir bis an mein Lebensende nichts Schlechtes passieren. Mittags stand ich dann vor dem Problem, wie ich die Blumen befördern sollte, ohne sie zu zerbrechen. Ein Unternehmer sprang ein und brachte mich per Ford-Taunus bis vors Haus.

Vier Stunden des gestrigen Tages habe ich dann noch beim Friseur zugebracht, um mir die Haare kringeln zu lassen. Neueste Methode, ganz kalt, ohne Verbrennungsgefahr, garantiert unschädlich und nahezu unbegrenzt haltbar, für nur 15 Mark.

Auch für Deinen langen Brief möchte ich mich herzlich bedanken. Mit Deiner Arbeit hätte es ja wohl gar nicht besser klappen können. Hoffentlich brauchst Du Dich nun nicht so sehr dabei zu verausgaben. Die andern werden ihre Meinung über Dich schon noch ändern, wenn sie sehen, was Du schaffst.

Heute abend wird mich Rauch jr. mit seinem Besuch beehren. Ich muß also das sogenannte Dienstzimmer noch etwas aufmöbeln, da im Wohnzimmer der Tantenklatsch, der verspätet anläßlich des Geburtstags meiner Mutter stattfindet, sich noch etwas hinziehen kann. Du hörst dann bald etwas mehr von mir!

Lieber Richard, laß mich Dir noch einmal sagen, wie sehr ich mich über alles freue!

Einen Kuß von Deiner
Inge

Dortmund, am 15. August 51

Meine liebste Inge!

Für Deinen Brief danke ich Dir von Herzen. Er ist mir ein rechter Trost gewesen in meiner Lage, denn ich habe leichtes Pech gehabt. Kleiner Betriebsunfall am Freitag. Folge: 3–4 Wochen Dienstunfähigkeit. Bedauerlich; aber was bleibt mir anderes übrig, als geduldig abzuwarten, daß die Sache verheilt. An Arbeit ist so lange nicht zu denken. Die linke Hand ist unbrauchbar, weil mir der Mittelfinger am vorderen Ende zerquetscht worden ist. Mit Wucht sind 75 kg Eisen darauf geschlagen, und Du wirst Dir ungefähr vorstellen können, wie der Finger ausgesehen hat. Matsch und viel Blut, Knochen zersplittert. Den Anblick fand selbst ich ziemlich gräsig. Sonnabend flickte der Arzt die Sache, so gut es eben ging, wieder zusammen, nachdem er die Knochensplitter rausgepolkt und den Knochen am Ende mit der Feile und einer Zange abgerundet hatte. Bei der Gelegenheit riß er auch gleich den ganzen Fingernagel ab. Nun sieht der Stumpen noch schöner aus.

3 Tage lang hörte ich die Engel singen. Eigentlich war die Musik aber mehr teuflisch. Zur Linderung schluckte ich Pillen, über deren Zusammensetzung Dir das Wort »Phenyldimethylpyrazolonmethylaminomethansulfonsaures Natrium« sicheren Aufschluß gibt. Genützt hat das Zeug aber auch nichts. Nach der Operation war es mit den Schmerzen am schlimmsten. Voller Verzweiflung trank ich fast eine ganze Pulle Wermut aus. Noch einmal mache ich das nicht, denn ich war kein bißchen beduselt, während der Schmerz nur noch gewachsen war. Rauchen tat ich in einer Tour und nahm schließlich noch ein Schlafmittel ein. Unter normalen Umständen wäre ich davon wohl gleich vergiftet umgefallen. So wurde mir nur schlecht davon. Zur Ablenkung ging ich dann stundenlang spazieren. Wo ich überall war, kann ich kaum noch sagen.

Irgendwie kriegte ich aber doch die Nacht und den folgenden Tag herum, ohne verrückt zu werden. Montag ging es mir schon wieder sehr viel besser, und ich fuhr mit meinem Vater nach Mülheim, um dort seinen Bruder zu besuchen. In Bochum schloß sein restlicher Bruder sich uns an. Mit meiner arg verbundenen Flunke erregte ich natürlich beträchtliches Aufsehen und mußte den ganzen Tag Kommentare von mir geben. Mein Onkel Heinrich brachte mir gleich bei, daß ich, mit solch einem Finger ausgerüstet, sicherlich keine Frau mehr bekäme. Alle jungen Mädchen würden schreiend vor mir davonlaufen. Und Du?

Heute morgen ist nun der Verband erneuert und mit Höllenstein an dem Finger herumkorrigiert worden. Der Arzt meint, es könne durchaus wieder so etwas ähnliches wie ein normaler Finger daraus werden. Vorläufig sieht es nicht danach aus. Wenigstens gelte ich jetzt unter den Arbeitern als zünftig verunstaltet, denn bei ihnen zählt es gewissermaßen zur Standesehre, einen demolierten Kadaverteil vorweisen zu können.

Im Grunde genommen hatte ich noch Glück, denn es hätte nicht viel gefehlt, und alle Finger oder die ganze Hand wären futsch gewesen. Und nun habe ich ja auch das Gröbste überstanden. Nur heute vormittag war es wieder schlimm, weil der Höllenstein wie Feuer auf dem rohen Fleisch brennt. Dies Vergnügen steht mir nun bis auf weiteres jeden zweiten Tag bevor, und wenn der Brief bei Dir ist, dann piesacken sie mich gerade wieder. Einige Stunden dauert es immer, bis das Ätzen nachläßt. Derweil gebe ich mich meinen Studien hin. Zeitweise ist es mir aber unmöglich, mich darauf zu konzentrieren, weil ich jeden Herzschlag wie einen Hammerschlag spüre. Da hilft dann kein Beruhigungsmittel. Nur eines könnte ich mir denken. Du müßtest hier sein. Statt mich auf meinem Bett herumzuwälzen, würde ich meinen Kopf auf Deinen Schoß legen, und Du würdest mir durchs Haar streichen. Dann spürte ich von dem ganzen Finger garantiert nichts mehr.

Als Werkstudent bin ich bei der Betriebskrankenkasse nicht gegen Unfall versichert und sollte zunächst nicht einmal einen Pfennig Krankengeld erhalten! Da bin ich aber doch hochgegangen. Wer trägt denn heute noch seine Knochen für nichts zu Markte? Das kann man nicht einmal von einem bloßen Werkstudenten verlangen. Krankengeld werde ich bekommen, und wenn ich all die Bürokraten hinter ihren Paragraphen explodieren lasse. Sind wir denn nun schon weniger wert als irgendein Arbeiter? Manchmal sieht es bald so aus. Nun sag mal, soll einem da nicht die Galle hochkommen? Das, was ich nach vielem Stänkern nun erhalten soll, ist nur knapp die Hälfte von dem, was ich hätte verdienen können.

Jetzt bin ich aus dem Sattel geworfen, aber in einigen Wochen ist der Vorfall längst vergessen, und weiter geht's.

Meine liebe Inge, ich bin immer noch sehr dankbar für die schöne lange Zeit, in der Du beinahe nur für mich da warst. Es waren herrliche Ferien, und daß ich mich so gut erholt habe, ist zum allergrößten Teil Dein Verdienst, und meine Liebe zu Dir ist groß und stark genug, sich ohne weiteres über die Entfernung hinwegzusetzen. Wenn Du mit Dir selber zu Rate gehst, meinst Du, daß mir bis zum nächsten Wiedersehen erhalten bleibt, was ich von Dir besitze und mir zurückgewonnen habe? Wir dürfen uns durch die Trennung doch einfach nicht fremder werden! Nach Deinem letzten Brief habe ich auch nicht den Eindruck. Er war herzlicher, als ich es nach der großen Wendung erwartet hätte, und das hat mich froh und glücklich gemacht. Ich glaube, daß nun alles wieder in Ordnung kommen wird.

Ich bin immer Dein
Richard

Ingeborg Lüttjes an Richard Schlosser

Moorwarfen, am 20. 8.

Mein lieber Richard!
Du große Güte! Als ich Deinen langen Brief gelesen hatte, konnte ich erst an gar nichts anderes mehr denken als an Deinen Unfall. Wie hältst Du das bloß aus! Ist es denn nun schon ein kleines bißchen besser? Wenn Dir die paar Zigaretten und der Kaffee ein bißchen Ablenkung verschaffen, dann würde ich mich freuen, weil es doch das einzige ist, das ich für Dich tun kann.

Wie das mit meinem Urlaub wird, ist wegen der noch zu ernennenden Vertretung bis jetzt nicht entschieden. Ich habe mich aber vormerken lassen für die Zeit um Ende August, Anfang September. Was ich mir gedacht hatte, war eine kleine Rheinreise oder Sauerlandreise per Rad. Das wäre doch auf für Dich sehr schön. So etwa acht bis zehn Tage müßte man allerdings schon aufwenden. Ich werde Dir natürlich sofort Nachricht geben, wenn ich Näheres weiß. Drücke man den Daumen an der heilen Hand.

Ach Richard, Du bedeutest mir sehr viel. Ich will nicht verhehlen, daß sich seit unserm ersten Kennenlernen etwas geändert hat. Aber Du weißt ja auch, daß ich mir große Mühe gebe, das zu tun, was richtig ist und was ich nachher nie bereuen werde. Es macht sehr viel aus, daß Du unerschütterlich bist in dem, was Du für mich empfindest.

Nun laß Dir noch einmal wünschen, daß es Dir und Deinem Finger bald wieder gut geht und Du Dich in allem obenauf fühlen wirst.

Herzliche Grüße und auch einen Kuß von Deiner

Inge

Richard Schlosser an Emma Lüttjes

Dortmund, am 20. 8. 51

Liebe Frau Lüttjes!
Sang- und klanglos, wie es scheint, bin ich für Sie vor 14 Tagen von der Bildfläche verschwunden, nachdem ich für eine noch längere Zeit die allerherzlichste Aufnahme bei Ihnen gefunden hatte.

Es ist aber durchaus nicht so, daß ich nun nicht mehr zurück an die erholsamen Tage dächte und sich all mein Denken auf die Gegenwart und die Zukunft konzentrierte. Das ist schon allein deshalb ausgeschlossen, weil ich bei meinem Künstlerpech und bei der notwendigen Stillsitzerei Zeit genug habe, mit meinen Gedanken spazieren zu gehen. Doch selbst ohne dieses geruhsame Dasein würde ich noch oft an meinen Urlaub denken.

Als ich nach dem letzten heiteren Semester bei Ihnen ankam, stand mir der Sinn danach, einmal eine Weile Ruhe vor Büchern und Formeln zu haben. Das, was ich suchte, fand ich dann ja auch, und man wird mir noch lange ansehen, wie gut mir die Erholungszeit bekommen ist. Um mein gesundes und frisches Aussehen werde ich hier allenthalben beneidet. Ich fühle mich immer noch prächtig wohl, und selbst mein demolierter Finger tut dem keinen Abbruch.

Inge wird Ihnen gewiß erklären können, was ich unter einem Kräfteportemonnaie verstehe. Eine so volle Kasse habe ich noch nie zuvor besessen. Damit läßt sich eine ganze Weile wirtschaften. Nicht den kleinsten Teil an diesem Erfolg verdanke ich Ihnen, Ihrer Gastfreundschaft und der Selbstverständlichkeit, mit der ich in Ihrem Hause aufgenommen wurde. Ich muß uneingeschränkt zugeben, daß ich mich selten so wohl gefühlt habe wie bei Ihnen.

Langsam heilt nun auch mein Finger, die Ärzte fummeln nicht mehr so viel daran herum, und damit lassen auch die Schmerzen nach. Man kann bereits erahnen, wie krumm das Ding einmal aussehen wird. Die Geschichte hat aber auch eine gute Seite aufzuweisen. Endlich habe ich Zeit, das zu tun, womit ich mich hauptsächlich beschäftigen sollte, nämlich zu studieren. Wenn meine Krankenkassenbezüge höher wären, hielte ich das noch beliebig lange aus. Ich lebe augenblicklich beschaulich wie ein Rentier. Dazu paßt ja nun wenigstens einmal meine Pfeife. Es fehlen bloß noch die Filzpantoffeln und ein Ohrensessel.

Seien Sie herzlichst gegrüßt. Selbstverständlich sind meine Grüße so reichlich bemessen, daß ein jeder Ihrer zahlreichen Familienangehörigen und ganz besonders Inge genug davon mitbekommen. Rudi läßt sich ebenfalls empfehlen.

Nochmals also: s.o.

Ihr Richard

Richard Schlosser an Ingeborg Lüttjes

Dortmund, am 22. August 51

Liebste Inge!
Ich hatte Dir ja angekündigt, mich hier näher nach einer Stelle für Dich umzutun. Durch den glücklichen Zufall, momentan invalide zu sein, fand ich auch genug Zeit dazu.

Es existieren hier im Stadtgebiet an mehreren Ecken Aushängekästen vom Arbeitsamt mit Stellenangeboten jeder nur denkbaren Art. Ich stieß auch gleich auf 2 Angebote, die mir für Dich in Frage zu kommen scheinen:

»128. Eine fremdsprachliche Stenotypistin, perfekt in der englischen Stenographie und im Maschinenschreiben mit guten engl. Sprachkenntnissen für eine Dienststelle der britischen Besatzungsmacht gesucht. Gute Kenntnisse in den üblichen Büroarbeiten müssen vorhanden sein. Wohnung steht zur Verfügung. Reisekosten werden nicht erstattet.«

»208. 3 fremdsprachliche Stenotypistinnen für einen Industriebetrieb (Bezirk Schwelm), der vorwiegend für Export arbeitet, zum baldigen Antritt gesucht. Bewerberinnen müssen entweder die franz., engl. oder span. Sprache in Wort und Schrift beherrschen (mögl. auch Kurzschrift), perfekt in der deutschen Stenographie und im Maschinenschreiben sein, angenehme Umgangsformen und gutes Einfühlungsvermögen besitzen. Sie werden u.a. auch bei Verhandlungen mit ausl. Kundschaft eingesetzt. Alter bis 35 Jahre. Gehalt bei guter Leistung über Tarif. Aufstiegsmöglichkeit. Für Wohnung wird gesorgt.«

Nähere Auskunft hat mir das Arbeitsamt erteilt. Das ist mit einem Satz nicht abzutun. Statt der Adressen, um die ich bat, gab man mir diese Bewerbungsbogen, die Du ausfüllen möchtest. Da Du nicht in Dortmund ansässig bist, würde man über das Arbeitsamt Jever mit Dir verhandeln. Die Aussichten sollen relativ günstig sein. Das wäre ja auch ein Wunder, wenn hier im Industriegebiet nicht mehr zu machen wäre als im weltabgeschiedenen Jeverland. Was hältst Du denn z.B. von dem zweiten Angebot? Das wäre doch ganz gepflegt. Exportbetriebe beschicken laufend Messen, und Du kämest auf diese Weise in diverse Ausländer. Mädchen, wenn ich Dir eines raten kann, dann komme bloß um Gottes willen her. Du hast hier doch ungleich mehr Entwicklungsmöglichkeiten als auf dem kümmerlichen Flugplatz. Die Sache bei den Briten wäre doch auch nicht übel. Die zahlen wenigstens ansehnliche Gehälter. Solltest Du hier in einem Industriebetrieb landen, dann kann ich Dir jetzt schon versichern, daß derart rückständige Methoden, von wegen unbezahlter Überstunden u.s.w., gar nicht erst aufs Tablett kämen. Bei Euch verschießt Du Dein Pulver nutzlos. Außerdem möchtest Du ja sowieso irgendwo hin, wo mehr los ist.

Bei den Angeboten, die man Dir von hier aus machen kann, handelt es sich nicht nur um solche aus Dortmund. In den meisten Fällen ist eine Wohnung bereits vorhanden, oder die Firmen sind bei der Suche behilflich. Auf Dortmund bist Du also nicht angewiesen. Meinen Standpunkt kennst Du: Ich hätte Dich am liebsten hier oder wenigstens in nächster Nähe. Du müßtest Dich dem Arbeitsamt gegenüber in einem Begleitschreiben äußern, wo Du eine Stelle suchst. Dortmund, nähere Umgebung oder überhaupt nur in Nordrhein-Westfalen. Ich weiß, daß Du eine kleine Abneigung dagegen hast, Dein Quartier hier bei uns aufzuschlagen. Von unserer Seite steht dem absolut nichts im Wege, und eigentlich müßtest Du das, allen Zweifeln zum Trotz, genau so fertig bringen, wie ich es fertig gebracht habe, bei Euch zu wohnen. Der Leute wegen brauchst Du hier nichts zu fürchten. Dortmund ist nicht Jever. Es mag auch hier alteingesessene Tanten geben, die vom Klatsch leben; aber wir haben davon noch nichts gemerkt. Kurz und gut, Du solltest keinerlei Bedenken haben. Übel wird es Dir natürlich keiner nehmen, wenn Du Dir anderswo eine Klause suchst. Dann hättest Du ja auch die ersehnte volle Selbständigkeit.

Nach dem, was ich bis jetzt geschrieben habe, wird sich ein Stoßseufzer Deiner Brust entringen.

Zum ersten graut Dir davor, Dich wieder mit Ämtern herumzuschlagen, nicht wahr! Anfang des Jahres hast Du ja entsprechende Erfahrungen gesammelt, und wenn Du stoßseufzt, dann finde ich das verständlich. Aber laß Dich bitte nicht abschrecken, mutig in den Papierkrieg zu steigen. In unserem Jahrhundert, dem des Papiers, ist es schon kaum mehr möglich, nicht so zu tun, wie der Paragraph es vorschreibt. Aber wenn man diese Büromaschinerie erst einmal angekurbelt hat, ist schon das meiste gewonnen.

Zum zweiten weißt Du nicht recht, was Du machen sollst. Ob überhaupt, wohin und ähnliches mehr. Daß der weitaus größte Teil der Frauen eine Abneigung dagegen hat, Entscheidungen zu treffen und in größeren Zeiträumen zu denken, das habe ich immer geahnt. Ziemlich genau weiß ich es aber erst, nachdem ich diese 14 Tage bei Dir gewesen bin. Frauen haben lieber jemanden, der ihnen diese Arbeit abnimmt. Das ist keine Wertminderung der Frauen. Sie können dafür eben vieles besser als die

Männer. Wir müssen einander ergänzen. Die konsequente Durchführung dieser Ergänzungspolitik setzt allerdings voraus, daß beide Teile genau wissen, wo sie sich hingehörig fühlen.

Sieh, Inge, ich will Dich mit dieser Frage nicht schon wieder quälen, sondern Dir bloß helfen, aus dem Schlamassel herauszukommen. Wenn sich zwischen uns nichts geändert hätte, wäre es leichter für mich, Dir zu sagen: »So und so wird das gemacht und damit basta, alles andere ist Quatsch!«, statt Dir 27 Möglichkeiten zu unterbreiten, wie Du es machen könntest. Das einfachste ist nämlich folgendes: Du kündigst zum nächsten Termin, packst Deine Koffer, meldest Dich in Jever ab und hier in Dortmund wieder an. Die Stellensuche wird dann nur von hier aus betrieben. Es würde gar nicht lange dauern, bis Du etwas gefunden hättest, weil Du Dich ja persönlich dahinterklemmen könntest. Und ich würde Dir nach Kräften helfen.

Wie es nun aber einmal ist, muß ich ja wenigstens diese Entscheidung Dir überlassen, wie weit Du Dich mir zugehörig fühlst, um mit Vertrauen das tun zu können, was ich Dir sage. Wenn Du so ungefähr weißt, wie es sich damit verhält, und als ich Dich verließ, wußtest Du es ja, dann ist das schon viel wert, und Du wirst zumindest diese Formulare ausfüllen, sie mit einem möglichst schönen Lichtbild versehen und den Salat an mich zurückbefördern. Für die weitere Dirigierung sorge ich schon. Und in Deinem Urlaub opferst Du ein paar Tage, um den Büro- und Amtsmenschen einzuheizen. Du willst da doch weg, und weg mußt Du da auch.

Ich möchte Dir eben nur gerne helfen. Ganz selbstlos ist das nicht, denn wenn ich weiß, daß Dir geholfen ist, ist mir selbst am allermeisten geholfen.

Vor ein paar Tagen habe ich das Bild, das ich von Dir besitze, abgezeichnet. So ganz richtig ist es nicht geworden, dazu fehlt mir die künstlerische Ader. Vielleicht habe ich mir auch zu wenig Zeit gelassen. Zuerst sahest Du immer unsagbar traurig aus. So wie damals, als wir bei Euch im Garten auf der Wäschewiese saßen, d.h. ich lag der Länge nach auf dem zusammengebrochenen Liegestuhl. Was ich auch tun mochte, dieser Zug ließ sich nicht mehr gänzlich verwischen. Ich meine aber, daß dieser Gesichtsausdruck, wie er sich auf Deinem Bilde nicht findet, Deiner gegenwärtigen Gemütsverfassung entspricht. Sehr nachdenklich, dabei so ein klein wenig traurig und doch wieder zuversichtlich siehst Du mich an. Neben meinem Bett hast Du Deinen Platz gefunden, und ich sehe Dich lange, lange an, sooft ich mag. Es liegt auch so etwas Fragendes in Deinen Augen, und ich kann Dir nur immer wieder darauf antworten: »Ich hab Dich sehr, sehr lieb, Inge, und möchte für Dich immer derjenige sein, auf den Du Dich fest verlassen kannst.«

Sei ganz herzlich gegrüßt von
Deinem Richard

Ingeborg Lüttjes an Richard Schlosser

Moorwarfen, am 26. 8. 51

Mein lieber Richard!
Du wirst ein bißchen enttäuscht sein, wenn Du wieder bloß so einen kleinen Brief von mir bekommst. Aber ich rechne ja noch damit, daß wir uns während der einen Urlaubswoche, die ich zunächst nur kriege, sehen werden. Dann besprechen wir auch das mit der Stelle. Die Bogen, die Du mir geschickt hast, habe ich aus verschiedenen Gründen noch nicht ausgefüllt. Einmal bedenke bitte, daß ebensolche Bogen von mir schon in Bremen, Hamburg, Düsseldorf und Essen liegen, all das Photogeld dafür ist rein weggeschmissen, obwohl die Arbeitsämter die Sache so dargestellt hatten, als ob es von diesen Bogen abhänge, daß ich eine Stelle fände. Nun müßte ich mich ohnehin erst knipsen lassen, da ich kein Paßbild mehr von mir besitze. Und dann: Du wirst einsehen, daß ich die nächste Gehaltserhöhung zumindest noch abwarte, ehe ich eventuell kündige, denn es kann sein, daß ich für 4 Monate Nachzahlung bekomme.

Inzwischen ist noch eine neue Schwierigkeit entstanden, die es fraglich macht, ob ich überhaupt fortkann. Meine Herzbeschwerden treten neuerdings wieder ziemlich heftig auf, und ich bin für morgen bei Prof. Dr. Hessel in Sanderbusch zur Untersuchung angemeldet. Noch ist nichts weiter raus, aber daß er mir Ruhe verordnen und das Radfahren wahrscheinlich ganz verbieten wird, damit rechne ich fest. Damit wir uns aber notfalls noch vor dem nächsten Sonnabend verständigen können, schreibe mir doch bitte gleich Eure Telefon-Nummer, ich rufe Dich dann an und gebe Dir Bescheid.

Unglücklicherweise fällt auch der Betriebsausflug in die Urlaubswoche, und ich weiß nicht recht, ob ich mich davor drücken kann. Aber erst einmal will ich auf ein gnädiges Urteil von Prof. Hessel hoffen. Ich hatte ursprünglich vorgehabt, erst nach dem Urlaub hinzugehen, aber nachher mache ich noch mittendrin schlapp, und das wäre ja auch nicht der wahre Jakob.

Nun möchte ich mich für Deinen langen Brief bedanken! Es ist wirklich ein schönes Gefühl, daß Du so um mich besorgt bist. Was mußt Du Dich aber auch abmühen mit mir! Die meisten Männer ließen sich das gar nicht bieten, sondern würden einfach sagen: »Entweder ich weiß, woran ich bin, oder Schluß.« Ich stelle Dich auf eine harte Probe. Wenn ich Deine Geduld man überhaupt verdiene.

Die Zigaretten spare nicht auf, Du bekommst neue!

Herzliche Grüße
Deine Inge

Richard Schlosser an Ingeborg Lüttjes

Dortmund, am 28. August 51

Mein Herzchen!

Hab recht schönen Dank für Deinen Brief. Das, was Du schreibst, ändert die Sachlage allerdings erheblich. Es klingt fast banal, wenn ich Dir sage, wie leid es mir tut, daß es Dir gesundheitlich nun so viel schlechter geht. Ich fürchte fast, daß ich nicht ganz unschuldig daran bin, denn mein Besuch bei Dir muß doch eine Tortur für Dich gewesen sein. Ich habe mich glänzend erholt, und Du hast den ganzen Tag angestrengt arbeiten müssen und bist danach doch immer bis in die späte Nacht für mich dagewesen.

Dafür möchte ich mich revanchieren. Ich sehe ein, daß es total verfehlt wäre, zu diesem Zweck eine Radtour zu unternehmen. Du kannst gerne zu uns kommen. Es würden sich alle freuen. Das läßt Dir auch meine Mutter noch einmal sagen. Du bist ihr herzlich willkommen. Dorothea kehrt morgen zurück und wäre gewiß alles andere als enttäuscht über Deinen Besuch. Ich würde es Dir hier schon so gemütlich machen, wie das bei uns möglich ist. Rudi stellt Dir seine Kemenate unterm Dach zur Verfügung. Du bist da ganz ungestört. Das Telefon werde ich Dir bis ans Bett legen, und morgens so gegen 10^{00} oder 11^{00}, wenn Du mit Gewalt nicht mehr schlafen kannst, rufst Du mich an, und ich mache Dir Dein Frühstück fertig. Danach vergnügst Du Dich ein bißchen mit Radiomusik und Lektüre, bis Du Dich kräftig genug fühlst, den Weg aus dem Bett zu finden. Mittagessen gibt es dann auch bald, und nachmittags wird sich in der Großstadt Dortmund ja wohl immer etwas zur Unterhaltung finden lassen, auch wenn man alles vermeidet, was Dich zu sehr anstrengt. Bei schönem Wetter fahren wir mit der Bahn dann mal ein Stückchen ins Sauerland hinein. Ich werde schon etwas aussuchen, wo Du kaum zu laufen brauchst, um ein gemütliches und stilles Plätzchen zu finden, auf dem es sich aushalten läßt.

Ich weiß ja nicht, was der Arzt nun sagen wird. Wenn es ratsam ist, Dich ein bißchen hochzupäppeln, dann komme nur ruhig her, und ich kümmere mich um Dich. Solange ich noch an meinem Finger laboriere, habe ich doch herrlich Zeit dazu. So wie ich zu Dir stehe, kann es für mich nichts Schöneres geben, als bei Dir zu sein, wann immer es nur möglich ist. Deine Stellung zu mir ist aber nicht dieselbe, und ich werde Dir keinen Vorwurf daraus machen, wenn Du Dir für Deine Ferien etwas Schöneres denken kannst als meine Gegenwart.

Du meinst, Du stelltest mich auf eine harte Probe. Aber ich weiß doch, daß Du es nicht mutwillig tust. Wenn alles so geblieben wäre zwischen uns, wie es war, dann wäre mir alles Glück in den Schoß gefallen, ohne daß ich auch nur einen Finger dafür hätte rühren müssen. Es ist doch wohl das Geringste, was Du von mir erwarten kannst, daß ich nicht gleich beim ersten Sturm resigniere und verzichte. Wenigstens das kann ich Dir jetzt schon beweisen, daß es nicht nur leere Worte waren, wenn ich Dir sagte, daß ich für Dich da bin, wann immer Du mich brauchst. Wenn Du Dich einmal ganz für mich entscheidest, wirst Du alles unverändert wiederfinden.

Nun endlich das, was ich Dir schreiben sollte. Unsere Telefonnummer lautet: Dortmund 32935.

Viele herzliche Grüße von
Deinem Richard

Ingeborg Lüttjes an Richard Schlosser

Moorwarfen, am 13. 9. 51

Mein lieber Richard!
Ob Du nun wohl denkst, daß ich letzten Endes doch ein undankbares Geschöpf bin? Vielleicht kann ich Dich gnädig stimmen mit der Entschuldigung, daß ich krank war. Sehr schlimm war es nicht, nur ein leichter Anflug von Grippe. Inzwischen bin ich wieder munter und fidel, also mach Dir keine Sorgen. Wie geht es Deinem Finger? Und wie kommst Du denn nun auf der Arbeit zurecht? Hoffentlich schadet nicht die Arbeit dem Finger oder auch umgekehrt. Ich wünsche Dir jedenfalls das Beste!

In Moorwarfen bin ich wohlbehalten wieder eingetroffen. Alle finden, ich hätte mich erholt, vor allem sähe ich richtig sonnenbraun aus. Bitte, lieber Richard, sage doch noch einmal Deiner Familie, besonders Deiner Mutter, vielen Dank für die Gastfreundschaft!

Von den Fotos waren alle begeistert. Das, wo wir beide »in groß« drauf sind, wollte meine Mutter gar nicht wieder rausrücken. Die bei mir gelandeten Negative habe ich zum Entwickeln gebracht, aber sie sind noch nicht fertig.

Ach je, viel ist es nicht, was ich zu Papier gebracht habe, und viel mehr wird es wohl auch nicht werden, wenn ich dem Drängen meiner lieben Schwestern nachgebe und zum Aula-Abend mitkomme. Aber eines sollst Du doch noch wissen, lieber Richard: Du hast so viel für mich getan und so lieb für mich gesorgt, daß ich Dir nur immer wieder danken kann, Du Guter!

Sei herzlich gegrüßt von Deiner
Inge

Richard Schlosser an Ingeborg Lüttjes

Dortmund, am 16. September 51

Liebste Inge!

Daß Du ein undankbares Geschöpf bist, so etwas habe ich nie gedacht und werde es auch nie zu denken brauchen. Wenn es bei Dir mit dem Schreiben mal etwas länger dauert, so hat das sicherlich einen berechtigten Grund. Das habe ich mir immer wieder gesagt, als ein Tag nach dem anderen verging, ohne daß ein Brief von Dir kam. Ich wartete sehr auf ein Lebenszeichen. Gestern kam es dann ja endlich, und ich weiß, was los war. Hab schönen Dank. Es freut mich, daß Du auf dem Wege der Besserung bist.

Seit einer Woche arbeite ich wieder, obwohl der Arzt noch sehr dagegen war. Aber ich konnte es mir schlecht mehr leisten, noch länger herumzuliegen. Die halben Ferien sind hin, und die Kriegskasse muß doch voll sein zum nächsten Semester. Nun rollen die D-Märker ja wieder, und es ist mir etwas wohler zu Mute.

Trotz des immer noch offenen Fingers geht es mit der Arbeit ganz gut. Überstunden gab es schon diverse, was ich sehr begrüße, da sie das meiste Geld einbringen. Nach der Arbeit ist mir für 10–12 Stunden das Bett der angenehmste Aufenthaltsort, denn man ist doch ziemlich erledigt, wenn die Schicht herum ist. Viel trägt die Hitze dazu bei, von der allein man schon halb bedämelt nach Hause kommt. Der Schweiß läuft einem buchstäblich in Strömen aus allen Knopflöchern. Wasser trinke ich zum Ausgleich in entsprechendem Maße. 8 Liter sind bestimmt nicht zu wenig. Alle Leute miteinander söffen sicherlich wie der Mann im Märchen einen kleinen See leer.

Meine Arbeit ist recht vielseitig, mal an der Presse, dann an einem Hammer, einer Stanze oder einer Schere. Der Geist ist derweil frei, sich in die Eingeweide der Maschinen hineinzudenken. Nach meinen 2 Semestern Maschinenbau sehe ich schon bedeutend mehr als früher. Das macht mir direkt Freude. Besonders fällt mir jetzt mehr auf, was sich verbessern ließe. Im Betrieb sind vielfach noch reichlich vorsintflutliche Maschinen in Gebrauch, bei denen es deutlich ins Auge springt, wie man vor 50 Jahren noch zu bauen gezwungen war. Stöhnend, klappernd und mit ungeheuerem Getöse tun die Dinger immer noch ihren Dienst, und man kann sich nur wundern, daß einem der ganze Brasselkasten noch nicht um die Ohren geflogen ist.

Montag, am 17. 9.

Vor 4 Stunden schon war meine Schicht zu Ende. Seitdem habe ich nur so halb blöde herumgesessen. Das war heute ein Tag! Ich komme mir vor wie Trockenfleisch. Das Schädelbrummen hat mittlerweile nachgelassen, und der Brief kann weitergedeihen.

Der zweite Film ist inzwischen entwickelt worden. Die Bilder des ersten gefielen mir ja weit besser. Dorothea hat das ihre gleich beschlagnahmt. Eins ist verwackelt. Die übrigen sieh Dir selbst an und versenke sie dann tunlichst in einem tiefen Kasten. Soll ich von dem großen Bild noch zweie bestellen?

Was gibt es hier noch von Bedeutung? Wir werden von allen Seiten heftig besucht. Meistens sind es ältliche Tanten, die sich und uns mit der Zersplieserung der verzwicktesten Verwandtschaftsverhältnisse unterhalten. Ich finde da mein Lebtag nicht durch.

Es war übrigens ganz gut, daß wir Stift Keppel haben fahren lassen. Meine Tante Hanna steckte als Kunstexperteuse mitten in den Vorbereitungen für das Schuljubiläum, und wir wären ihr dabei sicherlich ungelegen gewesen. Alle Lehrerinnen rennen dann wochenlang mit eifrigroten Köpfen durcheinander und organisieren die unglaublichsten Geschichten. Reden, Gedichte, Choräle und weiß Gott was werden geübt. Man kennt das ja aus Jever vor 3 Jahren, und in dem reinen Weiberbetrieb wird es noch um etliche Grade schlimmer gewesen sein. Bloß gut, daß wir da nicht hineingeraten sind. Am Ende hätte ich noch Klaviere umkanten müssen.

Inzwischen war doch auch Deine Betriebsfete. Warum erwähnst Du die mit keinem Wörtchen?

Auch über den verlorenen Mantel schweigst Du Dich aus. Ich nehme daher an, daß man Dir noch keine Nachricht gegeben hat. Vor einigen Tagen habe ich an die Gemeinden in Oberhundem und Erndtebrück deswegen geschrieben. Erstere hüllt sich bisher in Schweigen. In Erndtebrück auf dem Fundbüro ist nichts abgegeben worden. Nun könnte man noch in einigen Zeitungen inserieren, um nichts unversucht zu lassen. Welche Blätter in der Gegend hauptsächlich gelesen werden, habe ich schon erkundet.

Wenn ich jetzt auch mit dem Schreiben aufhöre, so bin ich doch bis zum Einschlafen mit meinen Gedanken bei Dir und den schönen Tagen, die ich mit Dir verlebte. Alles, was ich dabei an Kräften, inneren wie äußeren, gewonnen habe, kann ich jetzt sehr gut brauchen, und das danke ich einzig Dir, meine gute Inge, von ganzem Herzen.

Immer Dein
Richard

Ingeborg Lüttjes an Richard Schlosser

Moorwarfen, am 20. 9. 51

Mein lieber Richard!
Diesmal soll es nicht so lange dauern mit der Antwort. Hab vielen Dank für die Fotos! Die andern vom ersten Film bekommst Du nun auch endlich. Es wäre ja eigentlich ganz schön, wenn wir von dem großen Bild noch eines nachmachen ließen; das, was ich hier habe, möchte ich sehr gerne behalten.

Es ist wirklich lieb von Dir, daß Du Dir soviel Mühe machst, damit ich meinen Mantel wiederbekomme. Nein, ich habe noch nichts gehört. Es kann aber ja sein, daß ein paar Annoncen vielleicht zum Ziele führen. Wenn es Dir also recht ist, dann versuche es doch bitte mal, aber nur unter der einen Bedingung, daß Du alle Ausgaben genau notierst und sie Dir von mir erstatten läßt. Du hast sowieso für den Urlaub mehr Moneten geopfert als ich.

Ich freue mich für Dich, daß Dir die Arbeit manchmal Spaß macht. Wenn Du jetzt schon merkst, was man an den Maschinen alles noch verbessern könnte, wie soll das später erst werden! Auf der Bauleitung hat neulich einer sein Patent auf eine neue Kraftfahrzeugbremse gekriegt. Es kann also doch gut gehen mit Deinen Erfindungen, das meine ich ganz im Ernst, und es braucht ja nicht gerade als erste die drehbare Rückenbürste für die Badewanne zu sein. Aber ich verlasse mich ganz auf Dich, Du wirst es schon machen.

Ach so, das Betriebsfest! Nun, nachmittags fuhren wir nach Varel und vertilgten immense Mengen Torte und Schlagsahne. Getanzt wurde dann abends nach einem prunkvollen Diner in Dangast. Ich muß schon sagen, unsere Herren nahmen sich doch sehr zusammen in bezug auf die Trinkerei; wahrscheinlich wirkte sich die Anwesenheit der holden Ehefrauen mildernd auf die Gemüter aus. Die Kapelle war glänzend, und das Tanzen machte mir großes Vergnügen.

Mit meiner Arbeit ist es augenblicklich schlimmer als je zuvor. Aber Du kannst beruhigt sein, ich mache fast immer pünktlich Schluß. Was mir sonst noch so Kopfschmerzen macht, na ja, im wesentlichen weißt Du ja Bescheid, auch wenn ich nicht oft davon schreibe. Aber bitte, mach Dir um mich keine Sorgen; solange ich noch fröhlich und guter Dinge bin, und das bin ich eigentlich meistens, ist das wirklich nicht nötig. Wenn ich mal traurig bin, richtet mich der Gedanke an Dich immer gleich wieder auf.

Bis zum nächstenmal von Herzen viele liebe Grüße!

Deine Inge

Dortmund, am 25. September 51

Meine geliebte Inge!
Wie schön, daß Du mir schon so bald hast antworten können. Für mich ist es doch immer ein besonderer Tag, wenn ich wieder einen Deiner lieben Briefe mehr besitze. Es ist, als käme mit jedem einzelnen ein Stückchen von Dir selbst zu mir ins Haus geflattert. Ohne Dich würde mich auch sehr einsam fühlen.

Es ist gerade 7^{00} früh, nachdem ich vor einer halben Stunde von meiner Nachtschicht nach Hause gekommen bin. Das geht jetzt immer abwechselnd. Eine Woche nachts und eine früh, und nur selten weniger als 10 Stunden, manchmal auch noch länger. Aber vorher habe ich so eine ruhige Kugel geschoben, daß ich jetzt auch einmal intensiv arbeiten kann.

Obwohl ich so gerne noch den Brief zu Ende schriebe, muß ich doch erst einmal zu Bett gehen, weil ich so gräßlich müde bin. Dafür mußt Du nun wieder einen Tag länger warten, so leid mir das tut. Nun wünsche ich Dir noch, daß Du heute nicht so viel Ärger bei Deiner Arbeit hast und gut damit vorankommst.

25. 9., 17^{00}

Liebe Inge, jetzt bin ich gar nicht mehr traurig, daß der Brief noch nicht fort ist. Ich bin doch ein schlechter Groschen! Wie kann man nur so schnell seine Meinung ändern? Ja, siehst Du, sonst hätt ich Dir jetzt gleich noch einmal schreiben müssen. Mädchen, was freue ich mich für Dich und für mich nicht weniger. Ich habe heute ein dickes Paket bekommen und dazu eine Postkarte folgenden Inhalts, den ich hier buchstabengetreu wiedergebe:

»Laut Ihrem Schreiben vom 10. 9. 1951 kann ich Ihnen die freudige Mitteilung machen das der von Ihnen verloren gegangene Mantel gefunden worden ist. Ich habe veranlast das derselbe von dem Finder an Ihre Adresse gesandt wird.«

Unterzeichnet hat diese Zeilen der Bürgermeister von Oberhundem mit Krakelpfote. Der Name ist nicht zu entziffern.

Was sagst Du jetzt? Aber wer ist der Finder? Als Absender ist die Gemeinde Oberhundem angegeben. Ich werde noch einmal nachhaken. Man muß sich doch bei irgendjemandem bedanken können.

Nein, wie freue ich mich darüber! Es ist doch ein Glück, daß ich da hingeschrieben habe. Sonst hätten wir lange lauern können, bis man das Fundstück einmal an ein polizeiliches Fundbüro weitergeleitet hätte. Nun kann ich ja die bereits entworfenen Schreiben an die Käseblätter in den Ofen stecken.

Morgen bringe ich das Paket zur Post. Heute ist es schon zu spät.

Noch gut einen Monat, dann geht's wieder ab nach Hannover. Vor Semesterbeginn möchte ich von dort aus noch einmal zu Dir kommen (28.–30. 10.?).

Für die Bilder danke ich Dir herzlich. Nun sag mal selber, die sind doch besser gelungen als die von der zweiten Serie. Von dem großen Bild sollst Du auch noch eines haben.

Ja, über Deine Kopfschmerzen weiß ich im wesentlichen Bescheid. Ich selber gebe mir Mühe, so wenig wie möglich daran zu denken, wenn ich es auch nicht immer vermeiden kann. Dann erinnere mich an all das Schöne und wie glücklich ich mit Dir gewesen bin, und schon geht es mir wieder besser, und es erscheint mir ganz unmöglich, daß es jemals anders sein sollte und werden könnte.

Ich will weiter alles für Dich tun, was mir möglich ist.

Von ganzem Herzen

Dein Richard

Ingeborg Lüttjes an Richard Schlosser

Moorwarfen, am 27. 9. 51

Mein geliebter Richard!

Deinen Brief hatte ich richtig ersehnt, weil ich mir gerade in den letzten Tagen ein bißchen verlassen vorkam. Nun ist die Freude um so größer. O wie schön, daß nun der Mantel wieder da ist! Richard, Du kannst aber auch alles! Sogar einen längst verloren geglaubten Mantel schaffst Du wieder herbei! Ich danke Dir so sehr für all Deine Mühe! Natürlich ist es richtig, daß Du noch einmal nach dem Finder gefragt hast, er hat zumindest ein herzliches Dankeschön verdient. Hier haben sich alle mit mir gefreut.

Und wer macht Dir mal eine Freude zwischen all den Stunden, in denen Du so schwer malochen mußt? Ach Richard, heute kann ich Dir eine große Sorge abnehmen. Ich habe eine endgültige Aussprache mit Vogt gehabt, und er wird nicht mehr länger zwischen uns stehen. Richard, mein lieber Richard, Du hast mich wieder. Ich bitte Dich nun sehr, halt mich fest, daß ich nie mehr einen anderen Wunsch habe als den, mit Dir und unserer Liebe glücklich zu sein. Du hast immer zu mir gehalten, und wie schlecht habe ich es Dir gelohnt. Wenn Du Doch jetzt hier wärest, wie wäre das schön! Aber so sehr lange dauert es ja nicht mehr, die vier Wochen werden schon vergehen, wenn ich auch jetzt schon weiß, daß für mich Stunden kommen werden, wo ich glaube, es allein nicht mehr auszuhalten. Doch sorge Dich nicht, wir kommen schon durch.

Soll ich meine zweite Urlaubswoche Ende Oktober nehmen? Und könntest Du ein bißchen länger als nur zwei oder drei kurze Tage bleiben? Ach, es ist schade, daß wir so selten nur zusammen sind! Ich habe aber meine Bemühungen um eine andere Stelle jetzt gestartet. Erst wenn es in Hannover absolut nicht geht, möchte ich versuchen, anderswo unterzukommen. Vielleicht läßt es sich bis dahin einrichten, daß ich doch öfter mal auf Stipvisite zu Dir kommen kann.

Ich werde mir Mühe geben, weiterhin gut klarzukommen, damit ich mir nicht noch im letzten Augenblick das Zeugnis verderbe. Vogt scheidet bald hier aus, und er sagte, daß er sich verpflichtet fühle, mir ein gutes Zeugnis auszustellen. Ganz umsonst solle ich mich nicht so angestrengt haben.

Mein lieber Richard, ich freue mich auf Deinen nächsten Brief, aber noch viel mehr darauf, Dich bald wieder hierzuhaben. Wir werden uns viel erzählen und nur für uns da sein.

Laß Dir noch einmal herzlich danken für alle Deine Liebe und auch für die Mühe, die Du Dir meinetwegen gemacht hast.

Ich bin immer
Deine Inge

Richard Schlosser an Ingeborg Lüttjes

Dortmund, am 30. September 1951

Mein liebes Herz!
Ach, wenn Du wüßtest, wie sehr ich mich über Deinen Brief gefreut habe. Als ich ihn gestern morgen bekam, war ich hier unten ganz herrlich ungestört damit. Es war so viel, was im Zusammenhang damit an Gedanken auf mich einstürmte, daß es eine Weile dauerte, bis ich mit meinem Verstand wieder bei meiner unmittelbaren Umgebung angelangt war.

Heute ist nun Sonntag und dienstfrei, und ich habe endlich einmal Zeit, Dir zu antworten. Ich glaube, den Tag von gestern bis heute habe ich auch gebraucht, um alles noch einmal gründlich zu überdenken und es richtig zu fassen, daß nun all diese Sorgen fort sind und ich wieder

Dein ganzes Herz besitze. Wie ist das schön, und wie gerne wäre auch ich jetzt bei Dir.

Inge, Du hast mir nie je etwas Schlechtes angetan. Gewiß ist es in diesen Monaten, die Du doch brauchtest, um mit Dir selber einig zu werden, manchmal nicht leicht für mich gewesen, zu warten und geduldig zu sein. Aber Dir zuliebe habe ich das gerne getragen und mich nie beirren lassen in meiner Liebe zu Dir. Es gibt keine bitteren Gedanken, die unser weiteres Zusammensein jemals stören könnten. Am schwersten war es für mich, daß ich Dir so wenig habe helfen können.

Aber nun habe ich Dich ja wieder, und ich will Dich schon festhalten, darauf kannst Du Dich verlassen. Natürlich ist kein Mensch vollkommen, auch ich bin es nicht, aber wenn einmal Schwierigkeiten zu bemeistern sind und nicht alles so läuft, wie es soll, dann muß Dir Deine Liebe zu mir über meine Unvollkommenheiten hinweghelfen.

Ob Du nun Ende Oktober Deinen restlichen Urlaub nehmen sollst, kann ich Dir auch nicht sagen. Schön wäre es ja. Ich will auch gerne etwas länger kommen und Dir im übrigen schon beide Daumen drücken, daß es mit einer Stelle in Hannover klappen möchte.

Ich grüße Dich von Herzen.
Dein glücklicher und dankbarer
Richard

Richard Schlosser an Ingeborg Lüttjes

Zum 29. 10. 50
am 27. 10. 51

Mein geliebte Inge!
An unserem ersten Jahrestag dürfen wir einmal anhalten und zurückschauen, in Gedanken den Weg noch einmal gehen und überall dort verweilen, wo das Glück bei uns war. So deutlich steht alles vor mir, als wäre es erst gestern gewesen. Ich brauche nur die Augen zu schließen, und Du sitzt genau so wie damals neben mir. Dein ganzes Gesicht glüht, und Du bist selig. Seitdem es Dich für mich gibt, weiß ich erst, wie schön das Leben sein kann.

Der letzte Teil unseres ersten Jahres hat uns sehr viel Sorgen gebracht, und wir haben einander geholfen, so gut es ging. In dieser ganzen Zeit hast Du bewiesen, wie stark Du sein kannst. Nun sollst Du auch Deine frühere Unbeschwertheit und Lebenslust zurückgewinnen.

Nimm all meine guten Wünsche und die feste Gewißheit, daß ich Dich liebe, mit auf den Weg ins nächste Jahr.

Ich wünsche Dir von ganzem Herzen Glück.

Dein Richard

Ingeborg Lüttjes an Richard Schlosser

Moorwarfen, am 28. 10. 51

Mein lieber, guter, treuer Richard!
Nun ist es schon Sonntag, und der Brief sollte längst unterwegs sein zu Dir, aber ich werde versuchen, die Verspätung aufzuholen und gleich den Brief nach Jever bringen, denn er muß doch pünktlich am Ziel sein.

Ich werde morgen immer an Dich denken und mir vorstellen, wie es vor einem Jahr war und wie schön es immer bei Dir war, trotz allem, was ich an Zwischenfällen mit verschuldet habe. Du bist stets derselbe geblieben, warst immer gut und hilfreich und hast Dich in Deiner Liebe nicht beirren lassen.

Mein lieber Richard, heute ist es nur ein Brief, den Du von mir hast, aber bald komme ich selber, dann werden wir noch richtig Jubiläum feiern. Man kann auch unter vielen Menschen ganz alleine sein, was stören uns da die andern!

Jetzt lutsche ich gerade die letzte Deiner Mokka-Bohnen, und Du steckst Dir, wenn Du nicht gerade eine im Mund hast, eben schnell eine Navy Cut an.

Bis bald, liebster Richard, und für alles herzlichen Dank und tausend Grüße!

Deine Inge

Ingeborg Lüttjes an Richard Schlosser

Moorwarfen, am 12. 11. 51

Mein lieber Richard!
Unser Opa ist nun nicht mehr bei uns. Nach all dem Schweren hat er jetzt Frieden, und auch wir sind alle ganz ruhig.

Meine Reisepläne sind davon nicht berührt. Auch meine Eltern möchten gerne, daß ich bald Gewißheit über meine zukünftige Stelle habe, und mein Urlaubsantrag ist bereits genehmigt.

Meine Sehnsucht nach Dir ist so groß, daß ich glaube, ich kann nie ohne Dich sein. In diesen Tagen hat mir Deine Liebe so geholfen!

Bleibe Du am Freitag ruhig zu Hause, ich komme dann schon hin. Es wird sicher Abendbrotszeit werden.

Bald haben wir uns wieder, Du lieber Junge. Nimm mein ganzes Herz, es ist Dein.

Deine Inge

Cäcilie Schlosser an ihren Sohn Richard Schlosser

Dortmund, 13. 11. 51

Lieber Richard!
Das Päckchen, das heute an Dich abging, wird hoffentlich bis zum 17. bei Dir sein. Meine Gaben sind sehr prosaisch und bescheiden, aber Du bist ja ein dankbarer Abnehmer solcher Prosa. Wie mag es Dir gehen? Und wie steht es mit den Kohlen? Arbeitest Du in der Mensa? Wie gern möchte ich Dich einmal besuchen!

Vater hat leider wieder viele Aufregungen und Ärger durch seinen Collegen gehabt, der sich kalt und bösartig gebärdet. Wenn man das so miterlebt, ist man froh, daß keiner von Euch diese Laufbahn einschlägt. Da ist's besser, lebendiges Christentum in anderen Berufen zu betätigen und zu leben.

Mir fiel heute ein Vers ein, der für Euch junge Menschen besonders paßt: »Vor jedem steht ein Bild des, das er werden soll, solang er das nicht hat, ist nicht sein Friede voll.« Dazu muß ich allerdings sagen, daß man auch mit 50 Jahren noch an diesem Bilde arbeitet.

Leb wohl, mein lieber Junge. Du weißt, wie sehr Du in meinem Herzen stehst und daß ich Dich immer lieb habe, auch wenn ich Dir nicht in allem folgen kann. Möchtest Du in Inge den rechten Lebenskameraden finden!

Es grüßt Dich in Liebe
Deine Mutter

Theodor Schlosser an seinen Sohn Richard Schlosser

Bochum, am 16. November 1950

L. R.!
Aus meinem Urlaub Glück= und Segenswünsche zu Deinem Geburtstag! Ich wünsche Dir, lieber Junge, daß Du bald zur Klarheit kommst. Nimm nicht alles zu tragisch!

Ich nehme an, daß Du schwer in der Arbeit sitzt. Das ist das Schönste, was einem jungen Menschen beschieden sein kann, von einer Erkenntnis zur anderen durch Arbeit zu steigen. Die Jahre kehren nie wieder, da man freischaffend geistig sich die Welt erobern kann. Nutze das aus!

Wenn Du etwas Gutes lesen willst, dann lies Wilhelm Raabe, besonders den Hungerpastor, Unsers Herrgotts Kanzlei, das Ödfeld, Chronik der Sperlingsgasse.

Ich bin schrecklich müde. Die Menschen sind mir zuviel. Aber laß Dich durch mein Trübsalblasen nicht beirren! Vor Dir liegt die Welt. Bleib klar und nüchtern! Keine Übereilungen!

Herzliche Grüße!
Dein Vater.

Ingeborg Lüttjes an ihre Mutter Emma Lüttjes

Hannover, am 21. 11. 51

Liebe Mutti!
Nun will ich mal der Reihe nach erzählen. Am Freitagabend habe ich mir zuerst ein Zimmer gesucht. Besonders billige gab es nicht mehr, aber vorübergehend konnte ich mir wohl eins für 4,50 DM pro Nacht leisten. Vorgestern nun wurde mir der Spaß zu teuer, und ich siedelte zu Frau Wuttke über, wo ich auf dem Sofa kampiere.

Auf dem Arbeitsamt wollte man mich erst mit einigen Phrasen wieder hinauskomplimentieren, da ich ja keine Zuweisung von Jever her hatte. Ich bin aber mittlerweile hartgesotten und lasse mich nicht so leicht bange machen. Jedenfalls bekam ich zwei Zuweisungen in die Hand gedrückt, eine als Stenotypistin bei einer Stahlgroßhandlung Horbach & Schmitz, die andere beim Werk Telefunken als fremdsprachliche Stenotypistin. Es war schon Mittagszeit, und so reichte es gerade noch zur Vorstellung bei Horbach & Schmitz. Da hat die Sache allerdings den Haken, daß ich meine Englischkenntnisse überhaupt nicht anwenden könnte. Die Bezahlung ist sonst ganz gut, 260 DM Anfangsgehalt während der Probezeit von 3 Monaten, dann steigt das Gehalt auf 300 DM nach einem Jahr. Außerdem bekommt man nach einjähriger Tätigkeit zu Weihnachten ein ganzes Monatsgehalt extra und auch Urlaubs- und sonstige Zuschüsse. Der Mann war betont seriös und hätte mir vor einem Jahr direkt noch Ehrfurcht eingeflößt. Eine Prüfung konnte am Sonnabend nicht mehr stattfinden, ich sollte am Anfang dieser Woche wieder von mir hören lassen.

Am Montag war ich bei Telefunken. Die Stelle würde mich eigentlich noch mehr reizen, ganz abgesehen von der um 80 bis 100 DM besseren Bezahlung. Ich würde dort in der Fernseh-Abteilung als Chefsekretärin arbeiten. Man gab mir ein langes Diktat und eine technische Übersetzung. Die Übersetzung klappte gut, nur beim Diktat konnte ich manchmal ein Wort nicht genau verstehen. Der Chef eröffnete mir, daß meine Tätigkeit zu 90% aus deutschsprachigen Diktaten, Briefen usw. bestünde und nur zu 10% aus technischen Übersetzungen, da die Auslandskorrespondenz nicht hier, sondern in der Exportabteilung erledigt werde, und da sei im Moment keine Stelle frei. Ich mußte dann eine Adresse angeben und soll Bescheid bekommen.

Weil mir das zu ungewiß war, holte ich mir eine weitere Zuweisung als fremdsprachliche Korrespondentin bei einer Import-Agentur. Über etliche Hinterhöfe fand ich dann auch hin. Es wurde aber engl. Steno verlangt, und außerdem schwärmte mir der Mann dauernd von dem Mädchen vor, das sich vor mir beworben habe, was die alles könne und wisse und so weiter. Es wird also wohl nichts daraus, aber so sehr leid tut es mir nicht, denn das scheint doch ein ziemlicher Klöterladen zu sein. Morgen früh gehe ich gleich wieder zum Arbeitsamt, und dann frage ich bei Telefunken einfach nach.

Mit einem Zimmer sieht es noch sehr mies aus, ein Leerzimmer werde ich wohl kaum bekommen, und wenn doch, dann verlangt man meistens 400 bis 600 DM Mietvorauszahlung. Es gibt auch Ausbauwohnungen, aber bloß mit einer Menge Baukostenzuschuß. Das Geld wird in vielen Fällen nur zu 50% auf die Miete angerechnet. Ich habe der Wohnraumagentur 5 Mark bezahlt und muß nun abwarten, was passiert. Wenn die Agentur was findet, verlangt sie nachher 5% der Jahresmiete.

Hannover gefällt mir immer noch gut, es sind viele neue Häuser entstanden. Am Kröpcke gibt es jetzt ein Kaufhaus »Magis«, das alle Karstadts und Brenninkmeyers in die Tasche steckt.

Von Richard an alle einen schönen Gruß, und von mir nicht weniger herzlich, besonders an Dich, liebe Mutti!

Deine Inge

Richard Schlosser an seine Mutter Cäcilie Schlosser

Hannover, am 26. 11. 51

Lieber Mutter!
Der erste Monat ist schon bald herum, und ich weiß nicht, wie das so schnell möglich war. 38 Wochenstunden geben mir so viel zu tun, daß ich kaum mehr mit gutem Gewissen schlafen gehen kann. Es hilft da nur ein dickes Fell. Darin sind sich alle Studenten einig. Wir geben unsere Übungen ab, wenn wir damit fertig sind, und kümmern uns nicht mehr um Termine. Jeder Lehrstuhl verfolgt nur seine eigene Naht, und von einer Gesamtrichtschnur ist wenig zu merken.

Irgendwelche Fanatiker sind jetzt auf die glorreiche Idee gekommen, 2 × im Monat einen ganzen Tag lang alle Vorlesungen ausfallen zu lassen. Dieser Tag wird »dies academicus« genannt und steht im Zeichen des sogenannten »studium generale«. Es könnte einen beinahe rühren, wie sehr man um unsere Allgemeinbildung besorgt ist. Man kann an diesem Tage Vorträge die Menge hören und Gemäldegalerien, Museen und moderne Bauwerke besichtigen. Das ist ja alles schön und gut, nur scheint man an der Stelle, die für diesen Erlaß verantwortlich zeichnet, völlig zu übersehen, daß die Herren Professoren, die ohnehin in ständiger Verzweiflung sind, wie sie in den Vorlesungsstunden ihren Stoff bewältigen sollen, nur noch einen Weg aus dem Dilemma sehen: Die Übungsstunden werden gestrichen und stattdessen Vorlesungen angesetzt. Wie wir mit den Übungen fertig werden, ist unsere Sache. Erfolg: Kein Mensch denkt daran, den »dies« als das anzusehen, was er sein soll. Wahrscheinlich legt man uns das noch als Interesselosigkeit aus. Meinetwegen.

Viele Professoren sehen ihre Vorlesungen als üble Begleiterscheinungen ihres Amtes an und servieren einen wüsten, schwer verdaulichen Salat. Das ist dann die akademische Freiheit. Das, was ich lerne, macht mir zwar Freude, aber es würde mir noch viel mehr Freude machen, wenn nicht ewig so gehetzt würde. Aber ich will mich nicht noch länger darüber aufregen. Es hat keinen Zweck.

Meinen Geburtstag habe ich schon bald wieder vergessen. Ich danke Dir und allen anderen für die Glückwünsche und Dir noch ganz besonders für Dein Päckchen mit dem nahrhaften Inhalt. Frau Kluge hat mir eine prächtige Obsttorte vermacht. Als größter Fortschritt ist es wohl zu bezeichnen, daß ich nun auch endlich einen Hut besitze. So verdeuwelt, wie ich immer annahm, steht er mir gar nicht zu Gesicht.

Zum Glück ist es noch nicht sehr kalt, so daß es sich auch ohne Kohlen für einige Zeit in meiner Bude aushalten läßt. Ich sitze viel in der T.H.

Da ist es immer warm, und man kann bis nach Mitternacht bleiben. Einen Zentner Kohlen für 5,– DM habe ich mit viel Lauferei inzwischen erobert. Viel wird es nicht sein, was ich noch bekommen werde.

Heimkehrerhilfe: ganz aus. Das Gesetz ist abgeändert worden. 2 Jahre muß man mindestens in Gefangenschaft gewesen sein, um etwas zu bekommen, und dann auch nur, wenn es einem ganz dreckig geht oder wenn man sich im Schlußexamen befindet. Irgendwie helfe ich mir schon selber.

Mit den herzlichsten Grüßen bin ich Dein
Richard

Richard Schlosser an seine Familie

Hannover, am 22. Dez. 1951

Liebe Eltern, liebe Geschwister!
Lange habe ich hin und her überlegt, was ich Weihnachten anstellen sollte. Aber was soll ich noch länger grübeln, das hat ja doch keinen Zweck. Ich denke, ich bleibe hier.

Seit gestern sind Ferien, und damit werde ich nun etwas mehr Zeit finden, mit meinem sogenannten Studium voranzukommen. Es will nicht immer so, wie man es gerne sähe, aber es muß doch!

Studium generale: Inzwischen hat es sich erwiesen, daß dieser an einem sehr grünen Tisch produzierte Plan an einer Technischen Hochschule praktisch gar nicht oder nur mit Hängen und Würgen durchzuführen ist. Meine Mitstudenten haben eine Art Denkschrift verfaßt, doch ich bezweifle, daß die gestellten Forderungen irgendwelches Gehör finden werden. Es freut mich nur, daß wir uns einig sind. Vielleicht merkt der Herr Kultusminister, oder wer sonst dafür verantwortlich zeichnet, eines Tages doch noch, daß das ganze studium generale unter diesen Bedingungen von der Studentenschaft einfach ignoriert wird.

Nun will ich mich in meinem Bericht aber jenen Tätigkeiten zuwenden, die meine Tage und zum allergrößten Leidwesen meiner Wirtin auch meine Nächte ausfüllen. Um gleich dabei zu bleiben, ich sehe es kommen, daß ich mich nächstens mit Sack und Pack nach einer anderen Wohnung umtun muß. Bis jetzt bin ich mit Frau Kluge gut ausgekommen, aber seit der Betrieb hier immer unbeschreiblichere Formen annimmt und ich immer später ins Bett finde, ist es damit vorbei. Frau Kluges Schlafzimmer liegt direkt neben meiner Bude, und das ist der wunde

Punkt. Die Frau hat überempfindliche Sinnesorgane. Ich darf nicht radieren, mir nicht die Nase putzen und mir nicht einmal die Pfeife anstecken. Alles bringt Frau Kluge um den Schlaf. Dabei höre ich mich selber gar nicht und sitze vollkommen ruhig auf meinem Stuhl. Aber sie hört mich nicht nur, sie riecht es auch, daß ich noch wach bin. Wie sie mir vorgestern verkündete, dringe mein Pfeifenqualm durchs Mauerwerk bis hin an ihr Geruchsorgan. Da war ich platt und bin es immer noch. Ich habe ihr vorgeschlagen, sich im nächsten Krieg als Gasspürer zur Verfügung zu stellen.

Der Traum von der Heimkehrerbeihilfe ist ja nun restlos ausgeträumt. Ich muß mich nun ganz der anderen Möglichkeit zuwenden und am Ende des Semesters diverse Fleißprüfungen ablegen. Vorbereiten kann ich mich darauf nur in den Ferien. Darum müßt Ihr Euch meine Person zur Vervollständigung Eures weihnachtlichen Familienkreises in diesem Jahr dazudenken. In Dortmund säße ich doch nur wie auf Kohlen. Ich muß den Stoff jetzt in den 14 Tagen mit Gewalt fressen, dann werde ich mich wohler fühlen und den Rest des Semesters beruhigt zu Ende bringen.

Auf jeden Fall werde ich Technische Wärmelehre, Praktische Mathematik und vielleicht Werkstoffkunde wählen. Die Technische Wärmelehre wächst sich mit der Zeit auch zu einer harten Nuß aus. Zum Glück werden jetzt in der Höheren Mathematik die Differentialgleichungen zerpliesert, mit denen wir uns schon im 2. Semester in völliger Ahnungslosigkeit in der Festigkeitslehre zu befassen hatten, so daß es mit der mathematischen Untermauerung langsam besser wird. Die Technische Wärmelehre birgt in der Hinsicht auf die Differentialgleichungen noch eine Fülle von Überraschungen, die dazu dienen, es mir in der Nacht nicht langweilig werden zu lassen. Gerade habe ich eine herrliche Übung mit diesen Dingern für Mathe fertiggestellt (4 Nächte). Ich ärgere mich selbst, daß es nicht schneller geht. Es ließe sich das höchstens ändern, wenn ich alles nur so hinschmierte, wie viele andere das tun. Ich zeige meine Übungen schon niemandem mehr, weil ich sonst für komplett verrückt erklärt werde. Meine ganze Bewunderung gilt den Assistenten, die diese Unzahl von Übungen durchzusehen haben.

Jetzt muß ich erst einmal für die Fleißprüfungen pauken. Wenn ich in Zukunft während der ganzen Semesterferien wieder arbeiten muß, kann ich das Studium an den Nagel hängen. Lieber Gott, ich werde es schon schaffen, wenn ich jetzt nur meine Ruhe habe.

Euch allen wünsche ich ein recht frohes Weihnachtsfest mit allen angenehmen Begleiterscheinungen, auch wenn mein Brief keinen sehr weihnachtlichen Eindruck erweckt. Ich bin von den letzten Nächten noch so halb benebelt. Daß Weihnachten ist, merke ich allein daran, daß ich jetzt ein etwas besinnlicheres Tempo anschlagen kann. Sonst macht Euch um mein Wohlergehen keine Gedanken.

Den Eingang des Geldes kann ich bestätigen. Ich denke nur immer, daß Ihr damit in Schwierigkeiten kommt. Ich richte mich schon ein, so gut es geht. Im nächsten Semester hoffe ich doch irgendeine Zuwendung zu bekommen. Drückt man die Daumen, daß das klappt, sonst muß ich 12 Semester studieren. Einstweilen sage ich herzlichen Dank für das Geld.

Mit allen guten Wünschen bin ich
Euer Richard

Ingeborg Lüttjes an ihre Mutter Emma Lüttjes

Hannover, am 3. 1. 52

Meine liebe Mutti!
Ein Zimmer ist noch nicht beschafft, aber morgen wird es wohl zum Klappen kommen. Ich habe jetzt zwei Wohnraumvermittlungen und die Zentralstelle von Telefunken alarmiert. Es werden täglich Räume zugewiesen, nur sind sie meistens entweder schrecklich teuer oder schon weg. Vorläufig wohne ich bei Frau Wuttke.

Mein Chef hat mir heute ein paar Stunden bei sich zu Hause diktiert. Er ist sehr nett und wird sich auch gleich Montag energisch für die Gehaltssache einsetzen, da ich gesagt habe, ich würde sonst kündigen müssen. Mit dem Kantinenessen habe ich Glück gehabt, es kostet nur 30 Pf. pro Tag. Sonst ist das Leben hier ziemlich kostspielig. Aber ich helfe mir schon, Ihr braucht Euch meinetwegen keine Sorgen zu machen. Es ist alles in bester Butter.

Richard läßt herzlich grüßen. Er rennt sich wegen meines Zimmers die Hacken ab.

Viele Grüße an alle!
Deine Inge

Richard Schlosser an seinen Vater Theodor Schlosser

Hannover, am 8. Jan. 52

Lieber Vater!

Rechtzeitig wird mein Brief wohl kaum mehr eintreffen, aber darum sollen meine Glückwünsche zu Deinem Geburtstag um nichts weniger herzlich gemeint sein. Wahrscheinlich wirst Du morgen vor allen lästigen Gratulanten das Weite suchen, um den Tag in Ruhe verbringen zu können. Diese Ruhe wünsche ich Dir auch in ganz besonderem Maße.

Die Ferien sind nun zu Ende, und der Betrieb läuft schon wieder im altgewohnten Geleise. Meine Fleißprüfungen werde ich nun wohl auch mit Anstand bewältigen können. Bis es aber so weit ist, werde ich noch einen gehörigen Brummschädel kriegen.

Die Sache mit dem Wohnungswechsel ist nun sehr akut geworden, nachdem mir meine Alte gekündigt hat. Gründe: Der Tabaksqualm dringe durchs Gemäuer in ihr Schlafgemach, außerdem säße ich zu lange auf und risse sie durch das geringste Geräusch aus dem Schlafe. Ich habe die poröse Schlafzimmerwand gar nicht erst genauer untersucht, sondern zugesichert, daß ich so schnell wie möglich verschwände. Was ist das nur für ein Quatsch! Wenn die Frau mehr zu tun hätte, würde sie wohl besser schlafen können. Ich finde auch noch eine günstigere Bude, dessen bin ich sicher. Am liebsten wäre mir ja eine Schrebergartenvilla oder ein Leerzimmer, in dem man sein eigener Herr ist. Ich bin neugierig, wie lange ich mit der nächsten Wirtin auskommen werde. Wenn ich hier doch nur meinen Dortmunder Keller hätte! Vielleicht finde ich ja noch so etwas ähnliches.

Das riesige Weihnachtspaket war eine wahre Fundgrube für mich. Ich brauchte mir eine Woche lang nichts mehr zu meiner Verpflegung zu kaufen. Dem jeden einzelnen gebührenden Dank kann ich wohl nächste Woche persönlich anbringen. Wahrscheinlich komme ich 19. oder 20. Januar. Bis dahin also!

Mit den besten Grüßen
Dein Richard

Hannover, am 13. 1. 52

Ihr Lieben!

Nun will ich Euch mal etwas ausführlicher schreiben. Also, mit dem Zimmer war das so eine Sache. Als ich freudestrahlend hier ankam, mußte Richard mir eröffnen, daß sich der Plan mit dem Zimmer in Ricklingen zerschlagen habe. Vorerst sollte ich man zu Frau Wuttke gehen, er habe schon alles vereinbart. Sehr wohl war mir ja nicht bei dem Gedanken, ihr wieder tagelang zur Last fallen zu müssen, aber was sollte ich tun! Ich habe mich dann so wenig wie möglich bemerkbar gemacht und war ja auch den ganzen Tag beschäftigt.

Bei Telefunken gefällt es mir ganz gut. In den ersten Tagen habe ich natürlich noch manchen Bock geschossen, aber jetzt ist es besser geworden. Stellt Euch bloß vor, als Richard sich am 28. Dezember meinetwegen bei Telefunken erkundigte, wollte der Pförtner ihn gar nicht erst reinlassen, weil ich die Stelle doch nicht bekäme! Richard ließ sich aber nicht bange machen und drang nach vielen Anstrengungen dann auch bis zum Personalchef vor, der ihm sagte, daß das Ganze auf einem Irrtum beruhen müsse; selbstverständlich würde ich eingestellt. Bei dem Gehalt hat dann selbst Richard einen kleinen Schrecken gekriegt. Die Sache habe ich nun auch verhandelt, und die Firma hat sich bereiterklärt, mir in den ersten Monaten 310,– brutto zu zahlen. Jetzt im Januar sei das noch nicht möglich; ich bekäme aber, wenn ich mich nicht total blamierte, die Nachzahlung für Januar mit dem Gehalt für Februar. Wenn sich in 3 Monaten keine weitere Besserung absehen läßt, suche ich mir eine andere Stelle.

Telefunken ist ein ziemlich knauseriger Laden. Augenblicklich entläßt das Werk die Angestellten wie die Arbeiter zu Hunderten. Nur im Fernsehsektor wird Personal eingestellt. Dafür haben wir jede Menge Direktoren, fünfe an der Zahl. Denen wird natürlich nicht gekündigt.

Etwas Nebenverdienst habe ich mir auch schon besorgt, eine gepfefferte technische Übersetzung. Da will jemand in Indien eine Telefunken-Kino-Anlage bauen, dafür muß der Kram bis Mitte nächster Woche fertig sein. Am besten setze ich mich damit in die Hochschule, da ist es wenigstens warm. Das Zimmer, das ich nun vorübergehend in Kirchrode bewohne, bei Richards ehemaliger Wirtin, ist nämlich nicht heizbar. Aber ich brauche es auch nur zum Schlafen. Abends arbeite ich immer etwas länger, dann esse ich in der Mensa mit Richard Abendbrot, manchmal sitzen wir dann noch zusammen im Hörsaal, wo Richard seine Aufgaben macht und ich meine Übersetzungen, und dann gehe ich nach Hause.

Heute wird mir Richard den letzten Koffer nach Kirchrode schleppen. Das Zimmer ist man eben groß genug für ein Bett, einen Schrank und einen kleinen Tisch, auf dem mein Volksempfänger thront. Damit ich mir nun aber auch eine Thermosflasche für den Morgenkaffee und vielleicht einen kleinen elektrischen Ofen anschaffen kann, wäre ich doch sehr dankbar, wenn Ihr mir bald das restliche Geld vom Flugplatz schicken könntet.

Dann bis zum nächstenmal. Viele herzliche Grüße, auch von Richard und Frau Wuttke!

Eure Inge

Theodor Schlosser an Gepke Lüttjes

Dortmund, am 11. April 1952

Sehr geehrter Herr Lüttjes!
Lassen Sie mich Ihnen als dem Vater Inges herzlich für das Vertrauen danken, daß Sie unserem Richard Ihre Tochter anvertrauen. Ich darf Ihnen sagen, daß ich bei der Rückkehr Inges von England bei ihrem Aufenthalt in unserem Hause dachte, ob sie nicht eine richtige Frau für Richard wäre. Daß es nun wahr geworden ist, freut mich umsomehr. Ich wünsche Ihnen, den Eltern, unser Junge möchte Sie nie enttäuschen. Bei seiner ernsten Veranlagung glaube ich aber, es wird nie geschehen.

Eins kann ich allerdings nicht leugnen. Ich lasse ihn mit einem leichten Schmerz ziehen. Es erfüllt sich nun das bekannte Bibelwort, ein Mann werde um eines Weibes willen Vater und Mutter verlassen. Hoffen und beten wir zu Gott, daß Er unsere Kinder segne.

Leider kann ich nicht selbst kommen. Ich bin dienstlich überfordert. Pfingsten wäre es leichter gewesen. So muß ich wie seinerzeit mein Vater fernbleiben. Hoffentlich klappt es bei der Hochzeit besser!

Ihnen und den Ihren
herzliche Grüße
von Ihrem J. Schlosser, Pfr.

Theodor Schlosser an Ingeborg Lüttjes und Richard Schlosser

Dortmund, am 12. April 1952

Meine lieben Kinder!
Mit Wehmut sitze ich heute da und gedenke Eurer beider. Wie sehr habe ich mir gewünscht, ich hätte Euch morgen segnend die Hand auflegen können! Ich denke der alten Zeiten, der vorigen Tage, da ich Dich, mein Richard, am Tage Deiner Geburt dankend in meine Arme nahm und gelobte, Dir den Namen Deines Großvaters zu geben, der in der sehnlichen Hoffnung lebte und starb, eigene Enkel zu segnen. Es war ihm nicht vergönnt, nicht einmal, daß er zu meiner Verlobung kommen konnte. Wie fühle ich mich ihm ähnlich! Ich weiß aber, daß er überglücklich gewesen wäre, wenn er Dich und Deine Braut hätte segnen können. Seinen Segen über mich an seinem Sterbetage gebe ich Dir und Deiner lieben Inge weiter. Ihr beide teilt heute Eure Herzen zwischen zwei Familien. Möge es Euch zum Segen gereichen! Werdet glücklich, meine geliebten Kinder!

Herzlichst
Euer Vater Theodor.

Richard Schlosser an seine Mutter Cäcilie Schlosser

Hannover, am 14. 10. 52

Liebe Mutter!
An Deinem Geburtstag denken auch wir beide an Dich und wünschen Dir alles Gute. Der Schirm wird hoffentlich seinen Zweck erfüllen. Inge hatte den glücklichen Gedanken, und ich habe ihr zugestimmt, denn meines Wissens sind solche Apparate bei Euch in Dortmund dünn gesät. Ich entsinne mich nur einer Gollwitzerregendachtype. Dieser Schirm hier ist zwar auch nicht der letzte Schrei, aber die Hauptsache ist ja, daß das Wasser daran hinunterläuft.

Ich stecke bis zum Wirbel in der Prüfung und fühle mich schon einigermaßen durchgedreht. Inge sorgt für mein körperliches Wohlbefinden. Wenn mir vom vielen Pauken der Kopf wackelt, besuche ich sie und werde verwöhnt. Ein Pascha bin ich darüber aber noch nicht geworden. Für mich wird Inge die beste Frau sein, die ich mir je hätte wünschen können. Wenn wir mit dem Heiraten auch noch eine Weile warten müssen, sind wird doch heute schon sehr glücklich miteinander. Ziehen zwei an ein einem Strang, fällt vieles leichter.

Nebenbei futtere ich Lecithin, um die verpulverte Gehirnmasse laufend zu ersetzen. Manche Examen sind das reinste Affentheater und können niemals ein Kriterium für Wissen oder Begabung darstellen. Man lernt stur irgendwelche Tatsachen auswendig und leiert seine Sprüche herunter, wenn es verlangt wird. 14 Tage später hat man alles wieder vergessen und zieht dann bei Bedarf ein Handbuch zu Rate. Die Diplomingenieure werden heute wie am Fließband produziert, und die zu wahrem Studium nötige Muße gibt es nicht mehr. Die Professoren sind Spezialisten und auf fremden Gebieten Nieten. Fragt man etwas außerhalb der Reihe, so heißt es: »Das schlägt nicht in mein Fach!« Dabei werden immer viele schöne Worte gemacht, wie etwa, daß der junge Akademiker die Hochschule als ein zur Persönlichkeit gereifter Mensch verlassen soll. Nichts könnte größerer Unsinn sein als das. Wer in Ehren seine Prüfung bestehen will, muß sich Scheuklappen umbinden, sonst bringt er es zu nichts. Er verläßt die Anstalt als Könner auf seinem Gebiet und als ein in jeder anderen Hinsicht Beschränkter. Man muß schon ein sehr elastisches Gemüt besitzen, um dabei nicht überzuschnappen.

Übermorgen findet die letzte Klausur statt, und dann kommen noch ein paar mündliche Prüfungen.

Schöne Grüße an Euch alle, Dir aber besonders herzliche Grüße von Deinem

Richard

Richard Schlosser an Emma Lüttjes

Hannover, am 20. Jan. 53

Liebe Mutti!

Weihnachten liegt schon wieder in weiter Ferne, und Du hast noch immer nichts von mir gehört. Heute früh erhielt ich eine kurze Nachricht von meiner Mutter. Am Samstagabend ist unser Großvater für immer von uns gegangen. Wir waren darauf vorbereitet, aber im stillen hat man doch immer noch eine kleine Hoffnung genährt, es möchte ihm noch einmal wieder besser gehen. Es hat nicht sein sollen. Für ihn war es eine Erlösung, und Gott hat das beste Teil für ihn erwählt. Meiner Großmutter ist er nach acht Jahren gefolgt. Sie hatte auf der Flucht in Ostpreußen ein unbekanntes Grab gefunden. Die Urne mit der Asche meines Großvaters wird in Jever in der Gruft seiner Eltern beigesetzt. So ist ihm die letzte Ruhe in seiner alten Heimat beschieden.

Bis in sein hohes Alter hinein hat er immer noch regen Anteil an meinem Leben genommen, und ich fühle es doch sehr, daß durch seinen Heimgang eine Lücke entstanden ist. Ich freue mich, daß er Inge noch hatte kennenlernen können. In einem seiner letzten Briefe schrieb er mir: »Ich denke oft an Dich. Dein Leben, Deine Arbeit, Dein Geschick begleite ich mit warmem Herzen, nehme auch gerne Anteil an Deinen Erfolgen und Fortschritten in der Ausbildung Deines Geistes. Du hast eine selbstlose Helferin, die Dir treu zur Seite steht. Gott behüte Dein Leben, Deine Arbeit und Dein Glück, in welches ich das Glück Deiner Inge mit einschließe. Ich gedenke Eurer in Liebe.«

Hier auf Erden hat er so viel Gutes getan. Vielleicht kann er uns nun von dort oben noch besser den rechten Weg weisen. Ich werde oft an meinen Großvater denken müssen.

Inge berichtete mir von der bevorstehenden Veränderung bei Euch. Es ist sicherlich das beste so. Mein Fall wäre es auch nicht, mich mit so einem Pack herumzuschlagen. Ich kann Euch nur wünschen, daß Ihr nun in Jever eine Euch zusagende Wohnung finden werdet. Das wird bestimmt nicht einfach sein, besonders im Hinblick auf die große Familie, denn daß Dir vorher alle heiratsfähigen Töchter schlagartig entführt werden, ist doch wohl kaum anzunehmen.

Nun muß ich Euch und besonders Dir noch herzlich für das riesige Paket danken, das Ihr für die ganze Dortmunder Weihnachtsfamilie so liebevoll zugerechtgemacht hattet. Es war für alle eine gewaltige Überraschung. Mir habt Ihr mit dem Buch die größte Freude bereitet. Im Studium treten mir Wissenschaft und Technik immer nur im nüchternen Zahlengewand und mit oft allzu grauer Theorie gegenüber, so daß es direkt eine Erholung ist, diesem Stoff einmal in einer Erzählung zu begegnen. Man kann daraus wertvollere Anregungen schöpfen als aus vielen wissenschaftlichen Abhandlungen. Mich hat die Lektüre sehr gefesselt.

Für heute Schluß. Herzliche Grüße an alle und Dir noch einen besonderen von

Deinem Richard

Richard Schlosser an seinen Vater Theodor Schlosser

Hannover, am 17. 2. 53

Lieber Vater!
Schönen Dank für Deine Nachrichten. Inzwischen war ich auch auf der Bank und kann Dir den Eingang des Geldes bestätigen. Wenn Ihr auf keines der Möbelstücke aus Moorwarfen gesteigerten Wert legt, schreibt das Frau Lüttjes doch bitte umgehend, damit sie die Sachen verscheuern kann.

Erst habt Ihr über die bevorstehende Hochzeit gestaunt, jetzt könnt Ihr es über die ausgefallene tun. Der Plan von der Heirat zwischen Gisela Lüttjes und ihrem Henry kommt vorläufig zu den Akten. Mir kam das ja gleich ein bißchen spanisch vor. Der Vater des edlen Henry hat ein Machtwort gesprochen, und nun sind Giselas Aktien tief gefallen. Henry Senior meint, sie sollten man erst noch eine Weile warten und sich per Entfernung lieben, statt sich Hals über Kopf zu heiraten. So ein Haus voller Mädchen wird den Stoff für Überraschungen wohl auch in nächster Zukunft nicht ausgehen lassen. Wie das nun im einzelnen gewesen ist, weiß ich nicht, und es ist ja auch nebensächlich für Unbeteiligte.

Auf Kosten der Studentischen Krankenversorgung suchte ich neulich einen Arzt auf, der mir erst nach der dritten Untersuchung sagen konnte, was mir fehlt. Vorher hatte man mich bei der Conti geröngt und eine Aufnahme gemacht. Befund: Das Bild läßt auf eine leichte Bronchialpneumonie schließen, was wohl zu deutsch Lungenentzündung heißt. Angeblich habe ich sie aber schon hinter mir. Am 6. März muß ich zur Kontrolle noch einmal geröntgt werden. Nach Ansicht der Ärzte bin ich auf dem Wege der Besserung, aber ich fühle mich nach wie vor gräßlich matt und müde, und es macht mir keine Schwierigkeiten, 12 Stunden am Stück zu schlafen.

Sehr viel Schlaf hat mir dann auch der Arzt verschrieben. Außerdem soll ich ordentlich essen und mich nicht übernehmen, weder körperlich noch geistig. Letzteres läuft mit meinem Studium jedoch sehr wenig parallel. Mit viel Schlaf und wenig Arbeit kann man kein Examen bestehen. Immerhin ist mein Zustand nicht beunruhigend.

Sei herzlichst gegrüßt von
Deinem Richard

Ingeborg Lüttjes an ihre Mutter Emma Lüttjes

Hannover, am 5. Mai 1953

Liebe Mutti!
Zuerst möchte ich Dir recht viel Glück und Gutes zum Muttertag wünschen! Wie geht es Dir nach all der Arbeit mit dem Ausbessern der vielen kleinen Fehler, die das neue Heim noch hatte? Mit einem Besuch von mir ist es wieder nichts, aber vielleicht mal zum Sommer, so daß ich Dir wenigstens zu Deinem Geburtstag persönlich gratulieren könnte.

Momentan sitze ich bis über beide Ohren in der Arbeit. Was in einer geordneten Firma auf keinen Fall vorkommen sollte, ist bei uns seit zwei Wochen an der Tagesordnung: Meine Kollegin Frl. Ulrich und ich müssen außer unserer eigenen Schreiberei noch alle Arbeiten der uns vorgesetzten Korrespondentin übernehmen. Frl. Ulrich, weil ihr Chef zu Grundig hinübergewechselt ist, und ich, weil mein kleiner Diktator sich zur Zeit im sonnigen Süden auf Urlaub befindet. Wie man seinem Urlaub zustimmen konnte, wird begreiflich, wenn man weiß, daß der Knirps ohnehin in den nächsten Wochen gefeuert wird, weil er seine Arbeit immer ziemlich schluren läßt, keine Übersicht hat und nur sehr mangelhaft Englisch spricht.

So sieht das also aus, und wir selbständige Bearbeiterinnen von je über 20 Ländern in Europa und Vorderasien bekommen keinen Pfennig Extrageld und werden für alle Fehler und Reklamationen verantwortlich gemacht. Andererseits hat die Sache ja den Vorteil, daß wir uns gründlich einarbeiten und uns später vielleicht eine Korrespondentenstelle angeln können.

Eine Zeitlang hatte Richard einen Job auf der Messe, aber das war ein Schlag ins Wasser, weil man ihn hintenherum für eine krumme Werbetätigkeit catchen wollte. Dafür hätte er sich ja bestens geeignet, wie Du Dir denken kannst. Jetzt wäre allenfalls noch ein kleiner, schlechtbezahlter Job bei der Hauptpost als »Paketannehmer« zu kriegen, und das ist auch nicht das Gelbe vom Ei.

Bald werde ich vielleicht ein paar Bilder von unserer Tour durch den Harz schicken können. Am Freitagmittag fuhren Richard und ich mit dem Zug bis Goslar, die Räder hatten wir mitgenommen, und strampelten mit einiger Anstrengung die 15 km bis zum »Auerhahn« hinauf. Dort stärkten wir uns mit einigen Portionen Eis und starteten dann eine schöne Fahrt durch die Orte Hahnenklee, Bockswiese und noch weiter rum. Richard überwand sich sogar, in das eiskalte Bergseewasser zu steigen, was ich nicht fertigbrachte. Die Tour war herrlich, wir sind direkt etwas braungebrannt und haben uns auch erholt.

Nun muß ich aber los, denn dummerweise habe ich beim Reinemachen in meinem Zimmer mit dem Besen in die Lampe gehauen und ein Loch hineingemacht, so daß ich jetzt eine Ersatzlampe beschaffen muß, und nach 6 Uhr werde ich wohl kaum noch ein offenes Geschäft finden. So ist es eben, kaum hat man sich ein paar Kröten zusammengespart, dann passiert einem sowas, und man muß das schöne Geld in eine olle Funzel stecken. Manchmal könnte man schon trübsinnig werden, wenn man darüber nachdenkt, was man doch für ein armes Würstchen ist. Aber es wird schon werden!

Grüß bitte alle meine Lieben herzlich. Alles Gute auch von Richard!

Deine Inge

Emma Lüttjes an ihre Tochter Ingeborg Lüttjes

Jever, 15. Mai 53.

Liebe Inge!

Über Deinen Brief zum Muttertag habe ich mich ganz besonders gefreut! Dagmars Geburtstag wurde auch erst am Muttertag gefeiert. Sechs angehende Backfische saßen am Tisch. Sie hauten gewaltig in die Kuchenvorräte ein und hatten nur ein einziges Gesprächsthema: Tanzstunde! Mit ihren Geschenken ist Dagmar sehr zufrieden. Abgestaubt hat sie einen hellblauen Sommermantel, ein Kräuselkreppkleid mit Samtgürtel (Elastic), drei Paar Söckchen, einen Nickischal und einen türkisfarbenen Nicki mit kurzem Arm.

Heute nachmittag um 6 Uhr ist nun Gisela abgefahren. Henry hat kein Sterbenswörtchen mehr von sich hören lassen. Nun soll es also dabei bleiben, daß das Kind zur Adoption freigegeben wird. Gewiß könnte Gisela ihr Leben lang für das Kind sorgen, aber es müßte doch immer ein Leben im Schatten führen, und auch wenn Gisela tatsächlich noch heiraten sollte, wäre das Kind ein großes Hindernis und der erste Anlaß zu Streit. Es muß schrecklich sein, als uneheliches Kind aufzuwachsen. Ich habe das Ehepaar, wo Gisela jetzt leben wird, kennen gelernt, es sind sehr gute Leute. Die Frau ist so ein Typ wie die ehemalige Reichsfrauenführerin Scholtz-Klink. Der Mann wirkt wie ein besserer friesischer Bauer. Gisela soll mit zur Familie gehören, die Kost durch Mithilfe verdienen und nur wenig dazubezahlen.

Ob in Jever nun schon alles rum ist, weiß ich nicht, unsere Bekannten reden nicht davon. Von ihrem Vorgesetzten hat Gisela sehr gute Zeugnisse bekommen. Hoffentlich findet sie im Herbst irgendwo einen neuen Posten. Hier in Jever möchte sie nicht bleiben.

Im Garten soll nun der Rasen angesät werden, jetzt regnet es ganz wunderbar. Wir haben die Stachelbeerbüsche gezählt, es sind 34!!

Letzten Sonntag habe ich mit Spannung dem Sportbericht gelauscht, ich hatte getippt, aber leider ohne Erfolg. Ich hätte so gerne ordentlich viel Geld gehabt, davon hättet Ihr beide dann auch profitieren können.

Nun noch viele herzliche Grüße an Dich und Richard, und wir alle freuen uns schon auf Deinen nächsten Brief.

Mutti.

Richard Schlosser an seinen Vater Theodor Schlosser

Hannover, am 7. Juni 53

Lieber Vater!
Es leuchtet mir ein, daß ich mal wieder von mir hören lassen muß. Da mir die Fähigkeit abgeht, so etwas in einer halben Stunde zu erledigen, und ich vom Postkartenschreiben nichts halte, müßt Ihr immer lange auf ein Lebenszeichen von mir warten, denn Zeit fehlt mir dauernd. Es ist das zum großen Teil auf die mir anscheinend angeborene Anlage zurückzuführen, alles möglichst gründlich zu tun.

Im Examen habe ich, wie gesagt, eine Drei. Man nennt das hier »ziemlich gut«, welche Prägung aber wohl mehr einen pädagogischen Zweck verfolgt als den, die Güte der Note auch in Worten klar auszudrücken. Enttäuschte Gemüter also richten Ihre Hoffnungen an dem »ziemlich« wieder auf. Andere hingegen protzen damit herum. Ich würde eher sagen, 3 = Remis oder Unentschieden. Meine Art zu arbeiten paßt nicht in das 20. Jahrhundert, kaum noch in unser immer amerikanischer werdendes Deutschland und schon gar nicht nach Amerika. Dafür scheint sie mir ein guter Schutz gegen die mit der Spezialisierung einhergehende Hohlköpfigkeit zu sein. Später werde ich mich aus reinem Selbsterhaltungstrieb natürlich auch einmal spezialisieren müssen, aber erst dann, wenn es sein muß. Als Spezialist traue ich mir auch eine höhere Arbeitsgeschwindigkeit bei gleichbleibender Präzision zu.

Für die beabsichtigte Hochzeit schon jetzt einen bestimmten Tag festzulegen, halte ich für verfrüht. Es wird wohl bei dem ungefähren Termin bleiben, den ich bereits nannte. Wenn es nach mir ginge, wäre es ganz egal, wo die Hochzeit stattfindet. Ich schätze aber, daß Inges Eltern wie ein Mann gegen die Feier an einem anderen Orte als Jever eintreten werden. Von den Argumenten, die Inge vorbringt, erkenne ich eines unbedingt an: Sie ist in der Kirche zu Jever getauft und konfirmiert worden und möchte nun auch gerne in dieser Kirche getraut werden. Die Raumfrage spricht natürlich sehr für Dortmund, aber ich glaube, Mutter Lüttjes wird sich davon nicht beeindrucken lassen.

Inge ist Pfingsten nun zu Hause gewesen und hat mit ihren Eltern gesprochen. Bisher bereitet uns die leidige Wohnungsfrage ja am meisten Kopfzerbrechen. Nun ist die Sache folgendermaßen: Herr Lüttjes hatte seinerzeit für Inge eine Töchterversicherung abgeschlossen, die am Tage der Heirat bzw. an Inges 25. Geburtstag ausgezahlt werden soll. Durch die Währungsreform hat sich der Betrag natürlich erheblich vermindert, aber es sollen immerhin noch rund 1600.– DM sein. Als dann nach Inge eine Tochter nach der anderen geboren wurde, war Herr Lüttjes als kläglich bezahlter Lehrer natürlich nicht in der Lage, für jede seiner Töchter eine solche Versicherung abzuschließen. Das mit Inges Heirat fällige Geld muß zu gleichen Teilen an alle fünfe verteilt werden. Da mit der Heirat einer weiteren Tochter vorerst nicht zu rechnen ist, sind Inges Eltern bereit, uns dieses Geld zunächst für den fälligen Baukostenzuschuß zur Verfügung zu stellen. Mit unserem Fortgang von Hannover ließe sich das Geld dann wieder flüssig machen und zurückzahlen.

Das ist ein Weg, wenn auch kein idealer. Von der Versicherung wird das Geld erst nach Vorlage der standesamtlichen Bescheinigung ausgezahlt. Es ist aber allgemein üblich, daß die Baukostenzuschüsse schon vorher zu zahlen sind, und zwar mit dem Fortschreiten des Baues in Raten. Zu diesem Zwecke wäre es notwendig, die standesamtliche und die kirchliche Trauung zu verschiedenen Zeitpunkten stattfinden zu lassen, wie es allein der Wohnungsfrage wegen heute vielfach getan wird. In Jever ist man nach Inges Bericht daran interessiert, möglichst bald zur standesamtlichen Trauung zu schreiten, weil man nur so die Versicherung schädigen kann. Bisher kassiert der Verein noch vierteljährlich erkleckliche Summen.

Von mir aus können wir es so handhaben. Es bleibt dann bis zur kirchlichen Trauung alles so, wie es ist, und man bildet sich ein, noch immer bloß verlobt zu sein. Mit diesem Schritt verschafft man sich dann auch beim Wohnungsamt eine Dringlichkeitsnummer und hat Anspruch auf eine Wohnung. Da ich zudem Flüchtling bin, habe ich noch ein paar Aussichten mehr. Trotzdem sind die Chancen, ganz ohne einen Geldzuschuß an eine Wohnung zu kommen, minimal. Es gibt aber auch bewirtschaftete Wohnungen, für die man einen Ausbauzuschuß zahlen muß. Der ist bei weitem geringer als der durchschnittlich für frei finanzierte Wohnungen geforderte.

Wie kommen wir nun bloß auf annehmbare Weise zu einer gemeinsamen Wohnung? Dieser Gedanke verfolgt mich Tag und Nacht. Wenn wir uns von unserer Heirat nicht ein besseres Vorankommen versprächen, dann ließe ich es ja ganz bleiben, denn solange ich noch nicht auf eigenen Füßen stehe, fehlt mir doch ein schwer nennbares Etwas, das ein Bräutigam mitbringen sollte. Man kommt sich eben noch nicht ganz fertig für die Ehe vor. Denn so wie die Bunken von heute trete ich nicht an die Sache heran. Jedenfalls braucht keiner zu befürchten, daß wir da blindlings in ein Abenteuer hineintaperten und gar nichts von irgendwelchen Problemen ahnten. Vor allen Dingen denken Inges Eltern das nicht und Ihr wohl ebensowenig. Das ist mir sehr wichtig. Die Meinung anderer Leute schert mich in dieser Beziehung wenig.

Für Dein Anerbieten, uns für den Anfang etwas unter die Arme zu greifen, danke ich Dir sehr. Lieber wäre es mir jedoch, wenn das gar nicht nötig wäre. Schon dieses Geld, das uns Inges Eltern pumpen wollen, verursacht mir Magenschmerzen. Das ist der Punkt, vor dem mir bei der Heirat am meisten graust. Es wird kaum zu umgehen sein, daß wir etwas von anderen annehmen, weil der Karren sonst schlecht in Gang kommt. Aber daß nachher so viel von anderen sein soll und nur so wenig von uns, das ist ein etwas bedrückendes Gefühl. Warum muß das heute nur alles so kompliziert sein? Es wird noch lange dauern, bis wir diesen elenden Krieg überwunden haben.

Ich will ja nun in den Ferien arbeiten gehen, und ich hoffe, hier bei der Conti anzukommen, denn nebenbei sind auch während der Ferien die in diesem Semester anfallenden Entwürfe zu erledigen, die ich jetzt während der Abendstunden kaum bewältigen kann. Über kurz oder lang ist man doch wieder bettreif und bringt nichts mehr zustande. Ich merke das immer dann, wenn ich das Gefühl habe, ich hätte Dreck in den Augen.

Reichtümer sind von dieser Ferienarbeit nicht zu erwarten, aber es wird doch immerhin etwas Eigenes sein. Es ist so viel wert, wenn man sich sagen kann, das habe ich mir selbst geschaffen.

Nun einmal zu dem, was wir brauchen. Vorgesehen haben wir eine bescheidene Zweizimmerwohnung. Einzimmerwohnungen sind nur wenig billiger, und mit so einem unmöglichen Monstrum von Bettcouch wollen wir gar nicht erst anfangen. Außerdem kostet so ein Ding bald so viel wie ein ganzes Schlafzimmer. Nötig wäre also eine Schlafzimmereinrichtung, für die Inge spart. Für das Wohnzimmer sind vorhanden: 1 Schreibtisch, 3 Stühle, 1 Chaise, 1 Tisch und 1 kleiner Teppich. Da fehlt also höchstens ein Bücherbord für mich. Für die Küche ist ein kleiner zweiflammiger Gasherd vorhanden. Einfache Borde und Wandschränke kann ich selber bauen, desgleichen die Flurgarderobe. Ich traue mir durchaus zu, solch primitive Dinge in gleicher Qualität wie ein Tischler herzustellen. Die Materialkosten denke ich aus einem Teil meines eigenen Verdienstes aufbringen zu können. Der größte Teil muß für den Baukostenzuschuß reserviert bleiben. Es fehlten dann noch 2 Küchenstühle und ein Ofen für das Wohnzimmer, aber den kann man schließlich alt kaufen.

Nächstens werde ich wohl mal in Dortmund aufkreuzen, um über alles Nähere mit Euch zu sprechen. Augenblicklich bin ich noch bei einem Zahnarzt in Behandlung, der mir für die 15.– DM, die mir im Semester zur Verfügung stehen, einige Löcher flicken soll. Bei diesem Betrag ist die Behandlung entsprechend grob und rücksichtslos.

Neulich war ich mit Inge im ersten 3D-Film. Es war in technischer Hinsicht interessant, aber sonst wenig erhebend.

Diese Woche habe ich meine graue Hose und die Jacke selbst gewaschen und wieder auf Vordermann gebracht. Die Reinigung kann es auch nicht besser, und ich habe 6.– DM gespart. Man kommt sich mal endlich wieder reinlich gekleidet vor.

Kürzlich kam mir eine Zeitungsnotiz in die Hände, die ein ziemlich langes Gesicht bei mir hervorrief: »Trunkenheit am Steuer brachte dem 28jährigen Tom MacCally aus New York 15 Monate Gefängnis ein. Während dieser Zeit machte er aber sein Glück. Er beschäftigte sich damit, etwas zu erfinden, um Betrunkenen den Start ihres Wagens unmöglich zu machen. Er bastelte ein Gerät, das leicht in jeden Kraftwagen zu montieren ist und aus acht Knöpfen besteht. Erst wenn diese Knöpfe in einer bestimmten komplizierten Reihenfolge gedrückt werden, kann man den Anlasser betätigen. Das Gerät wird bereits in Serienproduktion hergestellt. Wenn Tom aus dem Gefängnis kommt, erwartet ihn ein ansehnliches Konto.«

Das ist zwar nicht ganz das, was ich mir vorgestellt hatte, aber im Prinzip doch das gleiche. Die Idee mit dem Reaktionszündschloß kam mir ja schon vor anderthalb Jahren, nur an die Verwirklichung konnte ich aus Mangel an Mitteln nicht denken. Um diese Sache für die Praxis reif zu machen, sind Reihenuntersuchungen an mindestens 1000 Personen notwendig. Danach müssen dann Statistiken aufgestellt werden. Nach den Ergebnissen dieser Untersuchungen hat sich die Konstruktion im einzelnen zu richten. Bei obigem Apparat liegt die Vermutung nahe, daß er nichts weiter als eine Art Tresorschloß ist. Damit läßt sich vielleicht der Diebstahl des Wagens verhüten, aber nur bedingt der Start durch einen betrunkenen Besitzer. Bei häufiger Wiederholung wird die Handhabung der Knöpfe zur reinen Reflexbewegung, die auch ein leicht Angeheiterter bewältigen kann. Mein Apparat würde dem Betreffenden jedesmal eine neue Aufgabe stellen, die in einer genau bemessenen Zeit gelöst werden müßte.

Es ist ja möglich, daß der Apparat des Amerikaners ebenfalls so etwas vorsieht. In der Hochschulbibliothek habe ich schon in den neueren amerikanischen Patenten gewühlt, aber nichts gefunden. Noch ist Polen also nicht verloren. Später erfinde ich bestimmt mal etwas, ohne daß mir einer zuvorkommt.

So, jetzt ist Ende der Durchsage. Ich habe schon wieder Dreck in den Augen.

Dir und den anderen herzliche Grüße.

Dein Richard

Ingeborg Lüttjes an ihre Mutter Emma Lüttjes

Hannover, am 18. 6. 1953

Meine liebe Mutti!
Herzlichen Dank für Deinen Brief. Zu ihrem 1. Preis im 140-Silben-Schreiben kann ich Luise nur gratulieren, desgleichen Therese zum 2. Preis im 80er. Und was macht unser Küken? Na, diesen Brief zeig Ihr man lieber nicht, sonst braust sie noch auf, wo sie doch nun fast erwachsen ist und sogar schon mittelkurze Haare trägt.

A propos, ich war letztens zur Dauerwelle, leider nahm man aber auf mein Gezeter wenig Rücksicht und schnippelte munter in meine so schön lang gewordenen Locken hinein. Inzwischen habe ich mich damit abgefunden.

Mit der Heirat kann es wohl in diesem Herbst trotz aller unserer Anstrengungen kaum was werden, wenn nicht noch ein Wunder geschieht. Funklotterie und Toto lassen uns schmählich im Stich. Von zu Hause hat Richard schon lange nichts mehr bekommen, und die kleine Reserve von seiner Mutter wird wahrscheinlich für die jetzt fälligen Semestergebühren vollends draufgehen. Entgegen dem Wunsch seines Vaters will Richard mit dem Studium aussetzen und in die Zeche oder in die Rothe Erde arbeiten gehen.

Ich kann natürlich auch nicht untätig dasitzen. Deshalb möchte ich nun doch einen Mannequinkurs mitmachen. Da der Kurs 14 Tage dauert und in

Düsseldorf stattfindet, muß ich meinen Urlaub dazu nehmen, der mir zwar an sich viel zu schade ist, aber die einzige Möglichkeit bietet, überhaupt an sowas teilzunehmen. Ach, manchmal könnte man das Heulen kriegen, besonders wenn man diese dumme Pflanze sieht, die in unserer Exportabteilung arbeitet und in einigen Wochen heiraten will und absolut keine Schwierigkeiten zu überwinden hat, weil ihr Vater Generaldirektor ist und weiß Gott genug Geld verdient. Alles bekommt sie, alles hat sie und jammert einem doch immer die Ohren voll, wie schwer das Leben ist und wie sehr man sparen muß. Aber allmählich werde ich taub gegen das Gestöhne, denn daß ich mich gräme, bringt mich ja auch nicht weiter.

Gestern haben wir uns halbtot gelacht, wir waren in dem Stück »Strammer Junge angekommen«, ein Gastspiel vom Hamburger Theater am Besenbinderhof. In der Hauptrolle Heinz Erhardt, der dann auch bald das ganze Gebäude in dröhnendes Gelächter versetzte. Das war mal eine angenehme Abwechslung.

Habt Ihr auch die Neuigkeiten aus Berlin verfolgt? Hier macht man sich schon schwere Sorgen, daß die Unruhen vollends auf die Zone übergreifen und es zu ernsten Zwischenfällen kommt.

Sonst geht's uns danke, bis auf die Tatsache, daß ich heute zum Zahnarzt und morgen zum Facharzt fürs Innere gehen muß, weil mich die Stiche in der Herzgegend mal wieder gar zu doll piesacken.

Vorerst viele schöne Grüße, besonders an Dich!

Deine Inge

Emma Lüttjes an ihre Tochter Ingeborg Lüttjes

Jever, 9. 8. 1953.

Meine liebe Inge! Liebes Geburtstagskind!
Nein, wie bist Du doch auch schon alt, liebe Inge! Ganze zwei Dutzend Jahre lebst Du schon! Laß Dir herzlich gratulieren, vor allem wünsche ich Dir Gesundheit! Wenn schon der Arzt sagt, daß Du ausspannen mußt, dann wird das gewiß stimmen. Will er Dich denn in ein bestimmtes Bad verschicken, oder kannst Du Dich auch in der Ruhe Jevers erholen? Ich würde Dich ja gerne einige Wochen hier haben und Dich bei Sonnenschein mit dem Liegebett zwischen den Johannisbeerbüschen unterbringen, daß Du nichts weiter siehst als die segelnden Wolken über Dir, und so dann und wann brächte ich Dir was Gutes und Leckeres zum Essen. Könnte Dich diese Schilderung locken?

Mein Geburtstag war schön. Gleich nach dem Frühstück wurde ich vorn ins Zimmer geführt, wo die liebe Familie allerlei feine Dinge für mich aufgebaut hatte. Der Tisch war gedeckt wie für eine schönheitsdurstige junge Dame: Kleiderstoff (Dupion) mit sehr hübschem Rautenmuster, ein rosa Handspiegel, ein Lippenstift (!!!), ein bastgeflochtener Hängeblumentopf, Weintrauben, köstliche Pfirsiche, na und dann das schöne grüne Strickkostüm! Als ich nachher Hühner und Kaninchen versorgt hatte und zum Bahnhof gehen wollte, um Tante Mietje abzuholen, kam mir an der Haustür ein schmucker Gärtnerbursche entgegen und überreichte mir Deinen Nelkenstrauß, natürlich in Seidenpapier geheimnisvoll verhüllt. Das war ja eine reizende Idee von Dir, liebe Inge, und ich danke Dir und Richard vielmals! Alle meine Gäste haben die üppigen rosa Blüten bewundert. Nachmittags waren Frau Thiel und Frau Kleist zum Kaffee da, und abends kamen noch die Damen Petersen auf ein Stündchen. Es war ein lebhafter Tag für mich, aber es hat mir nicht geschadet, daß ich mein Ruheprogramm mal nicht so einhalten konnte. Frau Dr. Eyck sagte, daß sich meine kranke Stelle in der Lunge schon deutlich einzukapseln beginnt. Ich brauche aber noch mindestens ein Vierteljahr Schonung und darf nicht unvernünftig mit meiner Kraft wirtschaften.

Gisela hat angekündigt, daß sie das Kind nun doch für sich behalten will. Na, ich habe in einem beschwörenden Brief mein möglichstes versucht, sie wieder zu unserm vorgefaßten Plan zu bereden, und bin nun ganz gespannt, wie sie darauf reagieren wird. In drei Wochen ist Giselas Termin für die Niederkunft. Wenn nur erst alles überstanden wäre!

Nun, liebe Inge, will ich hoffen, daß Du Deinen Geburtstag gut verleben kannst, und sende Dir und Richard viele herzliche Grüße!

Mutti.

Ingeborg Lüttjes an Margarete Folkers

Hannover, endlich, am 25. 8. 53

Meine liebe gute Grete!

Vielen, vielen herzlichen Dank für Deine liebe Geburtstagsüberraschung und den langen Brief! Ich habe mich riesig gefreut, viel mehr, als sich nach so langer Briefpause überhaupt denken läßt. Hoffentlich kannst Du mir verzeihen, denn ganz allein auf meiner Seite ruht die Schuld nun auch wieder nicht, aber davon der Reihe nach. Ich habe nämlich zu Ende September gekündigt! Aber zunächst mal zum Geburtstag.

Richard hatte sich große Mühe gegeben, um mir den Tag so nett wie möglich zu gestalten, morgens allerdings mußte ich ja ins Büro, wo sie mir übrigens auch einen Tisch aufgebaut hatten und eine kleine Kaffeegesellschaft fällig war. Aber abends dann kam Richard mordsmäßig beladen bei mir an, schmiß mich aus der Bude und baute einen großen Lichterkranz mit einer Torte in der Mitte auf. Wir haben uns dann etliche Mengen Kuchen, Likör und Wein einverleibt, und mein Guter schwankte so gegen Mitternacht – mir war ausnahmsweise die Besuchszeit verlängert – leicht torkelnd heimwärts. Es war wirklich prima.

Inzwischen hat sich nun die Sache mit der Kündigung ergeben. Meine Freundin Kathrin, die ich in England kennengelernt hatte, ist zur Zeit in Paris und brachte mich auf die Idee, mir doch – da ich vorläufig ja leider nicht ans Heiraten denken kann – noch das Ausland ein bißchen anzusehen. Wir haben eine gemeinsame Bekannte in Neapel, die gern bereit ist, mir dort etwas zu besorgen, und so werde ich dann im Laufe des Oktober südwärts ziehen, wenn alles klappt. Kathrin wollte mich ja partout nach Paris locken, aber bei den chaotischen Zuständen dort ist mir die Lust vergangen. Vielleicht kann ich sie nun bereden, mich nach Italien zu begleiten. Vorläufig gehe ich dann zu einer amerikanischen Familie bei einigermaßen gutem Gehalt und freier Station. Das Gehalt hoffe ich noch hochzuhandeln. Wann könnte ich sonst jemals so lange dort unten sein, ohne ein halbes Vermögen loszuwerden, und bis ich mal ein Vermögen besitze, kann noch ein halbes Jahrhundert vergehen, und dann habe ich vielleicht nicht mal mehr Lust dazu.

Gestern schließlich kündigte ich kurzerhand. Richard hatte vor, sein Studium diesen Herbst für ein halbes Jahr zu unterbrechen, um seine Finanzen aufzubessern, da hätte ich mich hier in Hannover sowieso zum Sterben gelangweilt. Nun waren wir allerdings vergangenes Wochenende in Dortmund zu Besuch, und Richards Vater hat sich fürchterlich aufgeregt und angedroht, ihm jegliche Unterstützung zu entziehen, wenn er sein Studium unterbricht. Was soll nun der arme Teufel bloß tun, wenn wir jemals zu einer Wohnung kommen wollen! Er wollte doch auf diese Weise auch für einen Baukostenzuschuß sorgen! Nun sind alle derartigen Hoffnungen dahin, und wir werden wahrscheinlich noch in fünf Jahren ein »Wirtinnen-Dasein« in Hannover fristen. Normalerweise wäre Richard in zwei Jahren fertig, aber er wird wohl noch mindestens ein Semester anhängen müssen. Wie dem auch sei, er hält es trotzdem für besser, wenn ich mich aus Hannover verkrümele, weil er sich ungeheuer auf sein Studium konzentrieren muß und ich ihn nicht stören soll.

Nun denn, ich werde reisen. Da ich noch einige Tage Urlaub zu kriegen habe – ob es sieben oder zehn sind, darüber kabbeln sie sich hier noch –, kann ich schon vor Monatsende nach Jever fahren, wo ich mindestens bis Mitte Oktober zu bleiben gedenke, weil der Arzt bei mir Nervenschaden festgestellt und mich zu unbedingter Ruhe verurteilt hat. Das soll hier nun mal einer machen, bei dem Krach den ganzen Tag! Jeden Abend habe ich in letzter Zeit länger hierbleiben müssen, dazu die Geschichte mit Gisela, die die Gemüter ohnehin aufregt, und meine Italiensache, dann Richards Schwierigkeiten – ich kam einfach nicht zum Schreiben, Du mußt es bitte entschuldigen. Ich werde Dir zur Entschädigung ein Bild von mir vermachen, das ich mir anläßlich meiner Italien-Bewerbung anschaffte. Die Kopie wird in den nächsten Tagen fertig sein. Richard findet zwar, daß ich auf dem Bild aussähe, als ob ich schon vier Ehejahre hinter mir hätte, so erfahren sähe ich aus, aber ich denke schon, Du wirst Dich damit abfinden. Meinen Lockenschwanz habe ich mir kürzlich abschneiden lassen, und Du wirst feststellen, daß ich jetzt bubiköpfig herumlaufe.

Liebe Grete, für heute nochmals herzlichen Dank und viele Grüße, bitte auch an Deine Eltern!

Deine Inge

Richard Schlosser an seine Mutter Cäcilie Schlosser

Hannover, am 2. Okt. 53

Liebe Mutter!
Schönen Dank für Deinen Brief. Ich will nun auch endlich antworten. Inge ist seit Montag in Jever. Wir hatten letzte Woche noch bei schönem Wetter einen Tagesausflug in den Deister gemacht und ordentlich die frische Luft genossen. Wann Inge nach Italien fährt, ist noch nicht raus, da ihre Bekannte überhaupt nichts von sich hören läßt.

Was macht die Arbeit, fragst Du. Ja, was soll man darauf antworten? Ich wünschte manchmal, daß es etwas fixer ginge. Leider muß man immer erst in einige Sackgassen rennen, bevor man schließlich auf den rechten Weg gerät. Es gehört eine Portion Idealismus dazu, immer zu arbeiten und vorläufig nichts damit anfangen zu können. Manchmal geht er mir aus, und dann sitze ich stundenlang da und schaffe überhaupt nichts, bis ich mich über dieses unproduktive Herumsitzen ärgere, und dann geht es eben wieder weiter. Bei aller Freude, die mir mein Studium macht, ödet mich die Einseitigkeit von Zeit zu Zeit eben doch an. In letzter Zeit habe ich dann öfter alles liegengelassen und bin aufs Geratewohl hier in der näheren Umgebung spazierengegangen, selbst wenn es schon stockduster war.

Jeder Mensch hat eine Liebhaberei. Die meine ist es, gelegentlich etwas zu basteln. Leider kann ich dieser Leidenschaft hier wenig frönen. Wenigstens besitze ich ein bißchen Werkzeug, und es hilft sich einigermaßen, wenn es sich um eine kleinere Murkserei handelt. Ich führe das nur an, weil ich bisweilen den Wunsch hege, eine dreckige Montur anziehen und mal wieder ein defektes Auto oder einen Trecker reparieren zu können. Ein Glück, daß nach dem Studium endlich die Praxis kommt. Wenn es mich allzusehr in den Fingern kribbelt, reiße ich vor lauter Verzweiflung wohl mal meinen Wecker auseinander. Ein Plattenspieler, den Inge mir zur Aufbewahrung gab, hat auch schon einmal dran glauben müssen. Am Radio ist leider das meiste verlötet, darum läßt es sich schlecht zerlegen. Vater hat früher seine Bücher gehabt und sich an diesen Schätzen erfreut. Ich werde mir später eine komplette Werkstatt einrichten. Zu meinem Leidwesen liegt die Erfüllung dieses Traumes noch in einiger Ferne, aber vorläufig ist auch die Aussicht darauf schon ganz schön.

Von der Hochschulwoche kannst Du mir ja mal einige Zeitungsausschnitte schicken. Wahrscheinlich werden da auch bloß große Bogen gespuckt, und hinterher bleibt alles beim alten.

Recht herzliche Grüße an Dich und die anderen von Deinem
Richard

Richard Schlosser an seine Mutter Cäcilie Schlosser

Jever, am 16. Okt. 53

Liebe Mutter!
Dieser kleine Gruß wird zwar kaum mehr rechtzeitig bei Dir ankommen, aber meine Geburtstagswünsche sind dennoch sehr herzlich gemeint.

Wie Du siehst, bin ich in Jever gelandet. Schon seit Montag halte ich mich hier auf. Dienstag wusch ich gleich einen Teil meiner Kledage, da war der erste Tag hin. Der Rest wurde am nächsten Tag zusammen mit der großen Familienwäsche erledigt.

In der Stadt traf ich Runge. Er hat sich eingehend nach allen erkundigt und läßt vielmals grüßen. Ich kann den Kerl ja nach wie vor nicht vertragen, aber ich habe ein freundliches Gesicht gemacht.

Inge wird jetzt für ein Vierteljahr nach Paris gehen, um ihre fremdsprachlichen Kenntnise zu vervollständigen. Visum und Stelle sind schon beschafft.

Opas Grab sieht gut aus. Nur mit dem Stein scheint es noch zu dauern. Ich werde versuchen, dem zuständigen Steinmetzmeister Beine zu machen.

Herzlichst
Dein Richard

Glück- und Segenswünsche nachträglich auch von der ganzen Familie Lüttjes!

Deine Inge

Ingeborg Lüttjes an Richard Schlosser

Paris, am 27. 10. 53

Mein lieber Richard!
Nun bin ich schon einen halben Tag hier, und wir haben uns ein bißchen umgesehen, Kathrin und ich, aber ich will der Reihe nach erzählen und vor allem zuerst mal von »unserem Tag« sprechen, denn meinen Brief wirst Du ja wohl frühestens am 29. Oktober bekommen. Ich sehne mich schon jetzt danach, mich von Dir richtig drücken zu lassen! Als ob wir schon wochenlang getrennt wären und nicht erst seit gestern. Nun sind wir einander seit drei langen Jahren so vertraut, und doch wird die Liebe niemals weniger!

Im Abteil hatte ich es ganz bequem, und hinter Düsseldorf konnte ich mich sogar langmachen, aber aus dem Schlafen wurde nicht viel, weil ununterbrochen Paßkontrolle oder Fahrkartenkontrolle oder Zollkontrolle war. So um sieben rum fuhren wir irgendwo durch Belgien, und ich versenkte mich angelegentlich in den Anblick der Landschaft. Gegen halb neun waren wir an der französischen Grenze in Jeumont, und von da ab ging es in noch größerem Tempo weiter, sicher mit 130 Sachen oder mehr. Bei der Kontrolle war ich gerade auf dem Klo, und es wurde mächtig gegen die Tür geballert. Ich dachte schon, da hat es aber einer eilig!

Vor Paris hielt der Zug bloß noch einmal in St. Quentin. Wir hatten eine halbe Stunde Verspätung. Immer war von Paris noch nichts zu sehen, nur lauter ländliche Gefilde, und dann war man bums auf einmal da. Von der Bahn aus sah man nur die schmutzigen Hinterfronten der Häuser des

Pariser Nordens, alle schwarz verräuchert. Dann stand ich auf dem Bahnsteig mitten zwischen Farbigen, Amis und Chinesen, sehr lustig. Ich schnappte mir meine baggage und eilte zum Ausgang, wo Kathrin wartete und wir uns vor Begeisterung um den Hals fielen.

Rasch ging's runter in die Metro, dreimal umsteigen, dann waren wir in der Rue Boissère, und von da war's nicht mehr weit bis zur Rue Lauriston. Ich bin in einem Dienstbotenzimmer im 6. Stock untergebracht. Da wohnen fast nur Angestellte, auch Italianos und Spanier. Am Montag soll ich meine Stelle antreten. Die Frau, zu der ich kommen soll, ist schon älter und wohnt ganz allein, bloß einen ihrer Söhne, 45 Jahre alt, hat sie nachts noch dort. Jetzt ist eine jüngere Kraft da, die angeblich alles falsch macht und deshalb fortgeschickt werden soll. Emmy (29 Jahre, große Klappe, aber eine nette Kameradin) hat für mich eine Bezahlung von 16.000 frs. abgemacht außer Unterkunft und Verpflegung. Hoffentlich wird es einigermaßen gehen!

Wenn ich das Wortgebrabbel auf der Straße höre, wird mir ganz übel, aber ich werd's schon noch irgendwie lernen. Es gibt auch eine gute Sprachschule speziell für Ausländer, vielleicht gehe ich dahin. Ich habe momentan soviele neue Ausdrücke und Eindrücke zu verdauen, daß ich gar nicht alles auf einmal bewältigen kann. Man ißt hier Brot mit Schokolade drin, sitzt beim Café auf der Straße, und in jedem Haus gibt es eine »Concierge«, die aufpaßt wie ein Schießhund, ob man sich auch solide beträgt und nicht etwa Besuch empfängt. Aber das ist halb so schlimm und für mich sowieso nicht wichtig.

Von Kathrins Zimmer aus sieht man das ganze Lichtermeer von Paris vor sich liegen. Die Avenue de Neuilly ist eine Verlängerung der Champs Elysées. Links steht der Triumphbogen und schräg vorn der Eiffelturm. Heute bin ich schon allein mit der Metro unterwegs gewesen und habe trotz Umsteigen nichts verkehrt gemacht.

Dann bis zum nächsten Brief, mein Liebster, ich freu mich schon schrecklich. Wie geht es Dir? Bist Du sehr einsam? Ich denke immer an Dich, und am Freitag besonders!

Nun muß ich zum Postkasten rasen. Alles Liebe und Gute, mein Schatz!

In herzlicher Liebe
Deine Inge

Richard Schlosser an Ingeborg Lüttjes

Hannover, am 30. Okt. 53

Meine liebste Inge!

Wie schön, daß ich nun weiß, wie es Dir geht. Heute morgen kam Dein Brief hier an. Ich hatte so darauf gewartet. Wir werden uns wohl daran gewöhnen müssen, daß es mit der Beförderung jetzt etwas länger dauert. In Frankreich scheint das Leben ein bißchen gemütlicher vonstatten zu gehen.

Gestern, am 29., hatte ich tagsüber genug um die Ohren, aber der Abend war nur für Dich reserviert. Da war ich ganz allein mit Dir und Deinem Bild. Wenn Du auch selbst weit fort bist, so kann ich Dich in Gedanken doch immer nah bei mir sein lassen. Das macht es mir ein wenig leichter, über diese erste Zeit ohne Dich hinwegzukommen.

Wohl um dieselbe Zeit, als Du an mich schriebst, schickte ich am 27. einen Gruß an Dich mitten in den sonnigen Herbsthimmel hinein. Ich hatte ja noch einen Ballon. An der Gasleitung ließ er sich jedoch nicht so ohne weiteres aufblasen. Erst nachdem ich das einmal mündlich getan hatte, war das Ding so weit ausgeleiert, daß es auch ganz gut mit dem Gasschlauch ging. 120 cm hat er dann wohl gemessen im Querschnitt. Der Auftrieb war enorm. Als Anhängsel bekam der Ballon ein mit Ausziehtusche geschriebenes und vorsorglich noch mit Öl getränktes Kärtchen mit auf die Reise. Der Kurs wies zwar nicht nach Paris, aber der Ballon stieg doch ganz hoch in denselben Himmel, der sich hier genauso spannt wie über Dir. Nach 5 Minuten konnte ich selbst mit dem Fernglas keine Spur mehr von dem Ballon erblicken. Er war mit beachtlicher Geschwindigkeit in Richtung Schottland, Island, Grönland abgebogen. Die Gegend ist ja wenig reizvoll und nur dünn besiedelt, aber ich bin trotzdem neugierig, ob ich noch einmal etwas davon hören werde. Möglich, daß der Ballon auch in den großen Teich gefallen und in einem Walfischbauch verschwunden ist.

Inzwischen habe ich wieder alle möglichen Preissausschreiben mitgemacht. Da steht einiges aus: 2 × Funklotterie, 2 × Rätselredaktion, 4 × Philips, 2 Prämienlose und 1 Prämienjahreslos. Diese Woche will ich auch unseren Roulette-Tip mal abgeben. Außerdem gibt es dann ja noch ein Eigenheim zu gewinnen (18.000 DM). Irgendetwas muß doch mal hinhauen.

Auf Deinen nächsten Brief bin ich schon mächtig gespannt. Ich interessiere mich für alles, und ich drücke Dir immer die Daumen. Alles, alles Gute!

Herzlich grüßt Dich
Dein Richard

Ingeborg Lüttjes an Richard Schlosser

Paris, am 2. 11. 53

Mein lieber, guter Richard!
Vielen herzlichen Dank für Deinen lieben Brief! Ich hab mich so gefreut, richtig heulen hätt ich können. Gerade jetzt habe ich Aufmunterung nötig, denn diese erste Stelle – so gut sie arbeitsmäßig sein mag – ist doch eine ziemliche Enttäuschung für mich. Du weißt ja, daß bei mir in mancher Hinsicht äußerliche Dinge viel ausmachen, und darum bin ich unglücklich darüber, daß mir hier all und jede Gemütlichkeit fehlt. So vornehm die Gegend hier ist und so herablassend freundlich meine neue Chefin, Madame Barette – mein Zimmer ist bodenlos scheußlich, dazu hat sie noch einen Köter und einen Riesenschwarm Vögel, die ich versorgen muß, und alles kochen soll ich auch. Hier bleib ich nicht, auch wenn ich die alte Tante vor den Kopf stoßen muß, wenn ich ihr das eröffne, denn sie hat meinetwegen eine schmuddelige Französin entlassen. Aber egal, ich gehe weg, sobald ich eine andere Stelle habe, möglichst in der Stadt, damit ich die Schule besuchen kann.

Irgendwie gibt es schon eine Lösung, mein Schatz. Kathrin hat ja schließlich auch ein nettes Zimmer, warum soll ich da in so einem Stall hausen müssen. Es sind nicht einmal Fenster drin, bloß in der Decke zwei Luken.

In der letzten Woche konnte ich von Paris schon eine Menge sehen: Montmartre mit Sacre Cœur und Moulin Rouge (auch nicht viel mehr als die hannoversche Rote Mühle!), den Invalidendom mit Napoleons Grabmal, die Champs Elysées, den Eiffelturm und hier in der Nähe auch den Triumphbogen, Saint-Germain-des-Prés, Notre Dame und die Seinebrücken. Ganz interessant das alles, aber nicht so schön, wie man es sich vorstellt. Und dreckig ist es hier überall, Du würdest bestimmt auch zuviel kriegen. Oft sitze ich bloß hier in meinem ollen Zimmer und dreh Daumen, was soll ich denn machen, und fühle mich so allein!

Ich weiß, ich bin ein Jammerlappen, aber Du, mein herzlieber Richard, Du verstehst mich sicher trotzdem, und Dir kann ich auch sagen, was mich einzig und allein bewegt – bloß weg von hier und zu Dir nach Hause! Aber ich reiß mich schon am Riemen, wenn ich mich auch noch so sehne. Oder soll ich bald wiederkommen? Ich kann es schon noch ein bißchen aushalten, aber dann! Meine Liebe ist zu groß.

Schreib bald, mein Guter, dann habe ich ein kleinen Trost. Der Ballon kommt bestimmt irgendwo an, vielleicht hören wir noch davon. Und wenn wir uns nachher erst wiederhaben, dann trennen wir uns niemals mehr.

Mach Dir meinetwegen das Herz nicht schwer. Tausend Grüße und Küsse und alles Liebe von Deiner

Inge

Richard Schlosser an Ingeborg Lüttjes

Hannover, am 5. Nov. 53

Meine liebe arme Inge!
Wie gern würde ich jetzt bei Dir sein, um Dich zu trösten und Dir Mut zu machen. Es ist so schwer, mit dürren Worten etwas auszurichten. Ich kann die ganze Situation schlecht übersehen, und Dein Brief ist in vielem widerspruchsvoll. Eines aber meine ich ganz gut heraushören zu können, nämlich daß Du die Nase jetzt schon gestrichen voll hast. Wenn man auch sagt, daß der erste Eindruck maßgebend sei, so bin ich doch nicht davon überzeugt, daß man wirklich nach zwei Tagen schon ein endgültiges Urteil fällen kann.

Denk doch bitte mal daran, wie es vor fast zwei Jahren war, als Du nach Hannover kamst, und wie lange es dauerte, bis Du ein Dach über dem Kopf hattest, unter dem es sich aushalten ließ. Damals wolltest Du nach ein paar Tagen schon wieder nach Hause fahren und kamst Dir richtig ausgestoßen vor. Und hat Dir Deine Ausdauer hinterher leid getan? Wirf bitte nicht die Flinte gleich ins Korn! Du schreibst ja auch, daß Du Dich zusammennehmen willst, und diesen Mut, der sich da schüchtern hervorwagt, möchte ich ein bißchen unterstützen. Versprich mir, daß Du ihn ein wenig pflegst, Deinen guten Mut.

Ich kann es Dir nachfühlen, wie verlassen und einsam Du Dir vorkommen mußt, zumal Du ja die Sprache noch nicht beherrschst und Dir überhaupt alles noch sehr fremd erscheint, aber läßt sich im Laufe der Zeit denn wirklich nicht noch einiges gemütlicher machen? Hast Du nicht schon in England und in Hannover bei mir tapeziert und gemalt und gekleistert? Ich zog hier doch auch in ein wahres Rattenloch, und es sah bald ganz anders aus. Ich will nicht zuviel behaupten, aber ich glaube, die Piontek läßt seit meinem Einzug auch in ihrem eigenen Kram etwas mehr Zug walten. Wo Dreck ist, wird er eben beseitigt.

Du gehst an jede Sache, die Du anfaßt, immer mit etwas zu hoch gespannten Erwartungen heran, anstatt Dir jedesmal ein nötiges Maß an Skepsis zu bewahren, die durchaus nicht mit Pessimismus identisch sein muß. Zum Angenehmen hin kann man sich immer bekehren lassen.

Schlechter ist es umgekehrt. Ich würde sagen, Du zählst zu den Optimisten, mit der Einschränkung, daß Du kein ganz konsequenter bist, denn der ließe sich auch durch die größte Misere nicht einschüchtern. Immerhin besitzt Du die hervorragende Eigenschaft, Dich nach jedem Reinfall sehr bald wieder auf Deinem Optimistenthron einzufinden.

Jedenfalls sieht man jetzt, was von den dussligen Reden Deiner Freundinnen zu halten ist. Am besten glaubt man nichts, was man nichts selbst gesehen und gehört hat. Der eine Satz von Dir haut genau in meine Kerbe: »Ganz interessant das alles, aber nicht so schön, wie man es sich vorstellt.« Diese Vorstellung hat man sich schließlich aus Berichten anderer und nicht zuletzt aus all den sentimentalen Liedern gebildet: Ein Lied aus Paris, Das ist der Frühling in Paris, Am Montmartre nachts um null Uhr dreißig o.s.ä.

Mit Neapel wäre es das gleiche. Man denkt an die versinkende Sonne, an Mandolinengeklimper, schmachtende Kavaliere und Damen mit feurigen Blicken, aber wenn man sich dann dort einquartiert hat, liegen wahrscheinlich zahllose Frühstückskrümel als Hinterlassenschaft anderer Italienliebhaber im Bett, und die ganze Nacht schreien draußen Katzen und balgen sich um verfaulte Fische, deren Geruch einem in die Nase sticht. Kurzum, es wird überall nur mit Wasser gekocht, und das Heil liegt nicht immer in der Ferne. Darum bin ich auch gar nicht so scharf darauf, nun unbedingt Italien oder Frankreich mit meinem Besuch zu beehren. Wenn ich es mir später leisten kann, herzlich gerne. Dann werde ich aber mein eigener Herr sein und kann die Sache mehr von oben betrachten als von unten.

Selbstverständlich darfst Du sofort wieder herkommen, wenn es in Paris nun überhaupt nicht klappen sollte. Dieser Weg steht Dir immer offen. Aber Du weißt ja, wohin das führt. Ich bringe es dann doch nicht übers Herz, eine ganze Woche oder länger hier allein zu sitzen und zu ochsen. Gegen die ständige Versuchung, zu Dir zu fahren, könnte ich nicht an. Die Liebe kostet eben Zeit, und davon habe ich mir, Gott sei's geklagt, schon allerlei auf Vorschuß genommen. Die muß ich erst wieder abverdienen. Wenn wir weiter nur in Liebe machten, könnte ich beruhigt meine Koffer packen, Exmatrikel einholen und Steinklopfer werden. Aber wenn die Sache Bestand haben soll, müssen wir einmal eine Weile kurz treten und währenddessen etwas schaffen. Was meinst Du, wie unglücklich ich darüber bin, daß ich es nicht mit einem Schlage schaffen kann? Ich möchte doch so gerne für Dich sorgen. Noch kann ich es nicht. Du mußt Dich gedulden und es auch ein wenig mehr lernen, an einer Sache zu arbeiten, deren Erfolg einem nicht gleich im nächsten Augenblick ins Gesicht springt. Erst müssen wir das Fundament mauern und die Wände hochziehen, dann kommt das Dachgerüst, und nicht umgekehrt.

Ich will kein Gesetz daraus herleiten, aber erst war es in Jever schrecklich, da kamst Du nach Hannover, dann hing Dir Hannover zum Hals heraus, da bist Du nach Paris gegangen, und jetzt bist Du auch davon bedient. Wie soll ich Dir nur einen Rat geben, wenn Du immer so hin- und herhampelst?

Wenn ich Dir sagen soll, was ich gerne möchte, so ist das folgendes. Nach Möglichkeit hältst Du es in Paris so lange aus, bis Du fließend Französisch sprichst. Das Geld soll doch nicht ganz zum Fenster rausgeschmissen sein, wiewohl ja schon die bisher gesammelten Erfahrungen die Ausgabe wert sind. Dann kommst Du wieder her und zwar nach Dortmund. Ich weiß, wie scheußlich Du es dort findest, aber das Haus ist inzwischen hergerichtet, und Du würdest dort bestimmt besser wohnen als bei Madame Barette. Du wärst nicht allein. Alle haben Dich gern, vor allem meine Mutter, und meine Schwestern sind Dir ja auch nicht zuwider. Du könntest Dir in aller Ruhe eine Stellung suchen. In Dortmund verdient man allgemein besser als in Hannover. Dann würdest Du auch zum ersten Mal etwas sparen können. Es gäbe dort auch ein herrliches Bad für Dich.

Ich bin immer für Dich da, das weißt Du. Und was ich geschrieben habe, soll keine Gardinenpredigt sein. Es ist mir schrecklich, Dich dort in einem solchen Unglück zu wissen, und ich warte schon sehnsüchtig auf Deinen nächsten Brief.

Alles Liebe und Gute, meine einzige Inge! Ich denke immer an Dich.
Dein Richard

Ingeborg Lüttjes an Richard Schlosser

Paris, am 7. Nov. 1953

Mein herzliebster Richard!
Vielen, vielen Dank für Deinen lieben langen Brief, mein Guter! Du glaubst gar nicht, was ich mir schon für Vorwürfe gemacht habe, weil ich Dir gleich aus der ersten Enttäuschung heraus so ausführlich mein Leid geklagt hatte. Inzwischen sehe ich, wie Du ganz recht vorausgesagt hast, die ganze Sache schon mit anderen Augen an.

Meine unvorteilhafte und inzwischen etwas revidierte Meinung von Paris hatte sich in der Hintertreppen-Atmosphäre gebildet, in der ich die ersten Tage bei Emmy verbrachte. Sie ist eine 35jährige Deutsche, aber schon so weit französisiert, daß ihr der ganze Dreck gar nicht mehr auffällt. Jedenfalls dachte ich, wenn das immer so ist, na danke!

Als ich dann hörte, daß ich zu Mme. Barette käme, war ich erst sehr froh. Dies Haus hat bloß zwei Stockwerke und zwei Wohnungen, und man darf sogar die Vordertreppe hochgehen. Aber meine Freude verflüchtigte sich sehr schnell. Ich bin hier für sämtliche Hausarbeit zuständig, einschließlich Kochen, Besorgungen machen und Hund spazierenführen. Das bedeutet, daß ich alle Arbeit im schlanken Trab erledigen muß, und Du weißt ja, daß ich im Kochen keine Größe bin. An sich ist die frz. Küche wohl zu begreifen, aber jedes Essen besteht aus acht Gängen, die alle nacheinander zu servieren sind: Hors d'œuvre (Vorgericht), legumes (Gemüse), pommes de terre (Kartoffeln), viande (Fleisch), pain et beurre (Brot und Butter), fromage (Käse), Obst, Kaffee. Da muß ich bald hexen, weil ich doch alles noch nicht richtig kenne. Emmy hatte 16.000 frs. für mich abgemacht unter der Zusicherung, daß ich perfekt kochen könne. Wie sie dazu kam, sowas von mir zu behaupten, weiß der Teufel. Auf alle Fälle muß ich mich mächtig anstrengen, denn am Vormittag habe ich ja zunächst die ganze Wohnung in Schuß zu bringen (Veranda, Speisesaal, Salon, 2 Schlafzimmer, Bad, Vorflur und Klo) und noch ca. eine Stunde Einkäufe zu machen. Hier erfährt man immer erst morgens gegen 9 Uhr, was es zu Mittag geben soll. In den knapp drei Stunden, die mir nachmittags bleiben, bis ich anfangen muß, das ähnlich umständliche Abendessen vorzubereiten, habe ich einfach zu nichts mehr Lust. Abends wird um 8 Uhr gegessen, so daß ich nach dem langen Essen dann um kurz nach 9 Uhr mit dem Abwaschen fertig bin.

Aber alles wäre ja halb so wild, wenn ich dabei Französisch lernen könnte. Da jedoch Mme. Barette, wie ich inzwischen erfuhr, gebürtige Deutsche ist und mit mir immer nur Deutsch spricht, ohne mich im mindesten ins Französische einzuweihen, dürfte ich hier mit der Sprache kaum weiterkommen. Überhaupt befremdet mich die Art der Behandlung. Bislang hatte Mme. Barette bloß Dienstmädchen, die sich um jede Arbeit drückten und immer angetrieben werden mußten, das hat sie selbst erzählt, und es fällt ihr schwer, mich mit anderen Maßstäben zu messen. Dauernd schnüffelt sie mir nach, ob ich wohl alles richtig mache. Ich wäre ja schon froh, wenn sie gelegentlich mal ihrer Genugtuung über meine Arbeit Ausdruck gäbe, aber das tut sie niemals. Im Gegenteil, ich mußte mir schon sagen lassen: »Wenn Sie gleich zu Schrubber und Aufnehmer greifen, sind Sie derartige Arbeiten ja sicher von zu Hause gewöhnt.« Hier ist es nämlich eine Schande für jede »bessere« Französin, irgendwas sauberzumachen, und wer sich so eine Arbeit sucht, und sei's auch nur zum Sprachstudium, ist untendurch. Lieber sitzen die vornehmen Damen mitten in ihrem Mist und benehmen sich standesgemäß. Sie kennen das Wort »Hausfrau« und stellen sich darunter irgendwas Furchtbares vor, »denn in Deutschland machen die Frauen oft sogar den Fußboden selber sauber!!« Ja, warum denn nicht, wenn man's nachher dafür gemütlich hat?

Das ist aber immer noch nicht alles. Mme. Barette hat zwei Söhne. Der Mann ist schon lange tot. Einer der Söhne ißt hier immer mit und macht eine Menge Arbeit, denn er ist nicht ganz richtig im Kopf. Dauernd redet er furchtbar konfuses Zeug mit mir, verlangt zu den unmöglichsten Zeiten plötzlich was zu essen und dergleichen mehr. Er piepst wie ein Eunuch und spioniert auch wohl mal nachts auf dem Boden herum, wo ich mein Zimmer habe und wo außer mir noch eine Saarländerin nebenan wohnt. Wir schließen uns schon immer ein vor Angst.

Ach nee, Richard, hier möchte ich nicht bleiben. Ich habe jetzt bei einer anderen Familie zugesagt. Vorbehaltlich der Paßverlängerung habe ich mich bis zum 1. 3. verpflichtet und mich damit mal von einer vernünftigen Seite gezeigt, nicht wahr, mein Liebling? Wenn ich dann pro Tag zwei Stunden Unterricht in der Alliance Française nehme und immer in Paris lebe, dann muß ich doch einfach gut vorankommen, auch wenn ich nicht soviel verdiene wie hier, aber ich werde schon hinkommen mit meinen Piepen. Ich bin sogar so optimistisch, daß ich mir vorgenommen habe, Weihnachten nach Dortmund zu fahren, wenn sie mich dort haben wollen für ein paar Tage. Dann wärst Du doch auch dort. Ach, was wäre das bloß schön!

Zu Deinem Vorschlag mit Dortmund möchte ich sagen, daß ich es bei Euch zu Hause keineswegs für so schrecklich halte, wie Du denkst. Ich könnte mir das alles sogar recht nett vorstellen. Am besten besprechen wir alles Weihnachten mit Deinen Eltern.

Hoffentlich machst Du Dir nun keine Sorgen mehr meinetwegen. Wenn's mir mal sauer wird hier, werde ich nicht verzagen! Es ist spät in der Nacht, mein guter Schatz, und ich klappere schon mit den Augendeckeln. Ich danke Dir, ich denke immer an Dich und habe Dich unsagbar lieb.

Viele, viele Grüße und Küsse und alles Liebe von Deiner

Inge

Richard Schlosser an Ingeborg Lüttjes

Hannover, am 10. 11. 53

Meine liebe gute Inge!
Ach, ich habe mich so gefreut über Deinen langen Brief. Ich mußte gleich 38 Pfennig Strafporto bezahlen, weil er so mächtig schwer war, aber ich hätte gerne auch 3 Mark bezahlt. Wenn ich jetzt auch noch nicht so ganz ohne Besorgnis bin, so fühle ich mich doch ein wenig erleichtert.

Ich stimme Dir nun völlig zu, daß Deine Pläne richtig sind. Mach nur, daß Du dort fortkommst. Nach allem, was Du mir geschrieben hast, habe ich eine richtige Wut auf das alte Weib, deren filius und ihren gemeinsamen Saustall. Diese Sorte ist gerade nach meinem Geschmack. Ich freue mich, daß ich gerade Dich habe und keine solch grauenhafte Fregatte, wie sie da in Frankreich und auch anderswo zu Dutzenden rumlaufen.

Hoffentlich macht Dir die Alte nun keine Schwierigkeiten. Notfalls kannst Du ja auftrumpfen und ihr sagen, daß Du es nicht nötig hast, Dich wie ein Stück Dreck behandeln zu lassen. Ich hätte so richtig Lust, der alten Ziege ihren Dünkel mit dem Raspeleisen abzufeilen.

Inzwischen ist wohl auch mein anderer Brief bei Dir. Dieser wird nicht so sehr lang werden, denn ich habe heftig zu tun. Mein Ofen muß auch noch warten. Ich wollte Dir nur schnell sagen, wie sehr es mich freut, daß Du nun wieder etwas zuversichtlicher bist. Vielleicht hing Deine Niedergeschlagenheit ja auch mit Deiner bestimmten Zeit zusammen. Das wirkt sich doch auch immer in dieser Richtung aus.

Die Hauptsache ist, Du lernst ordentlich Französisch. Ich bin dann mit allen Deinen Schritten einverstanden. Was ich an Geld erübrigen kann, will ich Dir gerne schicken, wenn es nötig ist.

Alles Liebe, mein Schatz. Ich bin Dir auch ganz schrecklich treu, weil Du doch immer meine Einzige bist.

Dein Richard

Ingeborg Lüttjes an Richard Schlosser

Paris, am 13. 11. 53

Mein lieber, guter, treuer, einziger Richard!
Zu Deinem Geburtstage gratuliere ich Dir ganz herzlich, wenn auch aus so weiter Ferne! Ich habe so viele gute Wünsche für Dich, mehr als ich überhaupt aufzählen kann. Das Wichtigste ist, daß Du immer gesund und

frohen Mutes bleibst, auch wenn Du so fürchterlich viel Arbeit hast und wir so lange getrennt sind. Machst Du Dir denn zur Feier des Tages wenigstens einen kleinen Kuchen, vielleicht einen »kalten Hund«, oder gehst Du zum Bäcker runter und holst Dir etwas Apfelkuchen mit Schlagsahne und ein paar Makronen?

Heute morgen kam Dein Brief, und ich danke Dir von Herzen! Ich war gerade ein bißchen deprimiert, weil die Alte hier wegen des ewig brennendes Lichtes im Korridor Krach geschlagen hatte, und dabei war ich ganz unschuldig. Jedenfalls machte ich dann, um mich etwas abzulenken, einen langen Spaziergang zur Seine hinunter, am Eiffelturm vorbei und über die Trocadero-Gärten zurück. Abends ist der Anblick der Seine, in der sich die Lichter spiegeln, ja immer besonders schön, und gerade deshalb fühlte ich mich so einsam. Und als ich nach Hause kam, lag da Dein Brief. Ich war richtig glücklich darüber!

Übermorgen kann ich weggehen, das steht fest, denn für Hausangestellte gibt es hier nur eine Woche Kündigungsfrist, und durch Emmy habe ich auch schon eine Nachfolgerin auftreiben können, eine Französin, die sich schrecklich auf diese Stelle freut wegen der guten Bezahlung, die Ärmste. Die wird sich wundern!

Gestern holte ich auftragsgemäß einen Wecker aus der Werkstatt und bezahlte den gewiß ansehnlichen Betrag von 950 frs. für die Reparatur. Mme. Barette schien mir nicht recht zu glauben und verlangte einen Kassenbon, aber solche Dinger bekommt man in diesem gottvollen Lande nur in wenigen Geschäften. Ich konnte ihr also keinen Bon vorlegen, und sie war ärgerlich. Heute morgen nun war ich kaum durch die Küchentür gekommen, als der Wecker mit voller Lautstärke losging. Mme. Barette muß ihn auf 8 Uhr gestellt haben, um vom Bett aus kontrollieren zu können, ob ich pünktlich unten bin und das Biest abstelle!

Aber ich will lieber von schöneren Dingen erzählen. Die Alliance Française ist der Sorbonne unmittelbar angeschlossen, aber es sind nur Ausländer zugelassen. Welche Fächer man belegt, steht einem frei, nur ist für Anfänger wie mich wohl erstmal der »Cours practique« als Grundlage zu empfehlen. Nach ein bis zwei Monaten besuche ich vielleicht noch einen Extrakurs für Handelskorrespondenz, wenn ich die dafür erforderlichen 1000 frs. pro Monat aufbringen kann. Was das Geld anbelangt, sei man unbesorgt, mein Schatz, ich werde mir schon helfen, wenn es auch etwas knapp wird. Die alte Barette muß mir ja 8000 frs. ausbezahlen, und davon geht vorerst nur die Hälfte des monatlichen Schulgeldes für November ab, denn Dienstag, genau an Deinem Geburtstag, muß ich meine »Aufnahmeprüfung« an der Alliance ablegen und bleibe gleich zum ersten Unterricht da. Im Dezember bezahle ich die nächste Schulgeldrechnung, und dann muß es nur noch für die Fahrt nach Dortmund reichen. Mit den 5000 frs., die ich Ende Dezember von Leclercqs bekomme, werden die Gebühren für Januar finanziert und so weiter. Wenn ich scharf kalkuliere, habe ich sogar noch etwas Geld für Briefmarken und Briefpapier und auch mal Kino oder Konzert übrig und vor allem für die Reise nach Dortmund. Was sagst Du überhaupt zu dem Vorschlag? Ich kann es schon bald nicht mehr aushalten bis dahin.

Von meiner neuen Stelle ist es ziemlich weit bis zur Alliance. Ich werde wohl den Zug benutzen und dann in die Metro umsteigen müssen. Mit der Metro fahre ich gar nicht gern. Da unten ist immer so schlechte Luft, und meistens sind die Bahnen gerammelt voll. Was für Gestalten man da immer sieht, direkt wie aus einem Witzbuch. Hier kann nämlich jeder alles anziehen, ohne daß sich jemand drüber wundert. Ich könnte glatt mit Kopftuch und Dreiviertelhosen unter die Leute gehen, wenn ich wollte. Die französischen Männer scheinen eine Schwäche für Schnurrbärtchen und Menjou-Bärtchen zu haben. Es sieht oft zum Wimmern aus. In der Stadt trifft man sehr viele Asiaten und Neger aus den französischen Kolonien. Ist ja erst ein komisches Gefühl, aber jetzt seh ich das schon gar nicht mehr so.

Nun muß ich Dir noch berichten, was meine Mutter mir neulich geschrieben hat. In ihrem Brief steht wörtlich zu lesen: »In Jever ist man ganz allgemein der Ansicht, daß die Verlobung von Ingeborg Lüttjes in die Brüche gegangen ist. Von der Hochzeit wird nicht gesprochen, und die Braut ist ins Ausland gegangen. Das sind doch sprechende Beweise, nicht wahr?« Da sieht man wieder mal, wie Gerüchte entstehen. Aber es gibt ja auch ein Sprichwort, das besagt, daß alles, was die Leute durch Klatsch auseinanderbringen wollen, nachher nur um so fester zusammenhält. O Richard, wir werden immer fest zusammenhalten, nicht wahr? Und wir werden es den jeverschen Klatschbasen schon noch zeigen.

Du staunst sicher, daß ich schon wieder so einen langen Brief schreibe. Tu ich auch extra, um Dir zum Geburtstag eine kleine Freude zu machen, und irgendwie hab ich auch immer soviel zu erzählen, wenn auch das meiste Kleinkram ist.

Was macht der Ofen? Ist er schon fertig und in Betrieb? Was hast Du damals nur für Arbeit gehabt mit dem Ding, bloß um Geld zu sparen. Und mir hattest Du noch soviel mitgegeben. Ich bekomme ein ganz schlechtes Gewissen deswegen, und ich will es gar nicht haben, daß Du Dich mit dem Gedanken trägst, mir noch mehr zu schicken.

Nochmals alles Gute und viele, viele liebe Grüße!

Deine Inge

Theodor Schlosser an seinen Sohn Richard Schlosser

Dortmund, am 16. November 1953.

Lieber Richard!
Nun muß ich doch entgegen meiner Absicht zu Deinem Geburtstag schreiben, weil aus meinem heimlichen Kommen nichts geworden ist. Laß Dir herzlich gratulieren. Gott gebe Dir Kraft und bewahre Dir die Freudigkeit an Deinem von Dir gewünschten Beruf! Schade, daß wir uns nicht einmal an Ort und Stelle über Deine Probleme unterhalten konnten. Weihnachten wird wohl auch nicht viel daraus werden, alldieweil Du dann von der Mutter und den Geschwistern beansprucht wirst. Doch damit muß man sich als Vater eben abfinden.

Du weißt, daß ich Deinen Optimismus nicht dämpfen möchte. Mit zuviel Skrupeln meistert man das Leben nicht. Das redet nicht der Gewissenlosigkeit das Wort. Doch man soll nicht bei Rückschlägen gleich mutlos werden, wie ich dazu manchmal geneigt habe. Man muß sich eine gewisse Wurstigkeit angewöhnen. Sei kein Frosch! Vergrab Dich nicht in die Arbeit! Nimm Deine Aufgaben leichter!

Sollte ich vor meinem Tod noch etwas aus der Hausratshilfe bekommen, dann will ich davon einen Teil Dir geben. Der andere muß für Dietrich bleiben, damit er irgendwie seine Ausbildung finanzieren kann. Nachdem er nun einmal der Jüngste ist und nicht damit rechnen kann, daß ich so lange lebe, bis er fertig ist, will ich wenigstens ein klein wenig für ihn sorgen. Hoffentlich kann ich noch ein paar Jahre machen.

Rudi ist unter Getöse am 1. 11. nach Freiburg gebraust und hält von dort aus die Mutter und Walter in Atem. Na, das wird sich schon einmal legen. Vorläufig freue ich mich über seinen Eifer im Studium. Weihnachten sollst Du Dorothea, die emsig an ihren Prüfungsaufgaben arbeitet, in die Geheimnisse der Schablonenschrift einführen. Von den anderen Helden wird Dir ja Mutter geschrieben haben. Sie selbst geht natürlich nicht zur Nachschau zum Arzt. Alles Reden nutzt nichts. Schweigen wir!

In dem Paket ist ein Haufen Zeitungen. Sie sind zwar schon einige Wochen alt, bieten aber manchen sehr interessanten Artikel. Lies mit Verstand den Rheinischen Merkur, das Blatt Adenauers. Gefährlich, aber journalistisch gut. Mit das Beste heutzutage. Ich delektiere mich jetzt an »Klopstock« von Karl Kindt und an einer Grammatik für Erwachsene. Klopstock habe ich antiquarisch für 2,85 bekommen. Ich ziehe mich immer mehr in die Klassik zurück. Ich möchte dem Zug der Zeit widerstreben. Wir leben in einem unguten Deutschland. Ich hasse alle Leute, die bloß auf den sogenannten Job hinaus sind. Ein widerliches Volk!

Seit gestern ist groß Wehklagen bei den Dortmunder Boxfans. Ihr Idol Heinz ist gestern als ein mittelmäßiger Handwerker untergegangen. Sämtliche Zeitungsreptilien schreiben heute das Gegenteil von dem, was sie gestern an Hoffnungen entwickelt hatten. Zum Kotzen. Habeant sibi!

Doch Schluß. Ich muß den Dietrich für Latein einfangen. Übrigens hat der edle Rudi jetzt einen Lateinkurs belegt. Das hätte er leichter und billiger haben können.

Leb wohl, mein Junge! Bleib gesund und sei herzlich gegrüßt von Deinem Vater

Theodor

Richard Schlosser an Ingeborg Lüttjes

Hannover, am 18. Nov. 53

Liebste Inge!
Am Montag war Dein ungeheuer umfangreicher Brief schon hier. Ich komme mir richtig minderwertig vor, wenn ich an Deinen Fleiß denke, aber mir sitzen noch immer diese entsetzlich langwierigen Laborberichte im Nacken. Es ist ein Kreuz.

Deinen Brief habe ich gleich 3 × hintereinanderweg gelesen. Er ist das schönste Geburtstagsgeschenk für mich gewesen. Aber Du mußt nicht denken, daß der Tag ohne weiteres Brimborium verlaufen wäre. Man hatte mir zwei mächtige Pakete geschickt. Eines kam aus Dortmund. Inhalt: ein gigantischer Napfkuchen, Butter, Rosinen, Schokolade, Zeitungen, Seife und als Krönung ein warmes Hemd. So ein Ding hast Du noch nicht gesehen. Die Farbe ist etwa so ähnlich wie die von Deinem ausrangierten Constanzekleid. Auch der Stoff ist ähnlich. Es sieht ganz schlimm aus. Was mache ich nun bloß damit? Meine Mutter meinte es sicherlich gut, aber das Hemd ist unmöglich. Vielleicht läßt es sich umtauschen. Ich werde meiner Mutter beibringen, daß ich eigentlich viel nötiger ein gutes Oberhemd brauchte, zu dem ich auch einmal eine Krawatte tragen kann, denn daran fehlt es doch immer noch, sonst sehe ich schließlich in 20 Jahren noch aus wie ein Sommerfrischler.

Das andere Paket kam aus Jever. Jetzt habe ich hier einen halben Obstladen. Bis Weihnachten ist vorgesorgt. Es waren auch 40 Zigaretten drin und obendrein ein halbes Schwarzbrot.

Wie unsinnig ist doch dies Gerede in Jever. Ein größerer Blödsinn ist mir noch nicht vorgetragen worden. Jedenfalls ist das wieder einmal typisch für diese Kaffeetanten. Wer kann nur ein Interesse daran haben, so einen Unfug zu verbreiten?

Weihnachten kannst Du natürlich gerne kommen, meine Liebe. In Dortmund werden sich alle freuen, ich voran. Wenn Dir noch Geld für die Reise fehlt, will ich Dir schon was schicken, denn daß Du dort bei Deinem kärglichen Lohn und den großen Ausgaben für Schule und Fahrten noch etwas erübrigen kannst, das halte ich für fast unmöglich.

Laß Dir nur keine grauen Haare wachsen wegen der Arbeit mit dem Ofen. Auch mit 100.– Mark mehr in der Tasche hätte ich das nicht anders gemacht. Alles Geld, was ich den Händlern nicht nachzuschmeißen brauche, behalte ich liebend gern. Wenn wir in unserem späteren Haushalt öfter einmal etwas selber machen können, reicht das Geld für doppelt so viele Anschaffungen.

Entschuldige, daß jetzt schon Schluß ist mit dem Brief. Ich muß heute mit meinen Berichten noch ein Stück weiterkommen. Wenn es nur nach meiner Liebe ginge, säße ich hier an einer Rolle und schriebe immerfort, während Du dort alles liest und wieder aufspulst.

In herzlicher Liebe
Dein Richard

Ingeborg Lüttjes an Richard Schlosser

St. Cloud, am 22. 11. 53

Mein lieber, guter Richard!
Herzlichen Dank für Deinen lieben Brief! Ich freue mich, daß Dir Dein Geburtstag nun doch etwas Besonderes gebracht hat. Dann halte Dich mal ran, daß Du alles aufkriegst! Wie weit sind denn Deine Laborberichte gediehen? Es tut mir so leid, daß Du so viel Arbeit und so wenig Zeit für Dich selber hast. Von mir kann ich allerdings auch nicht behaupten, daß ich in Freizeit schwelge, aber Hauptsache, es gefällt mir hier besser als bei der alten Hexe mit ihren Vögeln, ihrem Dackel und ihren spleenigen Ansichten.

Mein Zimmer ist sehr schön, sogar mit Parkettfußboden, auch ein Heizofen ist drin, was aber nicht viel nutzt, denn unter der Tür pfeift der Wind durch, weil man hier keine Türschwellen kennt. Die Leclercqs sind halbe Amerikaner mit zwei kleinen Jungen. Ein weiteres Baby ist unterwegs und schon überfällig. Mrs. Leclercq ist zwar einigermaßen freundlich, aber ziemlich kurz angebunden und komisch, aber ich schiebe das auf ihren Zustand. Außerdem hat sie dauernd heftige Auseinandersetzungen mit ihrem Mann. Bislang war auch noch keine Rede von einem freien Tag für mich, obwohl der mir zusteht, wenn ich am Sonntag arbeiten muß. Na, ich will nicht davon anfangen, bevor die Geburt überstanden ist. Dann aber möchte ich meine geregelte Freizeit haben.

Vormittags arbeite ich ziemlich heftig, jedenfalls findet das Vivienne, das frz. Kindermädchen, und auf ihre Frage hat sich sogar »Madame« zu einer entsprechenden Äußerung hinreißen lassen. Ihr Mann ist immer mächtig fidel, er pfeift und singt, und wenn er frei hat, gibt es lautes Getöse mit den Kindern. Die Bengel sind 2½ und 4½ Jahre alt, der kleine Eric ist ein süßes Geschöpf, noch schrecklich unbeholfen, während der ältere Robert das Gegenteil ist, ziemlich frech und ungehorsam, aber man kann noch mit ihm zurechtkommen.

Ungefähr um ein Uhr bin ich mittags mit meiner Arbeit fertig, dann gibt es Essen, so daß ich nicht den frühen Kurs um zwei Uhr besuchen kann, sondern erst den mittleren von halb fünf bis halb sieben. Nach der Schule bummele ich oft noch ein bißchen die Geschäftsstraßen entlang oder gehe mit Bekannten ein Stück mit, so daß ich meistens gegen acht oder halb neun zu Hause bin. Dann sind die Kinder schon im Bett, und Vivienne hat irgendwas Eßbares für mich aufbewahrt. Auf Wunsch kann ich auch eine Dose aufmachen, denn bei Amis scheint es Usus zu sein, möglichst viel in Büchsen zu besitzen. Zum Öffnen gibt es ein patentes Dings, das am Küchenschrank befestigt ist und mit einem einzigen Wuppdich den Deckel absäbelt.

In der Schule komme ich gut mit. Die Aufnahmeprüfung war nicht so schlimm, dagegen wird es die monatliche Prüfung morgen schon etwas mehr in sich haben. Aber es wird schon werden, besonders auch durch die tägliche Unterhaltung mit Vivienne.

Inzwischen hat sich herausgestellt, daß es eine ganz extravagante Art und Weise gibt, um nach Dortmund zu kommen, und zwar mit dem Flugzeug bis Düsseldorf, was gar nicht so teuer ist. Die Luxusklasse der Air France auf der Strecke Paris – Düsseldorf ist wegen des hohen Preises immer nur zum Teil belegt, und deshalb geben die Leute von der Luftverkehrsgesellschaft an Studenten die Karten zum halben Preise aus. Ich könnte für ca. 6000 frs. (knapp 70 DM) hin- und zurückfliegen, und dazu in der Luxusklasse. In der einfachen Touristenklasse müßte ich den vollen Preis zahlen, weil da immer alles besetzt ist, und das wäre viel teurer. Komische Welt! Ich muß nur versuchen, als Studentin anerkannt zu werden.

So, mein Lieber, das wär's für heute. Jetzt muß ich noch an die Barmer Ersatzkasse schreiben, die weiter den vollen Preis von mir verlangt, weil diese Töffel bei Telefunken mich nicht wieder abgemeldet haben. Hoffentlich läßt sich noch was retten.

Viele liebe Grüße, mein guter Richard!

Ich bin immer
Deine Inge

Richard Schlosser an Ingeborg Lüttjes

Hannover, am 29. 11. 53

Liebe gute Inge!

Eben habe ich noch einmal alle Deine Briefe aus Paris gelesen. Als Du noch bei der alten Barette stecktest, war auch mir ganz elend zu Mute, und es bedrückte mich, daß ich Dir Deine Lage nicht erleichtern konnte. Inzwischen hast du dieses Ungeheuer hoffentlich vergessen.

Ganz klar ist mir das mit Deiner neuen Stelle ja noch nicht. Leclercq ist doch eigentlich ein französischer Name. Ist der Mann nun naturalisierter Amerikaner? Oder ist seine Frau eine gebürtige Amerikanerin? Ist er als Soldat in Paris oder als Privatmann?

Gerade habe ich das Radio untersucht, und ich glaube, Du wirst es in Paris ohne jeglichen Zusatz anschließen können, wenn Du es zu Deinem Vergnügen haben möchtest. Wichtig ist nur, daß dort auch Wechselstrom ist. Die Eingangsspannung läßt sich am Apparat auf den entsprechenden Wert einstellen (110 V, 125 V, 220 V, 240 V). Sieh doch mal auf dem Hauszähler nach und schreib mir, was da steht. Bevor ich den Brief einstecke, fahre ich zum Zollamt und erkundige mich nach den Versandvorschriften.

Seit 14 Tagen habe ich den Kasten nicht mehr benutzt. Keine Zeit mehr für Müßiggang. Die letzte Funklotterie hatte ich aber noch gehört und für uns beide eingeschickt. Hoffentlich war alles richtig, denn für die musikalischen Fragen war ich nie zuständig. Zuletzt wurde nach einer Serenade vom guten alten Torelli gefragt. Ich habe keinen Schimmer, wer das ist, geschweige denn, welche Serenaden von ihm stammen. Schließlich behauptete die Piontek zu wissen, wo das Kreuz hinmüsse, und danach richtete ich mich dann. Wenn unsere Lotteriesucht doch nur einmal Früchte trüge!

Schreibst Du mir noch ein bißchen von der Sprachschule? Ich hätte wohl nicht einmal die Aufnahmeprüfung bestanden, denn vom Französischen habe ich nur einige oft gehörte Schlagerworte in Erinnerung wie

Liebe, Glück, Meer, Haus, Schwein und Ochse. Die beiden letzten kommen in Schlagern eher selten vor, aber ich hörte einstens Rudi davon sprechen, als er sich in der Schulzeit damit befaßte. Dieser Mensch hat jetzt in Freiburg übrigens einen Lateinkurs belegt. Er tritt in seines Vaters Fußstapfen, das ist nicht zu leugnen, denn mein Alter war seit jeher ein wüster Lateinfanatiker. Andere Parallelen zwischen den beiden waren ja schon früher offenbar geworden.

Wie kommst Du denn nun mit Deinem Geld hin, mein Schatz? Mußt Du Dich sehr einschränken? Hoffentlich sind die 10 Mark gut angekommen.

Bis Weihnachten habe ich noch einen Sack voller Arbeit. Ein Entwurf für den Grabstein wartet auf meine Bemühungen, und der Ofen muß entschieden weiter gedeihen, weil die Heizerei mit Deinem Elektroding eine mächtig kostspielige Sache ist. Am 10. 12. sind wieder zwei Berichte fällig, nachdem viere endlich durchdacht und zu Papier gebracht sind. Was für einen Unsinn wir da im letzten Semester getrieben haben, wird einem erst klar, wenn man die Berichte anfertigt. Da sollen wir z.B. für ein Gerinne, das am Ende mit einem Wehr versehen ist, die durchfließende Wassermenge berechnen und dabei einen Korrekturfaktor für die Mengengleichung bestimmen. Es stellt sich dann heraus, daß der besagte Faktor zwischen 10 und 40% liegen kann. Was ist das für ein alberner Versuch, wenn etwas derart Vages dabei herauskommt. Das gleicht etwa folgendem Fall: Ich möchte z.B. untersuchen, wie lange ich schätzungsweise noch leben werde. Dazu greife ich mir einen Mann von, sagen wir, 50 Jahren. Stirbt er eine Woche später, behaupte ich, daß ich selbst nach meinem 50. Geburtstag auch nur noch eine Woche lang leben werde. Macht er es hingegen noch weitere 50 Jahre, kann auch ich 100 Jahre alt werden. Meine Lebenserwartung würde also nach meinem 50. Geburtstag ungefähr eine Woche bis 50 Jahre betragen. Nun bitte ich Dich, was soll der Quatsch? Man müßte doch wohl ein paar tausend Fälle untersuchen und statistisch einordnen, um einen sicheren Aufschluß zu erlangen. Wir aber machen einen einzigen Versuch und sollen daraus einen Korrekturfaktor bestimmen.

Mit den anderen Versuchen ist es nicht viel besser. Man bekommt nichts Konkretes zu fassen, sondern schafft aus Erfahrungswerten die sogenannten Faustformeln, deren Ergebnisse zwischen 100 und 140% schwanken, meist sogar zwischen 100 und 400%. Es wird nur über den Daumen gepeilt, und das nennt sich dann Ingenieurswissenschaft. Mir fällt es schwer, zu dieser puddingweichen Angelegenheit die rechte Einstellung zu finden.

Aber genug davon. Ich freue mich schon auf Deinen nächsten Brief, meine liebe Inge.

In herzlicher Liebe bin ich immer

Dein Richard

Ingeborg Lüttjes an Richard Schlosser

St. Cloud, am 5. 12. 53

Mein herzallerliebster Richard!

Auf Deine beiden lieben Briefe hätte ich Dir schon viel eher geantwortet, wenn ich nicht so gräßlich viel zu tun gehabt hätte, mein Herz, und nun muß ich Dir und mir gleich noch eine riesengroße Enttäuschung bereiten! Weihnachten kann ich nun doch nicht kommen. Ich habe schon ein Stück geheult deswegen, aber das ändert ja auch nichts dran. Vivienne, die erst 18 Jahre alt ist, hat ihre Eltern schon seit einem halben Jahr nicht mehr gesehen, und nun haben wir uns entscheiden müssen, wer Weihnachten nach Hause fährt und wer bleibt. Vivienne hat zwar gesagt, daß sie mir meinen kleinen Urlaub nicht verbauen möchte, aber was sollte ich ihr gegenüber als »Erwachsene« anderes tun, als für mein Teil zurückzustehen?

Es ist mir schrecklich, daß ich Dich nun womöglich noch lange, lange nicht wiedersehen kann, denn obwohl ich mich jetzt ganz gut eingelebt habe, sehne ich mich so sehr nach Dir. Ich habe schon überlegt, ob es sich machen ließe, daß ich statt Weihnachten über Silvester käme, aber ich muß erst einmal einen günstigen Moment abpassen, um aus Mrs. Leclercq herauszubekommen, wieviel Tage sie Vivienne zugestehen will, denn die weiß es selber noch nicht. Wenn es dann nach Weihnachten für ein paar Tage klappte, wäre es doch auch ganz schön, vorausgesetzt, Du hast vor, über Silvester noch in Dortmund zu bleiben, sonst müßte ich nach Hannover kommen, und das wäre vielleicht doch ein bißchen teuer für meine Verhältnisse, obwohl ich gräßlich gespart habe. Ach, das leidige Geld, immer ist man davon abhängig!

Schreib mir doch bitte bald, wo Du Silvester bist, damit ich weiß, ob ich deswegen hier fragen soll oder nicht.

Ach je, und bei Cooks im Reisebüro hat man mir gestern gesagt, daß die Flugreise doch etwas teurer käme, und als Studentin würde ich nur anerkannt, wenn ich mindestens bis zum nächsten Sommer in Paris studierte und meine Gebühren im voraus bezahlte. Das kann ich natürlich nicht. Die Zugreise hingegen könnte ich verbilligt bekommen, und zwar würde die Fahrt nach Dortmund, hin und zurück, etwa 6500 frs. kosten (ca. 80 DM), allerdings säße ich dann bei jeder Fahrt 10 Std. auf der Bahn, aber ich täte es gerne für Dich und für mich, mein Liebling! Nun hilf mir man mit, zu überlegen, was wir am besten tun, denn ich bin ja nur die Hälfte von uns beiden und brauch Deinen Rat.

Hier ist nun mittlerweile der langersehnte stramme Junge angekommen und macht viel Arbeit, denn ich muß seine Klamotten waschen. In der Schule bin ich jetzt in der Fortgeschrittenen-Klasse. Leider sitzen da etliche Dösköppe, die allen anderen ein Bummeltempo aufzwingen. Gestern abend war der »Grand Bal des Étudiants de l'Alliance Française« in einem enormen Saal am Place du Panthéon im Quartier Latin, mit spanischer Kapelle und mexikanischen Sängern, es war großartig, temperamentvoll und anstrengend, ich habe abwechselnd mit einem Ägypter, einem Mexikaner und einem Deutschen getanzt, bis zur ersten Metro um halb sechs Uhr morgens, und heute bin ich furchtbar müde. Soviel Spaß wie bei einem Abend mit Dir hab ich natürlich nicht gehabt, aber wart man, wenn ich erst wieder zu Hause bin, mein Guter, das wird himmlisch!

Die Sache mit dem Radio scheint mir doch sehr umständlich zu sein, und ich möchte den großen Kasten nur dann hier haben, wenn ich nirgendwo ein billiges Leihgerät kriegen kann. Ich habe deswegen schon bei Telefunken Hannover angefragt, ob ich nicht von Telefunken Paris preiswert eins geliehen bekomme, das wäre doch wesentlich einfacher. Trotzdem herzlichen Dank, mein Schatz!

Wenn Du mir allerdings einen Gefallen tun willst, schick mir doch eins von meinen Fotos her, am besten das, wo ich wie »vier Jahre verheiratet« aussehe. Hier gibt es eine Illustrierte, die jede Woche 10 Bilder prämiert (und was sind da für scheußliche bei!), mit Geldpreisen bis zu 10.000 frs., und das Foto bekommt man wieder. Geld darfst Du mir bitte nicht mehr schicken, ich komme gut aus.

Zum Schluß die große Frage: Wie wär's, mein lieber Richard, wenn ich nicht nach Dortmund kommen kann, willst Du dann nicht vielleicht mich in Paris besuchen?

Nun muß ich zur Post rasen, damit der Brief noch wegkommt. Sei vieltausendmal gegrüßt von Deiner

Inge

Richard Schlosser an Ingeborg Lüttjes

Hörsaal 39, am 12. 12. 53

Liebe gute Inge!
Wenn ich nur wüßte, wie lang dies Päckchen jetzt unterwegs sein wird! Spät genug kommt es ohnehin. Ich hatte das schon so lange vor. Sei bitte nicht zu enttäuscht, wenn die Adventszeit jetzt beinahe vorbei ist. Es ist trotzdem ganz herzlich gemeint, und der kleine Kranz soll ein bescheidener Gruß von mir sein, der Dir aber viel sagen will. Ich bin gestern ganz nach Gehrden gefahren, wo es so viele Plätzchen gibt, die uns glücklich miteinander sahen. Aus jener Gegend kommt auch das Tannengrün, und darum wirst Du hoffentlich darüber hinwegsehen, daß es dem Kranz etwas an Schönheit mangelt. Die Kerzenhalter habe ich extra dafür gebastelt, und sie werden ihren Zweck hoffentlich erfüllen.

Die Kerzen haben bei mir schon einmal gebrannt. Dazu habe ich Dein Bild gestellt und ganz heftig an Dich gedacht.

Jetzt bin ich in großer Eile, weil das Zollamt gleich dicht macht und das Päckchen heute noch fort soll. Heute abend schreibe ich Dir mehr.

In herzlicher Liebe bin ich immer
Dein Richard

Richard Schlosser an Ingeborg Lüttjes

Hannover, am 12. 12. 53

Meine liebe Inge!
Mittwoch kam endlich Dein Brief, und ich war regelrecht erlöst. Die schrecklichsten Sachen hatte ich mir ausgemalt. Was konnte Dir nur alles passiert sein dort in der fremden, großen Stadt. Nun bin ich wieder ganz zufrieden.

Gerade komme ich vom Zollamt zurück. Ich habe Dir ein Päckchen geschickt. Du mußt es meiner Naivität zu Gute halten, daß ich mir eingebildet hatte, Du könntest es schon in 4 oder 5 Tagen in Empfang nehmen. Ich war ganz geknickt, als man mir sagte, daß ich mit 10 Tagen zu rechnen hätte. Vielleicht ist bis dahin alles verdorben. Über den Inhalt verrate ich Dir noch nichts, sonst ärgerst Du Dich jetzt schon maßlos. Wäre ich mit dem richtigen Riecher für das Phlegma der französischen Post gesegnet gewesen, hätte ich das Päckchen schon früher aufgegeben.

Du hast übrigens recht gehabt. Es wäre unsinnig, Dir das Radio hinzuschicken. Den Zoll könnten wir nie bezahlen, wie ich jetzt erfahren habe. 30.– bis 90.– Mark. Jawohl, ganz recht. Hat der Mensch Töne! Und nicht etwa wir erheben einen Ausfuhrzoll, nein, nur Deine Gastgeber wollen den Rubel rollen sehen. Zu diesem Wucherpreis geht es also nicht.

Jetzt aber zu Deinem Brief. Ich war so glücklich. Nach dem Postboten hatte ich schon seit Montag spioniert, aber der brachte bloß immer dämliche Prospekte.

Ja, was könnte ich an diesem Zufall ändern, daß nun plötzlich nichts aus der Weihnachtsreise werden kann. Ich hätte Dich ja so gerne bei mir. Wenn Du willst, bin ich auch Silvester noch in Dortmund, das richtet sich ganz nach Dir. 30.– DM könntest Du bestimmt noch von mir haben, aber das reicht ja nicht für die ganze Reise. Wenn sie ein zu großes Opfer von Dir verlangt an Zeit und vor allem an Geld, und Du meinst, es irgendwie noch aushalten zu können, dann will auch ich mich noch gedulden. Ich bin immer unersättlich und muß doch endlich einmal lernen, auch in dieser Hinsicht vernünftig zu sein. Wenn meine Arbeit, die nie ein Ende zu nehmen scheint, eines Tages getan ist, werde ich schließlich einmal gut genug sein zum Geheiratetwerden. Bei dieser Vorstellung entringt sich mir ein tiefer Seufzer. Dich hingegen hätte man auch vor drei Jahren schon heiraten können. Mit Dir hat der liebe Gott sein Meisterwerk für mich geschaffen.

Ich freue mich für Dich, daß Du nun auch einmal etwas Schönes erlebt hast. Paris soll doch für Dich nicht das sein, was Elba für Napoleon war. Ich für mein Teil komme niemals dazu, außer an Dich und das Studium noch groß an etwas anderes zu denken. Meine Tage sind ausgefüllt mit Wirkungsgraden, Drosselkurven, Kongruenzgesetzen, Geschwindigkeitsdreiecken, Propellern, Schaufeln, Dampfturbinen, Kompressoren, Motoren, Wasserwirbelbremsen und Kreiselpumpen. Wie gräßlich, wirst Du sagen. Dafür läge es mir wieder weniger, Französisch zu lernen.

Morgen und übermorgen will ich mich darum kümmern, daß Du Weihnachten wenigstens etwas von mir hast. Es wird nichts Großartiges sein, das habe ich Dir noch nie schenken können. So gerne möchte ich Dich einmal nach allen Regeln der Kunst verwöhnen. Das kommt ganz gewiß noch einmal.

Seit einigen Tagen schon habe ich nicht mehr richtig geschlafen. Zuletzt vor 30 Stunden ein paar Augen voll. Mittlerweile sind mir die Knie etwas weich, und ich will schließen.

Noch einmal danke ich Dir für Deinen lieben Brief. Als er kam, habe ich in Ermangelung Deiner selbst Dein Bild abgeküßt, vor lauter Freude.

1000 liebe Grüße von Deinem
Richard

St. Cloud, am 14. 12. 53

Mein Liebster!
Nun will ich Dir gleich antworten und Dich inständig um Verzeihung bitten für die lange Wartezeit, die Du ertragen mußtest. Liebling, ich danke Dir herzlich für Deinen Brief! Wie rührend, daß Du mir ein Päckchen geschickt hast! Vielleicht ist es in den nächsten Tagen ja schon hier. Was es auch enthalten mag, ich werde mich tüchtig freuen!

Aber die Kosten für den Zoll wollen wir uns nicht aufbürden. Von Telefunken habe ich noch keine Antwort wegen des Leihgerätes, und wenn das nicht hinhaut, dann gehe ich auch nicht daran zugrunde. Ich bin doch schon sieben Wochen hier und habe es auch ohne Radio ganz gut ausgehalten.

Möglicherweise bleibe ich auch gar nicht mehr lange hier, denn ich habe wieder mal was in Aussicht, und zwar erfuhr ich von einer Australierin aus meiner Klasse, daß ich einen guten Job in Neapel bekommen kann. Ihr hat es da mächtig gefallen: »Naples is a dirty city, but I love it, it's simply beautiful, and so is Capri, and Rome, and anything else, but you'll see! I bet you'll like it just as much as I do!« Man sucht angeblich verzweifelt nach einer Sekretärin für den Officers Club. Ich könnte da reichlich Geld verdienen und das Angenehme mit dem Nützlichen verbinden.

Auf die Dauer mag ich auch nicht für andere Leute das Hausmädchen spielen. Hier bei den Leclercqs stehen mir manchmal die Haare zu Berge. Täglich muß ich die ganzen dreckigen Windeln waschen, obwohl ich es nicht nötig hätte »au pair«, dann die Küche, den Flur und sämtliche Steinfußböden wischen und scheuern und bohnern, auch sonntags, ohne einen einzigen freien Tag, aber ich werde immer nur angeranzt. Also, wenn das mit Italien klappt, sag ich good-bye.

Diese Woche will ich versuchen, das Examen für die 3. Klasse zu schaffen. Zur Zeit büffele ich Grammatik und abermals Grammatik. Fließend unterhalten kann ich mich noch nicht, aber doch gut verständlich machen.

Für heute muß ich aufhören, denn allmählich fallen mir die Augen zu. Morgen mehr. Gute Nacht, mein Schatz!

15. 12. 53

Liebling, Dein Päckchen ist schon da! Eben kam der Bote und brachte es mir. Ach Du, es ist so lieb von Dir, mir diesen vorweihnachtlichen Gruß zu schicken! Als der Postbote klingelte, stürmten beide Bubis zur Tür und wichen mir nicht von den Fersen, bis ich das Päckchen geöffnet und jedem ein paar Spekulatius verabfolgt hatte. Nun besitze ich sogar einen Adventskranz, wie schön! Ich werde heute abend zeitig von der Alliance zurückkommen und die Lichter anstecken, und diesmal sollen sie nicht das Bild von mir anstrahlen, sondern das von Dir! Vielen herzlichen Dank!

Heute morgen wollte ich Mrs. L. fragen wegen Silvester, aber ihre Laune ist man mies, und ich schiebe es lieber noch etwas auf. Geldlich kann ich mir schon helfen. Momentan habe ich 5000 frs. und 30 Mark deutsches Geld, und Weihnachten oder kurz danach bekomme ich mein Dezembergeld, also noch einmal 5000. Ich kaufe mir ja nichts, darum komme ich ganz gut hin. Überdies besteht die Möglichkeit, mit dem Bus zu fahren, weil nach Weihnachten die Busverbindung Paris – Düsseldorf wieder eingerichtet werden soll. Wenn allerdings die Italiensache zum Klappen kommt, dann könnte ich mir die Reise wohl besser schenken und dafür nachher eine Woche in Hannover bleiben, bevor ich Richtung Süden fahre.

Mein Liebster, wenn Du mir zu Weihnachten was schicken möchtest, dann aber bitte nur was Bescheidenes! Ich kann doch auch so gut wie nichts schicken momentan.

Aber eine Frage hast Du mir nicht beantwortet: Möchtest Du mich nicht vielleicht in Paris besuchen? Natürlich ist die Unterkunftsbeschaffung zu mäßigen Preisen etwas schwierig, aber das wäre doch die ideale Lösung, und Du sähst auch mal Paris! Ich würde viel Freizeit anstelle meiner Reise erbitten und Dir alles zeigen. Hättest Du nicht Lust? Wie wäre das? Neujahr? Ich bin so gespannt, was Du dazu sagst!

Viele, viele liebe Grüße, und nochmals herzlichen Dank, mein lieber Richard. Bis zum nächsten Brief!

Deine Inge

Richard Schlosser an Ingeborg Lüttjes

Hannover, am 16. 12. 53

Meine liebe gute Inge!
Zuallererst möchte ich Dir von Herzen ein frohes Weihnachtsfest wünschen, auch wenn sich dort in der Fremde ungetrübte Seligkeit vielleicht nicht einstellen will. In Gedanken bin ich bei Dir, und Du mußt nicht traurig sein.

Einen weiteren Trost sollst Du in diesem Päckchen finden. Auf den ersten Blick mag es großartiger erscheinen, als es ist. Die tolle Aufmachung täuscht. Es enthält nur allerlei Kleinigkeiten, von denen ich hoffe, daß sie Dir Freude machen.

Das neue Portemonnaie soll Dein altes ersetzen, das doch schon ziemlich mitgenommen ist. Aber wirf das alte trotzdem noch nicht fort, vielleicht kann ich es reparieren. Das andere sind alles Konsumgüter, in denen Du auf Deiner Bude privat ein bißchen schwelgen kannst. Laß Dir alles gut schmecken.

Ich denke an Dich. In herzlicher Liebe
Dein Richard

Richard Schlosser an Ingeborg Lüttjes

Hannover, am 21. 12. 53

Meine Liebste!
Dein Brief kam diesmal prompter als prompt. Ich habe mich so gefreut, und Du wirst schon sehnsüchtig auf eine Nachricht von mir warten. Mittlerweile herrscht wieder halbwegs Ordnung in meinen vier Wänden. Ich bin nämlich umgezogen und bewohne jetzt Pionteks ehemaligen Salon. Da zieht der Ofen besser, und ich habe eine manierliche Gardine vorm Fenster hängen, weil Frau Piontek sich nicht traut, nach vorne zur Straße hinaus alte Lappen zu hängen. Nun werde ich wohl endlich meine Ruhe haben, das Gequake um den Umzug ging ja schon monatelang.

Momentan sitze ich im Demag-Saal, aber sehr ruhig ist es hier nicht. Eine Horde feiert mit Bier auf ihre Art Vorweihnacht, und mit der Zeit wird der Spektakel immer größer.

Du fragst, ob ich Dich besuchen will. Als Du diese Absicht zum ersten Mal äußertest, nahm ich das gar nicht ernst, aber allem Anschein nach knüpfst Du doch einige Hoffnungen daran. Sei nicht gar zu sehr enttäuscht, wenn ich von diesem Plan nichts halte. Ich befürchte nämlich, daß wir von uns selber in Paris nur sehr wenig hätten, und die Stadt reizt mich absolut nicht. Ich kann kein Französisch und wäre ohne Deine Assistenz gänzlich aufgeschmissen. Selbst wenn mir jemand eine Parisreise schenkte, wäre ich nicht sonderlich begeistert. Was soll ich in diesem blödsinnigen Paris, wenn ich von Dir dabei nichts habe. Wo könnten wir denn einmal ungestört und trotzdem gemütlich beieinander sitzen?

Außerdem ist es ja auch eine Finanzfrage. Ich habe das Geld dafür nicht über. Zu den Reisekosten kämen die für Logis und Verpflegung und eventuell Amüsement hinzu. Billig käme ich mit 150.– Mark weg, aber wo soll ich die herholen. Wenn es dann wieder so armselig hergehen müßte, und wir könnten uns nichts leisten, wäre das alles doch auch recht deprimierend, und wir wären gewiß nicht restlos glücklich.

Nein, nein, ich komme nicht. Leg mir das bitte nicht falsch aus. Wenn Du es Dir recht überlegst, wirst Du einsehen, daß wir lieber noch ein Weilchen warten sollten, um dafür einige Wochen später umso glücklicher miteinander zu sein.

Von den neuerlichen Aussichten auf Neapel schreibst Du ja sehr begeistert. Bewahre Dir nur ein wenig Skepsis für den Fall, daß es schiefgeht.

Erst vor ein paar Tagen habe ich Meyers den Tisch zurückbringen können. Der Tischler hatte so lange rumgemährt, und Frau Meyer hatte mir schon einen Mahnbrief geschickt, nachdem sie sich bei Deiner Mutter meine Adresse besorgt hatte. Von Jever aus war ihr auch schon einiges von Deinem Treiben berichtet worden. Aus Frau Meyers Erzählungen gewann ich den Eindruck, daß Deine Mutter gar nicht so recht einverstanden sei mit Deinem augenblicklichen Leben. Ich kann das verstehen, denn glänzend geht es Dir dort ja nicht, und ich komme mir manchmal vor, als ob ich Dich in so eine Art Exil geschickt hätte. Ich sähe Dich lieber heute als morgen aus Paris scheiden, nur so viel erwarte ich von Dir, daß Du dort die Sprache erlernst und es so lange aushältst, bis das wenigstens annähernd der Fall ist. Schreibe mir doch, wenn Du etwas brauchst, und wende Dich mit Deinen Sorgen nach Möglichkeit erst an mich, bevor Du Deine Eltern um Hilfestellung bittest.

Nun muß ich schließen, mein Liebling, sonst hast Du morgen wieder keinen Brief. Nächste Nachricht bitte nach Dortmund.

In herzlicher Liebe bin ich immer
Dein Richard

Ingeborg Lüttjes an Richard Schlosser

St. Cloud, am 21. 12. 53

Mein geliebter Richard!
Ein kleiner Brief – das ist nun alles, was von mir zu Weihnachten in Deine Hände kommt, und dennoch hoffe ich, daß Du auch darüber am Heiligen Abend ein wenig glücklich sein kannst, mein lieber, guter Schatz! Ich bin

mit all meinen Gedanken bei Dir und wünsche Dir von ganzem Herzen ein gesegnetes Weihnachtsfest! Beim nächsten werden wir dann wieder zusammen in die Kerzen schauen und ein Herz und eine Seele sein, vielleicht ja auch schon im eigenen kleinen Heim.

Für Silvester und Neujahr habe ich inzwischen die Erlaubnis bekommen, nach Dortmund zu fahren, und wenn ich alle meine Kröten zusammenkratze, dann haben wir uns bald wieder, mein Liebling! Ich bin vor Freude schon ganz närrisch! Auf der Hinfahrt muß ich mich dann allerdings gleich in Düsseldorf um mein Visum kümmern, denn sobald ich die Grenze überschreite, ist mein anderes Visum ungültig.

Geldlich kann ich es schon einrichten, denn ich habe ja feste gespart und auch noch mein Dezembergehalt in Aussicht. Wenn es Dir also sauer wird mit dem Geldschicken, dann laß das man bleiben, mein Herz, oder wenn doch, dann nur wenig, ca. 10 Mark.

Geschenke werde ich leider kaum welche mitbringen können. Für Dietrich, der mich zum Geburtstag und zu Weihnachten immer so nett bedenkt, habe ich einige Briefmarken gesammelt, wo ich sonst schon nichts tun kann. Hoffentlich hat er Freude daran.

Und Du, mein Guter? Einsam? Ein bißchen? Ich auch. Aber nicht mehr lange, wie schön! Ach Richard, sieh mal zu, wie Du es einrichten kannst, daß wir möglichst viel voneinander haben, ohne daß Deine Lieben dabei zu kurz kommen. Am liebsten würde ich die ganze Zeit nicht von Deiner Seite weichen.

Frohe Weihnachten! Bald komm ich zu Dir. Deinen letzten Brief bekam ich heute morgen. Schönen Dank für das Bild und tausend liebe Grüße

von Deiner Inge

Richard Schlosser an Ingeborg Lüttjes

Dortmund, am 27. 12. 53

Meine liebe Inge!
Dieser Zustand, so ganz ohne Nachricht von Dir zu sein, ist nicht sehr schön. Mit der französischen Post ist also doch nichts los. Wie ist das nur schrecklich, daß bei Euch schon wieder alles drunter und drüber geht. Ganz im stillen hoffe ich, daß Du wenigstens noch mein Päckchen zum Fest bei Dir hattest. Vergessen hat Dich jedenfalls niemand!

Wenn mir nur einfiele, wie sich dieser Poststreik umgehen ließe. Ich will mich heute einmal auf dem Bahnhof bei einem französischen Schaffner erkundigen, ob er eine Möglichkeit sieht, Dir diesen Brief zuzustellen. Ich weiß doch nicht einmal, ob Du nun Silvester herkommen wirst. Solltest Du diesen Brief tatsächlich bekommen, könntest Du vielleicht ebenfalls einem Bahnbeamten oder einem vertrauenerweckenden Reisenden eine Nachricht an mich mitgeben.

Wir alle wünschen uns natürlich sehr, daß Du wider Erwarten doch noch kommen kannst. Ich freue mich so sehr auf den Augenblick des Wiedersehens, und ich kann es nie satt werden, mir das in den herrlichsten Farben auszumalen.

Für mich begann das Weihnachtsfest nicht so ganz, wie es in der Ordnung gewesen wäre. Heiligabend saß ich noch in Hannover, um Post von Dir zu abzupassen, und natürlich hatte ich auch noch massig zu tun. Nebenbei mußte die bescheuerte Lampe von der Piontek endlich vollendet werden. Als Fragment hatte das Ding lange genug herumgestanden. Nun ist dieses Schundmöbel glücklich repariert, und die Pionteksche samt Anhang und Bekanntschaft findet es entzückend schön. Die Geschmäcker sind eben verschieden. Trotz hochwattiger Birnen sieht man fast nichts. Durch die grüne Seidenbespannung wird die ganze Stube in ein geisterhaftes Licht getaucht. Bei dieser Beleuchtung braucht sich die Hausherrin bloß noch ein Laken über den Kopf zu hängen, und das Gespenst ist fertig.

Nach Mitternacht war ich dann glücklich zu Hause. Die ganze Firma lag schon im Bett. Versäumt hatte ich nichts. Für mich ist eben ohne Dich hinfort jedes Weihnachtsfest unvollkommen.

Bis ich schließlich ein Bett für meine müden Knochen aufgestellt und überall etwas Bettzeug zusammengesucht hatte, waren weitere 15 Stunden vergangen. Bei Rudi zu schlafen ist unmöglich, und so mußte ich erst mein altes Kellerloch in einen zivilisierten Zustand versetzen. Die Lichtleitung war durchgesengt, und der Dreck lag schichtweise in der ganzen Bude. Dann war der Staubsauger kaputt, mit welchem ich den Dreck zu beseitigen gedachte. Schraubenzieher zur Reparatur waren dito unbrauchbar und mußten umständlich hergerichtet werden. Hier kann man hinkommen, wann man will, es ist immer etwas im Eimer.

Als ich endlich flach lag, ließ ich es in Gottes Namen Weihnachten sein und schlief bis in den zweiten Feiertag hinein. Dann lag Dietrich mir in den Ohren, ihm beim Bau eines Bahnhofs für seine Eisenbahn zu helfen. Inzwischen ist die Immobilie im Werden, aber ich habe ja eigentlich noch anderes im Sinn als die Konstruktion von Spielzeugbahnhöfen.

Gleich muß ich mich auf den Weg zum Bahnhof machen. Alle lassen

Dich von Herzen grüßen. Ganz besondere Grüße aber und alles nur erdenklich Liebe und Gute von Deinem
Richard

Ingeborg Lüttjes an ihre Familie

Dortmund, am 2. 1. 54

Liebe Mutti! Liebe Familie!
Nun bin ich schon drei Tage hier und immer noch nicht zum Schreiben gekommen. Gern hätte ich mich gleich von Paris aus für das schöne Weihnachtspaket bedankt, aber das hatte keinen Zweck, weil dort immer noch die Post streikt und weder Pakete noch Briefe befördert werden. Daß die ollen Franzosen sich das aber auch gerade zu Weihnachten einfallen lassen mußten! Na, nun wißt Ihr jedenfalls, daß es nicht an mir gelegen hat.

Herzlichen Dank für alle die schönen Geschenke! Über die Schürze, das Buch, das Briefpapier und die Taschentücher sowie über die Tüte mit Kuchen habe ich mich sehr gefreut! In Frankreich ist das Weihnachtsfest ja eine ziemlich öde Angelegenheit, und dann schätzt man sich doppelt glücklich, wenn man es etwas mit deutschen Festgebräuchen verschönern kann.

Ich bekam Weihnachten nicht frei, aber dafür Neujahr einige Tage, und da bin ich nun nach Dortmund gefahren. Leider ist die schöne Zeit schon wieder um, denn in zwei Stunden fährt mein Zug, und morgen nachmittag hab ich schon wieder »Dienst«. Wegen meiner braunen Schuhe braucht Ihr Euch nicht mehr zu kümmern, denn ich werde Anfang Februar aus Paris zurückkommen. Das Leben ohne Geld geht einem mit der Zeit auf die Nerven, und ich möchte mir doch so gerne endlich einige Utensilien für die spätere Wohnung anschaffen. Wenn ich wieder in Deutschland bin und eine Stelle gefunden habe, lasse ich mich natürlich auch schnellstens in Jever sehen!

Seid Ihr gut ins neue Jahr gekommen? Neuigkeiten vom Ehemaligentreffen? Was machen Gisela und ihr kleiner Gustav?

Mit nochmaligem Dankeschön grüßt herzlich Eure Inge – und nun hängt Richard noch etwas an.

Liebe Eltern!
Ihr habt mich zum Weihnachtsfest wieder so großzügig bedacht, daß ich gar nicht weiß, wo ich mit dem »Dankeschön« anfangen soll. Mit mir hat sich die ganze Familie über das Paket gefreut.

In das schöne Buch habe ich mich noch nicht vertiefen können. Rudi kennt es schon, und nach seinem Bericht wird es mich sehr interessieren, denn nach einem umfangreicheren Artikel oder gar Buch über das Soergel-Projekt hatte ich schon lange Ausschau gehalten. Ihr habt doch einen todsicheren Riecher für meinen Geschmack. Auch die Taschentücher kommen mir sehr gelegen, denn solange ich nun noch gewissermaßen von der Hand in den Mund leben muß, kommt doch recht selten eine Ergänzung meiner Wäschbestände. Die Zigaretten haben wie immer gut geschmeckt. Meine kaum mehr fortzudenkende Pfeife konnte ich über Weihnachten darum beurlauben. Für alle Eure Gaben vielen schönen Dank.

Silvester und Neujahr waren wir hier recht vergnügt. Inge und ich hatten mit 3 Flaschen Rotwein einen kräftigen Punsch gebraut, der allen mächtig gut einging. Nach Radio haben wir im Familienkreise ausgiebig getanzt, jedenfalls die Jugend, denn die Alten saßen bei ihrem Punsch fest. Rudi führte reine Phantasietänze vor und sprang herum wie ein Indianer beim Siegesfest, sehr zum Entsetzen meines Vaters (»Wohl total verrückt geworden!«), dem dergleichen für gewöhnlich ein Greuel ist. Auf alle Fälle war einmal ordentlich Leben in der Bude.

Euch und meinen vorhandenen Schwägerinnen nun recht herzliche Grüße von Euerm

Richard

Ingeborg Lüttjes an Richard Schlosser

St. Cloud, am 5. 1. 53

Mein lieber, guter Richard!

Gestern abend, als ich spät von Kathrin zurückkam, fand ich Dein liebes Weihnachtspaket. Schriftlich kann ich mich gar nicht genug bedanken für all die Herrlichkeiten, und darum laß Dir sagen, daß ich Dir bald in persona um den Hals fallen werde! Beim Auspacken strömte mir richtig die Liebe entgegen, mit der Du das Päckchen zurechtgemacht hattest. Ich freu mich riesig über alles, und das Portemonnaie ist fabelhaft! Die Würstchen werde ich bei passender Gelegenheit mit großem Genuß verzehren, und wenn Du erlaubst, daß auch Kathrin eins abbekommt, dann gibt es hier bald einen vergnügten Abend. Die Flasche Tosca ist eine wundervolle Erfrischung. Vivienne konnte ihre Nase bald gar nicht mehr von der Flasche loskriegen. Und dann der kalte Hund! Er war so schön und haltbar eingepackt, daß er noch lecker ist wie am ersten Tag. Alle Welt ist begeistert über meinen vielseitigen Bräutigam, der außer Maschinen auch noch so prachtvolle Kuchen fabrizieren kann! Von den Lindt-Täfelchen ist eine Schachtel schon beinah leer, sie schmecken so gut. Mein Schatz, Du hast mich ganz glücklich gemacht mit Deinen Gaben und Deinem lieben Brief!

Bei der Rückfahrt mußte ich in Köln ja in den Skandinavien-Expreß umsteigen, der schon brechend voll ankam und nur einen einzigen Wagen für Paris hatte. In der dritten Klasse standen die Menschen sogar in den Korridoren so eng, daß bald niemand mehr Luft kriegte, und ich kam mit meinem Koffer gar nicht erst hinein. Da steuerte ich dann einfach auf einen Bahnmenschen los und fragte ihn, was man für die 2. Klasse mehr bezahlen müsse. Ich hatte keineswegs die Absicht, mehr zu bezahlen, ich dachte nur, vielleicht kann man in Anbetracht der Überfüllung so drinbleiben. Und richtig, er sagte bloß: »Steigen Sie vorläufig ruhig in die 2. Klasse ein, wir werden dann weitersehen.« Ich natürlich schleunigst rein, und ein paar andere machten es mir nach. Als wir unsere Siebensachen verstaut hatten, stellten wir fest, daß wir gar nicht in die 2., sondern in die 1. Klasse geraten waren. Der deutsche Fahrkartenkontrolleur sagte aber nur: »Sehen Sie mal zu, daß Sie die belgischen und die französischen Kollegen rumkriegen.« Diese Kollegen verzogen das Gesicht zu einem herablassenden Grien und sagten – nichts! Um so besser, ich reiste also ganz feudal, allerdings war zum Langmachen kein Platz, aber das war ja nicht weiter schlimm. Ich hätte nie gedacht, daß ich in meinem Leben jemals erster Klasse reisen könnte!

Der Zug kam ganz pünktlich an, aber dafür war Glatteis, und es dauerte eine Ewigkeit, bis ich glücklich um 12 Uhr hier anlangte. Vivienne erzählte mir gleich von den Scherereien, die die Alte schon wieder gemacht hatte, sie ist wirklich manchmal gemein. Auf mich hat sie 'n Piek, weil ich weggehen will, und Vivienne wird ohne ersichtlichen Grund gepiesackt und will deshalb jetzt auch zu Ende Januar kündigen. Na, da wird sich aber jemand wundern!

Gestern kriegten wir sofort ein gepfeffertes Diktat, in dem es alle möglichen mir unbekannten Tempi hagelte. Aber es wird schon werden. Wenn ich mir die restlichen grammatikalischen Finessen bald aneigne, kann ich es bis Monatsende wohl schaffen.

Hoffentlich erreicht Dich dieser Brief bald! Der Streik dauert noch als »Teilstreik« an, es heißt aber, daß die Briefe rechtzeitig abgehen.

Viele herzliche Grüße, mein lieber Richard, und noch einmal vielen, vielen Dank für alles!

Deine Inge

Hannover, am 13. 1. 54

Mein lieber, guter Schatz!
Bis heute hatte ich mit Zeichnen zu tun. Vielen herzlichen Dank für Deinen Brief. Ich bin ganz gut hergekommen, nur war der Koffer wieder einmal elend schwer, aber das ist ja meist so. Leider habe ich Dein Schuhpaket aus Jever vergessen mitzunehmen, und was noch sehr viel schlimmer ist, Dein Bild ist im Keller stehen geblieben. Wie konnte ich das nur vergessen? Ich begreife es selbst nicht. Gegen diese Konfusität muß endlich etwas unternommen werden. Da suchte ich doch vor ein paar Tagen verzweifelt nach meiner Pfeife, bis ich schließlich bemerkte, daß ich sie zwischen den Zähnen hatte. Kommentar überflüssig. Aus der Apotheke werde ich mir wieder ein paar Pillen holen, die mir in der Hinsicht schon öfter geholfen haben.

Gertrud war den ganzen letzten Sonntag damit beschäftigt, meine Hosen auszubessern. Der eine Tag hat nicht ausgereicht, und die graue Hose muß sie mir noch nachschicken. Bei der Gelegenheit kann dann auch Dein Bild mitgehen, das ich hier schmerzlich vermisse.

Nachdem Du gefahren warst, dachte ich meinen Vater noch vorzufinden, der aber lag bereits im Bett, und das war vielleicht auch ganz gut so, denn mir stand der Sinn nicht nach weiteren Unkparolen. Meine Mutter war aber noch auf, und so habe ich mich mit ihr noch eine ganze Weile unterhalten. Wie oft nur habe ich das schon getan, und wie wenig sind wir jedesmal einer Lösung aller Probleme, die uns unser Familienleben aufgibt, nähergekommen. Ich gebe mir so viel Mühe, meinen Vater zu verstehen, aber es ist oft so schwer, wenn nicht gar unmöglich. Eines kannst Du jedoch sicher wissen, meine Mutter versteht uns in allem. Sie ist weit davon entfernt, meines Vaters Standpunkt zu teilen, daß die ganze sogenannte Liebe Quatsch sei. Für uns beide ist die Liebe das Schönste und Kostbarste, das es im Leben gibt, und bei dieser Meinung werden wir, denke ich zuversichtlich, immer bleiben. Mutter sagt auch, daß gerade die Liebe das Wichtigste ist und besonders für eine Ehe. Nichts kann ihr doch mehr Bestand verleihen. So wie mein Vater kann nur ein Mensch sprechen, dem schon von frühester Jugend an zu wenig Liebe entgegengebracht worden ist. Er ist, glaube ich, mit der Einstellung groß geworden, daß jegliche Gefühlsäußerungen unmännlich, unschicklich, genabel oder was weiß ich sonst seien. Jetzt kann er nicht mehr aus seiner Haut heraus. Den Sprung über seinen eigenen Schatten bringt er nicht zustande. In jedem Menschen steckt das Bedürfnis nach Liebe und Wärme, und das steckt auch in ihm. Es liegt nur so viel Schutt darauf, den meine Mutter gewiß ihre ganze Ehe über wegzuräumen gesucht hat. Wer würde nicht resignieren, wenn er nach 28 Jahren nichts erreicht hat? Mein Vater muß schon von sich aus mit Hand anlegen. Man darf sich nicht wundern, wenn es schließlich schwerfällt, unter so viel rauher Schale noch den guten Kern zu sehen.

Einen Tag später, als ich weit nach Mitternacht noch im Wohnzimmer über meiner Zeichnerei saß, kam »er« nach Hause (mit der üblichen leichten Schlagseite). In dieser Verfassung hat er dann meist das Verlangen, sich mit mir zu unterhalten. Der Aufforderung, mit ihm noch eine Flasche Wein zu trinken, entzog ich mich unter dem Vorwand, daß mir das nicht gut bekäme. Er pichelte dann die ganze Flasche alleine aus, und wir unterhielten uns. Ich hatte mir vorgenommen, einmal einen Angriff auf seinen Panzer zu unternehmen, und es trat dabei allerlei zu Tage, was meinen Vermutungen recht gibt. Mein Vater sieht sich ewig mißverstanden. Er ist überzeugt, daß seine ganze Familie ihn nur als den Geldgeber sieht und daß wir ihn für den Butzemann halten und einen lästigen Tyrannen. Allen Gram und Kummer frißt er in sich hinein und steigert sich damit in eine immer größere Verbitterung gegenüber seiner Familie hinein. Er vergällt sich ja selbst das ganze Leben. Ich habe ihm auch gesagt, daß keineswegs nur er, sondern die ganze Familie unter diesem Zustand leide und sich alle glücklicher fühlten, wenn eine herzlichere Atmosphäre bei uns herrschte. Wie bitter schwer ist es ihm nur gefallen, auch nur so ein kleines bißchen von seinem Herzen bloßzulegen. Er hat mir längst nicht alles gesagt, davon bin ich überzeugt, und ich kann Dir hier von dem bißchen auch nur wenig erzählen. Ich möchte mich so gerne über all das noch einmal mit Dir unterhalten, wenn Du erst hier bist. Ich komme doch nie davon los und kann das alles nicht einfach als hinderlich von mir werfen. Es sind immer meine Eltern, um die es sich handelt, und wenn sie ein wenig glücklicher miteinander sein könnten, wie sehr wären wir es alle. Ganz werde ich die Hoffnung darauf nie aufgeben. Ich weiß, daß ich selbst auch oft voller Groll bin und schimpfe und mit meinen Geschwistern noch weit von einem Verstehen meines Vaters entfernt bin. Wie viel schwerer wird es für Dich als eine weniger Betroffene sein, zu verstehen und tolerant zu sein.

Wie wird es nun mit Dir weitergehen? Hast Du aus Italien schon etwas gehört? Wie gern ich Dich immer in meiner Nähe hätte, mein guter Engel, das weißt Du selbst. Ich freue mich schon so auf Dich. Alle meine Liebe ist immer bei Dir, und ich halte Deine Hände in den meinen.

Dein Richard

St. Cloud, am 19. 1. 54

Mein lieber, guter, fleißiger Richard!
Oweia, jetzt hat aber jemand ein schlechtes Gewissen! Hoffentlich hast Du Dir keine Sorgen gemacht, mein lieber Schatz, denn nun habe ich Deinen lieben Brief schon seit Sonnabendnachmittag und komme jetzt erst zum Antworten. (Meine Krakeln mußt Du bitte entschuldigen; ich schreibe im Bett, damit ich nicht womöglich auf dem Stuhl festfriere.) Am Sonnabend war ich mit Vivienne zusammen aus und am Sonntag bei Kathrin, d.h. nachmittags waren wir im Museum für moderne Kunst, und abends saßen wir noch eine Weile zusammen, und gestern hatte Vivienne Ausgang, und die gute »Gnädige« hielt mich bis nach 10 Uhr abends in Trab, und danach fühlte ich mich schachmatt. Heute allerdings kann mich nichts mehr vom Schreiben abhalten.

Daß Du so überarbeitet und zerstreut bist, macht mir doch viel Sorge, mein lieber Richard, und ich glaube, ich muß mich ernsthaft um Dich kümmern, damit Du nicht noch eines Tages schlappmachst oder durchdrehst. Natürlich sollst Du Dir die Nervenpillen holen, wenn die Dir helfen, aber wie schrecklich, daß Du Dich auf diese Weise künstlich frischhalten mußt.

Ich habe mich aufrichtig gefreut, daß es Dir gelungen ist, Deinen Vater mal ein bißchen aufzutauen, und ich möchte mich auch bald mit Dir darüber unterhalten, wie es bei Euch zu Hause weitergeht und mit mir. Wenn ich in Hannover nichts finde, werde ich mich schon fügen. Das soll nun nicht bedeuten, daß ich nicht gerne in Dortmund wäre, aber lieber bin ich doch in Deiner Nähe. Außerdem ist es ja auch ein Unterschied, ob ich kurze Zeit in Dortmund bin oder mehrere Monate. Obwohl ich natürlich immer den guten Willen hätte, mich ordentlich und sittsam aufzuführen, kenne ich mich selbst doch soweit, daß ich manchmal unbeherrschte Augenblicke habe und zuviel Temperament à la Lüttjes entwickle, und dann bekäme das herzlich Verhältnis vielleicht einen Knax, ganz abgesehen davon, daß ich mich auch immer etwas vor der, wie soll ich sagen, Unberechenbarkeit Deines Vaters fürchte.

Möglicherweise ist es nur die große Sehnsucht nach Dir, die mich alle Schwierigkeiten viel größer sehen läßt, als sie sind, und ich bin gar nicht mal sicher, ob ich traurig bin, daß ich aus Italien immer noch nichts gehört habe, obwohl ich erst kürzlich mit einer Klassenkameradin sprach, die mir den italienischen Sommer in den verlockendsten Farben schilderte.

Bei der ersten Zwischenprüfung habe ich gut abgeschnitten. Die Lehrerin schoß auf mich los und fragte mich mit erhobenem Zeigefinger: »Vous avez fait cela toute-seule?« (Haben Sie das ganz allein gemacht?) Die denken alle, ich hätte etliche Jahre Schulfranzösisch verheimlicht, und dabei finde ich meine Kenntnisse gar nicht so weltbewegend.

Sonnabend gehe ich mit Kathrin zum großen Universitätsball im Amphi-Theater. Hoffentlich wird es nett.

Nun alles, alles Liebe!
Deine Inge

Richard Schlosser an Ingeborg Lüttjes

Hannover, am 23. 1. 54

Meine liebe gute Inge!
Nun sollst Du auch recht schnell eine Antwort auf Deinen lieben Brief haben, der mich gestern erreichte. Diesmal bin ich vor lauter Geschäftigkeit gar nicht dazu gekommen, mir Sorgen zu machen. Dein Brief duftet deutlich nach Tosca. Wie nett von Dir! Beinahe meine ich, Du bist selber hier, denn Du und ein Duft von Tosca, das gehört für mich schon richtig zusammen. Bald wird ja wieder beides um mich sein. Ich sehne mich schon so sehr nach Dir. Wenn Du weg bist, ist es immer so, als fehle mir ein Stück von mir selbst, und manchmal hasse ich dieses schreckliche Vernünftigsein wie die Pest. Aber was hilft es?

Mit Stellenangeboten für Dich sieht es hier bis jetzt recht traurig aus. Ich habe jeden Tag Zeitungen gekauft, aber Zweck hat es eigentlich nur am Sonnabend. Heute waren nun glücklich zwei für Dich in Frage kommende Angebote zu verzeichnen. Ich habe für eine eventuelle Bewerbung Deine Papiere herausgesucht und schicke sie Dir mit. Hoffentlich ist das alles, was Du brauchst. Die Geha-Fabrik befindet sich, so viel ich weiß, in der Vahrenwalderstraße und würde, vom Küchengarten aus gesehen, etwas ungünstig liegen.

Ich halte ja mehr von der Methode, es über das Arbeitsamt zu versuchen. Inzwischen wird es den Tanten da wohl entfallen sein, daß sie einmal einen Rochus auf Dich hatten. Wahrscheinlich sitzen dort jetzt auch ganz andere.

Es wird gut sein, wenn Du Dich umgehend an Frau Meyer wendest, um in Erfahrung zu bringen, ob Du das Zimmer wieder beziehen kannst. Nur sehr zaghaft glauben kann ich an eine Firma, die Dir eine kleine

Wohnung bietet, und fertig ist die Laube. Nicht auszudenken wäre es, wenn wir uns wieder mit Wohnungsvermittlungen rumschlagen müßten. Dieses Theater war einfach zu grauenhaft.

Deine Bedenken gegen Dortmund kann ich kaum als ernst ansehen. Wenn das die einzigen sind, bin ich ganz beruhigt. Meine Eltern halten große Stücke auf Dich, und die Besorgnis, daß es durch Dein Verschulden zu einem Krach kommt, kannst Du Dir unbedenklich aus dem Kopf schlagen. Meine Mutter möchte Dich sehr gerne eine Weile bei sich haben.

Vor Deiner Tüchtigkeit auf der Schule bleibt mir so sachte die Spucke weg. Aber eigentlich habe ich ja schon immer gewußt, daß ich nicht nur die allerliebste, sondern auch eine sehr gescheite Frau bekommen werde. Ich will mir große Mühe geben, es Deiner Tüchtigkeit in Zukunft gleichzutun.

Wenn es noch nicht zu spät ist, dann laß den Italienplan man sausen. Ich glaube, ich würde mich sonst noch viel unwohler fühlen als jetzt. In Italien würdest Du auch nicht auf Rosen gebettet sein. Neben den Franzosen sind die Italiener die unsichersten Kantonisten in unserem Europa. Alle Augenblicke gibt es Streik, was sich für uns am betrüblichsten dahin auswirkt, daß wir nichts voneinander hören. Wenn ich dann gar nicht weiß, wie es Dir geht, ist das ganze Dasein völlig unerträglich. Da ist es mir schon lieber, Du kommst wieder nach Deutschland. Wirst Du denn überhaupt genug Geld haben, um die Rückreise zu finanzieren? Ein paar Märker könnte ich Dir vielleicht noch schicken.

Augenblicklich bist Du also endlich mal wieder mit Tanzen beschäftigt. Ich liege derweil bäuchlings im Bett und schreibe an Dich. Das Zeichenbrett dient mir als Tisch. Mittlerweile ist es 4 Uhr morgens. Meine Dynamitpillen aus der Apotheke wirken ganz gut. Jetzt macht mir die ewige Müdigkeit nicht mehr so viel zu schaffen.

Mach nicht wieder so lange auf dem Ball wie neulich. Du sollst hier doch nicht als Wrack ankommen. Auf jeden Fall wünsche ich Dir viel Vergnügen (gehabt zu haben).

Alles Liebe, mein guter Schatz, und tausend Grüße von Deinem
Richard

St. Cloud, am 26. 1. 54

Mein Liebster!
Vielen herzlichen Dank für Deinen langen und pünktlichen Brief! Ich bin ganz gerührt, daß Du Dich so um eine Stelle für mich bemühst, und ich danke Dir vielmals für die Annoncen und die Papiere. Natürlich werde ich mich sofort bei Geha bewerben. Auf die andere Annonce kann ich im Moment noch nicht eingehen, weil ich den einen Satz Zeugnisabschriften für eine Pariser Bewerbung losgelassen habe. Es handelt sich um eine dreisprachige Stelle bei einer Dampfer-Linie, und ich könnte mich bei einer Zusage vielleicht noch etwas in der Welt umsehen. Viel, viel lieber ginge ich nie mehr von Dir fort, das weißt Du ja genau, mein Schatz, aber ich bin es meinem Gewissen schuldig, etwas in Sachen Trennung zu unternehmen, um allen denen gerecht zu werden, die eine solche Lösung als die beste ansehen. Tief drinnen allerdings bleibt dabei trotzdem der Wunsch: Möge es schiefgehen, ich hab's jedenfalls versucht.

Ansonsten halte ich es auch für gut, das Arbeitsamt zu bemühen, und obendrein möchte ich Dich bitten, ein Inserat in der Sonnabend-Ausgabe der HAZ aufzugeben, vorausgesetzt, Du kannst das Geld dafür auslegen! Ich denke an ein nicht gar zu kleines, gut erkennbares Inserat mit folgendem Text:

FREMDSPRACHEN-SEKRETÄRIN
24 J., Abitur, Dolmetscherin u. Korresp. f. Englisch, gute franz. Sprachkenntn., im Ausl. erworben, beste Referenzen, sucht interess. Arbeit in Export, Hotel, Luftverk. od. Reisetätigkeit.

Klingt an manchen Stellen ja etwas komisch, auch schreibt man von sich selbst ungern »beste Referenzen«, bloß wollte ich nicht »gute« wiederholen. »Im Ausland erworben« ist vielleicht nicht unwichtig, weil es immer viel mehr Eindruck macht, wenn man fließend spricht und nicht nur Schulkenntnisse von anno dazumal mitbringt.

Ach, ich wäre ja sooo glücklich, wenn ich was Passendes in Hannover fände! Allerdings würde ich es kaum unter 400 DM tun, sonst müßte ich eben doch nach Dortmund. Ich mag Deiner Mutter gar nicht von meinen hannoverschen Plänen schreiben, aus Angst, daß sie denken wird, ich hätte persönliche Gründe. Sie glaubt immer noch, daß wir ohnehin mit der Hochzeit warten wollen, bis Du ganz und gar mit dem Studium fertig bist, und daß es dann natürlich nicht so drauf ankommt, ob ich jetzt nach Dortmund gehe oder nicht.

Aber wir sprechen bald über alles. Ich komme am Montagvormittag in Hannover an, so gegen 10 oder halb 11. Meyers wissen Bescheid. Nach Jever möchte ich dann wohl auch noch einige Tage.

Mit dem Geld komme ich hin. Eigentlich wollte ich sogar noch etwas sparen, aber wenn ich ein paar klitzekleine Souvenirs mitbringen will, geht das kaum. Immerhin, ich kann mir helfen, ohne etwa das deutsche Geld anzutasten, das ich noch habe. Keine Sorge also deswegen.

Bis bald, mein Schatz, und tausend liebe Grüße!

Deine Inge

Richard Schlosser an Ingeborg Lüttjes

28. 1. 54

Liebe Inge!
Deinem Wunsch habe ich entsprochen und gleich eine Anzeige aufgegeben. Sie wird am Samstag garantiert in der Zeitung stehen. Kostet 22,50 DM und ist immer noch nicht sehr groß. Eine Anzeige über 2 Normalspalten sollte 66 DM kosten. Das war zu teuer. Export habe ich herausheben lassen, denn die anderen 3 Tätigkeiten (besonders Reisetätigkeit) sind mir wenig sympathisch. Luftverkehr geht noch, sofern sich Deine Arbeit auf dem Boden abspielt.

Kaufe bitte nicht zu viel Andenken, das Zeug liegt nachher doch bloß nutzlos rum.

Hoffentlich kannst Du nun wirklich bei Frau Meyer unterkommen. Der Gedanke, daß Du wie ein Paria durch die Welt kutschieren mußt, ist mir schrecklich.

Züge von Köln an Hannover: 8^{50}, 10^{35}, 10^{50}.

Viele liebe Grüße von Deinem Richard.

Ingeborg Lüttjes an ihre Mutter Emma Lüttjes

Hannover, den 22. 2. 54

Liebe Mutti!
Seit knapp einer Woche bin ich nun beim NWDR, und es gefällt mir bestens. Alles ist ganz und gar anders als beim Exportbetrieb. Obgleich ich hier mit Fremdsprachen nichts zu tun habe, gibt es Abwechslung genug. Ich bin nämlich in die interessanteste Abteilung hineingeraten, die Hörspielabteilung. Hier läuft so ziemlich alles durch, was unter die Rubrik »Kulturelles Wort« fällt. Die Sendungen werden auf Wochen hinaus bis ins kleinste geplant und berechnet, Aufnahme und Magnetofon-Schneidezeiten müssen mit den stets besetzten Studios ausgekämpft werden, Sendeprotokolle und Kostenvoranschläge pünktlich eingereicht werden und dergleichen mehr. Wir müssen auch alle Schauspieler bestellen, brieflich und telefonisch, und alle Honorare abrechnen.

Ich arbeite dabei schon ziemlich selbständig, denn mein Chef befaßt sich nicht mit solchem Kleinkram, der regelt nur alles in großen Zügen, und meistens ist er gar nicht da. Wenn man was wissen will, muß man ihn erst aus irgendeinem Senderaum oder Kaffeeklatsch oder aus dem Kasino oder von zu Hause holen oder holen lassen. Na, ich habe wenigstens keine Langeweile.

Wie ich mir vorkomme! Ich telefoniere fortwährend mit Schauspielhäusern, Theatern und Bühnengrößen. Heute hatte ich – da Herr Michalski, mein Chef, nicht da war – eine längere telefonische Unterredung mit Herrn Minetti und danach mit Herrn Schomberg vom Düsseldorfer Schauspielhaus. Gottseidank wußte ich über alle Termine Bescheid. Will Quadflieg ist Dir doch sicher noch ein Begriff aus dem Film mit Luise Ullrich – wie hieß er noch, was mit Liebe –, und diesen Herrn muß ich gleich auch noch an die Strippe kriegen für die Aufnahme zu den »Persern« von Äschilos. Außerdem habe ich alle notwendigen Manuskripte auf Wachs abzuschreiben und zu vervielfältigen, damit die Beteiligten rechtzeitig ihre Zettelchen in der Hand haben. Zettelchen ist eigentlich untertrieben, denn das erste Manuskript hatte 46 Seiten.

Es kommen auch viele Amateur-Manuskripte hereingeflattert von allen möglichen Musenjüngern, die ihre literarischen Ergüsse gern über den Funk hinausposaunt hätten. Herr Michalski meint, daß nur ein Bruchteil alles dessen überhaupt näher geprüft werde; das meiste sei völlig unbrauchbar. Einige solcher Leute kommen auch einfach hier hereingelaufen und rennen mit hocherhobenen Armen hinter dem Michalski her und reden verzweifelt auf ihn ein, er müsse sich ihr Werk unbedingt ansehen, es sei wirklich etwas ganz ganz Neues und so weiter, und sie sparen nicht an Eigenlob. Ich drehe mich dann immer andersrum und mache mich an der Schreibmaschine zu schaffen, um mein Grinsen zu verbergen. Wenn allerdings einer ein Hörspiel hier loswird, dann hat es sich wahrlich gelohnt, denn es bringt ihm – je nach Länge – möglicherweise 2000 Mark ein und bei Wiederholung natürlich noch mehr. Man müßte auch mal sowas verzapfen können ...

Hier arbeiten wir morgens von halb neun bis abends halb sechs, und Mittagessen gibt es kostenlos im Kasino. Alles ist nach dem letzten Schrei eingerichtet, und man kommt sich entsprechend vor. Der Ton ist sehr kameradschaftlich und freundlich, alle, aber auch wirklich alle stehen per Du und Du, inklusive Schauspieler, Regisseure, Vor- und Nachgesetzte. Neulich ging Evy Gotthard hier über den Flur, als ich gerade zwecks Vorstellung durch sämtliche Büros geschliffen wurde, und »Walterchen« Michalski rief ihr von weitem nach: »Tag, Evy, Süße, wie geht's?« Worauf sie im gleichen Ton zurückgab: »Meine Güte, Walterchen, Kompliment!« (Gestatte mir bescheidenst zu bemerken: Damit war Deine Tochter Inge gemeint. Auf meine Bekanntschaft wird Evy Gotthard keinen gesonderten Wert gelegt haben, aber man wird jedenfalls durchaus als gleichberechtigt behandelt.)

Sonnabend ist großer Funk-Faschingsball, und ich werde Richard wohl noch bereden können, mitzukommen. Ein Problem ist nur unsere Aufmachung, denn es ist Kostüm- und Maskenzwang. Dafür wird es sicher auch ganz was Dolles werden, denn die Regisseure haben schon ein buntes Programm entworfen. Ich denke, ich ziehe – in Ermangelung von Barmitteln für das Leihen eines Kostüms – einfach meine schwarze Samtbluse an und über einer knappen schwarzen Hose meinen weiten Tüllrock und bepflastere beides mit Sonne, Mond und Sternen oder dergleichen, so etwa als »Königin der Nacht« oder wie man das nennt. Richard kann ja vielleicht seine grauen Hosenbeine etwas aufkrempeln und ein noch anzuschaffendes Waikikihemd darüber anziehen. Was soll man denn schon machen, wenn es nicht so teuer sein darf. Ende des Monats bekomme ich hoffentlich meine ersten Moneten. Die sind aber auch nötig, denn Richard hat sich schon ein bißchen von zu Hause gepumpt, und auch ich muß meine Schulden noch zurückzahlen.

Bei der Protona war ich am Dienstagmorgen. Zu meiner Überraschung wollte man mich gleich dabehalten, spätestens zum nächsten Tag. Ich sollte Englisch und Französisch und Übersetzungen und alles mögliche machen und dafür die Ehre haben, vorläufig nicht mehr als mein altes Gehalt zu kassieren. Da meuterte ich dann etwas, und man sagte zu, die

Sache zu überprüfen. Mein Eindruck von der Firma war nicht der beste. Man könnte meinen, daß sie bloß aus lauter Direktoren besteht. Ich wurde vom Büro des Herrn Direktor Soundso in das Vorzimmer von Direktor Anderswie geführt, sprach mit dem Exportdirektor Graf von Weißichnichtmehr und wurde von der Direktionssekretärin darüber aufgeklärt, daß die Schweizer Direktoren mich ebenfalls kennenzulernen wünschten. Ich legte mich nicht fest, sondern wollte das Thema Stellenwechsel zunächst beim Funk zur Sprache bringen.

Der Personalchef hier gab mir natürlich recht darin, daß ich bei Aussicht auf eine bessere Stelle tägliche Kündigung hätte. Andererseits wollte er mich nicht gerne weglassen, weil ich doch als Urlaubsvertretung gedacht war. Zunächst einmal sollte ich feststellen, was an der Protona überhaupt dran sei. Ich bekam auf seine Anordnung einen Dienstwagen gestellt und hatte abermals eine Unterredung mit der Tante vom Arbeitsamt. Abends war ich wieder bei der Protona und stellte eine höhere Gehaltsforderung, um herauszustreichen, daß ich beim Funk auch ohne Sprachen als simple Tippse schon soviel verdienen könne wie bei Protona mit allen anderen Tätigkeiten. Darauf wurde mir in ziemlich ungepflegter Weise, teils väterlich zuredend, teils direkt schimpfend, bedeutet, daß ich meine großen Fähigkeiten beim Funk doch gar nicht entfalten könne: »Vollständig versauern würden Sie da, Fräulein Lüttjes!« Ich sei eine Kraft, die in der Exportbranche gesucht sei, und dürfe mich nicht im Funk vergraben. Gehalt, naja, darüber könne man schließlich reden, sie seien eine reiche Firma und würden mir nach der Einarbeitungszeit einen erheblichen Zuschuß geben. Um die genaue Höhe dieses Zuschusses wurde immerzu herumgeredet, und mein Eindruck war: lieber die Hände davon lassen. Im Funk bietet sich mir vielleicht schon bald die Möglichkeit, einen Dauerposten als Sekretärin zu bekommen, und ist es doch interessanter, Hörspiele und Dramen abzuschreiben als immer nur Handelsbriefe. Auch nach Ablauf der Vertretungszeit kann ich hier noch einige Wochen bleiben und mir in Ruhe was anderes suchen, wenn's sein muß. Telefunken hat mir die Rückkehr angeboten zu verbesserten Bedingungen, dann habe ich noch eine Bewerbung bei einer größeren pharmazeutischen Firma laufen, und Kühne & Nagel interessieren sich nach wie vor. Protona habe ich jedenfalls abgesagt.

Richard läßt grüßen. Ihm geht's gut. Er büffelt natürlich wieder eifrig und hat viel mit seiner Zeichnerei zu tun. Jetzt ist ein Zweizylinderluftkompressor dran!

Schreib man bald, und grüß alle schön!

Deine Inge

Richard Schlosser an seinen Vater Theodor Schlosser

Hannover, am 12. 4. 54

Lieber Vater!

Inge war übers Wochenende in Jever zu Dagmars Konfirmation. Währenddessen waren die Zeugen Jehovas bei mir. Ich konnte nicht viel mit ihnen anfangen. Bei mir waren sie auch an ein undankbares Missionsobjekt geraten. Um mit diesen Leuten zu Rande zu kommen, müßte ich in der Bibel so gut bewandert sein wie Du. Bei Gelegenheit können wir uns ja darüber unterhalten. Vielleicht Ostern. Soweit ich das mit meiner geringen Sachkenntnis beurteilen kann, redeten die Leute allerlei Unsinn. Sie legen sich ihre Bibel so aus, wie es ihnen am besten in den Kram paßt.

Seit Ende März arbeite ich hier auf dem Eisenwerk Wülfel. Die Firma baut hauptsächlich Getriebe (von 0 bis 2000 PS). Für meine Entwürfe kann ich da manches aufschnappen, was einem auf der Hochschule nicht geboten wird. Die Theorie kann die Praxis nicht völlig ersetzen.

Zuerst saß ich im Zeichnungsarchiv. Jetzt bin ich zum »Kontrolleur« avanciert und habe darüber zu befinden, was Schrott und was gut ist. Man hat mir die leise Hoffnung gemacht, daß ich eines Tages mindestens als Technischer Zeichner ins Konstruktionsbüro kommen kann, wo es für mich ja auch am interessantesten wäre.

Ich setze ein Semester aus.

Erstens steht mir der Hochschulbetrieb momentan bis zur Halskrause. Man würgt und würgt nächtelang und tagelang und wird doch nicht fertig. Obwohl es nötig wäre, kann ich mich zur Pfuscherei nicht entschließen.

Zweitens verdiene ich bei Wülfel etwas Geld. Das stärkt immerhin das Selbstbewußtsein. Ich kam mir lange genug wie ein Schmarotzer vor. Ihr wollt mir das immer ausreden, aber ich kann's nicht ändern.

Drittens brauchst Du mir während dieser Zeit selbstverständlich kein Geld zu schicken und kannst Dich wieder etwas erholen.

Viertens kann ich über das Ausgleichsamt, solange ich arbeite, ein Wohnungsbaudarlehen erhalten. Das ist mit 2% jährlicher Rückzahlung das billigste Geld, das man heute bekommen kann. Wenn wir eine Wohnung haben, heiraten wir. Alles weitere später.

Fünftens ist diese Arbeit, wie gesagt, meinem Fortkommen sehr nützlich.

Nun zu etwas anderem. Der Grabstein steht! Inge hat veranlaßt, daß von dem Grab eine Aufnahme gemacht wird, die hoffentlich Ostern fertig ist. Dann könnt Ihr Euch ein Bild davon machen.

Rudi kannst Du bestellen, daß er ein Torfkopp ist. Weshalb, wird er schon wissen.

Dir und Euch allen viele Grüße.

Dein Richard

Ingeborg Lüttjes an ihre Eltern

Hannover, den 27. 5. 54

Liebe Mutti, lieber Vati!

Jetzt kommt's, und bitte, nehmt es nicht zu wichtig, denn es ist ja vorerst nur eine Formsache. Wir heiraten nächste Woche. Bitte, bitte, behaltet es für Euch!

Dennoch wären wir sehr froh, Euch beide oder wenigstens einen von Euch dabeizuhaben. Von Dortmund kommt eventuell der Schwiegervater, vielleicht auch in Begleitung von Schwiegermutter. Nötig ist es natürlich nicht, und Zeugen kann man sich auch mieten, aber es wäre doch schöner, den sozusagen inoffiziellen Teil der Hochzeit im engsten Familienkreis zu feiern. Der Termin ist Donnerstag vor Pfingsten, 3. Juni, um 12 Uhr im Standesamt Köbelinger Straße. Hat Vati dann schon Pfingstferien? Ich bekomme drei Tage frei und könnte mich um Euch kümmern.

Da es eilt, antwortet bitte so prompt wie neulich, als ich um die Urkunde bat, am besten bis Montag!

Seht doch mal zu und gebt Eurem Herzen einen Stoß. Wir wollen auch gerne zur Finanzierung der Reise ein wenig zuschustern. Für Unterbringung wird bestens gesorgt!

Viele herzliche Grüße, auch von Richard, und schreibt doch bitte gleich!

Eure Inge

Ingeborg Schlosser an ihre Familie

Hannover, den 11. Juni 1954

Liebe Mutti, lieber Vati, liebe Therese, liebe Gisela, liebe Luise, liebe Dagmar!

Vielen Dank Euch allen! Die Pralinen waren herrlich, und der Tee – na, daran werden Richard und ich noch lange Freude haben! Als kleine Entschädigung für die lange Wartezeit schicke ich Euch heute vier Fotos vom Tag der standesamtlichen Trauung. Bitte nicht lachen! Allemann sind ein bißchen schwarz im Gesicht und haben manchmal einen krummen Blick, aber daran sind das Treppenhaus und das Blitzlicht schuld. Richard findet sich mal wieder absolut scheußlich, aber er übertreibt maßlos. Mein Kostüm ist ja ganz gut zu sehen und sitzt auch ganz nett. Ich denke, man kann zufrieden sein. Das Bild, wo wir beiden Jungvermählten uns so innig anlächeln, ist doch reizend, oder nicht?

Verwahrt die Bilder gut, nach Möglichkeit nicht im Buffett hinter dem silbernen Milchgeschirr, denn erstens sollen die Bilder keine Ohren kriegen, und zweitens wäre es angebracht, sie zunächst unsichtbar zu lagern. Meinen Schwestern wäre ich wirklich sehr dankbar, wenn sie mit dafür sorgen könnten, daß diese Neuigkeit noch nicht in Jever die Runde macht. Wir möchten uns so gerne die Lästerungen ersparen, die unweigerlich die Folge wären. Nach der kirchlichen Trauung ist das anders, dann sollen es ruhig alle erfahren, nur jetzt nicht.

Inzwischen werdet Ihr wohl mit Gisela und dem lütten Gustav ein vergnügtes Pfingstfest gefeiert haben. Hoffentlich macht dieser jüngste Stammhalter unseres Hauses seinem Namen alle Ehre und entwickelt sich weiter so prächtig. Kann er denn schon irgendwas richtig sagen?

Und wie geht es Gisela? Ihr müßt mir dann auch bitte mal schreiben, wie sich Klein-Gustav in der neuen Umgebung zurechtfindet. Braucht Ihr nicht eine geschulte Kraft zur Säuglingspflege? Da könnte ich mich doch glatt anbieten, nachdem ich in Paris eine gründliche Ausbildung genossen habe in dieser Beziehung. Aber bei einem so guterzogenen Kind wie dem kleinen Gustav braucht man sich wohl keine Sorgen zu machen. Was hat er denn für Sachen anzuziehen, und in welchem Sportwagen wollt Ihr ihn spazierenfahren? Ganz am Anfang werden sich wohl alle Schwesterchens um das Ausfahren reißen, aber allzulange dürfte die Begeisterung nicht anhalten. Nun, er hat ja seine Babyzeit bald hinter sich und kann die Familie dann in senkrechter Haltung durch die Stadt begleiten.

Im Harz war es schön, wenn wir auch nur am Pfingstmorgen richtig Sonne hatten. Nachmittags stiegen wir trotzdem in den Bergen herum und auch am Pfingstmontag. Es war eine immense Tour. Wir fuhren nach Altenau im Oberharz, weil ich das ja vom letzten Sommer schon gekannt und sehr idyllisch gefunden hatte. Dort nahmen wir ganz vornehm im »Haus Bergfrieden« Quartier. Das war etwas teuer, aber dafür herrlich. Man mußte sich dem gepflegten Milieu anpassen und in pieker Schale zu sämtlichen Mahlzeiten im Salon erscheinen. Wir benahmen uns auch glänzend und hatten direkt repräsentative Wirkung. Toll, was? Wo wir sonst immer so einfach leben.

Jedenfalls liefen wir am zweiten Pfingsttag lange, lange durch die Täler und stiegen dann über einen Wildbach, der dreimal den Weg kreuzte, und auf wasserüberschwemmten Wegen ganz in den Hochwald hinauf. Nach einigen Stunden eifrigen Kletterns sahen wir vor uns ein Schild: »Abfahrtsstrecke Wilde Sau – Nur für geübte Läufer!« Daneben eine halbzerfallene Schihütte. Da ließen wir uns auf den morschen Bänken nieder und pellten Appelsinen. Anschließend stiegen wir die Wilde Sau per pedes hinab. Wahrlich wild, die Gegend, voller Wasser und Steine, aber mächtig romantisch. Meine weißen Socken waren schwarz und aufgeweicht, und zweimal purzelte ich äußerst unsanft ins Moos.

Nun sitze ich seit Dienstag wieder frischgestärkt im Büro. Ich bin jetzt die Tippse für »Funkbilder aus Niedersachsen« und renne immer bis zwei Minuten vor Beginn der Sendung mit meinen Manuskripten und Ansagen durch die Studios, bis ich alles zusammenhabe. Aber da die Sendung aktuell sein soll und das Neueste bringt, darf man sich über nichts wundern.

Heute abend haben eine Kollegin und ich vom Chef des Aegi-Theaters zwei Kinokarten für »Rom – Station Termini« bekommen, und natürlich gehen wir hin. Der Film soll sehr gut sein und läuft mit Bombenbesetzung. Ich freu mich schon. Im Funkhaus haben sie übrigens anläßlich meiner Heirat gesammelt und mir außer einem herrlichen Blumenstrauß noch 40 Mark überreicht, für die ich mir was Schönes kaufen soll. Richard vermachte mir einen hübschen Füller. Dafür beglückte ich meinen Göttergatten mit zwei Karten für Peter Frankenfelds »Wer zuletzt lacht«, das hier am 9. Juli aufgenommen wird.

Herzliche Grüße an Euch alle und nochmals vielen, vielen Dank!

Eure Inge

Ingeborg Schlosser an ihre Familie

Hannover, den 18. 8. 54

Liebe Mutti, lieber Vati, liebe Schwesterchens!

Nun denkt Ihr sich alle, ich sei ein undankbares Stück Möbel, aber glaubt mir bitte, ich bin es nicht. So unwahrscheinlich es auch klingen mag – ich konnte nicht eher schreiben. Um so mehr drücken mich die Gewissenslasten, da ich mich noch nicht für alle die schönen Sachen zum Geburtstag bedanken konnte. Ich habe mich wirklich ganz schrecklich gefreut über das große Paket mit den so nützlichen Sachen. Vielen Dank Euch allen!

Abgesehen davon, daß ich den ganzen Vormittag bei platschendem Regen auf Wohnungssuche war, hat mir mein Geburtstag ganz gut gefallen. Richard hatte mir mit vieler Mühe einen herrlichen Lichterkranz aufgebaut und mir einige praktische Dinge geschenkt. Meyers warteten noch mit einem Henkeltopf und einer Gemüsereibe auf, na bitte.

Mittags haben wir in der Stadt gegessen und Kaffee getrunken, abends wurde auf meiner Bude etwas gepichelt, bis wir einen leichten Schwips hatten. Damit hörten die Freuden dann aber auch endgültig auf, denn als ich am nächsten Tag ins Büro kam, mußte ich gleich zwei Vertretungen auf einmal übernehmen, in der Produktion aushelfen und vier Vormittage an den Funkbildern schreiben. Erst als ich einem Nervenzusammenbruch nahe war, nahm man mir einen Teil der Arbeit wieder ab, aber wohl fühle ich mich immer noch nicht in meiner Haut, ich bin wahrhaftig das reinste Nervenbündel. Hinzu kam noch, daß Richard einige Tage mit Fieber und Erkältung platt lag, was natürlich die Lage auch nicht verschönerte. Jetzt geht es ihm aber wieder ganz gut.

Mit der Wohnung sieht es nun endlich etwas rosiger aus. Wir werden es wohl schaffen, bis zum September eine Bleibe – wenn auch furchtbar klein – zu kriegen, und dann möchten wir die kirchliche Trauung gern am Freitag, dem 17. September, oder aber Sonnabend, dem 18. 9., in Jever vollziehen. Das wird die beste Lösung für alle sein. Richard paßt es später nicht, weil er sich danach energisch in die Vorbereitungen fürs nächste Semester stürzen muß.

Nun zu unserer Wohnung. Also es hat sich uns eine neue Möglichkeit aufgetan. Eine Einzimmerwohnung, wobei die Betonung auf Einzimmer und nicht auf Wohnung liegt. Denn das ganze ist der reinste Witz, so klein. Aber wir nehmen sie trotzdem, wenn wir sie kriegen. Da ich die Vermittlungen, bei denen ich eingetragen bin, täglich anrufe, erhielt ich als erste die Zuweisung und bin dementsprechend allen anderen Bewerbern sowohl in bezug auf die Zeit als auch in bezug auf die Dringlichkeit voraus. Wir liegen also sozusagen als Aussichtsreichste im Rennen. Die letzte Entscheidung hat jetzt das Wohnungsamt, nachdem Vermieter und Eigentümer uns bereits als geeignet befunden haben. So hoffen wir denn, Anfang September die Wohnung zu haben. Sie steht jetzt schon leer, ist aber noch bis Monatsende vermietet. Es ist allerdings eine abgeschlossene Wohnung mit »eigener Wohnungstür«, also wird das Untermieterdasein dann ja wohl endlich einmal aufhören. Das ist das Schönste dabei. Dann besteht sie aus einem winzigen Vorflürchen, einem Bad – jawohl: Bad – mit einer Sitzbadewanne, Klo und überdimensionalem Badeofen und einem Zimmer von der hochherrschaftlichen Größe: 15 qm. Aber da vor uns schon ein Ehepaar drei Jahre lang drin gewohnt hat, werden wir es wohl bis zum Ende nächsten oder Anfang übernächsten Jahres aushalten, wenn Richard hier fertig ist. Die Vorteile dabei sind allerdings auch nicht zu verachten: 1. Kellerraum in der tollen Größe von ca. 12 qm, wo Richard seine ganzen Werkzeugklamotten lassen kann und auch Platz für Fahrräder, Koffer etc. ist, 2. Bodenraum-Mitbenutzung zum Wäschetrocknen, und last not least: Miete 17 Mark im Monat. Jawohl, das gibt es noch in Hannover!!!

Ein kleiner Wermutstropfen fällt allerdings in den Freudenbecher, denn unser Vorgänger knöpft uns 600 Mark Baukostenzuschuß bzw. Abstand ab. Wir sind natürlich wild entschlossen, unseren Nachfolgern mindestens 700 Mark aus der Tasche zu ziehen, wenn wir einmal fortziehen. Obwohl die Sache noch nicht endgültig entschieden ist, rechnen wir mit der Zuzugsgenehmigung. Besuchen kann uns dann jeder zu jeder Zeit in eigener Wohnung – aber wir hätten »für nüms« Quartier. Das ginge dann aber ja bei Dorothea zu machen, die in mein Zimmer einzieht und dann wie ich eine Couch für Gäste zur Verfügung hat.

Nun noch etwas anderes: Kann wohl jemand mal in Moorwarfen die genaue Länge und Breite sowie Höhe des Schreibtisches ausmessen? Wir müssen furchtbar mit dem Platz rechnen und wissen noch nicht einmal, ob wir die Couch überhaupt aufnehmen können. Da sie zum Schlafen nicht so gut geeignet ist, müßten wir uns nach realen Penn-Möbeln umsehen (Klapp- oder Couchbett bzw. Bettcouch) und könnten uns ein reines Sitzmöbel wohl kaum erlauben. Der Schreibtisch allerdings ist unumgänglich, ebenso mindestens zwei von den vier Stühlen, evtl. auch alle vier, das schreibe ich noch. Außerdem reflektieren wir doch sehr auf den großen Kleiderschrank, besonders da wir außerdem kaum noch eine Möglichkeit zur Ablagerung unserer Wäsche haben werden. Einen bis zwei halbhohe Wandschränke müßten wir uns noch anschaffen, und außerdem habe ich mir einen Schleiflack-Hängeschrank für die Kochnische ausgesucht (ganz modern, auch für später unbedingt verwendbar). Ein Ofen ist in der Wohnung drin und wird die Bude in kurzer Zeit knallwarm machen.

Ja, nun noch die Teppichfrage. Das Rot von Opas Teppich, den ich hier habe, würde sich mit allen unseren bescheidenen Möblier-Möglichkeiten sehr schlecht vertragen, und da müßten wir nun entweder Linoleum bzw. Stragula legen oder aber – noch mal bescheiden anfragen, wie es denn mit dem alten abgetretenen Wohnzimmerteppich in Jever aussieht …

Wegen der Hochzeit habe ich nun eine ganz große Bitte, liebe Mutti, und ich bitte Dich wirklich sehr, sehr herzlich um Verständnis: Ich möchte so gerne, daß wir uns den Erbsaal oder einen anderen kleinen Saal mieten und nicht zu Hause feiern. Was nützen uns alle unsere schönen Kleider, wenn wir enggedrängt im Wohnzimmer hocken und uns nicht rühren können. Es werden doch rund 25 Personen sein. Ich will ja gerne mehr bezahlen, wenn ich es und wann ich es irgend kann – aber da ich doch wahrscheinlich nur einmal im Leben Hochzeit feiere, möchte ich es gerne sehr, sehr schön haben. Bitte berücksichtige doch auch, daß ja die ganzen Schlossers wenigstens vorübergehend alle untergebracht werden müssen. Es wäre doch viel besser, man könnte das alles vorher vorbereiten, käme nach dem Fest nach Hause und legte sich ins Bett, ohne daß erst ein riesiges Aufräumen und Abwaschen und Bettenrichten anhebt. Bitte, bitte, ich wünsche es mir so. Meinetwegen schränkt alle Geschenke ein oder schenkt mir gar nichts, aber laßt es eine schöne Feier werden. Ich möchte so gerne, daß wir nicht so schrecklich knausern, auch wenn uns das im Augenblick nicht so leicht wird. Und Du hättest ja wirklich von der ganzen Sache nicht viel, wenn Du Dich immerzu um die Bewirtung der Gäste kümmern müßtest und gar nicht zur Ruhe kämst. Bitte, überleg es Dir doch noch einmal zusammen mit Vati. Ich komme, wie gesagt, so schnell es geht für die Mehrkosten auf. Mehr kann ich nicht sagen – ich warte auf Deinen Bescheid.

Meinen Brautkleidstoff habe ich inzwischen gekauft und schicke ihn in diesen Tagen an Euch ab. Es sind je 5 m blaßgelber und weißer Tüll in einer Breite von 2 m, das heißt insgesamt also 10 m von jeder Sorte, außerdem 6 m Taft für das sogenannte Untergewand. Frau Schnipkoweit hatte mir selbst geraten, doch einen blaßgelben und einen weißen Tüllrock zu nehmen, damit der Ton etwas wärmer wird. Richard kann das auch gut leiden. Nun bat ich sie damals, die Corsage selbst zu arbeiten nach meinen Maßen, aber inzwischen habe ich gehört, daß ich sie hier evtl. fertig und passend kaufen kann. Wenn ich an einem der nächsten Tage mal wieder früher nach Hause kommen sollte – jetzt ist es schon wieder gleich 7 Uhr abends –, dann gehe ich mal in das betr. Geschäft und sehe mir so ein Dings an. Ich schicke es dann mit. Frau Schnipkoweit bekommt dann noch einen Extra-Schrieb.

So, nun habe ich mir wohl ziemlich alles von der Seele geredet. Ich danke nochmals für alle die nützlichen und leckeren Sachen zu meinem Geburtstag und grüße Euch alle herzlich. Auch von Richard alles Gute.

Eure Inge

Ingeborg Schlosser an ihre Schwiegermutter Cäcilie Schlosser

Hannover, den 11. 9. 1954

Liebe Mutter!
Beiliegend nun die Vermählungsanzeigen. Danksagungskarten haben wir gleich mit anfertigen lassen. Ob 30 Stück von jeder Sorte ausreichen?

Richard und ich freuen uns sehr, daß Gertrud zwei Lieder singen möchte. Was ich zum Thema Polterabend sagen soll, weiß ich noch nicht recht. Wir werden uns mehr oder weniger überraschen lassen. Wahrscheinlich werden unsere Klassenkollegen für den nötigen Rummel sorgen. Auf alle Fälle stellen sich meine Eltern bereits für Freitag auf einen bunten Abend ein.

Am Sonnabend gibt es nach der Trauung ein reichhaltiges Essen mit Braten und Wein. Mutti hat sich bereits eine tüchtige Kochfrau engagiert. Für den heiteren Teil des Tages, also abends, werden wir eine Bowle bereitstellen. Richard sagt, daß der Vater der einzige sei, der so eine Bowle richtig ansetzen könne. Ob wir ihn wohl bitten dürfen, das am Freitagabend zu tun? Zutaten werden wir in großer Menge bereitstellen. Wir möchten gern eine Ananasbowle haben mit ca. zwanzig Flaschen Wein und Sekt und allem Drum und Dran.

Herzliche Grüße an alle!
Deine Inge

18. September 1954

Speisenfolge

Geflügelsalat i/Orange
–.–.–
Klare Oxtail m/Cherry
–.–.–
Medaillon v. Kalb m/Champ.
feiner Gemüseplatte
Mandelkroquetten
–.–.–
Brasilianische Eisbombe
–.–

Ingeborg Schlosser an ihre Schwiegermutter Cäcilie Schlosser

Hannover, am 17. 10. 54

Liebe Mutter!
Dürfen wir Dir wohl auch jetzt noch unsere herzlichsten Glückwünsche für Dein neues Lebensjahr schicken? Wir hätten es gern rechtzeitig getan, wenn wir es nicht über der vielen Arbeit an der neuen Wohnung verschwitzt hätten. Eine kleine Aufmerksamkeit, die wir morgen auf den Weg bringen wollen, möge Dich für die Verspätung entschädigen!

Hoffentlich hattest Du an Deinem Geburtstag etwas Zeit für Dich selbst. Bei Müttern ist es ja doch meistens so, daß sie gerade dann alles im Laufschritt erledigen müssen.

Von uns gibt es zu sagen, daß wir nun endlich ein Ende unserer chronischen Renoviererei absehen können. Wenn auch die Tapeten immer noch nicht kleben und der Fußbodenbelag noch hübsch zusammengerollt auf dem Flur steht, machen wir doch Fortschritte. Es hat allerdings auch Rückschläge gegeben. Unser schönes neues Waschbecken hatte gerade mal zwei Tage an der Wand gehangen, als es Richard plötzlich entgegenfiel und ihn an der Hand verletzte. Nach mancherlei Hin und Her hat der Lieferant nun eingestanden, daß es an einem Fabrikationsfehler gelegen hat, und inzwischen haben wir ein neues Waschbecken gekriegt. Die Sachen aus Jever sind inzwischen auch alle gut angekommen und stehen erwartungsvoll bereit. Nicht mehr lange, und wir werden jederzeit Besuch empfangen können!

Nun möchte Richard noch etwas schreiben, also verabschiede ich mich mit herzlichen Grüßen!

Deine Inge

Liebe Mutter, daß Du Geburtstag hast, ist uns zwar schon gestern eingefallen, aber da war es ja auch schon zu spät. Laß Dir also auch von mir noch heute herzlich gratulieren.

In ca. 10 Tagen werden wir wohl allen Kram beieinander haben. In dieser Beziehung bin ich mit meinen Prognosen recht vorsichtig geworden. Vielleicht geht es auch etwas schneller. Diese beiden Buden befanden sich aber auch in einem dermaßen verwahrlosten Zustand, daß es gar nicht verwunderlich ist, wenn man mit der Renovierung 3 Wochen lang zu tun hat. Im Wohnzimmer habe ich alle Lichtleitungen unter Putz gelegt und bei der Gelegenheit gleich ein Gasrohr entfernt, das in früheren Zeiten wohl einmal eine Gaslampe versorgt hatte. Bei dieser Beschäftigung fiel dann der ohnehin lose halbe Putz von den Wänden, sodaß auf

Kosten des Hauswirtes erst einmal ein Maurer bemüht werden mußte. Die Fußbodenleisten waren an einigen Stellen verfault, und so mußte auch noch ein Tischler daher. Im Ofen fehlte eine Roste, im andern Zimmer der ganze Ofen. Den hat der vorige Bewohner einfach verscheuert, obwohl das Ding zum Haus gehörte. Man könnte diese Liste noch eine Weile fortsetzen, aber den Rest wollen wir Dir lieber erzählen, wenn Du uns besuchst. Du kannst in meinem Bett schlafen. Für meine Begriffe liegt man ganz gut darin.

Über die Sache mit dem Geld schreibe ich ein andermal. Du mußt nicht denken, daß ich darüber kommentarlos zur Tagesordnung übergehen wollte. Wir müssen heute noch dringend Tapeten kleben. Der Kleister ist schon angerührt. Die Tapeten sind wunderschön.

Na, Du wirst ja sehen. Allerherzlichst

Dein Richard

Theodor Schlosser an seinen Sohn Richard Schlosser

Dortmund, am 14. November 1954

Lieber Richard!

Zum 17. ds. Mts. meine herzlichsten Glück- und Segenswünsche. Möge Dir das kommende Lebensjahr endlich die von Dir erhoffte Selbständigkeit bringen! Dazu wünsche ich Dir Gesundheit und Kraft. Ich selbst erhoffe mir, den ersten Sohn in Beruf und Würden zu sehen. Meinem Vater war nur vergönnt, meine Ordination zu erleben. Im selbständigen Amt hat er mich nicht gesehen, ebensowenig wie er, der ein großer Kinderfreund war, sich an Enkeln freuen durfte. Doch das war Gottes Wille. IHM sei Ehre!

Ob ich einmal nach Hannover kommen kann, ist im Augenblick mehr als fraglich; denn mir fehlt das Geld. Daher kann ich Dir auch erst zum 20. ds. Mts. die 100.– DM schicken. Sowie ich jedoch, wie ich hoffe, zum nächsten Gehalt den Zuschlag für Dorothea und die entsprechenden zuviel gezahlten Steuern und ferner eine Beihilfe vom LKA in Bielefeld erhalten habe, komme ich in die Reihe. Vier Kinder außerhalb macht doch eine Weile Not. Es ist ja auch etwas Schreckliches, wenn man für jede über 600.– DM dazu verdiente Mark gleich soviel Steuern zahlen muß, daß einem die Galle hochkommt.

Mutter ist in letzter Zeit sehr verfallen. Sie will das nicht wahr haben. Ich mußte ihren behandelnden Arzt konsultieren, um Genaueres zu erfahren. Na, schön. Das war schon früher in der Familie Grote so, daß der pater familias unvollkommen unterrichtet wurde. Offenbar hat sich das fortgepflanzt. Der Arzt riet mir, ich möchte sehr auf Mutter achten. Ich werde das ohne Rücksicht auf meine sowieso bekannte Unbeliebtheit in meiner Familie auch energisch durchführen.

Nun zum Schluß. Ich muß mich für den Abend vorbereiten, da der noch Gefangenen gedacht werden soll. Du warst ja einmal selbst in Gefangenschaft, und ich habe nicht vergessen, wie mir seinerzeit zu Mute war. Jetzt muß man das gedankenlose Volk und sich selbst wieder an die Elendesten unter uns erinnern. Darum leb wohl, mein Junge.

Sei mit Inge herzlich gegrüßt
von Deinem Vater Theodor.

Der Vorsitzende
des Diplom-Prüfungsausschusses
der Abteilung Maschinenbau
der Technischen Hochschule Hannover

Hannover, den 21. 4. 1955

Herrn
Studierenden Richard Schlosser
Hannover
Wiesenstr. 55

Gemäß Beschluß des Diplom-Prüfungsausschusses haben Sie in der Rest-Prüfung der Diplom-Vor-Prüfung

Höh. Mathematik, Mechanik und Chemie

nicht bestanden. Die Prüfung kann nach einem Semester wiederholt werden. Dabei ist die Hälfte der Prüfungsgebühr zu zahlen.

Ihr Fernbleiben von den Prüfungen in Physik, Maschinenelemente und Grundlagen der Elektrotechnik wurde entschuldigt.

Haferkamp

Richard Schlosser an seine Familie

Rothenburg ob der Tauber, am 4. 8. 55

Liebe Eltern und Geschwister!

Nach langem Hin und Her haben wir uns entschlossen, ein Stück von Süddeutschland zu bereisen. Bis Frankfurt sind wir mit der Bahn gefahren, dann ging es per Rad weiter. Die Reiserei ist heute ein Nepp. Man gut, daß wir wenigstens im Zelt übernachten können.

Während eines dreitägigen Aufenthaltes haben wir uns Heidelberg eingehend angesehen. Wir wären gerne noch länger dort geblieben, aber der Zeltplatz lag so unglücklich zwischen dem Neckar und der Hauptuferstraße, daß man von der einen Seite den Straßenlärm und von der anderen das Getute und Stampfen der Schleppkähne in ungeminderter Stärke genoß. Unserem ursprünglichen Plan folgend sind wir dann den Neckar bis Bad Wimpfen hinaufgefahren. Das war bis jetzt der schönste Teil unserer Fahrt. Jedes Plätzchen dort lud zum Bleiben ein. Ob man nach links oder rechts, vor- oder zurückschaute, überall war es schön. Unterwegs sind wir an der Burg des Götz von Berlichingen vorbeigekommen. Es hätte etwas viel Zeit gekostet, diese Ruine noch zu erklettern. Sie bot sich ohnehin während der Fahrt von verschiedenen Seiten zur Ansicht an.

In Bad Wimpfen lag unterhalb des Städtchens wieder ein Campingplatz, direkt neben einem feudalen Schwimmbad (der Neckar ist so schmutzig, daß man darin nicht baden kann). Bei Regen und vielem Schimpfen haben wir dort unser Häuschen noch gerade vor Einbruch der Dunkelheit aufstellen können. Bad Wimpfen hat seinen mittelalterlichen Charakter (mit Kuhmist auf der Straße) noch stark bewahrt. Was an dem Ort zu der Bezeichnung »Bad« berechtigt, ist mir unklar ungeblieben. An einem Gasthof wurde man durch ein Schild darauf aufmerksam gemacht, daß hier im Jahre 1622 vor der Schlacht bei Wimpfen Tilly sein Quartier hatte. Wir bewegen uns in dieser Gegend überhaupt auf historischen Pfaden.

In Schwaben bereitete es uns erhebliche Schwierigkeiten, mit dem Dialekt der Eingeborenen zu Rande zu kommen. Wenn de Leut droimal dasselbe schwätze, dann han i das noch nit verschtande. Wenn man einen trifft, sagt man zuerscht »Grüß Gott« un nit »Guten Tag«. Später sagt man dann »Auf Wiederzähn«. Als ich mir ein Paket Tabak kaufte und keine Blättchen dazu haben wollte, hieß es gleich: »Ach so, Sie rauchen e Pfeifle.«

Die Leute sind hier alle gräßlich redselig. Alle Augenblicke bleibt einer bei unserer aufsehenerregenden Fuhre oder unserem Zelt stehen und stellt Fragen, bis er unseren Lebenslauf im Schlaf hersagen kann. Im

Grunde genommen sind aber alle Eingeborenen riesig freundlich und zuvorkommend.

Von Wimpfen ging es dann letzten Sonntag noch am Neckar entlang bis Neckarsulm. Ab dort hielten wir uns an den Kocher und folgten diesem Fluß bis Künzelsau, einer uralten Stadt mit nur meterbreiten verschlungenen Gassen. »Sixtenbergele«, »Nagelschmiedsgässle«, »Torgässle« u.s.w. Der Klempner heißt dort Flaschner. So viele schiefe und krumme Häuser auf einem Fleck hatte ich noch nie beieinander gesehen.

Bei Künzelsau haben wir noch einen Bekannten der Familie Lüttjes besucht (Einquartierung im Krieg). Der gute Mann hat 10 Kinder. Die meisten sind nach seinen Worten »gute Demokraten«, alle nach dem Krieg geboren. Sehr gut geht es ihm offensichtlich nicht, aber die tolle Wirtschaft in dem volkreichen Haus tragen er und seine Frau mit echt schwäbischer Gelassenheit.

Heute sind wir nun in Rothenburg angelangt. Der Zeltplatz (»Tauberidyll«) ist herrlich. Wir haben sogar einen Tisch ergattert und zwei Stühle. Eine Woche lang wollen wir bleiben.

Schöne Grüße, auch von Inge.

Euer Richard

Ingeborg Schlosser an Margarete Folkers

Hannover, am 17. 9. 55

Liebe gute Grete!

So schrecklich spät mag ich Dir kaum noch gratulieren. Aber vielleicht verzeihst Du mir großzügig? Also, recht herzliche Glückwünsche zu Deinem Geburtstag, und alles Gute!

Mach Dir man keine Gedanken darüber, daß Dir mein Geburtstag auch erst ziemlich spät eingefallen ist. Über solche Kleinigkeiten braucht man sich doch wirklich nicht zu erregen. Ich war nur etwas geknickt, weil ich schon dachte, Du würdest mir meine lange Schreibfaulheit übelnehmen. Herzlichen Dank auch für das hübsche Teesieb. Bisher hatten wir ein viel schäbigeres, das man eigentlich niemals vor irgendwelchem Besuch aufbauen konnte. Nun können wir ja wieder mal mit was angeben!

Weißt Du, wer vor einigen Tagen hier im Funkhaus antrabte? Wolfgang Rauch. Er hat mit mir oben im Kasino gesessen und war furchtbar hibbelig und nervös. Mir fiel es direkt auf, nachdem ich schon jahrelang nichts von ihm gehört und gesehen hatte. Er scheint nicht den rechten

Anschluß zu finden, obwohl er etwas prahlte mit »mehreren in Oldenburg«. Da wird wohl nicht viel dran sein, aber lassen wir ihm den heimlichen Don Juan.

Und wie sieht's bei Dir aus, Du schweigsame Seele? Wirst Du weiter warten?

Richard und ich waren drei Wochen per Rad unterwegs durch Süddeutschland, was teilweise ziemlich strapaziös war, aber es hat doch viel Spaß gemacht. Im nächsten Jahr um diese Zeit sitzt Richard im Diplom-Examen, und ich werde wohl allein auf Tour müssen, wenn überhaupt. Wollen wir nicht zusammen fahren?

Daß Therese nach England geheiratet hat und bereits stolze Mutter eines Sohnes ist, hast Du wohl schon gehört.

Meine Güte, das Telefon klingelt immerzu. Ich bin jetzt in der Nachrichtenredaktion und muß dauernd die Meldungen unserer Korrespondenten aufnehmen. Das bedeutet, daß man immer auf dem Sprung sitzen muß. Die Arbeit ist dann allerdings auch schnell erledigt, und man hat wieder Zeit.

Nun sei vielmals herzlich gegrüßt und entschuldige die Verspätung!

Deine Inge

Theodor Schlosser an seinen Sohn Richard Schlosser

Dortmund, am 16. November 1955

Lieber Richard!
Herzlich gedenke ich heute Deiner. Ich bedauere, daß ich Euch nicht einmal plötzlich besuchen kann. Der Betrieb hier frißt mich langsam auf, und ich merke, daß ich alt werde. Wenn es mir nicht gelungen wäre, für morgen einen Hilfsprediger zu bekommen, wäre ich den ganzen Vormittag auf dem Friedhof beschäftigt. So bleiben mir aber immer noch drei Bestattungen, die ungefähr 10 km Fußmarsch bedeuten. Wie ich dann nach Hause komme, weiß ich noch nicht. Jedenfalls werde ich mich gleich hinlegen. Zum Essen werde ich wohl keinen Appetit haben.

Doch man soll nicht so viel von sich selbst reden. Die Selbstbedauerung ist das Gefährlichste für einen Menschen. Wenn dann noch die Selbstentschuldigung dazukommt, dann ist es ganz aus. Das ist aber ein Kennzeichen der heutigen Zeit. Manchmal finde ich leider noch dazu ein schmieriges Selbstzufriedensein beim nachwachsenden Geschlecht. Ich erfahre das manchmal in der Schule, besonders bei Untersekundanern.

Wenn sie einmal eine halbrichtige Antwort geben können, sehen sie sich gegenseitig bewundernd an, froh wie ein blindes Huhn, auch einmal ein Korn gefunden zu haben. Am meisten ärgere ich mich, wenn ich Antworten in halbfragendem Ton bekomme. Das ist ein Zeichen von Entschlußlosigkeit und Verantwortungsscheu, ein Zeichen der Vermassung.

Vor einiger Zeit hatten wir im Männerdienst einen guten Vortrag eines Pfarrers über den Mitmenschen als Gabe und Aufgabe von Gott. Ich mußte da an den schauerlichen Roman von Orwell »1984« denken, und es kam mich ein Grauen an im Gedenken an das nachfolgende Geschlecht, wenn das seinen Verstand auf der Kammer abgeben muß und alle gottgewollte Originalität und Individualität erstirbt unter der unbarmherzigen Faust der »terribles simplificateurs« (Jacob Burckhardt); wenn das Volk mit Trebern zufrieden sein wird und muß, die ihm hingeworfen werden; und wenn es aus trüben Quellen seinen Durst zu löschen begehrt. Doch schweigen wir. Es läuft doch alles seinen teuflischen Gang.

Reden wir von anderem! Ich las in diesen Tagen wieder einmal die Frankfurter und die Welt. Es ist geradezu unheimlich, wieviel Ingenieure gesucht werden. Du erzähltest einmal vom Spezialgebiet »Strömungstechnik«. Ich verstehe davon blitzwenig, höchstens laienhaft das, was Reporter in Journalen berichten. Wieweit die Zeilenschinder selbst etwas verstanden haben, kann ich nicht beurteilen. Das Tollste war jetzt, daß jemand davon phantasierte, den Druck der Sonnenstrahlung nutzbar zu machen. Natürlich war auch sofort das Gerede fällig, daß dann die Lichtgeschwindigkeit erreichbar sei. Wie wir Menschen das aushalten sollen, darüber schwieg der Sänger. Jedenfalls kamen mir lange Gespräche in den Sinn mit meinem Bundesbruder Hennemann aus Tiegenhof 1912, der mir klar machen wollte, der Druck komprimierten Dampfes auf einen Widerstand könne ein Schiff antreiben. Heute bin ich zurückhaltender, aber damals bezweifelte ich das. Ich dachte mir, der Druck müßte zum mindesten auf einen Widerstand hinter dem Schiffskörper erfolgen. Zu mehr Verständnis reichte es nicht bei mir. Die utopischen Gedanken über Sonnenstrahlungsdruck habe ich übrigens wohl schon bei Dominik gelesen.

Für Dein neues Lebensjahr wünsche ich Dir Gottes Segen, mein Junge. Du weißt, was Du geleistet hast und noch leisten mußt. Es steht geschrieben Spr. 22,29: Siehst du einen Mann behend in seinem Geschäft, der wird vor den Königen stehen und wird nicht stehen vor den Unedlen.

Grüß Inge. Ich wünsche Dir und ihr Gesundheit und viel Kraft für die Zukunft. Gehabt Euch wohl, liebe Kinder, und freut Euch des Lebens!

Euer getreuer und manchmal wunderlicher Vater Theodor.

TECHNISCHE HOCHSCHULE HANNOVER

ZEUGNIS

Herr Richard Schlosser
geboren am 17. November 1927 in Schwarzenau a.d. Eder
hat die

Diplom-Vorprüfung

in der Fakultät für Maschinenwesen, Abteilung Maschinenbau, nach der geltenden Diplomprüfungsordnung abgelegt und folgende Urteile erhalten:

Übungsergebnisse	ziemlich gut
In der Prüfung nachgewiesene Kenntnisse:	
Höhere Mathematik	ziemlich gut
Praktische Mathematik	ziemlich gut
Darstellende Geometrie	sehr gut
Mechanik einschl. Festigkeitslehre	ziemlich gut
Physik	ziemlich gut
Chemie	genügend
Wärmelehre	ziemlich gut
Werkstoffkunde	genügend
Grundlagen der Elektrotechnik	genügend
Wirtschaftskunde	gut
Rechtskunde	genügend

Gesamturteil über die Prüfung ... – genügend –

Hannover, den 25. November 1955

Der Dekan der Fakultät für Maschinenwesen
i.V.
Haacke

Ingeborg Schlosser an ihre Mutter Emma Lüttjes

Hannover, am 9. 2. 56

Liebe Mutti!
Heute habe ich schon wieder zwei Bitten an Dich. Ich brauche für die Personalabteilung eine Bescheinigung von Tante Doktor, daß ich … und so weiter, und zwar mit geschätzter Datumsangabe, also am besten Ende Juli, und das noch in zweifacher Ausfertigung. Und dann soll sie mir bitte noch einmal ein Rezept für dies Beruhigungsmittel aufschreiben, wie heißt es doch noch, so ein grünes Zeug, das sie mir letztesmal auch verordnet hat, als ich ihr sagte, ich könne nachts nicht gut schlafen. Und vielleicht nochmal wieder die Magentabletten, Gelonida stomachica.

Da Du ja die Schwesterchen inzwischen hoffentlich aufgeklärt hast, brauche ich mich nicht immerzu so verschleiert auszudrücken. Mir geht es jetzt etwas besser, aber ich nehme immer entsetzlichere Formen an, so daß die Geschichte unter den Leuten der oberen Stockwerke, Michalski etc., schon die Runde gemacht hat. Das soll mich ja eigentlich nicht weiter stören, nur wäre es schöner, es wüßte noch niemand was davon, weil wir doch übermorgen und Montag hier groß Karneval feiern wollen. Es wird wieder ziemlich was los sein, der Eintritt ist auch danach. Hinterher muß ich mich wieder zurückhalten und kann nicht mehr wie ein junges Fohlen in der Gegend herumspringen. Dann heißt es, sittsam und möglichst versteckt hinter der Schreibmaschine hocken!

Augenblicklich haben meine Kollegin und ich hier im Büro keinen allzu leichten Stand. Unser Kollege Bockelt ist letzte Woche glücklich zum zweitenmal Papa geworden und hat nun noch Urlaub, um in Mamas Abwesenheit das Haus zu versorgen, und so sind wir mit Chef Henning allein und unserem Schicksal überlassen. Das ist alles andere als schön, weil er immer soviel Wind macht und mehr Aufregung als nötig um das bißchen Arbeit, das er tatsächlich leistet. Alles wäre ja noch zu ertragen, wenn er nur nicht immer so aus dem Hals röche, beinahe besser gesagt stänke, daß man es kaum aushalten kann und dauernd das Fenster aufreißen muß. Wir frieren noch eines Tages weg, wenn das so weitergeht. Es soll ja noch schlimmer kommen, so wie letzte Woche, da hatten wir minus 25 Grad, kaum zum Aushalten. Der Maschsee ist zugefroren und verschneit und tagsüber von Menschenmassen bevölkert, die sich schlittschuhlaufenderweise durchs Gelände bewegen.

Von Richard und mir schöne Grüße an Dich und alle!

Deine Inge

Richard Schlosser an seinen Bruder Walter Schlosser

Hannover, am 20. 3. 56

Lieber Walter!
Einen recht herzlichen Glückwunsch auch von uns. Deine Freude über den letzten Schultag empfinden wir ehrlich mit. Du wirst Dich auch nie zurücksehnen in diese Zeit, die Du nun hinter Dir hast. Alle, die es dennoch tun, vergessen dabei meist, daß sie nicht mit ihren augenblicklichen Kenntnissen, ihrer Reife und Überlegenheit heute noch einmal auf der Schulbank sitzen könnten. Was für einen Alten kleine Fische sind, sind für den Jungen große Sorgen und Ängste. Schon eine Woche ließe diese Unbelehrbaren die Schule heute genau so verfluchen wie damals, als sie noch jung und grün waren.

Nicht jeder kann sich alles aus dem Ärmel schütteln. Aber zum Glück gibt es so etwas wie eine ausgleichende Gerechtigkeit. Was man sich mit all der Quälerei erkauft hat, merkt man Gott sei Dank später. Zwar habe ich die Schule immer gehaßt, es aber nie bereut, durch all diese Trübsal hindurchgezwungen worden zu sein. Ich halte die Schule keineswegs für überflüssig. Gehaßt habe ich nur den Zwang und die Willkür, der man immer wieder ausgesetzt war. Die Pauker am Mariengymnasium waren jedenfalls fast alle Rindviecher erster Güte. Schwer war es vor allem, immer die Schnauze zu halten. Große Sympathien haben wir uns bei den Lehrern nie erworben. Man sieht den Schlossers zu leicht an, was sie denken. Wo man dazu verurteilt war, den Mund zu halten, da saß man eben herausfordernd mit verächtlich herabgezogenen Mundwinkeln da. Ohne diesen dicken Schädel hätten wir es manchmal leichter in der Schule gehabt.

Dir und allen anderen schöne Grüße von Deinem Bruder
Richard

Ingeborg Schlosser

Hannover, den 30. 5. 1956
Wiesenstr. 41, I.

Firma
Alfons Walz
Waldsee/Württ.
Schliessfach 58

Hiermit möchte ich Ihnen für die Übersendung Ihres Kataloges danken und gleichzeitig meine Bestellung aufgeben. Ich bitte jedoch darum, die nachfolgend genannten Sachen nicht an mich, sondern per Nachnahme an die Anschrift meiner Mutter, und zwar

Frau Emma Lüttjes
Jever in Oldenburg
Schützenhofstr. 34

zum Versand zu bringen:

3 Flügelhemdchen mit Durchziehband Nr. 150 H, Grösse 2 à DM 0.65	DM	1.95
3 Erstlingsjäckchen reinweiss Nr. 171, Grösse 2 à DM 1.64	DM	4.92
3 Liegelind-Einlagen f. Unterlagen Nr. 116, Grösse 33/40 à DM 2.50	DM	7.50
6 Nabelbinden »Ideal« Nr. 160 in zwei Packungen à DM 0.95	DM	1.90
12 Baby-Mundtücher Nr. 190, Grösse 40/40 à DM 0.27	DM	3.24
4 Mull-Waschlappen Nr. 420, Grösse 20 × 20, reinweiss, à DM 0.48	DM	1.92
2 Gummi-Milchflaschenverschlüsse Nr. 613 à DM 0.10	DM	0.20

1 Gummi-Unterlage Nr. 142, Grösse 40/50, weiss, DM 2.75	DM 2.75
1 Saugerglas mit Deckel Nr. 609, DM 0.75	DM 0.75
1 Baby-Bürste Nr. 441 mit Ziegenhaar, DM 1.45	DM 1.45
1 Badethermometer mit Griff Nr. 406, DM 1.55	DM 1.55
1 Seifenschale Nr. 453, DM 1.00	DM 1.00
1 Wattebehälter m. Watterolle Nr. 306, DM 2.15	DM 2.15
10 Mulltupfer Nr. 308, 10 Stück DM 0.30	DM 0.30
Insgesamt	DM 31.58

Hochachtungsvoll
Ingeborg Schlosser

Richard Schlosser an seine Mutter Cäcilie Schlosser

Jever, am 9. 8. 1956 6^{30}

Liebe Mutter!
Nachdem alle aufgeregten Gemüter, besonders das meine, sich einigermaßen beruhigt haben, will ich Dir noch berichten, wie alles gewesen ist, wie es der jungen Mutter geht und was nach den ersten kurzen Eindrükken von der kleinen Renate zu sagen ist.

Um einigermaßen sicher zu gehen, war ich schon am 28. Juli hergefahren und wartete mit Inge und den anderen täglich, später stündlich, auf das kommende Ereignis. An den Stichtag hat sich der neue Erdenbürger, wie Du weißt, in gar keiner Weise gehalten, sondern seiner Mutter noch neun weitere Tage lang das Leben schwer gemacht. Montag (6. 8.) war abends Vater hier noch erschienen, wie er es ja auch vorhatte. An und für sich wollte er am 8. August wieder abreisen, und es sah auch am 7. 8. abends, als wir noch in der großen Familienrunde beieinandersaßen und Frau Lüttjes' Geburtstag feierten, ganz so aus, als werde Vater unverrichteter Dinge nach Dortmund zurückkehren müssen, doch dann hatte, nicht nur des ein wenig enttäuschten Großvaters wegen, sondern wohl hauptsächlich um Inges willen, der liebe Gott ein Einsehen und ließ die ganze Geschichte ins Rollen kommen.

Ich wurde morgens gegen 5^{00} wach, als Inge gerade stöhnend neben ihrem Bett stand. Schmerzen hatte sie schon seit 2^{00} gehabt, war sich aber über deren Natur keineswegs im klaren, weil sie vollständig unregelmäßig kamen. Mit der Uhr in der Hand haben wir die Sache dann weiter verfolgt, und es ließ sich bei sehr viel gutem Willen so etwas wie ein System feststellen. Unter einem System verstehe ich allerdings ganz etwas anderes. Das mag bei jeder Frau ja schließlich anders sein, und wenn die Mediziner so etwas für rhythmisch halten, dann mögen sie es in Gottes Namen tun.

Nachdem Inge sich gründlich gewaschen und gefrühstückt hatte und ich inzwischen alle zuständigen Stellen in Bewegung gesetzt hatte, Hebamme, Krankenhaus und einen Fuhrunternehmer, waren wir um 7^{20} in der Klinik, wo mir von der Hebamme nach kurzer Untersuchung mitgeteilt wurde, man müsse sich noch bis zum späten Abend gedulden. Ich fuhr dann erst einmal nach Hause, um den anderen Bescheid zu geben, und hatte mit Inge vereinbart, daß ich um 12^{00} wieder nach ihr sehen würde.

Wir haben dann zu Hause um 11^{00} noch alle Tee getrunken, dann ging Vater mit Herrn Lüttjes zum Nachbarn, um mit Gertrud zu telefonieren, daß er erst am 9. komme, und alles Drum und Dran schien seinen üblichen Lauf zu nehmen. 11^{50} holte ich mein Rad wieder vor, um zu Inge zu fahren, als noch ein anderer Nachbar zur Tür hereinkam und nach Frau Lüttjes fragte. Die war gerade im Garten, und ich wollte sie holen, als der Mann mir sagte, das könne ich ihr auch so ausrichten: »Vom Krankenhaus ist angerufen worden. Es ist ein kleines Mädchen geboren. Beide wohlauf.« Weg war er wieder.

An diesen Augenblick darf ich mich jetzt kaum erinnern, ohne daß mir noch nachträglich richtig blümerant wird, so ist mir das in die Knochen gefahren. Es heißt zwar immer: »Es ist alles nur ein Übergang«, aber für solche Übergänge danke ich. Das ging mir dann doch zu plötzlich. Den anderen eben Bescheid sagen, einen Strauß zusammenraufen, aufs Rad und ab war dann eins. Punkt 12^{00} war ich da, und 11^{10} war schon das Kind dagewesen. Ich kam gerade noch zurecht, um zu erleben, wie ihm der Bauchnabel verpackt, es gewogen und gemessen wurde: Gewicht 4000 g, Länge 56 cm, Kopfumfang 36 cm, Geschlecht: weiblich. Morgens um 8^{00} hatte die Hebamme noch mit einiger Bestimmtheit geäußert, es würde ein Junge werden. Naja, Fleutjepiepen. Zufälligerweise hat sich meine Vermutung bestätigt.

Aber ich schreibe schon immer von unserer Tochter, obwohl ich im ersten Augenblick gar kein Auge für sie hatte und erst einmal Inge um den Hals fiel. Sie mußte mich dann ausdrücklich zu der Kleinen stupsen: »Nun sieh sie dir doch mal an, unsere Tochter.« Die bläkte natürlich, so laut es ging, und schien sich mit dem Leben gar nicht so recht abfinden zu können. Für sie war der Übergang zum Leben wohl noch abrupter als der Übergang, den ich erlebt hatte und weiter oben schon dargestellt habe. Das Kind ist kerngesund, rund und drall, aber nicht ausgesprochen überreif. Abgesehen von einigen Schönheitsfehlern wie deformiertem Schädel und einigen Druckstellen ist es ein richtiger, vollständiger, kleiner Mensch. Die Härchen sind fürs erste dunkel, aber das kann sich ändern, Augen blau, kann sich ebenfalls ändern.

Ich muß mich noch sehr daran gewöhnen, daß das nun unser beider Tochter sein soll. Irgendwie habe ich zu dem Kind noch keine rechte Beziehung gewonnen. Die Mutter dazu liegt mir sehr viel mehr am Herzen.

Als ich morgens fortgegangen war, hatte die Hebamme Inge hinterher noch gesagt, wenn ich Wert darauf legte, könne ich ruhig dabeisein. Ich selber habe nicht danach gefragt, weil ich annahm, die Gegenwart des Vaters sei, besonders in einer Klinik, allgemein unerwünscht. Wahrscheinlich wäre meine Einstellung dazu eine andere gewesen, wenn ich bis dahin gewußt hätte, daß sowohl Inges als auch mein Vater bei unserer Geburt und auch bei der Hausgeburt ihrer anderen Kinder dabegeiwesen waren. Jetzt kann ich einmal das Wort gebrauchen: »Ich erfahre so etwas ja nicht.« Hinterher nützt mir diese Weisheit dann nur noch wenig. Der Vater sagt: »Menschenskind, sei froh, daß du nicht dabeiwarst und es in völliger Ahnungslosigkeit überstanden hast.« Damit mag er in gewisser Weise recht haben. Es dreht sich hier aber nicht darum, alles mehr oder weniger gut zu überstehen. Inge ist meine Frau und nicht irgendwer. Renate ist meine Tochter und das erste Kind. Wenn gerade in dem Augenblick, in dem aus einem bloßen Ehepaar eine erste kleine Familie wird, der Vater wie ein völlig überflüssiger Idiot abgeschoben wird, dann ist das ein großer Blödsinn. Rein sachlich gesehen ist die Gegenwart des Vaters natürlich gänzlich unwichtig, aber aus einem rein sachlichen Nebeneinander von Mann, Frau und Kind entsteht noch lange keine Familie. Wie ich mich benommen hätte, wäre ich dabeigewesen, steht auf einem ganz anderen Blatt, und ich kann da keine Prognosen stellen. Vergleichbar wäre es damit, wenn es im Kriege zum ersten Mal richtig knallt und man mit seinem Innenleben fertig werden muß. Ein Vater wird bei der Geburt seines Kindes umso mehr gehandicapt sein, je herzlicher er seine Frau liebt, und notwendigerweise nicht die gleiche Ruhe aufbringen können wie die Hebamme oder der Arzt, die, wenn überhaupt, nur sehr wenig persönliche Beziehungen zum Objekt ihrer Bemühungen besitzen. Ich will gerne zugeben, daß eine ruhige Umgebung auf die geplagte Mutter den allergünstigsten Einfluß haben kann, und wenn ich mit meinem Benehmen Inge nur noch zusätzlich beunruhigt hätte, wäre es nur recht und billig gewesen, mich rauszuschmeißen.

Diese ganze Frage ist allerdings unbedeutend im Hinblick darauf, daß es Mutter und Kind gut geht. Das ist und bleibt die Hauptsache, und ich bin darum riesig froh und dankbar. Als alles vorbei war, habe ich, um mit Jürn Jakob Swehn zu sprechen, einige ernste Worte mit dem lieben Gott gewechselt, nur wäre es mir lieber gewesen, ich hätte im entscheidenden Augenblick bei Inge und der Kleinen sein können. Gott hat alles recht gemacht, auch ohne daß ich ihn genau so innig gebeten hatte, wie ich ihm nun danken kann.

Es kann nichts schaden, wenn Du Deinen übrigen Kindern einmal erzählst, daß ihr Vater bei ihrer Geburt auch dabei war, wenigstens dann, wenn sie einmal vor der gleichen Frage stehen. Sie werden nicht so befangen sein, wie ich es war, den Arzt oder die Hebamme darum zu fragen.

Vater ist gestern wieder abgereist. Die Taufe soll am 26. 8. oder 2. 9. stattfinden, weil dann auch Therese mit Familie anwesend ist.

Liebe Mutter!
Schnell auch noch ein paar Zeilen von mir. Richard hat ja schon alles so schön ausführlich beschrieben, daß Du Dir sicher genau vorstellen kannst, wie es war. Es ging alles so schnell, daß ich im wahrsten Sinne des Wortes kaum zu Verstand kam. Das hat ja wohl seine unangenehmen Seiten gehabt, aber es war doch auch wieder gut so, und ich konnte es gar nicht fassen, wie plötzlich ich auf einmal Mama geworden war. Unser Töchterchen ist nun schon sehr viel ansehnlicher als am ersten Tag. Die Deformierung des Köpfchens und die bläulich-rote Hautfarbe ist weg, und wir finden das Kind natürlich allerliebst.

Für heute nun viele herzliche Grüße für Dich und die anderen von

Deiner Inge
\+ Richard

Richard Schlosser an seine Mutter Cäcilie Schlosser

Hannover, am 8. 11. 56

Liebe Mutter!
Hab recht schönen Dank für Deinen Brief und Dein Anerbieten, mir zum Geburtstag einen Westover zu stricken. Mit meinen alten Pullovern war auch nicht mehr viel los. Das Garn ist aber noch recht brauchbar. Ich habe darum den Westover, den Du mir einmal gestrickt hast, aufgerebbelt und schicke Dir das Garn hiermit zu, damit Du einen neuen daraus fabrizieren kannst. Ob er zum 17. fertig ist oder nicht, ist mir ganz gleich. Auf meinen Geburtstag lege ich, wie Du weißt, wenig Wert. Du kannst Dir also ruhig Zeit lassen. Kann man mit der Maschine auch Muster stricken? Wenn nicht, möchte ich gerne, daß wenigstens der Bund irgendwie elastisch gestrickt wird, damit einem das Ding nicht so ums Gebein schlottert.

Aus Jever haben wir reichlich Obst mitgebracht und auch 65 Glas Eingemachtes und etliche Flaschen mit Saft im Keller stehen, so daß Du uns nichts zu schicken brauchst. Obst haben wir sicher mehr als Du. Es fällt mir schon schwer genug, Dir das Pulloverstricken aufzuhalsen.

Vorgestern war hier in der Marktkirche ein Fürbittgottesdienst, den Lilje hielt. Obwohl wir eine halbe Stunde vor Beginn da waren, mußten wir fast zwei Stunden lang stehen. Die Kirche konnte die Leute bei weitem nicht fassen. Hoffentlich nimmt diese furchtbare Tragödie in Ungarn bald ein Ende. Wann auch immer das eintritt, ein schreckliches Ende wird es in jedem Fall sein. Unsere und die Schuld der westlichen Welt ist es hauptsächlich, die ungarischen Revolutionäre nicht gebremst zu haben, als sich der Haß überschlug und ihre Forderungen über das Maß hinausgingen, das sie unter den gegebenen Umständen von Rußland je erwarten konnten. Man hätte ihnen doch mindestens eindringlich sagen müssen: »Reißt aus, so lange ihr noch Gelegenheit dazu habt.« Wozu der Russe fähig ist, weiß man doch nicht erst seit dem 4. 11. 56.

Herzliche Grüße
Dein Richard

Theodor Schlosser an seinen Sohn Richard Schlosser

Dortmund, am 16. November 1956

Lieber Richard!
Morgen ist es 29 Jahre her, daß Du uns geboren wurdest. Es war das eine große Freude, denn mit Dir fing der alte Stamm in der Manneslinie wieder zu grünen an. Laß Dir nun zu diesem Tage recht Gottes Segen wünschen. Er, der Herr der Weltgeschichte, bewahre Dich mit Deinen Lieben vor Krieg und Kriegsgeschrei. Aber vielleicht hat Er schon sein Urteil über seine Feinde gesprochen, indem er ihnen zeigt, was in Psalm 2 steht. Psalm 46 paßt auch sehr gut. Wir lernen, daß Macht sich selbst entmachtet; daß »beati mites: quoniam ipsi possidebunt terram.« Und das werden die Christen exerzieren müssen, wenn sie als Kinder Gottes gelten wollen, daß sie weiter die Jahreslosung 1957 Luk. 6,46 beachten: »Quid autem vocatis me Domine, Domine: et non facitis, quae dico?« Ja, nun bin ich ins Theologisieren gekommen. Aber das geht einem Pfarrer wohl immer so. Doch, um es nicht zu vergessen, Hosea 5,12 steht etwas über Nordisrael und Judaea, das wahrscheinlich auch auf Rußland Anwendung finden kann, daß nämlich Gott im Tun der Menschen das Gericht vollzieht. Wenn Luther übersetzt »Wurm«, so muß das eigentlich »Wurmfraß« heißen.

Gestern sprach ich mit einem Oberingenieur des Union Brückenbaus. Selfmademan. Er sagte mir, die Ingenieure böten sich zu billig an. Die Abgänger der Dortmunder Maschinenbau-Schule hätten alle mit 750.– DM angefangen. Wenn sich ihm jemand mit einer zu geringen Forderung anbiete, würde er verzichten. Männer ohne Selbstbewußtsein könne er nicht brauchen. Er erzählte voller Erbitterung, daß es kein Treueverhältnis zum Werk mehr gebe, daß die Werke sich Ingenieure usw. horteten, und wenn diese auch bloß die Hallen kehrten. Wirre Verhältnisse. Im übrigen bildete er sich ein, mit dem heutigen Arbeiter könnten nur solche Menschen umgehen, die es von der Pike auf gelernt hätten. Ich habe ihm nicht gesagt, daß ein wirklicher Christ jederzeit mit jedem umgehen kann; denn der Christ ist ein Realist.

Daß nun die neue Orgel steht, weißt Du wohl. Schade, daß Du sie noch nicht gehört hast. Sie klingt doch sehr gut. Am Bußtag wird Gertrud in einer geistlichen Abendmusik singen.

Ich hoffe, daß Du das Buch bekommen hast, das Dir vielleicht Freude macht. Die Amerikaner haben eine sehr instruktive Art, etwas zu verdeutlichen. Wir Deutsche sind wohl zu gelehrt. Über Südafrika schicke ich demnächst wieder etwas. Mutter hatte noch darin lesen wollen. Sie bekam richtig Lust, einmal eine Reise dorthin zu wagen. Na, das wird wohl nie etwas werden. Eher wird Tante Henriette nach Australien zu Peter kommen und dort sterben. Sie ist doch durch den Tod von Onkel Paul sehr getroffen. Die Einsamkeit in Berlin scheint schrecklich für sie zu sein. Sie hat es bei ihm, der leicht schwärmte, nicht immer leicht gehabt. Das lag aber an ihrem Charakter als Friesin, die zur Nüchternheit neigt. Es ist wohl ein notwendiger Ausgleich für ihn gewesen. Mutter ist ja ähnlich veranlagt.

Ich möchte nur noch Dietrichs Zukunft und vielleicht einen Witwensitz für Mutter sichern. Wenn ich jetzt 10000 DM hätte, könnte ich in Schwarzenau bauen. Es wird aber wohl nur zu zwei Grabstellen reichen. Mir selbst wird es wie meinem Vater gehen. Ich wollte, ich könnte mich einmal sechs Wochen fern von Dortmund ausruhen! Aber wenn ich von der Gemeinde ginge, geschähe bloß Blödsinn.

Zum Ende! Wie geht es meinem Enkelchen, Inge und Dir? Haben sich die Magenbeschwerden bei beiden gelegt? Irgendwo las ich, daß in Amerika die Milchnahrung zeitiger abgesetzt und verhältnismäßig früh sogar zu Fleisch übergegangen wird. Es sollen dadurch die Brechbeschwerden beim Kleinkind weitgehend vermieden werden.

Leb wohl, mein Junge! Gott segne Dich und die Deinen.

Herzlichst Dein Vater
Theodor.

Theodor Schlosser an seinen Sohn Richard Schlosser

Dortmund, am 11. April 1957 in der Frühe

Mein lieber Junge!

Es ist wohl eine Alterserscheinung, daß man nicht mehr lange schlafen kann. Darum bin ich schon vor sechs aufgestanden und nutze die Stille, um Dir zu schreiben. Gleich werden die Preßlufthämmer und die Dampfwalze anfangen zu rattern. Dann gibt es bis siebenzehn Uhr keine Ruhe. In der Schützenstraße werden Geleise verlegt und dabei Drainagen vorgenommen. Aber das ist ja für Dich uninteressant, alldieweil Du eines Tages in der glücklichen Lage sein wirst, Dortmund, diese ordinäre Stadt, zu vermeiden. Wenn ich doch hier hinaus könnte. Das wird aber solange nicht gehen, als Dietrich nicht wenigstens das Abitur hat. Er ist meiner Erwartung gemäß sitzen geblieben. Der Bengel bildet sich ein, ich würde schon für alles sorgen, wenn es ihm irgendwie im Leben nicht gelingt.

Das ist die Art seiner Mutter und seines Großvaters Grote, die allen Schwierigkeiten immer aus dem Wege gegangen sind. Entweder mußte die Großmutter dann einspringen oder es wurde mir überlassen. Das ist eine bittere Erkenntnis. Ich will aber nicht grollen. Wenn man heiratet, muß man mit solchen Unzulänglichkeiten rechnen. Der andere Partner muß das ja auch tun. Jedenfalls wäre ich Dir als dem Bruder und Paten von Dietrich dankbar, wenn Du mich gelegentlich in der Erziehung unterstützen könntest. Dietrich ist charakterlich nicht schlecht, aber im Augenblick infolge Wachstum, Pubertät u.s.w. schwierig.

Doch ich will Dir das Herz nicht schwer machen. Du stehst im Examen und mußt Dich konzentrieren. Tu das auch! Ich rechne mit Deinem Kommen, wenn Du alles hinter Dir hast. Dann will ich mich zum ersten Mal am Anblick meines Enkelchens freuen, das ich ja noch nicht gesehen habe, dessen Bilder mich aber schon entzückten. Werde glücklicher als ich, mein Junge!

Doch Schluß. Gerade habe ich mich – noch vor acht Uhr – wieder über die Frauenhilfe ärgern müssen. Wenn doch Mutter einmal energisch sein könnte! Leb wohl, lieber Richard!

Dir und allen herzliche Grüße
von Deinem Vater Theodor.

Ingeborg Schlosser an ihre Mutter Emma Lüttjes

Hannover, den 24. 4. 57

Liebe Mutti!
Bist Du nun böse, daß ich nicht mal zu Ostern geschrieben habe? Es hatte sich alles so überstürzt mit der Reise nach Dortmund, daß ich überhaupt keine Zeit hatte, ans Briefeschreiben zu denken. Also wünsche ich nachträglich, frohe Ostern gehabt zu haben!

Wider Erwarten hat alles bestens geklappt, besonders mit der Reise. Nachdem Renate sich hier morgens den einen Arm so etwas verknaxt und den ganzen Vormittag geweint hatte, ahnte ich Schlimmes. Aber sie war so lieb. Auf dem Rückweg noch mehr. Von einem ihr gegenübersitzenden Herrn nahm sie eine Banane so schnell an, daß ich gar nichts mehr dazu sagen konnte. Sie hat sie dann auch ganz artig aufgegessen.

In Dortmund war alles nett vorbereitet. Wir schliefen oben unterm Dach, Gertrud hatte extra Dietrichs altes Kinderbett vorgeholt und gescheuert. Nur anbinden konnte ich Renate nicht, und so mußte ich sie fortgesetzt umdrehen, weil sie sich dauernd auf den Bauch legte und dann nicht schlafen konnte. Aber draußen war es herrlich. So schönes Wetter! Leider fielen einem immer die Rußflocken auf Gesicht und Kleider, aber das ist in Dortmund ja nun mal so. Ein Grund mehr für mich, möglichst nie dorthin zu ziehen!

Übrigens werde ich wohl doch noch länger arbeiten müssen. Das Diplom kann Richard wahrscheinlich erst im Herbst machen, weil da Komplikationen aufgetreten sind, aufgrund einer neuen Regelung, für die er nichts kann. Aber darüber sprechen wir gelegentlich.

Es bimmelt schon wieder. Ich muß schließen! Viele Grüße, auch von Richard und natürlich Renate,

Deine Inge

Richard Schlosser an Ingeborg Schlosser

Dortmund, am 11. 6. 1957

Liebste Inge!
Nimm es mir bitte nicht übel, daß ich erst jetzt schreibe. Vater hat der Tod von Onkel Albert sehr getroffen, und es ist schwer, einen Trost zu finden. Seit diesem Tage ist Vater noch nicht wieder aus gewesen, und ich knüpfe die stille Hoffnung daran, daß es so bleibt. Wenn nur der Anlaß zu dieser Umkehr nicht so furchtbar gewesen wäre. Am besten ist es, wenn man Vater jetzt ganz in Frieden läßt. Du weißt ja, wie schwierig es ist, ihm näher zu kommen. Mutter sagt auch: »Da kann man nur die Hände falten und Gott bitten, daß er ihm und uns hilft.«

Pfingstsonntag war ich den ganzen Tag über in Bochum bei Tante Lena, die ja nun ganz alleine ist und wohl am schwersten getroffen wurde. Sie ist fest entschlossen, in Bochum zu bleiben. Über die Möglichkeit, daß sie uns zeitweise wegen Renate hilft, habe ich kein Wort verloren, was nicht hinderte, daß sie uns ihre Hilfe anbot. Ich habe dazu weder ja noch nein gesagt und ihr nur zu verstehen gegeben, wie schwer wir sie in Hannover unterbringen könnten. Wenn alle Stricke reißen, können wir das ja noch in Erwägung ziehen. Außerdem muß ich vorher mit Dir darüber reden.

In diesen Tagen habe ich oft gewünscht, Dich hier zu haben. Ich bin schon restlos durchgedreht. Wenn ich trotzdem länger geblieben bin, so Vaters wegen. Er leidet ja unter der fixen Idee, es wollte kein Mensch etwas von ihm wissen, besonders jetzt.

Ich freue mich darauf, bald wieder bei dir zu sein. Du bist doch mein ein und alles einschließlich unserer kleinen Süßen. Grüß Deine Eltern und Geschwister schön, vor allen Dingen Renate.

Dir einen lieben Kuß.

Dein Richard

Theodor Schlosser an seine Schwiegertochter Ingeborg Schlosser

Dortmund, am 9. August 1957

Liebe Inge!

Ich hoffe, daß Dich meine guten Wünsche morgen erreichen, da Walter, romantisch wie er ist, mit seinem Moped am Sonnabend seinen Urlaub genießen will.

Mir selbst geht es nicht gut. Ich bin ein einsamer Mann, der sich irgendwie durchpfitzen muß. Doch darüber will ich nicht weiter reden. Ich hoffe, Dortmund am 1. 9. für fünf Wochen verlassen zu können. Aber das hängt vom Wohlwollen meiner Gemeindehelferin ab. Wahrscheinlich werde ich erst Ende September reisen können. Ach, liebe Inge! Je gütiger man gegenüber sogenannten Christen ist, umso mehr wird man ausgenutzt! Doch Schluß!

Wenn Ihr meint, es wäre gut, daß Mutter und ich Renate hierher nehmen, so sind wir einverstanden. Ich werde Mutter schreiben, sie soll auf der Rückreise von Füssing bei Euch vorbeikommen und alles besprechen.

Ach, Kind, Du hast einen einsamen Schwiegervater!

Herzliche Grüße Dir, Richard und Renate! Euer Vater

Theodor.

Ingeborg Schlosser an ihre Mutter Emma Lüttjes

Hannover, den 13. 9. 57

Liebe Mutti,

vielen Dank für Deinen langen Brief! Natürlich hat Renate schon nach ihrer Gock-gock gefragt, aber ich wollte Dich eigentlich nicht bitten, sie extra zu schicken. Renate hat sich solange mit den beiden Enten in der »Rasselkette« begnügt und diese mit Gock-gock tituliert. Ein leibhaftiges Huhn hat sie noch nicht wieder gesehen, seit sie aus Jever fort ist, aber

Hunde gibt es hier in jeder Größe und Ausführung zu bewundern. Sie hat meistens auch keine Angst davor, bloß als sie neulich dem Riesenhund von Raabes direkt gegenüberstand, fing sie an zu schreien.

Die gute Frau Göbel geht mit ihr jeden Nachmittag nach draußen, und streckenweise läuft Renate dann ganz schön an einer Hand oder zwischen den Griffen des Kinderwagens. Bei kaltem Wetter kriegt sie ihren Winter-Anorak an. Wir haben ihr ein kariertes Mäntelchen mit Kapuze gekauft; das sieht zu den grauen Manchester-Latzhosen ganz niedlich aus. Mit dem Essen ist es noch man mäßig, aber es geht. Sonst ist sie sehr munter. Zweimal habe ich ihr einen Klaps geben müssen, weil sie sehr unartig war und ihre Brotbissen in der Gegend rumspuckte, und ich denke, es hat geholfen. Frau Göbel kommt ganz gut mit ihr zurecht, und wir können sehr zufrieden sein. Allerdings redet diese Person wie aufgezogen, und inzwischen habe ich mein Urteil über sie auch insoweit revidiert, als ich nunmehr konstatieren muß, daß sie bildungsmäßig doch nicht so gut gestellt ist, wie ich zuerst annahm. Manchmal hat sie geradezu primitive Auffassungen und Vorstellungen und nach Richards Worten Dienstmädchenmanieren. Aber Hauptsache, sie wird mit dem Kind fertig, und das scheint der Fall zu sein.

Augenblicklich haben wir hier sehr viel mit der Wahl zu tun. Alle möglichen Parteiredner quasseln in letzter Minute noch auf die armen Hörer ein. Heute war Ollenhauer als Letzter hier, und nun sind wir wohl damit durch. Sonntag werden wir Renate zur Wahl mitnehmen, weil wir nicht einzeln gehen wollen. Wißt Ihr schon, was Ihr wählt? FDP? Wäre eigentlich am ehesten zu raten, wenn man nicht noch länger den verknöcherten Alten an der Regierung behalten will. Aber es ist ja leider nicht gesagt, daß er nicht trotzdem Bundeskanzler bleibt. Bei seinen letzten Wahlveranstaltungen in Hannover hat sich Adenauer manchen Schnitzer geleistet. Er ist wirklich allmählich zu alt.

Na, aber was sollen wir über Politisches reden. Eine unserer Luftmatratzen befindet sich momentan auf einer Reise durch Spanien. Eine Kollegin hat sie mitgenommen. Das Zelt war ja auch schon mal in Monaco, bloß wir sind da noch nicht hingekommen.

Für die Wohnung habe ich von den sozusagen letzten Piepen Staubsauger und Mopp gekauft, und die Folge ist, daß man kein Füsselchen mehr auf dem Teppich findet. Renate hat einen neuen blauen Wollpullover bekommen, der ihr entzückend steht. Außerdem habe ich einen Regenüberwurf gekauft, den man über den ganzen Sportwagen ziehen kann. Neulich beim Blumenkorso regnete es etwas, aber sie streifte das Cape immer wieder ab. Die vielen Blumenwagen beachtete sie kaum, dagegen verfolgte sie mit lautem Gesabber ein Flugzeug über uns und nannte einen blonden, hinter uns stehenden Herrn zu meiner großen Verlegenheit lauthals »Papa«. Manchmal erfindet sie auch Worte für Sachen, die sie noch nicht von uns kennt. Ihre Schuhe z.B. nennt sie »Gauka«, und kein Mensch weiß, warum. Ach ja, sie ist schon niedlich, und wir haben viel Freude an ihr, bloß leider nicht soviel Zeit, wie wir wohl möchten.

Bis zum nächstenmal!

Viele herzliche Grüße von Renate, Richard und

Deiner Inge

Theodor Schlosser an seinen Sohn Richard Schlosser

Dortmund, am 5. Oktober 1957

Lieber Richard!
Es wird Zeit, daß ich mich wieder einmal melde. Es hätte ja eigentlich schon im August sein sollen; aber da die Herren Pfarrer alle sich erholen mußten, blieb zuviel auf mir hängen. Jetzt ist es zwar auch nicht besser, doch bin ich morgen predigtfrei bis auf eine liturgische Andacht, in der ich amtieren muß, während Gertrud singt. So hocke ich nun bei dem ungemütlichen Wetter in meiner sogenannten Studierstube, in der es zum Studium nicht viel Gelegenheit gibt, da der Dortmunder Krach zu groß ist. Diese Stadt wird mir immer widerlicher. Sie ist und bleibt ordinär. Schließlich ist aber von Ochsen nicht mehr als Rindfleisch zu verlangen. Was soll bei einer absoluten sozialistischen Mehrheit auch anderes heraus kommen, als daß Leute, die stets bloß Bonzen und Funktionäre gewesen sind und nie ernsthaft haben Geld verdienen müssen, aus anderer Leute Fell Riemen schneiden. Jetzt kommen diese Dummköpfe mit einem Theaterprojekt von rd. 30 Millionen heraus, aber zu spät. Die anderen Industriestädte haben sich die Pfründe bereits gesichert. Wer gutes Theater sehen will, fährt besser nach Bochum, wo ein Schalla aus der Schule von Gründgens sehr viel leistet. 1959 soll hier die Bundesgartenschau stehen. Unter 50 Millionen geht das nicht, denn es müssen große Grundstückskäufe getätigt werden. Dafür bleiben aber die höheren Schulen im Rückstand, die bald nur noch alte, der Ruhe bedürftige Lehrer haben. Dazu die 45-Stunden-Woche, mit welcher der Arbeiter so verfährt, daß er sich Schwarzarbeit sucht, da er mit der freien Zeit nichts anzufangen weiß. Vertiefung des Innenlebens, papperlapapp!

Ja, mein Junge, Du steckst nun wohl wieder im Mündlichen, wozu ich

Dir viel Glück wünsche. Es ist doch eine lange Quälerei gewesen, wenn man so Deinen Weg vom Luftwaffenhelfer bis jetzt überdenkt. Dann wird hoffentlich der pekuniäre Erfolg etwas besser sein, als jetzt ein Ingenieur klagte, der sogar von mangelnder Entwickelungsmöglichkeit sprach. Ein Ingenieur der BBC sagte mir aber, daß das wahrscheinlich mehr für die Hütteningenieure zutreffe. Na, die Welt liegt noch vor Dir, die zwar verrückt genug ist, aber doch wohl eines Tages zur Vernunft kommen wird. Die Russen haben nun den ersten Satelliten in den Weltraum geballert, worüber ihre Hybris noch mehr wachsen wird, da den Amis die Raketen zerknallen. Ich hoffe zu Gott, daß er die Erkenntnis über das kommunistische System wachsen läßt. Allerdings müßten dafür ein paar quasselsüchtige Theologen schweigsamer werden.

Ob ich noch in Urlaub komme, ist unsicher. Vielleicht gehe ich vier Wochen im November.

Dietrich macht mir Kummer. Würde er doch versetzt! Er hat zu wenig Selbstvertrauen und zu wenig Energie, etwas aus Bosheit zu begreifen, wie ich das als Schüler in Mathematik getan habe. Er ist begabt genug, das Abitur zu erlangen. Doch was will ich mit meinen Sorgen? Einmal kommt die Stunde, da ich nicht mehr helfen kann. Das sollte er bedenken!

Geld geht Montag ab. Leb wohl, mein Junge! Es grüßt Dich und die Deinen herzlich

Dein alter Vater
Theodor.

Richard Schlosser an seine Mutter Cäcilie Schlosser

Hannover, am 15. 10. 57

Liebe Mutter!
Zu Deinem Geburtstag sollen mit diesem Brief doch wenigstens die Glückwünsche rechtzeitig kommen, und zwar von uns allen hier, Inge, Renate und mir.

Ein Päckchen haben wir auch geschickt. Es enthält für Dich einen Kalender mit Blumenmotiven, doch damit allein soll die Sache nicht erschöpft sein. Wir haben den Kalender so ausgesucht, daß man die einzelnen Blätter nachher gut einrahmen kann, und eben darum ist die Sache noch nicht komplett. Ich wollte nun von Dir zunächst hören, ob Du gerne einen Wechselrahmen dazu haben möchtest in etwas besserer Ausführung oder lieber 12 einzelne in schlichterer, damit man eine ganze Serie dieser Bilder gleichzeitig an einer geeigneten Stelle unterbringen kann. Den Transport muß man dem nächsten Reisenden nach Dortmund anvertrauen. Das Konfekt in dem Päckchen ist ebenfalls für Dich und das Buch für Gertrud. Aus der Wolle sollen für Renate Hosen fabriziert werden. Den Schnitt schickt Inge Dir noch.

Seit dem 6. Oktober läuft unsere kleine Süße von Tag zu Tag behender. Sie ist unsere ganze Freude. Renate ist meistens die Liebenswürdigkeit und Freundlichkeit in Person, was sie wohl kaum von mir haben kann, eher die gelegentlichen Wutanfälle, aber die können ebenso von der anderen Seite vererbt sein.

Vaters Geld und Brief habe ich mit Dank erhalten. Ich fange jetzt an, die Lage auf dem Stellungsmarkt zu sondieren. Nach langen Überlegungen bin ich zu dem Schluß gekommen, für den Anfang nach Möglichkeit eine Stelle zu finden, die nicht die Gefahr einer all zu frühen Spezialisierung in sich schließt. In Frage kommt da z.B. die MAN, an die ich schon geschrieben habe und die mir auch bereits von verschiedenen Seiten empfohlen wurde. Die DEMAG soll ein Mistladen sein und käme sonst wohl auch in Frage, ferner Krupp, aber nach Möglichkeit will ich das verdreckte Ruhrgebiet meiden. Na, wir werden sehen.

Einstweilen viele Grüße, auch von Inge.

Dein Richard

Richard Schlosser an seine Mutter Cäcilie Schlosser

Hannover, am 19. 10. 57

Liebe Mutter!

Heute kam schon wieder ein Brief von Dir. Wenn ich Dorothea noch erwischen will, muß ich mich mit der Antwort eilen.

Mein Vorschlag für 12 Rahmen war zunächst in Unkenntnis der Materialpreise erfolgt, da ich die Dinger selber machen wollte, und ich hätte schon deshalb die Aktion auf mehrere Gelegenheiten, ein Geschenk zu machen, verteilen müssen. Zweitens habe ich jetzt nicht so viel Zeit zur Fabrikation. Da nun aber Doro doch nach Dortmund fährt, habe ich wenigstens erstmal einen Prototyp gebaut, damit Du Dir eine Vorstellung machen kannst. Vier von diesen Dingern will ich herstellen, denn zwölf sind wohl doch zu viel, weil Ihr ja schon ähnliche habt und sonst am Ende das ganze Lokal davon vollhängt.

Mit dem Gratulieren kannst Du noch warten. Wenn ich von Stellensuche schrieb, war damit nicht das Examensende gemeint. Ich fange mit der Suche nur jetzt schon an, damit ich bald weiß, wo ich landen werde, und damit ich am Ende nicht hinter dieser Sache drei Monate hersitzen muß. An und für sich ist es ja egal, wohin ich im Endeffekt gehe, da ich mir auf meinem Gebiet so langsam alles zutraue, selbst Dinge, von denen ich bislang wenig Ahnung habe. Um es ganz extrem auszudrücken, baue ich meinethalben auch Atomreaktoren, das ist alles nur eine Frage der Einarbeitung.

Nachdem ich diesen elenden Dieselmotor verkraftet habe, für dessen luftgekühlte Konstruktion mir praktisch kaum Unterlagen zur Verfügung standen, bin ich meine größte Sorge los. Ich habe damit zwar größten Anklang gefunden, aber auch bis Ende September zu tun gehabt, und die Eins, die ich mir für das Ding eingehandelt habe, wäre wenig wert gewesen, wenn ich jetzt ohne eingehende Vorbereitung den Rest des Mündlichen gemacht hätte. Ich habe einfach nicht die Absicht, mit einer 4 oder vielleicht 3 abzuschließen. Für jede bessere Note wächst der Aufwand eben quadratisch.

Wenn ich Näheres wegen der Stelle weiß, schreibe ich noch. Jedenfalls kann es, bis ich ganz fertig bin, noch April werden, und den einzigen Gefallen, den Ihr mir tun könnt, ist der, mich hier nicht durch irgendwelches Lamentieren verrückt zu machen.

Einstweilen herzliche Grüße
Dein Richard

Richard Schlosser an seinen Bruder Dietrich Schlosser

Hannover, am 30. 12. 57

Lieber Dietrich!
Vielen Dank für Dein Weihnachtsgeschenk. Obwohl es mit keinem Wort erwähnt wurde, nehme ich an, daß Du den Aschenbecher selbst fabriziert hast. Von allen meinen Brüdern hast Du doch wohl am meisten Sinn für derartige Dinge mitbekommen. Es kann nie schaden, wenn man sich nicht nur im Notfall mit geschickter Hand selbst zu helfen weiß. Aber dieses »Selbst ist der Mann« scheint im Zeichen des deutschen Wirtschaftswunders desto weniger wert zu sein, je besser es der Gesamtheit geht. Heute ist der der beste Mann, der für Geld die Welt tanzen läßt. Diese Entwicklung liegt mir schon lange im Magen. Eines Tages gehe ich

doch noch nach Alaska und hoffe, daß wenigstens Du mich dann dort besuchen wirst. Das ist noch ein Land für Leute wie Dich und mich.

Dein Bruder Richard

Theodor Schlosser an Ingeborg und Richard Schlosser

Dortmund, am 19. Februar 1958

Liebe Kinder!

Der 1917 verstorbene bedeutsame lutherische Theologe Bezzel, dem ich viel verdanke, hat einmal in seinem »Dienst des Pfarrers« geschrieben, Briefe sollte man sofort beantworten. Gegen diesen Rat habe ich mich Euch beiden gegenüber stark versündigt. Ich bitte nicht um Verzeihung; denn es ist eben nicht recht gewesen. Das einzige, was ich anführen könnte, wäre die traurige Wahrheit, daß ich innerlich eine böse Zeit hinter mir habe, von der ich nicht weiter reden möchte. Aber das soll nicht gelten. Man muß sich eben zusammenreißen, dann geht manches.

Nun sitze ich wieder im stinkenden Dortmund, das sich am sogenannten Rosenmontag gründlich in seiner Verkommenheit gezeigt hat. Walter konnte von seinem Zimmer den Zug sehen und meinte, er habe sich geschämt ob der Kümmerlichkeit und Witzlosigkeit dieses Mummenschanzes. Leider versuchen jetzt die Zeitungen zu verharmlosen, was sich an Pöbeleien der Halbstarken auf der Brückstraße zugetragen hat. In der SBZ oder zur Nazizeit wäre das nicht möglich gewesen. Wenn die Polizei durch weltfremde Rechtsbestimmungen am Eingreifen gehindert wird, dann helfen sich die Menschen demnächst durch Selbstjustiz. In diesem Stil kommen wir zur Diktatur.

Nun laßt mich Euch danken für die Bücher, die Ihr mir geschenkt habt! Bamm bleibt immer geistreich. Das andere Buch habe ich mit ebenso großem Interesse gelesen. Ich glaube, solche Bücher muß es heute einfach geben. Die Reportageform stört mich nicht, da unsereiner davon wohl abstrahieren kann. Wer will als Laie die Zeit hernehmen, bestimmte zur Allgemeinbildung gehörende Wissensgebiete an Hand von wissenschaftlichen Werken durchzuarbeiten?

In den Urlaub hatte ich außer der Bibel kein anderes Buch mitgenommen, obwohl ich manche schlaflose Nacht zubrachte. Aber da war die Bibel zuträglicher. Gottes Wort mit seinem Gedanken bringt unsere Gedanken zur Ruhe. Gottes Wort ist heilend, und man lernt begreifen, daß der Mensch in Wirklichkeit vom lebendig machenden Wort lebt. Ob das aber der satte Deutsche von heute noch einmal wieder annehmen wird, das erscheint mir immer fraglicher. Ich stehe jetzt vor den Konfirmationen und bin sehr verdrossen über die Herzensträgheit der meisten Kinder und die Gleichgültigkeit ihrer Eltern. Doch alles Ding hat seine Zeit. Jedenfalls wird unsere Kirche ganz neu aufbauen müssen. Die Primitivität des Denkens, die wachsende Uninteressiertheit und Unwissenheit auf allen Gebieten des geistigen und geistlichen Lebens werden uns nötigen, neue Formen der Unterweisung zu suchen. Wie wir als Volk, ja wie Europa gegenüber den wissensdurstigen jungen Völkern, die doch älter sind als wir, bestehen will, auch das ist mir höchst fraglich geworden.

Das waren so Gedanken, die mich im Urlaub quälten. Glücklicherweise konnte ich die Ruhe der alten Heimat genießen, was allerdings doch mit einer gewissen Wehmut verbunden war. Es hat zwar einmal stark geregnet, und oft war Glatteis, aber die ozonreiche Luft ließ mich immer munter sein. War ich auch müde, draußen verflog das sofort. Nur schade, daß die Bergwege so stark mit harschem Schnee blockiert waren, daß eine Wanderung nach Schwarzenau unterbleiben mußte!

Mit meinen 65 Jahren merke ich doch sehr, wie wenig ich dem Tempo und dem Gestanke Dortmunds noch gewachsen bin. Von Mutter gilt das gleiche.

Doch nun zum Ende! Ich wünsche Euch mit Renate, deren Konterfeie mir sehr viel Freude gemacht haben, alles Gute, meine Kinder. Bleibt gesund. Wie schön wäre es, wenn ich mit Euch dreien einmal in die alte Heimat fahren könnte! Doch fort mit den Träumen! Lebt wohl!

Herzlichst
Euer Vater Theodor.

Ingeborg Schlosser an ihre Mutter Emma Lüttjes

Hannover, am 3. 3. 58

Liebe Mutti!
Nun bist Du mir mit Deinem Brief doch noch zuvorgekommen. Ich schäme mich wegen meines langen Schweigens sehr. Gottseidank hat das keine Hintergründe irgendwelcher Art gehabt, und Richard hat seine Prüfung allright erledigt. Bloß seine Diplomarbeit hat man ihm noch nicht ausgehändigt, das Prüfungsamt der TH ist noch nicht soweit. Es müssen wohl schrecklich viele Prüflinge da sein, daß das so lange dauert.

Ich habe übrigens vor einiger Zeit von Ralf Gerken, der hier bei Rudi und Hilde zu Besuch war, gehört, daß im Jeverland über Richard und sein

Studium die unmöglichsten Gerüchte kursieren sollen, er sei durchgefallen und was nicht alles. Richard war sehr bedrückt, daß man so über ihn redet. Wenn Euch so ein Quatschmaul in die Quere kommt und sowas verbreitet, bitte geht doch da gegenan. Ich habe mich auch geärgert. Na, ist ja egal, Hauptsache, Ihr denkt nicht sowas.

In der Zwischenzeit, bis Richard die Diplomarbeit bekommt, arbeitet er jetzt für die Technische Pressestelle auf der Hannover-Messe, und ich helfe ihm dabei. Er muß aus Dutzenden und Dutzenden von Briefen technischen Inhalts über Ausstellungsgegenstände das Wichtigste raussuchen und in Listenform zusammenstellen, für die Herausgeber von Fachzeitschriften, die sich daraufhin Ausstellungsunterlagen erbitten. Und ich habe ebenfalls den ganzen Februar nebenbei stramm gearbeitet, jede Menge getippt und übersetzt. Außerdem hatten wir soviel Ärger mit der Göbel, daß ich Renate schon im Kindergarten für März angemeldet hatte. Ausnahmsweise sollte das klappen, aber dann wurde Renate wieder fiebrig und die Ärztin hat uns doch sehr abgeraten. Na, und heute ist die Göbel wieder krank. Neulich hat sie wieder allerlei ungereimtes Zeug über uns im Hause verbreitet, so daß ich schon von mehreren Leuten daraufhin angesprochen wurde. Es ist sehr traurig, aber zum Glück dauert es ja nicht mehr lange bis Ende März, und dann hat die Qual ein End. Wenn ich dann mal genügend Moos habe – apropos Moos, herzlichen Dank für die dreißig Mark –, dann kann ich Euch ja auch mal wieder mit Renate besuchen, dann habe ich wenigstens jede Menge Zeit.

Renate hatte eine Woche Verstopfung, zwei Tage gräßlichen Durchfall und dann wieder Verstopfung. Außerdem jammert sie, weil die Eckzähne durchkommen. Anfang Februar hat sie etwa vier Tage gebraucht, bis sie wieder auf dem Posten war. Ansonsten haben wir viel Freude an ihr, wenn auch viel Arbeit. Sie stampft jetzt schon manchmal mit dem Fuß auf und ruft »Nein!«, wenn sie was nicht will. Seit neuestem kann sie auch die Türen öffnen, und Richard mußte die Stubentürklinke ummontieren, so daß sie da nun nicht drankommt.

Die Sache mit Therese ist ja ziemlich schlimm. Bei Norman hat sie das wohl noch nicht gewußt? Immerhin kann es ja auch beim zweiten Kind gutgehen, wenn es beim ersten gutgegangen ist. Kann man denn daraus nun folgern, daß wir gleichfalls Rhesus-negatives Blut haben? Man sollte sich doch mal daraufhin untersuchen lassen.

Am 15. 2. waren wir zum Funkfasching, wo wir uns bon amüsiert und – Pardon – beinahe besoffen haben. Dir und Vati übrigens viel Vergnügen beim Rehkeulenessen mit anschließendem Ringelpiez. Herzlichste Grüße!

Deine Inge

Richard Schlosser an seinen Vater Theodor Schlosser

Hannover, am 1. 4. 58

Lieber Vater!

Ostern werde ich kommen. Inge wird mit Renate nach Jever fahren, wo der 30. Hochzeitstag meiner Schwiegereltern gefeiert werden soll. Vielleicht kann sie danach auch einmal längere Zeit, wie es Euch eben paßt, mit Renate in Dortmund bleiben, damit Ihr unsern Wonneproppen in Ruhe bewundern könnt. Ich schicke hier einige der letzten Bilder, die allerdings nicht mehr ganz den neuesten Entwicklungsstand wiedergeben.

Neben diesen Familienbildern findest Du drei andere, die meinen Diesel bzw. einen Teil des zugehörigen Gebläses zeigen. Daraus wird vielleicht die Maikäferei ersichtlich, die allein der Zeichnungen wegen erforderlich war. Es gehörte eine Berechnung von fast 100 Seiten dazu. Diese Arbeit hatte hier guten Anklang gefunden und auch dazu geführt, daß ich zur Zeit an dem betreffenden Lehrstuhl außerplanmäßiger Assistent bin und mich damit beschäftige, theoretische und praktische Entwicklungsarbeiten an einem luftgekühlten 4-Takt-Diesel zu betreiben. Zwar ist die Bezahlung nicht horrende, aber ich habe einen lukrativen Nebenjob, so daß Inge sich dem Kind widmen kann und wir keine Kinderfrau vom Kaliber der verflossenen mehr brauchen. Mit dieser Tätigkeit am Institut für Kolbenmaschinen kann ich mir doch einmal eine kleine Basis schaffen, auf die ich bei eventueller späterer Promotion zurückgreifen kann. So ganz habe ich diesen Gedanken ja noch nicht begraben. Nach Abschluß meiner Assistenzeit bekomme ich am gleichen Lehrstuhl eine Diplomarbeit, die honoriert wird.

Meine derzeitige Nebenarbeit erstreckt sich auf die Ausarbeitung technischer Beiträge für die diesjährige Industriemesse. Was ich da verbreche, wird vervielfältigt und an 800 Fachzeitschriften geschickt. Die Stunde lasse ich mir mit 3 Mark bezahlen, damit es sich auch lohnt.

Die MAN in Gustavsburg, mit der ich Verbindung wegen einer Stelle aufgenommen hatte, hüllt sich in Schweigen, nachdem ich 720 Mark Anfangsgehalt gefordert hatte. Dann eben nicht. Während der eigentlichen Messetage werde ich beim Verein Deutscher Maschinenbauanstalten arbeiten und von dieser Zentrale aus meine Fäden weiterspinnen.

Herzlichen Dank für das Reisegeld und für Mutters Freßpaket.

Allen Anwesenden viele Grüße, besonders Mutter und Dir.

Dein Richard

Richard und Ingeborg Schlosser an Wilhelmine Göbel

Hannover, den 7. 5. 1958

Sehr geehrte Frau Göbel!
Gerade weil wir in Ihnen eine gute Betreuerin für unser Kind gefunden hatten, sind wir enttäuscht darüber, daß uns nach und nach von verschiedenen Mitbewohnern dieses Hauses wieder äußerst häßliche Dinge zugetragen worden sind, die Sie über uns verbreitet haben. Auf die Wiedergabe von Beispielen möchten wir verzichten, da das Ganze zu unerfreulich ist. Auf jeden Fall werden Sie verstehen, daß wir aufgrund dieser Sachlage keinen Wert mehr darauf legen, die Bekanntschaft mit Ihnen fortzusetzen.

Richard Schlosser
Ingeborg Schlosser

Ingeborg Schlosser an ihre Eltern

Hannover, den 13. 5. 58

Liebe Mutti, lieber Vati!
Bitte seid nicht böse, daß wir nicht eher geschrieben haben. Dich, liebe Mutti, muß ich vor allen Dingen deshalb um Entschuldigung bitten, weil ich Dir zum Muttertag nicht mal ein Lebenszeichen geschickt habe, obgleich ich es vorhatte. Ich war zu der Zeit, als ich hätte schreiben müssen, in Dortmund, und hatte schon überlegt, womit ich Dich überraschen soll. Aber dann kam etwas sehr Böses dazwischen, und darüber habe ich alles andere buchstäblich vergessen. Richard hat nämlich nach seiner letzten Röntgenuntersuchung erfahren, daß er tuberkulosekrank ist und sofort in ein Heim muß.

Er rief mich in Dortmund an, wo ich war, um Renate nach mehr als zwei Wochen Aufenthalt wieder abzuholen. Darum bin ich gleich Sonnabend auch schon wieder zurückgefahren, damit wir nun beratschlagen, was in Zukunft werden soll. Man könnte doch meinen, daß wir direkt vom Pech verfolgt sind. Nun war das Ende des Studiums in Sicht, und wir rechneten bereits damit, daß Richard zum Sommer eine Stelle antreten könne, und nun dies. Glücklicherweise ist die Krankheit gleich im Entstehen erkannt worden, und deshalb kann man sie als relativ leicht bezeichnen, aber das ändert nichts an der Tatsache, daß die Kur eine lange Zeit in Anspruch nehmen wird (mindestens ein halbes Jahr) und unsere Zukunftspläne erstmal über den Haufen geworfen sind.

Renate und ich waren inzwischen auch zur Untersuchung, damit festgestellt wird, ob wir uns angesteckt haben. Der Bescheid geht uns aber erst morgen zu, so daß wir noch nichts sagen können. Ich nehme aber nicht an, daß wir krank sind, wir fühlen uns einfach nicht danach.

Richard wird nun, damit die Behandlung gleich einsetzen kann, am Dienstag nächster Woche zunächst hier ins hannoversche »Heidehaus« in Stöcken gehen, eine Tbc-Heilstätte vor den Toren Hannovers, die sehr schön gelegen sein soll. Einerseits ist das sehr günstig, weil er dann hier in der Nähe bleibt und wir ihn häufig besuchen können, d.h. ich, denn Renate darf nicht dorthin; andererseits aber wäre es für sein Studium, d.h. für seine noch ausstehende Diplomarbeit, günstiger, wenn er nach St. Blasien ginge, wo ein Hochschulsanatorium speziell für Studenten besteht, die dort an ihrem Studium weiterarbeiten können. Richard hat sich bereits brieflich erkundigt, wie es mit der Aufnahme in St. Blasien aussieht. Das Nest liegt im südlichen Schwarzwald in unmittelbarer Nähe der Schweizer Grenze. Das wäre für Besuche natürlich reichlich weit, und wir haben schon überlegt, ob ich dort in der Nähe vielleicht eine billige Bleibe für Renate und mich fände und einfach für längere Zeit dorthin zöge.

Nun werdet Ihr sicher auch wissen wollen, wie wir in der Zwischenzeit finanziell fertig werden. Also, Richards Kur wird voraussichtlich von meiner Angestelltenversicherung getragen (das ist dann endlich einmal ein Vorteil der Gleichberechtigung!). Gottlob habe ich lange genug beruflich gearbeitet, um das erreichen zu können. Höchstwahrscheinlich werden wir von der Bundesversicherungsanstalt für Angestellte in Berlin auch ein sogenanntes Hausgeld bekommen, d.h. die Versicherung bezahlt uns die Miete und die unbedingt erforderlichen Lebenshaltungskosten. Wie viel das ist, steht noch nicht fest, da der Antrag erst heute abgeschickt worden ist. Auf jeden Fall könnte ich, falls es knapp ausfallen sollte, evtl. noch etwas zuverdienen, ohne daß uns dafür gleich das Hausgeld gekürzt wird.

Sollte Richard von hier fortkommen und ich noch keine Bleibe in St. Blasien gefunden haben, dann möchte ich ja ganz gerne auch mal für ein paar Sommerwochen mit Renate nach Jever kommen, wenn sich das einrichten läßt, denn hier würde ich mich allein – so meint Richard auch – doch »mopsen«, und in Jever wäre ich eben nicht so viel allein. Gewiß habe ich hier eine Reihe von Bekannten, aber abends kann ich Renate auch schlecht allein lassen und deshalb nicht viel unternehmen. Im Winter könnte ich ja auch mal eine Zeitlang nach Dortmund gehen.

So, das wär's für heute, und das war ja auch schwerwiegend genug.

Richard ist gottseidank noch ganz munter, wenn auch etwas schlapp und oft müde, aber er hat wenigstens guten Appetit, und das wird ihm bei der Kur zustatten kommen, denn dann muß er nicht essen, sondern buchstäblich fressen, damit er der Krankheit ein entsprechendes Fettpolster entgegenzusetzen hat. Wir sind bei all den wenig schönen Aussichten für die nächste Zukunft aber noch ganz zuversichtlich, und so werden wir es wohl auch überstehen. Am besten ist es aber wohl, wenn Ihr in Jever noch nicht viel über die Sache sprecht, die Leute denken sonst, sie müßten sich immer zwanzig Schritt von uns entfernt halten.

Grüßt alle schön, und alles Liebe von Eurer

Inge

Ingeborg Schlosser an ihre Mutter Emma Lüttjes

Hannover, am 21. 5. 58

Liebe Mutti!
Vielen herzlichen Dank für Deinen Brief, der ja in gewisser Hinsicht tröstend wirkte. Seit heute nachmittag ist Richard also fort. Die Örtlichkeiten im hiesigen »Heidehaus« sind nicht gerade bezaubernd schön, aber es ist doch anzunehmen, daß er sich dort erholt, bis eine Überweisung nach St. Blasien möglich ist.

Vormittags war die Schwester vom städtischen Sozialamt hier und schnüffelte in unserer Wohnung rum und fragte uns aus, obwohl Richard bereits alle seine Personalien und die seiner Eltern angegeben hatte. Die Schwester wollte auch Eure genaue Adresse wissen, weil man in einem Fall wie dem unseren immer die Eltern mit zur Unterstützung heranzieht, wenn das Geld vom Sozialamt nicht ausreicht. Ich möchte Dich also darauf vorbereiten, daß diese Person möglicherweise einen Brief nach Jever schreibt und Euch über das dortige Sozialamt auch so eine Schwester auf den Hals hetzt, die Eure finanziellen Verhältnisse auskundschaften soll. Der Dame hier habe ich folgende Auskunft gegeben: Ihr habt keinen Platz für mich und Renate, jedenfalls nicht für einen längeren Zeitraum, da Ihr selber einigermaßen beengt wohnen müßt. Außerdem verdient Vati nicht soviel, daß ich anstandslos für länger dort beherbergt und beköstigt werden könnte.

Soweit das. Womit natürlich nicht gesagt sein soll, daß ich in Wirklichkeit nicht etwas optimistischer wäre, und ich danke Dir herzlich für Dein Angebot, uns Sommer in Jever unterzubringen. Dem Sozialamt gegenüber hielten wir es jedoch für richtiger, nicht so zu tun, als könnten wir ohne weiteres auf Kosten unserer Eltern ein sorgloses Leben führen. Ohnehin hat das Sozialamt bei uns nichts mehr zu suchen, wenn endlich die Bundesversicherungsanstalt den Fall übernommen hat. Bis dahin werden wir uns den Besuch dieser Schwester wohl noch öfter gefallen lassen müssen. Eine scheußliche Person übrigens, ich weiß gar nicht, was andere Leute sagen, wenn sie kommt und so dämlich daherredet.

Na, egal. Jedenfalls ist Richard jetzt in Behandlung. Dreimal in der Woche kann ich ihn besuchen, aber Renate darf leider nicht mit, so daß ich gezwungen bin, sie wöchentlich dreimal jemand anders aufzuladen, was durchaus nicht einfach ist. Aber ich werde schon von Mal zu Mal eine Lösung finden.

Einige Fotos von Renate schicke ich mit. Richard hat sie selbst entwickelt, weswegen er für technische Mängel um Entschuldigung bittet. Einige Bilder sind zu hell, einige zu dunkel.

Nun viele Grüße, und wenn ein Ungetüm vom Sozialamt kommt, dann stellt Eure Verhältnisse nicht zu rosig dar, sonst wird Euch noch unnütz was abgeknöpft. Viele Grüße auch von Renate!

Deine Inge

Richard Schlosser an Ingeborg Schlosser

Heidehaus, am 22. 5. 58

Meine liebe Inge!
Inzwischen ist meine Sehnsucht nach Dir schon recht heftig geworden, und ich kann Deinen Besuch morgen nachmittag schon kaum mehr erwarten.

Hier im Bett funktioniert die Schreiberei nicht so richtig, aber ich denke, das wird Dich nicht weiter stören.

Heute sind hier von meiner defekten Lunge schon wieder einige Aufnahmen gemacht worden. Weitere Untersuchungen werden sich in den nächsten Tagen anschließen. Nach Pfingsten werde ich dann wohl genau wissen, was mit mir los ist und wie sich die Kur gestalten wird. Vorläufig muß ich jedenfalls liegen und kann, wenn mir nichts Besseres einfällt, aus dem Fenster kucken. Das ist gar nicht so langweilig, weil, wie ich festgestellt habe, dieser Tuberkulosewald das reinste Eichhörnchenparadies zu sein scheint. Meistens sehe ich drei Stück von der Sorte gleichzeitig in den Bäumen herumturnen.

Das Essen ist relativ gut und reichlich. Frühstück um 8^{00}, zweites um 10^{00}, Mittag um 12^{00}, Vesper um 15^{00} und Abendbrot um 18^{00}. Wenn man nicht satt wird, kann man Nachschläge bekommen. Ich werde hier sicher 20 Pfund zunehmen. Allein unter Deiner Obhut habe ich ja schon ca. 10 Pfund angesetzt.

Mittlerweile habe ich schon eine ganze Reihe von Wünschen. Falls Du den Brief noch morgen früh bekommst, kannst Du mir vielleicht einiges mitbringen.

1.) Ein Zahnputzglas.
2.) Einen Klebehaken, an dem ich meinen Waschlappen aufhängen kann.
3.) Einen ebenfalls anklebbaren Halter für den Rasierpinsel.
4.) Eine Rolle Toilettenpapier.
5.) Die Lampe.
6.) Ein Paar Strümpfe.
7.) Knickerbocker 4 bis 5 cm enger machen (hintere Naht). Schnallen an den Beinen anbringen (eilt nicht so sehr).
8.) Uhr unbedingt zum Uhrmacher bringen. Einstweilen helfe ich mir so, daß ich auf dem Flur an einer Wanduhr nach der Zeit sehe.
9.) Zucker.
10.) Fotoapparat, Blitzgerät u. Stativ, damit wir hier noch einige Aufnahmen machen können und den Film vollkriegen.

Hoffentlich findest Du eine freundliche Seele, die sich morgen um Renate kümmert, damit Du auch unbesorgt zu mir kommen kannst. Ich freue mich schon so auf Deinen Besuch, mein Schatz. Grüß Renatelein schön und sei man nicht zu traurig. Auch ich gebe mir Mühe, einigermaßen zufrieden zu sein.

Herzliche Grüße und einen Kuß von Deinem Richard.

Richard Schlosser an seinen Vater Theodor Schlosser

Hannover, am 23. 5. 58

Lieber Vater!

Diesen Brief schreibt Inge nach meinem Diktat. Es besteht nach wie vor kein Grund zu besonderer Beunruhigung. Ich liege seit Mittwoch hier im sogenannten »Heidehaus« in Hannover-Stöcken, Stöckener Str. 320, Station 1. Die Anstalt liegt inmitten eines Waldes, und es ist ganz idyllisch hier. Essen und Betreuung lassen nichts zu wünschen übrig. Inzwischen sind auch genauere Untersuchungen an meiner Lunge angestellt worden. Einzelheiten werde ich wohl nach Pfingsten wissen. Vorläufig muß ich auf dem Kreuz liegen, und das mindestens vier Wochen. Bisher sind noch keine Bakterien bei mir gefunden worden, woraus man schließen kann, daß der Krankheitsprozeß noch nicht allzuweit fortgeschritten war.

Nach St. Blasien habe ich geschrieben, aber dort kann ich erst unterkommen, wenn eine feste Zusage des Kostenträgers für die Kur vorliegt, also der Bundesversicherungsanstalt für Angestellte in Berlin. Bis das geschieht, ist das hannoversche Sozialamt für uns verantwortlich. Als mir die Unterstützung von der Stadt ausgezahlt wurde, mußte ich die Anschriften meiner Eltern und meiner Schwiegereltern angeben, die nach BGB unterstützungsverpflichtet sind. Die Stadt steht nur für das gerade, was die Eltern nicht aufbringen können. Jetzt wird über das Dortmunder Sozialamt sicherlich jemand zu Euch geschickt, um Euch auszuhorchen. Am besten sagt Ihr, daß Ihr für uns absolut keine Mittel erübrigen könnt.

Ein frohes Pfingstfest Dir und Euch allen, auch von Inge und Renate.

Dein (gez.) Richard

Liebe Mutter!
Renate erzählt noch oft davon, wie schön es in Dortmund war. Oma Jever und Opa Jever scheinen völlig aus ihrem Gedächtnis gestrichen zu sein, es ist immer nur von Euch allen die Rede, auch von Gertrud und Walter. Herzlich Dank noch einmal dafür, daß Ihr Renate während der Messezeit so liebevoll betreut habt!

Deine Inge

Richard Schlosser an Hans Jensen

Hannover, den 2. 6. 58

Lieber Onkel Hans!
Mit diesem Brief komme ich noch einmal auf meinen letzten Aufenthalt bei Euch im Herbst 1945 zurück. Wie Du Dich entsinnen wirst, wurde ich damals wegen einer Lungen- und Rippenfellentzündung von Deinem Hausarzt behandelt. Da ich im Augenblick wieder mit einer Lungengeschichte zu tun habe, worauf ich gleich noch näher eingehe, soll ich nach Möglichkeit den Befund bzw. die ganze Krankengeschichte von damals

beschaffen. Größter Wert wird auf Röntgenaufnahmen gelegt. Ich weiß nicht mehr ganz genau, ob damals tatsächlich eine Aufnahme gemacht wurde, zumindest bin ich aber durchleuchtet worden, wenn ich mich recht entsinne, und darüber werden dann vielleicht irgendwelche Aufzeichnungen vorliegen.

Da mir weder Name noch Adresse des Arztes mehr bekannt sind, habe ich die große Bitte an Dich, mir dessen Anschrift zu verschaffen oder den Arzt direkt zu veranlassen, die Unterlegen an mich oder an Herrn Dr. Schnabel, Chefarzt des Tuberkulosekrankenhauses Heidehaus in Hannover-Stöcken zu schicken. Ich hoffe sehr, daß Dein damaliger Arzt noch in Cottbus wohnt und tatsächlich noch einige Unterlagen über meinen Fall vorliegen.

Wie ich bereits erwähnte, bin ich wieder meiner Lunge wegen in Behandlung, und zwar wegen Tbc. Ein halbes Jahr werde ich mindestens hier in der Heilstätte rumliegen müssen. Was mir im Augenblick zu tun bleibt, ist, die Vorgeschichte meines Falles so weit wie möglich zu klären. Da eine Tbc sich schubweise entwickelt, hält man ärztlicherseits nicht für ausgeschlossen, daß ich mir diese Krankheit in Rußland zugezogen habe, da ich ja damals kurz nach der Entlassung schon mit einer Lungengeschichte auf der Nase gelegen habe. Damit das nun beurteilt werden kann, müßte ich irgendwelches Material von der Zeit her vorlegen können, am besten natürlich eine Lungenaufnahme. Falls daraus die leisesten Anzeichen von Tb zu entnehmen wären, könnte ich einen Antrag auf ein Versorgungsleiden stellen und den Staat zu Zahlungen heranziehen.

Zuviel Hoffnungen will ich aber nicht darauf setzen. Immerhin wäre es für meine augenblickliche Situation ganz schön, wenn das klappte, weil ich so nämlich von nirgendwo etwas herkriege und eben dieser langwierigen Behandlung wegen auf längere Zeit vom Geldverdienst ausgeschlossen bin.

Ich hoffe, daß ich Dir mit meiner Bitte keine zu großen Ungelegenheiten bereite. Ich wäre Dir schon dankbar, wenn Du mir wenigstens die Anschrift des Arztes zuschicken würdest.

Persönlich bin ich nicht gerade begeistert darüber, jetzt so lange still liegen zu müssen, wie Du Dir wohl denken kannst. Zum Glück ist die Sache noch nicht so schwerwiegend, und ich kann hoffen, in relativ kurzer Zeit wieder raus zu kommen.

Einstweilen sage ich Dir schönen Dank für die Mühe, die Du Dir meinetwegen machen mußt.

Viele herzliche Grüße und nochmals recht schönen Dank.

Dein Richard

Richard Schlosser an Ingeborg Schlosser

Heidehaus, am 4. 6. 58

Meine liebe Inge!

Es hat geklappt. Allerdings habe ich nur einen halben Tag Urlaub. Der erste Bus fährt hier kurz nach 5^{00} in der Frühe. Gegen 6^{00} kann ich dann bei Dir sein. Wenn Du Renate am Donnerstag noch einmal in ihr altes Bett packst, kann ich noch eine Weile zu Dir in die Federn kriechen und später, zu einer menschenwürdigeren Zeit, noch einmal aufstehen, mit Dir zusammen. Ach, ich freue mich schon, wieder mal ein Weilchen ungestört bei Dir zu sein. Die meiste Zeit von meinem kostbaren Urlaub werde ich zwar auf dem blöden Amt am Aegi zubringen, aber um 6^{00} haben die ja zum Glück noch nicht auf.

Wie der Arzt mir heute mitteilte, schleppe ich meine Tb schon seit Januar 1953 nachgewiesenermaßen mit mir herum, da er jetzt die Aufnahmen von Dr. Beer bekommen hat, der mich damals behandelte. Nach dem alten Befund zu urteilen hätte ich Schwein gehabt, daß die Sache sich erst einmal von alleine wieder beruhigte. Behandlungsbedürftig sei die Geschichte auch im Februar 1956 gewesen, als ich bei der Reihenuntersuchung auffiel. Wenn die Tb also bereits für 1953 erwiesen ist, mag es ja umso eher möglich sein, daß auch 1945 schon etwas vorlag. Es ist nur ein Wunder, daß ich Dich während all der Jahre nicht angesteckt habe. Du bist dann sicherlich immun. So sind wir bei allem Unglück doch wahre Glückspilze.

Bis Freitag, mein lieber Schatz. Ich freue mich schon ganz unmenschlich. Viele, viele liebe Grüße von

Deinem Richard

Ingeborg Schlosser an ihre Mutter Emma Lüttjes

Hannover, am 6. 6. 58

Liebe Mutti!

Dankeschön für Deinen letzten Brief. Bevor ich alle Deine Fragen beantworte, will ich nur eben von unseren heutigen Erkundigungen erzählen, die sich auf ein eventuelles Hausgeld von der Bundesversicherungsanstalt richteten. Also damit ist es leider Essig. Wenn ich selbst Tb hätte, würde meine Familie über die Kur hinaus ein Hausgeld zum Leben bekommen. Da ich aber dummerweise gesund bin, wird uns diese Segnung leider nicht zuteil, und außer Richards Kur zahlt die BfA keinen Pfennig. Folglich kriegen wir Unterstützung vom Sozialamt, die lächerlich gering ist. Ich werde mich in Zukunft befleißigen müssen, mit 77 Mark für mich und 42 Mark für Renate im Monat auszukommen. Miete und Versicherung werden extra bezahlt, aber Licht und Gas gehen von diesen paar Piepen auch noch ab. Nun überlege ich schon immer, was ich machen kann. Vielleicht werde ich im Funk einige Urlaubsvertretungen übernehmen. Fragt sich nur, wohin wir Renate tun, denn die ganze Arbeit möchte ich Dir keinesfalls aufhalsen. Hätte man das damals bloß gewußt, als ich aufhören wollte zu arbeiten! Aber da verdiente Richard gut, und das wäre lustig so weitergegangen, denn er hätte bis zu seinem Abschluß zumindest halbtags in der Hochschule gearbeitet und nebenher für die Messe – was er übrigens jetzt schon wieder vom Krankenbett aus tut –, und so wären wir wohl hingekommen. Und nun dies! Wenn man nicht Optimist wäre, könnte man wirklich zuviel kriegen.

Und nun zu Deinen Fragen.

1. Richard hat offene Tb und eine markstückgroße Kaverne.

2. Er nimmt die Sache nicht leicht, aber wenigstens auch nicht schwerer als nötig.

3. Renate und ich sind nach Feststellung der Tbc-Fürsorge völlig gesund.

4. Renate ist ein süßes Ding, sie redet jetzt schon dreimal soviel wie beim letzten Besuch in Jever. Ihr werdet staunen, wenn Ihr sie wiederseht.

5. Die Fotos werden morgen bestellt. Eher kam ich nicht dazu, weil ich 84 Seiten für Doro und 35 Seiten für Rudi schreiben mußte und es mir außerdem nicht gut ging.

Haltet uns man den Daumen. Aber keine Sorgen nicht, wir leben ja noch, und vorläufig gar nicht schlecht.

Schöne Grüße rundherum!

Deine Inge

Richard Schlosser an seine Mutter Cäcilie Schlosser

Hannover, am 18. 6. 58

Liebe Mutter!
Wenn ich Dir bisher nicht geschrieben habe, so liegt das im wesentlichen an den strengen Sitten und Gebräuchen, die hier herrschen. Sobald man anders als flach und auf dem Rücken liegt, kriegt man einen auf den Deckel, und das kann man sich nicht zu oft leisten, weil man sonst Gefahr läuft, eine

Blitzkur verpaßt zu kriegen, d.h. rausgeschmissen zu werden. Ich jedenfalls kann im Liegen allenfalls lesen, aber nur sehr schlecht schreiben

Im Augenblick ist die Luft rein, so daß ich Dir einen kurzen Lagebericht geben kann. Was ich Dir über unsere Bemühungen bei den zahlenden Stellen zu berichten habe, ist alles andere als erfreulich. Seinerzeit bin ich vom Gesundheitsamt mit dem Hinweis beruhigt worden, daß Inge von der Bundesversicherungsanstalt ihr Hausgeld bekomme. Das war ein Irrtum. Nicht bekommt sie von da. Dem Gesundheitsamt liegt nur daran, den Patienten möglichst schnell der Behandlung zuzuführen, und wie der Laden dann im Endeffekt bei mir zu Hause weiterläuft, ist denen ganz egal. Es heißt dann einfach, wenn die BfA nicht zahlt, dann zahlt die Sozialfürsorge. Ja, und die tut das eben auch nur dann, sofern die nächsten Angehörigen, wie mein Vater und mein Schwiegervater, dazu nicht in der Lage sind. Bei den Maßstäben, die dieses Amt anlegt, sehe ich voraus, daß der ganze Satz auf Vater und Herrn Lüttjes umgelegt werden wird. Die Unterstützung, die Inge bisher von dem Verein bezogen hat, setzt sich folgendermaßen zusammen. Miete: 53,30. Inges Krankenkasse: 20,00. Taschengeld für mich 15,00. Unterhalt für Inge 77,00. Unterhalt für Renate 42,00. Damit könnte Inge praktisch über 119,– verfügen, wovon alles, wie Essen, Licht, Gas, Kleidung usw., bestritten werden soll. Nach meinen Berechnungen, und das ist mehr als knapp. Von dem Geld lassen sich kaum die 2,40 in der Woche aufbringen, die Inge braucht, wenn sie mich hier besuchen will. Vorläufig ist das alles ziemlich trostlos.

Wenn es mir nur gelänge, einen Anspruch beim Versorgungsamt geltend zu machen. Aber auf diese Hoffnung habe ich auch schon einen Dämpfer bekommen, da Onkel Hans jetzt schreibt, der Arzt, der mich damals behandelte, habe Cottbus schon 1946 verlassen, und alle Unterlagen, die von ihm an seinen Praxisnachfolger übergegangen waren, seien vor drei Jahren vernichtet worden. Der Arzt, Dr. Maskus, lebt jetzt in Kassel. Die einzige Hoffnung, die mir bleibt, ist wohl die, daß ich da mal selber hinfahre und mit dem Mann rede. Wenn ich mindestens eine Bescheinigung darüber beibringe, daß ich kurz nach der Gefangenschaft eine Lungen- und Rippenfellentzündung, die in vielen Fällen der nichterkannte Anfang der Tb ist, gehabt habe, bestünde noch einige Aussicht darauf, meinen Antrag beim Versorgungsamt erfolgreich durchzusetzen. Möglicherweise hat Dr. Maskus ja noch Unterlagen in Cottbus, was sich von Onkel Hans nicht ohne weiteres feststellen läßt.

Bis jetzt ist lediglich nachgewiesen, daß ich schon im Januar 1953 an Tb laboriert habe. Jetzt hatte ich Vater gebeten, bei der DHV nach etwaigen Röntgenaufnahmen von meiner Einstellungsuntersuchung im April

1949 zu forschen. Vielleicht kann er sich noch einmal mit dem Werkarzt in Verbindung setzen. Es dreht sich ja nicht darum, nachträglich der Union etwas anzuhängen. Vater schreibt, daß die mich nicht eingestellt hätten, falls etwas vorgelegen hätte. Das ist schon richtig. Jeder überstandene Tb-Prozeß hinterläßt aber Spuren, und die interessieren mich. Wenn ein Tb-Herd ausheilt, wird er von einer Kalkschicht eingeschlossen, und das kann man immer sehen. Heute weiß man ja auch, auf welchen Punkt man seine Aufmerksamkeit zu konzentrieren hätte, nachdem die Lage meines derzeitigen Befundes bekannt ist, weil ein einmal eingekapselter Herd nicht für ewig dicht ist, sondern immer wieder aufgehen kann. Wenn da nun tatsächlich keine Aufnahme vorliegt, kann man nichts dran ändern, sie würde aber mindestens den Verdacht verstärken helfen, daß es damals in Cottbus bwz. in Rußland damit angefangen hat.

Wenn man diesen Anspruch bloß durchkriegen könnte, dann wären wir aller Sorgen ledig. 400,– bekäme Inge dann sicher, abgesehen von sonstigen Vergünstigungen für 100% Kriegsbeschädigte. Das wäre ich mit meinem jetzigen Befund dann nämlich, und zwar so lange, bis ich wieder restlos einsatzfähig bin. Hier liegen auch genug Leute, die sich die Tb in Rußland geholt haben und bei denen sie erst Jahre nach der Entlassung zum Ausbruch gekommen ist. Ein Fall ist mir bekannt, wo der Mann seinen Anspruch beim Versorgungsamt auf Grund des Zeugnisses einiger Mitgefangener, daß er in Rußland Lungen- und Rippenfellentzündung gehabt habe, durchsetzen konnte. Ganz will ich die Hoffnung noch nicht aufgeben. Sobald mir hier die Zügel etwas lockerer gelassen werden, nehme ich mir einige Tage Urlaub und fahre nach Kassel. Drückt mir man die Daumen, ich kann es brauchen.

Hier wird einem immer nur gepredigt, schalten Sie ab, umso eher können Sie nach Hause gehen. Diese Ratschläge sind vorläufig reichlich akademischer Natur. In 4 Wochen bekomme ich die nächste Aufnahme. Hoffentlich wird dann schon ein erstes Erfolgszeichen sichtbar sein. Das Essen ist hier üppig. Ich esse mehr, als meinem Appetrit entspricht, und werde hier wohl restlos verfetten. Daß ich zunehme, merke ich schon daran, daß meine Hosen wieder besser passen. Naja, es wird schon alles wieder werden. Macht Euch man nicht zu viel Sorgen nach diesem Brief. Aber es hat ja auch keinen Zweck, daß ich Euch die Lage rosiger schildere, als sie nun einmal ist. Ich selber habe hier ja nichts zu entbehren, ich mache mir bloß um Inge und die Kleine Gedanken.

Vielleicht haben wir ja doch noch Glück.

Herzlichst

Dein Richard

Ingeborg Schlosser an ihre Mutter Emma Lüttjes

Hannover, am 19. 6. 58

Liebe Mutti,
zunächst muß ich mich dafür entschuldigen, daß ich so lange nicht geantwortet habe. Es lag erstens daran, daß ich für Doro wieder sehr viel zu schreiben hatte (zig Seiten Seminararbeiten) und für Richard seine Messeberichte erledigen mußte, mit denen wir uns ja zusätzlich ein paar Piepen verdienen. Und dann existiert noch ein weiterer Grund. Ich fühle mich ganz scheußlich schlecht, mir ist praktisch den ganzen Tag übel, und wahrscheinlich, wie Du Dir denken kannst, nicht aus heiterem Himmel …

Eigentlich wollte ich davon erst erzählen, wenn ich nach Jever komme, aber da es nunmehro so gut wie amtlich ist, brauche ich damit ja nicht hinter dem Berg zu halten. Du wirst sicher verstehen, daß ich dadurch etwas aus meinem Trott gekommen bin, denn es besteht ja immerhin die herrliche Aussicht, daß diese ewige Übelkeit ihre drei Monate vorhalten wird, wie beim letztenmal, na dann Prost! Ich fühle mich aber dennoch durchaus in der Lage, Dir zu helfen, wenn Du nach Sanderbusch mußt. Nur wäre ich dankbar, wenn es nicht mehr in diesem Monat sein müßte. Zwar möchte ich mich, so wie es mir jetzt geht, nicht mehr um eine Arbeit beim Funk bewerben, andererseits aber doch nebenher etwas Moos verdienen, denn wir haben inzwischen den endgültigen Bescheid von der BfA, daß wir keine Barleistungen zu erwarten haben und deshalb mit dem Fürsorgesatz auskommen müssen.

Renate geht es ausgezeichnet, sie ist lediglich etwas blaß, aber das wird sich ja bei der kräftigen jeverschen Sonne rasch ändern. Sie redet jetzt in ganzen Sätzen und macht auch nicht mehr sehr viele Fehler. Bloß muß man sich erst an ihre Ausdrucksweise gewöhnen, um sie verstehen zu können. Richard geht es, abgesehen von dauernder Müdigkeit, auch recht gut. Er findet es in dem Heim einigermaßen erträglich, nur von Zeit zu Zeit ist es eben »zum Kotzen«, daß er nicht nach Hause darf. Das kann ich gut verstehen, denn ich habe noch niemals gern im Krankenhaus gelegen und hatte es immer nach vier Tagen schon dicke.

Wie lange gibt es bei Euch Spargel? Bis zum 25. Juni? Na ja, wir kommen sicher dafür zu spät, aber dann gibt es eben was anderes.

Tschüß und bis bald, viele Grüße, auch von Richard sowie von Renate,

Deine Inge

P.S.: Laß es vorerst in der Familie!

Ingeborg Schlosser an Richard Schlosser

Jever, am Sonntag, 20. 7. 58

Mein lieber Schatz,
wenn nicht heute Sonntag wäre und keine Postzustellung, hätte ich bestimmt schon gestern geschrieben. So aber war es ja nicht so eilig, und ich konnte erst den Sonnabendsrummel hier vorbeigehen lassen und warten, bis etwas Ruhe eingetreten ist. Renate geht es ganz ausgezeichnet, abgesehen allerdings davon, daß sie sich nachts immer abdeckt und wahrscheinlich deshalb dann hustet. Sie hat sich wahrhaftig bannig gefreut, mich wiederzusehen, ich hatte mir so einen herzlichen Empfang kaum vorgestellt. Sie kommt noch dauernd und vergewissert sich, daß ich da bin, und will Küßchen geben. Wenn man sie nach Dir befragt, hört man stets: »Papa ist im Heiabett. Onkel Dokdok macht Papa heile!« Der Garten ist das Schönste für sie, sie sieht immer abends aus wie ein Ferkel, aber das macht ja nicht viel aus. Zur Zeit probiert sie auf dem Rasen »Handstand«.

Na, mein Guter, und was machst Du? Ist es sehr schlimm, jetzt allein zu sein? Tante Doktor meinte gleich, warum ich denn nicht bis in den Herbst hierbliebe, das wäre doch für Renate und mich das Beste. Als ich sagte, man müßte aber doch bedenken, daß Du dann ganz allein in Hannover wärst, schlug sie vor, wir sollten doch allemann nach St. Blasien gehen. Na, als ob wir daran nicht schon selbst gedacht hätten. Übrigens hat sie mir natürlich sofort bestätigt, daß wir Ende Januar, und zwar eher früher als später, ein Kind bekommen werden. Die Knickung hatte sich noch nicht gebessert, Tante Doktor hat aber etwas nachgeholfen und meint nun, daß es sich wohl von selbst erledigt. Ich solle man gut essen, vor allem viel Obst, und viel an die frische Luft. Aber in der prallen Sonne schmoren mag ich schon wegen meiner sonstigen Verfassung nicht.

Renate kommt eben und schreit wieder: »Schüsse, Schüsse!« Ich merkte erst später, daß sie die Schützen meinte, die mit Bumtrara vorbeizogen zur Eröffnung des Schützenfestes.

So, mein Liebster, bald schreibe ich mehr! Alles Liebe und Gute, tausend Grüße und einen herzlichen Kuß von

Deiner Inge

Richard Schlosser an Ingeborg Schlosser

Hannover, am 20. 7. 58

Meine liebe Inge!
Von dem Professor habe ich noch keine Nachricht. Aber es kann ja sein, daß das Montag der Fall ist.

Hier ist augenblicklich Hochsaison für Mücken und Fliegen. Man kann sich überhaupt nicht mehr in den Wald wagen, es sei denn, man wäre wie eine Kuh mit einem langen Schwanz ausgerüstet, um ständig um sich schlagen zu können. Abends vor dem Schlafengehen veranstalte ich bei zugepickten Fenstern erst eine Mückenjagd, damit man die Nacht heil übersteht. Die Wände unseres Zimmers werden von all den breitgeschlagenen Insekten allerdings auch nicht schöner.

Nun möchte ich Dir noch den guten Rat geben, mit Deiner Sonnenbaderei vorsichtig zu sein. Da bei Dir ja auch ein Schatten festgestellt wurde, gilt in der Hinsicht für Dich das gleiche wie für mich. Die ganze braune Haut ist eine Kaverne nicht wert.

Also bitte, sei da nicht leichtsinnig. Die Beine kannst Du ja meinethalben sonnen, da wird wohl nicht viel passieren. Wenn wir am Ende beide in diesem Scheißladen liegen, können wir uns gratulieren. Deine Geduld für ein Heilverfahren möchte ich lieber garnicht erst auf die Probe gestellt sehen.

Drei Tage ohne Dich habe ich nun bald überstanden, doch leider sind das noch keine Wochen. Wenn Du mir häufig schreibst, werde ich die Zeit wohl einigermaßen überstehen. Ich warte auf einen inhaltsschweren Brief von Dir, damit ich auch recht was zum Daraufantworten habe.

Viele liebe Grüße von
Deinem Richard

Richard Schlosser an Ingeborg Schlosser

Hannover, am 23. 7. 58

Liebste Inge!
Vielen herzlichen Dank, daß Du so nett an mich gedacht hast mit Deinem Bücherpaket. Mit den Rätselheften werde ich wohl bis Weihnachten zu tun haben. Ein so fanatischer Rätselrater, wie Du offenbar denkst, bin ich nun doch nicht ganz. Immerhin kommen sie mir hier zum Lückenfüllen aber ganz gelegen.

Es beruhigt mich sehr zu hören, daß Du Deiner Gesamtverfassung nach schon der Sonne nicht gar zu nahe kommst. So kann ich doch hoffen, Dich hier nicht kränker als vorher wiederzusehen. Wünschen möchte ich Dir allerdings, daß die große Übelkeit nun bald vorübergeht.

Wie wohl Renate sich in Jever fühlt, kann ich mir nach Deinen Schilderungen lebhaft vorstellen. Ich möchte ihr das ja auch gönnen, noch recht lange da zu bleiben. Renate kann ich zur Not bis zum Herbst entbehren, aber Dich??? Dann müßte ich schon lügen, wenn ich das behaupten wollte.

Wenn ich es einrichten kann, will ich Anfang August mit der Bescheinigung von Tante Doktor zum Sozialamt gehen. Versprechen kann ich es Dir nicht, denn so lange Du weg bist, möchte ich mit meinem Urlaub recht geizig sein, weil die Leute hier in der Hinsicht mit der Zeit immer greulichere Methoden einführen und ich doch auf jeden Fall an Deinem Geburtstag frei haben will. Neuerdings darf man hier erst morgens um 8^{00} nach dem Frühstück wegfahren und was der Schikanen mehr sind. Ein Heini hat heute schon eine Palastrevolution inszeniert, seine Papiere verlangt und ist abgehauen, nachdem man ihm zu seinem eigenen Geburtstag einen Tag Urlaub verweigert hatte.

Der hintere Zaun weist mittlerweile wieder zwei passable Löcher auf, so daß man bequem aus und ein gehen kann. Hoffentlich werden sie nun nicht so bald wieder dicht gemacht.

So, jetzt muß ich aufhören, damit ich den Friseur noch erwische, der hier die Post expediert. Ich danke Dir noch mal für alles, auch für die leiblichen Genüsse, und schicke Dir 1000 Grüße.

Dein Richard

Richard Schlosser an Ingeborg Schlosser

Hannover, am 25. 7. 58

Liebste Inge!
Heute schon Antwort von Dir zu haben, damit hätte ich kaum gerechnet. Auf jeden Fall habe ich mich sehr gefreut, von Dir zu hören.

Eben wurde meine Aufnahme angefertigt, und ich werde Dir dann wohl nächste Woche sagen können, wie groß bzw. klein das Loch in mir jetzt ist.

Mittlerweile habe ich auch aus Oldenburg Nachricht, aber damit läßt sich nicht viel anfangen. Also werde ich den ganzen Salat mit vielen unausgesprochenen Begleitwünschen am Montag beim Versorgungsamt abgeben. Welchen Wert oder Unwert das Oldenburger Schreiben für meine Sache haben könnte, darüber wage ich die Ärzte hier nicht zu befragen, weil ich verhindern möchte, daß die Sache womöglich gegen mich verwendet wird, sobald das Versorgungsamt von hier ein Gutachten anfordert. Wenn ich mich hier frei bewegen könnte oder Du hier wärest, wäre das etwas anderes, dann könnte man nämlich vorher noch schnell einen unparteiischen Arzt um Rat fragen, etwa Dr. Söker, der ja jetzt eine eigene Praxis hat. Am Montag muß der ganze Kram also weg. Wenn sich später herausstellt, daß der Oldenburger Wisch mir noch etwas nützen kann, wird er eben nachgereicht. Das DRK hat sich ja auch noch nicht gerührt.

Wenn ich Glück habe, bekomme ich nächstens einige Fachbücher über die Tbc. Die werden über die Hochschulbibliothek aus Göttingen besorgt. Dann wird man sich bald selber ein Bild von der Geschichte machen können.

Der Doktor, den wir jetzt haben, ist ein ziemliches Rhinozeros. Sein Auftreten sorgt dafür, daß die Anarchie hier immer weiter um sich greift. Heute hat aber zur Abwechslung mal er vom Chef einen reingewürgt bekommen. So fühlen wir uns hier nicht gänzlich dem Despoten ausgeliefert. Ich bin gespannt, was morgen wieder los sein wird. Zur Kurzweil wären mir allerdings andere Dinge lieber als dieses Gezänk.

Eine Woche habe ich ohne Dich überstanden. Ach Herzchen, ich freue mich schon auf Deinen Geburtstag, wenn Du erst wieder hier bist. Hoffentlich habe ich mir bis dahin nicht eine Kaverne in ein anderes Brustorgan hineingesehnt! Schreib man noch recht viel von unserer Süßen, da kann Dir doch eigentlich der Stoff nicht so leicht ausgehen.

Mir selber geht es soweit ganz gut. Morgens vor allem fühle ich mich immer recht aktiv, aber bis zum Mittag ist das ganze Pulver auch meistens verschossen, trotz des vielen Rumgelieges. Man darf eben keine Augenblicksgenesung erwarten.

Viele liebe Grüße, mein Schatz, auch an Renate, »Egon« und alle anderen von Deinem Richard, der Dich ganz unmenschlich lieb hat.

Ingeborg Schlosser an Richard Schlosser

Jever, am 27. 7. 58

Lieber Richard,
dies wird nur ein kurzer Gruß, denn ich nehme doch an, daß morgen oder übermorgen ohnehin ein genauerer Bescheid über Deine Röntgenuntersuchung eintrifft, und darauf bin ich so gespannt, daß ich am liebsten erst danach einen längeren Brief loslassen möchte, vor allen Dingen, weil wir dann ja schon wissen, ob man Dir eine Operation vorschlägt oder nicht, und was wir dann tun sollen.

Ich danke Dir sehr herzlich für Deinen Brief! Renate steht neben mir und freut sich an der Tipperei. Heute habe ich auch endlich das Blitzgerät aufgeladen. Ich muß nur noch etwas destilliertes Wasser besorgen zum Nachfüllen, oder möchtest Du das lieber selber machen? Heute ist letzter Tag vom Schützenfest, und Renate freut sich schon aufs »Kahusselt«!

Zum Schluß noch der Witz des Tages. Oma wollte Renate baden und steckte sie kurzerhand in warmes Wasser, das noch im Waschkessel war. Darauf Gustav: »Oma, werd Renate jetz gekocht?«

Bis zum nächsten Brief also, und viele liebe Grüße!

Deine Inge

Richard Schlosser an Ingeborg Schlosser

Hannover, am 29. 7. 58

Meine liebe Inge!
Für Deine Karte recht schönen Dank. Du hast Dich nun darauf gespitzt, spätestens heute von mir zu hören, aber ich kann Dir noch nichts über meinen neuesten Befund berichten. Erst morgen soll zur Klärung der Sachlage wieder eine Schichtaufnahme gemacht werden. Was das nun zu bedeuten hat, sagt man mir vorläufig nicht. Es gibt drei Möglichkeiten. 1.) Kann der alte Befund verschwunden sein, oder 2.) sind neue Stellen da, bzw. das Loch ist größer geworden, oder 3.) fertigen die Ärzte die Aufnahmen an, um sich über die Operationsmöglichkeiten zu unterrichten. Daß hier bereits nach zwei Monaten wieder Schichtaufnahmen gemacht werden, ist ein Sonderfall. Die erste Möglichkeit wäre natürlich die ideale, aber es ist doch ziemlich unwahrscheinlich, daß das der Fall ist. Donnerstag oder Freitag werde ich dann wohl mehr erfahren und Deinen Wissendurst stillen können. Ich bin ja selber auch sehr gespannt

darauf. Derartige Gefühle rühren hier aber keinen Arzt und keine Schwester.

Jetzt zum Thema Versorgungsamt. Gestern bin ich also mit meinem Antrag losgezogen und bloß bis zum Portier gekommen. Es sind jetzt andere, wesentlich ausführlichere Formulare gültig, so daß ich den ganzen Mist noch einmal ausfüllen mußte. Naja, irgendwie bin ich schließlich damit klar gekommen. Als ich glücklich fertig war, war es schon 18^{45} und der Tag hin. Mein langes Ausbleiben war natürlich Wasser auf die Mühlen des ärztlichen Mißtrauens, aber letzten Endes habe ich heute doch noch einmal frei bekommen und bin den ganzen Kram auch los geworden. Soweit vorhanden, habe ich heute bisher abgeliefert: 1 beglaubigte Abschrift des Maskus'schen Schreibens, 1 Bescheinigung über die Erlaubnis meines Zuzugs ins Bundesgebiet vom Dez. 45, 1 Heiratsurkunde, 1 Geburtsurkunde von mir, 1 Erkärung über die Beschaffung meines Entlassungscheines, auf den ich ja noch warte. Es fehlt jetzt eine Geburtsurkunde von Renate. Bei unseren Dokumenten konnt ich keine finden. Im Familienbuch steht, daß Renate 1956 unter Nr. 144 registriert ist. Kannst Du bitte eine Geburtsurkunde besorgen?

Unser Antrag läuft jetzt also. Aber damit geht der Papierkrieg erst richtig los. Mir wird rein schlecht, wenn ich daran denke, was ich jetzt noch alles mühsam klären muß. Hauptsächlich dreht es sich darum, festzustellen, in welcher Form ich bei den einzelnen Firmen, bei denen ich nach 1945 jeweils für mehr oder weniger lange Zeit gearbeitet habe, versichert war. Ich muß jetzt also schreiben an: Dortmund-Hörder Hüttenunion, Gelsenkirchener Bergbau A.G., Eisenwerk Rothe Erde, Hanomag und Eisenwerk Wülfel. Am liebsten würde ich eine Rundreise bei den ganzen Vereinen machen, aber Du weißt ja, wie man immer gleich als Halb-Aussätziger angesehen wird, und außerdem wird es schwer sein, dafür frei zu bekommen.

Wir müssen jetzt eben ein steifes Kreuz behalten. (Wenn mir ggf. demnächst daran herumgesäbelt wird, wird die Haltung wohl für eine Weile flöten gehen.)

Mein Vater hat seinen Besuch angekündigt, um sich hier an Ort und Stelle über den Stand meines Leidens zu informieren. Erst aber müssen nun diese Schichtaufnahmen gemacht werden.

Bis dahin grüßt Dich ganz herzlich

Dein Richard

Richard Schlosser an Ingeborg Schlosser

Hannover, am 30. 7. 58

Liebste Inge!
Nur schnell die erfreuliche Nachricht, daß mein Befund sich offenbar verkleinert hat, wie ich heute vom Arzt erfuhr. Deswegen die Schichtaufnahmen, die heute gemacht wurden. Was darauf zu sehen ist, kann ich Dir wohl erst morgen berichten. Wie dem auch sei, mir genügt schon die Gewißheit, daß sich die Geschichte nun wirklich bessert. Damit dürfte die Frage der Operation sich erübrigen. Ist mir ja auch lieber.

Vorerst recht schöne Grüße, mein Schatz.
In herzlicher Liebe
Dein Richard

Richard Schlosser an Ingeborg Schlosser

Hannover, am 31. 7. 58

Liebste Inge!
Heute kam wieder eine Karte von Dir. Inzwischen wirst Du ja wohl Post von mir haben.

So leid es mir tut, den Hoffnungen, die Du Dir nach meinem gestrigen Bericht eventuell gemacht hast, muß ich einen kleinen Dämpfer aufsetzen. Die ganze Besserung besteht lediglich darin, daß auf der großen Übersichtsaufnahme die fragliche Stelle nicht mehr so deutlich wie früher zu erkennen ist. Wie die Schichtaufnahmen aber ergeben haben, existiert die Kaverne nach wie vor in alter Größe, nur die Ränder sind nicht mehr so scharf ausgeprägt, was wohl ein Zeichen dafür ist, daß eine Rückbildung einsetzt. Die Heilung ist eben doch eine mordslangwierige Geschichte. Jetzt hat man mir einen Pneu vorgeschlagen, und ich soll mir das überlegen. Natürlich werde ich das machen lassen, denn nach Lage der Dinge ist das noch das Günstigste, was mir passieren kann. Auf eine Resektion lege ich nach wie vor keinen Wert. Wenn der Pneu nun schon in den nächsten Tagen gemacht werden kann, kann ich hoffen, am 11. 8. wieder auf den Beinen zu sein. Andernfalls muß ich mich bis dahin darum herumdrücken.

Wie unsere Sache beim Versorgungsamt ausgehen und wann sie entschieden sein wird, kann ich Dir wirklich nicht sagen. Daß ich nicht frei beweglich bin und ohne weiteres von Hinz zu Kunz laufen kann, trägt natürlich auch nicht zur Beschleunigung des Verfahrens bei.

Rudi hat mir inzwischen auch den Anzug, Schuhputzzeug und Garn gebracht. Die Stopferei hat 8,50 DM gekostet. Sonst gibt es hier nichts, was des Berichtens wert wäre.

Herzliche Grüße!

Dein Richard

Richard Schlosser an Ingeborg Schlosser

Hannover, am 4. 8. 58

Meine liebe Inge!

Heute früh sollte also der bewußte Pneu angelegt werden, bloß hat die Geschichte nicht funktioniert, weil auch da oben die gefürchteten Rippenfellverwachsungen vorhanden sind. Ich hatte mir immer eingebildet, die säßen bloß unten. Mittwoch muß ich die Prozedur noch einmal über mich ergehen lassen. Es wird einem da so eine Nadel von Stricknadelformat zwischen die Rippen gerammt, und zwar so oft, bis schließlich eine Stelle gefunden ist, an der man durchkommt, oder die Sache als aussichtlos abgebrochen werden muß. Meine Chancen stehen nicht sehr gut, daß es Mittwoch gelingen wird, und damit rückt die Möglichkeit der Resektion bzw. einer Pneumolyse (Auseinanderbrennen von Lungen- und Rippenfell) wieder in greifbare Nähe. Dazu aber werde ich mir dann doch längere Bedenkzeit ausbitten.

Gestern kam Vater. Er ist auch heute noch hier. Zu meinem Leidwesen habe ich ihm keine besonders vorteilhaften Meldungen über den Stand der Dinge machen können. Freuen würde ich mich ja sehr, wenn ich Dich wieder hier hätte, denn aller andere Besuch ist doch kein Ersatz. Auch für unsere Rentensache wäre Deine Anwesenheit von Vorteil. Hoffentlich wird Renate bis dahin nicht ernstlich krank. Gehst Du bitte vor meiner Abfahrt Deinetwegen noch einmal zu Tante Doktor?

Mir geht es soweit ganz gut, bloß habe ich zur Zeit noch das Gefühl, als hätte man mir etliche Nägel in den Leib getrieben, aber das wird wohl vergehen.

Viele Grüße, liebe Inge, auch an Renate und die andern!

Dein Richard

Ingeborg Schlosser an Richard Schlosser

Jever, am 5. 8. 58

Mein lieber Richard,
vielen Dank für Deinen Brief, mein Guter! Ich kann mich gar nicht darüber beruhigen, daß man dort so barbarische Sachen mit Dir aufstellt, und als ich las, daß man Dir mit einer Art Stricknadel mehrfach in die Rippen steche, tat es mir richtig weh. Was mußt Du aber auch alles mitmachen. Es wäre ja wirklich das Beste, wenn der zweite Versuch morgen gelingt, denn was im negativen Fall noch alles gemacht werden muß, ist ja nochmal so schrecklich! Armer Richard! Und ich kann gar nichts tun als Dir die Daumen zu halten und Dich tüchtig liebzuhaben, wenn das eine Hilfe ist. Sicher höre ich ja bald mehr von Dir, ich warte mit Bangen. Auch Mutti und Vati wünschen Dir alles Gute! Darf man Dich denn nachher trotz Pneu noch heftig drücken, oder geht dann die Luft raus?

Was sagte denn Dein Vater zu Deinem Befund? Und hast Du ihm das neue Enkelkind in Aussicht gestellt? Hoffentlich, denn wie soll man ihm später beibringen, weshalb man sich so lange in geheimnisvolles Schweigen gehüllt hat?

Vati ist Sonntag aus England wiedergekommen, beladen mit Mitbringseln und voller neuer Eindrücke. Mir brachte er von Therese außer meinen eigenen Umstandssachen noch ihre mit sowie für das zu erwartende Baby eine weiße Garnitur aus Wolle, bestehend aus Jäckchen, Mützchen und Gamaschen- bzw. Strampelhosen und eine Art Schlafsack mit der Aufschrift »Baby«, außerdem noch Süßigkeiten und ein Nylon-Halstuch. Ich war ganz platt.

Anbei die Kontaktabzüge des letzten Films. Nach Deinen düsteren Prognosen hatte ich fast erwartet, lauter schwarze Rechtecke zu finden bzw. auf dem Kontakstreifen helle, aber glücklicherweise sind die Bilder ganz manierlich ausgefallen. Die anderen Fotos habe ich beim Schützenfest (z.T. von oben aus dem Riesenrad) gemacht. Zwei hat Gustav gleich konfisziert, weil er da im »Polizei-Auto« sitzt. Den jetzigen Film – ca. 5 Fotos sind schon drauf – werde ich wohl während der Geburtstage vollkriegen und dann in Hannover entwickeln lassen.

Das Wetter ist nicht besonders hier, aber es reicht meistens grade aus, damit die Kinder draußen spielen können. Renate übt Handstand oder klettert immerfort in die Schiebkarre und wieder raus. Sie rupft auch des öfteren Wurzeln und Salat aus, damit die armen Muckis nicht verhungern. Mutti mußte sie neulich tüchtig anbellen, weil sie das Hühnerfüttern nicht lassen wollte. Sie stopfte sich Körner in die Hosentaschen ihrer

Texas-Büx und warf das Zeug handvollweise in den Hühnerauslauf. Heute begutachtete sie ein Kleckschen Schiet, das im Klo schwamm, und meinte dann: »Da isser Leberfleck!«

Mutti fabriziert in der Küche mit mehr oder weniger Erfolg »Kakelbeerlikör«. Ich bin etwas skeptisch, da das Zeug trotz Hinzufügens immenser Zuckermassen nicht schmackhafter werden will.

Nun, mein lieber Richard, holl Di stief, soweit das möglich ist. Ich werde morgen an Dich denken – sonst natürlich auch, aber morgen besonders – und Dir alles, alles Gute wünschen. Bis zum nächstenmal, mein Stips, und behalt uns lieb, wie wir Dich!

Deine Inge

Ingeborg Schlosser an ihre Mutter Emma Lüttjes

Hannover, 26. 8. 58

Liebe Mutti,
heute möchte ich sehr um Entschuldigung bitten für die verspätete Antwort auf Deinen Brief. Es sind zur Zeit wieder viele Gänge zu machen, vor allem zum Sozial- und Versorgungsamt und zur Hochschule, und Richard bekommt nur teilweise frei.

Zu Richards Geschichte ist zu sagen, daß man ihm im Heidehaus jetzt von allen Seiten unbedingt zur Operation rät, und daß er nicht recht weiß, was er tun soll. Eigentlich ist es noch recht früh für einen solchen Vorschlag, denn daß bei der zweiten Durchleuchtung nach zwei Monaten Heimaufenthalt höchstens ein Stillstand zu erwarten war, ist allgemein ersichtlich, und bevor die nächste Aufnahme Ende September gemacht wird, kann man doch eigentlich die Sache gar nicht beurteilen. Richard hat sich über seine Hochschule ein medizinisches Fachbuch über Tb aus Göttingen kommen lassen und unterrichtet sich eingehend über den heutigen Stand der Medizin auf diesem Gebiet. Es geht aus dem Buch hervor, daß die Operation auch heute und auch unter den günstigsten Bedingungen immer noch relativ gefährlich ist, und daher möchte man sowas ja nicht an sich vornehmen lassen, wenn man nicht unbedingt muß. Nun hatte Richard heute wieder einen knappen Tag frei und wollte sich bei dieser Gelegenheit auch von dem bekanntesten hannoverschen Lungenfacharzt als »Unparteilichem« untersuchen lassen. Leider war der in Urlaub, aber Richard wird ihn doch noch Mitte September, das heißt vor der nächsten Durchleuchtung im Heidehaus, sprechen können, so daß er dann weiß, was er antworten soll. Dieser Dr. Vorhauer ist als sehr gewissenhaft und gründlich bekannt und wird Richard hoffentlich richtig beraten können. Von einer Streptomyzin-Kur ist aus irgendwelchen Gründen im Heidehaus wieder Abstand genommen worden, da Richard das Zeug möglicherweise nicht verträgt und man es noch nicht anwenden kann, wenn noch nicht sicher ist, ob operiert wird oder nicht. Sollte Dr. Vorhauer von einer Operation abraten, dann wird Richard wahrscheinlich doch noch von Hannover weggehen, denn die baldige Genesung ist schließlich wichtiger, als es das häufige Zusammensein und die schönsten Besuche sind.

Sollte die Operation akut werden, dann muß er sich erstmal dafür vormerken lassen, was ca. 4 Wochen dauert. In Bremen kann er nicht operiert werden, weil die Behandlungsstätte dort nicht zu denen gehört, die von der Bundesversicherungsanstalt bezahlt werden. In Frage käme dann eine Lungenklinik in Hemer im Sauerland, wo er mindestens sechs Wochen liegen, auf die Operation vorbereitet werden und nachher dann nochmals sechs Wochen stramm liegen müßte. Anschließend wird wahrscheinlich die Heilbehandlung noch eine Weile fortgesetzt, und als letztes erfolgt eine Nachkur irgendwo im Süden.

Richards Zimmernachbar ist seinerzeit nach Davos verschickt worden, wo es für Rentenempfänger des Versorgungsamtes ein besonderes Heim gibt. Im Moment jedenfalls ist noch alles offen, und das Beste ist, man redet nicht viel drüber. Neulich sagte Richard, daß er jetzt alle naselang eine gut bezahlte Diplomarbeit haben könne, auf die er damals gewartet hatte. Unter anderem ist eine Untersuchung von Motoren bzw. Turbinen bei der Deutschen Lufthansa in Hamburg ausgeschrieben, nach der sich Richard nach seinen eigenen Worten alle zehn Finger lecken würde. Aber unglücklicherweise kann er sich ja nicht bewerben und wird sich noch eine Menge günstiger Angebote entgehen lassen müssen.

Renate war die letzte Zeit munter und fidel. Seit heute hat sie leider einen mächtigen Schnupfen. Da aber gestern noch nichts davon zu merken war, nehme ich an, daß er so schnell geht, wie er gekommen ist. Inzwischen habe ich noch acht Glas Marmelade eingekocht und auch zehn Pfund Bohnen sowie ein großes Glas Essiggurken eingelegt. Winterkohlen haben wir auch, wir bekamen dafür eine Extrazuwendung vom Sozialamt. Und Renate hat weiterhin ihr neues Heiabett. Die 75 Mark, die uns das Sozialamt bewilligt hatte, sind schon beim bloßen Kauf des Bettes draufgegangen, die Matratze mußten wir darüber hinaus bezahlen, und zugedeckt wird Renate mit unserer zusammengefalteten Rheumalind-Decke, was vorerst ganz gut geht.

Weiteres bald. Mir selbst geht's ganz gut, ich nehme aber jetzt zu und wiege schon 126 Pfund.

Schöne Grüße von uns allen an Dich und Euch alle!

Deine Inge

Ingeborg Schlosser an ihre Schwiegermutter Cäcilie Schlosser

Hannover, am 28. 8. 58

Liebe Mutter,
bitte entschuldige, daß ich erst jetzt auf Deinen Brief antworte und Dir für das Erziehungsbuch danke, das Du mir geschickt hast. Ich habe es schon durchgelesen, und auch Renate, die es eigentlich nicht in die Finger kriegen sollte, hat sich lebhaft dafür interessiert. Auf dem einen Bild kläht nämlich ein Junge am Waschbecken mit Wasser, und da ich in unserer kleinen Kochnische sowas nicht gerne möchte, wollte sie wissen, wieso der Junge denn das darf und sie nicht. Und was das Problem des »versunkenen Spiels« anbetrifft, bei dem man das Kind nicht stören soll – manchmal wünschte ich mir schon, Renate würde etwas versunkener spielen und nicht dauernd ankommen und verlangen, daß ich mitspiele oder mich platt auf den Boden lege und ihren Milchpfennig wieder unterm Schreibtisch vorsuche. Aber in dem Buch sind ja auch viele praktische Anregungen drin, und wenn die Einmachzeit vorüber ist, will ich mich eingehender damit befassen. Vor allem mache mir jetzt auch allmählich Gedanken darüber, wie Renate nachher wohl mit einem Geschwisterchen fertig wird. Ich habe sie schon gefragt, ob wir wohl noch ein neues Baby haben möchten, und sie ist sehr dafür!

Ich habe jetzt eine Reihe von Marmeladengläsern gefüllt sowie Bohnen eingemacht und Gurken eingelegt. Dabei hat mir Richard an seinem letzten freien Tag geholfen.

Soviel für heute, und nochmals vielen Dank für das Buch!

Viele Grüße von Renate und Deiner Inge

BUNDESVERBAND
DER ZIGARRENHERSTELLER e.V.
(BdZ)

Heidelberg, 4. 9. 1958
Werderstraße 35
Schließfach 499
Telefon 26151/52

Frau
Ingeborg Schlosser
Hannover
Wiesenstr. 41

Sehr geehrte Frau Schlosser!

Aus nahezu 30.000 Einsendungen konnten jetzt die Gewinner unsere großen Wettbewerbs »Die Zigarrenraucher des Jahres« ermittelt werden. Auch Sie gehören dazu. Da außerordentlich viele gleich gute Geschichten eingesandt wurden, mußten wir das Los entscheiden lassen. Wir dürfen Ihnen nunmehr mitteilen, daß Sie den 159. Preis,

1 Flasche »BOLS Alter Weinbrand«,

gewonnen haben. Dieser Gewinn wird Ihnen in den nächsten 4 Wochen zugesandt werden, ebenso wie ein Gutschein im Wert von DM 10,– für Zigarren, Zigarillos oder Stumpen nach Wahl. Bitte nennen Sie uns das Tabakwarenfachgeschäft, bei dem Sie Ihren Gutschein einlosen möchten.

Wir wünschen Ihnen viel Freude an Ihrem Gewinn und für IHN gute Laune

»immer mit 'ner guten Zigarre«.

Mit freundlichen Grüßen

BUNDESVERBAND
DER ZIGARRENHERSTELLER e.V.
(BdZ)
Harkott

Ingeborg Schlosser an Richard Schlosser

Jever, am 8. 9. 58

Mein lieber Richard,
vielen Dank für Deinen Brief! Er kam heute an, und ich habe mich tüchtig gefreut. Hoffentlich kommt meine Antwort noch zeitig genug in den Kasten, um Dich morgen zu erreichen; eigentlich glaube ich es kaum noch, denn heute nachmittag bin ich mit den Kindern allein, und es ist kaum zu glauben, worauf man alles aufpassen muß, da sie so wild sind.

Sonnabend waren wir nachmittags zum Baden in Schillig. Renate war, wie ich nicht anders erwartet hatte, restlos begeistert. Sie war aus dem Wasser nicht rauszukriegen und ließ sich nur widerstrebend anziehen. Erfolg: eine neue Erkältung und täglich zehnmal: »Nu gehn wa wieder große Wasser hin, Mama!« Gustav benahm sich dermaßen als Angsthase, selbst als ihm das Wasser nur bis zu den Knöcheln reichte, daß man sich richtig genierte. Dabei wollte er partout mit. Wäre ich man nicht nachgiebig gewesen, es war furchtbar. Zureden half gar nichts, er schrie, als ob er ermordet werden sollte, während Renate sich geradeswegs ins Wasser schmiß und »schwimmen« wollte.

Heute kamen hier 100 Mark von Tante Hanna an. Falls Du noch nicht geschrieben hast – ich habe Deinen Brief angekündigt –, kannst Du das ja erwähnen. Jedenfalls habe ich auf das Begleitzettelchen zum Geschenk noch schnell eine Empfangsbestätigung und ein Dankeschön geschrieben.

Was Du in Sachen Resektion berichtest, klingt ja nicht sehr hoffnungsvoll. Was wird bloß die Untersuchung durch Vorhauer ergeben? Ich denke so oft an Dich und wünschte, Du hättest es bald hinter Dir.

Sei bis zum nächstenmal lieb gegrüßt

von Renate + Deiner Inge

Richard Schlosser an Ingeborg Schlosser

Hannover, am 11. 9. 58

Liebste Inge!
Leider habe ich am Telefon nur den kleinsten Teil von dem verstanden, was Du mir erzählt hast. Erstens warst Du sowieso nur ganz schwach zu hören, und zweitens war nebenan irgend so ein wahnsinniger Maurermensch ganz fürchterlich am Hämmern und schlug damit Deine ganze Rede tot. Naja, da haben wir Pech gehabt, jedenfalls habe ich mich sehr

gefreut, überhaupt etwas von Dir zu hören. Hoffentlich ist das Gespräch nun nicht gar so teuer geworden.

An Tante Hanna hatte ich inzwischen geschrieben. Wenn ich das nächste Mal nach Hause komme, will ich Ihr noch Deine Konto-Nr. mitteilen. Brächte der Postmolch das Geld, würden Raabes das bloß unnötigerweise mitkriegen.

Was macht Deine Schneiderei? Irgendwann am Tage wirst Du wohl hoffentlich dazu kommen, oder macht es sich doch nicht erleichternd bemerkbar, daß Renate viel draußen sein kann? Falls noch mal schönes Wetter kommen sollte, kannst Du ihr doch mal eine Wanne voll Wasser auf den Rasen setzen, damit sie ordentlich planschen kann. Ich hätte zu gern in Schillig mit dabei sein mögen, wie sie dort gebadet hat. Ach, die kleine Süße fehlt mir nächst Dir hier doch sehr. Aber was hilft's.

Schreib mir bald wieder, mein Schatz, ich freue mich so über alle Post von Dir.

In herzlicher Liebe
Dein Richard
Küßchen, auch für Papas Schmusebacke.

Ingeborg Schlosser an Richard Schlosser

Jever, am 12. 9. 58

Mein lieber Richard,
herzlichen Dank für Deinen Brief! Du fehlst mir sehr, und es wäre Unsinn, sich darüber was vorzumachen. Was die Telefonrechnung anbelangt, darf ich Dir ehrlicherweise den Betrag von 3.20 Mark nennen. Ich habe aber grade Verdienstbescheinigungen vom Funk über weitere 15.– Mark bekommen, so daß das nicht weiter schlimm sein dürfte. Ich habe mich auch gefreut, mal Deine Stimme zu hören, und es war bloß schade, daß die Verständigung so schlecht war.

Im Toto bzw. Lotto haben wir wohl wieder alle beide danebengehauen, was? Ich tippe für 50 Pfennig pro Woche, bislang allerdings erfolglos.

Ich würde ja nun ganz gerne wissen, was Du an Tante Hanna geschrieben hast und wieviel Geld Du monatlich akzeptiert hast. Hier kamen ja Montag 100.– Mark per Post an. Was die Sache mit den 50.– Mark pro Monat betrifft, die Vati zahlen muß, so hat man ihn quasi überredet, das zu zahlen, und er hat sich breitschlagen lassen, ohne Mutti groß zu informieren. Ich hatte ihm wirklich dringend geraten, sich so hartnäckig wie möglich zu weigern, weil eben doch die Stadt Hannover daraus den Nutzen zieht und nicht wir, aber Du weißt ja selbst, wie leicht er sich bekneten läßt. Es macht ihm wegen irgendwelcher Nachzahlungen, die er bekommt, angeblich nicht viel aus, aber als ich ihm die Sache nochmals klarlegte, meinte er doch, man sollte zu gegebener Zeit und nach Deiner Untersuchung bei Dr. Vorhauer nochmal zum Sozialamt gehen und die Sache rückgängig zu machen versuchen. Er dachte sich das so, daß er – wenn Dr. Vorhauer oder sonst jemand Offizielles sich für die Wahrheit dieser Behauptung verbürgt – erklärt, Deine Krankheit liege schon Jahre zurück und hätte schneller geheilt werden können, wenn Du nicht durch Verschulden des Gesundheitsamtes erst unverständlicherweise jetzt darauf hingewiesen worden wärest. Also könne man doch Angehörige eigentlich nicht zu Zahlungen heranziehen, und in seinem Fall habe er die Zusammenhänge erst jetzt erfahren, sonst hätte er sich von vornherein geweigert.

Ich selbst habe das Gefühl, diese ganzen Argumente werden, auch wenn sie offiziell bestätigt werden könnten, nicht viel nützen, und setze meine Hoffnung auf die schnelle Bewilligung Deiner Rente, die alle diese Dinge überflüssig machen würde.

Inzwischen mußte ich drei Stunden Pause einlegen, weil wir Unmengen Torf bekommen haben, den man einfach auf die Straße geschmissen hatte und der deshalb in den Schuppen geschleppt und gestapelt werden mußte. Zuerst fiel es mir schwerer als nachher, weil mir erst so gräsig schlecht war, und dann das viele Bücken! Aber nun geht es wieder, bloß bin ich ziemlich am Ende meiner Kräfte angelangt und fürchte außerdem, den Brief nicht mehr zeitig genug zum Kasten zu kriegen. Ich muß auch noch Nachrichten an den Funk schicken. Anschließend gehe ich mit Gustav und Renate zum »Bummelaternen-Umzug«.

Meinen Rock habe ich zugeschnitten und will ihn, da ich heute nicht dazu komme, morgen nähen. Vielleicht nähe ich noch für Renate ein Wintermäntelchen, ich habe einen hübschen Schnitt dafür in Muttis Modenheft entdeckt.

Renates Erkältung klingt langsam ab, bloß husten tut sie noch. Mir geht es auch gut, und somit ist hoffentlich – Dich eingerechnet – die ganze Familie wohlauf, soweit man das bei Außerachtlassen Deiner miesen Umgebung sagen kann.

Mutti und Vati lassen Dir alles Gute wünschen! Schönen Sonntag, mein Schatz, und viele, viele liebe Grüße von Renate und

Deiner Inge

Richard Schlosser an Ingeborg Schlosser

Hannover, am 13. 9. 58

Liebste Inge!
Für Deinen langen Brief, der diesmal pünktlich eintraf, danke ich Dir tausendmal, mein Schatz. Alles, was von Dir kommt, scheint mir doch immer noch die beste Therapie zu sein für meinen Fall.

Ob aber solche Arbeiten wie das Torfstauen für Dich zur Zeit nun gerade das Richtige sind, werden außer mir wohl noch einige andere Leute bezweifeln. Ich glaube, z.B. Dr. Wilkens würde Dir gründlich die Leviten lesen, wenn sie das wüßte. Deine Hilfsbereitschaft in allen Ehren, aber vielleicht kannst Du Dich in solchen Fällen doch anderweitig nützlich machen. Also bitte, tu mir den Gefallen und mach solchen Quatsch nicht noch einmal. Deine Eltern werden wohl die letzten sein, die nicht einsehen, daß Du solche Arbeiten jetzt nicht verrichten kannst. Wenn es sich schon nicht umgehen läßt, daß Du auf dem Fußboden herumwirtschaftest, dann tu das entweder auf Knien oder in der Hocke, aber bitte nicht bücken und dann noch schwer heben. Ach Inge, was machst Du bloß für Sachen. Dem armen »Egon« ist davon bestimmt auch ganz schlecht geworden.

Tante Hanna hat noch nicht geantwortet. Ich hatte es mehr oder weniger ihrer Entscheidung überlassen, wieviel sie schicken will, nachdem ich ihr die ganze Sachlage auseinandergesetzt und auch erwähnt hatte, daß Vati sich zu einer bestimmten Zahlung bereiterklärt hatte, durch welche Aktion wir aber keinen Schritt weitergekommen sind. Wir müssen das jetzt eben abwarten.

Wie und ob wir diesen Schritt Deines Vaters, den er da in Verkennung der Sachlage aus lauter Gutmütigkeit getan hat, wieder rückgängig machen können, ist mir auch noch nicht ganz klar. Hat er denn irgendetwas unterschrieben? Ich sehe da bloß die Möglichkeit, zum Sozialamt hinzugehen und dort zu erzählen, er weigere sich zu zahlen, nachdem er herausgebracht habe, daß er dazu gar nicht verpflichtet sei. Ich werde ja nun nächstens hören, ob wir dem blöden Gesundheitsamt nicht einen Strick drehen können. Montag will ich gleich bei Dr. Vorhauer anrufen, um zu erfahren, ob er nun wieder da ist. Dann wird doch unsere Sache endlich wieder ein Stück weiterkommen.

Neulich bin ich einmal kurz zu Hause gewesen. Da habe ich auch einen Blick in den Kühlschrank geworfen und bin bald aufs Kreuz gefallen. Innen war alles dick verschimmelt. Zwischen den Ablagen wehten Schimmelfahnen, und im Gemüsefach fand sich auf dem Boden eine üppige

Vegetation. Leider hatte ich nicht genug Zeit, den Schrank zu reinigen und mit heißem Essigwasser auszuwaschen, und so habe ich die Tür wieder verschlossen. Aus dieser Erfahrung werden wir nun ja auch die Schlußfolgerung ziehen, den Schrank bei längerer Stillsetzung nach gründlicher Reinigung offen stehen zu lassen. Ich habe ihn jetzt bloß wieder zugeklappt, damit Frau Raabe nicht etwa hinter diese Schweinerei kommt.

Ich warte noch sehr darauf, von Dir zu erfahren, ob Dein Aufenthalt in Jever nun weniger strapaziös für Dich ist, als wenn Du mit dem Kind hier wärest oder ob etwa das Gegenteil der Fall ist. Bisher habe ich nur den Eindruck, daß Du fürchterlich viel zu tun hast. Schreib mir mal, was Du abgesehen von Deiner Näherei, Kindversorgen u.s.w. treibst und ob Du tatsächlich auch öfter zum Ausruhen kommst.

Laß Dich herzlich grüßen, liebe Inge,
von Deinem Richard

Richard Schlosser an Ingeborg Schlosser

Hannover, am 16. 9. 58

Liebste Inge!
Recht schönen Dank für Deine Karte. Du brauchst Dir keine Gewissensbisse zu machen, wenn Du mal nicht die Zeit findest, sofort einen umfangreicheren Brief zu schreiben. Daß Du Deiner Mutter zur Hand gehst, ist vordringlich. Ihr macht ja auch einige Umstände, was nicht zu umgehen ist.

Selbstverständlich habe ich mit meiner Abhandlung über das Torfstapeln nicht im Sinn gehabt, Deine Mutter hätte die Arbeit allein tun sollen. Sie ist mit ihrem schlimmen Bein dazu sicher gerade so wenig in der Lage wie Du mit Deinem natürlichen Leiden. Ich hatte nur die Vorstellung, es lebten in Jever noch andere Leute, denen das leichter gefallen wäre, Gisela, Dagmar u. evtl. Vati. Der Torf konnte doch auch bis zum Abend liegenbleiben. Jetzt ist daran ja schließlich nichts mehr zu ändern, aber Du hast in dieser Hinsicht doch eine etwas leichtsinnige Auffassung. Wenn ich man dagewesen wäre, hättest weder Du noch Deine Mutter auch nur ein Stück Torf angefaßt, und wenn ich 6 Stunden daran gearbeitet hätte. Aber Schluß damit.

Mutter hat garnicht mit Gertrud in Urlaub fahren können, weil Vater nach einem schweren Herzanfall jetzt im Krankenhaus liegt und wohl auch längere Zeit wird drin bleiben müssen. Daß das einmal passieren würde, hat man ja immer geahnt, und wir müssen dankbar sein, daß es diesmal noch so glimpflich abgelaufen ist. Jetzt muß Vater notgedrungen mal eine Weile kurz treten, jedenfalls so lange, daß man zu hoffen wagt, er möchte sich hinterher eine weniger unvernünftige und schädliche Lebensweise zu eigen machen. So konnte es doch auch nicht unbegrenzt weitergehen, er hat sich ja selber ganz kaputt gemacht, man war nur leider nicht in der Lage, ihn daran zu hindern. Ach, wer weiß, wie es weitergeht. Die bescheidene Mutter fühlt sich trotz Vaters schlimmer Gesundheitslage in gewisser Weise erleichtert darüber, daß nun von anderer Seite mal ein Punkt gemacht worden ist. Viel kann ich Dir ja auch nicht berichten, aber laß Dich über das wenige in Jever bitte noch kürzer aus.

Nachdem Luise mit ihrer Blinddarmentzündung nun auch im Krankenhaus gelandet ist, sollte man meinen, diese Serie müßte jetzt zu Ende sein, abgesehen davon, daß Du im Januar dran bist, aber das wird dann doch von einem freudigen Ereignis begleitet sein und es Dir leichter machen, mein Schatz. Ich wünschte auch, Du hättest es schon hinter Dir.

So, und übermorgen ist unser Hochzeitstag. Dazu kann ich Dir nur sagen, wie lieb ich Dich habe, mein Herz, gratulieren muß ich mir schon selber. Schade nur, daß wir nicht beisammen sein können. Ich habe hier oft solche Sehnsucht nach Dir, das kann man garnicht beschreiben. Mitte Oktober wirst Du ja wieder hier sein, und wir können alles Versäumte nachholen. Mit dieser Vorstellung tröste ich mich einigermaßen über alles hinweg. Mir graut nur bloß ein bißchen vor der Aussicht, daß uns dann evtl. eine noch längere Trennung bevorsteht, wenn ich etwa in den Schwarzwald gehe. Die schöne Landschaft dort wird es mir kaum leichter fallen lassen. Ach, die Hauptsache ist nur, ich weiß, Du gehörst mir ganz.

Sonntag war Rudi hier, und ich habe mich kurz über die juristische Seite der Frage unterhalten, daß Dein Vater Dir jetzt 50,– DM zum Lebensunterhalt zahlen soll. Genau so wie meiner ist Dein Vater leider auch dazu verpflichtet. Streiten läßt sich nur über die Höhe des Betrages, und da hätte er sich von den Burschen besser zu einem bestimmten Betrag verknacken lassen sollen, statt ohne weiteres freiwillig 50 Mark zu zahlen. Die Schlamperei auf dem Gesundheitsamt hat leider mit den Verpflichtungen von Sozialamt und Angehörigen direkt garnichts zu tun. Das Gesundheitsamt können wir eventuell nur schadenersatzpflichtig machen, weil es mir gegenüber eine Garantenstellung eingenommen hat, und nachdem meine rechtzeitige Behandlung versäumt wurde, ist jetzt möglicherweise eine Operation erforderlich. Auf jeden Fall sind die Heilungsaussichten jetzt schlechter. Das müßte gutachtlich geklärt werden. Vielleicht kann ich am Freitag noch zum Reichsbund gehen, damit wir endlich von allen Seiten richtig beraten werden. Allein pauken wir den Fall doch nicht so leicht durch, zumal ich hier ziemlich gebunden bin.

Ich besorge noch ein bescheidenes Angebinde für Dich zum Hochzeitstag. Bist Du mir nicht böse, wenn ich mit der Überreichung jedoch bis zu Deiner Rückkehr warte?

Sei ganz lieb gegrüßt, liebste Inge. Ich möchte Dich zu gern mal wieder tüchtig drücken. 1000 Küsse für Dich und 3 für Renate, denn die liebe ich auf eine andere Weise.

Immer Dein Richard

Richard Schlosser an seine Mutter Cäcilie Schlosser

Hannover, am 17. 9. 58

Liebe Mutter!

Für Deinen Brief danke ich Dir recht sehr, auch wenn Deine Nachrichten nicht sehr erfreulich waren. Schreibst Du mir bitte eine Karte, wie es Vater jetzt weitergeht. Ich habe ja keine Ahnung, wie er sich zur Zeit fühlt. An einen toten Punkt wird er dort ja auch kommen, und Du weißt selber, daß mit Vater immer etwas schwer fertig zu werden war, besonders wenn er jetzt ganz down ist. Ach, Muttchen, was hast Du bloß für Sorgen mit all den Deinen. Mach Dir man wenigstens um mich keine. Mir geht es gut. Renate und Inge sind auch wohlauf.

Bist Du nun nicht auch dafür, daß Vater in den Ruhestand tritt? So kann es doch nicht weitergehen. Von hier aus läßt sich so schwer etwas dazu sagen, und ich möchte wohl gerne mal eben bei Dir reinsehen, wie sich alles anläßt. Vielleicht rufe ich Freitagabend nach 19^{00} bei Dir an.

Vorerst schöne Grüße und alles Gute von

Deinem Richard

Ingeborg Schlosser an Richard Schlosser

Jever, am 17. 9. 58

Mein lieber Richard,

herzlichen Dank für Deinen langen Brief! Ich habe aber doch einen schönen Schrecken gekriegt, als ich das mit Deinem Vater las. Mein Gott, das kam aber plötzlich, und es ist ja bloß gut, daß er es einigermaßen überstanden hat. Er selbst hat ja immer von der Möglichkeit gesprochen, aber dennoch wird er es nicht ganz so ernst genommen haben, sonst hätte er die Herzgeschichte ja wohl nicht durch seinen ziemlich ungesunden Lebenswandel geradezu noch herausgefordert. Ich hoffe mit Deiner Mutter und Dir und Euch allen, daß er nach überstandener Krankheit nicht wieder versucht, im alten Trott weiterzumachen!

Wenn dieser Brief morgen noch so rechtzeitig ankommt, daß er Dich vor Abmarsch in Richtung Stadt erreicht, dann laß Dir bitte für den Tag alle guten Wünsche mitgeben! Erstens, weil Hochzeitstag ist, zweitens, weil ich Dich liebhabe, und drittens wegen der Rücksprache beim Reichsbund.

Über Renate mußte ich heute wieder lachen. Vati trinkt manchmal im »Dienstzimmer« ein Bier und pflegt die Flaschen unter dem Schreibtisch abzustellen. Renate erbot sich, eine Flasche in den Stall zu transportieren, wo sie auf dem Fußboden neben dem Klo-Eingang ein staubiges Dasein führen, bis der Brauereiwagen kommt. Kurz gesagt, ich erwähne noch: »Stell die Flasche zu den andern, neben das Klo.« Was die liebe Renate dann wortwörtlich besorgte. Ich fiel bald über die Buddels, als ich ins Klo kam, aber lachen mußte ich doch. Renate hat jetzt Gustavs zu klein gewordene Gummistiefel geerbt und spaziert damit begeistert im Garten rum, wenn sie nur irgend kann. Es sieht ganz drollig aus!

Lieber Schatz, ich muß aufhören. Morgen denke ich besonders herzlich an Dich! Alles Liebe

Deine Inge

Ingeborg Schlosser an Richard Schlosser

Jever, am 19. 9. 58

Mein lieber Richard,
inzwischen hat sich folgendes getan: Ich bekam durch den Telegrammboten eine Aufforderung zu einem R-Gespräch ans Funkhaus. Und als ich von der Post aus anrief, wollte mich Schiemann für eine längere Übersetzungsarbeit (vom Band) engagieren. Dauer: 3–3½ Tage, Honorar 300–320 Mark. Ich habe zugesagt und werde deshalb von Montagabend bis ca. Freitagabend wieder in Hannover sein. Wäre ich nicht mit Renate hiergewesen, dann hätte ich ja gar nicht gewußt, wohin mit ihr solange. Jetzt geht es aber, daß sie hierbleibt. Ich werde das Reisegeld zurückverlangen. Es kommt bloß noch darauf an, das Honorar so geschickt aufzugliedern, daß das dämliche Sozialamt nicht den Löwenanteil schluckt. Na, was sagst Du zu der Aussicht, daß ich Dich bald besuchen werde?

Tschüß bis bald, und viele liebe Grüße!

Deine Inge

Richard Schlosser an Ingeborg Schlosser

19. 9. 58

Liebe Inge!
Zu ersten Information nur eine Karte. Vorhauer ist auch für Resektion. Mit einer Kur im Schwarzwald würde man nur Zeit verplempern. Nach alten Aufnahmen von 1950 ist meine Sache jetzt bis dahin tatsächlich an der gleichen Stelle nachweisbar. Äußerst wichtig für uns betreffs der Ansprüche beim Versorgungsamt. Nun wird es wohl werden, wenn es auch trotzdem seine Zeit dauern wird. Im Raucherpreisausschreiben hast Du eine große Flasche Weinbrand gewonnen. Herzliche Grüße!
Richard

Richard Schlosser an Ingeborg Schlosser

Hannover, am 20. 9. 58

Liebste Inge!
Jetzt muß ich mich doch erst einmal hübsch der Reihe nach für alles bei Dir bedanken. Und zwar zuerst für Deine großartige Hochzeitstagsüberraschung. Das Buch wird mir sicher noch viel Freude machen. Ganz besonders habe ich mich auch über die Blümchen gefreut, mein Schatz. Na, und was Dein Päckchen außerdem enthielt, diente oder dient noch immer der Erheiterung meines inneren Menschen. Vielen herzlichen Dank, liebe Inge. Gleichzeitig mit dem Päckchen kam auch Dein Brief vom folgenden Tag und heute nun Deine Karte, in der Du Deine Ankunft für Montag ankündigst. Dann können wir hier ja auch manches besser besprechen, was sich brieflich nur umständlich klären läßt.

Montag wäre auch hier im Heidehaus die nächste Aufnahme fällig, und es ist kaum zu erwarten, daß deren Ergebnisse die geplante Resektion überflüssig erscheinen lassen werden. So eine Operation ist zwar eine Roßkur, aber ich kann dann doch erwarten, 4 Monate danach wieder nach Hause zu kommen. Die Möglichkeit einer natürlichen Heilung besteht dank der Genialität unserer Gesundheitsamtsexperten heute jedenfalls nicht mehr. Darum bin ich doch sehr dafür, daß wir nach sorgfältiger Abwägung unserer Chancen einen Prozeß gegen das Gesundheitsamt anstrengen werden. So eine Schlamperei braucht man sich nun wirklich nicht einfach gefallen zu lassen.

Beim Reichsbund, dem ich jetzt beigetreten bin, tituliert man sich mit dem Beiwort »Kamerad«. Das nur nebenbei. Der Reichsbund hat eine Rechtsschutzabteilung mit eigenen Juristen, die in all diesen Fragen versiert sind. Genau so wie die Leute meine Anliegen beim Versorgungsamt vertreten werden, wofür ich ihnen eine Vollmacht erteilt habe, werde ich dort wohl auch die nötige Aufklärung darüber erlangen, ob und wie ich gegen das Gesundheitsamt vorgehen kann. Ach, im Geiste ziele ich schon immer mit dem Stiefelabsatz auf die Hinterfront dieser Banausen. Eine langwierige Geschichte wird das wohl werden, aber das ist kein Grund, die Finger davon zu lassen.

Gestern hatte ich in Dortmund angerufen, um mich über die letzte Lage dort zu informieren. Vater ist noch ziemlich schwach, aber doch auf dem Weg der Besserung. Ich nehme an, daß er sich nun doch wohl pensionieren lassen wird. Ganz abgesehen von allen anderen Gründen für diesen Kollaps hat der ständige Ärger in seinem Beruf und mit den lieben Kollegen, und Vater ärgert sich nun mal über jeden Mist, mit dazu beigetragen, und man sollte es lieber nicht noch einmal darauf ankommen lassen. Die Differenz zur Pension ist allein der Aufenthalt in diesem Dortmunder Drecksviertel nicht wert.

Zu Deinem in Aussicht stehenden Sonderverdienst gratuliere ich Dir herzlich. Du kannst mich am Montag zwischen 18^{30} und 19^{30} telefonisch erreichen. Auf Deinen Besuch freue ich mich sehr. Viele liebe Grüße an Renatchen, besonders an Dich und auch an Vati, Mutti, Gustav, Dagmar und Gisela von

Deinem Richard

Richard Schlosser an seine Mutter Cäcilie Schlosser

Hannover, am 15. 10. 58

Liebe Mutter!
Recht herzliche Glückwünsche zum Geburtstag. Ich muß häufig daran denken, wo Ihr nun wohl bleiben werdet. Hoffentlich findet Ihr ein schönes und ruhiges Quartier!

Während Inges Abwesenheit waren die Handwerker in unserer Wohnung. Ein Teil des Fußbodens einschließlich der darunter liegenden Balkenköpfe mußte erneuert werden, weil der Schwamm drin war. Jetzt ist natürlich ein fürchterlicher Dreck in der Bude. Da aber nun das ganze Schlafzimmer schon einmal ausgeräumt ist, wollen wir es gleich renovieren. Rudi will dabei helfen, sobald er wegen seiner Nr. 2 Urlaub genommen hat.

Wenn dann auch alles wieder schön hergerichtet sein wird, so ändert das doch nichts an der Tatsache, daß uns die beiden Räume auf die Dauer zu klein werden. Es ist ja jetzt schon so, daß ich nach der Operation gar nicht entlassen werden kann, weil ich kein eigenes Zimmer habe. Das brauche ich aber, selbst wenn ich dann restlos negativ bin. Ein Gutes an der blöden Krankheit ist ja, daß man in diesem Falle tatsächlich eine Wohnung bekommen kann, und die werde ich jetzt beantragen, wobei ich natürlich nicht verlauten lasse, daß ich Hannover aus beruflichen Gründen vielleicht schon bald ganz verlassen werde.

Vater danke ich für seine Karte. Ich wünsche ihm weiterhin alles Gute.

Herzliche Grüße an die ganze Belegschaft, besonders Dir

von Deinem Richard

Richard Schlosser an seinen Vater Theodor Schlosser

Hannover, am 5. 11. 58

Lieber Vater!

Von der BfA, die ich vor geraumer Zeit um eine Genehmigung der Operation in Hemer ersucht hatte, ist noch keine Antwort gekommen. Da einem durch Grundgesetz freie Arztwahl garantiert wird und die Operation an einem anderen Ort kaum weniger kostspielig sein dürfte, sollte man eigentlich annehmen, daß die Leute keinen Einwand gegen meinen Wunsch erheben, nach Hemer zu gehen. Sobald ich mehr weiß, lasse ich von mir hören.

Bei Rudi und Hilde ist ja nun wieder ein Mädchen und damit Deine dritte Enkeltochter angekommen. Der Wahrscheinlichkeit nach wäre nun als viertes Enkelkind eigentlich ein Junge zu erwarten. Ob diese Prognose stimmt, wird sich bereits im Januar erweisen, wenn auch Renate ein Geschwisterchen haben wird.

Zu meinem Geburtstag will ich versuchen, gleich zwei Tage Urlaub zu bekommen, damit ich einmal in Ruhe allerlei Gänge erledigen kann. Zur Zeit bemühen wir uns um eine größere Wohnung, und ich will deswegen noch einmal zu dem betreffenden Sachbearbeiter hin. Soviel ich weiß, liegen in Hannover etwa 100 Voranmeldungen auf derartige Wohnungen vor, die nach Dringlichkeit vergeben werden. Unter diesen Umständen haben wir ganz gute Aussichten. Außerdem wird es auch wieder Zeit, daß ich mich beim Versorgungsamt und beim Reichsbund nach dem Stand meiner Angelegenheit erkundige. Mittlerweile müßten ja einige Auskünfte von den Stellen vorliegen, die die alten Wehrmachtspapiere verwalten.

Seit Inge und Renate wieder in Hannover sind, habe ich durch ihren Besuch ein bißchen Abwechslung. In Renates Vorstellung bin ich dazu verurteilt, tagaus, tagein mit der Straßenbahn durch die Stadt zu fahren, weil wir uns nach meinen seltenen Visiten immer an der Haltestelle verabschieden. Jetzt winkt Renate hinter jeder Straßenbahn her, weil da Papa drin ist.

Seit neuestem entfaltet Renate das besondere Talent, mit einem einzigen Wort alles zu sagen. Vor ein paar Tagen mußte Inge sie zweimal in kurzen Abständen auf den Thron setzen, und auf Inges Frage: »Hast du denn schon wieder was gemacht?« gab sie zur Antwort: »Tatsache!« und erhob sich. Es ist nur schade, daß ich das so aus der Entfernung beobachten muß, wie die Kleine sich entwickelt.

Schreib mal, wie es Dir geht und ob Du Dich nun zu Hause nicht wohler fühlst als im Krankenhaus.

Herzlichst
Dein Richard

Ingeborg Schlosser an ihre Eltern

Hannover, am 10. 11. 58

Liebe Mutti, lieber Vati!
Vielen Dank für Brief und Teddy! Letzterer kam heute an und wurde von Renate schon in der Verpackung erkannt und mit Jubel begrüßt. Unsere Lütte ist nun völlig wieder hergestellt, nur mittags läßt der Appetit noch zu wünschen übrig, aber wenn wir jetzt öfter mal an die frische Luft gehen, wird sich das vielleicht noch ändern.

Inzwischen habe ich wieder eine Menge Wege zu Ämtern und Behörden erledigt. So war ich im Gesundheitsamt, wo Renate durchleuchtet und für gesund befunden wurde, bei der Barmer, bei der Sachbearbeiterin für Tbc-Wohnungen, bei meinem Lungenarzt (ich bin gleichfalls in Ordnung) und nochmal bei der Kinderärztin zur Nachschau. Richard hat aus Berlin Bescheid bekommen, daß er die Operation bitte in Todtmoos im Schwarzwald machen lassen möchte. Nur in Sonderfällen kann neuerdings Hemer bewilligt werden. Er hat jetzt nach Todtmoos geschrieben und sich erkundigt, ob er dort vielleicht noch Anfang Dezember operiert werden kann. Hoffentlich kommt positiver Bescheid, damit der arme Richard Weihnachten mit dem Schlimmsten durch ist. Eine Reise meinerseits nach Todtmoos muß wegen Baby und knapper Kasse wohl leider ins Wasser fallen.

Die beste Nachricht zuletzt: Wir haben erstmals drei Richtige im Lotto (8-11-46)!

Alles Gute und viele liebe Grüße von Renate und

Eurer Inge

Cäcilie Schlosser an ihren Sohn Richard Schlosser

Stift Keppel, 14. 11. 58

Mein lieber Richard!
Zu Deinem Geburtstag denken wir Dein mit treuen Grüßen und guten Wünschen. Möchte Dir das neue Lebensjahr die volle Gesundheit wieder schenken, das ist wohl Dein und unser aller herzlichster Wunsch.

Wieviel Geduld mußt Du aufbringen bei dem langsamen Funktionieren all der Instanzen, die für Deine Genesung zuständig sind! Auch Vater muß ja nun Geduld entwickeln. Aber sein Zustand bessert sich doch von Woche zu Woche. Die Ruhe hier tut gut, auch die reine Luft. Wie machten vorgestern schon einen fast einstündigen Spaziergang. Im Augenblick plagt Vater Rheuma in den Beinen, was das Laufen erschwert. Er macht sich nun auf die vierte Enkeltochter gefaßt! Wir wollen es abwarten. Inges Schwestern haben ja Jungens gebracht.

Die Wohnung ist so warm, daß ich es nur in dünnen Blusen aushalte. Hinter dem Haus pflügt ein Trecker den Stiftsacker, und gestern abend ratterte es bis zehn Uhr. Wer will heute noch in der Landwirtschaft arbeiten? Bei Nacht wurde früher nicht auf dem Felde gearbeitet.

Große Geschenke haben wir nicht. Das Buch ist von mir, der Honigkuchen von Tante Hanna. Vater schickte Geld. Verlebt den Tag glücklich und dankbar. Wenn ich Dir in Deine Wissenschaft auch nicht mehr folgen kann, so stehst Du meinem Herzen doch so nahe wie von Deiner Kindheit an. Auch ohne viele Worte verstehe ich Dich und weiß, daß unlautere Gedanken keinen Raum bei Dir haben. Das Wort Josua 1,9 hat mich schon oft gestärkt: »Siehe, ich habe dir geboten, daß du getrost und freudig seist. Laß dir nicht grauen und entsetze dich nicht; denn der Herr, dein Gott, ist mit dir in allem, was du tun wirst.« Ich bin gewiß, daß Er Dir den rechten Weg weisen wird.

Es grüßt Euch in Treue
Deine Mutter

Hannover, den 27. 11. 58

Liebe Mutti, lieber Vati!
Jetzt rückt die Operation plötzlich in greifbare Nähe. Montag fährt Richard nach Hemer. Die halbjährige Kur im Heidehaus hat nichts bewirkt. Im Augenblick sieht die Geschichte sogar eher schlechter aus als vor sechs Monaten. Wir hoffen sehr, daß es nun in Hemer was wird!

Renate redet nach wie vor viel von Euch allen und von Jever. Gerade heute entdeckte sie ihren Sandeimer samt Zubehör und wollte damit schnurstracks zu Gustav in den Sandkasten eilen. Als ich ihr erklärte, daß wir dafür erst eine teure Fahrkarte kaufen müßten, die wir uns nicht leisten könnten, brachte sie treuherzig ihr Sparschweinchen an und stellte den Inhalt für die Aufbesserung der Reisekasse zur Verfügung. Bis zum Mittagessen hatte Renate sich dann eigenhändig »reisefertig« gemacht. Sie hatte den Sandeimer im Arm, Schippe und Sparschwein sowie ihre weiße Mütze in der Hand wollte zum »Zugzug«. Da seht Ihr, wie sie an Euch hängt. Selbst die Aussicht, daß es mittlerweile ja im Sandkasten und im Garten zu kalt sei, kann ihr Reisefieber nicht lindern. »Dann spiel ich mit Gustav in Omas Küche!« Oma wird sicher begeistert sein.

Anbei eine Reihe neuer Fotos. Die mit einem Kreuzchen hintendrauf sind für Euch bestimmt, die anderen erbitten wir gelegentlich wieder zurück, damit wir sie einkleben können.

Ich bin mir noch nicht endgültig klar darüber, ob ich nun wirklich zur Entbindung nach Jever kommen soll oder nicht. In den Kliniktagen würde Renate wieder ganz allein Dir, liebe Mutti, zur Last fallen, und hinterher müßte noch für ca. zwei Wochen eine Lösung gefunden werden, wie man das Baby unterbringt. Wenn Richard nach Hemer geht und Weihnachten soweit wieder hergestellt ist, daß er Besuch empfangen kann, dann möchte ich jedenfalls Weihnachten gerne mit Renate in Dortmund sein. Na, darüber reden wir noch.

Für heute von uns dreien viele liebe Grüße an Euch beide und die anderen alle!

Eure Inge

Theodor Schlosser an seinen Sohn Richard Schlosser

28. 11. 58

L. R.!

Im Nachgang zu dem Gruß zu Deinem Geburtstag noch herzliche Glück- und Segenswünsche. Gott schütze Dich, mein lieber Junge, und bewahre auch Inge im Januar. Ob Enkel oder Enkelin, beides erfreut mich. Ihr hättet aber nicht soviel Geheimniskrämerei machen sollen. Das ist für mich nicht gut. Ich vertrage schon mehr als bisher.

Wie steht es nun mit Dir? Ich habe noch immer die Hoffnung, daß Du schließlich in längerem Kurverfahren doch an der Operation vorbeikommst. Manche Fälle heilen so!

Tante Lena leidet an einer Gesichtslähmung. Sie ist sehr einsam. Sie weint viel. Mutter plagt sich mit Bauchschmerzen, Tante Hanna mit ihrem Kreuz. Mir geht es nicht besser.

Verzeih das Sprunghafte in meinem Schreiben. Am Ende des Jahres steht mir Geld zur Verfügung, so daß Du Dir keine Sorgen zu machen brauchst. Das Entscheidende ist aber, daß Du den Willen zum Gesundwerden aufbringst! Wer sich der Einsamkeit ergibt, der ist bald allein. Jesus sagt Joh. 5 zum 38 Jahre Kranken: Willst du gesund werden?

Bücher schaffen nur Bedenken. Ich weiß das aus eigener Erfahrung. Ich glaube, ich hätte nach dem 1. Weltkrieg noch Medizin studieren sollen.

Leb wohl, mein Junge! Grübele nicht zuviel! Solche Zeiten wollen Gottes Zeiten sein.

Herzlichst an Euch alle
Dein Vater Theodor.

Richard Schlosser an Ingeborg Schlosser

Hemer, am 2. 12. 58

Meine liebe Inge!

Nachdem ich in diesem Kaff gelandet bin, kommt jetzt der erste Lagebericht. Vom Charakter der Umgebung habe ich noch wenig Ahnung, da es natürlich schon duster war, als ich hier ankam. Vom Fenster aus kann man einige entfernte Höhenrücken erkennen, aber bis dahin erstreckt sich der Auslauf nicht. Für diesen Zweck gibt es einen winzigen Park. Vorläufig muß ich mich allerdings hier verfügbar halten, weil alle Augenblicke wieder eine Untersuchung fällig sein kann.

Meine nächste Umgebung macht einen trostlosen Eindruck. Ich liege mit 5 Mann auf einer Bude, letzter Anstrich etwa 1910, und mir wurde erklärt, dies Zimmer sei noch eins der besten. Na dann Prost! So vergammelt die Zimmer aber auch sein mögen, dafür ist der Operations- und Untersuchungstrakt seiner Zeit um 50 Jahre voraus. Unter diesen Bedingungen will ich mich an der Scheußlichkeit des Zimmers nicht weiter stoßen.

Bis zur Operation werden wohl noch mindestens 3 Wochen vergehen. So kann ich damit rechnen, Weihnachten für ein paar Tage nach Dortmund zu kommen. Du bist samt Renate von Vater und Mutter herzlich eingeladen. Vater meint, es ließe sich ohne weiteres regeln, daß Du auch in Dortmund in die Klinik eingewiesen wirst.

Es geht ihm schon wieder ganz gut, obwohl er natürlich immer noch über alles mögliche Klage führt. Er macht zwar Spaziergänge, aber die müßte er mit der Zeit doch etwas mehr ausdehnen, damit er nicht unversehens wieder auf seinem alten Gewicht sitzt. Es schmeckt ihm eben zu gut.

Hier war das Essen bisher zufriedenstellend. Morgens wird man um 6^{45} durch einen Lautsprecher mit Musik zentral geweckt. Wenn die Morgenwäsche beendet ist, kommt eine Schwester mit dem Teewagen herein und schmiert einem die gewünschten Pillen an Ort und Stelle. Inzwischen habe ich aber schon vernommen, daß es an gewissen Tagen auch einen Saufraß geben soll. Für die Zeit nach der Operation werde ich mir ein Schock Eier und einige Flaschen Cognac oder Rotwein besorgen. Das machen hier anscheinend alle.

Besuchszeit ist täglich von 15–17 Uhr, am Sonntag außerdem von 10–12. Von Dortmund fährt man etwa 1¼ Std. mit der Bahn. Ich freue mich schon auf Deinen ersten Besuch.

Im übrigen ist es hier stinklangweilig, und ich bin froh, daß ich mir ein bißchen Arbeit mitgenommen habe.

Viele Grüße, lieber Schatz, auch an Renate, von Deinem

Richard

Ingeborg Schlosser an Richard Schlosser

Hannover, am 3. Dezember 58

Mein lieber Richard,

für Deinen Lagebericht vielen herzlichen Dank, mein Schatz. Renatelein redet immerzu von Papa, und wir denken oft an Dich. Auch Raabes haben inzwischen aus Renates Mund alle Einzelheiten über Deine bevorstehende

Operation erfahren: »Onkel Dokdok macht Papas Bäuchlein wieder heile. Schneid' es auf mit Messer, nehmt es Wehweh raus, und denn isser wieder heile!«

Was sind denn das für Leute, mit denen Du dort Deine Bude teilen mußt? So etwa Typ Koslowski oder mehr »Bunken« oder gar »gehobene Charaktere«? Hoffentlich wirst Du nachts nicht zu sehr durch dauerndes Sägen gestört.

Dem gemeinsamen Weihnachtsfest in Dortmund scheint ja nun nichts mehr im Wege zu stehen, wie schön! Ob ich allerdings das großzügige Angebot annehme, gleich ganz bis nach der Entbindung dazubleiben, weiß ich im Moment noch nicht.

Nach Deiner Abreise war ich mit Renate in der Stadt, wo es verschiedene Schaufenster zu bestaunen gab. Bei Karstadt waren die Engelchen wie doll am Fliegen, und sämtliches Stoffgetier wackelte mit irgendeinem Körperteil. Für Renate war es ein Hochgenuß. Um auch zu Hause etwas Adventsstimmung zu erzeugen, band ich dann vor Renates aufmerksamen Augen den Adventskranz und versah ihn mit Lichtern. Ich wollte ihr noch ein Nikolaus-Lied beibringen, aber über »Niklaus ist ein guter Mann« sind wir nicht hinausgelangt. Wenn sie singen soll, dann landet sie unweigerlich bei »Morgen kommt der Weihnachtsmann«.

Am Montag stürzte ich mich dann wie eine Wilde auf alle liegengebliebene Arbeit, angefangen von dem Riesen-Super-Abwasch bis zur gründlichen Fußbodenreinigung. Nachmittags war scheußliches Wetter, aber wir gingen trotzdem mal raus, und Renate wälzte sich im Dreck. Danach sah sie fast so schlimm aus wie einmal in Jever, als sie ihren eigenen Original-Sandkuchen probiert und sich dann konsequent bespuckt und besabbert hatte.

Lieber Richard, laß Dir die Zeit nicht allzu lang werden. Anbei noch ein Lottozettel für alle Fälle. Renate spielt pausenlos mit ihren mitgebrachten Eicheln und ist sehr vergnügt.

Für Dich viele liebe Grüße und alle guten Wünsche!

Deine Inge samt Renate

Richard Schlosser an Ingeborg Schlosser

Hemer, am 4. 12. 58

Meine liebe Inge!
Gerade habe ich die letzte Voruntersuchung hinter mir, und zwar die Bronchoskopie. Das war die unangenehmste Seite der ganzen Angelegen-

heit. Man kriegt dabei einen kleinen Rausch, und dann wird einem eine lange Röhre in den Hals gesteckt. Offenbar vertrage ich weit mehr als der Durchschnitt, denn der Rausch hat gar nicht gelangt bei mir. Ich verstand jedes Wort, das die Ärzte bei der Untersuchung wechselten, und war viel zu früh wieder bei klarem Verstand. Ich weiß auch, daß ich mit aller Gewalt Arme und Beine bewegen wollte, während der Arzt mit seinem Rohr da in mir rumfuhrwerkte, aber ich konnte kein Glied rühren. Jetzt komme ich mir immer noch so vor, als hätte ich einen Spazierstock verschluckt. Sonst geht es mir aber ganz gut, im Gegensatz zu einem meiner Zimmerkollegen, der nach mir dran war und noch völlig groggy ist.

Morgen komme ich zur Vorstellung beim Chef und werde erfahren, wann mit der Operation zu rechnen ist und welche Vorbehandlungen bei mir erforderlich sind.

Und nun vielen schönen Dank für Deinen Brief. Die erste Post hier für mich. Ach, Ihr beide fehlt mir sehr, aber zu meinem Glück habe ich ja jetzt einen ausführlichen Bericht darüber, wie es Euch geht und was Renate sich so leistet.

Vielleicht kannst Du Dich doch für Dortmund entschließen. Erstens ist es dort im Winter wesentlich wärmer als in Jever, zweitens gibt es ein heizbares Badezimmer für Babywäsche, drittens hättest Du mehr Platz, viertens ist ein Telefon da, mit dem man im entscheidenen Augenblick einen Krankenwagen herbeordern kann, und fünftens halte ich die Dortmunder Kliniken für sicherer als das Sophienstift in Jever, falls es zu irgendwelchen Komplikationen kommt. Laß Dir das mal alles durch den Kopf gehen.

Inzwischen sind die Leute mit den Untersuchungsbefunden übergekommen. Meiner Meinung nach sprechen sie durchaus für einen günstigen Operationsverlauf. Meine Lunge faßt z.B. 5½ l. Normal sind 3–4 l. Also wird mir die Luft nicht ausgehen. Blutsenkung ergab 2:5, was sehr gut ist und ein Zeichen dafür, daß zur Zeit keine entzündlichen Prozesse im Körper vor sich gehen. Mein Tb-Herd müßte demnach also auch stabil sein. Die Sputumuntersuchungen waren schon 4 × negativ. Jetzt muß ich noch zweimal einen Schlauch schlucken, glaube aber kaum, daß sich noch eine Bazille finden wird.

Sonntag will Mutter mich hier kurz besuchen. Sonst gibt es nichts weiter zu berichten. Ich wünschte, ich könnte diesem Bau schon endgültig Valet sagen. Besonders kurzweilig ist das Leben hier nämlich nicht.

Dir und Renate viele liebe Grüße, mein Schatz, von Deinem

Richard

Ingeborg Schlosser an Richard Schlosser

Hannover, am 7. Dez. 58

Mein lieber Richard,
vielen herzlichen Dank für Deinen zweiten langen Brief. Gottseidank, daß Du die Voruntersuchungen hinter Dir hast, besonders die Bronchoskopie muß doch eine Tortur gewesen sein, und Du hast mir noch nachträglich schrecklich leid getan! Inzwischen wirst Du ja den Chefarzt gesprochen haben, und ich bin sehr gespannt auf das Ergebnis.

Zum Thema Entbindung habe ich noch keinen Entschluß gefaßt. Trotz aller Vorzüge, die Dortmund Deiner Meinung nach bietet, kenne ich doch in Jever den ganzen Laden schon, die Klinik, die Hebamme, die Ärztin usw., so daß ich mich dort einigermaßen geborgen fühlen könnte. Außerdem wäre bei eventuellen Komplikationen Dr. Schwerte jederzeit greifbar, der obendrein einen ausgezeichneten Ruf als Chirurg genießt. Mutti will Renate auf alle Fälle nehmen, und sie schreibt, daß Gustav schon ganz hin und weg sei bei dem Gedanken! Über die Fotos hat man sich in Jever sehr gefreut; da sei das ganze Vagabundendasein von Renate und Gustav wieder lebendig geworden.

Übrigens war Rudi gestern hier und sagte, Du möchtest doch bitte veranlassen, daß ein Arzt in Hemer die entscheidenden Aufnahmen vom hiesigen Gesundheitsamt anfordert und dann ein Gutachten erstellt. Daraus soll möglichst hervorgehen, daß man 1950 ohne Schwierigkeiten den Befund hätte feststellen können.

Abends trafen wir dann beim Spaziergang den Nikolaus persönlich! Er stand vor der Bäckerei und verteilte Kekse an die Kinder. Auf die Frage, ob sie auch immer artig gewesen sei, kriegte Renate gerade noch ein heiseres »ja« heraus, aber dann war es um ihre Fassung geschehen, und sie fing an zu heulen. Rudi hatte Franziska dabei, die alles mit großen Augen ansah und keine Miene verzog. Er nahm dann Renate auf den Arm, und so war sie wenigstens so lange ruhig, bis sie ihre Kekse in Empfang genommen hatte. Zu Renates Entschuldigung kann ich aber anführen, daß der Nikolaus aus einem mir nicht ganz verständlichen Grund eine Maske vorm Gesicht hatte, die alles andere als vertrauenerweckend aussah. Zu Hause hatte Renate dann übrigens schon wieder das große Wort: »Ich hab den Niklaus sehn, und der hat mich Kuchen gem, ganz viel.« Zwischenfrage, ob sie denn auch geweint habe. Renate: »Nee, ich weint nich!«

Diesmal habe ich zwei Lottotips abgegeben. Sonst im Moment nichts Neues, außer daß ich beim Friseur war und mir die Haare abschneiden ließ, wieder bei Witzel, weil er die Verantwortung für die Dauerwelle übernahm, die er mir gemacht hat. Im Moment sehe ich noch etwas kraus aus, aber bis Weihnachten hat sich das wohl gegeben.

War das Nikolauspäckchen rechtzeitig da?

Viele liebe Grüße von uns beiden!

Deine Inge

Ingeborg Schlosser an ihre Eltern

Dortmund, am 16. 12. 58

Liebe Mutti, lieber Vati!

Heute nachmittag konnte ich nun meinen Richard zum erstenmal nach der Operation besuchen. Mittags war er unterm Messer gewesen, und es muß wohl mindestens zwei Stunden gedauert haben. Als ich ihn kurz sehen durfte, war es genau halb fünf. Er war in ein anderes Zimmer gelegt worden, sie haben dort eine gesonderte Station für frisch operierte Patienten. Auf den Anblick, der mich erwartete, hatte Richard mich ja vorbereitet, aber ich erschrak dann doch. Er sah leichenblaß aus und war mit dem Oberkörper ziemlich hoch gelagert. Hinterm Kopfende des Bettes steht eine riesige Flasche mit Sauerstoff, der durch einen dünnen Schlauch in die Nase eingeführt wird. In die Adern des linken Armes werden durch weitere Schläuche Blut und andere Injektionsmittel tröpfchenweise verabreicht. Den rechten Arm hat Richard zwar frei auf der Decke liegen, aber er wird ihn noch sehr lange nicht bewegen können, denn rechts auf dem Schulterblatt beginnt die Operationsnarbe, und soviel ich weiß, hatte der Schnitt unterm Arm bis nach vorn durchgezogen werden müssen, und die Rippen wurden durchtrennt. Der arme Richard tut mir ganz entsetzlich leid, aber als ich für drei Minuten bei ihm sein durfte, meinte er schon, mich über seinen Zustand beruhigen zu müssen. Obwohl er geschwollene Lippen hatte und nur mühsam sprechen konnte, fragte er mich gleich nach der Uhrzeit und trug mir viele Grüße an alle Lieben in Dortmund und in Jever auf. Die Schwester sagte, er solle doch versuchen, etwas zu schlafen, aber er gab ihr zur Antwort, daß er da schon eine zweite Vollnarkose brauche, sonst könne er mit all dem Krempel kein Auge zutun. Dann war es schon Zeit, mich zu verabschieden, weil längere Besuche noch zu anstrengend sind. Morgen soll niemand kommen, aber übermorgen darf ich wieder für eine Viertelstunde hinein. Man muß ja jedesmal rund anderthalb Stunden Anmarschzeit rechnen, aber das ist mir egal. Die Hauptsache ist, daß Richard bald ganz gesund wird, und wenn er sich über unsere Besuche freut, dann wollen wir ihm diese Freude gerne machen. Zu Weihnachten schickt ihm lieber nichts direkt. Ein aufmunternder Brief wäre ihm allerdings bestimmt willkommen.

Mir selbst geht es gut. Renate fühlt sich hier schon wie zu Hause und tobt durch die Wohnung. Die letzten Nächte habe ich schlecht geschlafen, aber das lag erstens an der Sorge um Richard und zweitens an der inzwischen etwas gesteigerten Mobilität unseres zu erwartenden Nachwuchses. Ich danke auch noch für Deine Karte, liebe Mutti, und für die Einladung nach Jever. Hier könnte ich schon meines Schwiegervaters wegen nicht bleiben. Er ist, gelinde gesagt, unerträglich. Bitte sprecht nicht weiter darüber, aber ich traue mir wirklich nicht zu, die Entbindung und alles weitere in Dortmund ohne seelischen Knacks zu überstehen. Die ganze Familie hier ist ziemlich deprimiert angesichts der Tatsache, daß der Vater nun, ohne Arbeit, den lieben langen Tag nur sitzt, kritisiert, schimpft und beleidigt ist. Wegen Richards Operation macht er sich so viele Gedanken, daß er heute knapp an einer Herzattacke vorbeigeschrammt ist. Dabei raucht er übrigens schon wieder pausenlos dicke Zigarren und muntert sich durch Weinbrand auf.

Einstweilen viele liebe Grüße, auch von Schwiegermutter!

Eure Inge

Ingeborg Schlosser an ihre Mutter Emma Lüttjes

Dortmund, am 1. Weihnachtstag

Liebe Mutti!

Jubel, Trubel und Heiterkeit zogen sich bei der Bescherung bis nach Mitternacht hin, und nun will ich mich gleich ans Bedanken machen, aber wo soll ich anfangen? Die Decke und das Kleidchen sind so recht den winterlichen Verhältnissen in Jever angepaßt, ebenso das Nachthemd, und ich danke recht herzlich für alles. Renate hat sich auch über die anderen Sachen sehr gefreut, bloß die Handschuhe passen nicht so ganz. Das macht aber nichts, denn sicher findet sich bei Euch noch ein Restchen der blauen Wolle, so daß ich die Daumen etwas größer machen kann.

Soll die blaue Farbe der wirklich wunderbar weichen Decke übrigens eine Anspielung sein? Ich hätte zwar durchaus nichts gegen einen Sohn einzuwenden, aber soo sicher bin ich meiner Sache in diesem Punkt nun auch wieder nicht. Wird's ein Mädchen und verwende ich dann die Wolldecke, wie geplant, im Kinderwagen, dann heißt es womöglich, seht an, da hat sich aber jemand verkalkuliert! Nun fühle ich mich gewissermaßen verpflichtet, einen Stammhalter zu liefern, und das macht mich etwas bange. Vielleicht kann man die Decke notfalls ja noch umtauschen?

Die Dortmunder haben mir einen Zuschuß zum Kinderwagen geschenkt, und zwar so üppig, daß man davon schon einen gebrauchten Faltwagen ganz und einen modernen neuen Faltwagen zum guten Teil bezahlen kann. Renate hat ein großes Knusperhäuschen, Kniestrümpfe, eine Nylon-Strumpfhose, ein Steckspiel mit kleinen Klötzchen und einen großen buten Teller bekommen. Außerdem hat der Weihnachtsmann, das war in diesem Falle ich, die Puppe Sabinchen mit einem neuen Kleid versehen und ihr Strümpfchen und Schuhe verpaßt. Dazu gab's noch die heiß ersehnte Plastik-Eisenbahn, ein Umhängetäschchen und verschiedene Süßigkeiten.

Vorher hatten wir in Vaters Dienstzimmer zu Abend gegessen, dann wurde die Weihnachtsgeschichte vorgelesen, und als auch das überstanden war, bimmelte in der festlich erleuchteten Stube das Glöckchen. Während die Familie noch stand und Weihnachtslieder sang, hatte Renate schon ihre Lok beim Wickel, kutschierte mit sch-sch-sch durchs Lokal und mußte nach geraumer Zeit darauf aufmerksam gemacht werden, daß es auch noch andere Geschenke gab. Das Kleid hielt sie zuerst für einen Mantel. Bei dem guten Stück handelt es sich doch um Dagmars ehemaligen Rock, oder nicht? Prima verwendet, muß ich sagen. Ich muß bloß noch die Länge regulieren.

Siebenmal bin ich bis jetzt bei Richard gewesen. Er läßt Euch alle schön grüßen und bedankt sich herzlich für das Buch. In der ersten Nacht war es für ihn ziemlich schlimm, obwohl er sich nicht viel anmerken ließ, aber jede Bewegung war eine Qual, und er hatte sehr unter Husten zu leiden. Außerdem paßte ihm die Sauerstoffzufuhr nicht, weil sie immer ein Nasenloch ganz verstopfte, und bis vor zwei Tagen bekam er alle vier Stunden eine Schmerzspritze. Das Husten soll allerdings gut sein, damit die restliche Lunge schnell den freigewordenen Raum ausfüllt. Er kriegt jetzt nur noch Streptomyzin gespritzt, und die einzige Behinderung besteht in zwei langen, in die Naht eingeführten Schläuchen zum Drainieren der inneren Wunden. Die Heilung der äußeren Wunde verläuft besser als erwartet, übermorgen werden schon die Fäden gezogen. Aufstehen darf Richard aber erst nach drei Wochen, also am 6. Januar etwa. Er hat auch Farbe und ist alles andere als kränklich oder bedrückt, was kann man mehr verlangen!

Mir selbst geht es ganz gut, nachdem ich zwischendurch mal einige Tage nicht näher zu beschreibende Beschwerden hatte, aber den Krankenschein, den ich vorsichtshalber mitgenommen hatte, werde ich hier wohl nicht mehr brauchen.

Für alle lieben Gaben nochmals vielen herzlichen Dank! Und nun schöne Grüße an Dich und alle von Richard, Renate und

Deiner Inge

Ingeborg Schlosser an Richard Schlosser

Nun wieder Hannover, am 5. 1. 59

Mein lieber Schatz!

Nach einem längeren morgendlichen Kampf mit den Tücken unseres lieben alten Kachelofens ist die Bude inzwischen gemütlich warm. Der Zug nach hier war proppenvoll wie zu Kriegszeiten, aber der Schaffner ließ uns ins Dienstabteil rein. Gleich gestern abend wollte ich dann noch den versprochenen Lagebericht loslassen, aber kurz nach der Ankunft in unserem Eispalast tauchte Rudi auf und erzählte mir eine Menge über die Dinge, die zur Durchfechtung unserer Ansprüche in Sachen Gesundheitsamt nötig sind. Daraufhin habe ich heute bei Dr. Söker angerufen, und er hat mich für Mittwochabend zu sich bestellt, um mit mir über Deinen Fall zu sprechen. Morgen marschiere ich zum Gesundheitsamt, zum Sozialamt und zur Barmer wegen Wochengeld und Krankenschein. Für den Abend bin ich von Bockelts zum Kino eingeladen, Freitag kommt Doro, Sonnabend geht's ab nach Jever.

Und wie bist Du nun zuwege, mein Liebster? Hat das neue Mittel schon geholfen, und ist Dein leidiges Fieber gesunken, so daß Du aufstehen kannst? Ich wünsche Dir von Herzen alles Gute, auch daß der Schlauch endlich rauskann. Aber Du weißt ja, daß es besser ist, wenn wir beide uns in Geduld üben, als wenn irgendwas überstürzt wird. Nachher werden wir dann erst richtig zu würdigen wissen, was ein geregeltes Familienleben ohne solche Fisimatenten und Sorgen wert ist, nicht wahr mein Herz? Werde in Ruhe gesund, wir brauchen Dich!

Viele, viele, viele liebe Grüße, mein Guter!

Deine Inge

Richard Schlosser an Ingeborg Schlosser

Hemer, am 7. 1. 59

Meine liebste Inge!
Recht schönen Dank für Deinen lieben Brief. Kaum warst Du am Samstag fort, kamen die neuen Spritzen. Mir werden davon jeden Tag 4 Stück verabfolgt, allerdings hat sich bis jetzt keinerlei Wirkung gezeigt. Meine Temperatur pendelt nach wie vor zwischen 39,2 und 40, jedenfalls nachmittags und abends.

Gestern ging es mir etwas besser, aber da hatte mir Schwester Meta mittags eine Fiebertablette gegeben. Heute muß es wieder ohne gehen, wahrscheinlich, damit man deutlich sieht, daß der eine Mist gerade so wenig hilft wie der andere. Na ja, lebensbedrohlich ist mein Zustand nicht, und so wollen wir hoffen, daß sich alles von alleine einrenkt.

Du armes Wesen tust mir leid, daß Du diese Woche noch so viel Rennerei hast. Hoffentlich erreichst Du dabei auch was.

Gestern sind Vater und Mutter hier gewesen. Tante Hanna hat mich auch schon 2 × besucht.

Herzl. Grüße einstweilen von Deinem Richard. Ich wünsche mir nur, daß ich Dir bald bessere Nachrichten geben kann.

Ingeborg Schlosser an Richard Schlosser

Hannover, am 8. 1. 59

Mein lieber, guter Richard!
Heute morgen war ich auf Achse, desgleichen während Renates Mittagsstunde bis um vier Uhr nachmittags, und nachdem ich jetzt auch Wäsche und Abwasch erledigt habe, kann es endlich ans Schreiben gehen. Laß Dir recht herzlich für Deinen Brief danken, mein Guter. Wie schade, daß auch das neue Mittel nicht geholfen hat. Wenn Du aufstehen dürftest, könntest Du Dir die Zeit mal anders vertreiben als mit Lesen, was ja auch kein reines Vergnügen ist mit fieberheißem Kopf. Du Ärmster!

Nach fünf vergeblichen Versuchen kriegte ich den hannoverschen Stadtkämmerer Dr. Hoyer heute wenigstens telefonisch zu fassen, und siehe da, er erwies sich als äußerst zugänglicher Mann, der uns unbedingt seiner Hilfe versicherte. Das hätte ich kaum zu hoffen gewagt, denn wann haben wir schon jemals irgendwas durch Beziehungen erreicht? Er ging sogar so weit zu sagen, daß in den nächsten drei bis vier Tagen eine neue

Wohnungszuteilung fällig sei, und er habe am Dienstag bereits die zuständige Frau Leonhardt gebeten, uns dabei zu berücksichtigen. Ich rief sie gleich anschließend an. Die war sehr viel kühler und ablehnender, aber man merkte sofort, daß unsere kolossalen »Beziehungen« doch Eindruck auf sie machten. Sie versprach mir immerhin, daß wir nach Möglichkeit im März bedacht werden sollen. Dazu ist es allerdings erforderlich, daß jemand von uns am übernächsten Dienstag ihre Sprechstunde aufsucht. Dazu habe ich Rudi gebeten, der das auch gerne tun will. Ich muß ihm nur noch genau unsere Wünsche einschärfen, damit die Wohnung nachher auch unseren Ansprüchen genügt. Als ich dieser Frau Leonhardt sagte, ich könne wegen meiner bevorstehenden Entbindung nicht selbst in die Sprechstunde kommen, sondern würde meinen Schwager bitten, kam sofort: »Ach, Herr Dr. Hoyer ist Ihr Schwager?« Das habe ich natürlich verneint, aber auch nicht gesagt, in welcher Beziehung wir zu diesem Dr. Hoyer stehen. Soll sie sich ruhig den Kopf zerbrechen!

Am Mittwochabend sprach ich mit Dr. Söker. Er betrachtet die ganze Versorgungssache leider nicht sehr optimistisch und will das Gutachten erst nach persönlicher Rücksprache mit Dir ausstellen. Eine Tuberkulose werde nur dann als Versorgungsleiden anerkannt, wenn sie zwei Jahre nach dem Auftreten erkannt und gemeldet worden sei. Man müsse beweisen, daß Du schon in der Zeit von 1945 bis 1947 Tb hattest. 1950 sei zu spät, das werde nicht mehr anerkannt. Und in der Bescheinigung von Dr. Maskus sei nur von Lungen- und Rippenfellentzündung die Rede, aber nicht ausdrücklich von einer feuchten Rippenfellentzündung. Erst dann könne man mit einiger Bestimmtheit behaupten, es sei möglicherweise Tb gewesen. Was sollen wir nun tun? Dr. Söker war nicht unfreundlich, aber er will Dich auf jeden Fall erst einmal persönlich sprechen, und das verzögert doch alles sehr.

Hier ist augenblicklich furchtbar scheußliches Wetter, von morgens bis abends Schneesturm und ein unbeschreiblicher Matsch. Ein paarmal hatte ich Renate zu meinen Besorgungen mit, und sie stellte sich entsetzlich an bei jeder Schneeflocke, die sie ins Gesicht kriegte, und fing immer gleich an zu spucken, alles auf den Mantel. Deshalb zog ich heute nachmittag alleine los, um einen Kinderwagen zu besorgen. Zuerst war ich bei dem Onkel in der Humboldtstraße, der auch gebrauchte Wagen verkauft, aber die waren unter aller Kritik, und nach langem Überlegen kaufte ich schließlich einen neuen in dem Kinderwagengeschäft in der Kurt-Schumacher-Straße. Er ist sehr hübsch, nicht übertrieben hoch, sehr schlicht und trotzdem sehr modern. Die 164,– Mark tun mir nicht leid, zumal ich ihn nach Gebrauch, falls wir ihn nicht weiter behalten wollen, für gutes

Geld in der Humboldtstraße wieder verticken könnte. Die Verpackung – wenn er nach Jever geschickt wird – soll sorgfältig erfolgen und umsonst sein, lediglich die Expreßkosten müßte ich noch übernehmen. Bist Du einverstanden? Ich habe richtig ein beruhigtes Gefühl, daß ich mich nicht bekauft habe, und freue mich schon darauf, den entsprechenden Inhalt für den Kinderwagen zu liefern.

Da nun bis auf das Wohnungsamt und das Packen nichts Wichtiges mehr zu erledigen bleibt, werden Renate und ich am Sonnabend wohl gut nach Jever überkommen. Am besten lasse ich mir dort gleich einen ganzen Stapel von Geburtsurkunden ausstellen, denn wir werden ja so einige brauchen für alle die Behörden, mit denen wir es jetzt zu tun haben.

Mein liebes Herz, ich denke immer und immer an Dich! Renate sagte heute: »Papa hat Fieber, armer Papa! Papa hat aber ein liebes Fieber!« Na, man weiß ja, wie sie's meint, die Süße.

Alles Gute, mein Schatz, und hoffentlich geht es Dir nun bald ein bißchen besser!

Deine Inge

Richard Schlosser an Ingeborg Schlosser

Hemer, am 11. 1. 59

Liebste Inge!
Hab vielen herzlichen Dank für Deinen ausführlichen Brief. Eigentlich wollte ich erst antworten, wenn es etwas Positives zu berichten gibt, aber das dauert doch wohl zu lange.

Inzwischen haben die Leute hier wieder allerlei mit mir angestellt. Am Donnerstag wurden die ollen Spritzen abgesetzt, weil sie ja doch nicht halfen. Der Chef ordnete dann ein Mittel an, das durch den Schlauch in den Brustraum eingefüllt wird. Es sollte das alte Blut und Gewebe auflösen und zum Abfließen bringen. Eine üble Nebenerscheinung dieser Prozedur war das weiter steigende Fieber. Abends um 7 hatte ich den Kram verpaßt bekommen, und am nächsten Morgen fing die Fieberkurve mit 39 an. Im Vertrauen auf den Erfolg dieser Kur behielt ich das Zeug 22 Std. bei mir. Als der Schlauch dann glücklich geöffnet wurde, kam auch wirklich eine ganze Menge Dreck raus, und mir war gleich viel wohler. Am Samstag hatte ich zuerst sogar bloß 36,6. Im Laufe des Tages stieg die Temperatur dann aber doch wieder auf 39,6. Heute habe ich mit 37,7 angefangen, und jetzt, um 10^{00}, bin ich bei 37,9 angelangt.

Gestern bekam ich nun doch noch eine Blutkonserve. Die war angeblich schon Weihnachten für mich bestellt worden. Da kannst Du mal sehen, wie schwer mein komisches Blut zu beschaffen ist. Die 500 cm^3 werden mir sicherlich gut tun. Schlapp fühlt man sich sowieso schon mit dem ewigen Fieber, und so braucht der Körper nicht auch noch neues Blut zu bilden.

Seit gestern steht mein Bett am Fußende wieder auf Holzklötzen. Im übrigen ist das Bett ganz flach, so daß ich schräg nach unten liege. Das ist eine ganz verteufelte Lage, und nachts kann ich natürlich noch schlechter schlafen. Zweck dieser Aktion ist es, das Sekret aus dem Brustraum besser abfließen zu lassen. Das Schlauchloch liegt ja unter der Achsel. Wie lange dieser Zustand währen soll, steht dahin. Vielleicht gewöhne ich mich ja dran.

Über die hoffnungsvollen Nachrichten wegen der Wohnung habe ich mich sehr gefreut. Aber all die Beweise, die Dr. Söker für erforderlich hält, kann ich doch heute einfach nicht mehr auftreiben, und das ist in erster Linie Schuld dieses herrlichen Gesundheitsamtes, das mich nicht rechtzeitig von meiner Krankheit unterrichtet hat. Laß mich nur erst wieder auf die Beine kommen, dann werde ich mich schon mit Dr. Söker ins Benehmen setzen. Dann wird sich auch ein Weg finden, diesem Amt an den Kragen zu gehen. Der Mensch braucht sich ja nicht alles gefallen zu lassen. Vorerst wollen wir das Thema aber bitte zu den Akten legen. Wenn ich jetzt zuviel darüber nachgrübele, so ist das meiner Genesung bestimmt nicht förderlich.

Besuch habe ich hier jeden Tag. Gestern kam Walter und brachte einen Kontaktstreifen mit, der auch einige recht nette Bilder von Renate enthielt.

Was sagt man in Jever zu Matthias? Tante Hanna findet den Namen hübsch.

Halt Dich wacker, liebe Inge. Ich will auch mein Bestes tun.

Euer Richard

Ingeborg Schlosser an Richard Schlosser

Jever, am 12. 1. 59

Mein lieber Richard!
Zuerst das Wichtigste: Wie geht es Dir und Deiner Lunge? Ich muß mich immerzu sorgen, was Dein Fieber macht. Hoffentlich ist es inzwischen runter. Wenn es Dich nicht zu sehr anstrengt, kannst Du ja vielleicht mal

eine Karte mit einer kurzen Notiz an mich loslassen, ich würde mich sehr freuen, mein geliebter Mann!

Tante Doktor ist ganz zufrieden mit mir. Die interne Untersuchung hat ergeben, daß das Kind schon die Geburtslage eingenommen hat. Schwierigkeiten sind nicht zu befürchten. Blutdruck ist auch normal. Daß sich dieses Kind so anders benimmt als Renate damals, hat nach Ansicht der Ärztin nichts zu sagen. Ich soll lieber zu früh als zu spät mit der Entbindung rechnen und keinen Zug oder Bus mehr benutzen. Wie gut, daß ich nun gar nicht mehr noch umständlich nach Wilhelmshaven muß und einen Kinderwagen kaufen!

Die Fahrt nach hier verlief ganz ruhig. Karl Bockelt chauffierte uns kurz nach zwei Uhr zum Bahnhof, wo Jürgen und Doro parat standen, um die beiden Koffer aufzugeben und uns mitsamt dem restlichen Gepäck in den richtigen Kurswagen zu bugsieren. Gerade vorher hatte ich die fertigen Weihnachtsfotos von Karstadt abgeholt, und so hatte Renate unterwegs genug zu bekucken. In Sande stand Vati am Zug und brachte uns – nein, nicht etwa zum Anschlußzug nach Jever, sondern, denk mal an, zu einer vor dem Bahnhof wartenden Taxe. Seemanns, bei denen Vati Nachhilfe gibt, hatten sie gratis zur Verfügung gestellt. So waren wir noch zeitiger da als der Zug. Gustav saß schon im Auto, als wir einstiegen, und die ganze Fahrt über sahen sich die Kinder geradezu verklärt an. Bislang haben sie sich auch noch kaum gezankt, nicht einmal um Spielzeug. Renate schläft bei Mutti und Vati im Zimmer, und Dagmar hat sich nach oben ins Kämmerchen verfügt, so daß ich nicht im Dienstzimmer zu kampieren brauche, wo es saukalt ist. Der ständige Schneesturm macht den Aufenthalt draußen oft unerträglich, trotzdem haben Renate und Gustav schon eine »Schneefrau« gebaut. Renate stürzte sich mit der gleichen Wonne in den Schnee wie im Sommer in die See, bloß nach zwei Stunden fing sie an zu heulen, weil sie ihre Handschuhe beim Schneewerfen verloren und kribbelig-kalte Finger gekriegt hatte. Sie benimmt sich sonst sehr gut, und alle freuen sich an ihr.

Gustav unterhält uns immer mit seinen drolligen Schnäcken. Neulich äußerte er sich über das Soldatenleben. Daß er später, wenn er ein Mann ist, zwei Jahre von zu Hause weg sein und mit den Kameraden in einer Kaserne leben soll, wollte ihm gar nicht einleuchten. Das Fürchterlichste daran, meinte er, sei doch wohl, daß er dann nicht heiraten könne. Der hat Sorgen! Er glaubt auch felsenfest, daß es »klabenbringende Weihnachtszeit« heißt in »O du fröhliche«. Ganz und gar unmöglich ist es, ihm Grimms Märchen vorzulesen. Da kommt er immer mit den banalsten Fragen dazwischen. Das geht dann so: »Und weil sie so müde waren, daß die Beine sie nicht mehr tragen wollten, so legten sie sich unter einen Baum und schliefen ein ...« Gustav: »Wo haben sie sich denn mit zugedeckt?« Oder: »Da rief eine feine Stimme aus der Stube heraus: ›Knusper, knusper, knäuschen, wer knuspert an meinem Häuschen?‹« Gustav: »War da denn keine Klingel an der Tür?« Und als die böse Hexe dann den Hänsel braten will, kräht Gustav dazwischen: »Auf dem Elektroherd oder auf dem Feuerherd? In der Pfanne oder im Bratentopf?« Ein eigenartiger Junge, aber niedlich ist er ja doch, nur ziemlich altklug.

Übrigens bin ich immer noch am Überlegen, ob für einen eventuellen Stammhalter Matthias wohl der richtige Name ist. Er spricht sich m.E. nicht so flüssig aus wie Andreas. Bin ich albern? Auch über Volker und Roland denke ich wieder nach. Mach doch diesem Zustand ein Ende und schreib einfach, ob's bei Matthias bleiben soll oder welchen von den anderen Namen wir nehmen. Ich richte mich dann danach.

Nun laß Dir alles Gute wünschen, baldige Besserung für Deine Lunge und möglichst wenig Ärger, damit Du bald gesund wirst. Tausend liebe Grüße!

Deine Inge

Richard Schlosser an Ingeborg Schlosser

Hemer, am 13. 1. 59

Liebste Inge!
Vielen herzlichen Dank für Deinen Brief von gestern, der mich heute schon erreichte.

Ich hatte Dir am Sonntag geschrieben und den Brief einem Besucher meines Zimmergenossen mitgegeben, der ihn in Hamm auf dem Bahnhof etwa um 17^{00} einstecken wollte. Eigentlich hätte der Brief dann Montag bei Dir sein müssen. Aber jetzt quassele ich schon wieder über den gleichen nutzlosen Scheißkram, um den es sich zum größten Teil in meinen Briefen dreht, sobald Du nur in Jever bist.

Mein Fieber scheint jetzt tatsächlich langsam zu sinken. Was meinst Du, wie glücklich ich darüber bin. 38,5 hatte ich gestern abend, und heute morgen fing ich sogar nur noch mit 35,9 an. Jetzt, um 15^{00}, bin ich natürlich schon wieder bei 38,1 angelangt, aber daß die Temperatur beständig unten bleibt, kann man ja nicht erwarten. Ich soll auch noch eine weitere Blutkonserve kriegen.

Von den Namen scheiden Andreas und Roland aus. Ich bin auch mehr für Volker als für Matthias. Ist der Name Volker denn wirklich so häufig, wie alle Leute behaupten? Ich habe dafür keine Beweise. Wenn Dich dieses Gerücht überzeugt, bleibt es bei Matthias, sonst gerne Volker.

Daß Tante Doktor Dir einen günstigen Bericht über Deine Verfassung gegeben hat, beruhigt mich. Hoffentlich geht weiter alles gut.

Meine Handschrift sieht gefährlich aus. Ich glaube, das liegt weniger am Fieber als an dem rechten Arm, den ich nicht vernünftig rühren kann, solange das Schlauchloch noch in Betrieb ist.

Mehr gibt es nicht zu berichten, mein Schatz. In herzlicher Liebe grüßt Dich und Renate

Dein Richard und ihr Papa

Richard Schlosser an Ingeborg Schlosser

Hemer, am 14. 1. 59

Meine liebste Inge!
Eben brachte Mutter mir die Nachricht, die mir dann doch für geraume Weile die Sprache verschlug.

Laß Dir ganz herzlich gratulieren, daß Du alles so tapfer überstanden hast, und vor allem, daß Dein geheimer Wunsch in Erfüllung gegangen ist, den ersten männlichen Enkel der Familie Schlosser zur Welt zu bringen. Ach, mein Schatz, mir tut es so leid, daß ich nicht bei Dir sein kann, um Dich wenigstens einmal tüchtig zu umarmen.

Über die Namensfrage hatte ich mich schon in meinem gestrigen Brief geäußert, so daß Du wohl keine Schwierigkeit haben wirst, Deine Entscheidung zu treffen.

Ich hoffe sehr, bald mehr zu hören, wenn nicht von Dir, so vielleicht von Mutti. Vor allen Dingen interessiert mich, weshalb es der Junge auf einmal so eilig hatte. Dir selbst gönne ich diese Abkürzung natürlich von Herzen. Nun wirst Du es wohl doch noch eher schaffen als ich, das Krankenhaus zu verlassen.

Ich wünsche Dir gute Erholung und Dir und unserem Sohn gute Gesundheit.

Es hat Dich von Herzen lieb

Dein Richard.

Mein Fieber geht langsam weiter runter.

Ingeborg Schlosser an Richard Schlosser

Jever, am 14. 1. 59

Mein lieber Richard,
nun ist unser Nachwuchs also doch eher erschienen als erwartet, und dazu ein Stammhalter. Freust Du Dich? Ich bin doppelt glücklich, weil's ein Junge ist und weil's nun überstanden ist. Schön, daß ich gerade heute von Dir Post bekam, zwei Briefe auf einmal. So habe ich noch rechtzeitig erfahren, daß Volker Dir am besten gefällt. Diesmal verlief die ganze Sache anders als beim erstenmal, denn plötzlich um 10 nach 3 in der Nacht ging die Fruchtblase auf, noch bevor ich irgendwelche Wehen hatte. Die kamen erst regelmäßig, als ich schon lange hier im Sophienstift lag. Um 10 vor 11 war Volker da. Tante Doktor hatte diesmal auf meine Bitte einen Einschnitt gemacht, so daß weiter nichts riß und vier Nahtstiche genügten.

Wie geht es Dir nun wohl inzwischen? Fällt das Fieber weiter? Es wurde ja auch Zeit, daß der Chefarzt sich mal einschaltete. Ich denke viel an Dich, mein Herz.

Nun sind wir also eine vierköpfige Familie, und Du hast einen Sohn, der doch hoffentlich nach Dir geartet ist und später mal ein richtiger Techniker wird wie Du. Ich hatte mir ja einen Jungen gewünscht, der so aussieht wie Du. Davon kann man zwar jetzt noch nicht viel erkennen, aber warte man ab. Der Kopf ist ähnlich wie der von Renate damals. Gewicht 7 Pfd. 150 g, Größe 54 cm, Kopfumfang 36 cm. Zufrieden?

Viele liebe Grüße, mein Schatz, von Renate, Volker und

Deiner Inge

Richard Schlosser an Ingeborg Schlosser

Hemer, am 15. 1. 59

Meine liebste Inge!
Ich danke Dir von Herzen, daß Du mir noch am gleichen Tag selbst geschrieben hast. So weiß ich heute schon einige Einzelheiten und vor allem, wie unser filius nun endgültig heißen wird. 7 Pfd. und 150 gr. sind doch ganz beachtlich. Was wäre das nur noch für ein Brocken geworden, wenn Du bis Ende Januar hättest warten müssen? Ich kann es immer noch nicht begreifen, daß die Ärztin mit Ihrer Prophezeiung recht behalten hat, daß das Kind schon früher kommen könnte. Welch ein Segen, daß Du nun doch rechtzeitig in Jever warst. Meinst Du nicht, daß die viele Lau-

ferei und die häufigen Reisen in der letzten Zeit mit dazu beigetragen haben, daß es schon 14 Tage eher losging? Ist das Kind denn fix und fertig oder sieht es im Vergleich zu Renate sehr viel schrumpliger aus? Aber das wirst Du mir dann ja wohl schreiben, sobald es Dir etwas besser geht.

Ich glaube, der Vater in Dortmund ist ganz aus dem Häuschen, daß er nun endlich einen männlichen Enkel seines Namens hat. Er muß gleich in aller Welt herumtelefoniert haben, denn heute bekam ich schon ein Glückwunschtelegramm aus Cottbus, das natürlich auch Dir gilt.

Am 13. war Chefvisite. Es werden dann kurz vorher alle Unterlagen in die Krankenzimmer gebracht. Ich konnte bei der Gelegenheit meinen Op.-Bericht überfliegen. Danach wundert es mich nun nicht mehr so sehr, daß ich hier so lange zu krebsen hatte.

Es heißt in dem Bericht etwa: Nach Schulterschnitt wird festgestellt, daß Pleuraspalt völlig verschwartet. Lunge läßt sich aber lösen. In Ob.-Lappen hühnereigroßer Knoten. Entscheidung: Lobektomie re. oben. Operation gestaltet sich sehr schwierig, da zwei getrennte Bronchuszugänge zum Ob.-Lappen, der daher in zwei Teilen entfernt werden muß. Dabei gerät man in Kollision mit irgendeiner Arterie, außerdem muß randständiger Herd sorgfältig umgangen werden beim Herauslösen des Ob.-Lappens. Schließlich gestaltet sich aber doch noch alles zufriedenstellend, was ja man bloß gut ist. Mit einiger Geduld werde ich schon wieder ganz gesund. Höchste Abendtemperaturen sind jetzt ca. 38°.

Besonders für die nächsten Tage, mein Schatz, wünsche ich Dir alles Gute. Ein Küßchen für Renate und Volker, den Du ja wohl schon mal auf den Arm nehmen darfst, und einen heftigen für Dich

von Deinem Richard

Gerade besucht mich Mutter. Sie hat mir einen schönen Tulpenstrauß mitgebracht, den eigentlich Du hättest haben sollen. Die Blumen stehen also i.V. bei mir.

Ingeborg Schlosser an Richard Schlosser

Jever, am 18. 1. 59

Mein lieber Richard,
mein Briefpapier ist alle, und ich habe nur noch diese Karte hier, also muß ich mich heute einmal kurz fassen. Hab vielen Dank für Deine Briefe und den schönen roten Nelkenstrauß, den Mutti mir als Gruß von Dir ge-

bracht hat! Selbst auf dem Krankenlager bist Du noch ein vollendeter Kavalier!

Der Op.-Bericht erklärt ja manches, womit man bislang nichts anfangen konnte, so auch das Fieber. Ich freue mich von Herzen, daß es Dir inzwischen besser geht!

Den frühen Entbindungstermin hatte Tante Doktor, wie sie sagt, schon vor Monaten meiner Schilderung der ersten Kindsbewegungen entnehmen können. Es stimme zwar, daß die Bewegungen beim zweiten Kind eher einsetzten als beim ersten, jedoch nach ihren Erfahrungen höchstens zwei und nicht gleich vier Wochen eher.

Schrumpeliger als Renate nach der Geburt ist Volker nicht, er hat im Gegenteil pralle Bäckchen und ist sehr kräftig. Das mag auch daher kommen, daß ich genug Milch habe, was mich höchlichst verwundert, und daß ich auch keine Schrunden habe, die sich, so wie damals, entzünden könnten.

Im übrigen wird Volker immer gut satt und hat auch noch kaum gespuckt. Beim nächstenmal schreibe ich Dir mehr!

Viele liebe und herzliche Grüße von

Deiner Inge

Theodor Schlosser an seine Schwiegertochter Ingeborg Schlosser

Dortmund, am 19. Januar 1959

Liebe Inge!

Laß Dir heute noch einmal schriftlich Glück wünschen. Wie freuen wir uns, daß alles so gut verlaufen ist, daß Ihr gottlob gesund seid und daß Dir und Richard und damit auch dem alten Geschlecht ein Stammhalter beschert ist. So stehst Du unter Deinen Schwestern nicht allein. Möge es dem Jungen vergönnt sein, zu Jesus zu sagen: »Mein Herr und mein Gott!« Möchte es meinen Enkeln erspart bleiben, an Gott zu zweifeln! Die Tröstung wartet im Gebet: »Ich glaube, lieber Herr, hilf meinem Unglauben.« Zweifelhaft soll uns nur immer alle zu große Selbstsicherheit sein. Die ist von Übel. Aller Glaube kommt aus dem Urerlebnis Luthers, wie es im dies irae steht: Quid sum miser nunc dicturus? Quem patronum rogaturus? Das heißt vor die strengen Augen des Heiligen Gottes gestellt im Angesicht des Todes. Ich habe das durchexerzieren müssen und muß bekennen, meine Grabreden sind nicht ausreichend gewesen. Doch genug, sonst wird Dir das Herz schwer. Du sollst Dich aber freuen. Möge von Volker gelten, was von Jesus Luk. 2,52 gesagt ist.

Richard geht es besser. Es soll aber noch einmal eine hoffentlich letzte Lösung des Wundsekrets versucht werden. Die Sache ist sehr anstrengend und mit starkem Fieber verbunden, was ihn natürlich schwächt. Ihr tut mir so leid. Hoffen wir für Euch, daß Ihr Eure Prüfungen nicht erst im Alter zu bestehen braucht!

Leb wohl! Dir und den Deinen herzliche Grüße von Deinem

Schwiegervater Theodor Schlosser

Ingeborg Schlosser an Richard Schlosser

Jever, am 19. 1. 59

Mein lieber Richard!

Da Du ja gestern etwas schlecht weggekommen bist mit der kurzen Karte, will ich das Versäumte heute nachholen, denn im Zusammenhang mit Volkers Ankunft ist ja vieles noch nicht erzählt.

Also am Mittwoch, dem 14. 1., wollte ich in der Nacht mal eben wohin. Als ich mich auf die Bettkante setzte, knackste irgendwas in mir, und schlagartig verlor ich eine große Menge Wasser, was ja nur einen einzigen Grund haben konnte. Ich war im ersten Moment ziemlich perplex, aber dann jumpte ich aus dem Bett und alarmierte Mutti. Wehen hatte ich überhaupt noch keine, nicht die Spur. Trotzdem fing ich schleunigst an, meine Siebensachen zusammenzusuchen. Glücklicherweise hatte ich am Vortage noch die Windeln, Nabelbinden, Jäckchen und Hemdchen usw. ausgekocht und in der Küche getrocknet, nur gebügelt war noch nichts. Das übernahm nun Mutti, während ich den Koffer packte. Ich hetzte mich aber nicht, denn ich merkte kaum irgendwas und war sicher, noch eine Weile Zeit zu haben. Erst als Mutti das allermeiste geplättet hatte, ließ ich sie zum Telefon laufen und zog mich an. Das war nicht ganz leicht, weil ich noch immer Wasser verlor und mich nicht richtig bewegen konnte. Dann pflanzte ich mich in der Küche auf die Bank und wartete auf Muttis Rückkehr. Es dauerte recht lange, bis sie wiederkam. Bei Wegeners hatte das Telefon nicht funktioniert, und so war sie gleich weitergelaufen zu Auto-Ahlers und hatte von da aus Tante Doktor angerufen, die ihrerseits die Hebamme und das Krankenhaus benachrichtigte.

Tante Doktor hatte gemeint, ich käme besser gleich, und so war ich gegen 4 Uhr morgens hier im Sophienstift. Wehen hatte ich nur schwach und unregelmäßig, deshalb schickte ich Mutti mit dem Taxi postwendend wieder um. Ich kam auf ein Einbett-Zimmer auf dem gleichen Flur wie damals, bloß auf der anderen Seite. Dort wurde ich ins Bett gesteckt, während die Nachtschwester das Zimmer für die Entbindung vorbereitete. Danach lag ich allein, bis ungefähr um 5 Uhr Schwester Waltraud kam. Sie kontrollierte die lächerlichen Wehen und sagte, es werde wohl noch einige Stunden dauern. Sie fragte mich, ob mir kalt gewesen sei zu Hause und im Taxi, und das stimmte. Nach Schwester Waltrauds Meinung hatte das die Wehen verzögert. Deshalb durfte ich auch nicht aufs Klo, weil das kalt war. Na ja, Glyzerinspritze und so. Schwester Waltraud holte den Instrumentenkasten, legte eine Wärmflasche ins Babybettchen und steckte auch mir zwei Wärmflaschen unter die Decke, kochte mir einen starken Tee, flößte mir noch ein Mittel zur Beschleunigung der Wehen ein und ging dann erstmal weg. Von der Nachtschwester kriegte ich ein paar Illustrierte zum Lesen.

Ich hatte zu der Zeit etwa alle zehn Minuten Wehen, die aber noch nicht schlimm waren. Als es gegen 7 Uhr schneller und heftiger losging, übte ich mich in Entspannung, und siehe da, es half. Immer wenn der Schmerz kam, bemühte ich mich, möglichst gelöst dazuliegen, und das hat es mir tatsächlich leichter gemacht, auch als die Wehen schon alle anderthalb Minuten kamen. Ich kuckte immer in die Zweige vorm Fenster und versuchte mir einzubilden, daß ich gar nichts merkte.

Gegen 8 Uhr kam Schwester Waltraud wieder, und Tante Doktor ließ bestellen, ihr Auto stehe marschbereit. Obgleich ich schon ziemlich flotte Wehen hatte, konnte ich mich doch ganz gut entspannen und frühstückte auch noch eine ganze Schnitte Brot und zwei Tassen Kaffee. So ging es weiter bis halb elf. Dann rief Schwester Waltraud Tante Doktor an, die fünf Minuten später da war. Am Fußende wurden an beiden Seiten Haltestricke mit Griffen befestigt. Ich konnte mich noch immer entspannen, aber es war nicht so einfach, denn auf einmal ging es ganz gewaltig los. Na, der Rest ist nicht so lobenswert, was mein Verhalten anbetrifft, denn es tat ganz schön weh und spannte schrecklich, daß ich dachte, ich würde kaputtreißen. Deshalb bat ich Tante Doktor, notfalls unbedingt einen Schnitt zu machen. Das tat sie dann auch, und zwar nach der Seite hin, um die Stelle zu schonen, die letztesmal gerissen war. Ich konnte mir das Schreien nicht verkneifen, aber Tante Doktor beruhigte mich: Das sei nicht so schlimm, sie selbst habe auch immer geschrien, bei jedem ihrer Kinder, und zwar noch viel lauter!

Als der Kopf da war, neckte sie mich noch und sagte, das sei aber ein typischer Mädchenkopf. Mit der nächsten Wehe war dann, genau 10 Minuten vor 11, unser Volker da, und mit den Worten: »Und es ist doch ein Junge! Da freut sich die Mutter aber!« legte Schwester Waltraud ihn an das

Fußende des Bettes, wo ich ihn sehen konnte. Er schrie bereits lauthals, ohne daß es einer Aufforderung bedurft hätte.

Alles andere war fünf Minuten später erledigt, bis auf die Naht, und die war ein Kapitel für sich. Obwohl es knapp zehn Minuten nach Abschluß der Entbindung war, gab Tante Doktor keine Betäubung, und ich stellte mich ziemlich an. Aber dann war alles schnell vergessen. Ich wurde gewaschen und samt Utensilien in Zimmer 17 gerollt, und da bin ich nun. Im Fensterbett liegt eine Bauersfrau aus Ziallerns mit einer kleinen Tochter. Seit gestern darf ich nun schon herumlaufen und kann das auch ohne Beschwerden.

Lieber Richard, eigentlich wollte ich noch mehr schreiben, aber ich habe gerade Gelegenheit, jemandem den Brief mitzugeben, deshalb Schluß für heute.

Viele liebe Grüße!
Deine Inge

Richard Schlosser an Ingeborg Schlosser

Hemer, am 22. 1. 59

Liebste Inge!
Mittlerweile liegen mir drei neue Briefe von Dir vor, für die ich Dir herzlich danke. Volkers Geburtstag hast Du ja viel ausführlicher geschildert, als ich je zu hoffen gewagt hätte. Wie schön, daß Dir Deine Kenntnisse über Entspannung nun doch noch geholfen hatten. Sollten wir irgendwann noch ein drittes Kind haben, kannst Du Dich dann sicherlich perfekt entspannen und kommst tadellos über die Runden.

Sei man nicht traurig, wenn Du Deinen Sohn nun nicht ganz klaglos, wie etwa eine Indianerfrau, zur Welt gebracht hast; darum ist Dein Volker doch nicht weniger hübsch geworden. Du kannst stolz sein, daß Du es so gut geschafft hast. Ich bin auch kein Indianer, der sich foltern läßt, ohne mit der Wimper zu zucken, und ich knirsche hier nicht zu knapp mit den Zähnen, wenn die Leute mich piesacken. Dazu gehört vor allem das tägliche Rumgebohre in der Wunde, die sich nach Ansicht der Ärzte noch reinigen muß.

So ein bißchen beneide ich Dich, daß Du schon wieder rumlaufen darfst. Daß man bereits nach 10 Tagen aus einem Krankenhaus entlassen werden kann, ist mir sowieso unfaßbar. Aber darum gönne ich Dir diese Vorteile doch von Herzen.

Obwohl ich abends immer noch nicht fieberfrei bin, hat mir der Oberarzt jetzt einen Vermerk auf die Kurve gesetzt, daß ich nicht mehr den verdammten Schieber zu benutzen brauche. Diese kleine Freiheit, für kurze Zeit mal aus dem Bett zu dürfen, dehne ich in unbewachten Augenblicken natürlich etwas aus. Man muß doch endlich wieder auf die Beine kommen. Ein bißchen wackelig geht es noch zu, aber doch besser als gedacht. Vorgestern bin ich schon bis zum Klo marschiert, bloß als ich wieder hier im Zimmer war, habe ich ganz schön gehechelt. Heute früh habe ich mir die Haare am Waschbecken gewaschen und mich da auch gleich rasiert. So langsam werde ich wieder Mensch, und diese Sonderexkursionen werden mir mehr helfen als die blöde Atemgymnastik, die ich hier im Bett zu treiben habe.

Heute war ein Arzt von den Lager-Werken auf der Station und hat unsere Fieberkurven eingesehen, um festzustellen, wie das herrliche Mittel wirkt, das man damals per Expreß bestellte. Das Gesicht des Mannes habe ich nicht gesehen. Bei mir hat das Zeug jedenfalls nicht geholfen.

Zur Zeit bekomme ich überhaupt kein Medikament mehr. Man vertraut darauf, daß ich auch mit dem letzten Fieberrest aus eigener Kraft fertig werde. Dann darf ich endlich offiziell aufstehen. Irgendwann möchte ich ja auch mal ganz aus diesen Mauern hinaus. Manchmal denke ich schon, ich lerne unseren filius erst kennen, wenn er schon besser laufen kann als ich.

Berichte mir doch bitte, wie es mit den Masern weitergeht und wie Renate damit zu Rande kommt. Ist Volker übrigens gegen Tbc geimpft? Und was meinst Du, soll ich das Rauchen jetzt bleiben lassen? Hin und wieder, wenn mir hier so ganz furchtbar langweilig ist, hätte ich schon Lust auf eine Zigarette. Na, das wird sich zeigen, aber laß ruhig mal Deine Meinung dazu hören.

Viele liebe Grüße an die ganze Familie und besonders Dir von Deinem treuen

Richard

Ingeborg Schlosser an Richard Schlosser

Jever, am 2. 2. 59

Mein lieber, armer, guter Richard!
Gerade bekomme ich Deinen letzten Brief, und ich bin ganz gerührt, daß Du mir bei Deinem schlechten Befinden noch soviel schreibst. Über die barbarischen Maßnahmen, mit denen Dein Fieber gesenkt werden soll,

komme ich gar nicht weg. Du tust mir so leid! Unter Punktieren stelle ich mir so ungefähr das Schlimmste vor, was man mit einem Menschen machen kann. Hoffentlich hat das nun den erhofften Erfolg gebracht. Ich denke mehr denn je an Dich und wünsche oft, meine Liebe könnte Dir alles etwas leichter machen. Wenn es daran läge, wärst Du längst übern Berg und bei uns zu Hause, mein lieber Richard!

Um mich brauchst Du Dich nicht zu sorgen, ich bin in bester Form, habe zwei gesunde Kinder und keinerlei finanzielle Sorgen mehr, Ehrenwort! Das verauslagte Geld für den Kinderwagen konnte ich meinen Eltern restlos zurückerstatten, weil ich einige Einnahmen hatte, nämlich

in Dtmd. v. Tante Hanna	100.– DM
" " v. der Familie	71.– DM
Wochengeld (Barmer) ca.	65.– DM
Rückerstattg. Hochschule	36.60 DM
4 Meldungen (Rundfunk)	20.– DM

sowie die Januarüberweisung des Sozialamts abzüglich der Februarmiete, die ich im voraus bezahlt hatte. Siehste, so kam das. Ich bitte Dich herzlich, versuche nicht, noch weiter Geld zu beschaffen, ich habe keinen Pfennig Schulden mehr, sondern im Gegenteil noch die 80.– Mark auf Deinem Sparbuch, 20 Mark von der Übersetzung und die kommende Februarüberweisung in petto, dazu das erhöhte Kindergeld für Volker (ich denke, 42.– Mark wie bei Renate) und das Kohlengeld, das noch aussteht. Ich bin also restlos gesichert, bloß Du armes Würstchen bist fast blank. Da Du Tante Hanna das Geld mitgegeben hast, ist es wahrscheinlich schon unterwegs und nicht mehr aufzuhalten. Na, egal, Hauptsache, Du kannst Dir helfen! Ich werde nichts verquansen, bestimmt nicht! Und nun lassen wir das Thema fallen, mein Herz.

Die Fotos hatte ich nicht gleich entwickeln lassen können, weil der Film im Krankenhaus noch nicht abgeknipst war. Hier zu Hause habe ich dann aber gleich weiterfotografiert, unter anderem Volker im Wagen, damit Du den auch mal zu sehen kriegst. Leider hat Vati den Film dann nicht, wie ich wollte, zu Foto-Zucht gebracht, sondern zu Breithaupt, wo nur nach System 08/15 entwickelt wird, und Du mußt gütigst darüber hinwegsehen, daß man auch nicht wunschgemäß Hochglanzfotos mit Zackenrand gemacht hat. Das Bild vom Kinderwagen trügt etwas, so hell ist der Wagen nicht, sondern blaßgrau!

Und was sagst Du nun zu unserem Herzchen? Ich finde, Volker wirkt größer, als er ist. Er hat schon ein richtiges kleines Jungsgesicht. Auf dem Bild, wo ich drauf bin, stehen am Bett auch Deine schönen Nelken!

Renate ist wieder putzmunter, sogar spazieren war ich schon mit ihr und natürlich mit Volker im Wagen. Selig schob sie ihr »Brüderchin« vor sich her und sah alle naselang nach, ob Volker auch noch drin war! Er hat gut zugenommen und auch schon einen Vigantolstoß bekommen. Mittwoch gehe ich mit ihm zu Schwester Waltraud in die Sprechstunde, damit er gewogen wird. Tante Doktor hat mir auch ein paar gute Vitaminpräparate aufgeschrieben, die seine Widerstandskraft gegen alle möglichen Gefahren stärken. So müssen wir uns nicht sorgen, daß er etwa nachher nicht mit Dir zusammen sein dürfte.

Spucken tut er nur in kleinen Mengen. Speikind, Gedeihkind! Daß er gut satt wird, ist ihm anzusehen. Folglich lasse ich ihn nachts unbedenklich brüllen, und nur morgens verlege ich die erste Mahlzeit etwas vor, bis er später durchpennt.

Wenn Du man auch so gut durchpennen könntest! Wie man es schafft, auf einem Schlauchloch zu liegen, das verstehe ich gar nicht. Ich drücke Dir die Daumen, daß dieses fürchterliche Dings möglichst bald entfernt wird!

Tröstet es Dich ein wenig, daß außer Dir Deine gesamte Familie mopsfidel ist? Auch Mutti ist seit gestern nachmittag wieder »im Geschirr«, und ich habe nicht mehr viel zu tun. Wir hoffen nur, daß es Dir, lieber Schatz, bald besser gehen wird!

In herzlicher Liebe

Deine Inge

Richard Schlosser an Ingeborg Schlosser

Hemer, am 6. 2. 59

Meine liebe Inge!

Für Deine Briefe danke ich Dir recht schön. Ich betrachte immer noch voller Interesse die Bilder von Volker und auch die von Dir und Renate. Nach meiner kleinen Schmusebacke habe ich schon einige Sehnsucht.

Das Fieber verflüchtigt sich zwar immer mehr, aber bis ich hier rauskomme, wird noch einige Zeit ins Land gehen. Vor Ostern rechne man besser gar nicht mit mir. Ich würde das Verfahren ja gerne abkürzen, aber nach meinen Wünschen geht es hier leider nicht.

Ich liege jetzt auf Zimmer 201. Es ist das sogenannte Sonnenzimmer, weil hier fast den ganzen Tag die Sonne durchs Fenster funzelt. An die neuen Zimmerkollegen, drei an der Zahl, muß ich mich noch gewöhnen. Der eine ist heiser wie ein rostiges Reibeisen und kann daher kaum ein

Wort sprechen. Auf den Schieber pflegt er sich meistens nachts zu begeben, so daß man allein von dem Gestank erwacht. Rechts neben mir liegt ein Knabe von ca. 50 Jahren. Der ist so vornehm, daß er sich selber siezen müßte. Sonst geht hier alles per Du, nur bei diesem Herrn zündet das nicht. Im vierten Bett liegt ein Neuer mit ziemlich dreckiger Wäsche, der nächste Woche operiert wird.

Ich habe mich so gefreut, daß Renate glücklich ist über ihr Brüderchen. Bald wird sie ja auch etwas mehr mit ihm anfangen können, und dann hat sie doch einen ständigen Spielgefährten.

Und nun, liebes Herz, bleib weiter schön geduldig wie bisher. Wenn Dir die Wartezeit einmal lang wird, tröste Dich am Anblick Deiner Wunderkinder. So lange dauert es ja nicht mehr, bis ich wieder bei Dir bin.

In herzlicher Liebe grüßt Dich
Dein Richard

Ingeborg Schlosser an Richard Schlosser

Hannover, am 24. 2. 59

Mein lieber Richard,
was habe ich mich gefreut, nach so langer Zeit mal wieder Deine Stimme zu hören! Am liebsten riefe ich gleich nochmal an. Was bislang so passierte, habe ich wohl schon per Telefon erzählt, höchstens könnte ich noch was von der Reise schreiben. In Sande mußten wir uns mit dem Einsteigen sehr beeilen, und da wir obendrein noch auf den Kurswagen angewiesen waren, landeten wir im Raucherabteil! Mutti wollte da unbedingt bleiben, aber nachdem wir uns häuslich eingerichtet und mit dem vielen blauen Dunst zu tun hatten, der einem in die Augen biß, wollte auch Mutti umziehen. Ich schleppte nach und nach alles Gepäck rüber und dann Renate, und zu guter Letzt wurde Volker in seinem Wagen-Aufsatz rübergetragen. Bloß gut, daß das bei dem Faltwagen so einfach ging! Mit dem komplett zusammengesetzten Wagen wären wir nicht mal durch die Tür ins Abteil gekommen. Volker hat die ganze Fahrt geratzt, nur zu seiner Fütterzeit bekam er einen Umtrunk aus der Thermosflasche. In Hannover bestand Mutti darauf, Volker im Wagen nach Hause zu schieben. Jürgen hatte uns abgeholt und astete dann unser ganzes Gepäck in ein Taxi und nachher hier nach oben.

Heute war ich nun zu der Leonhardt. Ach Richard, ich habe mich schon wieder mächtig geärgert. Wir sind jetzt plötzlich bei der Vergabe der April-Wohnungen nicht berücksichtigt worden aus einem ganz dummen Grund: Wir stehen nicht auf der Liste für offen Tuberkulöse und gelten also nicht als vordringlicher Fall. Nun sollen wir zum Herbst drankommen. Aber auf derlei Gerede ist ja kein Verlaß, und deshalb gedachte ich mich nicht so einfach abspeisen zu lassen. Ich meckerte also bei der zuständigen Fürsorgerin, und es stellte sich heraus, daß die Liste unvollständig war. Falls die Fürsorgerin, die sich bei der Leonhardt für mich einsetzen will, bis morgen nichts Positives sagen kann, gehe ich nochmal zu Dr. Hoyer, vielleicht kann der ja was bewirken.

Entschuldige bitte die Schmierschrift, aber ich muß mich sehr beeilen, damit der Brief noch rechtzeitig in den Kasten kommt.

Tausend liebe Grüße!
Deine Inge

Richard Schlosser an Ingeborg Schlosser

Hemer, am 25. 2. 59

Meine liebe Inge!
Vielen herzlichen Dank für Deinen Brief. Wenn Du Zeit damit sparst, kannst Du mir ruhig mit der Maschine schreiben.

Es tut mir so leid, daß Du nun wieder Pech gehabt hast mit der Wohnung. Möglicherweise reiht man mich nach meiner Entlassung von hier einfach unter die Gesunden ein und gibt uns gar keinen Wohnraum. Es wird gut sein, diesen Gedanken bei den verantwortlichen Stellen vorläufig nicht zu äußern. Zur Not kann ich die Diplomarbeit vielleicht in der Heilstätte schreiben, so daß wir uns in der alten, engen Wohnung nicht gegenseitig auf die Füße treten, bevor wir richtig an den Start gehen und eine Wohnung an meinem Arbeitsort mieten. Bis zum Herbst werde ich bestimmt noch eine Nachkur machen müssen, und ich bin fast geneigt, wieder ins Heidehaus zu gehen, dann können wir uns doch ab und zu sehen.

Bis jetzt hat mir der Arzt den Stadtausgang noch nicht erlaubt. Offenbar traut er dem Frieden noch nicht so recht. Es geht alles so langsam voran. Das ist manchmal schon zum Kotzen. Ach, was hilft's.

Über Deinen Anruf habe ich mich auch sehr gefreut, obgleich ich im ersten Augenblick etwas ziemlich Schlimmes befürchtete, als es plötzlich kurz vor 21^{00} hieß, ich würde dringend am Telefon verlangt. Ruf bloß um Himmels willen nicht wieder so spät hier an. Ohne es zu wollen, hast Du die halbe Klinik wild gemacht. Als es hier auf der Station klingelte, mußte erst die Nachtschwester gesucht werden, damit sie abhob, aber die war gerade auf einer anderen Station, und danach mußte ich dann gesucht werden, also es war hier eine heillose Aufregung, und noch den ganzen nächsten Tag erkundigten sich mitfühlende Seelen, ob ich wenigstens keine schlechte Nachricht bekommen hätte.

Laß es Dir gut gehen, mein Schatz, und ärgere Dich nicht zuviel über irgendwelche Ämter.

Viele liebe Grüße Dir und den Kindern von Deinem Richard.

Ingeborg Schlosser an Richard Schlosser

Hannover, am 26. 2. 59

Mein lieber Richard,
Kaum hast Du mir geraten, mal mit der Maschine zu schreiben, da tu ich's auch schon! Das liegt aber daran, daß ich mit der Zeit etwas knapp bin, denn ich möchte gern das schöne Frühlingswetter ausnutzen und mit den Kindern nach draußen. Stell Dir vor, an der Wohnungssache war die dämliche Fürsorgerin im Gesundheitsamt schuld, sie hatte unseren Namen nicht angegeben, weil ihr der Fall mit nur einem Kind nicht dringend genug erschienen war. Die dumme Gans, kann man da nur sagen, denn ich hatte mich doch damals mit meinem dicken Bauch vor ihr aufgebaut und ihr genauestens auseinandergesetzt, daß ich wegen meines Zustandes nicht zur anbefohlenen Lungenuntersuchung käme, sondern bei Dr. Vorhauer geröntgt worden sei. Trotzdem hatte sie angeblich keine Ahnung, daß bei uns was unterwegs war. Nun will die Tante noch extra an Frau Leonhardt schreiben. Aber da ich darauf nicht setze, habe ich heute Dr. Hoyer meinen Besuch angekündigt. Natürlich können wir uns auch hier irgendwie behelfen, aber ich werfe die Flinte noch nicht ins Korn. Morgen schlage ich nochmal auf dem Wohnungsamt Lärm. Volker, das Würmchen, muß schon unter den vielen Ämtergängen leiden, er wird dann immer erst abends gebadet.

Falls Du nach Hause kommst, bevor wir eine größere Wohnung haben, können wir uns vielleicht eine Polstergarnitur anschaffen, d.h. ein flaches Sofa, wie es Rudi und Hilde haben, das man auch als Bett herrichten kann und auf dem Du schlafen müßtest, sowie zwei passende Sessel. Nun wirst Du schimpfen und fragen, woher ich das Geld dafür nehmen will. Also hör zu. Vorgestern habe ich durch Doris einen Möbelvertreter kennengelernt, der ihr wiederum durch andere Bekannte empfohlen worden war. Dieser Knilch verdient seinen Lebensunterhalt u.a. damit, daß er Interessenten in seinem Wagen durch die hannoverschen Großhandelslager fährt und sich die Möbel ansehen läßt. Entschließt man sich zum Kauf, gibt es mindestens zehn Prozent Rabatt auf die ohnehin etwas ermäßigten Preise, manchmal sogar noch mehr. Doris will sich ja eine ganze Einrichtung anschaffen, da lohnt es sich bestimmt. Ich bin samt Renate ganz unverbindlich mitgefahren und habe mal vorsichtig geschielt, ob sich was machen läßt in Sachen Polstermöbel, und siehe da, ich habe schon was auf dem Kieker, eine Klappcouch mit Holzarmlehnen und mit zwei dazu passsenden Sesseln, die Couch für 390 Mark und die Sessel pro Stück für 200, abzüglich Rabatt. Wäre das nichts? Vielleicht findet sich auch noch was Günstigeres. Ich könnte mir die Anzahlung ohne Schwierigkeiten zusammensparen und dann fleißig für den Funk arbeiten, da müßte ich doch wohl auf vierzig Mark im Monat kommen. Für die Bezahlung hätte ich achtzehn Monate Zeit, und wenn ich es schon in sechs Monaten schaffte, sogar ohne jeden Aufschlag. Wenn Du möchtest, schicke ich Dir von den am meisten versprechenden Möbeln mal einen bebilderten Prospekt. Sonnabend wird eine Tour veranstaltet zu zwei Lagerhallen, wo noch weit mehr Auswahl sein soll. Vielleicht fahre ich wieder mit, es kommt drauf an, wie das mit Volkers Futterzeiten harmoniert.

Lieber Richard, laß Dich für heute herzlich grüßen und Dir alles Gute wünschen, auch daß Du bald mal in die Stadt spazieren darfst, und drück uns allen man die Daumen, daß wir vielleicht noch eine Wohnung bekommen. Sonst richten wir uns schon hier in der alten ein, Hauptsache, Du bist wieder bei uns!

In Liebe
Deine Inge

Richard Schlosser an Ingeborg Schlosser

Hemer, am 27. 2. 59

Liebste Inge!
Schreib nur ruhig weiter mit der Maschine. Ganz abgesehen von allen anderen Gründen, die dafür sprechen, scheint mir diese Art des Schreibens Deinem Temperament am besten zu entsprechen.

Nimmst Du denn Volker auf all Deinen Besorgungsgängen immer mit? Ich kann mir das nicht recht vorstellen. Pennt der Knabe so fest, daß man ihn längere Zeit allein lassen kann, oder sieht Frau Raabe dann mal ab und zu nach ihm?

Wie sehr es Dich reizt, ein paar neue Möbelstücke anzuschaffen, kann ich Dir sehr gut nachfühlen, aber 800.– DM sind schließlich kein Pappenstiel, und ich bin nicht ganz so optimistisch wie Du, daß es mit den Raten immer pünktlich klappen wird. Müssen wir diese Sache jetzt überhaupt übers Knie brechen? Der Vertreter wird doch auch noch greifbar sein, wenn ich wieder zu Hause bin und wir die ganze Geschichte eingehend erörtert haben. Sollten wir im April oder einige Monate später eine Wohnung bekommen, wird es ohnehin genug zu berappen geben. In der Küche stünden dann beispielsweise weder Herd noch Tisch noch Stuhl, in allen Zimmern fehlten die Gardinen usw. Das restliche Geld aus dem Darlehen möchte ich nur im äußersten Notfall angreifen, keineswegs aber für nicht lebensnotwendige Dinge.

Draußen ist herrliches Wetter, und ich muß immer noch hier in dem alten Betonklotz hocken. Langsam reicht es mir. Aus meinem Schlauch läuft jetzt täglich höchstens noch 1 ccm ab. Gestern habe ich ausgerechnet, daß seit der Operation im ganzen 7150 ccm Blut und Eiter aus meiner Brusthöhle gesickert sind. Viel fehlt da nicht an einem ganzen Wassereimer.

Inzwischen habe ich schon wieder fünf Pfund zugenommen. Mittags esse ich meistens zwei Portionen, und das macht sich doch bemerkbar. Haben sich bei Volker übrigens irgendwelche Folgen der Tb-Impfung gezeigt?

Tröste Dich noch ein Weilchen mit Deinen beiden Süßen, liebe Inge. Ich hoffe immer noch, Ostern bei Euch zu sein.

Sei ganz herzlich gegrüßt von Deinem
Richard

Ingeborg Schlosser an Richard Schlosser

Hannover, am 1. 3. 59

Mein lieber Richard,
und wieder ein Maschinenbrief, nicht weil es meinem Temperament mehr entspricht, sondern hauptsächlich, weil es meiner knappen Zeit besser entspricht, denn es ist schon wieder Abend geworden. Volker hat sich nach der Achtzehn-Uhr-Mahlzeit erst jetzt, um halb neun, etwas beruhigt, und Renate will auch immer noch nicht einschlafen und hält im

Bett kleine Vorträge: »Herr Kaufmanns, was möchten Sie haben?« Sie kriegt das mit dem Kaufmann und der Kundin immer durcheinander, und alles kostet bei ihr fünfzig Mark!

Herzlichen Dank für Deinen Brief, mein Liebster. Ich freue mich ja schon so auf Ostern und rechne mir dauernd die Tage aus, die uns noch trennen. Bloß noch vier Wochen! Und hoffentlich brauchst Du dann gar nicht mehr wieder zurück nach Hemer!

Mit den Möbeln habe ich noch nichts weiter unternommen und mich auch an der Tour am Sonnabend nicht beteiligt, weil Doris und ihr Filz sich vorwiegend Schlafzimmer ansehen wollten. Dafür habe ich diese Woche wieder gelottot, und ich bin gespannt, was dabei rausgekommen ist. Leider habe ich vorhin bei dem Gewusel mit den Kindern den Durchsagetermin verpaßt.

Volker gedeiht weiter gut, bloß hat er heute zweimal im Bogen gespuckt, aber jetzt ist er ganz friedlich. Ich habe ihm wohl doch ein bißchen von meiner Nervosität vererbt, leider! Rudi war gestern hier und sagte, Volker brülle »wie eine Motorradhupe«. Alexandra ist nach wie vor vollständig ruhig, Hilde hat sie jetzt auch endgültig auf vier Mahlzeiten gesetzt. Volker brüllt auch nachts immer noch etwas, beruhigt sich dann aber wieder und hält anschließend meistens bis halb sechs oder sechs Uhr durch. Renate will momentan nicht besonders gut essen. Am liebsten hätte sie jeden Tag Makkaroni, aber da der Nährwert dieser Speise wohl ziemlich gering ist, will ich sie nicht zu oft auf den Tisch bringen. Grundsätzlich sagt Renate bei allen Gerichten: »Das mag ich aber nicht!« Vielleicht bessert sich ihr Appetit ja, wenn sie mehr raus kann. Wir sind bei dem milden Frühlingswetter jetzt jeden Tag mehrere Stunden draußen, deshalb bleibt auch immer soviel Arbeit bis abends liegen, und ich komme dann nicht richtig zum Schreiben. Zur Zeit kann ich auch schlecht laufen mit dem eingewachsenen Nagel, der große Zeh ist ganz rot, und wenn mir Renate mal drauftritt, könnte ich schreien.

Ich bin neugierig, ob Dein Schlauch schon ab ist inzwischen. Lieber Richard, ich denke den ganzen Tag an Ostern und ob Du danach wohl wieder ins Heidehaus kommst. Ich müßte ja vernünftig sein und Dich bitten, lieber in den Schwarzwald oder in eine andere klimatisch vielleicht günstigere Gegend zu gehen, Deiner schnelleren Genesung wegen, aber ich habe solche Sehnsucht, daß ich das auch wieder nicht möchte. Mal sehen, was Deine Ärzte Dir raten.

Und nun viele liebe Grüße und gute Besserung!

Deine Inge

Richard Schlosser an Ingeborg Schlosser

Hemer, am 8. 3. 59

Liebe Inge!

Meinen Schlauch bin ich nun doch nicht losgeworden. Als er geöffnet wurde, kam eine ganze Menge Dreck zum Vorschein, und daran liegt es auch, daß ich gestern abend wieder Fieber hatte. Ob ich nun wohl Pfingsten hier endgültig rauskomme? Das sollte man doch meinen! Ach, was ist das bloß für eine verfluchte Geschichte! Das Zeug, das jetzt aus dem Schlauch sickert, stinkt wie die Pest, so daß es keiner großen Phantasie bedarf, sich vorzustellen, man sei innen am Verfaulen.

Heute habe ich den Oberarzt auch gefragt, wohin ich mich zur Nachkur wenden soll, und er hielt es für besser, in den Schwarzwald zu gehen. Kennenlernen möchte ich die Gegend ja gerne mal, aber der Preis, Euch so lange noch weiter zu entbehren, ist sehr hoch.

Gestern war Vater hier samt Onkel Heinrich und Tante Waltraud. Eine gescheite Unterhaltung kam dabei aber nicht in Gang, denn sie hatten nur wenig Zeit. Vater sah auch gar nicht erholt aus, er machte einen ziemlich nervösen Eindruck. Hoffentlich bessert sich das in den drei Wochen, die er noch in Schwarzenau bleiben will.

Schreibst Du mir im nächsten Brief mal wieder, was Renate so treibt und redet? Das macht mir immer viel Spaß. Jetzt ist sie gerade im reizendsten Alter. Wie gefällt es Volker denn im Himmelbett, das er von seinem Schwesterchen geerbt hat? Ich versuche mir immer auszumalen, wie sich Euer Leben in Hannover vom Morgen bis zum Abend abspielt. Wie fühlst Du Dich eigentlich mit der wiedergewonnenen Schlankheit?

Ich denke sehr viel an Euch und habe Euch alle sehr lieb. Behalt auch Du mich lieb und laß Dich herzlich grüßen von

Deinem Richard

Ingeborg Schlosser an Richard Schlosser

Hannover, am 9. 3. 59

Mein lieber Richard!

Das tut mir ja für Dich und auch für uns sehr leid, daß Du nun doch noch länger in Hemer bleiben mußt! Hoffentlich sind mit dem weiteren Sekretfluß nun wenigstens keine Schwierigkeiten mehr verbunden und kein weiteres Fieber. Mit einem Urlaub zu Ostern sieht es ja nun auch nicht besonders günstig aus, wie? Mit der Taufe müssen wir dann wohl auf jeden Fall bis Pfingsten warten.

Hier kam ein Schreiben des Flüchtlingsamtes an, man wollte die Anschrift Deiner Eltern wissen, um Dir auf Deinen Antrag vom Januar 1956 einen Vertriebenenausweis ausstellen zu können. Mehr als drei Jahre brauchen die nun schon dafür!

Heute war ich mit den Kindern bei der Ärztin. Volker hat sich eine Verdauungsstörung zugelegt. Es ist nicht weiter schlimm, aber für ihn und für mich doch sehr lästig, denn er spuckt jetzt häufiger, macht sich fast bei jeder Mahlzeit tüchtig voll und hat etwas abgenommen. Das Ärztin hat Tropfen gegen die ewigen Blähungen und das Spucken verordnet. Durch Vermittlung von Jürgen habe ich zur Zeit eine Diplomarbeit für einen Bauingenieur zu tippen, die mir ca. 50 Mark einbringt, und deshalb wäre es mir lieber, ich könnte wenigstens manchmal ein bißchen länger schlafen, aber abends muß ich nach dem Füttern noch bis kurz vor Mitternacht schreiben, und um drei Uhr fängt der Knabe wieder an zu brüllen, zu spucken und sich die Windeln vollzumachen. Wenn ich mich dann nicht ab und zu mal um ihn kümmere, wird auch Renate wach und nölt. Aber ich schaffe es schon, mach Dir keine Gedanken. Zu Renate meinte die Ärztin, es handele sich bloß um eine geringfügige Störung. Wenig Milch und Fett soll ich Renate geben und hin und wieder einen feuchtwarmen Wickel auf den Bauch. Die Wurmtropfen haben nichts zutage gefördert.

Inzwischen war ich auch auf der Kasse. Auf Deinem Überweisungskonto standen 770 Mark, wovon ich 700 Mark auf Dein Sparkonto überwiesen habe, das ist Dir doch wohl recht? Sonst gibt es nämlich keine Zinsen dafür, soviel ich weiß. Übrigens habe ich auch wieder einige Nachrichten an den Mann gebracht.

Renate ist manchmal recht drollig. Sie will mir immerzu »Sachen verkaufen« und fängt dann regelmäßig an mit »Herr Kaufmanns, was wollten Sie?« Wenn ich Volker bade, darf sie mit dem Wasser planschen, darauf freut sie sich den ganzen Tag. Gestern assistierte ihr Franziska beim Planschen, denn Rudi war hier, um auf meine Bitte endlich mal wieder eine Reihe von Kinderbildern zu schießen. Der Film ist jetzt voll, ich lasse erstmal einen Kontaktabzug davon machen, dann kriegst Du auch wieder Bilder.

Weißt Du, was ich mir noch gedacht habe? Ob Du es einrichten kannst, wenn Du nachher tatsächlich im Schwarzwald bist, ein Zimmer für mich zu finden? Wenn Volker schon fünf Monate alt ist, könnte ich doch beide Kinder mitnehmen, um einige Wochen in Deiner Nähe zu sein. Außerdem bedenke man das wohltuende Klima für die lieben Kleinen! Ist die Idee sehr verrückt?

Viele liebe und herzliche Grüße von allen Deinen Schätzchen, besonders von

Deiner Inge

Richard Schlosser an Ingeborg Schlosser

Hemer, am 10. 3. 59

Liebe Inge!

Vielen schönen Dank für Deinen lieben Brief. Kannst Du mir im nächsten den Wisch vom Flüchtlingsamt herschicken? An diesen Antrag hatte ich schon öfter mal gedacht. Es ist ja erstaunlich, daß sich diese Schlafmützen überhaupt noch gemeldet haben.

Sobald sich absehen läßt, wann ich entlassen werden kann, wird hier vom Hause ein Kurantrag für den Schwarzwald gestellt. Selbstverständlich will ich mich dort nach einer preiswerten Bleibe für Euch umtun. Die Kinder werden ja der Gegend noch nicht viel Reiz abgewinnen können, aber dafür Du umso mehr. Das wird sich schon arrangieren lassen.

Daß ich meinen Schlauch noch nicht losgeworden bin, bedeutet keine Verschlechterung, sondern eben bloß eine Verzögerung der Heilung. Die Wunde ist nun glücklich ganz geschlossen. An der Stelle, die nach dem Entfernen der Fäden noch offen war, ist jetzt allerdings eine Delle. Schön sieht das Ganze nicht aus. Na, Du wirst noch das Vergnügen haben, diesen Reißverschluß zu bewundern.

Was Du von Deinem eigenen Tageslauf schreibst, hört sich allerdings grausam an. Um Mitternacht ins Bett und um 3 Uhr schon wieder aufstehen! Kannst Du dann wenigstens Mittagsstunde machen? Übernimm Dich bloß nicht mit Deiner Nebenarbeit, sonst finde ich am Ende ein Wrack vor, wenn ich selbst gesund nach Hause komme.

Wie geht es eigentlich mit Deinen Finanzen? Hat Tanta Hanna wieder was geschickt?

Hoffentlich gönnen Dir Deine quakenden Kinder bald mal etwas Zeit für einen gründlichen Nachholschlaf. Laß es Dir recht gut gehen, mein Schatz, und Dich herzlich grüßen von Deinem

Richard

Hannover, am 12. 3. 59

Mein lieber Richard,
soeben habe ich den letzten Buchstaben der verflixten Diplomarbeit getippt. Es ist doch nicht das Richtige, so kurzfristig termingebundene Aufträge anzunehmen, wenn man mit zwei Kindern und dem Haushalt dasitzt und nie weiß, was alles dazwischenkommen kann. Volker hat sich doch diese Darmgrippe zugelegt, an der er noch immer zu krebsen hat, denn er ist sehr unruhig und pupt immerzu, und Renate hat gerade eine fiebrige Erkältung überstanden. Na, jetzt kann ich aufatmen und mich auf meine sechzig Mark freuen. So rückt der Traum von der Couch samt Sesseln wieder in greifbare Nähe! Wegen der Wohnung kann ich Dir übrigens noch keine weitere Auskunft geben, denn es ist mir bei all dem Gewurstel mit den Kindern tatsächlich noch nicht möglich gewesen, den Dr. Hoyer wieder anzurufen. Am Wochenende will ich gründlich saubermachen, und dann leiste ich mir auch wieder meinen Mittagsschlaf, denn diese von Tag zu Tag verschleppte Müdigkeit macht einen mit der Zeit ganz matschig. Ich kann mich bloß freuen, daß es mir selbst meistens ganz gut geht. Wenn ich jetzt noch die Grippe kriegte, das wäre ein Spaß!

Neulich war ich mit Renate zum Kindergarten von der Pauluskirche in der Hoffnung, ich könnte sie da halbtags lassen, aber leider ist noch kein Platz frei. In die »Krabbelstube« will ich sie nicht gerne geben, sie ist mir schon zu groß für die Gesellschaft der Kriechkinder, die sich da befinden. Ostern soll ich nochmal nachfragen.

Meinen Finanzen geht es glänzend. Als ich zuletzt an der Kasse war, standen auf meinem Konto 250 Mark, wovon, wie ich annehme, auch 100 Mark von Tante Hanna stammten. Vati hat auch wieder Geld geschickt, und gestern sind von Mutter noch 100 Mark gekommen. Wenn sie Dich besucht, dann richte Ihr doch bitte meinen herzlichen Dank aus! Beim Funk bin ich auch wieder was losgeworden, und nun kommen noch die sechzig Piepen für das Tippen dazu. So bin ich ziemlich gut raus und spare eifrig, damit ich die Wohnung verschönern kann, bis Du wiederkommst.

Sobald ich Zeit finde, marschiere ich wieder zum Sozialamt, denn die Brüder haben überhaupt nichts von sich hören lassen auf meine Bitte, endlich mit der zweiten Kohlenrate rauszurücken. Mal sehen, was da schiefgelaufen ist. Da ich immer noch stille, bekomme ich ja auch für jeden Tag seit der Entbindung 50 Pfennig Stillgeld. Ich lege Volker jetzt nur noch zweimal täglich an, und auch das bringt jedesmal bloß 100 g, aber immerhin. Ostern wird dann wohl Ebbe sein.

Heute war ich mit Renate und Volker übrigens wieder bei der Kinderärztin, die doch am Montag bei beiden so eine Einreibung mit Salbe gemacht hatte, um festzustellen, ob schon ein Infekt durchgemacht wurde in bezug auf Tb. Sie konnte keine Reaktion erkennen und impfte darum nicht nur Volker, sondern auch Renate gleich mit. Volker sagte kaum was, Renate brüllte natürlich, war dann aber leicht abzulenken und mimte später die Mutige. Bei ihr hatte ich wegen der Impfung erst Bedenken gehabt, aber die Ärztin meinte, ich brauchte mich nicht zu sorgen. Bis sechs Wochen nach der Impfung sollen die Kinder nicht mit Menschen zusammenkommen, die was mit Tb zu tun haben, aber da sich Deine Sache ja leider noch in die Länge zieht, brauchen wir nicht zu befürchten, daß den Kindern was passiert. Im übrigen bist Du in diesem Punkt jetzt wahrscheinlich ungefährlicher als mancher Mensch, der sich für gesund hält und dabei lustig Tb-Bazillen in die Landschaft hustet. Als Volker in Jever gegen Tb geimpft worden war, mochte ich Dir das mit den sechs Wochen gar nicht schreiben, um Dir nicht das Herz zu brechen. Ach Richard, wenn das man bald ein Ende hat mit der ewigen Trennung! Mir fällt's allmählich auf die Nerven. Aber ich freue mich riesig, daß Du nachher die dämliche Tuberkulose ganz überwunden hast und bei einiger Vorsicht hoffentlich nicht mehr wieder daran erkrankst!

Nun will ich Dir mal unseren durchschnittlichen Tagesablauf schildern. Um halb sechs oder sechs Uhr morgens ist Volker am Brüllen und will gefüttert werden (nachdem er in der Nacht auch eine Zeitlang gemeckert hat, was ich aber standhaft ignoriere). Ich erhebe mich dann leise-leise, damit Renate nichts hört, aber in dem Moment, wo ich die Schiebetür öffne, dringt das Gebrüll umso lauter an Renates Ohr, und sie wacht prompt auf und will angezogen werden. Ich muß mich dann die ganze Zeit während des Fertigmachens und Fütterns von Volker mit ihr durch die Tür unterhalten und immer wieder versprechen, daß ich gleich kommen werde. Wenn Renate ausnahmsweise schläft, dann setze ich mich auf den Schreibtischstuhl, weil das der einzige mit Armlehnen ist, und stille das Baby, bis nichts mehr kommt. Anschließend wird Volker wieder gewogen, und dann muß ich nach nebenan, um die fehlende Menge aus dem Fläschchen warm zu machen und nachzufüttern. Er quakt dann noch ein bißchen, und wenn ich sicher bin, daß er keine zu großen Pfützen mehr spuckt, verkrümele ich mich noch auf eine Stunde ins Bett, so von halb sieben bis halb acht. Dann ist Renate aber garantiert munter und kommt zehn Minuten zu mir ins Bett. Wenn sie angezogen ist, mache ich erstmal den Ofen an. Meistens kriege ich das ja gut fertig, manchmal brauche ich aber auch mehrere Anläufe. Na, hoffentlich ist das Feuern bald gar nicht mehr vonnöten. Anschließend werden in feierlicher Prozession von der Tür Brötchen und Milch reingeholt (ich kriege jetzt anderthalb Liter, davon einen halben für Volker), und Renate deckt den Frühstückstisch, d.h. sie trägt das rein, was sie nicht so leicht kaputtbrechen kann. Nach dem Frühstück folgt in der Küche der große Abwasch, voran die Fläschchen, in die hinterher neues Citro-Semolin gefüllt wird. Dann muß auch schon das Wasser zum Kinderbad aufgesetzt werden. Dazu brauche ich jetzt nur noch einen Kessel und einen Topf voll, da ich mir eine Babybadewanne zugelegt habe, wo ich mit wesentlich weniger Wasser auskomme als damals bei dem Zinkbehälter. Gelegentlich muß ich auch die eifersüchtige Renate noch in die Wanne stecken. Inzwischen säubere ich schnell das Wohnzimmer, gieße die Blumen und wische Staub, und dann folgt für eine Dreiviertelstunde das Kapitel »Volker«. Davon kriegst Du demnächst einige Bilder zu sehen, wenn ich Zeit gefunden habe, mal zu Karstadt zu gehen, damit sie entwickelt werden. Renate darf währenddessen mit dem abgenutzten Badewasser klähen, damit sie beschäftigt ist. Nach der Reinigung des Schlafzimmers bereite ich das Mittagessen vor. Meistens gibt es nichts Dolles, da Renate doch nicht viel ißt, aber irgendwas muß man ja kochen. Zwischendurch widme ich mich dem großen Wäschekochtopf mit Babywäsche, die Windeln kommen dann aufs Gestell auf den Ofen. Renate wird gegen halb eins oder eins ins Bett gelegt und pennt gewöhnlich mindestens anderthalb Stunden. Wenn ich Glück habe und Volker ruhig ist, lege ich mich auch aufs Ohr, bis der Boy um zwei Uhr wieder seine Flasche kriegt. Nachmittags gehen wir bei schönem Wetter alle drei spazieren, entweder zum Maschsee oder auf den Spielplatz. Bloß gut, daß ich den Wagen auseinandernehmen und in zwei Etappen runtertragen kann! Wenn wir so um halb sechs wiederkommen, muß Volker gefüttert werden, anschließend ist Abendbrotszeit, und Renate begibt sich nach dem Waschen unter Protest ins Bett. Der Abend ist bei mir dann mit Schreiben, Stopfen, Bügeln usw. ausgefüllt, aber manchmal bin ich auch faul und lese oder höre Radio. Gegen zehn Uhr meldet sich Volker wieder, und wenn der dann versorgt ist, falle ich ins Bett, so bis halb sechs oder sechs – siehe oben!

Das tut sich also bei uns, und obgleich mir dabei kaum Zeit für irgendwelche persönlichen Dinge bleibt, möchte ich doch auch nicht mit jemand anders tauschen, denn so nette Kinder wie wir hat schließlich andersjemand nicht! Ich bitte Dich also herzlich, mich nicht mißzuverstehen, wenn ich von der vielen Arbeit schreibe. Ich will mich nämlich keineswegs beklagen. Auch wird ja alles einfacher, wenn Volker erst auf vier Mahlzeiten gesetzt ist und meine Nachtruhe dadurch länger wird. Ich gebe mir Mühe, mich so weit in Form zu halten, daß ich keine Ähnlichkeit mit einem »Wrack« annehme. Bis auf etwas Hüftspeck habe ich auch meine alte Linie wieder, der enge Kostümrock paßt jedenfalls schon!

Mein Lieber, ich möchte so gerne mal wieder länger in Deiner Nähe sein, wir sind jetzt ja schon bald ein Jahr getrennt, wenn wir uns auch im Heidehaus ab und zu sehen konnten, aber das war schließlich auch kein Ersatz fürs Familienleben. Wir müssen mal abwarten, wohin Du kommst und was dort ein Zimmer kostet.

Den Wisch vom Flüchtlingsamt anbei. Und nun, mein Herz, viele liebe Grüße, und komm bald raus!

In Liebe
Deine Inge

Richard Schlosser an Ingeborg Schlosser

Hemer, am 14. 3. 59

Meine liebe gute Inge!
Recht herzlichen Dank für Deinen ausführlichen Brief. Mit der Uhr in der Hand kann ich jetzt beinahe viertelstündlich verfolgen, was Du gerade treibst.

Donnerstag war Mutter hier. Sie hat vorgeschlagen, Du solltest Ostern mit den Kindern nach Dortmund kommen. Da könnte man dann auch die Taufe stattfinden lassen. Voraussetzung für diesen Plan scheint mir jedoch zu sein, daß Dorothea Dir behilflich ist, wenn alle Welt sich vor den Feiertagen in die Züge stürzt. Dann müßten natürlich auch Luise und Dagmar nach Dortmund kommen, und ich weiß nicht, ob sie dazu Lust haben. Immerhin gebietet Vater ja über das Talent, vor weniger vertrauten Besuchern mit süßsaurer Miene dazusitzen und einem erst hinterher die Ohren vollzugnuffeln, und zu Renates Taufe sind meine Eltern schließlich auch nach Jever gefahren.

Sollte sich herausstellen, wonach ich hier allerdings noch den Arzt fragen muß, daß ich mit den Kindern vorläufig besser nicht in Berührung komme, erübrigt sich alle weitere Diskussion über unser Wiedersehen zu Ostern. Ob ich meine Motten nun tatsächlich los bin, ist doch sehr fraglich. Zwar ist der große Herd verschwunden, aber in den anderen Lappen kann ja immer noch etwas sein. In dieser Annahme bestärkt mich folgender Vorfall: Gestern entdeckte ich in dem Glasröhrchen an meinem Schlauch einen etwa 1½ mm großen Stein und fischte ihn heraus. Auf Befragen erklärte mir der Arzt, es handele sich dabei um einen uralten, verkapselten Tb-Herd (Kalkherd). Ist das Ding nun schon vor der Op. aus dem Oberlappen gefallen oder kommt es aus Unter- oder Mittellappen, die ja jetzt noch drin sind und durch die starke Ausdehnung den Kalkbrocken freigegeben haben können? Nichts Genaues weiß man nicht. Wir dürfen uns jedenfalls nicht in der Sicherheit wiegen, daß ich die Krankheit restlos überwunden habe. Sonst müßte ich ja auch nicht noch eine langwierige Festigungskur antreten. Auf alle Fälle möchte ich es vermeiden, die Kinder anzustecken. Das wäre doch schrecklich. (Neulich haben sie hier wieder ein Dreijähriges operiert.)

Mir fällt die ewige Trennung auch auf die Nerven, aber wenn wir uns jetzt gegenseitig damit verrückt machen, wird uns allen beiden nicht besser. Ich bin froh, daß Ihr noch gesund seid. Hier liegen mehrere Leute, die die Frau und alle Kinder angesteckt haben, so daß die ganze Familie, soweit überhaupt noch vorhanden, in der Heilstätte behandelt werden muß. Für dieses Los danke ich bestens und reiße mich dann lieber noch eine Weile am Riemen.

Seit neuestem habe ich Ausgang und darf an die frische Luft. Da ich mich in dem Kaff hier wenig auskenne, bin ich ziemlich planlos im Gelände rumgebiestert, bloß um erstmal einen allgemeinen Überblick zu bekommen. Wenn man die ganze Zeit rumlatscht, merkt man doch, was man geleistet hat, und ich bin dann ganz froh, wenn ich mich abends in die Falle legen kann.

Liebe Inge, ich wünsche Dir, daß Du über aller Arbeit nicht die Freude an den Kindern verlierst. Bis das kleine Ferkel stubenrein ist, dauert es leider noch eine Weile. Vielleicht kann ich Dir ja bald mal helfen.

In herzlicher Liebe bin ich immer
Dein Richard

Ingeborg Schlosser an Richard Schlosser

Hannover, am 16. 3. 59

Mein lieber Richard,
schönen Dank für Deinen lieben Brief! Ich will mich man gleich jetzt (nachmittags um 5 Uhr) ans Antworten machen, denn morgen ist es damit zappenduster, da ich Herrn Florian zugesagt habe, ganz kurzfristig eine 25-Minuten-Sendung für »Wissenschaft und Technik« zu übersetzen. Leider ist das Manuskript aus Washington noch nicht da, obwohl

Donnerstag bereits Sendung ist und mindestens einen Tag vorher produziert werden soll. Könnte ich Dich wohl notfalls, um mir evtl. einige Tips geben zu lassen, noch anrufen? Das Thema ist der »Strahlungsgürtel um die Erde«, steht in Hörzu abgedruckt. Na, hoffen wir, daß ich's gut hinkriege und daß es auch gut bezahlt wird!

Freitag bekam ich den beiliegenden Brief von Dr. Hoyer und freute mich natürlich sehr, daß es nun doch noch klappen sollte mit der Wohnung. Sonntag konnte ich die Leonhardt telefonisch nicht erreichen, das ist mir erst heute geglückt. Ergebnis: Ja, die Wohnung sei noch zu haben, aber Gesundheitsamt und Wohnungsamt wollten eine andere Familie da reinstecken, eine dreiköpfige, die zur Zeit in einer Waschküche hausen muß. Ich habe der Leonhardt tüchtig was vorgejault, von wegen wir würden immer vertröstet usw., und nun hat sie versprochen, Mittwoch auf dem Wohnungsamt doch noch was für uns zu erreichen. Dem zuständigen Sachbearbeiter habe ich schon entsprechend eingeheizt. Übrigens hätten wir unabhängig von der Tb-Geschichte vom Wohnungsamt eine Neubauwohnung bekommen können, wenn Dein Antrag auf Anerkennung als Kriegsbeschädigter schon durch wäre. Sie haben 100 Wohnungen für Kriegsbeschädigte zu vergeben. Nun will ich doch mal dem Versorgungsamt bzw. dem Reichsbund auf die Zehen treten, damit sich da was tut. So weit die leidige Wohnungsgeschichte. Per Lotto scheint es ja nicht hinzuhauen, aber diesmal habe ich wenigstens drei Richtige!

Meinst Du eigentlich mit Sicherheit sagen zu können, daß Du Pfingsten aus Hemer rauskommst? Dann würde ich nämlich vorschlagen, Pfingsten zu taufen und schon 14 Tage vorher oder so mit den Kindern nach Dortmund zu fahren. Wenn es Luise und Dagmar paßt, könnten wir ja auch einen Termin zwischen Ostern und Pfingsten für die Taufe wählen, und ich käme dann Anfang April nach Dortmund, wenn der große Reiseverkehr vorbei ist.

Nun bin ich gespannt, was Deine Lunge weiter macht. Hoffentlich strengst Du Dich bei Deinen Spaziergängen nicht zu sehr an. Ich ginge ja so gerne mal mit Dir! Wenn ich in Dortmund bin und Mutter die Kinder beaufsichtigt, kann ich Dich endlich besuchen. Ich freue mich schon sehr!

Lieber Richard, tausend liebe Grüße von uns dreien und einen Kuß von

Deiner Inge

Richard Schlosser an Ingeborg Schlosser

Hemer, am 23. 3. 59

Liebste Inge!
Seitdem ich am Samstag endlich den ollen Schlauch losgeworden bin, hat sich noch keine erhöhte Temperatur eingestellt. Das Schlauchloch wird jetzt einige Tage lang austamponiert, und dann kann es endlich zuheilen, so daß ich vielleicht Ostern schon ganz ohne Pflaster auskomme. Wenn nun weiter alles gut verläuft, habe ich doch begründete Aussicht, 3–4 Wochen nach Ostern ein ganz freier Mann zu sein. Auf jeden Fall kann ich Euch Ostern sehen. Nach der langen Trennung ist auch meine Sehnsucht soooooooo groß und lang, daß ich es schon kaum mehr abwarten kann.

Weil ich nicht weiß, ob ich vor Ostern noch mein März-Taschengeld kriege, hatte ich Dich gebeten, mir noch etwas Geld für die Reise zu schicken. Unter Umständen mußt Du es von meinem Konto abheben, damit Dein Etat nicht durcheinander gerät.

Nach Möglichkeit schreibe ich Dir noch genauer, wann ich komme, aber sprich jetzt bitte mit Renate nicht mehr viel von meinem Erscheinen. Ich bin so gespannt, was sie sagt, wenn ich ganz unverhofft vor ihr stehe. Ach, ich freu mich so auf Euch alle.

Bis bald, mein Schatz!
Dein Richard

Ingeborg Schlosser an Richard Schlosser

Hannover, am 24. 3. 59

Lieber Richard,
oh, wie freu ich mich, Dich bald hierzuhaben! Wenn dann auch wegen der Taufe großer Trubel und viel Volks hier sein wird: Hauptsache, wir sehen uns mal wieder!

Renate gegenüber brauche ich gar nicht von Dir zu sprechen, denn das tut sie schon fortwährend selber. Als ich ihr heute die Haare schneiden ließ, erzählte sie freiweg dem Friseur, sie müsse »gaaanz schick« sein für Papa. Volker kränkelt wieder, er nimmt nie sein komplettes Fläschchen und ist etwas sehr quakig, aber das ist hoffentlich nicht von Dauer.

Viel schreiben kann ich heute leider nicht, da ich Hilde versprochen habe, ihre Kinder zu betreuen, sie will in die Stadt. Am Grasweg überweise ich dann auch 50 Mark an Dich.

Tschüß, mein Herz, und laß uns doch noch wissen, wann Du ankommst, ich käme doch so gern zum Bahnhof.

Alles Liebe
Deine Inge

Richard Schlosser an Ingeborg Schlosser

Hemer, am 31. 3. 59

Liebste Inge!
Hier in Hemer bin ich wohlbehalten und pünktlich wieder angekommen. Die Züge waren zwar voll, aber ich fand doch überall einen Sitzplatz, und so war die Reise erträglich, bloß müde bin ich wie ein Hund. Dir wird es nicht viel anders gehen, und wenn ich mich hier aufs Kreuz lege, tut es mir nur leid, daß Du das nicht genau so tun kannst, mein Schatz.

Ob ich mich wohl für die paar Wochen wieder an das Leben hier gewöhne? Es war so schön bei Dir zu Hause. Die Tage sind nur so schnell vergangen. Samstag kam mir mein Urlaub noch wie eine halbe Ewigkeit vor. Aber wenigstens einen Teil der ganzen aufgestauten Sehnsucht nach Dir und den Kindern habe ich doch in Hannover lassen können, und jetzt füllt sich abermals das Faß mit Sehnsucht. Vielleicht geht es mir beim nächsten Wiedersehen schon so gut, daß wir noch mehr voneinander haben und ich Dir auch ein bißchen helfen kann. Ich kam mir immer ganz schlecht vor, Dich arbeiten zu sehen, während ich auf dem Buckel lag, aber die Leute hatten mich hier eben so zugerichtet, daß das nötig war.

Wenn Mutter jetzt zu Dir kommt, bring bitte nicht die Ölsardinen auf den Tisch, weil sie mir die Dinger doch hierher mitgebracht hatte. Am besten verbrauchst Du das Zeug vorher. Die Leute wollen nie einsehen, daß ich neben dem normalen Fraß nicht noch zusätzliche Massen verdrücken kann.

Ach, meine liebe Inge, ich danke Dir noch einmal für alles Liebe und Schöne. Davon zehre ich jetzt in diesen Mauern, die mich hoffentlich nicht mehr lange gefangenhalten werden.

Grüß mir meine kleinen Lieblinge und sei Du selbst ganz herzlich gegrüßt von Deinem
Richard

Ingeborg Schlosser an Richard Schlosser

Hannover, den 1. 4. 59

Mein lieber Richard,
wie schön, daß Du die Fahrt gut überstanden hast, ich hatte mir doch einige Sorgen gemacht. Wir bemühen uns hier nun, wieder im alten Gleis weiterzumachen, und das ist nicht so schwer, weil einen die täglichen Arbeiten etwas von den Träumereien ablenken. Volker brüllte, als wir wiederkamen, aber als ich in sein Bettchen sah, lachte er mich an. Renate hatte auf dem Heimweg unaufhörlich von Dir geredet, daß der Onkel Dokdok nun nochmal sehen müsse, ob Dein Bäuchlein in Ordnung sei, und dann kämst Du schon bald nachhaus. Bis dahin will sie täglich einen Löffel voll zu Deinem Gedenken verspeisen.

Gestern und heute war Gertrud mit den Kindern draußen, so daß mir die Arbeit schneller von der Hand ging und ich heute sogar zu einer Mittagsstunde kam. Gleich will ich noch in die Stadt, deswegen reicht es heute nur zu einer Karte. Mach Dir bitte keine Gedanken darüber, daß Du hier zeitweilig das Sofa gedrückt hast, während ich arbeiten mußte, und sei nach Möglichkeit schön geduldig, damit die Ruhe Dich bald ganz gesund macht. Dabei kannst Du ja an Deine hannoverschen Lieben denken, die Dich tausendmal grüßen!

Deine Inge

Richard Schlosser an Ingeborg Schlosser

Hemer, am 12. 4. 59

Meine liebe Inge!
Vielen herzlichen Dank für Deinen Brief, mein Schatz. Ich freue mich sehr, daß es Volker nun besser geht. Mutter hatte sich auch schon telefonisch nach seinem Befinden erkundigt. Er scheint bei der Taufe mit seinem Gebrüll einen unauslöschlichen Eindruck bei seiner Großmutter hinterlassen zu haben.

Auf den Bildern macht er sich ja sehr gut. Heute kommt Vater, dann kann ich ihm doch gleich seinen Enkel auf den Fotos präsentieren. Endlich mal, denn alle Leute, die mich hier besuchen, fragen nach Fotos. Letzten Sonntag war es Tante Lena.

Wenn alles gut geht, komme ich am Freitag zur Chefvorstellung, und dann wird mir der Alte wohl einen Termin geben. Wegen meiner blöden

Erkältung sind die Leute hier wieder so ängstlich, daß ich nicht einmal jetzt, wo bis auf etwas Husten alles vorbei ist, nach draußen darf. Dabei muß ich nachher in Todtmoos doch auch bei Wind und Wetter auf der Halle liegen, und in den Zimmern stehen Tag und Nacht alle Fenster sperrangelweit offen. Am besten wird es sein, ich lasse mir einen Glaskasten bauen und verbringe den Rest meines Lebens darin, um immer gesund zu bleiben. Augenblicklich habe ich noch ganz oben in der Nase etwas sitzen, und nach Metas Meinung spreche ich deshalb immer noch so vornehm, was für sie der Beweis ist, daß ich noch erkältet bin, und darum darf ich einfach nicht raus. Es ist zum Speien. Jetzt am Ende fällt es mir von Tag zu Tag schwerer, es hier auszuhalten, und wenn ich daran denke, daß ich bald noch für so lange Zeit in den Schwarzwald gehen muß, wird mir ganz elend. Die schöne Gegend kann mich auch nicht darüber hinwegtrösten.

Liebste Inge, laß Dir die Zeit nicht zu lang werden und behalt mich lieb.

Viele herzliche Grüße von Deinem Richard.

Richard Schlosser an Ingeborg Schlosser

Hemer, am 15. 4. 59

Liebste Inge!
Genaues kann ich Dir natürlich noch nicht sagen, aber ich rechne fest damit, spätestens Ende nächster Woche hier wegzukommen. Inzwischen hatte ich auch schon einmal Nachricht von Haus Sonne, Todtmoos. Sie baten mich, ihnen mitzuteilen, von welchem Zeitpunkt ab ich reisebereit sei. Ich habe etwa den 10. Mai angegeben. Dann hätten wir hoffentlich noch einige Zeit für uns, falls Du nicht nach Jever fährst, und das wirst Du mir doch nicht antun, wo ich mich so sehr auf das Wiedersehen mit Dir freue. Es ist ja zu dumm, daß Gustav gerade jetzt das Feld geräumt hat, und ich habe nichts dagegen, wenn Du Renate unbedingt nach Jever schicken möchtest, wenn ich die kleine liebe Seele auch sehr vermissen werde, aber schließlich gönne ich ihr das ungebundene Dasein bei ihren Großeltern von Herzen.

Sonntag war Vater hier. Ich hatte es nach vielem Hin und Her erreicht, Ausgang zu bekommen. Wir fuhren dann mit der Bahn gleich eine Station weiter und tranken im »Bären« Kaffee und einige Doppelwacholder. Nach meiner Entlassung will ich über Dortmund fahren und dort noch für ein bis zwei Tage bleiben, aber nicht länger. Ach Inge, manchmal bin ich hier halb am Verdursten nach Dir und Deiner Liebe.

Gestern hatte ich vormittags Ausgang und kam bei der Gelegenheit zum ersten Mal richtig in den Wald, wo mir der erste Fasan meines Lebens über den Weg lief. Heute nachmittag will ich wieder in den Wald. Bei diesen Spaziergängen muß ich immer noch sehr viel schnaufen, und ich hoffe, daß sich das im Schwarzwald allmählich geben wird.

Freitag werde ich Dir dann wohl etwas Definitives schreiben können.

Viele liebe Grüße, mein Schatz, von Deinem

Richard

Ingeborg Schlosser an Richard Schlosser

Hannover, den 16. 4. 59

Mein lieber, guter Richard,

auf das Ergebnis der Chefvisite bin ich fürchterlich gespannt. Es wäre ja schön, wenn Du dann noch eine Weile hier sein könntest! Bei dem Vorschlag, Renate zeitweise nach Jever zu schicken, hatte ich so quasi gleich die Möglichkeit mit einkalkuliert, daß wir eventuell alle drei nachher mal im Schwarzwald auftauchten für einige Wochen und Du dann sowieso Renate länger um Dich hättest. Es ist aber noch gar keine Antwort aus Jever gekommen. Vielleicht könnte ich ja auch nach Deiner Abreise in den Schwarzwald für einige Zeit mit beiden Kindern in Jever sein.

Volker neigt seit gestern wieder zu Durchfall, und ich habe gleich den Kochzucker fortgelassen und dem jungen Mann Arobon eingetrichtert. Renate weiß vor Übermut überhaupt nicht, was sie machen soll. Beim Spazierengehen birst sie durch die Gegend wie ein Irre und greift nach allem möglichen Dreck, obwohl ich es ihr des öfteren verboten habe. Na, sie muß eben ihre Kräfte messen und gelegentlich auch mal sehen, ob sie mit ihrem Dickschädel wohl durch die Wand kommt.

Seit heute ist Renate stolze Besitzerin eines Kindertischchens, das ich in der Marienstraße spottbillig erstehen konnte, in dem Laden, wo wir damals die Leisten gekauft hatten. Der Tisch ist 52 cm hoch, hat helle, ungebeizte Beine und obendrauf eine blaue Hornitexplatte mit einem schwarzen Rand ringsherum. Ich habe überhaupt vor, abwechselnd für die Wohnung, für Renate und Volker und für mich ab und zu was anzuschaffen von meinen Nebenverdiensten und von dem, was bei sparsamer Haushaltsführung übrigbleibt, damit wir mal zu was kommen. Wenn ich das nicht mache, wird das Geld ohne Aufhebens mit im Haushalt untergebuttert, und man merkt es gar nicht. So habe ich doch an den Dingen Freude. Findest Du nicht auch, daß man das machen sollte? Volker hat neue Windelhöschen bekommen, und Deine Ehefrau hat sich bei Brenninkmeyer für zwölf Mark mit einer neuen Jacke ausgestattet (Orlon). Bei C&A werden jetzt sämtliche Stricksachen zu enorm herabgesetzten Preisen auf den Markt geworfen, weil es plötzlich so warm ist. Wenn Du hier wärst, könntest Du auch für Dich was kaufen, Anzüge sind zur Zeit sehr preiswert. Bloß man darf nicht zu oft in die Stadt gehen, sonst gibt man doch zuviel Geld aus.

Nun muß ich mich noch im Funk erkundigen, wie das mit der Wahlnacht wird. Lieber Schatz, sei vielmals herzlich gegrüßt und laß Dir alle verfügbaren Daumen drücken, daß Du bald nach Hause kommst, wir freuen uns schon sehr.

Deine Inge

Richard Schlosser an Ingeborg Schlosser

Hemer, am 17. 4. 59

Meine liebe Inge!
Aus Deinem Brief spürt man so recht, daß Du in guter Stimmung gewesen bist, als Du ihn geschrieben hast. Liegt das an dem schönen Wetter, an dem Spaß, den Du mit unseren Trabanten hast, an der Vorfreude auf meine Heimkehr oder an allem zusammen?

Mittwoch darf ich fahren. Endlich!!!

Montag werden noch allerlei Abschlußuntersuchungen gemacht. Wir wollen zu Gott hoffen, daß dabei nichts Nachteiliges mehr ans Tageslicht kommt. Ich bin es dermaßen leid, hier herumzugammeln, daß ich es kaum noch beschreiben kann. Mittwoch und Donnerstag werde ich dann wohl in Dortmund bleiben, und Freitag komme ich zu Euch. Nach Hemer brauchst Du mir jetzt nicht mehr zu schreiben, denn ich habe vor, am Mittwoch mit dem ersten Zug um 5^{47} zu verschwinden, hoffentlich auf Nimmerwiedersehen!

Gestern habe ich wieder einen Spaziergang zum »Felsenmeer« gemacht. Das ist eine Stelle hier in der Nähe, wo hausgroße Felsblöcke herumliegen. Zustandegekommen sein wird das Ganze wohl dadurch, daß nach dem Einsturz einer großen Höhle dieses Chaos aus Felsen auf der Oberfläche zurückblieb. Von der Höhe aus hat man auch einen guten

Überblick über das Kasernengelände der Bundeswehr in Hemer. Die Burschen machen doch wieder die gleichen Mätzchen wie zu Adolfs Zeiten. Ich habe mir das von meiner erhöhten Warte aus eine Weile angesehen und bin nur froh, daß mich keiner mehr für diesen Hokuspokus einfangen kann.

Renates Möbel werde ich gebührend bewundern, wenn ich in einer Woche bei Euch bin. Bleib weiter guter Laune, mein Schatz.

Es grüßt Dich von Herzen

Dein Richard

Ingeborg Schlosser an ihren Vater Gepke Lüttjes

Hannover, den 22. 5. 59

Lieber Vati!

Heute haben Richard und ich eine Bitte an Dich. Zuvor aber viele Grüße an Euch alle und besonders auch an Renate. Inzwischen ist nun ja Gustav wiedergekommen. Hat er sich gewundert, Renate vorzufinden? Sicher ist er braungebrannt und erholt!

Richard wüßte gerne, ob eventuell in der Zeit, wo er nach dem Krieg in Jever und in Waddewarden wohnte – vom 6. 1. 46 bis ca. 1. 4. 1949 –, eine Röntgenaufnahme von ihm gemacht wurde, möglicherweise im Rahmen einer Reihenuntersuchung der Schüler des Mariengymnasiums. Ich selbst weiß, daß ich in der Zeit irgendwann einmal im Hause der Kreisverwaltung, seitlicher Eingang, geröntgt wurde, aber ich kann mich nicht mehr erinnern, ob das bei einer Reihenuntersuchung geschah. Falls ja, könnte es doch sein, daß auch Richard damals durchleuchtet wurde, und dann müßte ja die Aufnahme noch vorhanden sein. Da wir nun den Prozeß gegen das Gesundheitsamt eingeleitet haben, tätest Du Richard einen großen Gefallen, wenn Du Dich einmal ausführlich erkundigen könntest. Du weißt sicher selbst am besten, wen Du alles fragen kannst.

Eine Wohnung haben wir jetzt fest zugesagt bekommen. Sie hat drei Zimmer, Küche, Bad und einen großen Balkon, nur liegt sie ziemlich hinter dem Mond, in Vahrenheide-Ost, ganz im Norden der Stadt, noch hinterm Kanal und schon bald in Langenhagen. Aber immerhin, wir können damit rechnen, im September oder im Oktober einzuziehen. Ich bin heute schon dort gewesen, bin im Bau herumgeklettert und habe mir den Grundriß aufgezeichnet. Uns wurde noch eine andere Wohnung zur Auswahl gestellt, die aber erst zwei Monate später fertig wird und in Richtung Badenstedt gelegen ist, in Körtingsdorf. Das wäre verkehrsmäßig sehr viel günstiger, dafür ist die Wohnung wieder 5 qm kleiner. Wir sollen uns nun entscheiden. Wenn wir die Bestätigung erhalten, daß die kleinere Wohnung womöglich erst 1960 bezugsfertig ist, werden wir wohl nach Vahrenheide ziehen.

Und nun Euch allen alles Gute und weiterhin viel Spaß mit unserer lieben Renate!

Deine Inge

Richard Schlosser an Ingeborg Schlosser

z. Zt. Denzlingen, 26. 5.

Liebe Inge!
Wie Du siehst, bin ich gut übergekommen. Die Reise fand ich allerdings nicht sehr schön. Die Züge waren sehr voll, und es herrschte eine unmenschliche Hitze. Hier ist es ebenfalls sehr heiß. Wenn das in Todtmoos noch schlimmer wird, haue ich ab und schreibe Dir den nächsten Brief aus Alaska.

In Kassel traf ich den alten Dr. Maskus so an, wie ich ihn erwartet hatte, zitterig und kahl. Er war sehr zuvorkommend und freundlich, aber sein Gedächtnis ist nicht mehr das beste. Seine Frau konnte sich viel besser auf meinen Fall besinnen. Ich soll jetzt an die Kassenärztliche Vereinigung in Cottbus schreiben, die 1951 seine ganze Kartei konfisziert hatte. Möglich, daß sich da noch etwas zu Tage fördern läßt.

Von Kassel bis Frankfurt fuhr ich wieder mit der V200, weiter dann mit einer E10. Der Durchschnittszahn war 120.

Meine Vettern führten mich in die Freiburger Atmosphäre mit Weißherbscht ein. Insofern ist es ein Glück, daß ich heute nach Todtmoos weiterfahre. Es war aber sonst ganz gemütlich, was hauptsächlich auf die Anwesenheit eines bajuwarischen Urviechs zurückzuführen war.

Einstweilen viele liebe Grüße, auch an Volker.

Dein Richard

Richard Schlosser an Ingeborg Schlosser

Todtmoos, am 27. 5. 59

Liebste Inge!
Mein neuer Wohnort liegt 48 km von Freiburg entfernt. Für diese Distanz braucht man mit dem Bus 2 Stunden und 25 Minuten. Daraus kannst Du ungefähr ersehen, was das für eine Schlangenstrecke ist. Erst geht es in gefährlichen Serpentinen rauf bis »Notschrei« und dann wieder hinab nach Todtnau. Um von dort ans Ziel zu gelangen, muß man abermals steilstens hinauf bis zum »Hochkopfhaus« und dann hinunter nach Todtmoos. Hier wohne ich ca. 850 Meter über dem Meeresspiegel. Die Fahrt hier herauf war sehr schön und entschädigte mich etwas für die mißratene Eisenbahnreise.

Todtmoos besteht aus 14 mehr oder weniger selbständigen Ortsteilen, die ich mir dann so nach und nach ansehen werde. Erstmal muß ich natürlich abwarten, was der Arzt hier mit mir anstellt und ob ich überhaupt viel rumlaufen darf. Bis jetzt habe ich diesen Menschen noch nicht zu Gesicht zu bekommen.

Zu unserem Sanatorium gehören mehrere Häuser. Ich liege in einem Neubau. Zweibettzimmer. Mein Zimmergenosse ist ein Versicherungsmolch aus Stuttgart. Die Süddeutschen und die Rheinländer sind hier überhaupt in der Überzahl. Von Hannover wissen sie nur soviel, daß es an der »Lane« liegt und daß die Mädchen schöne »Bane häöben«. Mein Zimmer ist sehr nett und erweckt nicht den Eindruck einer Krankenstube. Betten und Schrank sind lind- bis palmolivgrün lackiert. Die Wand hinterm Waschbecken ist mit Resopal verkleidet. Es läßt sich hier ganz gut drin wohnen. Der Ausblick aus meinem Fenster ist noch etwas behindert, weil außen am Haus Gerüste stehen, auf denen sich Maler und Maurer betätigen.

Die Mahlzeiten werden im Haupthaus eingenommen. Dort ist ein Speisesaal, in dem die ungefähr 90 Männlein und Weiblein verköstigt werden. Es existiert auch ein Fernsehapparat. Gestern war aber das Programm gleich so dämlich, daß ich es vorzog, ins Bett zu gehen, zumal mir noch einige aufgespeicherte Müdigkeit in den Knochen saß.

Inzwischen, es ist jetzt Abend, habe ich die erste Untersuchung hinter mir. Der Arzt meint, die Sache habe sich nach der Operation gut gemacht. Diese Auskunft beruhigt mich sehr, denn nun kann ich hoffen, mit 4 Monaten davonzukommen. Die ganze schöne Gegend hier kann mir gestohlen bleiben, wenn mir die Hauptsache fehlt. Rate mal, wer das wohl ist! Bei meinen Kollegen habe ich mich schon erkundigt, wo und wie man hier irgendwelche Besucher unterbringen kann, und es ist ein allgemeines Schütteln des Kopfes geschehen. Die Einheimischen sollen allesamt Halsabschneider sein, die es von den Toten und den Lebendigen nehmen.

Vorläufig muß ich wieder im Bett liegen, bis ich mich an das Klima gewöhnt habe. Liegeterrassen sind direkt im Haus, und man muß da genau so lange rumliegen wie anderswo auch. Es ist eben überall das gleiche. Hier braucht man sich nur die Berge wegzudenken, dann ist es wie in Stöcken. Unter Hitze habe ich noch nicht gelitten. Nachts wird es sehr kühl, und morgens braucht die Sonne einige Zeit, um die Gegend wieder aufzuheizen.

Liebe Inge, ich glaube, daß ich Dir jetzt alles Wissenswerte geschrieben habe.

Es grüßt Dich von Herzen
Dein Richard

Ingeborg Schlosser an Richard Schlosser

Hannover, am 29. 5. 59

Mein lieber Richard,
wie schön, nun bist Du erstmal gut angekommen und in einem netten Zimmer gelandet. Die Aussicht, Dich vielleicht schon in vier Monaten wieder hierzuhaben, hat mir richtig Auftrieb getrieben! Dann müssen wir allerdings wohl nach Vahrenheide, denn es geht ja nicht an, daß wir alle hier zusammenhocken, während Du womöglich noch an Deiner Diplomarbeit schreibst. Die andere Wohnung wird nach Auskunft des zuständigen Bauingenieurs erst im Dezember fertig. Nun, mal sehen, was Du meinst, wenn ich Dir alles geschildert habe. Unterschiedlich groß sind vor allem die Wohnzimmer (Vahrenheide 25 qm, Körtingsdorf 18). Aber da wir ja doch vorerst keine eigenen Möbel besitzen, hätte ich nichts dagegen, zumal es leichter zu heizen geht. Auch braucht sich ja die Kinderpflege nicht dort abzuspielen. Kleiner als in Vahrenheide sind auch Elternschlafzimmer und Bad. Wesentlich größer wiederum ist der zu zwei Dritteln eingelassene Balkon, der gegen Einblicke geschützt ist und sich deshalb besser als Liegeterrasse eignet. Das Bad hat allerdings kein Fenster, sondern eine Schacht-Entlüftung. Nach eingehender Befragung von Karl Bockelt, bei dem das auch so ist, hat das nicht viel zu sagen: »Im ersten Moment mieft es sowieso, aber das geht dann schnell weg!« Wenn das Bad

nicht so groß ist, kriegen wir es auch leichter warm. Die Fenster in dem Bau in Körtingsdorf sind bis auf das Küchenfenster alle über drei Meter breit und nehmen damit praktisch eine ganze Wand ein.

Nächsten Dienstag muß ich zur Leonhardt marschieren und ihr unsere Entscheidung mitteilen, so oder so. Meiner Ansicht nach ist alles eine Frage des Termins. Weit lieber ginge ich, wie Du weißt, nach Körtingsdorf (per Rad übern Lindener Berg eine knappe Viertelstunde bis in die Stadt). Telefon wäre in Vahrenheide bis auf weiteres überhaupt nicht zu bekommen, da die Nordstadt-Nummern jetzt schon so überlastet sind, daß eine Neuregelung getroffen werden muß. Fragt sich also: Oktober oder Dezember?

Nun aber genug davon! Mit dem Versicherungsmolch wirst Du Dich hoffentlich gut vertragen. Und sogar Fernsehen! Welches Programm kriegt man denn da? Der Südwestfunk soll doch ein besseres haben als der NWRV. Und was ist Weißherbscht? Handelt es sich um irgendein Gebräu?

Vati hat auf dem Gesundheitsamt bis jetzt nur erfahren, daß Reihenuntersuchungen von Schülern vor 1949 in Jever nicht stattgefunden hätten. Er holt aber noch weitere Erkundigungen ein.

Für nächste Woche habe ich wieder eine Schreibarbeit angenommen. Nicht schön, auch nicht besonders gut bezahlt, aber besser als nichts. 28 Seiten Forst-Tabellen! Tante Hanna hat Geld geschickt. Heute ist der Gasmann gekommen und hat mir 35 Mark wieder abgeknöpft!

Volkers Album ist fertig beklebt, morgen kommt Renates dran. Außerdem überhole ich jetzt meine Sachen. Meinen Regenmantel habe ich der neuen Mode angepaßt, nun kommen noch sämtliche Kleider an die Reihe.

So, mein Schatz, nun ruft die Pflicht! Volker geht es gut, bloß er will nicht genug essen. Na, wenn das Wetter wieder besser ist, kommt er an die Luft, und dann wird er schon Hunger kriegen!

Viele, viele, viele liebe Grüße von

Deiner Inge

Richard Schlosser an Ingeborg Schlosser

Todtmoos, am 30. 5. 59

Liebste Inge!

Heute abend war Dein Brief schon hier und sogar ohne Poststempel, so daß ich die Marken gleich noch einmal nehmen kann. Mit dem Brief ging das ja fix, dafür brauchte das Paket umso länger. Das kam auch erst heute an. Ein Glück, daß es jetzt da ist, ich hatte hier nämlich schon ganz herrlich geklappert. Von Schwitzen kann keine Rede sein. Eigentlich ist es nur eine Stunde nachmittags mal richtig warm. Vielleicht wird das im Hochsommer noch anders.

Mir soll es recht sein, wenn wir nach Körtingsdorf ziehen. Vergewissere Dich nur noch einmal, ob die Baugruben nicht tatsächlich noch zwei Jahre fortbestehen, ohne daß ein weiterer Handschlag an den Häusern getan wird. Sollte ich meine Arbeit eher kriegen und beginnen können, als wir da einziehen werden, müßtest Du für diese Zeit mit den Kindern nach Dortmund gehen.

Inzwischen habe ich mein Im-Bett-Liege-Stadium hinter mir und gammele seitdem auf dem Bock herum und darf normal ausgehen. Morgen will ich mit einem Tierarzt, der im Kurhaus liegt, einen Spaziergang machen. Im Kurhaus ist das Essen zwar besser als bei uns, aber dafür sind die Zimmer scheußlich. An die Decken sind kitschige Engel gemalt, und die Waschbecken bestehen aus geblümtem Porzellan. Da ist mir ein schönes Zimmer nebst Saufraß doch lieber.

Donnerstag war hier Fronleichnamsprozession mit viel Klimbim und Geklingele. Eine Schwazwaldkapölln blus auch auf ihren Hörnern dazu. Vor den meisten Haustüren waren die Hausgötter aufgebaut bzw. schöne Bildln von Maria und Josef. Bloß gut, daß ich nicht katholisch bin. Das ganze Getue wirkt doch irgendwie heidnisch auf mich.

Weißherbscht ist ein badischer Wein. Das Zeug hatte mir am nächsten Morgen ziemlich in den Gliedern gelegen. In Todtmoos gibt es allenfalls Getränke mit Hängolin, die zwar nicht besser als Weißherbscht sind, aber auch nicht so gefährlich.

Ich habe mir schon etwas Kaffee besorgt, damit ich mir ab und zu mal einen deftigen Trunk brauen kann. Als ich ankam, mußte ich eine Erklärung unterschreiben, nach der die Benutzung von Tauchsiedern und anderen elektrischen Geräten verboten ist. Das soll mich aber nicht groß stören. Auch die anderen Insassen dieses Heims brauen sich feste Kaffee.

Ferngesehen habe ich noch nicht wieder. Die anderen wollen bloß immer Boxen und sonstigen Mist sehen, und das interessiert mich nicht.

Viele liebe Grüße, mein Schatz. Ich hoffe, es geht Dir und Volker gut.

Dein Richard

Ingeborg Schlosser an Richard Schlosser

Hannover, am 2. 6. 59

Mein lieber Richard!
Heute bin ich verteufelt knapp mit der Zeit, da ich wieder über eine Stunde bei der Leonhardt rumgesessen habe. Dazu gleich noch mehr. Ich gratuliere Dir, daß Du jetzt auf sein darfst! Das ist ja ein schöner Fortschritt angesichts Deiner Befürchtung, erst einmal vier Wochen auf dem Kreuz liegen zu müssen.

In der Wohnungssache hat sich wieder was geändert. In Vahrenheide könnten wir auch erst zum Jahresende einziehen, weil neuerdings zwei Häuser bevorzugt gebaut und die anderen erst später fertig werden. In die bevorzugten Häuser kommen, o Graus, hauptsächlich Mühlenberg-Bewohner rein. Ich weiß nicht, ob Dir der Name Mühlenberg was sagt, aber das ist meines Wissens ein Lager für allerlei zweifelhaftes Gelichter. Jedenfalls zog die Leonhardt die Nase kraus und meinte, in diesen Häusern seien keine Tb-Wohnungen vorgesehen, weil das »nicht gehe«. Dann hat sie sich auf meine Bitte nochmals nach den Wohnungen in Körtingsdorf erkundigt: Termin Anfang 1960. Ja, was soll man nun machen. Donnerstag will sie wieder zum Wohnungsamt und fragen, ob wir nicht eine Wohnung im zweiten Bauabschnitt Vahrenheide bekommen können, das sind die Wohnungen rechts vom Lister Damm, wo die Baubude ist. Ich glaub's ja nicht, aber wer weiß!

Vom Fernsehen habe ich jetzt mein Wahlhonorar bekommen, 75 Mark, ganz nett! Nun muß ich mal sehen, was mir die momentane Schreiberei, die sehr eklig ist mit vielen Zahlen usw., einbringt. Wenn ich's mir leisten kann, gehe ich mir 2,65 m Stoff für einen Sommermantel kaufen. Den Schnitt habe ich mir schon besorgt.

Aus Jever gibt es in Deiner Sache noch keine Neuigkeiten. Vati schrieb bloß, daß Renate »immer allerliebst und obenauf« sei. Volker ist auch sehr munter. Seit neuestem hat er morgens zwischen sieben und acht und abends nach der letzten Mahlzeit seine festen Schreizeiten, da hilft kein Wiegen und kein Zureden, nur wenn man ihn hochnimmt, ist er ruhig, grient sich freundlich im Spiegel an und brüllt sofort wieder los, wenn man ihn waagerecht legt. Aber da bin ich jetzt hart, sonst verwöhne ich den Bengel zu sehr. Manchmal, wenn ich vom Einkaufen zurückkomme, nachdem ich ein friedlich schlafendes Kind am offenen Fenster zurückgelassen hatte, höre ich ihn schon an der Straßenecke lauthals brüllen. D.h. brüllen tut er eigentlich gar nicht; wenn er entsprechend in Wut ist, dann quiekt er in den höchsten Tönen, bis er nicht mehr kann. Sehr komisch, muß ich schon sagen! Mittags ißt er meistens schön seinen Gemüsebrei. Wurzeln koche ich selbst, nur die lächerlich kleinen Portionen Spinat und Mischgemüse, die abwechselnd dazukommen, kaufe ich mir in fertigen Dosen, von denen eine drei Tage langt. Das ist viel schneller zu bereiten und außerdem mit Vitaminen angereichert. Wenn er allerdings größer wird und pro Tag eine ganze Dose braucht, werde ich auf Selbstbereiten umschalten müssen, sonst wird das zu teuer.

Sonntag hat Doro hier den ganzen Abend gebügelt. Rudi kam auch und zum Schluß noch Jürgen. Er hat einen Kommilitonen, der demnächst heiraten möchte und auf unsere Wohnung scharf ist. Ich habe gesagt, mit 600 Emm müßte der aber rechnen. Die Klage ist jetzt übrigens unterwegs, und Rudi meint, wir würden frühestens in vier Wochen wieder von der Angelegenheit hören.

Anbei der inzwischen eingetroffene Flüchtlingsausweis.

Viele liebe Grüße, mein Schatz! Behalt mich lieb und laß Dich in Gedanken umarmen

von Deiner Inge

Richard Schlosser an Ingeborg Schlosser

Todtmoos, am 3. Juni 59

Liebe Inge!
Vielen Dank noch einmal für Deinen Anruf. An unsern Hochzeitstag vor 5 Jahren hatte ich auch gedacht, allerdings erst, als mein letzter Brief schon fort war, und da wir diesen Tag ja nicht als Haupthochzeitstag gelten lassen wollten, wirst Du es mir hoffentlich nicht übel nehmen, wenn ich Dir erst jetzt schreibe, daß ich heute ganz besonders heftig an Dich denke und mich freue, daß Du meine Frau geworden bist.

Nun habe ich noch diverse Wünsche. Wenn Du es nicht mehr schaffst, ein Paket zu packen, nimm das Zeug einfach mit nach Jever und schicke es von dort aus. Also:

1. Eine Gummiwärmflasche	6. Eck, Techn. Strömungslehre
2. Fernglas	7. Schmidt, Techn. Thermodynamik
3. Schachspiel ohne Brett	8. Gramberg, Techn. Messungen
4. Lehmann, Elektr. Antriebe	9. Badehose
5. Pfleiderer, Strömungsmasch.	10. Sonnenbrille

Gerne hätte ich auch unser Plätteisen. Außer Handtüchern wird hier keine Wäsche gewaschen, stattdessen bekommt man 7,50 DM Wäschegeld pro Monat und muß die Kledage dann in eine Wäscherei geben. Nach Aussagen der Leute, die schon länger hier sind, reicht das Geld aber dafür nicht aus. Infolgedessen muß ich einige Sachen selbst waschen und auch plätten, was ohne Eisen schlecht geht.

Weiter möchte ich Dich bitten, das Blitzgerät und das Kabel mitzunehmen und von Zeit zu Zeit die Batterie aufzuladen. Den Fotoapparat schicke ich Dir, sobald der Film voll ist. Wenn man hier die Landschaft aufnehmen will, geht das praktisch nur auf der höchsten Höhe. Die Täler sind so eng, daß man bestenfalls ein paar schmale Landschaftsstriche aufs Bild bekommt, mit denen einem wenig gedient ist. Auf die Höhe komme ich aber doch nur am Sonntag, und darum geht es nicht so fix mit der Fotografiererei.

Du schreibst mir dann ja bestimmt von Jever, was Deiner Mutter fehlt und wie es ihr geht. Gib Raabes auch meine Adresse, damit sie an mich gerichtete Post weiterleiten. Die VDI-Zeitschriften können gestapelt werden.

Am Sonntag war ich mit dem Tierarzt auf Wanderschaft. Obwohl der Knilch schon 7 Monate hier ist, verirrten wir uns gründlich und mußten schließlich ellenlange Hänge mit 50% Steigung raufkraxeln, um überhaupt wieder einen Weg zu finden. Nach dieser Pleite habe ich mir eine Umgebungskarte angeschafft, um in diesem Durcheinander von Bergen, Schluchten und Tälern nicht noch einmal die Übersicht zu verlieren. Trotz der Beschwerlichkeit des Ausflugs hatte ich aber einigen Genuß davon. Unter anderem besichtigten wir die örtlichen Wasserfälle. Angeblich soll es hier auch Forellen geben, die zum weiter oben stattfindenden Laichgeschäft in diesen Wasserfällen hochspringen. Bis jetzt habe ich ein solches Vieh allerdings noch nicht erblickt, geschweige denn eins einen Wasserfall überwinden sehen.

Herr Köhler, der Tierarzt, hat einen Bekannten, welcher Frau und Kind etwas außerhalb von Zentral-Todtmoos untergebracht hat. Da ist es nicht so teuer wie im Hauptort. Die Frau fährt immer mit dem Fahrrad zum Kurhaus. Im übrigen bewohnt sie mit dem Kind ein Zimmer und hat Gelegenheit, ihr Essen in der Küche selbst zu kochen. Bei uns kommt natürlich die Schwierigkeit hinzu, auch Volker in den Plan mit einzubauen. Ich höre mich weiter um. Bei Spaziergängen müßte man sich an die Täler halten, denn es wäre ein Unding, den Kinderwagen einen Berg raufzuschieben. Vielleicht kann man auch ein Schulkind chartern, das mal auf Volker aufpaßt, wenn wir auf den Berg wollen.

Vorläufig sieht es immer noch so aus, als wenn ich in 4 Monaten wieder reisen kann. Die meisten Leute bleiben nur 3 bis 4 Monate, allerdings liegen hier auch hauptsächlich leichte Schatten, die dann bereits so ziemlich geheilt sind.

Daß in der Wohnungsfrage sich noch einiges verzögert, konnte man sich ja denken. Wenn Mühlenberger nach Vahrenheide ziehen, bin ich auch mehr für Körtingsdorf, selbst wenn es erst im März fertig wird. Hoffentlich haben wir dann auch noch etwas von der Wohnung. Man weiß ja nicht, wie lange ich in Hannover bleiben werde. Bis zur endgültigen Regelung sitzt Du dann möglicherweise auch da wieder ohne mich drin.

Grüß mir die Kinder, lieber Schatz, und sei selbst ganz herzlich gegrüßt von Deinem

Richard

Richard Schlosser an Ingeborg Schlosser

Todtmoos, am 14. 6. 59

Liebste Inge!

Vielen herzlichen Dank für Deinen Brief. Mich macht die lange Warterei auch immer ganz kribbelig. Ich überlege schon, ob ich mir nicht ein Postschließfach nehmen soll, das kostet pro Monat 50 Pfg. Ich müßte dann allerdings mehrmals am Tage zum Postamt hinunter laufen, aber dafür hätte ich schon morgens um 8^{00} die Post, die hier erst beim Mittagessen verteilt wird. Beim Abendessen wird noch einmal Post ausgegeben, und die hätte ich dann schon mittags.

Bisher ist es so, daß ich Deine Briefe immer erst abends beantworten kann, und dann fährt der nächste Postbus erst am folgenden Tag um 7^{30}, da hilft kein Heulen und kein Zähneklappern.

Jetzt also zu meinem Tageslauf. Morgens um 8^{00} gibt es Frühstück, bestehend aus Milchsuppe, einem Brötchen, Brot, Butter, Marmelade und manchmal gritzegrünem Bienenhonig. Die Eingeborenen haben viele Bienen, die sich wohl vornehmlich an die Nadelbäume halten, darum sieht der Honig so widerlich grün aus. Es soll aber angeblich der beste sein, den es gibt. Wenn die Immen schwärmen, werden sie aus der Luftschutzspritze mit Wasser besprengt, damit sie denken, es ist Schlechtwetter. Dann bleiben sie nämlich zu Hause. Von dieser Methode hatte ich auch noch nichts gehört. Aber zurück zum Thema. Wenn ich noch einen Brief zum Bus bringen will, muß ich mich spätestens um 7^{00} aus dem Bett bequemen, gelegentlich auch früher, weil unser Arzt die Angewohnheit hat, seine Patienten in aller Herrgottsfrühe zu irgendwelchen Untersuchungen oder Besprechungen zu bestellen. Was bei mir zu untersuchen und zu bekakeln war, ist aber inzwischen erledigt. Nach dem Frühstück kann man höchstens ein paar Schritte in die Umgebung tun, denn von 9^{00}–12^{00} ist Liegekur. Ich habe hier eine etwas erhöht gelegene Bank gefunden, von der aus sich ein Teil von Todtmoos überschauen läßt. Da sitze ich dann meistens, so lange es die Zeit erlaubt. Etwa jeden zweiten Tag macht der Arzt Visite in Begleitung der einzigen Schwester namens Iphigenie. Bühnentauglich sieht sie freilich kaum aus, sie ist alt und verknittert und reichlich pensionsreif. Ich habe mit der Tante zum Glück nicht viel zu schaffen. Auf dem Bock war es in letzter Zeit scheußlich kalt, weil wir gräsiges Wetter hatten. Man liegt dann regelrecht in den Wolken, man kann auch sagen im Himmel. Mit diesem klitschnassen Nebel wirkt der Himmel allerdings nicht besonders anziehend. Um 12^{30} gibt es Mittagessen. Das hat sich übrigens gebessert, nachdem sich jemand mit guten Beziehungen zur BfA beschwerte. Danach ist bis 15^{00} wieder Liegen. Um 15^{30} gibt es Muckefuck mit Brot und Butter. Von 16^{00}–18^{00} wird abermals gelegen, und um 18^{30} ist Abendessen, meistens warmes. Nur Donnerstag und Sonntag wird Kaltverpflegung aufgetischt. Da die Bude erst um 21^{00} geschlossen wird, kann man noch einen Abendspaziergang machen.

Größere Exkursionen sind nur am Wochenende möglich.

Heute vormittag bin ich an der Wehra entlangspaziert. Das war sehr schön und nicht anstrengend, weil ich auf keinen Berg zu kriechen brauchte. Ich habe auch einige Bilder gemacht. Bevor ich Dir den Apparat zurückschicke, will ich noch eins dieser typischen alten Schwarzwaldhäuser knipsen. Aus der Ferne sehen die Dinger ja sehr idyllisch aus, doch wehe, wenn man näher kommt. Ich möchte um kein Geld der Welt in einem dieser brasseligen Kästen wohnen müssen. Ich glaube, diese Häuser werden infolge ihrer idiotischen Bauweise bald ausgestorben sein, denn wo man hinsieht, werden Neubauten aus Stein errichtet, die in ihrer äußeren Form nur noch entfernte Ähnlichkeit mit Schwarzwaldhäusern haben. Die Urhäuser sind alle mit Holzschindeln gedeckt, und soweit ein Haus in Hanglage überhaupt Seitenwände hat, sind auch diese mit Schindeln bepflastert, wo sich dann alles mögliche Gewürm drunter festsetzt. Die Schindeln sind auch alles andere als wasserdicht, und so sitzen die Eingeborenen dauernd auf ihren Hausdächern, um die Löcher zu stopfen. Die meisten Hausbesitzer nehmen schließlich der Einfachheit halber Blech und Dachpappe, und dann fehlt nicht mehr viel am Aussehen eines Blechkanisterkrals.

Gestern rief mich Vater abends um 21^{30} an. Es handelte sich um die üblichen »Gedanken zur Nacht«: Was soll man nun dazu bei der ganzen Geschichte und so weiter fertig ist die Laube zunächst einmal.

Zu Deinen Einnahmen herzlichen Glückwunsch, aber das Geld behalte man. Ich hatte ja genug mitgenommen und gebe mir schon Mühe, recht sparsam zu sein. Für Deinen geplanten Besuch ist mir wegen Volker noch keine brauchbare Lösung eingefallen.

Ich bin gespannt, wann das Paket von Doro ankommt. Wenn Du in den Zeitungen vom Samstag Schachaufgaben findest, ausschneiden, herschicken!

Nun hoffe ich, Deinen dringendsten Wissensdurst gestillt zu haben. Grüß alle schön, besonders meine kleine Renate und das Volkerkind. Wenn Du zu große Sehnsucht hast, dann male Dir das Wiedersehen aus!

Herzlichst
Dein lieber Richard

Richard Schlosser an Ingeborg Schlosser

Todtmoos, am 23. 6. 59

Liebste Inge mein!
Inzwischen ist hier eine ganze Menge Post angekommen, der Brief von Dir, gestern von Doro endlich das Paket, heute ein Brief von Mutter, und an Walter muß ich auch noch schreiben.

Sonnabend rief Tante Waltraud aus Denzlingen an und bat mich, am Sonntag rüberzukommen, alldieweil Onkel Heinrich nach der langen Autofahrt von Mülheim psychisch und physisch nicht in der Lage sei, mit der ganzen Bagage, Onkel Hans plus Tochter waren nämlich auch dabei, hierher zu fahren. Für meine Beurlaubung sah ich ja erst ziemlich schwarz, aber der Doktor ließ mich dann doch für den ganzen Tag laufen. Ich fuhr über St. Blasien, Seebrugg und Titisee. Auf diese Weise bekam ich auch gleich eine ganze Ecke vom Schwarzwald zu sehen. St. Blasien gefällt mir nicht so gut wie Todtmoos. Es ist da alles mehr städtisch, während man hier ja in einem regelrechten Dorf sitzt. Bis Seebrugg ging es dann weiter mit dem Bus, von da ab mit der Bahn. Seebrugg liegt am Südende des Schluchsees, und man fährt den ganzen See entlang, etwa 7 km. Dabei passiert man einen Ort, der den komischen Namen »Aha« führt. Der Schluchsee liegt sehr schön zwischen den Bergen, da möchte ich mit Dir gerne noch einmal hin. Anschließend läuft die Bahn über »Altglashütten« und Deutschlands höchstgelegenen Bahnhof »Bärental-Feldberg«

(967 m über NN) zum Titisee und dem gleichnamigen Ort. Von Bärental aus hatte ich einen schönen Blick auf den Feldberg. In Titisee stieg ich nach Freiburg um, und dann ging es über Hinterzarten hinein ins Höllental. Das ist so ungefähr die phantastischste Bahnstrecke, die man sich vorstellen kann. Es geht vorbei an etwa 400 m steil aufragenden Felswänden, und an manchen Stellen wird das Tal so eng, daß die Bahn zeitweise in Tunneln verschwindet, weil neben Fluß und Straße einfach kein Platz mehr vorhanden ist. Bei meiner Reise ging mit Blitz und Donner dann noch gerade ein heftiger Gewitterregen nieder, wodurch der höllische Charakter des Tales kräftig unterstrichen wurde. Jenseits der Bahnhöfe »Höllsteig« und »Hirschsprung« wird die Geschichte dann bedeutend friedlicher, weil nun das »Himmelreich« und schließlich »Kirchzarten« erreicht werden. Die weitere Fahrt nach Denzlingen war weniger aufregend. Wir aßen dann alle zusammen Mittag im Gasthof Arnold, wo ich damals übernachtet hatte, und unternahmen nachmittags eine Autotour nach Breisach und quer durch den Kaiserstuhl. Von Breisach aus hat man einen schönen Blick auf den Rhein, schön allerdings weniger hinsichtlich der Landschaft, sondern mehr, weil man dort einen weiten Überblick über die Großbaustelle »Rheinseitenkanal« hat, den die Franzosen parallel zum Rhein anlegen. Unsere Fahrt wurde dann in Achkarren unterbrochen, wo wir einen Schoppen vom Faß Nr. 7 der örtlichen Winzergenossenschaft probierten. Der Kaiserstuhl ist fast ein einziger Weinberg. In den Orten laufen die Kinder schockweise auf der Straße herum, und an jeder Ecke steht ein schielender Dorftrottel, der mit seinen Kollegen vom gleichen Kaliber die negative Begleiterscheinung des generationenlangen Weingenusses verkörpert. In Denzlingen langten wir gerade noch so zeitig an, daß ich eben etwas herunterschlingen konnte, bevor ich mich wieder in den Zug schwang. Auf der ganzen Tour habe ich etwa 250 km abgerissen, aber dafür auch allerhand gesehen. Onkel Heinrich hat die Reise finanziert (ca. 15 DM).

Mit Onkel Hans hatte ich schon gleich mittags gesprochen und ihm ausführlich erklärt, was er in Cottbus zu erreichen suchen müßte. Viel Hoffnung habe ich nicht. Daß Dr. Maskus heute nicht einfach in einer neuen Bescheinigung behaupten kann, ich hätte damals keine Lungenentzündung gehabt, sollte auch Dir einleuchten. Rundheraus gesagt verlange ich ja nicht mehr und nicht weniger von ihm, als sich selbst einer Fehldiagnose zu bezichtigen, und Du kannst mir glauben, daß ich einige Zeit gebraucht hatte, ihm das beizubringen, ohne dabei ins Fettnäpfchen zu treten. Natürlich will er nun erst versuchen, doch noch etwas in Cottbus zu finden bzw. durch mich und weiter durch Onkel Hans suchen zu lassen, weil er selbst das als Republikflüchtling nicht kann. Wenn das zu keinem Erfolg führt, muß ich sehen, wie wir ein plausibles Dokument zustande bringen. Diese ganze Scheiße haben wir nur der Tatsache zu verdanken, daß die erste Bescheinigung von Dr. Maskus in die Klauen des Versorgungsamtes gelangt war. Es ist bloß gut, daß ich mit Onkel Hans hier im Westen in Verbindung treten konnte, denn in einem Brief nach Cottbus hätte ich mich wegen der zu befürchtenden Briefkontrollen nie so klar ausdrücken können.

Der Versicherungsmolch ist mittlerweile entlassen worden. Ich habe jetzt einen Filz auf der Bude, der im Zivilleben Lastwagenfahrer beim Ami in der Gegend von Kaiserslautern ist. Mir paßt der Kerl nicht sehr. Vernünftige Unterhaltungen sind ausgeschlossen.

Fernsehen ist hier allabendlich. Ich war erst 2 × hin. Das Bild ist furchtbar schlecht, so daß es schon aus diesem Grunde kein reines Vergnügen ist, sich das anzusehen.

Das Geld von Dir hätte ich eigentlich nicht gebraucht, aber trotzdem vielen Dank, ich spare es dann für unvorhergesehene Fälle, sagen wir mal die Russen kämen her, und ich müßte Hals über Kopf abreisen.

Wenn Renate jetzt schon schwimmen lernen soll, dann bleib bloß immer in nächster Nähe. Mir ist bei dem Gedanken recht unbehaglich zu Mute, und ich habe ziemliche Angst, daß das arme Würstchen dabei absäuft.

Bisher habe ich noch kein billigeres Quartier als für 3,50 DM täglich entdeckt.

Laß Dich herzlich grüßen, mein Schatz, von Deinem

Richard

Ingeborg Schlosser an Richard Schlosser

Jever, am 26. 6. 59

Lieber Richard meiniger!

Na, da bin ich aber froh, daß Du die Höllentalfahrt heil überstanden hast! Ich möchte die Gegend ja auch gern mal kennenlernen, aber je mehr ich das Unternehmen von der finanziellen Seite her betrachte, desto weniger glaube ich überhaupt, daß ich mit den Kindern in diesem Jahr in den Schwarzwald fahren kann. 3 Mark 50 pro Tag für die Unterkunft ist zwar relativ billig, aber über längere Sicht doch nicht zu erschwingen. Das einzige, was m. E. noch in Frage käme, wäre ein einfaches möbliertes Zimmer, aber das wird man dort wohl nicht finden.

Renate hat von mir heute einen »Rettungsring« bekommen, einen kleinen aufblasbaren Luftreifen, den sie »zu'n Schwimm-Lern« um den Bauch nehmen will. Daß ich das ganze Theater nur unter Beachtung aller Vorsichtsmaßregeln mitmache, versteht sich doch von selbst. Augenblicklich betätigt sie sich planschenderweise in einem Bottich auf dem Rasen. Sie ist munter wie ein Fisch, dabei lieb und zärtlich gegen jedermann und auf der andern Seite ein halber Junge. Fährt Roller, mit Schwung um die Ecken, kläht mit Wasser, spielt in der neuen Bude, verkauft Dreck als Zucker und Schlamm als Bier und sieht dementsprechend aus. Täglich muß sie von Kopf bis Fuß abgeseift werden; die Haare werden am Sonnabend gewaschen. Bei mir selbst habe ich mit meiner Eigenbau-Lockenwickelei übrigens schon zweimal den Friseur gespart.

Nach der Mittagsstunde wird Renate um Punkt drei Uhr von Gustav »mit Musik« geweckt, d.h. er nimmt seine Mundharmonika und baut sich draußen vor dem Fenster auf. Lieder blasen kann er noch nicht, aber zum Wecken reicht's. Dann rast er durch die Küche ins Schlafzimmer und sorgt dafür, daß Renate hochkommt und schnellstens angezogen wird.

Morgens geht Renate dafür Gustav wecken. Neulich sah Gisela dabei zufällig, wie Gustav sein Hinterteil unter der Decke rausstreckte. Sie pfiff ihn an und sagte Renate, sie solle aufpassen und Bescheid sagen, wenn Gustav sich wieder vorbeibenimmt. Kurz darauf rief Renate: »Tante Gisela, Gustav nimmt sich schon wieder schlecht!« Gisela lief rauf und kuckte, und da hatte er seinen Fuß rausgestreckt, weiter nichts!

Volkerleins Verstopfung ist mittels Darmol und Obstsaft inzwischen kuriert, und er ist ganz allerliebst und eigentlich immer fröhlich und zufrieden. Er grient alle Leute breit an, und nur bei dunklen oder dicken Brillengläsern kriegt er's mit der Angst zu tun. Jetzt liegt er neben dem großen Johannisbeerstrauch im Wagen in der Sonne und stärkt seine Beinmuskeln mit heftigem Gestrampel.

Vorgestern waren wir bei Bekannten von Vati auf einem Bauernhof bei Cleverns, wo es besonders Gustav sehr gut gefiel. Er kroch beinahe unter den Kühen rum, als gemolken wurde, und stellte ständig Fragen: »Haben die Kühe das Melken gerne? Würden die die Milch nicht lieber selber trinken? Stören die die vielen Fliegen gar nicht?«

Das Päckchen hat Dich wohl mittlerweile erreicht. Jetzt will ich noch per Rad nach Wilhelmshaven, Besorgungen machen, mit Renate im Kindersitz, das hatte ich ihr versprochen. Für heute viele, viele liebe Grüße von allen Deinen Süßen, besonders von

Deiner Inge

Richard Schlosser an Ingeborg Schlosser

Todtmoos, am 28. 6. 59

Liebste Inge!
Vielen heißen Dank für Deinen lieben Brief. Ich sehne mich immer sehr nach Post von Dir. Gerne würde ich Dich auch einmal bei der Betreuung der Kinder vertreten. Hoffentlich weiß Renate in einem halben Jahr noch, wer ich bin, da ich wahrscheinlich erst Weihnachten wiederkomme.

Ja, von 4 Monaten ist jetzt keine Rede mehr. Inzwischen ist der Verlegungsbericht aus Hemer hier, und damit scheint das Affentheater, das in Hemer um mich gemacht wurde, seinen Fortgang zu nehmen. Jedenfalls hat mir der Arzt geraten, noch bis Weihnachten hierzubleiben. Ach, was ist das nur für eine Scheiße! Ich überlege schon, ob ich mich nicht ab Anfang September wieder ins Heidehaus verlegen lasse. Dann hätte ich Euch doch wenigstens in der Nähe. Ohne Dich ist der ganze Schwarzwald nichts wert. Meine Erkundigungen nach billigem Quartier zeitigen keine unseren Verhältnissen angemessenen Ergebnisse. Mittlerweile habe ich erfahren, was die Frau mit Kind, von der ich Dir mal schrieb, für ein Doppelzimmer mit Küchenbenutzung in einem Rattenloch in Hinter-Todtmoos täglich bezahlt: 4.50 DM. Dazu kommt eine Kurtaxe von täglich 0.50 DM, das macht an fixen Kosten für einen Monat 150 DM. Die Reisekosten von Hannover belaufen sich auf weitere 86 DM. Wenn man dann noch ab und zu ein Café besuchen will, ist es ganz aus.

Wie wär's denn, wenn ich mir mal 8 Tage Urlaub geben ließe? Mir stinkt der Schwarzwald jetzt schon, besonders unter den neuen winterlichen Aspekten.

Den Fotoapparat samt entwickeltem Film habe ich verpackt. Auf einem Bild kannst Du das Haus betrachten, in dem ich schmachte. Gestern bin ich in ein größeres Zimmer gezogen. Leider hat sich dieser Umzug als Verbesserung von recht zweifelhaftem Wert erwiesen, weil der Kerl, mit dem ich mir das Zimmer teilen muß, ständig besoffen ist. Von Beruf ist er Weingroßhändler. Was mich am meisten stört, ist sein fürchterliches Geschnarche. Auf Versuche, das abzustellen, reagiert das versoffene Schwein natürlich nicht. Ich habe aber das Gefühl, daß der Kerl sich sowieso in einigen Tagen eine Blitzkur einfängt, und dann bin ich erlöst.

Mein lieber Schatz, jetzt möchte ich Dir noch für Dein Paket danken. Von dem Kaffee werde ich lange Zeit zehren können. Auch für die Rauchwaren, die Kekse und die Krimis schönen Dank.

Wenn Du von den Kindern schreibst, freut es mich immer besonders, daß es ihnen in Jever gefällt und daß Renate sich so herrlich tummeln kann. Wie ich aus der Zeitung sehe, regnet es bei Euch wohl kaum oder gar nicht. Hier dafür 3 × täglich.

Liebste Inge, sei mit unsern Sprößlingen und allen anderen herzlich gegrüßt von

Deinem Richard

Ingeborg Schlosser an Richard Schlosser

Jever, den 2. 7. 59

Mein lieber Richard,
in der Nacht zum Dienstag hatte ich plötzlich Halsschmerzen, und morgens platzte mir fast der Kopf, wie es schien. Fieber kriegte ich auch noch, über 39. Vati rief dann Tante Doktor, die mir gestern und heute jeweils eine deftige Penicillinspritze verpaßte. Zusammen mit etlichen Tablettchen hat das schließlich geholfen, und heute bin ich einige Zeit auf. Ich kann mir so richtig ausmalen, wie scheußlich es für Dich gewesen sein muß, wochenlang mit hohem Fieber in Hemer rumzuliegen und Dich hundeelend zu fühlen, aber bei Dir war es nach der Operation ja noch zehnmal schlimmer. Nun, ich hoffe, in wenigen Tagen ganz über den Berg zu sein. Soweit sich bis jetzt feststellen läßt, habe ich niemanden angesteckt, auch die Kinder nicht, die ich vorsorglich gleich ab Dienstagfrüh von mir ferngehalten hatte, was auch unbedingt notwendig gewesen war, da so eine heftige Angina sehr ansteckend sein soll.

Und Du armes Wurm darfst auch Ende September noch nicht raus? Das tut mir furchtbar leid, für Dich und für uns alle. Machte der Arzt denn ein ernstes Gesicht, als er Dir das verkündete, oder gab er Dir gleichzeitig zu verstehen, daß Dein jetziger Gesundheitszustand nach wie vor als relativ gut zu bezeichnen sei? Gesetzt den Fall, daß sich an der Verlängerung der Kur nicht mehr rütteln läßt, wäre es zur Auffrischung unseres allmählich sinkenden Lebensmutes vielleicht wirklich besser, wenn Du wieder ins Heidehaus kämst. Fragt sich, was der Arzt meint. Wahrscheinlich hält er eine Kur bis Weihnachten in Todtmoos für aussichtsreicher, oder nicht? Wenn es sich nun aber sozusagen nur um den letzten Teil der Nachkur handelt, mag die vielleicht auch in Hannover möglich sein, denn Du wärst ja nicht so leichtsinnig, Dir den Erfolg durch unvernünftige Lebensweise zu verscherzen.

Dabei denke ich auch noch an eine andere Möglichkeit. Ich will Dich nicht drängen, nur möchte ich mal ganz vorsichtig anfragen, ob Du Dir zutraust, Dich gegen Jahresende um Deine Diplomarbeit zu bewerben, wenn Du dann im Heidehaus bist. Da hättest Du Ruhe zum Arbeiten und keine Störung durch unsere lebhaften Kinder. Ich könnte Dich mit allem Material versorgen, das Du benötigst, und für Dich tippen. Außerdem sähen wir uns gelegentlich, und das würde unsere Lebensgeister doch erheblich aufmuntern. Schimpf mich ruhig aus, wenn ich was Unmögliches vorgeschlagen habe. Wie geht es Dir denn nun?

Gestern kam auch der Fotoapparat an mitsamt dem Filmstreifen. Soviel ich erkennen kann, ist es landschaftlich dort ja außerordentlich reizvoll, und das Sanatorium scheint sehr hübsch zu liegen. Hier ist das Wetter umgeschlagen. Seit fast einer Woche gießt es wie aus Eimern. Vielleicht gibt es dafür im Schwarzwald mal Sonne.

Eben kommt Renate rein und fragt mich: »Bissu noch ümmer krank, Mama?« Sie ist den lieben langen Tag ums Haus gebösselt und gerollert, und es geht ihr prima. Unser Stummelchen steht an windgeschützter Stelle im Garten und quiekt vor sich hin.

Bitte schreib mir bald wieder, denn ich warte auch immer ungeduldig. Viele liebe Grüße von uns allen!

Deine Inge

Richard Schlosser an Ingeborg Schlosser

Todtmoos, am 4. 7. 59

Liebe Inge!
Vielen herzlichen Dank für Deinen Brief, der mich einerseits beruhigte, weil es Dir nun wieder besser zu gehen scheint, andererseits jedoch beunruhigt, weil Du da so lebensmüde Ansichten vertrittst. Ich hoffe doch sehr, daß diese Stimmung nur mit Deiner augenblicklichen Verfassung zusammenhängt und nicht von Dauer ist. Ich kann doch auch keine gewaltsame Änderung der Situation herbeiführen. Mir hängt dieser Zustand entschieden am weitesten zum Hals heraus, wenn Du auch meinst, Du hieltest darin den Rekord.

Mir ist selbst nicht klar, was ich tun soll. Gehe ich hier im September weg, und im Heidehaus wird es schlimmer, muß ich mir nachher Vorwürfe machen. Kannst Du so etwas voraussehen? Ich jedenfalls nicht. Und sonderlich gute Erfahrungen habe ich mit dem Laden dort ja nun auch nicht gemacht.

Der hiesige Arzt läßt sich jetzt noch alle Aufnahmen aus Hemer schikken, weil er feststellen will, was es mit der Aufhellung im Hiliusgebiet (Lungenwurzel) auf sich hat, die hier auf der letzten Aufnahme zu erkennen ist. Bis jetzt hält er das für Narbengewebe, das sich nach der Operation gebildet hat, aber sicher ist das nicht, und die Geschichte muß noch längere Zeit beobachtet werden, bis die Gutartigkeit dieser Erscheinung erwiesen ist.

Was mein Befinden angeht, kann ich Dir nur mitteilen, daß mir beim Bergsteigen die Luft ziemlich knapp wird und mir jedesmal der Schweiß ausbricht, so daß ich mit patschnassem Hemd oben ankomme, auch wenn ich betont langsam gegangen bin. Bei den Wannenbädern habe ich jetzt gemerkt, daß meine rechte verbliebene Lunge praktisch gar nicht mehr an der Atmung beteiligt ist. Wenn ich ganz gerade auf dem Rücken liege und tief Luft hole, tritt die linke Brust etwa 3 cm aus dem Wasser heraus, während die rechte nichts dergleichen veranstaltet. Der Arzt hat mir versichert, daß sich das noch etwas bessern werde, aber nicht wesentlich. Die rechte Lunge ist nach der Operation wieder vollkommen festgewachsen und daher in ihrer Bewegungsfreiheit gehemmt. Im Grunde erfüllt sie jetzt nur noch den Zweck, das Herübertreten des Herzens und des linken Lungenflügels nach rechts zu verhindern, was nach Totalresektionen der rechten Seite meistens geschieht, wenn keine Vollplastik gemacht wird.

Die Folgen der Operation kommen einem erst nach und nach so richtig zum Bewußtsein, aber das alles werden wir ja in unserem Streit mit dem Gesundheitsamt in entsprechender Form zur Sprache bringen. Wenn ich dadurch auch keine neue Lunge bekomme, so doch hoffentlich ein Trostpflaster von stattlichen Ausmaßen für den gesundheitlichen Dauerschaden. In einem ähnlichen Fall soll ein Patient, der hier liegt, das Gesundheitsamt verklagt und den Prozeß gewonnen haben, nachdem er bis vors Bundessozialgericht gegangen war. Angeblich soll dabei eine sagenhafte Entschädigungssumme herausgesprungen sein. Von dem betreffenden Herrn habe ich aber nur gehört, gefunden habe ich ihn noch nicht. Und was unter einer sagenhaften Entschädigungssumme zu verstehen ist, bleibt vorläufig ungewiß. 50.000 DM wären das für meine Begriffe eigentlich nicht. Am besten setzen wir gleich das Fünffache als Diskussionsgrundlage fest. Das klingt dann doch schon etwas sagenhafter und nicht so spießbürgerlich.

Irgendwie habe ich das Gefühl, daß ich allein wegen dieser Geschichte, wenn sie im Herbst ins Rollen kommt, wieder nach Hannover gehen sollte, damit ich da mitmischen kann. Wegen der Diplomarbeit wäre es mir natürlich am liebsten, wir säßen dann in unserer eigenen Wohnung. Im Dezember muß ich zur Nachuntersuchung nach Hemer.

Der Arzt hat mir geraten, möglichst erst im Frühjahr wieder mit der Arbeit anzufangen. Stundenweise treibe ich auch jetzt schon meine Studien. Irgendeine Beschäftigung muß ich ja auch haben, denn mit den Leuten hier kann ich nichts anfangen. Deren Interessen erstrecken sich fast ausschließlich auf Besäufnisse und Balzen. Letztere Tätigkeit scheint hier überhaupt in hoher Blüte zu stehen. Neben unserem Sanatorium befindet sich ein anderes Kurheim, wo Erpel und Enten gemeinsam Liegekur machen. Da ziehen sie sich dann gegenseitig an den Beinen, was neulich zu dem Ausruf eines Mädchens führte: »Nun lassen Sie das doch, ich habe keine Hose an!« Daraufhin wollte der ganze Verein diese Behauptung unter Beweis gestellt sehen. Fürchterliche Zustände! Der Laden ist bestimmt ein halbes Freudenhaus. Weitere Beispiele will ich lieber gar nicht erst anführen.

Es gibt hier übrigens einen Zeltplatz beim Schwimmbad, wo man auf unentbehrliche Einrichtungen wie Waschgelegenheit und Tante Meier nicht verzichten braucht. Falls wir jemanden fänden, der Volker etwa 14 Tage versorgte, könntest Du Dich dann entschließen, einfach mit Renate und Zelt einmal herzukommen? Das Wetter ist hier augenblicklich prima. Jede Menge vorausgeschicktes Gepäck könnte ich hier verstauen, bis Ihr da wärt, und mit Rheumalinddecke müßte es doch im Zelt ganz gemütlich sein.

Laß den Kopf nicht hängen, mein Engel. Ich habe Dich sehr lieb und bleibe immer

Dein Richard

Richard Schlosser an Ingeborg Schlosser

Todtmoos, am 14. 7. 59

Liebste Inge!
Schönen Dank für Deinen Brief und die Bilder von meinen ernsten Kindern. Renate sieht ja schlimm aus. Kann man ihr jetzt nicht bald einen richtigen Bubikopf schneiden lassen? Aus den augenblicklichen Zotteln wäre sicherlich auch mit Kamm und Bürste keine gescheite Frisur zu machen. Vielleicht gehst Du mit Renate mal zu einem anderen Friseur, wenn Du von dem Figaro in der Schützenhofstraße nichts hältst.

Hier war am Sonnabend auch so eine Affenhitze. Seid bloß vorsichtig beim Baden! Ein Patient bekam am Freitag die Nachricht, daß sein Sohn beim Baden ertrunken sei. Solche Geschichten schlagen einem richtig auf den Magen, und man stellt sich unwillkürlich alles mögliche Schreckliche vor, was Euch widerfahren könnte, und man selber säße hier und wäre zur Tatenlosigkeit verdammt.

Für morgen habe ich mich beim Doktor angemeldet. Der hat so viel zu tun, daß man sich schon einen Termin geben lassen muß, wenn man etwas zu besprechen hat. Darüber schreibe ich dann im nächsten Brief.

Bei klarem Wetter kann man von hier aus die Alpen sehen. Bis jetzt habe ich aber noch kein großes Glück damit gehabt. Ich muß wohl mal morgens um 5^{00} aufstehen und einen geeigneten Berg erklimmen. In den Morgenstunden ist die Sicht meist besser.

Entschuldige, daß der Brief wieder so kurz ist. Aber hier passiert eben nichts. Du kannst wenigstens von den Kindern immer etwas Neues schreiben.

Aus Dortmund wurde inzwischen schon wieder 2 × hier angerufen, aber ehe ich dann jeweils am Apparat war, hatte der Teilnehmer verzichtet, und dabei keuche ich mir schon immer die Lunge aus dem Hals, um rasch hinzukommen. Diese Scheiß-Telefoniererei!

Sei ganz herzlich gegrüßt von Deinem Richard

Ingeborg Schlosser an Richard Schlosser

Jever, am 15. 7. 59

Mein lieber Richard,
schon wieder nur ein Tag für Deinen Brief, das ist ja beinah wie in alten Zeiten. Meine Briefe dagegen werden wohl noch im gewohnten Trott befördert, oder?

Daß Renate auf dem Foto ziemlich schlimm aussieht, finde ich auch. Ich kann Dich aber beruhigen, denn in Wirklichkeit und besonders im frischgekämmten Zustand sieht sie entschieden niedlicher aus. Ich hatte da einfach drauflosgeknipst, und gerade vorher war Renate wie eine Wilde rumgetobt, daher der zerzauste Haarschopf. Die Ponyfransen sind zu lang, um lose getragen zu werden, kürzer schneiden will ich sie auch nicht, also werden sie (etwa zehnmal am Tag) mit einem Flipser festgesteckt, bis sie so lang sind, daß man sie mit einer Spange bändigen kann. Und über Volkers Aussehen schreibst Du kein Wort! Ich dachte, Du würdest in Begeisterung ausbrechen, wie groß er schon geworden ist! Meistens lacht er, nur momentan will er immer nicht richtig essen. Mittags gibt es jedesmal einen Kampf, und in der Flasche bleibt ständig was drin.

Dazu leidet er noch an Verstopfung. Ich kranke dafür am Gegenteil und bin Tag und Nacht am Wandern.

Wenn ich mit Renate baden gehe, bin ich die ganze Zeit bei ihr im Planschbecken bzw. halte sie in Schillig an der Hand. Gerade Sonnabend haben wir einen Unglücksfall dort so halb miterlebt, und Du kannst ganz sicher sein, daß ich immer allergrößte Vorsicht walten lasse!

Mit der neuen Schaukel stellen die Kinder sich noch ziemlich tolpatschig an. Ich werde das Geschaukel mal knipsen. Sonntag beginnt dann das Schützenfest. Renate und Gustav stehen viel an der Straße und sehen zu, wie die Wagen anrollen.

Und nun alles Gute weiterhin, lieber Richard, gute Besserung und einen glücklichen Ausgang der Besprechung mit Deinem Doktor!

Viele liebe Grüße von Deiner Inge & Co.

Richard Schlosser an Ingeborg Schlosser

Todtmoos, am 17. 7. 59

Meine liebe Inge!

Für Deinen Brief recht schönen Dank. Das Bild von Volker hatte ich nicht so berückend gefunden und deshalb keinen Kommentar dazu verfaßt. Es ist ja auch nur der Kopf zu sehen, und ich bin überfordert, wenn ich allein danach die Größe des Kindes beurteilen soll. So kann ich nur sagen, daß er offenbar gut im Futter ist. Auf jeden Fall sind die Aufnahmen, die wir noch in Hannover von ihm gemacht hatten, viel netter. Da kann man die ganze kleine Person doch wenigstens von Kopf bis Fuß bewundern. Ich sehe mir die Bilder jeden Tag an, auch deswegen, weil Du mit drauf bist. Das Schlimme ist nur, daß ich dann noch mehr Sehnsucht nach Dir habe als ohnehin schon.

Mittwoch war ich also beim Doktor, und seitdem ist mir wieder etwas leichter ums Herz. Ich war nämlich ziemlich down, weil inzwischen mein Rentenantrag als Kriegsbeschädigter abgelehnt worden war. Das hätte ich Dir zwar auch schon im letzten Brief schreiben können, aber da wußte ich ja noch nicht, wie die Geschichte weitergehen sollte, und dann wärst auch Du noch ein paar Tage mit dem Kopf auf dem Grund geschliffen.

Der Bescheid wurde mir in einem dicken Einschreibebrief zugestellt. In der Hauptsache dreht sich das ganze Gewäsch um meine Knieverletzung, die als Schädigung im Sinne des § 1 des Bundesversorgungsgesetzes anerkannt wird. Dadurch bin ich allerdings weniger als 25% versehrt, weshalb eine Rente nicht gewährt werden kann. Sollte jedoch eine Verschlimmerung eintreten, kann ich Heilbehandlung in Anspruch nehmen usw. usw. Weiter heißt es dann kurz und bündig: »Die außerdem noch vorhandene Gesundheitsstörung ›Lungentuberkulose‹ ist nicht Folge einer Schädigung im Sinne des § 1 BVG.« Keine Begründung, nichts.

Ich trug dem Doktor meinen Fall ausführlich vor, und er meinte, daß ich begründete Aussicht hätte, trotzdem damit durchzukommen. Erstens kann nicht bestritten werden, daß die Rippenfellentzündung mit meinem körperlichen Zustand nach der Entlassung aus der Kriegsgefangenschaft in Zusammenhang stand. Weiter kann zweitens eine Lungentuberkulose noch nach 7 Jahren (!!!) im Gefolge einer Pleuritis auftreten. Was sagst Du jetzt? Literaturhinweise darüber will der Doktor mir noch geben.

Binnen eines Monats kann ich Einspruch gegen den Bescheid erheben. In Cottbus hat Onkel Hans leider nichts mehr erreichen können, aber ich habe jetzt doch neue Hoffnung gefaßt. Zweifelhafte Fälle werden wohl aus Prinzip erst einmal abgelehnt, weil der Staat darauf spekuliert, daß den meisten Leuten im Laufe der Zeit der Atem ausgeht. Der Staat hat ja Zeit und Geld genug, um durchzuhalten.

Über die Heidehausfrage habe ich mit dem Doktor noch nicht gesprochen. Ich muß sowieso bald wieder zu ihm, denn er will mir das Einspruchsschreiben aufsetzen, soweit es rein medizinische Fragen betrifft.

Gestern kam wieder einer der obligaten Anrufe aus Dortmund, wo ich alle Dinge repetieren mußte, die ich längst brieflich mitgeteilt hatte. Vater hat jetzt auch die Absicht geäußert, im September herzukommen. Ich werde mich vor Besuchern nicht mehr retten können, und gerade die Besucherin, die mir am liebsten wäre, ist nicht dabei.

Sei recht lieb gegrüßt von Deinem
Richard & keinem Co.

Ingeborg Schlosser an Richard Schlosser

Jever, am 20. 7. 59

Mein lieber guter Richard,
wie freue ich mich, daß Du so munter zu sein scheinst und so hoffnungsvoll! Ich bin eigentlich auch ganz zuversichtlich, daß es jetzt klappt. Das Versorgungsamt muß nur erst merken, daß Du Dich durch die Absage nicht einschüchtern läßt, sondern gleich einen saftigen Einspruch erhebst. Viel Erfolg!

Gestern nutzte ich die Möglichkeit zu einer Tagesfahrt nach Wangerooge und war mit Renate den ganzen Tag dort. Leider mußten wir pünktlich um acht Uhr abends wieder abreisen, ich war schon richtig auf den Geschmack gekommen und wäre am liebsten dageblieben, aber dann sagte ich mir, daß wir ja schließlich später alle mal zusammen auf die Insel fahren und uns erholen können. Eine Erholung war die gestrige Reise keineswegs, aber wir konnten doch gehörig Sonne tanken. Renate hatte Gelegenheit, am Strand auf einem Pony zu reiten, Ball zu spielen und eine Sandburg zu bauen, und aus dem Wasser war sie wirklich kaum rauszukriegen. Sogar als ich sie abfrottieren wollte, weil sie mit blauen Lippen und zitternd dastand, lief sie mir noch wieder weg und ins Wasser rein! Das Schiff war nachher total überfüllt, aber eine mitleidige Seele bot uns einen Stuhl an, und so konnte ich meine müde Renate auf den Schoß nehmen und gut über die Runden kriegen. Um zehn Uhr abends waren wir dann wieder hier.

Gisela fährt Mittwoch nach Rotterdam, um Bekannte zu besuchen, und findet sich Freitag früh um sechs in Hoek ein, wo sie Therese und ihre Kinder abholt. Wenn sie mittags mit dem sog. Skandinavienexpreß in Bremen ankommen, will Luise noch zusteigen, und die ganze Meute trifft dann etwas nach fünf Uhr in Jever ein. Therese bleibt bis Anfang September. Wenn es sich für mich einrichten läßt, will ich noch die Geburtstagsfeierei hier abwickeln und anschließend wieder nach Hannover fahren. Ob ich nochmal in Dortmund aufkreuze mit den Kindern?

Für heute und die nächsten Tage habe ich eine Schreibarbeit von der Lehrerkonferenz angenommen und fange gleich heute abend an. Für die Piepen werde ich mir dann was leisten!

So, mein lieber Schatz, für heute ist das alles. Gestern am Strand sah ich so viele Pärchen und glückliche Familien, daß ich fast krank vor Sehnsucht war. Aber na, bald haben wir uns ja wieder.

Alles Liebe!
Deine Inge

Richard Schlosser an Ingeborg Schlosser

Todtmoos, am 22. 7. 59

Liebste Inge!
Die Post hat Deine Mühe, mir stehenden Fußes zu antworten, nicht gewürdigt, sondern mir auch Deinen letzten Brief erst nach zwei Tagen zugestellt, also heute. Außerdem hat mir Dr. Maskus jetzt eine Bescheinigung

geschickt, in der er mir bestätigt, daß es sich damals um eine nasse Rippenfellentzündung gehandelt habe. Mehr konnte ich nicht erwarten. Wegen der Literaturhinweise muß der Doktor hier noch mit einigen Kollegen sprechen, die auf solche Fälle spezialisiert sind. Er ist aber rührend bemüht, mir mit sachdienlichen Auskünften zu helfen. Ich konnte mich dafür schon in bescheidener Weise revanchieren, indem ich ihm den Gebrauch seines Rechenschiebers bei der Ermittlung von Vitalkapazitätsprozenten erläuterte. Auch einige technische Hinweise, seine selbstgebastelten spirometrischen Apparate betreffend, nahm der Doktor dankbar an. Er hat von Physik, Mathematik und Aerodynamik so viel Ahnung wie ich von seiner Medizin. Ich bin ganz froh, daß ich im Heidehaus diese medizinischen Studien getrieben hatte. So können wir uns doch recht flüssig unterhalten, ohne daß er für jeden Mist erst wer weiß wie weit ausholen muß.

Das dumme Schwein, mit dem ich hier auf der Bude liege, ist immer noch da. Samstag hätte sich dieser Heini bald selbst umgebracht. Er war um 21^{00} derart besoffen nach Hause gekommen, daß er sich am Ende nicht mehr auf den Beinen halten konnte, umkippte und dabei mit der Birne auf die scharfen Rippen der Heizung knallte. Das Blut floß in Strömen, und das kleckerte er mir dann, in Ermangelung eines besseren Ortes, rings um mein Bett, auf den Nachttisch und auf meine Bücher. Ich kam leider erst später ins Zimmer und konnte den Hergang nur aus den Spuren rekonstruieren. Da lag der Kerl aber schon im Bett und hatte sich seine klaffenden Wunden mit Hämorrhoidensalbe bestrichen. Ich holte Hilfe, und dann haben wir das Würstchen recht und schlecht desinfiziert und verpflastert. Den Doktor konnte man nicht alarmieren, weil er den Kerl dann gleich rausgefenstert hätte. Mir wäre das allerdings am liebsten gewesen. Nun bin ich gespannt, was er sich am nächsten Wochenende leistet.

Wenn Du nach Deinem Gastspiel in Jever noch eines in Dortmund geben willst, wird Mutter sich sicherlich freuen. Ich glaube, sie ist immer traurig darüber, daß sie ihren Enkelkindern nicht den gleichen schönen Sommeraufenthalt bieten kann wie Deine Mutter und deshalb in dieser Hinsicht zu kurz kommt.

Wegen der Zelterei hatte ich sicherheitshalber mal beim Bürgermeister angefragt, und der Idiot hat das Zelten bei der Badeanstalt jetzt verboten. Nun muß ich mich natürlich schleunigst nach einem anderen Platz umtun.

Mehr fällt mir momentan nicht ein. Grüß alle schön, besonders unsere Ableger!

In herzlicher Liebe
Dein Richard

Ingeborg Schlosser an Richard Schlosser

Jever, am 25. 7. 59

Mein lieber Richard,
Thereses Ankunftstag gestern war ausgefüllt mit Großreinemachen, Bettenaufstellen etc., und als dann alle da waren, bin ich erst recht nicht mehr zum Schreiben gekommen. Wie schön, daß Dir Dein Doktor behilflich ist! Mit der Bescheinigung von Maskus wirst Du ja wohl Aussicht haben, den Versorgungsanspruch doch noch durchzukriegen.

Anbei ein Foto von Wangerooge, das mit der Post gekommen ist. Hauptsächlich Deinetwegen hatte ich einen Strandfotografen gebeten, uns zu knipsen, weil ich sonst nie mit draufkomme. Meine eigenen Bilder folgen schnellstens. Ich muß Dir in diesem Zusammenhang noch den Kauf eines Latex-Badeanzuges beichten! Hab ich mir aber selbst nebenbei verdient.

Daß Du solchen Ärger mit Deinem Zimmergenossen hast, tut mir sehr leid für Dich. Wenn er noch einmal solche Sperenzchen machen sollte, würde ich ja doch dem Doktor einen Tip geben, dann fliegt der Kerl, und niemand trauert ihm nach!

Nächstesmal wieder mehr, denn eben hat mit dem Vorbeimarsch der Schützen der letzte Tag des Schützenfests angefangen, und mit Ausnahme unseres friedlich krähenden Sohnemanns bibbern schon sämtliche Kinder, wann wir losgehen! Therese sieht ein bißchen erledigt aus, aber sie wird sich hier doch hoffentlich erholen. Norman ist ganz lieb, aber die kleine Kimberley ist ein handfester Dieskopp.

In herzlicher Liebe und mit vielen innigen Grüßen

Deine Inge

Richard Schlosser an Ingeborg Schlosser

Todtmoos, am 27. 7. 59

Meine liebe Inge!
Vielen schönen Dank für Deinen Brief und ganz besonders für das Bild von meinen beiden Frauen. Renate scheint das große Wasser ja mächtig Spaß zu machen, Dir hingegen macht wohl Renates Spaß am meisten Freude. Das Bild behalte ich gern.

Sonntag trafen hier in dreckverkrustetem Zustand die großen Mopedfahrer Walter und Dietrich ein. Sie haben einen Zeltplatz in der Nähe gefunden, nur ist es da eben nicht so bequem wie bei der Badeanstalt. Waschen müssen sie sich an einem Wildbach, der glasklares, aber dafür eiskaltes Wasser führt. Heute machten wir schon einen kleinen Spaziergang, und Walter war begeistert über die vielen Motive, die sich hier bieten und die er dann alle noch auf die Platte bannen will. Nachmittags finden sich die Jungens bei mir ein zum Tee. Das Kaffeetrinken habe ich aufgegeben, weil das auf die Dauer zu teuer wird. Schade ist nur, daß ich so viel rumliegen muß. Einen größeren Ausflug können wir erst am Wochenende unternehmen, und dann wird es wahrscheinlich regnen.

Über die Berge haben Walter und Dietrich schon weidlich gestöhnt. Der Weg zum Zeltplatz ist so steil, daß man da mit dem Moped einfach nicht hochkommt. Schusters Rappen sind hier das zuverlässigste Verkehrsmittel. Das hat aber zur Folge, daß man reihenweise Schuhsohlen verschleißt. Mit Deinen Dippchen könntest Du im Schwarzwald nicht bestehen. Trotzdem sieht man genug Frauen, die um jeden Preis mit ihrem albernen Schuhwerk die Steilhänge bewältigen wollen.

Von Dortmund her wurde natürlich gleich eine fürchterliche Telefoniererei inszeniert, um das Befinden der Reisenden zu erforschen. Ich erspare Dir die Einzelheiten.

Mein Zimmerkumpan war am Sonntag wieder sternhagelvoll und gelangte nur mit Mühe heil ins Bett. Denunzieren will ich ihn trotzdem nicht. Der liefert sich schon noch selbst ans Messer. Mir ist es ja auch gleichgültig, ob er sich besäuft. Was mich stört, ist nur das gräßliche Geröchel, das er unter Alkoholeinfluß nachts produziert.

In Jever wirst Du es wohl der Menschenfülle wegen gerade noch bis zu Deinem Geburtstag aushalten. Mir ist schleierhaft, wie Ihr da alle einen Platz finden wollt, um Euer Haupt zu betten. Nach meiner Rechnung seid Ihr da jetzt zu zwölft. Und nach einer weiteren Rechnung müßtest Du nun insgesamt 4 Badeanzüge besitzen.

Viele herzliche Grüße an alle Kinder, Tanten, Eltern usw. von den drei Brüdern Schlosser. Dir selbst einen ganz besonders lieben Gruß von

Deinem Richard

Ingeborg Schlosser an Richard Schlosser

Jever, am 30. Juli 59

Mein lieber guter Richard,

vielen Dank für Deinen Brief, den ich diesmal wieder mit Verzögerung erst heute bekam. Deinen Brüdern und Dir wünsche ich eine schöne gemeinsame Zeit in Todtmoos und hoffe, daß es Dir guttut, mal wieder bekannte Gesichter zu sehen!

Anbei die inzwischen fertigen Fotos von Wangerooge und hier. Sind sie nicht hübsch geworden?

Die englische Verwandtschaft hat sich gut eingelebt. Norman, der letztesmal ja noch ein kleiner Schreihals war, ist direkt vernünftig und lieb, aber auch ein richtiger kleiner Clown. Ich mag ihn sehr gerne. Kimberley, genannt Kim, sieht ganz reizend aus mit ihren schwarzen Kulleraugen. Leider ist sie in ihrem Wesen meistens alles andere als reizend und kann schreien, als ob sie massakriert werden sollte. Ein ganz ungewöhnlicher Dickschädel! Die Kinder haben natürlich einige Verständigungsschwierigkeiten beim Spielen. Gustav kann mit seinen Schimpfkanonaden, die er des öfteren losläßt, bei Norman nun ja absolut nichts ausrichten. Umgekehrt versteht Gustav nicht, worauf Norman aus ist, und so geraten sie sich laufend in die Haare. Trotz des Altersunterschiedes von eindreiviertel Jahren sind sie ziemlich ebenbürtige Kämpen. Norman fühlt sich auch ständig veranlaßt, Renate zu verteidigen, wenn sie mit Gustav aneinandergerät, was Norman aber nicht daran hindert, auch mal auf Renate einzudreschen, die aber gleich zurückkeilt.

Ja, so ist das mit den lieben Kleinen! Sie fühlen sich aber allesamt wohl dabei. Sehr niedlich sind die Englischversuche unserer Gören und die Deutschversuche von Norman. Renate sagt z.B.: »Look mal, Norman, was ich hab. Look doch mal!« Norman: »See what I got! A Katofftel and a funny spoon, schiefte Löffel!« Oder: »Look, I go unter Tisch!«

Wenn ich meinen alten, inzwischen durch Reißen etlicher Gummifäden unbrauchbar gewordenen Badeanzug abrechne, habe ich jetzt einen Latex-Anzug, einen Stoffanzug zum Wechseln, der bei meinem Hüftspeck leider nicht vorteilhaft ist, sowie einen zweiteiligen ausgesprochenen Sonnenanzug, den man nur tief in den Dünen oder im Garten tragen kann.

Wie geht es Dir nun gesundheitlich? Hat sich die Atmung wieder etwas gebessert? Und hast Du mal den Arzt wegen der Verlegung nach Hannover gefragt?

Zum Schluß viele liebe und herzliche Grüße von

Deiner Inge

Ingeborg Schlosser an Richard Schlosser

Jever, am 1. 8. 59

Mein lieber Richard,
jetzt wunderst Du Dich wohl, von mir gleich noch einen Brief zu kriegen, aber das hat seinen guten Grund. Rudi ist nämlich wieder im Lande und heute mit der ersten Antwort in unserer Klagesache zu mir gekommen. Deswegen soll ich Dir sofortestens schreiben, was ich natürlich sehr gerne tue!

Wie vorauszusehen war, hat die Prozeßgegnerin beantragt, uns das Armenrecht zu versagen. Du kannst Dir den ganzen Kram ja gleich mal durchlesen. Rudi ist aber nach wie vor der Ansicht, daß wir den Prozeß gewinnen oder mindestens einen Vergleich erreichen können, denn viele Punkte in der städtischen Stellungnahme sind faul und manche höchst oberfaul. Es gilt nun, zu allen Punkten möglichst ausführlich Stellung zu nehmen. Zum Beispiel muß ganz energisch bestritten werden, daß man Dir 1956 gesagt habe, es handele sich um eine Tb, denn das ist doch einfach nicht wahr! Außerdem braucht Rudi unbedingt eine Abschrift der neuesten Bescheinigung von Maskus, in der steht, daß Du eine feuchte Rippenfellentzündung hattest.

Rudi sagt, das Ganze laufe auf alle möglichen Sachverständigengutachten hinaus, und so kommt es eigentlich in erster Linie darauf an, Sachverständige aufzutreiben, die den Gutachtern des Gesundheitsamtes mit schlagkräftigen Beweisen entgegentreten können, vorausgesetzt, daß uns das Armenrecht bewilligt wird. Innerhalb von drei Wochen muß der Einspruch beim Landgericht vorliegen, also kannst Du Dir noch einige Tage Zeit lassen. Vielleicht wird Dir ja auch Dein Arzt bei der Abfassung der Antwort behilflich sein.

Anbei zum Ergötzen einige Fotos vom Schützenfest, auf denen auch Deine Tochter Renate gut zu sehen ist. Sie hat da ein neues Spielhöschen an, ein Geschenk von Therese.

Hoffentlich hattet Ihr am Wochenende schönes Wetter und konntet ausgiebige Spaziergänge machen. Wie hat es denn bei steileren Kletterpartien mit Deiner Puste ausgesehen im Vergleich zu der von Walter oder Dietrich? Am Ende stehst Du den beiden kaum nach!

Es grüßt Dich sehr herzlich

Deine Inge

Richard Schlosser an Ingeborg Schlosser

Todtmoos, am 5. 8. 59

Liebste Inge!
Ach, wie glücklich bin ich, daß ich endlich wieder Nachricht von Dir habe. Gestern kamen Deine beiden Briefe. Der vom Donnerstag war nicht ausreichend frankiert und wurde wohl deshalb erst später zugestellt. Die Verzögerung von 3 Tagen läßt sich aber selbst damit nicht erklären.

Für die vielen netten Bilder schönen Dank. Jetzt kann ich auch erkennen, wie groß Volker mittlerweile geworden ist und wie kiebig. Er hat ja schon eine Menge Haare, jedenfalls mehr als Renate in dem Alter. Wer hat ihr eigentlich beigebracht, den Hals so weit aufzureißen beim Fotografiertwerden? Immerhin sieht die Frisur nicht entfernt so verwegen aus wie auf dem Rollerbild.

Nun zu dem Opus der Hauptstadt Hannover. Was die alten Aufnahmen von 1950 und 1952 angeht, so sind die Einwände dagegen genau in der Form erfolgt, wie ich es vorausgesagt hatte, und wir können darauf schlecht etwas erwidern, bevor wir die Aufnahmen einem von uns gewählten Gutachter vorgelegt haben. Fest steht jedenfalls, daß man mir im Heidehaus nach Einsichtnahme in die 56er Aufnahmen des Gesundheitsamtes erklärt hatte, ich sei viel zu spät zur Behandlung gekommen. Von der Wahrheit dieses Satzes beißt keine Maus etwas ab. Unwahr ist, daß man mir im Februar 56 erklärt habe, es liege eine Tuberkulose vor, die allerdings nicht behandlungsbedürftig sei. Von Tb. war überhaupt kein Wort gefallen. Man hatte mir bloß gesagt, es liege etwas vor, der Befund sei aber harmlos. Kannst Du Dich entsinnen, daß ich je geäußert habe, ich hätte eine inaktive Tuberkulose? Und von wegen: »Im übrigen wird der Antragsteller als Student auch klar erkannt haben, worum es ging« usw., diese Behauptung ist ja nun vollkommen blödsinnig. Heute bin ich natürlich nicht mehr so doof, mich auf das Wischiwaschi vom Gesundheitsamt zu verlassen, aber damals war ich eben noch so vertrauensselig. Unklar ist mir bisher bloß, woher wir so schnell Gegengutachter bekommen sollen.

Morgen bin ich wieder beim Doktor avisiert. Er hat jetzt etwas gefunden, was für meine Belange beim Versorgungsamt reicht. Es ist da von 6 Jahren die Rede. Auch die Frage der Verlegung ins Heidehaus soll morgen zur Sprache kommen.

Mit Walter und Dietrich kann ich beim Spazierengehen ganz gut Schritt halten, nur laufen kann ich nicht so fix und ausdauernd. Samstag fuhren wir mit dem Bus zum Hochkopf (1263 m) und wanderten dann

3½ Std. lang nach Todtmoos zurück. Letzte Woche war das Wetter leider sehr durchwachsen, und die beiden schimmelten in ihrem Zelt leicht an. Jetzt scheint aber wieder die Sonne. Morgens bringe ich immer eine Wärmflasche mit heißem Wasser und eine Flasche Tee rauf, damit die Knaben sich rasieren können und ihre Pillen nicht trocken runterwürgen müssen.

Gestern war hier Feuerwerk. Es war recht mäßig, aber für Todtmooser Verhältnisse ganz beachtlich. Vorher war Dietrich per Moped in der Schweiz und brachte mir eine Dose Players Medium Navy-Cut-Tabak mit, der schlecht brennt. Selbst dort unten am Rhein hat Dietrich von den Alpen nichts erblickt. Diese Woche müssen wir unbedingt einmal um 5^{00} aufstehen und prüfen, ob wir von der Höhe aus etwas zu sehen kriegen.

Sei herzlich gegrüßt, mein Schatz, von Deinem einen und einzigen
Richard

Ingeborg Schlosser an Richard Schlosser

Jever, am 6. 8. 59

Mein lieber Richard,
es tut mir leid, daß Du so lange warten mußtest! Ich konnte ja nichts ahnen, im Gegenteil, ich rechnete selbst jeden Tag mit Post, und dann kam immer nichts.

Ich weiß übrigens noch genau, daß Du 1956 nach der eingehenden Nachuntersuchung gesagt hattest, man habe Dich beruhigt, und der Befund sei völlig harmloser Natur. Wenn nun die Stadt unwahre Behauptungen aufstellt, die sich nicht belegen lassen, wird ihr das nichts nützen, denn es steht dann Aussage gegen Aussage, und daß Du damals »als Student« von alleine erkannt haben solltest, was los war, ist dermaßen dreist, daß man nur lachen kann.

Heute machen wir tüchtig sauber, weil morgen Muttis Geburtstag ist. Deshalb reicht es nur zu einem kurzen Schrieb, bitte sei nicht böse! Zum 8. 8. wird übrigens auch Renate etliche Gäste haben, so daß es plenty zu tun geben wird. Am Tag nach meinem Geburtstag werden wir dann wieder gen Hannover starten. Mein lieber Schatz, sei tausendmal gegrüßt und laß Dir versichern, daß ich sehr viel an Dich denke und Dich schrecklich lieb habe.

Deine Inge

Richard Schlosser an Ingeborg Schlosser

Todtmoos, am 10. 8. 59

Liebste Inge!
Herzlichen Glückwunsch zum Geburtstag, mein Schatz. Sei nicht traurig, daß Du nun 30 Jahre alt bist. Man ist immer so jung, wie man sich fühlt. In Abwandlung dieses Wortes sage ich: Du bist so jung, wie Du Dich anfühlst, und Du fühlst Dich wie 19 an. Ich muß das doch wissen.

Hoffentlich ist Walter inzwischen wohlbehalten im Jeverland eingetroffen und hat mein Päckchen für Dich heil über die Runden gebracht. Hier in Todtmoos ist es noch schwieriger als in Hannover, ein geeignetes Geschenk zu finden. Ich hatte mir gedacht, Du müßtest all dieses Handwerkszeug für die Nagelpflege endlich einmal beieinander haben, und ich hoffe, daß Du damit einverstanden bist, obwohl dieses oder jenes Instrument bereits vorhanden ist.

Zu mehr reicht die Zeit wieder nicht.
Es grüßt Dich in Liebe
Dein Richard

Richard Schlosser an Ingeborg Schlosser

Todtmoos, am 13. 8. 59

Liebe Inge!
Daß ich bis zu Deinem Telefonanruf noch immer keine genaue Auskunft wegen der Heidehausfrage hatte, ist wirklich nicht meine Schuld. Vor einer Woche war ich schon beim Doktor angemeldet, aber dann war er nicht da, weil er vergessen hatte, sich den Termin zu notieren. Dafür sollte ich am nächsten Morgen früh um 7^{00} kommen, was sich als Fehlkalkulation herausstellte, denn um 7^{15} tanzten hier schon die ersten Blutsenkungen an. Wir hatten gerade ein Stück des Gutachtens fertig, das der Doktor mir fürs Versorgungsamt schreibt, und dann gab er mir notgedrungen eine neuen Termin. Der wurde für den 12. um 17^{30} festgelegt. Aber Pustekuchen, um 17^{00} mußte der Doktor dringend nach Schopfheim. Ich sollte dann um 20^{30} noch einmal kommen, und ich saß also gerade bei ihm im Wartezimmer, als Du anriefst. Hättest Du bloß noch ein bißchen gewartet, dann wüßtest Du bereits, was los ist. Aber das konntest Du ja nicht ahnen. Mich hat dieser ganze Zirkus auch schon vollkommen hibbelig gemacht.

Nach Deinem Anruf kam das Thema zum guten Schlusse doch noch aufs Tapet. Ich brauche nicht bis Weihnachten hier zu bleiben. Der Doktor will mich, wenn die Hauptverhandlung in Hannover ist, ganz entlassen. Nun möchte ich von Rudi gerne hören, wann damit zu rechnen ist, denn 14 Tage vorher müßte ich das wissen.

Wie rollt die Armenrechtsbewilligung denn technisch ab? Ist dazu auch eine Verhandlung notwendig, und muß ich bei diesem Akt unbedingt zugegen sein? Rudi schrieb, ich sollte mich bald für einen Sachverständigen entscheiden (Heidehaus, Hemer, Todtmoos). Das Heidehaus kommt sowieso nicht in Frage, weil die Ärzte von städtischem Brot leben. Da nun bei der Hauptverhandlung die Gutachten beider Seiten sich widersprechen werden, wäre ich dafür, Hemer als letzte Instanz für ein Obergutachten aufzusparen und den hiesigen Doktor das erste Gutachten machen zu lassen.

Was nun Deine Todtmoosreise angeht, die Mutter Dir spendieren will, so bitte ich Dich, Dir das aus dem Kopf zu schlagen. Ich habe den Eindruck, sie würde sich das viele Geld aus ihren eigenen Rippen schneiden, und das kann ich, so gern ich Dich hier hätte, nicht akzeptieren. Wer überhaupt in Dortmund verbreitet hat, daß ich hier so einsam sei, ist mir nicht ganz klar. Ich hatte zwar einige Bemerkungen darüber fallen gelassen, aber nicht derartige, daß nun solche selbstzerfleischenden Aktionen gestartet werden müßten, um meiner Psyche auf die Beine zu helfen.

Bisher war ja das Haupthindernis für Deinen Besuch die Unterbringung der Kinder. Wenn die für kurze Zeit in Dortmund bleiben könnten, wäre doch diese Hilfe schon sehr schön. Wie stehen denn unsere eigenen Finanzen? Möglicherweise hat sich in Hannover ja von Tante Hanna etwas angesammelt. Aus dem Prospekt, den ich Walter mitgab, kannst Du ersehen, wie teuer es hier ist. Ein Mittagessen kostet durchschnittlich 3,50 DM. Abends könntest Du Dich vielleicht aus eigenen Vorräten beköstigen. Weniger als 12,– DM rechne aber lieber nicht pro Tag.

Mein elend langer Kommentar zum Einspruch befindet sich mittlerweile in Rudis Händen. Ich hoffe, daß noch Zeit bleibt, mir vor der Abgabe des Schriftsatzes an das Landgericht eine Kopie zur Korrektur zu schicken.

Einstweilen viele liebe Grüße von
Deinem Richard

Ingeborg Schlosser an Richard Schlosser

Hannover, am 14. 8. 59

Mein lieber Richard,
vielen Dank für Deinen Brief, der heute morgen pünktlich im Postkasten lag. Du Armer, ich kann gut verstehen, wie das ist, wenn einem dauernd was dazwischenkommt! Nun aber erstmal ein allgemeiner Lagebericht.

Wir sind gut angekommen. Obwohl ich zwei Koffer aufgegeben hatte, blieb noch reichlich Gepäck übrig, und was ich ohne die tatkräftige Unterstützung von Doro und Jürgen angefangen hätte, die uns vom Bahnhof abholten, weiß ich wirklich nicht. Wegen der Reise hatte ich vorher schon mächtig Manschetten, denn tags zuvor hatte Renate sich plötzlich Halsschmerzen und Fieber zugelegt sowie Brechen etc. Tante Doktor stellte leichte Angina fest und riet von der Reise ab. Da ich aber schon meine Fahrkarte hatte und das Gepäck aufgegeben war, wollte ich die Fahrt nicht verschieben. Renate kriegte eine Penicillinspritze und auch noch Zäpfchen, und im Laufe des Nachmittags geschah dann das Wunder, daß die kleine Patientin wieder munter wurde und herumsprang, als sei nichts gewesen. Auch unterwegs benahm sie sich gut. Ich lasse sie jetzt aber bis auf weiteres wieder mittags schlafen. Volker kann übrigens mit etwas Unterstützung schon ganz nett sitzen.

Walter war in Jever des öfteren bei uns zu Besuch und erzählte, daß er von Dir den Eindruck habe, Du lebtest so ziemlich von einem Brief zum andern und kämst Dir recht verloren vor. Wenn Du was kaufen wolltest, dann überlegtest Du es Dir zehnmal wieder anders, und überhaupt halte er es auch für besser, wenn Du da bald wieder wegkämst. Und wenn Dein Arzt Dich nun sowieso eher nach Hause lassen will, erledigt sich die Heidehauskur ja von selbst.

Wann nun die Verhandlung sein wird, weiß ich auch nicht. Vielleicht kann Rudi, wenn ich ihn heute abend oder morgen sehe, das ungefähr abschätzen. Heute vormittag kam er kurz her, um mir einen Brief ans Landgericht zu diktieren, worin er um eine Woche Fristverlängerung für die Entgegnung bittet, damit Du den ganzen Sums vorher noch überprüfen kannst. Morgen wollen wir das Ganze schreiben und dann an Dich abschicken.

Das Reiseprojekt lasse ich nun also fallen. Du glaubst hoffentlich nicht im Ernst, ich nähme von Deiner Mutter Geld an, das sie sich sozusagen aus den Rippen schneiden müßte. Hier sind inzwischen 200 Mark vom Vater und 300 von Tante Hanna eingetrudelt, aber wir brauchen ja auch jeden Pfennig für den Umzug und die neue Wohnung. Ich möchte Dich furchtbar gern besuchen, aber wir können es uns wohl wirklich nicht leisten.

Vielen Dank noch einmal für Dein schönes Geburtstagsgeschenk, das ich schon fleißig benutze, und viele liebe Grüße!

Deine Inge

Richard Schlosser an Ingeborg Schlosser

Todtmoos, am 16. 8. 59

Liebste Inge!
Das Gutachten fürs Versorgungsamt ist nun glücklich fertig. Ich habe mich weidlich gequält, das Zeug fehlerfrei zu schreiben, aber ganz ordentlich ist es eben doch nicht geworden. Du hättest das besser und schneller gemacht. Dienstag ist wohl beim Versorgungsamt Sprechstunde. Kannst Du das Gutachten da bitte hinbringen?

Ich muß jetzt fix zur Post, damit der Brief morgen da ist. Von Dir wird hoffentlich heute noch einer kommen.

Viele liebe und herzliche Grüße von Deinem Richard.

Ingeborg Schlosser an Richard Schlosser

Hannover, den 16. 8. 59

Mein lieber Richard,
noch ein paar Anmerkungen zu Rudis Entwurf. Wenn Du was zu ändern hast, was ich durchaus glaube, und es ist nicht genügend Platz, um es übersichtlich zu verbessern, dann klebe doch einfach Papier drüber. Wir haben hier zwei Kopien, so daß der Urtext immer noch greifbar ist. Meiner Meinung nach hat Rudi vieles in leicht überkandideltem Juristendeutsch ausgedrückt, Deine Formulierungen erschienen mir sehr viel präziser. Hoffentlich ist es Dir möglich, den ganzen Schamott einigermaßen zügig durchzusehen und zu berichtigen. Anschließend will Rudi mir das Ganze dann nochmals in endgültiger Form diktieren. Da anzunehmen ist, daß die Fristverlängerung ohne weiteres genehmigt wird, hat die Ablieferung noch Zeit bis Montag in einer Woche. Sicherheitshalber schicke ich Dir Dein Original zum Vergleich wieder mit.

Bald mehr, vielleicht ist ja inzwischen schon eine Nachricht von Dir unterwegs. Was ich nur noch gern wüßte: Wenn Du zur sogenannten Hauptverhandlung nicht zugegen sein mußt, wann wirst Du dann entlassen? Ich frage nur, weil ich mir dauernd überlege, ob wir nicht doch die Vahrenheider Wohnung nehmen sollen, die eher fertig ist, damit Du dann einen Raum für Dich hast, wo Du arbeiten kannst.

Viele liebe Grüße!
Deine Inge

Richard Schlosser an Ingeborg Schlosser

Todtmoos, am 17. 8. 59

Liebste Inge!
Obwohl Du nun wieder in Hannover bist, war Dein Brief vom 14. 8. länger unterwegs als die früheren von Jever und erst am Montag da. Leider weiß ich nun immer noch nicht, wann unsere Entgegnung beim Landgericht vorliegen muß. Trotz der beantragten Fristverlängerung wird es doch wohl höchste Eisenbahn. Wie die Entscheidung über das Armenrechtsgesuch technisch abläuft, hast Du mir auch noch nicht geschrieben. Na, vielleicht ist heute abend ja noch etwas in der Post.

Von Dir und den Kindern habe ich auch noch nicht alles gehört, was ich wissen wollte. Ist das Päckchen für Renate eigentlich angekommen? Für Deine Mutter war da auch eine Kleinigkeit drin. Von Renates Geburtstag weiß ich überhaupt nichts und von Deinem nicht viel mehr. Auf die Nachricht, daß Volker nun endlich sitzen kann, hatte ich schon lange gewartet. Er wird sich wohl freuen, daß er nun nicht mehr in seiner Zigarrenkiste mit Rädern liegen muß.

Zu einer Stelle in Deinem Brief kann ich nur sagen: »Dunkel ist der Rede Sinn.« Ich weiß nicht, was Walter dazu veranlaßt hat, Dir diese merkwürdigen Informationen über mich zu geben. Mir ist jedenfalls nicht klar, wann ich mir bei irgendeinem Einkauf etwas zehnmal anders überlegt haben soll. Ich hatte nur nicht gewußt, was ich eigentlich Renate zum Geburtstag schenken sollte. Erstens hat man hier fast keine Auswahl, zweitens bin ich nicht im Bilde, was sie an Spielzeug schon besitzt, und drittens muß ich bei meinem 30-Mark-Etat vielleicht etwas genauer auf die Preise sehen als der gute Walter.

Was den letzten Punkt angeht, so mußt Du mir wohl nochmal 10,– DM schicken. Diese vielen Geburtstage im August hatten es in sich. Jetzt muß ich dringend ein Paar Schuhe zum Schuster bringen. Außerdem brauche ich neuerdings viel mehr Geld für Porto, Schreib- und Kohlepapier, Kugelschreiberminen u.s.w. Allein die Einschreibebriefe, die ich in letzter Zeit des öfteren verschickt habe, belasten meine Kasse erheblich. Wie Du siehst, habe ich auch schon meine Tinte mit Wasser verdünnt, damit ich mir vorm 1. 9. keine neue zu kaufen brauche. Schick aber bitte nicht mehr als 10,– DM, denn sonst wird der Wert meines Geschenkes für Dich, das ohnehin schon bescheiden genug war, noch mehr herabgemindert.

Ich bin Dir nicht böse, wenn Du nicht kommst. Mit Gottes Hilfe werden wir es wohl noch bis Anfang Oktober aushalten. Für Deinen Entschluß, das angesparte Geld lieber für den Umzug in Reserve zu behalten, bin ich Dir dankbar, denn das ist doch das Vernünftigste.

Viele liebe Grüße, auch an unsere Süßen, von Deinem
süddeutschen Richard

Ingeborg Schlosser an Richard Schlosser

Hannover, den 18. 8. 59

Mein lieber Richard,
heute kam Dein Brief mit dem Gutachten hier an. Aus Gründen, die ich gleich schildern werde, hätte ich von rechts wegen gar nicht weggedurft, aber ich brauste dann doch eben schnell zum Versorgungsamt und lieferte das Dings beim zuständigen Sachbearbeiter ab, der mir treuherzig versicherte, es könne mit der Antwort eine Weile dauern. Na, das kennen wir ja.

Seit Freitagabend schon kränkelte Renate hier vor sich hin, hatte Fieber, war ganz kurzatmig und heiß und wollte immerzu was zu trinken haben. Als es heute morgen über 39 wurden, rief ich die Kinderärztin an. Sie stellte eine Grippe fest, und Renate muß nun Madribon-Tabletten schlucken, wobei sie sich anstellt, als sollte sie vergiftet werden. Hoffentlich haben wir das bald überstanden. Ich bin nach all der Tipperei und Einräumerei schon ganz groggy. Jetzt kommen noch die liegengebliebenen Bügel- und Stopfarbeiten dran, während Volker wimmert, weil seine unteren Zähnchen endlich erscheinen wollen. Sieht jedenfalls so aus.

Inzwischen wirst Du ja mit der Prozeßgeschichte ziemlich durch sein. Ich habe hier noch eine Vorladung ins Finanzamt gekriegt wegen meiner Einkommensteuer. Da hätte ich spätestens heute eigentlich hingemußt, aber es ging ja nicht, ebensowenig wie ein Besuch bei der Leonhardt.

Beim Finanzamt habe ich angerufen und mein Erscheinen für Freitag zugesagt.

Wann wirst Du nun wohl entlassen? Im Oktober? Sobald Renate wieder gesund ist, setze ich sie mal vorn aufs Rad und klappere mit ihr die diversen Rohbauten in Vahrenheide ab, das interessiert mich doch sehr.

Jetzt ist Renate wieder durstig und ruft nach mir. Dabei hat sie schon eine ganze Flasche Hohes C und zwei Flaschen Apfelsaft ausgesüffelt und dazu noch Sinalco und Wasser. Milch soll sie nicht trinken.

Viele Grüße, mein Schatz, und viele gute Wünsche für Deine Gesundung und Deine baldige Heimkehr!

Deine Inge

Richard Schlosser an Ingeborg Schlosser

Todtmoos, am 18. 8. 59

Liebste Inge!

Heute kam nun mittags der Entwurf an. Ich muß Dir durchaus darin zustimmen, daß es allerlei zu verbessern gibt. Was vorher klar war, ist jetzt restlos unklar geworden. Ganz abgesehen vom Stil, der unter aller Kritik ist, sind auch rein fachliche Dinge derart verdreht worden, daß wir in der Auseinandersetzung vor Gericht kein Bein mehr an die Erde kriegen, wenn wir dieses konfuse und noch dazu falsche Zeug vortragen.

Ich hatte Rudi zwar geschrieben, daß der Wortlaut, wo es angebracht scheint, geändert werden könne. Leider hat der Schriftsatz an den betreffenden Stellen nichts gewonnen, sondern läßt nun im Gegenteil sehr zu wünschen übrig. Ich zitiere: »Offensichtlich handelt es sich hier um ein Verhalten bei der Beklagten, wie man es sich pflichtwidriger nicht vorstellen kann.« Oder: »So ist es nur zu bezeichnend für die Handlungsmethoden der Beklagten, daß« u.s.w. Dieses ganze überflüssige Gegeifer nützt uns überhaupt nichts, und es kann auch in der Juristerei nicht üblich sein. Die Gegenseite hat sich doch auch sehr sachlich ausgedrückt. Ich hatte mir schon eingebildet, in meinem Entwurf an manchen Stellen zu scharf geworden zu sein, aber Rudis Zetereien übertreffen alles.

Jedenfalls bin ich vollständig am Boden zerstört, nachdem ich zur Kenntnis genommen habe, was aus meinem Entwurf gemacht worden ist. Das kannst Du auch Rudi bestellen.

Da ich nicht riskieren darf, daß meine Korrekturen abermals verdreht werden, will ich morgen den Doktor fragen, ob er mir Urlaub gibt, damit wir die ganze Geschichte in Hannover zusammen abfassen können. Nach allem, was ich weiß, kommt es auf diesen Schriftsatz mehr an als auf alles, was noch folgt. Natürlich fehlt mir das Reisegeld. Du müßtest mir ca. 100,– Mark schicken, am besten telegrafisch. Die Überweisungsgebühren sind nach der Höhe des Betrages gestaffelt, und wenn es billiger ist, dann schick mir statt 100,– bloß 90,– Mark.

Auf alle Fälle mache ich mich jetzt sofort an die Neuauflage. Wegen der Wohnung werden wir schon eine Lösung finden.

Herzliche Grüße, mein Schatz, von Deinem

Richard

Ingeborg Schlosser an Richard Schlosser

Hannover, den 19. 8. 59

Mein lieber Richard,

überraschenderweise kam heute schon wieder ein Brief von Dir, und zwar der mit der wasserverdünnten Tinte. Ach Du armer Junge, in welche Not bist Du geraten! Natürlich sollst Du Geld haben, und wenn Du auch nicht mehr als zehn Mark haben willst, so bekommst Du schon deshalb zwanzig, weil ich gerade keinen anderen Schein zur Verfügung habe. Und rede Dir ruhig aus, daß das den Wert Deines Geschenkes mindere, das ist doch unsinnig. Ich habe mich sehr gefreut über das Necessaire (so schreibt man das doch, oder?), und dann noch die Pralinen! Dein Geburtstagspäckchen für Renate war zwar erst am 10. 8. gekommen, aber dann war die Überraschung ja erst recht perfekt, und von Gustav und Norman wurde Renate glühend um die Spielsachen beneidet. Von Mutti hatte sie einen schönen Schlafanzug bekommen, von Gisela ein Kleidchen, von Dagmar einen niedlichen Petticoat, von Therese rosa Puppengeschirr und Süßigkeiten und von mir ein Paar Sandalen aus gutem Leder mit sogenanntem Fußbett, denn den Roller wollte ich erst in Hannover kaufen. Deine Mutter hatte einen hübschen kleinen Puppenwagen geschickt. Die Fotos sind noch nicht fertig, weil das Entwickeln bei Karstadt jetzt über zwölf Tage dauert.

Auch Mutti dankt recht herzlich, sie war ganz gerührt über das Schwarzwaldbuch. Die Pralinen brachte sie sofort vor ihren naschhaften Töchtern in Sicherheit. Mein eigener Geburtstag ging im allgemeinen Gewühl so ziemlich unter. Ich bekam aber doch eine Menge Geschenke, eine recht lebhaft gemusterte Tischdecke von Mutti, eine Flasche »Frauengold« von Dagmar (»Nimm Frauengold, und du blühst auf!«), Kölnisch Wasser von Gisela, von Therese eine Bluse und noch Taschentücher, von Grete eine Schale und von Deiner Mutter ein apartes Nachthemd aus Batist. Wenn Du sie wieder einmal an der Strippe haben solltest, dann richte Ihr doch bitte meinen Dank aus. Ich komme einfach nicht dazu bei all der Tipperei und der Unruhe mit den Kindern.

Wie es mit dem Armenrechtsgesuch technisch abläuft, hat Rudi Dir wohl schon geschrieben. Wegen Walters Aussprüchen mußt Du Dir keine Gedanken machen. Er hatte mir nur seine Ansicht mitgeteilt, daß Du allmählich eine Art Einsamkeitskoller kriegtest. So komisch in bezug auf Einkäufe seist Du früher jedenfalls nicht gewesen. Sicher, Du müßtest sparen, aber so was von Rein- und Rauslaufen aus dem Geschäft habe er noch nicht erlebt. Ich kann dazu nur sagen, daß Du schließlich doch etwas sehr Hübsches für Renate gefunden hast, was in Todtmoos gewiß nicht leicht war. Mal sehen, wie Walter sich anstellt, wenn er später was für seine Sprößlinge aussuchen soll.

Sitzen kann Volker nur, wenn er sich – siehe Foto – irgendwo festhält und sich jemand mit ausgebreiteten Armen hinter ihm befindet. Er ist sehr lieb, jedenfalls meistens, und hat höchstens einmal am Tag eine Zeit, wo er bölkt. Renate geht es wieder besser, ich halte sie aber auf ärztlichen Rat trotz ihrer heftigen Proteste heute noch den ganzen Tag im Bett. Das ist für mich bald anstrengender, als wenn sie rumliefe, denn sie will fortwährend was gebracht haben, was trinken, was lesen, was malen, aufs Töpfchen und so weiter. Aber ich freue mich riesig, daß es aufwärts geht.

Lieber Richard, hetz Dich nur nicht mit dem Schrieb für die Stadt, zur Not kann ich den ja auch am nächsten Wochenende noch tippen.

Viele liebe Grüße und gute Wünsche!

Deine Inge

Richard Schlosser an Ingeborg Schlosser

Todtmoos, am 20. 8. 59

Meine liebe Inge!
Gerade habe ich noch mit Dir telefoniert und mich gefreut, Deine Stimme mal wieder zu hören. Jetzt fällt mir natürlich noch so manches ein, was wir gleich mündlich hätten regeln können. Also will ich Dir erst schreiben, statt weiter an dem Entwurf zu maikäfern, zumal ja nun auf einmal noch 14 Tage Zeit bleiben für den Mist.

Ich danke Dir für die viele und ausführliche Post, wobei ich hoffe, daß Du mir genau so viel geschrieben hättest, wenn es diese blödsinnige Kollerhypothese nicht gäbe. Über die Bilder habe ich mich wieder sehr gefreut. Deiner Mutter kann man ansehen, daß ihr der ganze Rummel doch wohl sehr auf die Nerven gegangen ist. Wahrscheinlich wird sie aufatmen, wenn sie mit ihrer Stammbelegschaft wieder alleine ist. Volker sieht ja ganz verändert aus. An Renate mit Flipsern im Haar muß ich mich auch erst gewöhnen. Wenn es ihr wieder besser geht, spaziere mal mit ihr zum Maschsee, wo Ihr das Motorboot fahren lassen könnt. (Natürlich vorher an einen langen Strick binden!) Nach Gebrauch bewahrst Du das Boot am besten mit dem Kiel nach oben auf, damit evtl. eingedrungenes Wasser entweder abläuft oder sich im Plastikoberteil sammelt und der blecherne Schiffsrumpf und der Motor nicht zu schnell verrosten.

Jetzt muß ich aber doch noch einmal auf das sogenannte Rein- und Rausgerenne eingehen. Die Sache spielte sich folgendermaßen ab. Zuerst besichtigten wir das Spielwarenlager in dem einzigen hiesigen Geschäft dieser Art, wobei ich dann das Auto erstand. Danach machten wir uns auf den Weg in einen Buchladen, um ein Geschenk für Deine Mutter zu kaufen. Einen Bildband vom Schwarzwald gab es da aber nicht, also gingen wir zurück in das erste Geschäft, wo man ebenfalls Bücher kaufen kann. Da fand sich schließlich das bewußte Buch mit den Schwarzwaldfotos. Weil mir das Buch allein zu billig schien, besorgte ich anschließend in einem Lebensmittelgeschäft noch einen Kasten Pralinen. An diesen Geschenken für Deine Mutter gemessen war dann aber Renate wieder zu kurz gekommen, darum marschierte ich zum dritten Mal in das Spielwarengeschäft und suchte das Motorboot für sie aus. Was hat das Ganze nun mit einem Einsamkeitskoller zu tun? In Hannover wäre die Geschichte nach dem gleichen Muster abgelaufen, nur mit dem Unterschied, daß man dort bei Karstadt zwischen den einzelnen Ständen hin- und hergependelt wäre, statt sich wie hier jedesmal wieder auf die Straße zu begeben, bis man alles beieinander hat. Wenn Walter sich so gut in den Todtmooser Geschäften auskennt, hätte er mir ja gleich sagen können, daß es das meiste sowieso nur in dem einen Laden gibt.

Heute sucht mir der Doktor den Entlassungsbericht aus Hemer raus. Es steht da doch noch einiges drin, was ich für unsern Schriftsatz verwerten kann. So z.B. über den Befund am Operationspräparat, daß es sich um ein Tuberkulom mit starker Wandverschwielung gehandelt hat. Das spricht für eine alte, um nicht zu sagen steinalte Kaverne. Ich will sofort noch nach Gelsenkirchen an das Pathologische Institut schreiben und versuchen, eine Abschrift über den gesamten Untersuchungsbefund zu erlangen. In der Antwort der Stadt steht nämlich, daß 1956 eine zarte Trübung festgestellt wurde. Daraus hat sich dann also die Kaverne entwickelt. Daneben wurden allerdings die sog. Flecken entdeckt, was nach städtischer Version Kalkherde gewesen sein sollen. Diese Kalkherde müßten sich dann aber auch im Präparat gefunden haben. Darauf bin ich sehr gespannt. Vielleicht können wir diese Sache noch nachliefern, wenn die Stadt über unserm Schriftsatz brütet, denn weiteres Vorbringen behalten wir uns ja vor.

Schreib mal, wie weit unsere Häuser sind. Nach Vahrenheide zu den Verbrechern ziehen wir auf keinen Fall. Lieber suche ich mir sonstwo für den Übergang eine Zusatzbude.

Ich hoffe, daß Du Montag den Neuentwurf in Händen haben wirst. Grüß alle schön und sei besonders Du gegrüßt von

Deinem Richard

Ingeborg Schlosser an Richard Schlosser

Hannover, am 23. 8. 59

Mein lieber Richard,
auch ich hatte mich sehr gefreut, Deine Stimme mal wieder zu hören, wenn es ja man auch nur kurz war und die meiste Zeit ich selbst geredet hatte. Aber wozu soll man schließlich Gesprächspausen bezahlen, da ist es schon besser, einer quasselt sie voll!

Daß die Fotos Dir Freude machen, ist ja fein. Renates Haar ist nun soweit nachgewachsen, daß es sich leichter zur Seite stecken läßt, und sie sieht damit ganz manierlich aus. Sie kann sich auch schon selbst bürsten. Volker hat mehr Haare als Renate in dem Alter, und es ist durchaus möglich, daß er Locken kriegt. Zum Maschsee kam ich mit Renate erst gestern, und da wollte sie unbedingt den neuen Roller ausprobieren. Es ging auch sehr munter vonstatten. Bei Moeller kosteten die billigsten Ballonroller mit verstellbarer Lenkstange 34,50 Mark. Die waren aber nur in häßlichem Braunrot und in ganz komischem Blau zu haben, waren gänzlich ohne Chromteile und wirkten ziemlich billig. Für die nächstbessere Ausführung mit verchromten Radkappen hätte man dort 41 Mark anlegen müssen. Dann waren wir bei Karstadt, wo nur ein einziger in Grün zu haben war, der Renate nicht gefiel. Er kostete 35 Mark. Ich mochte ihn auch nicht leiden, hätte ihn aber wohl dennoch genommen, wenn wir nicht hinterher bei Neckermann noch bessere Typen gesehen hätten.

Dort gab es nur eine einzige Preislage, 37,50 Mark, aber dafür waren die Roller besser als alle, die wir vorher gesehen hatten, zum Teil gespritzt in Rot oder Blau und dann mit Leichtmetallteilen, die nicht rosten und schön blank aussehen. Renate war begeistert und entschied sich sofort für einen roten Roller. Jetzt ist sie selig damit!

Demnächst werden wir auch das Motorboot ausprobieren, bislang hatten wir es nur in Jever in der großen und hier in der kleine Badewanne schwimmen lassen.

Neulich war ich in Körtingsdorf. Eigentlich bin ich enttäuscht. Das am weitesten zurückliegende Haus ist fast richtfertig, sie sind in Höhe der Decke überm zweiten Stock am Bauen. Die davorstehenden Häuser sind bis zum ersten Stock hochgezogen, aber es war kein Schwanz zu sehen, der was daran tat, und so weiß ich nicht, wie lange das noch dauert. In die Wohnungen des letzten Hauses schielte ich mal rein und fand, daß die Räume noch winziger wirkten, als wir uns ausgerechnet hatten. Vielleicht täuscht das bei den rohen Steinwänden, aber ich werde am Dienstag die Leonhardt fragen, ob sie nicht was anderes auf dem Tauschwege besorgen kann.

Bis bald! Viele liebe und herzliche Grüße von

Deiner Inge

Richard Schlosser an Ingeborg Schlosser

Todtmoos, am 24. 8. 59

Liebe Inge!

Jetzt wirst Du das Zeug doch erst am Mittwoch kriegen. Ich habe die ganze Geschichte immer wieder neu formuliert, aber ich glaube, daß dadurch alles bloß schlechter wird, als es am Anfang war, und bin deshalb in vielen Punkten wieder zu meiner Urfassung zurückgekehrt. Rudi hat mich mit seinem Durcheinander vollkommen konfus gemacht. Meines Erachtens ist es auch nicht notwendig, in jedem zweiten Satz auf der Pflichtwidrigkeit und Fahrlässigkeit des Gesundheitsamtes herumzureiten. Das erweckt nur den fatalen Eindruck, wir wüßten sonst nichts zu sagen.

Vielleicht kommt heute wieder Post von Dir.

Einstweilen viele Grüße von Deinem

Richard

Ingeborg Schlosser an Richard Schlosser

Hannover, den 25. 8. 59

Lieber Richard, die Leonhardt hat nun a) eine größere Wohnung in Körtingsdorf und b) eine größere, mit wenigstens »achtbaren« Nachbarn, in Vahrenheide rausgesucht. Heute will ich mir beide Grundrisse besorgen. Wegen der längeren Korrektur des Entwurfs mach Dir man keine Gedanken. Termin ist m.W. der 3. 9., und das läßt sich ja wohl schaffen. Danach können wir wieder gemächlich »privat« korrespondieren.

Viele liebe Grüße von Deiner Inge

Richard Schlosser an seinen Bruder Rudolf Schlosser

Todtmoos, am 26. 8. 59

Lieber Rudi!

Schätzungsweise 50 Blatt Papier habe ich vollgeschrieben, bis ich mit allen Formulierungen im 2. Entwurf zufrieden war. Für meine Begriffe gibt es daran nichts mehr zu verbessern. Falls doch, so laß um Gottes willen die sachlichen Ausführungen unverändert und füge nichts hinzu. Es dürfte mir sowieso kaum ein wesentlicher Gesichtspunkt entgangen sein. Wenn der Kram bloß abgeschrieben werden muß, kann ich hoffentlich Samstag oder Sonntag eine Kopie bekommen. Ich träume schon nachts von dieser Scheiße.

Herzlichst Dein Bruder
Richard

Richard Schlosser an Ingeborg Schlosser

Todtmoos, am 27. 8. 59

Meine liebste Inge!

Nun kommst auch endlich Du wieder an die Reihe, nachdem ich glücklich mit dem Entwurf zu Rande gekommen bin, d.h. glücklich kann man wohl erst sagen, wenn mein edler Bruder sein weises Urteil dazu abgegeben hat. Ich habe noch immer eine regelrechten Schreibkrampf in der rechten Pfote. Vom Schreikrampf bin ich auch nicht mehr weit entfernt gewesen. Jetzt hoffe ich zu Gott, daß nichts mehr geändert werden muß.

Bitte setze Dich bei der Reinschrift gegen blödsinnige Phrasen energisch zur Wehr. Auch juristisches Zeug kann man verständlich abfassen. Natürlich bilde ich mir nicht ein, mit meinem Stil Thomas Mann Konkurrenz machen zu können, aber von Rudis Ausdrucksweise läßt sich das noch weniger behaupten.

Wie machst Du es eigentlich, wenn Du zu tun hast und Renate rollern will? Alleine kann man sie doch nicht auf die Straße lassen mit dem Ding.

Teile Doro bitte mit, daß ich für Mutter, Gertrud und sie eine Bude beschaffe. Und gib Ihr schon mal den Prospekt, damit sie sich keinen Illusionen über die Preise hingibt. Außerdem soll sie sich nach Möglichkeit Hufeisen und Nägel unter ihre Schuhe kloppen lassen.

Unverputzte Räume wirken immer kleiner. Bist Du sicher, daß der Grundriß bei allen Häusern gleich ist? Zur Not kann ich auch noch bis zum Frühjahr hier bleiben, aber diese Lösung wäre wohl weder Dir noch mir sehr genehm.

Ganz in Ordnung bin ich doch noch nicht wieder. So ist nach wie vor die Blutsenkung leicht beschleunigt, und ob es mit der Puste so bleibt, weiß der Teufel. Mit Walter und Dietrich hatte ich beim Bergsteigen ja ganz gut Schritt halten können. Zur Kontrolle hatten wir dann bei Erreichen des Gipfels alle den Puls gemessen: Walter 100, Dietrich 104 und ich 136. Möglich, daß es überhaupt nicht mehr besser wird.

Kannst Du bitte in einem Spielzeugladen mal das Märklin-Signalbuch für 0,90 DM kaufen und es mir mitsamt dem dicken Märklin-Heft herschicken, das Rudi jetzt hat?

Sei vielmals herzlich gegrüßt von Deinem
Richard

Ingeborg Schlosser an Richard Schlosser

Hannover, am 28. 8. 59

Lieber Richard, Dank für alle Deine Post. Den Entwurf hat Rudi sich durchgelesen und will noch verschiedenes telefonisch klären. Beim Anruf mit Voranmeldung haben wir Dich eben (20^{20} Uhr) nicht erreicht. Morgen versuchen wir es wieder. Auf diese Weise läßt sich vielleicht vermeiden, daß der Entwurf nochmals nach Todtmoos geschickt werden muß. Zum Briefeschreiben bin ich leider noch nicht gekommen, da Renate wieder Fieber kriegte und ich viel Gerenne hatte. Außerdem mußte ich noch nach Vahrenheide. Wenn wir die seinerzeit für uns bestimmte Wohnung kriegten, wäre das doch sehr schön, denn ein Teil der Häuser ist fast bezugsfertig, mit wunderbarer Ausstattung. Kachelbadewanne, in der Küche eingebauter Fensterschrank, Herd, Arbeitsplatte mit Spüle, ferner Abstellschrank, Fußbodenbelag (Pegulan) etc. Die Mühlenbergleute kommen auch nur zum Teil dorthin, weil den meisten die Miete zu hoch ist. Für heute viele liebe Grüße!

Deine Inge

Ingeborg Schlosser an Richard Schlosser

Hannover, den 31. 8. 59

Mein lieber Richard!
Nun wollte ich Dir im Laufe des Tages schreiben, und es ist doch wieder Abend geworden, bis ich endlich an der Maschine sitze.

Die Kopie unseres Entwurfs wirst Du ja inzwischen bekommen haben. Hoffentlich bist Du mit den geringfügigen Ergänzungen einverstanden, auch wenn sie Dir nicht hundertprozentig zusagen. Das wäre gut, denn Rudi war ziemlich geladen, und ich fürchtete schon, er würde den Krempel hinschmeißen, er machte so eine Andeutung, weil Du an verschiedenen Stellen Wörter wie »Schwulst«, »Mist«, »überflüssig« und »Unsinn« quer über die Seite geschrieben hattest. Es war nicht einfach, ihm gut zuzureden, und es tat mir leid, daß er am Telefon so bissig war, aber ich hoffe, die Sache ist jetzt ausgestanden. Ich habe ihm auch eine ganze Reihe von Urteilen getippt, da er ja ein »Dankeschön« nicht hören will und ich schließlich auch nicht das Gefühl haben möchte, wir stünden in seiner Schuld.

Am Wochenende kriegen wir Besuch von Gustav. Luise bringt ihn her, und Renate freut sich schon mächtig. Sie brennt darauf, Gustav ihren neuen Roller vorzuführen, auf den sie sehr stolz ist. Manchmal löchert sie mich zwar, daß sie vormittags fahren will, aber meistens gibt sie sich zufrieden, wenn sie nachmittags Gelegenheit dazu kriegt. Da ich mich unbedingt darauf verlassen kann, daß sie niemals allein auf die Straße geht, habe ich sie auch schon mal unterm Fenster rollern lassen und dabei zugesehen. Sie hat sich strikt an meine Anweisung gehalten, dicht an den Häuserwänden zu bleiben, und außerdem ist sie nie länger als zehn Minuten unten gewesen. Ich passe schon gut auf, Richard, Du kannst beruhigt sein.

Die Häuser in Körtingsdorf werden auf keinen Fall vor dem Frühjahr fertig, die in Vahrenheide aber schon Anfang November. Nun bin ich doch eher dafür, daß wir nach Vahrenheide gehen, damit wir alle zusammen sind und Du Dir nicht noch extra ein Zimmer suchen mußt. Wenn alles klappt, könnten wir bald nach Deiner Ankunft umziehen und wären aller Wohnungssorgen ledig.

Um die Hefte von Märklin kümmere ich mich morgen. Den Entlassungsbericht habe ich Rudi mitgegeben, der ihn fotokopieren will. Ich habe auch an Tante Hanna geschrieben inzwischen und mich für das Geld bedankt.

Lieber Schatz, viel lieber als an der Schreibmaschine säße ich jetzt mit Dir hier gemütlich zusammen, und wir könnten alles bekakeln. Ich rechne immer hin und her, wie lange ich noch warten muß. Bestimmt werden wir auch noch besser miteinander auskommen als das letzte Mal, wo wir uns ja teils in die Haare geraten waren. Ich freue mich schon sehr auf Dich.

Holl di fuchtig, min Leev, un schriev bold wedder!

Deine Inge

Richard Schlosser an Ingeborg Schlosser

Todtmoos, am 31. 8. 59

Liebste Inge!
Ich schreibe mit Bleistift, weil das schneller geht, und Eile tut not. Heute abend kam die neue Fassung.

Der Anfang ist in dieser Form ganz unmöglich. Das hatte ich schon seit Euerm Anruf befürchtet. Ich schicke Dir den Entwurf mit meinen Anmerkungen zurück. Verbessere die Stellen nach Möglichkeit. Hoffentlich sind jetzt alle damit zufrieden.

Daß ich in vieler Hinsicht eine völlig andere Auffassung habe als Rudi, liegt wohl an unseren unterschiedlichen Studiengängen. Ich bestreite nicht, daß Juristen dazu erzogen werden, sich unmißverständlich auszudrücken. Der Gegenstand ihrer Ausführungen, auch wenn es sich dabei um den größten Quatsch handelt, muß eben nur in ein glaubwürdiges Gewand gekleidet sein. Kein Jurist fühlt sich offenbar verletzt, wenn sein herrliches Gequassel sich als Unsinn erweist. Der Mediziner aber und überhaupt der Naturwissenschaftler, auch der Ingenieur, wird nur Dinge zu Papier bringen, die plausibel sind und sich vertreten lassen. Natürlich wird auch da mal danebengehauen, aber nicht vorsätzlich, nur aus der vagen Hoffnung heraus, es werde schon niemand merken.

Schönen Dank für die Zigaretten. Gleich geht die Post ab, ich muß mich beeilen. Sei herzlichst gegrüßt von Deinem

lieben Richard

Ingeborg Schlosser an Richard Schlosser

Hannover, den 1. 9. 59

Lieber Richard,
heute nur eine kurze Karte, die es aber in sich hat. Wir bekommen eine Wohnung in Vahrenheide im Block 17½ im zweiten Stock. Fertig soll sie im November sein. Ist das nicht schön? Ich bin ganz aufgeregt vor Glück und wetze jetzt zum Postkasten, damit die gute Nachricht bald bei Dir ist. Den Schriftsatz hat das Landgericht inzwischen gekriegt.

Viele, viele liebe Grüße!

Deine Inge

Pathologisches und
Gewebepathologisches Institut
Direktor: Prof. Dr. med Gerstel
Fernspr.: Gelsenkirchen 2 31 94

Gelsenkirchen, den 1. 9. 59
Zeppelinallee 4–6

Herrn
Richard Schlosser
17 b Todtmoos
Sanatorium Sonne

Sehr geehrter Herr Schlosser!

Mit Bedauern entnehme ich Ihrem Schreiben, daß Sie, obgleich Sie körperlich wohl nicht ganz gesund sind, sich noch in die Aufregungen eines Prozesses stürzen wollen.

Selbstverständlich bin ich bereit, einem Gericht ein Gutachten abzugeben und Ihnen gegen Schreibgebühr und Portoauslagen auch den Befund zu übersenden.

Wenn ich auch fürchte, meine Zeit zu verschwenden, möchte ich Ihnen doch sagen, daß ich von Ihren Prozeßabsichten gar nichts halte! Die Tuberkulose ist eine völlig launenhafte Krankheit! Ob sie so oder so verläuft, kann man als behandelnder Arzt nicht voraussehen. Das hängt von äußeren Umständen und der Widerstandskraft des Patienten und allen möglichen Faktoren ab. Was Sie aber beweisen wollen, ist die These, daß bei einer früheren Behandlung Heilung garantiert gewesen wäre. Das ist vollendeter Unsinn und absolut unmöglich. Es mag wahr sein, daß Sie besser daran getan hätten, sich früher in Behandlung zu begeben. Doch ebenso könnte man im Nachherein sagen, das deutsche Volk hätte besser daran getan, Kaiser Wilhelm I. zu behalten. Das Gericht verlangt in solchen Fällen aber den Nachweis schuldhaften Versagens, also den Beweis dafür, daß jemand die Folgen seiner Handlungsweise voraussehen konnte und mußte.

Wenn ich ein Messer ergreife und es jemandem in den Bauch steche, dann muß mir mit 57 Jahren völlig klar sein, daß dies dem Betroffen nicht guttut. Das ist ein klarer Fall, und ich werde verurteilt. Wenn man aber einen Patienten berät und behandelt, dann steht man einer ganzen Fülle von Möglichkeiten gegenüber. Gebe ich Grippekranken Aspirin, wird es den meisten nutzen, einigen wird es schaden, und niemand weiß, wie es im einzelnen Falle geht.

Es ist gewiß bedauerlich, daß Sie sich der Operation unterziehen mußten, und es wäre vielleicht tatsächlich in Ihrem Sine gewesen, wenn man es etwas früher gemacht hätte. Sie vergessen aber vollständig, daß bei der Tuberkulose nicht nur das an Krankheitskeimen wirkt, was beim ersten Herd vorhanden ist! Sie können in der Eisenbahn jemandem gegenüber gesessen und Ihre ganzen neuen Erkrankungen durch eine sogenannte Superinfektion hinzubekommen haben. Es ist durchaus nicht gesagt, daß Sie, Ihr Herd und die Behandlung drei Dinge sind, welche allein das Krankheitsdrama beeinflussen. So wie in einem Theaterstück der Regisseur, der Inspizient und der unsichtbare Intendant ebenso wichtig sind wie die Kulissenschieber und Vorhangzieher, so haben bei Tuberkulose und ihrem Ablauf immer viele Einflüsse ihre Hand im Spiel.

Wenn Sie wirklich zum Prozeß schreiten, werden Sie schmerzhaft und auf Ihre eigenen Kosten erfahren, daß es mit der Tuberkulose nicht so einfach und billig geht und Sie flugs irgendjemanden drankriegen können. Die Tuberkulose ist vielmehr eine unheimliche, riesenstarke, fast drachenartige

Krankheit mit tausend Verkleidungen und Tricks. Als alter Arzt möchte ich Ihnen wirklich von Herzen den Rat geben, verwenden Sie Ihre Kräfte auf die Abwehr des Leidens, verbrauchen Sie Ihr Geld für Ihre Gesundheit und nicht in Prozessen. Ich schreibe das, weil ich es gut mit Ihnen meine, selber die Krankheit durchgemacht und sie überlebt habe. Das war in schlimmsten Hungerzeiten. Es geschah mit mehr Glück als Verstand und hatte mit Schuld oder Lohn einer Behandlungsweise wenig zu tun.

Zuerst werden Sie hierüber etwas gekränkt sein, denn Sie haben sich doch in die ganze Sache verbissen! Aber so einfach ist es mit der Tuberkulose nicht. Sie kommt und geht nach geheimnisvollen inneren Gesetzen. Wenn man früher oder später dies oder jenes tut, ist der eine oder andere Erfolg oder Mißerfolg noch längst nicht sicher. Diese Krankheit hat Könige und Fürsten weggerafft, und mancher zähe alte Bettler hat sie glatt besiegt.

Mit besten Grüßen
Ihr sehr ergebener
Gerstel

Richard Schlosser an seinen Bruder Rudolf Schlosser

Todtmoos, den 3. 9. 59

Lieber Rudi!
Inzwischen ist der Schriftsatz ja beim Landgericht, und es ist zwecklos, daß ich mich noch groß aufrege. Dennoch lege ich Dir hier die Abschrift eines Briefes von Prof. Gerstel bei, damit Du begreifst, warum ich mit meinen Behauptungen vorsichtig sein wollte. Es handelt sich hier eben nicht um einen Fahrraddiebstahl, bei dem der Täter gesehen wurde und alles klar auf der Hand liegt. Wenn ich in meinem Entwurf z. B. geschrieben habe: »… hätte sich bei entsprechender Lebensweise möglicherweise verhindern lassen«, so kannst Du aus »möglicherweise« nicht »sicher« machen. Solltest Du darauf einwenden, wir kämen vor Gericht nur mit »sicher« durch, so kannst Du so etwas noch so oft behaupten, beweisen läßt es sich nicht. »Möglicherweise« schließt für die Gegenseite noch lange nicht die Verpflichtung aus, mich umfassend zu informieren und damit der möglichen Heilung eine größere Chance zu geben.

Wenn ein Mann wie Prof. Gerstel, der es nun wirklich wissen muß, selbst auf meine stärksten Argumente hin erklärt, es sei vollendeter Unsinn, daraus einen Beweis herleiten zu wollen, so kannst Du Dir ungefähr ausrechnen, auf welchem Misthaufen Dein Geschreibsel landen wird. Aber stattdessen erzählst Du mir, wir müßten nur Behauptungen aufstellen, Beweise seien nicht nötig. Ich habe schon erbärmlich wenig Ahnung von der medizinischen Seite des ganzen Falles. Dir aber spreche ich die Qualifikation und damit das Recht, Dich maßgeblich dazu zu äußern, vollends ab. Deine Aufgabe ist der juristische Teil, und sie liegt bestimmt nicht darin, nach Deinem Gusto in den fachlichen Ausführungen herumzumanschen. Schreib Dir das hinter die Ohren.

Dem Brief von Prof. Gerstel läßt sich nun so ungefähr entnehmen, wie groß unsere Erfolgsaussichten sind. Vorerst haben wir auf alle Fälle keinen Grund, siegesgewiß ins Horn zu stoßen, auch wenn unsere Beweisführung dem Laien schlüssig erscheinen mag.

H. G. D. B. R.

Richard Schlosser an Ingeborg Schlosser

Todtmoos, am 3. 9. 59

Liebste Inge!

Auf Deinen Brief kann ich heute nicht mehr so ausführlich antworten, wie es nötig wäre. Das hole ich noch nach. Anbei die Abschrift eines Briefes von Prof. Gerstel und die Durchschrift meines Briefes an Rudi. Es war durchaus nötig, dieses Kamel einmal gründlich zusammenzustauchen. Mit Nachsicht würden wir hier gänzlich gegen unser Interesse handeln. Wenn es Rudi nicht paßt, daß ich mich gegen seine Zwischenreden in Dinge wehre, von denen er absolut nichts versteht, braucht er nur einen Ton zu sagen. Einen Anwalt, der mich schlecht vertritt, finde ich noch alle Tage.

Schön, daß es mit der Wohnung klappen soll. Vahrenheide hat auch den Vorteil, daß ich meinen Bruder kaum zu sehen bekommen werde. Hoffentlich macht die Stadt auf Grund meiner Prozessiererei uns nicht noch Schwierigkeiten mit der Wohnung.

Sei ganz lieb gegrüßt von

Deinem Richard

Richard Schlosser an Ingeborg Schlosser

Todtmoos, am 6. 9. 59

Liebste Inge!
Jetzt möchte ich mich endlich näher zu der Wohnungsfrage äußern. Am besten ist es wohl, wir verlassen uns nicht unbedingt auf November, damit es nachher keine langen Gesichter gibt. Ich richte meine Vorfreude sicherheitshalber lieber gleich auf die Weihnachtszeit.

Gerne würde ich mir die Budike ja schon mal ansehen. Was ist denn Pegulan? Das Wort habe ich noch nie gehört. Hoffentlich ist das nicht so ein Mist wie Stragula oder Balatum. Ist der zweite Stock der oberste? Ich weiß nicht mehr, wie hoch die Häuser werden sollten. Und hast Du schon etwas über geplante bessere Verkehrsbedingungen gehört? Ein eigenes Auto können wir uns wohl nur leisten, wenn es uns gelingt, das Gesundheitsamt k.o. zu schlagen, doch nach dem Brief von Gerstel zu urteilen, dürfte das sehr schwer halten.

Diese ganze Schreiberei um jeden Dreck hängt mir langsam zur Brust heraus, zumal ich mit meinen schriftlichen Kommentaren ja doch nicht viel an Rudis Machwerken ändern konnte. Ich habe vorläufig nicht die geringste Vorstellung davon, mit welchen Argumenten wir die jetzt zu erwartenden Tiefschläge abwehren sollen. An der einen Stelle reden wir von Reinfektion und an anderer Stelle davon, daß meine Tb. eine Folge der Pleuritis von 1945 sei. Es ist gar nicht zu beschreiben, was das für ein hirnverbrannter Quatsch ist. Ich war schon drauf und dran, ein Telegramm ans Landgericht zu schicken, daß ich mit den Ausführungen meines Rechtsanwaltes nicht einverstanden bin. Wenn ich mir das Geld für die Reise nach Hannover hier einfach gepumpt hätte, wäre mir der ganze Salat erspart geblieben.

Herzlichste Grüße, lieber Schatz, von Deinem
Richard

Ingeborg Schlosser an Richard Schlosser

Hannover, den 7. 9. 59

Lieber Richard,
heute kam Dein angekündigter Brief, den ich erst noch abwarten wollte. Eher hätte ich ohnehin keine Zeit zum Schreiben gefunden, da ich ja jetzt auch noch Gustav für eine Weile zu Besuch habe.

Ich möchte Dir heute eine Menge sagen und finde nicht so leicht den richtigen Anfang. Es dreht sich um die Antwort an die Stadt und die damit verbundenen Aufregungen, die mir schwer auf den Magen geschlagen sind, und zwar im wahrsten Sinne des Wortes. Ich fühle mich ziemlich elend.

Nun, was sollen lange Einleitungen. Ich möchte Dir meine Meinung zu dem ganzen Kram sagen, worin auch einiges Kritische über Deine Handlungsweise enthalten ist, und ich hoffe, daß Du mich verstehst und nicht womöglich über meine Worte verärgert bist. Ich weiß, Du läßt Dich nicht gern kritisieren, aber vielleicht bist Du ja bereit, die ganze Sache mal aus einem etwas anderen Blickwinkel anzusehen.

Freitagabend war Rudi hier, und dann durfte ich seine Reaktion auf Deinen Brief über mich ergehen lassen. Daran hattest Du wahrscheinlich nicht gedacht, daß erst einmal ich alles vor den Latz geknallt kriege, denn sonst hättest Du vielleicht anders gehandelt. Lieber Richard, neben der Schreibarbeit an den Entwürfen hatte ich die ganze Zeit eine Art Vermittlerposition inne, ohne daß Du es gemerkt hast. Aber das ist nun vorbei, denn jetzt ist nichts mehr zu wollen. Rudi erklärte mir, daß er nicht einsieht, weshalb Du ihn in diesem Ton zur Minna machst, und fortan wird er in unserer Sache nichts mehr tun. Ich hatte das schon lange kommen sehen und versucht, es zu verhindern, aber wenn Du direkt an Rudi solch einen handfesten Brief schickst, bin ich ja machtlos.

Den Grund dafür verstehe ich sehr gut, und ich finde auch, daß Du durchaus im Recht bist, wenn Rudi verschiedene Punkte Deiner Ausführungen aus mangelnder Sachkenntnis falsch wiedergegeben hat. Was mich stört, ist vielmehr die Art Deiner Kritik.

Wenn ich mich freiwillig bereiterklärt hätte, jemandem bei einer Aufgabe beizustehen, dann wäre es mir auch nicht recht, von diesem Jemand immer nur als perfekter Idiot hingestellt und fertiggemacht zu werden. Rudi ist ja nicht Dein Angestellter, den Du nach Belieben runterputzen kannst. Ich finde es verständlich, daß er sauer reagierte, als Deine »Verbesserung« seines ersten mißglückten Entwurfs angekommen war. Deine Kritik war berechtigt, aber der Ton war wirklich mehr als verletzend. Du hattest fast überall »Blödsinn«, »Käse«, »Mist« u.ä. an den Rand oder auch quer über die Seite geschrieben, und es wunderte mich nicht, daß Rudis Interesse an dem Fall daraufhin erheblich nachließ. Wenn aber kein Interesse mehr vorhanden ist, wie soll dann alles zu einem guten Ende kommen?

Ich servierte Rudi damals zwischendurch immer wieder eiskalte Coca-Cola und tippte ihm Gerichtsbeschlüsse ab, um ihn milde zu stimmen, aber seit Deinem letzten Brief ist der Bruch vollzogen. Ich kann begreifen, daß Du Lust darauf hattest, Rudi zusammenzustauchen, aber an Deiner Stelle hätte ich es nach einiger Überlegung dennoch gelassen, weil es ganz unnötig war, nachträglich immer noch mehr böses Blut zu machen. In diesem Punkt scheiden sich bei uns offenbar die Geister. Du kannst, wenn Du im Recht gewesen bist, auch hinterher mit der Kritik nicht hinterm Berge halten, weil Du so geladen bist, daß alles raus muß. Ich denke zwar auch oft so, doch spielt es für mich eine große Rolle, wie ich mit meinen Mitmenschen auskomme. Ich kann es nun mal schlecht vertragen, wenn zwischen mir und andern Leuten Knies ist, und schon deswegen bin ich meistens geneigt, den Groll, so gut es geht, herunterzuschlucken und nach außen hin etwas großzügiger zu verfahren. Glaub mir, ich leide darunter, wenn wir mit anderen so quasi verkracht sind. Schließlich hatten Rudi und ich hier manchen Abend nach dem Tippen noch eine Weile diskutiert, Gitarre geklimpert und uns einigermaßen vertragen. Es bricht für mich zwar keine Welt zusammen, wenn ich nun auf die (von Dir vielleicht als lächerlich unwichtig empfundene) Abwechslung des gelegentlichen gemeinsamen Nachmittagskaffees mit Hilde verzichten muß, aber die Disharmonie stört mich doch sehr. Weit wichtiger als die Harmonie mit Dritten ist mir natürlich, daß wir beide, Du und ich, gut miteinander auskommen, aber irgendwie gehört das andere mit zum Ganzen, wenn ich mich wohlfühlen soll. Und gegenwärtig bin ich ganz matschig, obwohl ich mir immer sage, daß ich selbst ja nicht unmittelbar berührt bin.

Nachträglich muß ich Dir zugeben, daß es für unsere Eingabe und für unser Seelenheil wahrscheinlich besser gewesen wäre, wenn Du die Reise nach Hannover gemacht hättest. Ein hartes Wort, schwarz auf weiß geschrieben, wirkt doch verletzender als jede mündliche Kritik. Nun, daß es so scharf auf scharf gehen sollte, hatte ich nicht gewußt, sonst hätte ich das Reisegeld gerne geopfert.

Auf einen glücklichen Ausgang des Prozesses scheinst Du Dir ja nun überhaupt keine Hoffnungen mehr zu machen, und ich muß zugeben, daß ich inzwischen auch sehr pessimistisch bin. Aber bitte, bitte, mach die Sache jetzt nicht noch schwieriger durch irgendwelche Telegramme oder Briefe ans Landgericht. Und schreib vorerst auch nicht an Rudi. Laß uns erstmal abwarten.

Lieber Richard, bei allem muß eins ganz klar bleiben. Wir haben uns lieb und wollen zusehen, daß daran nichts und niemand etwas ändert. Natürlich kann man ein Kapitel wie das oben verhackstückte nicht von einem Moment zum andern abschließen und vergessen. Dazu will ich auch gar nicht raten. Aber es muß irgendwie einen guten Abschluß kriegen.

Ich sehne mich mehr denn je danach, Dich hierzuhaben und alles mit Dir zu teilen. Mein Kräftereservoir ist wohl doch nicht unerschöpflich. Bis Du evtl. im Oktober kommst, halte ich es aber bestimmt noch aus.

Die Häuser in Vahrenheide sind zweistöckig. Über uns wohnt also keiner mehr. Ich fahre baldmöglichst mal wieder hin. Was meinst Du, wie viel es zusätzlich kostet, wenn man von Anfang an Ölheizung vorsieht? Soll ich mal unverbindlich Prospekte besorgen?

Pegulan ist ein neuartiger Fußbodenbelag, ähnlich wie »floorbest«.

Mein lieber Richard, jetzt bin ich mit meiner Zeit, meinem Papier und meinem Latein am Ende. Die Kinder quengeln, sie wollen zum Zoo.

Laß Dich tausendmal grüßen

von Deiner Inge

Richard Schlosser an Ingeborg Schlosser

Todtmoos, am 8. 9. 59

Liebe Inge!
Schon lange habe ich nichts mehr von Dir gehört. Vielleicht kommt heute abend ja noch einmal Post. Du wirst wohl auch mit Gustav in der kleinen Wohnung mehr als genug zu tun haben. Meine liebe Inge, nun mußt Du mir noch einmal etwas Geld schicken. Das andere Paar Schuhe ist zum Besohlen weg, außerdem brauche ich Geld für Gerstel, von dem ich mir doch den Befund schicken lassen will. Ich merke es jetzt schon schmerzlich, daß sich nicht einmal die Einleitung des Prozesses mit meinem Etat verträgt.

Herzliche Grüße
Dein Richard

Richard Schlosser an Ingeborg Schlosser

Todtmoos, am 9. 9. 59

Liebe Inge!
Vielen Dank für Deinen Brief, zu dem allerlei zu sagen ist.

Daß Rudi Dir mit seiner Wut in den Ohren liegen würde, hätte ich allerdings befürchten müssen, und das tut mir für Dich aufrichtig leid. Sonst aber tut mir gar nichts leid, im Gegenteil, es tut mir höchstens leid, daß ich nicht schon von Anfang an grob geworden bin, um diesen Gang der Dinge zu verhindern.

Bevor ich näher darauf eingehe, sei noch bemerkt, daß Du Dir offenbar von Rudi einiges, was nicht den Tatsachen entspricht, hast anschnakken lassen. So beurteile ich die Angelegenheit heute keineswegs pessimistischer als im Mai. Darauf komme ich noch zurück.

Nicht nur Du bist vollkommen matschig, ich bin es auch. Seit Deinem letzten Telefonanruf konnte ich keine Nacht mehr richtig schlafen, weil ich immer darüber grübele, wie man aus der Situation einen Ausweg finden kann. Wenn wir nachher bei Gericht erklären sollen, was wir uns bei gewissen Behauptungen gedacht haben, bleibt mir gar nichts anderes übrig, als mich von diesem Quatsch zu distanzieren. Auf Rudi bleibt die Geschichte ja nicht sitzen, sondern auf mir, und darum rege ich mich so darüber auf. Beruhigt habe ich mich noch lange nicht, wie sollte ich auch, denn irgendeine Stellungnahme von Rudis Seite ist bis heute nicht erfolgt. Erst wird die Sache verbockt, und dann ist es natürlich am einfachsten, man schmeißt die Brocken in die Ecke. Er kann sich ruhig noch deutlicher ausdrücken, als ich es getan habe, aber stichhaltige Erwiderungen scheint der Herr nicht parat zu haben. Stattdessen fällt er dann über Dich her, wobei von vornherein klar ist, daß Du ihm nicht so widersprechen kannst wie ich. Nimm Dir das um Gottes willen nicht so zu Herzen. Wenn er noch einmal ankommt, lehnst Du am besten jede Antwort ab und verweist ihn gleich an mich. Ich bin um keine Antwort verlegen.

Was meine Kommentare angeht, so kann ich Dir verraten, das ich manches nur geschrieben habe, um zu verdecken, was vorher dort stand. Extra aus Rücksicht auf meines Bruders seelisches Gleichgewicht habe ich das meiste wegradiert, was ich nach dem ersten Schock über diesen Mist dort hingeschrieben hatte. Ein Fachmann hätte das Machwerk mit noch ganz anderen Verzierungen versehen.

Auch ich will mit meinen Mitmenschen auskommen, das kannst Du mir glauben. Ob ich dazu noch weniger Talent als Rudi habe, darüber läßt sich streiten. Wenn er alle meine Bemerkungen und Ratschläge einfach abtut und dann nach seiner eigenen Mütze verfährt, braucht sich keiner darüber zu wundern, daß ich auf die Barrikaden gehe.

Jetzt zu der Version, ich hätte alle Hoffnung fahren lassen. Der Brief von Gerstel darf auch nicht überbewertet werden. Kein Arzt des Gesundheitsamtes wird behaupten können, es sei bei mir gleich klar gewesen, daß eine Kavernisierung des Infiltrates auch bei Behandlung unvermeidbar war. Die Statistik spricht dafür, daß meine Aussichten bei frühzeitiger Behandlung mit 90%iger Wahrscheinlichkeit besser gewesen wären, und für die Ausreden des Gesundheitsamtes bleiben die restlichen 10 %. Bei allem Pech ist es mein ganz persönliches Glück, daß der Befund noch einseitig war. Hätte auch auf der anderen Seite etwas vorgelegen, wäre die Resektion ausgeschlossen gewesen, und dann hätte auch für mich gegolten, was vor Verbesserung der Operationsmethoden für alle Patienten mit mehr als kirschgroßer Kaverne galt, von denen nach zwei Jahren keiner mehr am Leben war.

Auch jetzt, nach gelungener Operation, sind meine Aussichten nicht gerade rosig. Es kann für uns durchaus eine Existenzfrage sein, was bei diesem Prozeß herauskommt. Wenn der mögliche Erfolg aber durch leichtfertige Verfahrensweise aufs Spiel gesetzt wird, braucht mir keiner einen Vorwurf zu machen, wenn ich mich darüber so errege. Mein Schicksal ist mit der Entlassung aus Todtmoos noch lange nicht entschieden. Rudi bildet sich wahrscheinlich ein, der Prozeßerfolg wäre für uns nur ein unverdienter Bonbon. Vorläufig bin ich jedenfalls nicht geneigt, die Sache an den Nagel zu hängen. Für uns ist nur wichtig, daß wir nicht aus einer allzu siegesgewissen Haltung heraus so leichtfertig etwas daherreden, wie es der schlaue Rudi getan hat. Für die Verteidigung von Handtaschenräubern mögen seine Kenntnisse vielleicht ausreichen. Wenn ich weiter auf ihn höre, geht mir alles in die Binsen, und das sind mir selbst familiäre Rücksichten auf ihn nicht wert.

Abwarten, was weiter wird, kann ich jetzt keineswegs. Ich nehme alles zurück, was ich gesagt habe, wenn Rudi mir endlich eine plausible Erklärung für sein Verhalten gibt. Sonst muß ich mich eben mit dem anderen Filz aus der Kanzlei ins Benehmen setzen, der sowieso offiziell unser Anwalt ist. Dabei wird sich dann ja herausstellen, wer hier Mist gebaut hat.

Mir ist es keineswegs gleichgültig, ob Du weiterhin mit Hilde Kaffee trinken kannst oder nicht. Lächerlich gleichgültig ist das nur im Hinblick auf den Preis, den ich für weiteres gutes Einvernehmen zahlen soll. Im übrigen hatte Rudi sich meiner Meinung nach schon beim ersten Entwurf keine große Mühe gegeben, und da hatte er noch nicht den geringsten Grund, die beleidigte Leberwurst zu spielen.

So, jetzt habe ich genug davon geschrieben und Dir hoffentlich auch meinen Standpunkt deutlicher gemacht.

Wegen des Ölofens erkundige Dich erst bei Leuten, die einen haben, nach den Betriebskosten. Die Dinger sind zwar einfacher, aber auch teurer im Betrieb.

Herzliche Grüße
Dein Richard

Ingeborg Schlosser an Richard Schlosser

Hannover, den 12. 9. 59

Mein lieber Richard,
vielen Dank für Deinen Brief. Die Zeit ist knapp, die Kinder jaulen, und ich bin gerade mitten im Einmachen: Bohnen, Erbsen und Wurzeln, Aprikosen, Pflaumen, Pfirsiche, Birnen und Apfelmus; Marmelade folgt nächste Woche. Aber ich will Dir doch eben schreiben, daß Rudi heute abend kommen will, um mir einen Brief an Dich zu diktieren. Ich war gestern dort, nachdem Hilde schon vorher den Faden wieder geknüpft hatte und mit den Kindern hier erschienen war. Also die Sache ist wieder eingerenkt. Näheres wirst Du dann Rudis Brief entnehmen können.

Renate und Gustav vertragen sich man mäßig, aber das liegt zum guten Teil an Renates ständiger Nölerei. Sie ist zwar nicht mehr krank, aber auch noch nicht wieder gesund, und nichts und gar nichts ist ihr recht. Dafür ist Volker meistens sehr lieb und drollig. Trotz der vielen Arbeit bemühe ich mich, den Kindern jede mögliche Abwechslung zu bieten. So waren wir schon zweimal mit dem Schiff übern Maschsee, fütterten mehrfach die Karpfen dort und die Tauben vorm Bahnhof, waren im Zoo und sogar im Kirchroder Tiergarten, mit Frau Bockelt, die gerade ihren Führerschein gemacht hatte. Außerdem sahen wir uns die Spielwaren-Abteilung bei Karstadt an, desgleichen alle möglichen Schaufenster. Gustav interessiert sich praktisch für alles und jedes. So wüßte er brennend gerne, wem hier im Haus welcher Keller gehört und wer an wen wieviel Miete zahlen muß. Er übernimmt auch oft und mit Freuden Besorgungen für mich. Da es mir zu gefährlich ist, ihn ganz bis Brennecke zu schicken, macht er seine Einkäufe immer abwechselnd im Vivo-Laden und bei Breustedt. Jetzt zappelt er schon vor Ungeduld, weil er gleich mit dem Roller ums Viereck fahren und den Brief einstecken will.

Ist das Geld angekommen? Ich habe gestern per Postanweisung 40 Mark abgesandt.

Viele liebe und herzliche Grüße!

Deine Inge

Rudolf Schlosser an seinen Bruder Richard Schlosser

Hannover, den 12. 9. 1959

Lieber Richard,

als erstes möchte ich klarstellen, daß mein Selbstbewußtsein durch Deinen Brief in keiner Weise gelitten hat. Wenn ich es ablehnte, fürderhin in dieser Sache tätig zu werden, so nicht deshalb, weil es meine Art wäre, die Flinte ins Korn zu schmeißen, um sie später wieder herauszuholen, sondern weil ich einzig und allein den Ton Deines Briefes für nicht angebracht hielt. Du magst jeder Ansicht sein über die Dinge, wie Du willst. In jedem Falle bin ich nur geneigt, auf sachlicher Basis über die Angelegenheit zu reden, nicht aber in der geschehenen Form. Wenn Du meinst, ich hätte mich aus Selbstherrlichkeit über Deine Bedenken in medizinischer Hinsicht hinweggesetzt, so dürfte dies eine irrige Metapher sein. Es lag mir völlig fern, Dich in irgendeiner Weise zu bevormunden oder in Kompetenzen einzugreifen, die Du nachher abstecken zu müssen glaubtest. An dem Prozeß bin ich schließlich nicht materiell, sondern nur sachlich interessiert bzw. soweit meine verwandtschaftlichen Gefühle zu Dir und Deiner Familie reichen. Jedenfalls hatte ich von mir aus diese persönlichen Angriffe in die Angelegenheit nicht hineingetragen und werde es auch hinfort nicht tun. Wenn ich Inge Mitteilung über mein künftiges Verhalten nach Empfang Deines mich sehr eigenartig berührenden Briefes machte, so nur deshalb, weil Du sonst ohne Nachricht geblieben wärst, da ich nicht die Absicht hatte, Dir zu antworten.

Anscheinend sind wir ja aber nunmehr einer Meinung, daß bei einer solchen Art des Gesprächs nichts Vernünftiges herauskommt, so daß ich zum sachlichen Teil übergehen kann.

Dabei ist es einigermaßen schwierig für mich, Dir die Richtigkeit meines Standpunktes darzulegen. Ich müßte Dir hierfür fast ein juristisches Kolleg über Zivilprozeßrecht, die Frage eines prima-facie-Beweises und die der Beweislast halten. Vorab kann ich Dir versichern, daß mit der vorliegenden Form unseres Schriftsatzes prozeßtechnisch gesehen überhaupt noch kein Schaden entstanden ist. Wenn Du meinst, daß einige unserer Behauptungen nicht haltbar seien, so mag das durchaus zutreffen. Wir können das aber jederzeit berichtigen, ohne daß es uns in der geringsten Weise schadet. Wenn wir eine Behauptung fallenlassen, indem wir erklären, daß wir unseren Vortrag insoweit nicht mehr aufrechterhalten, ist das ein ganz normaler prozeßtechnischer Vorgang, bei dem kein Mensch etwas findet, am wenigsten die Richter, deren täglich Brot das ist. Die Formulierung, daß eine Heilung »sicher« und nicht nur »möglicherweise« eingetreten wäre, hatte ich aus dem Dir schon bekannten Grunde gewählt, daß wir Behauptungen aufstellen müssen, die den von uns begehrten Erfolg, nämlich die Schadensfeststellung, schlüssig begründen und die Schadensersatzpflicht der Stadt Hannover auslösen. Da hätte es eben nicht genügt, nur vage und »möglicherweise« begründete Vermutungen vorzutragen. Sollte sich im späteren Prozeßverlauf die Unrichtigkeit dieser Behauptung erweisen, lassen wir sie einfach fallen, und es wird so sein, als hätten wir sie niemals vorgetragen. Ich kann natürlich von hier aus nicht beurteilen, ob Dich diese Argumentation in der vorliegenden Kürze überzeugt, indes ist es nun einmal so und nicht anders.

Auch der Brief von Herrn Gerstel hat meine Überzeugung von der Richtigkeit unseres bisherigen Vorgehens nicht erschüttern können. Zunächst ist das von ihm gewählte Beispiel mit dem Messerstecher nicht ganz schlüssig. Bei diesem Fall ist es in der Tat recht klar. Herr Gerstel übersieht dabei aber notwendigerweise, da er Mediziner ist, daß wir in Deinem Fall nur die Schlamperei des Gesundheitsamtes nachweisen müssen, ohne die sich der bei Dir eingetretene Krankheitsverlauf mit an Sicherheit grenzender Wahrscheinlichkeit hätte vermeiden lassen. Man kann doch wohl sagen, daß eine Tbc im Frühstadium in der Regel der Fälle mit konservativen Methoden heilbar ist. Wenn Gerstel meint, daß eine Superinfektion, über deren Bedeutung ich nunmehr unterrichtet bin, hinzukommen könne, so geht das keineswegs zu unseren Lasten. Die Gefahr einer Superinfektion besteht ja nur für Infizierte. Sollte sich also jemand darauf berufen, daß Deine Tbc durch eine Superinfektion verschlimmert worden sei, so ist das für unsere Beweisführung meiner Ansicht nach ohne Bedeutung. Wir müssen nur beweisen, daß der eingetretene Schaden auf die Nachlässigkeit des Gesundheitsamtes zurückzuführen ist. Falls andere Faktoren dazu beigetragen haben, muß die Gegenseite die Beweise dafür erbringen, um sich entlasten zu können. Das wird ihr aber nicht gelingen.

Es dreht sich also alles darum, daß die Hauptstadt Hannover schon im Jahre 1950 bzw. 1952 etwas hätte unternehmen müssen, da bei Dir bereits zu diesem Zeitpunkt eine Tbc vorlag. Wenn ein Sachverständiger das bekundet, haben wir die Kausalität für den eingetretenen Schaden nachgewiesen. Ferner müssen wir nachweisen, daß die Hauptstadt Hannover hinsichtlich der Nichtabwendung des eingetretenen Schadens fahrlässig handelte. Bei der Fahrlässigkeit im Zivilrecht kommt es nicht auf die persönlichen Fähigkeiten des Schadensstifters an, also hier meinetwegen auf die des begutachtenden Arztes, sondern einzig darauf, wie der Durchschnitt solcher Ärzte oder Spezialisten lege artis handeln mußte. Die Anforderungen an die Fahrlässigkeit im Strafrecht, mit dem wir es hier ja nicht zu tun haben, sind hingegen enger gesteckt, da muß der Täter nach seinen persönlichen Fähigkeiten und Kenntnissen in der Lage gewesen sein, den möglichen Schaden zu ermessen.

Diese Darlegungen reichen hoffentlich aus, Deinen Befürchtungen hinsichtlich der Situation Deines Prozesses den Grund zu nehmen. Im übrigen hoffe ich, daß wir uns im Oktober in Hannover eingehend mündlich über den Fall unterhalten werden, damit ich Deine Bedenken restlos zerstreuen kann. Von der juristischen Seite her gesehen sind Deine Sorgen und der damit verbundene Nervenaufwand jedenfalls nicht erforderlich gewesen.

Nächste Woche rufe ich Dich an.

Herzliche Grüße
Dein Bruder Rudolf

Richard Schlosser an Ingeborg Schlosser

Todtmoos, am 15. 9. 59

Liebste Inge!
Jedes Jahr stehe ich vor der gleichen Frage, welches nun eigentlich die passenden Worte zum Hochzeitstag an die eigene Frau sind. Ich kann Dir doch schlecht gratulieren – höchstens mir, wenn Du das als Kompliment auffaßt.

In Liebe
Dein Richard

Richard Schlosser an seine Schwester Dorothea Schlosser

Todtmoos, am 15. 9. 59

Liebe Doro!
Am 18. September jährt sich Inges und mein Hochzeitstag zum 5. Mal. Inliegend findest Du 5 DM (in Pappe verpackt, damit man das runde Geldstück nicht gleich fühlt), für die Du bitte einen Blumenstrauß besorgen sollst. Im allgemeinen schenkt man rote Rosen, aber nach meiner langjährigen Erfahrung als Rosenkäufer halten die Mistdinger sich kaum 3 Tage in der Vase, und so bin ich dafür, mit der Konvention zu brechen und meinetwegen Astern o. ä. zu kaufen. Inge ist wohl nicht so empfindlich. Vielleicht kannst Du zum Ausgleich neben dem Gartenblumenstrauß eine einzelne schöne Rose extra besorgen. Wenn das Geld für etwas einigermaßen Ansehnliches nicht reicht, lege den Mehrbetrag bitte aus. Das Geld bekommst Du dann in Todtmoos wieder. Ich muß mich nur darauf verlassen können, daß die Blumen samt inliegendem Brief pünktlich am 18. möglichst morgens bei Inge landen. Vielleicht genügt es, wenn Du einen Blumenladen in der Nähe der Wiesenstraße damit beauftragst oder den Kram am Abend vorher bei Raabes abgibst. Soweit das.

Ich habe jetzt ein Zweibettzimmer fest bestellt. Mutter weiß noch nicht, ob sie mitkommen kann.

V.G.D.B.R.

Richard Schlosser an Ingeborg Schlosser

Todtmoos, am 15. 9. 59

Liebste Inge!
Dein Brief und der von Rudi haben mich jetzt einigermaßen beruhigt. Ich nehme meinem edlen Bruder allerdings nicht ab, daß er so hoch über der Situation steht, wie er behauptet. Dann hätte der gekränkte Fürst Dir nämlich auch nicht erst die Ohren vollzututen brauchen. Wenn er betont, er habe kein materielles Interesse am Ausgang der Angelegenheit, so mag er das tun, aber er weiß natürlich, daß er nicht leer ausgehen wird, wenn wir durchkommen.

Ich freue mich zu hören, daß Du so viel einmachst. Gibt es in diesem Jahr denn überhaupt genug Gemüse und Obst? Bei uns hat nun die große Trockenheit ihren Einzug gehalten. Dauernd ist das Wasser abgestellt.

Wenn das so weitergeht, bringt Doro am besten eine Drahtbürste mit, um sich in Ermangelung von H_2O den anstehenden Dreck abzukratzen.

Hoffentlich hat Renate nicht die Motten. Ewige Nölerei und Unlust können ein Zeichen dafür sein. Vielleicht machst Du probeweise auch mal wieder eine Wurmkur mit ihr. Es sollte mich nicht wundern, wenn sie während der langen Zeit in Jever beim Herumtoben im Garten wieder einiges vertilgt hat, was nicht in den Magen von kleinen Mädchen gehört.

Kann ich übrigens in diesem Jahrhundert noch den Entlassungsbericht wiederhaben? Ich muß das Ding doch wieder abgeben, sonst hätten wir es ja nicht kopieren müssen.

Vor meiner Entlassung werde ich wahrscheinlich noch eine Bronchoskopie über mich ergehen lassen müssen, denn seit neuestem habe ich immerzu Blutfäserchen im Auswurf. Röntgenologisch ist nichts festzustellen, und so will ich hoffen, daß sich für diese Geschichte eine harmlose Erklärung findet.

Mutter kommt nun doch nicht nach Todtmoos. Vater liegt in Berleburg im Krankenhaus nach einem neuen leichten Herzanfall, und Mutter ist z. Zt. bei Tante Hanna, also in Vaters Nähe.

Heute kam auch die Unmasse von Geld. Herzlichen Dank!

Viele liebe Grüße sendet Dir

Dein Richard

Ingeborg Schlosser an Richard Schlosser

Hannover, am 15. 9. 59

Mein lieber Richard,
zum 5. Hochzeitstag möchte ich Dir meine schönsten Grüße schicken. Viel mehr kann ich ja im Moment nicht tun. Aber nun dürfen wir doch wenigstens schon etwas hoffnungsvoller in die Zukunft sehen, und das ist ein großer Fortschritt. Wenn nun bald noch die neue Wohnung dazukommt, können wir die Feier des 18. in würdigem Rahmen nachholen!

Auf Deinen wahrscheinlich morgen eintreffenden Brief schreibe ich Dir wieder ausführlicher.

In herzlicher Liebe

Deine Inge

P.S. Der Jubiläumskatalog von Märklin ist gerade rausgekommen.

Hannover, am 16. 9. 59

Mein lieber Richard,
ach, ich freue mich ganz schrecklich, daß Du Dich nun etwas beruhigt fühlst in Sachen Prozeß und Armenrechtsantrag. Nach dem Entlassungsbericht, den ich über all der Arbeit in letzter Zeit völlig vergessen hatte, erkundige ich mich bei nächster Gelegenheit.

Was hat das denn nun zu bedeuten mit Deine Blutfäserchen im Auswurf? Nimmt das besorgniserregende Ausmaße an oder besteht Hoffnung, daß die Sache harmlos ist? Es wäre ja wirklich schrecklich, wenn jetzt noch wieder was dazwischen käme.

Soeben habe ich mein vierundvierzigstes Glas eingemacht. Allerhand, was? Vorwiegend ist es allerdings Obst, da es mit Gemüse in diesem Jahr eher dürftig aussieht. Gestern abend kam dann aber Doro mit zehn Pfund grünen Bohnen an, die sie für insgesamt vier Mark von ihrem Institut bekommen hatte und mir schenken wollte. Ich fand das ja sehr nett. Also habe ich heute auch noch die Bohnen eingemacht, es sind zehn Glas geworden, ziemlich dicht gepackt. Da es keine Erbsen auf dem Markt gibt, habe ich ein Experiment gewagt und mir zwei Pfund grüne Erbsen im Laden gekauft, sie 24 Stunden eingeweicht und dann mit gewürfelten Wurzeln zusammen eingemacht, vier Glas, die bis jetzt pottdicht sind, und so steht zu hoffen, daß der Inhalt uns nachher in Vahrenheide schmecken wird. Bist Du mit meiner Hausfrauentätigkeit zufrieden?

Mit Deiner Bemerkung über Renate und die Motten hast Du mir einen schönen Schrecken eingejagt. Ich hatte mir eingebildet, daß erfolgreich geimpfte Kinder keine Tb mehr bekommen könnten. Sobald es geht, werde ich Renate mal einem Facharzt vorstellen. Von Doro hörte ich, daß in Niedersachsen mehrere Fälle von Kinderlähmung aufgetreten sind und daß sich da zu Anfang auch so ähnliche Symptome einstellen, also Nörgeligkeit, leichtes Fieber, Appetitmangel etc. Ich muß wirklich schnellstens zur Ärztin hin, und da Gustav jetzt wieder weg ist, werde ich ja wohl bald dazu kommen. Diese Woche allerdings noch nicht, denn morgen will ich auf dem Wohnungsamt versuchen, schriftliche Unterlagen für unsere Wohnung in Vahrenheide zu ergattern, und das Wochenende muß ich unbedingt für die ziemlich vernachlässigte Wohnung drangeben, sonst fühle ich mich hier nicht mehr wohl. Mit Gustav und Renate zusammen gab es wesentlich mehr Dreck als vorher, und ich konnte jeden Tag nur eben flüchtig saubermachen. Von meiner Bohnerei am letzten Sonnabend ist jetzt schon nicht mehr viel zu sehen, aber das ist schließlich der Lauf der Welt, wenn man Kinder hat, und ich finde es auch nicht tragisch! Renate ist ganz kregel, obwohl sie wieder Durchfall hat und mit geriebenen Äpfeln und gequirlten Bananen traktiert wird. Eine Wurmkur hat sie schon hinter sich, aber es ist kein Würmchen zum Vorschein gekommen.

Daß Dein Vater wieder einen Herzanfall hatte, ist ja furchtbar, und ich kann verstehen, daß Mutter nun nicht nach Todtmoos kommt, wo sie ja doch keine Ruhe hätte. Doro freut sich schon sehr auf ihren Urlaub, sie will Sonnabend nach Dortmund fahren, dort in Ruhe packen und dann mit Gertrud Mittwoch auf Reisen gehen, soviel ich verstanden habe.

Heute war Hilde wieder mit den Kindern hier, und ich habe einige Fotos von allen gemacht. Erst wollte ich noch das Stativ raussuchen, um mit draufzukommen, aber dann hätte das Ganze zu lange gedauert, und das ging wegen der hungrigen Babys nicht, die schon meckerig wurden.

Ist wohl inzwischen das Päckchen bei Dir angekommen, daß ich zum 18. mit einigem Kleinkram an Dich geschickt hatte? Von den 40 Mark sollst Du Dir ein bißchen was leisten, damit Du die letzten Wochen in Todtmoos in angenehmer Erinnerung behältst!

Viele liebe Grüße von Volker, Renate und

Deiner Inge

Richard Schlosser an Ingeborg Schlosser

Todtmoos, am 17. 9. 59

Liebste Inge!
Gegen Dich komme ich mal wieder nicht an. Ich hatte nur einen Blumenstrauß für Dich. Hoffentlich hat wenigstens meine Organisation geklappt.

Heute ist zwar noch nicht der 18., aber Du nimmst es mir wohl nicht übel, daß ich Dein Päckchen schon geöffnet habe. Für all den sogenannten Kleinkram danke ich Dir herzlich. Das Zigarettenrauchen hatte ich aus Ersparnisgründen schon ganz drangegeben und mich mit meiner Pfeife begnügt. Rasierwasser hatte ich noch von Deiner letzten Schenkung. Zwischen diesen Stinktieren hier brauche ich auch nicht so gut zu riechen, und darum hat das wahrscheinlich so lange gereicht. Die angenehmen Düfte werde ich dann in Deiner Gegenwart verbreiten.

Schönen Dank auch für die Kataloge. Von Walter habe ich ebenfalls einen ganzen Stapel gekriegt und inzwischen die Systeme von Trix und

Fleischmann eingehend studiert. Leider hapert es bei jeder Firma an irgendetwas. Man findet nirgendwo alle Vorzüge vereint, so daß ich keine große Neigung verspüre, unsere Anlage irgendwie zu erweitern. Höchstens möchte ich mal dies und das beschaffen, um es auseinanderzumontieren.

Heute sind die Aufnahmen aus Hemer retour. Es liegt nichts vor. Gottseidank! Nun muß ich noch abwarten, was bei der Blutgeschichte rauskommt. Die Bronchoskopie steht noch aus. Dabei werden wieder 3 Tage Muskelkater vom Scheitel bis zur Sohle abfallen. Aber Du brauchst Dir keine ernsthaften Sorgen zu machen, dafür sind die Blutbeimengungen doch zu gering.

Mittlerweile habe ich herausgebracht, daß eine Superinfektion im allgemeinen nicht zu einer Neuherdbildung führt, sondern daß durch den Abbau der neu aufgenommenen Tb-Bazillen eine Giftwirkung eintritt, die einen bestehenden Herd zum Aufflackern bringen kann. Viel wahrscheinlicher aber ist es, daß die Verschlechterung bei mir durch die für einen Tb-Kranken ziemlich idiotische Lebensweise herbeigeführt wurde, und darauf werden wir uns im Prozeß berufen.

Sollte mir meine Versorgungsrente bewilligt werden, so wird das Sozialamt vermutlich einen Anspruch auf Rückzahlung der von ihm geleisteten Beträge erheben. Statthaft ist das nicht, da die Rente ja nicht zum Vergnügen, sondern aus seuchenpolitischen Erwägungen gewährt wird. Dieses Thema wird in Heilstätten unermüdlich zerspliesert, weil immer wieder Leute um einen Teil ihrer nachträglich bewilligten Rente geprellt werden. Näheres kannst Du beiliegendem Pamphlet entnehmen. Hefte es sorgfältig weg, es kann noch wichtig werden.

Ich danke Dir für die aufgewendete Mühe bei der Einkocherei. Ob wir vielleicht in Vahrenheide für den nächsten Sommer einen Schrebergarten bekommen können? Aber nur für einen Sommer wird das wohl schwierig sein.

Wenn Du in der neuen Küche keinen Extraschrank benötigst, könnten wir vielleicht eine Hälfte des Küchenschranks zum Spielzeugbehälter machen und die andere für Werkzeug einrichten. Den alten Persilkarton hatte ich schon zig-mal aufgeräumt, aber immer, wenn man ein Werkzeug braucht, liegt alles wieder wie Kraut und Rüben durcheinander.

Das Stativ hättest Du übrigens gar nicht finden können, das ist hier!

Herzliche Grüße, lieber Schatz, auch an unsere Kinder.

Dein Richard

Ingeborg Schlosser an Richard Schlosser

Hannover, am 19. 9. 59

Mein lieber Schatz,
danke tausendmal für den schönen Blumenstrauß. Ich habe mich sehr gefreut, daß Du so nett an mich gedacht hattest! Bitte sag nicht, ich sei Dir voraus, was die Aufmerksamkeiten angeht, das stimmt doch gar nicht. Jürgen kam gestern vormittag mit dem Strauß und dem Brief hier anspaziert. Ach, wer weiß, was wir uns nächstes Jahr für gewaltige Geschenke machen werden, falls wir bis dahin entsprechend »situiert« sind! Vielleicht schenken wir uns gegenseitig eine verspätete Hochzeitsreise? Das wäre doch nicht die schlechteste Idee.

Wenn Du nun noch einmal die Tortur einer Bronchoskopie über Dich ergehen lassen mußt, dann soll sie wenigstens die Bestätigung dafür bringen, daß alles in Ordnung ist. Das wünsche ich Dir und mir! Es ist ja auch tröstlich, daß aus Hemer guter Bescheid gekommen ist. Wann kannst Du Dich denn im günstigsten Fall auf die Socken machen? Vielleicht schon zusammen mit Doro und Gertrud?

Rudi war inzwischen bei einem Bonzen vom Rechtsamt der Stadt und hat erfahren, daß sie alle Sachverständigen ablehnen werden, die wir vorschlagen, sofern sie irgendwann mal was mit Deinem Fall zu tun gehabt haben. Nun schlägt Rudi vor, eine Kapazität von der Göttinger oder Münsterschen Universitätsklinik zu bestellen. Welche Chancen uns der Filz von der Stadt gibt, wollte er natürlich nicht sagen, aber er erklärte immerhin, die Stadt würde unverzüglich zahlen, wenn sie durch Gerichtsbeschluß dazu verdonnert werden sollte. Das klingt doch ganz vielversprechend. Den Bericht aus Hemer will Rudi Dir schnellstens schicken.

Donnerstag hatte das Wohnungsamt leider geschlossen, aber gestern erfuhr ich schließlich nach langem Hin und Her, welcher Mensch unseren Fall zur Zeit bearbeitet, und dann stellte sich heraus, daß er erst Montag wieder da ist, weil er Urlaub macht. Dann werde ich also Montag versuchen, endlich was Schriftliches in die Hand zu kriegen.

In die Wohnung hier wollen Doro und Jürgen gerne einziehen. Eine Dringlichkeit haben sie schon, und Raabes sind einverstanden. Die beiden möchten manches von uns übernehmen, besonders den Küchenschrank und möglichst auch den Schreibtisch. Dafür wollen sie uns eine Art Abstand zahlen, auch für alles andere, was ohnehin in der Wohnung bleibt, also Waschbecken samt Zubehör, Kücheneinbauten, Rollos im Schlafzimmer und was der Dinge mehr sind. Den scheußlichen Küchenschrank wäre ich sowieso gerne los. Dein Werkzeug könnten wir in Vahrenheide auch im Einbauschrank auf dem Flur unterbringen, und für Renates Spielsachen wird sich schon ein Plätzchen finden. Auch den Schreibtisch ließe ich liebend gerne hier, wenn wir uns dazu entschließen könnten, einen Wohnzimmerschrank anzuschaffen, der den größten Teil der Utensilien aufnimmt. Auf dem Boden haben wir ja noch den großen Tisch mit ausreichender Fläche für Schreibarbeiten. Ach Richard, wenn wir doch mal einen Batzen Moos hätten, ich möchte so gern mit vielen Sachen neu anfangen in Vahrenheide, manches ist mir mit der Zeit so leid geworden!

Ja, und dann wollte ich Dich noch schonend darauf vorbereiten, daß ich mir jetzt wieder öfter Polstermöbel angesehen habe, weil ich mir nichts sehnlicher wünsche, als es abends nach der vielen Tagesarbeit gemütlich zu haben. Ich bin schon gar nicht mehr so anspruchsvoll, daß ich gleich eine superteure komplette Polstergarnitur haben will. Einige Cocktailsessel täten es vorerst vielleicht auch. Nur einigermaßen weich und niedrig muß man sitzen und im Kreuz eine bequeme Stütze haben. Das hat man bei unserer sonst sehr schönen Liege ja leider nicht. Vielleicht finden wir zwei Sessel, die im Bezug zur Liege passen. Davor müßte dann ein kleiner neuer Couchtisch stehen, weil man sich an dem alten ewig und immer die Schienbeine stößt. Wenn Du wieder hier bist, werden wir uns mal unterhalten, wie wir es anstellen, uns allmählich etwas einzurichten, speziell mit Wohnzimmermöbeln, da wir ja glücklicherweise für die Küche kaum was brauchen, höchstens später mal einen Hängeschrank. Doro und Jürgen wollen uns den Abstand bar auf die Flosse zahlen, und ich will auch dazuverdienen, so gut ich kann.

Nun ist es plötzlich schon fünf vor zehn, und ich muß zum Postkasten rasen.

Viele, viele liebe Grüße!
Deine Inge

Richard Schlosser an Ingeborg Schlosser

Todtmoos, am 22. 9. 59

Liebste Inge!
Herzlichen Dank für Deinen Brief. Bronchoskopie ist erst am Mittwoch nächster Woche. Bevor das Ergebnis vorliegt, kann ich noch keine näheren Verhandlungen wegen meiner Entlassung aufnehmen. Der Doktor

hält es für möglich, daß man nur ein sogenanntes Granulömchen entdeckt, verursacht durch einen in der Naht vorstehenden Faden, der dann abgezwackt wird. Meine Sammlung ausgespuckter Fäden hat sich inzwischen auf drei Exemplare erhöht. Auch das soll nicht beunruhigend sein, da der vernähte Bronchusstumpf mit der Zeit von Gewebe überwuchert wird und die Fäden sich abstoßen und ausgehustet werden.

Aus der blödsinnigen Auskunft der Stadt, daß sie zahlt, wenn sie dazu verdonnert wird, ziehe ich keine positiven Schlüsse. Selbstverständlich hätten sich die Bonzen einem Gerichtsurteil zu unterwerfen, aber noch ist dieses Urteil nicht ergangen. Wenn ich mich doch bloß schon selbst an Ort und Stelle um die Sache kümmern könnte und nicht auf diese Scheiß-Briefschreiberei angewiesen wäre!

Unklar ist mir auch noch, wie wir erfahren sollen, mit wem die Ärzte des Gesundheitsamtes unter einer Decke stecken. Am besten lehnen wir jeden Sachverständigen, den die vorschlagen, radikal ab, bis wir irgendeinen durchgesetzt haben, der nicht gleich auf ihrer Liste stand.

Zu der Möblierungsfrage kann ich von hier aus schlecht etwas sagen. Den Küchenschrank gib meinethalben weg, aber den Schreibtisch brauche ich doch eigentlich, um meine Sachen unterzubringen. Verlangen könnten wir für das Monstrum höchstens 20,– DM, und damit ließe sich kein neuer Schrank bezahlen. Ob nun der scheußliche Schreibtisch oder der scheußliche große Tisch in der Bude steht, ist doch wohl egal. Wenn Du eine bequeme Sitzgelegenheit haben willst, so mußt Du Dir schon einen richtigen Fernsehsessel kaufen. Für Cocktailsessel ist das Geld jedenfalls rausgeschmissen. In solchen Dingern sitzt man wie der Affe auf dem Schleifstein. Aber über all das können wir ja uns bald in Hannover unterhalten.

Wie geht es den Kindern?

Laß Dich recht herzlich grüßen von Deinem

Richard

Ingeborg Schlosser an Richard Schlosser

Hannover, am 23. 9. 59

Mein lieber Richard,
nun fällt die Bronchoskopie ja mitten in die Zeit, wo Gertrud und Doro Dich besuchen wollen, das ist ja dämlich! Jetzt können wir wirklich nur hoffen, daß das Ergebnis günstig ist und daß Du anschließend bald reisen darfst.

Die Auskunft der Stadt hatte ich so verstanden, daß es keine endlosen Verhandlungen und Revisionen geben soll mit dem Ziel, die Zahlung möglichst lange hinauszuzögern. Und das ist doch etwas, oder nicht?

Vorgestern konnte ich endlich mit dem Knaben vom Arbeitsamt sprechen, allerdings mußte ich vorher geschlagene drei Stunden mit Renate auf dem Flur rumsitzen, was mir wegen Volker sehr unangenehm war. Zwar wähle ich für solche Erledigungen immer die Zeit nach dem morgendlichen Bad, weil er dann meistens anderthalb bis zwei Stunden schläft und manchmal auch länger, aber das kann man ja vorher nie wissen, und im ganzen bleibe ich doch ungern länger fort. Nun, er hatte offenbar eine Brülltour hinter sich, als wir kamen, war aber wieder eingepennt und schnickerte noch ein bißchen im Schlaf. Dafür ist es jetzt amtlich, daß wir die Wohnung bekommen. Spätestens Mitte Oktober werde ich anfangen zu bohren, ob der Mietvertrag unterschrieben werden kann. Vielleicht bist Du ja auch bis dahin hier und kannst es selbst tun. Auf jeden Fall kommt uns jetzt garantiert nichts mehr dazwischen, wenn wir nicht selbst von der Wohnungsübernahme zurücktreten, und wir werden den Deubel tun.

Auf der Baustelle in Vahrenheide war ich gestern wieder, zusammen mit Renate, und kletterte auch in die für uns bestimmte Wohnung. Die Räume sind fertig verputzt, alle Leitungen verlegt, Anschlüsse für Wasser etc. angebracht, Fensterrahmen überall drin, auf der Ostseite auch schon alle Scheiben, und sämtliche Türen sind in der Zwischenzeit angebracht worden (Hartfaserplatten). Die Balkontür wird ganz verglast, mit einem Quersteg in der Höhe der Fensterbank daneben, die Tür vom Flur zum Wohnzimmer wird gleichfalls ganz verglast, die Küchentür im oberen Teil, die Badezimmertür dito. Was mich etwas stört, ist das reichlich kleine Elternschlafzimmer, aber wenn wir evtl. die Betten auseinanderstellen, muß es irgendwie gehen. Wunderschön ist das große Wohnzimmer. Obwohl ich kein Bandmaß mithatte und nichts genau ausmessen konnte, hatte ich doch den Eindruck, daß der Raum nicht mehr als 6 × 4 m groß ist, sondern eher etwas kleiner, was aber ja nichts schadet. Ich freue mich schon sehr auf die Wohnung, wenn sie auch j.w.d. liegt!

Der alte Schreibtisch würde pi mal Daumen unter das linke Fenster im Wohnzimmer passen. Dort hättest Du auch gutes Licht zum Arbeiten. Verticken können wir das Dings ja immer noch, fragt sich nur an wen, denn wer will schon sowas Altmodisches.

In punkto Sessel haben wir uns wohl mißverstanden. Es gelüstet mich nicht nach einer Art Fernsehmöbel, das irgendwo in der Ecke steht, sondern ich hätte gern zwei Sessel für die Sitzgruppe als Garnitur zusammen mit dem Sofa, um dadurch erstens Bequemlichkeit und zweitens Gemütlichkeit zu erreichen. Weil ich da die Armlehnen vermißte, war ich anfangs auch gegen diese Cocktailsessel, aber man kann nicht leugnen, daß sie dem Rücken ein wundervolle Stütze geben und mit ihren rundgebogenen Lehnen auch sehr bequem sind. Na, mal sehen, wie wir uns zusammenraufen.

Walter schickte mir jetzt seine Schwarzwaldfotos zur Ansicht, und ich will ihn bitten, daß er mir Abzüge machen läßt von den Fotos, wo Du auch mit drauf bist. Das war nach langer Zeit das erste Mal, daß ich neue Bilder von Dir vor Augen hatte. Mensch, wir haben uns aber auch schon wieder vier Monate nicht gesehen!

Renate ist jetzt ganz und gar gesund und hat auch guten Appetit. Mit ihrem Kindertelefon ruft sie Dich sehr oft an und fragt jedesmal, wann Du nun endlich wiederkommst. Sie spricht schon nahezu fehlerfrei, selbst längere Haupt- und Nebensätze. Volker entwickelt sich auch sehr gut. Er futtert jeden Abend anstandslos seinen Zwiebackbrei mit Banane. Nur Gemüse will er einfach nicht essen, und da es beim Löffelfüttern immer eine große Schweinerei gibt, trichtere ich dem kleinen Wüterich den Gemüsebrei durch einen Sauger mit ziemlich großem Loch ein. Dagegen stemmt sich Volker zwar auch wie wild, aber ich kriege das Zeug doch sauberer und in größerer Menge in ihn rein. Bei den übrigen zwei Mahlzeiten bekommt er nur die Flasche, oft unter Zusatz von Obst- oder Tomatensaft. Für sein Alter hat Volker schon Bärenkräfte. Wenn er die Gemüseflasche nicht will, schmeißt er sich von einer Seite auf die andere, stemmt sich hoch und macht »Brücke«, daß es nur so eine Art hat. Manchmal habe ich meine liebe Not, mit ihm fertigzuwerden. Auch beim Wickeln turnt er wie ein Weltmeister. Du wirst Deine Freude an seiner Beweglichkeit haben!

Alles Gute, lieber Richard. Schreib bald wieder, und wenn's geht, nicht gar so sachlich. Briefe sind doch vorerst alles, was ich von Dir habe, und ein liebevoller Brief gibt mir mehr Schwung als alles andere. Ich halte es vor Sehnsucht bald nicht mehr aus und bin schon ganz malade.

Viele liebe Grüße von
Deiner Inge

Richard Schlosser an Ingeborg Schlosser

Todtmoos, am 25. 9. 59

Liebste Inge!

So ausführlich wie Du kann ich mich zu der ganzen Wohnungsfrage nicht äußern, denn ich habe ja noch nichts davon gesehen. Ziemlich merkwürdig finde ich es aber, daß die Wohnung von Brief zu Brief kleiner wird. Jedesmal, wenn Du etwas davon schreibst, fehlt wieder irgendwo ein Stück. Nachdem nun auch das Wohnzimmer zusammengeschrumpft ist, frage ich mich ernstlich, ob Du Dich nun täuschst oder ob wir angeschmiert werden.

Miß doch bitte einmal alles richtig aus. Laß Dir aber keine Maße in der Baubude geben, denn da weiß man nie, auf welcher Seite die Mauerstärke abzurechnen ist, und auf den Zentimetern, wo Mauern stehen, können wir ja nicht wohnen. Unser Stahlbandmaß von 2 m Länge wirst Du hoffentlich finden.

Ist es immer noch zwecklos, einen Telefonanschluß zu beantragen? Und wenn wir uns überhaupt ein Telefon zulegen, müssen wir dann unbedingt im Telefonbuch stehen? Es gibt doch auch sogenannte Geheimnummern. Ich fürchte, ehrlich gesagt, daß uns nachher eine Menge Leute die Bude einrennen werden, weil es in der Ecke am Anfang nicht sehr viele Apparate geben wird. Stehen wir aber nicht im Telefonbuch, können wir immer behaupten, das sei nur ein Nebenapparat von einem noch zu erfindenden Verein, und man könne nur Anrufe entgegennehmen, aber nicht selbst wählen.

Wenn wir den Schreibtisch später nicht mehr verkaufen können, ist das wohl auch kein Beinbruch. Bis dahin wird er mir doch wenigstens noch einige Dienste leisten.

Vater scheint im Berleburger Krankenhaus gut versorgt zu sein, denn Mutter ist nun doch nach Todtmoos mitgekommen. Das Quartier meiner drei Besucher ist gleich nebenan. Ich kann von meinem Fenster aus in ihre Küche sehen. Viel unternommen haben wir noch nicht, weil ich immer liegen muß, und nach dem Abendbrot ist es schon zu dunkel für Spaziergänge. Die drei Damen sind allerdings so klimamüde, daß sie sowieso die meiste Zeit filzen müssen.

Nun lies diesen Brief bitte nicht so oft, bis Du findest, er sei zu sachlich. Du überschlägst Dich auch nicht immer vor Begeisterung, und ich weiß trotzdem, was ich an Dir habe.

Mir gefällt es hier weiß Gott miserabel genug. Daran ändert auch der jetzige Besuch nichts. Was mir fehlt, das bist doch du.

Viele liebe Grüße, mein Schatz, von Deinem Richard.

Hannover, den 28. 9. 59

Mein lieber Richard,
hoffentlich erreicht Dich meine Antwort auf Deinen lieben Brief noch vor der grausigen Bronchoskopie, damit ich Dir »Holl di stief!« dazu wünschen kann. Ich werde am Mittwoch ganz besonders an Dich denken!

In den nächsten Tagen werde ich wohl noch nicht wieder nach Vahrenheide kommen, aber das hole ich so bald wie möglich nach und schreibe Dir dann die genauen Maße. Bei den Schlafzimmerbetten hatten wir zwei Meter gerechnet, aber das waren nur die Innenmaße. Nebeneinandergestellt sind die Betten mit Rahmen ca. 2,17 m breit, und nun passen die Nachtschränkchen nicht mehr daneben, wenn man die Betten von der Tür aus gesehen links plaziert. Anders ginge es schlecht, weil sich dann die Tür nicht mehr ordentlich öffnen ließe. Das Wohnzimmer ist zwar ein bißchen kleiner, als ich zuerst angenommen hatte, aber ich habe keinesfalls das Gefühl, wir seien betuppt worden.

Beiliegend schicke ich zwei Zeitungsausschnitte mit, die sich – sehr optimistisch – mit der zukünftigen Ausgestaltung von Vahrenheide befassen. Danach sollen in dem gesamten Komplex später 26.000 Menschen wohnen, und es kann noch eine ganz passable Vorortsiedlung werden. Na, abwarten und Tee trinken. Vorläufig wäre ich schon froh, wenn die Üstra-Leute wenigstens eine Busverbindung einrichten könnten. Ich habe allen Ernstes vor, mal deswegen zur Üstra-Direktion zu marschieren.

Wegen des Telefons war ich in der Fernsprechberatungsstelle. Obwohl die Anschlüsse nach dort kaum vor Mitte 1960 gelegt werden, habe ich den Antrag ausgefüllt und schicke ihn Dir hier zur Unterschrift. In einigen Monaten werden wir ja übersehen können, wie lange wir in Vahrenheide wohnen bleiben und ob sich dann ein Telefon noch lohnt. Wenn nicht, kann man die Sache wieder abblasen, ohne daß es Kosten verursacht.

Ich habe einige aufreibende Tage hinter mir und vielleicht noch vor mir. Volker kriegte einen starken Schnupfen und dabei gleich sehr hohes Fieber (39,8). Auch hatte er wohl ziemliches Zahnweh, mußte mehrfach brechen, wollte weder essen noch trinken noch schlafen, sondern brüllte und wimmerte immer, schrecklich. Ich rief die Ärztin an, die Zäpfchen verschrieb, und die scheinen auch geholfen zu haben. Sein Köpfchen ist noch immer heißer als normal, aber er hat wieder etwas Appetit und ist zwischendurch auch schon öfter mal gut gelaunt und kräht vergnügt vor sich hin. Mit dem Schnupfen hatte er aber prompt Renate angesteckt und dann auch mich. Im Wohnzimmer heizte ich deshalb kräftig ein, ich mußte ja auch die zahllosen Taschentücher zusammen mit der täglichen Babywäsche irgendwie trockenkriegen, denn draußen nieselte es ständig, wenn es nicht sogar heftig regnete. Drei Tabletten Temagin haben mir inzwischen auf einen Schlag Besserung gebracht, und ich hoffe, es bleibt dabei.

Es freut mich für Mutter, daß sie doch noch Urlaub machen kann. Grüße die drei Damen bitte herzlich von mir und sieh man zu, daß Du in Deinen letzten Toodtmooser Tagen noch ein paar nette Fotos schießt.

Herzliche Grüße und alles Liebe von

Deiner Inge

Richard Schlosser an Ingeborg Schlosser

Todtmoos, am 1. 10. 59

Liebste Inge!

Deinen lieben Brief hatte ich mir gestern um halb zwölf noch aus dem Postberg raussuchen lassen, bevor ich mich auf den Weg nach Wehrawald machte. Bei dem ganzen Zirkus ist praktisch nichts herausgekommen, und ich bin so klug als wie zuvor. Heute will ich mit dem Doktor einen Termin festmachen, an dem wir uns über die Entlassung näher unterhalten können. Da man nichts gefunden hat, möchte ich doch meinen, daß ich nun wirklich gehen kann. Notfalls kann ich ja auch in Hannover noch einen Arzt aufsuchen.

Bronchoskopie in Wehrawald ist eine Staatsaffäre. Erst muß man 4 Stunden ganz ruhig liegen, wobei man von Zeit zu Zeit geheimnisvolle Pillen zu schlucken hat und Spritzen bekommt. Wenn es dann so weit ist, stehen 8 Ärzte + 1 Schwester um einen rum mit Mundschutz und allen Schikanen (fehlen bloß noch Gummistiefel). Es dauerte 10 Minuten, bis sie mich glücklich k.o. hatten. Dabei wurden 3 Spritzen mit Evipan gebraucht. Diese Rindviecher konnten mit vereinten Kräften einfach keine Vene treffen. Was mir heute wehtut, sind nur die Arme. Muskelkater habe ich bislang noch nicht, toi toi toi! Ich muß aber den ganzen Tag im Bett liegen. Das paßt mir nicht besonders. Gertrud und Doro sind gestern nach Weingarten b. Friedrichshafen gefahren und kommen heute wieder. Mutter strickt.

Mehr schreibe ich gleich. Dieser Brief muß jetzt weg, damit Du ihn morgen noch bekommst. Gestern abend war ich zum Schreiben nicht in der Lage, weil ich mir wie besoffen vorkam.

Herzliche Grüße, mein Liebchen, von Deinem Richard.

Richard Schlosser an Ingeborg Schlosser

Todtmoos, am 1. 10. 59

Liebste Inge!
Hier kommt also die Fortsetzung. Inzwischen hat sich der Muskelkater eingestellt. Ich habe mir schon einen Strick am Fußende des Bettes angebunden, um mich hochziehen zu können, weil die Bauch- und Brustmuskulatur zu weh tut. Ganz so schlimm wie in Hemer ist es aber nicht.

Morgen kommt der Doktor zur Visite, und dann wird er mir wohl einen Besprechungstermin geben, wahrscheinlich für einen Tag in der nächsten Woche. Daß ich schon mit meinen Besuchern zusammen heimwärts fahren kann, halte ich für ausgeschlossen. Es müssen hier ja für den Bericht an die BfA noch diverse Abschlußuntersuchungen gemacht werden, und weil der Doktor außer mir noch ca. 100 andere Patienten zu betreuen hat, dauert das eben eine kleine Weile.

Deine neuesten Meldungen über Vahrenheide haben mich sehr interessiert. Dann wirst Du dort doch nicht so auf dem Mond sitzen, wie Du erst dachtest. Einen Nachttisch müssen wir evtl. ins Kinderzimmer stellen, wenn es mit der Aufstellung der Betten anders nicht klappt.

Hoffentlich seid Ihr nun wieder alle auf dem Damm. Ich selbst habe schon langen keinen Schnupfen mehr gehabt.

Sonntag wollen wir einen Ausflug zum Hochkopf unternehmen, von wo aus man einen schönen Rundblick über den südlichen Schwarzwald hat und bei klarem Wetter auch die ganze Alpenkette sieht. Mutter macht das Laufen leider einige Beschwerden, aber sie ist schon froh, daß sie hier die gute Luft genießen kann.

Vater geht es relativ gut in Berleburg. Er wird aber auch ziemlich streng gehalten, wie es sich für Leute mit Herzinfarkt gehört.

Und nun sei ganz lieb gegrüßt von Deinem Richard.

Ingeborg Schlosser an Richard Schlosser

Hannover, am 2. 10. 59

Mein lieber Richard,
heute kam Dein Brief vom Donnerstag. Vielen Dank! Morgen kommt ja sicher schon der nächste, auf den ich dann ausführlicher antworten werde. Ich freue mich sehr, daß bei der Bronchoskopie offenbar nichts von Belang entdeckt worden ist.

Gestern abend brachte Rudi die Antwort der Stadt. Er hat gleich von vornherein Fristverlängerung beantragt, so daß wir wahrscheinlich vier Wochen Zeit haben werden, aber da nun alles auf Sachverständigengutachten hinausläuft, müssen wir nach Rudis Ansicht keine langen Episteln mehr loslassen, sondern eigentlich bloß die Sache mit den Kalkherden nochmal widerlegen. Den Schrieb von der Stadt lege ich bei. Überleg Dir schon mal eine (möglichst kurze) Antwort.

Bald mehr! In Liebe
Deine Inge

Ingeborg Schlosser an Richard Schlosser

Hannover, den 3. 10. 59

Mein lieber, guter Richard!
Nun ist auch Dein anderer Brief gekommen. Wenn Dein Doktor Dir noch nichts Gegenteiliges eröffnet hat, wird das Ergebnis der Untersuchung doch wohl befriedigend gewesen sein, hoffe ich. Ist der olle Muskelkater jetzt abgeklungen?

Mir geht es erst seit heute wieder etwas besser. Ich hatte ewig Kopfschmerzen und Halsschmerzen, dazu so ein benebeltes Gefühl, und natürlich eine starke Erkältung. Na, nun scheint's vorbei zu sein! Dafür kränkeln abwechselnd die Kinder, mit der Zeit wird man ganz rammdösig davon.

Bis Ende September gab es Kohlen und Briketts zu Sommerpreisen, und da hatte ich die Gelegenheit genutzt und einen Vorrat für Vahrenheide angezahlt und zurückstellen lassen. Der wird dann irgendwann im November oder Dezember geliefert, wenn wir umziehen. Eine Ölheizung wird nach meinen Erkundigungen zu teuer für unsere Verhältnisse. Am zweckmäßigsten wäre eine Öl-Etagenheizung, aber die muß regelrecht eingebaut werden, was wir nicht machen könnten. Vielleicht wäre noch ein großer Ölofen fürs Wohnzimmer gegangen, der auch das Kinderzimmer hätte mitbeheizen können. Dafür hatte ich mir auch einen Prospekt besorgt. Der Ofen würde etwas über 300 Mark kosten. Dann braucht man noch für den Keller einen Öltank, der hätte ca. 160 Mark gekostet. Es gibt auch kleinere, aber die sollen demnächst polizeilich verboten werden, weil sie nicht sicher genug sind. Außerdem kostet der Liter Öl beim Füllen des kleinen Tanks 22 Pfennig und beim Füllen des großen Tanks nur 19 Pfennig. Wir würden schätzunmgsweise 800 l Öl im Winter brauchen, also würde die ganze Chose nachher kaum mehr kosten als die Kohlenheizung. Aber die Anschaffungskosten lohnten wohl nur in einer Wohnung, wo wir mindestens etliche Jährchen blieben, und das ist in Vahrenheide ja eher unwahrscheinlich.

Stell Dir mal vor, was in Jever passiert ist. Die evangelische Stadtkirche ist vollkommen ausgebrannt. Am Donnerstagnachmittag brach plötzlich im Dachgebälk Feuer aus, das rasend schnell um sich griff und die Kirche bis auf die Außenmauern vernichtete. Lediglich der Anbau mit dem Edo-Wiemken-Denkmal blieb erhalten. Aber die wertvolle Kanzel und die unersetzliche Orgel sind verloren. Ganz Jever ist traurig darüber. Man nimmt an, daß vielleicht bei den Restaurierungsarbeiten, die in Gang gewesen waren, irgendwie ein Funke den Brand ausgelöst hatte. Ich schicke Dir als Drucksache mal das heute angekommene Wochenblatt nach. Die Zeitung ist ganz voll davon.

Neulich war ich mit Jürgen in einem netten Lustspielfilm, »Nach Paris der Liebe wegen« mit Alec Guinness.

Ja siehste, nun bin ich auch schon am Ende meiner Weisheiten angelangt. Ich weiß nicht, ob es Dich interessiert, daß der Ledermantel aus dem Erdgeschoß seit neuestem einen blaßgrünen VW besitzt oder daß Frau Raabe ihr Klo mit Stragula ausgelegt und sich dabei an jeder Seite um zehn Zentimeter verschnitten hat – jetzt sieht die Sache ziemlich grausig aus, na, lach drüber, wenn Du hier bist.

Volkerlein macht weitere Sitzversuche, aber er kippt noch immer leicht um. Ich habe ihm vorgeredet, daß er sich ein bißchen anstrengen soll, damit er sitzen kann, wenn der Papa kommt. Hatte ich Dir geschrieben, daß er neulich gewogen wurde und auf 16½ Pfund kam?

Jetzt muß ich noch den Herd saubermachen, sonst habe ich schon alles sonntagsfein.

Bitte grüß recht herzlich Mutter, Gertrud und Doro. Für Dich die allerbesten Wünsche, noch ein paar erholsame Tage in Todtmoos und dann …

Alles Liebe und tausend Grüße, mein Schatz!

Deine Inge

Richard Schlosser an Ingeborg Schlosser

Todtmoos, am 6. 10. 59

Liebste Inge!
Wegen meiner Besucher und der Antwort an die Stadt schaffe ich heute nur eine Karte. Am 26. 10. komme ich nach Hause. Wie schön! Dann können wir doch die 9. Wiederkehr des Tages, an dem wir uns den ersten Kuß gaben, zusammen feiern.

Heute hat der Arzt bei mir auch eine Kehlkopfspiegelung gemacht, aber ohne Ergebnis. Jetzt wird in Freiburg noch ein Kulturversuch angestellt, um herauszubekommen, ob die Blutbeimengungen eine spezifische Ursache haben.

Bei unseren Spaziergängen hält Mutter tapfer mit und meint, daß ihr das Laufen hier leichter falle.

Herzlichst
Dein lieber Richard

Theodor Schlosser an seinen Sohn Richard Schlosser

Berleburg, am 24. November 1959

Lieber Richard!
Nun habe ich über meinen erneuten Anfällen Deinen Geburtstag doch vergessen. Laß Dir nachträglich herzlich Gottes Segen wünschen. Möchte der gütige Gott Dir vor allem Gesundheit geben, daß Du in Deinem Beruf endlich zum Ziele kommst und Dich Deines treuen Weibes und Deiner Kinder noch lange erfreuen kannst. Freu Dich der schönen Erde, denn sie ist wohl wert der Freud, wie es in einem schönen Lied von Spitta heißt. Wir haben es manchmal bei Frauenausflügen gesungen. Auch im Gottesdienst habe ich es wohl schon singen lassen. Nur schade, daß Inge und Du nun kaum noch zu gemeinsamen Fahrten kommen werdet; denn so geht es, wenn man Kinder hat. Mutter und ich haben das ja gründlich erfahren. Es fehlen die Tanten, und die Großeltern werden unbeweglicher. Ja, wenn es noch dienstbare Geister gäbe! Aber das ist ein Traum von vergangenen Zeiten.

Schade, daß ich mich vor zehn Jahren in Dortmund habe festhalten lassen. Es geschah aber darum, erst einmal Fuß zu fassen. Heute bedauere ich meinen Entschluß. Ich habe ja meistens nicht nach meinem Gusto handeln dürfen, wenngleich es in den Augen der Familie sich anders spiegelte. Nun habe ich nicht mehr lange Zeit. Meine Tage sind sehr gezählt, so daß es nicht lohnt, mit Mutter von Dortmund ins Sauerland fortzugehen, da sie dann doch zu Gertrud zurückkehren müßte, wenn ich zu meinen Vätern versammelt worden bin.

Jedenfalls wird es Zeit, in den Ruhestand zu gehen. »Tu Rechnung von deinem Haushalten; denn du kannst hinfort nicht mehr Haushalter sein.« Ein hartes Wort!

Die Ärzte sind zuversichtlicher als ich. Anfälle hatte ich am 16ten, dann am 19ten und schließlich am 22sten. Da wird man mürbe. Ich bin hier zwar in sehr guter Obhut, möchte aber doch heim, euphemistisch gesprochen.

Übrigens das letzte Bild von Volker ist sehr gut. Ich hätte als Großvater auch einmal ganz gern ein Bild. Ich sehe nicht ein, weshalb das bloß das Vorrecht von Omas ist.

Aber Bilder sind doch kein Ersatz für das lebendige Gegenüber. Ich würde gerne einmal nach Hannover kommen. Ja, mein Junge, daraus wird nichts. Ich habe kein Geld. Ekelhaft, vom Geld abhängig zu sein, ja schon von ihm reden zu müssen.

Was soll ich noch schreiben? Ich habe viel gelesen. Stifter, Fontane, Geschichte, Politik. Bloß vieles wird einem sub specie aeternitatis wesenlos.

Leb wohl! Herzliche Grüße Dir und den Deinen!

Vater.

Ingeborg Schlosser an ihre Mutter Emma Lüttjes

Hannover, den 26. 11. 59

Liebe Mutti!

Jetzt sind wir knapp eine Woche in Vahrenheide, aber der Umzug ist eigentlich immer noch nicht beendet, denn wir leben noch aus Pappkartons und müssen erst allmählich herausfinden, wie wir alles am besten einrichten. Es ist auch noch keine einzige Gardine dran, weil wir auf eine Tante vom Sozialamt warten müssen, die wegen eines Zuschusses erst die kahle Wohnung begutachten muß. Für das Wohnzimmer haben wir heute Vorhangstoff in zwei Farben erstanden, grau und gelb, den wir streifenweise aneinandersetzen wollen, damit die große Fensterwand wirkungsvoll und dennoch nicht zu bunt dekoriert wird.

Die Möbelleute kamen am Umzugstage um halb acht und waren um halb elf schon mit allen Klamotten hier. In einigen Tagen wird es wohl gemütlicher aussehen. Wir freuen uns, daß wir endlich eine eigene Wohnungstür haben. Gleich am ersten Abend stiegen wir in die Wanne, welche Wohltat, gleich heißes Wasser aus dem Kran zu kriegen! Strom ist leider erst heute gekommen, die abendliche Kerzenfummelei hat uns doch ziemlich aufgehalten. Wenigstens haben wir im Wohnzimmer einen anständigen Ofen, der die Bude wärmt. Fürs Kinderzimmer müssen wir uns noch ein Öfchen zulegen. In der Küche steht außer dem dreiflammigen Gasherd noch einen Kohle-Beistellherd, so daß man da auch an kalten Tagen nicht frieren muß.

Mit der Frau, die in unsere ehemalige Wohnung eingezogen ist, hatten wir noch einigen Ärger. Sie meckerte an allem und jedem herum, und wir waren froh, als wir mit ihr fertig waren. Nun behauptet sie, von dem Sprung im Waschbecken nichts gewußt zu haben. Dabei hatte ich sie bei den Besichtigungen mehrfach aufgefordert, sich alles genau anzusehen, und wenn sie Tomaten auf den Augen hat, ist das meiner Meinung nach ihre eigene Schuld.

So, bald mehr, vorläufig ist meine Zeit alle. Viele herzliche Grüße an die ganze Sippe, und besonders Dir möchte ich wünschen, daß Ihr es uns bald nachtun und in schönere Räume ziehen könnt!

Deine Inge

Liebe Mutti, lieber Vati!
Es steht noch immer eine Antwort auf Euern Geburtstagsbrief und Euer Geschenk aus. Nachdem wir beim ersten Lampenschein im neuen Heim ein bißchen zur Ruhe gekommen sind, will ich nicht länger damit warten.

Für welchen guten Zweck nun Euer Geldgeschenk Verwendung gefunden hat, kann ich gar nicht genau sagen. Der Schein ist in unsere dringendsten Anschaffungen investiert worden, und ich hoffe, daß das Eure Billigung findet. Recht vielen Dank.

Wenn sich auch noch nicht alles an Ort und Stelle befindet, so fühlen wir uns hier doch schon sehr wohl und heimisch. Endlich haben wir etwas mehr Platz und eine eigene Tür und keinen grantigen Hauseigentümer mehr, der einem mit allen möglichen Mäkeleien das Leben vermiesen kann. Nachwuchs gibt es im Haus eine ganze Menge, so daß der Kinderlärm nicht unbedingt auf uns alleine zurückfällt. Für Besucher können wir sogar ein eigenes Bett aufstellen.

Das Armenrecht für die Prozeßführung ist mir jetzt zuerkannt worden. Wollen hoffen, daß es weiter gut läuft.

Herzliche Grüße von Euerm Richard.

DOKUMENT!

Sobald wir einen Wagen besitzen und ich den Wagen fahre, werde ich bei Ratschlägen meines neben mir sitzenden Mannes keine Wutanfälle bekommen, sondern nötigenfalls so lange anhalten, bis ich eingesehen habe, daß der betreffende Ratschlag begründet war.

Hannover, den 31. 12. 59, 23^{30} Uhr
Ingeborg Schlosser

Zusatz: Besagte Ratschläge müssen sich auf den Wagen, die Fahrtechnik oder die Verkehrslage beziehen.

Ingeborg Schlosser an ihre Schwester Therese Harper, geb. Lüttjes

Hannover, den 24. 2. 1960

Liebe Therese!
Zu Deinem Geburtstag wünschen wir Dir von Herzen alles Gute! Nach Muttis Berichten scheint es Dir ja ganz gut zu gehen. Sie war gerade drei Tage hier zu Besuch und hat jetzt Renate für einige Wochen mit nach Jever genommen. Die junge Dame kommt ja viel herum, erst neulich war sie ein paar Tage in Dortmund. Mir ist rein etwas komisch zumute, daß sie nun schon wieder woanders weilt, aber Mutti wollte es gern, und Renate strahlte bei der Aussicht, wieder mit Gustav spielen zu können, und das gönn ich ihr natürlich. Wenn es nicht so kalt wäre, würde ich auch mal mit Volker nach Jever fahren, aber in dem zugigen und feuchten Haus holt sich der Kleine bloß noch was weg.

In unserer neuen Wohnung haben wir keine Zentralheizung, weil die Häuser im sozialen Wohnungsbau errichtet wurden, aber im Wohnzimmer steht ein Dauerbrandofen, der gut heizt, und für das Kinderzimmer haben wir uns von Nachbarn einen alten eisernen Ofen gekauft. In der Küche existiert neben dem Gasherd noch ein Zusatzherd für Kohlen, aber den machen wir nur an, wenn es so kalt ist, daß man es sonst in der Küche nicht aushält. Das Schlafzimmer ist man klein, aber es paßt haarscharf alles rein. Das Kinderzimmer wird sich Richard für die nächste Zeit, wenn er an seiner Diplomarbeit sitzt, als Arbeitszimmer einrichten, damit er ungestört ist. Seit seiner Nachuntersuchung in Hemer ist er ein paarmal zur Hochschule gewesen, um zu versuchen, bald seine Diplomarbeit zu bekommen. Hoffen wir, daß es klappt!

Dagmar hat seit neuestem eine Stelle im Funkhaus, aber das weißt Du wahrscheinlich schon längst. Sie ist öfters mal bei uns zu Besuch. Später, wenn sie sich an andere Leute angeschlossen hat, wird das wohl ganz von alleine aufhören. Das ist ja der große Nachteil der Wohnung, daß sie so weit draußen liegt, aber trotzdem sind wir froh, daß wir sie haben, und wir brauchen auch nicht so hoch raufzuklettern wie Du mit Deinen Kindern! Wie machst Du das eigentlich? Läßt Du Kim alleine die Treppe runterlaufen? Wie geht es dem kleinen Wirbelwind denn? Mutti erzählte, daß Norman bald in die Nursery School kommt. Dann hast Du ja gleich viel weniger Arbeit mit ihm.

Wenn Du Zeit findest, laß mal wieder von Dir hören. Von uns allen die besten Wünsche und viele liebe Grüße!

Deine Inge

Ingeborg Schlosser an ihre Schwiegermutter Cäcilie Schlosser

Hannover, am 1. 7. 60

Liebe Mutter!
Herzlichen Dank für die Überweisung und den Brief mit der Nachricht von Euerm Umzug nach Dortmund-Barop! Wir waren ganz baff, denn zu Doros Hochzeit hatten wir den Neubau doch noch besichtigt und geglaubt, es werde noch viel länger dauern. Aber umso besser. Wir wünschen einen guten Start in der neuen Umgebung! Meine Eltern ziehen ebenfalls um, sie haben zum 1. August eine neue, größere und modernere Wohnung in der Mühlenstraße gemietet.

Richard arbeitet viel an seiner Diplomarbeit. Leider hat er immer noch Schmerzen von seinem inzwischen gezogenen Weisheitszahn und kann die Kiefer kaum auseinanderbringen.

An den Kindern hat er viel Freude. Volker läuft in einem fort hinter ihm her und will in die Luft gewirbelt, geschaukelt, beschmust oder geneckt werden. Renate ist fast immer draußen. Vor unserem Haus wird jetzt Gras angesät, auch werden die Zuwege gepflastert und Sandkästen angelegt.

Wie geht es Vater? Kommt er bald wieder nach Hause? Sollte es damit noch etwas dauern, könntest Du dann nicht vielleicht auf ein Wochenende nach Hannover kommen, liebe Mutter? Du hast doch unsere hiesige Behausung noch gar nicht gesehen. Wir würden uns sehr freuen.

Viele schöne Grüße!
Deine Inge samt Richard

Ingeborg Schlosser an ihre Mutter Emma Lüttjes

Hannover, den 10. 10. 60

Liebe Mutti,
es bleibt also, um das gleich vorweg zu sagen, dabei, daß Gustav am Mittwoch um 14.20 Uhr von hier abfährt und Du ihn in Sande abholst. Ich werde zusehen, daß ich jemanden finde, der ein bißchen auf ihn aufpaßt. Ganz wohl ist mir ja nicht dabei, denn so ein Kind kriegt doch mitunter die verrücktesten Einfälle, aber man muß eben hoffen, daß es klappt.

Mit Gustav und meinen beiden Kröten habe ich allerlei auf die Beine gestellt. Nach wie vor gilt Gustavs Hauptinteresse Lokomotiven und Zügen. So war er schon gleich kaum vom Bahnhof wegzukriegen. Erst nachdem er noch diverse Schnellzuglokomotiven bestaunt hatte, konnten wir in die Straßenbahn steigen. Zu Hause hatte Richard gerade den Drachen rausgeholt, den er für Renate gebastelt hatte, ein ziemliches Monstrum, das ein Kind alleine gar nicht hochkriegt, und Gustav war schwer davon begeistert. Am nächsten Morgen war er noch vor Volker wach und hopste im Wohnzimmer herum. Am liebsten wollte er gleich wieder zum Bahnhof rasen, um Züge zu bestaunen, aber da war ich gegen. Richard tröstete ihn dann mit einem Modelleisenbahnkatalog. Unsere Bilderbücher waren ihm zumeist zu kindlich, außer den »Heinzelmännchen von Köln« und dem »kleinen braunen Hühnchen«. Dies nur, damit Ihr wißt, wovon er immer faselt. Desgleichen machte er sich über »Donald Duck« und »Onkel Dagobert Duck« her und hielt uns Vorträge über die Möglichkeit, daß die darin erwähnte »Panzerknackerbande« vielleicht auch mal in unser Haus eindringe und ihn womöglich fessele und was des Unsinns mehr ist. Da er pausenlos davon erzählt, wollte ich das nur zu Eurer Orientierung schreiben. Mehrfach hat er sich hier für einen Groschen an der Zeitungsbude sogenannte »Wundertüten« gekauft, in denen sich normalerweise außer einem schäbigen Plastikauto bloß ein paar Puffreiskörner befinden. Sonntagnachmittag waren wir allemann mit Ausnahme von Richard bei Dagmar zum Kaffee- bzw. Kakaotrinken. Für die Kinder war es recht nett, für mich weniger, denn Volker kriegte diverse Wutanfälle, weil er anders sollte, als er wollte, nämlich hinter jedem Köter herrennen und allen Blumen die Köpfe abreißen, und so war ich schließlich froh, als ich die ganze Meute wieder hier im heimatlichen Stall hatte. Heute mußte ich dann auf Gustavs Drängen noch mit ihm und Renate zum Hauptbahnhof, wo wir fast eine Stunde lang auf zugigen Bahnsteigen rumstanden. Anschließend waren wir bei Karstadt, und ich kaufte einen Märklin-Katalog für Gustav sowie zwei Märchenhefte, die nun immerzu gelesen werden. Jetzt ist er noch scharf darauf, den Flughafen Langenhagen zu sehen.

Im allgemeinen werde ich ganz gut mit Gustav fertig. Oft allerdings hört er einfach nicht hin, wenn man was zu ihm sagt. Heute blieb er mitten auf der Podbi stehen und wollte mir einen Vortrag über Reklame an Autobussen halten. Erst beim dritten Anschnauzer ging er weiter. Hinterher meinte er: »Ja, in der Großstadt muß man eben aufpassen!« Ich mußte dann doch lachen. Wenn man seinen langen Erzählungen über Straßenbahnen und Eisenbahnen mit etwas Geduld zuhört, macht es ja auch Spaß, zu sehen, wie scharf er beobachtet. Volker hält er für sehr dämlich, weil der nach jedem Bilderbuch greift, das ihm unterkommt, ohne darauf zu achten, ob es Gustav gehört. Und dadurch gibt es häufig Geschrei. Auch mit Renate kriegt Gustav sich oft in die Haare. Dann stößt er manchmal die schlimmste Drohung aus, die er seiner Meinung nach zu vergeben hat: »Ich fahre heute abend weg und komme nie, nie, nie wieder!« Nur ganz selten droht er noch, uns zu schlachten. Dafür kommt Renate mindestens zehnmal täglich brüllend an, weil Gustav verkündet hat, er werde sie in die Mülltonne stecken oder ihre Teddys verbrennen oder ihrer Puppe ein Loch in den Kopf stechen und so weiter. Im großen und ganzen kommen sie aber gut miteinander aus.

Nun habe ich Dir noch gar nicht geschrieben, was wir neulich mit Volker erlebten. Er hatte in der letzten Woche Donnerstag und Freitag heftig Fieber und in der Nacht gebrochen, ohne daß sonstige Krankheitsanzeichen vorhanden waren. Ich ging deshalb mit ihm zum Kinderarzt, der ihn gründlich untersuchte und beunruhigt war, weil er die Fieberursache nicht fand. Zu meinem Entsetzen stellte er dann fest, daß eine »gewisse Nackensteifigkeit« vorliege und somit Verdacht auf Kinderlähmung. Ich war ziemlich aufgelöst und wußte nicht, was ich davon halten sollte. Wir wurden in einem Infektionswagen in die Kinderheilanstalt gebracht, wo bei Volker ein Einstich ins Rückenmark vorgenommen wurde. Während ich auf das Untersuchungsergebnis wartete, füllte eine Schwester bereits ein Aufnahmeformular aus und wollte wissen, ob Volker zweiter oder dritter Klasse liegen sollte, und ich sah ihn in Gedanken schon für längere Zeit im Krankenhaus verschwinden. Gottseidank zeigte sich dann, daß es falscher Alarm war! Inzwischen geht es Volker wieder besser, und wenn er nachts Theater macht, sage ich mir immer, wieviel lieber ich doch hier zu Hause aufstehe und nach ihm sehe, als ich ihn ins Krankenhaus gegeben hätte. Nun ist Renate dran mit einer schrecklichen Erkältung und macht einen nachts mit ihrem Gehuste ganz verrückt. Sie schluckt aber brav jede Medizin, Hustensaft und Andal-Saft und trinkt heiße Milch mit Honig. Wegen Volkers Geschrei habe ich für Gustav nicht das Gästebett aufgestellt, sondern packe ihn abends immer erst in mein eigenes Bett und befördere ihn später rüber auf die Couch. Bis jetzt hat er noch nie was davon gemerkt, und täglich muß ich ihm vorexerzieren, wie ich ihn nachts rübertrage, und er lacht sich dann fast kaputt.

Richard kommt mit seiner Diplom-Arbeit ganz gut voran. Zwischendurch gab es Schwierigkeiten, weil die Sache ungeheuer kompliziert war. Auch Jürgen rechnete daran herum, aber ohne Erfolg. Jedenfalls scheint es nun glatt weiterzugehen. Jetzt arbeitet Richard noch im Schein seiner Petroleumfunzel im Keller und wird wohl gleich raufkommen. Meistens hört er sich noch die Nachrichten an um viertel vor zehn, und dann geht's ab ins Bett. Bald wird es wohl im Keller zu kühl werden, dann müssen wir eine andere Lösung suchen. Wahrscheinlich muß er dann wieder im Kinderzimmer arbeiten oder tagsüber in Doros und Jürgens neue Wohnung gehen. Am allerliebsten bliebe er aber unten in seinem eigenen Keller. Er hat sich da eine ganz gemütliche Arbeitsecke eingerichtet, die er sehr liebt, weil er da so schön ungestört ist und sein Reich für sich hat. Jetzt will er sich um die Genehmigung für einen elektrischen Anschluß für einen Heizapparat und eine Lampe bemühen. Aber das ist sehr schwer, da schon einige Leute mit Strom im Keller Unfug getrieben haben.

Mit Dagmar war ich neulich im Kino, wir sahen uns »Die Bande des Schreckens« nach Edgar Wallace an. Trotz der 23 Leichen (Dagmar hatte sie gezählt) waren wir ganz beeindruckt, wenn auch nicht direkt mitgenommen.

Zum Schluß noch eine Bitte, von der Richard allerdings nicht möchte, daß ich sie ausspreche: Könnten wir die 50 Mark für Oktober wohl haben? Wir mußten die neuen Sessel, die Fahrten nach Dortmund und nach Jever und die Geschenke etc. bezahlen und haben uns schon bei Dagmar in Schulden gestürzt. Hoffentlich ist Vati wegen der Bitte nicht böse. Bald kommt ja wohl mal eine Zeit, wo Ihr nicht immer berappen müßt, sondern auch mal kassieren könnt. In Sachen Prozeß haben wir noch nichts wieder gehört. Rudi will, wie er sagt, »dem betreffenden Macker mal auf die Zehen treten«. Vielleicht nützt das was.

Bis zum nächsten Mal also, liebe Mutti. Ich habe Gustav eingeschärft, daß er in Sande auf dem Bahnsteig wie angewurzelt stehenbleiben soll, bis Du kommst. Sicherheitshalber rufe ich abends um Punkt acht Uhr nochmal an bei Apkens. Du müßtest dann kurz rübergehen, um den Anruf entgegenzunehmen.

Viele herzliche Grüße von uns allen!
Deine Inge

Theodor Schlosser an seinen Sohn Richard Schlosser

Dortmund, am 15. November 1960

Lieber Richard!
Zu Deinem Geburtstag meine herzlichsten Glück- u. Segenswünsche! Ich denke der Tage vor 15 Jahren, als wir in Jever auf Dich warteten. Was für ein Unheil haben doch die Hitler u. Genossen heraufgeführt! Vorbei! Ich steige ins Grab, und meine Augen werden nicht mehr Deutschlands neues Leben sehen. Ich bin sehr schwach. Ich habe keine Lust mehr aufzustehen. Es lockt mich nichts mehr. Laß Dich das nicht verdrießen! Freu Dich Deines Lebens!

Herzlichst Dein Vater Theodor.

Richard Schlosser an Ingeborg Schlosser

Dortmund, am 30. 12. 60

Meine liebe Inge!
Vater geht es nicht gut. Ich besuche ihn jeden Tag mehrere Stunden. Er hatte zunächst Infusionen erhalten, die er anfangs auch gut vertrug, doch trat dann am Mittwoch eine Kreislaufstörung ein, und man kann von Glück sprechen, daß er diesen Kollaps noch überstanden hat. Ich sprach am gleichen Tag mit dem Oberarzt, der mir deutlich zu verstehen gab, daß Vater sich von dieser Krankheit wohl kaum wieder erholen wird. Vermutlich steckt Krebs dahinter.

Vater hat schon von Natur aus unter Depressionen zu leiden und im Augenblick ganz besonders. Darum ist es sehr schwer, ihn abzulenken, ihm Mut zu machen und ihn dahin zu bringen, daß er fest an seine Gesundung glaubt, denn wenn überhaupt noch eine Besserung eintritt, so hängt es doch in erster Linie auch vom Willen des Kranken ab. Natürlich haben wir alle noch einige Hoffnung, daß er wieder gesund wird, aber diesmal sieht es wirklich sehr böse aus. Ich rede mir immer selbst ein, daß Vater sich doch sehr oft gründlichst untersuchen ließ, wobei es nie einen Krebsverdacht gab. Daraus schöpfe ich alle meine Zuversicht.

Vorläufig wage ich es nicht, eine Abreise ins Auge zu fassen. Liebe Inge, warte bitte weitere Nachricht ab. Trotz allem wünsche ich Dir und der ganzen Familie ein frohes neues Jahr. Mir selbst sitzt ein dicker Kloß im Hals.

In herzlicher Liebe bin ich
Dein Richard

Anzeigenentwurf, 1. 1. 1961

Miserere mei

Denn wir haben hier keine bleibende Stadt,
sondern die zukünftige suchen wir.
Hebr. 13,14

Nach langer, schwerer Krankheit ging in Gottes Frieden ein
mein lieber Mann, unser guter Vater, Bruder, Großvater, Schwiegervater,
Schwager und Onkel, der

weiland Superintendent und Erzpriester am Dom
zu Marienwerder
Pfarrer an der St.-Apostel-Paulus-Kirche zu Dortmund
Hauptmann d.R.

Theodor August Schlosser
* 9. 1. 1893
† 1. 1. 1961

In tiefer Trauer
Cäcilie Schlosser geb. Grote
Gertrud Schlosser
Richard Schlosser und Frau Ingeborg
Dorothea Wellmann geb. Schlosser und Jürgen Wellmann
Rudolf Schlosser und Frau Hilde
Walter Schlosser
Dietrich Schlosser
Magdalena Schlosser
Heinrich Schlosser und Anverwandte
vier Enkelkinder

Rede bei der Trauerfeier für den Pfarrer i.R. Theodor Schlosser am 4. Januar 1961

Römer 5,1: »Nun wir denn sind gerecht geworden durch den Glauben, so haben wir Frieden mit Gott durch unseren Herrn Jesus Christus.«

In einem Gedicht, das der Wandsbeker Bote Matthias Claudius 1797 auf den Tod des dänischen Kronprinzensohnes verfaßte, stehen die Verse:

> »daß wir hier ein Land bewohnen,
> wo der Rost das Eisen frißt,
> wo durchhin, in Hütten wie in Thronen
> alles brechlich ist.
>
> Wo wir hin aufs Ungewisse wandeln
> und in Nacht und Nebel gehn,
> nur nach Wahn und Schein und Täuschung handeln
> und das Licht nicht sehn.«

Und dann kommt der Vers, den Theodor Schlosser so sehr geliebt hat:

> »O du Land des Wesens und der Wahrheit,
> unvergänglich für und für!
> Mich verlangt nach dir und deiner Klarheit,
> mich verlangt nach dir.«

Ich meine, es sei nicht bedeutungslos, welche Worte und Lieder ein Mensch lieb hat. Man könnte sagen: »Verrate mir, welche Verse du liebst, und ich will dir sagen, wer du bist.« Wenn unser Bruder Schlosser die Worte des Wandsbeker Boten von dem Land des Wesens und der Wahrheit besonders liebhatte, dann tun wir damit einen Einblick in sein Innerstes. Er war erfüllt von dem Verlangen nach Wesen und Wahrheit. Sein Geist suchte ein ganzes Leben lang unermüdlich nach dem Weg dahin. Er wußte ebenso wie der Wandsbeker Bote und wir, daß wir Menschen auf dieser Erde durch Wahn und Schein und Täuschung wandeln und das Licht nicht sehen. Wir sind Sünder, und das heißt: Wir sind losgelöst und getrennt von dem lebendigen Gott, der allein das Wesen und die Wahrheit ist. Nur dadurch, daß Gott diese Trennung zwischen uns und ihm aufhebt und durch sein rechtfertigendes Wort Frieden mit uns macht, werden wir versetzt aus dem Unwesen in das Wesen, aus der Lüge in die Wahrheit.

Theodor Schlosser gehörte zu der Generation, deren Jugendjahre in die letzte Zeit des deutschen Kaiserreiches fielen. Jene Jahre vor 1914 werden heute oft ganz falsch beurteilt. Es war damals ein starker geistiger Wandel in unserem Volke spürbar. Man war des öden Materialismus überdrüssig. Ein neues ideales Streben regte sich. Die Jugend kam in Bewegung. Das Verlangen nach »Wesen und Wahrheit« wurde wach.

Theodor Schlosser begann im Jahre 1911 sein Studium. Er schloß sich dem Verein Deutscher Studenten an. Dort fand er die vaterländischen und christlich-sozialen Ideale, die sein Herz begeisterten. Er ist durch diese Gedanken in stärkster Weise beeinflußt worden. Bis zuletzt blieb er ein treuer V.D.St.er.

Es kam der Erste Weltkrieg, an dem Schlosser als Soldat, zuletzt als Leutnant teilnahm. Nach dem unglücklichen Kriegsende ging er als Oberhelfer ins Rauhe Haus. Dann führte ihn der Weg ins Pfarramt, zuerst nach Schwarzenau an der Eder. Dort begann Eure Ehe, die Euch für 35 Jahre zu Lebensgefährten und Weggenossen machte. Es kam der Wechsel, der Euch ins ferne Ostpreußen führte, wo Ihr glückliche Jahre verlebtet. 1939 nahm er als Hauptmann am Polenfeldzug teil. 1940 wurde er als Pfarrer an den Dom zu Marienwerder berufen, gleichzeitig als Superintendent des Kirchenkreises Marienwerder. Dann kam das schreckliche Ende des Zweiten Weltkrieges, das besonders über den deutschen Osten furchtbaren Jammer brachte. Ihr kamt schließlich nach mancherlei Hin und Her nach Dortmund, wo Theodor Schlosser zum Pfarrer der Paulusgemeinde berufen wurde. Dreizehn Jahre hat er hier noch im Pfarramt wirken dürfen, bis er aus Gesundheitsgründen in den Ruhestand gehen mußte.

Theodor Schlosser hat unter den Erlebnissen der letzten Jahrzehnte unsagbar schwer gelitten. Er war ein Mann, der sein Vaterland mit heißem Herzen liebhatte. Darum konnte ihn der Zusammenbruch nicht gleichgültig lassen. Er fand nur wenige, mit denen er über das alles sprechen konnte. Und so rieb er sich in der Stille daran wund.

Unser Bruder Schlosser war ein Mann, der seine Kirche liebhatte. Auch hier war es eine Liebe mit viel Sorgen und Schmerzen. Vieles in der kirchlichen Entwicklung von heute stimmte ihn bedenklich. Er sprach das mitunter in leidenschaftlich harten Worten aus. Seine Schau in die Zukunft war pessimistisch.

Es ist ihm sehr schwergefallen, in den Ruhestand zu gehen. Seine ungeheuer aktive Natur war für ein idyllisches Pensionistendasein nicht geschaffen.

Er war ein Mann von einer umfassenden Bildung und einem großen Wissen. Seine theologischen, philologischen und geschichtlichen Kenntnisse setzten jeden Gesprächspartner in Erstaunen. Dabei kannte er keinen Stillstand. Unermüdlich strebte er weiter nach dem Land des Wesens und der Wahrheit.

Er wußte ganz genau, daß sich nur im Glauben an Christus der Weg dahin öffnet. Aber das war für Theodor Schlosser keine billige Selbstverständlichkeit. Er mußte immer wieder hart darum ringen. Oft mag er mit dem Frommen des alten Bundes gesprochen haben: Um Trost war mir sehr bange. Noch zuletzt bedrängten ihn Luthers Worte von dem »schrecklichen Gott«. Aber er hielt fest an dem Glauben, daß Gott in Jesus Christus Frieden mit uns gemacht hat.

Zuletzt wurde es friedlich und ruhig in ihm. Der Morgenglanz der Ewigkeit leuchtete ihm ins Herz. Und so wollen wir ihn dem Frieden unseres Gottes anbefehlen. Was er hier geglaubt hat, das möge er nun schauen dürfen im Land des Wesens und der Wahrheit.

gez. F. Siebenhaar, Pfarrer.

Ingeborg Schlosser an ihre Mutter Emma Lüttjes

Hannover, am 22. 3. 61

Liebe Mutti,
Dagmar hat uns Deine Grüße übermittelt, vielen Dank! Ja, der Prozeß. Inzwischen hat sich der Gutachter geäußert, aber nur sehr obenhin und so, daß man seine Aussprüche beliebig deuten kann. Richard hat deshalb mit einem Arzt Verbindung aufgenommen, der damals in Hemer die Operation teilweise selbst ausgeführt hatte und jetzt Lungenchirurg am hiesigen Nordstadtkrankenhaus ist. Der stärkt Richard nun den Rücken, vor allem was die Anerkennung seines Leidens als Kriegsbeschädigung angeht. Damit kämen wir garantiert durch, meint der Arzt. Schlechter ist schon, was er Richard sonst noch mitgeteilt hat. Er hat ihm nämlich er-

öffnet, daß bei der Operation nicht nur der obere Lappen der Lunge entfernt wurde, sondern daß sich im Verlauf der Operation auch die Entfernung eines Teils des Mittellappens als notwendig erwies. Das wäre an sich nunmehr ja nicht übermäßig schlimm, aber daraus resultiert die Tatsache, daß die Restlunge viel stärker verschwartet, d.h. festgewachsen ist, als gut wäre. So kann das Herz die zusätzliche Belastung nur schwer verkraften, und dadurch ist ein Herzknacks entstanden. Warum man Richard das nicht gleich gesagt hatte, ist schleierhaft, denn jetzt ist ihm plötzlich jegliche Anstrengung, Rauchen etc. verboten. Seine Lebenserwartung ist beträchtlich verringert, und daraus ergeben sich wieder allerlei Probleme für die Lebensversicherung usw. Er selbst hält sich ja gut nach all den Eröffnungen und setzt im Moment gerade die Antwort ans Gericht auf. Die Schreiberei hält ihn natürlich wieder mal von der Arbeit ab, aber wir müssen den Termin für die nächste mündliche Verhandlung einhalten.

Den Kindern geht es gut, von den ewigen Erkältungen abgesehen. Volker kann jetzt schon sehr niedlich sprechen, nur nuschelt er etwas, so daß man ihn eigentlich nur versteht, wenn man länger mit ihm umgeht. Aufs Töpfchen meldet er sich leider nur unregelmäßig, allerdings kommt er immer treuherzig zu mir, wenn was passiert ist: »Mama, er stinkt!«

Für das Manuskript über die Kohlfahrten habe ich 45 Mark bekommen. Wenn ich mich auch gefreut habe, daß es noch gesendet wurde, so weiß ich doch nicht, warum so spät. Es war da gerade so mildes Wetter, daß das Thema gar nicht paßte.

Vielleicht könnte ich mal was zum Getreuen-Umtrunk in Jever machen. Ob Vati da noch Unterlagen hat, die für ein Mansukript ausreichen? Man hat mir nämlich freundlicherweise zu verstehen gegeben, mein Stil komme »gut an«. Na denn!

Viele herzliche Grüße von uns allen an Dich, Vati, Gisela und Gustav.

Deine Inge

Jürgen Wellmann an seine Frau Dorothea Wellmann, geb. Schlosser

Hannover, 2. 7. 61

Meine liebe Doro!
Nun wirst Du wohl gerade mit Mutter beim Abendbrot sitzen. Ich denke viel an Dich und sehne mich wohl auch nach Dir, und so hat es mich ganz von alleine an diesem geruhsamen Sonntag an den Schreibtisch geschrieben, um Dich das wissen zu lassen.

Heute gab es bei Wellmanns dicke Bohnen mit den restlichen alten Kartoffeln, die sich trotz der Hitze erstaunlich gut in der Küche gehalten hatten. Gestern gab es das auch schon. Aber bei der Anwesenheit nur eines einzigen Familienmitgliedes waren die ganzen Kartoffeln und das Pfund Bohnen, das ich gestern auf dem Markt besorgt hatte, in einer Mahlzeit nicht zu schaffen.

Gestern nachmittag war ich das erste Mal in diesem Jahr baden. Ich fuhr zum Lister Bad, um anschließend noch Richard zu besuchen, der ja, wie ich vorher telefonisch von ihm erfahren hatte, jetzt ebenfalls Strohwitwer ist. Er war den ganzen Tag gärtnerisch tätig. In die Blumenkästen pflanzte er in diesem Jahr Petunien und die bis dahin dort vorhandenen Stiefmütterchen in den Vorgarten. Außerdem wurde der Vorgarten mit einer Unmenge von Sonnenblumen gepflastert, die unverschämterweise immer wieder von den spielenden Kindern zerstört und ausgerupft werden. Bei den Pflanzarbeiten ging ich Richard tüchtig zur Hand. Die Zahl der Pflänzchen läßt sich vielleicht durch die Tatsache abschätzen, daß wir etwa zehn Eimer Wasser verbrauchten, die mittels Litermaß sparsamst vergossen wurden.

Nach dieser anstrengenden Arbeit schmeckte uns dann eine kühle Flasche Gildebräu. Dabei unterhielten wir uns über den Stand seines Prozesses. Die Gerichtsverhandlung im Juni ergab, daß die Position für Richard an sich sehr gut ist. Ungünstig ist jedoch, daß der bisherige Gutachter noch einmal Stellung nehmen soll. Rudi hatte es trotz seines Angebotes, die bisherigen Gutachterkosten vorzuschießen, nicht erreicht, daß vom Gericht ein neuer Gutachter eingesetzt wurde. An sich ist Richard diese erneute Verzögerung ganz recht, weil er gerne erst den Prozeß beim Sozialgericht wegen seiner Kriegsbeschädigung, der so gut wie sicher von ihm gewonnen wird, zu Ende bringen möchte, um dadurch eine noch bessere Ausgangsposition für den Prozeß gegen die Stadt zu schaffen.

Richard arbeitet jetzt als Werkstudent bei der Conti in Vahrenwald, wo er die Möglichkeit hat, an Neukonstruktionen herumzuknobeln. Allerdings klagt er über die unwissenschaftlichen Methoden, die dort üblich sind. Neulich nahmen Arbeiter, die an einer Reifenherstellungsmaschine arbeiten, ihm gegenüber eine drohende Haltung ein, als er an der Maschine eine Drehzahlmessung vornehmen wollte, die er für die Entwicklung einer Kupplung brauchte. Die Arbeiter vermuteten, er habe durch diese Messung herausfinden wollen, ob die Reifen auch in kürzerer Zeit hergestellt werden könnten, und dann werde der Akkordsatz gesenkt. Auch beim Vorarbeiter fand Richard nur wenig Verständnis und Unterstützung, und er konnte seine Messung schließlich nur unter Überwindung äußerster Schwierigkeiten durchführen. Ansonsten ist er aber sehr froh, daß Punkt vier Uhr alle Bleistifte fallen gelassen werden und nie eine Minute länger als die vorgeschriebene Zeit gearbeitet wird. Denn er ist doch immer ziemlich fertig nach dem Dienst und hat nur noch den Wunsch, ins Bett zu gehen, womit er bei Inge, wie er mir sagte, leider nur wenig Verständnis findet, weil sie abends meistens gerne noch ein wenig mit ihm ausgehen möchte. So ist Richard gestern, als ich ihn um kurz nach sieben Uhr verließ, wohl auch völlig erschöpft ins Bett gesunken, was ja nach des Tages schwerer Gärtnerarbeit kein Wunder wäre.

Wenn Du noch länger als geplant bei Mutter bleiben willst, kannst Du das Geld für die verfallende Rückfahrkarte übrigens bis auf eine Verwaltungsgebühr wiederbekommen, wie mir Richard sagte.

Herzliche Grüße.
Dein Jürgen

Ingeborg Schlosser an ihre Mutter Emma Lüttjes

Hannover, den 13. 2. 62

Liebe Mutti!
Vielen Dank für Deinen Brief. Wir sind also einer Meinung, daß es doch am vernünftigsten sein wird, die Kinder in Jever unterzubringen, wenn es hier ernst wird. Es würde doch sonst gewaltig voll in unserer Wohnung mit uns allen und Dir dazu.

In der vorletzten Nacht und gestern sind wir von dem orkanartigen Sturm fast weggeblasen worden, aber gottseidank haben wir's heil überstanden. Hier haben fast alle Häuser Dachschäden erlitten, teilweise polterten die Ziegel klumpenweise runter, was ja nicht gerade ungefährlich ist. Wie lange es dauern wird, bis die in ganz Hannover in Mitleidenschaft gezogenen Dächer repariert werden, weiß der Himmel. Vorläufig regnet und schneit es munter auf den Dachboden, und wir können nur hoffen, daß die Feuchtigkeit nicht durchkommt. Hat der Sturm auch im Jeverland so gewütet?

Bis Mai wollen wir die Wohnung renoviert haben, denn dafür wird es allmählich Zeit. Am nötigsten haben es Wohn- und Kinderzimmer. Aber auch Bad und Küche weisen schwarze Flecken in der Gegend um die Fenster auf, weil man wegen der klemmenden Fenster nicht oft genug lüften kann. Richard muß jedesmal mit Gewalt das Badezimerfenster wieder zudreschen, wenn ich es aufgehabt habe. Na, im Sommer ist das ja nicht so wichtig.

Bei mir hat sich inzwischen die aus den ersten Monaten bestens bekannte Übelkeit wieder eingestellt, und da ich außerdem jetzt doch schon ziemlich umfangreich bin und heftig unter Sodbrennen leide, fühle ich mich nicht gerade pudelwohl. Aber was will ich machen. Der Arzt hat nichts Auffälliges festgestellt. Allerdings liegt das Kind im Moment quer, was sich aber wahrscheinlich noch ändern wird. Das ist auch mit etwas Beengung verbunden.

Für die Funkbilder wüßte ich gelegentlich gern Näheres über die geplanten Bundeswehrwohnblocks. Wird schon bald mit dem Bau begonnen?

Mein Schwager Walter hat sich übrigens verlobt. Noch nicht offiziell, aber immerhin. Am nächsten Wochenende will er uns seine Braut vorstellen. Meiner Schwiegermutter geht es mittlerweile besser, sie hatte ja auch lange genug mit ihren Gelenkbeschwerden zu tun.

Jetzt wartet noch meine »Lieblingsbeschäftigung«, die andere als reines Vergnügen empfinden: Bügeln …

Dir und Euch allen viele herzliche Grüße von sämtlichen Hannoveranern!

Deine Inge

Versorgungsamt Hannover — Hannover, den 30. April 1962
31/11 41 339

<u>Verhandlung</u>

Unaufgefordert erscheint Herr Richard Schlosser, geb. 17. 11. 1927, wohnhaft Hannover-Vahrenheide, Dresdener Str. 19, und erklärt:

Ich habe mein Studium bis zur Fertigung der Dipl.-Arbeit abgeschlossen. Inzwischen ist am 28. 4. 1962 mein drittes Kind Martin geboren worden.

Durch die vorgenannten Umstände bin ich in eine schwierige wirtschaftliche Lage gekommen. Aus diesem Grunde bin ich dringend auf die Rentennachzahlung angewiesen, die sich aus dem Vergleich vor dem Sozialgericht Hannover vom 23. März 1962 bezüglich der Anerkennung der Lungentbc. mit einer MdE von 100% vom 1. 7. 1958 und ab 1. 2. 1960 mit 70% ergeben hat.

Ich habe außer dem vom Sozialamt (Tbc-Fürsorgestelle) gezahlten Rentenvorschuß keine weiteren Einnahmen gehabt. Auch meine Frau ist ohne Beschäftigung.

Den Ersatzanspruch des Sozialamtes werde ich durch persönliches Befragen ermitteln und das Ergebnis unverzüglich nach hier mitteilen.

Durchschrift dieser Verhandlung habe ich zur Vorlage beim Städt. Sozialamt erhalten.

v.g.u. Richard Schlosser	geschlossen Eggerling Angestellter

Emma Lüttjes an ihre Tochter Ingeborg Schlosser

Jever, 30. April 1962

Liebe Inge!
Da hast Du uns ja mal wieder eine wunderbare Überraschung bereitet! Schon eine Woche eher, als wir dachten, sind wir nun wieder glückliche Großeltern geworden! Laß Dir von Herzen gratulieren zu Eurem dritten Kind! Was ist es doch für ein Segen, daß es gesund und kräftig ist! Ich freue mich auch sehr, daß es wieder ein Junge ist. Den Namen Martin finde ich sehr schön. Weil Du schriebst, er sehe so ähnlich aus wie Renate als Baby, habe ich mir ihre ersten Bilder wieder angekuckt und habe nun das Gefühl, meinen jüngsten Enkel schon gesehen zu haben.

Wenn Du aber denkst, Renate sei enttäuscht, daß sie wieder ein Brüderchen hat, irrst Du Dich. Ich brauche nur davon zu sprechen, daß er niedlich ist, daß er schwarze Haare hat und daß er Martin heißt, und sie strahlt mich an. Volkers Reaktion auf die Nachricht vom neuen Brüderchen war allerdings niederschmetternd. Das kam, weil er gerade mal nicht »in Stimmung« war, und so sagte er nur immer: »Bä, bä, Kacke!« Ich schreibe das ruhig so hin, Du kennst ja Deinen Sohn, nicht wahr? Wenn er zu mir sagt: »Hau ab, du doofe Oma!«, so nehme ich ihm das nicht weiter krumm, ich komme nämlich ganz gut mit ihm aus, und wir sind uns meistens einig. Ich möchte so gern, daß ich ihn von Windeln und Gummihöschen abkriege, und habe auch schon allerbeste Teilerfolge erzielt.

Essen tun beide Kinder genug, und es schmeckt ihnen auch gut, scheint mir. Abends machen wir immer ein kleines Schaumbad, davon ist auch Gustav sehr angetan. Volker hat sich schon zum passionierten Fernseher entwickelt, am liebsten sieht er Reiter, Knallerei und dergleichen. Dann klatscht er in die Hände und zappelt vor Begeisterung. Als er neulich Skiläufer sah, meinte er: »Die gehen mit 'n Stock, die müssen zum Zahnarzt!«

Jetzt ist es draußen wieder recht kühl, und die Kinder sind dick angezogen, aber sie sind gerne im Garten. Auch auf dem Boden mögen sie gerne sein. Der Fernseherkarton ist ihr »Auto«, da steigen sie mit Wonne ein und aus. Gustav isoliert sich leider meistens und vergräbt sich hinter Atlas und Lexikon, oder er sitzt am Klavier, denn er plant jetzt, »Komponist« zu werden. Er malt Noten auf ohne Taktstriche, Pausenzeichen u.s.w., aber jede Komposition bekommt einen klangvollen Namen wie »Eleono«, »Rogate« und ähnliches. Na, seine Pläne werden sich noch oft ändern!

Liebe Inge, ich hoffe, Du ruhst Dich in der Klinik gut aus und erholst Dich, damit Du den Ansprüchen Deines großen Haushalts und Deiner lebhaften Familie gewachsen bist! Ob der Kleine nun wohl mal ein ruhigerer Vertreter wird? Hoffen wir es!

Viele liebe Grüße von uns allen sendet Dir Mutti.

TECHNISCHE HOCHSCHULE HANNOVER

ZEUGNIS

Herr Richard Schlosser
geboren am 17. November 1927 in Schwarzenau a. d. Eder
hat die

Diplom-Hauptprüfung

in der Fakultät für Maschinenwesen, Abteilung Maschinenbau
Fachrichtung Allgemeiner Maschinenbau
nach der geltenden Diplomprüfungsordnung abgelegt, nachdem er am 25. 11. 1955
an der Technischen Hochschule Hannover die Diplom-Vorprüfung mit dem
Gesamturteil genügend bestanden hat.

In der Diplom-Hauptprüfung hat er folgende Urteile erhalten:

Übungsergebnisse:	sehr gut
Mündliche Prüfung in folgenden Fächern:	
Technische Wärmelehre	ziemlich gut
Technische Strömungslehre	genügend
Hydraulische Strömungsmaschinen	genügend
Hydraulische Strömungsgetriebe	gut
Verbrennungskraftmaschinen	genügend
Elektrische Antriebe	genügend
Fertigungstechnik	gut
Betriebswirtschaftslehre	ziemlich gut
Fördertechnik	gut
Maschinenmeßkunde	genügend
Sozialbiologie	sehr gut
Diplomarbeit aus dem Gebiet Kolbenmaschinen	sehr gut
Gesamturteil über die Prüfung	– ziemlich gut –

Hannover, den 7. Juni 1962

Der Vorsitzende
des Diplom-Prüfungsausschusses
Krause

Reihenfolge der Urteile: sehr gut, gut, ziemlich gut (befriedigend), genügend (ausreichend), ungenügend.

Ingeborg Schlosser an ihre Mutter Emma Lüttjes

Hannover, 21. 6. 62

Liebe Mutti, da die Zeit im Moment kaum zu längeren Ergüssen reicht, nur rasch eine Karte. Vielen Dank für Deine beiden Briefe. Schön, daß Dir die Bilder gefallen, obwohl sie ja schon ziemlich überholt sind. Vor einigen Tagen wog der Knabe 10½ Pfd., was ich recht stattlich finde. Er kriegt jetzt Wurzelsaft, und nächsten Monat möchte ich mit Breifüttern anfangen. Von Durchschlafen kann leider noch keine Rede sein. Er ist aber ein ganz freundliches Baby, wenn er nicht gerade aus voller Lunge brüllt. Die anderen beiden sind fein zuwege und fast immer unten. Volker ist mittlerweile völlig sauber, auch wenn man ihn nicht dauernd mahnt.

Richard wird nun wohl demnächst nach Koblenz gehen, er hat seine Bewerbungs-Unterlagen beim Amt für Wehrtechnik und Beschaffung eingereicht und muß noch auf die Prüfung dieser Unterlagen warten. Mit einer Dienstwohnung dort, die wir bekommen würden, kann es allerdings noch Monate dauern. In Koblenz hat Richard Aussicht, Bundesbeamter zu werden, auch ohne Referendarzeit.

Wenn Ihr es einrichten könntet, auf Eurer Rückreise aus dem Harz hier wochenends vorbeizukommen, würden wir dann Taufe machen. Ginge das?

Viele Grüße von allen!
Deine Inge

Ingeborg Schlosser an Richard Schlosser

Hannover, am 4. 10. 62

Lieber Richard,
heute früh habe ich die Angestellten-Versicherungs-Karte mit Einschreiben und vorsichtshalber auch als Eilbrief abgeschickt, direkt ans Amt, damit Du ihn während der Dienstzeit in Empfang nehmen und gleich weiterleiten kannst. Die Leute auf dem Ordnungsamt wollten mir erst nicht glauben, daß Du nicht schon früher eine Angestellten-Versicherung gehabt hattest.

Vom gestrigen strapaziösen Tag habe ich mich trotz vieler Arbeit einigermaßen erholt. Wie sich herausstellte, war an Martins Gequake nicht nur die Impfung schuld, sondern auch das erste Zähnchen, das heute morgen zu sehen war! Inzwischen hat er sich etwas beruhigt. Die beiden Großen nutzen das plötzlich ausgebrochene Hochsommerwetter und sind den geschlagenen Tag unten, sogar barfuß. Diese Woche will Hilde mit ihren Kindern noch einen Tag kommen, und da ich mich heute nur um die Wäsche, die Küche und das Kinderzimmer gekümmert habe, muß ich morgen jede Menge Fenster putzen, damit die schöne Sonne auch herein kann.

Lieber Richard, vielen Dank noch einmal für Deine beiden Anrufe. Ich freue mich, daß sich Deine Koblenzer Zeit gut anläßt und wünsche Dir, daß sich Dein Leben dort bald richtig eingespielt hat. Soll ich Dir die Sprühstärke schicken? Und brauchst Du sonst noch was?

Viele liebe Grüße von uns allen!
Deine Inge

Richard Schlosser an Ingeborg Schlosser

Koblenz, den 5. 10. 62

Liebe Inge!

Dein ans BWB adressiertes Päckchen kam mit Verzögerung an, weil ich in dem Laden noch nicht bekannt bin. Eine eigene Wirkungsstätte habe ich da auch noch gar nicht, weil einfach kein Platz frei ist. Das hatte ich ja schon vermutet. Einstweilen ist das auch noch nicht von so großer Wichtigkeit, weil ich vorerst doch nur herumwandere, um mich mit dem Betrieb vertraut zu machen. Wie bei einer Behörde nicht anders zu erwarten, gibt es einen aufgeblähten Büroapparat. Um den zu durchschauen, verschlinge ich ordnerweise Geschäftsordnungen, Arbeitsanweisungen, Büroumläufe und so weiter. Alle nur denkbaren Begriffe werden abgekürzt, und es wird ständig mit zig-stelligen Aktenzeichen umeinandergeworfen. Wenn ich meine, eine Verordnung verstanden zu haben, so stelle ich auf der nächsten Seite fest, daß sie längst ungültig und durch eine andere ersetzt worden ist oder noch werden soll. Bei dem Betrieb ist es kein Wunder, daß meine Bewerbung hier so lange schmorte. Allgemein ist man allerdings der Ansicht, daß der Vorgang mit rasender Eile durchgepeitscht worden sei. Einer von den Organisationsfritzen verkündete neulich beiläufig, in seinem eigenen Referat würden pro Monat 1½ Millionen Blatt Papier umgesetzt. Nun kann man sich einen Begriff davon machen, welche Papiermassen hier bewegt werden. Diesen Umsatz werde ich jedenfalls nie erreichen. Es ist ein trauriger Rekord: 1.500.000 Blatt Papier!

Sobald ich in groben Zügen mit dem Geschäftsgang vertraut bin, werde ich mich ganz der technischen Seite widmen können, denn für den Verwaltungskram soll ich ja Leute kriegen. Vorläufig gibt es wenigstens auf dem Papier für mein Referat einige bereits bewilligte Stellen. Einige Abteilungen sollen demnächst umziehen, dann gibt es auch Platz, und die Chose wird schon ins Rollen kommen.

Wie Du siehst, drücke ich mich sehr allgemein aus, und darum will ich mich lieber den Dingen zuwenden, bei denen man nicht so leicht in Gefahr gerät, ein Wort zuviel zu sagen.

Am Telefon hatte ich Dir ja schon erläutert, daß es einen Haufen weiterer Fragebogen auszufüllen gab. Unter anderem auch der Wohnung wegen. Dazu fehlen mir noch einige Angaben. Ich brauche einen Beleg, aus dem hervorgeht, wie hoch unsere Miete ist, wem die Wohnung gehört, für welchen Personenkreis sie zweckgebunden ist und ob sie evtl. unter Inanspruchnahme von Bundesmitteln gebaut worden ist. Die letzte Frage deswegen, weil dann möglicherweise wieder ein Bundesbediensteter hineingesetzt werden kann, was ich aber nicht glaube. Hoffentlich kannst Du das spätestens am Montag im Büro in der Leipziger Straße klären und mir gleich die bewußte Bescheinigung herschicken (Schloß Nord, Zimmer 223). An die Dienstadresse aber nur dringende Sachen, wie derartige Belege. Einschreiben genügt, Eilbrief geht nicht schneller.

Anspruch haben wir auf eine Wohnung der Ausstattungsstufe I und auch auf 2 Kinderzimmer, hingegen nicht auf ein Arbeitszimmer. Es heißt jedoch, daß größere Wohnungen eher zu haben seien als mittlere.

Jetzt sitze ich in meiner Bude. Den grünen Koffer habe ich auf den Knien, weil ich an dem vorhandenen Tischchen nicht schreiben kann. Dafür muß noch eine andere Lösung gefunden werden. Auch um meine Ausstattung für Mahlzeiten ist es man mäßig bestellt. Mit dem Messer, das Du mir mitgegeben hast, kann kein Mensch Brot schneiden. Ich habe schon ein anderes gekauft. Zur Aufbewahrung von Zucker, Butter, Wurst u.s.w. fehlt mir jeglicher Behälter. Darum brauchst Dir mir nun aber kein Paket mit leeren Büchsen zu schicken. Es genügt, wenn ich die beim nächsten Besuch mitnehme. Dieses Wochenende wäre es völlig witzlos. Wenn man die Nacht nicht berücksichtigt, wäre ich praktisch nur Sonntagvormittag zu Hause. Nächsten Samstag ist frei, dann lohnt es sich schon eher. Bis dahin werde ich (auf dem Koffer) wohl auch mit dem Schriftsatz ins reine gekommen sein und genug dreckige Wäsche beieinander haben.

Meine Wirtin stammt aus Schlesien. Ihr verstorbener Mann war Zahnarzt. Ich habe noch kaum was mit ihr zu tun gehabt. Das liegt wohl vorwiegend an der separaten Lage meiner Mansarde im 5. Stock. Miete 85.– DM, fließend Wasser, Zentralheizung, Klappbett, zwei Sessel, ein Tischchen, Nachttisch, Kleiderschrank, Teewagen, Schränkchen mit Schiebetüren und zwei Bücherbretter, Gummibaum nicht zu vergessen, Teppich, Linoleum und Deckenfunzel. Es läßt sich drin wohnen, wenn es auch nicht der letzte Schrei ist. Für Eisenbahn ist kein Platz und auch keine Zeit.

Ich stehe um 6^{30} auf, der Wecker brauchte noch nie im zweiten Gang zu rappeln, und bin meist abends um 7 wieder da. Von Koblenz habe ich in dieser Woche noch nichts gesehen.

Ob ich mit meinem Geld hinkomme, ist fraglich. Ich werde mir wohl die beiden Bücher von Weidemann noch kaufen müssen, die für meine Arbeit wichtig sind. Spezialliteratur existiert im BWB nicht, jedenfalls nicht am Arbeitsplatz direkt. Einen Abschlag soll es am 15. geben. Die Erstattung der Reisekosten wird nicht vor Ablauf von 6 Wochen zu erwarten sein, und Trennungsgeld muß man jeweils nach Ablauf von 14 Tagen beantragen. Das erste wird es dann wohl im November geben. Wahrscheinlich werden wir noch einen von den 4 Tausendern anreißen müssen, doch nehme ich an, das Loch wieder stopfen zu können. Wenn ich die erste Zahlung in Händen habe, gebe ich Dir Bescheid, und dann kannst Du auch die Daueraufträge regeln.

Ich glaube nicht, daß ich schon alles Wissenswerte berichtet habe, aber doch wohl das meiste.

Grüß die Kinder schön und sei selbst herzlich gegrüßt
von Deinem Richard

Richard Schlosser an Ingeborg Schlosser

Koblenz, am 28. 10. 62

Liebe Inge!
Morgen ist wieder einer unserer ehelichen Feiertage, und da will ich doch wenigstens etwas von mir hören lassen, wenn ich schon nicht selber da sein kann.

Gerne hätte ich Dir schon jetzt ein kleines Angebinde geschickt, doch scheiterte das daran, daß ich mich bisher nicht für einen bestimmten Gegenstand entscheiden konnte. Bei dem, was ich näher ins Auge gefaßt habe, handelt es sich in gewisser Hinsicht um einen Zehenschoner, und vielleicht ist das der Grund dafür, daß ich mir während der knapp bemessenen Zeit, die mir für Geschäftsbummel bleibt, noch nicht den entscheidenden Ruck gegeben habe, das Ding zu erstehen. Mehr will ich darüber jetzt nicht schreiben. Ich bringe es dann bei meinem nächsten Besuch mit. Ein Vermögen kostet es nicht, so daß ich es eigentlich darauf ankommen lassen kann.

Vorläufig murkse ich hier in meiner Bude immer noch mit diesem irrsinnigen Tisch herum. Meine Bemühungen, einen Möbelladen ausfindig zu machen, der String-Teile führt, waren bislang ohne jeden Erfolg. Im Büro hat auch niemand eine Ahnung davon. Aus dem Branchen-Teil des Telefonbuchs ist erst recht nichts ersichtlich. Jetzt habe ich noch die Hoffnung, in unserer Bibliothek etwas zu finden. Dort steht eine Schwarte mit dem Titel »Wer liefert was?« oder so ähnlich. Vielleicht läßt sich da ja feststellen, wo die »Deutsche String-Firma« ihren Sitz hat. Mit diesem Tisch geht es so jedenfalls nicht weiter.

Eine andere Möglichkeit, die mir durch den Kopf geht, wäre die, daß ich mir hier über ein langes Wochenende einen VW-Transporter leihe und mir damit meinen Schreibtisch aus Hannover hole. Dann könnte ich auch gleich einige andere Dinge mitnehmen, die ich hier brauche, z.B. meine ganzen VDI-Zeitschriften und -Zeitungen, um sie nach Feierabend auf Artikel hin durchzuackern, die für meine Arbeit wichtig sind.

Ich verrate kein Geheimnis, wenn ich schreibe, daß der Posten im BWB an Vielseitigkeit nichts zu wünschen übrig läßt. In der Industrie hätte ich so etwas niemals gefunden, sondern wäre dort über kurz oder lang zu einem Spezialisten für ein engbegrenztes Sondergebiet geworden. Bisher habe ich es noch nicht bereut, nach Koblenz gegangen zu sein.

Um auf diesen Auto-Transport-Plan zurückzukommen, so ist eine Voraussetzung dafür die, daß ich im Besitz meines Führerscheins bin. Kannst Du bei der Stelle, die das bislang unterschriftslose Dokument verwahrt, nicht anfragen, ob der Schein nach Koblenz geschickt werden kann? Und zwar an das Meldeamt der Stadt Koblenz, Polizeidirektion, 54 Koblenz, Friedrich-Ebert-Ring. Das Meldeamt entspricht unserem Ordnungsamt. Den Führerschein kann ich dann doch auch hier auf dem Amt unterschreiben.

Im Moment fällt mir weiter nichts Berichtenswertes ein. Ich höre fleißig Nachrichten. In Notfällen – falls es Krieg gibt – bin ich tagsüber unter der Nummer

0261	2611	3242
Vorwahl	Amtsanschluß	Nebenapparat

zu erreichen. Dir und den Kindern viele herzliche Grüße von

Deinem Richard

Ingeborg Schlosser an Richard Schlosser

Hannover, am 30. 10. 62

Mein lieber Richard,
vielen Dank für Deinen Brief, der heute ankam. An unseren Jahrestag gestern hatte ich zwar rechtzeitig gedacht, doch dann kam ich einfach nicht zum Schreiben vor lauter Arbeit, und zum Telefonieren hatte ich nicht die nötige Traute, denn es ist ja eigentlich kein wichtiger Anlaß im engeren Sinne. Aber sicher können wir bei Deinem nächsten Besuch wieder etwas in Erinnerungen schwelgen!

Da Du noch kein String-Geschäft gefunden hast, habe ich mich mal telefonisch dahintergeklemmt und kann Dir freudestrahlend mitteilen, daß in Koblenz die Werkstätten Stock, WK-Haus, Poststr. 1 (Tel. 3 19 19 oder 34877) String-Möbel führen. Vielleicht rufst Du mal an und fragst nach dem Schreibtisch. Bestimmt liefern sie frei Haus.

Was den Führerschein anbetrifft, so hat man mir eine andere Möglichkeit genannt, und zwar sollst Du mir schnellstens eine Vollmacht schikken, die mich berechtigt, das Dokument in der Ohestraße abzuholen. Dann könntest Du den Schein irgendwann hier zu Hause unterschreiben, oder ich schicke ihn per Einschreiben nach Koblenz.

Ich freue mich sehr, daß Dir Deine Arbeit gefällt. Nach der Entspannung der Weltlage werden Dir ja wohl auch Deine freien Samstage wieder gewährt, oder nicht? Kannst Du schon übersehen, wie es an Deinem Geburtstag wird?

Sonnabend oder Montag kriegt Martin die nächste Impfung. Leider husten alle Kinder ziemlich, aber mit Geduld, Lebertran, Hustensaft und Corytin wird's schon wieder werden. Martin macht gute Fortschritte. Bloß nachts schläft er immer noch nicht richtig durch.

Lieber Richard, alles Gute, und laß bald wieder von Dir hören.

Herzlichst
Deine Inge

Richard Schlosser an Ingeborg Schlosser

Koblenz, am 1. 11. 62

Liebe Inge!
Heute ist hier Feiertag, und ich kann darum schon am Vormittag schreiben. Vielen Dank für Deinen Brief und für Deine Erhebungen in Hannover. Das besagte Geschäft hatte ich schon in Augenschein genommen, ohne jedoch ein einziges String-Stück dabei zu entdecken. Ich werde der Sache jetzt natürlich nachgehen. Für die Vollmacht schicke ich Dir zwei unterschriebene Blankobogen mit. Den Führerschein bitte mit Einschreiben ans BWB.

Dieses Wochenende werde ich nicht kommen, weil ja Samstag routinemäßig Dienst ist. Das nächste Wochenende ist dann wieder ein langes. Wirtschaftlicher wäre es, wenn ich versuchte, den halben Tag, den ich am Sonnabend außerplanmäßig im Büro verbrachte, dazu zu schlagen, anstatt am 17. schon wieder zu reisen. Gesteigerten Wert lege ich auf eine Feier meines Geburtstages nicht, denn bei dieser Gelegenheit müßten wieder allerlei Wänste eingeladen werden, wobei dann die knappen Besuchsstunden draufgehen.

Die Spiegel-Affäre hat einigen Staub aufgewirbelt. Im Hinblick darauf möchte ich mir doch die fraglichen Geschichten noch einmal durchlesen. Wenn Du die Spiegel mit den Nummern 39, 40 und 41 noch nicht weggeworfen hast, schicke sie bitte als Zeitungsdrucksache her. Es handelt sich um die Fallex-Geschichte und Onkel Aloys. Walter bat mich auch schon um die Nr. 41, aber die habe ich ja nicht hier.

Ich hatte mir eingebildet, meine Abwesenheit von Hannover würde sich für Dich als Arbeitserleichterung erweisen, aber offenbar ist das, nach Deinem Brief zu urteilen, nicht der Fall. Wenn Dich Besucher behindern, so mußt Du sie entweder zu Handreichungen anstellen oder vor die Tür setzen. Die Schweinerei, die jeder Besucher hinterläßt, ist ja auch das, was mir dabei am meisten auf den Wecker fällt. Du behauptest zwar immer, Dir mache das nichts aus, aber dann darfst Du Dich hinterher auch nicht entsetzen, denn Du lädtst Dir die Leute ja selber auf den Hals. Jetzt, wo wir ein Fernsehgerät haben, wird das noch schlimmer sein, weil sich damit jeder Besucher noch weniger nützlich macht als sowieso schon. Was hingegen Deine Mühe um unsere Kinder angeht, so kannst Du meiner Teilnahme versichert sein. Sofern ich bei meinem nächsten Besuch nicht meines ganzen Rückenmarkes verlustig gehe, will ich Dir nach Kräften helfen, das häusliche Durcheinander zu sortieren.

In herzlicher Liebe
Dein Richard

Ingeborg Schlosser an Richard Schlosser

Hannover, am 4. 11. 62

Mein lieber Richard,
schönen Dank für Deinen Brief. Mit der Vollmacht bin ich noch nicht auf Wanderschaft gegangen. Ich hoffe aber sehr, daß ich morgen oder Dienstag dazu komme. Es hängt ja immer davon ab, wie sich Martin benimmt und ob ich ihn so lange (evtl. mit Renate) alleine lassen kann. Wegen der »Spiegel« werde ich wohl auch zur Post müssen. Natürlich sind die gewünschten Nummern noch da. Als die Affäre losging, suchte ich mir gleich die Nr. 41 raus und las den Fallex-Artikel, von dem ich seinerzeit kaum Notiz genommen hatte. Ist ja tatsächlich allerhand, was da so präsentiert wird. Na, Du wirst schon sehen. Hier bieten die Leute das Heft in den Tageszeitungen bereits zu Höchstgeboten an!

Mir soll es sehr recht sein, wenn Du nächstes Wochenende kommst, obwohl wir dann ja Deinen Geburtstag gewissermaßen »vorfeiern« müssen, denn wer weiß, wann wir Dich das nächste Mal zu sehen kriegen. Allerdings brauchst Du nicht zu befürchten, daß Du hier trotz mangelnden Rückenmarks zur Hausarbeit herangezogen wirst. Ich glaube bald, Du stellst Dir unseren Haushalt als eine Art ständiges Sodom und Gomorrha vor, aber das ist er nun wirklich nicht. Sonst brauchte ich mich ja nicht mit Arbeitsüberlastung zu entschuldigen, wenn ich mal nicht pünktlich schreibe. Im Gegenteil bin ich ganz stolz darauf, daß ich meine Klüten einigermaßen beieinander habe, und die seltenen Besücher, die ich empfange, machen sich auch meist im Haushalt nützlich. Wenn ich mir öfter Besuch wünsche, so deshalb, weil ich auch mal mit erwachsenen Menschen sprechen möchte und nicht immer und immer nur mit den Kindern. Das Fernsehgerät bedeutet mir deshalb auch mehr als jemandem, der ohnehin den ganzen Tag mit anderen Leuten zu tun hat.

Lieber Richard, bis bald! Schreib oder telefoniere rechtzeitig, ja?

Viele liebe Grüße von uns allen, besonders von

Deiner Inge

Ingeborg Schlosser an Richard Schlosser

Hannover, am 13. 11. 62

Mein lieber Richard,
anbei das umgetauschte Geburtstagsgeschenk. Hoffentlich gefällt es Dir. Einen langen Brief will ich nicht abfassen, denn natürlich möchte ich Dir zum Geburtstag noch extra schreiben. Die Socken hattest Du hier vergessen, dann liegt noch ein Stück Interieur vom »Kinder-Fernsehapparat« bei, das Du benötigen wirst, wenn Du die Dinger zurechtbasteln willst.

Das neue Hemd scheint etwas dünner zu sein als das graue, dafür hat es aber längere Ärmel. Schreib mal, wie es paßt.

Am Sonntag waren wir per Bahn und Bus in Blitzesschnelle wieder zu Hause, und Martin schlief fest. Renate erklärte stolz, sie habe bei Ohlbaums schon »Schnitten mitgegessen«, aber dann hat sie doch noch einen großen Teller Brei verschmaust. Volker hat seinen Rennwagen hinfallen lassen, und obwohl die Batterien m. E. richtig im Kasten sind, bewegt sich bloß das Steuerrad, allerdings auch nur in einer Richtung. Wie kriegt man die Karre nun wieder zum Fahren?

Bei der Fernsehlotterie haben wir bislang leider nichts gewonnen, obwohl es nun schon drei Ziehungen mit jeweils 60 Autos, 60 Reisen und einem Eigenheim gegeben hat. Heute abend ist die letzte Chance.

Alles Gute, lieber Richard, und besorg einen schönen Ipi zu Sonnabend! Wie wärs mit: »Darauf einen Dujardin«?

Herzliche Grüße
Deine Inge

Ingeborg Schlosser an Richard Schlosser

Hannover, am 14. 11. 62

Mein lieber Richard,
zu Deinem Geburtstag gratuliere ich Dir von Herzen und wünsche Dir viel Glück, privatim und beruflich! Meinen Wünschen schließen sich natürlich die Kinder an. Renate und Volker wollten eigenhändig unterschreiben, aber nun sind sie auf dem Spielplatz, und da kann ich wenigstens in Ruhe schreiben – nun, was »Ruhe« hier eben heißt: Nebenan quakt der Junior wegen Zahnschmerzen, oben wollen zwei mächtige Zähne durchkommen.

Hoffentlich klappt Dein kleiner Umtrunk im Büro programmgemäß. Schreib doch mal, wie es war und was es gegeben hat. Die Puschkin-Kirschen wollten unsere Kinder ja gern zum Nachtisch, aber ich möchte schließlich nicht, daß sie nachher unter demselben liegen!

Ist das Päckchen angekommen? Die Zigarre fand ich gerade zufällig, warum sollst Du sie nicht zum Geburtstag schmauchen?

Aus der Apotheke habe ich mir zur Unterstützung meiner »F.d.H.-Kur« eine Schachtel Schlankheitspillen mitgebracht (ganz harmlos). Die bewirken dreierlei, sie verringern den Appetit, sorgen für geregelten Wasserhaushalt und machen einen ungemein tatendurstig, damit das überschüssige Fett runterkommt. Nun, was meinst Du, als ich heute das Treppenhaus gescheuert, eingekauft, abgewaschen etc. hatte, mußte ich unbedingt noch Balkon, Fenster samt Rahmen, Fußböden und Teppiche gründlich reinigen. Wenn das so weitergeht, habe ich bis zum Wochenende die ganze Wohnung piekfein! Na, schaden kann es ja nicht.

Lieber Schatz, genehmige Dir zu Deinem 35. mal ein Gläschen ganz privat und geh zur Feier des Tages am Sonntag anständig essen!

In Liebe
Deine Inge

Richard Schlosser an seinen Sohn Volker Schlosser

Koblenz, am 13. 1. 63

Lieber Volker!

Zu Deinem vierten Geburtstag gratuliere ich Dir herzlich und wünsche Dir, daß Du recht vergnügt bist. Bald wird der kalte Winter vorbei sein, und vielleicht bekommen wir im Sommer hier eine Wohnung. Dann fahren wieder die großen Schiffe auf dem Rhein, wie Du sie auf der ersten von den Karten siehst, die ich Dir mitschicke. Wir werden dann sonntags oft eine Rheinpartie machen. Auch Martin ist dann schon so groß, daß wir ihn mitnehmen können. Auf dem Schiff sind Tische und Stühle, und wenn Du Durst hast, kauft Papa Dir eine Brause oder ein Eis. Wenn wir auf dem Schiff fahren, sehen wir viele Burgen, Schlösser, Dörfer und Städte. Auch unter vielen Brücken fahren wir durch. Die Leute, die auf der Brücke stehen und nicht mitfahren können, winken dann. Neben uns im Wasser fahren noch mehr Schiffe. Das sind Schleppkähne. Auf der zweiten Karte kannst Du einige sehen. Auch die Mosel kannst Du da sehen. Das ist ein anderer Fluß, der in den Rhein mündet. Dort ungefähr, wo der Pfeil ist, ist die Moselweißer Straße, und da wohnt Papa jetzt in einem Zimmer unterm Dach. Jeden Morgen, wenn es noch dunkel ist, gehe ich von dort zu meiner Arbeit. Ein Stückchen kann ich auch mit einer alten, klapprigen Straßenbahn fahren, bis ich auf der dritten Karte bin. Der Pfeil zeigt Dir, wie man in mein Büro im Schloß kommt. Früher wohnte dort ein König mit seiner Frau und vielen Dienern, d.h. der König wohnte in dem Mittelbau. Dort, wo Papas Büro jetzt ist, hatte der König seine Pferde stehen. Früher gab es ja noch keine Autos, Eisenbahnen und Flugzeuge, und wenn der König verreisen wollte, brauchte er viele Pferde. Die wurden vor seine Kutschwagen gespannt, und dann ging die Reise los. Heute sind in dem Schloß nur noch Beamte, und mancher denkt, er wäre auch ein König.

Viele Grüße an Dich und an Oma, Mama, Renate und Martin
von Deinem Papa

Ingeborg Schlosser an Richard Schlosser

Hannover, am 4. 2. 63

Mein lieber Richard!

Na, was machst Du denn so? Du läßt ja gar nichts von Dir hören, nicht mal telefonisch in letzter Zeit! Aber ich will's Dir nicht verübeln, denn wenn Du für jedes Telefonat erst eine gewaltigen Fußmarsch unternehmen mußt, geht ja ein ziemlicher Teil Deines Feierabends dafür drauf.

Rudi wollte Dir die Entwürfe für den Prozeß baldmöglichst schicken, damit Du sie nach Durchsicht mir zum Tippen weitergibst. Wird das demnächst der Fall sein?

Eine Sache bedrückt mich noch ziemlich, in die wir eigentlich erst im Sommer eingeweiht werden sollten: Therese will sich scheiden lassen. Stell Dir vor, Bob hat schon seit bald zwei Jahren eine Freundin, die sogar Anfang Dezember von ihm ein Kind bekommen hat. Er scheint völlig den Kopf verloren zu haben und ist bereit, seine ganze Familie für diese andere Frau zu verlassen. Therese und er leben schon ein Jahr nicht mehr in Gemeinschaft und haben den Schein nur wegen der Kinder und der Verwandten aufrechterhalten. Bob bemüht sich jetzt um eine Wohnung für sich und die andere Frau. Therese ist ganz verzweifelt, denn die Scheidung ist ja eine Geldfrage, und wenn nicht alles ordnungsgemäß vor sich geht, braucht Bob nachher womöglich keine Unterstützung zu zahlen, und Therese wäre die Leidtragende. Bis jetzt hat sie nur Luise ins Vertrauen gezogen und die dann mich, weil sie so ratlos war. Therese hat offenbar Angst vor dem Moment, wo Mutti und Vati es erfahren, aber da die Ehe wohl kaum noch zu retten ist, wird man es über kurz oder lang ja doch in Jever sagen müssen. Am liebsten möchte Therese wieder ganz nach Deutschland kommen, es fragt sich nur, wo soll sie hin, und was wird, wenn die Kinder hier zur Schule müssen. Bob würde die Kinder in keinem Falle beanspruchen können, er bekäme nur die Erlaubnis, sie zu besuchen. Therese fürchtet, in Jever meinen Eltern zu sehr zur Last zu fallen, auch wenn sie arbeiten geht. Ich habe schon die ganze Zeit überlegt, wie man ihr helfen und wie man sie unterbringen kann. Das Nächstliegende scheint mir aber zu sein, sich zu erkundigen, mit welchen Schwierigkeiten bei der Durchführung der Scheidung zu rechnen ist und ob man da irgendwas tun kann. Glücklicherweise gibt es eine teils kirchliche und teils staatliche Stelle, wo Therese sich kostenlos beraten lassen kann. Weißt Du inzwischen, ob aus Deiner Dienstreise nach England was wird? Möglicherweise könntest Du Therese dann ja kurz aufsuchen und mit ihr sprechen, damit man irgendeinen Ansatzpunkt findet. Natürlich soll hier keiner davon erfahren, bevor abzusehen ist, was weiter geschieht.

Von uns gibt's keine großen Neuigkeiten. Heute oder morgen kriegen wir noch ein paar Zentner Kohlen. Dann steht eine gepfefferte Licht- und Gasrechnung zu erwarten, und was so der Haushaltsdinge mehr sind. Renate legt Wert auf die Feststellung, daß sie jetzt täglich ein- bis zweimal fast ganz allein den Abwasch macht, und ich muß zugeben, sie erledigt das weit besser, als ich erwartet hatte. Sie ist eben in vielem eine echte Tochter ihres Vaters. Martin versucht zu stehen, aber er knickt noch oft ein. Außerdem wollen zwei weitere Zähne kommen. Volker spielt unermüdlich mit der Auto-Kiste.

Lieber Schatz, komm gut über die Runden und laß mal von Dir hören.

In Liebe
Deine Inge

Ingeborg Schlosser an ihre Schwester Therese Harper

Hannover, am 23. 2. 63

Meine liebe Therese!
Zu Deinem Geburtstag (auch schon über 30!) möchte ich Dir zugleich im Namen meiner ganzen Familie herzlich gratulieren. Die anliegenden Strümpfe sind auch ein Geschenk von Dagmar, die wegen Arbeitsüberlastung kaum zu Besorgungen kommt. Bitte halte uns nicht für einfallslos, aber ich hatte so wenig Auswahl hier in Vahrenheide. Zudem haben wir in diesem Kaff nach wie vor noch kein Postamt, und somit mußte es etwas sein, das sich durch den Briefkastenschlitz werfen ließ. Hoffentlich sind Dir die maschenfesten Strümpfe nicht zu dunkel. Andere gibt es hier kaum noch, sonst hätte ich die hellen Strümpfe auch in besserer Qualität bekommen. Hier tragen alle Frauen ganz dunkle Strümpfe, die am Bein allerdings heller aussehen.

Soviel dazu. Und wie geht es Dir? Schreib doch mal, wenn Du gelegentlich Zeit findest. Übrigens ist Richards Englandreise verschoben worden, dafür soll er im April in die U.S.A. Vorher muß er aber noch seine »Clearance« bekommen, d.h. es wird zur Zeit überprüft, ob man ihm »höhere« Geheimnisse anvertrauen kann. Aber da er ja in dieser Hinsicht noch ein unbeschriebenes Blatt ist, wird's wohl klappen.

Was machen die Kinder? Unsere fragen so oft danach, und Renate übt englische Wörter, damit sie sich beim nächsten Zusammentreffen besser mit Kimmie und Norman verständigen kann: »Mama, was heißt nochmal ›cup of tea‹ auf deutsch?« – »Was sagt Norman, wenn er in die Schaukel will?« Und so weiter.

Unser Jüngster entwickelt sich zum Kraftprotz. Er ist gleich beim ersten Mal mit dem Klappstühlchen umgekippt, weil er so stark damit geschaukelt hat. Er steht jetzt und schiebt mit der linken Hand mühelos einen Sessel hin und her auf dem Teppich. Bauklötze fliegen glatt drei Meter weit. Was das wohl mal werden soll!

Liebe Therese, laß es Dir man gut gehen und Dir versichern, daß wir an Dich denken.

Viele liebe Grüße von Richard (der gerade übers Wochenende da ist), Renate, Volker, Martin und

Deiner Inge

Ingeborg Schlosser an ihre Mutter Emma Lüttjes

Hannover, den 28. 2. 63

Liebe Mutti,
nun muß ich zur Maschine greifen, sonst wird heute wieder nichts aus meinem Brief. Ich weiß auch nicht, wieso ich immer so knapp mit der Zeit bin. Es muß wohl damit zusammenhängen, daß ich teilweise mit dem Frühjahrsputz angefangen habe, wenn ich gerade mal die nötige Energie dazu aufbringe. Zudem war mein lieber Mann übers Wochenende mal wieder hier. Da im Rheinland am Rosenmontag nicht überall gearbeitet zu werden braucht, konnten alle Arbeitnehmer des Koblenzer Amtes, die mehr als 50 km vom Dienstort entfernt wohnen, an diesem Tag zu Hause bleiben. Eigentlich sollte Richard am Dienstag noch an einem Empfang in der britischen Botschaft teilnehmen (und hätte sich dafür noch einen »Stresemann« anschaffen müssen), aber ein Kollege rief ihn rechtzeitig an und meinte, es würden nur geldliche Dinge besprochen. Da ist Richard dann erst Montagabend abgefahren. Er wäre gern mit Hilfe von ein paar Urlaubstagen die ganze Woche hiergeblieben, weil gerade am morgigen Freitag unsere Sache gegen die Hauptstadt Hannover hier vor dem Landgericht verhandelt wird, aber leider konnte er den Urlaub nicht kriegen. Dafür hat er dann im Sommer elend viele Urlaubstage (16 Tage Resturlaub, 24 Tage neuer Urlaub und 6 Tage Schwerbeschädigten-Zusatzurlaub). Ob wir die alle auf einmal verbraten werden, wissen wir noch nicht. Es wäre ja auch schön, wenn er in Amerika noch etwas freie Zeit neben seinen Dienstgeschäften hätte, obwohl ich ganz schön neidisch bin, daß ich da nicht mitkann. Na, wenigstens einer kommt mal wieder ins Ausland. Richards bisherige Auslandserfahrungen (in Rußland) waren ja nicht besonders angenehm. Wegen einer Wohnung bzw. eines Reihenhäuschens hoffen wir, im März endlich etwas zu erfahren. Vor Ablauf der Probezeit kann man mit einer Bleibe nicht rechnen,

aber doch schon mal anfangen zu bohren, da ja wohl nicht anzunehmen ist, daß das Arbeitsverhältnis mit der Probezeit endet. Richard ist jedenfalls der Meinung, aus dem Job könne man »noch was machen«. Meinetwegen gerne! Wenn der Winter vorbei ist, fühle ich mich hier auch nicht mehr ganz so abgeschnitten.

Anbei einige Fotos von Weihnachten. Einmal hatten wir sämtliche Schlosser-Nachkommen zusammen auf das Sofa gesetzt, wobei Franziska den ruhigen Klaus Wellmann und Renate den zappeligen Martin auf den Schoß bekam.

Übernächstes Wochenende will ich Richard in Koblenz besuchen. Das ist die letzte Möglichkeit, bevor Renate in die Schule muß und ich mithin überhaupt nicht mehr wegkann, außer in den Ferien. Dagmar wird herkommen und Renate und Volker versorgen, und Martin soll zu Hilde. Leider hat die aber kein Kinderbett mehr, und im Kinderwagen kann man diesen Zappelphilipp keineswegs schlafen lassen, er kippt ihn nämlich ohne große Anstrengung einfach um. Vielleicht nehme ich unser Kinderbett auseinander und schaffe es per Taxe hin. Der Klappstuhl ist eine ziemliche Pleite. Was Volker erst mit anderthalb Jahren schaffte, nämlich den Klappstuhl umzukippen, wenn er hochkant steht und besondere Standfestigkeit haben soll, das kann Martin schon jetzt. In diesem Möbel darf man ihn nur dann alleine lassen, wenn es im runtergeklappten Zustand, eingekeilt zwischen zwei schweren Spielzeugkisten und mit einem Koppel angeseilt im Kinderzimmer steht. Was soll das bloß noch für ein Kraftmeier werden, wenn er größer ist. Er kann jetzt stehen und sich an den Sesseln festhalten, deshalb werde ich ihm schnellstens eine Einlage für das Laufställchen besorgen und ihn dahinein abschieben.

So, liebe Mutti, das wär's für heute. Renate will den Brief einstecken, wenn sie jetzt gleich zum Turnen geht. Sie hat dort eine neue Freundin gefunden, die so alt ist wie sie und schon Ballettstunden nimmt. Nun will Renate das natürlich auch. Ach du lieber Gott!

Viele herzliche Grüße, an Dich und Vati und an Gisela und Gustav!

Deine Inge

Richard Schlosser an Ingeborg Schlosser

Tremont Plaza Motor Hotel
5th & Excelsior Blvd.
Hopkins, Minnesota
den 17. 4. 1963

Liebste Inge!
Bei so einer weiten Reise überstürzen sich die Ereignisse, und wenn eine gewisse Ruhe eintritt, ist schon eine halbe Woche vergangen. Mittlerweile habe ich hier Anker gefaßt und will Dir nun berichten, wie es mir bislang ergangen ist. Alles werde ich nicht wiedergeben können, weil es einfach zuviel ist, was sich mir in den paar Tagen an neuen Eindrücken geboten hat. Zum Erzählen bleibt also später noch Stoff genug.

Der Flug nach New York verlief ohne besondere Vorkommnisse. Wir hatten meiste eine geschlossene Wolkendecke unter uns. Das fing schon kurz nach dem Start in Köln an. Man sah nur kurz ein paar Rheinschleifen, und damit hatte es sich. Über Lautsprecher erfuhren wir dann jeweils, wie hoch wir uns befanden, ca. 11.000 m, wie kalt es draußen sei, ca. −60°, und daß wir z.B. gerade über London seien und demnächst die irische Westküste passierten. Die in großer Höhe überflogene Wolkendecke bietet zwar einen phantastischen Anblick, aber auf die Dauer wird es langweilig. Über dem Atlantik riß der Teppich dann mehrmals auf. Allerdings ist selbst stürmische See, aus 11.000 m Höhe gesehen, nicht besonders aufregend. Es sieht aus wie Riffelglas. Über Grönland gab es durch solche Wolkenlöcher dann manchmal Eis und Schnee zu sehen, was auch nicht gerade erhebend war. Die Einzelheiten gehen eben verloren. Interessanter wurde es dann über Kanada und Neufundland. Die Wolken verschwanden allmählich, und es boten sich riesige Landstriche ohne jedes Anzeichen menschlicher Besiedelung dar. Die Tundra erschien in allen Schattierungen von Braun. Ich nehme an, daß das nur um diese Jahreszeit der Fall ist. Je weiter wir uns den USA näherten, desto rascher änderte sich das Bild. Man konnte zusehends verfolgen, wie die Bevölkerungsdichte zunahm. Ehe ich mich's versah, war dann Long Island in Sicht, und wir landeten nach Deiner Zeit um 21^{30}. In New York war es also 15^{30}, und es herrschte eine Bullenhitze. Mit einem Bus, für den meine ersten Dollar flöten gingen, gelangte ich zum East Side Terminal und von dort per Taxi in das mir vom Lufthansa-Büro empfohlene Hotel named »Bristol«. Obwohl ich hundemüde war – in Koblenz war ich um 5^{00} aufgestanden –, machte ich dann noch einen Bummel durch Manhattan: Broadway, 5th Avenue and so on. Dabei ergab sich auch eine Fahrt zur Spitze des Empire State Building, von wo aus ich bei guter Sicht New York im Lichterglanz von oben betrachten konnte, denn es war inzwischen ziemlich dunkel geworden.

Nach dieser Exkursion leistete ich mir die erste amerikanische Verpflegung aus einem Automatenrestaurant. Sehr vornehm schien es nicht zu sein, denn es gab da allerlei verdächtige Gestalten. Auf der Straße standen und lagen Figuren, die mir selbst für die Säuferstraße nicht mehr annehmbar erschienen. Dazwischen liefen aber scharenweise gutgekleidete Menschen herum, wenn auch oft in schreiender Aufmachung. Rosa und blaue Blumenhüte aus Tüll, Samt und sonstigem Tineff scheinen in New York gerade große Mode zu sein. Selbst an diesem Ostersonntag waren um 20^{00} alle Läden offen, es war der reinste Rummel, shoe-shine-boys jeden Alters betrieben ihr Geschäft, und Massen von Menschen jeglicher Hautfarbe wälzten sich durch die Straßen.

Schließlich ging ich dann aber doch in meinem Hotelzimmer im 11. Stock des Bristol zu Bett, nachdem ich noch ein bißchen Television gewatcht hatte. Auf dem Apparat im Zimmer hatte man die Wahl zwischen 12 Programmen.

Am nächsten Morgen ging es per Taxi für nur 6 Dollar back to Idlewild. Die Sonne ging gerade auf, und es boten sich auf der Fahrt über Hochstraßen, Über- und Unterführungen sehr schöne Ausblicke auf die Skyline von New York. Mit der North-West-Airline flog ich weiter nach Minneapolis mit kurzer Zwischenlandung in Milwaukee. Zum Glück gab es hier nur wenig Wolken, und anhand meiner Karte konnte ich immer gut erkennen, wo wir gerade waren. Man übersieht aus der Höhe genau die Konturen des jeweils überflogenen Gebietes der Großen Seen, und auch der Mississippi läßt sich gut verfolgen. Hier in the upper Midwest ist er zwar noch nicht von so imponierender Breite, aber doch auch schon gewaltig.

Um ca. 10^{30} war ich dann am Ziel meiner Reise und mußte meine Uhr wiederum eine Stunde zurückstellen. Hier ist es 7 Std. vor Deiner Zeit. Wenn ich um 8^{00} meinen Dienst beginne, ist es bei Dir also 15^{00}, und wenn ich um 17^{00} Feierabend habe, ist es bei Dir Mitternacht. In diesem Zusammenhang ist mir ein Seifensieder aufgegangen. In amerikanischen Fernsehprogrammen haben Uhren only a long hand, weil sie in mehreren Zonen zu sehen sind. Da würde der kurze Zeiger nur Verwirrung stiften.

Vom Flugplatz wurde ich mit einem Firmenwagen abgeholt und gleich in medias res gestellt. In dieser Hinsicht ist es ein hartes Brot in Amerika, aber das soll bzw. darf nicht Inhalt meines Briefes sein.

Nach Feierabend spielt sich in meinem Pionierdasein in Amerika ja auch noch allerhand ab. Ich wohne hier in einem Motel, von wo aus der Fußweg zur Firma nicht sehr weit ist. Der Besitz eines Autos scheint für die Aufnahme in einem Motel nicht obligatorisch zu sein. Als einziger Fußgänger komme ich mir in Hopkins allerdings verdammt komisch vor. Sidewalks gibt es bezeichnenderweise nur bei Hauptstraßen, ansonsten muß man zusehen, wo man vor dem stream of big cars Zuflucht findet. Was hier am meisten ins Auge fällt, sind die Unmassen von Autos. An jeder Straßenecke sind riesige Plätze voller cars aller Kaliber for sale. Das billigste, das ich bisher sah, kostete 99 $. Vielleicht miete ich mir mal eins fürs Wochenende, denn ohne Auto ist man hier aufgeschmissen. Deutsche Führerscheine sind hier gültig. Ich muß mich bloß mit den amerikanischen Verkehrsregeln vertraut machen, da bestehen doch erhebliche Unterschiede gegenüber dem, was wir gewohnt sind.

Hopkins is a suburban of the twin cities Minneapolis/St. Paul. Minneapolis liegt vorwiegend westlich des Mississippi und St. Paul östlich. Die eigentliche Stadt werde ich wohl erst am Wochenende zu sehen bekommen. Ein Bericht darüber wird folgen. Die wichtigsten Einkaufsgelegenheiten gibt es auch in Hopkins. Es sind hauptsächlich Selbstbedienungsläden, nach deren Vorbild ja auch die unseren entstanden sind. Natürlich ist alles größer. Die Wagen zum Einkaufen haben Kinderwagenformat, und auch alle Pakete sind größer. Zucker bekommt man nur in 20-Pfd.-Tüten, Milch gibt es in 5-l-Bummen, ice-cream kauft man in 2-Pfd.-Paketen and so on. Das richtige Einkaufen will gelernt sein, und man zahlt einiges Lehrgeld. Das Brot hier ist katastrophal. Alles weich wie Sofakissen. Nach ungesalzener Butter muß man lange suchen, und so ist es mit fast allen Lebensmitteln. Man braucht praktisch für jede Tüte eine einführende Vorlesung, damit man weiß, was einen erwartet. Diese Kenntnisse beziehe ich jetzt zum großen Teil aus meinem Zimmer-Television. Im Laufe der Zeit begegnen einem in der Reklame alle Produkte, die das Land hervorbringt. Television ist im Hotelzimmer zur freien Benutzung, dazu eine Küche mit 200-l-Kühlschrank, Gasherd, Töpfen, Pfannen, Geschirr u.s.w. Ich bin also Selbstversorger. Bad und Toilette gehören ebenfalls dazu, und man kann es aushalten. Natürlich gibt es das nicht umsonst, aber das Geld, das ich zusätzlich mitgenommen hatte, werde ich wohl unangetastet wieder mitbringen können und außerdem noch für alle ein hübsches Mitbringsel.

Wenn Du mir schreiben willst, dann an die oben angegebene Adresse, but use air-mail.

Es grüßt Dich und unsere Süßen vielmals
Dein lieber Richard

Ingeborg Schlosser an Richard Schlosser

Hannover, am 23. 4. 63

Mein lieber Richard!
Ach, was habe ich mich über Deinen langen Brief gefreut! Ich hatte ja auch schon sehnlichst darauf gewartet, von Dir zu hören, was Du alles erlebt hast inzwischen. Vom Flug schreibst Du ja sehr viel, aber wie war es denn innerhalb des Flugzeugs, und hattest Du ein komisches Gefühl im Magen? Vielleicht nur wegen der bevorstehenden Ereignisse, oder? Zur Zeit Deines Abfluges saßen wir hier gerade beim Mittagessen, und die Kinder wollten auf die Minute genau wissen, wann Dein Flugzeug losrollt, wann es abhebt und so weiter, und da ich das selber nicht so genau wußte, erklärte ich es ihnen, so gut es ging. Ich dachte auch an Dich, als Du in der Luft warst und als Du in Idlewild ankamst, denn Du hattest mir ja gesagt, wann das sein würde. Ich bin wirklich sehr froh, daß Du gut rübergekommen bist und Dich dem Vernehmen nach ja auch schon etwas eingewöhnt hast. Deine Berichte über New York haben mich sehr interessiert, denn man hat das alles schön öfters im Film oder Fernsehen gesehen und kann es sich in etwa vorstellen. Aber glaube nicht, daß die Blumenhüte der Amerikanerinnen – speziell der älteren – eine augenblickliche Mode sind. So was war da schon immer beliebt. Außerdem tragen dort doch selbst uralte Frauen ein lebhaftes Make-up im Gegensatz zu hier, wo Mutti sich ziert, wenn sie mal den Lippenstift ihrer jüngsten Tochter versuchen soll.

Wenn Du am Ostermontag gleich erwartet wurdest und arbeiten mußtest, dann stimmt es also doch, daß es dort nur einen Ostertag gibt und nicht zwei von der Sorte. Ich habe immerzu versucht, mich in Deine Situation zu versetzen und mir vorzustellen, was ich in Deiner Lage tun oder reden würde. Wie geht es denn mit der Sprache? Nach Überwindung der anfänglichen Hemmungen bestimmt schon viel besser, nicht wahr? Mit der Zeit wirst Du Dich ja auch an die amerikanische Kaugummi-Aussprache gewöhnen. Ich bin sehr gespannt auf Deine weiteren Berichte. Von Deinem Brief fertige ich je eine Abschrift für Jever und Dortmund an, so daß Du das nicht alles zu wiederholen brauchst.

Hier hat sich ja nun wesentlich weniger ereignet als bei Dir. Am Ostersonntag waren wir allemann bei Dorothea, um auch Mutter einen Besuch abzustatten. Wir machten auch etliche Fotos von den Kindern beim Eiersuchen. Sogar Martin entdeckte mit Zureden und List ein Osterei und schmiß sich prompt platt auf die Erde, um es aufzuheben. Dann gallerte es gegen den nächsten Stein, aber da es hart gekocht war, schadete das ja nichts. Die Großen konnten sich nachher nur schwer von dem schönen Spielplatz trennen, und Doro und Jürgen ließen es sich nicht nehmen, uns wieder bis ganz nach Hause zurückzubringen, hauptsächlich wohl wegen des anschließenden Fernsehprogramms. Aber never mind. Am Sonntagnachmittag ist Mutter wieder nach Dortmund gefahren.

Von Martin allerdings gibt es Neuigkeiten: Er kann jetzt ganz alleine laufen. Er hatte ja schon längere Zeit muntere Touren im Laufstall gemacht, aber freie Schritte hatte er sich erst in den letzten Tagen vereinzelt zugetraut. Seit gestern – also eine Woche vor seinem 1. Geburtstag – läuft er nun quer durchs Zimmer, wobei es ihn nicht stört, wenn er mal hinfällt. Er hat allmählich auch raus, wie man sich abstützt, damit man nicht immer mit der Nase zuerst in Grundberührung kommt.

Renate geht ja jetzt zur Schule. Am Freitag war die Feier in der Aula, wobei die größeren Kinder was sangen und was vortanzten. Danach wurden die Kinder verschiedenen Lehrerinnen zugeteilt. Als ich die Belegschaft sah, die in Renates Klasse kam, packte mich ein ziemliches Grausen, denn das waren alles Rüpel Marke Leipziger Str. 21. Mit vielem Gerenne und zahlreichen Rücksprachen erreichte ich dann, daß Renate in die Klasse ihrer Turn-Freundin Cornelia kam, wo es ganz anders aussieht, von wenigen Ausnahmen abgesehen. Das sind nämlich fast alles Kinder aus der Neue-Heimat-Siedlung. In der Schule gefällt es Renate jetzt ganz gut, bloß gestern kam sie schon nach der ersten Stunde weinend nach Hause, weil sie ihre Klasse »verloren« hatte. Die Kinder müssen sich beim Schulbeginn und nach der Pause immer in Rotten auf dem Schulhof versammeln, wo sie dann von ihrer Lehrerin abgeholt und in das jeweilige Klassenzimmer gebracht werden. Aber weil die Schule so überfüllt ist, hat nicht jede Klasse ein festes Zimmer. Renate wollte also nur mal schnell ihren Ranzen aus dem zuletzt benutzten Zimmer holen, und als sie wieder auf den Schulhof kam, waren alle weg. Da wußte sie sich keinen Rat, als nach Hause zu laufen. Ich konnte sie aber beruhigen, und nun klappt es wieder besser. Leider weiß sie immer nicht, was sie für Hausaufgaben hat, ob sie nun Ziffern oder Äpfel oder Kreise oder was sonst noch pinseln soll. Auch das wird sich wohl noch bessern. Vorerst tun die neuen Schüler doch kaum was anderes als malen, mit Knetgummi arbeiten oder Buntpapier kleben. Hier arbeitet jede Lehrerin nach einer anderen Methode und einer anderen Fibel. Bei Renate geht es nach der Ganzwortmethode. Übrigens haben sämtliche ABC-Schützen im Raum Hannover von der Landesverkehrswacht gelbe Schülermützen bekommen, die die Autofahrer warnen sollen, weil ja nicht alle Kleinen schon die Straßenverkehrsordnung intus haben. Obwohl sie von den Großen deswegen gehänselt werden, tragen sie die Mützen voller Stolz.

Volker fühlt sich nun ein bißchen einsam, aber es ist ja nur vormittags. Heute habe ich ihn mitgenommen aufs Finanzamt, während Renate in der Schule und Martin im Bett war. Nachdem ich stundenlang gewartet hatte, sah sich der gute Mann dort die Sachen nur flüchtig an. Er machte sich Notizen über die Kriegsbeschädigtenrente, die Lohnsteuerkarte, Dein Studium usw., aber die ganzen anderen, von mir sorgfältig in Listen erfaßten Unterlagen drückte er mir gleich wieder in die Hand mit der Bemerkung: »Das brauche ich alles nicht, denn bei dem geringen Jahreseinkommen kriegen Sie sowieso alle Steuern zurück.« Na, meinetwegen. Ich bin froh, daß ich es endlich erledigt habe. Nun muß ich nur noch wegen des Kindergeldes zum Arbeitsamt, alles auf einmal konnte ich nicht schaffen.

Nebenbei habe ich den Balkon verschönert. Ich habe die ganze alte Blumenerde weggeschafft und von der Baustelle an der Dresdener Straße neuen Mutterboden raufgeschleppt, mit Torfmull durchsetzt und dann Stiefmütterchen gepflanzt. Nächste Woche will ich noch die Wohnzimmergardinen waschen, damit zu Martins Geburtstag alles fertig ist. Ich habe auch einen neuen Roller erstanden, leuchtend blau, 34.75 DM. Jetzt wird aber peinlich genau darauf geachtet, daß er immer schön in den Keller kommt.

Dann war ich noch wegen des zweiten Kinderbettes unterwegs. Bei Karstadt gibt es das, was Renate hat, jetzt in der gleichen Ausführung für 159.– Mark zu kaufen. Das wäre wahrscheinlich die beste Lösung, obwohl das Doppelstockbett auch nur 185.– Mark kostet, ohne Matratzen natürlich. Aber dann hätten wir schon drei Betten im Kinderzimmer stehen, von denen wir vorläufig nur zweie brauchen, denn Martin kann ja noch ein paar Jahre in dem alten Bett von Volker bleiben, das ich jetzt in unser Schlafzimmer gestellt habe. Was meinst Du, soll ich noch so ein Klappbett bestellen?

Vielleicht kreuzt sich dieser Brief mit einem neuen von Dir, aber laß Dich bitte nicht abhalten, trotzdem zu antworten, wenn Deine Zeit es zuläßt. Ich freue mich schon jetzt auf Deine weiteren Nachrichten. Die Kinder lassen Dich vielmals herzlich grüßen, sie fragen andauernd nach Dir.

Mein lieber Richard, laß es Dir so gut wie möglich gehen! Wir denken alle an Dich.

Viele liebe Grüße.

Deine Inge

Richard Schlosser an seine Kinder Renate und Volker Schlosser

24. 4. 63

Liebe Renate! Lieber Volker!
Die Stadt, in der ich jetzt wohne, liegt an einem großen Fluß. Er heißt Mississippi. Auf der Karte könnt Ihr ihn sehen. Er fließt noch durch ganz Amerika und wird dabei immer breiter. Früher lebten hier die Indianer in großen Wäldern. Heute gibt es in dieser Gegend keine Rothäute mehr, und für jeden Baum, der gefällt worden ist, haben die Amerikaner ein Auto gebaut. Es ist ein Land, in dem es bald mehr Autos als Bäume gibt. Ich denke aber, daß es früher ohne Autos hübscher aussah. Gestern war hier plötzlich Winter mit viel Schnee. Heute ist er schon wieder weg, dafür gibt es bald ein Gewitter. Dazu sagt man hier Thunderstorm. Wenn mal die Sonne scheint, ist es aber auch in Hopkins ganz schön.

Viele Grüße aus Amerika sendet Euch Euer Papa.

Richard Schlosser an Ingeborg Schlosser

Hopkins, den 28. 4. 1963

Liebste Inge!
Gestern kam Dein langer Brief, für den ich Dir herzlich danke. Damit komme ich mir nun doch nicht mehr gar so fern von Dir vor. Es freut mich, daß es Euch allen gut geht. Heute hat nun unser Martin Geburtstag, und ich male mir aus, wie die Feier dieses Tages sich bei Euch abspielt. Als Geschenk werde ich ihm ein amerikanisches Kinderspielzeug mitbringen. Er wird ja nicht enttäuscht sein, wenn es etwas später kommt als vorgesehen. Machst Du ein paar Bilder von seine ersten Gehversuchen?

Daß mein erster Brief eine Menge Fragen offen ließ, war mir klar. Auch wenn ich nun einiges nachzuholen versuche, werde ich Deinen Wissensdurst noch nicht stillen können.

Mit den Kindern waren wir ja einmal in Langenhagen. Die Prozedur beim Abflug in Köln war die gleiche. Wenn alle Passagiere eingestiegen sind, rollt das Flugzeug zum Startplatz. Die Boeing 707 braucht natürlich einen langen Anlauf, bis sie hochkommt. Für einen Flug über den Teich werden 70.000 l Benzin mitgeschleppt. Bei Start und Landung ist man angeschnallt, und das Gefühl beim Start ist ähnlich wie in einem Fahrstuhl. Besonders aufwühlend ist es jedenfalls nicht. Im Flugzeug selbst sitzt man bequemer als in jedem Zug, aber trotzdem ist man froh, wenn man wieder festen Boden unter den Füßen hat. Fragen der Kinder kann ich noch ausführlicher beantworten, wenn ich wieder da bin. Auf den Flugplätzen und vom Flugzeug aus habe ich auch eine ganze Menge Bilder gemacht, mit deren Hilfe sich die Beschreibung dann leichter bewerkstelligen läßt.

Mein Aufenthalt in New York war zu kurz, als daß ich darüber noch viel schreiben könnte. Vielleicht ergibt sich auf der Rückreise dort noch einmal die Gelegenheit für einen Stadtbummel. Inzwischen habe ich hier in Minneapolis eine Vogelschaukarte von New York für einen Dollar erstanden, die mir dann gute Dienste leisten wird. Diese map ist übrigens »Made in W. Germany«. Karten amerikanischer Produktion sind grauenhaft. Davon habe ich auch ein paar, denn irgendwie muß ich mich ja zurechtfinden. Auch hier in Minneapolis sind die meisten Straßen numeriert, was die Orientierung erleichtert, sofern das entsprechende Viertel schachbrettartig angelegt ist.

Es ist alles furchtbar weitläufig. In den surburbs gibt es nur eingeschossige Häuser. Selten, daß mal ein Haus eine kleine Mansarde hat. Auch Garten und Zäune sieht man nicht oft. Die Häuser liegen alle in einer parkartigen Landschaft auf einem einzigen zusammenhängenden Rasen. Für die Ewigkeit sind sie nicht gebaut, meist aus Holz und im Durchschnitt etwa 100 m^2 groß.

Vieles geht einem hier gegen den Strich, vor allem die ungeheure Gleichgültigkeit, mit der die Amerikaner alle Dinge des täglichen Gebrauchs behandeln. Repariert wird kaum etwas. Schadhaftes wird fortgeworfen und durch Neues ersetzt. Ich hätte nicht geglaubt, daß es in Amerika so viele verrostete und verrottete Autos gibt. Manchmal muß man sich wundern, daß die Karosserien überhaupt noch auf den Fahrgestellen hängen. In Deutschland würden derartige Vehikel sofort aus dem Verkehr gezogen. Hier ist alles möglich.

So ist es auch eine Gefälligkeit von recht zweifelhaftem Wert, die mir die Company erweist, wenn sie mir zeitweise einen Wagen zur Verfügung stellt. Die Karren haben meist 40.000 Meilen auf dem Puckel und sind während ihrer Lebenszeit nie gepflegt worden. Der Ford-Falcon, den ich für dieses Wochenende habe, hat auf allen Reifen nur mehr ein Profil von maximal $1/10$ mm, der Auspuff ist durchgerostet, so daß der Qualm zwischen den Vorderrädern entweicht, und der Motor arbeitet wie bei einem Trecker. Es reicht, um damit in die Stadt zu kommen, aber für einen größeren Ausflug fehlt mir die Traute.

An die amerikanischen Verkehrsregeln habe ich mich einigermaßen gewöhnt, und wenn ich mich auf den breiten Straßen auf der äußeren rechten Spur halte, komme ich mit dem Schinken von Auto schon zurecht. Mehr als 30 miles per hour darf man damit jedoch nicht fahren, weil sonst alles zu klappern anfängt. Eine Kupplung hat dieser Wagen nicht, nur einen Wahlschalter für Vorwärts, Rückwärts und Parken. Sonst macht man alles mit Gaspedal und Bremse.

Bis jetzt bin ich zweimal in der Stadt gewesen und habe mich mit den Verhältnissen im mittleren Westen vertraut gemacht. Es gibt hier ein 12stöckiges Kaufhaus, in dem sich gute Studien treiben lassen, wie der Amerikaner heute lebt, welche Möbel und sonstige Einrichtung er bevorzugt u.s.w. Vieles entspricht nicht unserem Geschmack, und ich möchte das meiste als reinen Kitsch bezeichnen. Es ist ein Durcheinander aller möglichen Stilrichtungen. Man findet kaum etwas, was als typisch amerikanisch gelten könnte. So bin ich immer noch auf der Suche nach einem Mitbringsel für Dich, denn es soll doch etwas Bezeichnendes sein, aber alles, was ich bisher in Erwägung gezogen habe, könnte gerade so gut aus Paris, Berlin, Rom oder London stammen. Es fehlt hier der Unterbau einer langen kulturellen Entwicklung. In Buchläden kann man Beschreibungen erstehen, die sich mit den Gebräuchen von vor ca. 100 Jahren hier im Wilden Westen befassen, aber an solchen Mord- und Totschlag-Geschichten wird Dir nicht gelegen sein.

Vielleicht sind der Wilde Westen und seine Helden doch das, was die Amerikaner als ihre Vergangenheit ansehen und worauf sie stolz sind. Mit Wild-West-Geschichten werden hier 50% der Fernsehprogramme bestritten, dazu kommen 25% Reklame und sonst noch allerlei mehr oder weniger Gutes. Das hiesige Fernsehen ist die Dauer jedenfalls auch nicht zu ertragen.

Am Montag letzter Woche waren wir zum Dinner eingeladen bei einem Amerikaner dänischer Abstammung, aber nicht etwa bei ihm zu Hause, sondern auswärts in einem Lokal. Ein paar Bilder von diesem Restaurant bringe ich mit. Tischgespräche drehen sich meist um das, was bei uns anders und demnach schlechter ist als in Amerika. Hemmungen, einfach drauflos zu reden, habe ich auch jetzt noch, aber es bleibt einem ja gar nichts anderes übrig. Im nichtdienstlichen Sprachgebrauch komme ich ganz gut zurecht. Wenn einmal die passenden Worte fehlen, greife ich zu Umschreibungen. In technischen Dingen sieht die Sache etwas schwieriger aus, aber auch da geht es besser, als ich gedacht hatte. Mit der Zeit lerne ich auch viel dazu und passe meine Aussprache nach Möglichkeit dem hiesigen Jargon an. Manche Leute sprechen so liederlich, daß man nur mit Mühe mitkommt. Perfekt bin ich jedenfalls noch nicht, wenngleich mir von meinen Gesprächspartnern versichert wird, daß sie mich gut verstünden, aber das Maß für dieses Urteil ist wohl ihr eigenes Unvermögen, ein Wort Deutsch zu sprechen. Für Sprachstudien mit Hilfe des Television-set habe ich jetzt kaum noch Zeit, denn abends muß ich Ordnung in meine Notizen bringen, die tagsüber angefallen sind. Schließlich muß diese Reise ja auch ein Ergebnis zeitigen, und so gesehen ist es weiß Gott keine Vergnügungsreise.

Über Minneapolis selbst habe ich noch nicht viel geschrieben. Neger sieht man hier selten. Die Bevölkerung scheint ausschließlich nordeuropäischen Ursprungs zu sein. Das stellt man besonders bei einem Gang über den Friedhof fest. Die ersten Siedler kamen wohl fast alle aus Skandinavien. Es scheint auch eine ganze Menge Deutsche gegeben zu haben, nur spricht hier heute keiner mehr deutsch. Im Telefonbuch von Minneapolis gibt es 7 Schlossers. Bei Lüttjes ist Fehlanzeige.

Bald schreibe ich Dir noch mehr.
Seid alle herzlich gegrüßt von
Euerm Papa

Grußkarte von Richard Schlosser an Ingeborg Schlosser

For You, Mother, on Mother's Day

There's no one like a Mother
And no Mother's quite as dear
As the one who gets these wishes
Now that Mother's Day is here –
May your day be really wonderful
In every way, like you
And throughout the year to follow
May your every wish come true.

Richard

Richard Schlosser an seine Kinder Renate, Volker und Martin Schlosser

9. 5. 63

Liebe Kinder! Dies ist das Land, in dem früher viele, viele Indianer lebten. Ein paar gibt es auch heute noch, wie Ihr seht. Papa ist am Samstag spazierengefahren und hat sich so ein Indianerdorf angesehen. Die Hütten sind aus Ästen und Baumrinde gemacht, und es ist drinnen nicht sehr gemütlich. Dafür haben die Indianer aber heute Autos, in denen sie lieber sitzen als in ihrem Wigwam. Ein paar Andenken bringe ich Euch mit.

Herzlichst Euer lieber Papa.

Ingeborg Schlosser an Richard Schlosser

Hannover, den 10. 5. 63

Mein lieber Richard,

obwohl ich nicht genau weiß, ob Du immer noch in Hopkins bist, will ich Dir dorthin schreiben in der Hoffnung, daß man Dir den Brief erforderlichenfalls nachschickt. Vielen Dank erstmal für Deinen zweiten langen Reisebericht mit der Schilderung der amerikanischen Autoplage! Ich fand alles sehr interessant und werde Dir nach Deiner Rückkehr viele Fragen stellen. Um aber gleich mit dem Wichtigsten anzufangen: Rudi hat eben angerufen und Dein Rückreisedatum wissen wollen, denn es ist jetzt ganz plötzlich Termin vorm Landgericht angesetzt worden, und zwar auf den 21. Mai. Keine Angst, ich habe gleich gesagt, daß Du zu diesem Zeitpunkt sicher nicht freikriegen könntest wegen Deines Berichts. Deshalb will Rudi versuchen, den Termin auf den 24. zu verschieben (einen Tag nach Himmelfahrt), da Du dann ja wohl ohnehin hier bist. Hoffentlich kannst Du den Sachverständigen dann etwas einseifen.

In Sachen Kindergeld habe ich mich mit dem Arbeitsamt in Verbindung gesetzt und ein ziemliches Donnerwetter zu hören bekommen, weil Du denen nicht mitgeteilt hattest, daß Du in Amt und Würden bist. Ich hatte davon auch erst nichts erwähnt, sondern nur die Kindergeldnummer angegeben und gefragt, wie ich dies und jenes auszufüllen hätte. Da wurde ich gefragt, wie lange Du denn noch ohne Beschäftigung seist und so weiter. Also die Anspruchsvoraussetzungen sind seit dem 1. 10. vergangenen Jahres erloschen, und ich wurde darüber belehrt, daß für die Gewährung von Kindergeld die alljährliche Überprüfung und der Nachweis eines bestimmten Verdienstes allein nicht ausschlaggebend seien. Es bestehe vielmehr ausdrücklich die Verpflichtung, dem Amt sofort Mitteilung zu machen, wenn sich irgendwas an den Voraussetzungen ändert. Ich habe so getan, als hätten wir das wohl übersehen, und hoffe nun, daß wir mit einer entsprechenden Rückzahlung davonkommen werden. Nach der ersten Zahlung in diesem Jahr habe ich ja sowieso kein Kindergeld mehr bekommen.

Heute ist wieder mal das reinste Aprilwetter, obwohl doch schon Mai ist. Der Schmutz von den Straßenbauarbeiten vor dem Haus wird so richtig schön vermatscht und die Treppen raufgepettet. Angeblich soll die Straße bis Pfingsten fertig sein. Ich bin ja mal gespannt, ob die das schaffen, denn mindestens die Hälfte der Arbeiter tut kaum was anderes als rumzustehen und faule Witze zu reißen. Sogar mit Wasser spritzen sie auf Passanten los. Neulich kam Renate mit Martin weinend rauf, weil ein Arbeiter die beiden mit einer Prilflasche bespritzt hatte. Ich wollte schon die Firma anrufen, sah dann aber doch davon ab und sagte nur dem Vorarbeiter Bescheid, der dem Burschen eine Zigarre verpaßte. Damit hat es jetzt sein Bewenden, bloß kriege ich natürlich allerlei dumme Bemerkungen zu hören, wenn ich mal runterkomme, aber das ist mir egal.

Sonst kann Renate ihr Brüderchen schon recht gut beaufsichtigen, und der Kleine hat viel Spaß daran, denn oben auf dem Balkon ist es ihm selbst beim schönsten Wetter irgendwann zu langweilig. Ich war auch öfters nachmittags mit allen Kindern spazieren. Gestern waren wir zur Post, um ein Päckchen zum Muttertag nach Dortmund zu schicken. Das Geschenk für meine Mutter hat Gisela besorgt, ich habe nur noch eine Karte geschrieben.

Hast Du für die Kinder schon Mitbringsel gefunden? Da es doch was typisch Amerikanisches sein soll, wollte ich Dir für Volker den Tip geben, vielleicht in einem Kaufhaus einen Indianer-Kopfschmuck und einen Gummi-Tomahawk oder ein paar Cowboy-Klamotten zu besorgen. Ob es für Renate auch so was gibt, ich meine einen Squaw-Aufputz, weiß ich nicht. Freuen würde sie sich bestimmt auch über ein bügelfreies Kleidchen, wie es sie dort doch so niedlich gibt, oder über etwas für ihre Puppe Christinchen. Renate hat die Kleidergröße 70, das ist die ganze Länge vom Halsausschnitt bis zum Saum. Es braucht aber nicht unbedingt so was zu sein, vielleicht siehst Du zufällig ein hübsches Spielzeug, das geht ja auch. Ich selbst möchte auch wohl einen Wunsch äußern. Hier habe ich mehrfach von einem neuen amerikanischen Buch gehört, das auch in England großen Erfolg hat. Es heißt »One hundred Dollar misunderstanding«, Verlag Grove Press, New York, und ist von Robert Gover. Es interessiert mich nicht so sehr wegen der Spannung oder des Inhalts der Geschichte – es geht um einen Studenten und ein Bordellmädchen – als vielmehr wegen der Sprache. Hier heißt es, der unnachahmliche Neger-Jazz-Slang sei darin stellenweise so hinreißend, daß man es gelesen haben müsse. Natürlich nicht in deutscher Übersetzung, denn da geht ja das Wesentliche perdu. Wenn Du also mal eine Buchhandlung siehst, dann frag doch mal danach. Ich würde mich freuen, das Buch im Original lesen zu können.

Ja, mein lieber Schatz, das wird wohl vorerst der letzte Brief gewesen sein, den ich Dir nach Amerika schicke, denn zum übernächsten Wochenende bist Du ja schon wieder in Koblenz, und dann dauert es nicht mehr lange, bis wir Dich wieder hier in Hannover haben. Ich freue mich schon sehr darauf.

Viele liebe Grüße und vor allen Dingen eine gute und möglichst angenehme Rückreise. Diesmal werden Dir ja die sieben Stunden wieder »abgeknipst«, die Du vorher dazubekommen hattest. Wenn's geht, ruf doch nach Deiner Rückkehr gleich hier an.

In Liebe
Deine Inge

Grußkarte von Richard Schlosser an Ingeborg Schlosser

For the Birthday of One I Love
Wherever I go and whatever I see,
The thought of you goes along with me;
Whatever I plan and whatever I do
Succeeds the better because of You;
Thats why there is nothing I place above
Wishing Birthday Joy to the One I Love!

Chesapeake Court
Havre de Grace, Maryland
US-Route 40
den 21. 7. 63

Zu Deinem Geburtstag alles Gute, lieber Schatz. Leider wird von mir selbst am 11. 8. noch kein Präsent da sein. Ich hätte Dir gerne etwas geschickt, aber es gibt an dieser Straßenkreuzung nicht viel mehr als Schund. Dafür habe ich diese Karte mit viel Sorgfalt ausgesucht, und das Gedruckte ist von mir zu Dir so gemeint, wie es da steht. Unter den Geburtstagskarten der Gruppe »Wife« fand ich nichts Passendes, und Du wirst es hoffentlich zu schätzen wissen, daß diese hier in der Rubrik »Sweetheart« rangierte.

Ich hoffe, nach meiner Rückkehr einige Tage Zeit zu finden, um Euch zu besuchen. Dann möchte ich gerne mit Dir zusammen einen Einkaufsbummel machen. Gewisse Dinge kannst Du Dir auch schon selbst kaufen, ein hübsches Kleid, neue Wäsche (die beste) oder was Du sonst gern hättest. Nimm es erst vom Konto, ich fülle es wieder auf.

Mach Dich schön für unser Wiedersehen.

Ich liebe Dich von ganzem Herzen und bin immer

Dein Richard

Ingeborg Schlosser an Richard Schlosser

Hannover, den 30. 8. 63

Mein lieber Richard,
da ich gestern abend nach dem Telefongespräch mit Dir ohnehin keinen Schlaf fand und außerdem eine Stunde lang erstmal Martin beruhigen mußte, der aufgewacht war und völlig verbiestert in seinem Bett saß und aus Leibeskräften schrie, habe ich noch lange überlegt, was ich von hier aus in der Wohnungssache tun kann. Die einzige Möglichkeit für mich, nach Koblenz zu fahren und dort in einem Zeitraum von meinetwegen acht bis zehn Tagen auch tatsächlich etwas zu bewirken, besteht darin, ohne die Kinder zu kommen oder allenfalls eins von ihnen mitzubringen. Ich habe deshalb versucht, mit dem hiesigen Schulleiter zu sprechen wegen Renate, aber leider ist heute dort Schulfest, und ich habe nichts erreicht. Ich dachte, daß man sie vielleicht für zwei Wochen beurlauben könnte, wenn sie in Jever bei Vati solange nach ihrer eigenen Fibel Privatunterricht erhält. Morgen will ich es nochmals versuchen. Im Laufe der nächsten Woche müßten Rudi und Hilde wiederkommen und wären vielleicht bereit, Volker zu nehmen. Und Martin müßte, wenn er nicht bei mir bleibt, in das Säuglings- und Kleinkinderheim am Deister, was allerdings ziemlich teuer ist. Wie gesagt, das kann ich alles erst in den kommenden Tagen klären. Inzwischen möchte ich aber wenigstens von hier aus telefonisch etwas unternehmen, und dazu benötige ich von Dir

a) die Sonnabend-Sonntag-Ausgabe der Rheinzeitung als Drucksache,

b) aus dem Telefonbuch-Branchenverzeichnis eine Liste aller Wohnungsvermittlungen und Maklerbüros in Koblenz mit Telefonnummer,

c) einige Angaben darüber, unter welchen Bedingungen diese kapitalisierte Trennungsentschädigung ganz oder zu einem Teil für die Beschaffung einer Wohnung verwendet werden kann.

Nimm mir diese Aufstellung bitte nicht übel, aber sonst habe ich ja nichts in der Hand. Und vielleicht ergibt es sich ja, daß Du dann an Ort und Stelle ein uns einigermaßen zusagendes Angebot abends nach Dienstschluß prüfen und mir sagen kannst, ob es Mist ist oder nicht. Wenn sich auf diese Weise in den nächsten acht Tagen nichts tut, will ich versuchen, selbst zu kommen, so schwierig das auch ist.

Auf alle Fälle möchte ich Dich bitten, diesem Herrn Stieglitz bei seiner Rückkehr so einzuheizen, daß er es nicht mit bloßem Rumtelefonieren und Anschnauzen bewenden läßt. Es kann doch dem Amt nicht gleichgültig sein, ob Du in Deiner Stellung ewig auf eine Bundeswohnung warten mußt, nur weil vor Dir etliche Tippsen oder womöglich Reinmachefrauen eher eine Wohnung kriegen müssen, noch dazu, wo Du schwerkriegsbeschädigt bist. Wenn Herr Stieglitz selbst nicht allmächtig genug ist, die Sache zu beschleunigen, kann er ja vielleicht mal seine vorgesetzte Dienststelle bemühen. Du kannst ihm auch erzählen, daß mir der Arzt inzwischen versichert hat, mein neu ausgebrochenes Magenleiden sei derartig, daß ohne Beruhigung meiner persönlichen Verhältnisse an eine Besserung überhaupt nicht zu denken sei. Auch meine Unterarmflechte wird jetzt fachärztlich behandelt und soll angeblich mit der Gastritis zusammenhängen, jedenfalls hat sich die Flechte sehr verschlimmert.

Es ist doch wirklich eine Schweinerei, Dir einerseits eine Bundeswohnung zu verweigern und Dich andererseits jeder Möglichkeit zu berauben, auf eigene Faust nach einer einigermaßen preiswerten Wohnung zu suchen, ganz abgesehen von den noch ausstehenden Familienheimfahrten und der Tatsache, daß Du nach Deiner Amerikareise offiziell noch gar nicht zu Hause gewesen bist und mithin schon zwei Monate Deine Familie nicht gesehen hast. Ich hätte große Luste, Herrn Stieglitz alles das mal fein numeriert hinzuschreiben, aber ich fürchte, damit wärst Du nicht einverstanden.

Inzwischen habe ich mir schon bei Neckermann in Frankfurt den Fertighauskatalog bestellt. Wenn Dir Deine Bundesmittel für diesen Zweck erst in einem Jahr bewilligt werden, so findet sich dort vielleicht am ehesten eine Möglichkeit für die Zwischenfinanzierung.

Ruf doch am Wochenende, wenn Du Lust hast, nochmal an und sag mir, was Du von alledem hältst. Ich möchte ja schließlich auch nur, daß wir bald wieder zusammenkommen, wozu sind wir denn sonst verheiratet!

Viele liebe Grüße
Deine Inge

Ingeborg Schlosser an Richard Schlosser

Koblenz, am 15. 10. 63
abends

Mein lieber Schatz,
wenn Du diesen Brief findest, bist Du hoffentlich nach all den Strapazen gut wieder hier angekommen, und es bleibt Dir noch Zeit, Dich ein bißchen auszuschlafen, bevor es wieder in die alte Tretmühle geht.

Ehe ich es vergesse, will ich noch vermerken, wo Du in der nächsten Woche die Leihgebühr für die Schreibmaschine abliefern mußt: Olympia-Vertretung Haus Lambert, Gymnasialstraße (verlängerte Casinostraße), kurz vorm Schängelbrunnen auf der linken Seite. Es wird rund fünf Mark kosten.

Aber von solchen Sachen sollte hier eigentlich überhaupt nicht die Rede sein. Weil die Zeit heute gar so knapp war und wir kaum mal zu uns selbst gekommen sind, möchte ich Dir auf diesem Wege noch einmal sagen, wie glücklich ich war, die ganzen Tage bei Dir zu sein, wenigstens abends. Aber bald schon wird das hoffentlich ein Dauerzustand werden. Es wäre wunderschön, wenn Du in Kürze für eine Weile nach Hause kommen könntest. Ich will es Dir so schön und so angenehm wie nur möglich machen.

Schlaf gut, mein lieber Richard. Ich denke immer an Dich.

Ich liebe Dich, ich liebe Dich, ich liebe Dich.

Deine Inge

Ingeborg Schlosser an ihre Mutter Emma Lüttjes

Hannover, den 3. 11. 63

Liebe Mutti,
vielen Dank für Deine Karte, und ich will Dir gleich antworten, damit Du nicht denkst, es sei womöglich was passiert. Richard weiß noch immer nicht, wann er kommen kann, denn inzwischen häufen sich wieder die Dienstreisen, und zwischendurch bemüht er sich noch um die Wohnung. Erste Erfolge zeichnen sich aber wenigstens ab. Seine »Spezialisten-Bescheinigung« ist auf dem Amtsweg, und die Wohnungsstelle hat inzwischen wohl bereits mündlich das Kommando erhalten, Richard bevorzugt einzuweisen, da auch das Attest zu seinen Gunsten spricht. Jetzt sind mehrere Vierzimmerwohnungen in unserer Ausstattungsstufe ausge-

schrieben, Neubauwohnungen, die zu Mitte Dezember bezugsfertig sein sollen. Es ist einigermaßen wahrscheinlich, daß wir eine davon bekommen, wenn auch mit dem schriftlichen Bescheid erst nächste Woche zu rechnen ist. Hoffentlich!! Einen genauen Plan kriege ich morgen. Bislang weiß ich nur, daß die Wohnungen 86 qm groß sind und aus einem nicht allzugroßen Wohnzimmer (20 qm), Schlafzimmer von 15, je einem Kinderzimmer von 9,8 und 10,5 qm sowie Küche, Bad und getrennter Toilette bestehen. Die Lage ist nicht gerade berückend, denn die Wohnungen befinden sich in Koblenz-Lützel, einer ziemlich scheußlichen Gegend, aber wenigstens auf einer Seite hat man freie Sicht, zwar nicht direkt auf den Rhein, aber doch auf die Festung Ehrenbreitstein, wenn auch der Balkon nach der anderen Seite zu liegt. Nun bin ich in Gedanken natürlich schon am Packen, in natura ist es dafür wohl noch etwas zu früh. Von Dorothea und Hilde habe ich auch schon Angebote, je ein Kind aufzunehmen, aber wie immer reißt sich niemand um Martin, so reizend er auch sein kann, denn manchmal ist er der reinste Deibel. Wenn es mit dem Einzugstermin hinhaut, wird es ja ziemlich knapp mit der Zeit, da wir dann doch zu Weihnachten die Kinder holen und auch noch Vorhänge und Gardinen neu anfertigen müssen, da die Räume dort mit 2,82 m viel höher sind als hier. Aber dennoch bin ich froh, daß nun Land in Sicht ist.

Sonst gibt es hier nichts von Bedeutung. Gestern allerdings kriegte ich einen gehörigen Schrecken, denn als ich vom Einkaufen zurückkam, erzählten mir die Nachbarn, daß Renate – völlig vertieft in den neuen »Gummitwist«, den sie hier alle spielen – nicht auf Martin geachtet hatte, der inzwischen im Erfurter Weg vor einen Omnibus gerannt war. Der Fahrer hatte den Wagen aber noch zur Seite ziehen können, und so ist nichts passiert. Trotzdem zittere ich jetzt noch, wenn ich daran denke. Es ist vielleicht auch zuviel Verantwortung für Renate, längere Zeit auf Martin aufzupassen, aber kurzfristig müßte es doch eigentlich gehen, denn sonst komme ich ja zu gar keiner Hausarbeit mehr.

Nachmittags feierten wir bei Alexandra Geburtstag. Abends gingen Rudi und Hilde zum Jachtklub-Ball, obwohl sie keine Mitglieder sind, und ich brachte erst bei ihnen und dann hier die Kinder zu Bett. Das war allerdings nur möglich, weil Dietrich mit dem VW da war und uns schnell und einfach transportieren konnte. Auf diese Weise war ich auch einen Abend bei Doro und Jürgen. Von dort gibt es Neuigkeiten: Wenn nicht alles täuscht, ist der nächste Wellmann unterwegs.

Dagmar war in der vergangenen Woche von Montag bis Freitag hier mit Grippe, da sie ja zu Hause nicht die rechte Pflege hatte. Viel Zeit hatte ich zwar nicht, aber es ging doch hin. Ich selbst bin auch nicht recht auf dem Posten und war deshalb in der vergangenen Woche zum Internisten, der mir Pillen für mein völlig überholungsbedürftiges Nervensystem verschrieb und außerdem Massagen. Wie und wann ich die allerdings nehmen soll, ist mir schleierhaft, denn das einzige Massage-Institut in der weiteren Umgebung ist so überlaufen, daß ich dort nur morgens um acht drankommen kann, und das ist die Zeit, wo Renate in die Schule muß. Außerdem soll noch was dagegen unternommen werden, daß ich viel zu wenig rote Blutkörperchen habe. Vor allen Dingen erhielt ich den schlauen Rat, mal für längere Zeit völlig »abzuschalten«. Diese Ärzte haben wirklich komische Ideen, muß ich sagen!

Für Dein Bein wünsche ich Dir gute Besserung, liebe Mutti. Dir und Euch allen fürs erste viele herzliche Grüße von uns.

Deine Inge

Ingeborg Schlosser an Richard Schlosser

Hannover, den 28. 11. 63

Lieber Richard,
nun will ich mich mal hinsetzen und Dir schreiben, was ich inzwischen über die diversen anzuschaffenden Elektro-Artikel erfahren habe. Martin ist seit gestern fieberfrei, und so habe ich es riskiert, mal in die Stadt zu fahren und mich bei der Verbraucherberatung und in einigen Geschäften umzusehen. Das Ergebnis ist folgendes:

1. Bügelmaschine.
Außer der Siemens gibt es noch drei andere gute Markenfabrikate, und zwar Singer, Cordes und Hahn. Die Singer habe ich in Augenschein genommen, sieht sehr gut aus, kommt aber nicht in Frage, da sie 200 Mark mehr kostet als die anderen. Die Cordes soll auch ganz gut sein, ich habe sie aber nirgends zu sehen bekommen können, nicht mal im Prospekt. Die Hahn macht einen sehr modernen Eindruck (Prospekt liegt bei, Typ Nr. HB 300). Handschriftlich ist der Barpreis des Geschäftes danebengeschrieben, 598.– DM. Diese Maschine hat eine größere Walzenbreite als die Siemens, die 65 cm breit ist. Außerdem ist die Walze in der Mitte gelagert, und die Wäschestangen finde ich auch ganz praktisch. Andererseits nützt uns die zusätzliche Walzenbreite von 5 cm nicht besonders viel, denn auf die Hälfte gefaltete Bettlaken sind ja mindestens 75 cm breit und

müssen also ohnehin mehrmals durchgegeben werden. Im ganzen gesehen bin ich für die Siemens-Maschine, da wahrscheinlich der Kundendienst besser ist und mir allgemein bestätigt wurde, daß es mit das beste Fabrikat sei. Hier ist nächsten Mittwoch im Geschäft Schwartz eine Vorführung. Wenn ich Zeit habe, gehe ich hin.

2. Tiefkühltruhe.

Da gibt es nach meinen Erkundigungen nur zwei Fabrikate, die allgemein empfohlen werden, nämlich Bosch und Linde. Von beiden Werksvertretungen habe ich mir Prospekte schicken lassen, die beiliegen. Der größere Bosch-Prospekt ist aus dem Technischen Kaufhaus. Ich habe darin gegenüber dem kleineren Prospekt bei der Truhe mit 180 l Inhalt Unterschiede festgestellt. In dem kleineren Prospekt steht nichts über ein extra Vorgefrierfach, in dem größeren dagegen wohl. Das Vorgefrierfach ist m.E. wichtig, weil man darin kurzfristig neu eingelegte Lebensmittel tiefkühlen und dann ins Lagerfach umpacken kann. Derartige Einzelheiten konnte ich in dem Linde-Prospekt nicht finden. Im Original kriegte ich allerdings auch keine Bosch-Truhe zu sehen. Ich habe mich dann noch nach den Bosch-Gefrierschränken erkundigt, die es ab 240 l Inhalt gibt. Der Preis weicht kaum von der Truhe mit 250 l Inhalt ab, aber der Stromverbrauch ist etwas geringer. Allgemein heißt es, für das Gefriergut bestehe keine Auftau-Gefahr, wenn man die Tür kurz aufmacht, da alle Lebensmittel ja übersichtlicher eingeordnet werden können als in der Truhe, wo man den Deckel etwas länger offenlassen muß, bis man ggf. etwas ganz unten herausgefischt hat. Was die Stellfläche angeht, ist ein Gefrierschrank entschieden günstiger. Andererseits haben die Truhen obenauf eine Resopal-Arbeitsplatte, die ja auch nicht zu verachten ist. Ich überlasse Dir die Entscheidung, schließlich mußt Du den Kram ja bezahlen. Der Kundendienst von Bosch soll übrigens sehr gut sein.

3. Staubsauger.

Nach Umfragen in verschiedenen Geschäften scheint der Staubsauger von AEG der beste zu sein. Es gibt zwar auch einen verbesserten Siemens-Rapid, aber davon riet man mir allgemein ab, da er nach wie vor so ähnlich konstruiert ist wie unser alter und es auch keine Möglichkeit gibt, dafür Staubfiltertüten zu benutzen, die wegen der Sauberkeit überall empfohlen werden. (Solche Tüten wünsche ich mir auch, wenn ich täglich an der Hausecke vor der Mülltonne stehe, den Staubsauger ausschüttele und den Staub ins Gesicht kriege, wenn der Wind weht. Staubtüten kann man bequem in den Wohnungs-Abfalleimer schmeißen, wenn sie voll sind.) Also zurück zum AEG. Der Stielstaubsauger wird mehr empfohlen als der teurere Bodenstaubsauger, da letzterer jedesmal wieder zusammengesetzt bzw. auseinandergenommen werden muß und im Putzschrank sehr viel mehr Platz beansprucht als der Stielstaubsauger, der wie ein Besen aufgehängt wird. Die Saugkraft ist größer als beim Rapid, die Aufnahmekapazität ebenfalls, und im ganzen ist er viel handlicher (ich habe es ausprobiert), da der Schwerpunkt ganz unten liegt. Du kannst es Dir im Prospekt ja mal ansehen. Die Luxus-Ausführung hat zwei Saugstufen mehr, aber das sollen bloß Kinkerlitzchen ohne großen Nutzen sein. Außer dem Siemens wird noch die Marke Progress empfohlen, vom Aussehen aber wäre ich für die AEG-Vampyrette.

4. Nähmaschine.

Leider hatte ich nicht genug Zeit, um noch die Adler- oder Phoenixvertretungen aufzusuchen, und so war ich nur bei Singer. Die Schrägnadel-Automatik ist ja sehr schön und wohl auch praktisch, aber teuer. Ich konnte keine konkrete Auskunft bekommen, was die Maschine nun eigentlich kostet, weil sie immer in verschiedene Schränke eingebaut wird und der Gesamtpreis dann zwischen 750 und 950 Mark liegt. Das finde ich ziemlich happig. Vielleicht kannst Du Dir die Maschine ja mal in Koblenz ansehen. Sie sieht mehr technisch als formschön aus im Gegensatz zu den anderen Singer-Fabrikaten. Die Auskunfts-Tante hatte mir leider, wie ich zu Hause merkte, statt des versprochenen Haushaltsnähmaschinen-Prospektes einen für Koffernähmaschinen mitgegeben, mit dem ich nicht viel anfangen kann. Ich habe dann noch mit Doro telefoniert, die mit ihrer Phoenix sehr zufrieden ist. Der einzige Nachteil ist, daß Doro für die Beine nicht genug Platz hat, weil die hochstellbare Klappe zu klein ist, aber sicher gibt es da auch komfortablere Schränke. Hildes Maschine ist ja auch sehr hübsch, vor allem der Schrank, aber doch sehr anfällig für kleine Nähgarnfusseln, die in den Mechanismus geraten, das habe ich selbst erlebt. Sie bleibt dann immer stehen, und es geht ein langwieriges Gepule los, bis man das Füsselchen gefunden hat. Das ist bei Doros Maschine nicht der Fall. Ich wäre also für die Phoenix. Und Du? Vielleicht schaffst Du es ja einmal, sie Dir anzusehen. Natürlich gibt es auch von Karstadt ähnlich gute Geräte, Bügelmaschinen wie Nähmaschinen, aber die kann man dann eben nicht über Rudi mit Prozenten beziehen. Die Bügelmaschine von Karstadt (Walze 75 cm) ist sehr schön, aber günstiger wäre die Siemens. An Nähmaschinen hat Karstadt auch nur Hausfabrikate.

Meinst Du, daß Du mir schnell antworten kannst, was Du von den einzelnen Vorschlägen hältst? Dann hätten wir doch am ehesten die Garantie, daß wir rechtzeitig alles bestellen können.

Eine unangenehme Nachricht muß ich noch anhängen, und zwar hat die Stadt Hannover ganz zum Schluß nun doch noch Berufung gegen das Urteil eingelegt. Rudi will demnächst zu diesem Menschen nach Celle fahren, der das da für uns machen will, aber er meinte, es sei wohl langsam an der Zeit, mal an die Zahlung eines Vorschusses zu denken. Na, ich denke, das kann noch warten, bis Du herkommst und selber mit Rudi sprichst.

An erfreulichen Dingen gibt es zu melden, daß Martin, s.o., beinahe wieder gesund ist. Außerdem hat Gisela in einem Anfall von Entgegenkommen erklärt, daß sie persönlich hier erscheinen möchte, um am übernächsten Wochenende Martin und Volker abzuholen. Aus Hamm werden wohl in diesen Tagen auch noch Neuigkeiten kommen; Mechthild hat am 29. Termin.

Im übrigen bin ich dabei, mich mittels Mittagsruhe und Vitamin-Bonbons zu erholen, denn die vergangene Woche war wirklich kein Zukkerlecken. Als Martin nächtelang immer über 40 Fieber hatte, war ich mit den Nerven ziemlich runter. Aber jetzt wird auch mein Kopfweh allmählich besser.

Sicher telefonieren wir demnächst noch, nicht? Dann können wir ja alles andere besprechen.

Viele liebe Grüße
Deine Inge

Ingeborg Schlosser an ihre Mutter Emma Lüttjes

Koblenz, den 11. 1. 1964

Liebe Mutti,
vielen Dank für Deinen Brief, er war tatsächlich der erste, der hier ankam, und ich habe mich sehr gefreut zu hören, daß unsere Jungs, wenn schon sehr lebhaft, so doch wenigstens völlig gesund sind und Dir keinen Kummer machen. Daß Herr Apken gestorben war, hatte ich noch in Hannover telefonisch von Dagmar erfahren. Herr Apken war ja von der ganzen Hausbelegschaft immer noch Euer nettester Nachbar, und ich finde seinen plötzlichen Tod sehr traurig. Auch Renate ist ganz geknickt, und sie denkt immer noch an die vielen Äpfel, die sie von Herrn Apken geschenkt gekriegt hatte.

Nun aber zu uns. Also, stell Dir vor, zu allem Überfluß wurde ich nach meiner Rückkehr aus Jever erst noch krank. Schon am Freitag fühlte ich mich ziemlich matschig, und Sonnabendfrüh konnte ich gar nicht aufstehen. Fieber, starke Halsschmerzen, Übelkeit, Schwindelgefühl und so weiter. Richard besorgte mir dann Novalgin-Chinin, und mit Hilfe einer ganzen Reihe von Pillen war ich nachmittags immerhin zu einigen Arbeiten in der Lage und stand Sonntag ganz wieder auf. Die Nachwirkungen spüre ich allerdings jetzt noch, denn obwohl es irrsinnig viel zu tun gibt, habe ich irgendwie ein Brett vorm Kopf und nicht die rechte Arbeitswut. Aber trotzdem werden wir's schon schaffen.

Der Möbelwagen kam in Hannover mittags etwas später, doch so gegen halb fünf war alles aufgeladen, und ich sah mich mittels Kerzen in den leeren Räumen um, räumte Kartons auf, beseitigte den gröbsten Schmutz und machte das Türschildchen ab. Nachdem ich mich von den Hausbewohnern verabschiedet hatte, fuhr ich um sieben Uhr abends per Bus und Straßenbahn zu Hilde. Dort klönten wir noch ein bißchen, gingen aber bald zu Bett, denn ich war ziemlich erledigt von all der Lauferei. Am nächsten Tag wurden Renate und ich von Rudi zum Bahnhof gebracht und fuhren dort um sieben Uhr mit dem Fernschnellzug ab. Nach einer Dreiviertelstunde Aufenthalt in Köln ging es weiter, und um 11.45 Uhr kamen wir schon in Koblenz an. Richards Mitarbeiter holte uns per Auto ab und beförderte uns hierher, wo der Möbelwagen inzwischen zur Hälfte ausgeladen war. Mittags gegen 14 Uhr fuhr der Wagen wieder ab, und seither versuchen wir gegen den Schmutz und die Unordnung anzukommen. Es stellte sich nämlich heraus, daß doch nicht alles so war, wie es eigentlich sein sollte. Zuerst mal hatten wir bis gestern abend kein Wasser (es gibt allerdings hinten auf dem Hof eine Zapfstelle), am ersten Abend hatten wir keinen Strom, aber glücklicherweise kam noch ein Mensch von den Stadtwerken, der die Wohnung ans Stromnetz anschloß. Gestern wurde der Elektroherd installiert, bei der Waschmaschine hat Richard das selbst gemacht. Mit den Gardinen wird es noch etwas dauern, jedenfalls im Wohnzimmer, denn erst am nächsten Mittwoch wird das Fenster vermessen, und dann muß ja noch alles genäht werden. Die Fußböden boten auch keinen erbaulichen Anblick, denn in Küche, Bad und Klo sind Fliesen verlegt, die trotz erbitterten Schrubbens noch nicht ganz sauber sind. Die Kindersachen kann ich erst einräumen, wenn endlich die neuen Kinderzimmerschränke angekommen sind. Um Küchenmöbel habe ich mich gestern schon bemüht, aber bis wir sie haben, können auch noch vierzehn Tage vergehen. Du wirst also keine urgemütliche Wohnung vorfinden, sondern immer noch eine Art Provisorium, aber das wird Dich hoffentlich nicht allzusehr stören. Richard meint, wenn wir schon mit dem F-Zug gefahren sind, so solltest auch Du dieses Vergnügen haben, schon wegen der größeren Schnelligkeit. Allerdings hättest Du diese Möglichkeit erst ab Münster. Wir geben Dir darüber noch genaueren Bescheid. Volker hatte auf der Reise nach Jever zwei Pillen gegen Übelkeit bekommen, eine morgens und eine mittags, eine halbe Stunde vor der Abfahrt. Ich lege vorsichtshalber zwei dieser Pillen mit ein. Martin wird ja wohl unterwegs eine Weile schlafen.

Das kleine Päckchen händige bitte Volker aus mit der Bemerkung, daß hier in Koblenz noch ein hübsches Spielzeug auf ihn wartet, das er dann bei der nachträglichen Geburtstagsfeier ausgehändigt bekommt, sonst würde es unterwegs wahrscheinlich das Zeitliche segnen. Hoffentlich geht der Kindergeburtstag glatt vonstatten.

Viele Grüße von uns allen.

Deine Inge

Richard Schlosser an seinen Bruder Walter Schlosser

Koblenz, den 22. 1. 64

Lieber Walter!

In Koblenz sind wir samt allem Strund wohlbehalten eingetroffen. Vorläufig ist noch längst nicht alles an seinem vorgesehenen Platz. Leider kann ich immer nur nach Feierabend handwerklich tätig werden, und so wird es noch eine Weile dauern, bis der letzte Nagel eingeschlagen ist.

Als Keller haben wir eine Butze von ca. 3,5 m^2, und da kann man, solange genau eingepaßte Regale fehlen, nicht viel lassen. Infolgedessen stapelt sich in meinem Zimmer vieles, was in den Keller gehört. Als Volker hier ankam und bei der Inspektion seiner neuen Behausung auch die Tür zum dunklen Arbeitszimmer öffnete, war sein Kommentar: »Das ist der Keller.« Ich hoffe, daß diese Bezeichnung sich nicht einbürgert.

Martin ist jetzt in einem Alter, in dem er vom frühen Morgen bis zum späten Abend Quatsch macht. Man kann gar nicht so schnell eingreifen, wie er sich irgendeinen neuen Blödsinn ausdenkt. Mit Drähten wird in Steckdosen gepult, Schlüssel werden versteckt, Windeln durchs Klo gespült, Klobürsten zum Zähneputzen verwendet, der Eimer mit Seifenpulver wird mit Wasser gefüllt, Finger in der Tür geklemmt, Kartoffeln in Aktentaschen gestopft, Tapeten abgerissen, alles Spielzeug zerlegt und der Wecker verstellt, so daß man morgens zu spät aufwacht.

Wir hoffen, daß wir Dich hier gelegentlich zu sehen bekommen. Im Sommer ist es in Koblenz sehr schön. Bis dahin werden wir uns wohl auch endgültig etabliert haben.

Viele Grüße an Mechthild, Dich und Eure Kleine von

Deinem Bruder Richard

Ingeborg Schlosser an ihre Mutter Emma Lüttjes

Koblenz, am 26. 5. 64

Liebe Mutti!

Zwar schreibe ich weder auf zartgetöntem Liebesbriefpapier noch sorgsam mit der Hand, sondern der Einfachtheit halber mit der Maschine, aber ich denke doch, Du wirst dafür Verständnis aufbringen, denn meine Zeit ist nicht sehr reichlich bemessen, und zudem habe ich so vieles auf dem Herzen, daß ich nachher schmieren müßte, um zum Ende zu kommen.

Also, wir finden Deinen Vorschlag außerordentlich nett und entgegenkommend, aber ich würde es in Jever nicht fertig kriegen, Dich seelenruhig die ganze Arbeit machen zu lassen, während ich mich wochenlang im Garten räkele. Richard und ich sind wirklich derart urlaubsreif, daß wir am liebsten nur tatenlos rumsitzen möchten. Es klingt seltsam, aber ich fühle mich fast am Ende meiner Kräfte. Ich kann vor Rückenschmerzen manchmal nur mit Anstrengung aufstehen, und ich zwinge mich zu einer gut eingeteilten Hausarbeit, damit ich alles schaffe, aber es macht mir oft einfach keinen Spaß mehr. Irgendwie geht mir das ziemlich schwüle Talkesselklima auf die Nerven, ich merke es auch an den Kindern. Richard ist nicht so sehr körperlich als vielmehr seelisch erholungsbedürftig. Er steht im Büro bis in die späteren Abendstunden unter einer solchen Anspannung, daß man zum gemütlichen privaten Zusammensein gar nicht mehr kommt, weil er immer bloß seine Ruhe haben will, und das ist doch nicht mehr normal. Außerdem hat er immer noch keinen zweiten Dipl-Ing. als Assistenten gekriegt, so daß er alles und jedes selbst entscheiden muß und die übrigen Mitarbeiter einfach gar nichts eigenständig machen können. Es geht natürlich oft um Millionenbeträge, aber trotzdem kann man ihm doch auch nicht alles anhängen. Kurz und gut, wir sind entschlossen, uns vier Wochen lang zu erholen, denn unter unseren schlechten Nerven leiden ja auch die Kinder. Nun ist Erholung ein schönes Wort, und Du weißt ja selbst, wie selten Du früher bei Deinen fünfen dazu gekommen bist, Dich zu erholen. Vielleicht warst Du durch die Tatsache, daß Du immer einen Garten hattest und oftmals auch eine Haushaltshilfe, nicht so überlastet, wie ich mir momentan vorkomme. Hier geht alle paar Minuten die Türklingel, und weil die Haustür sich so schwer öffnen läßt, kann ich nicht einfach auf den Summer drücken, sondern muß bis zu fünfzigmal am Tag die Treppe runter und wieder rauf wegen irgendwelcher Nichtigkeiten, und damit die Kinder nicht im Treppenhaus herumbrüllen, was nicht erwünscht ist, eile ich ständig mit Taschentuch und Butterbrot oder Milch oder Spielsachen rauf und runter. Dazu kommt, daß Martin dauernd ausreißt, aber wenn ich unten mit ihm spiele, bleibt im Haushalt alles liegen. Renate kann ich zum Aufpassen nicht mehr so oft heranziehen wie früher, denn sie bringt neuerdings aus der Schule sehr schlechte Rechenzensuren nach Hause, und die Lehrerin hat mir ins Gewissen geredet, weil Renate unter starker Konzentrationsschwäche leidet und meistens träumt und nicht aufpaßt, und so muß ich vom Küchenfenster aus den ganzen Tag Martin beaufsichtigen, was bei seinem Temperament nicht gerade eine Kleinigkeit ist. Dieser Springinsfeld ist eigentlich der Hauptschuldige, was meine augenblickliche Verfassung angeht.

Nun gibt es natürlich noch die Möglichkeit, daß Du vorübergehend Renate und Volker nimmst. Dann würden Richard und ich mit Martin auf eine Insel fahren, und Renate könnte inzwischen ein paar Nachhilfestunden im Rechnen bei Vati bekommen. Volker hat schon riesigen Appetit auf Euern Garten, allerdings auch ziemliche Angst vor Gustav und fürchtet, der werde ihm wieder die Schaukel verstellen und ähnliche Scherze, aber selbst das hält ihn nicht davon ab, ununterbrochen von Jever zu reden. Schreib mal, was Du davon hältst.

Als ich mit Renates Lehrerin sprach, war ich einigermaßen entsetzt über das, was sie mir erzählte. Sie hatte ihr angeblich schon seit Monaten immer wieder aufgetragen, mich zu einem Gespräch zu bestellen. Renate beteuert, das sei nicht wahr. Schließlich hatte die Lehrerin ihr gedroht, mir einen Brief zu schreiben, und daraufhin entschloß sich Renate, es mir zu sagen. Die Lehrerin ist durchaus überzeugt von Renates Intelligenz, sie ist im Lesen eine der besten und überhaupt in den schriftlichen Arbeiten wie Diktat usw. sehr gut, aber wenn irgendwas besprochen oder durchgenommen wird, schaltet sie ab und hat hinterher keinen Schimmer, worum es gegangen ist. In ihrem Rechenheft finden sich wiederholt rote Bemerkungen wie »Renate kann nicht abziehen« oder »Kopfrechnen mangelhaft bis ungenügend«. Das ist ja nun ziemlich schlimm. Nehme ich sie mir aber vor und behandle sie so zartfühlend wie möglich, also blaffe sie nicht etwa an, so macht sie nicht richtig mit. Sie fummelt irgendwo herum oder wippt mit den Füßen, redet dummes Zeug und braucht, wenn sie endlich rechnet, viel zu viel Zeit dazu.

Für dieses Verhalten habe ich nun zwar eine plausible Erklärung, aber wie Du sehen wirst, hilft mir die auch nicht weiter. Ich glaube nämlich, daß Renate hier geradezu einen Horror vor der Schule hat. In den ersten Wochen nach dem Umzug war das noch nicht spürbar, später aber um so mehr. Kein Wunder, denn in Vahrenheide ging sie in eine nicht so große Klasse, hatte eine ausgesprochen freundliche und liebenswürdige Lehrerin und wurde in einem modernen, hellen Klassenzimmer unterrichtet. Jetzt geht sie in eine scheußliche, uralte Schule, die von außen wie von innen ziemlich düster aussieht, an der der Verkehr vorbeibraust und über deren Turnhalle hinweg die verkehrsreiche Moselbrücke führt. Zudem ist die Klasse sehr groß und besteht hauptsächlich aus rheinischen Großschnauzen. Das ist nicht übertrieben, ich hab's mir angesehen. Die Jungens in der Klasse sind zum Teil so frech, daß die Lehrerin jeden Tag mehrfach zum Stock greift und eine entsprechende Kommandostimme an sich hat. Diese Paukerin ist jedenfalls auch nicht dazu angetan, die Schule annehmbarer zu machen. Es ist die Konrektorin, etwa Mitte fünfzig, mit strengen Gesichtszügen, eine absolute Herrschertype. Nun gäbe es eine einfache Lösung: Renate müßte in eine andere Schule. Ich bin überzeugt, daß da der Hase im Pfeffer liegt. Aber ein Schulwechsel ist schlechterdings unmöglich. Hier sind alle Volksschulen konfessionell gebunden, und eine weitere evangelische Schule gibt es im weiteren Umkreis nicht. Die Schule in Neuendorf ist noch viel scheußlicher und stockkatholisch. Also hoffen wir, daß Renate den Rest des Schuljahres einigermaßen hinter sich bringt und wir nächstes Jahr unsere Baupläne verwirklichen können, womit hoffentlich auch in schulischer Hinsicht eine Besserung eintritt. Volker tut mir jetzt schon leid, denn er wird im nächsten Jahr genau dieselbe Lehrerin kriegen wie Renate, zwei Jahre lang – es sei denn, wir ziehen eher aus Lützel fort. Ich habe mir auch schon Vorwürfe gemacht, daß ich Renate so oft Martin hüten ließ, aber es ist eben nicht leicht, ohne irgendeinen Aufpasser auszukommen. Fazit: ein eigener Garten muß her, mit Zaun drumrum und Sandkasten sowie Schaukel darin. Na ja, vielleicht im nächsten Jahr, falls wir dann soviel Geld zusammenkratzen können, daß unser Darlehen zuteilungsreif wird. Nebenher müssen wir jetzt noch jeden Monat 100 Mark extra für den Rechtsanwalt beim Oberlandesgericht Celle berappen, der uns in der Revisionsinstanz vertritt, und mit dem Armenrecht ist es inzwischen selbstverständlich Essig.

Richard kommt erst heute nacht aus England wieder. Ursprünglich sollte die Reise nur bis einschließlich letzten Sonntag dauern, aber er mußte dann noch zusätzliche Truppenübungsplätze abklappern, und so schätze ich, daß er wieder mal vom Reisen die Nase voll hat. Es ist ist ja auch kein Spaß, wenn einem überhaupt keine Zeit zur eigenen Verfügung bleibt.

Ich glaube, nun ist Dein Tee kalt geworden bei der langen Lektüre, und ich will allmählich aufhören. Herzlich grüßen soll ich Dich und Vati von Schwiegermutter. Sie kann sich nur mit großer Mühe fortbewegen, aber wie sie meint, bekommt ihr das Koblenzer Klima sehr gut, weil es hier durchschnittlich einige Grade wärmer ist als in Hannover. Sie ist pausenlos am Nähen, Stricken und Stopfen. Renate, die sehr an ihr hängt, erteilt sie mit rührender Ausdauer Handarbeits- und jetzt auch Rechenunterricht und hat ihre helle Freude an Renates Wissensdurst und Gelehrigkeit.

Liebe Mutti, vielen Dank für Dein Interesse! Und bis zum nächsten Brief viele herzliche Grüße an Dich, Vati, Gisela, Gustav und Jever!

Deine Inge

Dagmar Lüttjes an ihre Mutter Emma Lüttjes

Hannover, 23. Nov. 64

Liebe Mutti!
Vielen Dank für Deinen netten langen Brief, den ich gestern abend nach meiner Rückkehr aus Koblenz vorfand. Ja, nun habe ich dort also auch alles mal gesehen! Noch gestern nachmittag vor meiner Abfahrt machten wir eine Tour in die Umgebung, die ja wirklich hübsch ist und im Sommer wahrscheinlich noch viel mehr als gerade an einem grauen Novembertag. Im übrigen waren die Autofahrten kein ganz reines Vergnügen. Einer mußte ja ständig den zappelnden Martin auf dem Schoß zu halten versuchen. Jedenfalls stieg ich mit total verdrehten Strümpfen, Laufmaschen etc. wieder in den Zug nach Hannover. Nein, ist das ein Kind! Ich hatte Renate ein Bilderbuch, Volker eine Holzfigur und Martin ein Plastikauto mitgebracht, und bis zum Abend war alles auseinandergerissen und kaputtgetreten. Es ist kein Wunder, daß Inge oft die Beherrschung verliert; aber die beiden Großen haben dann mit drunter zu leiden. Martin nannte mich nur »Tante Gisela«, obwohl wir ihn immer berichtigten. Wenn ich fragte, »wo ist Tante Dagmar?«, antwortete er nur »in Hannover« und konnte sich überhaupt nichts darunter vorstellen!

Donnerstagabend kam Richard von einer England-Dienstreise zurück; er war also an seinem Geburtstag gar nicht dagewesen. Wir stießen nachträglich auf Richards Wohl an, mit gutem »Ballantines«-Whisky, den er mitgebracht hatte. Die Wohnung als solche gefällt mir gut. Sonst hat sich nicht viel geändert – Inge ist unaufhörlich am Rabbeln und Richard ein alter Muffelpott. O Gott, wenn Inge wüßte, daß ich heute noch Urlaub habe! Den Tag hatte ich mir gewissermaßen zum Ausruhen noch genommen. Und ich habe heute auch den ganzen Tag genäht und gebügelt und mir eine rote Rose zu meinem neuen Kleid gekauft. Es ist vom Mäntelhaus Kaiser, aus schwarzem Wollgeorgette, und es hat einen tiefen Rückenausschnitt und eine schwarze Schleife. Vorn ist der einzige Schmuck eine Straßblende, die auf den Rückenträgern weiterläuft. Ich finde es sehr hübsch und werde es bald einweihen.

Habt Ihr Sonnabend auch wieder »Einer wird gewinnen« gesehen?

Ob ich vor Weihnachten nochmal nach Hause komme, weiß ich noch nicht. Wenn sich kurzfristig eine Mitfahrgelegenheit ergibt, rufe ich auf jeden Fall Gisela an. Im Moment stinkt mir natürlich das Bahnfahren (gestern sechs Stunden). In Bochum stiegen ganz lustige Typen von der Bundeswehr zu, die alle haargenau wie Jürgen von Manger redeten.

Liebe Mutti, das wär's fürs erste. Ich hoffe, daß es Dir und Deinem Bein so gut wie möglich geht.

Viele liebe Grüße an alle und besonders Dich

von Deiner Dagmar

Ingeborg Schlosser an ihre Mutter Emma Lüttjes

Koblenz, den 15. 12. 64

Liebe Mutti!

Nun wird es wohl bald Zeit, daß ich noch vor Weihnachten mal wieder was von mir hören lasse. Es war hier aber auch einiges los, deshalb habe ich alle Post unbeantwortet gelassen.

Inzwischen kann ich von meiner ganzen Familie wieder sagen, daß es uns gut geht. Vorher war das leider nicht der Fall. Anfang Dezember lag Volker mit Fieber im Bett, behielt kein Essen bei sich und war ziemlich elend. Sobald es ihm wieder besser ging, war ich mit ihm zu unserer Hausärztin, die nichts Spezifisches festellen konnte und mir dringend riet, ihm ganz schnell die Mandeln rausnehmen zu lassen. Erstens sei es ohnehin nach ihrer Meinung das einzige Mittel, den schmächtigen Volker wieder zu Kräften zu bringen, und zweitens gehe der einzige Arzt, der hier in der Gegend eine Mandeloperation in Vollnarkose ausführe, in Kürze aus Koblenz weg. Also brachten wir Volker postwendend ins Krankenhaus, und es klappte auch alles. Bloß stellte er sich hinterher derart mit dem Trinken und dem Essen an, daß er während der ganzen sechs Tage im Krankenhaus praktisch gar nichts zu sich nahm hat und so ziemlich bis auf die Knochen abgemagert war. Ein ganz schrecklicher Anblick. deshalb drängte ich darauf, Volker am sechsten Tag nach Hause zu holen, und siehe da, mit Geduld und Ausdauer kriege ich jeden Tag etwas mehr in ihn hinein. Dazu bekommt er noch einige Kräftigungspräparate, und seit heute ist er schon wieder mit seinem Roller draußen tätig, kriegt Farbe und ißt wieder soviel wie vor der Operation. Wenn es so weiter geht, werden wir ihn wohl bald nicht mehr wiedererkennen. Vor einigen Wochen wurde ein kleines Mädchen hier aus der Nachbarschaft operiert, das genau so kümmerlich gewesen war wie Volker, und das jetzt rund um sich herum »frißt«, wie mir die Mutter erzählte, die gar nicht weiß, wie sie das Kind noch satt kriegen soll. Die Kleine hat schon Hängebacken und einen ziemlichen Bauch, und das in der kurzen Zeit. Na, hoffentlich hat die Behandlung bei Volker auch so angeschlagen!

Die anderen beiden sind munter und gesund. Besonders Martins Munterkeit ist überhaupt nicht zu bremsen, es wird immer schlimmer mit seiner Zappeligkeit und mit seinen Kräften. Er traut sich auch schon an größere Kinder heran und sagt keinen Mucks, wenn es eine Prügelei gibt. Aus Leibeskräften schreit er nur dann, wenn ich oder Richard ihm aus Erziehungsgründen einen Klaps geben, den er nach seiner Ansicht nicht verdient hat. Wenn er weiß, daß er ihn verdient hat, sagt er nichts, sondern lacht einem noch frech ins Gesicht. Fragt man ihn, ob er beispielsweise »a-a Renate« oder ähnliche Scherzwörter gesagt hat, dann gibt er es offen zu, obwohl ihm das einen Klaps einbringt, und sagt es hinterher gleich noch dreimal.

Renate liest den Brüdern jetzt immer Bilderbücher und alle möglichen Geschichten vor. Ich habe mir eine Lesekarte von der Stadtbibliothek besorgt und leihe auch immer jede Menge Kinderbücher aus, da ich sonst den Lesedurst nicht stillen kann. Zu Weihnachten kriegt Renate auch wieder Bücher.

Am 4. Dezember waren Richard und ich mal abends aus. Das BWB veranstaltete einen Winterball in allen Räumen der Stadthalle. Natürlich war es zu voll, um gemütlich zu sein, aber mir hat es trotzdem Spaß gemacht. Im unteren großen Saal wimmelte es von Prominenz aus dem BWB und aus Bonn, etliche deutsche und ausländische Generäle und dergleichen in Uniform, und außerdem konnte man ausnehmend viele lange Abendkleider besichtigen, von denen mir selbst allerdings nur wenige zugesagt hätten. Ich hatte mir auch ein neues Gewand zugelegt, aber kein langes und entgegen der neuesten Mode auch kein schwarzes. Wie ich schon vorausgesehen hatte, war mindestens die Hälfte der Damen in Schwarz erschienen, dazu die schwarzen Anzüge und Smokings der Herren, wie auf einer Trauerfeier. Mein Kleid ist dunkelblau und hat noch eine kleine Jacke, um es auch zu anderen Gelegenheiten tragbar zu machen. Trotzdem ist es keineswegs von ausgesprochen »jugendlichem« Schnitt, denn darüber dürfte ich hinaus sein. Richard hatte eine Woche später schon wieder »Barbarafest« von der Abteilung WM, dazu waren aber die lieben Ehefrauen nicht zugelassen. Ansonsten gibt es nichts Neues.

Viele liebe Grüße an Euch alle!

Deine Inge

Ingeborg Schlosser an ihre Schwiegermutter Cäcilie Schlosser

Koblenz, am 16. 1. 65

Liebe Mutter!
Nun wird es allerhöchste Zeit, Dir zu schreiben, daß Deine Briefe und Geschenksendungen sämtlich wohlbehalten angekommen sind. Vielen Dank für alles!

Einigermaßen entsetzt vernahm ich nach meiner Rückkehr aus Jever, daß Richard sich noch immer nicht zu einem Brief an Dich aufgerafft und stattdessen die ganze freie Zeit beim Erneuern von Volkers Eisenbahnplatte zugebracht hatte. Ich möchte mich deshalb an Richards Stelle entschuldigen und in unser beider Namen vielmals für den schönen Bilderrahmen danken.

Richard hat die »Brücke« von Monet inzwischen eingerahmt, und so wirkt das Bild doch gleich viel »kompletter«. Du hast aber auch den teuersten Rahmen bestellt! Falls Du wirklich noch weitere Blätter für uns bestellen möchtest: Wir haben einige ausgesucht. Leider sind sie ja nicht farbig abgebildet, so daß das eine oder andere hinterher vielleicht auch nicht lebhafter wirkt als das jetzige Bild, aber das muß man eben drauf ankommen lassen. Zur Auswahl möchten wir vorschlagen:

63 Ruisdael: Windmühle von Wijk,
602 Monet: Die Brücke von Argenteuil,
122 Liebermann: Dünenpromenade
und evtl. später
94 Springende Kuh (Lascaux).

Wie Du siehst, haben wir bei Wohnzimmerbildern eine Vorliebe für Landschaften in Farbe.

Nun zu Volkers Geburtstag. Er hat sich über das Geld – das plangemäß in Obstsaft, Apfelsinen, Clementinen, Honig etc. umgesetzt worden ist – und über die Karte gefreut. Vielen Dank! Die Geburtstagsfeier war, wie immer in solchen Fällen, ziemlich turbulent mit Kasperlespiel, Topfschlagen und dergleichen. Mir dröhnte am Abend der Kopf.

Mit Martin habe ich zur Zeit wieder viel Arbeit. Es vergeht kein Tag, an dem er nicht irgendwas sehr Ungezogenes tut. Allein heute hat er im Kinderzimmer eine ganze Tapetenwand mit Farbstiften beschmiert (obwohl er genau wußte, daß es dafür Haue gibt), einen neuen Teller mit Absicht zerschmissen und im Kinderzimmer sämtliche Bilder hinten unters Bett geworfen. Kriegt er einen Klaps, dann lacht er laut, und erst bei einem groben »Anpfiff« zeigt er sich etwas bedeppert. Man muß seinen ewigen Tatendrang doch durch irgendwas bremsen.

Mit Volker muß ich am 25. 1. zur Schulanmeldung. Wenn er sich weiterhin gut macht und gut ißt, könnte er Ostern vielleicht doch schon hin.

Liebe Mutter, wir wünschen Dir auch für die letzten Tage im Oststadtkrankenhaus noch gute Fortschritte in der Behandlung Deines Leidens und für die Operation schon jetzt viel Erfolg!

Mit nochmaligem Dankeschön und vielen herzlichen Grüßen im Namen der ganzen Familie

Deine Inge

Ingeborg Schlosser an Richard Schlosser

Koblenz, den 5. 7. 65

Lieber Richard,
ob es wichtig ist, weiß ich nicht, aber Herr Schuhmacher hat am Wochenende angerufen und nach Dir gefragt, weil er etwas wegen seiner Reise nach Meppen von Dir wissen wollte. Gottseidank habe ich ihm nicht in Aussicht gestellt, daß Du am Wochenende anrufst und ich Dir davon berichten könnte, denn siehe da, Du meldetest Dich nicht. Ich würde ja auch gern mal zwischendurch von Dir hören, auch wenn es nichts Wichtiges zu berichten gibt, nur ein Lebenszeichen sozusagen. Ich dachte, wenn Du schon die ganze Zeit in Meppen bleibst und das Wochenende über arbeitest, blieben doch mal ein paar Minuten für einen Anruf übrig, oder interessiert Dich nicht, was wir hier machen? Ich war

erst zweimal mit dem Wagen los, und bis auf einmal, wo ich am steilen Hang in Pfaffendorf erst beim vierten Versuch loskam, ist alles glattgegangen. Abends nutze ich die Zeit mit Bügeln und Nähen, aber oft wünsche ich mir doch, Du wärst wieder hier, man kann sich eben nicht dauernd bloß mit Kindern unterhalten.

Anbei eine Postkarte, damit ich vielleicht doch noch mal von Dir höre, und viele herzliche Grüße.

Deine Inge

Richard Schlosser an seine Mutter Cäcilie Schlosser

Flachau, d. 31. 7. 65

Liebe Mutter!
Seit Dienstag sind wir im Lande Salzburg. Eine schöne, aber anstrengende Wandertour bis in 1800 m Höhe mit den Kindern haben wir gleich am Mittwoch absolviert. Damit wir uns nicht übernehmen, wurde auf höhere Weisung Schnürlregen befohlen. Den Kindern gefällt es hier jedoch auch bei Regen. Es gibt hier Hühner, Schweine, Kühe, einen Trecker und weitere Herrlichkeiten, die ein popeliger Angestellter nicht besitzt.

Unser Auto hat einen neuen Motor, alldieweil der alte auseinandergeflogen ist.

Herzliche Grüße!
Dein Richard

Ingeborg Schlosser an ihre Mutter Emma Lüttjes

Flachau, den 16. 8. 65

Liebe Mutti!
Vielen Dank für Deinen Brief mit den Geburtstagsgrüßen und den Fotos, und ich will Dir auch gleich Deine Fragen beantworten. In Salzburg sind wir auch auf der Burg gewesen (Museen und dergleichen muß man, wenn man mit kleinen Kindern behaftet ist, ja meistens sowieso auslassen), aber per Drahtseilbahn ging es nicht, weil wir wegen des ungeheuren Andrangs mindestens eine Dreiviertelstunde hätten warten müssen, und dafür war die Zeit zu schade. Wir marschierten also per pedes rauf und machten danach eine schöne Fiakerfahrt zu den wesentlichen Sehenswür-

digkeiten, wobei Volker und Martin abwechselnd auf dem Kutschbock sitzen durften und restlos begeistert waren. In der Getreidegasse machten wir noch einige Aufnahmen. Ich war mit Volker auch im Mozarthaus. Richard wartete solange unten mit Martin, der sich bei solchen Gelegenheiten immer vorbeibenimmt. Dann waren wir noch im Mirabellgarten und knipsten die Kinder nachher bei den steinernen Zwergen.

Die Bleibe hier ist nicht besonders komfortabel, aber angesichts der günstigen Preise nimmt man das ja mal eine Weile in Kauf. Das Haus ist aus Holzbalken gebaut und schon vierhundert Jahre alt, und Mäuse gibt es hier auch. Den Kindern gefällt es bestens, was wollen wir mehr.

Ich freue mich sehr, daß Ihr es Renate so schön gemacht habt an ihrem Geburtstag, hoffentlich kann ich mich dafür revanchieren! Ich muß dann aber noch wissen, welche Auslagen Du nun insgesamt gehabt hast.

Sehr gespannt sind wir jetzt auf Nachricht aus Bremen. Womöglich ist Luise schon zum zweitenmal Mama, und man hat davon noch keine Ahnung.

Viele Grüße im Namen der ganzen Familie!

Deine Inge

Rudolf Schlosser an seinen Bruder Richard Schlosser

Hannover, den 22. September 1965

Lieber Richard,
die beigefügten Unterlagen werden Dich sicherlich nicht sehr erfreuen. Es sieht böse aus, da der Hennemann in seinem Gutachten sagt, daß die Hauptstadt Hannover keine notwendigen Maßnahmen versäumt habe. Laß bald von Dir hören, damit wir ggf. noch einen Schriftsatz verfassen können.

Herzlich, Dein Bruder
Rudolf

P.S. Deiner Propaganda entsprechend habe ich die SPD gewählt, jedenfalls mit der zweiten Stimme. Es hat leider nichts genützt.

Richard Schlosser an Ingeborg Schlosser

Minneapolis, d. 5. 11. 65

Liebe Inge!

Mit neun verschiedenen Flugzeugen bin ich nun glücklich nach Minneapolis befördert worden. Es ist schon kaum ein Reisen mehr. Zu einem Bummel durch irgendeine Stadt hat es noch nicht gereicht. Zumindest habe ich eine Reihe amerikanischer Hotels bzw. Motels unterschiedlicher Preislagen kennengelernt. Im futuristischsten waren wir gestern in Milwaukee untergebracht: »Red Carpet Inn«. Alles in schwerem sattem Rot: Teppiche, Handtücher, Bettdecken, Salzstreuer, Geschirr usw. Bis auf einige wohl nur Amerikanern verständliche Dinge war alles sehr geschmackvoll gehalten. Ein Zimmer in der Größe eines Fußballfeldes, in Bad und Schlafraum Spiegel von ca. 3 m^2, Zeitschalteruhr für Infrarotsonne im Bad, versiegelter Lokusdeckel, Telefon, 20 cm dicke Telefonbücher, natürlich Television gleich vereint mit Radio und einem hoteleigenen festen Unterhaltungsmusikprogramm usw. usw. Manches ist wirklich schon so, wie es sich der Europäer für 2000 denkt.

Man könnte etwas mehr unternehmen, wenn nicht ständig am Abend eine Party stattfände. Wichtig ist auch das, weil erst dort im Einzelgespräch die Dinge zur Debatte stehen, die man sonst nicht erfährt.

Die Zusammensetzung unserer Delegation ist wieder einmal unter aller Sau. Schulhoff bestreitet die Diskussion mit Allgemeinplätzen niedersten Levels. Nach Möglichkeit sondere ich mich ab und versuche auf eigene Faust, für mich interessante Dinge zu erfahren, was auch vielfach gelungen ist.

Nachdem ich fast 2½ Jahre nicht mehr hier war, stelle ich doch fest, daß das gelegentliche Sprachtraining in der Zeit auf Sitzungen an allen Orten und zeitweilig in England mich weitergebracht hat. Auch hier kann ich unserm Dolmetscher in den schwierigsten Fällen beistehen und mich sonst auch im alltäglichen Gespräch besser zurechtfinden.

Gleich geht die heutige Party los.

Morgen kann ich hoffentlich auch für Dich und die Kinder etwas besorgen. Sei vielmals gegrüßt von Deinem Richard und gib die Grüße auch an die Kinder weiter.

Ingeborg Schlosser an ihre Mutter Emma Lüttjes

Koblenz, den 11. 11. 65

Liebe Mutti,

hier hat es inzwischen allerhand Wirbel gegeben in Richards Abwesenheit. Er hatte sich vorher erkundigt, ob ein uns evtl. zustehendes Grundstück auf dem Mallendarer Berg bei Vallendar just während seiner USA-Reise vergeben werden könne, und die beruhigende Auskunft erhalten, es eile nicht so. Letzte Woche Freitag wurde ich nun von der Oberfinanzdirektion angerufen und für Montag hinzitiert, um mich auf ein Grundstück festzulegen. Zum Glück sprang Jürgen Wellmann hilfreich ein, nahm sich ein Auto und einen Tag frei, und dann waren wir Montag zusammen los. Bei dichtem Nebel sahen wir uns nochmals das ganze Baugelände an, und ich entschied mich für ein Grundstück von 1080 m^2 Größe. Ob wir es endgültig bekommen, hängt davon ab, ob die Rentenkapitalisierung rechtzeitig über die Bühne geht und Schwiegermutters Bausparvertrag erneut zugeteilt wird, denn man will hier gleich Bargeld sehen.

Ja, und noch was, wovon ich Dich und Vati am besten unterrichte, bevor Ihr es von anderer Seite erfahrt. Also ich werde wohl noch ein viertes Kind bekommen. Ich bin im dritten Monat, und es geht mir höchst erbärmlich, so wie immer während der ersten Monate. Eigentlich war ich ja auf eine Vergrößerung der Familie nicht scharf, wegen meiner ohnehin strapazierten Nerven, aber nun habe ich mich doch schon halbwegs an den Gedanken gewöhnt. Es ist das erste Mal, daß wir uns wirklich ein Kind leisten können, nun wo Richards Beförderung sowie der Hausbau in Aussicht stehen. Na, ich schätze, Du bist geplättet, wenn Du das liest.

Richard kommt morgen aus Amerika wieder, wo er durchschnittlich jeden Tag zweimal mit dem Flugzeug unterwegs war. Hier ist heute Martins-Laternen-Umzug, und die Kinder drängen mich, daß wir losgehen. Es wird kein reines Vergnügen werden, denn es regnet schon den ganzen Tag. Aber never mind!

Viele liebe Grüße an Dich und alle.

Deine Inge

Ingeborg Schlosser an ihre Mutter Emma Lüttjes

Koblenz, den 14. 2. 66

Liebe Mutti,
es tut mir ja leid, daß ich Deine dringende Bitte, endlich mal wieder zu schreiben, nun doch erst mit einigen Tagen Verspätung erfüllen kann. Aber hier gehen die Uhren anders, es ist nämlich »Fasenacht«, und die viele Kostumnäherei hat mich ziemlich aufgehalten. Eigentlich sollten Renate und Volker ihre Kostüme erst für »Schwerdonnerstag« bekommen, wenn sie damit in die Schule müssen, und Martin seins für Rosenmontag, wo hier alle kostümiert herumlaufen, doch dann hat Ulrike Quasdorf sich ausgedacht, daß ihr Geburtstag als Narrenfest begangen werden soll, und deshalb habe ich mich so beeilen müssen. Jetzt sind alle drei Blagen unten bei Quasdorfs am Feiern, es kreischt und dröhnt, daß die Wände wackeln, und ich habe erstmal etwas Zeit. Richard habe ich heute früh um sechs Uhr an die Bahn gefahren, er muß wieder Vorlesungen in Mannheim halten, und so bin ich nun solo. Da Richard keine vollwertige Schreibkraft hat, mußten wir vorher einen großen Teil seiner Schreibarbeiten hier abends in Heimarbeit erledigen. Aber für die »Posträuber-Affäre« hat die Zeit noch gereicht! Zum Glück hat Richard mir mit der Anschaffung eines Geschirrspülautomaten eine Menge Arbeit abgenommen, und nun kann ich mich mittags mal hinlegen. Dabei ist die Arbeitsersparnis gar nicht der einzige Vorteil, denn was meinst Du, wieviel aufgeräumter meine Küche jetzt immer aussieht, wenn ich das schmutzige Geschirr gleich nach dem Essen im Bauch dieses Automaten verschwinden lasse.

Uns geht es ganz gut, wenn man von Husten und Schnupfen usw. absieht. Diesmal hat es den Kleinen erwischt, aber da er kein Fieber hat und sehr vergnügt ist, macht es nicht viel. Wir delektieren uns gelegentlich an Vitamin-Brausetabletten und ähnlichem Zeugs, um die Krankheitsquote niedrig zu halten. Ich kriege allerdings allmählich Atembeschwerden und werde nun auch schnell fülliger, aber was soll ich dagegen tun! Bei meiner letzten Arztvisite hieß es, daß alles soweit in Ordnung sei. Es wurde eine größere Blutprobe für eine ausführliche Untersuchung entnommen, und beim nächstenmal werde ich darüber aufgeklärt, ob »Antikörper« in meinem Blut kreisen und dem Baby möglicherweise schaden könnten. Renate macht sich weiter gut in der Schule, und unser spilleriger Volker brachte neulich sogar eine Eins im Diktat nach Hause. Bloß hat er immer noch nicht übermäßig viel Lust zum Lernen. Martin ist nach wie vor eine schöne Nervenbelastung, weil er jetzt so richtig im Trotzalter drin ist und manchmal ein ziemliches Durchhaltevermögen verlangt. Er kann auch sehr anschmiegsam sein, es wechselt eben, und meistens stellt er eine Menge Dummheiten an. Im Moment vergnügt er sich als »Clown« im selbstfabrizierten Plumpsack mit Halskrause und spitzem Hut. Renate ist »Harlekin« in einem rot-weiß gewürfelten ausgezackten Umhang samt Kopfputz, und Volker geht als »Prinz« in goldfarbenem »Panzerhemd« mit weiten gelben Ärmeln und einem Turban obendrauf. Ich halte das Ganze ja für ausgemachten Mumpitz, aber ich will natürlich auch nicht, daß die Kinder sich ausgeschlossen fühlen zwischen all den Jecken. Richard ist wieder ziemlich hart eingespannt und abgearbeitet und kann sich gar nicht auf das bevorstehende Riesen-Besäufnis am Schwerdonnerstag freuen, wo sich die ganze Abteilung erfahrungsgemäß bis zum Gehtnichtmehr betrinkt und, da großer Männerüberschuß besteht, mit dreckigen Witzen eindeckt. Rosenmontag ist frei, wie immer, aber den ganzen Nachmittag werden wir wohl – egal, wie das Wetter wird – am Straßenrand beim Rosenmontagszug zubringen müssen. Mit dem Wetter haben wir es ja besser als Ihr. Wenn man abends in der Tagesschau die Schneesturm-Meldungen von Norddeutschland verfolgt, packt einen ein gelindes Grausen. Hier ist es fast Frühling, und wir haben ewig keinen Schnee mehr gehabt.

Neulich waren Walter und Mechthild ein Wochenende hier, und als wir am Sonntagmorgen eine Bauplatzbesichtigung vornahmen, blieben wir bald im Schlamm stecken. Es war ganz fürchterlich. Walter geriet mit seiner Karre sogar derart in den Matsch, daß wir einen Trecker von einem Bauernhof zu Hilfe rufen mußten. Nach einer Ewigkeit konnte der Wagen damit herausgezogen werden, und dann kam der Trecker seinerseits nicht mehr von der Stelle. Am Bauplatz war noch nichts weiter zu sehen. Die Kanalisation ist fertig, aber mit dem Straßenbau hat man noch gar nicht angefangen. Inzwischen war Richard einmal in Vallendar bei der Baubehörde und erkundigte sich nach den näheren Bauvorschriften. Wir waren angenehm überrascht, daß wir nun plötzlich nicht mehr gezwungen werden, einen Flachdachbungalow zu errichten, sondern ein Satteldachhaus mit 25–30° Dachneigung bauen müssen. Allerdings darf es die Außenmaße 16 m für die Straßenfront und 12,5 m für die Tiefe nicht übersteigen, und der Platz für die Garage sowie die Baulinie sind genau festgelegt. Jetzt wälzen wir laufend Prospekte, weil wir uns fest für ein bestimmtes Haus entschieden haben müssen, bevor wir das Bundesdarlehen beantragen können, und da keines der bislang in Aussicht genommenen Fertighäuser sämtlichen Anforderungen entspricht, sind wir uns noch nicht schlüssig. Außerdem ist zu überlegen, ob der am Baugrund massenhaft vorhandene Bimskies (der ja hier in der Gegend viel vorkommt und bevorzugt zur Betonherstellung für den Hausbau verwendet und sogar in alle anderen Gegenden Deutschlands verfrachtet wird) nicht wenigstens für die Herstellung des Kellers herangezogen werden kann. Wir müssen nämlich ca. 1 m Grund und Boden abtragen lassen, zu 90% Bimskies, und nachher lassen wir uns dann von weither andere Elemente aus Gasbeton anliefern, die noch dazu hohe Transportkosten verursachen. Na, wir werden Euch mitteilen, wie wir uns entscheiden, wenn Richard mal wieder ein paar Tage zu Hause ist und wir darüber sprechen können. Jedenfalls kann es noch ziemlich dauern, bis der Bau Wirklichkeit wird, und manchmal glaube ich schon, ich möchte es lieber bleiben lassen und stattdessen versuchen, von hier wieder wegzukommen, denn ich glaube, ich werde mich in dieser katholischen Gegend wohl nie so richtig eingewöhnen. Da sind die landschaftlichen Reize kaum ein Argument, denn die habe ich, je mehr Kinder zu versorgen sind, ja immer weniger vor Augen, besonders hier in Lützel. Andererseits wird Richard wohl kaum irgendwo anders eine Stelle finden, an der er ähnlich verantwortlich mit ungeheuren Mitteln schalten und walten kann und derartige Machtbefugnisse hat wie hier, wo er im Verhältnis zu seinem Alter schließlich einen Posten von ziemlicher Tragweite hat. Dabei ist es allerdings leider so, daß er sich zwischen dem, was er möchte und für richtig hält, und dem, was wegen des Personalmangels oder schlechter Planung alles nicht zu machen geht, ziemlich aufreibt. Er wird praktisch nie mit irgendwas fertig, weil es ständig eine Stelle gibt, die die Leitung blockiert, und es kostet ihn einige Nerven, sich auch gegenüber viel älteren oder uneinsichtigen Leuten durchzusetzen.

Wegen des zukünftigen Langschuljahres bzw. der zwei Kurzschuljahre ist von dem hiesigen Parlament immer noch nichts beschlossen worden, so daß wir keine Ahnung haben, was wird. Es kann einem auch kein Mensch sagen, ob in zwei Kurzschuljahren der Stoff von zwei normalen Schuljahren durchgenommen wird, oder ob beispielsweise Renate, die doch nach der 4. Klasse aufs Gymnasium soll, nun schon Weihnachten dorthin kommt oder erst im Sommer 67. Für Volker wäre es ja nicht gerade vorteilhaft, wenn er nun in solchem Eiltempo durchs zweite und dritte Schuljahr gehetzt wird. Der könnte gut noch ein längeres Schuljahr gebrauchen. Notfalls müssen wir ihn eben ein Kurzschuljahr in der folgenden Klasse wiederholen lassen, damit er nicht ganz die Lust verliert. Therese schreibt auch von Norman, daß er nicht das geringste Interesse am Lernen hat und sie nicht weiß, wie sie ihm beibringen soll, daß das doch so wichtig für ihn ist.

Ja, liebe Mutti, das wär's für heute. Ich will noch eben mit dem Brief zur Post, bevor die Kinder wieder raufkommen und ich ans Abendbrotmachen muß. Grüß bitte vielmals Vati, Gisela und Gustav und sei auch selbst herzlich gegrüßt

von Deiner Inge

Emma Lüttjes an ihre Tochter Therese Harper

Koblenz, 14. Juni 66.

Liebe Therese!
Nun soll auch Dich und Deine Lieben ein kurzer Bericht von der Lage in Koblenz erreichen. Mit Inge und ihrer Jüngsten ist alles in Ordnung, auch wenn das Kind schon ein paarmal seine Mahlzeit wieder ausgespuckt hat, das wird dann wohl so werden wie bei Renate. Inge, aktiv wie immer, hat selber die Umschläge für all die Karten im Wochenbett beschriftet. Sie rechnet damit, daß sie übermorgen entlassen werden kann. Bei der Geburt wog die Kleine volle 8 Pfund! 54 cm ist sie lang. Ich habe sie mir in der Klinik durch die Glasscheibe angesehen, und ich freue mich, sie bald mal richtig anfassen zu können. Mit den drei anderen Schlosserkindern werde ich ganz gut fertig, auch an den Haushalt und die neuen Einkaufsquellen habe ich mich jetzt gewöhnt. Heute ist hier ein schweres Gewitter mit starken Regenschauern niedergegangen, was die ersehnte Abkühlung gebracht hat. In den letzten Tagen war es immer fürchterlich heiß. Die Kinder, besonders Martin, waren mehrmals am Tage reif für die Badewanne. Aber das ist hier ja alles praktisch eingerichtet und macht nicht viel Mühe. Ich hoffe, daß ich auch meinen Schwiegersohn mit meinen Kochkünsten zufriedenstelle. Vati wird zu Hause von Gisela bekocht. Er hat jetzt viel Arbeit mit dem Gießen im Garten. Dagmar schickte uns schon Fotos von ihrem Urlaub in England, wir haben Eure neue Sitzterrasse sehr bewundert.

Nun noch schnell viele liebe Grüße von uns allen hier in Koblenz, auch an Bob und die Kinder!

Mutti.

Rudolf Schlosser
Landgerichtsrat

3 Hannover, den 15. Juni 1966
Heidornstraße 2

Herrn
Rechtsanwalt Dr. Isinger
31 Celle
Trift 14

Sehr geehrter Herr Rechtsanwalt,

in Sachen meines Bruders gegen die Landeshauptstadt Hannover ist heute die schriftliche Bestätigung des Vergleichs mit der Gegenseite eingegangen. Danach ist ein Vergleich folgenden Wortlauts abgeschlossen worden:

1. Der Kläger verpflichtet sich, die Klage zurückzunehmen und verzichtet auf den Klaganspruch. Die Beklagte willigt in die Klagrücknahme ein.
2. Der Kläger trägt die gerichtlichen und seine außergerichtlichen Kosten beider Rechtszüge sowie die außergerichtlichen Kosten der Beklagten, soweit sie 2.000,– DM übersteigen.

In Anbetracht der ungünstigen Prozeßlage habe ich meinem Bruder empfohlen, diesen Vergleich abzuschließen, da die Kostenübernahme in Höhe von 2.000,– DM durch die Beklagte noch als Entgegenkommen anzusehen ist.

Beide Parten sind sodann davon ausgegangen, daß der Streitwert nach Möglichkeit auf 10.000,– DM festgesetzt wird. Ich bitte Sie deshalb, einen entsprechenden Antrag zu stellen.

Bevor Sie die Klage zurücknehmen, bitte ich Sie, den Wortlaut des Vergleichs dem Gericht mitzuteilen und die außergerichtliche Erledigung anzuzeigen, damit die gerichtliche Beweisgebühr gemäß § 29 GKG entfällt. Ich habe die Gegenseite gebeten, eine entsprechende Mitteilung zu machen und danach erst der Klagrücknahme zuzustimmen. Sodann sehe ich Ihrer Schlußkostenrechnung entgegen.

Hochachtungsvoll!
Rudolf Schlosser

Emma Lüttjes an ihre Tochter Therese Harper

Jever, 4. Nov. 66.

Liebe Therese!
Über Deinen lieben Brief haben wir uns alle sehr gefreut! Wie schön, daß Du nun auch weiterhin als Lehrerin arbeiten kannst. So bist Du doch etwas mehr als eine einfache Hausfrau, und außerdem verdienst Du ein bißchen. Mir ist so was ja nie gelungen, nur mein Zimmervermieten bringt eine Kleinigkeit ein. In den letzten Tagen habe ich bloß immer Äpfel verarbeitet, zu Mus, zu Saft, zu Gelee. Es gibt hier im Garten so viele, daß Frau Apken vor dem reichen Segen schier verzweifelt, sie selbst kann angeblich kein Obst vertragen. Wir haben Inge und Luise schon eine Menge Äpfel hingeschickt, und auch Dagmar hat sich einige mitgenommen. Schade, daß wir Euch keine vererben können, das Porto ist ja viel zu hoch. Kannst Du Dir vorstellen, wie ich abends im Wohnzimmer auf dem Sofa sitze und über meine Brille hinweg nebenbei das Fernsehen genieße?

Jetzt hocke ich in der warmen Küche, draußen ist es nebelnaß und trübe, und auf dem Herd habe ich den Einwecktopf mit fünf großen Gläsern voller Äpfel. Vati gibt Nachhilfe für zwei Kinder in der Kaakstraße, und Gustav büffelt Latein. Dafür schwärmt er geradezu, was sich leider nicht an den Zensuren ablesen läßt. Aber wir sind ganz zufrieden mit ihm. Wenn er in seinem neuen Wintermantel zur Schule geht, wirkt er wie ein junger Herr auf dem Weg zum Dienst.

Seit einer Woche haben wir Telefon. Der Apparat steht auf dem Flur. Das Klingeln ist aber so leise, daß wir es wohl nicht immer hören. Vorgestern rief Inge an und berichtete, daß Wiebke schon zwei Zähnchen hat und 18 Pfd. wiegt. Sie soll so groß sein wie sonst Kinder durchschnittlich mit einem Jahr sind. Inge war mal wieder schwer sauer über Koblenz, über das Leben in der Umgebung, über Richards viel zu geringe Freizeit und darüber, daß sie nun immer noch kein eigenes Haus haben! Renate kommt am 5. Dez. schon aufs Gymnasium, denn hier in Deutschland ist ein Kurzschuljahr eingerichtet worden. Gustav wird also ebenfalls bald versetzt.

Luise rief neulich auch mal an und ließ Hedda durchs Telefon sprechen, allerliebst und deutlich! Corinna soll nun endlich laufen können. Sie entwickelt sich viel langsamer als Hedda, aber sie ist sehr niedlich mit ihren himmelblauen Augen. Es ist schon ein paar Wochen her, daß wir mal auf einem Sonntag zu Besuch in Bremen waren.

Die Tragödie in Aberwan in Wales ist hier auch im Fernsehen mehrmals gezeigt worden. Schrecklich, auf solche Art seine Kinder verlieren zu müssen!

Am Sonntag ist hier ein Kirchenkonzert unter Mitwirkung des Chors, das werde ich mir anhören. Gisela hat am Nachmittag drei Kolleginnen zum Kaffeeklatsch eingeladen. Am nächsten Dienstag ist dann bei mir ein Treffen der Helferinnen vom Frauenkreis, wozu zehn Damen antanzen werden, die ich mit Apfelkuchen und Marmorkuchen mit Schlagsahne zu bewirten gedenke. Hoffentlich gerät alles gut!

Und nun, liebe Therese, bleib munter und gesund, so wie es zu unserer Freude auch Bob und die Kinder immer sind!

Seid alle herzlich gegrüßt von Vati, Gisela, Gustav und

Mutti.

Emma Lüttjes an ihre Tochter Therese Harper

Jever, 3. April 1967.

Liebe Therese!

Nun ist es wieder ruhig im Haus, nachdem hier doll was los war in den letzten elf Tagen, als nacheinander alle Bremer und alle Koblenzer und auch Dagmar uns besuchten! Inge hat schon angerufen und gemeldet, daß sie gut wieder angekommen sind, obwohl es bei Wiebke nicht ohne Spuckerei abging. Wenn auch Vatis Geburtstag morgen verrauscht ist, folgt wohl eine beschauliche Zeit, und ich werde mich an den Frühjahrsputz machen. Heute haben wir Bescheid bekommen, daß wir ab Mai 300 DM Miete im Monat bezahlen müssen. Das ist nun ja gerade keine freudige Nachricht für Vati zum Geburtstag, was?

An der kleinen Wiebke haben wir große Freude gehabt, so ein liebes, immer freundliches Kind, ganz reizend! Die Schlosser-Jungs sind ja recht laut, besonders Martin ist ein Brecher, aber man mag ihn doch gerne. Die Bremer Mädels weinen und schreien ziemlich oft, essen schlecht und machen Luise viel zu schaffen.

Gestern war hier »Offener Tag« auf dem Fliegerhorst. Gisela hütete Wiebke, und wir übrigen acht fuhren mit Richards VW nach Upjever, wo sich furchtbar viele Menschen versammelt hatten. Es war interessant, Starfighter, Mirage, Phantom und alle modernen Flugzeuge bestaunen zu können und die fliegerischen Kunststücke zu sehen, aber dann kam das Chaos, wir steckten ewig in der unübersehbaren Autoschlange fest und mußten schließlich zu Fuß gehen. Richard kam mit dem Auto erst viel später an als wir.

Wahrscheinlich kriegen Schlossers bald eine neue und größere Wohnung in einem anderen Koblenzer Stadtteil, auf der Höhe, mit herrlicher Aussicht, Inge war schon ganz voll davon. Mit dem Hausbau hat es noch gute Weile! Renate kommt auf dem Gymnasium gut mit, besonders Englisch macht ihr Spaß. Martin scheint auch recht helle zu sein, er kann Wilhelm Buschs Max und Moritz auswendig mit guter Betonung aufsagen, drollig. Gustav wächst geradezu unheimlich, und er kriegt schon eine Männerstimme. Nächstes Jahr Ostern wird er konfirmiert.

Nun, liebe Therese, will ich man Schluß machen und ins Bett kriechen. Dir und Deiner Familie liebe und herzliche Grüße von uns allen!

Mutti.

Ingeborg Schlosser

5400 Koblenz, den 26. 4. 1967
Straßburger Str. 5

Der Spiegel
2 Hamburg 1
Pressehaus

Betr.: »Spiegel« Nr. 18 vom 24. 4. 1967, S. 63

Sehr geehrte Herren,

zu Ihrer Meldung über Heinrich Lübkes Begegnung mit der englischen Königin möchte ich folgendes anmerken:

What you over Lübke write,
Oh, that goes too far!
Surely made you only fun,
Looks you similar!

Should that in spite of be true,
Makes it nothing out,
Cause Her Majesty not knew
House-English, no doubt.

Mit freundlichen Grüßen
Ingeborg Schlosser

Ingeborg Schlosser an ihre Mutter Emma Lüttjes

Koblenz, den 8. 6. 67

Liebe Mutti,
nun will ich Dir endlich die seit etlichen Wochen herumliegenden Bilder schicken. Sehr schön sind sie leider nicht geworden. Wir hatten sie erstmals im Kaufhof machen lassen und werden das nach diesen Erfahrungen nicht wieder tun. Demnächst hoffen wir noch mehr zu knipsen, wenn nämlich am Sonntag Doro und Jürgen uns Martin zurückbringen und wir dann alle zusammen Wiebkes Geburtstag feiern. So wird auch endlich der andere 36er-Film voll, und Ihr könnt die Osterbilder haben.

Für den Umzug hatte Doro mir Martin abgenommen, was ich sehr großmütig finde, denn er ist ja nicht immer ein leichter Fall. Zudem hat er in Kläuschen und Robert begeisterte Nachahmer, wenn es ums Quatschmachen geht, und er fühlt sich gern als Anführer. Na, hier wird es auch nicht lange dauern, bis der Unsinn beginnt, denn nebenan wohnt eine Familie mit fünf Kindern, von denen eins in Martins Alter ist und reichlich frech aus der Wäsche kuckt. Aber es wird schön werden für die Kinder, die hier in einem weiten Busch- und Wiesengelände hinterm Garten ganz ungefährdet vom Autoverkehr spielen können. Allerdings gibt es in dem Klettergelände auch einen steilen Abhang, fast eine Schlucht, aber ich denke, daß einmal hinunterzufallen genügt, wenn man das so roh sagen darf.

Hier ist das ganze Leben ein nur mäßig erfolgreicher Kampf gegen den Schmutz. Der Neubau wurde doch sehr unsauber hinterlassen, die Reinigungskolonne hatte den Dreck bloß breitgeschmiert, und da hinein stellten dann die Möbelpacker die Sachen, noch dazu ziemlich wahllos, obwohl wir alle Pakete und Kisten beschildert hatten, aber diese Leute haben eben nicht allzuviel Intelligenz aufzuweisen, sonst wären sie wohl keine Möbelpacker geworden.

Auf meine Küchenmöbel warte ich leider immer noch und muß mir mit verschiedenen Kisten und der im Moment unbenutzbaren Spülmaschine als Abstellflächen behelfen. Trotzdem bin ich froh, daß wir den Umzug erstmal überstanden haben. Er hat allerdings zusammen mit der Telefonverlegung, die in diesen Tagen erfolgen soll, den Möbelkosten und den Anschaffungskosten für neue Gardinen auch eine ganze Stange Geld verschlungen, und mit den meisten Übergardinen, der Eßplatzeinrichtung und den Teppichen müssen wir noch ein bißchen warten. Jetzt kommen noch jeden Tag Handwerker ins Haus, als nächstes die Maler, die das ganze Treppenhaus mit Kunstharz-Anstrich versehen werden, dann sollen die vielen Treppen abgeschliffen werden, dann wird noch die Einbauküche gebracht, die ich bestellt hatte, und so weiter. Insofern paßt es mir ganz und gar nicht, daß mein lieber Mann schon wieder in Amerika ist, aber was will ich machen.

Eifriges Sprengen während der trockenen Zeit hat bewirkt, daß die ersten Halme der künftigen Rasenfläche sprießen, und jeden Tag ist der Ausblick ins Grüne hinterm Haus eine wahre Erholung nach dem scheußlichen Hinterhof in Lützel. Volker kommt jeden Tag auf seinem Schulweg an einer Reihe von Panzern vorbei, da sich hier in der Nähe eine große Kaserne befindet, und manchmal muß ich ziemlich warten auf meinen Herrn Sohn. Renate fährt jetzt per Monatskarte, weil Richard so unregelmäßig da ist und ihr Unterricht auch oft später anfängt und mittags früher aufhört als sein Dienst. Wiebke ist bei schönem Wetter immer im Laufstall auf der Terrasse, allerdings ist es gelegentlich trotz Sonnenschirm zu heiß dafür. Die Kleine macht sich gut und ist ordentlich rund.

Walter hat Volker für die Somnmerferien ins Sauerland eingeladen, was ich in Volkers und auch in meinem eigenen Interesse sehr begrüße. Hoffentlich ist seine Zahnregulierung bis dahin soweit fortgeschritten, daß das auch klappt, denn die Kostenerklärung durch die BEK nimmt doch reichlich viel Zeit in Anspruch.

Jetzt koche ich mir schnell noch eine Tasse Tee, bevor ich losgehe, denn endlich schmeckt er wieder. Erstens kriegen wir das Wasser hier auf der Horchheimer Höhe »von oben«, was bedeutet, daß es ohnehin schon besser schmeckt, und zweitens hat man uns einen elektrischen automatischen Wasserenthärter eingebaut. Als ich neulich die normale Menge Waschpulver in die Waschmaschine gefüllt hatte, kam der Schaum schon gleich oben heraus, also können wir daran direkt noch sparen.

Und wann kommst Du mal her, um Dir den Laden anzusehen? Am Montag erwarten wir Besuch von Schwiegermutter, die einige Tage bleiben will, bis Richard wieder hier ist.

Viele Grüße an Euch alle, besonders an Dich!

Deine Inge

Richard Schlosser
Dipl.-Ing.

54 Koblenz-Horchheim, den 6. 9. 67
An der grünen Bank 10

Firma
W. Notter & Sohn oHG
54 Koblenz
Münzplatz 9

Betr.: Herstellung und Lieferung eines Schaukelgestells
Ihre Rechnung Nr. 7–1193 vom 17. 8. 67

Sehr geehrte Herren,

der Preis, den Sie mir in Rechnung gestellt haben, gibt mir zur Beanstandung Anlaß. Auf die Anfrage, die ich seinerzeit an Sie gerichtet hatte, nannten Sie mir als Materialpreis für 13,30 m 5/4-Zoll-Rohr 156.– DM. Als Arbeitszeit wurden vier Stunden veranschlagt, und so kam ein kalkulierter Preis von 180.– DM zustande. Danach müßte ein Meter 5/4-Zoll-Rohr bei Ihnen rund 11.73 DM kosten. Ich darf Sie darauf aufmerksam machen, daß das Schaukelgestell nicht aus 5/4-Zoll-Rohr erstellt wurde und auch der Materialpreis nicht angemessen ist. Das Gestell wurde aus 12 m verzinktem, induktionsgeschweißtem 42,4-mm-Rohr plus einer Querstange aus unverzinktem, ebenfalls nicht nahtlosem 2-Zoll-Rohr und zwei Querverstrebungen von rund 1,70 m Länge aus verzinktem, gleichfalls nicht nahtlosem Ein-Zoll-Rohr erstellt. Inzwischen habe ich herausgefunden, daß im Großhandel der Meter verzinktes 1 1/2-Zoll-Rohr mit Naht 3.14 DM kostet. Ich bin durchaus gewillt, Ihnen über Ihre Material-Einstandspreise hinaus die Umsatzsteuer und nachweisbare Unkosten zu erstatten, aber einen Zuschlag von mehr 270% halte ich für absolut ungerechtfertigt. Aus diesen Gründen möchte ich Sie bitten, mir eine spezifizierte Rechnung zuzustellen, aus der Ihre Material- und Lohnkosten sowie in Ansatz gebrachte Zuschläge zu ersehen sind.

Hochachtungsvoll
R. Schlosser

Ingeborg Schlosser an ihre Eltern

Koblenz, den 30. 12. 67

Ihr Lieben,
nachdem sich die Weihnachtsaufregung gelegt hat, möchte ich mich im Namen der gesamten Sippe herzlich für das große Weihnachtspaket bedanken, das uns allen viel Freude gemacht hat. Die Couchtischdecke ist bereits in Aktion, desgleichen Renates Rock und Pullover sowie die Jungspullis und Wiebkes weißer (schönen Dank an Gisela!). Ihr seht also, wir konnten alles gut gebrauchen. Die Menge der vielen Kekse ist auch schon bis auf einen kleinen Rest zusammengeschmolzen.

Natürlich war es hier am Heiligen Abend ein toller Zirkus, aber die besinnlichen Feste können wir uns ja schließlich für unsere alten Tage aufsparen. Es machte uns Spaß, daß Wiebke gleich anfangs zielstrebig auf ihren Korb-Puppenwagen lossteuerte, von dem sie auch jetzt noch ganz angetan ist. Leider ist es nicht ganz ungefährlich, mit dem Puppenwagen im Treppenhaus zu spielen, aber draußen ist es einfach zu ungemütlich dafür. Reden tut unsere Kleine ja man wenig, aber sie versteht so ziemlich alles und übernimmt schon artig Botengänge, holt den Aschenbecher, die Lätzchen, deckt den Frühstückstisch und ist ganz schön »am rum am Birsen«, wie man auf gut jeversch sagt. Sie ist aber erst zweimal vom Tisch und einmal vom Doppelstockbett gefallen.

Die beiden Jungs rollen sich bei dem Matschwetter förmlich im Dreck, und ohne Waschmaschine wäre ich arm dran. Martin platzt vor Kraft aus allen Nähten, und wir haben oft unsere Last mit ihm. Jetzt meint er, ich soll Euch unbedingt schreiben, daß er schon einen Zahn verloren hat und der nächste wackelt. Bei diesem Rauhbein werden wir wohl froh sein, wenn er nächsten Herbst in die Schule kommt und seine Kräfte an was anderes verschwenden kann als nur an lauter dummes Zeug. Renate zieht abwechselnd ihren Trägerrock und ihre neuen Kniebundhosen an. Momentan geht sie fast täglich schwimmen, ihren »Freischwimmer« hat sie ja schon.

Leider zeigt das Haus etliche Mängel. So kommt an der Südseite das Wasser durch die Wände, und im Treppenhaus schimmelt trotz Lüftens die Decke. Wahrscheinlich hängt das mit den Aluminiumfenstern zusammen, die jeden Tag kladdernaß sind. Von unserem zukünftigen Haus hat Richard inzwischen ein maßstabsgerechtes Modell gebaut, 1:50, und das nähme er am liebsten noch mit ins Bett, so groß ist die Vorfreude. Ich will bloß hoffen, daß unsere Wünsche bald in Erfüllung gehen.

Bis zum nächsten Mal viele herzliche Grüße.

Eure Inge

Viele Grüße auch von mir. Anbei drei Bilder von unserem gegenwärtigem Domizil mitsamt Schaukel und Komposthaufen. Ich habe jetzt ein paar Tage Urlaub und kann mich einmal etwas länger in meinem Bastelkeller aufhalten.

Dietrich zeichnet zur Zeit die Pläne für unser Haus auf dem Mallendarer Berg, das dann wohl ausreichenden Platz für die ganze Familie bieten wird und vor allen Dingen auch die Möglichkeit, unsere beiden Jungs getrennt unterzubringen. Sobald die gemeinsam spielen, ist spätestens nach 5 Minuten ein Höllenspektakel im Gange.

De plattdüütsche Geschichten un Gedichten to mien Gebortsdag sünd moi, hebb ik man blots noch nich all leest.

Euer Richard

Renate Schlosser an ihre Großmutter Emma Lüttjes

Playa Brava, den 28. 7. 68

Liebe Oma!

Es ist jetzt gerade eine Woche her, daß wir in Hausen an der Möhlin übernachteten. Bis auf das bestialisch stinkende Plumpsklo war es da ganz schön. Ach so, jetzt habe ich die Mücken vergessen. Mir haben diese Viecher beide Arme zerstochen, und Wiebke hat jetzt noch 18 Stiche im Gesicht und einen am Ohr. Auf der Reise hat Wiebke viel gebrochen, aber sonst lief alles glatt. Als wir Montag hier ankamen, beschrieb Frau Tortajada uns den Weg zum Strand, aber wir landeten in Tossa. Am nächsten Tag fanden wir den Strand dann aber. Mama und ich haben gleich einen Sonnenbrand gekriegt. Ich bin schnell braun geworden und pelle jetzt. Mit meiner Tauchermaske tauche ich nach Steinen, wo ich schon keinen Grund mehr habe. Wenn ich auch noch meinen Schnorchel und meine neue Plastik-Luftmatratze nehme, kann ich alles, was unter Wasser ist, gut beobachten. Am Rand kann man schon unzählbar viele Fische sehen und weiter draußen noch mehr. Außerdem sitzen auf den Felsen viele Seeigel. Zu unserer eigenen Bucht ist der Weg umständlich, steil und steinig. Gestern waren wir von vormittags bis abends in Tossa. Da gab es viel zu sehen: Sonnenhüte, Wandteppiche, Schwimmsachen, Don Quichotes, Muschelketten, Fischernetze, Handtaschen, ach, und noch viel mehr. Ich habe mir eine bunte Muschelkette für 60 Peseten gekauft. Das sind ungefähr 3.50 DM. Von Wiebke haben wir einen Scherenschnitt machen lassen. Die Umrisse stimmen zwar, aber die Einzelheiten fehlen. Ich finde, daß das Bild gar nicht wie Wiebke aussieht.

Dann haben wir Eis gegessen. Es stand 20 cm aus der Tüte hoch. Während ich badete, sind Mama, Papa und Wiebke auf der Stadtmauer zum Leuchtturm von Tossa hinaufgegangen. Unterwegs sahen sie einen Maler, der ein Bild von der Stadtmauer und was da sonst war malte. Mama sagte, oben war ein Restaurant, wo es Frankfurter Henninger Bier gab. Wiebke ist schrecklich wasserscheu und ißt fast nichts. Neuerdings trinkt sie auch keinen Kaba mehr. Mama und Papa haben mir Canasta beigebracht. Das Puzzle mit 500 Teilen, das Onkel Dietrich uns mitgegeben hatte, haben Papa und ich schon dreimal zusammengesetzt. Gestern haben wir auf dem Balkon geabendbrotet. Ich sollte hinterher abräumen. Als ich alles aufeinandergestapelt hatte, fielen mir drei Eierlöffel und zwei Eierbecher samt Schalen von unserem acht Meter hohen Balkon hinunter. Als ich unten war, bin ich hinten auf meinen Latschen getreten und habe mir das rechte Knie und den Zeh am linken Fuß aufgeschlagen. Deshalb kann ich heute nicht schwimmen gehen. Weil mein Knie und mein Zeh so weh taten, durfte ich noch Torragona trinken. Am anderen Fuß fing ein Zeh an zu brennen, und Papa sagte, ich soll den Zeh in den Wein stecken. Heute morgen ist mir dann noch Nesquick ins Auge gespritzt. Mehr weiß ich nicht zu berichten.

Viele liebe Grüße an Dich und Opa.

Deine Renate

Liebe Mutti, nach diesem in alle Einzelheiten gehenden Bericht bleibt mir ja kaum noch Wesentliches zu erzählen. Renate hat sich zu einer richtiggehenden Wasserratte entwickelt, sie taucht und schwimmt unentwegt. Aber auch Richard und ich gehen viel mit der Tauchermaske samt Schnorchel auf Unterwasser-Entdeckungsreisen. Es ist wirklich ein ungewohntes Abenteuer, durch das klare Wasser zu schwimmen und den muschel- oder tangbewachsenen Meeresboden und Unmengen von Fischen und Seeigeln wie durch ein Vergrößerungsglas unter sich zu beobachten. An manchen Tagen allerdings treiben Teerkleckse auf der Oberfläche und verunreinigen den Sand. Die Hitze ist im allgemeinen gut erträglich, da ständig ein mittelheftiger Wind bläst und man ja nicht just in der mittäglichen Siesta-Zeit herumlaufen muß. Schwierig ist es nur, die entsetzlich ängstliche Wiebke ans Wasser zu gewöhnen.

Volker und sein neuer Freund Kalli sind von dessen Eltern, Herrn und Frau Kasimir, an die Adria befördert worden (Camping Santa Maria bei Ericlea nördlich Venedig), und Martin ist in Bruchköbel bei Jutta und Dietrich. Ja, unsere Kinder kommen ganz schön rum in der Welt!

Viele herzliche Grüße Dir und Euch allen von uns vieren!

Deine Inge

Ingeborg Schlosser an ihre Mutter Emma Lüttjes

Koblenz, den 13. 11. 68

Liebe Mutti!
Martin hat soeben ein Bild für Dich gemalt, und er verlangt von mir, daß ich es schleunigst nach Jever schicke. Da will ich mal noch eben einen Brief mit einlegen.

Heute morgen war ich mit Wiebke beim Arzt. Sie kriegte ihre dritte Impfung gegen Diphterie, Keuchhusten, Wundstarrkrampf und Polio. Aber der Arztbesuch hatte noch einen anderen Grund. Die Süße fängt nämlich an zu schielen! Woher hat sie das nun bloß? Ich habe mir eine Überweisung zum Augenarzt ausstellen lassen und will Montag mit Wiebke dorthin. Wahrscheinlich kriegt sie eine Brille, sicher eine von der scheußlichen Sorte mit einem abgedeckten Glas wie der eine Nachbarsjunge hier. Der schielte allerdings bei Beginn der Behandlung erheblich stärker. Na, wir werden sehen. Ansonsten ist Wiebke munter wie üblich und sehr agil. Sie hat vor einiger Zeit ein Dreirad bekommen und jagt damit ohne Hemmungen hier die abschüssige Straße runter in ziemlicher Geschwindigkeit, doch es ist seltsamerweise noch nie was dabei passiert. Martin ist mit einem seiner neuen Freunde auf Indianerpfaden im Wald unterwegs. Wegen Volker mußte ich neulich bei der Lehrerin vorsprechen. Es ging darum, daß er wieder nicht richtig aufpaßt. Alles, was von ihm verlangt wird, kann er ohne weiteres machen, wenn er sich konzentriert, bloß eben das fällt ihm schwer. Ich ärgere mich aber nicht groß darüber. Hauptsache, er ist nicht doof. Wenn er nachher den Übergang aufs Gymnasium nicht auf Anhieb schafft, dann warten wir vielleicht noch ein Jahr und lassen ihn nicht, wie mir die Lehrerin riet, einfach ganz auf der Volksschule. »Ein guter Volksschulabschluß ist doch auch was wert!« wollte die Tante mir weismachen. Ich nehme ja immer noch an, daß Volker irgendwann sozusagen »auftaut« und dann alles leichter vonstatten geht. Wenn der Kinderpsychologe ihn als hochintelligentes Kind bezeichnet, werde ich mich doch nicht von einer alten Miesmacherin von Lehrerin bangemachen lassen. Renate kommt ganz gut zurecht, allerdings hat sie im Deutschen nie die verlangten Ideen und würde es am liebsten sehen, wenn ich ihr die ganzen Aufsätze diktierte, aber das gibt es nun ja doch nicht. Kurioserweise macht ihr Mathematik im Augenblick den meisten Spaß, wahrscheinlich, weil es hauptsächlich Geometrieaufgaben sind, die sie besonders gut kann. Sie ist inzwischen 1,63 m groß und hat mich bald eingeholt. Morgen soll sie einige neue Sachen kriegen. Manches läßt sich ja verlängern, aber das meiste geht nicht mehr. Außerdem hat sie jede Menge modebewußte Klassenkameradinnen und verlangt jetzt kniehohe, enge Lederstiefel, mindestens vier Kleider und mehrere Paar Strumpfhosen im Häkellook.

Im übrigen bin ich allmählich auch selbst mal wieder mit Klamotten dran. Am 29. November ist der BWB-Ball, und ich bin dabei, Richard anzuspitzen, daß er da mit mir hingeht. Einige andere Ehepaare, die wir kennen, wollen auch hin, und wenn man dann so eine Art Club aufmacht, kann es ja noch ganz nett werden. Mein Alter hat mir auch schon zugestanden, daß ich dafür ein Kleid, mal ein paar neue Ohrclips und Abendschuhe sowie für täglich Stiefel bzw. Schuhe und ein Kostüm brauche. Ganz nett, nicht wahr?

In den USA hat es Richard diesmal nicht so gut gefallen. Er war in einem Motel weit draußen vor der Stadt untergebracht, ohne Verkehrsverbindung, und wurde nur morgens abgeholt und abends wieder abgesetzt. Einige Male war er bei Bekannten in deren Haus in Madison Heights. Die zeigten ihm dann noch so einiges von Detroit. Das Leben drüben ist sehr unsicher geworden. Die Gewaltverbrechen in den großen Städten haben stark zugenommen, und jeder rät einem, falls überhaupt, dann nur in kleine Orte zu ziehen. Aber vorläufig werden wir wohl erstmal in Koblenz bleiben.

Anbei noch ein paar Bilder. Im Dezember bringen wir dann das ganze Urlaubsalbum mit.

Viele Grüße von uns allen an Euch alle.

Deine Inge

Richard Schlosser an seine Tante Hanna Grote

Koblenz, den 1. 12. 1968

Liebe Tante Hanna!
Du mußt schon entschuldigen, daß ich neulich bei Deinem Anruf noch reichlich ahnungslos war. Einmal hatte sich Mutter zwar bei Inge nach meiner Konto-Nr. erkundigt, aber bei der Unterhaltung mit mir ließ sie sich nur sehr nebelhaft über den Grund aus. Zum anderen bin ich leider so viel unterwegs, daß ich nicht immer weiß, welche Bewegungen auf meinem Konto stattfinden, zumal dann, wenn es sich um völlig unerwartete Zugänge handelt. Die Kontoauszüge sammeln sich in einem Schließfach an, das ich nur gelegentlich leere.

Nach dieser langen Vorrede wirst Du schon gemerkt haben, daß ich in einiger Verlegenheit bin, Dir mit den rechten Worten für Deine großzügige Förderung unseres Bauprojektes zu danken. Bis heute bin ich eigentlich immer noch schwankend, ob ich das überhaupt annehmen kann, denn wenn ich mich im Kreise Deiner Lieben umsehe, glaube ich nicht, daß ich es bin, der es am nötigsten hat, und ich hoffe, daß auch Du das nicht glaubst.

Vor zehn Jahren war das anders, und ich hatte noch sehr viel elementarere Sorgen. In dieser Zeit hast Du uns auch sehr geholfen und mit dazu beigetragen, daß es uns heute, verglichen mit damals, sehr gut geht, und zwar so gut, daß wir ernstlich daran gehen können, ein Haus zu bauen.

Freilich hätte das Haus schon längst stehen sollen, aber bei allen dienstlichen Anforderungen hat es mir bisher immer an der Zeit gemangelt, das Verfahren endgültig in Gang zu setzen. Du weißt von Deinem eigenen Hausbau her, wieviel Papierkrieg mit der amtlichen Förderung verbunden ist, und daß beinahe bei allen Anträgen der eine wechselseitig vom anderen abhängt.

Seit wir uns zuletzt in Dortmund sahen, ist wenigstens insoweit Klarheit geschaffen, daß ich von der OFD die generelle Zusage habe, nun doch mit amtlicher Förderung auf meinem ursprünglich erworbenen Grundstück bauen zu können. Auch die Statik ist nach Dietrichs letzter Meldung fertig und kann hoffentlich in dieser Woche dem bereits gestellten Baugesuch nachgereicht werden. Der nächste Schritt besteht in der Ausfertigung der Ausschreibungsunterlagen. Dazu zieht Dietrich auch seinen Kollegen heran, den ich allerdings in punkto Bezahlung seiner Mühen hatte vertrösten müssen, und zwar auf den Zeitpunkt, an dem die öffentlichen Mittel und Bausparmittel zu fließen beginnen, was selbstverständlich erst nach Genehmigung aller Anträge, die wiederum Statik und einen klaren Überblick über die Bauaufwendungen und die Gesamtfinanzierung voraussetzen, der Fall ist. Und nun hast Du uns in die Lage versetzt, jetzt nötige Arbeiten durch sofortige Bezahlung zu beflügeln und damit eine wirkliche Initialzündung zu geben.

Laß mich Deinen großen Beitrag zu unserem Haus als den Erwerb einer gewichtigen Aktie ansehen. Die Dividende ist bei dieser These dann allerdings mehr ideeller Art und äußert sich in Dankbarkeit und dem Gedeihen und Wohlergehen meiner ganzen Familie. Wie glücklich die Kinder über Bewegungsfreiheit in Haus, Garten und Umgebung sind, haben wir schon beim Umzug in unsere derzeitige Wohnung erlebt. Um wieviel mehr wird das der Fall sein, wenn wir erst in unser Traumhaus ziehen.

Den Fortschritt der Bauarbeiten will ich fotografisch festhalten. Dazu gehören auch der nackte Bauplatz, die Pläne, all das Papier und das Modell. Mit dieser Dokumentation hoffe ich auch Dich laufend informieren zu können.

Liebe Tante Hanna, laß Dir noch einmal recht herzlich danken und sei vielmals gegrüßt

von Deinem Neffen Richard

Ingeborg Schlosser an ihre Schwester Therese Harper

Koblenz, den 7. 1. 1969

Liebe Therese!

Wir waren alle sehr gerührt, daß Ihr wieder so ein dolles Päckchen auf den Weg gebracht hattet, und wir haben uns natürlich über all die schönen Dinge sehr gefreut. Wiebke ist ganz glücklich mit ihrem Orlon-Kleidchen, das kein bißchen zu groß ist und zudem so wunderbar praktisch, also vielen herzlichen Dank. Ich selbst werde jetzt lange Zeit in Yardley-Gerüchen umherwandeln, wenn ich Deine schöne Seife benutze. Und die Jungs haben sich sehr über die Autos gefreut, offenbar wird man dafür niemals zu groß, und das schadet ja auch nichts.

Wie schön, daß Du in diesem Sommer wieder nach Deutschland kommst. Du mußt uns unbedingt besuchen. Allerdings werden wir dann wohl immer noch nicht mit unserem Haus fertig sein, aber wenigstens geht der Bau nun tatsächlich in Kürze los, ich tippe jeden Abend an der Ausschreibung. Sobald der Frost vorbei ist, wird es wahr, hoffentlich noch im Februar. Aber es hat ja auch lange genug gedauert, und ich war oft nahe daran, die Lust zu verlieren.

Zwischen Weihnachten und Neujahr waren Richard und ich zu unserem Klassentreffen in Jever, das war ein voller Erfolg. Die meisten hatten sich im wesentlichen kaum verändert, allerdings hatten die Männer durch die Bank etwas »zugelegt«, wovon ich meinen eigenen nicht ausnehmen kann, der immerhin 190 Pfund wiegt. Es wird auch eine Art Klassenzeitung herausgegeben, und da sie auch Lebensläufe aller Ehemaligen enthalten soll und ich das alles zusammenstellen will, habe ich nach zwanzig Jahren mit zwanzig Leuten in den entferntesten Winkeln der Welt brieflich Kontakt aufgenommen. Das ist wirklich interessant. Viele haben sich auch nach Deinem Wohlergehen erkundigt.

Auf dem Rückweg von Jever waren wir noch auf eine halbe Stunde bei Luise und bestaunten ihren Kronprinzen, der ja ein ganz strammes Kerlchen ist. Der jüngste Sohn meiner Schwägerin Dorothea ist nun auch schon wieder fünf Monate alt. Er war aber noch ziemlich bange, als er das erste Mal unsere freundlich grinsenden Gesichter über seiner Wiege erblickte, und fing furchtbar an zu brüllen.

Unsere kleine »Brillenschlange« Wiebke ist mit ihrem zugeklebten Auge gar nicht glücklich, aber sie gewöhnt sich doch allmählich daran, und wir bilden uns ein, daß die Brille auch schon etwas genützt hat. Wiebke ist ungefähr so groß wie eine Vierjährige und redet jetzt auch schon wieder viel mehr. Früher weigerte sie sich immer, am Telefon ein Wort zu sagen, aber als heute morgen Dagmar anrief, quasselte Wiebke ganz munter drauflos. Für Dagmar übersetze ich immer noch mal ab und zu Texte fürs »Kulturelle Wort«, meist Gedichte und so Kram aus dem Englischen fürs dritte Hörfunkprogramm. Dagmar gibt ihre Stelle als Chefsekretärin auf und wird Redaktions-Assistentin beim Kulturellen Wort. Das bringt ihr zwar finanziell nichts ein, aber sie will sich lieber mehr mit literarischen Sachen befassen, was ich ihr nicht verdenken kann. Ich war in der Redaktion ja selbst zweimal für längere Zeit zur Vertretung, und ich habe nie in meinem Leben in so kurzer Zeit so viele interessante Menschen kennengelernt und so interessante Arbeit gehabt.

Liebe Therese, laß Dir und Deiner ganzen Familie nochmals herzlich danken und sei von uns allen herzlich gegrüßt.

Deine Inge

Emma Lüttjes an ihre Tochter Therese Harper

Jever, Sonntag, 29. 3. 69.

Liebe Therese!
Nun wird es aber höchste Zeit, daß ich Deinen Brief beantworte. Inzwischen habe ich ja auch viel erlebt, die Reise nach Saarbrücken und Koblenz liegt hinter mir. Es war sehr interessant, mal als Zeugin vor Gericht zu stehen und ermahnt zu werden, »die Wahrheit, die reine Wahrheit und nichts als die Wahrheit« zu sagen. Anderthalb Stunden mußte ich auf dem Flur warten, bis ich hineingerufen wurde. Man überlegte, ob »die Zeugin« zu vereidigen sei, aber es war nicht nötig. Viel hatte ich ja nicht zu sagen, nur daß die Betrüger sich auch bei uns im friedlichen Jever Zutritt ins Haus verschafft hatten, weil sie angeblich von Amts wegen Holzböcke im Dachstuhl bekämpfen wollten. Alsbald war ich fertig und konnte mein Zeugengeld und die Erstattung der Reisekosten entgegennehmen, ich fühlte mich als reiche Frau!

In Koblenz ließ ich mich per Taxe hinauf nach Horchheim fahren, wo ich schon um vier Uhr ankam. Martin sprang mir von der oberen Treppe über fünf Stufen entgegen, so übermütig war er, und dabei mußte er am nächsten Tag ins Krankenhaus zur Blinddarmoperation. Er hat aber alles gut überstanden, war auch nicht ängstlich oder albern im Krankenhaus und ist nach Inges Aussage schon wieder ganz obenauf. Renate ist etwas größer als ich, ein hübsches, kräftiges Mädchen! Volker sieht noch immer so spillerig aus, aber er ißt wenigstens seinen Teil. Er ist nun zum Gymnasium angemeldet. Bei seinen Schularbeiten sitzt er viel zu lange, weil er sich leicht ablenken läßt, aber Aufsätze schreibt er in einem flotten, gewandten Stil, daß ich gestaunt habe. Martin zeigt in der Schule nicht, was in ihm steckt, in seinem Zeugnis steht, er sei zu schüchtern. Wiebke fand ich sehr zart und dünn, und ihr Brillengestell mit dem einen zugeklebten Glas ist keineswegs attraktiv. Sie weiß aber, was sie will, kann auch ganz nett reden und ist lieb und zärtlich.

Vor einer Weile war auch Dagmar wieder mal hier übers Wochenende. Sie macht sich mehr und mehr die Ansichten der jungen Generation zu eigen, Vati und ich sind uns richtig wie »altes Eisen« vorgekommen. Sie sagte uns: »Ihr seid so fürchterlich autoritär, ihr seid reaktionär, ihr seid Faschisten!« Aber kann man uns übelnehmen, daß wir die Weichheit und das Verstehenwollen gegenüber den Studentenkrakeelern nicht begreifen? Ach, Schwamm drüber!

Heute ist endlich anderes Wetter, wir hatten wochenlang Kälte und Ostwind und viel Schnee, jetzt regnet es, und der letzte Schnee schmilzt weg. In Koblenz und Saarbrücken blühten schon Krokusse und Osterblumen, aber es war ziemlich neblig und kühl. Als ich mit dem Zug durchs Saartal und durchs Moseltal fuhr, sah ich die Menschen in den steilen Weinbergen fleißig arbeiten.

Mir scheint, es wird nicht mehr lange dauern, bis Dein Norman mit einer Freundin aufkreuzt, wenn er sich jetzt zum Partylöwen entwickelt. Gustav denkt nicht entfernt daran, er hat nicht mal einen Tanzabend besucht, der von der Schule arrangiert wurde. Was macht denn Kim? Daß Du wirklich so dick wirst, glaube ich erst, wenn ich es sehe. Ich will auch immer gern abnehmen, aber ich schaffe es nicht. Ansonsten geht es mir gut und Vati auch. Und nun zum Schluß wünschen wir Dir und Deiner Familie ein frohes Osterfest!

Herzliche Grüße von uns allen!

Mutti.

Richard Schlosser an seinen Bruder Dietrich Schlosser

Koblenz, den 19. 5. 1969

Lieber Dietrich!
Der Papierkrieg um den Bau nimmt immer wildere Formen an. Wir stellen laufende Meter Finanzierungspläne auf, und alle sind verschieden, weil jede Stelle die Sache von einer anderen Warte aus betrachtet. Das Übelste ist der Umstand mit dem Familienheimdarlehen, von dem man sagt, daß es bis zur endgültigen Bewilligung mindestens so lange brauche wie ein Kind zum Entstehen. Aber mir scheint, das ist noch untertrieben, denn schwanger gehen wir mit den Formularen mindestens schon seit drei Jahren. Nur hat sich das Darlehen bisher leider nie beantragen lassen, weil die Voraussetzung dafür das Vorhandensein aller anderen Unterlagen ist.

Da Du der Behörde gegenüber offiziell als Bauleiter fungierst und ich unter Eigenleistungen alles gesparte Geld, aufzubringende Zwischenkreditzinsen sowie Eigen- und Verwandtenhilfe aufführen muß, erscheinen darin auch die Architektenleistungen. Nun brauche ich deswegen von Dir mal wieder eine Bescheinigung. Der Wisch, den ich Dich zu unterschreiben und mir umgehend zurückzuschicken bitte, liegt bei.

Im Augenblick lebe ich nur vom Schuldenmachen. Die Finanzierung wird wahrscheinlich erst in zwei bis drei Wochen in Gang kommen. Hoffentlich dauert es mit dem Familienheimdarlehen nicht wirklich noch neun Monate, denn dann müßten wir den Rohbau zum Trocknen einstellen. Die Gesamtfinanzierung beläuft sich inzwischen mit allem Drum und Dran auf 184.696,38 DM. Ich komme mir vor wie der Finanzmakler Münemann.

Viele Grüße
Dein Richard

Ingeborg Schlosser an ihre Eltern

Koblenz, den 6. 7. 69

Liebe Mutti, lieber Vati!
Vielen Dank für die hübsche Karte, wir haben uns sehr gefreut. Seid Ihr nicht in Eurem Urlaub ein bißchen zu aktiv? Derartig viele Wanderungen und Reisen strengen doch auch an, obwohl man es in der Höhenluft nicht so merkt.

Wir haben in der Zwischenzeit für unseren Bau, bei dem nun der Dachstuhl fast fertig ist, zwar immer noch kein Geld, dafür aber immerhin den Bescheid bekommen, daß die Piepen im Anrollen begriffen sind, mit Ausnahme des Bundesdarlehens, dessen erste Rate wir Ende August und dessen letzte Rate wir möglicherweise erst 1972 bekommen. Aber wenigstens scheint sicher zu sein, daß der Bau in Kürze weitergehen kann, und das ist ja doch sehr erfreulich.

Es hat aber auch nun langsam genug Ärger gegeben. Erst mußte ständig der Fundamentplan geändert werden, weil das Statik-Büro mehrere Maße falsch eingetragen hatte, dann zeigte sich, daß der Kamin falsch gemauert worden war und wieder eingerissen werden mußte, dann übersahen sowohl der Statiker als auch der Prüfstatiker einen schwerwiegenden Zeichnungsfehler bei der Kellertreppe, so daß wir uns bei zeichnungsgerechter Ausführung später jedesmal beim Treppensteigen den Kopf gestoßen hätten, und so weiter und so fort.

Hier ist es schwül und heiß, aber es regnet selten, so daß wir den Garten fleißig wässern müssen. Gleich wollen wir noch ein Bäumchen organisieren gehen, das sich anstelle eines Richtkranzes mit bunten Krepp-Bändern besser dekorieren läßt als die verdorrte alte Fichte, die die Zimmerleute zu diesem Zweck auf dem Dachboden deponiert haben. Dann wird wohl Dienstag oder Mittwoch Richtfest sein und tüchtig gesoffen werden. Richard zeigte neulich einem Bekannten die große Doppelgarage, und der meinte, die sei ja bald so groß wie eine Fabrikhalle.

Nun, Ihr Lieben, weiterhin viel Erholung und anschließend angenehme Rückreise!

Im Namen der ganzen Familie

Eure Inge

Ingeborg Schlosser an ihre Mutter Emma Lüttjes

Koblenz, den 13. 10. 69

Liebe Mutti!
Da kann man mal sehen, wozu es gut ist, wenn man abends noch lange auf seinen Mann warten muß. So komme ich endlich an den Brief, den ich mir vorgenommen hatte, nur wollte ich erst noch die Fotos sortieren. Ich schicke Dir gleich ein ganzes Sortiment. Die älteren stammen aus unserem Grabbelkasten und sind hier doppelt vorhanden, kann ja sein, daß Du sie noch haben möchtest. Die neueren sind mit ungefährem Entstehungs-

datum versehen, so daß ich sie später mal in einer ruhigen Stunde einkleben kann. Unsere Hausfotos haben wir in einem besonderen Album zusammengestellt, das wir Euch gelegentlich vorführen werden. Für Euch ist ja schließlich das Endergebnis interessanter als die von einer Panne nach der anderen sowie von reichlich Staubschlucken und Rückenschmerzen begleitete Entstehungsgeschichte. Im Keller waren drei Fensteröffnungen zu klein und mußten mit bestialischem Gebohre vergrößert werden. Den großen Heizkessel stellte die Fa. Gerstacker nachher intelligenterweise vor das gerade eingesetzte Garagentor, so daß es sich nicht mehr öffnen ließ, und für Richards Werkbank sind schiefe Winkeleisen geliefert worden. Nach sechs Wochen Verspätung haben wir jetzt glücklich die Installateure im Haus. Inzwischen sind die Kosten für den Innenputz schon wieder um 500 Mark gestiegen. Da kann man wirklich sagen, wer baut, ist selbst schuld! Richard muß morgen mal wieder seinen Urlaub unterbrechen und im Amt nach dem Rechten sehen, da scheint der Deubel los zu sein, seit es Richard gelungen ist, drei konkurrierende Großfirmen an einen Tisch zu bringen, denn nun will ein alter General die ganze Sache »torpedieren«. Wenn es um Millionenaufträge geht, dann hört eben die Freundschaft auf.

Sonnabend fahren wir nach Hilden, um Schwiegermutters 70. Geburtstag zu feiern. Wie wir es dann mit den Kindern machen, wissen wir noch nicht.

Liebe Mutti, an Gardinenresten könnte ich schon was gebrauchen. Schreibst Du mir die ungefähren Maße?

Viele Grüße an Dich und die anderen alle.

Deine Inge

Ingeborg Schlosser an ihre Schwester Therese Harper

Koblenz, den 5. 12. 69

Liebe Therese!

Nun steht hier seit gestern das Weihnachtspäckchen aus England auf dem Küchenschrank, und unseres ist noch immer nicht unterwegs. Hoffentlich kommt es noch rechtzeitig an. Wir wünschen Dir und Deinen Lieben von Herzen ein frohes Fest und die Erfüllung möglichst vieler Wünsche!

Das Haus macht Fortschritte, es wird verputzt. Die reinste Schweinerei, man kann da wirklich nichts beschönigen. Weil es hier mittlerweile schneit und friert, wird nun der Einbau der Haustür und der letzten Fenster langsam dringlich. Leider sind sämtliche Gurtwicklerkästen für die Rolläden falsch eingesetzt worden, und weil der langweilige Heizungsmonteur so spät fertig war, können wir nun sehen, wie wir den Putz trokken kriegen, damit er nicht platzt vom Frost. Nach langem Herumtelefonieren hatten wir inzwischen die billigste Heizöl-Quelle ausfindig gemacht (8,15 Pf. je Liter) und sofort eine vollständige Füllung von 8000 l abgenommen. Der Gestank war furchtbar. Mit unserem Heizöl wird nun praktischerweise auch gleich der Bautrockner gespeist und verbreitet seither knuffige Wärme im ganzen Bau. Was Wunder, wenn man ihn bis in die späte Nacht bullern läßt! Und was so der Sorgen mehr sind. Neulich haute der »Fachmann« einer Fensterfirma vor lauter Schusseligkeit gleich zwei unserer Badezimmerfenster kaputt, und vorgestern stellte Richard fest, daß die Haustür schon eingeputzt worden war, obwohl sie bloß erst auf Keilen stand.

Abgesehen davon, daß Wiebke es schwer hat mit ihrer Schielbrille, geht es uns hier aber allen gut.

Viele schöne Grüße ringsherum von der ganzen Familie!

Deine Inge

Ingeborg Schlosser an ihre Schwester Therese Harper

Vallendar, den 24. 2. 70

Liebe Therese!
Zum neuen Lebensjahr wünsche ich Dir, zugleich im Namen der ganzen Familie, von Herzen alles Gute! Noch hast Du ja die 40 nicht erreicht und gehörst zur jüngeren Generation.

Es tut mir leid, daß ich Dir überhaupt noch nicht für das nette Weihnachtspaket und Eure Weihnachtspost gedankt habe. Aber in der Zeit, wo man sonst Weihnachts-Bedankemichpost erledigt, haben wir in diesem Jahr eifrig eingepackt und abgewrackt für den Umzug. Ich möchte es aber doch nachholen, damit Du nicht denkst, wir hätten uns nicht gefreut. Renate konnte die Büxen ebensogut gebrauchen wie die Jungs die Mützen oder Wiebke den echten Kilt. Sie sieht sehr niedlich damit aus. Und Du weißt ja, daß Deine Kosmetika auch immer sehr willkommen sind, also herzlichen Dank für alles!

Seit dem 24. Januar sind wir nun im neuen Haus. Als wir einzogen, wurde gerade die Treppe zum Obergeschoß eingebaut. Die Handwerker zeichneten Schlitze an der Wand an und hackten riesige Löcher in den

Putz, wobei dann der ganze Dreck auf die Kellertreppe fiel, über die wir unsere Klüten ins Haus trugen. Ich sage Dir, das war vielleicht eine Sauerei! Außerdem waren wir so sparsam, keinen Spediteur zu nehmen, sondern einen LKW zu leihen und den Umzug mit Hilfe zweier Kollegen von Richard und eines Nachbarn aus Horchheim selbst zu machen. Also wurde erstmal wahllos alles in der riesigen Garage verstaut, und als wir dann am Abend ins Bett wollten, mußten wir uns aus den Bergen von Möbelteilen und Kisten und Kasten erst die Einzelteile für die Betten wieder raussuchen, und das bei Kerzen- bzw. Taschenlampenlicht.

Mittlerweile hat sich hier nun einiges gebessert. Ich habe vor einer Woche meinen sogenannten Raumteiler zwischen Küche und Wohnzimmer bekommen und kann nun endlich mal meinen ganzen Küchenkram gut verstauen. Auch die Teppichfliesen sind eingetroffen, und ich habe sie teilweise selbst ausgelegt, um es etwas gemütlicher zu haben. Auch in den Kinderzimmern haben wir Teppichfliesen, allerdings von einer etwas einfacheren Sorte, und es sieht ganz gut aus. Richard arbeitet jeden Abend an irgendeinem Detail, und so langsam wird's gemütlich. Leider haben wir immer noch keinen eigenen Strom, sondern beziehen ihn vom Nachbarn, aber in dieser Woche wird es wohl hoffentlich klappen, so daß ich meinen neuen Automatikherd endlich anschließen kann. Vorläufig kochen wir noch auf Propangas. Das Dachgeschoß ist auch noch nicht fertig, aber das obere Bad benutzen wir trotzdem schon eifrig. Für die endgültige Bauabnahme müssen wir noch etliches erledigen, bevor wir an das restliche Geld kommen, und reine Schönheitsarbeiten müssen eben so lange zurückstehen.

Augenblicklich herrscht hier im ganzen Mittelrheingebiet Katastrophenalarm, da Rhein und Mosel weit über die Ufer getreten sind. Die Uferstraßen stehen meterhoch unter Wasser und sind für den Verkehr gesperrt. Nachdem Richard die beiden Großen einige Tage lang morgens auf einem riesigen Umweg über die Autobahnbrücke zur Schule transportiert und ich die Kinder dann mittags auf dem gleichen Weg abgeholt hatte, wurde jetzt der Schulbetrieb eingestellt, da Dutzende von Lehrern und viele Schüler sowieso nicht kommen können. Darüber, daß wir hier trocken und hoch sitzen, können wir froh sein, allerdings wird es bitter, wenn man dringend auf die andere Rheinseite muß. Na, sehr lange kann das aber ja nicht mehr dauern, und im Oberlauf sinken die Wasserstände schon wieder. Die jetzige Flut ist so hoch wie 1926 zum letzten Mal, als der Rhein in Koblenz neuneinhalb Meter hatte.

Liebe Therese, ich hoffe sehr, daß es Dir gut geht! Von Kims großartigen Leistungen in der Grammar School hörten wir durch Mutti, die uns

Wiebke während des Umzugs abgenommen hatte. Renate hat auch ein ganz gutes Zeugnis (Mathematik 2!), nur Volker ist nicht so blendend, aber immerhin im Durchschnitt 3. Martin ist sehr gut in den meisten Fächern, nur macht er auch in der neuen Schule kaum die Klappe auf und hatte prompt einen entsprechenden Vermerk im Zeugnis stehen. Wiebke hat in Jever tatsächlich vier Pfund zugenommen und ist richtig rundlich geworden. Hier fing sie gleich wieder mit dem Theater an, sie wolle nicht essen.

Viel Erfolg im neuen Lebensjahr, und schöne Grüße an Dich und Bob und Norman und Kim!

Deine Inge

Richard Schlosser an seine Mutter Cäcilie Schlosser

Vallendar, den 27. 3. 70

Liebe Mutter!
Seit gestern haben wir nun endlich eigenen Strom. Es kann wieder richtig gekocht, gebügelt, gewaschen und bei Nacht gesehen werden. Ringsherum fehlt natürlich noch viel, aber eigentlich leben wir schon in geregelten Verhältnissen.

Das wichtigste ist im Augenblick die Herstellung der Gebrauchsabnahmereife für das Haus, denn nur mit dem Gebrauchsabnahmeschein lassen sich die restlichen Gelder locker machen.

Vielen Dank für Deinen Überbrückungskredit, der kurz nach der Ankündigung hier einging. So konnten wir auch vor der Gebrauchsabnahme schon einige weitere Handwerkerrechnungen bezahlen. Im Augenblick fehlen uns noch Lichtschachtgitter und Treppengeländer, die wohl nächste Woche kommen werden. In Renates Zimmer sind noch einige Isolierplatten anzubringen, im Tankraum muß der ölfeste Anstrich komplettiert werden, und dann müßten wir eigentlich unseren Schein bekommen. Alles weitere kann dann nach und nach gemacht werden. Unter anderem auch das Gästezimmer. So lange wirst Du aber hoffentlich mit Deinem nächsten Besuch bei uns nicht warten. Platz haben wir auch so schon genug für Dich. Du kannst Dir hier an Ort und Stelle auch alles viel besser ansehen, als ich es beschreiben kann. Im oberen Stockwerk bist Du bisher überhaupt noch nie gewesen, weil die Treppe fehlte. Die ist am Tag unseres Einzuges endgültig eingebaut worden, und sie bekommt jetzt den letzten Schliff. Das obere Bad kann man auch schon benutzen, wenngleich auch dort noch einige Dinge fehlen, bevor man sagen kann, daß es fix und fertig ist.

Es ist aber doch sehr schön, daß wir jetzt in unseren eigenen vier Wänden wohnen und die ewige Pendelei zwischen Horchheim und hier ein Ende hat.

Liebe Mutter, laß von Dir hören, wann Du uns besuchen kannst. Du bist uns jederzeit willkommen. Wir wünschen Dir alle ein recht frohes Osterfest.

Sei ganz herzlich gegrüßt von
Deinem Richard

Volker Schlosser an seinen Onkel Walter Schlosser

Vallendar, den 16. 8. 1970

Lieber Onkel Walter!
Ich würde gerne wieder einmal nach Schmallenberg kommen. Hat der Hochwildschutzpark schon ein paar neue Tiere? Fliegen die Segelflugzeuge noch? Ich bin hier mit Wiebke ganz alleine. Renate und Martin sind in Jever und dürfen sich dort wohlfühlen. Aber dafür habe ich ein Mikroskop gekriegt, und das ist besser als eine Reise nach Jever. Unter dem Mikroskop habe ich jetzt schon Wassertropfen, Libellenflügel, Katzenhaare, Moskitos, Schmetterlingsflügel, Ameisenfühler, Hundehaare, Mausehaare, Wasserflöhe, Pflanzenläuse, Seidenspinnerfühler, Hühnerfedern und Borax betrachtet.

Lieber Onkel Walter, leider habe ich Deinen Geburtstag total vergessen. Ich möchte Dich bitten, das zu entschuldigen! Nachträglich möchte ich Dir aber noch recht herzlich zum Geburtstag gratulieren. Auch meine Eltern möchten das noch nachholen. Meine Mutter hatte Dich anrufen wollen, aber die Nummer stimmte nicht mehr. Ich habe leider nicht daran gedacht, Dir früher zu schreiben, weil ich immer nur an die Wanderung gedacht habe, zu der ich nächste Woche aufbrechen werde. Es geht über die Moselberge von Burg zu Burg. Beteiligt sind mein Freund Karl, dessen Vater und ich. Wir wandern ungefähr eine Woche lang, waschen uns nicht, strolchen herum und freuen uns darüber.

In unserem Garten ist allerhand los gewesen, seit Du das letzte Mal hier warst. Wir haben einen Gemüseacker, auf dem Bohnen, Mangold, Wurzeln und Zwiebeln stehen. Und ein Blumenrabatt, auf dem Dahlien und Löwenmäulchen wachsen. Vögel gibt es auch sehr viele. Bienen sind auch eine ganze Menge da. Papa steht gerade hinten im Garten und siebt die Komposterde durch. Hinterher wird er sie wieder in das neu aufgebaute Silo schaufeln und neuen Kompost drauftun.

Der VW hat auch schon wieder neue Macken. Gestern ist die Handbremse kaputtgegangen, und die Fußbremse hat auch nicht mehr richtig gezogen. Heute hat Papa, was die Handbremse angeht, alles wieder in Ordnung gebracht. Aber vor ein paar Tagen hat er die ganze Vorderfront auseinandergenommen. Das Stück, an dem der Verschluß für die Kühlerhaube ist, mußte ersetzt werden. Erst wurde das alte Stück abgeschnitten und weggeworfen, und dann wurde das neue angeschweißt. Neulich hatten wir einen Platten. Dann war der eine Bremszylinder kaputt. Seitdem ist Papa im Keller am reparieren. Die Autoheizung kann man nicht mehr abstellen. Die ist schrottreif. Der Peugeot fährt jetzt auch nicht mehr. 500 Mark Reparatur hat er schon gefressen und fährt trotzdem nicht.

Bitte schreib zurück.

Viele Grüße
Dein Volker

Lieber Walter!
Vorsichtshalber möchte ich doch noch ein paar Nachsätze schreiben, weil Volker ziemlich übertrieben hat. Zunächst schließen wir uns natürlich den verspäteten Glückwünschen an! Volkers Wunsch, Euch zu besuchen, ist wohl nicht ernst zu nehmen, denn hier sind die Sommerferien fast vorbei, und für nächstes Jahr ist ein Aufenthalt in Jever oder eine Reise zu Therese nach England im Gespräch. In diesem Jahr hatte Volker ausdrücklich und mehrfach erklärt, nach Jever wolle er nicht fahren, dort sei es für ihn nicht interessant genug. Als nun Renate und Martin nach dort abreisten, machte er aber doch ein bedripstes Gesicht. Das Mikroskop hat ihn dann etwas getröstet, und seit er nun alles für seine Wanderung vorbereitet, fühlt er sich wieder pudelwohl. Hoffentlich macht ihm das Wetter nicht einen Strich durch die Rechnung, denn es ist ziemlich regnerisch und kühl.

Seid Ihr in diesem Sommer weggewesen? Wir mußten auch in diesem Jahr die Ferienreise streichen, weil hier noch so viel zu tun ist. Trotzdem konnte Richard nur einen Teil seiner geplanten Aktionen erledigen, denn fünfmal wurde er während seines Urlaubs ins Amt geholt. Zwar kriegt er die Tage nachgeliefert, aber frühestens im September.

Das Haus macht dennoch Fortschritte, wenn wir auch im Obergeschoß noch immer nicht fertig sind. Demnächst kommen der vordere Treppenaufgang, der Außenputz und die Terrasse dran, und dann wird es hoffentlich nicht mehr lange dauern, bis man den Vorgarten ein bißchen gestalten kann. Vorläufig lagern dort nur unkrautbewachsene Lehmhaufen. Wir haben schon viel Gemüse geerntet, obwohl ich mich strikte geweigert hatte, mehr als ein langes Gemüsebeet anzulegen, denn an mir bleibt ja am Ende doch die meiste Arbeit hängen. Es scheint hier aber alles gut zu wachsen, leider auch das Unkraut.

Wann werden wir Euch hier mal sehen? Wie geht es Mechthild und den Kindern?

Viele Grüße an Dich und die ganze Familie!

Deine Inge

Emma Lüttjes an ihre Tochter Therese Harper

Jever, 10. Nov. 70.

Liebe Therese!

Das war ja eine reizende Überraschung, am Sonntag Deine Stimme am Telefon zu hören, und nun will ich mich beeilen, Dir ein wenig von unserer Reise nach Koblenz zu erzählen. Das Haus der Schlossers ist leider immer noch nicht endgültig fertig. Durch die vordere Haustür kann man nicht hinein, weil die Treppe, die dahin emporführen soll, noch nicht gebaut ist. Dazu sind noch gewaltige Erdverschiebungen nötig, die Richard selber machen will, aber er hat keine Zeit dazu. Man betritt das Haus also durch Garage und Waschkeller. Die Eingangshalle oben ist sehr schön mit der freischwingenden, in den ersten Stock führenden Treppe. Das große, sogar riesengroße Wohnzimmer mit Fensterfront zum Garten ist wunderbar, auch Richards Arbeitszimmer, auch das Elternschlafzimmer, aber der ganz große Clou ist die Küche, die wirklich höchsten Ansprüchen genügt. Alles ist in einer Front angelegt, arbeitstechnisch durchdacht und formschön ausgeführt. Renate hat oben ihr Zimmer ziemlich fertig, wir haben dort geschlafen während unseres Besuchs, und Inge hatte in letzter Minute noch apfelsinenfarbene Vorhänge angebracht. In Volkers Zimmer soll noch die Decke mit Brettern verschalt werden. Auch das will Richard selber machen, nur ist er wochenends immer damit beschäftigt, das uralte Klapperding von Auto fahrbereit zu erhalten. Inge ist durch den dauernden Ärger ziemlich fertig mit den Nerven, aber sie zeigt es eigentlich nur durch schimpfende Zurechtweisung der Kinder, im übrigen ist sie tapfer und immer obenauf, sie hat es weiß Gott nicht leicht. Die drei Schulkinder zerren auch sehr an ihren Nerven. Renate und Martin sind dabei recht gute Schüler, bloß Volker arbeitet ziemlich unkonzentriert.

Nun kann ich es gar nicht erwarten, unseren Umzug nach unten in die alte Wohnung von Frau Apken zu erleben, ich male mir schon alles so herrlich aus, meine Küche wird auch eine moderne Spüle mit eingebautem Eckschrank kriegen, Vati hat dafür die Moneten bewilligt. Das Klavier kriegt Luise.

Nun will ich mit vielen lieben Grüßen an Euch alle schließen!

Herzlichst Mutti.

Ingeborg Schlosser an ihre Schwester Therese Harper

Vallendar, den 14. 6. 1971

Liebe Therese,
wie sollen wir Dir danken, Du hättest doch eigentlich nicht schon wieder ein Päckchen schicken sollen! Ich hatte doch den schicken Hosenanzug für Wiebke bis zu ihrem Geburtstag aufgespart, und er stellte absolut das Geschenk Nr. 1 dar auf dem Gabentisch. Und nun kommt noch so ein toller Pullover samt Spielzeug, das ist wirklich üppig! Wiebke hat Dir zum Dank ein Bild gemalt, das ich beilege. Unsere Nachbarinnen sind allesamt der Meinung, daß sie schon recht ordentlich malen könne für ihr Alter, und dann wird sie ja wohl im nächsten Jahr auch den Schultest anstandslos bestehen. Ich wünschte manchmal, sie käme jetzt schon hin, aber da ist nichts zu machen. Höchstens in den Kindergarten kann ich sie im Herbst vielleicht schicken.

Nach der Augenoperation ist bei Wiebkes linkem Auge noch ein sogenannter »Restfehler« vorhanden, d.h. sie schielt nun immer noch ein bißchen, aber das soll mit Hilfe einer Prismenbrille angeblich bald besser werden. Ansonsten geht es der Süßen glänzend, sie wächst und wächst und ist schon 1,20 m groß. Renate hat es auf 1,75 m gebracht, und ein Ende ist noch nicht abzusehen. Bei den Jungs ist es auch nicht anders. Nur macht Volker weiterhin in der Schule Kummer. Wahrscheinlich wird er sitzenbleiben. Leider werden die Sitzenbleiber nach der Quinta neuerdings automatisch auf die Volksschule zurückverwiesen. Deshalb haben wir einen Antrag gestellt, ihn auf dem Gymnasium zu belassen, damit er sich jetzt nicht mit seiner Faulheit alle Zukunftschancen verbaut. Wir hoffen, ihn in diesem Jahr dann soweit zu kriegen, daß er danach den Abschluß schafft und auch mit Französisch fertig wird. Eben hat er mir einen langen Absatz aus seinem Englischbuch anstandslos frei übersetzt, aber in der Schule kriegt er fast überall nur schlechte Noten. Renate ist bloß in

Deutsch etwas schwach, und ihre Lieblingsfächer sind Mathematik und Physik und Latein. Kinder, Kinder, wo hat sie das her?

Jetzt bastelt sie gerade einen Wollkraken als Talisman für ihren Freund zum Geburtstag. Auch ein Foto mit Widmung hat sie dem Knaben schon vermacht. Wann haben wir eigentlich mit so was angefangen? Doch nicht auch schon mit 14?

Unser Garten steht in schönstem Grün, aber fertig ist er noch lange nicht. Richard kriegt demnächst zwei Wochen Urlaub und will dann endlich die Terrasse machen. Irgendwann danach kommt der Rasen dran, und wenn zum Herbst noch ein paar Piepen übrig sind, sollen Sträucher für den Vorgartenhügel folgen. Hoffen wir das Beste!

Euch allen viele herzliche Grüße, und nochmals vielen Dank für die hübschen Geschenke!

Deine Inge

Ingeborg Schlosser

5414 Vallendar/Rh., den 23. 11. 71
Theodor-Heuß-Str. 26

An die Verlagsleitung
des Hauses
Kiepenheuer & Witsch
5 Köln 51
Rondorferstr. 5

Sehr geehrte Herren,

erlauben Sie mir bitte eine Anfrage. Da ich Dolmetscherin und Übersetzerin für die englische Sprache bin und seit Aufgabe meiner festen Berufstätigkeit schon viele Jahre hindurch hin und wieder mit dem Norddeutschen Rundfunk zusammengearbeitet hatte, erhielt ich von der Musikabteilung des Funkhauses Hannover vor einigen Monaten den Auftrag, für die Aufführung von Benjamin Brittens »Spring Symphony« mehrere englische Gedichte ins Deutsche zu übertragen. Ein Teil der in diesem Werk vertonten Gedichte war bereits früher von Georg von der Vring übertragen worden und wurde, wie Sie sicher wissen, dem bei Ihnen erschienenen Gedichtband »Englisch Horn« entnommen.

Im Gegensatz zu meinen früheren Arbeiten, bei denen es sich vorwiegend um die Übersetzung technisch-wissenschaftlicher Artikel oder um Übersetzungen aus Literaturzeitschriften handelte, war die Übertragung von Gedichten etwas völlig Neues für mich. Ich hatte zwar schon selbst eine Reihe von Gedichten verfaßt, von denen ein Teil – in niederdeutscher Mundart – auch in Zeitungen meiner oldenburgischen Heimat erschienen ist, aber ich fand es zugleich schwierig und bereichernd, mich in die Stimmung so verschiedenartiger Gedichte wie bei der »Spring Symphony« hineinzuversetzen.

Meine Anfrage geht nun dahin, ob sich nicht vielleicht für mich die Möglichkeit bietet, irgendwann einmal in Zusammenarbeit mit Ihrem Verlag ähnliche Übersetzungsarbeiten auszuführen, wobei es sich natürlich nicht unbedingt um Gedichte handeln müßte. Ich habe deshalb einige der Übersetzungen beigelegt und hoffe, daß Sie gelegentlich Zeit für eine Antwort finden.

Mit freundlichen Grüßen
Ingeborg Schlosser

Verlag Kiepenheuer & Witsch / 5 Köln 51 / Rondorfer Straße 5

Köln, den 29. November 1971
vM/est

Frau
Ingeborg Schlosser
5414 Vallendar/Rh.
Theodor-Heuß-Str. 26

Sehr geehrte Frau Schlosser,

wir danken Ihnen für Ihren Brief vom 23. November und für die Übersendung Ihrer Übersetzungsproben. Leider ist unser Bedarf an Übersetzern zur Zeit gedeckt, so dass wir Ihnen nicht viel Hoffnung für einen Auftrag machen können. Mit Übersetzungen von Gedichten dürfte es sowieso bei allen Verlagen zur Zeit sehr schwierig sein. Wir hoffen jedoch, dass es Ihnen gelingt, vielleicht einen anderen Verlag für Ihre Arbeit zu interessieren.

Mit den besten Empfehlungen
VERLAG KIEPENHEUER & WITSCH
Alexandra von Miquel

Richard Schlosser an seine Mutter Cäcilie Schlosser

Vallendar, den 30. 11. 71

Liebe Mutter!
Leider hat uns der frühe Wintereinbruch bis jetzt daran gehindert, Dein großzügiges Geschenk in Gartenpflanzen umzusetzen. Ich habe jedoch die Hoffnung, daß noch einmal eine milde Wetterperiode kommt und ich zu dem, was schon steht, noch einiges dazupflanzen kann. Nach langem Blättern in Katalogen haben wir uns entschlossen, für den hinteren und seitlichen Gartenabschluß Feuerdorn zu wählen, und darum 100 Pflanzen gekauft. Die meisten sitzen schon an ihrem endgültigen Platz und werden hoffentlich gedeihen. Die übrigen stehen in Blumentöpfen noch im Einschlag. Als Punktbepflanzung stehen in der linken Gartenecke zwei Blutpflaumen. Rechts sollen zu der schon existierenden jugoslawischen Fichte von Deinem Geburtstagsgeld ein paar Nadelgehölze dazukommen, die den Blick auf die scheußliche Terrasse des Nachbarn im Südwesten nehmen. Zwei Weigelien, zwei Kanelsträucher, vier Forsythien, drei Sanddorn und zwei Zierjohannisbeeren unterbrechen die Feuerdornreihe stellenweise. So nimmt der eigentliche Garten langsam Formen an. Auch die Kletterrosen auf der Terrasse sind gepflanzt, ergänzt durch drei gleichfarbige Polyantharosen im Vordergrund.

Vorn und an der Seite bleibt natürlich noch eine Menge zu tun. Zur Straße hin wollen wir nun doch eine Mauer bauen lassen, ebenso an der Seite neben der Garage. Es hängt auch vom Wetter ab, ob daraus in diesem Jahr etwas wird. Hier oben ist es ja noch kälter als im Tal.

Wie das auch wird, ich freue mich schon auf das Frühjahr, wenn unsere Sträucher anfangen werden zu wuchern. Der Boden ist durchweg zwei Spaten tief gelockert und für die bessere Wasserhaltung mit 10 Ballen Torf verbessert, das muß doch etwas werden, zumal ja der nach dem Verfahren des von Dir empfohlenen Kompost-Apostels fabrizierte Humus dazukam.

Jetzt habe ich schon fast zuviel nur über den Garten geschrieben. Uns allen geht es gut. Renate wird Dir erzählt haben, daß sie vielleicht für ein Jahr in die USA geht. Dieser Plan verdichtet sich zumindest insoweit, als sie in die engere Auswahl genommen wurde. Für die Erweiterung ihres Horizontes und das Selbständigwerden würde ein solcher Aufenthalt in einem fremden Land sicher nützlich sein. Bei den Nazis kam man in der Regel nur zum Kriegführen ins Ausland.

Vallendar, den 21. 12. 71

Mein ganzer Brief ist steckengeblieben. Ehe ich noch einmal von vorne anfange, fahre ich hier fort, damit Du wenigstens zu Weihnachten etwas in Händen hast.

Aus Renates Plänen mit Amerika ist nun doch nichts geworden. Es waren wohl, gemessen an den verfügbaren Plätzen, zu viel Bewerber vorhanden. Im nächsten Jahr kann sie die Aktion noch einmal starten.

Jetzt will ich aber doch noch einmal zum Garten zurückkehren. Nach dem ersten Teil meines Briefes traf das neue Buch von Seifert, das Du mir schicktest, ein. Ich habe es gleich als willkommene Lektüre während einer langen Dienstreise gelesen. Alles, was er schreibt, erscheint mir einleuchtend, nur müßte sich das ja auch wissenschaftlich untermauern lassen. Weil er so argumentiert wie ein Heilpraktiker, wird er wahrscheinlich von der sog. Fachwelt dauernd angegriffen. Die Tatsache, ein Außenseiter zu sein, brauchte ihn nicht zu hindern, wissenschaftliche Methoden anzuwenden. Das Vermessen von Ernteerträgen reicht da nicht aus. Der Mann müßte eine Reihe von Jüngern haben, die das nachholten, und zwar zum Segen des ganzen Erdballs. Die Menschheit zerstört systematisch ihre Existenzgrundlage, den Boden. Es ist ein Jammer, überall mitanzusehen, was sinnlos zerstört wird. Hier in unserer Nähe wird ein ganzes Tal voller wucherndem wildem Bewuchs mit Bauschutt und rohem Boden zugeschüttet. Alles – Bäume, Sträucher und der herrlich lockere, fruchtbare Waldboden – versinkt unter dem Gerümpel. Wenn ich dagegen wirklich etwas ausrichten wollte, müßte ich den Beruf wechseln. So kann ich nur versuchen, aus unserem kleinen Garten eine Oase zu machen.

Inzwischen habe ich mir auch die rechte Gartenecke vorgenommen, wo die Nadelgehölze stehen sollen. Unter einer Schicht von knapp zwei Spatentiefen beginnt der schiere Bimskies. Wie man aus Bimskies oder reinem Sand – wie in Meppen – im Laufe der Zeit fruchtbaren Boden machen kann, hat Seifert auch nicht beschrieben. Ich glaube, die beste Basis ist Lehm. Ich habe den Kies in der Ecke, wo die Bäume stehen sollen, jetzt ausgeschachtet und mit dem Lehm von vorne das Loch wieder aufgefüllt. So wird dort hoffentlich auch die Wasserhaltefähigkeit des Bodens für die Bäume besser.

Inge und ich haben inzwischen ein Angebot aus der Zeitung wahrgenommen und für eine Mark eine 4½ m hohe Fichte mit riesigem Ballen im Hunsrück ausgegraben und bei dieser Gelegenheit einen schönen Weihnachtsbaum zum gleichen Preis erstanden. Ich bin gespannt, ob der Baum anwächst. Von Deinem Geburtstagsgeld können wir nun außer einem weiteren Nadelbaum für die Ecke noch einige andere Pflanzen erstehen.

Unterdessen habe ich endlich Urlaub, fühle mich aber grippig und werde darum gleich ins Bett gehen, damit ich bald wieder auf dem Damm bin.

Liebe Mutter, ich wünsche Dir ein recht frohes Weihnachtsfest. Sei herzlichst gegrüßt von Deinem Richard.

Heinrich Schlosser an seinen Neffen Richard Schlosser und Familie

21. 12. 1971

Ihr Lieben!
Die Jahre gehen dahin, und man weiß schon nicht mehr, wie Ihr ausseht. Aus meinem Geschäft habe ich mich zu 90% zurückgezogen, aber etwas Arbeit habe ich mir gelassen. Unseren Kindern geht es gut. Jedes Kind hat inzwischen 2 Sprößlinge. Die Jungens natürlich Mädel und die Tochter 2 Jungens. Ein Schlosser ist noch nicht da und wird auch nicht kommen. Also schläft eine Linie wieder ein!

Es grüßen Euch ganz herzlich
die Mülheimer Schlossers.

Ingeborg Schlosser an ihre Schwester Therese Harper

Vallendar, 29. 5. 72

Liebe Therese,
eben kommt Dein langer Brief, vielen Dank! Ich wundere mich ja etwas, daß Ihr jetzt schon Ferien kriegt, hier sind eben die Pfingstferien vorbei. Und zelten um diese Jahreszeit! Bei uns ist es mies und regnerisch, und so sportlich wäre ich auch nicht mehr, daß ich freiwillig mein Bett mit einer Luftmatratze vertauschen wollte. Doch ich gönn Dir die Pause vom Schulbetrieb, ich könnte mir ohnehin nicht vorstellen, wie ich es mit soviel fremden Blagen den ganzen Tag aushalten sollte. Mutti hat ja schon zu Moorwarfer Zeiten festgestellt, ich hätte kein pädagogisches Talent, im Gegensatz zu Dir.

Wir sind übrigens dabei, unseren so lange geplanten Sommerurlaub abzublasen. Es sieht im Moment so aus, als würde nun doch was aus der Versetzung nach Meppen, und deshalb können wir uns mit der Fertigstellung des Hauses nicht bis in den Winter hinein Zeit lassen. Du glaubst kaum, was in diesem Riesenkasten alles noch gemacht werden muß!

Handwerker oder Gärtner kann man bei den heutigen Preisen (neben den Moneten, die das Haus monatlich für Hypotheken, Darlehen und Baukosten verschlingt) einfach nicht nehmen. Die 1000,– Mark, die wir für die Ferienwohnung eingeplant hatten, werden nun gerade für die wichtigste Bepflanzung unseres riesigen Vorgartens reichen, wenn wir alles andere selber machen, wie die vordere Terrasse, die Aufgangtreppe und die ganze Einfahrt. Richard hat sechs Wochen Urlaub beantragt, dann sind wir hoffentlich mit allem fertig, wenn Ihr zu Besuch kommt. Dann reicht's mir aber auch, und sollte nach all der Schufterei das Haus verkauft werden müssen, dann wollen wir die Arbeit in klingender Münze entgolten haben und über 300.000,– Mark verlangen. Die Baukosten sind hier irrsinnig, und ich möchte das ganze Elend nach Möglichkeit in Meppen nicht nochmal mitmachen müssen, selbst wenn man dann ein bißchen mehr von Handwerkern erledigen lassen könnte.

Liebe Therese, laß Dir's gut gehen, viele Grüße an Dich und Deine ganze Familie!

Deine Inge

Emma Lüttjes an ihre Tochter Therese Harper

Jever, 20. Nov. 1972.

Liebe Therese!
Nun wird's mal wieder allerhöchste Zeit zum Schreiben, damit Ihr uns nicht ganz vergeßt! Uns geht es gut, was wir natürlich Euch von Euch hoffen. Die Wahl ist hier gestern so verlaufen, wie wir es gewünscht hatten, so recht von Herzen. Nur Gustav hat da ganz andere Vorstellungen. Gestern durfte er ja zum ersten Mal in seinem Leben wählen, aber er war für Rainer Barzel und wurde böse enttäuscht.

Unsere Rundreise, die nun schon so lange wieder hinter uns liegt, gibt uns noch oft Gesprächsstoff. Obwohl wir überall herzlich empfangen und bewirtet wurden, sind wir doch sehr froh, wieder zu Hause zu sein, wo wir unser Glück im Winkel genießen können. In Koblenz war Richard gerade dabei, die Garageneinfahrt zu pflastern. Der Vorgarten vorne am Hang und die große Treppe waren immer noch nicht fertig. Inge war ziemlich niedergeschlagen, daß Richard sooo langsam vorankommt. Aber sonst gefiel es uns dort sehr gut. Martin begrüßte uns, Melodica blasend, mit »Freude, schöner Götterfunken«. Es ist immer noch möglich, daß Richard nach Meppen versetzt wird, aber das wäre nur für etwa ein Jahr, und darum wollen sie das Haus nicht aufgeben. Dann müßte Richard eben immer wochenends nach Koblenz fahren.

Luises Kinder sind auch sehr lebhaft, und der Trubel ging uns ziemlich auf die Nerven. Bei Dagmar bewunderten wir ihre höchst geschmackvoll (und teuer!!) eingerichtete Wohnung. Renate verbrachte gerade eine Woche Ferien in Hannover, sie kam abends mit Franziska zu Besuch. Die beiden Teenager gackerten uns gewaltig was vor, stürzten sich auf den Wein und fühlten sich durchaus als Mittelpunkt.

Wie mag es jetzt in Eurer Küche aussehen? Noch immer alles upside down? Zu gerne würde ich mal einen Blick riskieren! Normans Ausbildungspläne sind uns sehr interessant. Gustav wird vielleicht vor Weihnachten zum Fliegerhorst Upjever versetzt, ist das nicht lustig?

Und nun ist erstmal Schluß. Seid alle lieb gegrüßt von uns!

Mutti.

Ingeborg Schlosser an ihre Schwester Therese Harper

Vallendar, den 23. 5. 73

Liebe Therese,

nun will ich mal einen Brief samt Fotos loslassen. Ich profitiere immer noch von der Erholung bei Euch, denn hier geht es im Augenblick ziemlich rund, vor allem im Garten. Alle die Arbeiten, die Richard sonst im Frühjahr übernahm, bleiben wegen seiner Versetzung nach Meppen nun an mir alleine hängen, und ich kann die tausend qm Garten eben nicht so schnell beackern, wie das Unkraut wächst. In Richards Abwesenheit hatte ich mir deshalb eigenmächtig einen Handwerker besorgt, der unter meiner Mithilfe in zwei Tagen die vordere Terrasse samt Treppe fertig belegte, damit das nicht noch bis zum Herbst wieder liegenblieb. Wenn es nicht regnete, war ich immer bis halb neun am Abend draußen, und nun endlich bin ich mit den Hunderten von Dahlien und Gladiolen sowie bald auch mit dem Legen von Erbsen und Bohnen fertig. Die lieben Kinder haben mit Überwindung gerade ein bißchen Unkraut gerupft und lachen immer bloß, wenn ich ihnen erzähle, wie wir im Garten früher rangenommen wurden. Sie haben jetzt Dauerkarten für das neue Schwimmbad und gehen da täglich hin. Aber ich wollte mich nicht beklagen, meine Konstitution ist ja besser als die unserer drei Schwestern, ich wollte bloß, daß Du nicht denkst, ich hätte aus purer Faulheit noch nicht geschrieben.

Was mit Meppen weiter wird, weiß der Himmel. Erst im Juli soll sich herausstellen, ob der der Betrieb dort personalmäßig vergrößert oder verkleinert wird. Bis dahin wollen wir wegen einer Wohnung noch nichts unternehmen.

Eben komme ich mit Wiebke aus dem Krankenhaus. Sie war vor einigen Tagen so unglücklich gestürzt, daß sie eine lange Platzwunde am Knie hatte, die genäht werden mußte. Jetzt sind die Fäden gezogen worden. Aber weder neulich noch heute hat die Kleine einen Pieps gesagt.

Liebe Therese, ich wünsche Euch vergnügliche Pfingstferien und werde mir vorstellen, wir Ihr Cornwall genießt.

Nochmals vielen Dank für die schönen Tage bei Euch!

Deine Inge

Ingeborg Schlosser

5414 Vallendar/Rhein, 27. 6. 73
Theodor-Heuß-Str. 26

An den
Typogr. Verlag Horst Heiderhoff
Lektorat
6 Frankfurt/M.
Schenckstr. 22

Sehr geehrte Herren,

beim Umräumen meiner Schränke fand ich eine Anzahl meiner seit etwa 1964 hin und wieder verfaßten Gedichte, habe sie zusammen mit denen aus den letzten Monaten einmal zusammengestellt und möchte sie Ihnen heute mit der Bitte um eine Beurteilung schicken. Es sind, so könnte man sagen, »Alltagsgedichte«, die keinen großen literarischen Anspruch erheben.

Hätten Sie dafür ein bißchen Zeit? Eine (baldige) negative Beurteilung würde mich sicher weniger treffen als eine lange Wartefrist.

Mit freundlichen Grüßen
Ingeborg Schlosser

Horst Heiderhoff an Ingeborg Schlosser

Sehr geehrte Frau Schlosser,
zu meiner Entlastung gebe ich Ihnen die Texte wieder zurück. Aus zeitlichen Gründen sehe ich mich nicht in der Lage, eine Beurteilung abzugeben, die natürlich so schnell nicht erstellt ist. Außerdem werden in meinem Vlg. nur noch wiss. Arbeiten veröffentlicht.

3. Mit frdl. Grüßen
VII. Ihr
73 Horst Heiderhoff

Richard Schlosser an seine Mutter Cäcilie Schlosser

Tossa de Mar, 6. 7. 73

Liebe Mutter!
Wir sind alle gut angekommen. Der Peugeot hat es bis jetzt getan und wird uns wohl auch wieder zurückbringen. Das Quartier bietet ausreichend Platz für die Familie. Die Kinder sinken jeden Abend todmüde ins Bett, nachdem sie tagsüber Wind, Wasser und Sonne genossen und Kletterpartien in den Uferfelsen unternommen haben. Die Jungens versuchen bewaffnet mit Tauchermaske Fische zu fangen. Bisher ohne Erfolg. Ich habe für den zum Quartier gehörigen Garten einen Komposthaufen angelegt, der sicher bei unserer Abfahrt schon reif sein wird. Etliche Samen spanischer Gewächse habe ich gesammelt und will versuchen, sie in Vallendar zu kultivieren. Schöne Grüße von uns allen.
Dein Richard

Emma Lüttjes an ihre Tochter Therese Harper

Jever, 4. Nov. 73.

Liebe Therese!
Wir beiden Alten sind unendlich glücklich, daß wir wieder in unserm schönen Zuhause sind. Natürlich war es auch schön in Bad Ems, und wir haben viele Wanderungen unternommen. Am allerbesten hat es uns im Thermalhallenbad gefallen (30° warm). Darin haben wir über eine halbe

Stunde herumgestrampelt, ganz herrlich! Inge hatte uns Mut dazu gemacht und Vati auch Badehose und Kappe geliehen. Wir dachten, wir würden lächerliche Figuren abgeben, weil ich ja nicht schwimmen kann, aber nichts dergleichen! Es gab viele Nichtschwimmer dort. Man konnte sich auch von kräftigen Strahlen massieren lassen, das war wunderbar. Die vielen Inhalationen, die ich in Bad Ems machte, sollen erst nach und nach ihre Wirkung zeigen. Es hat sich aber schon viel gelöst, und die chronischen Kopfschmerzen haben nachgelassen. Vati hat sich während meiner Kuranwendungen in der Lesehalle aufgehalten und die neuesten Zeitungen studiert. Wir haben auch ein Foto von uns machen lassen auf der Promenade an der Lahn. Eine hübsche Erinnerung!

In Koblenz habe ich Martins Klavierspielen bewundert. Volker gefiel mir auch sehr gut. Inge würde es gerne sehen, wenn er in den Ferien mal bei Euch sein, viel reden und sein Englisch verbessern könnte. Sie hat ja ein turbulentes Leben als Hausfrau. Was die alles macht! Und wenn Richard ihr wenigstens mal etwas Anerkennendes sagen würde! Ob sie nach Meppen müssen oder in Koblenz bleiben können, ist immer noch nicht heraus. Der Bund läßt sich mit der Entscheidung Zeit. »So schnell schießen die Preußen nicht!« Richard arbeitet ja schon ganz in Meppen und fährt nur wochenends mal nach Hause, so daß Inge mit allem allein zurechtkommen muß, aber sie schafft das glänzend. Eben habe ich noch ein Telefongespräch mit ihr gehabt. Sie hat zwei Sessel neu bezogen, was eine Mordsarbeit gewesen sein muß. Außerdem hat sie das ganze Haus einschließlich der Bodenräume und den Garten in Ordnung gebracht, weil heute nachmittag, o Wunder!, ein Ehepaar zum Kaffee erwartet wird. Inge und Richard bekommen ja sonst außer Verwandtschaft niemals Besuch. Ich weiß nicht, ob die heutigen Gäste gerade einflußreich sind, aber jedenfalls hat Inge alles getan, um gut dazustehen.

Nun noch etwas Neues: Wir haben einen Farbfernseher!! Ein vorgezogenes Weihnachtsgeschenk. Der alte wollte nicht mehr, das Bild war wacklig und unklar, man sah in den Gesichtern drei Augenpaare übereinander, und oft verschwand das Bild auch ganz. Nun leben wir ja wie im Paradies, und meine beiden Herren, besonders Gustav, hocken noch intensiver als vorher vor dem Apparat. Gustav geht abends auch öfter aus zum Trinken oder in eine Discothek, aber nur, wenn seine Kumpels ihn abholen. Er ist ein Stubenhocker, der Herr Unteroffizier! Im TV werden wir dann auch die Hochzeit der Prinzessin Anne verfolgen.

Liebe Therese, der Bogen ist voll, ich habe alles erzählt und schließe mit herzlichen Grüßen an Dich und Deine Familie!

Mutti.

Ingeborg Schlosser an Richard Schlosser

Vallendar, 8. 12. 73

Lieber Richard,
daß Du Freudensprünge machst, wenn Du mein Paket auspackst, hatte ich bestimmt nicht erwartet. Aber daß nun wieder alles verkehrt gewesen sein soll, womit ich Dir eine kleine Freude machen wollte, das trifft mich doch ein bißchen hart. Bei dem Schlips, nun ja, wer kann Dir da schon was recht machen, aber Du selbst hast doch bestimmt wieder keinen besorgt. Und die Wäsche reicht doch sonst nur gerade eben über 14 Tage, da konnte ich doch wirklich nicht wissen, daß nun auf einmal noch soviel sauber ist. Ich hatte gehofft, Du würdest ein bißchen das Gefühl haben, daß ich mir um Dein Wohlergehen Gedanken mache, und in diesem Sinne vielleicht auch die paar Nikolaus-Kleinigkeiten verstehen. Es muß wohl so sein, daß wir beide einfach zu verschieden konstruiert sind. Du kannst offensichtlich lange Zeit ohne meine Fürsorge auskommen, aber ich kann mit so wenig Kontakt und so viel Kritik eben nicht so leicht fertig werden. Mag sein, weil es mir in letzter Zeit schlechter geht, oder es mag auch daran liegen, daß die Kinder da ahnungslos und oft wenig rücksichtsvoll sind oder daß mir die ewige Trennung in der Adventszeit besonders zu schaffen macht, jedenfalls würde ich mich freuen, wenn Du mir mal einen Abend schreiben könntest, einfach so, und weil einem am Telefon ja doch die richtigen Worte fehlen. Das würde mir ein wenig Auftrieb geben, bis Du endlich kommen kannst. Alle hier scheinen zu glauben, es mache mir nichts aus, allein zu sein, und das zeigt doch bloß, daß sie mich alle nicht richtig kennen. Die viele Arbeit macht mir zwar wirklich nichts aus, aber ein Ersatz ist sie nie und nimmer.

Ich hoffe bloß, Du erfährst nun bald, wie es beruflich weitergeht. Ich möchte endlich wieder nicht nur für den Haushalt und die Kinder, sondern auch für Dich da sein.

Deine Inge

Ingeborg Schlosser an ihre Schwester Therese Harper

Vallendar, den 17. 1. 74

Liebe Therese,
vielen herzlichen Dank für Euer schönes Paket und die Weihnachtsgrüße! Wiebke hat jetzt jeden Tag den Morgenrock an, der sehr gut paßt und

wunderbar wärmt. Ich hätte auch schon früher geschrieben, aber von Silvester bis vorgestern war meine Schwiegermutter hier, so daß ich praktisch zu nichts gekommen bin. Sie meint es ja gut und will sich immer nützlich machen, aber sie kann kaum noch was alleine tun, und ich mußte ihr bei jeder Näh- und Stopfarbeit die Sachen zureichen, die Nähmaschine einrichten, passendes Garn suchen, den Stuhl ans Fenster stellen usw. Aber wenigstens hat Schwiegermama unsere Renate in die Kunst des Maschinenstrickens eingeführt und uns die Strickmaschine überlassen, und nun sehe ich »bestrickende Zeiten« auf uns zukommen; zwei Pullover sind schon fertig. Ich will auch nicht immer meckern. Noch ist es ja nicht so, daß Schwiegermutter völlig hilflos ist, aber wenn, dann werden wir sie wohl ganz bei uns aufnehmen müssen, denn mit Doro verträgt sie sich nicht, und Gertrud ist nach der schweren Operation gar nicht in der Lage zu solchen Experimenten. Bleiben die Schwiegertöchter. Das würde hier allerdings eine vollständige Umstellung des Haushalts erfordern, weil die alte Dame abends früh zu Bett geht und morgens in aller Herrgottsfrühe in der dunklen Wohnung herumgeistert, an den schweren Rolläden verzweifelt und vorwurfsvolle Blicke um sich wirft, wenn wir endlich aufstehen. Möglicherweise bist Du jetzt ja mit ähnlichen Problemen konfrontiert, wenn Dein Schwiegervater bei Euch ist. Wie hat sich das denn nun eigentlich eingespielt? Habt Ihr ihn jedes Wochenende? Sollte das der Fall sein, dann wäre es wohl ratsam, den Plan von Volkers Besuch vorläufig auf Eis zu legen. Dir als berufstätiger Frau kann man das ja gar nicht zumuten.

Volkers Schulzensuren haben sich etwas verbessert, in Deutsch, Englisch, Franz und Mathe steht er jetzt auf 3, in Bio auf 2 und in Physik sogar auf 1. Na, er wird's schon schaffen. Seit dem letzten Sommer ist er mir immer weiter über den Kopf gewachsen und nun fast so groß wie Renate, dabei aber man dünn. Er hat einen kleinen Radiergummibart und ist im Stimmbruch, also einigermaßen »erwachsen«. Martin ist beim Klavierspielen immer noch fleißig, wenn auch nicht mehr ganz so wie früher, Renate dito. Sie hat sich übrigens entschieden, auf Schwiegermutters Wunsch nach dem Abitur sieben Monate in Birkelbach auf die Frauenschule zu gehen, und zwar gegen meinen Rat. Wiebke ist schon recht verständig und hat auch gute Noten, nur könnte sie ein bißchen schneller sein. Aber irgendeiner muß ja das gewisse Schlosser-Phlegma auch geerbt haben!

Richard war von kurz vor Weihnachten bis gestern auf Urlaub zu Hause und hat nun noch ein paar Tage in Bonn zu tun, so daß er auch abends herkommen kann und ich nicht immer bloß Strohwitwe bin. Im Moment sieht es wieder so aus, als sei für ihn im April in Meppen Schluß. Bald danach wird hier eine Unterabteilungsleiterstelle frei, die er vielleicht bekommt, und dann würden wir also doch in der Gegend bleiben. Deshalb hat er nun angefangen, seine Werkstatt in der Garage auszubauen und die Wände mit riesigen Regalen zu bepflastern, wo der ganze Schamott untergebracht werden kann. Vorher wurde tagelang an dem Peugeot herumgearbeitet, einschließlich Lackieren (!) von Türen und Kotflügeln, so daß ich im Wohnzimmer nicht viel von meinem Ehemann gesehen habe.

Zum Trost bekam ich einen Wunsch erfüllt, und zwar haben wir uns eine neue sogenannte Polster-Sitzlandschaft gekauft, die im Februar geliefert wird. Die alten Sessel waren aber auch wirklich schon so schadhaft, daß man sich bald genierte, Besuch zu empfangen. So hohe Lehnen wie bei Euern Sesseln konnten wir aber nicht gut nehmen, weil wir dann vom Garten nicht mehr viel hätten sehen können. Wird denn nun auch in diesem Jahr mal jemand von Euch kommen und den Sitzkomfort vergleichen? Richard will im Sommer keine Reise machen, sondern die restlichen Arbeiten in Haus und Garten endlich erledigen. Als meine alte Freundin Kathrin das erfahren hatte, schrieb sie mir postwendend, daß ich dann ja hier entbehrlich sei und sie in Venezuela besuchen könne, aber da sehe ich etwas schwarz, weil demnächst noch eine neue Waschmaschine und ein neuer Fernseher fällig sind.

Liebe Therese, wir hören hier in den Nachrichten Schreckliches aus dem von Energiemangel und Streiks geplagten England und hoffen sehr, daß Ihr nicht allzuviel zu leiden und zu frieren braucht.

Bitte grüß Deine Familie und laß Dir selbst alles Gute wünschen

von Deiner Inge

Ingeborg Schlosser an ihre Schwester Therese Harper

Vallendar, den 17. 6. 74

Liebe Therese,
herzlichen Dank für die hübschen Sachen zu Wiebkes Geburtstag! Alles, was wir an besonders netten und aus dem Rahmen fallenden Kleidungsstücken haben, kommt von Dir. Marks & Spencer könnten wir hier auch gut gebrauchen.

Für den Sommer haben wir uns jede Menge Arbeit am Haus vorgenommen (Plattenweg ringsherum und um den Rasen, Zäune zu den rechten und linken Nachbarn, ein Spalier für die gewaltig in die Höhe geschossenen Kletterrosen, Estrich auf dem Balkon, Imprägnieren der holzvertäfelten Giebelwand und als Schlimmstes das Verputzen der Garage und der restlichen Kellerräume). Kaum in sechs Wochen zu schaffen, aber versuchen kann man's ja. Deshalb habe ich meine Südamerikareise zu Kathrin auf ungewisse Zeit verschoben, denn ich käme mir doch ein bißchen unverschämt vor, die hohen Reisekosten zu beanspruchen und Richard hier in dem ganzen Dreck alleine zu lassen, zumal die Jungs und Wiebke ja die meiste Zeit hier sind.

Im Augenblick bin ich ganz allein zu Hause, es herrscht Hochsommerwetter, und die gesamte Meute ist im Schwimmbad. Ich muß auch zusehen, daß ich mit der vielen Gartenarbeit zurechtkomme, denn Richard ist schon eine Weile wieder in Meppen. Glücklicherweise fangen jetzt bald die Sommerferien an, und der Streß mit den Hausaufgaben hört auf. Dank etlicher Donnerwetter hat Volker seine Zensuren noch erheblich verbessern können und steht in den meisten Fächern auf 2 oder 3. Leider muß ich weiterhin streng sein mit ihm, weil er sonst gleich wieder nachläßt, der Faulpelz. Aus Jever hörte ich, daß Norman nun doch noch die Prüfung nachgemacht hat. Das ist ja wirklich sehr anzuerkennen. Und was macht Kim inzwischen? Ist sie etwas umgänglicher geworden? Ich drück Dir die Daumen.

Herzliche Grüße, liebe Therese, auch an Deine Familie!

Deine Inge

Cäcilie Schlosser an ihren Sohn Richard Schlosser

Hilden, 25. 10. 74

Mein lieber Richard!
Wie ein schöner Traum liegt das Zusammensein mit Euch allen nun hinter uns. Es waren so glückliche, harmonische Tage, die Berufs= und Alltagsarbeit und Sorgen etwas vergessen ließen. Daß alles so festlich war, verdanken wir doch in erster Linie Dir und Inge, die Ihr uns alle nach Vallendar eingeladen hattet. Du sagtest mir in Deiner Tischrede so viel Liebes. Meinen Dank dafür brachte ich Dir gar nicht recht zum Ausdruck. Nun muß ich es schriftlich nachholen. Deine lange Rede kam so von Herzen und hat mich sehr beglückt, gleichsam als Krönung meiner Lebensarbeit, wenn es auch nicht mein Verdienst ist, daß Ihr alle im Leben Euern Platz ausfüllt. Das ist ein Gottesgeschenk, das mich im Alter froh und dankbar sein läßt.

Durch Deine Worte wurde es mir erst richtig bewußt, wie alt ich inzwischen schon bin und wie lange die Zeit zurückliegt, da Ihr noch alle zu Hause wart. Jetzt seid Ihr Eurerseits Familienväter und =mütter, lebt für Eure Kinder und scheut keine Arbeit und kein Verzichten, bis auch sie erwachsen sind und auf eigenen Füßen stehen. Eltern sollen von ihren Kindern keine Dankbarkeit erwarten. Um so mehr freut es eine alte Mutter, wenn Dankbarkeit so beredt Ausdruck findet wie in Deinen Worten. Ich freue mich, daß Du die freie Rede so gut beherrschst. Und wie still und wortkarg warst Du in Deiner Jugend.

Mein Umzug in die Wohnung nebenan beschäftigt mich schon die ganze Woche. Die Küche ist jetzt fertig eingebaut, und ich hoffe, daß morgen das Umräumen der Möbel vor sich geht. Zwei junge Männer aus einem Jugendverein wollen mir dabei helfen.

Ich wünsche Dir, daß Du bald Gewißheit über Deinen endgültigen Wohnsitz hast.

Herzlichst
Deine Mutter

Ingeborg Schlosser an ihre Schwester Therese Harper

Vallendar, den 5. 1. 1975

Liebe Therese!
Über das hübsche Paket haben wir uns sehr gefreut, aber es war doch eigentlich nicht nötig, allen etwas zu schenken. Die Sachen für Wiebke passen ihr so gut, daß ich Mühe habe, sie zu überreden, auch mal was anderes anzuziehen. Auch die Jungs und Renate haben die schicken Slips (so heißen die Dinger hier tatsächlich) gleich in Gebrauch genommen. Das Buch mit den Kinder-Zitaten ist ja allerliebst, es war unsere netteste Weihnachtslektüre, und dabei haben sich doch sehr viele Bücher angesammelt.

Höchstwahrscheinlich war das ja nun unser letztes Weihnachtsfest in diesem Hause. Die Arbeit in Meppen sagt Richard mehr zu als die in Koblenz, und wohnen möchte er auch lieber dort als hier. Das Haus, das man uns in Meppen zur Miete angeboten hat, ist etwas älter (Baujahr 1939) und von der Firma Krupp seinerzeit für den dortigen Obermacker des Schießplatzes gebaut worden. Es ist ganz komfortabel und geräumig (9 Zimmer), aber mit unserem hiesigen Haus kann es nicht konkurrieren. Vorläufig ist als Umzugstermin der 1. Juni vorgesehen.

Sonst geht's uns allen gut, obwohl wir nicht mal Besuch hatten über Weihnachten, nur heute waren Dietrich und Jutta mit den Kindern hier.

Da ist es bei Euch sicher lebhafter zugegangen mit den vielen Leuten. Von Mutti erfuhr ich, daß sie Dir ein Zuckerpaket geschickt hatte. Ich wußte nicht, daß die Knappheit so schlimm war, sonst hätte ich auch was unternommen. Sollte mal wieder ein Engpaß eintreten, dann kannst Du mir das ruhig mitteilen.

Renate ist in den Weihnachtsferien sehr fleißig gewesen und hat eifrig Jacken und Pullover gestrickt. Nebenbei schafft sie noch die Schulvorbereitungen, so daß wir mit ihr ganz zufrieden sein können, und darum tut es mir um so mehr leid, daß Du mit Kim wieder soviel Ärger hast. Woher hat sie denn nur diesen eigensinnigen Kopf? Hat auch Norman gar keinen Einfluß auf sie? Wenigstens er scheint Euch doch Freude zu machen mit seinen Berufsplänen. Sicher weiß er jetzt zu schätzen, wie gut er es zu Hause hatte. Auch Gustav scheint das eingesehen zu haben. Als ich Anfang Dezember in Hannover war, kam er mit einer Tasche voll schmutziger Wäsche bei Dagmar an, der es aber so schlecht ging, daß er schließlich gezwungen war, sich selbst mit der Waschmaschine zu befassen. Im Prinzip bin ich auch dagegen, daß man ihm alle Arbeit abnimmt. Er muß doch lernen, seine Socken selbst zu stopfen oder mal einen Knopf anzunähen. Volker bügelt seine Klamotten selbst; zum Knopfannähen nimmt er allerdings Zwirn, wenn ich nicht aufpasse.

Rudi hat sich übrigens eine riesige eigene Praxis zugelegt. Ich war bei der Einweihungsfeier, wo über hundert Personen zugegen waren, Professoren, Anwälte, Abgeordnete – man sollte gar nicht meinen, was der für einen riesigen Bekanntenkreis hat. Es gab ein kaltes Büfett, und Gustav war zum Bierzapfen engagiert worden und hatte viele Stunden pausenlos zu tun. Im ganzen war es sehr eindrucksvoll. Richard meinte, ihm wäre es ein Greuel, in diesem Stil Public Relations zu betreiben, und es sei bloß gut, daß er nicht freiberuflich tätig sei und so was gottseidank nicht nötig habe.

Auch Mutti geht es wieder besser. Am Telefon ist sie immer betont forsch und lustig, aber ich bin mir trotzdem nicht so sicher, ob man ihre Krankheit auf die leichte Schulter nehmen darf. Ich werde jedenfalls froh sein, wenn ich von Meppen aus öfter mal nach Jever fahren kann. Gleich nach Neujahr wollte Mutti sich gründlich in Sanderbusch inspizieren lassen, aber nun wird erstmal wieder abgewartet. Vati ist einfach nicht energisch genug mit ihr. Aber da er sich sein Leben lang nach ihr gerichtet hat, kann er auf seine alten Tage den Spieß eben nicht auf einmal umdrehen. Bloß gut, daß er mit seinen bald achtzig Jahren noch so erstaunlich kregel ist.

Von Renate habe ich ja schon geschrieben. Volker ist dabei, sich auf den Führerschein Klasse 4 vorzubereiten. Mit 16 darf er demnächst theoretisch Moped fahren, und so hatte er sich zu Weihnachten das Geld für die Fahrprüfung gewünscht. Wir haben ja noch ein altes Moped im Keller stehen, und wenn Richard Zeit hat, will er es wieder herrichten. In der Schule ist Volker jetzt überm Durchschnitt, wenn auch keineswegs erstklassig, aber wenigstens fühlt er sich seinen Klassenkameraden gegenüber nicht mehr zurückgesetzt, und seine Lehrerin hat neulich ausdrücklich bedauert, daß wir fortziehen wollen; er sei einer ihrer verläßlichsten Schüler. Martin tut sich immer noch in jeder und oft auch in unangenehmer Weise hervor, und man hat es nicht leicht mit ihm. Schon seit Wochen liegt er sich ständig mit Wiebke in den Haaren, und da er in dem Alter ist, wo die Kinder ungern was für ihre Sauberkeit tun, habe ich oft Ärger mit ihm. Immerhin bringt er aus der Schule gute Noten mit, und seine Klavierausbildung macht auch einige Fortschritte. Aber bei ihm kann man noch überhaupt nicht sagen, für welchen Beruf er vielleicht geeignet ist, denn er lehnt es generell ab, sich anzupassen. Wiebke kommt jetzt mehr aus sich heraus und setzt sich auch gegenüber Gleichaltrigen besser durch, bloß an die rheinländischen Kodderschnauzen aus ihrer Klasse reicht sie lange nicht heran. Aber darüber sind wir nicht traurig. Sie fängt jetzt mit Häkeln und Stricken an, doch es geht nur mühsam, und sie hat auch nicht viel Lust dazu. Anfang Februar muß ich das nächste Mal mit ihr nach Gießen zur Augenklinik. Ob eine zweite Operation erforderlich ist, steht noch nicht fest. Auf jeden Fall wird Wiebke weiter eine Brille tragen müssen.

Liebe Therese, hoffentlich kommen nicht noch mehr wirtschaftliche Schwierigkeiten auf Euch Engländer zu. Wir drücken Euch die Daumen!

Viele herzliche Grüße an Dich und Euch alle von

Deiner Inge

Ingeborg Schlosser an ihre Schwester Therese Harper

Meppen, den 28. 9. 75

Liebe Therese!

Es hat mir leid getan, daß ich neulich Deinen Anruf verpaßte, aber ich habe mich trotzdem gefreut. Wie schön, daß Du uns demnächst besuchen kommst. Die Kinder sind schon ganz aus dem Häuschen, besonders Wiebke. Bleibst Du insgesamt eine Woche in Deutschland? Wenn wir nicht inzwischen in Meppen säßen, würde es zu einem Abstecher wahrscheinlich gar nicht reichen, oder?

Als ich kürzlich wegen des Ehemaligen-Tanzabends in Jever war, habe ich mir bei Mutti die hübschen Fotos aus Euerm Urlaub angesehen. Das muß ja wunderschön gewesen sein. Richard, der Dich von meinen Schwestern bekanntlich am meisten ins Herz geschlossen hat, war auch von Deinen witzigen Kommentaren auf der Rückseite ganz angetan. Hoffentlich waren die Aufregungen und Strapazen nicht größer als der Erholungseffekt, denn Erholung hattest Du doch bei Deinem aufreibenden Job bestimmt nötig. Bei Richard und mir merkt man auch, daß der Urlaub in diesem Jahr ins Wasser gefallen ist, wir sind manchmal etwas gereizt, und Richard ist abends nach anstrengendem Dienst oft regelrecht groggy, aber er hat noch 14 Tage Urlaub zu kriegen, und dann fällt hoffentlich auch etwas Erholung ab. Mehr als vier Wochen Urlaub hatten wir ja bei der Renovierung unseres Eigenheims verbraten, und das war weit anstrengender als geplant, denn kein einziger Handwerker, weder Maler noch sonstwer, hatte sich an seine Versprechungen gehalten. So blieb zum Schluß auch das an uns selbst hängen, was wir aus Zeitknappheit Handwerkern übertragen wollten, und wir mußten buchstäblich bis zum Umfallen arbeiten. Aber bis auf den Verputz der Garage sind Haus und Garten fertig geworden und endlich auch alle die vielen Dinge, die wir die ganzen Jahre schon immer machen wollten, aber nicht geschafft hatten. Da wir aber ja eine anständige Miete kassieren wollten, hatte der Mieter Anspruch darauf. Es stellte sich dann heraus, daß der vorher nur eine mittelgroße Wohnung gehabt hatte und bis jetzt noch längst nicht das ganze Haus möblieren kann, aber das braucht uns ja nicht zu kratzen.

Mit unserem neuen Wohnort sind wir ganz zufrieden. Ich für mein Teil bin froh, daß ich aus dem Rheinland raus bin. Es ist ja doch ein Aberglaube, daß die Leute dort alle lebenslustig und nett sein sollen. Ich fand immer, es gibt dort viel mehr unaufrichtige und unzuverlässige Menschen als hier. Nun ist zwar Meppen ganz hübsch, aber genau so katholisch wie Vallendar, allerdings ist das auch der einzige Nachteil. Den Kindern gefällt es hier sehr gut. Wiebke hat sich am schnellsten in die neue Umgebung eingelebt. Sie hatte vom ersten Tag an eine Schulfreundin, die häufig zum Spielen herkommt. Volker kriegt auch hin und wieder mal Besuch von einem stillen Knaben namens Elmar und geht auch öfters in die Stadt, wo er sich mit andern trifft. Trotzdem schreibt er sich ständig mit seinen Vallendarer Freunden und möchte gern in der nächsten Woche, während der Herbstferien, auf einige Tage dorthin fahren. Er ist zwar betrübt, daß das Moped noch nicht fertig ist, aber ich bin ganz froh, daß er nun mit der Bahn fährt und nicht sieben oder acht Stunden quer durch den Kohlenpott bis Koblenz. Martin ist stark überbeschäftigt, denn er muß außer zweimaligem Fußballtraining in jeder Woche noch einen Konfirmanden-Nachmittag und mindestens alle drei bis vier Tage einige Stunden Klavierspiel verkraften. Die Schule fordert ihn leider nicht allzusehr, denn hier fällt wegen Lehrermangels besonders an den Gymnasien ein Drittel des Unterrichts aus. Das kann noch ziemlich üble Folgen für die Zukunft haben, fürchte ich. Renate erzählt ganz begeistert von Birkelbach, wo sie an der Hausfrauenschule schon netten Anschluß an einige andere Schülerinnen gefunden hat und sich sehr wohl fühlt. Sie hat Unmengen von Einrichtungsgegenständen mitgenommen, um sich die kahle Bude dort gemütlich zu machen. Jeden Tag lernt sie ein neues Gericht zu kochen und muß sich auch etliche Vorlesungen in Volkswirtschaft, Psychologie, Ernährungswissenschaften etc. anhören. Sie kriegt Ende Oktober erst Herbstferien, und es könnte sein, daß sie gerade hier ist, wenn Du kommst.

Hast Du schon eine Ahnung, wann das sein wird? Ich hoffe bloß, daß mein VW dann endlich wieder fahrbereit ist und ich Dich aus Jever abholen kann. Als Dagmar kürzlich von hier aus per Bahn nach Jever wollte, war das ein schrecklicher Umstand.

Laß bald von Dir hören, wann wir Dich erwarten können.

Herzliche Grüße an Dich und Deine Lieben!

Deine Inge

Ingeborg Schlosser an ihre Schwester Therese Harper

Meppen, den 19. 1. 76

Liebe Therese!
Vielen herzlichen Dank für die wunderschöne Tweed-Hose für Wiebke. Das war ja nun eigentlich fast zuviel des Guten, Du hattest ihr doch schon soviel mitgebracht! Mutti sagt, daß Du reizende Fotos geschickt hast von Eurer Silvesterparty. Jetzt hat Luise die Fotos, ich bekomme sie dann anschließend, und nachher schickt Mutti sie Dir wohl wieder zurück. Das muß ja ein tolles Fest gewesen sein, was man so hört! War denn Opa Harper zu der Zeit auch noch bei Euch? Es ist doch fast komisch, daß der sich noch wieder verheiraten will. Weißt Du noch, was unser Opa mit 70 Jahren für Anstrengungen unternahm, um abermals zu heiraten, und wie er piekfein angezogen durch ganz Deutschland reiste, um alle die Damen kennenzulernen, die auf sein Inserat geantwortet hatten? Wir haben das ja erst später genauer erfahren. Was können wir froh sein, daß unsere Eltern

auf ihre alten Tage noch so mopsfidel und vor allen Dingen noch immer beisammen sind. Meine Schwiegermutter kriegt hin und wieder einen regelrechten Einsamkeitskoller, dann ißt sie kaum was und achtet nicht auf ihren Zuckerspiegel, und wenn es ihr danach prompt schlechter geht, führt sie das allein auf die Tatsache zurück, daß sie nicht mehr gebraucht wird. Wir können sie zwar hin und wieder einladen, aber auf Dauer möchten wir das nicht, es sei denn, sie hätte eine eigene Wohnung. Neulich hatte Richard mal ein Angebot, nach Wilhelmshaven zu gehen (Marine-Arsenal), aber es reizte ihn beruflich nicht sehr, sonst hätten wir ja in Jever noch einmal bauen und dann Mutti, Vati und Schwiegermutter bei uns aufnehmen können, aber so? Ich weiß nicht. Was Vatis 80. angeht – da kannst Du wohl nicht erscheinen, oder doch? Wann fangen denn bei Euch die Ferien an? Wir haben in diesem Jahr sehr früh Osterferien, nämlich vom 29. März bis einen Tag nach Ostern. Ich könnte also an Vatis Geburtstag in Jever die Regie übernehmen, falls Mutti mich läßt!

Du fragst, wann Volker gerne kommen möchte. Da wären unsere langen Osterferien wahrscheinlich die günstigste Zeit. Er selbst hätte große Lust, er hat in Englisch jetzt auch bessere Zensuren. Vorher hatte er sich bloß nicht genug Mühe gegeben und immerzu nur sein Moped im Kopf gehabt, aber gottseidank ist das nun fertig. Es ist ein uraltes Modell von einer Firma, die inzwischen nicht mehr existiert, deshalb gestaltete sich die Reparatur so schwierig. Wir mußten erst per Inserat jemanden suchen, der noch so einen alten Motor besaß, und dann setzte Richard aus zwei Motoren einen funktionierenden zusammen. Mittlerweile hat Volker sich einen gewaltigen knallroten Sturzhelm gekauft und hofft, nun bald die Zulassung zu kriegen.

Von Renate höre ich, daß sie in Birkelbach allmählich die Lust verliert. Das hätte ich ihr vorher sagen können! Sie jammert über jedes Wochenende, an dem sie nicht mit ihrem Olaf zusammen ist, rein schlimm ist das. Dabei kriegt sie, wenn alles klappt, im April einen Studienplatz in Bielefeld, und ihr Amoroso kommt dann nach Beendigung seiner Wehrdienstzeit auch dorthin. So gut hätten wir das früher mal haben sollen!

Von Angela Lohmann – Wiebkes Lehrerin – soll ich Dich schön grüßen. Sie war gestern mit ihrem Mann hier, und anschließend haben wir noch einen langen Spaziergang gemacht und über Gott und die Welt geredet. Mit Frau Lohmann werde ich von nächster Woche an auch einen Gymnastikkurs besuchen. Hoffentlich geht dann mein Weihnachtsspeck wieder ab, ich habe ganz schön zugelegt über die Feiertage.

Im Dezember hatte ich meine erste große Gesellschaft hier, schrieb ich Dir das schon? Riesiges kaltes Büfett und 30 l Getränke. Richard stöhnt natürlich über die gesellschaftlichen Verpflichtungen, aber es schadet ihm ja doch nichts. Demnächst kommen noch zwei größere Einladungen, dann sind wir durch und können wieder in der Anonymität versinken, wenn ich nicht aufpasse. Im Grunde sind mir so große offizielle Sachen gar nicht so lieb wie kleine zwanglose Besuche, aber dazu gehört eben ein Bekanntenkreis in der Nähe, und so weit sind wir hier noch nicht.

Viel Spaß in Deinem Country-Club mit Squash und Sauerkraut. Eigentlich schade, daß das Bekannteste an Deutschland das dämliche Sauerkraut ist, was wir hier so selten essen!

Viele herzliche Grüße an Dich und die ganze Familie!

Deine Inge

Ingeborg Schlosser an ihre Schwester Therese Harper

Vallendar, den 21. 2. 76

Liebe Therese,
zu Deinem Geburtstag von uns allen herzliche Glückwünsche. Nun kommst ja auch Du dem schönen Alter »Mitte vierzig« langsam näher, aber ich bin sicher, daß es Dir wichtiger ist, wie Du Dich fühlst, und da sind der Jugendlichkeit keine Grenzen gesetzt. Ich sollte Dir eigentlich zu dem in Meppen gekauften Oberteil von Leffers den passenden Rock schicken, habe aber leider keinen mehr erwischt. Stattdessen lege ich einige der damals ebenfalls erstandenen Kettchen bei und hoffe, daß Du die Farben noch nicht hast

Volker spitzt sich schon sehr auf die Englandreise. Und stell Dir vor, inzwischen ist meine Schwiegermutter mit einem ganz besonderen Vorschlag angekommen: Ich soll sie, da keins ihrer Kinder Zeit hat, nach Südwestafrika (Namibia) begleiten. Sie war ja schon zweimal dort bei ihrer Jugendfreundin Wilma v. Hammerstein, traut sich die Reise jetzt aber nicht mehr alleine zu. Und wenn ich dann schon mitkomme, werde ich mir natürlich die Möglichkeit nicht entgehen lassen, von Windhuk aus noch über Johannesburg nach Tzaneen/Transvaal zu reisen, wo Friederike Lambert wohnt. Nun sind ja leider die politischen Verhältnisse da unten ziemlich unklar, und wenn es nach Mutti ginge, dürfte ich auf keinen Fall fahren, denn ganz in der Nähe der v. Hammersteinschen Farm wurde letzte Woche ein deutsches Farmer-Ehepaar von Terroristen umgebracht, und außerdem gilt es als sicher, daß die Angolaner und die dort kämpfenden Kubaner als nächstes den Guerilleros in Namibia zu Hilfe kommen und einen Krieg mit Südafrika auslösen werden. Aber erstens hoffen wir bis dahin wieder in Deutschland zu sein, und zweitens ist nun mal jedes Abenteuer mit einem gewissen Risiko verbunden. Wenn ich allein daran denke, was das 1949 für ein Umstand war, als Deutsche nach England zu fahren, mit Quarantäne-Lager und Leibesvisitationen, dagegen ist heute ja so eine Flugreise ein Kinderspiel. Jedenfalls kann Renate jetzt mal zeigen, was sie in Birkelbach gelernt hat, denn sie soll mich hier vertreten, wenigstens die meiste Zeit; danach muß Richard noch seine restlichen Urlaubstage nehmen.

Betreffs Vatis Geburtstagsfeier habe ich übrigens vorgeschlagen, daß wir Töchter ihm das Familien-Mittagessen im Getreuen-Lokal spendieren, weil er sonst partout nichts haben will. Aber da Du ja leider nicht kommen kannst, wäre es unfair, Dich zu beteiligen, und so steht es Dir natürlich frei, was anderes zu besorgen.

Bei uns ist jetzt der Vorschlag aufgetaucht, Richard wieder nach Koblenz zu versetzen. Amtlich ist das allerdings noch nicht, und um die Kinder nicht zu verunsichern, haben wir ihnen noch nichts gesagt. Das wär ein Ding, was? Noch ein 7000-DM-Umzug! Aber der Bund scheint's ja zu haben.

Herzliche Grüße an Dich und Deine Lieben, und feiert man schön!

Deine Inge

Ingeborg Schlosser an Richard Schlosser und die Kinder

Immenhof, den 1. 3. 76

Ihr Lieben in Meppen,
durch den Telefonanruf wißt Ihr ja schon, daß die Reise gut geklappt hat. Ich hatte nicht gewußt, daß das Telefon hier Sonntag abends um 8^{00} abgestellt werden muß, sonst hätten wir auch früher telefonieren können. In der Nacht hörte ich es wohl klingeln, dachte aber, das kann ja wohl nicht für mich sein.

Nun der Reihe nach. Als ich durch die dichte Nebelsuppe zu Mutter fuhr, befürchtete ich schon, es werde Flugverspätungen geben, aber in Hilden herrschte wunderbares Frühlingswetter. Wir hatten nach dem Essen noch Zeit, alles mögliche ein- und umzupacken, bevor Jürgen uns abholte. Auf dem Flughafen mußten wir auch deshalb lange warten, weil der BGS noch nicht da war, der alle Flugreisenden auf Waffen untersucht und das Gepäck durchwühlt. Eine Beamtin fragte mich, ob ich Scheren im Gepäck hätte. Es stellte sich aber heraus, daß sie nur ein Etikett abschneiden wollte, das noch an Mutters neugekaufter Jacke hing.

Durch einen »Tunnel« betraten wir die Boeing 737 und suchten uns Plätze vor den Tragflächen aus. Nachdem die Startposition erreicht war, konnte ich dann erstmals erleben, was das für ein Gefühl ist, wenn erst donnernd Geschwindigkeit zugelegt wird, bis der Vogel schließlich abhebt. Eine kleine Weile waren noch Düsseldorf und der Rhein zu sehen, dann ging es in größere Höhen, und man konnte nur raten, wo man sich gerade befand. Als ich nicht lange vor der Landung die Alpenspitzen sah und den Steward fragte, wo wir seien, ging er ins Cockpit und berichtete hinterher, wir seien über Schaffhausen. Die Maschine drehte dann nach rechts und sank rasch tiefer. In Zürich wurde man mit einem Bus ins Gebäude gebracht und von netten, Schwyzerdütsch sprechenden Bodenstewards abgefertigt. Es gab noch Getränkegutscheine, die wir in Orangensaft umsetzten, und dann ging es über lange Flure bis zu dem ausfahrbaren Landungssteg der wartenden SAA-Maschine. Es war ein Jumbo, richtig beängstigend gewaltig so aus der Nähe. Man hatte uns Plätze auf der linken Seite im Nichtraucher-Abteil gegeben, vor der Tragfläche, bloß verdeckte nachher die zurückgeklappte Sitzlehne vor uns fast vollständig unser Mini-Fenster. Nächstesmal werden wir besser aufpassen, denn es gibt auch Fenster mit besserer Sicht. Der Jumbo füllte sich nach und nach, aber bestenfalls zu zwei Dritteln. Die Flugansagen kamen in Englisch und Afrikaans, manchmal auch in schlechtem Deutsch. Draußen sah man Flughafenbedienstete, die mit Leuchthandschuhen das Flugzeug einwinkten. Der Start vollzog sich ungleich geräuschvoller als in Düsseldorf, aber es war schon ein dolles Gefühl. Man hatte ein Klingen im Ohr, bis die Steigung aufhörte und das Abendessen serviert wurde. Nachdem wir uns auf der pompösen Menu-Karte was ausgesucht hatten, erfuhren wir, daß nur noch Beefsteak vorrätig war, aber mit etlichen Vor- und Nachspeisen, Gemüse, Obst, Croissants, Butter und Käse war das soviel, daß man es kaum schaffen konnte. Es wurden einem auch feuchte heiße weiche Papierhandtücher gereicht. Die ganze Zeremonie dauerte bis kurz vor der Zwischenlandung in Lissabon. Beim Anflug wurde die Höhe so schnell verringert, daß ich dachte, mir platzt das Trommelfell. Aber dann hatte man einen herrlichen Blick über die ganze Bucht bei Nacht.

Die Aufenthaltsdauer betrug eine Stunde. Alle Passagiere sollten das Flugzeug verlassen, aber als der Kapitän sah, daß Mutter Mühe mit der Treppe hatte, ließ er uns beide wieder zurückgehen. Ein Engländer schimpfte laut: »First they kick you out, then they kick you back, these idiots!«

Dann ging es wieder in die Lüfte, für fast zehn Stunden. Man wurde mit Decken und Getränken versorgt (Tee, Kaffee, auf Wunsch auch Wein und Whisky) und konnte sich zur Ruhe begeben. Es war soviel Platz, daß viele sich über mehrere Sitze ausbreiteten. Mutter versuchte das ebenfalls, es war ihr aber doch zu unbequem. Für das Bordkino gab es Kopfhörer zu mieten, und da ich Schwierigkeiten hatte einzuschlafen, sah ich mir einen alten englischen Film aus der Besatzungszeit in Indien an. Leider war der Ton sehr schlecht und immer gestört, auch übertönte er nicht das laute Jumbo-Donnern, das den ganzen Flug lang andauerte, viel, viel lauter als in der anderen Maschine. Morgens um 6.30 Uhr waren über den noch pechschwarzen Wolken unter uns die ersten Strahlen der aufgehenden Sonne zu erkennen, dann hellte der Himmel sich auf, die Wolken sahen wieder wie Wattebälle aus, und der Sonnenaufgang war phantastisch. Auch Mutter sagte, sie habe das vorher noch nie so schön gesehen.

Dann gab es ein opulentes Frühstück, bestehend aus Orangensaft, Grapefruit, Omelett mit Pilzen und Beefsteak, Brötchen, Croissants, Butter, Marmelade und Kaffee. Gegen 9.15 Uhr hiesiger Zeit erblickte man durch die teilweise aufgerissene Wolkenwatte Land, das schon typisch afrikanisch aussah. Da Angola nicht überflogen werden darf, mußte das die Namib-Wüste sein. Aber die Wolken wurden wieder dichter, und dann tauchten wir hindurch. Es wurde vorübergehend dunkel, danach sah man unter sich eine zweite Wolkendecke, die aber den Blick auf große graue Gipfel und eine rötlich-braune, von trockenen Flußbetten durchzogene Landschaft freigab. Man sah bereits einzelne Dörfer und Farmen, und bald konnte man schon Autos auf den meist schnurgeraden Straßen erkennen. Dann eine Halbkreis-Drehung, und wir waren unten. Diesmal war die Verringerung der Höhe so allmählich vonstatten gegangen, daß einem die Ohren nicht wehtaten.

Auf der Empore des Flughafengebäudes standen Hunderte von Leuten, die winkten und den Jumbo knipsten. Der Flugkapitän wollte Mutter einen Rollstuhl beschaffen, was sie aber entrüstet ablehnte. Daraufhin reichte der Kapitän ihr den Arm und kam bis ins Gebäude mit. Wir mußten noch lange auf die Koffer warten, und dann wurden wir von Alexander v. Hammerstein begrüßt, der in der Halle gewartet hatte. Im Audi-Combi ging es anschließend mit durchschnittlich Tempo 80 zunächst 45 km bis Windhuk, wo noch Besorgungen zu machen waren. Auf schmalen Asphaltstraßen fuhren wir danach rund 80 km bis Okahandja, wo wir in einem Hotel namens »Wilhelmshof« ein kühles Helles tranken und ein winziges Eis von einem Riesenteller per Eßlöffel zu uns nahmen. Bald nach Okahandkja mußten wir die Asphaltstraße verlassen. An dieser Stelle stand eine Polizeistreife und wollte Alexanders Waffe sehen. Er hatte seinen Waffenschein vergessen, wurde aber durchgelassen, da man ihn kannte. Was dann kam, würde man bei uns weder Straße noch Weg nennen, so eine Art Urwaldpiste mit Schlaglöchern, bergauf, bergab, bei kaum verminderter Geschwindigkeit. Ich sah die Koffer hinten hüpfen (die Stoßdämpfer waren nicht in Ordnung) und bangte um meinen mitgebrachten Keramik-Wandschmuck. Die Strecke führte am bekanntesten Berg dieser Gegend vorbei, dem Okarongo oder Leopardenberg, und nach nochmals zwei Stunden Fahrt durch Dornbusch-Savanne waren wir endlich am Ziel. Ein altertümliches, weitläufiges Farmhaus inmitten himmelhoher Kameldornbäume und Blumenrabatten. Komfort in unserem Sinne ist hier fremd. Strom per Motor nur bei Tage, Petroleum-Eisschränke, riesige Feuerstellen. Außer der alten Frau v. H. und ihrem Sohn mit Frau Marianne waren noch besagter Alexander und der Jüngste im Haus, ein Achtjähriger, der während der Woche im Internat ist. Nach der Kaffeestunde machten wir einen langen Spaziergang durch ein trotz Regenzeit jetzt trockenes Flußbett und sahen einen atemberaubenden Sonnenuntergang. Abends waren dann Romantik und Erzählen und Wiedersehensfreude weniger wichtig, denn wegen der Terroristenüberfälle werden alle Gardinen zugezogen und die Waffen bereitgelegt, und es wird keine laute Musik mehr geduldet, damit man jedes Autogeräusch hört. Gestern kurvte hier aber nur ein Farm-Arbeiter herum, der sich nach einem Ehekrach abreagieren wollte.

Ich habe schon viele Fotos gemacht. Die farbenprächtig gewandeten Hererofrauen scharten bereitwillig ihre zahlreichen Kinder um sich und stellten sich in Position. Hier sprechen alle Herero, auch der kleine Helmut, und es war interessant, einmal zuzusehen, wie die Schwarzen im farmeigenen Laden einkaufen.

Ja, ich glaube, das reicht fürs erste.

Seid alle herzlich gegrüßt!
Deine Inge – Eure Mama

Martin Schlosser an seine Mutter Ingeborg Schlosser

Meppen, den 9. 3. 76

Liebe Mama!
Gerade ist Dein Brief gekommen. Papa hat ihn beim Essen vorgelesen. Aber da habe ich einen Fussel auf die Erde[1)] geworfen, Wiebke hat angefangen zu meckern, und Renate hat ihr eine gelatscht.[2)] Da hat Papa aufgehört mit Vorlesen. Ich weiß nun gar nicht, was noch alles drinsteht.[3)]

Seit Du weg bist, habe ich erst ein einziges Mal Post gekriegt, von Tante Dagmar. Sie hat mir mehrere aus Katalogen ausgeschnippelte Uhren geschickt. Ich soll mir eine davon zur Konfirmation aussuchen.

Neulich war mein Freund aus Rütenbrock hier, der Maurer. Wir haben aber nicht viel gemacht. Nur Brötchen für den Tee gekauft, von unserem eigenen Geld![4)]

In der Meisterschaft haben wir vergangenen Samstag 3:0 gewonnen. Wir können also noch einen der ersten beiden Plätze erreichen. Die ersten beiden Vereine steigen auf. Jetzt muß ich zum Zahnarzt. Buhuuu!

Vom Zahndemolierer bin ich wieder zurück. Er hat mir eine fürchterliche Spritze verpaßt und mir danach sämtliche Zähne rausgerissen.[5)] Meine Backe und die Zunge tauen jetzt erst so allmählich wieder auf. Renate hat das neue Asterixheft gekauft. Wir haben Tee getrunken und wieder Brötchen gegessen.[6)]

Viele Grüße von allen an Dich und Oma!

Dein Martin

Fußnoten des pater familias:

1) Auf Wiebke!
2) Und Wiebke hat einen Anfall bekommen.
3) Obwohl nach Tisch jeder den Brief lesen konnte.
4) Das hatte keiner verlangt.
5) Maßlose Übertreibung.
6) Mittags tischt Renate auch reguläre Mahlzeiten auf.

Renate Schlosser an ihre Mutter Ingeborg Schlosser

Meppen, 9. März 76

Liebe Mama,
nachdem heute Dein dicker Brief eintraf, der genau eine Woche unterwegs war, wollen auch wir mal von uns hören lassen.

Die Haushaltsführung klappt besser, als ich erwartet hatte, nur wird es ja eine große Umstellung, wenn ich ab April ohne technischen Komfort wirtschaften muß, denn: Ich habe einen Studienplatz in Bielefeld!!! Bis zum 19. März muß ich mich immatrikuliert haben.

Was sagst Du dazu? Mein Rang liegt sogar sehr hoch. Für Mathe 26, Grenzrang 132, für Deutsch 55, Grenzrang 334! Außerdem war es ein Auswahlverfahren, weil die Zahl der Bewerbungen die der Studienplätze überstieg. Weshalb mir dieses Glück vergönnt ist, weiß ich nicht. Ist mir auch egal. Jetzt wird studiert!

Am Mittwoch fuhr ich mit Olaf morgens um 10 Uhr in Vallendar ab, und um 15 Uhr waren wir hier. Zuerst räumte ich die Küche auf. Die letzten beiden Tage hatte es Milchnudeln gegeben, und ein Topf war ganz dick angebrannt.[1)] Als die Küche in Ordnung war, machte ich Bratkartoffeln mit Rührei, denn Olaf und ich hatten ja noch nicht warm gegessen.

Abends hatte Papa Gäste, Herrn Friederichs und Herrn Lück, da mußte ich ganz schnell noch eine Schnittenplatte zaubern.

Am Donnerstag war Papa nicht zum Essen hier. Es gab »pasta asciutta« mit Nudeln und Salat und hinterher Obstquark. Am Freitag gab es Reste mit selbstgemachtem Kartoffelbrei und zum Nachtisch Nußkrem. An dem Tag war ein Schulfreund von Martin hier und ließ mir nachträglich ausrichten, ich würde dufte kochen. Nur Papa mochte das kleingeschmorte Hackfleisch nicht. Er meinte, es schmeckt wie Radiergummi. Nun ja![2)] Zum Tee spendierte Olaf uns allen Berliner. Er war noch bis Sonntag hier und hat mir viel geholfen, einkaufen, abwaschen, abtrocknen, Kartoffeln schälen, Obst schneiden und so weiter. Er findet, ich koche großartig. Was will man mehr. Die Familie äußert sich höchstens mal zum Nachtisch.

Samstag gab's Bratkartoffeln, Salat und Bratwurst und danach wieder Obstquark mit gerösteten Kernigen als Verzierung. Nachmittags habe ich Eberswalder Spritzkuchen im Fettbad gebacken und abends Müsli gemacht.

Sonntag gab's Gulasch mit Bohnen und Kartoffeln und als Tüpfelchen auf dem »i« Diplomatencreme. Nachmittags habe ich dann in dem Fett vom Vortag Berliner gebacken, 27 Stück aus einem Rezept Hefeteig. Gestern gab es Nudeln in der restlichen Gulaschsoße mit Spiegeleiern und hinterher Ananas.

Heute habe ich ein typisches Birkelbachgericht gekocht: Krakauer Reistopf (Sauerkraut, Reis und kleingeschnittene Mettwürstchen zusammengekocht). Sogar Papa hat's gemocht. Als Nachtisch Majala Orange. Morgen gibt's Weißkohl (1 Pfund für 29 Pfennig bei Comet), dazu dicke Rippe, Soße und Kartoffelbrei und als Dessert Obstquark mit Mandarinen (Dose 79 Pfennig).

Jetzt aber genug vom Kochen! Mit der Waschmaschine komme ich gut zurecht, nur hängt die Wäsche immer so lange im Keller, daß ich keinen Platz zum Aufhängen habe. Die ersten beiden Tage war so schönes Wetter, daß ich die Wäsche draußen trocknen konnte, aber inzwischen ist der Winter wieder ausgebrochen mit Glatteis und Schnee. Samstagabend war alles weiß.

Mit Putzen habe ich erst Montag richtig angefangen. Das geht besser, wenn ich ganz alleine bin.

Heute waren Martin und ich beim Zahnarzt. Mir bohrte er am rechten unteren Weisheitszahn rum, der Nerv lag fast frei, und ich stand Höllenqualen aus. Am 30. 3. ist mein nächster Termin. Martin ist erst nach Ostern wieder dran.

Gleich decke ich den Abendbrotstisch. Bis jetzt haben wir abends immer alle zusammen gegessen.

Viele liebe Grüße von der ganzen Familie, auch an Oma!

Deine Renate

Fußnoten des pater familias:
1) Erstens war der Abwasch vom Vortage erledigt, zweitens war der angebrannte Topf mit Geschirrspülmittel eingeweicht, und drittens mußte ich am Mittwoch die Nudeln in fliegender Hast kochen und der Meute zum Fraß vorwerfen, weil Renate noch nicht da war und ich nur eine halbe Stunde Zeit hatte.
2) Soll wohl heißen: Laß ihn nur reden, den Alten!

Dein langer Brief, liebe Inge, ist hier von allen mit großem Interesse gelesen worden, und wir freuen uns, daß die Reise ein Erlebnis für Dich ist.

Mein Anruf am 28. 2. war in der Tat mit Schwierigkeiten verbunden. Nach Auskunft der Vermittlung ging der Ruf bei drei Versuchen nach 20^{00} Ortszeit zwar durch, nur nahm angeblich nie einer ab. Im Geiste sah ich schon MPi-bewaffnete Hereros Euch an der Annahme des Telefonates hindern. Warum die Verbindung dann trotz der von Dir geschilderten Einschränkungen noch zustandekam, entzieht sich meiner Kenntnis. Offenbar hatte ich Eure Gastgeber aus den Federn geklingelt, wofür Du Dich vielleicht in meinem Namen entschuldigen kannst. Die Verständigung war jedenfalls hundsmiserabel bei diesem Telefonat.

Auf die angespannte Lage wegen möglicher Unruhen gehst Du nur sehr kurz ein. Haben die Leute Funkverbindung für den Notfall, wenn nachts das Telefon ausfällt? Und hast Du Dir den Umgang mit einer Flinte zeigen lassen? Es könnte nützlich sein.

Wie hat Mutter die Reise überstanden? Deine Mutter, Tante Hanna, Walter, Gertrud und Dorothea haben sich telefonisch nach Eurem Befinden erkundigt. Ich habe alle Gemüter beruhigt.

Hier ist nun wieder tiefer Winter, und ich muß jeden Morgen mein Auto vom Eise befreien. Inzwischen habe ich dicke Bohnen in Töpfen gepflanzt und hoffe, sie nach der Frostperiode raussetzen zu können.

Renate wird diese Woche ihre für die Immatrikulation erforderlichen

Unterlagen, Lichtbilder, Bescheinigung BEK, Kopien u.s.w. beitreiben und dann wohl nächste Woche für zwei Tage nach Bielefeld fahren. Sie soll sich gleich nach Unterkunftsmöglichkeiten umtun, ggf. im Studentenwohnheim. Während dieser Zeit wird sie bei Gertrud unterkommen.

Sonst ist hier all op stää.

Viele Grüße auch an Mutter und Eure Gastgeber,

Dein Richard

Ingeborg Schlosser an Richard Schlosser und die Kinder

Immenhof, den 11. 3. 76

Lieber Richard, liebe Kinder!

Meinen Brief habt Ihr ja hoffentlich erhalten, und ich möchte wieder von mir hören lassen. Nach allen mit der Reise verbundenen Aufregungen hat sich unser Farmleben hier mittlerweile eingespielt. Jedermann zieht sich in der Mittagszeit auf seine Bude zurück, da die Hitze oft so groß ist, daß man an die heißesten Tage des Spanienurlaubs erinnert wird. Dann ziehen plötzlich Wolken auf, und ehe man sich's versieht, rauscht ein wolkenbruchartiger Regen nieder, der jedoch vom Boden aufgesogen wird wie nichts. Wenn dann die »Riviere laufen«, d.h. die Flußläufe unter Wasser stehen, kann die alte Frau v. H. ihren morgendlichen Gang zum Friedhof nicht machen. Gestern wurde sie 86, wollte aber von irgendwelcher Feierei nichts wissen, und als ihr der große Berg Post vorgelesen wurde, brachte sie alles durcheinander.

Inzwischen habe ich schon wieder einiges erlebt. Mutter und ich nahmen an einem Viehtransport über ca. 30 km teil, und auf dem Rückweg, ohne Last, flogen wir bei jeder Bodenwelle fast bis ans Dach. Das hat die Mutter ganz schön geschlaucht, und nun fährt sie nur noch selten mit. Diese Huppel haben es wirklich in sich. Da ist Frankreich nichts dagegen, und dann im LKW, einfach sagenhaft. Auch auf Reisen zu den »Nachbarn« war ich schon oft mit und bekam einiges über mehr oder minder wertvolles Farmgras, Verbuschung, Entbuschung etc. zu hören. Meistens drehten sich die Gespräche allerdings um Sicherheitseinrichtungen, da hier die Lage immer noch ungewiß ist und man mit Überfällen rechnen muß. Aber darüber später mündlich mehr.

Weil die vielen Tiere, vor allem Kudus, sich von mir nicht aus der Nähe fotografieren lassen, habe ich davon Postkarten besorgt. Es gibt hier auch viele Antilopen, Springböcke und Wildschweine. Neulich war ich dabei, als ein am Vortag geschossenes Wildschwein abgeholt wurde. Es war am Vorabend noch ausgeweidet und die Leber an einem Ast aufgehängt worden. Wenn man verhindern will, daß Wildkatzen sich den Braten holen, hängt man ein benutztes Taschentuch auf, denn Menschengeruch ist den Tieren zuwider. Außerdem müssen alle paar Tagen sämtliche Ziegen (Bokkies) und Karakulschafe gezählt werden, vier oder fünf Posten von je rund 500 Stück. Da helfen wir beim Zusammentreiben. Oft stimmt die Zahl nicht, denn die Geparden holen sich gerne welche. Im Gebüsch muß man immer auf Schlangen achten, und ich habe mir erklären lassen, welche Geräusche sie beim Herannahen machen. Als wir vor einigen Tagen eine ca. 50 km entfernte Farm besuchten, mußten wir vorsichtig an einer Spuckschlange vorbeischleichen, Ringhalskobra genannt. Wir fanden auch große Büsche mit Feuerlilien, die selbst hier eine Seltenheit sind. Auf den meisten Fahrten begleitete uns Kannemann, ein blonder Neger mit blauen Augen, der zu den sogenannten »Basters« gehört und jedes einzelne Tier auf der Farm kennt, was keine Kleinigkeit ist. Außerdem erspähte er mit geübtem Auge stillstehendes Wild, lange bevor wir es entdeckten. Ein kleiner siebenjähriger intelligenter Herero sollte auf Hammersteins Kosten die Schule besuchen, aber die Eltern lassen ihn nicht. Er macht sich jetzt immer dienstbar, indem er für die Autos die Tore öffnet, die alle paar hundert Meter den Weg versperren. Sonst macht das der jeweilige Busfahrer, und auch ich habe schon ziemliche Übung darin.

Übrigens betreibt der Gartenarbeiter hier eifrig Kompostwirtschaft und benutzt ein Sieb, wie wir es haben. Bloß liegen die Wege höher als die Beete, damit das Regenwasser besser genutzt wird. Es sind auch überall kleine Betonkanäle durch den Garten gezogen.

Am 19. morgens fliege ich von Windhuk nach Johannesburg, wo Friederikes Mann mich abholen will. Es sind dann noch sechs Stunden bis Tzaneen. Spätestens von dort aus schreibe ich wieder.

Mutter bzw. Oma läßt herzlich grüßen.

Viele liebe Grüße auch von Deiner Inge und Eurer Mama!

Ingeborg Schlosser an Richard Schlosser und die Kinder

Tzaneen, den 22. 3. 76

Ihr Lieben,
zwar weiß ich nicht, ob dieser Brief überhaupt vor mir in Meppen sein wird, aber ich kann es ja versuchen.

Hier in Tzaneen bin ich gut gelandet, obwohl der Flug diesmal ein ziemliches Rütteln und Schütteln war, denn es ging durch ein Schlechtwettergebiet, und in ganz Transvaal regnet es seit meiner Ankunft Bindfäden. Aber es gefällt mir ganz gut, und wir machten auch gleich übers Wochenende einen weiten Ausflug zu Bekannten in ein wunderschön gelegenes Städtchen, das etwa so groß wie Jever ist und eine Menge exquisiter Häuser aufweist. Auch unsere Gastgeber dort verfügten über ein prachtvolles Haus, und da am nächsten Tag ausnahmsweise mal kein Regen fiel, war die Rückfahrt ein echtes Erlebnis.

Mutter geht es glänzend. Sie will aber trotzdem die geplante Reisezeit nicht überziehen, denn bei Hammersteins werden Jagdgäste erwartet, die extra betütert werden müssen. Das einzige Anstrengende für Mutter ist der Umstand, daß sie ihrer Freundin immer alles ins Ohr brüllen muß, weil die so schlecht hört. Jetzt ist Mutter schon ganz heiser, ich allerdings noch viel mehr.

Die Sicherheitsvorkehrungen erscheinen manchmal etwas übertrieben, aber nach dem Mord von Okahandja nehmen es alle sehr genau damit. Das Telefon wird nur Sonntag abends abgestellt. Es ist kein Telefon wie bei uns, denn eine Stromleitung oder so was gibt es dort nicht. An jeder Leitung hängen ungefähr sechs Farmen, von denen jede ein eigenes Läutezeichen hat. Es klingelt jedesmal bei allen, wenn ein Ruf durchgeht, und nur wenn es das eigene Zeichen ist, nimmt man ab. Morgens und abends gibt es ein besonderes Zeichen, dann nehmen alle ab und verständigen sich sozusagen in Konferenzschaltung, ob alles in Ordnung ist. Wenn jemand ausgehen will, muß er das melden, und wenn jemand nicht abnimmt und die Nachbarn samt Polizei dann hinfahren und er hat bloß das Klingeln nicht gehört und sitzt friedlich im Wohnzimmer, muß er Strafe zahlen. Wieso damals der Ruf nachts dann doch noch durchging, weiß der Himmel. Jedenfalls habe ich glücklicherweise keinen einzigen »Ernstfall« erlebt in der ganzen Zeit und bin heilfroh, daß ich kein Schießeisen in die Hand nehmen mußte. Es genügte mir schon, abends immer eins auf dem Eßtisch liegen zu sehen.

Daß Renate einen Studienplatz hat, freut mich sehr. Nun wird ja wohl auch die Quartiersuche erfolgreich verlaufen. Bestimmt ist schon alles geritzt, wenn ich heimkomme. Aus der ausführlichen Schilderung der Kochkünste ersehe ich, daß die Versorgung der Familie bestens gelungen ist, und ich möchte nur hoffen, daß das auch alle zu würdigen wissen und mal ein Lob aussprechen.

Ab Johannesburg habe ich dieselbe Maschine gebucht, in die Mutter in Windhuk zusteigt. Planmäßig landen sollen wir am 31. März um 12.45 Uhr. Dann wird Jürgen uns abholen. Über den Wolken komme ich mir ja nun bald schon wie ein alter Hase vor. Bei meinen Flügen habe ich Passagiere erlebt, denen keine noch so reizvolle Aussicht auch nur ein müdes Lächeln entlockte, und andere, die vor Aufregung nur so zitterten.

Viele Grüße an Euch alle, und dann also bis bald!

Deine Inge und Eure Mama

Ingeborg Schlosser an ihre Schwester Therese Harper

Großhelfendorf, den 25. 9. 76

Liebe Therese,
nun sehe ich in diesem Jahr doch noch mal was anderes von der Welt als Unkraut und Kochtöpfe! Ich habe Richard auf eine Dienstreise nach Süddeutschland begleitet. Er nimmt an einem Lehrgang teil in Ottobrunn, wo wir am Montag trotz Beeilung nicht mehr ganz rechtzeitig ankamen. Aber das war wohl nicht weiter schlimm. Ich vertrieb mir die Zeit mit einem ausgedehnten Gang durch den Ort. Wegen des Oktoberfests war in ganz München und Umgebung tatsächlich kein einziges Bett mehr frei, und erst am Abend fanden wir draußen im Bierdorf Aying ein Quartier für eine Nacht. Eine Verkäuferin aus dem Dorfladen dort gab uns den Rat, doch noch weiter raus bis Großhelfendorf zu fahren und es im Gasthof »Zur Post« zu probieren, und voilà, hier sind wir. Primitiv, aber preiswert. Werktags fährt Richard jeden Morgen um kurz nach halb acht von hier ab. Ich komme dann bis zum dem Gebäude mit, in dem der Lehrgang stattfindet, und lasse mich anschließend mit dem eigentlich nur für Werksangehörige und Besucher gedachten Werksbus von Messerschmitt-Bölkow-Blohm zum Bahnhof Ottobrunn befördern, wo man mit Knipskarten die S-Bahn Richtung Stadtmitte nimmt. Auf diese Weise war ich schon viermal tagsüber in München und habe mich nicht im geringsten gelangweilt. Die Geschäfte sind allesamt sehr sehenswert und von den riesigen Fußgängerzonen aus bestens zu erreichen. Das ganze Air ist international und weltstädtisch, aber München ist ein so teures Pflaster, daß ich die Einkäufe auf das Notwendigste beschränke. Allerdings habe ich mir einen Friseurbesuch, mehrere Mittagsmenus und einen Kinobesuch geleistet. Am Freitag war ich mit Richard trotz seiner Gegenwehr auf der »Wies'n«, weil man doch den Oktoberfestrummel mindestens einmal gesehen haben muß. Ein gewaltiges Bierzelt am anderen, alle brechend voll schon am Nachmittag, und Blasmusi und Schunkeln überall. Von den Hunderten von Vergnügungsstätten wählten wir nur das 45 m hohe Riesenrad aus und hatten einen schönen

Blick über die Festwiese und die Stadt. Danach wollten wir per Auto zu einer SPD-Kundgebung auf dem Marienplatz (hier wird demnächst gewählt), aber der Verkehr war mörderisch, so daß wir zu spät kamen und nur ganz hinten noch zwei Stehplätze ergatterten. Verwunderlich fanden wir die Beifallsausbrüche eingefleischter Bayern. Nur ein paar einsame CSU-Rufer versuchten zu stören. Es war auch eine Menge Prominenz da.

Heute haben wir bei herrlichstem Wetter eine schöne lange Autofahrt in die Alpen unternommen. Erst ging es zum Tegernsee, wo wir in Bad Wiessee Station machten und durch die Anlagen am See spazierten. Dann fuhren wir südlich bis an die Grenze, die dort nicht genau markiert ist. Jedenfalls befindet man sich auf einer und derselben Straße mehrmals abwechselnd in Deutschland und in Österreich, ohne daß sich irgendwer darum kümmert. An einem idyllischen See machten wir Rast und »Brotzeit«, und in Bad Tölz gab's Kaffee und Eis. Auf der Rückreise entschloß Richard sich plötzlich, einen Abstecher über mehrere kleine Dörfer zu machen, und das war eine gute Idee, denn so sahen wir doch mehr von Oberbayern als von der Hauptstraße aus. Abends tranken wir in unserem Gasthof jeder noch »eine Maß« bzw. »eine hoibe«, und nun wird der Tag mit Briefeschreiben, Lesen und »Häuschenkleben« beschlossen, denn Richard hat sich diverse Kibri-Modelle mitgenommen. Für morgen ist ein Besuch im Deutschen Museum geplant, und wenn es sich einrichten läßt, wollen wir interessehalber die große Abschlußkundgebung der CSU mit Franz-Josef Strauß besuchen.

Liebe Therese, ein andermal mehr!

Viele herzliche Grüße senden Dir und Deinen Lieben

Inge + Richard

Aloys Kamps
4470 Meppen, Lingener Str. 89

Frau
Ingeborg Schlosser
Georg-Wesener-Str. 47
4470 Meppen

Sehr geehrte Frau Schlosser,

Sie sind seit einiger Zeit stolzer Besitzer eines neuen Autos, eines Polo in atlasweiß.

Wir wollen uns heute nochmal dafür bedanken, daß Ihre Wahl auf einen VW gefallen ist.

Sicher zu Recht: An diesem Auto ist im Werk alles dafür getan worden, daß es zuverlässig, wirtschaftlich, langlebig und sicher ist.

Unsere kleine Aufmerksamkeit aber soll Sie auch daran erinnern, daß nicht allein Geschicklichkeit die Geschicke eines Autos lenkt. Auch Besonnenheit und Rücksichtnahme im Verkehr kommen Ihnen zugute. Und allen, die auf Sie warten, wenn Sie unterwegs sind: die Lieben, die daheimgeblieben.

Mit freundlichen Grüßen

Aloys Kamps
Meppen, den 8. 10. 1976

Emma Lüttjes an ihre Tochter Therese Harper

Jever, 8. Nov. 76.

Liebe Therese!
Unseren Kartengruß aus Meppen wirst Du wohl erhalten haben, nicht? Nach den sechs Tagen dort waren wir aber doch froh, als wir wieder in Jever waren. Inge hatte sich sehr viel Mühe gemacht, immer leckeres Essen gekocht, uns spazierengefahren, und wir erfreuten uns auch sehr an unseren Enkelkindern, aber zu Hause ist es für uns beide Alte eben doch am besten. Volker gefiel uns gut, er war immer hilfsbereit und gefällig. In der Oberstufe auf dem Gymnasium kommt er prima zurecht, in Latein brachte er eine 2 an und in Geschichte eine 3+.

Sonntag kam eine böse Nachricht aus Meppen: Richard hatte sich bei seiner ewigen Heimwerkerei die rechte Hand an der Kreissäge schwer verletzt. Martin und Volker riefen schnell den Rettungsdienst, der Richard ins Krankenhaus schaffte, wo er noch ist. Man konnte nicht gleich entscheiden, ob ihm der Mittelfinger amputiert werden muß, zwei andere Finger sind auch zerrissen, gräßlich! Inge war gerade mit Wiebke in Bonn, um Renates Wohnung zu bekucken, die sie mit ihrem Freund gemeinsam (!) bewohnt. Natürlich hat Inge bei ihrer Rückkehr einen schönen Schrecken gekriegt und ist sofort zum Krankenhaus gefahren.

Von meiner Nierenbeckenentzündung bin ich ziemlich schnell wieder gesundet, zwei Penicillinspritzen brachten mich wieder auf die Beine. Vati hatte mich rührend versorgt und sich täglich einen Imbiß vom »Fleischerstübchen« geholt, so was gibt es neuerdings ganz günstig, und so war uns beiden geholfen.

Gustav ist nun beinahe vier Wochen in Göttingen, ohne mal zu schreiben, aber eben rief Gisela an, die ihn besucht hatte. Er kommt am übernächsten Wochenende mal hierher und dann wieder Weihnachten.

Nun, liebe Therese, hänge ich noch viele, viele herzliche Grüße dran von Vati und mir, hoffentlich bist Du munter und gesund!

In Liebe
Mutti

Ingeborg Schlosser an ihre Schwester Therese Harper

Meppen, den 8. 12. 76

Liebe Therese,
Dir und Deiner Familie wünschen wir ein schönes, harmonisches Weihnachtsfest mit nicht zuviel Besuch. Wiebke hat sich wieder mal an eine kleine Handarbeit gewagt, die Dir hoffentlich Spaß macht. Bisher habe ich leider vergeblich versucht, eine Batik-Reproduktion oder einen ähnlichen Wandschmuck für Deine kahle Ecke aufzutreiben. Aber vielleicht hast Du ja auch für die Platzdeckchen Verwendung.

Von dem Drama mit Richards Unfall hast Du wohl schon gehört. Inzwischen macht die Heilung Fortschritte, aber er ist noch für eine ganze Weile arg gehandicapt. Das äußert sich nicht selten in schlechter Laune, und darum habe ich nicht viel dagegen, daß er fast täglich ins Büro geht, obwohl er noch den ganzen Dezember krankgeschrieben ist.

Renate geht es in Bonn ausgezeichnet. Sie hat viel Freude am Studium und keine Probleme mit Klausuren, Referaten usw. Auch die wilde Ehe scheint ihr zu gefallen. Angeblich hat es noch keinen einzigen Krach gegeben.

Kürzlich hatten wir für eine Woche meine Schwiegermutter zu Gast. Im wesentlichen ging es darum, herauszufinden, was mit ihr wird, wenn es in absehbarer Zeit mit der Selbständigkeit vorbei ist. Obwohl wir Platz hätten, wäre das bei uns nicht leicht zu machen, denn mit ihren 77 Jahren kommt sie die Treppe jetzt nur noch mit Mühe und bald sicher gar nicht mehr hoch, und unten sind die Räumlichkeiten schlecht geeignet, wie

Du weißt, gar nicht zu sprechen von der fehlenden Waschgelegenheit. Ich selbst hätte natürlich auch einen Bammel vor dieser Aufgabe, der ich mich nicht sonderlich gewachsen fühle. Das Meppener Altersheim gefiel der Schwiegermutter nicht besonders, und jetzt will Gertrud sich um eine Kleinwohnung in einem Bethelschen Altenstift kümmern.

Bei unseren eigenen Eltern hatten wir ja ähnliche Überlegungen immer verdrängt, aber seit meinem letzten Besuch in Jever am vergangenen Wochenende bin ich etwas beunruhigt. Nach einem Sturz auf der Außentreppe hatte Vati in der Küche einen Schwächeanfall und kippte im Sitzen um. Außerdem zittert seine rechte Hand oft stark. Wenn er das bemerkt, kann er es aber abstellen. Trotzdem sollte er wohl bei seinen vielen Ehrenämtern mal ein bißchen kürzer treten und sich nicht überanstrengen.

Und nun, liebe Therese, alles Gute und herzliche Grüße!

Deine Inge

Ingeborg Schlosser an ihre Schwester Therese Harper

Meppen, 21. 2. 77

Liebe Therese, liebes Geburtstagskind!

Hoffentlich kommen unsere Grüße und Glückwünsche, die wir Dir mit diesem Brief überbringen wollen, noch rechtzeitig an! 45 ist ja eine schöne runde Zahl und hört sich noch längst nicht so schlimm an wie 48 (bei mir im Sommer!). Im Oktober haben wir mit der ganzen Sippe bei Gertrud ihren 50. gefeiert, und im Herbst ist auch Richard mit 50 dran!

Im Sommer fahre ich vielleicht zu Kathrin nach Maracaibo, eventuell zusammen mit Angela Lohmann, weil Richard absolut nichts unternehmen will, weder mit mir allein noch mit mir und den Kindern. Er will bloß immer alleine sein und seine gesamte Freizeit entweder im Keller in seiner prima eingerichteten Werkstatt oder im Garten verbringen. Nach Möglichkeit keine Gäste, nirgendwo hingehen. Ich glaube, daran geht unsere Ehe bald kaputt, denn ich bin einfach noch nicht alt genug für so ein Leben. Wenn er mir den Flug spendiert, ist das ja auch ein Mittel, mich Ruhestörer aus dem Weg zu haben.

Wiebke springt als Clown kostümiert auf der Straße rum. Hier wird der Rosenmontag eifriger gefeiert, als ich erwartet hatte. Nur wir »Alten« sitzen natürlich zu Hause, so was »Blödes« machen wir doch nicht mit!

Liebe Therese, mach's gut. Ich hoffe, das Buch gefällt Dir. Die große Klappe von der Knef hat ja auch was für sich, und Berlin muß gegen

Kriegsende höllisch gewesen sein. Ihren englischen Ehemann ist sie ja wieder losgeworden. Er spielt hier in Deutschland Theater und war vor nicht langer Zeit auch zu einem Gastspiel in Meppen.

Laß mal wieder von Dir hören und grüß Deine Familie!

Deine Inge

Ingeborg Schlosser an Richard Schlosser und die Kinder

Maracaibo, den 25. 6. 77

Lieber Richard! Liebe Kinder!
Den Brief schreibe ich mit einem Durchschlag, damit ich nicht alles zweimal zu erzählen brauche.

Also, wir sind endlich angekommen. Die Reise war teils sehr bequem und teils sehr aufregend, in jedem Falle aber interessant. Der Caribbean-Zubringerbus nach Luxemburg fuhr mit etwas Verspätung von Köln ab. Wir dachten, das macht ja nichts, weil ohnehin noch eine Menge Zeit bis zum Abflug war. Aber zu unserem Erstaunen fuhr der Bus nicht über die Autobahn, sondern über lauter kleine Käffer, und so kamen wir durch Bonn, Remagen und Andernach und bogen erst kurz vor Koblenz auf die Autobahn ein. Dadurch erreichten wir Luxemburg mit soviel Verspätung, daß nur gerade noch die Formalitäten erledigt werden konnten, und schon ging es in die Lüfte. Weil es sehr diesig war, sah man nicht viel von der Landschaft, und wie damals im Jumbo waren wir schnell über den Wolken. Die riesengroße DC 10 flog sehr ruhig dahin, so daß das Reisen ein reines Vergnügen war. Den Service machten flinke schwarze Stewardessen. Es folgte ein Lunch aus Marengo-Chicken, Getränken und Apfelkuchen. Wir leisteten uns noch einen »Napoleon« und genossen das faule Leben überm Atlantik. Später wurden die Fenster verdunkelt, weil ein Film gezeigt werden sollte, der allerdings ziemlich albern war. Vom späten Nachmittag an riß die Wolkendecke zeitweilig auf, und man konnte die hohen Wogen des Meeres erkennen, aber weit und breit kein Schiff. Die nächste Abwechslung war dann ein Sandwich-Imbiß mit Kaffee. Schließlich tauchte Barbados aus dicken Wolken auf und lag im Dunst, das war schon mal eine Überraschung, denn von der Karibik erwartet unsereiner ja knallblauen Himmel und ewig strahlende Sonne. Als wir ausstiegen, war die Hitze aber doch beachtlich. Mit den Bildern in den Ferienprospekten hatte der Südteil der Insel nicht viel Ähnlichkeit, es war eher ärmlich dort, lauter bunt angestrichene Bretterbuden mit wenig Grün drum herum. Nur in der Nähe der größeren Orte sah es etwas manierlicher aus. Wir mußten gleich auf dem Flugplatz telefonisch ein Zimmer mieten, sonst hätte man uns gar nicht erst ins Land gelassen. Per Taxi landeten wir dann auf halbem Wege zwischen dem Flughafen Seawell und der Hauptstadt Bridgetown in Christchurch in einem sehr hübschen Zweibett-Apartment. Mit Fotoapparaten bewaffnet machten wir uns auf, die Umgebung zu erkunden. Es waren nur wenige Meter bis zum herrlichen weißen Strand, aber leider war dort alles »private property«, und während wir überlegten, wie wir wohl in die Hauptstadt gelangen könnten, war schon ein Taxifahrer mit aufgerissener Wagentür zur Stelle. Er riet uns, wenn wir mal einheimisch und nicht so teuer essen wollten, ins »Pebbles« zu gehen, kurz vor der Stadt, in der um diese Zeit absolut nichts mehr los sei. In dem Lokal bekamen wir zwar nicht, wie wir uns vorgenommen hatten, fliegende Fische zu essen, aber Shrimps und dazu das sehr schmackhafte, dort von allen getrunkene Banks Beer. Dann gönnten wir uns noch einen Rum-Punsch. Gleich nebenan lag das Barbados-Hilton, und auf der Veranda spielte eine Combo Tanzmusik. Wir saßen auch eine ganze Weile direkt am Strand und ließen uns das lauwarme Wasser um die Füße spülen. Neben uns tanzte ein Schwarzer mit Ausdauer zu der Musik, es war sehr romantisch. Als wir in unser Hotel kamen, hatte die Air Condition alles angenehm gekühlt. Vor dem Fenster stand ein ganz gewaltiger Baum, eine Bart-Feige, nach der die Insel ihren Namen hat. Die ganze Nacht hindurch hörten wir ein unangenehm keifendes Piepen aus diesem Baum. Vögel konnten es nicht sein, auch Grillen nicht, die hätten sich anders angehört. Erst gegen sechs Uhr morgens hörte das Piepen schlagartig auf. In Angelas schlauem Buch lasen wir dann nach, es handele sich um Barbados-Baumfrösche! Nach dem Frühstück fotografierten wir noch ein bißchen die Umgebung. In der Veranda standen lebensgroße Figuren aus Pappmaché, diverse Nachbildungen von Rindern, Pferden und einem furchterregend aussehenden Mann. Die Wirtin erklärte uns, die »Bajans«, wie die Leute da heißen, feierten einmal im Jahr das Fest des letzten Cane-Cutting, des Zuckerrohrschlagens. Zwar wird auch jetzt noch Zuckerrohr geerntet, aber früher wurden dabei von den Aufsehern brutale Methoden zur Ertragssteigerung angewendet, und deshalb wird bei dem Umzug der Papp-Mensch symbolisch verbrannt, die Viecher dagegen werden auf eigens angefertigten Wagen blumengeschmückt im Karnevalszug herumgeführt.

Auf dem Flugplatz lagen tatsächlich die Tickets bereit, nur hatte man uns eine falsche Abflugzeit angegeben. Wir saßen deshalb eine ganze Weile rum und konnten Typen studieren. Eine halbe Stunde nach dem

Start tauchte Trinidad unter uns auf, gleichfalls in Wolken gehüllt, und bei der Ankunft regnete es heftig. Die Landschaft war sehr gebirgig, viel Urwald und große Sumpfgebiete. Wir mußten in der Maschine bleiben, und nach einer halben Stunde ging es weiter gen Caracas. Der Flughafen Maiquetia liegt 25 km davon entfernt gleich hinter den hohen Bergen der Küste. Auch hier wieder Dunst und Regen, aber es war schwül-warm. Das von Menschen nur so wimmelnde Flughafengebäude war allerdings air-conditioned. Das war auch gut so, denn uns erwartete ein Haufen Schwierigkeiten, und nur mit Hilfe all meiner Spanischkenntnisse wurden wir damit fertig. Da man uns auf dem Flug kein Visum-Formular gegeben hatte, mit der Begründung, wir würden den Flughafen ja sowieso nicht verlassen, blieb uns jetzt der Weg vom internationen Teil des Platzes zum nationalen Teil versperrt. Wir wurden ins Büro des »Inspector Chefe« zitiert, und ich mußte lang und breit erklären, woher und wohin, bis wir endlich die Visa kriegten. Per Taxi ging's zum anderen Platz, wo man uns fälschlich zur Avensa-Agentur schickte. Nach einer Weile stellte sich raus, daß wir eigentlich zur Aeropostal mußten. Wieder ab mit den Koffern ein paar hundert Meter weiter, dort in der Menschenschlange lange gewartet, zwei Bolivar bezahlt und auf die Wartebank gesetzt. Um 6 Uhr sollte das Flugzeug starten, aber auch um 7 Uhr war es noch nicht einmal da. Die Menschen warteten laut schnatternd mit großer Geduld, sie waren solche Verspätungen offenbar gewohnt. Indiogesichter, Schwarze, Mischlinge und typische Venezolaner mit stolzem Gehabe, bunte Kleidung aller Arten, Oma, Mama und Säugling. Bei Dunkelheit und Regen ging es gegen halb acht Uhr weiter, eine Stunde bis Maracaibo. Zwischendurch sah man eine große Stadt im Lichterglanz unten liegen, ein wirklich fantastischer Anblick. Kathrin erwartete uns mit der ganzen Familie am Flughafen. War das eine Freude! Alle und alles wurden im großen VW-Bus verstaut, und dann waren es noch 20 km bis zur Urbanizatión Coromoto. Das Haus ist vollständig von exotischen Pflanzen überwuchert, hauptsächlich Kakteen. Auf der schattigen Terrasse saßen wir bis spät in die Nacht, und unsere Mitbringsel fanden allesamt Anklang. Sämtliche Schuhe paßten prima!

Morgen fahren wir zu dem Haus am Meer, anschließend zu dem Haus in den Bergen und zum Einkaufen direkt nach Maracaibo. Ich schreibe dann wieder. Viele Grüße von Kathrin und ihrer Familie sowie von Angela. Trotz etlicher Mosquitostiche und ziemlicher Hitze fühlen wir uns großartig. Wie mag es Euch wohl mit Haus und Garten gehen bzw. in Bonn?

Herzlich grüßt Euch alle
Deine Inge – Eure Mama

Ingeborg Schlosser an Richard Schlosser und die Kinder

Maracaibo, den 28. 6. 77

Ihr Lieben,
der letzte Brief ging leider sehr spät ab, da man von hier aus höchstens ein- bis zweimal die Woche nach Maracaibo zur Post kommt. Das kann ich nun auch nicht ändern, aber Ihr wißt ja hoffentlich inzwischen, daß ich heil hier eingetroffen bin.

Wir fangen allmählich an, uns an das Klima zu gewöhnen. Den mit 34 Grad bisher heißesten Tag verbrachten wir gar nicht hier, sondern im Strandhaus in der Guajira. Am 26. ging es schon in aller Frühe los, und zwar erst einmal durch die Stadt, die ca. 45 km lang ist. Wir fuhren nordwärts und kamen nach einer Zeit durch Salzsteppen mit flachem Buschbewuchs und Palmen. Im Hintergrund sah man Mangroven entlang der Sumpfstellen. Die Gegend versalzt immer mehr, seit die Fahrtrinnen für die großen Tanker immer tiefer ausgebaggert werden müssen. An einer Brücke war Zoll zu zahlen. Wegen der Nähe der kolumbianischen Grenze machte die Polizei des öfteren Kontrollen. Es heißt, daß sich Wehrpflichtige nach Kolumbien absetzen und andererseits Unmengen Schmuggelgut über die Grenze kommen. Den Beweis dafür fanden wir auf den zahlreichen Indiomärkten entlang der Straße. Während es in ganz Maracaibo seit Tagen keinen Kaffee gibt, wurde auf diesen Märkten massenweise Schmuggelkaffee verkauft, sogar noch viel billiger. Ins Auge fielen aber vor allem die Textilien. Runde Teppiche mit lebhaften Motiven, lange weite Flattergewänder, wie sie fast alle Indiofrauen tragen, und leichte Kleidung jeglicher Herkunft. Als wir in die eigentliche Guajira kamen – an einer Stelle, wo wir wegen einer zusammengebrochenen Brücke einen großen Umweg machen mußten –, wurde die Gujira-Taufe vollzogen, und wir bekamen aus alten Cola-Dosen Cognac zu trinken. Auf der Weiterfahrt lag plötzlich eine riesige Wanderdüne quer über der Straße. So etwas hatte ich überhaupt noch nicht gesehen. Man konnte förmlich beobachten, wie die Düne weiterzog. Wir stiegen hinauf und fühlten den Sog unter den Füßen. Zwei Wochen vorher soll die Düne noch weit neben der Fahrbahn gelegen haben.

Dann kam reines Indiogebiet. Die Guajiras leben nicht in Dörfern wie andere Stämme, sondern weit verstreut, halten aber angeblich zusammen wie Pech und Schwefel. Es sind sogar Bestrebungen im Gange, die kolumbianischen und die venezolanischen Guajira-Indios in einem Staat zusammenzubringen, aber daraus wird wohl kaum was werden. Jedenfalls bilden sie den größten Stamm auf dem gesamten amerikanischen Kontinent. Manchmal kamen kleine Mädchen mit Schleier und Kerze die Straße entlang, auf dem Weg zur Kommunion in einer der kleinen Holzkirchen. Eine knappe Stunde vor dem Ziel wurde bei dem Haus von Nectario haltgemacht, einem Häuptlingssohn, dessen Nichte für Kathrin und ihren Mann einen Aztekenkalender gewebt hatte. Wir erhielten Bier und Sprudel, schön kalt, und wurden freundlich aufgenommen. Danach fuhren wir dicht am Strand weiter, sozusagen mit einem Bein im Wasser. Das war nicht ganz harmlos, da wir »agua entranda« hatten, also auflaufende Flut. Es ging über mindestens 30 km mit Tempo 80, und wir schafften es gerade noch.

Das Strandhaus liegt auf einer hohen Düne und ist völlig leer. Was man dort läßt, wird sofort geklaut. Es gibt aber zahllose Haken für Hängematten, und die wurden denn auch gleich aufgehängt. Auf der Hinfahrt hatten wir außerdem einen großen Block Eis gekauft, der wurde nun nach und nach in kleine Stücke gehackt, und so gab es immer schöne eisgekühlte Cola. Während sich noch alle in den Hängematten räkelten, konnte ich es nicht abwarten, mich in die Fluten der Karibik zu stürzen. Es war herrlich, hoher Seegang, aber viel Tang im Wasser. Wenigstens keine Tiere! Weit draußen soll es zwar Haie geben, doch sie kommen nicht in Strandnähe, und auch Mantas und Rochen sollen sich erst einige hundert Meter draußen aufhalten. Der Tag verging sehr schnell, und gegen halb sieben wurde wieder eingepackt. Auf der Heimfahrt kehrten wir kurz vor Maracaibo noch in ein Fischrestaurant ein, das malerisch an einem Fluß gelegen war. Es gab sogenannte »Lisas«, Seeforellen, die in Wirklichkeit überhaupt keine Forellen sind, aber sehr gut schmecken. Man ißt sie einfach mit der Hand und wirft die Gräten und die Köpfe in den Fluß, wo sie im Nullkommanichts von anderen Fischen verzehrt werden. Leider schmeißt hier jedermann ganz allgemein seinen Abfall einfach hinter sich. Da kaum Mülleimer herumstehen und kein Mensch das kontrolliert, ist es allerorten so üblich. Insgesamt war es jedenfalls ein erlebnisreicher Tag.

Inzwischen waren wir wieder mehrfach zum Einkaufen unterwegs und im Schwimmbad des Clubs. Am Wochenende ist eine neue, noch größere Tour geplant. Es soll für eine Woche ins Hochgebirge gehen, in die Anden. Darauf sind wir natürlich schon sehr gespannt.

Heute ist hier Putztag, und da das Hausmädchen wegen Kinderkriegens wieder mal gekündigt hat, helfen Angela und ich ein bißchen aus. Gestern habe ich schon mal den VW-Bus vom Dreck einiger Jahre gereinigt. Man fühlt sich bei solchen Arbeiten wie in einer Sauna, aber hinterher wird reichlich geduscht, und man ist wieder fit. Mit Mücken haben wir nicht zuviel Last. Abends wird ein Ventilator angestellt und dann eine Mückenspirale angezündet, die einen für die Viecher unangenehmen Geruch verbreitet. Das einzig wirklich Eklige sind die Cucarachas, Kakerlaken, die wie kleine schwarze Schatten durch die Bude birsen. Deshalb sehe ich vorm Schlafengehen immer erst unters Bett.

Ich glaube, das reicht für heute. Ich muß oft daran denken, wie weit wohl die Erdbeeren sind und was Ihr so macht. Wenn es Neues zu berichten gibt, könnt Ihr ruhig auch mal schreiben.

Viele herzliche Grüße von Deiner Inge und Eurer Mama.

Cäcilie Schlosser an ihren Sohn Richard Schlosser

16. 11. 77

Mein lieber Richard!
Ich denke Dein in Liebe zum Beginn Deines 51. Lebensjahres. Ehe wir uns im großen Familienkreise wiedersehen, sollst Du noch vorher einen Gruß und Glückwunsch von mir haben. Meine Gedanken gehen oft zurück, und ich erinnere mich der Stationen Deiner 50 Jahre. Ein Abend ist mir noch in Erinnerung, als Du mich in Hilden besuchtest und mein Klavier auseinandernahmst. Als es dann wieder zusammengefügt war, spieltest Du ohne Noten: Bachs »Willst du dein Herz mir schenken, so fang es heimlich an«.

Mein Herz gehört Dir allezeit.

Mutter

Ingeborg Schlosser

447 Meppen/Ems, den 9. 2. 1978
Georg-Wesener-Str. 47

An
Henri Nannen
– Briefe –
Postfach 30 20 40
2000 Hamburg 36

Betr.: »Stern« Nr. 7 vom 9. 2. 78 (»Das Kabinett der Macher«)

Daß Sie dem Kabinett seine Schwächen vorhalten, ist Ihr gutes Recht. Daß Ihre Minister-Schelte aber immer dann, wenn es um die Frauen in der Regierung geht, besonders taktlos und überheblich ausfällt, ist doch

Ihrem Magazin-Stil nicht angemessen. Was hat Frau Schleis Name mit der Kritik zu tun? Kein »Hans« wird zum »Hänschen« degradiert; beim »Problem-Mädchen« »Mariechen« hingegen assoziiert man sogleich ein trefflich ins Konzept passendes Negativ-Image aus Moritaten und Schauerballaden. Und was die »Berliner Schnauze« angeht: Jemand, der zu seinen Worten und auch zu seinen Ausrutschern steht, ist mir immer noch lieber als das von Ihnen zitierte Regierungsmitglied, das Verletzendes über Antje Huber und Katharina Focke von sich gibt, ohne das gleichzeitig sachlich zu begründen und mit seinem Namen dafür einzustehen. Vielleicht holt mal jemand die »Autoren-Bürschchen« von ihrem hohen Roß, ehe sie unsanft runterfallen.

Ingeborg Schlosser

Cäcilie Schlosser an ihre Schwiegertochter Ingeborg Schlosser

Senne, 12. 8. 78

Liebe Inge!
Richard konnte mir zwar Deine Telefonnummer sagen, aber da habe ich Dich gestern nicht gekriegt, darum geht mein Brief erst an Dagmars Adresse. Ich wüßte auch gerne, wo man Renate erreichen kann. In Urlaubszeiten Glückwünsche zum Geburtstag auszurichten ist nicht einfach bei der allgemeinen Reiselust oder Aushäusigkeit.

Ich habe mich sehr für Dich gefreut, daß Du im Funkhaus einen »Ferienjob« nach Deinem Herzen gefunden hast, und ich bin überzeugt, daß Dir diese Vertretung keine Schwierigkeiten machen wird. Ein Erholungsurlaub ist es ja nun nicht für Dich, aber es ist doch erfrischend, wenn man in den Ferien mal ganz was anderes tut als alle Tage, besonders wenn es dazu noch Spaß macht. Denn das nehme ich doch an, daß Deine Tätigkeit Kräfte mobilisiert, die sonst lahm liegen. Ich wünsche Dir jedenfalls viel Erfolg und für Dein neues Lebensjahr, das 50ste, immer Gesundheit, Kraft und frohen Mut für Deinen Alltag, Verstehen und etwas mehr Eheglück für Dich. Euch beiden wünsche ich mehr Humor bei Spannungen.

Vielleicht hast Du jetzt mehr Zeit zum Lesen als zu Hause. Darum möchte ich Dir »Golda Meir: Mein Leben« schenken. Dafür die Scheine. Ich bitte Dich, es Dir zu kaufen, was ja in Hannover nicht schwierig sein wird. Ich schrieb oder erzählte wohl schon mal, daß ich an einigen Abenden der Woche meiner Flurnachbarin vorlese, da ihr Augenlicht dazu nicht mehr reicht. Nun hatten wir uns »Golda« vorgenommen. Das Buch ist spannend und aufregend geschrieben und recht geeignet zum Vorlesen. Ich habe dabei auch gelernt, langsamer und deutlicher zu sprechen, denn die Dame trägt ein Hörgerät. Wenn bei ihrer Garderobe irgendwas zu nähen ist, Rock verlängern z.B., helfe ich ihr gern und bin froh, daß die noch vorhandenen Fähigkeiten zu was nütze sind.

Sei gegrüßt von Deiner Schwiegermutter.

Emma Lüttjes an ihre Tochter Therese Harper

Jever, 21. Juni 1979.

Meine liebe Therese!

Nun sind ja schon wieder einige Tage ins Land gegangen seit unserem Telefongespräch, und ich möchte Dich mit einem Brief erfreuen. Hier ist jetzt endlich Sommerwetter, so daß wir im Garten tüchtig was tun konnten. Das Rasenmähen im Vorgarten mit dem uralten Apparat hat Vati aber sehr angestrengt, und auch ich mußte Schweißtropfen opfern.

Vor ein paar Tagen war Inge hier, sie war vom Makler zur Besichtigung eines Hauses eingeladen, und Vati und ich gingen mit. Na, das war eingerichtet! Und wunderbar ausgestattet! Schlossers Möbel hätten darin richtig popelig gewirkt, man gut, daß das nichts geworden ist. Inzwischen haben Inge und Richard sich »ausgesprochen«, was immer das heißen mag. Heute fahren sie nach Mannheim und Mainz. Richard muß in Mannheim vor einer Akademie einen Vortrag halten, und Inge will sich in Mainz eine Fertighaus-Ausstellung ansehen. Morgen wird dann in Vallendar der Verkaufsvertrag für ihr schönes Haus unterzeichnet. Der Mieter, der schon lange darin wohnt, will es kaufen. Natürlich wird der nicht sofort die ganze Summe auf den Tisch blättern können, und Schlossers haben auch noch 100.000 DM Schulden auf dem Haus, aber immerhin kommen sie zu Geld. Richard will wohl später in Jever wohnen, wenn er pensioniert ist, aber vorerst in Meppen irgendwas kaufen oder mieten bis dahin. Ob die beiden dann friedlich zusammenwohnen werden, ja, das fragt sich!

Renate rief uns neulich abends hocherfreut an, sie hatte in der Mathe-Prüfung eine 2 geschrieben. Die große schriftliche Arbeit, die Inge ihr in tagelanger Arbeit getippt hat, ist noch nicht beurteilt.

Die Woche mit Dagmar war für uns auch sehr schön, nur das Wetter war scheußlich, und so sind wir an drei Nachmittagen unterm Regenschirm spazierengegangen. Dagmar hatte nur zehenfreie Sandaletten an und ständig kalte Füße. Im Bett brauchte sie ein Heizkissen.

Gestern war ich mal wieder bei Tante Doktor wegen der Volon-A-Spritze gegen mein fürchterliches Niesen. Sonst geht es mir gut, und so soll es auch bleiben, wenn ich immer brav meine Herz- und meine Venen-Medikamente einnehme.

Grüße auch bitte Kim, Norman und Bob von Vati und mir und sei selber ganz herzlich gegrüßt!

Mutti.

Emma Lüttjes an ihre Tochter Ingeborg Schlosser

Jever, im August 1979

Liebe Inge!

Zum 50. Geburtstag die besten Wünsche für Dich von Vati und mir! Und was das diesmal für ein Fest sein wird! Solch große Feierlichkeit hat kaum je an diesem Tage im August geherrscht, wenn wir mal den Tag ausnehmen, als Du Deine neugeborene Renate im Arm hieltest und Richard Dein Zimmer im Sophienstift mit 27 Kerzen dekoriert hatte. Und nun geht Dein Geburtstag in seiner Bedeutung fast unter neben Renates Trauung und Eurem silbernen Ehejubiläum!

In den 25 Jahren Eurer Ehe hat es Höhen und Tiefen gegeben, und Ihr beide habt alles gut bewältigt. Wir möchten Euch wünschen, daß Ihr weiter zusammen wandert, hoffentlich in etwas ruhigerer Gangart!

Das beiliegende Geld soll dazu dienen, Dein Kaffee-Service zu vervollkommnen. Im übrigen wünschen Vati und ich Dir für die nächsten Jahre gute Gesundheit und Harmonie und Frohsinn in der Familie.

Mutti.

Emma Lüttjes an ihre Tochter Therese Harper

Jever, 25. Nov. 79.

Liebe Therese!

Nun wird es aber höchste Zeit, auf Deinen lieben Brief zu antworten, den wir wieder mal gerne gelesen haben. Gisela war auch gerade hier. Gustav war von Göttingen gekommen und hatte seine Mama unterwegs eingesammelt. Sein mündliches Staatsexamen hat er noch immer nicht hinter sich, das zieht sich wohl bis Ende Januar hin.

Gestern ist Inge wieder abgefahren, die für ein paar Tage flüchten mußte, weil die Stimmung in Meppen unerträglich für sie geworden war. Wenn sich die beiden doch bloß mal vertragen könnten! Der Gedanke, daß die Ehe ganz kaputt geht, ist uns schrecklich!

Luise erzählte mir am Telefon vom Mittelball ihrer Töchter, sie hatte sich die Tanzkünste der beiden angekuckt. Zu Weihnachten wollen wir nur den Enkelkindern was schicken, das ist ja auch schon allerlei.

Wie mag es wohl gewesen sein, als Du Dich mit einem Herrn für ein Abendessen verabredet hattest? Ich bin sehr neugierig!

Die Wohnung hier oben ist noch nicht wieder vermietet, und anscheinend ist auch kein Käufer in Sicht. Inge sucht auch immer noch vergeblich nach einem Haus.

Über Vatis Befinden bin ich sehr traurig, er wiegt nur noch 124 Pfd. Ob der Kalmus-Tee ihm wirklich noch helfen kann? Die grausame Wahrheit über die Krebsdiagnose erfuhr Gustav von Gisela am Telefon, als er gerade glücklich über seine Klausuren war. Seine Wirtin tröstete ihn mit viel Verständnis, und dann konnte Dagmar noch mit ihm am Telefon reden. Vati selbst ist aber guter Dinge, er ist ja auch der einzige, der nicht weiß, wie es um ihn steht! Bald sind wieder die Adventfeiern in der LAB, im Bürgerverein u.s.w., und er überlegt sich, was er vorlesen kann.

Nun, liebe Therese, sei herzlichst gegrüßt von uns beiden!

Mutti.

Emma Lüttjes an ihre Tochter Therese Harper

Jever, 9. Januar 1980.

Meine liebe Therese!
Anbei sollst Du nun endlich die Fotos erhalten, auch eins von Luise und ihren Kindern, das noch in Vatis Apparat enthalten war. Auf den Schreibtisch habe ich ein gerahmtes Foto gestellt, wo Vati im Sessel sitzt, geknipst am Tag vor der Goldenen Hochzeit, daneben werden fortan immer frische Blümchen stehen. Ja, nun habe ich nur noch Erinnerungen, aber ich kann ja mit Freuden an vieles zurückdenken. Es sind unheimlich viele Beileidsbriefe gekommen. Der Ordner, den Dagmar dafür eingerichtet hat, kann gar nicht alle fassen, außerdem bin ich sehr ungeschickt mit so viel Bürokratie.

Wenn Gustav das Examen bestanden hat, will er seine Doktorarbeit schreiben. Ein Thema hat er schon: »Das Nachschieben von Kündigungsgründen«. Darüber wüßte ich ja nun keinen einzigen Satz zu sagen!

Am Abend, bevor Dagmar und Gustav abreisen mußten, stand plötzlich Martin in der Stube. Er war, einem plötzlichen Einfall folgend, per Anhalter von Meppen gekommen, völlig ohne Gepäck, kein Schlafanzug, keine Zahnbürste. Nun, er rief dann Richard an, der von nichts wußte. Inge war mit Wiebke nach Wiesbaden geflüchtet, weil Richard auf einmal seine Mutter nach Meppen nehmen und sogar noch unten ihretwegen ein Badezimmer einbauen wollte. Dietrich machte daraufhin von einer Geschäftsreise nach Duisburg einen Abstecher nach Meppen, wo er eine ganze Nacht mit seinem Bruder diskutierte und – anscheinend erfolgreich – vermittelte. Als Inge Sonntag hier war, um Martin abzuholen, war sie jedenfalls wieder optimistischer. Hoffentlich bessert sich die Ehe nun!

Am Dienstag mußten Inge und Richard schon wieder zu einer Beerdigung, nach Bochum, wo Tante Lena, eine Schwester von Pastor Schlosser, im Altersheim verstorben war.

Martin hat mir viel Freude gemacht. Wenn ich vom Mittagsschlaf kam, sagte er: »Frau Gräfin, der Tee ist serviert!« Es waren schöne Tage mit ihm. Für übermorgen hat sich Pastor Schildt angesagt, überhaupt habe ich viel Besuch, gestern von Frau Ahrens, heute von Frau Schäfer, und morgen gehe ich zu Frl. Hähnel.

Ich schließe mit vielen lieben Grüßen für Dich, liebe Therese! Grüße bitte auch Kim und Norman.

Mutti

Ingeborg Schlosser an Richard Schlosser

Do, 30. 10. 80

Lieber Richard,
ich bin bis Sonntagabend weg. Irgendwie muß ich mit der Enttäuschung fertig werden darüber, daß nun wieder nichts wird mit einem kleinen Urlaub. Wieder nur leeres Gerede. Im Frühjahr hast Du mir die große Reise ausgeredet mit der Begründung, wir würden im Herbst dann beide fahren, sogar 4 oder 5 Wochen! Dann erzählst Du den Leuten, wir hätten davon abgesehen, weil ich noch zu schwach sei. Dabei weißt Du ganz genau, daß das nicht stimmt. Ich war kurze Zeit nicht ganz bei Kräften nach der Operation, aber das ist lange vorbei, ich bin gesünder als Du, das weißt Du genau. Dann schlägst Du eine Woche Österreich vor, als Entschädigung sozusagen, und als ich mir einen Besuch in Venedig wünsche,

hast Du nichts dagegen. Als ich dann versuche, Dir zu erklären, warum ich gern nach Berlin möchte, biegst Du wieder ab, obwohl ich Prospekte und Fahrpläne schon besorgt habe. Amsterdam und Paris kommen nun ins Gespräch, und weil ich mich bei dem Mistwetter nicht für Amsterdam erwärmen kann, glaubst Du, nun könntest Du gleich getrost alle Reisepläne fallen lassen. Kompost über alles, wie gehabt. Dabei kann man im Spätherbst eigentlich nur wählen zwischen einem Flug in die Sonne oder einer Erlebnisreise, bei der das Wetter dann nicht so wichtig ist. Es stimmt, daß ich nicht »gedrängelt« habe, sondern abwarten wollte, ob es Dir ernst ist mit Deinen Reiseplänen. War es nicht!! Dabei habe ich mir große Mühe gegeben, alle häuslichen Vorbereitungen zu treffen, die Verarbeitung der vielen Äpfel, die Wäsche, die Bügelei. Wenn Du gesagt hättest, wir fahren morgen, wäre das ohne weiteres gegangen. Glaubst Du eigentlich, mit mir kann man alles machen? Ich hasse es, immer nur der getreue »Kumpel« zu sein, der seine Arbeit macht und die Klappe hält. Du magst ein Menschenhasser und Einzelgänger sein. Ich bin es nicht, das hast Du von Anfang an gewußt. Warum, verdammt noch mal, kannst Du nicht einmal über Deinen Schatten springen und mir so eine Reise gönnen? Früher konnten wir uns das nicht leisten, darüber braucht man kein Wort zu verlieren. Aber heute ginge das ohne weiteres. Am schlimmsten finde ich, daß Du das Thema einfach abgetan hast, als hättest Du mir nie irgendwas versprochen. Arbeitsanzug, Kompost, Keller, aus! Dabei hatte ich mir doch wirklich mit der Apfelernte Mühe gegeben. Aber an dem Tag, als ich vom vielen Schälen und Saftmachen ganz kaputt war, fandest Du kein Wort des Lobes, nur daß ich »dankbar« sein soll, hast Du mir an den Kopf geworfen. Womit kann man sich bei Dir eigentlich überhaupt Anerkennung verschaffen?

Ich weiß, daß Du mit Deinem Beruf nicht zufrieden bist. Aber was kann ich denn dafür? Ich habe schließlich mit Dir zusammen dafür gearbeitet, daß Du werden konntest, was Du bist. Und nun erlebe ich, daß Dir die Garten- und Kellerarbeit als so eine Art Ersatzbefriedigung dient. Aber weil diese Arbeit »nützlich« ist, ist es für unsere Ehe durchaus nicht nützlich, wenn Dich weiter nichts interessiert. Hast Du Dir mal überlegt, ob ich mit meinem Beruf zufrieden bin? Solange die Kinder mich ständig brauchten, hatte das alles ja noch einen Sinn. Aber ich bin nun mal nicht beschränkt genug, um damit zufrieden zu sein, die Wohnung zu putzen und das Essen zu kochen, die Wäsche zu waschen und im übrigen bloß zuzusehen, wie Du da draußen rumwühlst. Meine Ansichten zu Kompost und Gartenarbeit haben Dir ja nur ganz zu Anfang was bedeutet, jetzt weißt Du ja angeblich alles besser. Wie soll ich da immer Verständnis aufbringen? Hast Du denn Verständnis dafür, daß ich anders bin, gehst Du jemals auf meine Interessen ein, kommst Du mal mit ins Theater, gehst Du mal mit mir aus? Wie selten haben wir Besuch! In den ganzen vier Wochen – nichts, nichts! Mutters Geburtstag kann man da wohl kaum rechnen. Ich fühle mich oft wie lebendig begraben. Gut versorgt, ja, natürlich ist das was wert. Aber Du weißt genau, daß ich Dich nicht geheiratet habe, um versorgt zu sein. Für dieses »Rentnerleben« innerhalb unseres Gartenzauns werde ich in zehn Jahren immer noch nicht alt genug sein.

Ich habe in all den knappen Jahren nichts dagegen gehabt, »für später« krumm zu liegen und zu schuften, wie Du auch. Aber später ist jetzt, jetzt, jetzt! Trotzdem ist kein Ende der Puckelei abzusehen, und immer wirst Du Gründe finden, warum man »gerade jetzt« nicht weg kann. Und weg müssen wir, wenn wir zu uns selber kommen wollen, denn sonst bist Du sofort wieder im Garten oder im Keller, und ich bin wieder allein. Nach menschlichem Ermessen haben wir zwei Drittel unseres Lebens hinter uns. Wann endlich, glaubst Du, kann man endlich anders als in Versorgungskategorien denken?

Manchmal glaube ich, es wird nichts mehr mit uns. Denn da ist noch ein anderes Problem, für mich das größte. Das ist Dein Alkoholkonsum. Daß Du Deinen Keller oder Dein Auto abschließt, ändert nichts daran, daß ich genau weiß, was da läuft. Möglicherweise nimmst Du mir das übel, denn wenn ich eine Bemerkung mache, wirst Du grantig. Kein vernünftiger Mensch hat gegen ein paar Glas Wein oder Bier was einzuwenden. Aber niemals finde ich mich damit ab, daß Du Deine Unzufriedenheit und Deine Unsicherheit, statt Dich auszusprechen, mit Unmengen Bier runterspülst. Wenn Du Dich nur einmal selbst spät abends so sehen könntest, würdest Du wohl erschrecken. Mag ja sein, daß manche Typen mehr vertragen als andere. Du jedenfalls verträgst das Zeug nicht, Deine Gesundheit verträgt es auch nicht und Deine Figur erst recht nicht. Außerdem fühlst Du Dich in angetrunkenem Zustand immer angehalten, das zu tun, was Du sonst höchst ungern machst, nämlich Leute anzurufen und alles mögliche zu erörtern. Warum bloß hältst Du es für Schikane, wenn ich versuche, Dich davon abzubringen? Ich will doch bloß verhindern, daß alle Welt merkt, was los ist. Oft genug ist mir das nicht gelungen. Außerdem kannst Du nicht erwarten, daß die Kinder Dich in dem Zustand für voll nehmen, und dann lassen sie eben auch zu anderen Zeiten den nötigen Respekt vermissen.

Es ist schade, daß sogar Deine eigene Mutter sich nicht traut, Dir gegenüber das Thema anzuschneiden. Dabei hat sie es von sich aus schon öfter vorgeschlagen, wenn sie was mitbekommen hatte. Sie fragte mich, ob ich glaubte, es hätte was geändert, wenn sie früher gegenüber Deinem Vater den Mund aufgemacht hätte. Ich glaube, das hätte nichts geändert, aber ich war doch erschüttert, als sie ungefragt erzählte, was sie alles mit Deinem Vater erlebt hat. So schlimm hatte ich es mir nicht vorgestellt. Wahrscheinlich hat es sie erleichtert, das überhaupt mal loszuwerden. Das alles solltest Du mal bedenken, wenn Du Deinen Vater nachträglich nur in allerbestem Lichte siehst. Gründe zum Trinken finden sich immer. Fragt sich nur, ob es nicht andere Möglichkeiten gibt, mit Problemen fertig zu werden.

In der Speisekammer steht noch die Flasche mit dem teuren roten Sekt. Mit dem wollte ich mit Dir auf das neue Haus anstoßen, als alles geregelt war. Und dann warst Du zwei Tage hintereinander so voll, daß mir alle Lust verging.

Manchmal bin ich schrecklich deprimiert und weiß nicht, wie es weitergehen soll. Aber trotz allem kann ich meine positive Einstellung zum Leben nicht unterdrücken und sinne auf Abhilfe. Ganz sicher hilft es überhaupt nichts, wenn ich weiter die brave Hausfrau spiele und so tue, als wenn ich nichts merke. Daß sich was ändern muß, steht für mich fest. Im äußersten Falle sollten wir überlegen, ob wir uns für eine Weile trennen, um herauszufinden, wie breit die gemeinsame Basis noch ist. Das wäre praktisch schon irgendwie zu bewerkstelligen. Aber mindestens sollten wir einmal ein sachliches Gespräch zustande kriegen und dabei nichts aussparen. Ich will Dich weder beherrschen noch bevormunden. Aber ich kann auch nicht ertragen, daß Du wie der große Zampano nach Belieben entscheidest, ob wir z.B. verreisen oder nicht und ob Du Deine Zeit immer wie selbstverständlich ohne Deine Familie verbringst. Wir sind Partner in diesem Job, und ich mag technisch nicht so beschlagen sein wie Du, aber vom alltäglichen Leben, vom Umgang mit Leuten und mit Problemen verstehe ich mindestens genauso viel, wenn nicht mehr. Heute abend, Donnerstag, habe ich Dich bei Deiner Kompostarbeit eine ganze Weile unbemerkt beobachtet. Ich glaube, daß das, was Du da machst, mit normaler und richtiger Gartenarbeit nur noch wenig zu tun hat. Du huldigst einem Götzen namens »Kompost«, der sich meinem Verständnis entzieht.

Wenn das so weitergeht, muß ich passen.

Inge

Renate Blum, geb. Schlosser, an ihre Großmutter Cäcilie Schlosser

Bonn, 10. November 80

Liebe Oma,
wir sind nicht sicher, ob Du schon davon gehört hast oder nicht, und darum schreibe ich es Dir. Wir werden im Juni Eltern. Das Baby soll am 18. Juni kommen. Das bedeutet für mich, daß ich Anfang Mai in den Mutterschaftsurlaub gehe. Nach der Geburt werde ich noch ein halbes Jahr zu Hause bleiben und erst im Dezember wieder zur Schule gehen. Bis dahin ist auch Olaf mit seinem Examen fertig. Die Ausbildung verlängere ich um ein halbes Jahr und werde dann eben erst im März 83 fertig.

Wir freuen uns sehr auf das Baby. Liebe Grüße!

Deine Renate

Cäcilie Schlosser an ihren Sohn Richard Schlosser

Senne, 11. 11. 80

Lieber Richard!
Damit der neue Ostpreußenband pünktlich zu Deinem Geburtstag da ist, will ich das Päckchen eben fertig machen, damit es hier noch abgeht, ehe Dietrich mich nach Wiesbaden abholt. Ich möchte Dir auch noch einmal danken für die Sommertage bei Dir, für all Deine Liebe und Fürsorge. Daß ich gar nicht versucht habe, die Kellertreppe wenigstens mit Deiner Unterstützung einmal hinunterzusteigen, das bedaure ich nun sehr und kann es nicht mehr nachholen. Deine Werkstatt ist Deine Freizeitfreude, darum hätte ich gern mal wieder einen Blick hineingetan.

Für heute viele Grüße. Glück und Segen fürs kommende Lebensjahr.

Ich bin froh, daß Tauwetter heute die Wege wieder für mich begehbar macht.

Es denkt Dein in Liebe
Deine Mutter.

Emma Lüttjes an ihre Tochter Therese Harper

Jever, 19. Nov. 80.

Liebe, liebe Therese!

Wie gerne würde ich eben richtig mit Dir sprechen, aber das Briefeschreiben ist doch billiger, und so müssen wir uns damit helfen. Bei Deinen Diskussionsabenden möchte ich wohl mal Mäuschen spielen! Ich freue mich über Deinen Unternehmungsgeist! Norman tut mir sehr leid in seinem kalten Haus, er hat sich wohl zuviel zugemutet mit der Renovierung, und dann noch seine Liebesaffären! Damit hat Gustav ja keine Last, leider auch keine Freuden. Aber seit er in Oldenburg am Landgericht in Amt und Würden ist und Geld verdient, ist er viel selbstbewußter geworden und redet nicht mehr davon, daß er zum Psychiater müßte. Der Dienst fängt nur langsam an, drei Tage die Woche ist Gustav hier in Jever! Teils freue ich mich darüber, teils wünsche ich, daß er in Oldenburg heimisch wird.

Vergangene Woche hat Inge mich mal nach Meppen geholt, so konnte ich auch das gekaufte Haus besichtigen. Von außen sieht es nicht so vorteilhaft aus, aber die Räume sind sehr schön und groß. Der Keller für Richard ist sogar tapeziert und hat ein zusätzliches, gekacheltes Bad. Der Garten ist man klein im Vergleich zu dem alten, aber Richard wird sich da schon beschäftigen. Wiebke ist recht hübsch geworden, sie bewegt sich anmutig und leichtfüßig trotz ihrer Länge. Jetzt hat Richard dienstlich in der Schweiz zu tun, und schwupp, ist auch Inge weg, nach Wiesbaden und Bonn.

Ich bin froh, daß die große Kälte vorbei ist, ich fühle mich ganz wohl. Und nun grüße ich Dich und Deine Kinder sehr herzlich!

Mutti.

Hugo Bünting an Walter Schlosser

8111 Walchensee, den 3. 1. 81

Lieber Walter!

Ich darf doch auch nach dieser Zeit, in der wir Kinder zu Männern geworden sind, das Du anbringen. Mit Freude las ich im »Heimatbrief« Deine Kindheitserinnerungen an Schirwindt. Viele Kindertage und Jugendstreiche kamen mir wieder in den Sinn, insbesondere aus der Zeit, die ich mit Richard verbracht hatte. Fast täglich war ich bei Euch im Haus, und der große Garten war gerade recht für unsere Tollereien.

Doch zunächst meine Fragen. Wo finde ich Richard? Ich hoffe, er hat die Kriegs- und Nachkriegswirren gut überstanden. Wie geht es Gertrud, Dorothea und Rudi? Letzterer war damals viel bei Herrn Arnim in den Ställen und in der Getreidemühle und wollte unbedingt Landwirt werden. Ist dieser Kinderwunsch in Erfüllung gegangen?

Richard sah ich zuletzt ein Jahr nach Eurem Umzug nach Marienwerder. Er war damals eine Zeit bei uns zu Besuch. Wohin ist das alles, wohin! Bevor ich Soldat wurde, war ich noch einmal im alten Pfarrhaus in Schirwindt. Es stand leer und sah durch gelegentliche Einquartierung von Soldaten usw. nicht sehr einladend aus mit seinen kahlen Räumen. Auf dem Dachboden standen noch zwei Kisten mit der Kirchen- und Kriegschronik 1914/18. Ich sah nur aus dem Kinderzimmer in den Garten und ging nicht hinunter.

Im Frühjahr 1944, anläßlich eines Heimaturlaubes, war ich zum letzten Mal in Schirwindt. Zu Kriegszeit fuhr ich auf dem Schweren Kreuzer »Lützow« und war dann bis Ende 47 in Gefangenschaft. 1956 ging ich wieder zur Marine und bin nun seit fast drei Jahren pensioniert. Mein Wohnort Walchensee, ein kleines Dorf in der Nähe von Mittenwald, ist herrlich gelegen an Wasser und Forst.

Doch zurück zu Schirwindt! Nach dem Polenfeldzug besetzten ja die Russen die damaligen Baltenstaaten, und so hatten wir den Iwan als Nachbarn. Bald darauf wurde das Baden im Fluß verboten, und im Winter fehlten uns die prächtigen Eisbahnen. Ich denke an das Hochwasser der Scheschuppe im Frühjahr. Richard und ich fuhren auf den dicken Eisschollen flußabwärts und steuerten sie mit langen Stangen. Diese Hochwassser reichten bis zu den alten Kopfweiden in Euerm Garten.

Einmal fanden Richard und ich auf dem Dachboden große Pfeifen, die bis an die Erde reichten. Zwei davon nahmen wir mit in den Garten. Wir versteckten uns hinter den Weiden und rauchten. Als Du dazukamst, wolltest Du auch einmal qualmen, nur um danach in die Küche zu laufen und es Euerm Hausmädchen zu erzählen, der Minna. Da sie wegen unserer Streiche einen Rochus auf uns hatte, war es nicht verwunderlich, daß wenig später Euer Vater mit Donnerstimme nach uns rief und die Pfeifen verlangte. Ich muß gestehen, daß ich nicht sehr tapfer war, sondern mich bald verdrückte. Die befürchtete harte Strafe blieb jedoch zu unserem Erstaunen aus, ich glaube, es kam nur: »Laßt euch das nicht zur Gewohnheit werden!«

Als Herr Sandhorst, der Kirchendiener, Soldat geworden war, läuteten seine Frau und ich die Kirchenglocken. Manchmal stieg ich dann in dem Turm nach oben, um den wunderbaren Ausblick zu genießen. Die Treppen führten nur bis zum Glockenstuhl, danach gab es bloß noch Leitern, und Frau Sandhorst hatte immer Angst, daß mir etwas passieren könnte.

Die Glocken wurden später übrigens abmontiert, man brauchte sie für den »Endsieg«.

Es wäre sehr schön, wenn wir uns einmal sehen könnten. Solltest Du in diese Gegend kommen, so besuche mich unbedingt. Vielleicht kannst Du mir auch Richards Telefonnummer mitteilen.

Mit den besten Grüßen und Wünschen für das Jahr 1981

bin ich

Dein Hugo

Emma Lüttjes an ihre Tochter Therese Harper

Wiesbaden, 13. Feb. 81.

Liebe Therese!

Meine Reise ist bis jetzt programmgemäß verlaufen, und ich bin seit Mittwoch im wunderschönen Wiesbaden, herrlich! Gisela hat es sehr behaglich, aber die 70 Stufen! Bei Inge war es recht ungemütlich, nicht nur äußerlich, und nun flieht sie wieder mal einige Tage. Ich bedaure sie zutiefst. Morgen geht es zu Dietrich und Jutta und Sonnabend zu Renate nach Bonn. Ich befinde mich ausgezeichnet, und es ist sehr schönes Wetter. Montag abend möchte ich wieder zu Hause sein. Viele liebe Grüße!

Mutti.

Ingeborg Schlosser an ihre Schwiegermutter Cäcilie Schlosser

Meppen, am 6. 5. 81

Liebe Mutter,

da mit dem Mai auch der Muttertag kommt, wollen wir Dir zum kommenden Sonntag gern eine Freude machen, und da Du ja immer nichts brauchen kannst, was Platz wegnimmt, bin ich auf die Suche nach einem Buch gegangen. Hoffentlich kannst Du der Gegenüberstellung von Altem Testament und moderner Archäologie Interesse abgewinnen. Mit den vielen Fotos gewinnt man einen guten Eindruck vom alten und neuen Land Israel, finde ich.

Am Wochenende wollen Richard und ich eine Tour nach Hamburg machen und hoffen, dort im Reisebüro der Singapore-Airlines auch alles über die geplante Reise im Juli zu erfahren. Wenn alles klappt und noch Plätze frei sind, werden wir über Bangkok – Singapore nach Neuseeland und Australien fliegen. Sobald wir aus Hamburg zurück sind, rufen wir Dich an.

Herzliche Grüße von uns beiden.

Deine Inge

Emma Lüttjes an ihre Tochter Therese Harper

Meppen, 30. Juni 81.

Meine liebe Therese!

Nun wird es mal wieder allerhöchste Zeit für einen Brief an Dich! Seit Freitag bin ich in Meppen, um Wiebke und das Haus zu hüten. Sie ist sehr viel »auf dem Rutsch« im Jugendzentrum und ansonsten umgänglich und freundlich, wenn sie auch leider ihr Zimmer nicht aufräumt und ihre Sachen überall liegen läßt. Das regt mich aber nicht auf, bloß so allein durch das große Haus zu geistern und bei ewigem Regenwetter nichts im Garten tun zu können, das gefällt mir nicht. Richard hat die letzten Tage vor der Abreise noch einen Sichtschutz neben der Garageneinfahrt gebaut, natürlich mit Sorgfalt, Ausdauer und enormer Pingeligkeit. Bei schönem Wetter können wir da ungeniert sitzen, und Renate, die heute angerufen hat, will da vielleicht ihr Baby stillen, wenn sie Anfang nächster Woche kommt. Ich freue mich schon sehr auf mein erstes Urenkelkind! Olaf muß vorher aber noch ziemlich viel an seiner Diplomarbeit tippen.

Volker ist mit seiner Bundeswehrzeit fertig und hatte die Freude, noch am letzten Tag zum Fähnrich befördert zu werden. Er und seine Vera fahren in den nächsten Tagen nach Jugoslawien in den Urlaub. Inge verglich Volker mit Norman – immer freundlich, aber knapp bei Kasse, sogar verschuldet! Martin ist mit seiner Freundin auf Norderney, wo die beiden in einem Hotel arbeiten, täglich acht Stunden für 800 DM Verdienst im Monat plus Kost und Logis. Hoffentlich schmeißt er nicht zuviel Geschirr kaputt!

Sonntag früh sind Inge und Richard abgereist per Eisenbahn. Sie hatten in Bonn eine Stunde Aufenthalt, wo Renate und Olaf ihnen am Bahnhof die kleine Lisa vorstellten. Inge war nach Renates Worten ganz begeistert von ihrer Enkelin mit dichtem, schwarzem Haar und blauen Augen.

Nun haben Inge und Richard hoffentlich schöne Erlebnisse auf ihrer großen Reise! Erste Station ist Bangkok, wo sie im Augenblick wohl noch sind. Vom 6. bis 12. Juli wollen sie in Neuseeland sein, im übrigen auf den Fidschi-Inseln, in Malaysia und in Australien. Die sehen was von der Welt!

Hast Du denn nun feste Vorstellungen, wann Du nach Deutschland kommst? Am 2. August ist hier in Meppen Taufe, und ich hoffe, daß Du mit mir fährst! Inge hat vorsorglich im Hotel zwei Doppelzimmer bestellt, sonst wären wohl nicht alle im Haus unterzubringen. Gisela und Volker sollen Taufpaten sein. Renate muß die Vorbereitungen allein bewerkstelligen, da Inge und Richard erst einen Tag vorher wieder in Frankfurt landen.

Inzwischen hat Kim ja schon ein Jahr Eheleben hinter sich, wie geht die Zeit so schnell dahin! Gisela ist nach wie vor in ihrer schönen neuen Wohnung happy, und auch Dagmar geht es gut, sie hatte am Sonnabend wieder mal ihr Gartenfest, woran sich stets alle Hausbewohner beteiligen.

Und nun sei ganz herzlich gegrüßt, meine Liebe,

von Deiner Mutti.

Ingeborg Schlosser an ihre Mutter Emma Lüttjes

Liebe Mutti, 30. 6. 81

aus dem turbulenten Bangkok schöne Grüße! Wir haben schon eine Tour durch die »Schwimmenden Märkte« gemacht und werden heute Folklore im Rosengarten sehen. Gestern gab es ein Thai-Dinner mit Tanzvorführungen. Morgen geht's nach Singapur.

Herzlichst Inge + Richard

Richard Schlosser an seine Mutter Cäcilie Schlosser

Liebes Muttchen! Auf Fidji, 19. 7. 81

Dieses war die vierte Station, morgen fliegen wir nach Australien. Nach dem sog. Winter in Neuseeland ist das Wetter hier durchwachsen. Wir haben die Südinsel mit einem Mietauto auf abenteuerlichen Straßen durchquert mit 3 Tagen Aufenthalt an der sehr schönen Korallenküste. Die geplante Kreuzfahrt »Blue Lagoons« haben wir gestrichen, weil das Schiff gemessen am Preis unglaublich primitiv war. In Australien hoffen wir noch 10 schöne Tage zu erleben und müssen uns nur hüten, auf großsprecherische Ankündigungen in Prospekten hereinzufallen.

Herzliche Grüße von Richard + Inge

Richard Schlosser an seine Mutter Cäcilie Schlosser

Meppen, 15. 10. 81

Liebe Mutter!
Wenn wir schon an Deinem Geburtstag nicht bei Dir sein können, so sind doch an diesem Tage unsere Gedanken bei Dir.

Mit gesonderter Post ist ein Päckchen an Dich unterwegs mit dem Bild Deiner von Dir so geliebten Großmutter. Ich muß Deine Gefühle für sie, die von Deiner Kindheit bis zum Erwachsenwerden um Dich war, nachempfinden und vergleiche sie unwillkürlich mit den meinen für Deine Mutter, die ich auch sehr geliebt habe.

In Lötzen sein zu können war das Glück für mich, als ich ein Kind war. Dorotheas Fotos haben viele Erinnerungen an diese Kinderzeit wachgerufen. Das Wohnhaus Deiner Eltern war für mich immer so eine Art Märchendomizil, und die Aufenthalte dort zählen zu meinen schönsten Erinnerungen. Auch Deinen Vater verbinde ich eng mit diesen Bildern. Er war damals nach meinem Eindruck ein zufriedener Mann, den ich vor sich hin brummend in seinem Sessel sitzen sehe, wo er sich gerne von seinen Enkelkindern den kahl geschorenen Schädel kraulen ließ. Als Kinder hatten wir an Opas naturwissenschaftlichen Interessen noch kaum Anteil nehmen können. Das kam für mich erst später während seiner Zeit im Fliedner-Heim. Er hat mir für mein Studium eine ganze Reihe von Büchern geschenkt, die vielleicht Volker noch einmal genau so nützlich sein können.

Morgen macht sich Volker auf den Weg nach Hannover, um mit dem Maschinenbau-Studium zu beginnen, unter Bedingungen, die nicht entfernt mit denen von 1950 zu vergleichen sind. Das weiß er nicht recht zu schätzen, wird es aber hoffentlich noch lernen.

Inge hat Dir zum Geburtstag ein Buch über Lessing besorgt, eingedenk Deiner Vorliebe für Biographien.

Sei herzlich gegrüßt von uns beiden.

Dein Richard

Verlag Eremiten-Presse 4000 Düsseldorf 1, Postfach 17 00 29

Frau den 22. 7. 82
Ingeborg Schlosser
Dammstr. 43
4470 Meppen

Betr.: Ihre Manuskript-Einsendung

Beiliegend erhalten Sie Ihr uns eingesandtes Manuskript zurück. Leider haben wir hierfür keine Verwendung. Trotzdem möchten wir Ihnen für das uns entgegengebrachte Vertrauen danken. Die große Zahl der bei uns unaufgefordert eingehenden Manuskripte verursacht eine weitaus größere Arbeitsbelastung, als sie ein kleiner Verlag bewältigen kann. Es ist uns deshalb leider unmöglich, jede Einsendung einzeln zu beantworten. Hierfür bitten wir um Ihr freundliches Verständnis.

Mit freundlichen Grüßen
VERLAG EREMITEN-PRESSE
Reske

Hoffmann und Campe, Postfach 13 20 92, 2000 Hamburg 13

Frau Hamburg, 29. Juli 1982
Ingeborg Schlosser be
Dammstr. 43
4470 Meppen

Sehr geehrte Frau Schlosser,

haben Sie Dank für Ihren Brief vom 16. Juli und für die beigefügten Gedichte, die wir mit Interesse gelesen haben.

Leider sehen wir keine Möglichkeit, Ihre Arbeiten im Rahmen unserer Buchproduktion zu veröffentlichen; an eine Erweiterung unseres Lyrikprogramms ist unter den gegenwärtigen Umständen zu unserem Bedauern nicht zu denken.

Wir beeilen uns deshalb, Ihnen Ihr Manuskript wieder anliegend zuzusenden.

Mit freundlichen Grüßen
HOFFMANN UND CAMPE VERLAG
Literarisches Lektorat
i.A. Ulrike Beer

Residenz Verlag
RESIDENZ VERLAG GES.M.B.H.
A-5020 SALZBURG GAISBERGSTRASSE 6
TEL: (06222) 25771–0 TELEX 632887

Frau
Ingeborg Schlosser
Dammstraße 43
D-4470 Meppen

Salzburg, am 9. August 1982
jj/ss

Sehr geehrte Frau Schlosser,

tatsächlich muß ich Ihnen Ihre Gedichte wieder zurückschicken, und ich will auch offen sagen, daß das etwas mit meinem Urteil über deren Qualität zu tun hat. Abgesehen von den Übersetzungen (wir bringen grundsätzlich nur original Deutschsprachiges) sind bei etlichen Stücken die Zeilenbrüche doch recht willkürlich, und besonders die Reisegedichte neigen eigentlich eher zur Prosaskizze. Dennoch bleibt ein sympathischer Eindruck von Diesseitigkeit als Haltung, der mir sehr gefiel. Der liebevolle Blick ist Ihnen sicher näher als der kritisch analysierende. So gelingen denn auch die kleinen, ruhig betrachtenden Stücke am besten, während überall da, wo ein novemberlicher Hauch von Lebensschmerz weht, das Klischee, oder sagen wir besser: der ungenaue Blick droht.

Dies ist in etwa mein Eindruck. Vielleicht (hoffentlich) empfinden Sie es nicht als Widerspruch, wenn ich Ihnen Ihre Arbeiten wieder zurückschicke und Sie zugleich (und sei's nur für Sie) zum Weiterschauen und Weiterschreiben anspornen möchte.

Mit freundlichen Grüßen
Dr. Jochen Jung

Krankenhaus Ludmillenstift
Meppen (Ems) – Innere Abtlg.
Leitender Arzt: Dr. Tewes

4470 Meppen, den 10. 02. 1983
Telefon 0 59 31/152–1

Nachrichtlich:
Herrn Chefarzt Dr. Melzner

Sehr verehrte Frau Dr. Heise!

Besten Dank für die Überweisung von Frau Ingeborg Schlosser, geb. am 11. 08. 1929, wegen eines malignen Lymphoms. Die Sicherung der Diagnose erfolgte durch die histologische Untersuchung eines aus der rechten Axille entnommenen Lymphknotens.

Zur Frage eines weiteren Lymphknotenbefalls wurde am 03. 02. 1983 eine Computertomographie des Abdomens durchgeführt, wobei sichere Lymphome nicht festgestellt werden konnten. Es fand sich eine mäßiggradige Hepatomegalie bei homogenen Parenchymstrukturen der Leber sowie auch der Milz.

Die Patientin befindet sich in einem guten Allgemeinzustand. Bei der Untersuchung sind aber eindeutig Lymphknoten im linken Axillenbereich (pflaumengroßer weicher Knoten) sowie links-supraklavikulär und im Halsbereich zu tasten. Eine Milz- oder Lebervergrößerung liegt palpatorisch nicht vor. Auch die Leistenbeugen scheinen frei von Lymphomen.

Obgleich die Diagnose durch die Histologie des Lymphknotens gesichert scheint, habe ich nach dem Telefongespräch mit Ihnen mit Herrn Dr. Melzner vereinbart, daß zumindest e i n weiterer Lymphknoten aus der linken Axille oder dem linken Halsbereich entnommen werden soll, um zu überprüfen, inwieweit sich hier histologisch ein ähnlicher Befund ergibt. Sollte dies der Fall sein, wäre eine Chemotherapie trotz normaler Laborbefunde und des guten Allgemeinzustandes der Patientin wohl unumgänglich.

Mit freundlichen Grüßen
Ihr
Dr. Tewes

Gertrud Erhard, geb. Schlosser, an ihren Bruder Richard Schlosser

Senne, 17. 2. 83

Lieber Richard!
In Gedanken bin ich viel bei Euch und fühle mit Inge mit. Hoffentlich ist die Krankheit in den Griff zu bekommen. In Hannover gibt es sicherlich die besten Möglichkeiten für eine Behandlung.

Mit vielen guten Wünschen

Deine Gertrud

Emma Lüttjes an ihre Tochter Therese Harper

Jever, 20. Feb. 1983.

Meine liebe Therese!
Nun bist Du schon 51 Jahre alt, und ich wünsche Dir soviel Glück für Dein neues Lebensjahr wie nur irgend möglich! Es ist ja gut, daß Deine Headmistress sich gewandelt hat, so macht die Schule doch mehr Freude.

Eben telefonierte ich mit Inge, sie muß jetzt Medikamente nehmen, die sich nicht verträgt, aber sie ist guten Mutes, obwohl nicht genau festgestellt werden konnte, woher ihre Drüsenschwellungen, auch in den Leisten, eigentlich kommen. Sie meint aber, daß ich mir bloß keine Sorgen machen soll. Gisela geht es gut, sie ist wohl ganz glücklich mit ihrem Bernhard. Dagmar klagt über ihren Schichtdienst, eine Woche muß sie morgens schon um 6 Uhr im Funkhaus sein bis mittags und in der nächsten Woche dann am Nachmittag, das ist ja wirklich nicht schön.

Wir denken hier viel an die Bundestagswahl am 6. März. Hoffentlich kommt die SPD zum Zuge! Gustav ist seit neuestem Parteimitglied. So ändern sich die Zeiten! Mit Martin haben Schlossers ziemlichen Kummer, der Kerl will jetzt auf einmal nicht studieren, er weiß angeblich schon alles. Na, sie werden ihn wohl noch richtig beeinflussen können.

Frau Kaufhold ist jetzt die sechste Woche im Krankenhaus, aber sie fühlt sich da wohl. Ich selber bin schon wochenlang ohne Beschwerden. Mit Gustav komme ich gut zurecht, ich will mich auch nicht aufregen und bin sehr gelassen.

Die Familie Blum war am Wochenende mal wieder in Meppen. Leider ist Renates Lehrerinnendasein im März zu Ende, denn nach der zweiten Prüfung ist keine Planstelle für sie da, und sie steht auf der Straße. Nun, bei Euch in England ist ja auch vieles mies, nicht wahr?

Das einliegende Geld kommt Dir zum Geburtstag vielleicht gelegen. Ich wünsche Dir einen schönen Sonntag mit Deinen Kindern!

Mutti.

Emma Lüttjes an ihre Tochter Therese Harper

Jever, 28. März 1983.

Meine liebe Therese!
Sei herzlich bedankt für Deinen umfangreichen Brief! Ich bin gestern abend von Itzum zurückgekehrt, wo der 50. Geburtstag von Immo festlich begangen worden ist. Luise hatte alles gut vorbereitet, erst war eine Riesenkaffeetafel mit lauter selbstgebackenen Torten und Kuchen und abends dann unten im Hobbyraum kaltes Büfett mit drei Salaten, viel lekkerem Schinken und ausgiebig Wein. Der Raum ist gar nicht wiederzuerkennen, mit Stofftapete und dunklen Holzleisten, fast wie Fachwerk, intime Wandbeleuchtung, ganz wunderschön gemütlich!

Inge und Richard hatten auch die junge Familie Blum dabei. Renate ist schon recht rund. Ihr Arzt soll gesagt haben, es sei alles bestens, und das Baby wiege bereits drei Pfund! Natürlich war sie eifrig am Stricken, ein Vorderteil mit eingestricktem Motiv und einen Ärmel für Lisa hat sie tatsächlich fertig gekriegt an dem Abend. Inge sagte mir, daß es nicht so schlimm sei mit ihrer Krankheit, die Medizin habe angeschlagen.

Hier ist es jetzt empfindlich kühl, und man möchte gar nicht im Garten arbeiten. Gustav wartet noch immer auf die Aufforderung zur mündlichen Assessorprüfung, das zieht sich ja vielleicht hin! Ich würde gerne bald seine Selbstständigkeit und seinen Fortzug erleben!

So, und nun schließe ich mit vielen herzlichen Grüßen.

Mutti.

Ingeborg Schlosser an ihren Sohn Martin Schlosser

Meppen, den 23. 8. 83

Lieber Martin,
es freut mich, daß Du bei Deinem Semesterferienjob auf Norderney durchhalten willst, auch wenn Dir manches auf die Nerven geht. Ärgere Dich nicht zu sehr über die erzkonservativen Leute um Dich herum. Du

wirst Dich noch wundern, mit wie vielen Menschen Du im Laufe Deines Lebens aneinandergerätst. Was glaubst Du, warum es für mich so schwierig ist, in Meppen Freunde aus meiner Generation zu finden? Hier beten ja leider fast alle die CDU an, und man steht eben ziemlich isoliert in der Gegend, wenn man andere Vorstellungen hat.

Inzwischen ist die Taufe über die Bühne gegangen. Diesmal war auch der Gottesdienst viel besser als damals bei dem überfordert wirkenden Pastor Zenker. Pastor Ludwig vollzog die Taufe schon am Anfang, und Julius benahm sich mustergültig, was nachträglich fast als Wunder bezeichnet werden muß, denn in dem Fläschchen, das er zur Beruhigung bekommen hatte, war, wie sich später herausstellte, der Zwischendeckel noch drin gewesen, so daß der arme Säugling trotz kräftigen Saugens gar nichts aus der Pulle rausbekommen hatte. Im Verlauf der Zeremonie wurden auch die Vorkonfirmanden vorgestellt, was ein Pastor aus Lingen machen mußte, da für Zenker auf absehbare Zeit kein Nachfolger in Sicht ist. Aber Taufe und Konfirmation wurden auf elegante Weise kombiniert, und am Schluß erhielten die Eltern der Täuflinge – es waren mit Julius insgesamt vier, alles Jungen – von den Vorkonfirmanden noch selbstgebastelte Geschenke überreicht. Wir fuhren dann nach Hause und tranken ein paar Glas Sekt, ich allerdings weniger, denn für mich liefen die Mittagessenvorbereitungen auf Hochtouren. Volker und seine Vera holten die Spanferkelplatten und Kartoffelkroketten ab, während Renate und ich uns um Salate und Vorsuppe kümmerten. Alles klappte vorzüglich, und das Spanferkel wurde bei weitem nicht geschafft, zumal ich in »weiser Voraussicht« noch Spießbraten extra gemacht hatte. Die Torten wurden nachmittags bei einigermaßen gutem Wetter im Garten verzehrt, und abgesehen von etwas Ärger mit hartnäckigen Wespen war alles prima. Zwischendurch natürlich Abwasch-Orgien in der Küche. Renates Freundin, die zweite Patin, die mit Mann und Tochter hergekommen und in Wiebkes Zimmer untergebracht worden war, reiste am Nachmittag wieder ab. Olafs Eltern wurden im »Schlagbaum« einquartiert, und der Rest einschließlich Volker und Vera saß dann im großen Halbkreis unter dem neuen Terrassendach mit Blick auf das offene Feuer, das wir jetzt öfters mal abends in dem großen, zum neuen Schwenkgrill gehörenden Feuertopf anzünden.

Übrigens Grill: Meine Geburtstags-Grillparty war auch ganz schön. Es war viel zu viel Fleisch da, und so hatten wir am folgenden Tag noch reichlich mit den Resten zu tun, zu Renates und Olafs Freude und zu Papas Verärgerung, denn er jammert ja immer, daß in unserer Sippe viel zu oft Fleisch gegessen wird. Den ganzen Tag über hatte das Telefon geklingelt zwecks Glückwünschen, und abends rief sogar noch Kathrin aus Venezuela an. Sie und ihr Mann haben vor, sich in Spanien niederzulassen.

Am Freitag fuhren Renate, Therese und ich mit dem kleinen Julius nach Jever, wo großer Altstadtfest-Rummel war. Wir ließen Therese bei Oma und verzogen uns ins Quartier in Horumersiel bei meiner Freundin Grete. Die hatte ein ganz exzellentes Abendessen vorbereitet. Sie und ihr Mann hatten stundenlang am Morgen Krabben gepult, und es gab Unmengen davon, außerdem eine Aal-Platte und Schinken. Renate hatte weniger vom Essen als ich, weil sie sich die ganze Zeit um ihren schreienden Säugling kümmern mußte. Wir saßen dann noch die halbe Nacht am brennenden Kamin, sehr romantisch. Der riesige Bernhardiner vom Nachbarhof lag derweil draußen vor der Gartentür und schaute sehnsüchtig durch die Scheibe zu uns rein.

Am nächsten Morgen war es fast unmöglich, überhaupt nach Jever reinzukommen, weil die gesamte Innenstadt für den Verkehr geschlossen worden war. Menschenmassen wälzten sich durch die engen Gassen, ein unbeschreibliches Gedränge. Nach vergeblichen Versuchen, auf Umwegen zur Mühlenstraße zu gelangen, fuhren wir schließlich frech wie Oskar an den Absperrungen vorbei durchs Stadtzentrum und kamen auch hin. Später gewann ich auf dem Altstadtfest für ein paar Lose noch zehn Flaschen Bier, ein Tablett und zwei Gläser beim Stand des friesischen Brauhauses. Da war das Fest für mich erstmal gelaufen, denn mit dem Riesenpaket unterm Arm war ich in dem Gedränge ja hilflos.

Zu Hause bei Oma wurde nachher abends nicht nur Giselas 50. Geburtstag, sondern gleichzeitig noch ihre Verlobung mit Bernhard Dresen begossen. Sie wollten halt demonstrieren, daß sie es ernst meinen, auch in ihrem vorgeschrittenen Alter, und zeigten mit einem gewissen Stolz ihre neuen Ringe vor. Gisela hatte von »Mamma mia« ein tolles Essen abgeholt.

Inzwischen hat sich hier der Kram normalisiert. Im Garten reifen mit Macht die Tomaten heran, die Stangenbohnen sind schon eingekocht. Papa bastelt jeden Abend pingelig wie eh und je an der Tür zum Gartensitzplatz.

Leider bin ich nun seit gestern wieder mit meinen blöden Spritzen und Tabletten dran, und ich fühle mich ziemlich mies, aber glücklicherweise weiß ich aus Erfahrung, daß man sich bald daran gewöhnt. Meine Haare wachsen jetzt auch kräftig nach, so daß man nicht jedesmal einen Schrecken kriegt, wenn die Perücke ab ist, und das ist bei der Hitze hier ziemlich oft der Fall. Trotzdem kann ich mich frühestens nächstes Jahr ohne das Ding in der Öffentlichkeit blicken lassen.

Volker büffelt in Hannover noch vier Wochen lang im Repetitorium, bevor die Klausuren losgehen. Danach muß er sich nach einer neuen

Wohnung umsehen, denn in seiner WG fühlt er sich nicht mehr wohl. Olaf muß noch zwanzig Seiten seiner Stipendiumsarbeit tippen und ist dann fertig damit. Anfang September geht er zu einer zwölftägigen Wehrübung nach Borken bei Münster, und währenddessen kommt Renate mit den Kindern hierher. Wiebke absolviert mit ihrer Basketballmannschaft munter Punktspiele, die fast immer schlecht ausgehen, aber es macht ihr trotzdem Spaß. In der 12. Klasse hat sie plötzlich gar keine Schwierigkeiten mehr mit Mathe. Wahrscheinlich liegt's am Pauker, das ging mir früher ganz ähnlich.

So, lieber Martin, nun hast Du zwei Wochen rum und schon 600 Mark verdient. Das muß doch ein schönes Gefühl sein. Hast Du denn mittlerweile Vorschuß bekommen, oder sollen wir Dir noch was schicken?

Holl di stief, und viele Grüße von uns allen!

Mama

Richard Schlosser an Ingeborg Schlosser

Camp Springs, 8. 11. 83

Liebe Inge!

Ich bin immer noch im Holiday Inn. Weit und breit ist nichts billigeres zu kriegen. Zum Teil habe ich in Chesapeake Beach zu tun (27 Meilen), zum Teil in Laurel (29 Meilen). Laurel liegt zwischen Baltimore und Washington. Die ersten Tage bin ich mit Firmenleuten gefahren. Seit die wieder weg sind, fahre ich ein 6,5 m langes Ungetüm von Oldsmobile für 150 $ pro Woche. Es ist, wie hier üblich, ein Automatik-Wagen ohne Kupplung. 6 Fenster lassen sich automatisch öffnen und schließen. Die Fahrgeschwindigkeit kann fest eingestellt werden, dann braucht man bloß noch zu steuern und schwimmt mit der Masse auf den endlosen Highways. Radio ist auch vorhanden, aber was da rauskommt, ist bloß lauter Mist. Ich bin immer heilfroh, wenn ich die Karre einparken und abschließen kann. Mit einem Knopfdruck lassen sich alle Türen zentral verriegeln. Das wird hier empfohlen, weil einem sonst beim Stehen vor Ampelkreuzungen das Gepäck geklaut wird.

Mein Zimmer brauche ich nicht näher zu beschreiben. Von der Sorte hast Du auf unserer Reise genügend gesehen. An das Bett habe ich mich gewöhnt, auch an den Highway-Krach, der mich von drei Seiten umgibt. Unmittelbar gegenüber dem Hotel liegt eine Air Force Base, aber die machen da vergleichsweise wenig Lärm.

Nach Schwierigkeiten mit der Beschaffung eines Adapters habe ich mir einen 110-Volt-Mini-Tauchsieder gekauft, mit dessen Hilfe ich mir morgens zwei Wassergläser deutschen Kaffee koche. Der amerikanische ist nach wie vor ungenießbar. Ich verpflege mich zum größten Teil selbst, jedenfalls morgens und abends. Mittags kann man in einem Restaurant in Chesapeake Beach essen. In Laurel, wo ich an der Johns Hopkins University zu tun habe, gibt es eine Cafeteria. Chesapeake Beach war einmal ein Badeort. Nachdem man bei Annapolis eine Brücke zu der vorgelagerten großen Halbinsel gebaut hatte, wanderte das ganze Geschäft zur Atlantik-Küste ab, und Chesapeake macht jetzt eher den Eindruck einer verlassenen Goldgräberstadt. In der Nähe gibt es ein altes Hotel, aber das ist noch teurer als dieser Schuppen, und außerdem wären es dann nach Laurel mehr als 50 Meilen.

Am Wochenende waren wir an den »Great Falls«. Dort hat sich der Pototomac River seinen Weg durch eine wild zerklüftete Felsenlandschaft gebahnt. Etwa 7 × im Jahr führt der Fluß Hochwasser. Als ich da war, natürlich nicht. Man konnte sich das nur vorstellen. Im Extremfall steigt der Wasserspiegel um ca. 20 m an. Dann begräbt das Wasser alle Felsen unter sich. Am nächsten Wochenende will ich den Zoo besuchen, mit Tele-Objektiv bewaffnet. Es gibt dort einen weißen Tiger.

Am 25. hoffe ich dieses Land wieder verlassen zu können. Ich rufe Dich am 26. früh von Köln aus an. Olaf will mich abholen und zum Zug bringen.

Am 17. melde ich mich selber um 13^{30} Uhr MEZ.

Viele Grüße an alle.

Dein Richard

Richard Schlosser

4470 Meppen, den 12. 12. 1983
Dammstr. 43

An das
Arbeitsamt Bonn
Postfach 16 01 40
5300 Bonn 1

Betr.: Antrag auf Arbeitslosenhilfe für Renate Blum vom 1. 12. 83

Zum Antrag meiner Tochter auf Arbeitslosenhilfe lege ich eine Verdienstbescheinigung und Nachweise über die von mir zu bestreitenden Aufwendungen und Unterhaltsleistungen vor.

Ergänzend zu den Angaben im Formblatt habe ich folgende Bemerkungen zu machen.

Meine Frau Ingeborg Schlosser ist seit einem Jahr schwer krank, wie aus den Unterlagen ersichtlich. Wegen der Schwere der Erkrankung ist die Konsultation von Spezialisten erforderlich. Deren Rat ist nicht zum Sozialtarif erhältlich. Die entstehenden Kosten werden von der Ersatzkasse und durch Beihilfeleistungen des Bundes, die mir zustehen, nicht gedeckt. Einen endgültigen Nachweis über die von mir zu tragenden Zusatzkosten kann ich z. Zt. nicht führen, da meine Erstattungsanträge mit Belegen sich noch im Verfahrensgang befinden. Meine Frau hat beim Versorgungsamt Osnabrück einen Antrag auf rückwirkende Zuerkennung der Schwerbehinderteneigenschaft ab Dezember 1982 gestellt.

Mein Sohn Volker Schlosser studiert zur Zeit an der Universität Hannover. Er hat kein eigenes Einkommen, bezieht weder Bafög-Leistungen noch eine Unterstützung von anderer Seite und wird voll von mir unterhalten. Die monatlichen Aufwendungen betragen:

Lebensunterhalt	DM 490,00
Heimfahrtkosten	DM 42,00
Miete	DM 227,75
Strom und Gas	DM 70,00
	DM 829,75

Höhere Sonderaufwendungen für Fachliteratur und Kleidung trage ich fallweise.

Mein Sohn Martin Schlosser studiert zur Zeit an der Universität Bielefeld. Er hat kein eigenes Einkommen, bezieht weder Bafög-Leistungen noch eine Unterstützung von anderer Seite und wird voll von mir unterhalten. Die monatlichen Aufwendungen betragen.

Lebensunterhalt	DM 490,00
Heimfahrtkosten	DM 30,00
Miete	DM 170,00
	DM 690,00

Höhere Sonderaufwendungen für Fachliteratur und Kleidung trage ich fallweise.

Meine Tochter Wiebke Schlosser ist Schülerin der Klasse 12 des Windthorstgymnasiums Meppen. Schulbesuch bis Juli 1985. Sie hat kein eigenes Einkommen, bezieht weder Bafög-Leistungen noch Unterstützung von anderer Seite und wird voll von mir unterhalten. Neben dem Lebensunterhalt zahle ich für sie monatlich DM 5,00 für den Turnverein.

Meine Mutter Cäcilie Schlosser, Alter 84 Jahre, ist wohnhaft im Altenheim von-Plettenberg-Stift in Bielefeld. Ihre Witwenpension wird durch die hohen Heimkosten fast vollständig aufgezehrt. Genaue Unterlagen darüber stehen mir nicht zur Verfügung, und ich werde meine Mutter im Zusammenhang mit diesem Verfahren auch nicht mit entsprechenden Fragen belästigen. Meine Mutter erhält von mir monatlich eine Unterstützung in Höhe von DM 100,00.

Als Schwerkriegsbeschädigter (70% MdE) beziehe ich eine monatliche Grundrente von DM 494,00. Diese Angabe mache ich nur der Vollständigkeit halber. Die Grundrente ist weder pfändbar noch gegen andere Einkommensteile aufrechenbar und hat daher bei der Ermittlung meines verfügbaren Einkommens vollständig außer Betracht zu bleiben.

Neben allen oben nachgewiesenen Aufwendungen leiste ich monatlich einen Bausparbeitrag in Höhe von DM 373,40 für einen bisher nicht zugeteilten Bausparvertrag beim BHW.

Schlosser

Richard Schlosser

4470 Meppen, den 17. 2. 1984
Dammstr. 43

An den
Herrn Direktor
des Arbeitsamts Bonn
Postfach 16 01 40
5300 Bonn 1

Betr.: Stammnummer 237668 – Antrag meiner Tochter Renate Blum auf Arbeitslosenhilfe vom 25. 4. 83

Sehr geehrter Herr Direktor Dr. Geyer,

meine Tochter Renate Blum ist seit April 1983 arbeitslos und hat am 25. 4. 83 einen Antrag auf Arbeitslosenhilfe beim Arbeitsamt Bonn gestellt. Ihr Fall wird unter dem Aktenzeichen 112 – 237668 – BKZ 8732 AO2 geführt.

Gegen die bei Behandlung dieses Falles gehandhabten Praktiken erhebe ich Dienstaufsichtsbeschwerde. Ich habe mittlerweile einsehen müssen, daß es sinnlos ist, nähere Aufklärung zu Bescheiden über Sachbearbeiter Ihres Hauses oder deren nächste Vorgesetzte erlangen zu wollen, da diese nicht bereit sind, die Hintergründe der getroffenen Entscheidungen zu erhellen.

Ich verzichte darauf, alle Vorgänge aufzulisten, die hiermit im Zusammenhang stehen. Sie können die bei Ihnen lagernden Akten selbst anfordern. Ich gebe Ihnen nur eine Kurzdarstellung des Vorganges.

Auf den Antrag meiner Tochter vom 25. 4. 83 ist am 22. 11. 83 – nach geschlagenen sieben Monaten – ein Bescheid ergangen, mit dem ihr Anspruch auf Arbeitslosenhilfe mit dem Bemerken abgelehnt wird, daß sie nicht bedürftig sei und ich zu ihrem Unterhalt pro Woche DM 184,12 beitragen könne. Von mir ist bis zu diesem Zeitpunkt lediglich ein Gehaltsnachweis verlangt worden, aber kein Nachweis darüber, welche Verpflichtungen ich meiner gesamten Familie gegenüber sonst noch habe. Erst danach sind weitere Informationen von mir verlangt worden. Widerspruch und weitere von mir eingereichte Unterlagen führten zu dem Ergebnis, daß ich nach einem Bescheid vom 2. 1. 84 nunmehr vorläufig pro Woche nur noch DM 76,89 zur Unterstützung meiner Tochter zu zahlen hätte.

Ungeachtet dessen wurde von mir verlangt, weitere Unterlagen vorzulegen, und zwar mit einem Formblatt, das hinsichtlich des Aufbaus, der Orthographie und der sprachlichen Gestaltung als völlig unbrauchbar angesehen werden muß. Nachdem ich auch die hierin geforderten Auskünfte mit Belegen übersandt hatte, wurde meiner Tochter telefonisch mitgeteilt, daß ich wegen meiner übrigen Verpflichtungen wahrscheinlich gar nichts mehr zu ihrem Unterhalt beitragen müsse.

Allen diesen Fakten zum Trotz wird meiner Tochter mit Datum vom 8. 2. 84 unter Ihrem Briefkopf mitgeteilt, daß die Entscheidung vom 2. 1. 84 aufgehoben sei und ihr im übrigen weiterhin keine Arbeitslosenhilfe zustehe, weil sie innerhalb des letzten Jahres vor Arbeitslosmeldung nicht mindestens 150 Kalendertage in einer Beschäftigung gestanden habe, die zur Erfüllung der Anwartschaft dienen kann. Hierbei geht man offensichtlich vom zweiten Antrag aus, der am 2. 12. 83 gestellt wurde.

Nicht entschieden ist bis heute – nach zweieinhalb Monaten! – über den ersten Widerspruch gegen Ihren Bescheid vom 22. 11. 83. Der Zeitraum, in dem meine Tochter vor Arbeitslosmeldung in Arbeit gestanden hat, kann ja wohl nur auf den Zeitpunkt der ersten Arbeitslosmeldung bezogen werden. Vor diesem Zeitpunkt ist sie zweieinhalb Jahre lang Beamtin auf Widerruf gewesen. Eine Rentenversicherungsnummer ist durch das Arbeitsamt beantragt worden.

Die tollste Kapriole, die sich Ihr Amt in diesem Fall geleistet hat, ist folgende: Mit Datum vom 4. 1. 84 wird meiner Tochter per Computerausdruck ein Aufhebungsbescheid übermittelt, mit dem eine bisher überhaupt nicht erteilte Bewilligung von Arbeitslosenhilfe mit Wirkung vom 20. 5. 83 aufgehoben wird. Sie habe folgende Leistungen erhalten: »Entfällt«!

Tatsache ist, daß meine Tochter bereits bei Stellung Ihres ersten Antrags am 25. 4. 83 darauf hinwies, daß sie dem Arbeitsamt bis zum Beginn ihres Mutterschutzurlaubs am 20. 5. 83 zur Arbeitsvermittlung zur Verfügung stehe und weiterhin acht Wochen nach Geburt ihres Kindes. In all dieser Zeit ist keinerlei Bescheid ergangen außer telefonisch geäußerten Vertröstungen auf baldigen Bescheid, bis zum 22. 11. 83, an dem der Antrag entgegen allen vorherigen Auskünften abgelehnt worden ist.

Da ich zum Unterhalt meiner Tochter verpflichtet bin, sehe ich mich in diesem Fall von allen Ihren Entscheidungen als ebenso betroffen an wie meine Tochter und ihre Familie. Aus den widersprüchlichen Bescheiden über meine Unterhaltspflicht muß ich den Schluß ziehen, daß entweder Ihre Mitarbeiter mit der gesetzkonformen Handhabung der Angelegenheit überfordert sind, oder aber, daß dahinter Methode steckt. Ich kann mir gut vorstellen, daß ein hoher Prozentsatz von Arbeitslosen sich durch solche Praktiken abschrecken oder einschüchtern läßt, insbesondere dann, wenn sie als junge Leute keinerlei Erfahrung im Umgang mit Behörden haben.

Angesichts aller von mir geforderten Auskünfte und der Reaktion seitens Ihres Amtes fühle ich mich auf den Arm genommen. In keinem Papier, das mir je zugänglich gemacht worden ist, steht, welche Verpflichtungen

Sie eigentlich haben, auf Eingaben zu antworten und in welcher Frist. Es ist wohl nur recht und billig, zu erwarten, daß Sie, nachdem ich meinen Pflichten nachgekommen bin, auch Ihrerseits präzise Antworten erteilen. Außer hektographierten Anfragen habe ich keine individuelle Antwort von Ihnen in Händen. Wenn bis zum 29. 2. 84 keine Antwort auf den Widerspruch vom 29. 11. 83 vorliegt, wird meine Tochter Untätigkeitsklage erheben.

Schlosser

Ingeborg Schlosser an ihren Sohn Martin Schlosser

Meppen, 22. 6. 84

Lieber Martin,
jetzt muß ich mich ausgerechnet heute, wo meine Zeit so knapp bemessen ist wie selten, hinsetzen, um Dir zu schreiben, obwohl wir das doch auch am Telefon besprechen könnten, wenn Du so gnädig wärst, den Hörer abzunehmen. Gestern haben wir hier 5 cbm Sand beiseite geschafft, und seit heute mittag liegen 13 cbm Torf in der Einfahrt und müssen weg.

Du solltest ein bißchen Verständnis dafür aufbringen, daß ich es nicht einfach kommentarlos hinnehmen kann, wenn Du eine Woche vor Ultimo schon gar kein Geld mehr hast. Mag ja sein, daß Dich der Besuch nicht so geschröpft hat, wie ich vielleicht annehme. Aber was ist es dann? Ist es der Zeichenkurs? Papa meint, von der TU würden im Fachbereich Architektur bestimmt genug Kurse dieser Sorte zu günstigeren Bedingungen angeboten. Wenn das nicht geht, mußt Du eben später weiter Stunden nehmen und es für den Augenblick sein lassen. Und falls es doch mit Deinen vielen Besuchern zusammenhängt: Ich selbst bin im Gegensatz zu Papa bestimmt die Letzte, die was gegen Besuch hat. Aber aus meiner eigenen Vergangenheit weiß ich, daß es keine Schande ist, wenn man Besuchern klarmacht, und zwar mit freundlichen Worten, daß man kein Krösus ist. Wieso auch immer, jetzt ist die Malaise jedenfalls da. Und ich hatte Dir ja auch schon am Telefon gesagt, daß ich das Geld schicken werde, bevor Du vor Wut den Hörer aufgeknallt hast. Da hattest Du wohl nicht richtig zugehört.

Im übrigen solltest Du auch mal daran denken, daß wir drei Kinder gleichzeitig in der Ausbildung haben und dazu noch eins samt Familie arbeitslos ist. Wir puckeln uns hier seit einer Woche mit dem Garten rum wie die Wilden, kloppen aus Ersparnisgründen die ganzen Steine und den Estrich alleine vom Balkon runter und hatten gerade eben auch noch eine

Menge unvorhergesehener Kosten. Ich behaupte nicht, daß wir zu knapp sind, um Dir das gewünschte Geld zu schicken. Aber ich stehe hier verdammt nochmal seit Tagen im Dauerstreß und kann ja wohl mal ein paar verärgerte Worte von mir geben, ohne daß Du gleich aufknallst und dann nicht mehr abnimmst.

Ich laß Dich nicht im Regen stehen, das siehst Du an dem beiliegenden Geld. Aber ich kann ja wohl erwarten, daß Du aus Deinem finanziellen Notstand jetzt die Konsequenzen ziehst und Dir Deine Piepen besser einteilst. Oder willst Du, daß wir Dir das Geld jetzt in Wochenraten schicken?

Wenn Du Dich nicht dazu aufraffst, nach Eintreffen des Geldes kurz anzurufen, um mir zu sagen, daß Dir die Kurzschlußreaktion leid tut, dann kann ich ja wohl meinen ganzen so schön geplanten Berlinbesuch vergessen samt mitgebrachtem Klappsessel.

Mama

Ingeborg Schlosser an ihre Schwester Therese Harper

Liebe Therese, 9. 9. 84

aus Andalusien herzliche Grüße! Trotz 30° Hitze fühle ich mich hier sauwohl. Wenn ich mir nicht einen Zeh angebrochen hätte, wäre es noch besser. Kathrins Haus liegt oben auf einem Berg, und zum (kristallklaren) Meer ist es nicht weit. Wir hören gerade, was für ein Mistwetter in Deutschland ist. Hoffentlich haben sich Deine Wohnungsprobleme gelöst!

Deine Inge

Telegramm Deutsche Bundespost
Datum Uhrzeit TST Meppen
18. 19.30
Empfangen Empfangen von
Platz Namenszeichen D 4111TL FFM
A. W

aus D = ZCZC 258 B047 AMA223/30 ALMERIA 12/11 18 1814

URGENT RICHARD SCHLOSSER
DAMMSTR 43 MEPPEN

VIELE GRUESSE ZUM HOCHZEITSTAG INGE

Emma Lüttjes an ihre Tochter Therese Harper

Jever, 18. Okt. 84.

Meine liebe Therese!
Nun bin ich seit Dienstagabend wieder hier. Inge hat sich große Mühe mit mir gemacht in Meppen, immer gutes Essen gekocht und viel mit mir unternommen. Einmal waren wir in Emmen in Holland. Da habe ich gestaunt, ein Ort, von dem ich noch nie gehört hatte und der so wunderschöne Einkaufszonen hat! Das ist auch in Lingen so, eine hübsche Stadt mit großartigen Fußgängerstraßen und malerischem Marktplatz, ich war entzückt. In Meppen selber kann man auch schön durch die Straßen bummeln, das hat mir gut gefallen. Aber Richard! O weh! Es ist schwer, ihn um sich zu haben. Alles ist negativ, immer ist er mürrisch und so mäkelig bei Tisch: Reis kann man nicht essen, Tee kann man nicht trinken! Demnächst will Inge an einem Literaturseminar teilnehmen, was Richard höchst überflüssig findet: »Von Gedichten kann man nicht leben!« Inge hat es nicht gut, und ich staune, wie sie ihr Schicksal meistert.

Gustav hat nun zum 1. 1. 85 eine Stelle in Cloppenburg, das ist ja ein Segen für ihn. Wie geht es denn Norman und seiner Leslie?

Ich denke oft an Euch.

Herzlichst Mutti.

Cäcilie Schlosser an ihren Sohn Richard Schlosser

Senne, 16. 11. 84

Lieber Richard!
Eben bringt mir die Post, was ich bei Gräfe & Unzer letzte Woche bestellt hatte. So hoffe ich, daß auch Du den Kalender schon heute hast. Ich hatte ihn auf gut Glück gleich für Euch und alle Deine Geschwister mitbestellt und kann nur sagen: Wie schön!

Das neueste Buch von Lehndorff gibt's nun als Taschenbuch. Ich habe es Dir zu Deinem 57. Geburtstag zugedacht. Wenn Du auch kein Reiter bist, so werden Dich die Erinnerungen an Trakehnen und all die Erlebnisse in dem weiten Land, das unsere Heimat war, doch erfreuen.

Es betrübt mich, daß Du im August in unserer frohen Runde nicht recht mitmachen und für einige Stunden die täglichen Sorgen und Probleme vergessen konntest. Ich fühlte jedenfalls, daß Dich etwas bedrückte, worüber Du nicht sprechen mochtest.

Ach, mein Richard wie gern käme ich jetzt zu Dir, um wenigstens zu kochen, solange Inge nicht zu Hause ist! Aber ich kann ja nur im Sitzen noch die Hände rühren. Ich denke so gern an die Besuche bei Euch zurück. Du hast so viel geschaffen in Haus und Garten. Deine Passion für den Garten kann ich gut verstehen, weil ich sie Dir vererbt habe.

Für Dein neues Lebensjahr wünsche ich Dir Glück und Segen zu all Deinem Tun und Planen, Gesundheit und Freude an Deinen Kindern.

Leb wohl. Du weißt, daß Dich sehr lieb hat

Deine Mutter.

MEDIZINISCHE UNIVERSITÄTSKLINIK I
Direktor: Prof. Dr. med. Hans Fabian

Joseph-Stelzmann-Str. 9
5000 Köln 41
(0221) 478/4400/4401
22. 1. 1985 M.

Frau
Dr. med. Heise
Bokeloher Str. 50
4470 Meppen

Sehr geehrte Frau Kollegin,

ich berichte über unsere gemeinsame Patientin Frau Ingeborg Schlosser geb. am 11. 8. 1929 aus Meppen.

Diagnose: Non-Hodgkin-Lymphom vom zentroblastisch-zentrozytischen Typ, Zustand nach einer Chemotherapie mit 4 COP-Kursen mit Vincristin, Endoxan, Decortilen, gegeben über 6 Wochen mit 14tägigen Pausen. Erreichen einer kompletten Remission im Oktober 1983, bisher keine weitere Therapie. Bei der letzten Untersuchung zeigte mir die Patientin in der rechten Axilla einen etwa 1 × 2 cm großen Lymphknoten, der jetzt bei der Untersuchung im Januar 1985 4 × 5 cm mißt. In der rechten Supraclavicularregion oberhalb der Clavicula ist ein 1 × 1 cm großer Lymphknoten tastbar, der bei fester Palpation etwas schmerzt. Ansonsten ist der gesamte Lymphknotenstatus frei. Leber und Milz sind nicht sicher palpabel, eine Sonographie des Abdominalraums wird angefertigt. Ebenfalls wird heute ein Röntgen des Thorax durchgeführt. Eine Skelettszintigraphie ist angemeldet und wird in den nächsten Tagen erfolgen. Der Laborstatus liegt uns noch nicht komplett vor. Dennoch habe ich der

Patientin, die ja von weit her kommt, geraten, sich jetzt einer weiteren Chemotherapie mit 2 COP-Kursen mit Vincristin 2 mg am Tag 1 und 8 i.v. zu unterziehen. Ich wäre Ihnen dankbar, wenn Sie diese i.v. Injektionen wie früher durchführen könnten.
Endoxan täglich 200 mg oral über 14 Tage mit evtl. Zugabe von Antiemetika wie Paspertin oder Torekan.
Decortilen 60 mg oral morgens zu nehmen für 14 Tage.
Danach 14 Tage Pause, Decortilen muß nicht unbedingt ausgeglichen werden.
Diese Therapie sollte 2 × mit 14tägigem Abstand durchgeführt werden. Nach weiteren 14 Tagen Pause sollte sich die Patientin noch einmal hier in Köln vorstellen, damit ich das weitere Procedere mit Ihnen gemeinsam absprechen kann.
Die Laborbefunde werden nachgereicht.

Mit herzlichen Grüßen und bestem Dank
Ihr Fabian

Emma Lüttjes an ihre Tochter Therese Harper

Jever, 7. Juli 85.

Meine liebe Therese!
Endlich sollst Du mal wieder einen Brief von mir kriegen. Meine Reise zum Spessart liegt nun schon lange zurück, ich kriegte viel von Deutschland zu sehen, und es hat mir bestens gefallen. Hier war nur ganz kurz mal Sommer, nach einem Gewitterregen ist es gestern wieder mächtig abgekühlt, leider! Seit Montag ist Dagmar hier, wodurch mein Leben viel bunter geworden ist. Einen Tag war sie in Hooksiel und holte sich prompt einen Sonnenbrand. Gestern hatte ich mal wieder Lehrertreffen, und abends habe ich uns Schollen gebraten, sehr lecker! Morgen gibt es gebackene Ente. Für das Gästebett hat Dagmar doch tatsächlich eine neue Matratze gekauft, sie ist ja mit ihrer Bandscheibe so empfindlich. Ich freue mich, daß mein Knochengerüst intakt ist! Inge muß wieder allerlei Bestrahlungen über sich ergehen lassen mit Kobaltstrahlen, sie tut mir sehr leid, und ich mache mir große Sorgen, obwohl sie keine Klagen verlauten läßt, aber Krebs ist unheimlich!

Von meiner Terrassenbepflanzung ist Dagmar sehr angetan, wir haben da schon manchmal draußen gesessen. Der englische Tee von Dir war übrigens wunderbar lecker! Norman hat mir viele Fotos geschickt, und ich habe ihm auch wieder geschrieben.

Nun ist noch Platz für ganz viele liebe, herzliche Grüße!

Mutti.

Emma Lüttjes an ihre Tochter Therese Harper

Jever, 25. 8. 85.

Meine liebe Therese!
Gestern kam Dein Brief, und Du kannst Dir denken, wie tief mich alles berührt hat! Die Heirat von Bob! Warum hat Dir denn nur keiner was gesagt? Aber ich sehe ja, wie Du auch mit dieser Klippe fertig wirst, liebe Therese! Ich danke Dir auch sehr für Deinen Kartengruß aus Kreta. Wie schön, daß Du mal richtig ausspannen konntest und schwimmen! Hier gibt es nur selten mal ein paar warme Stunden, nur jeden Tag Regenschauer und Kälte. Im Bett nehme ich gern mein Heizkissen in Betrieb und trage meine Kniewärmer, und wie oft muß ich die Heizung anstellen! Mit meiner Gesundheit ist mal wieder nicht viel los, immer niese ich und huste. Aber ich bin in ärztlicher Behandlung und nehme auch von Zeit zu Zeit meine Rotlichtlampe vor.

Am nächsten Wochenende kommt Gustav mal wieder her, da kann ich ihm ja nachträglich zu seinem 32. Geburtstag gratulieren. Ich glaube, daß er sich in seinem Beruf ganz wohl fühlt. Wie es mit Renates Stelle wird, weiß ich nicht genau. Die Kinder warten auf eine Lehrerin, und Renate möchte unterrichten, aber die Verwaltung tut nichts. Inge hat sich nun erstmal um Wiebke gekümmert und war mit ihr in Hannover, wo sie ihr eine kleine Wohnung besorgt hat. Im September fängt die Sprachenschule an, hoffentlich ist Wiebke fleißig genug. Auch in Berlin war Inge, um Martin beim Umzug zu helfen. Sie hat eine Kur beantragt, aber was, wenn das dann so zusammentrifft, daß Olaf für zwei Monate eine Stelle antritt und Inge in Bonn die Kinder hüten muß? Von Richard ist sowieso nie die Rede, der ist nur als Geldgeber gefragt, fürchterlich! Über ihre Krankheit spricht Inge nie, sie ist immer sehr unternehmungslustig.

Ach Therese, wie schade, daß wir uns nicht öfter sehen können! Bei Deinem Brief fühlte ich mich Dir sehr nahe, schreibe bald mal wieder. Und nun noch die allerherzlichsten Grüße von Deiner

Mutti.

Montag

Lieber Richard,
da Muttis Krankheit zur Zeit nicht lebensbedrohlich ist, habe ich mir gedacht, daß ich nun doch nach Spanien fliege.

Im Haus habe ich soweit alles gemacht, auch die Tiefkühltruhe abgetaut, wenn auch noch nicht gründlich gesäubert. Aller Inhalt befindet sich jetzt oben im Kühlschrank-Eisfach. Erst wollte ich mir noch das wahnsinnig viele Gartenunkraut vornehmen, aber dazu reichte leider die Zeit nicht mehr. Ich bitte Dich inständig, die Unkrautmassen – falls Du überhaupt zur Gartenarbeit kommst – nicht zu verkompostieren. Sie bringen doch nur wieder neue Unkräuter hervor.

Von Fabian kam eine Rechnung, die ich bezahlt habe. Weil ich bei Renate für allerlei Einkäufe einiges ausgegeben hatte, war ich auf der Bank und habe 800 Mark für mich und 200 Mark in Peseten geholt.

Neben dem Telefon liegt ein Zettel, auf dem alle Telefonnummern angegeben sind, die wegen Mutti wichtig sein könnten. Am kommenden Wochenende fahren Gisela und Bernhard nach Jever und wollen von dort aus zweimal Mutti besuchen. Auch Gustav fährt öfter mal hin, und wenn am 18. Therese kommt, wird Mutti ja hoffentlich wieder zu Hause sein.

Dir wünsche ich, daß Du Dich gut von den Unannehmlichkeiten der Dienstreise erholst, wenn Du erst wieder hier bist. Ist denn noch viel zu tun auf dem Balkon? Falls irgendwann während meiner Abwesenheit die Sache mit dem Estrich akut wird, eine Adresse: Manfred Kreuder, Haselünne, Petersilienstraße. Dieser Mensch wird immer per Annonce bei allen möglichen Bauvorhaben erwähnt und kann sich vielleicht um den Estrich kümmern. Hat der Kellerabgang Zeit, bis ich zurück bin? Ich möchte auf keinen Fall, daß Du Dich irgendwie übernimmst, und Du wirst ja wohl so bald auch keinen Urlaub wieder kriegen, oder doch?

Ich melde mich, wenn ich angekommen bin. Und im übrigen: No news is good news!

Viele Grüße
Inge

Richard Schlosser 4470 Meppen, den 26. 3. 1986
Dammstr. 43

Continentale Krankenversicherung a.G.
Filialdirektion Oldenburg
Bahnhofstr. 14
2900 Oldenburg

Betr.: Versicherungs-Nr. 48.0176489.7

Mit Datum vom 10. 3. 1986 habe ich Ihnen per Einschreiben Rechnungen über ärztliche Leistungen und für verordnete Medikamente eingereicht mit der Bitte um Erstattung der mit Ihnen vertraglich geregelten Teilleistungen. Bis heute kann ich keine Reaktion vermerken, und ich erlaube mir die höfliche Anfrage, wie lange Sie den Vorgang noch unbearbeitet liegenzulassen gedenken. Da ich Ihnen sowohl die Originale als auch die Duplikate überlassen habe, sehe ich mich nicht in der Lage, über meine Beihilfestelle irgendeine Ersatzleistung in die Wege zu leiten, die schließlich notwendig ist, damit ich die mir vorliegenden Rechnungen begleichen kann.

Ich bitte nunmehr um sofortige Bearbeitung meiner Eingabe und um Übersendung der von mir benötigten Belege. Wäre ich mit meinen Versicherungsbeiträgen 14 Tage im Rückstand geblieben, gäbe das bei Ihnen ein großes Geschrei. Bleiben aber die Vorgänge des Versicherungsnehmers 14 Tage lang unbearbeitet, spielt das offensichtlich keine Rolle.

Die Repräsentanz Ihrer Versicherung im Meppener Raum halte ich für absolut unzureichend. Ich überlege aus diesem Grund, die Versicherung zu wechseln.

Richard Schlosser

Richard Schlosser 4470 Meppen, den 22. 4. 1986
Dammstr. 43

Continentale Krankenversicherung a.G.
Filialdirektion Oldenburg
z.H. Frau Gerber-Waltemathe
Bahnhofstr. 14
2900 Oldenburg

Betr.: Versicherungs-Nr. 48.0176489.7
Vorg.: Ihr Schreiben vom 1. 4. 1986

Seit Ihrem Schreiben vom 1. 4. 86 sind abermals drei Wochen ins Land gegangen, ohne daß mir bis heute die versprochene Leistungsabrechnung vorliegt oder der von Ihnen errechnete Erstattungsbetrag in Höhe von DM 1.464,24 auf meinem Konto eingegangen ist.

Ich habe den Eindruck, daß bei Ihnen alles drunter und drüber geht. Es wird Ihnen kaum gelingen, eine vernünftige Erklärung dafür vorzubringen, daß der Vorgang vom 10. 3. 86 bis heute nicht abschließend bearbeitet worden ist.

Ich bitte nunmehr um umgehende Erledigung.

Schlosser

Ingeborg Schlosser an ihren Sohn Martin Schlosser

Meppen, 22. 4. 86

Mein lieber Martin,
zu Deinem Geburtstag viele herzliche Glückwünsche! Damit Du an diesem Tag wenigstens einiges an Klamotten in Händen hast, bringe ich eben schnell dies Päckchen auf den Weg. Eine lange Hose (nach Wunsch) hast Du noch »frei«, wir suchen sie für Dich aus, wenn Du Pfingsten kommst. Der Arzt hat übrigens bei mir nichts gefunden, das Anlaß zur Sorge böte, und so bin ich erstmal über den Sommer völlig behandlungsfrei.

Alles Gute, auch von Papa!

Deine Mama

Richard Schlosser 4470 Meppen, den 27. 4. 1986
Dammstr. 43

Continentale Krankenversicherung a.G.
Filialdirektion Oldenburg
z.H. Herrn Kellermann
Bahnhofstr. 14
2900 Oldenburg

Betr.: Versicherungs-Nr. 48.0176489.7
Vorg.: 1.) Mein Schreiben vom 22. 4. 86
2.) Ihr Schreiben vom 25. 4. 86

Ihrem Antwortschreiben vom 25. 4. 86 kann ich keine plausible Erklärung für die Verzögerung der Leistungsauszahlung entnehmen. Sie irren, wenn Sie meinen, daß Pannen, die Sie sich leisten, dem Gesetz der großen Zahl unterliegen. Dem Versicherungsgeschäft liegt die Versicherungsmathematik zugrunde und damit die Statistik, und davon sollten Sie eine Ahnung haben. Ihre Fehler sind keine zufälligen, sondern systematische.

Was mich aufregt, ist der Umstand, daß Sie mich wegen der langweiligen Bearbeitung meines Falles der Peinlichkeit aussetzen, von Leuten und Institutionen, die Ansprüche gegen mich haben, Mahnungen wegen verzögerter Zahlung zu erhalten. Wenn ich Ihre fragwürdigen Erklärungen meinen Schuldigern weitergäbe, würde das wohl kaum auf Verständnis stoßen.

Mit Erstaunen habe ich Ihre Behauptung zur Kenntnis genommen, daß die Auszahlung der Beträge bereits am 25. 2. 86 erfolgt sei, also bevor ich eine Leistungserstattung überhaupt beantragt hatte! Angekommen ist bislang kein Pfennig.

Entschieden widersprechen muß ich Ihnen, wenn Sie meinen, daß wegen der Einweisung zur stationären Behandlung meinem Antrag auf Erhöhung des Krankenhaustagegeldes nicht entsprochen werden könne. Die Einweisung zur stationären Behandlung erfolgte wegen Rippenserienfraktur, weil Thrombose- und Emboliegefahr bestand, und aus keinem anderen Grunde. Die Therapie der während des Krankenhausaufenthaltes überhaupt erst entdeckten Diabetes und Hypertonie wurde während des stationären Behandlung aufgenommen und wird nun ambulant fortgeführt. Letztere Befunde haben jedoch keinen verlängerten Krankenhausaufenthalt bedingt.

Um das chaotische Bild Ihres Unternehmens vollständig zu machen, sandte mir Ihre Zentrale mit gleichem Datum ein Angebot zur Umstellung meiner Versicherung, wonach das Krankenhaustagegeld von DM 50,– auf DM 70,– angehoben werden soll. Offensichtlich weiß bei Ihnen die linke Hand nicht, was die rechte tut. Ich habe dieses Angebot akzeptiert, so daß Sie es bei der Umstellung der Versicherung berücksichtigen müssen, und bin gespannt, was sie nun wohl tun werden.

Schlosser

Ingeborg Schlosser

4470 Meppen, den 29. 4. 1986
Dammstr. 43

Herrn Axel Matthes
Verlag Matthes & Seitz
Mauerkircher Str. 10
8000 München-Bogenhausen

Sehr geehrter Herr Matthes,

vor mehr als einem halben Jahr, am 11. 9. 85, sandte ich Ihnen eine Reihe von Gedichtübertragungen zu in der Hoffnung, Sie würden sich vielleicht dafür interessieren. Nachdem ich in der »Zeit« gelesen hatte, Sie würden gern irgendwann das Gesamtwerk der amerikanischen Lyrikerin Emily Dickinson herausbringen, hatte ich mich – mit großer Freude übrigens – daran gemacht, einige ihrer Gedichte ins Deutsche zu übertragen, probeweise natürlich. Meinem Brief fügte ich noch andere Übertragungen aus dem Englischen bei. Es handelte sich um Gedichte, teils aus dem Altenglischen, die Benjamin Britten seiner »Frühlingssymphonie« zugrundegelegt hatte.

Da ich seither nie etwas von Ihnen hörte, muß ich wohl annehmen, daß Sie kein Interesse an meiner Arbeit haben – schade, aber nicht zu ändern. Bitte senden Sie mir daher meine Übersetzungen wieder zurück. Damit Ihnen keine Unkosten entstehen, lege ich DM 3,10 in Briefmarken bei.

Mit freundlichen Grüßen
Ingeborg Schlosser

Ingeborg Schlosser an Richard Schlosser

Weil es mir im Haus zu kalt war, habe ich eine halbe Stunde auf der Terrasse gewartet. Du bist nicht gekommen.

Ich bin bis abends weg. Reden um des Redens willen hat keinen Zweck. Wegen des Unkrautkomposts fühle ich mich sehr gekränkt. Wenn so ein Scheiß Dir lieber ist als meine weitere Mitarbeit im Garten, bitte. Mir ist auch die ganze Freude an der Rasengestaltung vergangen. Tu, was Du für richtig hältst. Ich hatte geglaubt, wir zögen wieder an einem Strang. Aber das stimmt wohl nicht mehr.

Ingeborg Schlosser an Richard Schlosser

7. 5. mittags

Bis Sonnabend bin ich bei Wiebke. Nach dem Kinderhüten in Bonn komme ich Pfingstsamstag wieder hierher. Was nach Pfingsten wird, hängt von verschiedenen Umständen ab. Am liebsten würde ich ganz allein für mich aufkommen (jedenfalls, bis die Kinder fertig sind, damit Du Dich pensionieren lassen kannst), aber ich mache mir keine Illusionen darüber, daß das nicht leicht sein wird.

Matthes & Seitz Verlag GmbH
Mauerkircherstraße 10
Postfach 86 05 28
8000 München 86
Telefon (089) 98 32 32

22. Mai 1986

Sehr geehrte Frau Schlosser,
mein Schweigen, entschuldigen Sie, ist Folge des Einmannbetriebs, wo eben die Forderungen des Tages zunächst erfüllt werden müssen. Ihre Übersetzungsproben gefallen mir, aber zunächst bringe ich eine Biographie der Dichterin heraus; hernach werde ich mich des Werks annehmen. Haben Sie bitte solange Geduld. Es ist denkbar, daß ich mich wieder rühre.

Einen freundlichen Gruß von Axel Matthes.

Cäcilie Schlosser an ihre Tochter Dorothea Wellmann

Senne, 25. Mai 1986

Meine liebe Doro!

Nach Dir war am Pfingstmontag Richard hier, Dienstag kamen Rudolf und Hilde und gestern Walter mit allen drei Töchtern und dem Enkelkind. Kurz zuvor hatte ich mit Gertruds und Edgars Hilfe in Kalletal bei Vlotho einen Rollstuhl ausgesucht, der nun vor meiner Tür steht und mit dem alle Dortmunder mich hier durch die grüne Siedlung spazierenfuhren. Das war schön und stükerte auch gar nicht! Nur allein zu fahren, das muß ich noch üben, wozu mir eigentlich die Kraft fehlt. Im Haus gehe ich weiter mit Armstütze und Stock.

Richard brachte mir aus seinem Garten in etlichen Kübeln Helenium mit, und Gertrud hat sie hier am Dienstag eingepflanzt, in der Nähe der Fischteiche, wo meine Iris kurz vor der Blüte stehen (mit zehn Knospenstielen). Lupinen und Rittersporn sind vor lauter Vogelmiere und anderen Unkräutern aber kaum noch zu sehen. Für einen Gartenburschen reicht hier wohl das Geld nicht. Zusammen mit Richard war Martin gekommen. Gertrud hatte uns alle zusammen zum Spargelessen eingeladen. Inge ist meist unterwegs, Bonn, Jever, England. Der Befund über ihre Gesundheit lautet besser, so daß vorläufig keine Behandlung mehr nötig ist. Sie sehnt sich nur nach Beschäftigung und hofft, in Bonn irgendeine Arbeit (mit 57 Jahren?!) zu finden. Schade, daß ich nicht mehr arbeiten kann, um Richard den Haushalt zu führen!

Leb wohl, mein Liebes. Walter brachte mir einen Riesenstrauß dunkelrote Gerbera mit, die mich erfreuen. Deine gelbe Azalee blüht prächtig. Meine beiden Fensterbänke auf dem Flur sind mein Blumengarten.

Viele Grüße an Jürgen und die Söhne.

Deine Mutter

Ingeborg Schlosser an ihren Sohn Volker Schlosser

Meppen, 31. 5. 86

Lieber Volker,

anbei einige Sachen, die wohl in Hannover besser aufgehoben sind als hier.

Die Ärzte in Meppen konnten auch nach der zweiten zehntägigen Penicillinbehandlung nicht entscheiden, ob mein Befund harmlos ist oder nicht. Also rief ich kurzerhand den Professor in Köln an. Der wollte mir doch tatsächlich eine prophylaktische Chemotherapie verordnen. Aber so einen Mist lehne ich ab. Daraufhin bekam ich ganz kurzfristig einen Termin und muß nun Montag früh um 10 Uhr dort sein.

Optimistisch wie ich bin, fahre ich schon mal mit gepacktem Auto los und dann, falls alles gut geht, weiter nach Calais. Falls die Sache bösartig ist, muß ich wieder zurück und mich einer Behandlung unterziehen, da hilft alles nichts.

Papa hatte gestern einen ziemlichen Zusammenbruch. Jetzt auf einmal bin ich das Wichtigste in seinem Leben, alles soll anders werden, aber ich kann daran nicht mehr so glauben wie nach dem letzten großen Knall. Deshalb werde ich trotzdem fahren, mußte aber versprechen, nach dem Englandaufenthalt nochmal ein grundsätzliches Gespräch zu führen. Ich habe nichts dagegen, stelle aber auch Bedingungen, ohne die gar nichts mehr geht. Hoffentlich erreiche ich nun endlich, daß Papa sich vorzeitig pensionieren läßt, wenn wir dazu das im Juli fällige Bauspargeld verwenden.

Alles Gute und viele Grüße.

Mama

Ingeborg Schlosser an Richard Schlosser

1. 6. 86

Lieber Richard,
auch wenn ich bei der Abfahrt noch nicht weiß, ob mich ein bösartiger Befund noch am selben Tag nach Meppen zurückbringt – ich halte es für richtig, daß wir eine Weile getrennt leben, entweder ab sofort oder eben ab Ende der Therapie. Ich glaube, daß Du es ernst meinst, wenn Du mir zusicherst, so vieles könne sich ändern, und ich solle doch wiederkommen. Aber ob Du auch wirklich in die Tat umsetzen kannst, was ich nun mal für erforderlich halte, das weiß ich eben nicht und möchte es einfach abwarten. Vielleicht sehe ich nach einer Trennungszeit ja auch klarer. Ich hätte früher nie von mir gedacht, daß ich zu Depressionen neigen könnte, aber in letzter Zeit war ich oft nah dran und hab es immer irgendwie überspielt. Die Ungewißheit über die blöde Krankheit trägt auch dazu bei, daß mir des öfteren die Nerven flattern, und ich verspreche mir von der Englandzeit auch da eine gewisse Entspannung.

Ich sichere Dir verbindlich zu, daß ich ohne Absprache mit Dir nichts tun werde, was die Trennung endgültig macht, also keine Stelle antreten oder Pläne für das zu erwartende Geld schmieden. Wenn ich zurück bin, sprechen wir nochmal miteinander. Das wird spätestens Anfang August sein, in irgendwelchen Notfällen natürlich auch früher.

Du mußt mir aber auch etwas versprechen. Du bist kein gesunder Mann und auf dauernde Einnahme von Medikamenten angewiesen. Also mußt Du Dich bei allem, was Du tust, ißt oder trinkst, in Deiner ganzen Lebensweise danach richten, sonst setzt Du nicht nur Dein weiteres gesundheitliches Wohlergehen, sondern genauso jegliche spätere Gemeinsamkeit mit mir aufs Spiel. Vielleicht mache ich einen stabilen Eindruck, aber täusch Dich bitte nicht, ich kann nicht alles wegstecken, und ich will es auch nicht mehr. Wenn Du standhaft bleibst und konsequent tust, was nötig ist, sehe ich dennoch für uns ein Licht am Ende des Tunnels.

Mach's gut. Deine Inge.

Ingeborg Schlosser an ihre Mutter Emma Lüttjes

Liebe Mutti, Basildon, 20. 6. 86

es ist immer noch sehr schön bei Therese. Hier ist eine heiße Debatte im Gange, weil Thatcher keine Sanktionen gegen Südafrika will. Ansonsten ist alles friedlich. Sonnabend steigt eine Party mit 50 Gästen!

Viele liebe Grüße von Deiner Inge

Ingeborg Schlosser an Richard Schlosser

z. Zt. Düsseldorf, 26. 8. 86

Lieber Richard,

wie ich in Spanien telefonisch zu erreichen bin, weißt Du ja. Inzwischen habe ich auch mit meiner Mutter gesprochen, es geht ihr so gut wie lange nicht. Falls trotzdem was sein sollte, wird Dagmar mir sofort Bescheid geben.

Es tut mir leid, daß ich Dich bei meiner Abreise vor den Kopf gestoßen habe, weil ich den Eindruck hatte, es sei Dir egal, ob und wohin ich fahre. Ich bin auch nicht in allerbester Verfassung und sehne mich nach Sonne und Wärme, um ein bißchen Abstand zu kriegen. Zum Arzt gehe ich erst hinterher wieder. Der Knoten am Hals hat sich nicht vergrößert.

Doro hat viel Verständnis für Deinen Standpunkt, was den Garten betrifft. Sie findet aber auch vieles problematisch. Ich glaube, Ihr beiden solltet mal miteinander reden.

Übrigens, da diese Reise Kosten verursacht und ich dafür die Euroschecks benutzen muß, bin ich natürlich bereit, mir das von meinem Anteil an dem Bauspargeld abziehen zu lassen.

Deine Inge

Ingeborg Schlosser an Richard Schlosser

12. 9.

Lieber Richard,
den Spanienurlaub, die Sonne und das Zusammensein mit Freunden habe ich gebraucht und auch bis zum letzten Moment ausgekostet. Dennoch ließ mich in der ganzen Zeit die Sorge nicht los, ob Du für Dich und Deine angegriffene Gesundheit genausoviel Sorgfalt aufwendest wie für den Rasen oder andere Arbeiten. Da überlegte ich mir dann, bei meiner Rückkehr erstens nochmals den Vorschlag zu machen, unter Verwendung des gemeinsamen Bauspargeldes Deine vorzeitige Pensionierung zu beantragen, damit der Büro-Streß von Dir genommen wird, und zweitens eine strikte Trennung der Aufgabenbereiche durchzuhalten: Du den Garten, ich das Haus mitsamt Küche, Wäsche, Putzen etc. Jedenfalls wollte ich nicht wieder so eine Enttäuschung erleben wie mit dem von Dir vorgeschlagenen und dann sang- und klanglos ausgefallenen gemeinsamen Urlaub. Ich hatte sozusagen oben in meinem Koffer jede Menge gute Absichten, wollte nicht meckern, egal wie lange alles dauert, was Du machst. Und da komme ich nun in Düsseldorf an, werde von Doro abgeholt und muß als erstes erfahren, daß ich vorläufig nicht nach Hause kommen darf. Ich glaube, Du machst Dir überhaupt keine Vorstellung davon, was Du damit angerichtet hast. Ein Keulenschlag ist gar nichts dagegen. Ich fühle mich bitter getroffen, lächerlich gemacht und vor der Verwandtschaft kompromittiert. Steh da mit meinen Reiseklamotten, die ich dringend waschen muß, brauch in dieser Kälte warme Sachen, will endlich zum Arzt, und dann darf ich nicht nach Hause. Wie lange nicht, wußte Doro nicht so genau zu sagen. Ja, wie komme ich mir denn vor? Bin ich der Teufel, der auf Dir rumhackt, wenn ich nicht alles perfekt vorfinde, oder was? Ich will ja den perfekten Garten, den perfekten Rasen oder was immer gar nicht, hab's ja nie gewollt. Hab immer den Eindruck gehabt, daß Du da einem Götzen namens Perfektion verfallen bist wie einem Guru,

und daß Du darüber ganz vergessen hast, wie schön wir es haben könnten, wenn bloß nicht immer alles so verdammt perfekt sein müßte. Alles wird geopfert, die Amerikareise, der diesjährige Urlaub, und nun sitz ich hier mit meinen guten Vorsätzen und erinnere mich noch an Deinen letzten Satz bei unserem Telefonat, als ich meine Enttäuschung zum Ausdruck gebracht hatte. »Leck mich am Arsch!« hast Du gesagt.

Der Grund, warum ich nicht kommen soll, ist bestimmt nicht der Rasen. Dann folgt ja noch der Sitzplatz oder der Balkon oder die Waschküche oder die Waschmaschine oder sonstwas – irgendwas ist ja immer nicht fertig. Nein, der Grund bin ich selbst. Meine bloße Gegenwart ist Dir ein Ärgernis, auch wenn ich nichts sage. Ich scheine für Dich eine ständige Bedrängnis zu sein, der Du nun zu entgehen glaubst, indem Du mich einfach abbestellst, wie eine Zeitung oder so was. Hast ja auch an meinem Geburtstag die Lohmanns einfach abbestellt: »Will ich hier nicht sehen!«

Bislang hatte ich unser Haus noch immer als mein Heim betrachtet. Das hast Du ja nun gründlich geändert. Ein Haus, in das ich nicht jederzeit und ohne Rücksicht auf den jeweiligen Zustand von Rasen, Garten, Keller, Balkon und so weiter zurückkehren kann, ist nicht mehr mein Haus.

Ich will Dir meinen Besitzanteil überschreiben, damit das amtlich ist und Du endlich begreifst, daß Du Deine ganze Perfektion nur für Dich und Deine eigene Befriedigung veranstaltest und nicht für mich. Ich bin bloß der Vorwand dafür, daß Du Dich vor aller Welt (auch vor mir) abkapselst und permanent mit irgendwas beschäftigst. Familienleben? Keine Zeit. Urlaub? Keine Zeit. Vorübergehend hatte ich nach meiner Rückkehr aus England den Eindruck, ich sei Dir wichtiger als der Garten. Da machte ich dann den Fehler, tüchtig im Garten mitzuarbeiten in der Hoffnung, den Urlaub sicherzustellen. Und genau diese Mitarbeit störte Dich bloß, das habe ich später begriffen. Was Du im Innersten willst, ist eine unselbständige Frau, die stets auf Deinen Rat und Deine Hilfe angewiesen ist und um Gottes willen keine eigenen Vorstellungen oder gar Wünsche hat. Hast Du Dir mal klargemacht, wie solch ein hilfloses Wesen die langen Zeiten der Trennung bewältigt hätte, als Du beim BWB anfingst und ich in Hannover mit drei kleinen Kindern allein war, ohne Auto und ohne Reichtümer? Oder als ich mit vier Kindern das Haus auf dem Mallendarer Berg zu betreuen hatte? Du hast auch nicht verwunden, daß ich die verfluchte Chemotherapie relativ gut weggesteckt habe (wie es in meinem Innern aussah, fiel wohl nicht weiter auf). Ich bin nicht das Muttchen, das Du offenbar nötig hast!

Wie konnte ich bloß so vermessen sein zu glauben, daß Du mich brauchst, in tiefster Seele wirklich brauchst, auch wenn es Dir schwerfällt, das auszusprechen. Verdammt nochmal, ich hatte sogar den ganzen Rückflug lang gedacht, wir könnten es trotz allem nochmal versuchen.

Ich habe mich geirrt, und das ist bitter. Das steck ich nicht so einfach weg. Auch wenn mir dir Ruf vorausgeht, ich würde mit allem so ohne weiteres fertig. Nein, so ohne weiteres bestimmt nicht. Aber irgendwann doch. Ich brauche Zeit, und leider brauche ich auch Geld. Aber niemand wird mir vorwerfen können, ich hätte Dich oder Deine »Gutmütigkeit« ausgenutzt. Wenn Du das ganze Haus hast, kann ich vielleicht von dem Bauspargeld so lange eine Wohnung finanzieren, bis alle Kinder mit der Ausbildung fertig sind und eine andere Regelung getroffen werden kann. Einen eigenen Lebensunterhalt hätte ich mir ja auch in Meppen nicht verdienen müssen. Mag sein, ich finde zumindest eine Halbtagsstelle irgendwo in der Nähe der Kinder und kann die Kosten dadurch verringern. Erstmal verkriech ich mich irgendwo.

Wenn ich mich etwas beruhigt habe, müssen wir uns über das praktische Vorgehen auseinandersetzen, Möbel etc. Ich werde mit den Euroschecks sparsam umgehen.

Ohne mich als lebenden Vorwurf in Deinem Haus kannst Du Dir fortan für alles soviel Zeit lassen, wie Du willst. Es sollte Dir dann eigentlich besser gehen als bisher.

Inge

Emma Lüttjes an ihre Tochter Therese Harper

Jever, 22. Sept. 86.

Meine liebe Therese!
Vielen Dank für Deinen Brief mit den Fotos aus Paris! Ich freue mich, daß Du dort eine so erlebnisreiche Woche hattest. Inzwischen ist Inge einige Tage bei mir gewesen, das war für mich ja sehr schön, aber Richard hat sich was geleistet! Als Inge von Spanien, wo sie 14 Tage war, wieder in Düsseldorf ankam, holte Dorothea sie vom Flughafen ab und erzählte ihr, daß Richard sie in Meppen vorläufig nicht sehen wollte! Daraufhin kam Inge von Donnerstag bis Montag zu mir, dann fuhr sie nach Bonn, und nun ist sie wohl in Hannover. Gestern rief Richard hier an, und ich machte mir Hoffnungen, er würde jetzt zugänglicher, aber dann rief er in Bonn an und begann gleich mit vielen Vorwürfen, da hat Inge aufgelegt. 32 Jahre sind die nun verheiratet! Diese ganze Geschichte betrübt mich sehr, aber ich will auch nicht hysterisch werden deswegen.

Hier ist es schon sehr herbstlich, und ich muß tüchtig heizen. Gustav will Anfang Oktober mal wieder zu mir kommen. Sein Chef war zwei Wochen verreist, in dieser Zeit hat Gustav als Notar ziemlich zu tun gehabt, und das bringt ihm auch extra Geld. Meinen kleinen Haushalt und mich kann ich ganz gut allein versorgen. Manchmal denke ich, daß ich bei mir selber zur Kur bin – jeden Tag gut essen, jeden Tag ein paarmal auf dem Rücken liegen und ruhen, jeden Tag meine Medizin einnehmen!

Viele liebe, herzliche Grüße von

Mutti.

Ingeborg Schlosser an ihren Sohn Martin Schlosser

Meppen, 14. 10. 86

Lieber Martin,
eben war ich auf dem Rathaus, um den Wisch für Dich abzuholen, der jetzt hoffentlich noch rechtzeitig bei Dir ankommt.

Ich habe inzwischen zweimal mit Papa geredet. Meistens saß er nur mit versteinerter Miene da und sagte schließlich, er würde mich ja nicht rausschmeißen. Er machte allerdings auch keinen Versuch, mich umzustimmen. Er akzeptiert nicht, daß ich mich die ganzen Jahre zwangsläufig angepaßt hatte, weil der Laden sonst nicht gelaufen wäre, sondern behauptet, er selbst habe sich immerfort anpassen müssen. Wir werden uns wohl niemals einig werden über die Gründe, warum es nicht mehr geht, wir müssen nur klar sehen, daß die »Verschiedenheit der Charaktere« ein friedliches Miteinander offensichtlich nicht mehr gestattet. Als Ehefrau muß ich Anspruch auf wenigstens einen Teil der Freizeit meines Mannes haben – Fehlanzeige, auf Dauer, wegen permanenter Friemelei an irgendwas »Wichtigem«. Und als Partnerin oder besser gesagt als Hälfte einer Arbeitsgemeinschaft muß ich doch wohl mindestens sagen können, warum ich mit diesem oder jenem unzufrieden bin. Aber dann gibt es jedesmal Krach. Die dritte Alternative, sprich stumme Hauswirtschafterin, kommt für mich aus Selbstachtungsgründen nicht in Frage.

Nun ja, ich werde also meinen Auszug in die Wege leiten. Nach so langer Gemeinsamkeit und bei so vielen Sachen, die zu regeln sind, keine leichte Sache, und sicher wird's eine Weile dauern, bis ich weiß, wo ich lande, und dann werde ich die Zwischenzeit irgendwie überbrücken.

Schöne Grüße, und bis zum Wochenende.

Deine Mama

Ingeborg Schlosser an ihren Sohn Martin Schlosser

Bonn, 29. 10. 86

Lieber Martin, von Papa hörte ich, daß Du ihm am Wochenende wieder helfen wirst. In dem Zusammenhang eine Bitte. Oben rechts auf dem Dachboden habe ich alles deponiert, was Wiebke gehört. Sorg bitte dafür, daß die Sachen beieinander bleiben, wenn Ihr wegen der Isolierungsarbeiten alles beiseite räumt. – Leider haben die Ärzte bei mir nun doch wieder mehrere Lymphome entdeckt, und ich muß am Donnerstag wieder in den Computertomographen. Was soll's!

Gruß Mama

P.S. Heute gehe ich zu einer Lesung von Ernst Jandl.

Ingeborg Schlosser an ihren Sohn Martin Schlosser

Meppen, 12. 11. 86

Lieber Martin,
manches wäre ja wirklich einfacher, wenn Du ein Telefon hättest. Also, gerade habe ich mit Oma wegen des Küchenschranks gesprochen. Sie gibt ihn Dir gern, dann kann sie ihn später mal in neuer Umgebung bewundern.

Ich kriege immer neue Nackenschläge verpaßt. Eine kleine stecknadelkopfgroße Stelle auf meiner Haut muß morgen entfernt und eingeschickt werden, weil Verdacht auf Hautkrebs besteht. Der Hautarzt war nicht zimperlich und schilderte mir die Gefährdung in drastischen Ausmaßen. Also weiter abwarten, statt schleunigst aktiv zu werden in Sachen Wohnungssuche. Ich hoffe natürlich, daß alles gut ausgehen wird, wie immer.

Viele Grüße von Mama.

Ingeborg Schlosser an Richard Schlosser

16. 11.

Lieber Richard,
die verbiesterte Sprachlosigkeit auf der Fahrt nach Oldenburg und danach hat mir Angst gemacht und ist mir schrecklich auf den Magen geschlagen. Ich weiß darum gar nicht, ob es noch richtig ist, Dir wie vorgeschlagen

meine conditiones sine qua non hier aufzulisten. Trotzdem versuche ich es und hoffe, in der Eile nichts Wichtiges zu vergessen.

1. Das Alkoholproblem macht mir viel, viel mehr zu schaffen, als Du vielleicht denkst. Deshalb darf – großes Ehrenwort – heimliches Trinken auf keinen Fall mehr stattfinden. Die Persönlichkeit verändert sich dabei, und wenn ich Dich in so einem Zustand sehe, verkrampft sich alles in mir. Gegen das sogenannte Gläschen in Ehren hat kein vernünftiger Mensch etwas einzuwenden. So aber richtest Du die Reste unserer Partnerschaft zugrunde. Niemand kann Dich zu etwas zwingen. Nur weiß ich eigentlich genau, daß Du die Grenze zur Abhängigkeit schon überschritten hast. Ich kann kaum glauben, daß Du das von Dir aus noch einfach abstellen kannst. Für mich ist das aber die wichtigste Grundlage, wenn wir noch einmal eine vernünftige Basis für ein Zusammenleben finden wollen. Ich bin überfordert mit der Aufpasserfunktion, und die ist noch außerordentlich undankbar dazu. Also keine faulen Kompromisse, sondern entweder – oder. Wenn Du das nicht versprechen kannst, entfallen alle weiteren Punkte.

2. Im Wohnbereich muß absolutes Rauchverbot gelten. Am besten wäre es natürlich, Du würdest Dich entschließen, die Qualmerei ganz aufzugeben wegen Deiner eigenen Gesundheit.

3. Es ist in Ordnung, daß viele Dinge in Haus und Garten getan werden müssen und Zeit beanspruchen. Aber der Sonntag sollte – von Ausnahmen abgesehen – davon ausgenommen bleiben. Ich erwarte keine »großen« Unternehmungen, aber einen Spaziergang, eine Fahrt in die engere oder etwas weitere Umgebung, einen Verwandtenbesuch oder selbst Besuch zu empfangen, mal essen zu gehen oder etwas ähnliches, und zwar gemeinsam.

4. Wenn die Arbeiten, die zu erledigen sind, den Rahmen des für mich Erträglichen zu sprengen drohen, muß ich das Recht haben, das auszusprechen. Natürlich bauen viele Handwerker Mist, aber das darf nicht dazu führen, daß weiterhin immer alles in eigener Regie gemacht wird. So gut wie Du erledigt es sowieso keiner. Die in fremde Hände gelegte Arbeit wäre jedoch in einem vertretbaren Zeitraum vollbracht, und das ist für mich wichtiger, als Du denkst. Ich will mich auch gern selbst beteiligen, wenn meine Hilfeleistung nicht als zu gering eingestuft wird.

5. Es darf im Haus keine Tabu-Zonen geben. Jeder muß sagen können, was ihm hier oder da mißfällt, und dann wird überlegt, wie Abhilfe geschaffen werden kann. Sehr viele Dinge müssen abgestoßen werden, wenn wir das Haus irgendwann verkaufen wollen. Der Inhalt von Werkstatt und Vorratskeller muß im Winter einer kritischen Bestandsauf-

nahme unterzogen werden, und im Zweifelsfalle muß es heißen – aussortieren.

6. Du müßtest in der Kantine zu Mittag essen. Wenn Du nach wie vor täglich mittags nach Hause kommst und Dir hier irgendwas Eßbares zusammenklaubst, werde ich, auch wenn Du kein Wort der Klage äußerst, damit nicht fertig. Ich komme mir schlecht vor, und genau das will ich ja nicht, sondern versuchen, auch mit eigenen Arbeiten mal irgendwo oder irgendwie Anerkennung zu erreichen. Meine Kochkünste gehören nach Deiner Auffassung ja sowieso nicht dazu.

7. Der Gedanke, in Abständen von einem Vierteljahr oder so sich mal ein ferneres Ziel auszusuchen (wie Amsterdam oder Hamburg) und vermittels eines oder zweier Urlaubstage anzusteuern, müßte wieder aufgegriffen und verwirklicht werden. Was den Haupturlaub angeht, sind unsere Vorstellungen so verschieden, daß ich hier keine Bedingungen stellen will. Man müßte halt miteinander reden, immer wieder reden, damit man klarkommt.

Mehr kann ich hier nicht aufschreiben, weil mir die Zeit fehlt. Wenn Du nicht versprechen kannst, was ich mir wünsche, bleibt alles wie von mir geplant. Ich danke Dir, daß Du mir das Geld für den Anfang zur Verfügung gestellt hast. Was werden soll, wenn die Kinder mit der Ausbildung fertig sind, müssen wir besprechen, wenn es soweit ist, und desgleichen, was mit dem Haus geschieht. Ich wäre selbstverständlich bereit, beim Aussortieren und beim Vorbereiten des Verkaufs zu helfen, klare Sache, ich bin ja auch daran interessiert, daß wir nicht zuviel draufzahlen.

Ich mache jetzt Schluß. Ich bin wegen der Operation nervös und kann mich nicht richtig konzentrieren.

Drück mir die Daumen, daß alles gutgeht.

Inge

Ingeborg Schlosser an Richard Schlosser

Meppen, 21. 11. 86

Lieber Richard,
es ist für mich bitter, einsehen zu müssen, daß Du meine Liste mit Voraussetzungen für ein halbwegs gedeihliches Zusammenleben als den Versuch bezeichnest, Dich unterzubuttern, aber natürlich akzeptiere ich Deine Haltung. Meiner Ansicht nach handelt es sich um Selbstverständlichkeiten, die unter gleichberechtigten Partnern eigentlich keiner Erwähnung bedürften, weil es ja wohl normal ist, wenn eine Frau bei allem,

was sie und ihren Mann betrifft, ein Mitspracherecht haben möchte. Nicht so bei uns. Du ordnest Deine Weltsicht meiner über, und die in Worten ausgedrückte Überheblichkeit in manchen Dir vielleicht unwichtig erscheinenden Dingen ist für mich nicht länger tragbar. Jeder Meinungsaustausch gerät gleich zum Streit. Nichts dagegen zu sagen, daß man verschiedener Ansicht ist, aber meine Ansicht muß ich auch vertreten dürfen. Im übrigen weißt Du, daß ich nun mal Probleme mit meiner Krankheit habe und nicht sagen kann, wie sie sich weiterentwickelt. Deshalb ist es für mich ziemlich schwer zu verstehen, daß Du von Zeit zu Zeit davon sprichst, ich würde ja doch »irgendwann alles erben« oder so ähnlich. Es steht fest, daß Du auch mit Diabetes und Bluthochdruck bei entsprechender Lebensweise, d.h. unter Auslassen von Alkohol und Nikotin, durchaus eine gute Chance hast, ein ehrwürdiges Alter zu erreichen. Wenn Du aber Deine Probleme nicht bald in den Griff kriegst, machst Du Dich selbst kaputt. Natürlich ist das Dein gutes Recht, aber ich kann mir das nicht ansehen. Wenn Du Deine Pensionärsjahre lieber in einsamer Gegend und ohne menschliche Kontakte verbringen möchtest, ist das ebenfalls Deine Sache. Ich kann so nicht leben und finde es auch schrecklich, daß Du Dich durch Abbestellen der Zeitungen und Verzicht auf Radio und Fernsehen noch mehr isolieren willst.

Was meinen Lebensunterhalt betrifft, ist es vielleicht möglich, mir angesichts der Tatsache, daß Martin jetzt nicht mehr versorgt werden muß, monatlich 1000,– DM zu überweisen. Den Rest nehme ich dann (für Wohnung etc.) von dem mir zur Verfügung gestellten Bauspargeld. Als Regelung für das letzte Drittel des Monats November und für den Dezember schlage ich vor, daß ich solange noch die Euroschecks behalte und in der genannten Höhe etwas abhebe, mehr nicht, abgesehen vielleicht davon, daß ich im Dezember für die Einlagenschuhe, die sehr teuer sind, ca. 200,– DM extra brauche sowie ein bißchen Geld für Weihnachtsgeschenke. Danach schicke ich die Euroschecks per Einschreiben an Dich zurück.

Wenn Du Dich zu Deinem 60. Geburtstag pensionieren läßt, Wiebke mit der Ausbildung fertig ist und das Haus verkauft werden soll, müssen wir eine andere Regelung treffen, evtl. auch erst dann, wenn Volker sein Diplom hat. Ich bitte höflichst darum, bei den Vorbereitungen zum Verkauf des Hauses mit eingeschaltet zu werden, weil es in unser beider Interesse liegt, daß ein fairer Preis erzielt wird.

Wiebke hat angeboten, bei gelegentlichen Besuchen unaufgefordert Hausarbeit mit zu erledigen. Ich hoffe sehr, daß sie und die anderen Kinder von Zeit zu Zeit kommen dürfen.

Inge

Jever, 26. Nov. 86.

Liebe Cäcilie!
Wie lange haben wir uns nicht geschrieben! Nun will ich aber wieder von mir hören lassen. Mein Gesundheitszustand hat sich wesentlich gebessert, ich kann meinen Haushalt wieder allein versehen, habe nur alle 14 Tage eine Stundenhilfe. Das beste ist, daß ich zu Fuß (mit Stock) in die Stadt kann zu Besorgungen und zum Wochenmarkt. Vielleicht siehst Du an meiner Schrift, daß ich doch noch Schwierigkeiten mit dem Schreiben habe, was wohl immer noch auf den kleinen Schlaganfall und meine Kopfrose zurückzuführen ist. Nun habe ich aber genug von mir erzählt, nur noch etwas Schlimmes: Ich muß wieder aus meiner Wohnung raus! Sie ist an jemanden verkauft worden, der Eigenbedarf anmeldet, dagegen ist nichts zu machen, aber ich habe schon eine andere Wohnung in Aussicht zu Februar. Inges Krankheit macht mir Sorgen, es muß doch wieder eine Chemotherapie gemacht werden mit all den furchtbaren Begleiterscheinungen, und meine Inge tut mir leid, sehr leid! Die Ehe ist auch in einer bösen Krise, wie traurig! Aber die Kinder entwickeln sich sehr gut. Obwohl Martin sein Studium aufgegeben hat, sieht er hoffnungsvoll in die Zukunft und macht einen glücklichen Eindruck. Von Wiebkes Leistungen bin ich überrascht, ich hatte ihr nicht so viel zugetraut. An meinem 80. Geburtstag, der bei Luise in Hildesheim so herrlich im grünen Garten gefeiert wurde, habe ich auch Volker mal wieder gesehen, es war alles ganz wundervoll. Bald werden wir ja auch schon wieder Urgroßmütter, das sind doch schöne Aussichten, also haben wir doch viel Grund, sehr dankbar zu sein! Liebe Cäcilie, bitte schicke mir zu Weihnachten kein Geld für die Grabpflege, das kann ich nicht annehmen, weil ich die Arbeit einfach noch nicht wieder machen kann, denn beim Bücken wird mir so schwindelig, daß ich umzufallen drohe.

Nun habe ich Dich noch gar nicht nach Deinem Befinden gefragt. So wie Inge mir sagte, ist es nur mit Deinem Gehen schlecht, und sonst, so hoffe ich, fühlst Du Dich wohl? Gertrud wohnt ja in Deiner Nähe, das finde ich schön. Zu Weihnachten hat sich Therese aus England angesagt, und auch Dagmar und Gustav werden hier sein, darauf freue ich mich schon.

Nun sende ich Dir viele liebe Grüße und wünsche Dir Wohlergehen!

Es grüßt Dich herzlich
Deine Emma Lüttjes.

Dietrich Schlosser an seine Schwester Dorothea Wellmann

Wiesbaden, den 02. 05. 1987

Liebe Doro,
nach Deinem Anruf sind mir noch ein paar Dinge durch den Kopf gegangen, die ich gerne loswerden möchte, und zwar angesichts der unchristlichen Uhrzeit – es geht auf Mitternacht zu – lieber brieflich als telefonisch.

Es stimmt nicht, daß Richard zu mir nie ein vertrautes Verhältnis hatte. Ist Dir eigentlich bewußt, daß er mein Pate ist? Und daß Jutta und ich viele Wochenenden in Koblenz verbracht haben, um ihm bei seinem Bau zu helfen? Oder daß ich zu Richard gefahren bin, nachdem Inge mit Wiebke über Silvester hier bei uns war, weil es in Meppen überhaupt nicht mehr lief? Im persönlichen Gespräch habe ich versucht, ihn aus seinem Loch herauszuholen, wenn auch ohne sichtbaren Erfolg. Richard und ich hatten uns über viele Jahre gut verstanden, und erst, als er in seine selbstgewählte Isolation ging, hat sich dieses Verhältnis getrübt, bis es endlich abgestorben ist.

Ich finde, Du machst es Dir etwas einfach, wenn Du ihn so in Schutz nimmst. Er bekommt doch von Mutter schon genug Schutz. Im Grunde verhält er sich nicht anders als unser Vater. Der ging in die Kneipe, und Richard geht in den Keller. Das hat Mutter immer noch nicht verstanden. Dabei wäre nur sie allein in der Lage, ihrem Kronensohn mal einen ordentlichen Tritt zu verpassen. Von uns läßt er sich doch sowieso nichts sagen. Seine Brüder sind ja alle Idioten, und daß er von seinen Schwestern eine höhere Meinung hat, wage ich stark zu bezweifeln.

Auch ich kann gelegentlich unsern alten Herrn nicht verleugnen, und ich bin froh, daß Jutta Anflüge dieser Art, an der Welt zu leiden, jedesmal sofort ins Lächerliche zieht. Dem grauenhaften Beispiel unseres Vaters möchte ich jedenfalls nicht nacheifern, und auch Richard tut sich und seiner Familie keinen Gefallen damit. Und noch etwas. Fast jedesmal, wenn Inge alleine auf Reisen geht, weil ihr in Meppen die Decke auf den Kopf fällt, passieren in Meppen die eigenartigsten Unfälle. Wie eben jetzt vor Ostern. Inge ist in England, und Richard stürzt von der Kellertreppe. Oder letztes Jahr. Da mußte Inge vorzeitig von ihrem Kurort wieder nach Hause eilen, weil Richard sich drei Rippen gebrochen hatte. Ich meine, daß es auch gescheitere Mittel und Wege gibt, um dem Ehepartner zu zeigen, daß man ihn braucht. Der einzige, der sich ändern müßte, damit Richard glücklich wird, ist er selbst. Und wenn er das nicht will, dann kann ihm wirklich niemand helfen, weder Du noch ich noch unsere Geschwister.

Soviel zu diesem Thema. Es ist schade, daß Du in den letzten Wochen unseren Garten nicht sehen konntest. Die Hauptblüte ist vorüber. Narzissen, Tulpen, Traubenhyazinthen, Felsenbirne, Mandelbaum, japanische Zierkirsche und Magnolie sind schon verblüht. Jetzt kommen die Azaleen und der Rhododendron. Auch die Rosen haben bereits Knospen angesetzt. Am Haus blüht die Glyzinie in wunderbaren blauen Trauben. Wenn ich am kommenden Wochenende Zeit genug habe, will ich unsere beiden Wasserbecken reparieren, damit sich die Seerosen gut entwickeln können. In den nächsten Wochen werden Rittersporn, Madonnenlilien und Rosen zusammen blühen. Ich bin immer wieder begeistert, welche Schönheiten in unserem Garten zu Hause sind.

Dir alles Gute von Deinem Bruder

Dietrich

Ingeborg Schlosser an ihre Mutter Emma Lüttjes

Liebe Mutti, 23. 7.

viele Grüße aus dem heißen (38°), aber interessanten Washington. Während Richard seinen Dienstgeschäften nachgeht, sehe ich mir die Stadt an, die ein einziger riesiger Park ist. Die haben hier auch eine tolle U-Bahn, mit der man die meisten Plätze erreichen kann. Alles ist unheimlich sauber. Das Hotel hat einen kühlen Pool. Am Samstag fliegen wir nach San Francisco an die Westküste. Dort soll es kühler sein als hier.

Bis bald in Jever!

Deine Inge

Ingeborg Schlosser an Hanna Grote

z. Zt. Bad Sooden-Allendorf, den 7. 9. 87

Liebe Tante Hanna,

zu Deinem Geburtstag sende ich Dir viele Grüße und Glückwünsche aus Bad Sooden-Allendorf, wo ich eine vierwöchige sog. Nachsorgekur mache. Ich hoffe, es geht Dir so gut, daß Du in der langen Zeit, in der Elfriede im Krankenhaus liegen muß, allein zurechtkommst. Renate erzählte mir von der Operation, aber ich weiß keine Einzelheiten.

Eigentlich hatte ich schon im Juli vorgehabt, nach Besuchen in Bonn und Wiesbaden mal zu Euch zu fahren, während Richard eine Dienstreise in die USA zu machen hatte. Dann hörte er aber von einem mitreisenden Kollegen, daß der einen Privat-Urlaub anzuhängen und seine Frau mitzunehmen gedenke. Richard schlug mir vor, wir sollten das Gleiche tun. In der vagen Hoffnung, unsere häusliche Dauerkrise komme bei der Gelegenheit mal richtig aufs »Tapet«, abseits von Werkstatt und Garten, stimmte ich zu und fuhr mit. Es waren schöne Eindrücke, aber wir haben vor lauter Reisen und Besichtigungen kaum Zeit zu längeren Gesprächen gefunden.

Ich mußte also die ursprünglichen Reisepläne aufschieben, aber da wir Anfang Oktober unser Klassentreffen in Saarbrücken abhalten und Richard wieder mal nicht mitkommt, habe ich mir überlegt, ob ich dann nicht noch ein bißchen weiter fahre und Dich besuchen komme. Allerdings wollen zwei Klassenkameradinnen – davon ist eine aus Südafrika angereist – mich zur Zeit überreden, im Anschluß an das Klassentreffen mit ihnen in meinem Wagen ein paar Tage ins Elsaß zu fahren. Das ist aber noch nicht entschieden.

Richard wird nun im November 60, und ich meine, er sollte die Gelegenheit nutzen, sich als Schwerkriegsbeschädigter vorzeitig pensionieren zu lassen, zumal er seinen Job inzwischen gar nicht mehr mag. Alle seine Vorschläge werden durch teils sinnlose Sparmaßnahmen torpediert, das Personal wird ständig reduziert und anschließend die Ineffektivität der Arbeit beklagt.

Ich kann Richard nachfühlen, daß er die Nase voll hat, aber er glaubt, unser Langzeitstudent Volker (13. Semester und kein Ende) lasse das wegen des verminderten Gehalts nicht zu. Ich glaube aber, das stimmt nicht, denn Wiebke hat schon für Dezember eine gutbezahlte Stelle in Aussicht. Richard leidet darunter, daß er wegen seiner Medikamente nicht mehr so leistungsfähig ist wie früher. Wenn man mit ansieht, wie er ein Projekt nach dem anderen in Haus und Garten startet und dann nicht zu Ende bringt, weil er sich selbst überfordert, möchte man schon mal was sagen, aber das hat er gar nicht gern, der Dickkopf.

Ich hoffe, Du hast bei Deiner vielen Post Verwendung für einen zusätzlichen Brieföffner? Hier am Ort gibt es ein Geschäft mit Idar-Obersteiner Halbedelsteinen.

Herzliche Grüße
von Deiner Inge

Ingeborg Schlosser
Dammstr. 43
4470 Meppen

Meppen, 04. 11. 1987

An die
Evangelische Kirche in Deutschland
Kirchenamt
z.H. Herrn Gieweking
Herrenhäuser Str. 12
3000 Hannover 12

Sehr geehrter Herr Gieweking,

auf Ihre Stellenausschreibung in der Hannoverschen Allgemeinen Zeitung vom 31. 10. 87 lege ich Ihnen hiermit meine Bewerbung um die Stelle einer Halbtagssekretärin vor. Am Montag dieser Woche hatte ich mir erlaubt, bei Ihnen vorzusprechen mit der Frage, ob eine Bewerbung angesichts meiner 58 Lebensjahre noch sinnvoll sei, da Sie ja sicherlich mit vielen Zuschriften rechnen könnten. Das Gespräch hat mich aber ermutigt, es dennoch zu versuchen, nicht zuletzt, weil sich das betreffende Referat unter anderem mit dem Engagement der EKD in der Südafrika-Frage befaßt. Dieses Thema ist für mich von besonderem Interesse, seit ich vor Jahren an Ort und Stelle damit konfrontiert wurde.

Ich bin evangelisch-lutherischen Bekenntnisses und stehe allen die Kirche betreffenden Dingen und auch Problemen aufgeschlossen, wenn auch in Einzelfragen nicht unkritisch gegenüber.

Den fremdsprachlichen Anforderungen wäre ich gewachsen, da ich über sehr gute englische und ausbaufähige französische und spanische Sprachkenntnisse verfüge. Mein erlernter Beruf ist der einer Dolmetscherin, Auslandskorrespondentin und Übersetzerin für Englisch. Wegen der damals sehr schlechten finanziellen Lage mußte ich nach dem Abitur im Jahre 1949 meine Studienpläne aufgeben, verbrachte ein Jahr au pair in England und stieg dann unmittelbar in die Oberstufe des hannoverschen Dolmetscher-Instituts Ebel ein. Parallel dazu verlief eine Sekretärinnen-Ausbildung mit IHK-Abschluß. Die entsprechenden, durch meine weiteren Tätigkeiten eigentlich überholten Anfänger-Zeugnisse lege ich meinem Schreiben der Ordnung halber bei.

Tatsächlich als Dolmetscherin gearbeitet habe ich dann aber nur in meiner ersten Stellung auf dem damals britischen und heutigen NATO-Flugplatz in der Nähe meiner Heimatstadt Jever, wo ich Sekretärin des deutschen Dienststellenleiters war. Industriepraxis erwarb ich bei der Firma Telefunken in Hannover, zunächst als Sekretärin des Leiters Fernsehgeräte-Vertrieb und danach als Mitarbeiterin der Exportabteilung für die Bereiche Europa und Naher Osten. Leider wurde ich hier auch nach längerer Tätigkeit nicht, wie erhofft, als Korrespondentin eingestuft (weibliche Korrespondenten stelle man nicht ein, hieß es), und so verließ ich Hannover, um mir in Paris durch den Besuch der Alliance Française zusätzlich französische Sprachkenntnisse anzueignen.

Daß mein Berufsweg später anders verlief als geplant, verdanke ich der Tatsache, daß ich nach Rückkehr aus Frankreich die Zeit meiner Arbeitsplatzsuche finanziell überbrücken mußte und kurzerhand eine Aushilfstätigkeit im Funkhaus Hannover des Norddeutschen Rundfunks annahm. Die Arbeitsatmosphäre gefiel mir damals auf Anhieb, und ich entschloß mich zu bleiben. Ich arbeitete in den Abteilungen »Produktion« und »Kulturelles Wort«, bevor ich Sekretärin des Leiters »Nachrichten und Politik« wurde.

Bei dieser Gelegenheit konnte ich auch selbst mit eigenen Manuskripten zu den Regionalsendungen beitragen. Das Redigieren der Meldungen gehörte eigentlich nicht zu meinem Aufgabenbereich, aber da permanent unter Zeitdruck gearbeitet werden mußte, tat ich es dennoch häufig, und zwar sehr gern.

Infolge Heirat und Familiengründung blieb mir dann keine andere Wahl, als den Beruf – wie ich meinte: vorläufig – zu quittieren. Aber durch vier Kinder, Hausbau, gesellschaftliche Verpflichtungen und mehrfachen Wohnungs- und Ortswechsel war ich dann doch zu sehr gebunden. Das hat mich allerdings nicht daran gehindert, zwischendurch mehrfach Aushilfen und Urlaubsvertretungen im NDR sowie eine sehr große Anzahl von Englisch-Übersetzungen zu übernehmen. Dabei handelte es sich in erster Linie um Aufträge der Redaktion »Wissenschaft und Technik«, aber auch um englische Literatur und Lyrik. Meine eigenen schriftstellerischen Versuche füllen mittlerweile eine ganze Schublade, und mit der Bewerbung um eine Halbtagsstelle verbinde ich die Hoffnung, in der freien Zeit daran weiterarbeiten zu können.

Obwohl ich mich den an die Bewerbung geknüpften schreibtechnischen Anforderungen durchaus gewachsen fühle, verstehe ich natürlich, daß Sie das überprüfen müssen. Meine stenographischen Fertigkeiten waren allerdings während meiner Berufstätigkeit nur anfangs gefordert. Später führte ich die Korrespondenz fast immer nach Stichwortangaben selbständig bzw. wurden mir Nachrichten und Manuskript in die Maschine diktiert oder zur Abschrift gegeben.

Ich möchte noch erwähnen, daß ich im Besitz eines Schwerbehinderten-Ausweises mit 70% MdE bin. Die Behinderteneigenschaft wurde mir zuerkannt aufgrund eines malignen Lymphoms, das zu den leichteren Krebserkrankungen zählt und inzwischen chemotherapeutisch überdurchschnittlich gut beherrscht werden kann. Abgesehen von der ersten, länger dauernden Behandlung, bin ich während bisher zweier weiterer Therapien durchgehend arbeitsfähig gewesen. Ich verdanke das einerseits meinem robusten Naturell und andererseits der doch beruhigenden Tatsache, daß bei regelmäßigen vierteljährlichen Kontrolluntersuchungen ein Wiederaufflackern der Krankheit sozusagen im Ansatz erkannt und ambulant chemotherapeutisch gebremst werden konnte und kann.

Mein Wohnsitz ist jetzt noch Meppen/Ems. Nachdem alle vier Kinder inzwischen erwachsen sind und auswärts arbeiten oder studieren und mein Mann seine Pensionierung beantragt hat, ist unser beider Übersiedlung in den Raum Hannover geplant gewesen, wo zwei unserer Kinder leben. Es sind aber Umstände eingetreten, die eine hoffentlich nur vorübergehende Trennung ratsam erscheinen lassen; ich werde daher zunächst allein nach Hannover ziehen. Weil das ganz kurzfristig nicht zu bewerkstelligen ist, möchte ich mich zum Januar 1988 bewerben.

Mit freundlichen Grüßen
Ingeborg Schlosser

Anlagen
Lebenslauf
Lichtbild
8 Zeugniskopien

MEDIZINISCHE UNIVERSITÄTSKLINIK I
Direktor: Prof. Dr. med. Hans Fabian

Joseph-Stelzmann-Str. 9
5000 Köln 41
(0221) 478/4400/4401
10. 11. 1987 M.

Frau
Dr. Heise
Bokeloher Str. 50
4470 Meppen

Nachrichtlich:
Frau
Ingeborg Schlosser
Dammstr. 43
4470 Meppen

Sehr geehrte Frau Dr. Heise,

in meiner Sprechstunde habe ich heute Frau Schlosser wiedergesehen.

Der klinische Status ist ausgezeichnet, der psychische Status ist nicht so gut. Sie hat einige Veränderungen vor und will nach Hannover ziehen, um dort eine neue Arbeitstätigkeit aufzunehmen.

Bei der klinischen Untersuchung ist der gesamte physikalische Status unauffällig, insbesondere keine peripheren Lymphknoten, Leber und Milz nicht palpabel, im Oberbauch leichte Druckschmerzhaftigkeit, keine sicheren Lymphome tastbar. Eine Sonographie wird sicherheitshalber durchgeführt.

Anamnestisch ist ebenfalls keine Indikation für die Aktivität der Grunderkrankung und somit ein ausgezeichneter Befund, mit dem wir alle sehr zufrieden sein können.

Laborwerte wurden erhoben. Falls die Befunde etwas Pathologisches auszeigen, werde ich erneut berichten. Ansonsten sehe ich die Patientin in einem halben Jahr wieder.

Mit herzlichen Grüßen und Dank für
die gute Kooperation im Jahre 1987
Ihr
Fabian

Ingeborg Schlosser
Dammstr. 43
4470 Meppen

Meppen, 23. 11. 1987

An die
Evangelische Kirche in Deutschland
Kirchenamt
z.H. Herrn Gieweking
Herrenhäuser Str. 12
3000 Hannover 12

Sehr geehrter Herr Gieweking,

mit meinem Schreiben vom 04. 11. 87 bewarb ich mich um die vom Kirchenamt der EKD ausgeschriebene Halbtagsstelle einer Sekretärin. Da ich bis heute keine Antwort erhalten habe, die Wohnungssuche in Hannover sich schwieriger gestaltet als erwartet und mich obendrein der augenblickliche Gesundheitszustand meines Mannes belastet, habe ich mich entschlossen, den Beginn meines selbständigen Lebensweges noch etwas hinauszuschieben. Das heißt, daß ich meine Bewerbung rückgängig machen möchte, da die Stelle ja in Kürze besetzt werden soll.

Der Entschluß, für den ich um Ihr Verständnis bitte, ist mir nicht leicht gefallen, zumal er meine Chancen, doch noch einmal beruflich Fuß zu fassen, weiter erschwert, aber ich glaube, ich habe zu diesem Zeitpunkt keine andere Wahl.

Mit freundlichen Grüßen
Ingeborg Schlosser

Cäcilie Schlosser an ihren Sohn Richard Schlosser

Senne, 15. 1. 88

Lieber Richard!
»All mein Gedanken, die ich hab, die sind bei Dir ...«, so ging es mir im Kopf herum, als ich nach dem Wiedersehen mit Dir in meiner einsamen Klause Zeit hatte, über Deine Probleme nachzudenken. Da fiel mir schließlich eine Lösung ein, die Euren Wünsche gerecht wird.

Rudi und Hilde haben die Absicht, ihr Haus in Hannover aufzugeben. Wenn das nun schon in Kürze geschieht, kann das Haus evtl. ein passendes Tauschobjekt sein. Inge hätte allen Vorzug der Großstadt, und Du, Richard, würdest in dem großen Garten sicherlich ein passendes Plätzchen für Dein Gewächshaus finden und im Keller Raum für Deine Werkstatt.

Solch ein Plan darf natürlich nicht mehr Jahre hinausgeschoben werden. Ich wäre glücklich, wenn Ihr eine befriedigende Lösung für Euer Wohnproblem finden könntet.

Ich grüße Euch in Liebe.

Mutter

Einladungskarte

Meppen, 23. Februar 1988

Am 29. Februar ist der aktive Dienst für mich zu Ende. Aus diesem Anlaß möchte ich die Runde derer, mit denen ich dienstlich engeren Kontakt hatte, noch einmal zusammen sehen. Ich bitte Sie zu einem kleinen Imbiß am Freitag, dem 26. 02. 1988, um 13.00 Uhr im kleinen Besprechungszimmer, Hauptgebäude.

Richard Schlosser

Ingeborg Schlosser an Richard Schlosser

30. 4.

Lieber Richard,
wahrscheinlich läßt sich, was ich sagen will, nicht in einem ruhigen Gespräch vorbringen. Also schreibe ich diesen Brief in der Hoffnung, daß Du Dich während meiner Abwesenheit damit beschäftigst und wir hinterher darüber reden.

Das Gespräch kann nicht mehr warten. Ich bin, auch wenn der äußere Eindruck anders ist, ziemlich am Ende. Ich kann und ich will auch nicht so weitermachen, ohne jeden Einfluß darauf, ob das Haus irgendwann verkauft wird, ohne Mitentscheidung über das Wie und Wann der anstehenden Arbeiten. Außerdem ist es bitter schwer, unsere total gestörte Beziehung immerfort vor Verwandten und Nachbarn zu beschönigen. Ich fühle mich damit überfordert. Ich bin auch der Aufpasserfunktion nicht mehr gewachsen, die ich mich auszuüben gezwungen fühle, wenn Du alkoholbedingt teilweise weggetreten bist. Darüber hinaus befürchte ich, daß meine Krankheit mich womöglich wieder in den Griff kriegt. Die Anzeichen, die ich zu verspüren glaube, mögen (hoffentlich) trügen, aber mein Optimismus schmilzt zusammen. Selbst wenn diesmal noch kein Befund da ist – angesichts der psychischen Probleme, mit denen ich mich rumschlage, wäre es ein Wunder, sollte ich noch viel länger ohne Chemotherapie und Bestrahlung bleiben können. Und ich weiß auch nicht, wie lange ich das alles noch relativ gut werde wegstecken können. Folglich muß ich nicht nur meinen körperlichen, sondern auch meinen seelischen Zustand ins Gleichgewicht bringen.

Unsere Probleme sind miteinander verzahnt bzw. bedingen sich gegenseitig. Deshalb muß ich auch deutlich auf Deinen schlechten Gesundheitszustand zu sprechen kommen, der für jedermann sichtbar ist. Zuletzt hat sich Doro ganz bestürzt gezeigt. Nun ist das keine Schande, aber schlicht eine Tatsache, die zu verdrängen bodenloser Leichtsinn wäre. Ich habe immer Deinen resignierten Ausspruch: »Dazu bin ich zu alt!« im Ohr. Wieso denn? Sechzig ist kein Alter, es kommt drauf an, was man daraus macht. Also wäre es sehr wichtig, daß Du unverzüglich einen Arzt aufsuchst und klären läßt, woran Du leidest, wenn es nicht der Diabetes und nicht der Blutdruck ist. Anschließend wäre eine wie auch immer geartete Therapie durchzustehen, selbst wenn das den Entzug der Genußgifte bedeutete. Es wäre die einzige Möglichkeit, den Rest des Lebens sinnvoll in Deinem Interesse zu nutzen.

Ich bin gerne bereit, Dir dabei zu helfen, solange meine Kräfte das zulassen. Wenn Du jetzt wieder mit der Feststellung kommst, daß das Jahre braucht, kannst Du mich vergessen. Ich kann nicht so lange warten. Das ist keine hektische Ungeduld, sondern mein gesunder Menschenverstand, der das sagt. Auch Du, mein Lieber, bist diesem großen Haus und allem, was Du alleine zu bewerkstelligen gedenkst, gesundheitlich nicht gewachsen. Du brauchst eigentlich eine Art Eremitage weitab von allem anstelle eines Hauses mitten in der Stadt, wo Du wie auf dem Präsentierteller lebst. Also, warum schaffen wir nicht die Voraussetzungen dafür, daß jeder von uns seinen Vorstellungen entsprechend leben und den Rest der Zeit mit einigem Optimismus angehen kann?

Wenn das Haus verkauft werden soll, dann bald. Sofern der Arzt glaubt, daß Du zu körperlicher Arbeit überhaupt imstande bist, solltest Du Deine Eigenleistung auf ein Minimum beschränken. Wenn Du am Ende völlig erschöpft bist, wer hat dann was davon? Das Haus wäre dadurch praktisch unbezahlbar geworden. Und wenn ich in der Zwischenzeit, um über die Runden zu kommen, dazuverdienen müßte, wäre das so verdiente Geld ja wohl per saldo vom Haus-Erlös abzuziehen, oder?

Mein Vorschlag ist, wie schon einmal gemacht: Laß uns alles, was Handwerker unter Deiner genauen Aufsicht machen können, je zur Hälfte von unser beider Bauspargeld finanzieren. Ich könnte das Organisatorische übernehmen, das Hinterherputzen, Besorgungen machen, bei der Entrümpelung der Dachböden oder des Kellers helfen. Wenn die Hauspreise in absehbarer Zeit wieder steigen, wird auch der Erwerb anderer Objekte teurer, und umgekehrt.

Warte nicht, bis es zu spät ist. Dies wird mein letzter Sommer in Meppen, und ich möchte ihn nutzen, zusammen mit Dir. Wenn Du weiter allein bestimmen willst, was mit dem Gesamteigentum geschieht, schließt Du mich vollends aus der Planung aus. Und dabei waren wir doch mal Partner.

Bitte denk über meine Worte nach, denk vor allem daran, daß Du mit Deinen Kräften haushalten mußt. Pflanzen säen und pikieren und leichte maschinengestützte Gartenarbeit ist da geeigneter als kräfteverschleißende handwerkliche Schwerarbeit.

Bis bald –
Inge

Richard Schlosser an seinen Bruder Rudolf Schlosser

Meppen, 21. 7. 1988

Lieber Rudi,

es geht um die Festsetzung meiner ruhegehaltsfähigen Dienstzeit. Ich schicke Dir einen Haufen von Vorgängen und einige Anlagen, die sich mit dieser Frage befassen. Aus dem Gesetzestext lesen meine Widersacher beim Wehrbereichsgebührnisamt heraus, daß ein unmittelbarer zeitlicher Anschluß einer Heilbehandlung an die Entlassung aus der Kriegsgefangenschaft gegeben sein muß, wenn die Heilbehandlung auf die ruhegehaltsfähige Dienstzeit angerechnet werden soll. Das Wort »unmittelbar« kann ich im Beamtenversorgungsgesetz, § 9, aber nicht finden.

Du weißt selbst, daß die ganze Ursachenkette beim Auftreten der Tb im Jahre 1958 rückwärts aufgerollt werden mußte. Entscheidend für die Anerkennung als Kriegsfolgeleiden war der Nachweis, daß ich im Anschluß an die Entlassung aus der Gefangenschaft eine wäßrige Rippenfellentzündung hatte, die erstes Zeichen eines tuberkulösen Prozesses war.

Wäre dieser Prozeß 1945 richtig erkannt worden und die Krankheit ohne Unterbrechung weiter fortgeschritten, bestünden keine Schwierigkeiten bezüglich der Frage, ob die Gesamtzeit der Behandlung als ruhegehaltsfähige Dienstzeit gilt. Daß die Krankheit über Jahre latent blieb – dafür kann ich nichts. Ich sehe nicht ein, warum ich gegenüber solchen Leuten, die sich nach der Entlassung aus der Gefangenschaft in Heilbehandlung befanden, schlechter gestellt sein soll.

Ich nehme an, daß die Justiz mittlerweile über Computer einschlägige Urteile herausfiltern kann, und ich möchte Dich bitten zu prüfen, ob über ähnliche Sachverhalte Entscheidungen vorliegen. Wenn Du Fragen zu dem Thema hast, ruf mich bitte an.

Vorerst vielen Dank.

Dein Richard

Ingeborg Schlosser an ihren Sohn Martin Schlosser

Damp, 8. 11. 88

Lieber Martin,
danke für die Fotos, die ich durch Umgruppieren bzw. Rausnehmen anderer noch in mein Album reinquetschen werde! Meistens habe ich ja selbstgeknipste Bilder, auf denen ich logischerweise nicht drauf bin.

Ich freue mich über Deinen produktiven Tagesablauf. Das kann ich von meinem nicht behaupten. Die »Anwendungen« bis nach 16 Uhr zerschneiden jeden Tag so sehr, daß man nicht viel Zusammenhängendes zuwege bringt, zumal auch noch die Putzfrauen zwischendurch aktiv werden und ich immer alles wegräumen muß. Lesen allerdings wird großgeschrieben. In der hauptsächlich von »Konsaliks« wimmelnden Bibliothek fand ich nach langem Suchen sogar einige »Musils« und »Moravias«. Außerdem habe ich am letzten verkaufsoffenen Samstag in Kiel die Hälfte meines Etats in einer Buchhandlung gelassen (Poe, Eichendorff, Kempowski – also gut gemischt). Es gibt einen sehr aktiven evangelischen Pastor, der in den Räumen seiner kleinen Kirche und auch hier im Hause Klönschnacks bei Teepunsch über aktuelle Themen veranstaltet und eine »Literaturkneipe« betreibt. Die nächsten Themen sind Storm (Schimmelreiter) und Kafka (Das Schloß) mit Diskussion. Sonst sieht man hier fast ausschließlich Bildzeitungsleser rumlaufen. Aber das war bei den anderen Kuraufenthalten genauso.

Es tut mir leid, daß ich Papa nicht davon abbringen konnte, den Unkrautkompost verbuddeln zu wollen, obwohl ich eine sog. grüne Deponie innerhalb der Müllbeseitigung in Helte ausfindig gemacht hatte. Falls er es sich doch noch anders überlegt – an der Pinnwand über meinem Schreibmaschinentisch befindet sich ein Zettel mit dem Namen und der Telefonnummer eines Sachbearbeiters auf dem Kreisamt, der den Deponiewärter verständigen würde!

Alles Gute wünscht Dir
Deine Mama

Richard Schlosser an seinen Bruder Rudolf Schlosser

Meppen, den 16. 1. 1989

Lieber Rudi,

in der Anlage schicke ich Dir die Ablichtung des Bescheides der Wehrbereichsverwaltung V vom 27. Dezember 1988. Das ist nun das Ergebnis meines Einspruchs. Ich war gezwungen, ihn bis zum 31. September zu begründen. Die Kerle selber haben sich bis Ende des Jahres Zeit gelassen, sich über meinen Einspruch auszumähren. Im Grunde ist es so gekommen, wie Du prophezeit hattest. Es ist mir lediglich gelungen, den Zeitraum zwischen meiner Entlassung aus der Kriegsgefangenschaft und meiner Abreise aus Cottbus als ruhegehaltsfähig durchzusetzen. Meine Antragsgegner verweisen darauf, daß Dauerschäden durch Leistungen nach dem Bundesversorgungsgesetz ausgeglichen werden. Das ist richtig. Seit Mitte 1958 beziehe ich eine Rente nach dem BVG. Die Sauerei ist nur, daß solche Leistungen, wenn sie begründet sind, erst vom Tage der Antragstellung an gewährt werden. Alle davorliegenden kriegsbedingten Schädigungen bleiben außer acht. In Briefen an unsere Eltern äußerte unser Großvater 1945 in Kenntnis meiner Krankheitssymptome in Cottbus den Verdacht, daß sie erste Anzeichen einer Tuberkulose sein könnten. Offensichtlich war Vater nicht sensibel genug, diesem Verdacht nachzugehen, ebensowenig wie ich selbst sensibel genug war, aus dem Ergebnis der Reihenbilduntersuchungen entsprechende Folgerungen zu ziehen. Mangelnde Einsicht in den Krankheitsverlauf hat wohl auch dazu geführt, daß wir den Prozeß gegen die Hauptstadt Hannover nicht gewonnen haben. Wäre ein Einspruch nach dem Bundesversorgungsgesetz wesentlich früher erfolgt, hätte der Staat meine gesamte Ausbildung und den Unterhalt meiner Familie finanzieren müssen. Stattdessen bin ich mit der ganzen Scheiße hängengeblieben, ohne im nachhinein jemanden dafür haftbar machen zu können.

Meine Frage ist: Soll ich beim Verwaltungsgericht Oldenburg Klage erheben?

Dein Bruder Richard

Cäcilie Schlosser an ihren Sohn Richard Schlosser

Senne, 15. 2. 89

Mein lieber Richard!
Gestern hörte ich, daß Du hoffst, im Krankenhaus gesund zu werden. Ich wünsche Dir, daß Du gepflegt wirst. Zu deiner Erheiterung soll dies »Buchche« Dir verhelfen. Am besten finde ich darin die masurische Orthographie, von der Du ja einiges verstehst. Ich mußte diese Tage daran denken, wie Du einst als Gast Deiner Großeltern in Lötzen so glücklich gewesen warst. Nach der Flucht hatte der Opa dann wenigstens einen Platz im Altersheim in Dortmund gefunden. Jetzt geht es ja den meisten Alten so, daß sie dieses Los teilen. Ich wohne hier nun beinahe zwölf Jahre schon. Neulich freute ich mich, daß ganz überraschend fünf Enkelkinder mich besuchten und sehr aufmerksam lauschten, als ich ihnen von unserer Flucht 1945 erzählte.

Dietrich und Doro schenkte ich zum Geburtstag Gorbatschows »Perestroika«. Ich selbst habe es hier den anderen vorgelesen und hoffe nur, daß dieser Russe Nachfolger findet, was die Abschaffung aller Mordwaffen angeht.

Deine Weihnachtskerze ist kurz geworden, ich habe sie oft brennen lassen und an Dich gedacht.

In Liebe grüßt Dich und Inge
Mutter

16. 4.

Lieber Richard,
hiermit unterbreite ich Dir nochmals meinen Vorschlag, das Haus in Meppen aufzugeben und nach Oldenburg zu ziehen. Ich mache das schriftlich, weil bei einer mündlichen Auseinandersetzung immer gleich die Fetzen fliegen, bevor jeder von uns seine Argumente überhaupt in voller Länge dargelegt hat. Meine Gründe und Vorstellungen möchte ich Dir in diesem Brief ausführlich schildern.

Wir hatten damals in die Planung und den Bau unseres Hauses auf dem Mallendarer Berg gemeinsam alles investiert, was wir besaßen: Geld, Arbeitskraft und ziemlich viel Durchhaltevermögen bei allen Schwierigkeiten. Wir wollten uns eine lebenswerte Bleibe für lange Zeit schaffen. Damit kamen wir nicht ganz zu Rande, weil die endgültige Fertigstellung unsere Mittel überstieg und weil die Übersiedlung nach Meppen viele Pläne über den Haufen warf. Trotz zahlreicher Probleme, die wir in dieser Zeit miteinander hatten, verbinde ich die Erinnerung an das Haus immer noch mit dem Gefühl der Gemeinsamkeit und Zusammengehörigkeit.

In Meppen, habe ich den Eindruck, ist diese Gemeinsamkeit nach und nach verlorengegangen. Erst war mir das nicht so bewußt. Wir hatten beide viel zu tun mit Haus und Garten, vor allem mit dem Garten. Aber anders als in Vallendar fühlte ich mich von den Planungen ausgeschlossen, weil ich davon angeblich zu wenig oder gar nichts verstünde. Ich wollte immer Partnerin sein und war doch eigentlich nur Hausfrau. Du weißt wahrscheinlich nicht, wie sehr es mich belastet hat, ständig Haushalt und Kindererziehung unter einen Hut zu bringen. Ich gelte ja als zäh und belastbar, und das bin ich wohl körperlich immer noch, aber seelisch sieht es anders aus. Ich hatte all die Jahre eine Art Pufferfunktion zwischen Dir und den Kindern wahrzunehmen, um das Familienklima einigermaßen im Lot zu halten, und ich bezweifle, daß Dir das je bewußt geworden ist. Du hattest in Deiner Freizeit nicht den Wunsch, Dich mit etwas anderem als mit Heimwerker- und Gartenarbeiten zu beschäftigen, wolltest möglichst keine Besuche machen oder empfangen und mit Reiseplänen in Ruhe gelassen werden. Ich aber brauchte hin und wieder Tapetenwechsel, um für die nächste Zeit gewappnet zu sein. So lebten wir uns mehr und mehr auseinander. Deiner Ansicht nach wollte ich nur in der Gegend rumzigeunern. Ich wurde das Gefühl nicht los, immer an Deiner Mutter gemessen zu werden. Die hatte nie den Wunsch nach »Herumzigeunern« geäußert, sondern sich damit begnügt, sich am Wachsen und Gedeihen im Garten zu erfreuen.

Obwohl ich Deiner Mutter überhaupt nicht ähnlich bin, bemühte ich mich, der Gartenarbeit und dem Einkochen Befriedigung abzugewinnen. Es gelang mir nicht, und was ich tat, wurde auch so oft kritisiert, daß ich jede Lust daran verlor. Ich machte irgendwie weiter, aber ohne rechte Freude, denn die erhoffte Anerkennung wurde mir nicht zuteil. Du bist introvertiert wie Deine Mutter, ich habe gern Kontakte nach überallhin. Wir sind einfach zu verschieden, um problemlos miteinander auszukommen. Du hast mir unterstellt, ich wollte Dich unterbuttern. Das wollte ich keineswegs, aber mein Selbstwertgefühl erlaubte mir auch nicht, mich auf die Funktion einer tüchtigen Hausfrau zu beschränken, die im übrigen die Klappe hält. Wo Du »in Ruhe gelassen werden« wolltest, hatte ich genau das gegenteilige Bestreben. Symptomatisch dafür war eine bittere Erkenntnis, zu der ich gleich zu Anfang der Meppener Zeit gelangen mußte, ohne sie recht wahrhaben zu wollen.

Als ich in Vallendar auf eine Möglichkeit des Umzugs nach Meppen wartete, beschriebst Du mir die Vorzüge dieser Kleinstadt. Du schienst angetan zu sein von der Beschaulichkeit und der norddeutschen Mentalität, wo Du doch die Rheinländer nie ausstehen konntest. Um mir Meppen auch kulturell schmackhaft zu machen, schlugst Du vor, ein Theater-Abonnement zu erwerben, da es hier regelmäßig Aufführungen gebe. Ich freute mich und deutete das so, daß wir hier in Meppen endlich – ohne den Zwang, permanent Instandsetzungsarbeiten vornehmen zu müssen – mehr Zeit für Gemeinsamkeiten hätten. Groß war meine Enttäuschung dann, als sich herausstellte, daß Du nur an ein Einzel-Abo für mich gedacht hattest und an solcherlei Gemeinsamkeit nicht im mindesten interessiert warst. Ich habe einige Anstrengungen unternommen, in Meppen heimisch zu werden. An Bekannten geblieben sind nur Angela und Horst. Die Kinder hatten ihre eigenen Interessen und gingen schließlich fort. Ich wurde hier niemals warm. Ich empfand Meppen als Arbeitsplatz für Dich und für mich und sonst gar nichts. Wenn ich für alles, was mir Spaß macht, immer weite Wege zurücklegen muß, dachte ich, dann kann ich ja gleich dorthin ziehen, wo mir wenigstens kulturell was geboten wird und wo ich Freunde empfangen und besuchen kann. Nach deiner Pensionierung würden wir nicht mehr an Meppen gebunden sein. Wenn jemand sich unbedingt auf Heimwerker- und Gartenarbeit beschränken will, könnte er das ja auch woanders als ausgerechnet in Meppen tun. Als der Versuch eines Neuanfangs 1981 scheiterte, wartete ich noch ab, in der Annahme, wir würden uns über eine Trennung irgendwie einigen. Darüber kamen zuerst mit meiner und dann mit Deiner Krankheit Probleme auf uns zu, denen wir uns stellen mußten und immer noch müssen. Was mich betrifft, so habe ich nach dem ersten Schock 1983 beschlossen, mich von meiner Krankheit nicht unterkriegen zu lassen, und ihr regelrecht den Kampf angesagt. Ich kriege sie damit zwar nicht weg, aber ich tue wenigstens, was ich kann.

Als Dein Diabetes erkannt wurde – sozusagen im Gefolge Deiner Rippenbrüche –, hast Du eine Zeitlang entsprechende Medikamente geschluckt. Später hast Du dann aber, weil die gleichzeitige Behandlung des Bluthochdrucks mit Betablockern nicht zu Deiner Zufriedenheit durchgeführt wurde, einfach alle Medikamente abgesetzt. Wenn die Folgen auch nicht sofort sichtbar wurden, sind sie jetzt doch um so gravierender. Ich glaube, am meisten macht Dir zu schaffen, daß man den Diabetes zwar in den Griff kriegen kann, Du aber Deine einstige Leistungsfähigkeit nicht wieder erlangen wirst. Neulich hast Du sogar gesagt, längeres Alleinsein könne furchtbare Folgen für Dich haben, wenn nicht irgend jemand bei einem Kollaps augenblicklich den Arzt rufe. Ich habe schon begriffen, daß Du damit auf meinen Wunsch, von hier wegzugehen, abgehoben hast. Dazu ist folgendes zu sagen:

Wenn ich tatsächlich so egoistisch wäre, wie Du es mir angesichts meiner Zukunftsvorstellungen nachgesagt hast, hätte ich meinen Arbeitsplatz Haushalt längst gekündigt. Als Wiebke aus dem Haus war, glaubte ich, mit Dir zu einer Übereinkunft kommen zu können, wie eine Trennung, auch hinsichtlich eines geplanten Hausverkaufs, zu bewerkstelligen sei. Aber immer traten Ereignisse ein, die eine sachliche Aussprache darüber verhinderten, wie Deine zweimalige Krankenhauseinweisung infolge Diabetes. Es ist richtig und wichtig, daß Eheleute in Zeiten der Not zusammenhalten sollen. Ich vermochte aber nie einzusehen, daß das uneingeschränkt gültig sein soll, wenn einer seinen schlechten Gesundheitszustand, wie Du jetzt, geradezu vorsätzlich herbeiführt. Für meine wiederholte Bitte, Du möchtest endlich zum Arzt gehen, bin ich von Dir sogar ziemlich scheußlich beschimpft worden. Nun gut, Du brauchst Hilfe, und ich verweigere sie Dir nicht. Es geht aber nicht an, daß Du die Bedingungen diktierst, unter denen ich Dir Hilfe leisten soll. Das mußt Du dann schon mir überlassen, denn nur wenn ich körperlich und seelisch halbwegs bei Kräften bleibe, bin ich dieser Aufgabe gewachsen. Unter den gegenwärtigen Bedingungen ist das nicht der Fall. Ich glaube hier zu verkümmern wie eine Blume, die immer seltener und zum Ende hin gar nicht mehr gegossen wird.

Natürlich ist ein Umzug mit allerlei Unannehmlichkeiten verbunden. Dich stört wahrscheinlich am meisten, daß der gesamte Hausrat einer Begutachtung unterzogen und arg dezimiert werden muß. Das bliebe Dir aber auch später nicht erspart. Ich habe schon mehrfach ausdrücklich meine Bereitschaft erklärt, bei alledem nach Kräften mitzuhelfen, um zu erreichen, daß wir nachher mit einem verkleinerten Haushalt und einem pflegeleichten Garten besser zurechtkommen.

Mein Vorschlag ist also: Wir bemühen uns um eine entsprechende Bleibe in Oldenburg und sortieren parallel dazu den Hausrat in Meppen. Bis wir was gefunden haben, könnten hier die Aufräumungs- und Reparaturarbeiten größtenteils erledigt sein. Die Anforderungen an das neue Haus wären folgende:

1. Grundstück
Stadtnahe, aber ruhige Lage, mittlere Größe, kein Eckgrundstück, kurze Straßenfront, Süd-, Südwest- oder Westlage, nicht einsehbarer Garten.

2. Haus
Bungalow oder Satteldachhaus, ganz- oder teilunterkellert, wobei im Keller eine größere Werkstatt, eine Waschküche, ein Vorrats- und ein Heizraum gelegen sein müßten, evtl. noch ein Abstellraum. Der übrige Wohnraum müßte sich verteilen auf Wohnzimmer, Eßplatz bzw. Eßzimmer, zwei Schlafzimmer, zwei Arbeitszimmer, Küche, Hauswirtschaftsraum, Bad und Gäste-WC. Außen eine teilüberdachte Terrasse und möglichst zwei Garagen.

Dann müßten wir uns über die Aufgabenverteilung einigen. Die Vorstellung, Dich in die Hausarbeit mit einzubeziehen, damit mir mehr Freizeit bleibt, habe ich ad acta gelegt. Stattdessen möchte ich das allein verantworten und einmal pro Woche eine Hilfe engagieren. Du wärst für Heimwerkerarbeiten und den Garten zuständig. Der Garten dürfte eine gewisse Größe nicht überschreiten, damit ich ihn notfalls auch mal allein versorgen könnte, wenn Du Dich schlecht fühlen solltest. Von der Küchenarbeit, speziell der Diätküche, möchte ich Dir einen Teil überlassen, desgleichen von den nötigen Vorratseinkäufen. Jeder hat in seinem Schlaf- und seinem Arbeitszimmer freie Hand. Eine Bedingung müßte ich aber doch stellen: Diese Räume dürften nicht zu Abstellkammern degenerieren, dafür sollte anderswo Platz geschaffen werden. Du müßtest Dich bereiterklären, das Rauchen auf Deine Räume zu beschränken und Wohn-/Eßzimmer und Küche auszusparen.

Bitte nimm Stellung zu meinen Vorschlägen.

Wenn Du sie nicht akzeptieren willst, kann ich das leider nicht ändern, sondern nur bedauern. Ich betrachte sie als einzige Möglichkeit, zu einem geregelten, für beide akzeptablen Miteinander zu kommen.

Für den Fall Deiner Ablehnung bitte ich um ein sachliches Gespräch darüber, unter welchen Bedingungen wir uns trennen.

Deine Inge

Richard Schlosser an seine Tochter Renate Blum

Meppen, 08. 06. 89

Liebe Renate!
Ich danke Dir für Deinen verständnisvollen Worte am Telefon und will Dir nun auch noch schreiben. An meine Kinder habe ich in meinem Leben kaum irgendwelche Briefe geschrieben und auch kaum welche erhalten, die es gelohnt hätten, aufbewahrt zu werden, sondern eher erwartet, daß Du und Deine Geschwister mit meiner Hilfe aus Euerm Leben etwas macht und eine Position erringt, aus der heraus Ihr Euch in der Zukunft selber helfen könnt. Du hast das erreicht, und dazu gratuliere ich Dir.

Auf der Seele liegt mir nach wie vor das Schicksal von Martin und Volker, die noch nichts sind und denen es offensichtlich scheißegal ist, was die Zukunft bringt. Ich kann das nicht nachvollziehen. In ihrem Alter hatte ich eine feste Bindung zu Mama und eine Familie, für die ich mich verantwortlich fühlte und auch heute noch fühle.

Meine Differenzen mit Mama beruhen hauptsächlich auf unseren sehr verschiedenen Interessen. Mir stinkt es, wie ein Zigeuner ständig durch die Lande zu kutschieren. Ihr stinkt mein Interesse an Werkzeug und Material und allem, was man daraus machen kann. Ich besitze viele Dinge, die bisher ungenutzt geblieben sind, weil mir jemand fehlt, der es schön findet, was man daraus machen kann und könnte. Ich bin kein stumpfsinniger Konsument, sondern eher einer, der aus dem, was einem Natur und Technik gegeben haben, das beste zu machen versucht.

Dein Eindruck, was das Verhältnis zwischen Mama und mir angeht, ist zu 95% durch Gespräche zwischen Dir und ihr bestimmt. Was ich dazu zu sagen habe, bleibt außen vor. Ich fresse das nur in mich rein. Davon wird keinem Menschen wohler. Mir bestimmt nicht. Darum mußt Du Dich nicht wundern, wenn ich mich immer mehr auf mich selbst zurückziehe und kaum einen mehr Anteil daran nehmen lasse, was ich fühle und denke. Du hast es richtig erfaßt, daß es mir seinerzeit schwerfiel, das Haus in Vallendar aufzugeben. Wiebke hat mir erzählt, sie habe darum geweint, und deshalb soll sie auch zur Erinnerung das Hausmodell bekommen. Danach bewohnten wir auf sechs Jahre ein Riesenhaus, das Mamas und auch meine Kräfte überforderte, ehe wir dieses jetzige Haus fanden, von dem ich glaubte, daß das nun die letzte Station sei, wo wir zur Ruhe kommen könnten. Nichts war! Meppen ist zu provinziell, zu katholisch und tote Hose, der Bürgersteig ist zu lang, im Garten ist zuviel Unkraut, und außerdem sind die Kinder nicht mehr da, und der Kasten ist viel zu groß.

Nun soll das alles wieder verkauft werden. Ich komme mir vor wie Kain: Unstet und flüchtig sollst du sein auf Erden!

Meine Heimat war in Ostpreußen. Dahin kann ich nicht wieder zurück. Jever, Hannover, Koblenz und auch Meppen waren kein Ersatz. In Meppen aber kann ich die Tür hinter mir zuknallen, und es interessiert mich kein Eingeborener oder Katholik mehr. Das ist der Unterschied zu einer fragwürdigen und mit zig neuen Problemen belasteten neuen Unterkunft in einem Land, wo man nicht ist und wo angeblich das Glück sein soll. Das Glück ist dort nicht, das wird wieder an einem anderen Ort sein, an dem man nicht ist – nach Mamas Ansicht.

Häuser kann man kaufen und verkaufen. Besonders wenn man einen Makler einschaltet, sind das Geschäfte wie bei Hans im Glück. Erst hatte er einen Goldklumpen und zuletzt einen Wetzstein, der ihm in den Brunnen geplumpst ist, und danach nur unbeschwerte Freiheit.

Ich würde gerne hier bleiben. Hier weiß ich, was ich habe, kenne alle Mängel und weiß, wo was zu tun ist. Kein Mensch kann mich drängen, wann welcher Mangel und mit welchen Mitteln zu beseitigen ist. Ich habe eine sehr genaue Vorstellung davon, wie meine Werkstatt hier endgültig aussehen könnte. Die Haupteinrichtungsgegenstände habe ich bereits. In einem neuen Haus weiß ich überhaupt nichts, vor allem nicht, was es für Mängel hat und wo das ganze Elend wieder von vorne losgeht. Mama ist in dieser Hinsicht echt naiv.

Liebe Renate, ich bin unglücklich, weil ich mit Mama nicht mehr zurechtkomme, besonders, seit sie von ihrer Krankheit weiß. Ich kann diese Krankheit nicht wegdiskutieren. Ich kann aber auch nicht akzeptieren, daß ich daran schuld sei. Mir geht es selbst nicht blendend, und ich wünsche Dir und auch Deinen Geschwistern, daß Ihr eine sorgenfreie Zukunft haben möget.

In Liebe
Dein Vater Richard.

Richard Schlosser an seine Schwägerin Therese Harper

Meppen, 09. 07. 1989

Liebe Therese!
Einen Brief mit dieser Anrede habe ich noch nie geschrieben. Ich danke Dir dafür, daß Du meine Sorgen in langen Telefongesprächen verständnisvoll angehört hast.

Inge ist nun weggegangen. Sie hat nicht mehr mit mir leben wollen, ich habe sie nicht rausgeschmissen. Ich war nur nicht bereit, auf alle Verrücktheiten dieser verlorenen Königstochter einzugehen.

Du hast einmal gesagt: »Wie habt ihr das schön!« Nichts ist schön. Was wir haben, ist nach Inges Ansicht nur Kacke. Bei dieser Philosophie fällt mir der Hammer aus der Hand.

Es fällt mir schwer, einsehen zu müssen, daß 35 Jahre Ehe offensichtlich nur ein Irrtum waren. Auch unsere Kinder waren wohl nur Betriebsunfälle. Inge hatte keines dieser Kinder haben wollen. Ich denke an die Zeit zurück, als sie glaubte, mit einem Kind schwanger zu sein. Sie wandte sich damals verzweifelt an Dich mit dem Hintergedanken, daß es in England Möglichkeiten gebe, einem solchen Übel abzuhelfen. Der ganze Verdacht mit dem Kind war dann Fehlanzeige. So ist es mir jedenfalls erklärt worden. Was wirklich war, weiß ich bis heute nicht.

Es war wohl eine verquere Idee von mir, Dich anläßlich Deines nächsten Aufenthaltes auf dem Kontinent einmal zu treffen, um mir alles von der Seele zu reden. Meine Beziehung zu Inge ist zu sehr zerstört, als daß ein Außenstehender daran etwas löten könnte. Ich will auch um alles in der Welt keinen Keil zwischen Dich und Deine Schwester treiben. Glaube ihr, was sie behauptet, und laß mich beiseite.

Ich habe Inge geheiratet, weil ich sie aus ganzem Herzen geliebt habe. Wir haben uns vor dem Altar geschworen, zueinander zu stehen in guten und in schlechten Zeiten, bis daß der Tod uns scheide. Solche Schwüre gelten heute nichts mehr. Heute heißt es: Bleibt zusammen, so lange as dat goot geiht.

Ich bin zutiefst unglücklich über die Entwicklung, die unsere Beziehung genommen hat, und ich weiß nicht, was ich gegen dieses Unglück machen kann.

Bleibe mir in Zukunft freundschaftlich verbunden.

Zu Inges 60. Geburtstag werde ich nicht erscheinen. Wenn Du sie anläßlich Ihres Jubiläums triffst, vergiß mich dabei.

Liebe Therese, sei gegrüßt von Deinem »Noch«-Schwager
Richard

Schlosser, Ingeborg 11. 08. 29 Dammstr. 43, 4470 Meppen
BEK M < 14965 > KH 21. 07. 89

1. Operationsbericht
vom : 21. 07. 89
Station : 10
Operateur : Dr. Melzner
Assistenz : Dr. Rennecke
Anästhesie : NLA
Anästhesist : Dr. Fischer
Diagnose : Unklarer Tumor unter dem Leistenband li.

Vorgeschichte: Die Pat. glaubt, daß seit ca. 24 Std. ein mäßig schmerzhafter und mäßig druckempfindlicher Tumor unter dem li. Leistenband zu tasten sei. Die Hausärztin weist ein mit dem Verd. a. Schenkelbruch und dem Hinweis, daß eine cytostatische Behandlung wegen einer Erkrankung des Lymphsystems vorausgegangen ist.

Ausgeführte Operation: Schrägschnitt über dem tastbaren Tumor oberhalb des li. Leistenbandes, man findet einen nahezu gänseeigroßen, an der Oberfläche weichen und fleischfarbigen Lymphknoten, der leicht verletzlich ist. Bei der Freipräparation wird die V. saphena an der Einmündungsstelle in die V. femoralis durchtrennt. Offenbar handelt es sich um einen großen Lymphknoten in der Fossa ovalis. Nach distal setzt sich der Lymphstrang bis in Oberschenkelmitte subcutan fort, etwa 2–3 QF distal wird ein Hilfsschnitt gelegt, um sämtliches verdicktes Gewebe, das in Zusammenhang mit dem großen, pathologisch veränderten Lymphknoten besteht, zu entfernen. Ein weiterer Lymphknoten, fingerendgliedgroß, wird proximal-lateral unterhalb des Leistenbandes exstirpiert. Einlegen von 2 Redon-Drainagen, Wundverschluß.

Exstirpation eines pathologisch veränderten Lymphknotenpaketes in der li. Leistenregion.

Dr. M./kö

Dr. med. Melzner
Leiter der Chir. Abteilung

4470 Meppen
KH Ludmillenstift
Tel. 05931/152226

Herrn
Prof. Dr. med. H. Fabian
1. Med. Universitätsklinik
Joseph-Stelzmann-Str. 9
5000 Köln

DS: Frau
Dr. med. Heise
4470 Meppen

31. 07. 89
Dr. M./sü

Ingeborg Schlosser, geb. 11. 8. 29.
wohnh. Dammstr. 43, 4470 Meppen.

Sehr verehrter Herr Professor,

o.g. Patientin wurde am 21. 7. 89 hier eingewiesen unter dem Verdacht einer Schenkelhernie. Angeblich erst vor etwa 24 Std. wurde eine Schwellung unterhalb des li. Leistenbandes beobachtet.

Differentialdiagnostisch bedeutsam ist die seit 1983 bekannt gewesene Diagnose »Zentroblastisch/zentrozytisches Non-Hodgkin-Lymphom« – dieses ist seit 4/87 rezidivfrei, die Pat. wird seitdem von Ihnen betreut.

Bei der Operation fand sich ein großes Lymphknotenpaket vor der Fossa ovalis, eine Schenkelhernie war nicht erhalten, Lymphstränge zogen sich entlang der Vena saphena bis in Oberschenkelmitte hin. Von einem Hilfsschnitt aus wurde dieser Lymphomzapfen ebenfalls exstirpiert. Ein weiterer, fingerendgliedgroßer Knoten war unmittelbar unterhalb des Leistenbandes fixiert.

Die Wunde heilte mit einer geringen partiellen Wundrandnekrose – die belassen worden ist – zufriedenstellend.

Nach Bekanntwerden des histologischen Ergebnisses (malignes zentroblastisch/zentrozytisches Lymphom) wurde ein Computertomogramm des Abdomens und der Thoraxorgane angeschlossen. Wie Sie dem beiliegenden Befund entnehmen, bestehen lymphomverdächtige Veränderungen im kleinen Becken entlang der Arteria iliaca bis zur Aorta.

Ehe mit der Pat. noch eine op. Intervention diskutiert worden ist, wird die Pat. sich mit den hier vorhandenen Befunden zur Besprechung der weiteren Behandlung bei Ihnen vorstellen.

Mit vorzüglicher Hochachtung
verbleibe ich sehr ergeben
Melzner

Emma Lüttjes an Ingeborg Schlosser

Jever, 10. 8. 89.

Liebe Inge! Zum Geburtstag grüße ich Dich herzlich und hoffe, daß es Dir langsam besser geht. Mein Geschenk wirst Du beim großen Treffen in Hildesheim bekommen. Du kannst ja morgen in Meppen im Familienkreis feiern. Grüß bitte alle, alle!

Mutti.

De Sünn steiht deep

De upgeregten Jahrn
sünd nu vörbi.
Mit sesstig denkst du doch woll
ook mal an di.
De Sünn steiht deep, un fragst du:
De ganze leeve Tiet,
wo is se bleven?
Denn weet, de sülvig Sünn
lücht elkeen annern Dag
weer hoch an'n Heven.
Do is noch veel to doon,
to winnen
un to geven
in dissen Leven.

Ingeborg Schlosser, 11. 8. 1989

Emma Lüttjes an ihre Tochter Ingeborg Schlosser

Jever, 29. 8. 89.

Meine liebe Inge!
Von Richard erfuhr ich, daß Du nach der Computeruntersuchung gleich in Nordhorn bleiben mußtest, wo Du ja wenigstens näher an Hilfeleistung bist als zu Hause. Ich möchte Dir von Herzen wünschen, daß die fürchterliche Schmerzbelastung aufhört, Du Ärmste, es tut mir ja so leid! Also wird Dir wohl wieder eine Chemotherapie bevorstehen! Aber so, wie Du immer mutig bist, wird es auch diesmal gut gehen!

Es grüßt Dich herzlich Mutti.

Kreiskrankenhaus Nordhorn
Innere Abteilung
Chefarzt: Priv.-Doz. Dr. L. Meyer

4460 Nordhorn, den 30. 8. 89
Albert-Schweitzer-Str. 10
Telefon (0 59 21) 90–1

Frau
Dr. med. Heise
Bokeloher Str. 50
4470 Meppen

Sehr geehrte Frau Kollegin,

mit bestem Dank für die Überweisung übersenden wir folgenden vorläufigen Bericht über die Patientin

Ingeborg Schlosser, geb. 11. 08. 29.
4470 Meppen, Dammstr. 43.

Diagnose: Non-Hodgkin-Lymphom (zentrozytisch-zentroblastisches Lymphom).
Seit 28. 08. 89 in stationärer Behandlung im Kreiskrankenhaus Nordhorn.
Behandelnder Arzt: Dr. Ulrich.
Vorlauf: Nach Rezidiv und Besuch bei Prof. Fabian (Universitätsklinik Köln) dessen Empfehlung einer örtlich begrenzten Bestrahlung unter Berücksichtigung früher behandelter und möglicherweise vorgeschädigter Stellen.

Letzte Bestrahlung in Nordhorn am 21. 08. 89. Wegen fühlbar verhärteter Stellen in der Leistenbeuge, im linken Oberschenkel und im Bauchbereich wurde empfohlen, am 28. 08. 89 ein erneutes CT zu erstellen. Ab 21. 08. 89 zunehmende Rückenschmerzen und Übelkeit. Wegen Verdachts auf postoperativen Wirbelsäulendefekt Besuch bei anerkanntem Chiropraktiker in Wittmund (Praxis Dr. Klein). Behandlung durch Vertreter. Schmerzlinderung nur vorübergehend. Am 24. 08. erneuter Besuch in Wittmund. Schmerzlinderung bei gleichzeitiger Einnahme von Schmerzmitteln aus der Hausapotheke nur vorübergehend. Ab 26. 08. 89 ständig zunehmende Schmerzen (linkes Bein stark geschwollen bis in den Fersenbereich, unerträgliche Magenschmerzen).
Am 28. 08. 89 Fahrt nach Nordhorn wegen Erstellung CT. Patientin war wegen zu starker Schmerzen nur noch bedingt transportfähig. Beabsichtigte Weiterfahrt von Nordhorn nach Köln zu Prof. Fabian mußte unterbleiben, da einer Schmerzfreistellung der Patientin über Dauerkatheter mit Morphium ohne fachkundige Aufsicht nicht zugestimmt werden konnte. Es wurde Kontakt mit Prof. Fabian aufgenommen und nach seiner Empfehlung eine COP-Therapie eingeleitet, die weit aggressiver als die früher angewandte ist, aber bei der erhöhten Malignität notwendig. Auf Wunsch von Prof. Fabian werden die bisher verwandten Medikamente Endoxan, Vincristin und Decortilen entgegen den etablierten Vorstellungen durch Adriblastin ergänzt, wobei diese Gabe auf zwei Tage verteilt und die Menge nach Gewicht und Körperoberfläche der Patienten errechnet wird.

Mit kollegialer Hochachtung!
Dr. med. G. Ulrich

Therese Harper an ihre Schwester Ingeborg Schlosser

Basildon, den 10. 9. 89

Liebe Inge,
eben habe ich mit Wiebke gesprochen, und sie hat gesagt, daß Du im Bett liegen mußt. Sicher erfreuen Dich ein paar Bilder, die Norman in Hildesheim gemacht hat. Auch an Mutti habe ich welche geschickt, sie wartete schon sehr darauf. Ich sehe mir die Bilder immer wieder an, es war wirklich eine sehr schöne Feier.

Mit meiner neuen Klasse habe ich viel zu tun. Morgen kommt ein H.M.I. (Her Majesty's Inspector), um zu sehen, wie wir mit dem »National Curriculum« fertig werden. Unsere Headmistress ist schon ganz nervös. Mich aber stört es nicht, ich tue was ich kann, und wem es nicht gefällt, der soll sehen, wo er bessere Lehrer herkriegt.

Bis bald, liebe Inge, und alles Gute!

Herzlichst
Deine Therese

KLINIK I FÜR INNERE MEDIZIN
der Universität zu Köln
Direktor: Prof. Dr. H. Fabian

5000 Köln 41
Joseph Stelzmann-Str. 9
Tel. (0221) 478–4401
26. 9. 1989

Fachärztliche Bescheinigung

Frau Ingeborg Schlosser, geb. 11. 8. 1929, wohnhaft in 4470 Meppen, Dammstr. 43, befindet sich seit Februar 1983 in meiner Behandlung wegen einer systemischen Lymphknotenerkrankung (Morbus Brill-Symmers).

Die Erkrankung erforderte seither laufende ärztliche Kontrollen, Therapien und Rehabilitationsmaßnahmen.

Die Patientin hat seit Juli 1989 ein Rezidiv ihres zentrozytisch-zentroblastischen Non-Hodgkin-Lymphoms. Nach operativ erlangter Bestätigung und anschließender ambulanter, später stationärer Behandlung im Kreiskrankenhaus Nordhorn erfolgt seit 12. 9. 1989 eine stationäre Behandlung in der Medizinischen Universitätsklinik Köln.

Dauer und Erfolg der Behandlung sind nicht abzusehen.

Eine Wiederherstellung der Arbeits- oder Erwerbsfähigkeit, auch in geringem Umfang, ist nicht zu erwarten, zumal mit der Behandlung eine zunehmende Osteoporose einhergeht.

Prof. Dr. H. Fabian

Martin Schlosser an seine Großmutter Cäcilie Schlosser

Heidmühle, 13. 10. 89

Liebe Oma!

Zu Deinem 90. Geburtstag schicke ich Dir die herzlichsten Glückwünsche! Wie ich höre, wirst Du ja eine Menge Besuch bekommen. Hoffentlich bringt er Dir freundlicheres Wetter mit, als zur Zeit im Jeverland herrscht.

Auch hier waren gerade viele Besucher; die Familie Blum war drei Tage lang fünf Mann hoch zu Gast. Wir waren auch im Hallenwellenbad in Hooksiel, was den wenig wasserscheuen Kindern gut gefiel.

Sehr traurig sind ja nun die Nachrichten aus Köln, wenn ich auch beim letzten Telefonat mit Mama den Eindruck hatte, daß es ihr wenigstens ein kleines bißchen besser ging.

Im Rückblick bin ich sehr froh darüber, daß ihr 60. Geburtstag im August in Meppen noch so schön verlief, mit der ganzen Familie und allen Enkelkindern. Renate hatte ein gewaltiges Essen zubereitet, und wir saßen noch bis tief in die Nacht bei Feuerschein auf der Terrasse. Sehen lassen konnte sich auch der mit 60 Kerzen besetzte Geburtstagskranz, den Papa in der Nacht zuvor in der Werkstatt fabriziert hatte.

Alles Gute, liebe Oma, und viele herzliche Grüße!

Dein Martin

Richard Schlosser an seine Mutter Cäcilie Schlosser

Meppen, 17. 10. 89, 4^{00}

Meine liebe Mutter!

Nach dem Besuch bei Dir zu Deinem 90. Geburtstag bleiben mir Schuldgefühle Dir gegenüber. Auf alle Zeichen Deiner mütterlichen Liebe und all Deine Briefe, die Du mir im Laufe Deines langen Lebens geschrieben hast, habe ich nur sehr selten angemessen reagiert.

Du bist mir immer die liebste und verständnisvollste Mutter gewesen, die ich mir habe denken können. Deine Briefe haben mir Kraft und Trost gegeben.

Goethe hat einmal geschrieben: »Vom Vater hab ich die Statur, des Lebens ernstes Führen, vom Mütterlein die Frohnatur, die Lust, zu fabulieren.« Bei uns war es eher umgekehrt. Von Dir habe ich die Statur, des Lebens ernstes Führen. Die Frohnatur hat am ausgeprägtesten vielleicht

Dietrich geerbt. Die väterliche Lust zum Fabulieren ist bei mir zu kurz gekommen. Sie äußert sich bei mir, wenn überhaupt, nur noch versteckt.

Der Besuch bei Dir hat mir einmal mehr den Gleichklang unserer Seelen gezeigt. Die meine habe ich von Dir und Deinen Vorvätern und -müttern.

Man wird alt und denkt darüber nach, was man im Leben versäumt hat und was vielleicht nie wieder gutzumachen ist.

Nimm es als mein Bekenntnis, daß ich Dich und auch Vater ehre, wie es im vierten Gebot geschrieben steht.

In Liebe
Dein Richard

Cäcilie Schlosser an ihren Sohn Richard Schlosser

Bielefeld, 21. 10. 89

Mein Richard!
Gleich nach unserm Abschied hast Du mir geschrieben, früh um 4 Uhr. So schnell hast Du Dich von der nächtlichen Autofahrt erholt? Du schreibst mir einen Liebesbrief, wie ich wohl lange keinen solch lieben erhielt! Habe Dank!

Natürlich freue ich mich sehr daran und am Gleichklang unserer Seelen, wie ich ihn auch Dir gegenüber immer empfunden habe. Von meinen sechs Kindern bist Du wohl jenes, welches mir am ähnlichsten ist, still und schweigsam. Deine Liebe und Zuneigung habe ich immer gefühlt und verstanden. Du darfst und brauchst mir gegenüber doch kein Schuldgefühl zu haben.

An Deiner schönen roten Kerze habe ich mich schon ein ganzes Jahr lang erfreut. Ich weiß auch noch, wie unglücklich Du in Schirwindt warst, als der schöne, stolze Hahn sein Leben lassen mußte, weil er im ganzen Städtchen fremdgegangen war. Und bis heute bin ich mit Dir traurig, daß Du in Meppen Dein Gewächshaus, den Traum vieler Jahre, nicht aufstellen durftest, als es fertig war! Ob es Deine Kräfte zulassen, es noch einmal zu versuchen?

Aber jetzt ist ja viel dringender, an Inge zu denken. Daß meine liebe Schwester, Deine Tante Henriette, uns vor drei Tagen verlassen hat, wirst Du wissen. Mir ist es ein Trost, daß sie nicht lange leiden mußte.

Für heute mag es reichen. Bleib gesund, mein Lieber!

Deine Mutter

Anzeigenkarte

Trennung ist wohl Tod zu nennen,
denn wer weiß, wohin wir gehn,
Tod ist nur ein kurzes Trennen
auf ein baldig Wiedersehn.
Eichendorff

Ingeborg Schlosser
geb. Lüttjes
*11. August 1929 † 6. November 1989

Viel zu früh ist sie von uns gegangen.
Wir haben sie sehr geliebt.

Richard Schlosser
und unsere Kinder
Renate mit Olaf
Volker
Martin
Wiebke

und unsere Enkelkinder
Lisa, Julius und Nantje

Emma Lüttjes
und ihre Töchter
Therese, Gisela, Luise und Dagmar

und alle Angehörigen

Die Trauerandacht findet statt am Sonnabend, dem 11. November 1989, um 10 Uhr in der St.-Annen-Kapelle zu Jever; anschließend Beisetzung.

Cäcilie Schlosser an ihren Sohn Richard Schlosser

Senne, 13. 11. 89

Mein lieber Richard!

Ich freue mich, daß wir uns vorhin am Telefon erreicht haben. Nach den schweren Tagen, die hinter Dir liegen, wünsche ich Dir Erholung und Dankbarkeit dafür, daß Ihr beide Euch in Frieden und Liebe getrennt habt. Diese Beruhigung bei allem Schmerz wird Dir helfen, getrost in die Zukunft zu sehen. Ich wünsche Dir ein gutes Einvernehmen mit Deinen Kindern.

Deine Mutter

Ingrid Spitz an Emma Lüttjes

Wiesbaden, den 21. November 1989

Liebes Tantchen,

schon die ganzen Tage wollte ich Dir einen Brief schreiben, aber DDR-Besuch am laufenden Kilometer hat mich zunächst davon abgehalten. Auch wenn wir bereits am Telefon miteinander gesprochen haben, möchte ich doch noch einmal auf diese Weise zum Ausdruck bringen, wie sehr es mich berührt, daß Du Deine Inge hast hergeben müssen. Ich hatte zwar nicht das Glück, Kinder zu bekommen, aber ich denke mir, daß es für eine Mutter schwer ist, sich in ein solch bitteres Schicksal zu fügen, noch dazu, wo Inge und Dich doch immer eine besondere Beziehung verband. Es tut mir aufrichtig leid, daß Du in Deinem hohen Alter noch so viel Leid erfahren mußt, erst mit Gustav und jetzt mit Inge.

Wenn man sein Leben gelebt hat, ist es natürlich, daß man geht, aber Inge hätte ja nun gut noch viele Jahre haben können. Bekümmerlich ist auch, daß sie eigentlich kein durchgängig schönes Leben hatte und mit Belastungen fertig werden mußte, die vielleicht nicht unbedingt notwendig gewesen wären. Auf der anderen Seite hatte sie ja ihre Kinder, und vielleicht hat sie das Glück darüber für vieles entschädigt, was sie im Zusammenleben sonst vermißt hat.

Für Dich ist das ja nun alles besonders schwer, und ich hoffe, daß Du die innere Kraft besitzt, mit all den Verlusten zu leben. Ich hätte Dir von Herzen ein besseres Jahr gewünscht. Manchmal trifft es einen hart, und man weiß nicht warum. Gestern ist es sechs Jahre her gewesen, daß unsere Mutter von uns ging. An solchen Tagen wird einem dann besonders bewußt, was man verloren hat, und wie oft wünschen wir uns, daß sie noch einmal durch die Türe käme. Es ist mir da immer ein Trost, daß ich selbst in den letzten Stunden, als unsere Mutter sich im allerschlimmsten Zustand befand, die Nerven hatte, sie nicht wegzugeben, sondern sie zu Hause in meinem Armen sterben zu lassen. Aber sie konnte ja auf ein erfülltes Leben zurückblicken, und da sagt man sich, daß es normal ist, wenn jemand uns verläßt, auch wenn es weh tut.

Mir geht es hier eigentlich recht gut, ich fühle mich topfit, und ich genieße es sehr, daß mir kein Knilch im Nacken sitzt, der mir sagt, was ich tun soll. Meinen Beruf habe ich immer gerne ausgeübt, aber die persönliche Freiheit ist für mich das Nonplusultra. Und ich mache ja auch noch die Organisation im Sportverein, da sind solche dummen Hühner wie ich als ehrenamtliche und damit kostenlose Helfer durchaus willkommen. Der Umgang mit der Jugend läßt einen völlig vergessen, daß man allmählich nun auch selber schon dem Altertum entgegenstrebt.

Liebes Tantchen, ich hoffe sehr, daß es Dir gelingt, Deinen Kummer zu ertragen und über diesem Schicksalsschlag nicht den Mut zu verlieren. In diesem Sinne umarme ich Dich und grüße Dich herzlich.

Deine Ingrid

Richard Schlosser an seine Schwägerin Therese Harper

Meppen, 5. 12. 89

Liebe Therese!
Mit gesonderter Post habe ich Dir das Buch »Kein Mann um jeden Preis« von Shere Hite zugeschickt. Ich versuche nachzuempfinden, was Inge sich bei bei ihrer letzten Lektüre gedacht und welche Schlußfolgerungen sie daraus gezogen hat. Es gelingt mir nur schwer oder überhaupt nicht.

Zwischen den Seiten 100 und 101 findest Du einen Umschlag mit einigen Deutschmarks. Sie sind als Ausgleich gedacht für all die Aufwendungen, die Du außerplanmäßig im Zusammenhang mit Inges Krankheit und Tod gehabt hast und die weit über das hinausgingen, was andere, die hier quasi vor Ort waren, haben leisten müssen.

Inge hat sich gefreut, Dich noch einmal zu sehen, als sie noch bei Bewußtsein war. Es ging ihr damals allerdings schon so schlecht, daß sie mich bat, ihr dabei behilflich zu sein, Renate und Dich nach einiger Zeit wieder hinauszukomplimentieren. Sie konnte nicht mehr. Sie hat nie gesagt: »Ich will nicht mehr.« Mit allen Fasern hat sie am Leben gehangen. Sie hat Gottes schöne Welt so sehr geliebt und war unersättlich darin, alles und immer noch mehr zu sehen. Sie liebte den Makrokosmos, zumindest bezogen auf diese Erde. Ich war wohl zu oft mit dem Mikrokosmos zufrieden, der rings um mich und vor der Haustür lag. Manche Differenzen zwischen Inge und mir mögen darauf zurückzuführen sein.

Besagtem Buch habe ich auch die Danksagungskarten beigelegt, die an die englischen Adressaten gehen. Ich möchte Dich bitten, Ihnen die Karten gelegentlich auszuhändigen.

Da Du für Deine nächste Reise nach Deutschland nicht nur deutsches Geld, sondern auch englisches benötigst, habe ich heute 500 Pfund Sterling auf Dein Konto überwiesen.

Herzliche Grüße

Dein Schwager Richard

Emma Lüttjes an ihren Schwiegersohn Richard Schlosser

Jever, 5. 12. 89.

Lieber Richard!

Anbei schicke ich Dir eine Abschrift der Ansprache, die Pastor Schildt beim Trauergottesdienst für Inge hielt. Bei seinem Besuch hier entwikkelte sich ein gutes Gespräch, und ich muß sagen, daß ich ihn sehr schätze. Mir geht es gut, und ich freue mich immer, wenn Martin mich besucht. Die vielen Kränze mit den verwelkten Blumen hat er alle weggebracht, jetzt liegt der wunderschöne große Kranz von Dir in der Mitte, mit einigen Dauerkränzen ringsum.

Sei bitte vorsichtig mit Deiner Ernährung. Hoffentlich findest Du nun auch ausreichend Schlaf!

Es grüßt Dich sehr herzlich Mutti.

Renate Blum an ihre Großmutter Cäcilie Schlosser

Bonn, 12. 12. 89

Liebe Oma,

dieses Jahr wird Weihnachten ja ziemlich traurig, das erste Mal ohne Mama. Wir fünf und alle meine Geschwister werden natürlich bis nach Silvester bei Papa sein, damit er nicht so einsam ist.

Anbei zwei Fotos von unserem Besuch bei Dir, als kleine Erinnerung.

Ganz liebe Grüße von Deiner Renate + Familie

Dorothea Wellmann an ihren Bruder Richard Schlosser

Augsburg, den 15. 12. 89

Lieber Richard!
In herzlicher Liebe denken wir in diesen schweren Tagen an Dich und Deine Familie.

Jürgen und ich wünschen Euch ein schönes Weihnachtsfest.

Deine Dorothea

Emma Lüttjes an ihren Schwiegersohn Richard Schlosser

Jever, in der Weihnachtszeit 1989

Lieber Richard!
Dies soll ein Gruß von mir sein zu den Feiertagen! Hoffentlich hast Du mal Lust, in dem Ostfriesland-Magazin zu blättern oder zu lesen? Leider ist reichlich viel Reklame drin. Ich bin zwar keine Ostfriesin, aber ein Ostfriesland-Fan. Besonders in der Augenklinik in Westerstede hatte ich viel Kontakt mit Ostfriesen, und das hat mir Freude gemacht. Und der Sherry? Laß ihn Dir gut schmecken!

Mit herzlichen Grüßen
Deine Schwiegermutter.

Richard Schlosser an seine Schwiegermutter Emma Lüttjes

Meppen, 25. 12. 89

Liebe Mutti!
Nach Weihnachten ist mir nicht zu Mute. Mein Herz ist voll Traurigkeit. Ich habe Inge so sehr geliebt, und wir haben geheiratet, weil die Liebe gegenseitig war.

Ich weiß nicht ob, Du das Gedicht »Die zwei Parallelen« von Christian Morgenstern kennst.

Es gingen zwei Parallelen
ins Endlose hinaus,
zwei kerzengerade Seelen
und aus solidem Haus.

Sie wollten sich nicht schneiden
bis an ihr seliges Grab:
Das war nun einmal der beiden
geheimer Stolz und Stab.

Doch als sie zehn Lichtjahre
gewandert neben sich hin,
da wards dem einsamen Paare
nicht irdisch mehr zu Sinn.

War'n sie noch Parallelen?
Sie wußtens selber nicht, –
Sie flossen nur wie zwei Seelen
zusammen durch ewiges Licht.

Das ewige Licht durchdrang sie,
da wurden sie eins in ihm;
die Ewigkeit verschlang sie
als wie zwei Seraphim.

Ich fühle mich davon angesprochen, weil in diesem Gedicht zum Ausdruck kommt, daß man beieinanderbleiben muß, wenn man sich das einmal versprochen hat. Inge und ich sind gewiß sehr verschieden gewesen, und manche Verdrießlichkeiten, die das Leben nun einmal mit sich bringt, mögen auf unsere unterschiedlichen Temperamente zurückzuführen gewesen sein. Ich habe nie aufgehört, Inge zu lieben.

Ich habe Dir einige Verse von Wilhelm Busch über »Balduin Bählamm« kopiert und lege die Seiten hier bei. Wohl aus eigener böser Erfahrung hat Busch darin Wahrheiten zu Papier gebracht, die jeder, der Dichter werden will, sich zu Herzen nehmen sollte. Balduin Bählamm hat immerhin ein »Amt« gehabt und wurde durch Frau und Familie letztlich wieder auf den Boden der Wirklichkeit zurückgeholt. Parallelen dazu gibt es auch in unserer Familie. Martin lebt in Wolkenkuckucksheim, nur hat er kein Amt. Inge hätte sich in Wolkenkuckucksheim ebenfalls gut aufgehoben gefühlt. Ich habe sie wohl zu oft daran erinnert, daß wir auf dieser Erde leben. Dein eigener Vater hätte Ambitionen, wie sie Inge hatte und Martin noch hat, rigoros auf den Nenner gebracht: »Brotlose Kunst!«

Man soll mit Toten nicht rechten. Obwohl Inge noch so viel vom Leben erwartet hat, muß man doch sagen, daß sie viel gesehen und erlebt hat. Neulich habe ich ihr Tagebuch über unsere Reise nach Kalifornien durchgelesen. Es kommt darin so viel Begeisterung zum Ausdruck, aber auch die Unruhe, von der sie ewig erfüllt war. Nach dem ersten Tag in San Francisco enden die Aufzeichnungen mit der Frage: »And what comes next?« Dieser Ausspruch war kennzeichnend für sie.

Die Reise nach Kalifornien war eine einzige Hetze, weil das Ende der Reise durch Deinen Geburtstag am 7. 8. 87 festgelegt war. Inge wollte am 6. 8. wieder zu Hause sein, damit sie sich sofort nach der Rückkehr ins Auto werfen konnte, um an Deinem Ehrentag präsent zu sein. Ich gönne Dir diese Ehre, aber letztendlich ist diese Hetze weder Inge noch mir gut bekommen.

Die Reise in die Südsee verlief ähnlich. Fünf Wochen für Bangkok, Singapur, Neuseeland, Fidji, Australien. Wenn es nach Inge gegangen wäre, hätten wir auch noch Tahiti mitnehmen müssen, aber ohne zusätzliche Zeit, weil für den Morgen nach unserer Rückkehr Lisas Taufe in Meppen anberaumt war.

Allen Ideen und auch Verrücktheiten, denen Inge zeit ihres Lebens nachhing, war ich nicht gewachsen. Das gebe ich zu. Es bedrückt mich am meisten, daß sie im Grunde immer unzufrieden war. Ich hätte mich selbst aufgeben müssen, um ihr immer folgen zu können. Die Sorge, wie man Nahrung findet, ist letztlich nicht ganz unbegründet. Und weil es diese Sorge für Inge nicht gab, hätte sie so unzufrieden nicht immer sein müssen.

Ich wünsche Dir, daß Du mit den unvermeidlichen Gebrechen des Alters zurechtkommst und Freude an Deinem Leben hast.

Dein Schwiegersohn Richard

Emma Lüttjes an ihren Schwiegersohn Richard Schlosser

Jever, 30. Dez. 89.

Lieber Richard!
Nun möchte ich Dir mal recht herzlichen Dank sagen für »Balduin Bählamm«. Inzwischen ist mir aufgegangen, wieviel Zeit und Mühe Du für das Kleben des Büchleins geopfert hast! Ich habe es gern gelesen und werde es noch öfter lesen. Für das neue Jahr möchte ich wünschen, daß es Dir und auch mir nicht wieder soviel schweren Kummer auferlegt. Auch für Deine Gesundheit hoffe ich, daß Du von Leid möglichst verschont wirst! Ich fühle mich recht wohl, und der Besuch meiner Enkel- und Urenkelkinder hat mir viel Freude gemacht.

Herzlichst Mutti.

Richard Schlosser an seinen Sohn Volker Schlosser

Meppen, 10. 01. 90

Lieber Volker!
Gratulieren kann ich Dir zu Deinem Geburtstag eigentlich nicht. Du kannst ja nichts für Deine Geburt. Wenn Mama noch am Leben wäre, sollte man lieber ihr gratulieren, daß sie diese Tortur überstanden hat. Ich lag damals in der Klinik. Mama mußte das Familienleben ganz allein in die Hand nehmen. Ich habe mich aus dieser Klinik und der Krankheit wieder hochgerappelt, mein Studium abgeschlossen und Mama dann nach besten Kräften für Eure Erziehung und Zukunft beigestanden. Mit unterschiedlichem Erfolg.

Renate hat ihren Weg zielstrebig gemacht und eine eigene Familie gegründet, wobei Olaf als Familienvater nur ein unsicheres Einkommen hat. Du selbst drömelst vor Dich hin, auch nach deiner Trennung von Vera. Martin lebt in den Wolken, ihm kann keiner mehr etwas beibringen. Seine Freundin ist ihm davongelaufen. Wiebke hat ihren Vertrag, der ihr Sicherheit verspricht, obwohl man diese Karriere nicht als sozialen Aufstieg ansehen kann. Was soll eigentlich noch passieren, damit Ihr alle miteinander endlich zu Verstand kommt?

Mit Deinem Computer und dessen Handhabung hast Du das Gehirn Deiner Mutter, Deiner Vera, Deiner Großmutter und Deiner Geschwister benebelt. Mein Gehirn benebelst Du damit nicht. Für Dich ist Dein Computer ein Spielzeug, das Dir zur Flucht vor der Wirklichkeit dient. Der eigene Grips wird dadurch nicht ersetzt. Ein Computer ist ein Handwerkszeug, nicht mehr. Sieh das endlich ein. Überzeugen kannst Du mich nur durch Vorlage eines Diplom-Zeugnisses, durch nichts sonst.

Meinen Nachlaß soll Renate verwalten, nicht Du und auch nicht Martin oder Wiebke.

Dein Vater Richard

Richard Schlosser an seinen Sohn Martin Schlosser

Meppen, 10. 01. 90

Lieber Martin!
Hier schicke ich Dir die fällige Bescheinigung für die Krankenkasse. Gemessen an dem, was Du verdienst, ist Dein Lebenszuschnitt zu großartig. Man kann keine Existenz gründen auf Almosen seiner Tanten, seiner

Oma, seines Vaters und sonstiger Verwandter und gelegentlichen Einkünften aus Hilfsarbeiterjobs. Von einer Zukunftssicherung ganz zu schweigen. Der Leichtsinn, mit dem Du heute zu Werke gehst, wird Dir eines Tages heimgezahlt werden. Nicht mehr von mir, sondern von der Gesellschaft, in der Du dann lebst. Gesundheit ist kein unvergänglich Gut. Herr, lehre uns bedenken, daß wir sterben müssen!

Deine Mutter ist über Deiner ungesicherten Existenz dahingestorben. Sie hat Verständnis gehabt für das, was Du tust. Sie selbst hat aber auch Träumen nachgehangen, die unerfüllt geblieben sind. Ihre Wünsche, in die Poetendimension aufzusteigen, sind immer bitterlich enttäuscht worden. Nicht durch mich, sondern durch andere Leute, denen sie ihre Werke angedient hat. Es waren immer Widrigkeiten des Alltags, die Deine Mutter daran hinderten, ihrer Berufung zu folgen. Hinderlich war meine bloße Gegenwart und Existenz. Das Schlußwort bei »Balduin Bählamm« lautet:

> So steht zum Schluß am rechten Platz
> Der unumstößlich wahre Satz:
> Die Schwierigkeit ist immer klein,
> man muß nur nicht verhindert sein.

Wenn ich für Deine Oma den »Balduin Bählamm« kopiert und gesagt habe, daß Wilhelm Busch darin Wahrheiten zu Papier gebracht habe, die jeder, der Dichter werden will, sich zu Herzen nehmen sollte, so hat vielleicht als Ergänzung gefehlt, daß er sich vorher die ernsthafte Frage vorlegen sollte, ob er wirklich das Zeug zum Dichter hat.

Von Balzac stammen die Worte: »Wie willst du es anstellen, daß deine Kinder dich lieben? Deine Sorge um ihre Erziehung, dein Sinnen und Trachten, sie glücklich zu machen, deine notwendige Strenge werden sie dir entfremden. Kinder lieben einen verschwenderischen oder schwachen Vater, den sie später verachten werden.«

Dies ist ein Appell an Dich, Dein Leben und Deine Zukunft zu überdenken. Fast die Hälfte Deines Lebens hast Du – statistisch gesehen – schon verplempert.

Ich habe Renate zu meiner Nachlaßverwalterin eingesetzt. Das Erbe aus meinen Lebensversicherungen soll zu je einem Viertel auf Dich und Deine Geschwister übergehen. Bedingung ist, daß das Geld als Einmalzahlung auf je einen durch mich oder Euch noch vorzulegenden Bausparvertrag eingezahlt wird. Es soll ein Grundstock sein für ein eigenes Dach, das Ihr für Euch einmal errichtet oder erwerbt. Verplemperung des Geldes für andere Zwecke entspricht meinem Willen nicht. Renate erlege ich auf, darüber zu wachen.

Gleiches gilt für den Erlös aus diesem Hause, in dem keiner von Euch wohnen will. Mamas und meine bewegliche Habe soll in Deinem und Deiner Geschwister Einverständnis in einen Eurer noch zu installierenden Haushalte eingebracht und nicht verhökert werden. Ich lege Wert auf die Bewahrung dessen, was Inge und ich im Laufe des Lebens geschaffen haben, und daß es in der Familie oder auch der ferneren Familie bleibt.

Ein Testament, das Einzelheiten regelt, werde ich, so Gott will, noch hinterlassen. Ich möchte nicht, daß Ihr in eine Situation geratet wie die, in der Inge mich zurückgelassen hat: »Ich habe noch nichts geregelt«, sagte sie in Köln. Ich versuche das jetzt in ihrem Sinne nachzuholen.

Noch bin ich am Leben. Wenn Du in Schwierigkeiten bist, laß es mich wissen.

Dein Vater Richard

Richard Schlosser
Dammstr. 43
4470 Meppen

Meppen, 28. 02. 1990

Herrn
Prof. Hans Fabian
Joseph-Stelzmann-Str. 9
5000 Köln

Sehr geehrter Herr Professor Fabian,

meine Frau Inge, die Ihre Patientin war, ist, wie Sie wissen, am 6. November 1989 in Köln verstorben.

Sie hatte den Wunsch, während ihres Aufenthaltes in der Universitätsklinik Köln in einem Einzelzimmer untergebracht zu werden. Ich habe diesem Wunsch entsprochen.

Von der Kasse ersetzt worden ist der tariflich vereinbarte allgemeine Pflegekostensatz, der ärztliche Leistungen einschließt. Die Unterbringung war eine Wahlleistung.

Ich bin kein Nabob aus dem Morgenland, der solche Nebenleistungen aus der Westentasche bezahlen könnte. Deshalb wäre es mir sehr hilfreich, wenn Sie mir eine Bescheinigung schickten, aus der hervorgeht, daß für die Patientin aus ärztlicher Sicht die Unterbringung in einem Einzelzimmer angezeigt war – und zwar vom Zeitpunkt der Aufnahme meiner Frau am 12. 09. 1989 bis zu ihrem Tod am 06. 11. 1989.

Nach meinem Dafürhalten wäre es in einem Zweibettzimmer für eine Mitpatientin ohnehin nicht zumutbar gewesen, den körperlichen Verfall meiner Frau mit ansehen zu müssen.

Ich bin dankbar dafür, daß meine Kinder und ich bis zuletzt bei ihr sein konnten. Mitpatienten und deren Anhang hätten da nur gestört.

Mit freundlichen Grüßen
Richard Schlosser

Richard Schlosser an seine Tante Hanna Grote

Meppen, 8. 3. 1990

Liebe Tante Hanna,
seit mehr als vier Monaten bin ich jetzt Witwer, aber mit dem Alleinsein immer noch nicht fertiggeworden. Inge hatte darauf bestanden, von den Ärzten stets die volle Wahrheit zu erfahren, bis man ihr zuletzt gesagt hat, daß keine Hoffnung mehr bestehe und sie dankbar sein solle für die Jahre, die sie mit ärztlicher Hilfe noch habe erleben dürfen. Nach dieser für Inge und mich schockierenden Erkenntnis hat Inge mir gesagt: »Begrab mich bloß nicht in Meppen.« Ich habe sie heimgebracht in das Land ihrer Väter.

Nun versuche ich, Inges Hinterlassenschaften an meine Kinder zu verteilen. Das hat aber auch Grenzen. In Renates Haushalt kann man kaum noch eine Briefmarke hineinpressen. Volker, Martin und Wiebke haben noch keinen ausreichend großen Hausstand, in dem sich alles, was ich nun nicht mehr brauche, unterbringen ließe. Inges Kledage findet wohl Abnehmerinnen bei meinen Töchtern und Schwägerinnen, aber das ist ja nicht alles, was Inge hinterlassen hat und wofür ich keine rechte Verwendung mehr habe. Ich verliere mich in diesem großen Haus mit neun Zimmern und auch in dem relativ großen Garten.

Nach Inges Tod ist mir erschreckend klar geworden, daß ich mein eigenes Haus bestellen muß und nicht weiß, wieviel Zeit mir dafür noch bleibt.

Ich hatte Dir vor Jahren versprochen, Dein Nachlaßverwalter zu sein. Aber ich bin nicht sicher, daß ich Dich überleben werde. Ich möchte Dich daher bitten, als Nachlaßverwalter einen anderen Neffen einzusetzen.

Nun bin ich selbst dabei, meinen Hausstand, soweit irgend möglich, aufzulösen. Fürs erste wird mir nichts anderes übrigbleiben, als weiter in diesem mir viel zu großen Haus zu leben. Ich hoffe, daß meine Kinder noch zu meinen Lebzeiten ein Domizil finden werden, in dem alles, was Inge und mir lieb und teuer gewesen ist, untergebracht werden kann. Wenn ich mir jetzt eine kleinere Wohnung suchte, liefe es darauf hinaus, daß ich vieles an Fremde verschenken oder gar verbrennen müßte.

Liebe Tante Hanna, ich habe Dir diesen Brief nicht gerne geschrieben. Es hat aber keinen Zweck, die Augen davor zu verschließen, daß das Leben des Menschen auf dieser Erde begrenzt ist.

Ich grüße Dich von Herzen.

Dein Neffe Richard

Richard Schlosser an seine Schwester Gertrud Erhard

Meppen, 8. 3. 1990

Liebe Gertrud,
für Deine aufmunternden Worte am Telefon möchte ich Dir noch einmal herzlich danken und auch für das verewigte Veilchen, das Du mir geschickt hast. In Inges hinterlassenen Bücherschätzen habe ich ein dazu passendes Gedicht von Goethe gefunden, woraus ich hier nur den zweiten Vers zitieren will:

Ach! denkt das Veilchen, wär ich nur
Die schönste Blume der Natur,
Ach, nur ein kleines Weilchen,
Bis mich das Liebchen abgepflückt
Und an dem Busen mattgedrückt!
Ach nur, ach nur,
Ein Viertelstündchen lang!

Martin hat mir inzwischen auch eine Platte geschenkt mit dem von Mozart vertonten und von Peter Schreier gesungenen Gedicht über das Veilchen.

Inge hat kein leichtes Ende gehabt. Sie hat sich zuletzt zu Tode gequält. Dabei war sie mit großer Zuversicht in die Behandlung gegangen und wurde von Tag zu Tag durch immer neue negative Befunde in ihrer Hoffnung enttäuscht. Bis zum letzten Atemzug hat Inge mich und unsere Kinder um sich gehabt, und sie hat mir gesagt, daß wir trotz aller Gegensätze füreinander die wichtigsten Menschen in unserem Leben gewesen seien. Zuletzt war ihre Kraft, noch mehr Leiden zu ertragen, erschöpft, nicht ihr Wille, weiterzuleben.

Ich stehe nun immer noch einigermaßen verzweifelt vor Inges Hinterlassenschaft und meinem eigenen Krempel, in dem vier Kinder groß geworden sind und ihre Spuren hinterlassen haben. Zum Bäumeausreißen ist mir auch heute noch nicht zumute. Liebe hat Stille gebraucht, wenn sie sich entfalten und blühen wollte. Hektik und Unrast waren ihr Tod. Nun braucht auch Trauer Stille, um zur Ruhe zu kommen. Mit vielen Dingen muß man alleine fertigwerden; da kann einem keiner von außen helfen.

Es grüßt Dich
Dein Bruder Richard

KLINIK I FÜR INNERE MEDIZIN
der Universität zu Köln
Direktor: Prof. Dr. H. Fabian

5000 Köln 41
Joseph-Stelzmann-Str. 9
Tel. (0221) 478-
09. 03. 1990/Ge

Herrn
Richard Schlosser
Dammstr. 43
4470 Meppen

Sehr geehrter Herr Schlosser,

gerne werde ich diese ärztliche Bescheinigung für die Notwendigkeit des Einzelzimmers schreiben.

Ich hoffe, es geht Ihnen einigermaßen gut, und Sie haben sich von den schwierigen Wochen vor und nach dem Tod Ihrer Gattin wieder erholt. Ihnen selbst wünsche ich Gesundheit und Lebensmut.

Herzliche Grüße an Sie und Ihre Kinder.
Ihr
Prof. Dr. H. Fabian

KLINIK I FÜR INNERE MEDIZIN
der Universität zu Köln
Direktor: Prof. Dr. H. Fabian

5000 Köln 41
Joseph-Stelzmann-Str. 9
Tel. (0221) 478-
Köln, den 09. 03. 1990

Ärztliche Bescheinigung

Frau Ingeborg Schlosser, geb. 11. 08. 1929, wohnhaft Dammstr. 43 in 4470 Meppen, verstorben am 06. 11. 1989 an einem hochgradig malignen Non-Hodgkin-Lymphom in der Medizinischen Klinik I, Ebene 13, Station B, war wegen Ihrer schweren, lebensbedrohenden und in der letzten Phase nicht mehr zu beherrschenden Erkrankung aufgrund ärztlichen Rates in ein Einzelzimmer gelegt worden.

Es bestand eine gigantische Schwellung des linken Beines, eine zunehmende Exulzeration im Bereich der Lymphknoten der linken Inguina und eine außerordentlich starke Schmerzhaftigkeit im Bereich des Rükkens, der linken Hüfte und der Lymphödeme des linken Beines.

Zeitweise war Frau Schlosser so stark schmerzbelastet, daß sie laut schrie und für jede andere Patientin eine unerträgliche, nicht hinzunehmende Belastung gewesen wäre. Die ärztliche Indikation für ein Einzelzimmer geht sicherlich aus diesen Befunden hervor.

Mit freundlichen Grüßen
Prof. Dr. H. Fabian

Cäcilie Schlosser an ihren Sohn Richard Schlosser

Senne, 24. 3. 90

Lieber Richard!
Von Martin erfuhr ich, daß Du gefallen bist und daß es Dir nicht gut geht. Kann er denn vielleicht zu Dir kommen und bei Dir bleiben, bis Du Dir wieder alleine helfen kannst? Mein Telefon funktioniert im Augenblick nicht richtig, so daß ich nichts unternehmen kann, irgendeine Verbindung mit Dir zu bekommen. Ich wünsche Dir Besserung und bedaure nur, daß ich gar nichts tun kann, weil ich selbst zu alt bin, um helfen zu können.

Es grüßt Dich Mutter

Cäcilie Schlosser an ihren Sohn Richard Schlosser

Senne, 27. 3. 90

Lieber Richard!
Seit gestern weiß ich nun, wo Dich meine Gedanken suchen können, nachdem letzte Woche das Telefon keine Antwort gab. Von Gertrud bekam ich die Nachricht, daß Du im Krankenhaus und auf dem Wege der Besserung bist. Ich wünsche Dir von Herzen, daß der Bruch nun gut verheilt und Dir Dein Arm wieder ganz zur Verfügung steht. Sehr schade, daß kein junger Mann aus Deiner Familie Dir helfen kann, bis Du Dich wieder gesund fühlst.

Da ich nicht mehr arbeiten kann, ist Lesen meine Hauptbeschäftigung. Nun habe ich mir Hans Graf Lehndorff wieder vorgenommen, erst das »Ostpreußische Tagebuch« und dann »Lebensdank«. Das ist ja weniger ein Andachtsbuch als eine Schriftauslegung. Jetzt hast Du Zeit zum Lesen. Du wirst Gewinn davon haben, wenn Du Lesestoff hast. Und hoffentlich hast Du keine Schmerzen!

Leb wohl, mein Lieber. Meine Gedanken sind bei Dir.

Deine Mutter

Richard Schlosser an seine Mutter Cäcilie Schlosser

Meppen, 28. 3. 90

Liebe Mutter!
Meine rechte Hand kann ich noch immer nicht recht gebrauchen, darum schreibt Martin Dir diesen Brief nach meinem Diktat.

Ich bin hier gut aufgehoben und werde gut versorgt. In meiner jetzigen Situation ist es wohl das beste, wenn ich bis zur völligen Genesung im Krankenhaus bleibe. Das wird wohl noch 14 Tage dauern. Im Augenblick macht man Bewegungstherapie mit mir, damit der Arm und die Gelenke wieder funktionstüchtig werden. Über das Alter, Herkulestaten zu vollbringen, bin ich sowieso schon hinaus. Ich will erstmal mein Hab und Gut so weit sortieren, daß nur das, was ich wirklich brauche, greifbar ist. Alles, was ich nicht sofort vererben kann, stapele ich in Pappkartons. Jetzt sofort in eine kleinere Bleibe zu ziehen, traue ich mir nicht zu, weil ich nicht weiß, wo ich den ganzen Hausrat lassen soll. Gertrud und Edgar noch etwas anzudienen ist ja wohl ziemlich sinnlos, da deren Räumlichkeiten auch schon überquellen. Renate hat bereits einen Teil der Möbel meines Schwiegervaters übernommen. Außerdem sammelt sie lauter alten, wurmstichigen Kram, den sie schön findet. Inges Bücher sind zum größten Teil aufgelistet, so daß sich jeder das aussuchen kann, woran er Interesse findet. Mein Gewächshaus will ich nicht wieder aufstellen. Martin soll es haben. Er hat ja jetzt einen kleinen Garten, in welchem sich dafür wohl Platz findet.

Liebe Mutter, mach Dir um mich keine Sorgen. Mir geht es relativ gut, und es ist nur eine Frage der Zeit, wann ich diese gastlichen Räume wieder verlassen kann.

Viele liebe Grüße

R.

Richard Schlosser an seine Schwester Dorothea Wellmann

Meppen, 13. 6. 90

Liebe Dorothea,
auf diesem Wege möchte ich mich noch einmal dafür entschuldigen, daß ich zur nachträglichen Feier Deines 60. Geburtstages nicht nach Augsburg komme. Mir steht der Sinn bis heute nicht nach derlei Lustbarkeiten. Inges Tod ist noch zu frisch in meiner Erinnerung, und ich weiß nicht, wie lange es dauert, diesen Schmerz zu verwinden. Der Tod eines Menschen, der einem so nahegestanden hat, ist von solcher Endgültigkeit, die einem keine Möglichkeiten mehr läßt, etwas wiedergutzumachen, das man vielleicht versäumt hat. Es bleibt die Hoffnung auf ein Wiedersehen.

An Familientreffen, wie sie seit den 70er Jahren im Schwange sind, habe ich mit wachsendem Mißbehagen teilgenommen. Alle meine Geschwister, insbesondere die Brüder, halte ich, wenn sie alleine vertreten sind, für erträglich, aber sechs Schlosser-Geschwister auf einem Klumpen können unausstehlich werden. Es wird bei solchen Gelegenheiten zu sehr der Jargon gepflegt, der seinen Ausgang Ende der 40er Jahre in St. Joostergroden genommen hatte. Besonders gestört hat mich bei diesen Treffen immer der Umstand, daß halbvergessene Geschichten aus der Vergangenheit hervorgeholt worden sind und dann über nicht anwesende Lebende und auch über Tote hergezogen worden ist. Tote können sich nicht mehr zur Wehr setzen und haben einen Anspruch darauf, daß ihr Andenken in Ehren gehalten wird.

Man braucht sich nur an die Zehn Gebote zu halten, deren viertes lautet: »Du sollst deinen Vater und deine Mutter ehren, auf daß es dir wohlgehe und du lange lebest auf Erden.« Das achte Gebot lautet: »Du sollst nicht falsch Zeugnis reden wider deinen Nächsten. Du sollst deinen Nächsten nicht fälschlich belügen, verraten, ihm nachreden oder bösen Leumund machen, sondern sollst ihn entschuldigen, Gutes von ihm reden und alles zum besten kehren.«

Wenn sich nur jeder daran hielte, gäbe es weniger Unfrieden unter den Menschen. Dabei bin ich mir nicht sicher, daß ich mich selber immer daran gehalten habe. Ich will mich jedenfalls an irgendwelchem Kniest nicht beteiligen.

Bei Wilhelm Busch heißt es einmal:

Und nur dieses sage ich:
»Pfui mein Sohn, entferne dich!«
Das ist Debisch sein Prinzip:
Oberflächlich ist der Hieb.
Nur des Geistes Kraft allein
Schneidet in die Seele ein.

So glimpflich wie bei Wilhelm Busch liefen Erziehungsversuche unseres Vaters an uns nicht ab. Seine Argumente lagen mehr in der Kraft oder Lautstärke als im Inhalt. Wir sind alle niedergebrüllt und eingeschüchtert worden. Trotzdem trage ich unserem Vater nichts nach, besonders, weil ich heute weiß, daß auch er, wie alle Menschen, mit seinem ihm angeborenen Erbteil hatte leben müssen. Zwist kann und darf nicht über den Tod und das Grab hinausgehen. Ich habe unserem Vater verziehen und trauere um ihn.

Mehr als zwei Monate Krankenhaus habe ich hinter mir und versuche jetzt, meinen rechten Arm sukzessive wieder in Gebrauch zu nehmen. Das Dilemma mit der Nasenbluterei, das ich auch im Krankenhaus hatte, bleibt bestehen. Es kommt spontan und aus heiterem Himmel. Einige Adern sind im Krankenhaus verödet worden, aber offensichtlich ohne bleibenden Erfolg. Und auch jetzt sitze ich mit meiner Nase über einer Wanne, in der Hoffnung, die Blutung wieder zum Versiegen zu bringen. Zum Glück ist Martin da und steht mir bei. Ihm diktiere ich diesen Brief. Für alle Fälle will ich eine fertiggepackte Tasche neben die Haustür stellen, damit ich jederzeit wieder ins Krankenhaus kann.

Natürlich wohne ich immer noch in Meppen, einem Ort, den Inge gehaßt hatte. Ehe ich dem Drang nachgebe, woanders hinzuziehen, bleibe ich lieber hier und verlege meinen hauptsächlichen Aufenthaltsort ins Erdgeschoß. Die oberen Räume bleiben nach wie vor ein Refugium für die Kinder, wenn sie mich besuchen. In der unteren Etage kann eine Putzfrau hantieren, die ich noch finden muß. In diesem Haus wohne ich praktisch umsonst. Alle Lasten sind getilgt.

In Köln hatte Inge mir zuletzt gesagt: »Sieh doch bloß mal aus dem Fenster« – und da war die Steinwüste von Köln zu sehen einschließlich des Doms –, »ich will hier nicht sterben, bring mich wieder nach Hause.« Ich versprach ihr das, obwohl ich wußte, daß ich dieses Versprechen zu ihren Lebzeiten nicht mehr einlösen konnte. Sie ist jetzt an ihrem Geburtsort beigesetzt und damit in den Kreis der in Jever Geborenen zurückgekehrt. Das Grabmal ist umgestaltet. Die Namen unserer Urgroßeltern sind auf der Grabplatte abermals für weitere Jahre festgehalten. Inzwischen steht auch der hintere Grabstein wieder, der an unsere Großeltern erinnert. Sobald die Randbepflanzung endgültig gestaltet ist, werde ich Dir ein Bild davon zukommen lassen, damit Du weißt, daß Inge nach ihrem Leben auf dieser Erde eine ihr angemessene, würdige Ruhestätte gefunden hat.

Sei gegrüßt mit Deinen Lieben und grüße Deine Besucher von mir, auch die, die vielleicht kein Verständnis für meinen Standpunkt haben.

Dein Bruder Richard

P.S.: Bitte verschont mich mit Besuchen mindestens bis Weihnachten 1990. Ich bin zufrieden mit dem Besuch meiner Kinder.

Renate Blum an ihren Vater Richard Schlosser

Bonn, 14. 6. 90

Lieber Papa,
Du weißt ja, daß Du mich bei unserem letzten Telefonat sehr wütend gemacht hast. Vor dem Urlaub wollte ich mich nochmal melden, nur anrufen mag ich nicht!

Selbstverständlich will ich weder über Dich bestimmen noch Dir etwas vorschreiben. Aber Du befindest Dich jetzt in einer vollkommen anderen Situation als Anfang März, vor Deinem Unfall.

Keiner würde sich doch über Dich lustig machen, wenn Du Dich entschließen könntest, Dir einen Automatikwagen zu kaufen. Meine Geschwister und ich sind uns einig, daß diesmal Du an der Reihe bist, von Deinen Ersparnissen für Notfälle Gebrauch zu machen. Im Juli helfe ich Dir gerne wieder mit den Beihilfeanträgen, dann bekommst Du ja die

Krankenhauskosten größtenteils ersetzt. Mit Deinem Geld solltest Du wirklich nicht nur immer anderen helfen, sondern auch Dir selbst.

Mir wäre jedenfalls wohler bei dem Gedanken, daß Du einen Automatikwagen fährst, der Deinen rechten Arm nur ab und zu beansprucht, als daß Du Dich mit dem altersschwachen Jetta abquälst und dabei selbst zum Verkehrsrisiko wirst. Ein gebrauchtes oder auch ein neues Automatikauto schröpft Dich sicher nicht bis auf den Rest. Außerdem werden in den nächsten Jahren zwei Lebensversicherungen fällig, darüber sind wir ja nun alle informiert.

Mir ist auch nicht klar, ob Du wirklich aus Meppen wegwillst. Mir würde es leichter fallen, Dir bei einem konkreten Umzug zu helfen, als Deinen Hausrat auf ein Minimum zu reduzieren und alles andere in scheußlichen Bananenkartons bis unters Dach zu stapeln. Du hast gesagt, daß ohne Mama die Seele im Haus fehlt, aber Du tust ein übriges dazu, daß man sich in Deinem Haus nicht mehr wohlfühlen kann. Das merkst Du ja auch an Dir selbst.

Keiner weiß, wie lange wir Dich noch haben werden. Daß wir Dich brauchen, streitest Du schlichtweg ab, nur weil gerade keiner Dein Geld braucht, und Du akzeptierst nicht, daß wir alle vier mit unserem Leben glücklich und zufrieden sind. Mama wirfst Du noch über ihren Tod hinaus vor, daß sie immer und ewig unzufrieden war. Und Du? Du bist doch selbst total unzufrieden, mit allem!

Auch wenn Du mich für komplett verrückt hältst, möchte ich Dir raten, die Renovierung Deines Hauses dem nächsten Besitzer zu überlassen. Wer weiß, was der für Vorstellungen hat von einem geschmackvoll gestalteten Haus.

Und noch etwas anderes beschäftigt mich sehr, nämlich daß Du viel zu viel trinkst. Wegen Deiner Zuckerkrankheit sind Dir zwar Wein und trockener Sekt erlaubt, aber nicht in den Mengen, die Du konsumierst. Es hat mich gestört, daß Du bei der Arbeit an dem Beihilfeantrag vor Silvester die ganze Zeit Sherry getrunken hast. Auch die Weinflaschen verschwanden abends reihenweise mit Dir im Zimmer. Denk mal drüber nach!

Was Dir guttäte, wäre eine Kur, wo Du schwimmen und spazierengehen kannst, wo Du Dich erholst und wieder zu Kräften kommst. Und tu nicht immer so, als brauchtest Du niemanden. Das ist einfach nicht wahr! Es ist eine Wohltat für Dich, unter Leuten zu sein, auch wenn Du das nicht wahrhaben willst. Wenn Du am Telefon immer rumtönst: »Ich brauche keinen, ich will keinen sehen«, kann ich das genausogut auf mich beziehen. Dann will ich auch nicht mehr kommen.

Laß mich bitte wissen, ob Du im Juli meine Hilfe haben willst. Ich möchte aber vernünftig mit Dir reden können und keine Gespräche führen, die in Gebrüll ausarten, weil sowieso nur Du das einzig richtige Weltbild gepachtet hast.

Jetzt freue ich mich auf meinen wohlverdienten Urlaub, den ich wahrhaftig mit meiner Familie am Meer und nicht mit Dir in Meppen verbringen möchte.

Du machst es einem sehr schwer, Dich zu lieben. Ich tu's trotzdem.

Deine Renate

Anzeigenkarte

Denn wir haben hier keine bleibende Stadt,
sondern die zukünftige suchen wir.
Hebr. 13,14

Heute nahm Gott der Herr nach einem langen,
erfüllten Leben unsere liebe Mutter und Schwester
zu sich in sein ewiges Reich.

Cäcilie Schlosser
geb. Grote
* 16. Oktober 1899 † 19. Juni 1990

Wir trauern um sie.
Gertrud und Edgar Erhard
Richard Schlosser
Dorothea und Jürgen Wellmann
Rudolf und Hildegard Schlosser
Walter und Mechthild Schlosser
Dietrich und Jutta Schlosser
Hanna Grote
17 Enkel und 6 Urenkel
und Anverwandte

4600 Dortmund 1, Hausmannstraße 9

Die Beerdigung findet statt am Freitag, dem 22. Juni 1990, um 12 Uhr auf dem Friedhof Dortmund-Großbarop, An der Palmweide.

Emma Lüttjes an Walter und Mechthild Schlosser

Jever, 22. Juni 90.

Lieber Walter! Liebe Mechthild!
Hierdurch möchte ich Euch meine herzliche Anteilnahme zum Tode von Mutter Schlosser ausdrücken! Sie hatte sich ihren Tod ja schon lange ersehnt und hat nun ihren Frieden. Wie gut, daß sie nicht so viel Qualen erleiden mußte wie Inge! Martin hat mir berichtet, wie umsichtig Du, lieber Walter, Dich um all die Erledigungen, die schnelle Bereitstellung des Grabes, die Benachrichtigungen, die Kaffeetafel und alles gekümmert hast, das ist ein sehr herzliches Dankeschön wert!

In alter Verbundenheit grüßt Euch Mutter Lüttjes.

Richard Schlosser
Dammstr. 43
4470 Meppen

28. 06. 90

Bundesversicherungsanstalt
für Angestellte
Postfach
1000 Berlin 88

Betr.: Vers.-Nr. 501108290507, Ingeborg Schlosser
Vorg.: 1. Ihr Schreiben vom 23. 05. 90, Az.: Dezernat 8099 (VV)
2. Ihr Schreiben vom 20. 06. 90, BKZ 8704
3. Ihr Schreiben vom 20. 06. 90, Az.: Dezernat 8099 (VV)

Sehr geehrte Herren!

Vom 15. 03. bis zum 23. 05. befand ich mich in stationärer Krankenhausbehandlung wegen einer Oberarmfraktur. Einen Antrag auf Einleitung von Rehabilitationsmaßnahmen, bezogen auf die Bewegungsfähigkeit des rechten Oberarms, habe ich nie gestellt. Es würde mich interessieren, auf welchen Antrag hin Sie mich fortlaufend mit Formularen und der Bitte um ergänzende Angaben bombardieren.

Ich bin Beamter im Ruhestand. Im Falle der Notwendigkeit von Rehabilitationsmaßnahmen käme als Kostenträger die Beihilfestelle des Bundes in Frage.

Mit freundlichen Grüßen
Richard Schlosser

Renate Blum an ihre Tante Dorothea Wellmann

Bonn, 19. 9. 90

Liebe Dorothea,
neulich am Telefon hast Du mich gefragt, was ich mir wünsche, und nun weiß ich was Schönes. Und zwar hätte ich gerne die Kassette und das Liederspielheft zur Raupe Nimmersatt. Ich lege einen Prospekt mit bei.

Hast Du mal mit Papa gesprochen? Es wird immer schlimmer mit ihm. Gestern rief er mich an, um mir zu sagen, daß er mich auch nicht mal mehr sprechen will, er brauche keinen Trost. Mamas alte Freundin Grete hatte ihn angerufen, und er dachte natürlich, ich hätte sie beauftragt. Als das Gespräch immer unerfreulicher wurde, sagte ich schließlich, dann brauche er ja auch mit mir nicht weiter zu sprechen, und ich legte wirklich wütend auf. Er verbaut sich aber auch alles. Er beschimpft seine Mitmenschen so, daß sie mit Recht sauer sind, und schon kann er sagen, mich will ja keiner mehr, mich braucht keiner mehr.

Vielleicht kannst Du ihn mal anrufen? Aber sag bloß nicht, daß ich Dir deshalb geschrieben hätte. Dann ist er gleich wieder eingeschnappt. Er hat mir wortwörtlich verboten, daß ich mir um ihn Gedanken oder Sorgen mache.

Dir ganz liebe Grüße.
Deine Renate

Richard Schlosser an seinen Bruder Dietrich Schlosser

Meppen, 19. 12. 90

Lieber Dietrich!
Deinen Firmenkalender habe ich erhalten, aber aufhängen werde ich ihn nicht. Ich weiß nicht, was Du Dir dabei gedacht hast und warum Du

glaubst, bei Deinen Kunden damit Zuspruch zu finden. Ich kann mir nicht jeweils einen Monat lang Schlagworte über die Niederschlagung des Röhm-Putsches oder die DDR-Verfassung ansehen.

1933 war ich ein kleiner Junge und erlebte nicht bewußt mit, was damals passierte. Unsere Eltern mögen wohl darüber gesprochen haben, aber mich haben sie verständlicherweise an solchen Unterhaltungen nicht teilnehmen lassen.

Hoimar von Ditfurth war sechs Jahre älter als ich. Die Lektüre seiner Bücher hat mir vieles von dem Wahnsinn, der sich während der wilhelminischen Ära, der Weimarer Zeit und der Nazizeit abspielte, besser verstehen gelehrt. Vielleicht findest Du trotz der Hektik Deines Alltagsbetriebes Gelegenheit, die beiliegenden Bücher zu lesen.

Verschone mich bitte mit Besuch. Ich brauche immer noch Zeit und Alleinsein, um mit meinen Verlusten fertigzuwerden. Zuspruch von außen, egal von welcher Seite, hilft mir nicht.

Viele Grüße!

Dein Bruder Richard

Richard Schlosser an seine Schwägerin Therese Harper

Meppen, 02. 02. 91

Liebe Therese,
dies ist mein Beitrag für Deinen nächsten Besuch bei Deiner Mutter. Ich glaube, damit auch in Inges Sinn zu handeln. Sie hätte gewiß nichts anderes getan. Deine Mutter liebt Dich sehr und genießt Deine Anwesenheit. Besuche sie, so oft es Deine Zeit erlaubt.

Ich selber werde nicht kommen. Über meine Gründe hoffe ich Dich telefonisch aufgeklärt zu haben.

Über Inge will ich nichts weiter schreiben. Ich muß mit ihrem Verlust alleine zurechtkommen. Meine Kinder gehören zur nächsten Generation und führen ihr eigenes Leben.

Was Inge Dir und ihren besten Freundinnen je erzählt hat, will ich gar nicht mehr wissen. Es würde nur meinen Frieden stören, den ich zuletzt mit ihr gefunden habe. Ich versuche, mich an alles Schöne zu erinnern, das wir gewiß auch miteinander geteilt haben.

Martin nimmt Inges Bücher mit, die ich unter der Rubrik Emanzenliteratur eingestuft habe. Dazu gehören auch Bücher über Psyche und Krankheit, in denen Männer generell schlecht wegkommen.

Für meinen Teil habe ich beschlossen, allen Kontakten auch mit der Verwandtschaft möglichst weit aus dem Wege zu gehen und mein Leben so zu führen, wie es mir paßt.

Laß es Dir gutgehen und freue Dich an Deiner eigenen größer gewordenen Familie!

Richard

Richard Schlosser an seine Schwester Gertrud Erhard

Meppen, 11. 02. 91

Liebe Gertrud!

Früher hatte ich kaum Zeit, etwas zu lesen. Heute aber war ich gerade dabei, als der Paketbote klingelte. Rate mal, was ich gelesen habe? »Im Anfang war der Wasserstoff«. Dann kam dein Päckchen mit dem Buch »Im Anfang war der Wasserstoff«. Mein Interesse hast Du genau getroffen, aber leider war ich Dir zuvorgekommen. Ich hatte mir kürzlich alle Bücher von Hoimar von Ditfurth en bloc gekauft. Meinen Kindern predige ich ständig: Schenkt mir bloß nichts. Entweder kann ich es nicht gebrauchen, oder ich habe es schon, oder ich kann es mir selber leisten, wenn ich es für mein Wohlergehen für wünschenswert halte.

Ich habe immer darunter gelitten, daß unser Vater und seine Zeitgenossen dem sogenannten »humanistischen Bildungsideal« anhingen und versuchten, es ihren Nachkommen einzubleuen, mitunter auch gewaltsam. All diese Vorfahren tun mir leid. Sie wußten es nicht besser. Hoimar von Ditfurth hat in seinem »letzten Gespräch« zum Ausdruck gebracht, daß es ihn zornig mache und er es als eine Zumutung empfinde, nichts mehr über die Zeit nach seinem Tod und die neuen Erkenntnisse der Menschheit über ihre Herkunft, ihr Dasein und ihre Zukunft zu erfahren.

Auch Vater ist manches verborgen geblieben. Ich habe immer bezweifelt, daß alles, was er von der Kanzel herab gepredigt und auch gedonnert hat, seiner eigenen Überzeugung wirklich entsprach. Er muß wohl sein Publikum für unterentwickelt und der Denkungsart des Mittelalters verhaftet gehalten haben. Ich wünschte, Vater hätte unseren Wissensstand und möglichst noch mehr darüber hinaus mit Bewußtsein erlebt. Nach meinem Verständnis ist die Theologie keine exakte Wissenschaft, und sie befindet sich mit ihren Thesen immer weiter auf dem Rückzug. Doch trotz aller Erkenntnisse, die unserem Verständnis zugänglich sind, bleibt vieles, was wir nicht verstehen können und zumindest in dieser Evolutionsstufe auch nie werden begreifen können, im Dunkeln. Ich bin kein Atheist, und Hoimar von Ditfurth war es auch nicht.

Aber kein Gott kann dem Menschen verwehren, über sein Leben nachzudenken. Der Alleinvertretungsanspruch der Geisteswissenschaften ist unwiderruflich gebrochen. Ich empfinde das als Genugtuung. Ein typischer Vertreter der überholten Denkungsart war Runge, mein Latein- und Religionslehrer am Gymnasium in Jever. Ich habe den Kerl gehaßt. Auf naturwissenschaftlichem Gebiet war er eine absolute Niete und trotzdem von seinem hohen Intellekt überzeugt. In Wahrheit war Runge beschränkt. Ditfurth plädiert für ein neues Denken, das Natur- und Geisteswissenschaften zusammenzuführen versucht. Dem schließe ich mich an. Was mache ich nun mit Deinem Buch? Ich werde es Volker schenken. So bleibt es in der Familie.

Viele Grüße
Dein Bruder Richard

Richard Schlosser an seine Schwägerin Therese Harper

Meppen, 21. 04. 92

Liebe Therese,
die versprochenen Bücher sind auf den Weg gebracht. Ich habe vorne in jedes Buch eins der Ex-Libris-Label geklebt, wie ich sie mir für die Bücher aus Inges Nachlaß hatte anfertigen lassen. Bitte versieh die Dinger mit Deiner Unterschrift, damit Deine Nachfahren wissen, aus wessen Besitz die Bücher stammen.

Ich schicke sie Dir natürlich nicht in der Absicht, Deine Allgemeinbildung zu verbessern, sondern nur, damit Du weißt, welche Gedanken mich bewegen, und damit man sich am Telefon leichter unterhalten kann. Kurz gesagt, damit der Gesprächspartner weiß, auf welchem Mist verrückt erscheinende Gedanken gewachsen sind.

Mit Inge war ich 35 Jahre verheiratet und habe also länger mit ihr zusammengelebt als Du selbst mit Deiner eigenen Schwester. Nach so langer Zeit glaubt man, einander zu kennen. Vieles an Inge ist mir dennoch unerklärlich geblieben. Ich habe jetzt Zeit, über mein Leben nachzudenken, und manchmal fühle ich mich so, als ob ich das, was unsere Mitmenschen tun, schon aus höherer Warte betrachte. Dagegen kann man einwenden: »Er ist gottlob recht tugendlich, er hat schon alles hinter sich« (Wilhelm Busch). Man stellt sich jedenfalls die Frage, ob man sein Leben, wenn man es noch einmal beginnen könnte, in gleicher Weise gestaltete. Das ist natürlich eine Illusion. Bei einer Wiedergeburt hätte ich nicht mehr das gleiche Erbgut. Auch würde mir alle Lebenserfahrung, die ich gesammelt habe, nichts nützen. Ich käme genauso dämlich auf die Welt wie 1927. Was mir von meinen Vorfahren mitgegeben worden ist, sind nur instinktive Verhaltensweisen, und die sind abgespeichert im Stammhirn oder allenfalls im Zwischenhirn. Für die Lernfähigkeit des Menschen ist seine Großhirnrinde zuständig, und alles, was sich darin abspielt, ist bis heute nicht vererbbar, deshalb nützt einem Lebenserfahrung auch für ein mögliches späteres Leben nichts.

Nach meiner Einschätzung Eurer hinterwäldlerischen Post wird es wohl vier Wochen dauern, bis das Bücherpaket bei Dir angekommen ist. Und dann will ich Dir gerne noch etliche Wochen zugestehen, Dich durch diesen Bücherberg hindurchzulesen. Alles ist populärwissenschaftlich geschrieben, nach meiner Ansicht mit großem Geschick.

Nun will ich Schluß machen. Ich hoffe, daß der Inhalt der Bücher bei Dir auf fruchtbaren Boden fällt.

Dein Schwager Richard

Richard Schlosser an seinen Bruder Rudolf Schlosser

Meppen, 30. 05. 91

Lieber Rudi,
zu Deinem 60. Geburtstag meinen herzlichen Glückwunsch. Deiner Frau habe ich am Telefon auseinandergesetzt, warum ich zu der vorgesehenen Feier nicht erscheinen will. Beiliegende Bücher empfehle ich Dir zur Lektüre. Hoimar von Ditfurth hat mir mit seiner Darstellung über sein Vaterhaus, seine Ahnen und seine Einstellung zur Zeitgeschichte viele Erkenntnisse vermittelt, die ich aus eigener Anschauung nicht gewonnen hatte. Ich war damals einfach zu jung, um Recht und Unrecht voneinander trennen zu können. Den historischen Weltatlas, den Du hoffentlich noch nicht oder nicht in der letzten Auflage besitzt, vermache ich Dir ebenfalls zum Geburtstag. Allein aus dem Vergleich verschiedener Seiten und ehemals gültiger Staatsgrenzen wird einem klar, wie unsinnig Forderungen von Vertriebenen und Revanchisten sind, alte Grenzen wiederherzustellen. Trotzdem muß ich hinzufügen, daß alle, die in ihrem angestammten Heimatland groß werden konnten, fein die Schnauze halten sollten.

Gertrud hat mir nach Deinem letzten Besuch bei ihr erzählt, Du seist der Meinung, daß aus mir mehr habe werden können, als aus mir wirklich geworden ist. Ich will dem nicht widersprechen. Aber Du vergißt, daß ich in eine Welt hineingeboren wurde, für die ich als Individuum nicht bestens angepaßt war. Es mangelte mir an Rücksichtslosigkeit, Bestechlichkeit und Servilität, um im Leben erfolgreicher zu sein, als ich es war. Ich habe das Gefühl, als Ingenieur mißbraucht worden zu sein, und zwar hauptsächlich von Leuten, die zu Deiner Zunft gehören und die überall an den Schalthebeln der Macht gesessen haben. Auch ich bin als pensionierter Beamter aufgefordert worden, mich am Aufbau der neuen Bundesländer zu beteiligen, wenn es meine persönlichen Umstände zuließen. Die Umstände, unter denen ich lebe, lassen das nicht zu. Ich kann mein Haus nicht mehr als sicheren Hafen betrachten, in den ich jederzeit vorübergehend zurückkehren könnte. Des weiteren glaube ich eines sicher voraussagen zu können, nämlich daß an den Schalthebeln der Macht wiederum Juristen sitzen werden. Ein Übel (SED und Stasi und der damit verbundene Klüngel von Vetternwirtschaft und Seilschaften) wird erledigt, um einem neuen Übel Platz zu schaffen.

Sei dankbar dafür, daß Du in Deinem Beruf Deinen Weg hast machen können, ohne durch Naziherrschaft oder andere verdammungswürdige Ideologien befrachtet gewesen zu sein.

Dein Bruder Richard

Richard Schlosser an seinen Sohn Volker Schlosser

Meppen, 03. 07. 91

Lieber Volker!
Anliegend schicke ich Dir die gewünschten Bescheinigungen. Was Du damit allerdings anfangen willst, ist mir unklar. Die letzten Gehaltsmitteilungen gehen zurück auf 12/89. Die Lohnsteuerkarten passen zum Jahr 1990. Du müßtest inzwischen über neuere Belege verfügen, die Du Deinem Vermieter vorlegen könntest.

Dein ganzes Hin und Her ist für mich eine einzige Enttäuschung und wäre es auch für Mama gewesen. Alle ihre Anstrengungen, Dir eine angemessene Bleibe zu verschaffen, waren für die Katz. Mit Deinem Studium fertig zu werden, hast Du auch während Deines Aufenthaltes in der neuen Wohnung nicht geschafft. Wenn die Leute mich fragen, was Du eigentlich treibst, kann ich nur mit den Schultern zucken.

Ich mache Dir noch einmal ein Angebot: Ab August 1991 überweise ich Dir monatlich DM 1.000,00. Mein Verlangen ist, daß Du Deinen Hiwi-Job sofort aufgibst und Dich ausschließlich auf den Abschluß Deines Studiums konzentrierst. Jeder, der nach Mamas Tod mehr verbraucht hat als die anderen, muß sich das in der Endabrechnung gefallen lassen. Ich war immer bestrebt, all meinen Kindern gegenüber Gerechtigkeit walten zu lassen. Ich hoffe, daß das jeder so sieht und mir nachträglich keine Vorwürfe mehr gemacht werden. Meine Hinterlassenschaft ist auch die von Mama. Wir beide haben einmal mit absolut nichts angefangen. Was übrig bleibt, gehört Euch, und Ihr hattet bessere Startbedingungen für Eure Zukunft, als wir sie je gehabt hatten.

Äußere Dich zu diesem Brief.

Viele Grüße

Papa

Volker Schlosser an seinen Vater Richard Schlosser

Hannover, 6. 7. 91

Lieber Papa!

Zum ersten Punkt Deines Schreibens möchte ich lediglich sagen, daß ich die Bescheinigungen nur brauche, um zu belegen, wie lange ich bereits als Hiwi tätig bin.

Mamas Anstrengungen, mir eine Bleibe zu verschaffen, waren keineswegs umsonst. Daß ich diese Wohnung jetzt aufgeben muß, ist nicht meine Schuld. Ich war nur nicht gewillt, mich von diesem Arsch von Hausverwalter erpressen zu lassen. Die Einzelheiten sind Dir bekannt.

Daß Du Deinen Kindern gegenüber Gerechtigkeit walten läßt, ziehe ich nicht in Zweifel. Wo Du in meinem Verhalten ein Hin und Her entdeckt hast, ist mir allerdings nicht klar. Meinen Standpunkt vertrete ich ja schon eine ganze Weile unverändert.

Wenn Du danach gefragt wirst, was ich mache, warum erzählst Du es den Leuten dann nicht? Du weißt genau, daß ich mein Geld mit Programmieren und Software-Engneering verdiene und im übrigen mein Leben so führe, wie es mir richtig erscheint, auch wenn Du mich für einen Versager hältst. Ich habe Dir gewiß noch keinen Anlaß gegeben, sonderlich stolz auf mich zu sein, aber wenn ich mein Leben selbst in die Hand nehmen will, braucht sich niemand deswegen zu schämen, weder Du noch ich.

Mir scheint, daß das Problem ganz woanders liegt. Du weißt nicht viel von mir und kannst nur mit den Schultern zucken, weil wir uns eben fast noch nie vernünftig miteinander unterhalten haben. Wenn es um mein Studium und meinen Job geht, führen alle Gespräche mit monotoner Regelmäßigkeit zum Streit und zum Türenknallen.

Von seinem Vater erwartet man auch einmal Verständnis oder wenigstens Einfühlungsvermögen. Stattdessen hast Du immer wieder versucht, mich zu gängeln, mir das Motorrad zu verbieten und mir ein Eremitendasein vorzuschreiben (kein Radio, keinen Fernseher, kein Telefon usw.), was sicherlich nicht dazu beigetragen hat, mein Vertrauen in Dich zu fördern. Im Gegenteil, es hat mich in der Absicht bestärkt, so schnell wie möglich finanziell unabhängig von Dir zu werden.

Mama dagegen hat erkannt, wie wichtig es für mich ist, meinen eigenen Weg zu gehen. Sie hat mich als erwachsenen Menschen akzeptiert, auch wenn sie nicht mit allem einverstanden war. Jedenfalls ist das der Grund dafür gewesen, daß sie und ich uns im letzten Abschnitt ihres Lebens so gut verstanden haben.

Meinen Wunsch, eigenes Geld zu verdienen, hältst Du offenbar für pure Eitelkeit. Aber Du irrst Dich. Deshalb will ich noch einmal versuchen, Dir alles verständlich zu machen.

Das Jahr 1989 war voller einschneidender Ereignisse. Im Januar ging meine Beziehung zu Vera in die Brüche, nach mehr als neun Jahren. Ich wurde, um es deutlich auszudrücken, davongejagt wie ein räudiger Hund. Ich war wie paralysiert. Außerdem hatte ich auf einmal auch keine Bleibe mehr in Hannover. Das war die Zeit, in der ich nicht mehr leben wollte und in der die Selbstmordgedanken anfingen, meinen Verstand zu umnebeln.

Was mich damals am Leben erhielt, war auch der Umstand, daß ich schon seit einiger Zeit zum ersten Mal selbst etwas zu meinem Lebensunterhalt beigetragen hatte. Aber vor allem war es die tatkräftige Hilfe von Mama, die dem Häufchen Elend, das ich war, diese Wohnung verschaffte. Sag also nicht, daß das für die Katz war, wenn Du nicht meinst, daß auch mein Leben für die Katz ist. Nur meine Geschwister wissen bis jetzt, daß es nur ein paar Stunden gewesen waren, die mich von dem fatalen Schritt in den Tod getrennt hatten.

Dann kam der Selbstmord von Gustav. Nicht daß er mir besonders nahegestanden hätte, aber ich war tief bewegt, und noch mehr im letzten Stadium von Mamas langem Leiden und nach ihrem Tod. Da war ich noch einmal am Rande der Verzweiflung. Zum Glück hatte ich ja noch Dich und meine Geschwister, und wir konnten uns gegenseitig dabei helfen, diesen großen Verlust zu verkraften.

Inzwischen habe ich begriffen, daß ich selbst für mein Glück und für mein Unglück verantwortlich bin, und wie wichtig es ist, in stürmischen Zeiten auf eigenen Füßen zu stehen. Ich habe schon viel zu lange andere für mich denken, handeln, sorgen und Verantwortung tragen lassen. Damit ist ein für allemal Schluß.

Daß Du von Deinen Kindern, speziell von Deinen Söhnen und ganz besonders von mir enttäuscht bist, tut mir leid. Aber ich möchte nun einmal die Kontrolle über mein Leben haben, selbst wenn ich bis auf weiteres mit einem Existenzminimum zufrieden sein muß.

Viele Grüße und alles Gute.

Volker

Richard Schlosser an seine Schwiegermutter Emma Lüttjes

Meppen, den 31. 07. 91

Liebe Mutti!
An Deinem Ehrentag sind natürlich auch meine Gedanken bei Dir, wenngleich ich selber an dem großen Sippentreffen nicht teilnehmen werde. Ich habe mehrfach versucht, Dir meine Beweggründe darzulegen. Du mußt sie nicht gutheißen, aber wenn Du es auf den Nenner bringst, daß ich hochmütig sei, dann machst Du es Dir zu einfach. Die große Gesellschaft brauche ich nicht, und ich glaube, daß die große Gesellschaft auch gut auf meine Anwesenheit verzichten kann. Wie es um mich steht, kannst Du aus den folgenden, frei nach Wilhelm Busch zitierten Versen ersehen:

Richard hat hienieden nun
Eigentlich nichts mehr zu tun.
Er hat seinen Zweck erfüllt.
Runzlig wird sein Ebenbild.
Mütze, Pfeife, Rock und Hose
sind zu groß und werden lose,
So daß man bedenklich spricht:
»Hört mal, er gefällt mir nicht!«

Ich sitze hier in Meppen und hänge oft meinen Gedanken nach, die die Vergangenheit betreffen. Es gibt ein Zitat, frag mich nicht, von wem, wonach die Erinnerung das Paradies sei, aus dem einen keiner vertreiben kann. Dieses Paradies will ich auch mit niemandem teilen, genausowenig, wie ich Inge mit irgend jemandem habe teilen können.

Wenn ich Zwiesprache mit ihr halten will, dann kann ich das genausogut in Meppen wie an irgendeinem anderen Ort tun. Ihre Antworten und Fragen ergeben sich von ganz alleine daraus, daß ich sie sehr lange und gut gekannt habe. Und wie es in mir aussieht, geht eigentlich niemanden etwas an. Ich müßte lügen, wenn ich behaupten wollte, daß ich glücklich sei. Ich will das nicht weiter vertiefen.

Dir wünsche ich schöne Tage mit Therese und Deiner immer größer gewordenen Familie.

Viele Grüße
Dein Richard

Emma Lüttjes an ihren Schwiegersohn Richard Schlosser

Jever, 15. Aug. 91.

Lieber Richard!
Nun möchte ich mich endlich für Deinen Brief zu meinem Geburtstag bedanken. Der Tag verlief ganz wunderschön, vormittags kamen Pastor Schildt und zwei Herren vom Bürgerverein, alle mit Geschenken. Tee und Kandis, auch einige Delikatessen, habe ich nun reichlich. Zwei Damen vom Evangelischen Frauenverein brachten Blumen und gratulierten. Glücklicherweise war Therese zum Einschenken da, denn ich bin ja nicht mehr so beweglich. Am Nachmittag hatte ich einige Damen zu Tee und Kuchen geladen. Dann kamen Immo und Luise, die Therese und mich nach Itzum brachten. Das Familientreffen am Sonnabend war großartig, wir waren 23 Leute! Luise hatte ihr schönes Wohnzimmer praktisch umgeräumt, sehr gemütlich. Nachmittags verbrachten wir einige Stunden bei Sonnenschein im grünen Garten, wo Corinna irische Lieder zur Gitarre sang und wir von Renate einen anmutigen Tanz vorgeführt bekamen. Julius und Nantje und die beiden Jungs von Franziska wirbelten munter herum.

Natürlich gab es auch sehr gute Sachen zu essen und zu trinken, es war alles herrlich. Leider mußte Luise dann für mich den Notarzt rufen, da ich große Atemnot hatte. Die zwei Spritzen halfen aber gut, und ich konnte bald wieder im Garten sitzen, mit Genuß. Ich muß dankbar sein, daß ich mit Hilfe meines Dreirades, das ich vor mir herschiebe, doch kleine Gänge selbständig erledigen kann, so auch zum Friedhof und zum

Briefkasten. Inges Grab ist sehr gut gepflegt, und die Rosen sind wunderschön!

Nun will ich schließen. Viele herzliche Grüße!

Mutti.

Rudolf Schlosser an seinen Bruder Richard Schlosser

Hannover, den 18. 8. 1991

Lieber Richard,
langsam ist es an der Zeit, Dir für Brief und Geschenke zu meinem 60. Geburtstag zu danken. Wenn ich nicht früher schrieb, so hat das seinen Grund u.a. darin, daß ich zunächst das Buch von Hoimar v. Ditfurth durchlesen wollte, was auch geschehen ist. Es hat auch mir viele Erkenntnisse vermittelt, allerdings weniger zur Zeitgeschichte. Sicherlich hatten wir in den Jahren des Nationalsozialismus wegen unseres Alters nicht den Einblick in die Zusammenhänge, aber gewußt haben auch wir, daß wir nicht in einem Rechtsstaat lebten, wenn man damit die Vorstellung von Rechtssicherheit verbindet. Denn abträgliche Witze über das damalige Regime erzählten auch wir hinter vorgehaltener Hand. Daß mit den Juden etwas geschah, dessen erinnere ich mich sogar aus Schirwindt, und daß Mißliebige – und nicht nur Verbrecher – verschwanden, wußten auch wir. Für mich waren v. Ditfurths Erkenntnisse wissenschaftlicher Art vielfach neu. Sie zeigen ein Defizit unserer Schulbildung auf, die noch von anderen Schwachpunkten geprägt war. Allerdings waren mir seine Schlußfolgerungen nicht fremd. Ich bin schon lange davon überzeugt, daß der Mensch nicht der Kulminationspunkt des Kosmos ist, sondern eine Fehlentwicklung auf besonders hoher Intelligenzstufe, die ihn trotzdem nicht »vernünftig« leben läßt. Wir werden wohl noch einigermaßen unbedrängt vom Elend dieser Erde, verursacht durch seine alles dominierende Spezies Mensch, ins Grab sinken. Vielleicht auch noch unsere Kinder, aber für meine Enkel sehe ich nur eine trübe Zukunft voraus. Solange wir nicht in der Lage sind, wirksame Maßnahmen gegen die Bevölkerungsexplosion zu entwickeln – und ich sehe da überhaupt keinen Ansatzpunkt, weil die Masse der Menschheit von entgegenstehenden religiösen Überzeugungen beherrscht wird –, sind wir zum Untergang verurteilt. Gerechnet auf die Dauer des Weltalls und seine Größe ist das natürlich vergleichsweise unbedeutend. Die Natur wird sich dieser Fehlentwicklung schon entledigen. Schlüssig zu beantworten ist die Frage nach dem Sinn des Lebens für mich ohnehin nicht. Wer glauben kann,

mag darin Ruhe finden. Mir ist jedenfalls die Religion, in welcher Form auch immer, gleichviel.

Das liest sich zwar reichlich negativ, doch besteht meiner Ansicht nach kein Grund zum Pessimismus. Ich habe in einer Zeit gelebt, die ich mit keinem anderen Jahrhundert tauschen möchte. Dieser Staat, geschaffen aus einer einmaligen historischen Konstellation, stellt in meinen Augen das Höchstmaß dessen dar, was Menschen für ihr soziales Zusammenleben erreichen können. Keine Frage, die Verhältnisse bei uns sind auch jetzt ständig verbesserungsbedürftig und -würdig. Daran an hervorgehobener Stelle mitzuwirken, ist mir ohne Verdienst vergönnt worden. Das verpflichtet mich, nicht in Abkehr zu leben, sondern mich dem Leben zuzuwenden. Dir ist das offensichtlich nicht möglich, was ich bedaure. Unser geschwisterliches Zusammenleben war zwar nie besonders eng ausgestaltet, aber doch von einer freundschaftlichen Zugewandtheit. Der Mensch, auch wenn er ein Individuum ist, ist doch gemeinschaftsbezogenes Individuum. Ohne soziales Miteinander kann man nicht leben, auch Du nicht, wenngleich es mir manchmal Mühe bereitet, hinter Deiner schroffen Ablehnung auch diese Seite zu gewichten. So bedauere ich es, daß Du Dich der Möglichkeiten begibst, aus der selbstgewählten Isolierung auszubrechen. Ihren Sinn vermag ich nur schwer einzusehen. Die Geburtstagsfeier im Kreise der Geschwister war von keinem verpflichtenden Charakter geprägt. Daß Du Dich nicht mehr in der Lage siehst, an derartigen Zusammenkünften teilzunehmen, finde ich betrüblich. Ich vermag das gelassen zu sehen, aber das ist wohl nicht jedem möglich. Das geringste ist, daß man darüber die Achseln zuckt, vielleicht ist das aber schon das Ende der Reaktion. Ob Du das anstrebst, daß Deine Geschwister in ständiger Gleichgültigkeit verharren, weil auch Du mit ihnen nichts mehr zu tun haben möchtest, das solltest Du klären. Ich für meinen Teil würde das zwar nicht billigen, aber respektieren.

Herzlichst, mit Dank für Geschenke und Brief, Dein Bruder

Rudolf

Richard Schlosser an seine Tante Hanna Grote

Meppen, den 05. 09. 91

Liebe Tante Hanna!

90 Jahre wird nicht jeder Mensch. So wie Du haben auch Deine Schwester und Dein Vater ein hohes Alter erreicht. Der Rückblick auf das eigene Leben besteht natürlich nicht nur aus einer Folge glücklicher Erinnerungen.

Meine Gedanken weilen an Deinem Ehrentage bei Dir, und ich gratuliere Dir, auch wenn ich nicht persönlich erscheine. Ich weiß, daß es schwer ist, einem älteren Menschen etwas zu schenken, das ihm Freude macht. Dein Vater hat mich bei einer solchen Gelegenheit einmal mit dem Bemerken nach Hause geschickt: »Nimm das wieder mit, ich kann das nicht gebrauchen.« In einem ähnlichen Alter, in dem man allen irdischen Tand für überflüssig hält, bist Du jetzt. Ich schenke Dir zum Geburtstag nur eine dicke Kerze und hoffe, daß Du daran Freude hast, solange sie brennt. Danach bist Du ja auch wieder befreit davon.

Ich wäre gerne gekommen, nur habe ich mich aus dem Tief, in dem ich mich befinde, noch immer nicht hochgerappelt. Meinen Geschwistern habe ich gesagt, daß ich die Tür hinter mir zugeklappt hätte und daß sie nichts besseres tun könnten, als mich alleinzulassen. Verständnis dafür habe ich nicht gefunden, allenfalls Achselzucken. Mehr hatte ich auch nicht erwartet. Der Standpunkt, aus dem heraus sie urteilen, ist zu verschieden von dem meinigen. Es fehlt ihnen noch der Einschnitt in ihr Leben, wie ich ihn erfahren habe, wobei ich natürlich nicht wünschen möchte, daß diese Erfahrung, die unausweichlich ist, auch nur einem von ihnen in absehbarer Zeit beschieden sein mag. Es ist nur so, daß ich mich im Grunde schon mit Inges Tod gemeinsam mit ihr auf den Weg in die Ewigkeit begeben habe.

Ich wünsche Dir von Herzen alles Gute.

Dein Neffe Richard

Blumenhaus und Gärtnerei
WILHELM EILERS

Bahnhofstr. 24
2942 Jever / Friesland
den 17. 9. 91

Herrn
Richard Schlosser
Dammstr. 43
4470 Meppen

Rechnung
79
Bei Begleichung
bitte Nr. angeben!

17. 9.
zum Grab geliefert

Menge	Bezeichnung	Preis	Summe
1	Rosenschale 30 Stck mit Schleife	120,00	120,00

Summe			120,00
Umsatzsteuer im Endbetrag enthalten			
11 % von 80 %	=	9,56	
8 % von 20 %	=	1,73	
Rechnungsendbetrag			120,00

Die Ware bleibt bis zur vollständigen Bezahlung mein Eigentum.

Richard Schlosser an Annemarie Hirsch

Meppen, 27. 12. 1991

Liebe Annemarie,
über den Schloßberger Heimatbrief habe ich erfahren, daß Du noch am Leben bist. Vor einigen Jahren traf ich Hugo Bünting wieder, der jetzt am Walchensee lebt. Bei dieser Gelegenheit sprachen wir auch über Dich, und ich erfuhr, daß Du praktisch bis zum Untergang in meiner alten Heimatstadt Schirwindt geblieben warst. Wir drückten dort von 1937 bis 1940 die gleiche Schulbank. 1940 siedelten meine Eltern mit meinen Geschwistern und mir nach Marienwerder um, und bis auf einen Besuch im Sommer 1941 habe ich Schirwindt nie wiedergesehen. Das Schicksal hat mich, wie Hugo Bünting und vielleicht auch Dich, arg gebeutelt. Im Jahre 1943 wurde ich Luftwaffenhelfer, kam danach zum Arbeitsdienst und wurde im Dezember 1944 Soldat. Schon Anfang Februar 1945 war ich Kriegsgefangener und verbrachte diese Zeit bis zu meiner Haftunfähigkeit im September 1945 in Rußland. Nach der Entlassung war es schwer für mich, meine Eltern und meine Geschwister, die es ins Jeverland verschlagen hatte, wiederzufinden. Es folgten die Vollendung meiner unterbrochenen Schulausbildung, der Beginn eines Studiums und die Gründung einer eigenen Familie, noch bevor ich mit dem Studium wirklich fertig war. Geschafft habe ich es trotzdem. Aus der Ehe mit meiner Frau sind vier Kinder hervorgegangen, und inzwischen habe ich auch drei Enkelkinder. Meine Frau ist vor zwei Jahren an Krebs gestorben, und nun bin ich allein.

Es ist mehr als ein halbes Jahrhundert her, daß ich Dich zuletzt gesehen habe. In Ostpreußen bin ich nie so verwurzelt gewesen wie Du und vielleicht Deine Ahnen, weil wir ja nur vorübergehend dort gelebt hatten. Aus früheren Heimatbriefen wird Dir vielleicht bekannt sein, daß auch mein Vater darin Erwähnung gefunden hat. Meine Mutter ist im Juni 1990 gestorben. Sie war mit Ostpreußen verwandt und hat in ihren Erinnerungen an dieses Land gelebt.

Soviel zunächst.
Dein Altergenosse
Richard Schlosser

Martin Schlosser an N. N.

Berlin, 8. 1. 92

[...] Weihnachten war ich in Meppen. Am Heiligen Abend hatte mein Vater sich mehr Weißwein zugerüstet, als er vertrug, was dazu führte, daß er sich irgendwann in der Nacht beim Geistern durchs Haus eine Platzwunde an der Schläfe zuzog. Als er mich weckte, hatte er bereits das halbe Obergeschoß mit Blutspritzern verziert. Seine Matratze sah aus, als sei ein Tier darauf geschlachtet worden, alle Türklinken waren blutbeschmiert, und im Erdgeschoß hatte sich auf den Bodenkacheln vorm Kühlschrank ein ungefähr pizzagroßer See aus Blut gebildet. Meinen Vorschlag, einen Notarzt zu bestellen, lehnte mein Vater mit rauhen Worten ab, denn von Ärzten hält er nichts. Stattdessen nahm er ein Bad (ein »Blutbad«, wie er sich ausdrückte), und da saß er dann im dunkelrot verfärbten Badewasser, wie von David Lynch gefilmt. Tags darauf packte ich meine Tasche und fuhr nach Berlin [...]

Martin Schlosser an N. N.

Berlin, 18. 2. 92

[...] Meine Reise führte mich auch wieder nach Meppen, wo ich für meinen Vater jeweils fünfzig Flaschen Wein und Sekt, fünf Stangen Zigaretten und mehrere Dutzend tiefgekühlte Salami-Baguettes sowie eine Piratenklappe einkaufen mußte, für sein linkes Auge, weil dort infolge eines nächtlichen Sturzes im Treppenhaus ein grünbraunlila leuchtendes Veilchen prangte. Mit Wunden übersät waren dagegen seine Unterarme, und als wir einmal ganz ruhig vorm Fernseher saßen und auf Dick und Doof warteten, fing mein Vater plötzlich damit an, sich den Wundschorf abzureißen. Ritsch, ratsch. Mir wurde schlecht davon, aber meinen Protest wies er brüsk zurück mit den Worten: »Das muß ab, sonst heilt das nicht!« Weitere Einzelheiten will ich Dir ersparen. Von Meppen fuhr ich dann nach Jever, wo ich meine uralte Großmutter viermal im Malefiz besiegte [...]

Annemarie Hirsch an Richard Schlosser

Liebstedt, den 10. März 1992

Lieber Richard,
herzlichen Dank für Deinen Brief, der mir große Überraschung und Freude brachte. Ich weiß nicht, ob es Dir auch so geht, daß mit zunehmendem Alter die Kindheit und Jugendzeit immer gegenwärtiger wird, so auch vieles aus unseren gemeinsamen Schuljahren. Deine Schwester Gertrud und ich waren viel beisammen. Lebt sie noch? Auch an Deine Eltern und an Dorothea und Rudi kann ich mich noch gut erinnern. Vor Deinem Vater hatten wir riesigen Respekt beim Religionsunterricht in der Schule. Deine Mutter kenne ich als eine sehr gütige und zarte Frau, und es freut mich, daß sie so ein gesegnetes Alter erreicht hat. Ist Dein Vater schon lange verstorben?

Leider habe ich die Heimatbriefe aus früheren Jahren nicht kennenlernen dürfen, da sie in diesem Teil Deutschlands streng verboten waren, das ist wirklich schade. Der Heimatbrief von 1990 war der erste, der mir von unserer Landsmannschaft geschickt wurde. Meine Rührung war groß. Endlich waren wir nicht mehr ausgegliedert.

Wie Du schreibst, hat das Schicksal Dir auch schwere Zeiten gebracht. Nach der Entlassung aus der Kriegsgefangenschaft war es bestimmt ein schwerer Anfang für Dich.

Ich ging bis 1941 in Schirwindt zur Schule, machte danach mein Pflichtjahr und besuchte von 1942 bis 1943 in Gumbinnen eine Handelsschule. Bei der Kreisbauernschaft in Schloßberg erhielt ich dann eine Stelle als Stenotypistin. Im Herbst 1944 kam die Flucht.

Meine Eltern hatten Schirwindt bereits am 31. Juli 1944 verlassen müssen. Gemeinsam schlugen wir uns im Oktober bis ins Vogtland durch. Nach einem Jahr wurden wir mit vielen anderen Flüchtlingen dort ausgewiesen, weil alles überbevölkert war. So kamen wir nach Thüringen in den kleinen Ort Liebstedt, in der Nähe von Weimar.

Meine Mutter arbeitete in der ersten Zeit bei einem Bauern. Ich war bei dem hiesigen Bürgermeister untergekommen. Am Tag verrichtete ich bäuerliche Arbeiten, und am Abend erledigte ich den schriftlichen Kram des Bürgermeisters. Da mein Vater im Ersten Weltkrieg sein rechtes Bein verloren hatte, also Prothesenträger war, konnte er sich auf dem Dorf nicht körperlich betätigen, und so versorgte er den kleinen Haushalt. Man hätte sich das früher gar nicht vorstellen können, aber da ging's ums Überleben. Dann lernte ich meinen Mann kennen, der aus Weimar stammt. Wir heirateten und bekamen einen Sohn, und so wurden wir hier seßhaft. Richtig heimisch sind meine Eltern hier nicht geworden, sie waren zu sehr in der alten Heimat verwurzelt. Sie sind in den Jahren 1975/76 verstorben.

Schirwindt war doch ein nettes kleines Städtchen, von 1918 bis Anfang der 20er Jahre neu aufgebaut. Und nun ist gar nichts mehr vorhanden. Ein Truppenübungsplatz der Russen soll sich dort befinden. So behalte ich mein Heimatstädtchen in Erinnerung, wie es einst war.

Daß Du Hugo Bünting wiedergesehen hast, ist wirklich ein glücklicher Zufall. Ihr beide wart doch unzertrennlich. Wie geht es Hugo, hat er auch Familie? Sein älterer Bruder war doch gefallen?

Daß Du Deine Frau so früh verloren hast, tut mir sehr leid. Gerade in dieser Altersphase ist es gut, wenn einer für den anderen da sein kann. Wohnen Deine Kinder in Deiner Nähe? Unser Sohn wohnt mit seiner Frau und unserem 17jährigen Enkelsohn in Weimar. Sie besuchen uns oft. Wir selbst sind nicht mehr so reisefreudig, da es hier und da mit der Gesundheit hapert, aber wir sind zufrieden.

Wenn ich mir so die Fotos von Dir ansehe, verstärkt sich die Erinnerung. Ich glaube Dir gerne, daß Du von meinem damaligen Aussehen keine Vorstellung mehr hast. Leider habe ich aus dieser Zeit keine Aufnahmen mehr. Und nun sind wir alt geworden. Das Leben ist nicht spurlos an uns vorübergegangen, es gab Höhen und Tiefen. Die 40 Jahre DDR waren nicht leicht, aber wir haben stets versucht, uns nicht unterkriegen zu lassen.

Nun habe ich Dir einen kleinen Bericht gegeben. Mündlich ginge das viel besser. Wenn Du Lust hast, könntest Du ja mal nach Thüringen kommen. Wir leben hier in sehr bescheidenen Verhältnissen, aber jeder, der keine zu hohen Ansprüche stellt, ist uns herzlich willkommen.

Viele schöne Grüße von meinem Mann und mir,

in alter Verbundenheit,
Annemarie

Richard Schlosser an Annemarie Hirsch

Meppen, 28. 05. 92
Tel. 05931/3234

Liebe Annemarie!
Mit einiger Verspätung möchte ich mich für Deinen Brief bedanken. Natürlich könnte man sich ausführlicher unterhalten, wenn man sich einmal wiedersähe. Ich mag Dir nicht versprechen, daß ich in nächster Zeit nach Thüringen komme. Nach dem Tode meiner Frau lebe ich hier in unserem mir jetzt viel zu groß gewordenen Haus alleine und völlig zurückgezogen. Geblieben ist mir nur eine unendliche Traurigkeit.

Meiner Schwester Gertrud, die jetzt in Bielefeld lebt, habe ich Deine Anschrift gegeben, und wahrscheinlich hat sie Dir schon geschrieben. Ich lege Dir auch eine Liste bei mit den Anschriften und Telefonnummern meiner Geschwister und von Hugo Bünting.

An welche Ufer uns das Schicksal nach Ende des Krieges spülen sollte, war damals nicht vorherzusagen. Gern gesehen waren wir als Flüchtlinge auch im sogenannten Goldenen Westen nicht. Mein Vater fühlte sich im Kreise der Alteingesessenen im Jeverland nicht wohl. Er war in der westfälischen Landeskirche tätig gewesen, bevor wir nach Ostpreußen zogen, und über die alten Kontakte gelang es ihm, noch einmal in Westfalen Fuß zu fassen. Er war dann Pfarrer in Dortmund bis zu seiner Pensionierung im Jahre 1960. Dortmund war nach dem Krieg eine zerbombte Stadt, und große Unterschiede waren zwischen dort Geborenen und Flüchtlingen nicht zu erkennen. Sie hatten alle nichts. Die Flüchtlinge hatten ihre Heimat und ihr Hab und Gut verloren, und bei den Einheimischen hatte es der Krieg geholt. Aus diesen Wirren mußten wir uns emporarbeiten. Ich habe unter dürftigen Umständen studiert, bin Ingenieur geworden und habe beruflich bedingt ein Stück von der Welt gesehen und auch privat einiges, wobei ich dem Wunsche meiner Frau gefolgt bin, die immer sehr reisefreudig gewesen ist.

Millionär bin ich in meinem Berufe nicht geworden, aber es hat dazu gereicht, mit meiner Frau gemeinsam ein eigenes Haus zu bauen und damit der Familie ein angemessenes Dach über dem Kopf zu bieten. Dieses Haus steht im Rheinland und ist mindestens so groß wie das Pfarrhaus in Schirwindt und dabei voll unterkellert, natürlich ohne Nebengebäude und ohne einen dem riesigen Schirwindter vergleichbaren Garten. Heimisch bin ich im Rheinland nicht geworden; der Menschenschlag lag mir nicht. Wenn man mich fragt, welcher Landsmann ich sei, dann würde ich sagen, daß ich nach wie vor Ostpreuße bin. Die für die Entwicklung eines Heimatgefühls maßgebenden Jahre habe ich in Ostpreußen verbracht, und ich fühle mich auch heute noch als ein Vertriebener der ersten Stunde. Ich glaube sagen zu können, daß ich kein »Besserwessi« geworden bin. Auch die jetzige Bundesrepublik ist nicht das alte Deutschland. Wir waren wohl 1945 noch zu jung, um erkennen zu können, unter welchem Unrechtsregime wir damals leben mußten. Ihr habt noch 40 Jahre länger unter einem anderen Unrechtsregime leben müssen als wir und in einer Mangelwirtschaft. Ich bin mit Dir glücklich, daß das nun ein Ende hat, wenngleich es ein Menschenalter lang währte. Du hast ganz recht, wir sind beide darüber alt geworden und können die Zeit nicht zurückdrehen. Ostpreußen wird für uns Erinnerung bleiben. Man wünschte nur, daß man den eigenen Kindern etwas von der Liebe zur alten Heimat vermitteln könnte.

Um einem Mangel abzuhelfen, den Du empfindest, habe ich für Dich alle mir vorliegenden Schloßberger Heimatbriefe abgelichtet und schicke sie Dir mit diesem Paket. Du hast länger in Schirwindt gelebt als ich und wirst wohl auf mehr Bekanntes, seien es Namen oder Orte, stoßen, als es mir möglich ist.

Außerdem schicke ich Dir eine Kopie der Erinnerungen meiner Mutter an die Flucht im Jahre 1945; desgleichen einen Bericht über ihre Jugendzeit. Mein Großvater mütterlicherseits war zunächst Arzt in Schildesche bei Bielefeld und zog im Jahre 1912 mit seiner Familie nach Lötzen in Masuren, um dort Chefarzt am Krankenhaus Bethanien zu werden. Er folgte darin wohl einem Wunsche meiner Großmutter, die in Lyck geboren worden war. Meine Großeltern waren als alte Leute bis zum Ende des Krieges in Lötzen und mußten dann unter Hinterlassung ihrer gesamten Habe die Flucht antreten. Meine Großmutter kam dabei um. Sie hatte es noch bis Pillau geschafft. Dort blieb sie an einem uns unbekannten Ort, während mein Großvater alleine über Berlin den Weg zu uns an seinen Geburtsort Jever fand. Später zog mein Großvater mit uns nach Dortmund und verbrachte seine letzten Jahre in einem Altersheim. Er starb 1953 und wurde in der Grabstelle seiner eigenen Eltern in Jever beigesetzt. Dort ist auch meine Frau beigesetzt worden. Sie war gebürtige Jeveranerin. Wir hatten uns schon vor dem Abitur in Jever auf dem Gymnasium kennengelernt und feierten 1954 unsere Hochzeit. Wir waren 35 Jahre miteinander verheiratet. Das ist eine lange Zeit, und man hätte gewünscht, sie wäre nie zu Ende gegangen.

Meine Kinder leben jetzt in Bonn, Hannover und Berlin. Von ihrer Warte aus gesehen, lebe ich hier selbst hinter dem Mond. Meine älteste Tochter ist Lehrerin geworden und hat drei Kinder. Meine beiden Söhne und meine jüngste Tochter sind noch ledig.

Mich würde interessieren, wie es Euch wirtschaftlich geht. Betrachte das bitte nicht als indiskrete Frage, auf die mir keine Antwort zukommt. Vielleicht kann ich Euch mit manchem helfen. Ich zähle zum alten Eisen und muß meinen Hausstand langsam auf Null reduzieren. Das macht mir bald mehr zu schaffen, als ihn seinerzeit aufzubauen.

Ich bin mir darüber im klaren, daß unsere Chancen, groß, erwachsen und schließlich alt zu werden, ungleich verteilt waren. Meine Informationen über Euer Leben da drüben beziehe ich aus dem Fernsehen. Alle Tageszeitungen, Wochenzeitungen und Nachrichtenmagazine habe ich schon lange abbestellt. Nun magst Du vielleicht daraus schließen, daß ich in Wirklichkeit von Eurer Situation keine Ahnung habe. Ich bemühe mich trotzdem, mich in Eure Lage zu versetzen.

Um den Ausgleich zwischen Ost und West zu erreichen, wird sich unsere Bundesregierung schon etwas einfallen lassen, und ich werde es an meinem Steuersatz zu spüren bekommen. Ich weiß nicht, wohin eine solche Hilfe geht und wieviel Prozent davon in reinem Verwaltungsaufwand verschwinden.

Kurz und gut, mach Dir nichts daraus, wenn ich Dich um eine Darlegung Deiner wirtschaftlichen Verhältnisse bitte. Ich möchte Dir gerne persönlich helfen. Hast Du Telefon? Oder bist Du telefonisch erreichbar? Ich wäre Dir auch dankbar, wenn Du mir Deine Bankverbindung angeben könntest.

Die kopierten Bilder aus meiner Kinderzeit stammen nicht aus dem spärlichen Fluchtgepäck meiner Mutter, sondern haben auf dem Wege über Verwandte, an die sie geschickt worden waren, wieder zu uns zurückgefunden.

Schicke mir doch bitte einmal ein Bild von Dir und Deiner Familie, damit ich Dich im Falle eines Falles wiedererkenne.

Sei vielmals gegrüßt.

Richard

Martin Schlosser an N. N.

Berlin, 13. 12. 92

[...] Als ich kam, lag mein Vater im Wohnzimmer auf den Teppichfliesen. Auf dem Couchtisch stand eine weitgehend geleerte Flasche Schnaps. Ich schob meinem Vater ein Kopfkissen unter und fragte ihn, ob er verletzt sei, und er sagte nein, er sei »nur verzweifelt«. Eine halbe Stunde später gelang es mir, ihn aufs Sofa zurückzubefördern, was ein gutes Stück Arbeit war.

Im weiteren Verlauf des Abends wollte mein Vater dann partout noch einmal in die Küche gehen, wo er wohl den dort verstreuten Schlagbohrern und Schrauben einen Besuch abzustatten plante. Stützen lassen wollte er sich dabei aber durchaus nicht, was zur Folge hatte, daß er mit größtem Getöse und Gestöhne die Kellertreppe hinunterfiel. Als ich entsetzt hinzueilte, stemmte er sich ächzend auf und äußerte den Wunsch, zu sterben.

Unter vielen Mühen half ich meinem Vater wieder ins Erdgeschoß hinauf und ins Wohnzimmer hinein, wo er ermüdet in seinen Sofasessel sank. Ich bezog dann erstmal oben im Schlafzimmer meines Vaters Kopfkissen, Decke und Matratze neu, aber es sollte noch drei oder vier Stunden dauern, bis ich ihn dazu bewegen konnte, ins Bett zu gehen.

Tags darauf war er ganz umgänglich und sogar fast freundlich. Ich kaufte ein, machte sauber und spülte Geschirr, bis mein Vater auf die Idee kam, seine leeren Zigarettenschachteln, wohl einhundert an der Zahl, im Abwaschwasser einzuweichen, um den Papiermüll besser vom Aluminiummüll trennen zu können. Einen Tag lang hielt ich es noch aus, dann suchte ich das Weite [...]

Annemarie Hirsch an Richard Schlosser

Liebstedt, den 14. 12. 1992

Lieber Richard,
Du wirst schon lange auf ein Lebenszeichen von mir gewartet haben. In Gedanken habe ich oft geschrieben. Aber es ging mir in letzter Zeit nicht so gut, der Magen streikte.

So will ich Dir heute nochmals ganz herzlich für das übersandte Geld danken. Ganz wohl fühle ich mich noch immer nicht bei dem Gedanken, daß Du so selbstlos gehandelt hast, muß aber Deine entschlossene Handlungsweise akzeptieren. Wir werden das Geld im nächsten Jahr zum Eindecken unseres Hausdaches mit verwenden. Vielen Dank dafür!

Wie geht es Dir gesundheitlich? Der naßkalte Herbst hat sich sicherlich ungünstig ausgewirkt auf Dein Befinden. Und nun steht der Winter vor der Tür. Da wandern die Gedanken zurück in die alte Heimat, als wir noch Kinder waren und uns in dem hohen Schnee tummelten und auf der Scheschuppe Schlittschuh fuhren. Ja, das ist lange her und doch so gegenwärtig. Wie wird es jetzt dort aussehen?

Und dann denkt man an den Fluchtwinter und hat im selben Augenblick das Bild der armen Menschen aus Jugoslawien vor Augen. Wieviele unschuldige Menschen müssen da wieder leiden.

Wir werden sicherlich bald wieder mal miteinander telefonieren. Brieflich möchte ich Dir jedoch, auch im Namen aller Angehörigen, eine gesegnete Weihnacht und alles erdenklich Gute für das kommende Jahr wünschen.

Ganz herzliche Grüße.
Annemarie

Renate Blum an ihre Tante Dorothea Schlosser

Bonn, im Dezember 92

Liebe Dorothea,
diese hübschen Seidenkärtchen haben wir in der Schule mit beiden vierten Klassen gemacht und 200 Stück von der Sorte auf unserem Weihnachtsbasar verkauft.

Papa wird in diesem Jahr Weihnachten zum ersten Mal ganz alleine bleiben. Martin war neulich zwei Tage da und möchte die Feiertage lieber in Berlin verbringen, weil's da gemütlicher ist. Neulich hat Papa hier nochmal angerufen und ist dabei nur wieder über Volker und Martin hergezogen. Ich kann und will das nicht mehr hören. Er streitet auch schlichtweg ab, daß meine Brüder sich Gedanken über ihn machten. Es ist alles so sinnlos!

Trotzdem: Ich wünsche Euch frohe Weihnachten und einen guten Rutsch ins neue Jahr!

Deine Renate

Emma Lüttjes an ihre Enkeltochter Renate Blum

Jever, 7. Juli 93.

Liebe Renate!
Dein Kartengruß zeigt mir, daß Du doch oft an mich denkst, und das freut mich! Meine Therese war eine ganze Woche hier bei mir, wundervoll, sie hat sich rührend um mich gekümmert, zweimal hat sie mich durch die Stadt gekarrt, sie hat auf dem Friedhof die Gräber gepflegt, abends kriegte

ich liebevoll bereitete Speisen vorgesetzt, auch meinen geliebten Schmortaal, herrlich! Abends kam öfter mal ein Anruf aus Meppen, wie so oft, und schließlich hat Therese mit Deinem Papa verabredet, daß das Thema »Volker« abgeschlossen sein soll. Wiebke bot sich an, Therese am Abreisetag nach Bremen zu fahren. Aber dann kriegte ich einen schlimmen Asthmaanfall, so daß der Notarzt gerufen werden mußte. Therese meinte, sie könne unmöglich fahren, aber es war ja alles bereit, Tickets und Abholmöglichkeit in London. Der Arzt mußte mir drei Spritzen verpassen, es war die höchstmögliche Dosis, weil ich, wie der Arzt sagte, »auf dem letzten Loch gepfiffen« hätte. Aber ich habe mich doch wieder berappelt, und Therese und Wiebke reisten ab. Ach, liebe Renate, nun will ich den Schrieb mit den besten Wünschen für Dich und Deine Familie schließen.

Deine alte Oma.

Martin Schlosser an N. N.

Berlin, 30. 7. 93

[…] Meppen erreichte ich am Montag. Es war schwül und regnerisch, und mein Vater öffnete die Tür nicht. Ich hatte keinen Schlüssel dabei. Sorgenvoll lief ich durch den Garten ums Haus rum zum Wohnzimmerfenster und kriegte schon auf halber Strecke einen Schrecken – ein Eichhörnchen war in der Regentonne ertrunken und hing da so im Wasser, Bauch nach oben. Durchs Wohnzimmerfenster konnte ich meinen Vater nur schemenhaft erkennen, aber ich hörte ihn schimpfen, als er mich bemerkte. Er lag auf dem Fußboden, sehr einsam und derangiert.

Dann kroch er zur Haustür. Das dauerte lange. Er sah entsetzlich aus, völlig abgezehrt. Ein Kellertreppensturz hatte ihn einen weiteren Schneidezahn gekostet.

Mit vieler Mühe gelang es mir, meinem Vater in sein blutiges Bett zu helfen und ihn löffelweise mit heißer Zwiebelsuppe zu füttern. Im Laufe des Abends und der Nacht unternahm er noch insgesamt dreimal den Versuch, ohne meine Hilfe aufzustehen, und fiel jedesmal hin, einmal auch so unglücklich, daß er sich eine Platzwunde am Kopf zuzog, die zum Glück nicht schwer zu verarzten war. Schwerer war es, meinen armen Vater hinterher jedesmal wieder ins Bett zu befördern und irgendwie zu trösten.

Am Dienstag kümmerte ich mich um den Haushalt, spülte, saugte, wusch, fuhr aus und kaufte ein. Abends war ich wiederum als Seelsorger gefragt.

Es ist ein Jammer, aber mein Vater weigert sich hartnäckig, irgendwelche öffentlichen Hilfeleistungen in Anspruch zu nehmen (Essen auf Rädern, Pfleger und Putzfrauen). Lieber verkommt er in seinem eigenen Unrat, ächzend und Verwünschungen brüllend.

Als ich am Mittwoch abreiste, kam es mich hart an, meinen Vater wieder seinem Elend zu überlassen, aber er ist ja selbst schuld daran. Kein Mensch muß so leben, und die Verantwortung dafür möchte ich mir nicht aufbürden lassen. [...]

Martin Schlosser an N. N.

Berlin, 18. 8. 93

[...] Letzten Sonnabend war meine jüngere Schwester in Meppen, und als sie vom Einkaufen kam, lag mein vorher noch leidlich stabiler Vater nach einem Sturz auf dem Flur und blutete. Meine Schwester bestellte einen Krankenwagen, aber als er da war, schickte mein böse verletzter, doch immer noch störrischer Vater die Sanitäter wieder weg. Erst einem Bereitschaftsarzt gelang es schließlich, ihn von der Notwendigkeit einer stationären Behandlung im Krankenhaus zu überzeugen. Dort will ich ihn am Donnerstag besuchen. [...]

Martin Schlosser an N. N.

Berlin, 22. 8. 93

[...] In Meppen hatte meine Schwester die Wohnung aufgeräumt, die erkannte ich kaum wieder. Kein Sperrmüll auf dem Flur? Keine verwesten Frühlingsrollen auf den Fensterbänken? Keine Blutlachen?

Krankenpflege, Kost und Heilkunst hatten meinem Vater sichtlich gutgetan. Die Ärzte hatten zwar schon erwogen, ihm die beim Sturz in Mitleidenschaft gezogenen Zehen zu amputieren, aber es ging ihm so einigermaßen, und er schien sich sogar zu freuen, als ich kam. Immerhin konnten wir ein bißchen draußen auf der Bank im Sonnenschein sitzen und rauchen. [...]

Martin Schlosser an seine Schwester Renate Blum

Meppen, 13. 9. 93

Liebe Renate,
hier kommen alle aktuellen Unterlagen, die den Geldverkehr betreffen. Wiebke fährt jetzt wieder ab, und ich halte bis auf weiteres die Stellung. Im Moment ist Papas Zustand noch schlecht, aber wenigstens konstant. Wenn es dabei bleibt, lasse ich mich am Wochenende von Wiebke oder Volker ablösen.

Schöne Grüße an alle!
Dein Martin

Martin Schlosser an N. N.

Meppen, 21. 9. 93

[...] Seit anderthalb Wochen liegt mein Vater nun schon auf der Intensivstation im Koma. Die Diagnose lautet »multiples Organversagen«. Herz, Niere, Leber und Lunge wollen nicht mehr funktionieren, und es gibt auch keine Hoffnung mehr. Bei der Visite legte mir heute einer der Ärzte nur kurz die Hand auf die Schulter, schüttelte den Kopf und sagte: »Mensch!« Wie lange sich die entsetzliche Misere noch hinziehen wird, weiß niemand. Ich kann hier nur auf das Ende warten. Einmal täglich fahre ich zum Krankenhaus, bleibe eine Zeitlang am Bettrand sitzen und halte, während in den Nachbarbetten frische Unfallopfer beweint und künstlich beatmet werden, meinem Vater die Hand, ohne das Gefühl zu haben, daß er mich noch wahrnimmt. [...]

Trauerfeier für Richard Schlosser am 28. 9. 1993

Liebe Gemeinde, liebe Angehörige des Verstorbenen.

Wir haben uns hier versammelt, um Abschied zu nehmen von Richard Schlosser, der am 22. September im 66. Lebensjahr gestorben ist. Wir wollen Abschied nehmen von einem eigensinnigen Mann unter einer Losung, die ihm selbst wohl viel bedeutet hat. Diesen Schlußvers aus dem Hohelied der Liebe des 1. Korintherbriefes hat Richard Schlosser auf den

Grabstein seiner Frau setzen lassen. »Nun aber bleibt Glaube, Hoffnung, Liebe, diese drei; aber die Liebe ist die größte unter ihnen.«

Und wir wollen Abschied nehmen von Ihrem Angehörigen in dem Glauben, daß mit dem Tode Richard Schlossers noch nicht alles gesagt ist; mit der Hoffnung, daß die Zukunft – bei Gott – umfassender und weiter ist als unsere Vorstellungskraft, mit der Liebe, die nicht zudeckt, sondern verzeiht, die einen Menschen annimmt, mit allen Stärken und Schwächen; mit der Liebe, die glaubt und hofft, daß sie all das überwindet, was uns Menschen so oft unüberwindlich erscheint. Dies mag angemessen sein bei einem schwierigen Abschied wie diesem, dem mancher hier wohl mit gemischten Gefühlen gegenübersteht. Die Kräfte Richard Schlossers waren verbraucht, und der Tod war für ihn auch eine Erlösung, die er herbeigesehnt hatte.

Aber dann ist da ja der Vater, der Bruder, der Angehörige gestorben, mit dem man auf vielfältige Weise verbunden war. Und gerade in seiner Widersprüchlichkeit ließ dieser eigenwillige Mensch wohl niemanden gleichgültig. Vielleicht ist da jetzt noch manches, das unausgesprochen geblieben ist. Eine Begegnung mit diesem Mann wäre in einigen Fällen vielleicht noch gut gewesen, um etwas zu bereden oder zu klären oder um ihm einfach noch einmal nahezukommen. Das war ja, vor allem in den letzten Jahren, sehr schwierig. Zu keiner Zeit war Richard Schlosser ein unkomplizierter Mann. Er machte es sich selbst und anderen nicht leicht. Und man muß dazu auch sagen, daß er im Leben mit Dingen konfrontiert wurde, die alles andere als leicht zu meistern waren.

Führen wir uns jetzt einige Stationen dieses Lebensweges noch einmal vor Augen. Ein umfassender Lebenslauf soll und kann das nicht sein. Zu vielschichtig ist das Leben – das Leben dieses Mannes –, als daß es in ein paar Worte gekleidet werden könnte. Und zu vielschichtig ist wohl auch der Eindruck, den Richard Schlosser auf seine Mitmenschen gemacht hat. Jeder von Ihnen mag sich bei dieser unvollständigen Beschreibung an das erinnern, was Sie selbst mit dem Verstorbenen verbindet.

Am 17. November 1927 wurde Richard Schlosser in Schwarzenau an der Eder geboren. Als er sechs Jahre alt war, zog die Pastorenfamilie ins ostpreußische Schirwindt an die litauische Grenze um. Mit seinen drei Brüdern und zwei Schwestern erlebte der Junge hier wichtige sieben Jahre. Ein Eigenbrötler, der gerne bastelte und tüftelte, war er schon damals, aber in dem Haus mit dem riesigen Garten war Raum für seine Phantasien und Träume, und hier war und blieb wohl auch seine innere Heimat. 1940 ging die Familie nach Marienwerder, wo der Vater Superintendent wurde. Schon 1943 wurde Richard eingezogen. 1945 mußte er an die Ostfront, womit für ihn eine Leidenszeit begann, die wir uns kaum ausmalen können. Aus russischer Gefangenschaft gelangte der an Tuberkulose erkrankte junge Bursche auf Umwegen nach Jever. Hier und in Waddewarden wurde der Vater als Hilfsprediger angestellt; hier besuchte Richard mit seinen jüngeren Geschwistern die Schule. Die Eltern zogen dann nach Dortmund um, während Richard ein Praktikum als Maschinenbauer absolvierte und 1950 an der Technischen Hochschule Hannover sein Ingenieurstudium aufnahm. Im September 1954 nahm Richard Schlosser Ingeborg Lüttjes zur Frau, und aus ihrer Ehe gingen vier Kinder hervor. Der überaus gewissenhafte und kompetente Ingenieur schaffte es dann, als Beamter übernommen zu werden, obwohl sein Gesundheitszustand durchaus bedrohlich war. Richard Schlosser selbst trieb dazu wohl vorwiegend die Sorge um die Absicherung seiner Familie. Auch seine hochrangige Arbeit im Bundesamt für Wehrtechnik und Beschaffung bereitete ihm eigentlich keine Freude. Seine Schreibtischtätigkeit für das Militär empfand er als unkonstruktiv. Um so mehr stürzte sich der praktisch veranlagte Mann auf Bastel- und Reparaturarbeiten zu Hause. Auch das Haus in Koblenz, in dem die Familie Schlosser von 1970 bis 1975 wohnte, hatte er mit aufgebaut. Besonderen Wert legte dieser äußerste Perfektion anstrebende Mann dabei auf den Garten, den er akribisch pflegte.

Leider mußte Richard Schlosser dann aus beruflichen Gründen nach Meppen. Dort ging er 1988 in den Ruhestand. Der 60jährige Pensionär war selbst schon durch Krankheit gezeichnet, als im November 1989 seine Frau einem langen Krebsleiden erlag. Tag und Nacht war Richard Schlosser an ihrem Krankenbett geblieben und hatte vieles gutzumachen versucht, was im Leben zu kurz gekommen war. Nach dem Tode seiner Frau war auch er gebrochen. Ihm wurde alles zuviel. Auf Besuch – auch von ganz vertrauten Menschen – konnte er sich nicht mehr freuen. Schon von Natur aus war Richard Schlosser kein besonders offener, kontaktfreudiger Mensch. Jetzt isolierte er sich immer mehr und richtete seine Gesundheit vollständig zugrunde.

Auf fröhliche und unbeschwerte Tage konnte er in diesem Leben nicht mehr hoffen. Nach einer Operation fiel dieser innerlich aufgezehrte

Mann in ein Koma, aus dem er nicht mehr erwachte. Am vergangenen Mittwoch ist Richard Schlosser gestorben.

Was bleibt nun? Widersprüchlich wie sein ganzes Leben scheint auch seine Einstellung zu einem Leben nach dem Tode gewesen zu sein. Dem Techniker und Naturwissenschaftler mag das als Träumerei erscheinen. Aber Richard Schlosser hat auch Träumen nachgehangen. Manche davon hat er sich in seinem Leben versagt, weil die Härte des Alltags scheinbar keinen Platz dafür ließ. Und dennoch träumte dieser Mann davon, seine Frau wiederzufinden. Daran erinnert ja auch der Liebesvers auf ihrem Grabstein. »Nun aber bleibt Glaube, Hoffnung, Liebe, diese drei; aber die Liebe ist die größte unter ihnen.«

Die Liebe hat die Kraft zur Veränderung. Jeder Mensch, der Liebe erfahren hat, spürt das. Mehr noch als Glauben und Hoffen bewirkt die Liebe. Es ist tragisch, daß Richard Schlosser so wenig davon an sich heranließ, gerade zuletzt. Und es stimmt hoffnungsvoll, daß er den Glauben an die Kraft der Liebe doch nicht ganz verloren hatte.

Und ich glaube, damit hatte Richard Schlosser recht. Ich glaube, wir können uns auf eine Liebe verlassen, die stärker ist als der Tod. Diese Liebe können wir uns – wie jede echte Liebe – nicht verdienen durch Leistung oder durch Stärke. Wir werden sie aber auch nicht verlieren durch Schwäche.

Aus Liebe, so heißt es, ist Jesus für unsere Schwächen und Sünden am Kreuz gestorben. Dies ist kein naturwissenschaftlich vernünftiger Satz. Aber hier ist von der Liebe die Rede, die auch vor dem Tod nicht haltmacht.

Die Liebe Gottes ist lebensspendend, wie jede Liebe. Gestern, heute, morgen und in Ewigkeit.

Amen.

gez. J. Schildt

Martin Schlosser
z. Zt. Dammstr. 43
49716 Meppen

Time-Life Books B.V.
Postfach 2000
46443 Emmerich

29. 9. 1993

Sehr geehrte Damen und Herren,

mein Vater Richard Schlosser ist am 22. 9. 1993 verstorben. Er hatte bei Ihnen die Kundennummer 150MESNSCO43MC92010039. Ich bitte Sie, meinen Vater aus Ihrer Kundenkartei zu streichen.

Mit freundlichen Grüßen
Martin Schlosser

Anlage: Sterbeurkunde